新日本古典文学大系 71

元禄俳諧集

大内初夫
櫻井武次郎
雲英末雄 校注

岩波書店刊行

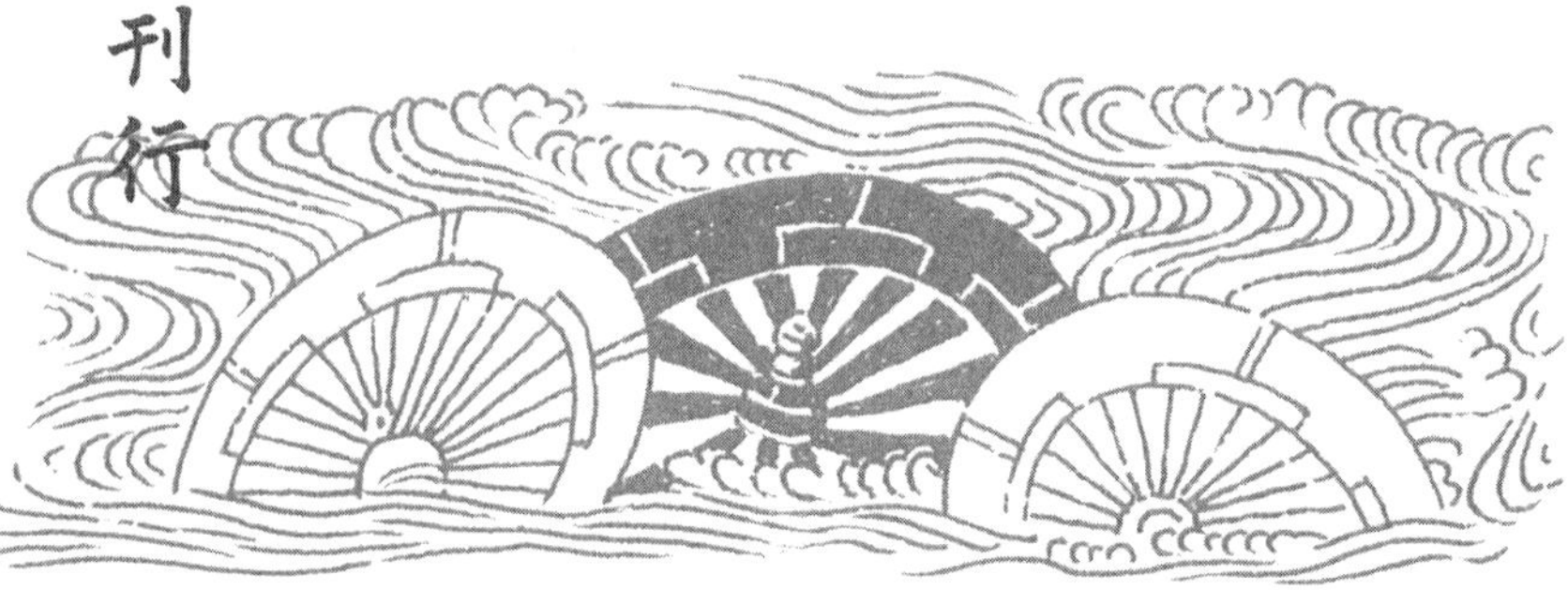

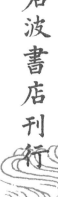

目次

凡例

一 底本には、各集の善本を採用した。各集の底本については、解題に記した。

二 翻刻本文の作成にあたっては、底本の原形を重んじるようにした。

1 底本に存する片仮名の振仮名は、底本と同じく片仮名で残した。平仮名の振仮名は、〈 〉で括った。

2 底本の仮名遣いが歴史的仮名遣いに一致しない場合もそのままとした。

3 反復記号「ゝ」「ゞ」「〱」については、底本のままとし、読みにくい場合は、平仮名で読み仮名を傍記した。

三 翻刻本文の作成にあたって、底本の原形に対して、基本的に改訂を加えたのは、次の諸点である。

1 本文における連句の表記は、長句・短句の区別を明らかにするため、長句に対して短句を一字下げて記し、その構成を知る便りとした。

2 本文には、適宜、句読点、「 」等を施した。

3 本文における漢字は、常用漢字表にあるものについては、その字体を使用した。異体字・古字・俗字・略字の類も、原則として通行の字体に改めた。

4 仮名はすべて、現行の字体によった。

5 本文の漢字書きには、適宜、平仮名で歴史的仮名遣いの読み仮名を施した。

6 清濁は校注者の判断により、これを区別した。

7 底本において明らかに誤りと思われる文字は、当時の慣用と思われるもの以外はこれを改め、脚注で言及した。

8 同じく誤刻と推定される文字は訂正し、脚注で説明した。

四 本文の句番号は、本書における通し番号である。

五 脚注は、

連句の場合、句の位置、季(季語)、○語注、▽句意、

発句の場合、○語注、▽句意、[季]季語(季)、

の順で記した。

六 作者およびその他の人名の解説は、巻末に人名索引を付載し、簡単な解説を加えた。

七 各集の前に解題を掲げた。

蛙《かわず》合《あわせ》

大内初夫　校注

〔編者〕仙化。

〔書誌〕半紙本一冊。題簽「蛙合　仙化」。柱刻「一(—十六)」。全十六丁。

〔書名〕内題には「可般図」とあり、一番から二十番まですべて蛙(蟇を含むが)を詠んだ句を番えたものであることによる。

〔成立〕貞享三年(一六八六)春、たまたま芭蕉が「古池や蛙飛こむ」の発句を得、これが名句として評判になり、仙化の詠んだ対照的な蛙の句を番えた。また同門の俳人たちの蛙の句もそれぞれに番えられていき、一番の判詞によると「四となり六と成て一巻にみちぬ」とあり、自ずからにこの句合が成立したようである。が、番えられている個々の句をみると、かならずしもそうとも言えないようにも思われる。句の作者は京の去来を除いて他は江戸住の人々である。仙化の跋によると衆議判ということであるが、もちろん作者全部が芭蕉庵に会することは考えられない。庵主芭蕉と、友人素堂に、板下を書いた其角、編者仙化などが、さしずめ当日の出席者であろうか。

〔構成〕(1)一番(左)芭蕉、(右)仙化、二番(左)素堂、(右)文鱗、三番(左)嵐蘭、(右)孤屋、四番(左)翠紅、(右)濁子、五番(左)李下、(右)去来、六番(左)友五、(右)琪樹、七番(左)朱絃、(右)紅林、八番(左)芳重、(右)扇雪、九番(左)琴風、(右)水友、十番(左)徒南、(右)枳風、十一番(左)全峰、(右)流水、十二番(左)嵐雪、(右)破笠、十三番(左)北鯤、(右)コ斎、十四番(左)ちり、(右)山店、十五番(左)橘襄、(右)蕉雫、十六番(左)挙白、(右)かしく、十七番(左)宗派、(右)嵐竹、十八番(左)杉風、(右)蚊足、十九番(左)卜宅、(右)峡水、二十番(左)そら、(右)其角、(2)追加　不卜発句、(3)仙化跋。作者は蕉門がすべてではなく、他門の者が四分の一ぐらい認められる。

〔意義〕伝統的・和歌的な蛙の把握から脱した「古池や」の芭蕉句に倣って、ここに見られる蛙の句は、新しい貞享新風を開拓していこうとする意欲や態度がかなり濃厚に窺われる。そこには蛙という小動物を通してのさまざまな詩情の発見がある。また判詞は衆議判というが、漢詩的趣向や荘子的思想への傾倒など芭蕉的なものの影響が十分に読みとれよう。

〔底本〕加藤定彦氏本。

〔影印〕『蕉門俳書集 三』(勉誠社、昭和五十八年)。

可般図《かはづ》

(第)一番

左

1 古池や蛙《かはづ》飛《とび》こむ水のおと　芭蕉

右

2 いたいけに蝦《かはづ》つくばふ浮葉哉《かな》　仙化

此《この》ふたかはづを何となく設《マフケ》たるに、四となり六と成《なり》て一巻にみちぬ。かみにたち下におくの品、をの〳〵あらそふ事なかるべし。

第二番

左　勝

3 雨の蛙声《コハ》高《だか》になるも哀《あはれ》也《なり》　素堂

○(第)一番　諸本「第」を逸する。

1 ▽閑雅な春の日、淀んだ古池のあたりは静まりかえっている。すると蛙の飛びこむ水の音が響いてあたりの静寂をやぶったと思ったがそれも一瞬、あとは又もとのひっそりした静かさにかえった。貞享三年(一六八六)の春の吟。蕉風開眼の句として古来有名な句。古今集・仮名序の「花に鳴く鶯、水に住むかはづの声を聞けば、生きとし生けるもの…」以来伝統和歌の世界で鳴くものとして重宝された蛙(ただし古今集の「かはづ」は今の河鹿)の、俳諧的な飛ぶ蛙として古池に飛びこむ音を取りあげて閑寂幽玄の情趣を表現したところに、この句の新しさがあった。蛙—池水、飛—蛙(類船集)。季蛙(春)。

2 ▽池の浮葉の上に蛙がいじらしくはいつくばっていることよ。手をついてうずくまっているような蛙の姿態に興を催したもの。この浮葉は蓮と見てよい。蛙—荷《はす》の葉(類船集)。季蝦(春)。

○此ふたかはづ　左の「古池や」の句と右の「いたいけに」の句をさす。○何となく設たるに　そのつもりでもなく句を番えたところ。○四となり六と成て　第二番の左右の句、第三番の左右の句と句合の句が増加して。○かみにたち下におくの品　勝を得た句、負と判定された句。古今集・仮名序「人麿は赤人が上に立たむ事かたく、赤人は人麿が下に立たむ事かたくなむありける」。

3 ▽雨の中で鳴く蛙の声が一段と高く聞えてくるのも心にしみるような情趣がある。雨—蛙(類船集)。季蛙(春)。

右　文鱗

4 泥亀と門《かど》をならぶる蛙哉

小田の蝦の夕ぐれの声とよみけるに、雨のかはづも声高也。右、淤泥《おでい》の中に身をよごして、不才の才を楽しみ侍《はべ》る亀の隣のかはづならん。門を並ぶると云《いひ》たる、尤《もつとも》手きゝのしはざなれども、左の蛙の声高には驚《おどろか》れ侍る。

第三番

左　勝　嵐蘭

5 きろ〳〵と我《わが》頬《ツラ》守る蝦哉

右　孤屋

6 人あしを聞《きき》しり顔の蛙哉

左、中の七文字の強きを以て、五文字置得《おきえ》て

4 ○泥亀　スッポン。▽同じ池か沼かにスッポン亀もおり蛙も住んでいるのは、まるで人間が門口を並べて隣に住んでいる感じだの意。「門をならぶる」と擬人化したところにこの句の趣向がある。季蛙(春)。○小田の蝦…　「をりにあへばこれもさすがにあはれなり小田のかはづの夕暮の声」(新古今集・雑上・藤原忠良)。○淤泥　ぬかるみ。どろ。「淤泥の中に…」は荘子・秋水篇の「寧ろ其れ生きて尾を塗中に曳かんか」による。○不才の才を…　老荘的思想による叙述。不才は役に立たないこと。○門を並ぶる…　「門を並ぶる」と擬人化して表現したのは最も上手の仕業であるがの意。「手きゝ」は手利、熟練者。○左の蛙の声高には…　「声高」の縁で「驚れ」といったので、左の句が勝れていることをいう。

5 ○きろ〳〵と　目の光り動くさま。朱拙「きろ〳〵と鴉見て居るかへる雁」(後れ馳)。○頬　面に同じ。かお。▽大きな目できろきろとわが顔を見守っているような蛙であるよ。やはり蛙の姿態を詠んだもの。季蝦(春)。

6 ▽人の足音がしたとたんに、今まで鳴いていた蛙がぴたりと鳴き止んでしまった。まるで人足を聞き知っている感じの蛙であるよ。季蛙(春)。○中の七文字　「我頬守る」。○五文字　「きろ〳〵と」の上五文字を指す。中七の強き表現に対して「きろ〳〵と」と置き得てすばらしい、の意。○きびしく　表現が力強く。○鬼拉一躰　拉鬼体(おにひしぐてい・らっきてい)。定家十体の一つ。「広大さ力強さを内容とする詠みぶり。万葉集の風体や語句、あるいは超人的な神と関係することが多い」(和歌大辞典)。○とがめて　聞きとがめての意。

妙なり。かなと留りたる句ゝ多《オホ》き中にも、此《この》句にかぎりて哉といはずして、いづれの文字をかおかん。誠にきびしく云下《いひくだ》したる、鬼拉《トリヒシグ》一躰、これらの句にや侍らん。右、足音をとがめて、しばし鳴《なき》やみたる、面白く侍りけれ共《ども》、左の方勝《すぐ》れて聞侍《ききはべ》り。

第四番

左　持　　翠紅

7 木のもとの氈《せん》に敷《しか》るゝ蛙哉

右　　濁子

8 妻負《おう》て草にかくるゝ蛙哉

飛《とび》かふ蛙、芝生の露を頼むだにはかなく、花みる人の心なきさま得てしれることにや。つまおふかはづ草がくれして、いか成《なる》人にかさ

7　○氈　毛氈。毛織の敷物。▽花見に来て木の下に毛氈を広げているうちに、蛙が毛氈の下に敷かれてしまったの意。毛氈と蛙の取りあわせがおもしろい。[季]蛙(春)。

8　▽妻を背負うて草叢にかくれる蛙であるよ。蛙は背中に雄をのせているのをよく見る。それを「妻負て」と擬人化したところにこの句のおもしろさがある。伊勢物語六段の芥川や十二段の「人のむすめをぬすみて、武蔵野へ率て行くほどに、…女をば草むらのなかにおきて逃げにけり」の場面をほうふつとさせる。[季]蛙(春)。

○飛かふ蛙　底本「飛こふ蛙」。後印本によって改める。芝草におく露をたのみに蛙が飛びかっていたのさえはかないのに、それに気づかず毛氈の下に蛙を敷くとは花見客の不風流なさまがとかくわかるものであろうの意。○いか成人にか　伊勢物語十二段「国の守にからめられにけり、…女をばとりて、ともに率ていにけり」を意識した表現。

がされつらんとおかし、持。

第五番

左　李下

9 蓑《みの》うりが去年《こぞ》より見たる蛙哉

右　勝　去来

10 一畦《アゼ》はしばし鳴《なき》やむ蛙哉

左の句、去年より見たる水鶏《くひな》かなと申さまほし。早苗の比《ころ》の雨をたのみて、蓑うりの風情猶《なほ》たくみにや侍るべき。右、田畦《でんけい》をへだつる作意濃《コマヤカ》也。閣ゝ《かくかくノア》蛙声などいふ句もたよりあるにや。長《ク》是《レ》群蛙《ぐんあ》苦《ネンゴロニ》相混《ヒル》、有《テ》レ時也《マタ》作《ス》ニ不平鳴《ノヲ》ニといふ句を得て以て力とし、勝。

9 ○蓑うり　蓑は茅や菅などで編んで作った雨具。▽蓑うりが蓑を売りに訪れて庭先で見た蛙は、去年訪れた時にも見た蛙だの意。季蛙（春）。

10 ▽今までいっせいに鳴いていた一畦の蛙が、人の足音を感じてぴたりとしばらく鳴きやんでしまった。誹諧小からかさに蛙に付心として畔伝（あぜづたい）をあげる。この句、貞享三年（一六八六）閏三月十日付の去来宛芭蕉書簡に「此度蛙之御作意、爰元而云尽したる様に存候処、又ゝ珍敷御さがし、是又人ゝ驚入申候」といった評価が見える。季蛙（春）。○去年より見たる…　「去年より見たる蛙哉」を「去年より見たる水鶏かな」と表現したい。早苗の頃の雨をあてにして来た蓑うりの様とした方がいっそう技巧的であろうの意。そのため蓑うりには水鶏（夏の季語）の方がふさわしい。○閣々　蛙の鳴き声。円機活法二十四・蛙の箇所に「濮陽伝詩」として「閣閣の蛙声聞くべからず」をあげる。○長是群蛙…　円機活法二十四・蛙の箇所に結句として「長く是れ群蛙苦に相混ず…時有て也（また）不平の鳴を作す」をあげる。

第六番

左　持

11 鈴たえてかはづに休む駅《ムマヤ》哉　友五

右

12 足ありと牛にふまれぬ蛙哉　琪樹

春の夜のみじかき程、鈴のたへまの蛙、心にこりて物うきねざめならんと感太《はなハダ》し。右、かたつぶり角ありとても身をなたのみそとよめるを、やさしく云叶《いひかな》へられたり。野径のかはづ眼前也、可レ為レ持。

第七番

左

13 僧いづく入《いり》相《あひ》のかはづ亦《また》淋《さび》し　朱絃

11 ○鈴　古代の駅鈴ではなく、馬につけた鈴であろう。○たえて　絶えて。○駅　古代の駅家ではなく、近世の宿駅であろう。▽宿駅では、昼間さかんに馬の鈴の音がしていたが、春の夜となって鈴の音も絶えて蛙の声が響き、人々はその声を聞きながら眠ることである。鈴―駅路・馬(類船集)。季かはづ(春)。

12 ▽足があるのでそれを頼みにピョンピョン飛んでのろい牛にも決して踏まれることのない蛙である。評語中にあげた「かたつぶり角ありとても」の歌によった句である。季蛙(春)。○心にこりて…　蛙の鳴き声が心に凝り固まって、おっくうな目覚めであろうの意。○感太し　「感はなはだし」と読む。黒本本節用集「太　ハナハダ」。感銘がふかいの意。○かたつぶり角ありとても　寂蓮法師「牛の子にふまるな庭のかたつぶり角あればとて身をばたのみそ」(夫木抄)。○やさしく…　優美にうまく蛙の上に表現しているの意。○野径のかはづ…　野中の小道の蛙の様子をまのあたりにしているようである。○眼前　野ざらし紀行(泊船集)の一本に蕉句「道のべの木槿は」に「眼前」と前書するごとく、当時の芭蕉らの関心は眼前体の表現にあった。

13 ○入相　入相の鐘。晩鐘。▽夕暮れ方に僧はどこに帰っていくのであろう。折から聞こえてくる蛙の鳴き声も入相の鐘と同じようにさびしく感じられる。誹諧小からかさに蛙の付心に日暮をあげる。季かはづ(春)。

右　勝　　紅林

14 ほそ道やいづれの草に入《いる》蛙

雨の後の入相《いりあひ》を聞《きき》て僧寺にかへるけしき、さながらに寂しく聞え侍れども、何《いづ》れの草に入《いる》かはづ、と心とめたる玉鉾《たまぼこ》の右を以て、左の方には心よせがたし。

第八番

左　　芳重

15 夕影や筑《つく》ばに雲をよぶ蛙

右　勝　　扇雪

16 曙《あけぼの》の念《ね》仏《ぶつ》はじむるかはづ哉

左、田ごとのかはづ、つくば山にかけて雨を乞ふ夕べ、句がら大きに気色さもあるべし。

14 ▽ほそ道を歩いていると蛙を見つけたが、どの草をめざして入ってゆくのであろうか。季蛙（春）。○僧寺にかへる　「重畳せる煙嵐の断えたる処、晩寺に僧帰る」（和漢朗詠集）。芭蕉「いづく霽（しぐれ）傘を手にさげて帰る僧」（東日記）。○玉鉾の　「道」に掛かる枕詞。ここでは右の「ほそ道や」の句をさす。○左の方には…　左句に同感しがたいこと。句趣の古さによるか。

15 ○筑ば　筑波山。茨城県にある名山。▽夕日の光のさす中、筑波山に雲を呼び寄せ一雨来るようにと田ごとに蛙がにぎやかに鳴いている。雨乞―蛙なく（類船集）。季蛙（春）。

16 ▽草庵の中で早朝の念仏を始めようとする頃、念仏を誦するように蛙が鳴き始めたことだの意。念仏―庵室の内（類船集）。季かはづ（春）。

○かけて　向かって。○雨を乞ふ夕べ　雨乞いをするように蛙の鳴く夕方。○思ひたへたる…　さびしい思いをがまんしていて念仏を始める。○殊勝にこそ　感心であることに右の句がすぐれていることを掛けていう。

右、思ひたへたる暁を、せめて念仏はじむる草庵の中、尤《もつとも》殊勝《しゆしよう》にこそ。

第九番

左 勝　　琴風

17 夕月夜畦《あぜ》に身を干す蝦哉

右　　水友

18 飛《とぶ》かはづ猫や追《おひ》行《ゆく》小野ゝ《の》奥

身をほす蛙、夕月夜よく叶《かな》ひ侍り。右のかはづは、当時付句などに云《いひ》ふれたるにや。小のゝおく取合《とりあはせ》侍《はべ》れど、是《これ》また求め過《すぎ》たる名所とや申さん。閑寥《かんれう》の地をさしていひ出《いだ》すは、一句たよりなかるべきか。たゞに工案の強弱をとらば、左かちぬべし。

17 ○夕月夜　夕月に同じ。「夕月夜　夜の字はあれども非夜分、夕の月也」(御傘)。▽夕月の光のさす田の畦に身を干している蛙であることよの意。誹諧小からかさに蛙の付心として畔伝をあげる。季蝦(春)。

18 ○小野　現、京都市左京区上高野から八瀬・大原に至る一帯の地。▽洛外小野の奥では飛ぶ蛙に猫がじゃれて後を追ってゆくの意。季かはづ(春)。

○右のかはづ　右の「飛かはづ猫や」の句は。○付句などに…　現今の連句などにもよく詠みふるされているようであるの意。その作品不明。○求め過たる…　「小野の奥」は好んでさがし求めすぎた名所といおうかの意。「小野」は惟喬親王の隠棲の地で、和歌によく詠まれた名所である。○閑寥の地　静かでさびしい土地。○たよりなかるべきか　力よわい感じがする。○工案の強弱　句の案じ方の強さ弱さ。

第十番

左

19 あまだれの音も煩《わづ》らふ蛙哉　徒南

右　勝

20 哀《あはれ》にも蝌《かへるご》つたふ筧《かけひ》かな　枳風

半檐《はんえんノ》疎《そ》雨《う》作《シ》二愁媒《しうばいヲ》一、鳴蛙《めいあ》似《タリ》二与《ト》レ幽人《いうじん》語《ルニ》一、などゝも聞得《ききえ》たらましかば、よき荷担《かたん》なるべけれども、一句ふところせばく、言葉かなはず思はれ侍り。かへる子五文字よりの云流《いひなが》し、慈鎮《じちん》・西行の口質《こうしつ》にならへるか。躰《てい》かしこければ、右、為レ勝。

第十一番

左

21 飛《とぶ》かはづ鷺《さぎ》をうらやむ心哉　全峰

19 ○煩らふ　苦労するの意。▽軒端の雨垂れの音がぽとりぽとりと響くので鳴くのにもひときわ骨を折る蛙であるの意。季蛙(春)。

20 ○蝌　おたまじゃくし。底本「蝌子」とあり、今、後印本の「子」を除いた形による。「蝌斗　カヘルノコ」(書言字考節用集)。○筧　懸樋。ふしをぬいた竹などを重ねて水をひく樋(ひ)。▽筧の水を伝っておたまじゃくしがやってくるのは趣深く思われることであるの意。季蝌(春)。

○半檐疎雨…　この詩句は増補国華集の「雨」の項に載る「●半檐の疎雨愁媒を作す石門●空階余滴有り、幽人と語るに似たり坡」によるもので、前半は釈恵洪の石門文字禅の「和余慶長春十首」中の一句、後半は蘇東坡の「秋懐二首」中の二句で、後半に「鳴蛙」の語を冠して七言詩の一句のごとくに仕立てたもの(石川八朗説)。短い軒にまばらに降る雨は心に愁いをもよおさせ、蛙の鳴声は世をのがれている人と語るようであるの意。○よき荷担　「あまだれの音」が蛙のよき味方であるのに。「我ためにはよき荷担の人ならむかし」(鹿島詣)。○一句ふところせばく　「煩らふ」とは一句の境地がせまく、表現が不十分であるの意。○五文字よりの云流し　上五「哀にも」から下へ詠みつづけた一句のリズム感。○慈鎮　慈円。平安末・鎌倉初期の歌僧。家集に拾玉集がある。○西行　平安末・鎌倉初期の歌僧。家集に山家集がある。○口質　くちつき。歌の詠みぶり。○躰かしこければ　句の姿がすぐれているので。

21 ▽地上を飛ぶにしてもせいぜい数十㌢にすぎない蛙は、空を自由に飛ぶ鷺をうらやむ心でいることであろうの意。飛―蛙(類船集)。季かはづ(春)。

右　勝

22
藻《も》がくれに浮世を覗《ノゾ》く蛙哉　　流水

鷺来つて幽池《いうち》にたてり。蛙問《とう》て曰《いはく》、一足独《リ》挙《ゲ》、静《しづか》にして寒葦《イ》に睡《ねむ》る、公《こう》、楽しい哉。鷺答《こた》へて曰、予人に向つて潔白にほこる事を要せず。只《ただ》魚をうらやむ心有《リ》、と。此《この》争ひや、身閑《かん》に意くるしむ人を云《いふ》か。藻がくれの蛙は志《シ》高遠にはせていはずこたへずといへども、見解おさ〱まさり侍《はべる》べし。

第十二番

左　持

23
よしなしやさでの芥《あくた》とゆく蛙　　嵐雪

22　▽池の藻にかくれて水の中から俗世間を覗き見しているような蛙であるよの句意。蛙を隠者的に擬人化したもの。季蛙(春)。
○鷺来つて…　この判詞の出典は、増補国華集「鷺」の項の「●静かにして寒葦に眠る雨颼々たり…、●斜陽は淡々として柳は陰々たり、風寒糸を裊(たわめ)て水深きに映ず、要せず人に向つて潔白を誇る、也(たま)知る常に魚を羨む心有るを…、行きて白蓮に傍うも魚未だ知らず、一足独り挙ぐ寒雨の裏(うち)、数声相伴ふ早秋の時云云以上事文…●翎(はね)を梳(くしけず)りて静岸に当り頂を縮めて幽池に立つ…以上大成」である。以上のうち「一足独り挙ぐ」は雍陶の「崔少府池鷺」中の一句、「静かにして寒葦に眠る」は鄭谷の「鷺鷥」中の句、「人に向つて潔白を誇る…」は羅隠の「鷺鷥」中の一句である。但し「一足独挙」は原典「一足独拳」が正しく、増補国華集も誤っている(石川八朗説)。鷺と蛙の問答としたのは、荘子の世界にならったもの。○幽池　しずかな池。○寒葦　枯れたあし。○身閑に…　閑寂な境地に身をおきながら心をくるしめる人。○藻がくれの蛙は…　右句の蛙は高尚で遠大な志をもち、左句の蛙のごとく別に他と問答することもないが。○見解…　物事についての考えがよくよくまさっていること。右の句の勝であることをいう。

23　○さで　叉手網。袋状の網を張った三角形の魚具。▽さでにかかって捨てられた芥とともに流れゆく蛙は、まことにつまらないことであるよ。季蛙(春)。

右　　破笠

24 竹の奥蛙やしなふよしありや

左右よしありや、よしなしや。

第十三番

左 持　　北鯤

25 ゆら〳〵と蛙ゆらるゝ柳哉

右　　コ斎

26 手をかけて柳にのぼる蛙哉

二タ木の柳なびきあひて、緑の色もわきがたきに、先一木《まづヒト》の蛙は、花の枝末《しずゑ》に手をかけて、とよめる歌のこと葉をわづかにとりて、遥《はるか》なる木末にのぞみ、既《すでに》のぼらんとしていまだのぼらざるけしき、しほらしく哀《あはれ》なるに、左の

24 ▽竹藪の奥から蛙の鳴き声が聞えてくるが、その竹の奥に蛙を養うわけがあるのであろうか。竹取物語のカグヤヒメの話をふまえた句か。季蛙(春)。
○左右よしありや…　それぞれ句中の「よしありや」と「よしなしや」を用いて評語とした。左右の句それぞれに特に一句に詠んだ理由があるのであろうか、或いはそうした理由がないのであろうかの意。

25 ▽ゆらゆらゆれる柳の木に止まった蛙は、ゆらゆらと柳とともにゆられている。季蛙(春)。

26 ▽柳の木に手をかけてゆっくりと柳にのぼってゆく蛙であるの句意。季蛙(春)。
○二タ木の柳なびきあひて　二本の柳が吹く風になびきあって、その緑色も区別しがたい、つまり左右の句の優劣の判定しがたいことをいう。○先一木の蛙は　右の「手をかけて」の句は。○花の枝末に手をかけて　源仲正「山吹の下枝の花に手をかけて折しり貌になく蛙かな」(夫木抄)。○しほらしく哀なるに　けなげで心を動かされるが。○玉篠の霰　玉は美称の意の接頭語。篠の葉においた霰。○萩のうへの露　まさにこぼれ落ちそうなあぶない感じをいう。芭蕉ののちの句「白露をこぼさぬ萩のうねりかな」(こがらし)。○左右しゐて…　左右の句の優劣を無理につけようとすれば、その趣味や好みによって区別できないことはないけれど、の意。○一巻のかざり　こうした着想の句も一巻の装飾にもなることであり。○古今の姿　むかしから今に至るまで通じる句のさま。○筆をさしおきて　左右の優劣を判定するのを止めて。「憚多くて筆をさし置ぬ」(おくのほそ道)。

蛙は樹上にのぼり得て、ゆら〳〵と風にうごきて落《おち》ぬべきおもひ、玉篠《しの》の霰《あられ》・萩《はぎ》のうへの露ともいはむ。左右しゐてわかたんには、数《す》奇《き》により好むに随ひて、けぢめあるまじきにもあらず侍れども、一巻のかざり、古今の姿、只《ただ》そのまゝに筆をさしおきて、後みん人の心〳〵にわかち侍れかし。

第十四番

左　持

27 手をひろげ水に浮《うき》ねの蛙哉　　ちり

右

28 露もなき昼の蓬《よもぎ》に鳴《なく》かはづ　　山店

うき寐の蛙、流に枕して孫楚《そんそ》が弁のあやまりを正すか。よもぎがもとのかはづの心、句も

27 ○ちり　底本「ち」虫損。初印一本・後印本による。▽手をひろげて水に浮きながら寝ているさまの蛙であるの意。水に浮かんだ蛙の姿態を詠んだ句。季蛙(春)。

28 ○山店　底本「店」虫損。初印一本・後印本による。▽露も消えてしまった昼の蓬の中で蛙が鳴いている。虫ならば露のおいた蓬生に鳴くのに。季かはづ(春)。○孫楚　中国晋代の人。「石に枕し流れに漱(くちすす)ぐ」と言おうとして「石に漱ぎ流れに枕す」と言い間違えたという故事は有名。○正す　底本「正」見えず。初印一本「心す」。後印本「正す」による。○よもぎがもとの…　昼の蓬の下で鳴く蛙の心。右の句をさす。○句も又むねせばく　句境のせまく、風情にとぼしいことをいう。

又むねせばく侍り。左右ともに勝負ことはりがたし。

第十五番

左　橘襄

29 蓑《みの》捨《すて》し雫《しづく》にやどる蛙哉

右　勝　蕉雫

30 若《わか》芦《あし》にかはづ折《をり》ふす流《ながれ》哉

左、事可《キ》レ然《ル》躰にきこゆ。雫ほすみのに宿かると侍らば、ゆゝしき姿なるべきにや。捨《すつ》るといふ字心弱くや侍らん。右、流れに添《そひ》てすだく蛙、言葉たをやか也。可レ為レ勝か。

第十六番

左　挙白

29 ▽脱ぎ捨てた蓑の雫がたまった水の中に、ちいさい蛙がやどっていることよの意。季蛙(春)。

30 ○蕉雫　底本「蕉下」。他本すべて「蕉雫」とあるによって今改める。▽川辺の若芦の中に蛙が身を折り伏して鳴いている流れである。季かはづ(春)。

○事可然躰　定家十体の一。「一首に詠まれた筋合いがいかにもそのとおりだと思われる詠みぶり」(和歌大辞典)。○ほす　干す。○ゆゝしき姿…　大仰な表現となるであろうの意。○捨るといふ字…　句中の「捨し」といふ字に一句の意味が弱くなるであろうの意。○流れに添て…　右の流れに添い集まって鳴く蛙の句は、ことばづかいもやさしいの意。○たをやか　底本「たほやか」。他本によって改める。

31 這《はひ》出《いで》て草に背をする蛙哉　かしく

右勝

32 萍《うきくさ》に我《わが》子《こ》とあそぶ蛙哉

草に背をする蛙、そのけしきなきにはあらざれども、我子《わがこ》とあそぶ父母のかはづ、魚にあらずして其楽《そのたのしみ》をしるか。雛鳧《スウフ》は母にそふて睡《ねむ》り、乳燕哺烏《にうえんホう》その楽しみをみる所なり。風流の外に見る処実あり、尤《もつとも》勝たるべし。

第十七番

左持

33 ちる花をかつぎ上《あげ》たる蛙哉　宗派

右

34 朝《あさ》草《ぐさ》や馬につけたる蛙哉　嵐竹

31 ▽池から這い出てぬれた背を草に擦りつけている蛙であることよの意。蛙の姿態をとらえた句。季蛙(春)。

32 ▽浮草の上でわが子と遊んでいる蛙であるよの意。蛙―萍(ウキクサ)(類船集)。誹諧小からかさに蛙の付心に浮草をあげる。季蛙(春)。
〇そのけしき…　そのような情景が見られないことはないが。〇魚にあらずして　「恵子曰く、子魚に非ず、安んぞ知らん魚の楽しみを」(荘子・秋水篇)。〇雛鳧　鴨のひな。子がも。「沙上の鳧雛母に傍いて眠る」(円機活法二十三・鳧の箇所。杜甫「絶句漫興九首」の詩句)。〇乳燕哺烏　雛を養うツバメや子をはぐくむカラス。〇風流の外に…　風雅の世界のことのみならず、親の子に対する真情がうかがわれる。

33 ▽池に散った花びらの下になった蛙が花びらをどけようとしてまるでかつぎ上げているように見えるよの意。季ちる花・蛙(春)。

34 ▽飼料として刈り取って馬につけた朝草、その草にまじって一緒に馬の背につまれた蛙である。季蛙(春)。

飛花を追ふ池上のかはづ、閑人の見るに叶《かな》へるもの歟《か》。朝草に刈《かり》こめられて行衛《ゆくゑ》しられぬ蛙、幾行の鳴をかよすらん、又捨《すて》がたし。

第十八番

左　持　　　　杉風

35 山《やまの》井《ゐ》や墨のたもとに汲《くむ》蛙

右　　　　蚊足

36 尾は落《おち》てまだ鳴《なき》あへぬ蛙哉

山の井の蛙、墨のたもとにくまれたる心ことば、幽玄にして哀《あはれ》ふかし。水汲《くむ》僧のすがた、山井のありさま、岩などのたゝずまひも冷《すさま》じからず。花もなき藤のちいさきが、松にかゝりて清水のうへにさしおほひたらんなどゝ、さながら見る心地せらるゝぞ、詞《ことば》の外に心あ

○池上　池のおもて。○閑人　閑居を愛する人。○幾行の鳴を　いくくだりの涙を流して哀しい鳴き声をの意。

35 ○墨のたもと　墨染の衣。僧衣。▽山中の泉の水を汲もうとする僧侶の法衣の袖にうっかり汲みとられた蛙であるの意。蛙―井の水(類船集)。季蛙(春)。

36 ▽おたまじゃくしからようやく一人前になった蛙。尾はどうにかとれたものの、まだ鳴くことはできないことだの意。季蛙(春)。

○心ことば　句意や用語。○幽玄にして哀ふかし　上品でやさしく情趣がふかい。○たゝずまひも　ようすも。○冷じからず　殺風景ではない。○詞の外に…　言外の余情が十分味わえる。○飛かふ　底本「飛こふ」。後印本の「飛かふ」によって今改める。とびちがう。○かへる子　おたまじゃくし。○時に叶ひたらん風俗を以　春の時節にうまくかなっているような蛙の姿をとらえていての意。

ふれたる所ならん。右、日影あたゝかに、小田の水ぬるく、芹《せり》・なづなやうの草も立《たち》のびて、蝶《てふ》なんど飛《とび》かふあたり、かへる子のやゝ大きになりたるけしき、時に叶《かな》ひたらん風俗を以《もつて》、為レ持。

第十九番

左　勝　　　　卜宅

37 堀《ほり》を出て人待《まち》くらす蛙哉

右　　　　峡水

38 釣《つり》得《え》てもおもしろからぬ蛙哉

此《この》番は判者・執筆ともに遅日を倦《ウン》で、我を忘るゝにひとし。仍而《よつて》以《もつて》判詞不レ審《ツマビラカ》。左かちぬべし。

37 ▽堀から這い出ていかにも人を待ちくらしているような蛙である。堀―蛙(類船集)。季蛙(春)。

38 ▽川端で魚釣りをしていて、たまたま蛙がかかっても少しもおもしろくもないことだの意。季蛙(春)。

○執筆　書記。記録係。誰であったか不明。○遅日を倦で　夕暮れの遅い春の日にうんざりしての意。○我を忘るゝにひとし　自分の役目をすっかり忘れていたようである。○仍而以判詞不レ審　そのためにこの番いの判定のことばがくわしく知られないの意。

第廿番

左　そら

39 うき時は蟇《ヒキ》の遠《とほ》音《ね》も雨夜哉

右　キ角

40 こゝかしこ蛙鳴ク江《え》の星の数

うき時はと云出《いひいだ》して、蟾《ひき》の遠ねをわづらふ草の庵《いほり》の夜の雨に、涙を添《そへ》て哀《あはれ》ふかし。わづかの文字をつんでかぎりなき情《コヽロ》を尽す、此《この》道の妙也。右は、まだきさらぎの廿日余リ、月なき江《え》の辺《ほと》リ風いまだ寒く、星の影ひか〳〵として、声〻に蛙の鳴出《なきいで》たる、艶《えん》なるやうにて物すごし。青草池塘処〻《せいさうちとうしよしよノ》蛙《ア》、約《やく》あってきたらず、半夜《はんや》を過《すぐ》と云《いひ》ける夜の気色も其《その》儘にて、看《ミ》ル所おもふ所、九重《ここのへ》の塔の上に亦一双加へたるならんかし。

※第廿番には諸本ともに左右勝負の判定の記載なし。

39 ▽つらい雨の夜、遠くで鳴く蟇の声もいっそうせつなく涙をさそうものであるの意。季蟇(春)。

40 ▽入江のほとりでここかしこにさかんに鳴く蛙の声、水面には無数の星が影を映している。季蛙(春)。

○わづらふ　思いなやむ。○草の庵の夜の雨に　藤原俊成「昔思ふ草の庵の夜の雨に涙な添へそ山ほととぎす」(新古今集・夏・藤原俊成)。○涙を添て　上記の歌のことばを用いた。涙の浮かぶさまを表現して情趣が深い、の意。○わづかの文字をつんで…　和歌のことばを少しばかり用いてこの上ない感情を表現しつくしている。○きさらぎの廿日余リ　陰暦二月二十日余り。○艶なるやうにて　艶は優雅な美しさ、明るくはなやかな美しさ。○物すごし　ひどくさびしい。○青草池塘処〻蛙　「黄梅の時節家家の雨、青草の池塘処処の蛙、約有り来らず夜半を過ぐ、閑に棊子を敲いて灯花を落す」(聯珠詩格・趙師秀・有約)。詩人玉屑にも載るが、「約客不来」と異なる。○半夜　真夜中。○一双　一対。ここでは「一層」に当てたか。

追加

鹿島《かしま》に詣侍《まうではべ》る比《ころ》真間《まま》の継はしニて

41 継《つぎ》橋《はし》の案《あ》内《ない》顔《かほ》也《なり》飛《とぶ》蛙　不卜

頃日《けいじつ》会ニ深川芭蕉庵ニ而、群蛙《ぐんあ》鳴句《めいく》以ニ衆議《しゆぎ》判《はん》ニ而、馳ニ禿《とく》筆《ひつ》ニ青蟾堂仙化子《せいせんだうせんか》撰《これをえらぶ》レ焉乎

貞享三丙寅歳閏三月日

新革屋町　西村梅風軒彫刻

41　○鹿島　現、茨城県鹿島町の鹿島神宮。不卜の参詣の年時は不明。○真間　歌枕。今の千葉県市川市真間町。手古奈伝説で有名。また真間の継橋として歌枕に用いられた。継橋は川に柱を立てて板をついで渡した橋。長明「葛飾や川ぞひうつぼ咲しより波より通ふまゝの継橋」(夫木抄、松葉名所和歌集)。▽自分の前を飛びゆく蛙、まるであの真間の継橋を案内しようとばかりの様子であるの意。「足音せず行かむ駒もが」(万葉集)と詠まれた歌枕真間の継橋に案内顔の蛙を詠み合わせたところに俳諧がある。季蛙(春)。

○衆議判　判者を設けず複数の人々によって句の優劣を判定したもの。○禿筆　ちび筆。謙辞。○青蟾堂仙化　江戸の人。芭蕉門。姓名・生没年など未詳。下の二顆の印は「青泉白石」「仙化之印」とある。

○新革屋町　江戸の町名。現、東京都千代田区神田一―三丁目のうち。

○西村梅風軒　西村徳兵衛。唄風とも号する。丙寅紀行・花摘などの出版書肆。

続《つづき》の原《はら》（上）

大内初夫 校注

〔**編者**〕不卜。

〔**書誌**〕半紙本一冊。題簽「俳諧続の原　上」。柱刻「序（一—二十六）」。(上)全二十七丁。

〔**書名**〕不卜の第三撰集であり、第一撰集に「江戸広小路」、第二撰集に「向の岡」と、その住地の地名を題しており、本集の書名は向の岡の別名によるとも、または近くにある続の岡の地名によるとも見られる。

〔**成立**〕一柳軒不卜は、江戸の市中に住みながらも、多年、月花の風雅に遊び、俳諧に深くこころを寄せていた。不卜は延宝期に既に二つの撰集を公にしていたが、その後の俳風の推移流行にも関心をもち、当時のすぐれた句々を集めてこの撰集を思いたった。上巻は、句を左右に番えて春・夏・秋・冬の四節に分かち、判者を江戸の素堂・調和・桃青(芭蕉)、京の湖春の四人に依頼したもので、素堂・芭蕉の奥書によると貞享四年(一六八七)冬のことである。これに連句(歌仙五巻)と発句(一五八句)を収録したものを下巻として、翌五年春に成立刊行された。

〔**構成**〕(1)自序、(2)春部の十二番句合、判者素堂、奥書あり、(3)夏部の十二番句合、判者調和、(4)秋部の十一番句合、判者湖春、(5)冬部の十二番句合、判者桃青(芭蕉)、奥書あり。春・夏・冬の部は各十二番であるのに、秋のみ十一番となっていて、その理由はよくわからない。また春部の素堂と冬部の桃青のものは、その句合に奥書の文章がついており、特に桃青のものは長文であって、上巻全体の跋文ともとれる体裁となっている。

〔**意義**〕編者不卜は、延宝江戸俳壇に活躍した貞門系の宗匠であるが、芭蕉とも交渉があったために、次第に蕉風の影響を受けた。このことは、本句合の発句作者の中に、挙白・蚊足・琴風・其角・破笠・去来・野馬・嵐雪・文鱗・孤屋など蕉門——特に其角系が多く採られていることによっても知られる。また他門では調和系が多いのは、当時の江戸俳壇の情況を反映しているのであろう。四人の判者のうち、芭蕉・素堂はともかくとして、調和・湖春は当代の俗匠として知名な人物である。こうした異なる俳人のそれぞれの判詞を通して、各人の批評眼や俳諧観を窺うことができる。中でも詳細丁寧で句の勘所をよく押さえているのはやはり芭蕉であって、そこに指導者としてすぐれた彼の姿が理解される。

〔**底本**〕柿衛文庫本。

五とせ六とせ先の向の岡は、誹諧の根を尋よといふ心ならし。今続の原のつゞきおかしき巻〱、心〱のこと草を合せて、武蔵野のふるき友達、都の何がしに判させて、人をもなぐさめ我もたのしむ事となりぬ。年はつちのえたつのきさらぎの柳いやおひ月の桜に筆をきらし侍る。

一柳軒《いちりうけん》不《ふ》卜《ぼく》

○向の岡　不卜の江戸広小路に次ぐ第二俳諧撰集で、延宝八年（一六八〇）刊。本集の成立貞享五年（一六八八）より八年前のことであるから、「五とせ六とせ先」は正しくない。なお、「広小路」「向の岡」の題名は、編者不卜の居住していた江戸の地名による。
○誹諧の根　俳諧の根元。
○続の原　本集の題名は向の岡の別名、あるいは近くに続きの岡という地名があるによるか。
○つゞきおかしき巻〱　付合の趣のある連句の巻々。下巻を指す。
○心〱のこと草　心々の言種。ここでは各自の発句の意。
○武蔵野　ここでは江戸を指す。岡・根・原・草・野は縁語。
○ふるき友達　素堂・調和・芭蕉。
○都の何がし　京都の湖春。
○つちのえたつ　戊辰。貞享五年。
○きさらぎ　如月。陰暦二月。
○いやおひ月　陰暦三月。
○桜　柳の縁語。柳―桜（類船集）。
○筆をきらし　筆先を切らす。十分に筆を用いて書き終える。
○不卜　岡村氏。通称市郎右衛門。一柳軒。江戸堀江町住。石田未得門。元禄四年（一六九一）四月没。享年未詳。

一番　左　芹《せり》　持

1 手にとればさのみよごれぬ田《た》芹《ぜり》哉《かな》　挙白

右

2 嬉《うれ》しさにいらぬ程《ほど》摘《つむ》根《ね》芹《ぜり》かな　コ斎

おられぬ波に袖《そで》のぬれしは花の陰《かげ》なれば也。昔芹はもと彼亀《かのかめ》にならつて泥中《でいちゆう》に根をひく。国君に奉らんといひしも、閑にしてたのしむの人なり。芹をとり芹をとる、左右無㆓優劣㆒。

二番　左　餅《しらうを》　持

3 白《しら》魚《うを》やしらで過《すぎ》にし礒《いそ》清《し》水《みづ》　勇招

右

4 しら魚や石にさはらば消《きえ》ぬべし　枳風

○芹　毛吹草・連歌四季之詞の初春に「芹」。セリ科の多年草。日本の各地の湿地や溝に生える。全体にある種の芳香があり、早春、若い葉と茎を食用にする。春の七草の一。○持　じ。もち。左右の句の優劣なく引分けのこと。

1 ○田芹　芹の異名。多く田に生えるのでいう。▽田のあぜにかがんで溝の芹を摘む。長い根なので泥で手もよごれそうだが、手にとってみれば思ったほどには汚れないものである。芹―小田のあぜ(類船集)。季田芹(春)。

2 ○根芹　芹の異名。根を食用にするのでいう。根白草として毛吹草・誹諧四季之詞に正月。▽初春の訪れとともに野に出て芹を摘む。そのうれしさに心はずんでついつい食べきれないほど摘んでしまったことよの意。根―芹(類船集)。季根芹(春)。

○おられぬ波に…　「春ごとに流るゝ河を花とみて折られぬ水に袖やぬれなん」(古今集・春上・伊勢)の歌による。この花は詞書によれば梅の花。折ることのできない水に映った梅の花を折ろうとして袖を濡らしたのは、花の影であったからであり、左の句はそれとは違って実の芹であるからそれほど汚れないのであるの意。○彼亀にならつて…　「寧其死為㆓留㆑骨而貴㆒乎。寧其生而曳㆓尾於塗中㆒乎」(荘子・秋水篇)。円機活法二十四・亀の事実の項に「曳㆓尾塗泥㆒」として荘子の前掲の箇所が引用されている。荘子のかの亀が尾を泥の中に引きずるように、芹も泥中に長く根を引いているの意。○国君に奉らんといひしも　列子・巻七楊朱に見える、昔宋の国の田夫が日向ぼっこの暖かさを吾が君に献上したら、ご褒美にありつけるだろうといった話。ここではそれを芹のこととしている。国君は国主。○閑にしてたのしむの人　この句の主人公は暇で芹摘みをたのしむ人であるの意。○芹をとり芹をとる　左の句も右の句も同じく芹摘みを詠んだ句であるの意。芹摘みは春の野遊びの一。

○餅　文明本節用集にこの字が見え、シロウホと読むが、普通シラウオ。シロウオはハゼ科、シラウオはシラウオ科で別種であるが混同された。ここは後者で、毛吹草・誹諧四季之詞に正月。細長く半透明の小魚で、わが国各地の河口に産する。江戸

左、詞《ことば》なだらかにして粉骨《ふんこつ》なきにあらず。右、折らば落《おち》ぬべきふること、さま〴〵にいひつくし侍れば、作者の手柄なきに似たれど、白魚の本性《ほんしやう》かくぞあるべき。よつて持《ぢ》たるべし。

三番　左　梅

5 散ル梅を梢《こずゑ》に返す羽《は》蟻《あり》かな　松濤

右　勝

6 三日月は梅におかしきひづみ哉　不角

暗香《あんかう》浮動月黄昏《くわうこん》、梅の精神、なをあらはるゝをや。左もあしきにはあらず。他に番《つが》ひ侍らばしもにたつことかたかるべし。

四番　左　五加《うこぎ》　持

7 はしたなく衣《きぬ》はりむすぶ五加哉　峡水

隅田川の名物の一。

3 ○礒清水　磯のほとりに湧き出ている清水。▽白魚をたくさん獲ったうれしさに、磯清水に気づかずに通りすぎてしまった。清水の季はこの頃は雑(御傘)。季白魚(春)。

4 ▽水に泳いでいる白魚、そのすき通った体は水底の石にふれたらはかなく消えてしまいそうだの意。季しら魚(春)。

○詞なだらかに…　リズムのよい表現であること(しらうおやしらですぎにしいそしみず)。○粉骨　句作上の努力をいう。「五文字粉骨の歌なりと師のいへる也」(三冊子)。○折らば落ぬべきふること　「ふること」は故事、古歌。「白露を取らば消ぬべしいざ子ども露に競ひて萩の遊びせむ」(万葉集十)を指すか。この古歌は古今和歌六帖、夫木抄にも見える。○さま〴〵にいひつくし侍れば　この歌を本歌としていろいろと句にも作られているので。例えば芭蕉「藻にすだく白魚やとらば消ぬべき」(東日記)。○作者の手柄　作者の功績。独創性についていう。○本性　本来的に具有する性質。

○梅　毛吹草・連歌四季之詞に初春。異名、この花、春告草。

5 ○羽蟻　飛蟻。はねあり。交尾期に羽の生じた蟻や白蟻。▽散った梅の花びらが不思議なことに梢に返っていくと思ってよく見たら、羽蟻の飛んでいるのであった。「落花枝に上りがたし、破鏡ふたたび照らさず」(伝灯録)、「落花枝にかへらず」(毛吹草)のことわざによった句。武在「落花枝に帰ると見しは胡蝶かな」(音頭集)。羽蟻は糸屑(元禄七年)以下に四月として所出。季梅(春)。

6 ▽梅の白く咲く夜空に三日月が輝いているが、梅干のすっぱさを想像してあのようにおかしくゆがんでいるのであろう。梅―庭の月・春の夜の月(類船集)。季梅(春)。

○暗香浮動月黄昏　林和靖「山園小梅」の詩句で、禅林句集に所出。○梅の精神…　「もとより梅の精なれば」(謡曲・梅)。梅のたましいがこの右の句にやはりあらわれているのを賞すべきであろうの意。○他に番ひ侍らば　右句以外のものと合わせられていたらの意。○しもにたつこと…　「赤人は人麿が下に立たむ事かたくなんありける」(古今集・仮名序)による。負となるこ

右

8 道閉《とぢ》て五加《うこぎ》に昼の念仏《ねぶつ》かな　扇雪

左、孤村《こそん》見るけしき也。右、ふつゝかに思ひとるにはあらず、仏につかうまつるにや。よき持たるかな。

五番　左　蝶《てふ》　勝

9 いつとなく捨子になるゝ胡蝶哉《かな》　渓石

右

10 松がえのやどり似《に》合《あは》ぬこてふ哉　委形

松が枝のこてふ、心はあきらかなり。左の胡蝶、何となく哀れふかし。

六番　左　燕《つばめ》　持

11 落《おち》かへり滝《たき》の水のむつばめ哉　一桃

とはあるまいの意。

○五加　五加木。古名むこぎ。ウコギ科の落葉低木。幹や枝に棘針があるので生垣に用いる。春、若葉を摘んで浸しものとし、また飯に炊きこんだり茶にしたりする。毛吹草・誹諧四季之詞の三月に「うこぎ」。

7 ▽垣のウコギに洗った布類を張りかけて干してあるのはまことにいやしく下品な感じのするものである。張りに枝の針を掛けている。季五加(春)。

8 ▽垣根のウコギが茂って道をとざした家から昼の念仏を唱える声が聞えてくるの意。念仏―山住・庵室の内(類船集)。季五加(春)。

○孤村　遠く離れたところにある村里。○ふつゝかに思ひとる…　徒然草五段「不幸に愁に沈める人の頭おろしなど、ふつゝかに思ひとりたるにはあらで…」を踏まえたもの。右句の「昼の念仏」の庵主は、いいかげんな気分で出家したのではなく、ひたすら仏に仕えているのであろうの意。

○蝶　毛吹草・連歌四季之詞の中春に蝶をあげる。

9 ○なるゝ　馴れる。▽道のほとりに捨てられた赤子、近くをひらひら飛んでいた蝶も、いつの間にか、すっかり捨子に馴れてそのまわりを飛びまわっているの意。芭蕉「猿を聞人捨子に秋の風いかに」(野ざらし紀行)。和歌藻塩草に「こ蝶の人なれて」をあげるが、それを「捨子になるゝ」とした句。「我が宿の春の花ぞのみるたびにとびかふてふの人なれにける」(夫木抄・藤原良経)。季胡蝶(春)。

10 ○松がえ　松が枝。松の枝。○やどり　宿り。とまるところ。▽蝶が松の枝にとまろうとして飛びまわっているが、松と蝶とでは、どうも似合わしくないの意。松―鶴・ねぐらの鷺・うぐひす(類船集)。「鶴のすむ松より外は我がやどのとなりたえたる山のさびしさ」(夫木抄・藤原顕朝)。季こてふ(春)。

○心はあきらかなり　右句の松が枝に胡蝶を取りあわせた作者の意図は明白である。松は千年の樹といい、蝶の命ははかないものであるので、それを取りあわせて「似合ぬ」といったこと。

右

12 飛《とび》ながら中《ちゅう》に子を持《もっ》つばめ哉　　心水

かるわざ双方たぐひなし。わけていはゞ風流《ふうりう》左にあり、情右にあらん。

七番　左　蕗花《ふきのはな》　勝

13 古井戸や蕗の花ちる水の隈《くま》　　仙化

右

14 おこがましちいさき垣に蕗の花　　雨閨

左、中の七文字よりしもへのつゞき、となへてやすらかに聞へ侍る。求めたるやうにてしかも自然の風情ならし。右も五文字、所を得たり。しかれども水のくまいさゝかまさるべくや。

○哀れふかし　情趣ぶかい。胡蝶が捨子に馴れるとした情景を詠んでいるので。
○燕　「つばくらめ」とも。毛吹草・連歌四季之詞の「中春」に見える。

11 ▽落下していったかと思うとひるがえり飛びあがって来て滝の水を器用に飲んでいく燕であるの意。滝が夏の季語になるのは明治以後。季つばめ(春)。

12 ○中　「宙」の当て字。空中。○持　底本「待」。文政再刻本「もつ」。意によって今改める。▽空を飛び回りながら空中に雛鳥をかかえている器用なつばめであることだ。季つばめ(春)。

○かるわざ　軽業。はなれわざ。○たぐひなし　どちらも優劣をくらべがたい。○わけていはゞ　とりたてていうと左句の方は俗でなく優雅な趣がある。○情　感情。ここでは親鳥の雛に対するあわれみや思いやりの心。

○蕗花　蕗はわが国の各地の山野に自生するキク科の多年草。白黄色の雄花と白色の雌花との別があり、初春に蕗の薹といわれる芽を出し、暖くなるにつれて茎も伸び花を咲かせる。盛りのすぎた花を蕗のしゅうとめという。毛吹草・誹諧四季之詞の正月に「ふきのたう」は見える。「蕗」は毛吹草、増山井以下四月。

13 ○古井戸　底本「古井土」。文政再刻本「古井戸」。今改める。○隈　すみの暗いところ。▽人の使用していない古井戸をのぞいてみると、すみの方の水面に蕗の花がちって浮かんでいる。蕗の薹など俳言。蕗の花の句は古来少ない。季蕗の花(春)。

14 ○おこがまし　しゃくにさわる。▽貧家の小さい垣根に白黄色の蕗の花が咲いているのを見ると、なまいきな感じがするの意。季蕗の花(春)。

○中の七文字より…　「蕗の花ちる」から下五までの言葉の続き具合。○となへてやすらかに　口に唱えるとリズムが快く。○求めたるやうにて　ことさら趣向を構えたようで。○自然の風情　おのずからなる情趣。○ならし　「なるらし」のつづまった形で、近世では断定の「なり」をやわらげた言い方として用いら

八番　左　柳《やなぎ》

15 大《おほ》風《かぜ》に力たゆまぬ柳かな　蚊足

右　勝

16 木兎《みみづく》の眠り落《おち》たる柳哉《かな》　琴風

右、秀逸。三日月のひづみの句を上に置《おき》て、此《この》句第二に不レ落。左もまたあしきには沙汰し侍らず。右右たれば也。

九番　左　雲雀《ひばり》　勝

17 笹《ささ》分《わけ》て袖に飛《とび》込《こむ》雲雀かな　魚児

右

18 筏士《いかだし》に日和《ひより》見せけり夕ひばり　立些

夕ひばりも其《その》さまやさしきに似たれど、袖に入《いる》雲雀、祖生一着《そせいいつちやく》ノ鞭《むち》たるべし。

れる。○五文字　上五文字「おこがまし」を指す。○所を得たり　この場にふさわしい。○水のくま…　左の「水の隈」の句が少しすぐれていることをいう。

○柳　毛吹草・連歌四季之詞の初春に「柳 風見草・川柳」。

15 ○力たゆまぬ　力の衰えない。▽大風の吹くままに動きやまぬ柳の木のさまを擬人化していつまでも力のよわまらない柳といったもの。歌や連歌では春風になびくが常套である。季柳(春)。

16 ○木兎　書言字考「木兎 ミヽヅク、ヅク」。木菟。フクロウ科の鳥で、頭に長い耳羽を持ち、昼かくれていて夜出て小鳥を捕えて食う。季はこの頃は雑か。のち秋八月に扱うものもあり、支考の古今抄の提言以後冬としても扱われ、近代に入って冬に定まる。▽風もなく枝を垂れた柳にとまってミミヅクが眠りこんでしまっているの意。季柳(春)。

○秀逸　最もすぐれていること。○三日月のひづみの句　前出の三番右の不角の句。○上に置て　この句よりすぐれているとしても。○第二に不レ落　二番手には落ちまいの意。○沙汰し侍らず　判定しているのでない。○右右たれば　右はすぐれた方の意があり、右の句がそれにふさわしくすぐれているのでの意。

○雲雀　毛吹草・連歌四季之詞に中春として見える。はなひ草など正月。近世後期では俳諧歳時記栞草など兼三春。

17 ▽笹原を分けて歩いていると、とつぜん雲雀が袖の中に飛び込んで来たことだの意。雲雀といえば和歌などでは「春の野にあがる、なく、雲に入る…」(和歌藻塩草)と詠まれていたものを袖に飛び込むとしたところに俳諧の新しさがある。季雲雀(春)。

18 ○筏士　筏は木材や竹を縄や蔓でつなぎ合わせ、水に浮かべて川を下すもので、その筏に乗ってこれをあやつって目的地に流すのを業とする者。○日和　晴天。▽春の夕方、雲雀がしきりに空に鳴いて、川を下っていく筏士に、うららかな天候を眺めさせたことだの意。季夕ひばり(春)。

拾番　左　木瓜《ぼけ》　持

19 世になしや芝に刈《から》るゝ木瓜の花　卮房

右

20 雨の日やいとゞ泣《なか》るゝ木瓜の花　紅林

左右、ほまれもなく、そしりもなし。

十一番　左　木ノ《こ》目　持

21 鶸《ヒハ》鳴《ない》て木の目を明日《あす》の詠《ながめ》かな　朱紘

右

22 碁《ご》に飽《あき》て幾《いく》度《たび》も見る木の目哉　鵲白

右、心至りて詞《ことば》いまだいたらず。左、難解。さだめて意味あらん。しばらく不レ分《わかたず》二甲乙一。

○夕ひばり　右句を指す。○其さまやさしき　句姿が優美で風情のあることをいう。○祖生一着ノ鞭　「祖生の鞭」ともいう。晋の劉琨(りゅうこん)が、友人の祖生(祖逖《そてき》)が先に任用されたのを聞いて、先鞭をつけられたといったという故事(晋書)。人に先んじて事を行なうこと。ここでは左の句の趣向の新しさをいったもの。

○木瓜　中国原産で、ボケは中国名の音よみの転じたもの。バラ科の落葉低木。晩春に葉に先だって淡紅色の花を開く。歳時記等に三月、毛吹草・誹諧四季之詞の三月に「ぼけの花」。

19 ○世になし　日陰もの。世に存在の認められないもの。○芝　柴と同じ。小さい雑木で、薪にしたりする。▽花の咲く時に葉の生えてない木瓜は、他の雑木と一緒に柴として刈られてしまうが、梅や桜とちがって何となく存在感のない花であるの意。季木瓜の花(春)。

20 ▽春雨のしとしと降る日、雨にぬれた木瓜の花を見ていると、さびしげで哀れな様子にいっそう涙をもよおされることである。季木瓜の花(春)。

○ほまれもなく、そしりもなし　左右どちらの句も、すぐれた点もなく劣った点もない。

○木ノ目　木の芽。「きのめ」とも。春になって木々の芽吹くものの総称。毛吹草・連歌四季之詞は中春に「木目」。

21 ○鶸　日本産のアトリ科の鳥。雀より小さく黄色で澄んだ声でチュインチュインとよくさえずる。毛吹草では誹諧四季之詞・八月の「山雀」の下に列挙する。近世以後、季は秋。○詠　眺め。▽うららかな春の日、木々の梢で鶸がしきりに鳴いているが、木の芽吹きを明日の眺めとしてたのしみにすることだ。季木の目(春)。

22 ○碁　囲碁。一局争うのに二、三時間を要する。▽友人などと囲碁を打っていたが、容易に勝負がつかずについ飽きてしまって、庭木のうすみどりの芽立ちを幾度となく眺めやることである。季木の目(春)。

○心至りて詞いまだいたらず　句意は十分に理解できるが、表

十二番　左　桜　持

23 桜ちる弥生《やよひ》五日《いつか》は忘れまじ　其角

右

24 そぼふるや猶《なほ》傘《カサ》さして山桜　不卜

左右、ひとし。生田《いくた》の森に鳥もあらばと、ふるごとを吟じて筆をさしをくのみ。

現がまだ不十分である。「在原業平は、その心あまりて言葉たらず」(古今集・仮名序)。○さだめて意味あらん　きっと何かふかい意味を含めているのであろう。○不レ分二甲乙一　優劣を判定しない。

23 ○弥生五日　旧暦三月五日。当時いわゆる奉公人の入れ替わる出替の日。日次紀事の三月五日に「出替り　近世今日僕奴出易(ﾘｶﾞ)」。▽しきりに桜の花びらの散る三月五日の出替の今日は、恐らく一生忘れることはないであろう。「まじ」は否定の推量。季桜ちる・弥生(春)。

24 ○そぼふる　雨の静かに降る。▽春雨がしとしとと降る中、雨で花の散るのを惜しんでなお傘をさしてまで山桜を見て歩くことよ。春雨—花散(類船集)。「そぼふる」「傘」で春雨を抜いた句。季山桜(春)。

○生田の森に鳥もあらば　森は川の誤りで、「津の国の生田の川に鳥も居ば身を限りとや思ひなさなん」(寂蓮法師百首)の歌を指すか。この歌には「等思両人」の詞書があり、女を争って川面の鳥を共に射て決しかねて自殺した二人の男の生田川伝説を詠んだもの。生田の森は、現、神戸市中央区三の宮の西の生田神社境内の森。○ふるごとを吟じて…　右の古歌を口ずさんで…というのは、詞書に「等思両人」とあるごとく、二人の男を決めかねた伝説のように、左右の優劣をつけずに持にしたことをいう。

古き世の友不卜子、十余りふたつがひの句合《くあはせ》を袖にし来《きた》りて判をもとむ。狂句久しくいはず。他の心猶《なほ》わきがたし。左蛮《さばん》右触《いうしよく》あらそふ事はかなしや。これ風雅のあらそひなればいかゞはせん。世に是非を解《とく》人、猶《なほ》是非の内を出《いで》ず。我レ判にかゝはらじとすれど、人又いはん、無判の判も判ならずやと、

丁卯《ひのとう》之冬。

素堂書

○古き世の友　昔からの友人。
○十余りふたつがひ　十二番。「つがひ」は一組。
○袖にし来り　持参して。
○判　批判。左右の優劣を決めること。
○狂句久しくいはず　俳諧の句を久しい間詠まないので。
○他の心　他人の心。
○左蛮右触あらそふ事　荘子・則陽篇の寓話による。正しくは左触右蛮。蝸牛の左の角にある国触氏と、右の角にある国蛮氏とが互いに土地を争って戦ったということから、つまらないことにこだわって争うことをいう。
○風雅のあらそひ　文芸上の争い。
○是非　是と非。道理にかなうこととかなわないこと。ここは是非を口にする人も、けっきょく是非の分別から出ることができないの意。
○かゝはらじ　関係しまい。
○無判の判も判ならずや　判者として全く判定を施さないのも結局批判したのと同じではないかの意。
○丁卯之冬　貞享四年(一六八七)冬。

一番 左 持 卯花《うのはな》

25 卯花や里の見えすく朝《あさ》朗《ぼらけ》 露沾

右

26 鶯《うぐひす》の声やみじかき花《はな》卯《うつ》木《ぎ》 不卜

左は、玉鉾《たまぼこ》の道行《ゆく》人も、卯花の白妙《しろたへ》なるに片《かた》里《さと》を見《み》付《つけ》て足をとゞむ。一枝瀟洒出疎籬《せうしやそりをいづ》のけしき自然にうかびて聞え侍り。右は、時節のうつる所老《おい》ごゑに鳴《なき》て、と清氏《せいし》の女のいひし心ばえも有《あり》て匂ひふかければ、摸陵《もりよう》の手にひとし。

二番 左 持 麦

27 村《むら》雨《さめ》に牛游《およ》がする麦《むぎ》野《の》哉《かな》 枳風

右

〇卯花 ウツギの花。ユキノシタ科の落葉低木で、陰暦四月を卯月というごとく、初夏の頃に白色五弁の小花を枝先につける。一名を垣見草というごとく民家のまがきなどによく植える。毛吹草・連歌四季之詞の初夏に「卯花」をあげる。

25 〇朝朗 夜明け方。あけぼの。▽空がほのかにあかるくなってゆく夜明け方、薄闇の中に白い卯の花垣に囲まれた里が見える。元禄百人一句巴にも入る。季卯花(夏)。

26 〇花卯木 卯の花の別名。茎が空ろなので、ウツギという。▽初夏、卯の花が白く咲いているあたりに、老いたうぐいすのチャッチャッと短い鳴き声が聞えて来る。和歌藻塩草「うくひすのかよふかきねのうのはな」。季花卯木(夏)。

〇玉鉾 「道」にかかる枕詞。〇白妙 白色。「卯の花の白妙に、茨の花の咲そひて」(おくのほそ道)。〇片里 片田舎。へんぴな村里。〇一枝瀟洒出疎籬 瀟洒は、清らかでさわやかなさま。疎籬は、まばらに結ってある垣根。底本「諫籬」。この詩句出典不明。〇時節のうつる所老ごゑに鳴て 「夏・秋の末まで老いごゑに鳴きて」(枕草子)。老ごゑは、盛りをすぎた声。ここでは「声やみじかき」を指す。初夏の季節のすぎゆく頃に…の意。〇清氏の女 清少納言。〇心ばえ 風情。趣。〇匂ひふかければ 情趣のよくこもった句なので。〇摸陵の手 正しくは摸稜の手。唐の蘇味道が国事について問われた時、はっきりと答えずに腰掛けのかどを撫でていたという故事により、物事の是非を決せずあいまいにしておくのをいう。ここでは持としたこと。

〇麦 はなひ草には「むぎ」を四月としてあげる。他書では「麦」のみを季語としてあげることなく、例えば毛吹草では誹諧四季之詞に四月に「青麦」、五月に「麦秋・麦飯」をあげる。

27 〇村雨 夏の夕立と混同するものもあるが、連俳では一般に雑。産衣に「村雨は雑には有といへ共心得あり。四月の初・中頃迄の様に付なしてよし。片雨、急雨」。〇游 文明本節用集「ヲヨグ」。▽はげしいにわか雨で麦野が急に増水した。その中を農夫が牛を泳がせて家へつれ帰っている。季麦野(夏)。

28 離れ馬きのふ麦野の暴風《はやて》哉《かな》　調柳

麦野の雨に牛を游《およ》がせたる作意、めづらかに興有《あり》。右は昨日の暴風と見たてたる所に意味有《あり》て又おかし。仍持《よつてぢ》とす。

三番　左勝　筍《たけのこ》

29 垣根より竹の子のぞく厩《うまや》哉　全峰

右

30 古井戸に笋《たけのこ》生《ハヱ》し旦《あした》かな　不謅

筍の折にふれては興有ル厩も見ざり、されば又住《すみ》すてし古井戸の中より生出《はえいで》たるは、哀れもありてきこえ侍る。されども左の余情《よせい》には、聊《いささか》負《おと》りたる所見え侍る。

28 ○離れ馬　放れ馬。放れ駒とも。つないであった綱から放れて走っている馬。○暴風　易林本節用集「ハヤテ」。急に激しく吹きあれる風。易林本節用集ではこの字をほかにノワキとも読んでいるが、野分は中秋(毛吹草)で季があわない。▽麦野の中を綱を放れた馬が走りまわっているが、麦の折れたり倒れたりしているのを見ると、まるで昨日嵐が吹きあれたようだ。季麦野(夏)。

○作意　趣向。○めづらかに興有　これまでそうした句がなく、おもしろい。○見たてたる　見て定める。○意味有て　作者の特別のねらいがあって。「野分のまたの日こそ、いみじうあはれにをかしけれ」(枕草子)を意識して、野分を暴風に転じたもの。

○筍　笋も同じ。竹の子。たかんな。竹の地下茎から初夏の頃に生じる。誹諧初学抄に五月、毛吹草・誹諧四季之詞に「竹子」を四月にあげ、「真竹は五月」とする。

29 ○厩　馬小屋。▽道を歩きながら垣根から屋敷内に生え出ている竹の子を覗く。いつもならそばの馬小屋に気をひかれるのにの意か。季竹の子(夏)。

30 ○古井戸　底本「古井土」。文政版により改める。判詞中の「古井戸」も同じ。○旦　朝。▽ある朝みると、住む人もいなくなった古井戸の中に、竹の子が生えでていることだの意。季笋(夏)。

○筍の折にふれては…　竹の子の生える時節なので、ふだんは興味を引かれる馬小屋にも目がいかないの意。○されば　底本「され」。文政版により「ば」を補う。○住すてし　住む人のいなくなった。○哀れ　しみじみとした情趣。○負りたる　劣りたる。左句の方に余情があって右句を負としたことをいう。

四番　左　田植《たうゑ》

31 蕗《ふき》の葉に亀《かめ》をさへたる田植哉《かな》　立些

右　勝

32 折からの娵《よめ》くらべ見ん田うへ哉　亀言

脇母子《わきもこ》が園生《そのふ》の田井《たゐ》に引《ひき》つれて、とよみしすがたおもはれて艶《うるは》し。左リも、一作つねならぬ所有《あれ》ども、右の句の娵に心やとられけん、首《くび》を引《ひく》かたになりぬ。

五番　左　勝　百合草《ゆりさう》

33 喰《くひ》残す厩《うまや》の内の早《さ》百《ゆ》合《り》哉　一桃

右

34 五《さ》月《み》雨《だれ》に心おもたし百合の花　破笠

左の句、馬さへ心有顔《ありがほ》に喰残したるに、草か

○田植　毛吹草・連歌四季之詞の中夏に「早苗取　若苗・玉苗・田草取・田歌」として見える。「田植」の語が季語として見えるのは糸屑(元禄七年)からか。

31　○亀　泥亀かスッポンであろう。○をさへたる　押さへたる。捕らえる。▽田植えをしていて田圃の中に亀がいて騒動になり、農夫がそばの畑の蕗の葉で亀を押さえて捕らえたことだの意。季田植(夏)。

32　○娵　嫁。「娵くらべ」は、嫁あわせ。嫁の美醜などの優劣を比較すること。▽ちょうど田植えの折のこと、早乙女が勢揃いするのは、まるで昔の嫁くらべといえよう。それを見物するとしようの意。季田うへ(夏)。

○脇母子が園生の田井に引つれて　「吾妹子がすそわの田井に引連てたごのてまなくとるさなへかな」(夫木抄・藤原顕季)。「脇母子は吾妹子が正しい。男性が女性を親しんで呼ぶ言葉。「若い女、詩歌語」(日葡辞書)。園生は園に同じであるが「すそわ(裾廻)」(山の麓のまわり)というべきところ判者の記憶の誤りでこういったか。田井は田に同じ。○よみしすがた　古歌に詠まれた様子。○艶し　「うるはし」の当て字。愛すべきである。脇母子の縁による。○一作つねならぬ所　句の趣向が平凡でないところ。○首を引かた　左句の亀の縁により、右を勝ちとし左を負けにしたことをいう。

○百合草　毛吹草・連歌四季之詞の中夏に「百合草・姫ゆり・さゆり」。

33　○早百合　「早」は接頭語。百合に同じ。▽馬に飼葉として朝草を与えたところ、馬小屋の中に白い百合の花を食い残していることだの意。季早百合(夏)。

34　○五月雨　梅雨。つゆ。▽庭に咲く白い百合の花も、毎日しとしとと降る梅雨にぬれて、心のなやましい様子であるの意。季五月雨・百合の花(夏)。

○馬さへ心有顔に…　馬でさえも風流心のありげに百合を食い残していて。○草かるおのこ心なしと…　百合の花を刈り取った草刈りの男を風流の心のないことだと言わぬばかりの様子。「彼の岡に草刈男、心して」(謡曲・錦木)。○いと優にして艶

るおのこ心なしといはぬ計《ばかり》の風情《ふぜい》、いと優にして艶也。右又はれ間なきそらに心をなやましたるさま、さもときこえながら、左リの百合色深し。

六番　左　持　鳶尾《しやが》

35 鳶尾をらば涙落《おと》せと古《ふる》卒《そ》都《と》婆《ば》　扇雪

右

36 蝶《てふ》ひとつ見たらぬ鳶尾の茂《しげ》リ哉《かな》　雨闌

古墳の鳶尾にむかへば悲しく、蝶ひとつ見たらぬも淋しく、いづれをいづれと分《わけ》がたき葉さま也。

七番　左　持　夕顔

37 ゆふがほや名を落《おと》したる花の形《ナリ》　去来

たいへん優艶である。優艶はやさしく美しいこと。○はれ間なきそら　晴れ間のない空。雨の止む間のない空。○心をなやましたるさま　心を悩まし苦しめている様子。○さもときこえながら　さもは然も。次に「あらん」が省かれている。そのようにもあろうかと理解されるものの。○色深し　情趣のふかいこと。

○鳶尾　シャガは普通、射干・莎莪・著莪と書く。漢名胡蝶花。別名藪菖蒲。中国原産。山間の湿地などに群生するアヤメ科の常緑多年草。初夏の頃にアヤメに似た白色で紫斑があって中が黄色の小さい花を開く。はなひ草、毛吹草・誹諧四季之詞の四月に「しやが」としてあげる。鳶尾は漢名エンビと読み、和名いちはつに用いるが、両者は混同された。俳諧新式は鳶尾をシャガと読む。

35 ○をらば　折らば。○卒都婆　供養のために墓や塚の後ろに立てる細長い板。▽シャガの花を折り取るならば安産を願いながらむなしく命を落とした母子を思いやって涙を流せとばかりの古卒都婆である。鳶尾の別名「子安草」を連想して詠まれた句。季鳶尾(夏)。

36 ▽別名「胡蝶草」というので、群生したシャガの花に多くの蝶が飛んでいるさまを想像していたが、実は一匹の蝶も見あたらなかったの意。季鳶尾(夏)。

○古墳　古塚。古い墓。○鳶尾にむかへば悲しく　塚に生えている鳶尾を見ると古人が思われてものがなしく。○いづれをいづれと　どちらが優れ、どちらが劣っていると。○葉さま　葉の姿。「分がたき」と縁語で、優劣を区別しがたいことをいう。

○夕顔　毛吹草・連歌四季之詞の末夏に「夕皃　ひさごの花共」と記す。夕方に咲く花なので夕顔というが、五つに裂けた形のわるい白花で、夕闇に咲く風情はちょっとはかなげである。そうした趣が特に平安貴族に愛されたことは源氏物語の夕顔の巻をあげるまでもなかろう。

37 ○名を落したる　評判をわるくする。○花の形　花のかたち。五つに裂けてぶかっこうである。▽夕顔の花を見ていると、源氏物語以来の古典の世界で得た評価をすっかり落すよ

右　昼顔

38 昼《ひる》皃《がほ》のまとふ草履《ざうり》もあはれ也《なり》　調義

夕がほは名にやさしく、花のぶざまなる、にくし。昼がほはうつくしく化《あだ》なる花なれど、踏《はき》すてし草履にもまとひてつらし。左右共によし。

八番　左　勝　蚊遣《かやり》

39 一筋は樗《あふち》をまとふ蚊《か》やり哉《かな》　コ斎

右

40 寐《ね》られぬは笘《とま》なき舟の蚊遣哉　渓石

左ノ句、樗にまとふ一筋の烟《けむり》、幽玄にしてしかも品《しな》たかし。右は、笘なき船の蚊やり、めづらしけれど、左の景気《けいき》にはけをされぬ。

うなイメージのよくない花のすがたであることだ。牡丹を初め観賞用の草花の園芸がこの頃さかんであった。そうした目で見ればこの句のようにもいいたくなろう。元禄百人一句罒にも入る。季ゆふがほ(夏)。
○昼皃　毛吹草・誹諧四季之詞の六月に「昼皃の花」とある。野原や路傍に自生し、長いつる状の茎を物にまといついて延ばす。初夏の日中に朝顔に似て小型の淡紅色の花を開く。

38 ▽道のかたわらに捨てられた草履に、つるをまとわせながら、暑い夏の日ざかりに昼顔の咲いているのは、まことに趣深いことである。太祇「昼顔やしめりなき野のきれ草鞋」(句選)。季昼皃(夏)。
○名にやさしく　夕顔という花の名前から感じるものは優美であり。○ぶざまなる　花の形の不格好なのは。○にくし　気に入らない。○化なる花　黒本本節用集「化 アダ」。日ざかりに咲いてやがてしぼむはかない花であるけれど。○踏すてし　履捨てし。履くだけ履いて古くなって捨てたもの。「年よれば其身は梧(きり)の引下駄の踏捨(はきすて)のごとく」(好色一代女)。○つらし　きたない草履にまといついて咲いているのを見るのはたえがたい。
○蚊遣　毛吹草・連歌四季之詞の中夏に「蚊遣火 蚊柱」。昔は、蚊を追い払うために木屑や橙(だいだい)の皮を乾かしたものをふすべた。特にクスやカヤの木片が効果があるとして用いられた。産衣に「蚊遣火、…夜分也。夏也」。

39 ○樗　楝。センダンの古名。落葉高木で五、六月に淡紫色の小花を穂状につける。▽家から流れ出た一筋の蚊遣火の煙が庭の樗の木をつつんでいるの意。季蚊やり(夏)。

40 ○笘　苫に当てて用いる。スゲ・カヤなどを菰(こも)のように編んだもの。苫で舟の上部をおおったものが苫舟。▽苫で上部を葺いてない舟は、いくら蚊遣を焚いても蚊が入ってくるので、容易に寝ることができないことである。夜舟のさま。季蚊遣(夏)。
○幽玄　優美でやさしく余情深いさま。○品　句品。句の持つ独特のくらい。○景気　景曲とも。句に詠んだ景色や状景。○

九番　左　持

41 閼《あ》伽《か》棚《だな》にやどり求《もと》むる虷《ほたる》哉《かな》　峡水

右

42 かしましき滝《たき》の中なる蛍《ほたる》かな　心水

暁毎《あかつきごと》のあか桶《をけ》の跡《あと》をしたひてやどりを求むるは、いと閑也。峨ゝ《がが》としてかしましき滝の中に、蛍の見えがくれなるも又しづかなり。吟ずるに堪《たへ》て持とす。

十番　左　蓮《はちす》

43 雷《かみなり》に馴《なれ》て破れぬはちすかな　勇招

右　勝

44 包まれて水ものびたる蓮哉　野馬

左の蓮は、白雨《ゆふだち》ごとの雷の響《ひびき》にも破れずとや。面白く侍る。右は、巻葉の蓮につゝまれて水

けをされぬ　けおされぬ。相手の勢いに圧倒されること。ここでは負けをいう。

○虷　この字諸辞書に見えず。黒川本色葉字類抄に蛍の別字としてあげる「蚈(ケン)」を誤ったものか。毛吹草・連歌四季之詞の中夏に「蛍 残も夏」として見える。

41 ○閼伽棚　仏に供える水を入れた閼伽の桶(後出)や花を置く棚。徒然草「閼伽棚に菊・紅葉など折り散らしたる」。▽夜明け方、光りながら蛍がすうっすうっと閼伽棚にとんで来るのは、ここに宿を求めてのことであろう。季虷(夏)。

42 ▽夜、そうぞうしい音を響かせて落下する滝、その滝水のうしろの岩壁にとまっているのか蛍の光りが滝の落ちるあい間あい間に見えがくれしている。この頃滝はまだ季語ではない。季蛍(夏)。

○あか桶　閼伽桶。仏前に供える水を汲み入れて運ぶ手桶。和漢三才図会「大きさ三寸余の銅器で平弦がある」。○跡をしたひて　未明に仏前に閼伽の水を供えるので、そのあとを追っての意。おくのほそ道「御跡をしたひ侍らん」。○閑　しずか。閑静。○峨ゝ　ここでは滝の高いさま。○堪て　底本「妙て」。妙を堪の当て字と見て今改める。両句ともに声に出してうたうだけの値うちがあるの意。

○蓮　毛吹草・連歌四季之詞の末夏に「蓮」。池や沼や水田に栽培し、その地下茎を蓮根として食べる。夏に葉を茂らし、紅や白の大花を開く。

43 ▽夏空に夕立が来て雷鳴がよくひびくが、そのはげしい音にも蓮は馴れてしまって、破れやすい葉もたやすくは破れないことだ。季雷・はちす(夏)。

44 ○のびたる　延びたる。ゆたかになる。▽蓮の葉にたまった水も葉に包まれてゆたかになったように思われることだ。季蓮(夏)。

○白雨　易林本節用集「白雨 ユフダチ」。夕立。○面白く　底本「く」脱、今補う。秋になって風に破れた蓮の葉を敗荷(かはい)というが、夏の蓮ははげしい雷鳴にも破れないと逆をいった点。

ものびたるとのしたては、うら山しくも生《おひ》のぼる哉、とながめたる歌を、求めずして叶ひたれば、よき勝と定《さだめ》侍る。

十一番　左　勝　涼《すずみ》

45 舟よせてさしに碁《ご》を打《うつ》涼哉《かな》　不角

右

46 さがなしや榎《えのき》にすがるゆふ涼《すず》み　琴風

左は、と有藪陰《あるやぶかげ》に舟をよせ、終日《ひねもす》の暑を暮に忘るゝ楽み。さしの字に心を添《そへ》て見れば、なを更ゆたか也。右又、褌《テヽレ》さへ身につけぬほどの形《サマ》して、榎がもとにうちすがる。まことに、さがなしの五文字よくをかれけれど、左の納《だふ》涼《りやう》にはをとりて見え侍る。

○巻葉の蓮　蓮の若葉の巻いたままで開いていないもの。素堂「浮葉巻葉此蓮風情過たらん」(虚栗)。○したて　仕立て。句作り。○うら山しくも…　羨ましくも…。「水はしるはすのうき葉のしづまずてうら山しくも生(おひ)のぼるかな」(堀河院御時百首和歌・源国信)。○求めずして叶ひたれば　右の和歌の境地を意識しないで、その域に至っているので。

○涼　毛吹草・連歌四季之詞の末夏に「涼」をあげる。和歌以来の題。

45 ○さし　二人で向いあってする状態。▽舟涼みに出ていて碁打ち仲間に会ったので、舟を岸辺の日陰に寄せて二人でさしで碁を打ちながら涼をとることだの意。季涼(夏)。

46 ○さがなし　気ままだの意か。○榎　高さ二十㍍にもなるニレ科の落葉高木。人家や道のかたわらなどに見られる。饅頭屋本「榎　エノキ」。伊京集「榎木　エノキ」。「榎の木」は増山井・非季詞に見え、雑。○すがる　日葡辞書「スガル。もたれかかる、あるいは、よりかかる」。▽ひとりで榎の木によりかかって夕涼みなどしているさまは、まことに気ままであることだの意。季ゆふ涼み(夏)。

○と有　ちょっとした。○藪陰　やぶのために陰になっている川岸。○さしの字に心を添て…　句中の「さし」の字に注意してみれば。○なを更ゆたか也　一層碁の楽しみが深く感じられる。○褌　書言字考「褌　テヾラ〈又云下帯〉」。テテラとも。男の下帯。ふんどし。利牛「子は裸父はてゝれで早苗舟」(炭俵)。○をかれけれど　置かれけれど。上五に「さがなしや」とよく据えているが。○をとりて　劣りて。左の納涼の風雅のさまには劣りて、右句の負けであることをいう。

十二番　左　持　清水《しみづ》

47 掃《さう》除《ぢ》して置《おき》たる人の清水かな　風水

右

48 踏《ふみ》越《こえ》て又立《たち》戻《もど》る清水かな　嵐水

左は、いふにいへぬ所に気をつけたる句也。あながち人のため計《ばかり》にはあらず、水鳥跡《あと》を濁《にご》さぬのこゝろもこもりていさぎよし。右又、たちもどるといふに清水の誉《ほまれ》をましたれば、此《この》心を汲《くみ》てよき持と書《かき》とゞむ。

調和

○清水　毛吹草・連歌四季之詞の末夏に「清水結　同汲」。産衣に「清水　雑也。…結ぶ、汲、せくなど夏也」と見える。俳諧でも通俗志は「清水」を雑とする。本書は夏の扱い。

47 ▽周りはいうまでもなく、中までもきれいに掃除のしてある清水、その清らかですがすがしい水を見ていると、掃除しておいた人がゆかしく思われることだ。季清水(夏)。

48 ▽山道に流れている清水をいったんは踏みこえて通りすぎたものの、あまり冷たそうなきれいな清水に心をひかれてまた引き返したことだ。季清水(夏)。

○いふにいへぬ所　うまく句に詠めないようなところ。○あながち人のため計に…　掃除をしたのは必ずしも他の人のためだけではない。○水鳥跡を濁さぬ　諺「立鳥あとを濁さず」。去りぎわのきれいであるさまにいう。○こゝろもこもりて　意味も句の中にいい込められていて。○いさぎよし　さっぱりしている。○誉　名誉。○此心を汲て　このように表現した作者の意図を理解して。汲は清水の縁語。

一番　左　勝　初秋

49 文月《ふみづき》や陰《いん》を感ずる蚊屋《かや》の内　　其角

右

50 秋風の心動きぬ縄《なは》すだれ　　嵐雪

左は、琪樹西風枕簟秋《きしゆうせいふうしんたんのあき》とかいひし秋思《しうし》の情にをのづからうつりて新涼《しんりやう》いたる。国中竹夫人《ちくふじん》の寵《ちよう》衰へたらんけしき、まことに感ずるの字空《むな》しからず。右は、目にはさやかに見えねども、其心《その》はおもひやられて風にうごかす縄簾《なはすだれ》の寂寥《せきれう》たる事、凄《せい》ゝ切ゝとして、肌骨《きこつ》に通りて甘心《かんしん》す。されど此番《このつが》ひ、秋の巻頭と侍れば、左に勝を付《つけ》侍る事に成《なり》ぬ。

二番　左　露

51 木鉗《ハサミ》に落《おち》てほゐなし竹の露　　古川

○初秋　華実年浪草に「中院通茂公御説に曰、和歌には初秋は七月十四日までをいふべし」。

49 ○文月　陰暦七月。○陰　底本には音読符号あり。秋冬を陰という。▽初秋になっても暑さはきびしいが、しかしやはり七月である。夜、蚊屋に入っていて何か秋の動きがかすかに感じられるようだ。秋気というべきところを難かしく陰といったのが其角らしい。季文月(秋)。

50 ○縄すだれ　横竹に同じ長さの縄を何本も垂らしたすだれ。▽まだ暑いと思っていたら、初秋の風に縄すだれの動くのが目にとまり、秋の訪れに心を動かされたことだ。「あしすだれゆふ暮かけてふく風に秋のこころぞうごきそめぬる」(夫木抄・後嵯峨院)を踏まえた作。花見車七にも入る。季秋風(秋)。○琪樹西風枕簟秋　三体詩の杜牧の「秋思」の起句(一本には作者を許渾とする。唐詩選にも許渾として入集)。詩句の振り仮名は天和二年版の読みによる。「琪樹の西風、枕簟(ちんてん)秋なり」とも読む。琪樹は玉のようにつやつやした木。西風は秋風。枕簟は枕と竹を編んだ敷物。○秋思の情　秋思は秋に感じるさびしい思い、また右の詩の題名(もともと楽府題)。その情趣。○をのづからうつりて…　自然に反映して初秋の涼しさが感じられる。○竹夫人　夏、涼しいように抱いて寝る竹製のかご。抱きかご。○寵　寵愛。特に愛すること。竹夫人を擬人化していった。ここでは使用されなくなったことをいう。○感ずるの字空しからず　中七の「感ずる」が句中によく利いていること。○目にはさやかに見えねども　「秋立つ日よめる／秋きぬと目にはさやかに見えねども風の音にぞおどろかれぬる」(古今集・秋上・藤原敏行)。○其心はおもひやられて　右記の歌意が想到されて。○寂寥たる事　ものさびしいこと。○凄ゝ切ゝ　秋の物音のことにさびしいさま。欧陽修「凄凄切切、呼号憤発」。○肌骨　皮膚と骨。○甘心　感服すること。○此番ひ　この一番の組み合わせ。

51 ○露　毛吹草・連歌四季之詞の初秋に「露　波の露・袖の露」。○木鉗　木鋏。庭木のかり込みなどに用いる木の長い柄のついたはさみ。○ほゐなし　不本意である。残念である。

右　勝

52 朝露につら洗ふたる野《の》馬《うま》哉《かな》　　麁言

両句ともに露をよくいひたてゝ句躰もきよらなるに、右の野馬の全体俳諧にして一句千里の器有《うつはあり》。よりて勝と申侍《まうし》りし。左、判者のいやしきにあひて本意なしとや。

三番　左　勝　稲妻《いなづま》

53 稲妻に歩《あゆ》みさしたる兎《うさぎ》哉　　大笑

右

54 稲妻にかくさぬ僧の舎《やど》り哉　　不角

左、稲妻のはかなき光におどろきて、けだものゝ休らひけん顔つきよ。あまたが中に兎とおもひつけたりけん、此《この》作者のその折の心に

▽庭の樹木を剪定していて、木ばさみにふれて竹の露がばらばらと落ちてしまった。まことに残念なことである。そのままにしていてもやがてはかなく消えてしまうものを。季露(秋)。

52 ○つら　面。顔。○野馬　野飼いの馬。野に放し飼いしてある馬。日葡辞書「ヤバ(野馬)。ノノウマ、野原の馬、すなわち草を食わせるために野原に解き放してある馬」。▽草むらから出てきた野の馬が草葉の朝露に長いつらを濡らして、まるで顔を洗ったようである。季朝露(秋)。
○露をよくいひたてゝ　露について興味ふかくいいまわして。
○句躰　句の風体。句の姿。○きよら　清らかで美しいこと。
○全体　一句ぜんぶ。○俳諧にして　いわゆる俳諧性のある句で。俳諧はもと滑稽の意で、和歌・連歌と違った俳味・俳趣のある文芸として認識されていた。○千里の器　一日千里を走る馬を「千里の馬」というので、馬の縁で一句すぐれた作品であることをかくいった。○いやしき　とるにたりない者。卑下の語。
○本意なしとや　左の句中の語による。不本意のことであろう。
○稲妻　毛吹草・連歌四季之詞の初秋に「稲妻」を記す。秋の夜空にかがやき走る電光をいい、昔はこの現象によって稲穂が孕むとする信仰からいなつるみといい、更につづまっていなづまになったともいう。連歌では秋、夜分。稲光は雑(産衣)。

53 ○歩みさしたる　歩みを中止する。▽とつぜん夜空にきらめいた稲妻の光に、驚いて兎が歩くのをやめてしまったの意。季稲妻(秋)。

54 ○舎り　住むところ。庵。▽世を捨てて山野にかくれ住んでいる僧も、夜の稲妻の光にその住まいが照らし出されてかくすことができない。季稲妻(秋)。
○はかなき光　底本「はかななき」。「な」の一字衍と見て改める。「如㆓夢幻泡影㆒、如㆑露亦如㆑電」(金剛般若経)。○休らひけん顔つき　立ち止まったであろう顔の様子。○あまたが中に…　多くの獣の中で兎と思い付いたであろう。○おもひつけたりけん　底本「おもつけたりけん」。「ひ」を脱字とみて補う。○その折の心に…　兎の句を創作した時の作者の心になれるならばなって見たく。○けなりがらずば…　この句をうらやましが

ならばなりても見まほしく、けなりがらずばあらぬ処なるべし。右も、かの床《とこ》の上に夜ふかき空も見ゆといひけん、ほどなきすまゐ思ひやられて、僧のやどりに稲妻のとりあひ、よのつねのさまとはみえずながら、左には及《およ》びがたくや。

四番　左　蔦《つた》

55 谷《たに》合《あひ》や風吹《ふき》のぼる蔦の色　蚊足

右　勝

56 筏《いかだ》木《ぎ》につたなき蔦の命《いのち》哉《かな》　扇雪

左、経信卿《つねのぶきやう》の、門田《かどた》の稲葉《いなば》をとづれて、とあふのきたる絵のさまも、此《この》作者の俤《おもかげ》によそへられてゆかしく侍るに、右の筏木の蔦の命ほそくからびていひなせる、三体のひとつ、其《その》

らないものは作者の句境とはちがったところにいるのであろう。○床の上に…　出典未詳。○ほどなきすまゐ　狭い住居。○とりあひ　取りあわせ。○よのつねのさま　古くさくありふれた様子。

○蔦　毛吹草・連歌四季之詞の中秋に「蔦」とある。産衣に「蔦の秋なるは色を本とする故也」。

55 ○谷合　谷間。たにま。「しげ山のそがひの道の谷あひは夏とて風のふかぬ間もなし」(新撰六帖・藤原為家)のごとく谷合は風の通り道。▽秋の谷間、風がふもとから山頂に吹きのぼってゆくにつれ、あざやかな赤い蔦の葉が風にいっせいにゆれて美しい。季蔦(秋)。

56 ○筏木　川を流す筏にくむ木材。▽山から切り出された筏木にからみついている不運な紅葉した蔦のはかない命であることだ。芭蕉「桟(かけはし)やいのちをからむつたかづら」(更科紀行)。季蔦(秋)。

○経信卿　平安後期の公家。源氏。俊頼の父。正二位大納言・大宰権帥。○門田の稲葉をとづれて　「夕されば門田の稲葉おとづれて芦のまろやに秋風ぞ吹く」(金葉集・秋・源経信)。この歌は百人一首にもとられて有名。門田は家の前にある田。○あふのきたる絵のさま　この歌をしるした百人一首のかるたの取り札に、上を向いた人物の図柄があったか。○此作者の俤によそへられ　俤は面影。左句の作者の様子に似ているように思われ。○ゆかしく侍る　心を引かれることをいう。○ほそくからびていひなせる　感受性や作風がこまやかで、かつ表面的に華やかさがなく枯れているように表現しており。○三体のひとつ…　「三体」は三体和歌で、建仁二年(一二〇二)三月に和歌所で、春夏・秋冬・恋旅の三体に詠み分けて披講された。そのうち秋冬は「ほそくからび」とされていて、その一つの風体を得ていること。○めでたければ　すぐれているので。

体《てい》を得てめでたければ勝と定《さだめ》侍し。

五番　左　勝　鶉《うづら》

57 かいすくみいつも寐《ね》顔《がほ》のうづら哉　琴風

右

58 色ふかしうづらふみ行《ゆく》草の原　沾荷

左は、うづらのさま形容よろしく、かの野辺《のべ》の秋風身にしめて感情有《かんせいあり》。右は、やすらかなりと見えながら、猶《なほ》左に心をよせ侍りし。

六番　左　駒迎《こまむかへ》

59 照る月に我《わが》色黒し駒迎　調柳

右　勝

60 寺〳〵や清《し》水《みづ》かぞゆる駒むかへ　コ斎

○鶉　毛吹草・連歌四季之詞の中秋に「うつら 片うつら・かけうつら共」と見ゆ。和歌藻塩草に「秋の物なり。夏は不鳴なり、但夏もなく事はあり。され共歌には秋なくとみえたり」とある。万葉集以来歌によまれた鳥。江戸時代に入って豪華な籠に飼って鳴き声を賞することが行なわれた。

57 ○かいすくみ　「かい」は接頭語。身を小さくちぢめて。▽身をすくんだようにして、いつも眠たそうな顔をしている鶉であることだ。鶉の姿態を正面からとらえた句。季うづら(秋)。

58 ○色ふかし　「色」、底本「声」とも読めそうな字体であるが、今改める。文政改板本「声涼し」とする。▽鶉の踏み行く草原は、秋も最中にて色濃く美しいの意。季うづら(秋)。○形容　日葡辞書「姿形と顔と」。○野辺の秋風身にしめて　「夕されば野辺の秋風身にしみて鶉鳴くなり深草の里」(千載集・秋上・藤原俊成)。あの俊成の「野辺の秋風身にしみて」の歌ではないが、身にしみじみと深くと下に続く。○感情　感興。○やすらかなり　詠みぶりのゆったりとしているさま。

○駒迎　毛吹草・連歌四季之詞の中秋に「駒迎」。東国の御牧から貢進する馬を八月十六日(古くは十五日)、逢坂の関まで官人が出迎える宮中の行事。平安以来行なわれて歌によく詠まれている。

59 ○照る月　駒迎えは仲秋八月中旬の行事なのでいう。○我色黒し　道中日数を経たことを言外にこめている。▽明るい月の光に、駒迎えのために道中旅を続けてすっかり黒く日にやけた我が姿が照らし出されている。蓼太「駒牽や日やけて甲斐の黒おのこ」(句集)。芭蕉「早苗にも我色黒き日数哉」(曾良書留)。季月・駒迎(秋)。

60 ▽駒迎えの行事に会うべく馬を牽いて東国を発ってから、道中多くの寺々の門前を通ったが、それらの寺には清冽な清水の涌いていたところがどれぐらいあったかと、その数をかぞえることであるの意。季駒むかへ(秋)。

左の坐《ざ》の五文字、上《かみ》の二句によくとりあひたりともみえず。駒むかへの題にむかひては、上の二句駒迎ならでも、いかにも〳〵いひてんと見ゆるは無念歟《か》。右は、清水算《かぞゆ》ルなど、東《あづま》よりの道すがらのさま、いひたてゝよろし、勝成《なる》べし。

七番　左　持　薄《すすき》

61 折レすゝき誰《た》が押《おし》分《わけ》て寐《ね》し跡《あと》ぞ　松濤

右

62 招《まね》かれてまたゝき重き薄哉《かな》　仙化

左右ともに難なし。持たるべし。

八番　左　持　螽《いなご》

63 鳴《ナカ》でだに焼《やき》くらはれし螽哉　挙白

○坐の五文字　下五文字。左句の「駒迎」を指す。○上の二句　上五・中七。「照る月に我色黒し」を指す。○よくとりあひたりともみえず　取りあわせがうまくいっているとも思われない。うまく配合しているとも見えない。○題にむかひては　季題に対したときには。○駒迎ならでも　駒迎えに関係なくても。○いかにも〳〵いひてん　何としてでも強引に駒迎えの句にまとめて句作しようと。○無念歟　残念なことではなかろうか。○東より　東国から。○道すがらのさま　道中の様子。○いひたてゝ　強調していて。

○薄　尾花・萱(かや)ともよばれ、わが国のいたるところの原野に自生するイネ科の多年草。和歌藻塩草に薄「秋の末にほに出たる也」とあり、白い穂の出たものを糸薄・むら薄・花薄という。毛吹草・連歌四季之詞の中秋に「尾花」のみあげる。

61 ▽野原を行くと薄の生えているところがあって、多くの折れ伏した薄が目につくが、きっと昨夜、旅人が誰か薄を押し分けて寝たあとに違いない。「ゆく人をまねくか野辺のはなすすきこよひもここにたびねせよとや」(金葉集・秋・平忠盛)。季すゝき(秋)。

62 ○またゝき　瞬。まばたき。▽野中を歩いていると風にゆれる薄の白い穂に招かれているようであるが、疲れて道を急ぐ身には、相手が薄ではと、それを見る目のまばたきも重いの意か。来山「招くたび人になしたき芒かな」(続いま宮草)。季薄(秋)。

○螽　毛吹草・誹諧四季之詞の七月に「螽(いなご)」として見える。下学集「螽 イナコ」。易林本節用集他も同じ。イナゴは稲子の意で、稲の害虫であるが、昔から醬油につけてあぶり食用にされた。

63 ○鳴でだに　諺「鳴く虫は捕らる」を踏む。▽螽は鳴きもしないのに捕らえられたうえ、焼いて食われてしまうことだの意。季螽(秋)。

右

64 刈《かり》株《かぶ》に足引《ひき》かぬるいなご哉《かな》　渓石

左の、焼《やき》くらはれしいなご哉、五文字のだに、いかにぞやもある歟《か》。右は、井狩友静《ゐがりいうせい》が、霜《しも》にあしひく蛬《きりぎりす》といへるを、みやこの人はその比《ころ》口にとなへしかば、東《あづま》の空には聞えも及ばずあらんながら、わが家の等類《とうるい》にはくりて、左右ともに難有《ある》に似たり。よりて持とす。

九番　左持　菊《きく》

65 菊の花気《き》のある草のそだち哉　文鱗

右

66 牛吠《ほえ》て旭《あさひ》先《まづ》てる野ぎく哉《かな》　心水

菊・野菊おなじさまなる匂ひ哉。されば持と

64 ○刈株　稲を刈り取ったあとの切株。▽稲株に足のギザギザをひっかけて、いなごが足を引くことができないでいることだ。季いなご(秋)。○五文字　上五文字「鳴でだに」。○いかに　「だに」の用い方がどうであろう。○ぞやもある歟　詠嘆的強意の「ぞや」の意もあるか。○井狩友静　京の人。初め立圃門、のち季吟門。同地談林の連中にも近づく。別号、春夕子。○霜にあしひく蛬　この句未詳。蛬は節用集類に「キリギリス」として蟋蟀とともにこの字を挙げる。増山井に「つゞりさせと鳴」とあるごとく、今のコオロギ。○口にとなへしかば　評判になって愛唱したので。○東の空　東国地方には。ここでは江戸の町を指す。○聞えも及ばずあらんながら　人づてに耳に入らないところもないであろうが。○わが家の　自分の一派の。○等類　二句の間で言葉の用い方や趣向が類似しているもの。同類。○くりて　繰りて。この句を等類として扱っての意。○左右ともに難有に似たり　左句の助詞「だに」の用い方、右句の友静句との類似といった欠点があるようにも思えるの意。

○菊　平安以来和歌・連歌・漢詩などに詠まれた秋を代表する花。元禄頃は特に菊の栽培が盛んであり、一二三五の品種があった(地錦抄)。

65 ○気　気品。▽まっすぐに伸びた茎に見事な菊の花が咲いているが、まことに気高いそだちぶりと言おうか。菊は人名に多いので「そだち」と擬人化して表現。季菊(秋)。

66 ○吠て　吼えて。大声をあげてさけぶ。文政再刻本「吼て」。○てる　照る。▽早朝、野原に放牧の牛の鳴き声がひびき、東の空に出た朝日が第一に野菊の花を照らしていることだ。季野ぎく(秋)。

○菊・野菊おなじさまなる…　菊と野菊と花の大きさ・美しさはちがっていても、全く同じような花のにおいであるの句意。左右両句同じ程度の出来栄えであるのをいうための判者湖春の当意即妙の句作。

す。

十番　左　勝　菌《きのこ》

67 虹《にじ》消《きえ》てあとを尋《たづ》ぬる菌かな　勇招

右

68 うれしさに落《らく》馬《ば》忘るゝ菌哉　雨閨

左は、おもしろく湿《シツ》をふくめる菌哉。右は、菌狩《きのこがり》嵯峨《さが》のむかしぞをみなへし。よりて左を勝とす。

十一番　左　持　秋寂《あきさび》

69 秋はたゞ動かぬ海の日ぐれ哉　一桃

右

70 秋ありと誰《タレ》に音《ね》を鳴《なく》池の亀　不卜

○菌　易林本節用集「菌 キノコ・キン」。茸。きのこ。くさびら。毛吹草・誹諧四季之詞の九月に「蕈(くさびら) 椎茸・松茸・平たけ・鼠茸・〆治・いくち・岩茸・べにたけ・舞茸・黒皮茸」として見え、温故目録の長月に「茸(たけ)かり」として詠まれている(夫木抄)。和歌には「茸匙(タケカリ) 菌(クサビラ・タケ)」が見える。

67 ▽きのこがりに行って、空にかかっていた虹の消えたあとに、きのこが生え出てはいないかと、探しまわることである。季菌(秋)。

68 ▽きのこを取った嬉しさに、先刻それを見つけたときに馬から落ちたことを忘れることである。後掲の遍昭の歌を踏まえた句。季菌(秋)。

○おもしろく湿を…　「湿」は湿気、しめりけ。適当にしめりけを含んだきのこは風情のあることだの句意。左句の「虹消て」の表現の曲折のおもしろさを「湿」といったもの。○菌狩嵯峨のむかしぞ…　嵯峨は京都市右京区の地名。右句は「名にめでて折れるばかりぞ女郎花我おちにきと人にかたるな」(古今集・秋上・遍昭)の歌を踏むが、この歌は古今集・仮名序の割注中にも引かれ、「嵯峨野にてむまより落ちてよめる」の詞書がある。今はきのこ狩りで賑わう嵯峨も、遍昭のむかしは女郎花で有名であったのにの意で、右句が遍昭の女郎花の歌を踏まえていて、左句に及ばないことをいう。

○秋寂　晩秋の頃に感じる寂しさ。現代の歳時記には季語としてこの語をとっているが、近世前期のものには本書以外に見えない。

69 ▽波ひとつ立たず静まった海の日暮れどきに、秋のさびしさが身にひしひしと感じられることであるの意。いわゆる三夕の歌などにも詠まれていなかった秋の海の夕暮のさびしさを句にしたところに手柄がある。季秋(秋)。

70 ▽池の亀は声を出して鳴いて、秋のさびしさがここにあると誰に知らせようとするのであろうかの意。「亀鳴く」はこの頃は雑か。「河ごしのみちのながぢの夕やみになにぞときけば亀のなくなる」(夫木抄・藤原為家)の歌により春季に扱われるようになるのは近世後期から。季秋(秋)。

秋水長天《ちやうてん》とゝもに一色《いつしよく》、と三尺が童子《どうじ》が器量をふるひしも、日ぐれかなとは夢《ゆめ》思ひよらざりけらし。又池の亀、万歳《まんぜい》の後迄も不易《ふえき》の風体、いづれもめでたき作意ともなれば、よき持とぞ、筆をとめ侍りし。

洛陽　湖春書

○秋水長天とゝもに一色　王勃「秋水共㆓長天㆒一色」（古文真宝後集・滕王閣序）。秋の水は遠い空につらなって一色であるの意。○三尺が童子　身長一㍍ほどの幼童。右の王勃の序中に「勃三尺微命、一介書生」とあるによるか。作者王勃を指す。○器量をふるひし　才能を発揮したのも。○夢思ひよらざりけらし　「夢」は副詞「ゆめ」の当て字。けっして。「けらし」は詠嘆「けり」に同じで、やわらげた表現。○万歳の後迄も　「亀は万年の齢」（謡曲・鶴亀）による。○不易の風体　不易は流行に対する語で、永遠にかわらないこと。風体は句の姿をいう。「句に千歳不易のすがたあり。一時流行のすがたあり」（俳諧問答）。○めでたき作意　「めでたき」は亀・万歳の縁。両句ともすぐれた趣向ともなっているのでの意。

一番　左　持　落葉《おちば》

71 落《おち》つかぬ木《こ》の葉にあたる雫《しづく》哉《かな》　風水

右

72 落葉とて富士《ふじ》のつゞきに塔《たふ》ひとつ　松濤

左リの句、景気微細《みさい》に心を付《つけ》たり。右又、山もあらはなるふじの詠《なが》め、一句のたけもゆたかに聞え侍る。されども句中目に見えたる切《きれ》字《じ》なし。五文字にて云残《いひのこ》したれば、きれ字をくはへて見るべきにや。なを分明《ふんみやう》ならざるを難じて、持に定《さだめ》侍るべきか。

二番　左　勝　霜《しも》

73 親と子の霜夜をかこふ野《の》馬《うま》哉　渓石

右

○落葉　毛吹草・連歌四季之詞の初冬に「落葉」「木のは」をあげる。

71 ○木の葉　篗纑輪に「落葉と木の葉 摠(ソ)てを云時は同じ、別して云時は少し趣意違あり」と記す。連歌以来初冬の頃に地上に散った木々の葉をいう。▽かすかな風にも落ちつかずゆれ動く木の葉に、こずえからしたたり落ちてうまく当たるしずくであるの意。蘿木「落ちつかぬ木なり山なり春の月」(発句題叢)、芭蕉付句「一ふき風の木の葉しづまる」(猿蓑)。季木の葉(冬)。

72 ○塔　寺院などに建つ三層や五層の高い木造の塔か。▽木々のこずえが急に落葉したので、遠くに見える富士山のつづきに塔がひとつあるのに気づいたことだ。季落葉(冬)。

○景気微細　「景気」は景色、風景。「微細」は日葡辞書に「ミサイ。非常に細かな(もの)」。細かな情景。○山もあらはなる　「冬のきて山もあらはに木の葉ふりのこる松さへ峰にさびしき」(新古今集・冬・祝部成茂)による。この句は山容もはっきりしている富士山の眺望の意。○目に見えたる切字　明白にそれとわかる切字。○五文字　ここでは下五文字の「塔ひとつ」。○きれ字をくはへて　例えば「塔ひとつかな」のごとく切字「かな」を加えて理解すべきであろうか。

○霜　和歌藻塩草は霜について「冬、又は春の始のもの也。露結びてしもとはなる也」と記す。毛吹草・連歌四季之詞の初冬に「初霜」、誹諧四季之詞の霜月に「霜柱 霜の剣、霜ばれ」をあげる。

73 ○かこふ　助け守る。かばう。○野馬　野に放し飼いしてある馬。▽霜のきびしい夜中、親と子の野馬がお互いに身を寄せあって寒さをかばいあっているの意。子英「子をおもう雪の野馬の円居かな」(葱摺)。季霜夜(冬)。

74 霜ふかし扇《あふぎ》をかざす夜《よる》の舟　勇招

ものいはぬよものけだものすらさへもあはれなるかなや親の子をおもふ、とよみたまひしこのうたに便《たより》して、野馬の子をいとふさませつなり。右の句、さもあるべきながら、左の句秀逸《しういつ》なれば、まけ侍らむかし。

三番　左　持　夜興《よこう》

75 我《わが》笠《かさ》に月夜忘るゝ夜興哉《かな》　コ斎

右

76 いづれ狸《たぬき》得《とく》失《しつ》覚《さめ》て犬もなし　文鱗

ひだりの句、茂《しげ》みふかく分入狩人《わけいるかりうど》の形容、いぶかしき所有《あり》。右の句も、すがたつよく言葉もたくみにきこえ侍れども、其《その》得失我《われ》もわき

74 ○かざす　頭上にさしかける。ここは霜夜の冷気を避けようとする動作。○夜の舟　夜行便の舟。特に淀川の伏見と大坂の間を上下した夜舟があった。▽しんしんと霜の降るのが深い。その寒冷の気をさけようと、夜舟の中で扇を頭にさしかけることである。其角「淀にて／はつしもに何とおよるぞ船の中」(猿蓑)。季霜(冬)。○ものいはぬ…　源実朝の金槐集に「慈悲の心を」として「物いはぬ四方のけだものすらだにも哀れなるかな親の子を思ふ」の形で見える。この歌意は、かのことばもしゃべれない諸方の獣ですらさえも、親が子を深く思いいつくしみ憐れむことは、まことに感動的なことである。「すら」「だに」は共に軽いものをあげて重いほうを推測させるのに用いる副助詞。「さへ」は近世以後混用されて「だに」と同じように用いられた。○便して　拠りどころとして詠んだもので。○いとふさま　かばうさま。いたわるさま。○せつなり　切なり。哀切である。切実である。○さもあるべきながら　いかにもありそうなことであるが。○秀逸　特にすぐれている作品をいう評語。

○夜興　夜興引(よこうひく)。毛吹草・誹諧四季之詞の十月に「夜興引」。猟師が冬の夜、犬を連れて山中に入り獣を狩るのをいう。

75 ▽夜興引に山に入って獲物のあらわれるまで茂みにひそんでおり、わが被った笠に光りをさえぎられ、月夜のことをすっかり忘れていたことだの意。季夜興(冬)。

76 ○狸　篗纑輪に夜興引は「猟の内、先づは雪中の狸狩を云とぞ」と記す。○得失　損得。▽狸の出てくるのを待っているうちについ寝入ってしまった。目覚めてみると連れていた犬がいない。これでは狸を獲たとしても、いったい得なのか損なのか、よくわからないの意。季夜興引(冬)。

○形容　ありさま。かたち。○いぶかしき所有　不審な点がある。自分のかぶった笠に月夜を忘るるというと大きな笠をかぶっている感じがあり、茂みに分け入る夜興引から考えておかしい。○すがたつよく言葉もたくみに　句姿も力強く措辞も巧妙に。○其得失　右の句中の語を用いて左句との優劣についていう。

がたし。仍以持《よつてもつて》トス。

四番　左　勝　枯野《かれの》

77 松《まつ》苗《なへ》も枯野に目だつ嵐《あらし》かな　枳風

右

78 大《おほ》橋《はし》を枯《かれ》野《の》にわたす入《いり》日《ひ》かな　全峰

左の句、木枯《こがらし》の吹尽《ふきつく》して苗松のそよ〳〵とうごきたる、風のやどりめにたつべき物也《なり》。寸《すん》松虹梁《しようこうりやう》のすがたをふくみて一句たけたかし。右も又、かれ野《の》ゝ風景見捨《みすて》がたく侍れども、苗松のかたや目に立《たち》侍らん。

五番　左　持　網代《あじろ》

79 子をつれて夜の網代に蓑《みの》狭《せま》し　心水

右

○枯野　産衣「勿論冬也」。俳諧歳時記栞草「千草の枯れたる野をいふ」。

77 ○松苗　松の苗木。▽千草の枯れてしまった野原に、緑の小さな松の苗が、嵐の吹きわたってゆくたびに揺れ動いてひときわ目にたつことである。季枯野(冬)。

78 ○わたす　架する。▽西の地平線に赤い太陽が没しようとしているが、それはまるで枯野に大きな橋をわたしたように見えることだの意。入日を大橋に見立てて川ならぬ枯野にわたすとした趣向の句。季枯野(冬)。

○木枯　秋の末から初冬にかけて吹くはげしく強い風。凩とも書く。連俳では季は冬。○吹尽して　吹き終わって。野の草を枯らしてしまって。○苗松　松苗に同じ。地面に生え出て間もない小さな松の木。○風のやどり　風のやどるところ。歌語。「花ちらす風のやどりはたれか知る」(古今集・春下・素性法師)など。この句では木枯が特に苗松を揺り動かしているのをいう。○寸松虹梁のすがた　「寸松」は一寸の松。小さな松。「虹梁」は虹のような形に上方の反ったうつばり。一寸の松が将来虹梁に使用されるような大きな松に育つことを予想させるような姿をそなえていること。蘇東坡「青々一寸松、中有二梁棟姿一」(故李誠之待制六丈が挽詞)による。○たけたかし　丈高し。格調が高い。○見捨がたく…　それなりに取り柄があるが。○目に立侍らん　左の句中の語によって、右句よりもすぐれていることをいう。

○網代　毛吹草・連歌四季之詞の初冬に「網代守」。産衣に「網代冬也。守も同前」。川瀬に木や竹を細かく組んで氷魚を捕えるようにしたもの。宇治川や近江の田上川の網代は有名。

79 ▽子供づれで夜の網代の番をする網代守。寒さをしのぐために親子がひとつにくるまっているので蓑がせまい。網代―寒き夜(類船集)。季網代(冬)。

80 ○網代木　あじろに用いる杭(くい)。▽流れに揺れ動いていた網代木が、氷の張ったせいか、いつの間にかゆるがなく

80 網《あ》代《じろ》木《ぎ》のゆるぎやみぬる氷哉《かな》　不角

網代の床《とこ》に子をつれたる作意、めづらかにしてやさし。右又、あじろの杭《くひ》の氷にとぢて寒さいやましたる気《け》しき、左右感心わきがたし。

六番　左　勝　石蘭《つは》

81 破れ葉のツハに顔《ツラ》出す鼬《いたち》かな　調柳

右

82 つわ咲《さく》や誰《た》が引《ひき》捨《すて》し雪《ソ》車《リ》の跡《あと》　立些

左リの句、鼬とかいふものゝ、わが方を見おこせたると云《いひ》けん、をのゝ薄《すすき》もおもひよせられておかしく侍るに、引捨し雪車の句意、しかとき〵得ず、仍以《よつてもつて》左為レ勝。

なってしまったの意。網代木のゆるぎは古歌にも「さらぬだに波もてゆするあじろ木に」(夫木抄・葉室光俊)などと見える。季網代木(冬)。

○網代の床　網代小屋の床。○作意　網代守が子と一緒に網代の夜番をしている趣向。○めづらかにしてやさし　あまり句に詠まれたこともなく、親子のやさしい情愛が感じられる。○あじろの杭の氷にとぢて　網代木が氷に閉じこめられて。○寒さいやましたる気しき　寒さがいっそうきびしくなった様子。○感心わきがたし　左右の句それぞれに心に感じるところがあって優劣を判別しがたい。

○石蘭　「つわぶき」とも。書言字考「ツハブキ・ツハ」として石蘭をあげ、「俗用ニ此字ニ謬。―者石葦也」。毛吹草・誹諧四季之詞の十月に「つはの花」。葉は蕗よりやや厚くつやがあり、冬に黄花をひらく。

81 ▽つわの破れ葉から顔を出してこちらをのぞいているいたちであるよの意。「ツハにツラだす」とツ音を重ねてリズムが快い。季ツハ(冬)。

82 ○雪車　書言字考にこの字を「ソリ」としてあげ、「和俗所レ用」とする。雪舟とも。橇。▽誰かが引きすてにしたそりの跡に、黄色いつわの花が咲いていることだ。季つわ・雪車(冬)。

○鼬とかいふものゝ…　源氏物語・手習に「火影に頭つきはいと白きに、黒きものをかづきて、この君の臥し給へるをあやしがりて、鼬とかいふなるものがさるわざする、額に手をあてて、あやし、これは誰ぞ、と執念げなる声にて見おこせたる」とある箇所をいうか。「見おこせたる」は離れたところからこちらを見やったの意。○をのゝ薄　どくろの目穴から薄が生え出でて「秋風の云々」の歌を詠じたという小野小町伝説(古事談他)を指すか。つわぶきの破れ葉から、いたちが顔を出したという句から右の小町伝説を連想したか。○しかとき〵得ず　はっきり句意を理解できない。右句では引き捨てられてあるものが、つわの花とも、雪舟とも、二様に解することができる点をいう。

七番　左　勝　鴨《かも》

83 鈴《すず》鴨《かも》の声ふり渡る月寒し　嵐雪

右

84 鴨くはで菜《な》を干《ほし》枯《から》す塩《しほ》屋《や》かな　魚児

すゞかもの声ふりたつる、秀句かぎりなし。一句やすらかにして厳寒の気《け》しき尽《つき》たり。彼《かの》妹《いも》がりの歌を吟ずれば、六月廿四日の日も寒しと云《いひ》けむ、さる事にや。右の句も、蚕《かひこ》を飼ふものゝきぬきぬためしもあはれに侍れども、すゞかものすゞの声、句調たかしとやいはん。

八番　左　氷柱《つらら》

85 風に来て氷柱にさがる楓《かへで》哉《かな》　一桃

右　勝

○鴨　毛吹草・誹諧四季之詞の十月に「すゞ鴨」をあげ、「赤頭・たかべ・黒がも・さぎ・霜ふり・真鴨」を併記する。

83 ○鈴鴨　大きさ中ぐらいの海鴨。▽鈴鴨が鳴きながら渡っていく空に冬の月が寒々とかかっている。鈴の縁語でふり渡ると表現したもの。季鈴鴨(冬)。

84 ○塩屋　海水を煮て塩を作る海人の小屋。▽鴨を獲っても金に換えて食うこともない海人の塩屋では、軒下に副食にする掛菜が干してかわかされている。季鴨(冬)。干菜が季題として見えるのは糸屑(元禄七年)からである。○声ふりたつる　声を張りあげて鳴く。鈴鴨の鈴の縁語。○秀句かぎりなし　巧みにいいかけた句でこの上なくすばらしい。○一句やすらかにして　一句の仕立てがゆったりとして穏やかで。○厳寒の気しき尽たり　きびしい冬の寒さの情趣が十分に表現されている。○彼妹がりの歌を吟ずれば　「妹がりの歌」は「思ひかねいもがりゆけば冬の夜の川風さむみ千鳥なくなり」(拾遺集・紀貫之)を指す。恋しさに堪えかねて女性のもとを訪ねてゆくと、冬の夜の川風が寒いので、千鳥の鳴くのが聞えてくるの歌意。なお、この箇所は無名抄に右の貫之の歌をあげ、「この歌ばかり面影ある類はなし、六月廿六日、寛算が日も是を詠ずれば寒くなるとぞ、或人は申し侍し」による。○六月廿四日　無名抄の六月二十六日が正しい。○蚕を飼ふものゝきぬきぬためし　養蚕をする農民が絹布を着ないたとえ。紺屋の白袴などと同意。古文真宝前集「遍身綺羅者、不是養蚕人」(蚕婦)。○すゞの声　鈴を振るような声。左句を指す。○句調たかし　一句のリズム感がすぐれている。

○氷柱　毛吹草・連歌四季之詞の中冬に「氷柱(つらら)」。

85 ○楓　「かえるで」とも。葉の形が蛙の手に似ていることによる。季は秋(九月)のもの。▽風に吹かれてとんで来てつららに付着して下がっている紅い楓の葉であるの意。季氷柱(冬)。

86 ○門　かどぐち。家の出入り口。○閑居　世間との交際を断って静かに暮らすこと。○しゆる　正しくは「強ふる」。ハ行のヤ行化は当時の一般的現象。▽つららが長く垂れ下がっ

86 門《かど》閉《とぢ》て閑居をしゆる氷柱《つらら》かな　琴風

氷柱にさがる楓、ほのかなるけしき、細くからびて哀《あはれ》なるに、右は、なを烟《けむり》たえ〴〵にして、むぐらの後はつららに門をとぢたる閑居の扉《とぼそ》、感情《かんせい》まさりたるやうに覚《おぼえ》侍る。

九番　左　持　霰《あられ》

87 あかつきの霰は冬の信《マコト》かな　李下

右

88 森ふかく野《の》馬《うま》飛《とび》込《こむ》あられかな　仲風

烈風寒威、暁《あかつき》の寐覚《ねざめ》、冬のまことゝいへるぞ、かくてはよにもあられふる哉と吟声さびしきに、右は又、野馬の霰に驚たるさま、能云叶《よくいひかなへ》られたり。聞処《きくところ》見る処、師曠《しくわう》が耳をそばだて、

て門を閉じてしまい、おのずから閑居の生活を強制することである。なお「をしゆる」と読み、教ゆるの意にとれば、門を閉じたつららが、その家の閑居の様を人に教えているようであるの句意にも解される。次の「むぐら…」の評語からも恐らく前解がよいか。季氷柱(冬三)。○ほのかなるけしき　ささいな情景。○細くからびて　ほそぼそとして枯淡で。前出の三体和歌の秋冬の風体。○哀なるに　情趣深いのに。○烟たえ〴〵にして　烟は炊煙。ささやかな暮らしのさまをいう。○むぐらの後は　「むぐら」は葎、雑草。謡曲・三輪に「門は葎や閉ぢつらん」とある。生い茂って門をとざしていたむぐらが枯れ果てたのちは。○感情まさりたるやうに覚侍る　右句の方がいっそう情趣深いように思われる。

○霰　毛吹草・連歌四季之詞の中冬三「霰 消るも冬三」とする。

87 ○冬の信　冬という季節の真実の情趣。▽冬の早朝に音をたてて激しく降るあられは、きびしい冬の真情のあらわれと感じられることよの意。季霰・冬三(冬三)。

88 ○野馬　五三参照。▽とつぜん降ってきた激しいあられに野馬が驚いて森ふかく飛び込んで走り去っていった。季あられ(冬三)。

○烈風寒威、暁の寐覚　激しい風が吹いて寒さの厳しい早朝の目覚め(にあられの音を聞いて)。○かくてはよにも…　出典未詳。「ふる」に降ると経るを言い掛ける。寂しいあられの降る音がするが、このようなわびしさに耐えて世にありふることよの意。○吟声　詩や歌を吟ずる声。○能云叶られたり　うまく表現されている。○聞処　左句のあられの音をいう。○見る処　右句の森へ飛び込む馬をいう。○師曠　中国古代の春秋時代の人で、晋の平公に仕えた音楽の名人。蒙求の標題に「師曠清耳」とある。

離婁《りろう》が目のさやをはづすといふ共《とも》、左右の是非弁ずる事あたはじ。

十番　左　勝　神楽《かぐら》

89 御《み》神楽《かぐら》や火を焼《たく》衛士《あじ》にあやからん　去来

右

90 鉢《はち》扣《たたき》まじりて狂フ神楽かな　孤屋

左リの句、させる難もなく、秀《ひいで》たる所も見えず。右は、鉢たゝき、神楽に可レ交事いかゞ。右に難あるをもてひだりかた勝たるべし。

十一番　左　勝　頭巾《づきん》

91 山里や頭巾とるべき人もなし　京　観水

右

92 頭巾きぬ出家見らるゝ野中哉《かな》　亀言

○離婁　中国古代の人で離朱ともいい、よく目の利いた人。蒙求の標題に「離婁明白」。○目のさやをはづす　「目のさや」は、まぶた、瞼。それをはずすとは、目をよく見開いてみつめること。○左右の是非　左右の句の優劣。○弁ずる事あたはじ　弁別することはできないの意。

○神楽　毛吹草・連歌四季之詞の中冬に「神楽　里神楽」。産衣「冬也。夜分也…。内侍所の御神楽は十二月十一日也」。天の岩戸の前における天鈿女命(あまのうずめのみこと)のわざおぎに始まるといい、宮中の内侍所の神楽のほかに諸国の神社でも里神楽が行なわれた。

89 ○御神楽　宮中の賢所で庭燎(にわび)を焚いて行なわれた。○衛士　ここでは仕丁(しちょう)のこと。▽宮中御神楽見物に来たが、冬の深更のことゆえ寒さがきびしいので、庭火を焚いている仕丁にあやかりたいものだ。季神楽(冬)。

90 ○鉢扣　陰暦十一月十三日から四十八日間、鉦や瓢箪を鳴らし、念仏和讃を唱えて京の内外を回った空也堂の有髪の僧。▽鉢叩きの空也僧が神楽を舞う人にまじって踊り狂っていることだの意。この神楽は里神楽。季鉢扣・神楽(冬)。

○させる難もなく　たいした欠点もなく。○神楽に可レ交事いかゞ　有髪の僧の鉢叩きが神事の神楽に交じって踊ることはどうであろう。常識的には考えられない。

○頭巾　冬の寒風を防ぐために頭にかぶる布製のもの。角(すみ)頭巾・大黒頭巾・投頭巾など種類が多い。毛吹草・誹諧四季之詞の十月に所出する。

91 ▽たまたま訪れた山中の村里では、出会うのは猟師や木こり、頭巾をわざわざ取って挨拶するような人には行きあわない。まことに気楽なことだ。元禄百人一句三にも入る。季頭巾(冬)。

92 ▽頭巾もかぶっていない寒々とした僧侶の姿、冬枯れの野中のこととて、ひとしお見すぼらしく感じられるの意。季頭巾(冬)。

目にふれぬ山中の客、そゞろに愛せらるゝ楓《ふう》林《りん》もあるか。右は、目に立《たち》て猶《なほ》すごき冬野《の》ゝ法師、人にはいかゞおもはるゝ心ばへもありなん。左まさるべし。

十二番　左　煤掃《すすはき》

93 何《いづ》方《かた》に行《ゆき》てあそばん煤はらひ　挙白

右　勝

94 煤《すす》とりて寺はめでたき仏哉　不卜

すゝはきの日の遊び所を侘《わび》たるも優《いう》にして艶《えん》也。右は、寺の煤掃と思ひよりたる、先《まづ》珍重にや。両句滑稽のまことをうしなはず、感心わきがたく侍れども、目《め》でたき仏哉、と云《いひ》し句のいきほひ、猶《なほ》まさりて聞え侍れば為ﾚ勝。

○目にふれぬ山中の客　ふだんは余り目にしない山中を訪れた人。○そゞろに愛せらるゝ…　三体詩の杜牧「停ﾚ車坐愛楓林晩、霜葉紅ニ於二月華ニ」(山行)による。わけもなく心を惹かれる楓林でもそこにあってのことかの意。○目に立て猶すごき　目だっていっそう荒涼とした。○人にはいかゞ…　徒然草の「人には木の端のやうに思はるゝよと清少納言が書けるも、げにさることぞかし」(第一段)による。○心ばへ　心づかい。ここは、そのわびしい姿を人からどう思われるであろうか、という気づかいもあるであろうの意。

○煤掃　煤払い。屋内の天井や壁にたまった煤を笹竹をまとめて作ったもので掃き落とす年中行事。公家・武家をはじめ、民間でも十二月十三日に行なうことが多かった。毛吹草・誹諧四季之詞の極月に「煤掃(すすはき)」とある。

93 ▽一家総出の煤払いの今日は、老人が家におれば邪魔になる。どこかに客として行きたいけれど、どの家も煤払いで多忙である。さてどこへ行って遊ぶとしようの意。季煤はらひ(冬)。

94 ▽煤掃きをすましたお寺は、内陣の仏様もきれいに拭き清められていっそう尊く思われることよ。季煤掃(冬)。

○遊び所を侘たる　遊び所がないのに困惑している。○優にして艶　優艶。上品でやさしく美しいこと。○思ひよりたる　思い寄せること。着想したところ。○珍重　連歌俳諧で用いる褒辞。非常にすぐれていること。○滑稽のまことをうしなはず　「俳諧」の字義は滑稽ということであり、俳諧はもともと滑稽詩であった。「まこと」は本質で、ここは左右の両句ともに俳諧の本質をうしなわないでいるの意。○感心わきがたく侍れども　どちらにも感服して優劣を区別しがたいけれども。○句のいきほひ　句勢。句のはずんだ調子。「去来曰、句に句勢といふ事あり。文に文勢、語に語勢あるが如し」(去来抄)。

一柳軒不卜のぬしは、身を塵境《ぢんきやう》に随ひせまりて、心ざしは雲ゐるやまのいはねをたどり、あるはよしの丶花に笈《おひ》を忍《しの》び、湖水の月に琵琶《びは》をうかべて、風雅のやつことなる事としあり。これよりさきも集顕《あらは》す事ふた丶びに及《およぶ》といへども、春秋遠く、雲ゆき雨ほどこして、東籬《とうり》の菊も名をさま〴〵に唐朝《たうてう》の牡丹《ぼたん》も花しべを異《こと》にす。梅の侘《わび》、桜の興も折にふれ時にたがへば、句も又人を驚《おどろか》しむ。猶其《なほその》しげき林に入《いり》て花のかのきよきにつき、いろこき木の葉をひろひて左右にわかちて、積《つみ》て四節となす。判士《はんし》よたりに乞《こひ》て、我も其一《そのいつ》にしたがふ。まことや楽《がく》にゑらる丶ものゝ笛をぬすむに似たりといはむ。されども青《あを》鷺《さぎ》の目をぬひ、あふむの口を戸ざ丶むことあたはず。

貞享《ぢやうきやう》うのとし、筆を江上《かうしやう》の潮《うしほ》にそ丶ぎて、つゐに蕉庵雪夜《せうあんせつや》のともし火に対す。

○一柳軒不卜のぬし　不卜は二三頁参照。「ぬし」は尊称。
○塵境に随ひせまりて　「塵境」は塵界、俗世間。俗世間の習わしに従い、世人に親しみ交わっているが。
○よしの丶花に笈を忍び　大和(奈良県)の吉野山の花見のために背中の笈の重さに耐えて旅し。笈は日用具を入れて背負う四角な箱状のもの。
○湖水の月に琵琶をうかべて　白楽天の琵琶行を踏まえて湖水に琵琶湖の名を利かせている。
○風雅のやつことなる…　俳諧の下僕となること多年に及んでいる。俳諧に遊んで心を労することをいう。
○集顕す事ふた丶び　延宝六年・江戸広小路、同八年・向の岡。「顕す」は著すが正しい。
○春秋遠く　年月の経過したこと。
○雲ゆき雨ほどこして　易経「雲行雨施品物流レ形」。自然の営みとともに事物が変化したこと。
○東籬の菊も　陶淵明「采ニ菊東籬下一」による。東側の垣根の菊にもいろいろ種類があり。
○唐朝の牡丹も…　唐代には特に牡丹が賞美された。その花にも種類が多かった。ここではさまざまに俳諧の変化することをいう。
○梅の侘、桜の興も　梅のわびしい風情や桜の華やかな趣も。
○折にふれ時にたがへば　その場の感興にまかせて詠み、流行にぬきんでて更に新味を持つならば。
○其しげき林に入て　俳諧の数多い作品を梅や桜の縁でいう。
○花のかのきよき…　同じく林の縁で、すぐれた作品を選んだことをいう。
○四節　四季。
○判士　句合の判者。
○よたり　素堂(春)・調和(夏)・湖春(秋)・桃青(冬)の四人。
○楽にゑらる丶もの丶…　斉の宣王が三百人の楽人に笛を吹かせた時、笛を吹く実力のない南郭は、その中にまじってみだりに吹いてごまかしたという韓非子の南郭濫吹の故事により、十分に判者の実力がなくてその座に加わったことをいう。
○青鷺の目をぬひ…　よく目の利く青鷺の目を縫いつけ、よく

桃青書

しゃべる鸚鵡の口をとざしてしまうことはできない。つまり識者の批判を封じることはできないということ。この時代、鳥の目を縫うことは鳥屋でしばしば行なわれた。
○貞享うのとし　貞享丁卯の年。貞享四年(一六八七)。
○江上の潮　隅田川のほとりに指しくる潮。
○蕉庵　芭蕉庵。

新《しん》撰《せん》都《みやこ》曲《ぶり》

雲英末雄　校注

〔**編者**〕池西言水編。

〔**書誌**〕半紙本二冊。題簽「都曲　上」「みやこふり　下」（底本の題簽は以上だが、初版本の天理図書館綿屋文庫本では「新撰都曲　言水造上」「新撰都ふり　言水造下」とある。底本は後刷本であるが、本文の異同はない）。柱刻、上巻「言序」「上一（—上卅二）」、下巻「下一（—下廿二）」「言一（—言十二）」「終一」「終二」。全六十九丁。

〔**書名**〕江戸より京に移住した言水は、貞享四年（一六八七）『京日記』を、ついで元禄二年（一六八九）『前後園』を刊行したが、それにつぐ第三撰集として、京の言水一門の俳風を宣揚する意をもたせて『都曲《みやこぶり》』として刊行。書名からも言水の京俳壇における積極的な活動が示されている。

〔**成立**〕言水の跋文に「元禄三午中春」とあり、そのころ編集され、刊行も同年中であろう。

〔**構成**〕上巻、(1)余春澄序、(2)諸家の四季吟。下巻、(1)諸家の四季吟、(2)「人〳〵に」言水独吟歌仙一巻、(3)「卯花も」言水独吟歌仙一巻、(4)「見に来たる」言水独吟歌仙一巻、(5)「凩の果は」言水独吟歌仙一巻、(6)「元禄三午中春」言水自跋。

〔**内容・意義**〕本書は諸家の四季吟および言水の独吟歌仙四巻を収録したものである。四季吟には駒角・仙庵・去留・千春・助叟・順水・朋水・木因・芭蕉・和及・江水・信徳・友静・尚白・乙州・如泉・我黒・言水・道弘・郁翁らが入集するが、大部分は京の言水門下や知友の俳人である。四季吟は、一作者の春・夏・秋・冬の発句四句を半丁一面に配置する独自な形式をとり、四季四句を収録するに至らぬ作者は三句、または二句、あるいは一句を入集せしめている。もっとも一句一句随所に発句が収録されている作者もいる（芭蕉など）。一面四句揃いの作者は五十五名、それ以外は一二〇名で、後者は無名作者が多く、彼らは当時流行の前句付に参加した作者たちであるという（土谷泰敏「言水編『都曲』の特質——作者層の考察を通じて——」『国文学攷』94、昭和五十七年六月）。

総じて本書は、元禄初年の言水を中心とする俳壇の動向やその俳風を十分知ることのできる重要な撰集である。

〔**底本**〕早稲田大学図書館本。

〔**影印**〕早稲田大学蔵資料影印叢書『元禄俳諧集』（早大出版部、昭和五十九年）。

滑稽《こつけい》滑稽、季鍛《ニねり》、月練《ニり》、雲-游《ユウシテ》于四方《ニ》一、吐-出《トス》於雅風《ヲ》一、方朔《ばうさく》之弁《ガベン》口江帥之頓作《ごうのそちガとんさく》、圧《ヘサヘテ》二衆人之舌頭《ノトウヲ》一、踞《シリウタケセリ》二於言句三昧《げんくざんまいニ》一也とは、なにものぞ。たれとかする、洛下《ノ》池水活潑潑子《クハツバツバツ》。請《こフ》君、試《こころみニミヨ》看。

余春澄書《よしゅんちようしよす》

○滑稽　俳諧のこと。奥義抄に「今案ずるに、滑稽のともがらは非レ道して、しかも成レ道者也。又誹諧は非二王道一して、しかも述二妙義一たる歌也。故に是を准二滑稽一。その趣弁説利口あるものの如二言語一」とある。また猿蓑の丈草跋には「猿蓑者芭蕉翁滑稽之首韻也」とある。
○季鍛月練　季節ごとに練ってすぐれた作品をつくろうとし、月ごとに練ってすぐれた作品をつくろうとする。
○雲游　あてもなく旅をすること。仏語。
○吐出　はき出す。
○雅風　風雅な風調の句。底本、返点「一」を欠く。
○方朔之弁口　東方朔のように達者な口つき。東方朔は中国前漢の人。字は曼倩（まん）（せん）。諧謔や諷刺を得意として、武帝に寵愛された。紀元前一五四年頃—九二年頃。
○江帥之頓作　大江匡房の口から出まかせの話。江帥（ごうのそち）は大宰権帥（ごんのそち）の地位にあったところからいう。匡房は平安後期の学者、歌人。博学の人として知られていた。江家次第、江談抄などの著がある。長久二年（一〇四一）—天永二年（一一一一）。
○圧　圧倒して。
○衆人之舌頭　多くの人の舌から詠みだす発句。
○踞　腰かけている。どっしりとしている。
○言句三昧　言句は軽いことば、ここでは俳諧をさす。俳諧三昧。
○たれとかする　だれであろう。
○洛下池水　洛下の言水の姓「池西」をいいかける。
○活潑潑子　活潑潑地のもじり。活潑潑地は、魚などがはねるように勢いの盛んなさま、あるいは活動してやまないさま。言水の俳諧活動の盛んなさまをいう。
○余春澄　青木春澄のこと。重頼門。京の人。通称、庄右衛門。別号、印雪子・貞悟など。言水とは親しかった。承応二年（一六五三）—正徳五年（一七一五）。

(都曲　上)

元旦

1 年《とし》〱《どし》や日の数《かず》〱《かず》に日のひとつ　駒角

2 八《やつ》橋《はし》や畠の麦をかきつばた　仝

3 仙《ヤマ》人《ビト》の尸《かばね》は菊のこやしかな　仝

4 埋《うづみ》火《び》の灰に物かくねざめ哉《かな》　仝

5 面《おも》白《しろ》や桜齅《にほひ》てよるの雨　京 加柳

6 村《むら》雨《さめ》を橋に乗《のり》込《こむ》鵜《う》舟《ぶね》かな　仝

7 夜《よ》ざとくて秋猶《なほ》寒き齢《よはひ》かな　仝

8 牛の毛の折《を》レぬ曲《まが》らぬ時《し》雨《ぐれ》哉《かな》　仝

9 晴《はれ》ゆくや四季の富士見る山桜　京 仙庵

10 更《さら》級《しな》にあをのくはなき田植哉《かな》　仝

1 ▽毎年毎年、日の数はまことに多い。元旦というと特別あらたまった日のように感ずるが、よく考えてみれば元旦もその多い日のひとつである。季年〱(春)。

2 ○八橋　三河の知立の地名。歌枕。▽八橋では畠の麦までカキツバタと見まちがえる。季麦・かきつばた(夏)。

3 ○仙人　日葡辞書「ヤマビト。シナの人里離れた山奥に住んで秘術を行うとされた人々」。○尸　亡骸《なきがら》。▽菊は隠逸の愛するものというから、さぞかし仙人の尸はそのこやしになるであろう。季菊(秋)。

4 ▽冬のあけがたごろ寝ざめて、老いの所在なさに、埋火も消えてしまったその灰の上に、ただ何となく物を書いている。埋火のもと―齢・老(類船集)。季埋火(冬)。

5 ○齅て　普通「かいで」と訓むが(増続大広益会玉篇大全「齅キウ〈カグ〉」)、ここは「にほひて」と訓む。▽ああ面白い、夜の雨に桜の花のにおいがして。季桜(春)。

6 ○村雨　滑稽雑談「村雨は雑なり」。○鵜舟　鵜飼に使う船。▽夕立を避けようとして、うっかりして鵜舟が橋に乗り上げてしまった。季鵜舟(夏)。

7 ▽夜中に目を覚しやすくなってしまい、秋でもなお寒いと感ずる老年になったことだ。季秋(秋)。

8 ▽牛の背に時雨が降ってきたが、牛の背の毛は折れも曲りもしなかった。時雨とはそんなものだ。季時雨(冬)。

9 ▽晴れゆく空、山桜が富士山を見ているように感じられる。こうして山桜は季節ごとの美しい富士を見ているのだろう。季山桜(春)。

10 ○更級　信濃国の歌枕。長野県更級郡。▽更級では姥捨山の月を見上げるものだが、田植の時は棚田(四十八枚の梯子田)に上から下へと段々に植えてゆくので忙しく、上をむく人はいない。季田植(夏)。

11 ○乙相撲　一番勝負の相撲。▽荒々しく引きのけ、負けた方はへたばって草を嚙むことだ。この一番勝負の相撲は。季乙相撲(秋)。

12 ▽一年中何かしら花を売っているが、この寒菊が一年の最後で花の売りおさめだ。季寒菊(冬)。

11 かなぐりて草嚙《カム》乙《ひとつ》相撲《すまふ》かな　　全

12 寒菊《かんぎく》や花一《ひと》とせの売《うり》納《をさ》め　　全

13 苗代《なはしろ》やはまりて醒《さめ》し僧の酔《よひ》　　京 一翠

14 初夜《しよや》迄《まで》は護朽《ギボウシユ》冷《サメ》ぬ涼み哉《かな》　　全

15 鴫《しぎ》の音《ね》に年《とし》〳〵《どし》生《はえ》し白髪かな　　同 松隠

16 鴨《かも》弶《ワナ》も憂《うき》や堤に鳴《なく》狐《きつね》　　一翠

17 日の蝕《しよく》や物あさましき蟾《ヒキ》の頰《ほほ》　　若州河野氏 可心

18 競《けい》馬《ば》見ぬ人や河原の歌《うた》念《ね》仏《ぶつ》　　全

19 夜《よ》相撲《ずまふ》にうかれ出けり山法師　　全

20 お火《ひ》焼《たき》や梟《ふくろふ》飛《とん》でねぬ鴉《からす》　　全

21 袴《はかま》きて我《わが》摘《つみ》習ふ若菜かな　　若州津田 去留

22 燎《カヾリビ》の煤《すす》気《け》やくろき鵜《う》の姿　　全

13 ▽酔っぱらった僧が苗代にはまってしまって、やっとのことで酔いが醒めた。季苗代(春)。

14 ○初夜　六時の一。戌(いぬ)の刻。午後八時頃。▽いま橋の上で涼みをしているが、まだ暑いので夜の八時位にならないと擬宝珠が熱を帯びていて、さめないことだ。季涼み(夏)。

15 ○鴫の音　鴫の羽根掻のこと。古今集「暁のしぎのはねがきもはがき君がこぬ夜は我ぞ数かく」。▽鴫の音を、古今集の「君がこぬ夜は我ぞ数かく」の歌のようにつらい思いをしながら聞いていたら、年々白髪が生えてしまった。季鴫(秋)。

16 ○鴨弶　鴨をとるわな。類船集に「流(ナガレ)—鴨わな」とあり、流黐(ながしもち)のことか。流黐は、冬の夜長い縄や板にもちをぬって川や湖沼に流し、鴨などを捕えるもの。▽鴨弶にかかった獲物をとりたいのはやまやまだが、自分が弶にかかってはたまらないと、狐が残念そうに堤で鳴いている。季鴨弶(冬)。

17 ○日の蝕　日蝕のこと。▽日蝕になってあたりが暗くなった。その時月の精のヒキガエルがのそのそと出てきたが、その頰が何ともみぐるしい。季蟾(春)。

18 ○競馬　旧暦五月五日の京都上賀茂神社の競馬が有名。○歌念仏　念仏を唱えながら鉦を叩いて小歌のように節をつけてうたったもの。京都の日暮林清(ひぐらしりんせい)の歌念仏が元禄の頃名高かった。▽競馬を見ない人は、河原で行なわれている歌念仏を見に行っていることだ。季競馬(夏)。

19 ○夜相撲　底本「夜相撲」。祭礼の日の夜に行なわれる相撲。日次紀事の八月「凡ソ洛外処々八幡祭リ、夜ニ入リテ多ハ相撲有リ」。▽夜相撲があるとのことで、延暦寺の山法師たちまでがうかれ出ることだ。季夜相撲(秋)。

20 ○お火焼　日次紀事十一月「此ノ月、神社ノ縁日ゴトニ、柴薪ヲ神前ニ積ミ、御酒ヲ供シ、然ル後火ヲ投ジテ之ヲ燎ク。児童各々口ニ某ノ神ノ御火焼ト唱ヘテ之ヲ拍ス」。▽お火焼でフクロウはあたりを飛びまわり、カラスは寝ることもできない。季お火焼(冬)。

21 ○若菜　七草がゆに入れる春の七草。▽自分は袴をつけて、毎年毎年若菜摘みを習いとしていることだ。季若菜(春)。

23 初《はつ》汐《しほ》にもめても瘦《やせ》ぬ海月《くらげ》哉《かな》　仝

24 御《お》火《ひ》焼《たき》に木《この》葉《は》は薫《くべ》ぬ習かな　仝

25 まだゆかん滝《たき》壺《つぼ》匂《にほ》ふ山桜　京 如琴

26 入《いり》相《あひ》に気を奪《うばは》れぬ鵜《う》舟《ぶね》かな　仝

27 里《さと》迄《まで》はせめて力の鹿《か》驚《がし》かな　仝

28 こがらしの吹《ふき》落《おと》しけん流《ヨバヒ》星《ボシ》　仝

29 行《ゆく》猪《シヽ》の勢《いきほ》ひ弱る柳かな　京 烏玉

30 氷《ひ》室《むろ》哉《かな》守る者なくて富士の雪　仝

31 踊《をどり》見《み》に引《ひく》ためしなし御《ご》所《しよ》車《ぐるま》　仝

32 大雪のながめ休むる湖水かな　仝

33 伏《ふし》見《み》江《え》や沢瀉《クハヰ》ほるらん鷺《さぎ》ひとり　京 千春

34 御《お》池《いけ》さへ樋《ひ》をぬく民の早《さ》苗《なへ》かな　仝

22 ○燎　増続大広益会玉篇大全「燎　レウ〈ニワビ・カヾリビ〉」。▽鵜飼で焼くかがり火のすすで、鵜の姿がさらに黒く見える。季鵜(夏)。

23 ○初汐　陰暦八月十五日満月の大潮のこと。○海月　クラゲ。▽八月十五日の大潮にもまれてもクラゲは少しもやせない。骨のないクラゲの自在なさまを詠んだ句。季初汐(秋)。

24 ○御火焼　二〇参照。なお天和長久四季あそびの図によると、神前に新穀やくだもの、神酒を供え、庭に井筒形の割木をつみ、その中に竹を立てて火をつけている。木の葉はくべなかったか。▽お火焼では、竹や薪をつかって木の葉はくべない習慣がある。季御火焼(冬)。

25 ▽まだ行っていないが、滝壺のあたりには山桜がみごとに咲いていることだろう。季山桜(春)。

26 ▽入相の鐘が鳴っても、それに気を奪われることもなく、鵜舟は出てゆくことだ。勤行の合図につく鐘の音をきいても、平気で殺生をしにゆく鵜舟を詠んだ。季鵜舟(夏)。

27 ▽村里まではせめて田に立っている案山子を頼りにして歩いていこう。季鹿驚(秋)。

28 ○流星　流れ星。▽こがらしがぴゅうぴゅう吹いて、夜空の流れ星までも吹き落としそうな勢いだ。季こがらし(冬)。

29 ▽猪突猛進するイノシシも、芽ぶいてきた柳にはかなわず、勢いが弱ることだ。季柳(春)。

30 ○富士の雪　日次紀事・六月一日・賜氷ノ節の条「東鑑ニ云武人炎暑ノ節ニアタリ、富士ノ雪ヲ取テ珍物ニ備フ」。▽富士の雪は夏でも残っていて、氷室守りなどのいらない天然のりっぱな氷室だなあ。季氷室(夏)。

31 ○踊　日次紀事の七月七日・踊躍(ヲドリ)の条「今日洛下ノ児女帯ヲ結ビ欅襷(タスキ)ト為シ、太鼓ヲ撃チ踊躍ヲ催ス」とある。また七月の条「十四ヨリ晦日ニ至テ夜ニ入、大人小児街頭ニ踊躍ヲ催シ…」。○御所車　牛車のこと。▽七夕踊などの踊見物には牛車を引くような慣習はないでしょう。季踊(秋)。

32 ▽大雪の景色がはてしなく続いている。その眺望は水をたたえた湖によって区切りをつけられている。季大雪(冬)。

35 長き夜や花野の牛となる夢も　仝

36 色黒し京に猶《なほ》見ぬ網《あ》代《じろ》守《もり》　仝

37 痩《やせ》たるも又ながめ哉《かな》山ざくら　京 助叟

38 棹《さを》添《ソヘ》て置《おか》ぬ舟あり杜若《かきつばた》　仝

39 気《き》違《ちがひ》の狂ひ勝《かち》たる鹿《か》驚《がし》哉《かな》　仝

40 あれはこそ毛色の白き都《みやこ》鳥《どり》　仝

41 物《もの》見《み》より公《く》家《げ》の柴よぶ桜かな　京神氏 底元

42 杜若《かきつばた》ことに使《つかひ》は若《わか》衆《しゅ》なり　仝

43 夜《よ》や梶《かぢ》の葉のなき枝に寝《ぬ》る烏《からす》　仝

44 世の様よ児《ちご》の雪見ぬ炉《ろ》の辺《あたり》　仝

45 院《ゐん》の桜衣《きぬ》かけられし誉《ほまれ》かな　京三上都 雪

46 晴《はれ》間《ま》迄《まで》葉うらにゆぶる蛍《ほたる》かな　仝

33 ○伏見江　伏見の淀川に沿った入江をさすか。▽伏見江で鷺が一羽、クワイを掘っている。鷺を擬人化して「ひとり」と表現。伏見江でぽつねんといる鷺をクワイを掘っているとした。鷺―沢瀉(類船集)。季沢瀉(春)。

34 ○御池　未詳。▽御池でさえ、農民の田植の早苗に必要なら樋をぬいて田に水を引くことよ。季早苗(夏)。

35 ▽長い夜には、花野の中の牛となる夢も見ることだ。季長き夜・花野(秋)。

36 ○網代守　夜、かがり火をたき網代の番をする人。網代は、魚をとるため川の瀬に設ける設備。▽京では一向に見かけることもない、いかにも色の黒い網代守だな。季網代守(冬)。

37 ▽堂々とした樹ではなくやせ細った樹だが、それでも花をつけた山桜はまたなかなか風情がある。季山ざくら(春)。

38 ▽美しい杜若が咲いている。岸からだけでなく舟で近付いてとりたいと思って、岸の舟を見ると、棹がはずされこげないようにしてあった。元禄百人一句亖にも入る。季杜若(夏)。

39 ▽気違いの方が狂いに狂ってしまい、かがしよりも狂い勝ってしまった。季鹿驚(秋)。

40 ○あれはこそ　伊勢物語九段「東下り」で、渡守の答え「これなん宮こどり」をふまえる。▽あれはねえ、隅田川の「白き鳥の嘴(はし)と脚と赤き」都鳥ではなく、毛色の白い都鳥だよ。「毛色の白き都鳥」はおそらく白鷺か。季毛色の白き都鳥(冬)。

41 ○物見　牛車の左右の立板にある窓。▽牛車の物見窓から公家が何やら用があるのか柴人を呼んでいる。あたりは一面の桜でまことに美しい。花見車一四五にも入る。季桜(春)。

42 ▽紫の美しいカキツバタをもらった。その上その使はりりしい若衆である。季杜若(夏)。

43 七夕に使うための葉をとられてしまった梶の木の枝に、夜カラスが寝ることだ。季梶の葉(秋)。

44 ▽せっかく雪が降ったのに暖い炉の辺にばかり居て、児が雪を見ようとしない。外の世界に目をむけない。これが世上の有様だ。季雪(冬)。

45 ○院の桜　承久の乱で佐渡へ配流された順徳院が都から運んだ御所桜。▽順徳院が衣に包んで、佐渡の黒木の御所に

47 摂《せつ》待《たい》や卒《そ》都《と》婆《ば》の中の一《ひと》烟《けむり》　仝

48 寝ざめては牛の地を聞《きく》時雨《しぐれ》哉《かな》　仝

49 豊《とよ》国《くに》やよるの椿の落るをと　京 良詮

50 我《わが》庵《いほ》の琴にはのらぬ田《た》歌《うた》哉《かな》　仝

51 人《ひと》魂《だま》にさかるゝ雁《かり》の妹《いも》背《せ》かな　仝

52 握《にぎ》りても霰《あられ》は水の形かな　仝

53 玉落《おと》す柳に牛の眠《ねむり》かな　京 松隠

54 夏《なつ》痩《やせ》や鏡を門に捨《すつ》るなし　同池西氏 好友

55 月《つき》更《ふけ》て鹿に逢《あひ》けり瀬《せ》田《た》の橋　松隠

56 いかならん富士の霰《あられ》のこけ所《どころ》　西六条 宗清

57 入《いり》相《あひ》に白魚の名を穢《けが》しけり　京 若水

58 涼しさや松を跡《あと》なる走リ舟　同

運ばれた桜は、まことに名誉な花だ。季桜(春)。

46 ○ゆぶる　ゆする。▽雨があがって晴れるまで、雨にうたれて草の葉がゆれるので、それにつれて葉裏のホタルも一緒にゆれている。季蛍(夏)。

47 ○摂待　旧暦七月、供養のため寺や民家で往来の人々に湯茶のふるまいをすること。▽いま七月のお盆で寺では摂待の湯茶をふるまっているが、墓の方をみると、新しく建てられた卒都婆の間からも摂待の湯釜の煙りが一筋あがっている。季摂待(秋)。

48 ▽寝ざめた牛が、足もとに降る時雨の音を、地に耳を押しあてるようにして聞いている。季時雨(冬)。

49 ○豊国　ゆたかに治まっている国。▽春、椿の花の落ちるぽたっという音が聞える。何とおだやかに豊かに国が治まっていることだ。元禄百人一句䷀にも入る。季椿(春)。

50 ▽田植歌がしきりに聞こえてくるが、その歌はわたしの庵にある琴には調子が合わない。季田歌(夏)。

51 ○雁の妹背　ひとつがいの雁。▽飛んでいる雁のつがいが人魂に出合って、離れ離れになってしまった。季雁(秋)。

52 ▽握ってみても霰はもとの霰の形をしておらず、すぐに水の形になってしまう。季霰(冬)。

53 ○玉落す柳　古今集・春上・遍昭「浅緑糸よりかけて白露を玉にもぬける春の柳か」。▽露のしたたり落ちんばかりに美しい柳がしだれて、その下で牛が静かに眠っている。春ののどかな様子。季玉落す柳(春)。

54 ▽夏痩になってしまった。しかしそれを気にして鏡を門に投げ捨てる人は一人もいはしない。季夏痩(夏)。

55 ○瀬田の橋　近江八景の一。瀬田の唐橋。▽夜がふけて月がこうこうと照っているとき、瀬田の橋の上で鹿に出会った。こんな所で鹿に会うとはめずらしい。季月(秋)。

56 ▽富士山に霰が降り、その霰がころがってゆくところはどんなところなんだろうなあ。広大な富士の裾野と霰とをとり合せた。季霰(冬)。

57 ▽太陽が西に沈む夕方、白魚は夕陽に赤く染っているから、白魚というその名をけがしてしまった。季白魚(春)。

59 御《み》幸《ゆき》の日笠ぬがすべき鹿驚《かがし》哉《かな》　同

60 煤《すす》払《はらひ》八《や》瀬《せ》に女はなかりけり　同

61 嵐《あらし》にも並木をうたぬ柳かな　京　雀木

62 碑《ひ》を誦《ズ》して苔《こけ》にしばしの涼《すずみ》哉《かな》　佐渡相川　順水

63 ゆく牛に口《くち》籠《かご》はむる花野かな　但州出石　可雪

64 熊瘦《やせ》て牛に楽ある深《み》雪《ゆき》哉《かな》　同

65 御《ご》廟《べう》野《の》は花見ぬ迄《まで》の念《ね》仏《ぶつ》かな　京梅原　和海

66 市《いち》原《はら》に昼寝さめたる競《けい》馬《ば》哉《かな》　仝

67 袖《そで》はりて風にしたがふ花野かな　仝

68 寒《かん》菊《ぎく》や都にすがる花ひとつ　仝

69 花《はな》薗《ぞの》は日《ひ》半《ナカ》短《みじか》し六つの鐘　京山口　志計

70 順礼の高《たか》峰《ね》を拝《をが》む藪《やぶ》蚊《か》哉《かな》　同

58 ▽ああ涼しげなことだ。松原を後ろにしてするすると舟が走るように通ってゆくのは。[季]涼しさ(夏)。

59 ▽天皇が行幸される日は、恐れ多いことだから秋の田に立っている案山子の笠をぬがすべきであろう。[季]鹿驚(秋)。

60 ○煤払　江戸時代、公家・武家・民間とも十二月十三日に行なった。○八瀬　京都北東部、高野川の谷あいの村。男子は八瀬童子と呼ばれ、宮中に出仕して下働きをした。▽煤払いに八瀬の男たちは宮中に出仕し、残った女たちは男のように立働くので、まるで女はいなくなったかのようだ。[季]煤払(冬)。

61 ▽嵐になって吹かれても、しなやかなので柳並木はたがいに枝を打ったりしない。[季]柳(春)。

62 ▽古人の碑を訪れ、碑文を声に出して読んでみ、碑に生じた苔をみて、しばしの間暑さを忘れる。[季]涼(夏)。

63 ○口籠　牛や馬が道端の草などを食わないようにその口にあてる籠。「くつこ」ともいう。○花野　秋の草花にあふれた野。三湖抄「草野は、野の花・花野・千草の花なり」。▽花野では花が食いあらされぬように、通ってゆく牛に口籠をはめることだ。[季]花野(秋)。

64 ▽冬、深い雪のためクマはやせてしまって、牛は襲われる心配がない。それほど深く雪がつもった。[季]深雪(冬)。

65 ○御廟野　御廟のある野。日葡辞書「ゴベゥ。神、または亡くなった高貴な人の墓」。▽御廟のある野は、その野に花が咲くまではせめて念仏でもして御霊をおやすめ申し上げたい。[季]花(春)。

66 ○市原　京都市左京区静市市原町。京都市中から鞍馬山へ行く街道の途中にある野。市原野。▽駕籠に乗り昼寝をしながら市原を通ったところ、競馬のどよめきがあがり、昼寝から目が覚めてしまった。[季]競馬(夏)。

67 ▽袖をふくらませて風の吹くにまかせて花野を進んでゆく。[季]花野(秋)。

68 ▽他の花とて咲いていない冬、すがれた寒菊だけが都に咲いている。[季]寒菊(冬)。

69 ○六つの鐘　暮れ六つを知らせる鐘の音。午後六時ころ。▽花園は昼のあいだが短いことだ。もう暮れ六つの鐘が鳴

71 叔父《ヲヂ》の屋根薄《すすき》生《はえ》けり志賀の里　同

72 夜《よ》時雨《しぐれ》は伏見竹田の車かな　同

73 ゆく堤《つつみ》髑《どく》髏《ろ》声ある蛙《かはづ》哉《かな》　京 如稲

74 水上《みなかみ》の夕立《ゆふだち》ゆかし琴《こと》の爪《つめ》　仝

75 牛飼《うしかひ》の心見落す花野哉《かな》　仝

76 影法師色《いろ》〱《いろ》に見る時雨かな　仝

77 蝀《にじ》の根の松よりながし春の海　京 如水

78 鰐口《わにぐち》に蟬《せみ》鳴《なく》雨のやしろ哉《かな》　仝

79 文《ふみ》よたゞ泣く事千度秋《あき》時雨《しぐれ》　仝

80 美《うつくし》き人いかならんくすり喰《ぐひ》　仝

81 月ながら杖《つゑ》に骨折《をる》朧《おぼろ》かな　紀州和歌山島氏 順水

82 住《すむ》魚《うを》の毒にてもなし杜若《かきつばた》　仝

っている。美しい花を見ていて時間が短く感じられるのである。季花薗(春)。

70 ▽順礼が高峰に対して拝礼をしているが、そのまわりには藪蚊がすさまじい。季藪蚊(夏)。

71 ○志賀の里　大津の歌枕。▽志賀の里の叔父の家の屋根は、あの志賀の都があれはててしまったように、あれて薄が生えてしまった。千載集「さざ波やしがのみやこはあれにしをむかしながらの山桜かな」を踏まえるか。季薄(秋)。

72 ○伏見竹田の車　京都から東九条を通り竹田の里を経、伏見・鳥羽まで、物資を運送する牛車道があった。▽竹田の里を通って伏見まで行く牛車に、夜のつめたい時雨が降りかかっている。季夜時雨(冬)。

73 ▽堤をゆくと髑髏が目についた。その髑髏が声を出していると思ったら、そばのカエルの出す声だった。季蛙(春)。

74 ○水上　川の上流。▽琴の爪を見ていると、水上で逢った夕立がなつかしく思いおこされる。琴の爪から、琴の音を思い、琴の音の連想から夕立に及んだ。季夕立(夏)。

75 ○花野　三五参照。▽牛飼が自分が牛飼であることを忘れてしまうほど、美しい花野である。季花野(秋)。

76 ▽時雨がさあっと通りすぎてゆくにつれて、影法師があれやこれやいろんなものに見える。季時雨(冬)。

77 ○蝀　易林本節用集「螮蝀　ニジ」。▽春のおだやかな海に虹がかかり、その海に接する部分は松原の松より長くのびている。季春の海(春)。

78 ▽雨の社では、鰐口に蟬がいてそこでしきりに鳴いている。季蟬(夏)。

79 ○秋時雨　晩秋に降る時雨のこと。▽手紙を読んで悲しさにただ泣きに泣くこと千度です。おりからの秋の時雨も降りまさることでしょう。夫木抄・在原元方「人知れぬ涙や空に曇りつつ秋の時雨とふるまさるらん」。季秋時雨(秋)。

80 ○くすり喰　薬喰。冬に滋養のために、猪や鹿などの肉を食べること。▽美しい人が薬喰いをするときは、どんなふうであろうか。なんともすごい形相になるのではなかろうか。季くすり喰(冬)。

83 晩《いり》鐘《あひ》に我《われ》と葉を割《サク》ばせを哉《かな》　仝

84 今ひとつ咄《はなし》忘《わすれ》て火《ひ》鉢《ばち》かな　仝

85 梅齅《カグ》に野は遠からじ近からじ　伏見民也

86 際《きは》立《だち》て薄《うす》きは京の蚊《か》遣《やり》かな　同

87 継《まま》母《はは》に槿《あさがほ》のはなをしへけり　同

88 鉢《はち》扣《たたき》銭やる馬《ま》士《ご》の皃《かほ》見たし　同

89 菊《きく》苗《なへ》に哀《あはれ》添《そへ》けり去《こ》年《ぞ》の茎《くき》　京朋水

90 柴《しば》刈《かり》て居《ゐ》るかもしらず雲の峰　仝

91 猶《なほ》うきは一度に桐の二葉哉《かな》　仝

92 唯《ただ》ひとつ殊《こと》更《さら》白しかへり花　仝

93 山桜目《め》印《じるし》もなし順の峰　京烏水

94 夕ぐれや太《ふと》藺《ゐ》の折《を》れを待《まつ》涼み　仝

81 ▽月は出ている。しかし朧月だから、夜の外出には杖をたよりにしなければならない。杖で骨折ることだ。季朧(春)。

82 ▽カキツバタが水辺で咲いているが、それは住んでいる魚の毒にもならないだろう。季杜若(夏)。

83 ▽入相の鐘の音に芭蕉は自然とその葉を裂いてしまった。鐘と芭蕉を因縁めかして作った句。季ばせを(秋)。

84 ▽話がすんで火鉢のそばを離れたのだが、もう一つ話を忘れていたと、また火鉢のところへ戻ってきた。季火鉢(冬)。

85 ▽梅のにおいがしている。野は遠くもなければ、近くでもないほどよい距離にある。齅(カグ)—梅(類船集)。季梅(春)。

86 ○蚊遣　蚊を追い払うために煙をくゆらし立てること。▽きわだって薄いのは京の蚊遣であることだ。季蚊遣(夏)。

87 ▽継母にアサガオの花を教えたことだ。何か具体的に物語などがあるかと思われるが未詳。季槿(秋)。

88 ○鉢扣　元禄百人一句九三参照。▽鉢扣に乏しい財布の中から銭をやる馬子がいるという。そんな馬子の顔が見たいなあ。季鉢扣(冬)。

89 ▽春になり菊の芽が出てきた。それに枯れた去年の菊の茎があわれを誘うかのように添って立っている。季菊苗(春)。

90 ○雲の峰　御傘「夏なり。六月照日の時分に、白雲の空に高き峰のやうに重なるをいふなり」。▽あの向こうの山の方で雲の峰がみえている。その雲の峰では、もしかしたら人が柴を刈っているかもしれないなあ。季雲の峰(夏)。

91 ▽秋、桐の一葉が散り落ちても悲しいのに、それが二葉いっぺんに落ちてしまって、なおのこと悲しさが増す。淮南子(えなんじ)「桐一葉落ちて天下の秋を知る」の「桐一葉」を「桐の二葉」としたところが俳諧。「井の柳きのふを桐の一葉かな　支考」(句兄弟)、「たばこよりはかなき桐の一葉かな　其角」(流川集)など、桐の一葉を詠んだ句は多い。季桐の二葉(秋)。

92 ▽かえり花が咲いている。ただ一つなのでよけいにその花の白いのが目だつことだ。季かへり花(冬)。

93 ○順の峰　順の峰入り。春三月、大和国大峰山に登り修行すること。▽今順の峰入りをしており、何か目印にしようと思うが、あたりは山桜ばかりで目印にはならない。季山桜・

95 早稲《わせ》一穂《ひとほ》宮に翁《おきな》のかざしかな　仝

96 ゆく雲に聟《むこ》見《み》送《おくり》し時雨《しぐれ》哉《かな》　仝

97 捨《すて》牛《うし》の海松《み》《る》和布《め》求《もとむ》る潮干《しほひ》哉《かな》　京 清昌

98 思はずよ泉に残す琴の爪《つめ》　仝

99 露《つゆ》ながら誓紙《せいし》にたゝむ銀杏《イちやう》かな　仝

100 恋《こふ》る夜は雪を籬《まがき》の礫《つぶて》かな　仝

101 秋の友離《はなれ》〳〵《ばなれ》の帰《き》雁《がん》かな　京 淵瀬

102 男さへ昼寝はかざす団《うちは》かな　仝

103 八《はつ》朔《さく》は秋の淋《さび》しき始《はじめ》かな　仝

104 己《おの》が家も豆は打《うつ》らん厄《やく》払《はらひ》　仝

105 暮《くれ》ゆくや歯《し》朶《だ》は昔の山桜　京那須氏 流水

106 迷《まよひ》子《ご》の泣《な》ク〳〵つかむ蛍かな　仝

順の峰(春)。

94 ○太藺　カヤツリグサ科の多年草。池沼に生じ、茎で花筵などを織る。唐藺・丸菅ともいう。▽夕方になって、太藺の折れるのを待って涼みをする。季太藺(夏)。

95 ▽早稲の稲の一穂をもって翁が宮に詣でるが、それが翁の挿頭(かざし)のように思われる。季早稲(秋)。

96 ▽雲が流れてゆく。聟を見送っていったところ、時雨がさあっと降って来た。雲―時雨(類船集)。季時雨(冬)。

97 ○海松和布　浅い海の岩石に生ずる緑色の海藻。「水松」とも。▽捨てられた牛が、潮がひいた海岸でミルメを探して食べている。季海松和布・潮干(春)。

98 ▽思ってもみなかった、泉に琴の爪が残っているなんて。どうりで泉が潺潺(せんせん)とうるわしい音を立てて湧き出ているはずだ。琴と泉の声とは付合(類船集)であり、その縁で琴の爪を出した。季泉(夏)。

99 ▽露をおびている銀杏の葉をそのまま誓紙の中に、虫がつかぬようにと畳みこむことだ。季銀杏(秋)。

100 ▽恋したっている夜は、雪をまるめて礫とし、恋しい人の籬に打ちつける。季雪(冬)。

101 ▽秋には友として親しくしていたが、帰る段になって離ればなれとなって雁は北をめざして帰ってゆく。季帰雁(春)。

102 ○団　団扇。▽男でさえ暑いので格好などにこだわらず、昼寝にはうちわをかざすことよ。季団(夏)。

103 ▽八月一日はいろいろな行事があるが、中秋の最初の日で、秋の淋しさを初めて感じさせる日である。季八朔(秋)。

104 ○厄払　大晦日や節分などの夜、厄年の人の家に行き、門口で厄を払うことばを唱え銭を請う者。人倫訓蒙図彙「節分夜にありく。はらいを望者、煎大豆に銭つゝみてとらすれば寿命長久のすいた事をたからかにわめく」。▽厄払いは、自分の家でも厄を落とすために豆を打つのであろう。季厄払(冬)。

105 ○歯朶　シダ類のことで、正月の飾りに用いる裏白。▽春の日が暮れてゆくが、ふと見ると裏白がほの白く見えている。あれは昔見た山桜のようにに思われることだ。夕暮の山陰で見た裏白を山桜にたとえたか。季歯朶(春)。

107 送リ火の果《はて》見ざる世ぞ人心　仝

108 源氏みて妹《いも》ぬる雪の脚炉《コタツ》哉《かな》　仝

109 巣《す》の燕《つばめ》夜《よ》弓《ゆみ》に覆《おほ》ふ翅《つばさ》かな　京小畑氏 澗水

110 世《よの》中《なか》や暗き間《ま》をゆく蚊《か》の心　同

111 おかしさや田《た》刈《か》ル男に落《おつ》る鴈《かり》　同

112 狭《せま》き世と思はじ伊勢に雪の富士　同

113 折《をり》節《ふし》の花に成《なり》たる水《みづ》菜《な》かな　美濃 木因

114 夕涼み石人《ひと》肌《はだ》の河辺かな　但馬出石 可雪

115 同じ火を切《きり》籠《こ》にみるは哀《あはれ》也《なり》　木因

116 白《しら》魚《うを》の餌《ゑ》に成《なる》物《もの》か水の雪　京 貞隆

117 鶺《せき》鴒《れい》の走リて消《きえ》し氷かな　美濃長郎中島 薪玉

118 麦《むぎ》刈《かり》て壁に麦見る霡《コサメ》哉《かな》　仝

106 ▽迷子が泣きながら、それでも蛍に興味があるのか、蛍をつかむことだ。子供の心をよくとらえた句。季蛍(夏)。

107 ○送リ火　盆の最後の日、精霊を送るためにたく火。▽いま精霊の送り火を行なっているが、最後まで見ずに人々は帰っていく。これもこの頃の人情であることよ。季送リ火(秋)。

108 ▽雪の夜、源氏の絵物語などを見て、恋人は火燵で寝入ってしまった。季脚炉(冬)。

109 ▽巣にいる燕が、夜は巣の子どもをかばうため翅を弓のようにひろげて巣をおおっている。季燕(春)。

110 ▽世の中はまっ暗闇の中を飛んでゆく蚊の心のようなもので、心細い限りである。季蚊(夏)。

111 ▽秋の田面に田を刈る男がおり、おりから近くの池に下りたつ雁がいる。何とも趣きのあることだ。季落る鴈(秋)。

112 ▽伊勢から雪の富士が見わたせるのだから、この世の中が狭いなどとは思わない。▽雪(冬)。

113 ○水菜　京菜のこと。ハクサイ・コマツナなどと同種のアブラナ科の野菜。古くから京都を中心に栽培された。春、黄色い花をつける。▽水菜が春の時期が来て、ちょうどその時にふさわしい花を咲かせた。季花・水菜(春)。

114 ▽夕涼みで河辺にやってきたところ、河原の石が人肌ほどの暖さになっていて、そこへ腰を下ろして夕涼みをした。季夕涼(夏)。

115 ○切籠　切籠灯籠のこと。わくを切子の形に作り、紙や布の垂(しで)を飾りつけた灯籠。盂蘭盆会などに用いる。▽普段見ている火、その同じ火でも切籠灯籠に入れてみると、同じ火だと思われぬぐらい哀れをもよおすことだ。季切籠(秋)。

116 ▽水の中に降りこむ雪、その雪は白魚の餌になるものであろうか。白魚の透明な白さは、雪をその餌にしているからだろうか。「水の雪」と「白魚」をとりあわせている。季雪(冬)。

117 ▽川辺にうっすらと氷が張っていた。そこへセキレイが走っていったら氷は消えてしまった。季消し氷(春)。

118 ○霡　小雨。正しくは霢。▽麦を刈ったが、小雨が降り、置き場所がない。そこで家の中の壁のところに刈った麦を積み上げげた。季麦(夏)。

119 ひとつづゝ虫を始《はじめ》よあきのくれ　仝

120 しのぶ夜や似せても似ざる鉢《はち》扣《たたき》　京 北窓

121 松風のたゆみ〳〵の蛙《かはづ》かな　京 恵方

122 崩《くづ》さずに置《おき》て涼しや藤の棚《たな》　伏見 扇計

123 うつせみの空《カラ》に抱《だ》かるゝ一《ひと》葉《は》哉《かな》　能州七尾勝木 勤文

124 煤《すす》はきて入《いり》湯《ゆ》に聞《きけ》り雨の音　ふしみ 扇計

125 物好《ズキ》や匂《にほ》はぬ草にとまる蝶　京 芭蕉

126 夏《なつ》鴨《がも》も立《タヽ》ぬか芦《あし》の下《した》涼《すずみ》　同 空礫

127 散《ちる》柳《やなぎ》一葉あらそふ氏《うじ》子《こ》かな　同 露計

128 常ながら念仏唱《となへ》ぬ師走かな　越後三条 義鷗

129 皃《かほ》白し桜に夜《よ》汐《しほ》くむ女　京吉井 水流

130 ゑぼしきて行《ゆく》人《ひと》はなし夕涼み　仝

119 ○あきのくれ　俳諧問答「古来秋の暮は、暮秋にあらずと定まれり。只秋の夕間ぐれと云事のよし」。▽秋の夕べ、夜も長いことだし、一匹ずつ虫の鳴く声をはじめてもらおうではないか。季あきのくれ(秋)。

120 ▽恋人のところへ忍んでゆく夜、鉢扣の真似をしようとするのだが、いくら似せようとしても似せられない。季鉢扣(冬)。

121 ▽松林に風が吹いて、音を立てている。その松風の音が弱くなりとぎれとぎれに蛙の鳴き声が聞えてくる。季蛙(春)。

122 ▽藤棚をくずさないでそのままにしておいた。それが夏になって日蔭をつくり何とも涼しい。季涼し(夏)。

123 ○うつせみの空「うつせみ」で蟬のぬけがらをいう。○抱かるゝ　底本「抱かゝる」。▽蟬のぬけがらがあった。ふと見るとその蟬のぬけがらに枯葉が一葉抱かれている。季一葉(秋)。

124 ▽煤はきを終って、汚れた身体をきれいにしようと湯に入ったところ、雨の音がきこえてきた。季煤はき(冬)。

125 ▽いっこうに匂いもしない草にわざわざ蝶がとまるとは、何とまあ物好きなことだ。季蝶(春)。

126 ▽夏鴨も芦の葉かげで涼んでいるのであろうか。いっこうに芦のそばから飛び立とうとはしない。季夏鴨(夏)。

127 ○散柳　御傘「柳散るは、初秋なり」。▽柳がいっせいに散りはじめ、一葉でも掃きもらすまいと氏子たちは競って掃除をする。季散柳(秋)。

128 ▽師走、みなあわただしくて念仏など唱えぬものもあるが、自分は常日頃と同じように念仏を唱えている。信心の篤い人の師走も普段と変らぬ様を詠んだ。季師走(冬)。

129 ○夜汐　謡曲・松風「月に心は須磨の浦、夜潮を運ぶ海人乙女」。▽春の夜、夜潮を汲む女の顔が桜の花にうつってほの白く見える。季桜(春)。

130 ▽わざわざ夕涼みに烏帽子をかぶってゆく人などいはしない。みな気楽なかっこうででかけますよ。季夕涼み(夏)。

131 ○摂待　四七参照。▽いま摂待をしているが、まっ先にあわれな座頭がやってきた。季摂待(秋)。

131 摂《せつ》待《たい》に先《まづ》あはれなる座《ざ》頭《とう》哉《かな》　仝

132 燐《キツネビ》に消《きえ》ぬかぬまの薄《うす》氷《ごほり》　仝

133 嘶《イナヽキ》て馬《ま》子《ご》にくひつく涅《ね》槃《はん》哉《かな》　京　万玉

134 笈《おひ》聖《ひじり》濁《にご》せるあとの清水かな　仝

135 魂《たま》祭《まつり》子の㒵《かほ》みたる継《けい》母《ぼ》かな　仝

136 只《ただ》一《ひと》日《ひ》堀《ほり》川《かは》黒しすゝ払《はらひ》　空礫

137 催《さい》馬《ば》楽《ら》に気のすむ夜の桜かな　京　可廻

138 人《ひと》㒵《がほ》やへちで涼しき川《かは》社《やしろ》　同　琴山

139 朝《あさ》㒵《がほ》に蜉《かげ》蝣《ろふ》の安き歩み哉《かな》　豊前西小倉　松踞子

140 一《ひと》所《ところ》酒の声ある枯野かな　京　可休

141 ゆくに先《まづ》反《そり》橋《はし》うれし山桜　京　可休

142 ひとりづゝ酔《ゑひ》に伏《ふし》けりたかむしろ　同　照山

132 ○燐　暗夜、山や野で青白くもえる怪火。燐火。鬼火。▽あやしげな狐火が見えているが、その狐火で沼の薄氷がきえはしないであろうか。季薄氷(冬)。

133 ○涅槃　旧暦二月十五日の釈迦が入滅した日のこと。▽涅槃の日に、馬がいななて飼い主の馬子に喰いつき、馬子はあやうく命を落としそうになった。季涅槃(春)。

134 ○笈聖　笈を背負いながら諸国を行商した下級の僧。高野聖がくずれて商人になったもの。▽笈聖が乱暴に清水を濁したが、またもとのようにきれいな清水になった。季清水(夏)。

135 ○魂祭　旧暦七月に祖先の霊を迎え祭ること。▽魂祭をしていて、今は亡き生みの母のことを思い出している子の顔を、継母が気にしながらうかがい見ている。季魂祭(秋)。

136 ○堀川　京都の街の中央を南北に流れる川。▽十二月十三日の煤払いの日にただ一日だけ堀川の水もまっ黒くなることだ。季すゝ払(冬)。

137 ▽人々は夜桜を見て、その上催馬楽を見物して十分に気のすんだことだろう。季桜(春)。

138 ○へち　はずれ。ふち。○川社　旧暦六月夏越(なごし)の祓の時、川のほとりに棚を設け、神饌を供えて神を祭った。その仮りに設けた社のこと。▽夏越の祓の川社が祭ってある。はずれの方が涼しいのか、そちらの方に人の顔が見える。季川社(夏)。

139 ▽命のはかない朝顔の花に、これまた命のはかないカゲロウが心安く歩みをはこんでいる。季朝㒵(秋)。

140 ▽枯野で、一か所だけ、酒を飲んで騒いでいる声がするところがある。粛条とした枯野と、そこで酒を飲んで騒いでいる声との対比。季枯野(冬)。

141 ▽山桜を見にでかけた。歩いてゆくとすぐに反橋があってそれが山桜にはえて美しく、見ていてうれしい。季山桜(春)。

142 ○たかむしろ　簟。竹をこまかくさいて、筵のように編んだ敷き物。▽夏、みんなで酒盛りをしていて、だんだん酔っぱらってひとりずつたかむしろの上に伏して寝てしまった。季たかむしろ(夏)。

143 槿《あさがほ》に六十《むそぢ》を灸《きう》の始《はじめ》かな　同　見志

144 末《ヲクレ》葉《ば》に斧《をの》の音《おと》抱《だく》あられ哉《かな》　照山

145 雪持《もち》て草も起《おき》けり日《ひの》始《はじめ》　勢州白子長島氏　義重

146 汗《あせ》入《い》れば星《ほし》光よき清水哉《かな》　仝

147 狼《ヤマイヌ》もおそろしからぬ花野哉《かな》　仝

148 音《ね》を入《いれ》て虫の背負《おふ》る落葉哉《かな》　仝

149 水茶屋の銀《カネ》見せにゆく春辺哉《かな》　同所　重則

150 武蔵野は昼皃《ひるがほ》の咲《さく》朝《あした》かな　同

151 須《す》磨《ま》の巻《まき》紐《ひも》とく秋の夕《ゆふべ》哉《かな》　同

152 草《くさ》刈《かり》の砥《と》石《いし》つくろふ冬野かな　同

153 結《むす》ぶ井《ゐ》の蛙《かはづ》背《せ》をよる涅《ね》槃《はん》哉《かな》　江州日野杉江　彩霞

154 涼《すず》しさや蛙追《おひ》ゆく夏の雨　仝

143 ▽朝早く起き朝顔の花を見ながら、六十を期に健康によい灸を始めることだ。季槿(秋)。

144 ○末葉　うらば。こずえの先端の葉。▽大木の末葉にも木を伐る斧の音が響いてゆき、霰がそのあたりに舞い散っている。「斧の音抱」という表現が奇抜。季あられ(冬)。

145 ○日始　元日。▽元日、一年の最初の日だから、雪が積もっていてもそこから雪を持ちあげて草も起きる。季日始(春)。

146 ▽汗がひくと、清水に夜空の星の光がまことにうるわしく光って、映えている。季清水(夏)。

147 ○狼　オオカミ。○花野　六三参照。▽花野では狼も少しもおそろしく感じない。季花野(秋)。

148 ▽落葉があたり一面見られる。虫の鳴くべき季節はもう終ってしまって、虫は落葉を背負って静かにしている。「虫の背負る」という表現が奇抜。季落葉(冬)。

149 ○水茶屋　路ばたや社寺の境内等で、湯茶を飲ませて往来の人を休める店。○銀見せにゆく　銀貨の鑑定。▽水茶屋の主人が、春さき遊山の人々の茶代収入を得て、その銀の鑑定に出かけてゆく。季春辺(春)。

150 ▽広い武蔵野の野、そこでは朝、昼顔の花が咲いている。季昼皃(夏)。

151 ○須磨の巻　源氏物語の須磨の巻。▽源氏物語のしみじみとした須磨の巻の巻子の紐をといて秋の夕べに読む。古典的な情緒の句。季秋の夕(秋)。

152 ▽冬野では刈る草もないので、草刈が鎌をとぐのに使う砥石のつくろいをせっせとしている。季冬野(冬)。

153 ▽涅槃の日、井の水を手で結んで飲んでいると、蛙が背中をよじって往生しているのが見えた。季涅槃(春)。

154 ▽ああ涼しいことだ。夏の雨がざあっと降って、その雨足を追うかのように蛙が飛びはねてゆく。季夏の雨(夏)。

155 ▽風雅の伝統が受けつがれている須磨。ここの海人は書くものがなくても荻の葉に歌を書く者もあろう。季荻(秋)。

156 ○寒声　滑稽雑談「歌舞を嗜む者は、貴となく賤となく二寒に卅日、暁天に庭場に臨んで謳詠し、或は鼓舞す。是を

155 荻《をぎ》の葉に歌《うた》かくも有《あり》須磨の蜑《あま》　仝

156 寒《かん》声《ごゑ》に来て影《カゲ》すごき柳哉《かな》　仝

157 刈《かり》込《こみ》て牛の草撰《よる》躑躅《つっじ》かな　大坂 孤松

158 腹《はら》立《だち》てみられぬ物や杜若《かきつばた》　仝

159 みる人も気にせがまるゝ踊《をどり》かな　仝

160 時雨《しぐ》るよ松には雨といはせたし　仝

161 辛《から》崎《さき》や泊《とま》り合《あは》せて春の雨　与州松山古川 随友

162 河《かう》骨《ほね》やさはりて消る水の淡《あは》　同

163 寝《ね》た家もねぬ家も有《ある》灯籠《とうろ》哉《かな》　同

164 夕ぐれや五条あたりの鉢《はち》扣《たたき》　同

165 君が為《ため》芹《せり》摘《つむ》妹の化《け》粧《しやう》かな　同古川 県草

166 蓮《はす》池《いけ》に必《かならず》いはふ小宮かな　仝

俗に寒声と称する也」。▽夜分、寒声をつかいにやってきたら、柳の影が不気味で、ぞっとするほどものすごい。季寒声(冬)。

157 牛がどこを食べたらよいか選んでいる。下草は刈込んでしまったので、▽躑躅が美しく咲いている。季躑躅(春)。

158 ▽美しい杜若を見ていると腹立たしい気持が収まる。杜若は腹が立っていたのでは見られぬものだなあ。季杜若(夏)。

159 ▽しきりに盆踊が行なわれている。それを見ている人もしだいに気がせいてきて一緒に踊り出すことよ。季踊(秋)。

160 ▽時雨が降っているが、常緑の松はその時雨によっても紅葉したりしないので、色をかえる時雨だなどといわずに、ただ普通の雨といわせたい。「そめはせで残る松さへさびしぐれ」(詞林金玉集・貞宣)、「色かへぬ松や時雨のあまし物」(同・虎竹)とあるように、普通樹木は時雨に会って紅葉するが松は変化しない。その様子を詠んだ句。季時雨る(冬)。

161 ▽辛崎で、たまたま一緒に泊まることになり、折から降ってきた春雨の音をしんみりと一緒に聴いている。季春の雨(春)。

162 ○河骨　スイレン科の多年草。▽河骨のところに、水面にうかんだあわが、あたっては消え、あたっては消えている。季河骨(夏)。

163 ○灯籠　盂蘭盆などに用いる切籠灯籠。▽盂蘭盆の切籠灯籠が家々につるされているが、灯いているものもあり、消えているものもあるので、寝た家やまだ寝ないでいる家があることがわかる。季灯籠(秋)。

164 ○五条　日次紀事・十一月十三日「紫雲山極楽院空也上人光勝忌」として「五条一夜道場并ニ七条金光寺等ニモ亦修レ之」とある。○鉢扣　元禄百人一句三参照。▽夕ぐれ時、五条一夜道場へ空也忌を修するため鉢扣が集まっている。季鉢扣(冬)。

165 ○君が為　古今集・春上・光孝天皇「君がため春の野にいでて若菜つむわが衣手に雪はふりつつ」。▽恋しい人のために捧げようと一生懸命芹を摘んでいる娘は、美しく化粧している。季芹摘(春)。

166 ▽蓮池にはかならず小さなお宮をおまつりすることだ。季蓮池(夏)。

167 渡《わたし》守《もり》よべばこたふる鶉《うづら》かな　仝

168 肩脱《ヌイ》で尼の歯《し》朶《だ》折《をる》師《し》走《はす》哉《かな》　仝

169 松の色牛の見て鳴《なく》焼《やけ》野《の》かな　難波 蚊市

170 偶《カタ》人《シロ》や男《をとこ》女《をんな》のしるしなし　金竜寺 桜叟

171 御《ミ》奴《ヤツコ》やなまりて戻《もど》る駒《こま》迎《むかへ》　仝

172 お火《ひ》焼《たき》や疱《イ》瘡《モ》したる子の数多き　京 入安

173 住吉の森のちいさき潮《しほ》干《ひ》哉《かな》　平戸 鉛乙

174 結《むす》ぶより早《はや》歯にひゞく泉かな　京 芭蕉

175 名《めい》月《げつ》やそゞろに物《もの》の遠き音　同 桐木

176 歯《し》朶《だ》刈《かり》の雉《きぎ》子《す》も追はぬ師《し》走《はす》哉《かな》　丹州峰山武部 玄信

177 出《いづ》る日や見る間に延《のび》る独《う》活《ど》の長《たけ》　京沙門 玔林

178 正月の注《し》連《め》其《その》まゝの氷《ひ》室《むろ》哉《かな》　同

167 ▽むこう岸の渡守を声を出して呼んだところ、鶉が応えるかのように鳴き声を立てた。季鶉(秋)。

168 ○歯朶折　正月の飾りに用いるウラジロを年末に刈りとる。▽普段そんな仕草なぞしない尼さんが、師走に着ている衣の肩ぬぎをして、正月用の歯朶を折りとっている。季師走(冬)。

169 ▽黒々とした焼野に青々とした松があるのを見て、牛がよろこび鳴く。季焼野(春)。

170 ○偶人　形代。増山の井・六月「形代」に「御祓するに人形をつくりて身の災難をはらへて川にながす事あり。これを云也」。▽形代には、男だとか女だとか区別するしるしはないものだなあ。季偶人(夏)。

171 ○御奴　官に仕える奴。○駒迎　甲斐・秩父・信濃など諸国から朝廷に貢進する馬を、八月中旬馬寮の使が近江国逢坂関まで出迎えること。▽官に仕える奴も赴任地に長くいたからか、駒迎には言葉がなまって戻ってきた。季駒迎(秋)。

172 ○お火焼　三〇参照。○疱瘡　天然痘。▽お火焼で神社で子どもらがはやし立てているが、その子どもの中に疱瘡をわずらいあばた顔(づら)をした子の数が多い。季お火焼(冬)。

173 ▽潮干狩りをしていて、海岸から沖の方まできてしまった。ふと見ると住吉神社の森がちいさく見える。季潮干(春)。

174 ▽のどをうるおそうと、泉の水を手ですくい口にふくんだところ、その泉の冷たさが歯にひびくように感じられた。むすぶ―泉(類船集)。季泉(夏)。

175 ▽名月がこうこうとあたりを照している。そのあまりの明るさにふだんは普通に感じられる物音も、何となくうつろで遠くからきこえるような気がする。季名月(秋)。

176 ○歯朶刈　正月飾に用いる歯朶を刈る人。▽歯朶刈がふだんなら雉子などいれば追うものを、師走で忙しくてわき目もふらず歯朶を刈っている。季師走(冬)。

177 ▽春の日の出、その生気あふれる日の出を見ていると、それにつれてみるみるうちに独活の丈が延びる。季独活(春)。

178 ○注連　底本「住連」。▽夏、氷室の氷をとりだそうとしたら、正月に張られた注連縄がとりはらわれもせず、そのままの状態で残っていた。季氷室(夏)。

179 御《ご》廟《べう》なる一《ひと》葉《は》女の土産《みやげ》かな　同

180 こがらしに残りし物や蛇《(へび)》の衣《きぬ》　同

181 去《こ》年《ぞ》の夢《ゆめ》窓に告《つげ》来《き》て梅白し　越後柏崎 郁翁

182 おほかたは冠《かむり》見てくる競《けい》馬《ば》哉《かな》　伏見 露吹

183 長き夜や来《こ》ぬ人によむ鐘《かね》の数　仝

奈良にて

184 日の丈《タケ》を珠《じゆ》数《ず》に覚《おぼゆ》る冬《とう》至《じ》哉《かな》　仝

185 初《はつ》桜《ざくら》八《や》重《へ》の一《ひと》重《へ》の好《このみ》なし　京沙門 和及

186 涼しさや灸《きう》して山を見る心　江州 秋山

187 蘭《らん》鉢《ばち》に羽織着せたる霜夜哉《かな》　京 友繁

188 朝露の氷《こほり》て赤し冬牡《ぼ》丹《たん》　和州法隆寺 晩水

189 帔《カヅキ》着ておらばや人の山桜　京 周也

179 ○一葉　桐の散った一葉。鷹の白尾「一葉とは、初秋に桐一葉づつ散るをいふなり」。▽御廟のところにある桐一葉を女が土産として持ってきた。季一葉(秋)。

180 ○蛇の衣　ヘビの脱皮した黄白色半透明の皮を蛇の衣という。多く初夏にみられる。▽吹きすさぶ木枯に、何やら木の枝に残っているものがある。それは夏に脱皮した蛇の皮だった。季こがらし(冬)。

181 ▽去年今咲くか今咲くかと待ち望んでいた夢を、今年になって窓辺に梅が白く咲いてかなえてくれた。季梅(春)。

182 ○冠　競馬に乗る人は冠を着す。○競馬　日次紀事に五月五日・神事「上賀茂競馬。音楽アリ、午ノ時競馬アリ。…乗ルトコロノ氏人二十人。今日各〻冠ヲ着ケ、纓ヲ巻キ、縷ヲ付ケ、左方ハ赤袍ヲ著シ、右方ハ黒袍ヲ著ス」。▽五月五日上賀茂の競馬では見物人が多いので、大部分の人は馬など見ずに乗り手の冠だけ見て帰ってくることよ。季競馬(夏)。

183 ▽秋の長い夜、尋ねてこない恋人を恨みながら鐘の数を数えている。古今集・恋「暁のしぎのはねがきもゝはがき君がこぬよは我ぞかずかく」をふまえる。季長き夜(秋)。

184 ▽念仏を唱える数珠で、一年で一番短い冬至の日の長さを知ることだ。季冬至(冬)。

185 ○八重の　「古の奈良の都の八重桜今日九重に匂ひぬるかな」(詞花集・伊勢大輔)。▽初桜がみごとに咲いている。「古の奈良の都の八重桜」と詠まれているが、わたしには八重だとか一重だとかの好みはなく、桜なら何でもよい。季初桜(春)。186 ▽肩のこりや腰の痛みをいやす灸をすえてから山を見る気持は、まことにここちよく涼しげだ。季涼しさ(夏)。

187 ▽空のよく晴れて寒気のきびしい霜夜には、蘭の鉢に羽織を着せて暖かくしてやる。季霜夜(冬)。

188 ○冬牡丹　底本「冬杜丹」。▽朝露の氷によって冬牡丹はその赤い花の色がいっそうあざやかだ。季冬牡丹(冬)。

189 ○帔　被。きぬかづき。▽かづきを着たまま顔をかくして、他人のものである山桜を折ることにしましょう。そうすれば顔を見られずにすむから。季山桜(春)。

190 滝《たき》音《おと》を聞《きき》て行《ゆき》着《つく》暑さ哉《かな》　仝　延尚

191 寝る人に聞けとはうたぬ砧《きぬた》哉《かな》　同　真嶺子

192 僧ひとり市《いち》に見ぐるし年の暮　同

193 鐘《かね》消《きえ》て花の香《か》は撞《ツク》夕《ゆふべ》哉《かな》　京　芭蕉

194 撫《なでし》子《こ》はふまじ妹許《ガリ》行《ゆく》堤《つつみ》　同　利友

195 嬉《うれ》しさを谺《コダマ》声《こゑ》継《つぐ》〆《しめ》治《ぢ》かな　和州法隆寺　言色

196 辻《つじ》堂《だう》に生《い》駒《こま》山《やま》見る時雨かな　仝

197 白《しら》魚《うを》に価《あたひ》有《ある》こそうらみなれ　京　猶始

198 夏やせに木《き》〻《ぎ》を見て泣《なく》遊女哉《かな》　同　瀦蛙

199 残《ざん》菊《ぎく》は猶《なほ》恥《はぢ》多き霜《しも》間《ま》哉《かな》　芸州佐伯氏　重規

200 冬桜自《ワガ》戒《かい》かたるあらしかな　仝

201 門《かど》松《まつ》は烏《からす》のふまぬみどりかな　江州柏原南部　江水

190 ▽暑さの中、滝の音を聞いてやっと目的地につき、暑さもひいたことだ。季暑さ(夏)。

191 ▽これから寝ようとする人に聞いてほしいと思って砧をうつのではありません。起きていて秋の夜のしみじみとした情趣を感じている人に聞いてほしいのです。季砧(秋)。

192 ▽ごったがえしている年の暮の市に、僧がひとりいるのはその場にそぐわなく、みっともない。季年の暮(冬)。

193 ▽夕ぐれ時、鐘の音が聞こえたと思ったら消えてゆき、そのかわり花の香りがこちらに匂ってきた。季花の香(春)。

194 ▽恋人のところへ行くのに堤を通ってゆくが、その堤に咲いている撫子は踏まないで通りたい。古今集・夏・躬恒「塵をだに据ゑじとぞ思ふ咲きしより妹とわが寝るとこなつの花」をふまえる。季撫子(夏)。

195 ○〆治　シメジ。底本「卜治」。▽シメジを見つけたうれしさに大きな声を出したら、それがこだまになってひろがっていった。季〆治(秋)。

196 ○生駒山　大和国の歌枕。▽時雨を避けるため辻堂に立ちよった。その辻堂から生駒山がよく見える。伊勢物語二三段「君があたりみつつを居らむ生駒山雲なかくしそ雨はふるとも」をかすかにふまえるか。季時雨(冬)。

197 ▽白魚の半透明な繊細な美しさ、こんな白魚に価がついていることこそ恨めしい。季白魚(春)。

198 ▽遊女が夏やせをして、おい茂った木々を見て自分の身の境界を哀れげに泣いている。季夏やせ(夏)。

199 ▽残菊というだけで恥しいのに、霜間にまだ残って咲いているのはいっそう恥しい。季残菊(秋)。

200 ○冬桜　華実年浪草「小樹なり。花葉、彼岸桜に似て、その枝垂れず。冬月花を開く。単葉なり」。▽冬桜が咲いている。その冬桜に自らのいましめを語るかのように嵐がふきつけている。冬桜と嵐を取合せた句。季冬桜(冬)。

201 ▽門松は、カラスにふまれて荒らされないみどりであることだ。季門松(春)。

202 ▽竹を結ってささえにしようとしたら、蓮の花がかえって傾いてしまった。季蓮(夏)。

202 竹ゆひて花のかたぶく蓮《はちす》哉《かな》　仝

203 娘《むすめ》なき門にはしまぬ踊《をどり》かな　仝

204 誰《たれ》人《びと》かゆく雪の日の朱《あけ》傘《がさ》　仝

山家《さんか》興《きよう》

205 木兎《みみづく》の耳ふる花の雪吹《ふぶき》かな　和州郡山雨森 一露

206 河《かう》骨《ほね》の一《いち》輪《りん》つよき姿かな　同

207 宵《よひ》月《づく》夜《よ》眺《ながめ》くもらす若《わか》衆《しゆ》哉《かな》　同

208 芦《あし》田《た》鶴《づ》のかへりさしたる時雨《しぐれ》哉《かな》　同

209 梅散《ちり》て桜にあはぬ涅《ね》槃《はん》かな　大津 心流

210 錫《しやく》杖《ぢやう》に巻《イハ》柏《ヒバ》おこす清水かな　仝

211 はつ秋や巻《まき》葉《は》ばかりの池の蓮《はす》　仝

212 十《じふ》月《ぐわつ》や鳥居を越《こえ》ぬ律《りち》義《ぎ》者《もの》　仝

203 ▽娘のいない家の門では踊なんかしないで通りすぎてしまうことだ。季踊(秋)。

204 ▽いったい誰であろうか。雪の日に朱傘で出かけてゆくのは。季雪の日(冬)。

205 ▽花ふぶきに木影に隠れていたミミズクも、その耳を振ってそれをさけようとする。季花の雪吹(春)。

206 ▽河骨の花が水面に一輪咲いているが、いかにもくっきりとしていて強く感じられる。季河骨(夏)。

207 ○宵月夜　陰暦八月の二日月から、七、八日ごろまでの月の夜をいう。宵のうちだけ月があり、ほの明るくなる。▽いい宵月夜だが、おりしも若衆がいて、それが気にかかってせっかくの宵月夜もくもってみえることだ。季宵月夜(秋)。

208 ○芦田鶴　鶴の異名。▽鶴が寝ぐらなどへ帰りかけたところ、時雨がさっと降ってきた。季時雨(冬)。

209 ○涅槃　涅槃会のこと。陰暦二月十五日釈迦の入滅したのを追悼して行なう法会。▽涅槃のころというのは、梅は散ってしまっており、まだ桜には間のある時期である。梅花には遅く、桜には早い涅槃の頃を詠んだもの。季涅槃(春)。

210 ○巻柏　イワヒバ科のシダ植物。山地の岩壁や木陰などに多く生える。▽イワヒバにおおわれた清水があったので、錫杖でイワヒバをかきおこして清水の冷たさを味わったことだ。山地で修行する山伏などが喉をうるおすために清水を見つけた折の句であろう。季清水(夏)。

211 ○はつ秋　初秋。改正月令博物筌・七月「朔日より三、四日をいふ。されど、和歌には広く詠みて七月なかばまでのけしきをも詠たり」。▽初秋になった。ふと気がつくと池の蓮は巻葉ばかりになってしまった。季はつ秋(秋)。

212 ○十月　神無月。山之井「今朝よりよろづの神たち、出雲の国にいますとかやいへば、神詣でする氏子もまれに、祠(ほこら)の片隅もうそさびしきけしき」。▽十月になった。社の神は出雲に結集して留守になっているので、律義者は神様の留守に神域に入っては失礼にあたると思ってか鳥居も越えぬことよ。季十月(冬)。

213 白《しら》魚《うを》や日のさしかゝる浦の浪《なみ》　大津泉原 友益

214 御《み》仏《ほとけ》を足にはのせぬ産《うぶ》湯《ゆ》哉《かな》　仝

215 七《たな》夕《ばた》や恥《はぢ》ぬ親子の歌《うた》合《あはせ》　仝

216 橋《はし》姫《ひめ》や物《もの》云《いひ》かはす網《あ》代《じろ》守《もり》　仝

217 涅《ね》槃《はん》の日《ひ》寺は深《み》山《やま》ぞ哀《あはれ》なる　京 蟻想

218 夏《なつ》草《くさ》の結び目ほどく出《しゆつ》馬《ば》哉《かな》　同 一翠

219 織《おり》女《ひめ》のあふ夜は何《なん》の物がたり　同 蟻想

220 うつくしく川形《ナリ》見ゆる氷かな　仝

大臣《おとど》の嬌《ヲゴリ》今思へば

221 六《ろく》条《でう》に白魚蒔《ま》かば有《あり》ぬべし　京 好友

222 川《かは》狩《がり》や樗《あふち》の雲を踏《フミ》ながら　同 順節

223 夙《ツト》に起《おき》て霧に物いふ栬《もみぢ》かな　羽州松山 浮水

213 ▽日の出が浦の浪を赤くそめかけている。そんな折白魚の白さがいっそうきわだって白く美しい。芭蕉の「明ぼのやしら魚しろきこと一寸」の清冽な感覚には及ばないが、印象鮮明な句。季白魚(春)。

214 ○御仏…産湯　増山井・四月「灌仏」に「仏のうぶ湯」とある。○足にはのせぬ　普通産湯をつかわせるには、たらいに両足をかけ、そこに赤ん坊を乗せて湯をかける(女重宝記)。▽赤ん坊に産湯をつかわせる時、足に赤ん坊を乗せてつかわせるが、灌仏の時にはもったいなくて御釈迦さまをまさか足にはのせないだろうな。季仏の産湯(夏)。

215 ▽七夕の手向けのために、親子で恋の歌を詠み合うようなことは恥しいこととして避けたことよ。季七夕(秋)。

216 ○橋姫　橋を守る女神。とくに宇治の橋姫をいう。○網代守　夜かがり火をたいて網代の番をする人。▽夜更けて人恋しさに橋姫が網代守に物を云いかわしている。季網代守(冬)。

217 ▽釈迦入滅の日、涅槃会が行なわれるが寺は山深くにあって、しみじみと哀れを感じる。季涅槃の日(春)。

218 ▽草競馬の準備ができた。夏草の結び目をほどき、一せいに出馬することだ。季夏草(夏)。

219 ▽七夕で、織女が牽牛に逢う夜は、いったいどんなことを物語るのだろうか。季織女(秋)。

220 ▽冬、高みから眺めると、川辺が氷っていて川の形そのままに美しく見える。凡兆の「なが〳〵と川一筋や雪の原」(猿蓑)の句と、氷と雪のちがいはあるが、情景に類似点がある。季氷(冬)。

221 ○大臣の嬌　源融左大臣が六条の邸内に塩釜の景をとりこみ、籬が島をこしらえ、舟を浮かべて酒宴を開いたことをさす(謡曲・融)。○白魚蒔かば　「白魚ハ種ヲマケバ生ズルモノナリ、嘗テ見シガ其書ヲ忘レタリ、黄門光圀卿常州ノ川ニ、隅田川ノ白魚ヲ乾シテ取寄セ、沙中ニ埋置レケレバ、翌年白魚生ジテ其種絶ルコトナシ、隅田産ノ大サニ異ルコトナシトアリキ」(甲子夜話十八)。▽源融左大臣はおごりのあまり六条の邸内に塩釜の景をとりこんだという話だが、今から思うと白魚を蒔くということなども当然ありえたことだ。季白魚(春)。

224 星落《おち》て石かゝりたる網《あ》代《じろ》哉《かな》　和州法隆寺　晩水

225 引《ひっ》かゝり半《なかば》引さす小松かな　加州金沢　一水

226 一《ひ》人《とり》宛《づつ》木の根をおりる清水哉《かな》　伊与松山　岌風

227 雷《らい》止《やみ》て槿《あさがほ》いきる籬《まがき》かな　加州　一水

228 入《いり》あひに松はふとりぬ年の暮　同所　乙汀

229 嵯《さ》峨《が》の蟻《あり》京みる花の枝《し》折《をり》哉《かな》　越後三条　楽応

230 蕀《ムバラ》にもさはがぬ蔓《つる》のさゝげかな　同新潟小原　朝聞

231 踏《フ》まじとて足《あし》引《ひく》跡《あと》も花野かな　同所　恕行

232 舟消《きえ》て鷗《かもめ》見《み》付《つけ》し雪《ゆき》間《ま》かな　同伊藤　一栄

ひと日の暇《ひま》も惜む身にしあれば夕の花に
猶余波《なほなごり》て

233 身を分《わか》ば山にひとつよけふの花　京　潤口

222 ○樗　センダンの古名。「樗は山類などに結びてすべし。雲などに譬へ来るなり」(三湖抄)、「山のやうにさける樗や雲の峰」(詞林金玉集・貞次)、「空めにや雲のよそなる雲見草」(桜川・長坂守常)。▽沢山花をつけた雲のように見えるオウチの樹の影を踏みながら、川狩りをして楽しんでいる。季川狩(夏)。

223 ▽早起きをしてモミジが霧にものを言っている。モミジを擬人化したもの。霧—紅葉(類船集)。季艶(秋)。

224 ▽星が落ちたかなと思って、しばらくたったら網代に石がかかったことだ。石—星(類船集)。季網代(冬)。

225 ▽小松曳きで小松を曳いたところ、ひっかかったので、中途でひっぱることをやめた。正月子の日の遊びを詠んだ句。季小松(春)。

226 ▽木の根をつたわって清水が落ちているが、人一人が飲める分位に少しずつ落ちてくる。季清水(夏)。

227 ▽はげしい雷雨がやんで、今までうちしぼんでいた籬の下のアサガオが生き生きと生彩を帯びてきた。籬—槿(類船集)。季槿(秋)。

228 ▽年の暮の夕方、人々は忙しがって走りまわっているのに、松はどっしりとしていて普段よりふとく見える。季年の暮(冬)。

229 ▽嵯峨に住むアリが花を道しるべにして京を見物する。季花(春)。

230 ○蕀　底本、振仮名「ムバウ」。▽蕀があっても、ササゲは蔓をからませて少しも動じることがない。季さゝげ(夏)。

231 ▽踏むまいと思って足を引いたところ、そのあとにも花があり踏んでしまった。秋の野が一面花に満ちあふれている状態。季花野(秋)。

232 ○雪間　雪の晴れ間のこと。▽雪の晴れ間、舟が見えなくなって、今まで気がつかなかった鷗の姿を見つけた。季雪間(冬)。

233 ▽もし自分の身体が二つに分けられるなら、先刻まで山で見ていた美しい桜に身を一つ寄せ、それにしみじみとした思いを寄せたいものだ。季花(春)。

234 はつ瓜《うり》や味《あぢは》ひ京にとられける　仝

235 まだしきを風の踏《ふむ》也《なり》萩《はぎ》の花　仝

236 かき集《あつめ》雨を焼《やく》屋《や》の落葉哉《かな》　仝

237 華《はな》に蝶《てふ》世にむつまじや雨の晴《はれ》　越後三条須藤 如笣

238 足《た》袋《び》ながら蛍にわたる川瀬かな　防州岩国仁田 常之

239 橋消《きえ》て足音わたる霧間哉《かな》　仝

240 声寒《ひえ》て諷《うたひ》からせる芦《あし》辺《べ》かな　仝

241 春ながら月《さか》代《やき》剃《ソラ》ぬ女かな　肥後熊本 水狐

242 気をはきて松に角《つの》有《ある》五《さ》月《つき》雨《あめ》　佐渡相川奥林 順水

243 絹《きぬ》着たる鹿《かが》驚《し》ひとつもなかりけり　美濃谷氏 木因

244 天《アメ》の煤《すす》風の晒《さら》せる雪ならん　豊前西小倉 松踞子

245 嬉《うれ》しくて桜に年のよる身哉《かな》　武州八王寺石川 松濤

234 ○瓜　マクワ瓜。日次紀事・六月「此月良賤専ラ甜瓜ヲ賞ス。東寺ノ産ヲ最ト為ス。…上賀茂之ニ次グ」。▽初瓜の味わいは、何といっても京の瓜がすぐれている。京に初瓜の賞味はとられたといってもよい。「瓜」と「とる」は縁語。季瓜(夏)。

235 ○まだしき　いまだ機が熟さない。▽萩の花がまだこれから咲こうというのに、風が乱暴に踏みつけるかのように吹き過ぎていった。風を擬人化した句。曾我物語八に「まだしきに色づく山の紅葉かなこの夕暮をまちてみよかし」とある畠山重忠の歌の意の逆を詠んだ句。季萩の花(秋)。

236 ○雨を焼屋の落葉哉　雨中に落葉を焼くのを漢詩調にこう表現した。▽雨中、たまった落葉をかき集めて焼く、煙があがって野中の家の風情が感じられる。季落葉(冬)。

237 ▽雨がやみ、見事な青空になった。その青空のもと春の花に蝶がたわむれている。むつまじいことだ。季華に蝶(春)。

238 ▽夏の夜、蛍を追って足袋をはいたままで、川の瀬を渡る。日常では足袋をはいたまま川に入ることなど考えられないのに。季蛍(夏)。

239 ▽霧が一面にたちこめて橋が見えなくなってしまった。その中で足音だけがしていて橋を渡ってゆくのがわかる。季霧間(秋)。

240 ○声寒て　寒声を使っての意であろう。寒声は一五六参照。▽芦辺で一生懸命寒声を使って諷の稽古をしている。その諷の声もかれてしまった。季寒声(冬)。

241 ○月代　近世の成人男子の風で、額から頭上にかけ髪を剃るその部分をいう。▽春になっても女は月代を剃らぬことだなあ。当然のことを今更気づいた感慨を詠んだ。季春(春)。

242 ○気をはきて　威勢よくて。○松に角有　新芽が勢いづいているさま。▽五月雨が威勢よく降りつづき、松の新芽が、あたかも白い雨の角があるかのように見える。季五月雨(夏)。

243 ▽みな木綿などのボロを着ていて、絹物を着た案山子などは一つもないことだ。季鹿驚(秋)。

244 ○天の煤　天上で一年の間にたまった煤。▽天上でも年末の煤掃きをして、その煤を風が晒して白くしたものが地上に降ってくる雪なのであろう。理屈がかった句。季雪(冬)。

246 歯《カ》黒《ネ》付《つけ》て髪すく窓の蛍哉《かな》 仝

247 無《む》常《じやう》野《や》の花よ恨《うらみ》の角《つの》おらん 仝

248 椋《むく》鳥《どり》の何《なに》いそがしき初《はつ》時《し》雨《ぐれ》 仝

249 富士に添《ソフ》て三月七日八日かな 京 信徳

250 水《み》無《な》月《づき》や日ざかりにみる不《ふ》二《じ》の山 仝

251 盲《メクラ》馬不《ふ》尽《じ》さへ秋の夕かな 仝

252 世の冬や富士に告《つげ》ゆく薪《たきぎ》舟《ぶね》 仝

253 一《ひと》とせや節《せち》に行《ゆく》気《き》を続《つづけ》たし 京 友静

254 夏《なつ》痩《やせ》や見ぬ唐《もろ》土《こし》の貴《き》妃《ひ》の事 仝

255 躍《をどり》見に踏《ふむ》らん夜《よ》るの花野かな 仝

256 降《ふる》内《うち》は淋《さび》しからざる霰《あられ》かな 仝

245 ▽桜の花が今年もみごとに咲いた。自分は年々年をとってゆくが、桜の花に毎年自分の年を重ねてとってゆくかのようでうれしい。[季]桜(春)。

246 ○歯黒 歯を黒く染めること。近世以降は、既婚の女性のしるしとして民間にも行きわたった。▽夕暮、湯浴みをしてお歯黒をつけて、洗った髪をすいていると、窓のところを蛍が通ってゆく。[季]蛍(夏)。

247 ○無常野 墓場または火葬場のこと。▽墓場に咲いている花、その花を見たら恨みの角もおれ、死者への嘆きの気持も少しはおさまるだろう。[季]野の花(秋)。

248 ▽初時雨がさあっと降ってきた。ムクドリはいったい何をいそがしく鳴き立てているのであろうか。[季]初時雨(冬)。

249 ▽弥生の春うららかな七日、八日、富士山に添うようにしながら、のんびりと旅をつづけることだ。春の旅人の富士山を詠んだ句。「三月七日八日かな」にリズミカルな調子が見られる。[季]三月七日八日(春)。

250 ▽暑い盛りの水無月(六月)、その日盛りに雄々しく麗しい夏の富士山を見ることだ。[季]水無月(夏)。

251 ▽盲馬がすそ野を走りまわり、雄大な富士山さへしみじみとした秋の夕べの景となっていることだ。[季]秋の夕(秋)。

252 ▽世間では冬であることを、あたかも富士に告げにゆくかのように薪を一ぱいつんだ舟が通ってゆく。[季]世の冬(冬)。

253 ○節 節日の馳走。とりわけ正月の節の馳走。▽正月の節振舞に呼ばれてゆく、うれしくも有難い気持を一年間続けたいものだ。[季]節(春)。

254 ○唐土の貴妃 中国唐代の玄宗皇帝の愛妃楊貴妃のこと。▽夏痩をした唐土の楊貴妃は、見たことはないが、さぞかし清凄な美しさであるだろうなあ。[季]夏痩(夏)。

255 ▽夜、踊を見に行ったら、美しく咲いた秋の花野を踏んでしまうことになるだろう。元禄百人一句宂にも入る。[季]躍・花野(秋)。

256 ▽霰がぱらぱら音を立てて降っている。降っているうちは少しも霰は淋しくない。[季]霰(冬)。

（都曲　下）

257 左《さ》義《ぎ》長《ちやう》や代《よ》ゝ《よ》の三《みつ》物《もの》焼《クベ》てみん　大津江左 尚白

258 昼《ひる》は寝て夜《よ》念《ね》仏《ぶつ》涼し草の庵《いほ》　仝

259 舟《ふな》人《びと》のおい〳〵まねく鹿驚《かがし》哉《かな》　仝

260 子《こ》共《ども》には物聞《きか》されぬ調月《シハス》哉《かな》　仝

261 正《しやう》月《ぐわつ》の四日の月の朧《おぼろ》かな　同 乙州

262 折《をり》〳〵《をり》や雷《らい》に寝なをる五《さ》月《つき》雨《あめ》　仝

263 寝た㒵《かほ》のあきに二つの夕《ゆふべ》哉《かな》　仝

264 松風を様《さま》〳〵《ざま》に聞《きく》師走かな　江州日野 康歌

265 節《せっ》供《く》して柳の恨《うらみ》なかるべし　斎藤氏 如泉

266 菊の時《とき》屋根とられしがあやめ草　仝

257 ○左義長　正月の火祭りの行事。民間では長い竹を数本立て、正月の門松・注連飾り・書初めなどを持ちよって焼いた。○三物　歳旦三つ物。新年に俳諧の宗匠と主だった弟子とで行なう。通例発句・脇・第三まで三組作成する。俳諧では元和元年(一六一五)のものがもっとも古いが、寛永十六年(一六三九)頃から一般化する。▽左義長でお火焼(ひたき)をするが、そのとき代々続いた歳旦三つ物を焼べてみよう。そうすれば自分もすばらしい三つ物ができるかもしれない。季左義長(春)。

258 ○夜念仏　夜、南無阿弥陀仏を唱えること。▽昼間は昼寝をしてゆっくり休み、夜に入って草庵で念仏を唱えるが、その念仏がいかにも涼しげである。季涼し(夏)。

259 ▽舟に乗っている人々を時々まねくかのように案山子が川添いの田に立っていることだ。季鹿驚(秋)。

260 ▽一年の収支総決算の十二月、何かと子供には聞かせられないせちがらい話が多い。季調月(冬)。

261 ○正月の四日　日次紀事・正月四日「諸職人各々家業ヲ始ム」。その日の夕方の月。▽正月の四日の月、まだ細い月がおぼろげにぼんやり空にかかっている。季正月の四日(春)。

262 ○寝なをる　いったん目を覚してから、またふたたび寝ること。▽五月雨の降りつづくころ、時々雷が鳴り、そのたびごとに寝なおることだ。季五月雨(夏)。

263 ▽「二夕の歌」というが、秋の暮方、夕寝の顔をつくづく見ていると、この夕寝の顔とあと「二夕の歌」で十分秋の夕暮のさびしさは感じられる。季あき(秋)。

264 ▽いそがしい師走、その師走ではふだんは淋しく感じられる松風の音も、聞く人々によってさまざまに聞かれることだろう。季師走(冬)。

265 ○節供　端午の節句。謡曲・隅田川の梅若丸は三月十五日没、それゆえ四十九日は端午の節句の頃。○柳の恨　梅若丸の霊の恨。「しるしに柳を植ゑて賜はれと」(謡曲・隅田川)。▽端午の節句を祝ってやったので、柳の下に葬られた梅若丸の霊も恨みなく、成仏するだろう。季節供(夏)。

266 ▽秋には菊に屋根覆いを奪われたが、五月には大切に屋根を覆われ、きれいにアヤメが咲いている。季あやめ草(夏)。

267 付《つけ》てゆけ草花売《うり》がかへる方《かた》　仝

268 煤《すす》掃《はき》の目にたつ山の麓《ふもと》哉《かな》　仝

269 日《ヒ》半《ハシタ》はあすのためなり山桜　中尾氏 我黒

津国《つのくに》にて

270 涼しさを見よと長柄《ながら》に桁《けた》もなし　仝

271 更《ふけ》るほど片手にうたぬ砧《きぬた》かな　仝

272 凩《こがらし》のまだ入《いり》たゝぬ祇《ぎ》園《をん》かな　仝

273 尼《あま》寺《でら》よ只《ただ》菜《な》の花の散《ちる》径《コミチ》　池西氏 言水

274 見てゆくや早苗のみどり里《さと》の蔵《くら》　仝

秋の夕ぐれ

275 法師にもあはず鳩《はと》吹《ふく》男かな　仝

276 火の影や人にてすごき網《あ》代《じろ》守《もり》　仝

267 ▽付けてゆきなさいよ、草花売りが帰る方向を。そうすれば、どこに住んでいるかわかるから。元禄百人一句一〇にも入る。[季]草花売(秋)。

268 ○目にたつ　見ようとしてそちらに注意を向ける。▽煤掃が山の麓の方を注目して見ていることだ。[季]煤掃(冬)。

269 ▽山桜が咲いているが、満開に咲いているわけではなく、今日一日の半分を明日美しく咲くために準備をしているかのようだ。元禄百人一句一六にも入る。[季]山桜(春)。

270 ○桁　橋脚の上に渡して橋板を支える材。▽涼しさを見よといわぬばかりに、長柄の橋には桁がまったくかかっていない。「朽ちにける長柄の橋を来て見れば葦の枯葉に秋風ぞ吹く」(新古今集・雑中・藤原実定)の歌などにある朽ちたイメージを桁もなく涼しげだとしたところが俳諧。[季]涼しさ(夏)。

271 ▽夜更けになればなるほど疲れてくるのか、砧を片手では打たず、両手でささえるようにして打つことだ。[季]砧(秋)。

272 ▽京の市中の色街祇園には暖くてまだ凩が吹きこんでこないことだ。[季]凩(冬)。

273 ▽ただ菜の花の散る小道、そのさきに尼寺がある。「尼寺よ」と呼びかけの表現をし、ついでその尼寺への情景をすっきりと述べたもの。[季]菜の花(春)。

274 ▽早苗の美しい緑と、里の白い土蔵とを見ながら通ってゆく。初心もと柏に「鳥羽にて」の前書があり。早苗の緑と里の白い土蔵とのコントラストをよく考えている。[季]早苗(夏)。

275 ○鳩吹　両手を合せて鳩に似た声を吹き鳴らすこと。秋に猟師が鹿を呼んだり、そのありかを人に知らせる相図にしたりする。▽秋の夕暮、殺生禁断を唱える法師にも会わず、平気で鳩吹く男がいることだ。[季]鳩吹(秋)。

276 ▽夜道を歩んでゆくと、水上にかがり火をたく人影が映っている。その人物は網代守だとわかっているのだが、冬の夜のいかにもぞっと寒けのするような光景である。初心もと柏に言水の自解として「行路の夜、水上の火をそるゝ人、定りて網代守とはしりながら」とある。[季]網代守(冬)。

277 ○湾　文明本節用集「湾　セゼラキ」。▽せせらぎに北斗の影がゆらめいている。それはタニシが動かしているのか。

277 湾《セヽラキ》に北《ほく》斗《と》うごかす田《た》螺《にし》かな　京 為文

278 匂《にほ》へとぞ伽《きや》羅《ら》に根を焼《やく》杜《かき》若《つばた》　仝

279 稲《いな》妻《づま》や平地とはなき吾《わが》歩《あゆ》み　仝

280 離《はな》れたる物ぞ氷《こほり》が上の鴨《かも》　仝

281 北山や果《はて》は宿とるさくらがり　京 易吹

282 早《さ》乙《をと》女《め》に小《こ》袖《そで》やるべきおもひかな　同 万玉

283 継《つぎ》し身は独《ひとり》蚊《か》帳《ちやう》の躍《をどり》かな　同 露計

284 城《しろ》跡《あと》の石よりもどす霰《あられ》かな　同 桐木

285 白《しら》魚《うを》よ富士は青葉の時も有《あり》　南都村井 道弘

286 涼しやと鷺《さぎ》黒き迄《まで》端《はし》居《ゐ》かな　同

287 水《みづ》灑《コシ》に菊《きく》浮《うく》比《び》丘《く》のながめ哉《かな》　同

288 八《ヤ》十《ソ》の来し人は尉《ノ》計《シ》噛《カム》節《せつ》分《ぶ》哉《かな》　同

季田螺(春)。

278 ▽カキツバタがいいにおいがするように、その根に伽羅を焼きつけることだ。季杜若(夏)。

279 ▽稲光りがして雨が激しくなった。自分で歩いているのだが、雷雨の中で、ここが平地とは考えられないような、おぼつかぬ自分の歩みであることだ。季稲妻(秋)。

280 ▽冬、水の上ではなく氷の上に鴨の姿がみえるが、何とまあ離れたものだなあ。いつもは水と一体となってくっついているのに。季氷・鴨(冬)。

281 ○北山　京都北方の船岡山・衣笠山・岩倉山あたり。「北」に来たの意をもたせる。▽北山に桜狩に行ったが帰るのが惜しくなり、宿をとるはめになったよ。季さくらがり(春)。

282 ▽早乙女がみごとに田に苗を植えてゆく。その手ぎわの美しさに小袖でもやりたいような気持だ。季早乙女(夏)。

283 ▽家を継いだ身になったので、屋外で大勢の中にうちまじって踊るような軽々しいことはせず、蚊帳の中でひとりで踊っていることだ。季躍(秋)。

284 ▽城跡の石垣の石に霰がぶつかり、はねかえっている。霰の形状をよく示した句。季霰(冬)。

285 ▽白魚よ、富士山はお前と同じように真っ白だと思っているだろうが、富士山には青葉に染まるような新緑の時もあるものなんだよ。季白魚(春)。

286 ○端居　家の端近くに暑さを避けること。▽涼しくていいと、川辺の近くの縁の端に、本来白い鷺の姿があたりが暗くなって黒く見える夕刻まで座っていたことだ。季涼し(夏)。

287 ○水灑　水を澄ます用具。桶の底に砂利・砂・木炭などを盛ってよごれた水を澄ます。▽水灑の桶に菊が浮かんでいる。それを僧がながめている。季菊(秋)。

288 ○尉計　熨斗。熨斗鮑(のしあわび)。▽八十歳になった人が節分に熨斗鮑を噛んでいる。季節分(冬)。

289 ▽燕が飛びすぎるたびに、その時におこる風によって柳のしだれた枝が、糸がもつれて編まれるようになることだ。燕のスピード感とそれに柳の糸を取合せた。季燕・柳(春)。

289 燕《つばくら》の風に編《あま》るゝ柳かな　越新潟渡辺氏 奚疑

290 子規《ほととぎす》嘸《さぞ》島原の別《わかれ》比《ごろ》　仝

291 名月や榎《えのき》に九《ク》字《ジ》を切ル心　京 見志

292 氷《こほ》られて見《み》様《サマ》おかしや水《み》馴《なれ》棹《ざほ》　同 水円

293 水すみて形しらるゝ蜆《しじみ》かな　越後新潟雪松 一酔

294 筍《たけのこ》に庭《には》石《いし》動く朝かな　仝

295 秋の日や山見《み》こなして一《ひと》泊《どま》り　仝

296 只《ただ》一つこはぜき高し網《あ》代《じろ》守《もり》　仝

297 墨《すみ》染《ぞめ》の桜は白し昼《ヒ》の形《スガタ》　越後新潟町田氏 親継

298 仮《かり》橋《はし》の今ひとつほしき涼《すずみ》かな　仝

299 広《ひろ》沢《さは》や月の場をとる盆の中　仝

300 常《じやう》紋《もん》や去《こ》年《ぞ》の記にみる衣《きぬ》配《くばり》　仝

290 ▽暁方ホトトギスの一声を聞いた。今ごろは島原ではなじみの女郎と別れの時刻でさぞつらい思いをしていることだろうなあ。季子規(夏)。

291 ○九字を切ル　「臨、兵、闘…」など九個の文字の呪文を唱え秘法を行なうこと。▽榎の枝が邪魔になるから、九字を切って動かし、名月をゆっくり見たいものだ。季名月(秋)。

292 ▽寒さに日頃使いなれた水馴棹まで氷ってしまったが、その様子が何とも滑稽なことよ。季氷られて(冬)。

293 ▽水が澄んで蜆は姿を見つけられてしまう。季蜆(春)。

294 ○筍　易林本節用集「笋 タカンナ」。▽朝、竹の子が庭に出てきて、庭石が動くことだ。ユーモラスな句。季筍(夏)。

295 ○見こなして　見くびって。▽秋の一日、山などたいして魅力がないと見くびっていたところ、あまりの美しさに山に一晩泊ってしまった。季秋の日(秋)。

296 ○こはぜき　声咳。せきばらい。▽川辺に面してじっと座っている網代守がただ一つ大きな咳払いをした。その声があたりにひびくことだ。季網代守(冬)。

297 ○墨染の桜　京都市伏見区深草墨染町にあったという伝説の桜。藤原基経の死を悼み上野岑雄が「深草の野辺の桜し心あらば今年ばかりは墨染に咲け」(古今集・哀傷)と詠んだところ、墨染色に咲いたという。▽有名な深草の墨染桜も昼の姿をみれば、墨染めでなく白く見えることだ。季墨染の桜(春)。

298 ▽川辺で涼んでいるが、仮橋がもう一つあれば涼しくていいと思う。季涼(夏)。

299 ○広沢　広沢池。京都市右京区中部にある池。▽お盆のうちから、広沢の池は月見の場所をとろうとしている人が大勢いることだ。広沢―月見(類船集)。季月・盆(秋)。

300 ○常紋　それぞれの家で用いる紋。○衣配　増山井に「来正月の料に衣をつかはすことなり」とあり、年末に正月用の衣服を目下の者に配り与えた。▽昨年の記録を出してみると、衣配の衣服には常紋をつけてつかわしている。季衣配(冬)。

301 ○離犬　のら犬。▽飼主のいないのら犬が、わが家の木瓜の下に居ついて七日が経ったことだ。季木瓜(春)。

301 離《はなれ》犬《いぬ》七日経《へ》にけり木瓜《ぼけ》が下《もと》　肥後熊本小島 水翁

302 住吉や蟬《せみ》の種まく村小松　同

303 出《いづ》る日の方角しらぬ栬《もみぢ》かな　同

304 凩《こがらし》や里に椎《しひ》売ルはじめなる　同

305 野を焼《やか》ば燐《キツネビ》見えぬ今宵哉《かな》　越後新潟 蘭月

306 けふとては幟《のぼり》見にゆく安《あ》太《た》子《ご》哉《かな》　仝

307 舟岡や送《おくり》火《び》ゆがむはつあらし　仝

308 節《せ》季《き》候《ぞろ》やおほくて犬の鳴《なか》ざりし　法隆寺 而則

309 武蔵野や茅《つ》花《ばな》離るゝ朝雲《ひ》雀《ばり》　同雪松氏 亀齢洞

310 水《みづ》鳥《とり》や魚追かねし杜《かきつ》若《ばた》　仝

311 村《むら》雨《さめ》の蛙《かはづ》たすくる一葉かな　仝

312 寝あきたる牛の皃《かほ》みる師《し》走《はす》哉《かな》　仝

302 ○村小松　背の低い松が一面に生えているさま。▽住吉の浜には小松が一面に生えている。その小松のあちこちで蟬の鳴く声が聞こえ、まるで蟬の種をまいたようだ。季蟬(夏)。

303 ▽山の四囲はみごとに紅葉している。あまりに紅いので、朝日の色が見分けがつかず、朝日がどこから昇るのか、その方向がわからない。季栬(秋)。

304 ▽こがらしが吹くような時節が来て、いよいよ里の方に椎の実を売りに行く頃になったなあ。季凩(冬)。

305 ○燐　狐の口から出されるという俗説より出た語で、闇夜、山や野に出現する怪しい火のこと。鬼火。▽野焼きをしたので、今夜は狐火が見えないことだ。野焼きによって、狐がいなくなり、狐火が見えなくなったとした。季野を焼(春)。

306 ○安太子　京都の愛宕神社の千日詣のこと。陰暦六月二十四日に参詣すると、普段の日の千度にあたるという。▽愛宕の千日詣に出かけたが、今日ばかりは参詣人が群集してまるで幟を見にゆくようなものだ。季安太子(夏)。

307 ○舟岡　京都紫野にある丘陵。平安中期以降、火葬場となった。○送火　滑稽雑談「京都にて東岳の大文字、松が崎の妙法、舟岡の舟、愛宕の鳥居などいへるみなこれ施火といふものなり」。▽舟岡山で盂蘭盆の送り火を焚いているが、その「舟」の字が初嵐でゆがんでみえる。季送火・はつあらし(秋)。

308 ▽年末、物乞いをする節季候が多くて、普段は人を見てほえる犬も恐れて鳴かずに静かにしている。季節季候(冬)。

309 ○茅花　チガヤの花。春、葉の先に白い円柱状の花穂を出す。▽広い武蔵野の原、朝ヒバリがツバナのところから空に舞いあがって離れてゆくことだ。季雲雀(春)。

310 ▽カキツバタの花がみごとに咲いている。その花にさえぎられて水鳥が魚を追いかねている。季杜若(夏)。

311 ▽急に降ってきた村雨に蛙が打たれるかと思ったら、一葉の葉があったのでそこに隠れて濡れずにすんだ。季蛙(夏)。

312 ▽人間たちはいそがしい師走だが、牛は寝たいだけ寝て、寝あきたような顔をしている。季師走(冬)。

313 ▽捨ててある燃えさしの炭で、花の歌を書いている。そんな人が花の時節に宿泊した。粗末な宿に風流人をあしらっ

313 捨《すて》炭《ずみ》や花の歌《うた》かく人やどり　京 吟望

314 待《まつ》宵《よひ》に骨の数しる団《うちは》かな　仝

315 入《いり》相《あひ》に下《げ》戸《こ》引《ひき》起《おこ》す月見哉《かな》　仝

316 姿《すがた》見《み》にはつ雪うつす寝《ね》覚《ざめ》哉《かな》　仝

317 春雨や只《ただ》空《うつろ》木《ぎ》に蛇《へび》の皃《かほ》　京沙門 友元

318 立《タテ》ルよりつくばふて見よ杜《かきつ》若《ばた》　京 好友

319 はつ汐《しほ》は竈《かま》に注《し》連《め》はる磯《いそ》辺《べ》哉《かな》　同 露計

320 鴛《をしどり》の三《さん》羽《ば》おりゐる池もなし　友元

321 松風に先《まづ》角おらす田《た》螺《にし》哉《かな》　京 雲岫

322 昔《むかし》時《どき》も軍《いくさ》にゆるす田植かな　同 北窓

323 稲《いな》妻《づま》に枝《えだ》木《き》動かぬ念《ね》仏《ぶつ》哉《かな》　同 山路

324 冬に来て湯にもなき哉《かな》糺《ただす》川《がは》　同 市塵

た。季花(春)。

314 ▽恋人の訪ねてくるのを待つ宵に、団扇の骨の数を何度となく数えたので、その骨の数がわかる。古今集・恋五「暁の鴫のはねがきもはがき君が来ぬ夜は我ぞ数かく」。季団(夏)。

315 ▽夕方になって月見のために、寝ている下戸を引きおこすことだ。下戸は早々に宵寝をしていたのを、酒を飲んでいた人々が月見だといっておこしている情景。季月見(秋)。

316 ▽朝、寝覚めたところ初雪が降っていた。そこで姿見に初雪をうつしてみた。季はつ雪(冬)。

317 ▽春雨がしとしと降っている。樹のほらに蛇の顔が見える。季春雨(春)。

318 ▽立って見るよりカキツバタははいつくばって見た方が風情がある。季杜若(夏)。

319 ○注連　底本「住連」。▽八月十五日の初潮に、塩竈の竈に注連を張って祭ることだ。季はつ汐(秋)。

320 ▽冬、びっしりと池に氷が張ってしまい、鴛鴦の三羽が飛来し飛び降りる場所もない。季鴛(冬)。

321 ▽春の水田に出てきたタニシをみると、松風に角を吹き折られたカタツムリのような姿をしている。季田螺(春)。

322 ▽昔時戦時にも田植のときは暇が出た。そのように田植は大事であり、多忙だ。季田植(夏)。

323 ▽稲妻がピカリと青白い光を放っている。不気味なことに枝木は少しも動かぬが、ひたすら念仏を唱えて稲妻のおさまるのを待つことだ。季稲妻(秋)。

324 ○糺川　京都下鴨神社の境内の糺森を流れる川。御手洗川。▽下鴨神社の境内、糺川で夏には冷たい水で納涼を楽しむが、冬糺川が湯にでもなっているかと思ったら、ただの水で冷くてつまらぬことだ。季冬(冬)。

325 ○独梁　一本だけ丸木などを渡した橋。丸木橋。▽芹採りに行くため今朝はじめて危ない一つ橋を渡った。季芹(春)。

326 ▽夜草の葉の上に蛍が光を点滅させて動いているが、それがあたかも草の葉を色々に折っているようだ。季蛍(夏)。

327 ▽秋の夜更、空高く北斗七星が輝いている。その北斗にひびくかのごとく砧を打つ音が澄んできこえる。和漢朗詠

325 芹《せり》に今朝渡《わたり》そめけり独《ヒトツ》梁《バシ》　丹州峰山 花軒

326 色《いろ》〳〵《いろ》に草の葉を折《をる》蛍哉《かな》　難波桜本 春薑

327 声すみて北《ほく》斗《と》にひゞく砧《きぬた》哉《かな》　京 芭蕉

328 辻堂の曲《ユガミ》を見する枯野かな　越新潟渡辺 奚疑

329 行《ゆき》〳〵《ゆき》て入《いり》日《ひ》見とめん潮《しほ》干《ひ》哉《かな》　平戸殿川 寛茂

330 待《まつ》宵《よひ》は蚊《か》に吸《すは》せざる五月《ツ、》躑《ジ》哉《かな》　丹州福知山 重女

331 乙《おと》娘《むすめ》星にかされぬ小袖かな　肥後熊本 如酔

332 雪よりもどこやらさむき雨《ミゾ》雪《レ》哉《かな》　京 随泉

333 山《やま》住《ずみ》や日《ひ》裏《うら》見《み》にゆく春の雨　京 桐木

334 夕《ゆふ》雨《だち》や晴《はれ》て蓑《みの》焼《やく》かきつばた　同梅原氏 可円

335 送《おくり》火《び》に里みる鹿の思ひ哉《かな》　同

336 こがらしに鴛《をし》の雌《ツマ》抱《だく》翅《つばさ》かな　松隠

集・劉元叔「北斗星前横二旅雁一、南楼月下擣二寒衣一」。季砧(秋)。

328 ▽枯野の中に辻堂が建っている。枯野になってはじめて辻堂のゆがんでいるのがはっきりわかる。季枯野(冬)。

329 ▽潮干狩にきているが、潮がひいているので、行けるだけ沖の方に行って入日を見とどけたいものだ。季潮干(春)。

330 ▽恋人を待つ宵、待つ身はツツジの花のみつを吸って、蚊なんかには吸わせないよ。季五月躑(夏)。

331 ○乙娘　長女に対して下の娘、とくに末の娘。○かされぬ小袖　改正月令博物筌「惣じて七夕に供する物をかすといふ。中にもいろこき衣をかけわたして、是を手向しなり」。▽姉のお古ばかり着せられる妹は、七夕の夜織姫に貸し小袖するような新しい着物は持っていないことだ。季星にかす(秋)。

332 ○雨雪　霙。みぞれ。▽霙は雪よりもどことなく寒く感じる。静かに音もなく降る雪に比べて、霙には音があり、それだけにさびしさや寒さが感じられる。季雨雪(冬)。

333 ▽春の雨がしとしと降っている。山住みの身で雨もりなどしていないかと日蔭の方を見にゆくことだ。季春の雨(春)。

334 ▽はげしい夕立もきれいに晴れたので、いらなくなった蓑を焼いてしまうことだ。かたわらには雨後のカキツバタが美しく咲いている。季かきつばた(夏)。

335 ▽村里では送火を焚いて祖先の霊を送っているが、それを山から見ている鹿はどんな思いだろうか。季送火(秋)。

336 ▽こがらしが吹きすさぶ冬の寒さの中、雄のオシドリが雌を翅の下にしっかりと抱いている。季こがらし(冬)。

337 ▽今年もまた村の人々より先に木樵は春霞を見たことだ。季霞(春)。

338 ○蚊屋始　その年はじめて蚊屋をつること。世話焼草には四月八日とある。▽うちの蚊屋始めは蚊屋にいいにおいのする伽羅を焚きしめはしない。よその家では伽羅を焚きしめているということだが、それが何ともねたましい。季蚊屋始(夏)。

339 ▽広い野で送火を焚くが、送火を焚くと今までとは広野のようすがすっかり変わってしまうことだ。物言は人についていう語だが、広野と結びつけ、擬人化させた。季送火(秋)。

337 又《また》先《さき》に霞《かすみ》を見たる木《き》樵《こり》哉《かな》　京　入安

338 ねたましや伽《きや》羅《ら》たかぬわが蚊《か》屋《や》始《はじめ》　肥後熊本　水狐

339 送《おくり》火《び》に物《モノ》言《ゴシ》かはる広野かな　京　井徳

340 五《ご》分《ぶ》鄙《ひな》に薄《うす》し都の厚《あつ》氷《ごほり》　同　延理

341 破《やぶ》ル舟も桜見送るあらしかな　京　友繁

342 涼み床気《き》違《ちがひ》らしや僧《そう》独《ひとり》　同　水塵

343 野《の》ゝ《の》宮《みや》に人ふたりなき覆《い》盆《ち》子《ご》哉《かな》　同榊原　友勝

344 陵《ミサヽギ》の梅かぐ幣《ぬさ》の使かな　同　石流

345 橋過《すぐ》る牛の影追ふ早《さ》鰷《ばえ》哉《かな》　丹州与佐石川　觚哉

346 紫《イチ》羅《ハツ》の屋《や》禰《ね》や都にうつされず　同所鶉辺　林松

347 ばせを葉《ば》にもれてはおかし月の形《ナリ》　觚哉

348 凩《こがらし》の松《まつ》笠《かさ》人の歩みかな　林松

340 ○五分　物の半ば。半分。▽冬、都で厚氷が張ったといって騒いでいるが、都の厚氷といっても半分ほど田舎の氷より薄い。季厚氷(冬)。

341 ○破ル舟　難破船。▽嵐に翻弄され難破船も桜の花を見送らざるを得ない。この嵐では桜は見られない。季桜(春)。

342 ▽涼み床に僧がひとりでぽつねんとしている。様子からして気がおかしくなったもののようだ。季涼み床(夏)。

343 ○覆盆子　増山井・五月「覆盆子(ゴイチ)」。▽野々宮は人が二人もいないほどひっそりと静まっている。かたわらでイチゴが実をつけている。野々宮―淋敷(サビシキ)、覆盆子―人間(類船集)。季覆盆子(夏)。

344 ○幣の使　荷前(のさき)の使。毎年諸国からの貢物の初物を、朝廷から伊勢大神宮をはじめ諸陵へ奉り、その後残りを天皇が受納した。誹諧初学抄「荷前使。同のさきの箱。十二月十二日也。年の終に先帝御陵へ幣帛を奉る也」。▽荷前の使がやってきて、御陵の梅の香をかいでいる。季幣の使(冬)。

345 ▽橋の上を通る牛の影を追うようにして、鰷が水中をさっとすばやく動くことだ。季早鰷(春)。

346 ○紫羅　一八。アヤメ科の多年草。滑稽雑談「民家茅屋の棟に一八を植ゑて大風の防ぎとす」。▽みちのく塩釜の景を都の自宅へ取りこんだという六条左大臣源融も、イチハツの植わった屋根までは都へ移すことができなかっただろう。三参照。季紫羅(夏)。

347 ▽ふだんなら丸い月が、芭蕉の葉の間からもれていると、そのかたちがいびつになって面白い。季ばせを葉・月(秋)。

348 ▽凩の中、松林を人が歩んでゆくと、松笠が凩にふかれてころころと人の歩みとともにころがってゆく。季凩(冬)。

349 ○炉の名残　滑稽雑談「冬より開きたる茶炉あるいは火燵または囲炉裏などを、温気漸徹して塞ぐなり。茶炉はこれを替ふるに四月より風炉を用ふるなり。これに准じて外の火炉も、三月の末に閉づるならし」。▽三月晦日の今日一日、炉塞ぎをする名残とて伽羅を焚きその記念とする。季炉の名残(春)。

350 ○あやめの男　日次紀事・五月四日「殿舎菖蒲ヲ葺ク。古ハ禁裏院中殿舎ノ菖蒲、主殿寮コレヲ葺ク。当時ハ山城国小

349 此《この》一《ひと》日《ひ》伽羅《きやら》焼《たか》ぬべし炉《ろ》の名《な》残《ごり》　長崎大塚氏 言夕

350 屋《や》ね葺《ふき》にあらずあやめの男哉《かな》　播州 可悦

351 御《み》幸《ゆき》あり日《ひ》和《より》見《み》なくて春の雨　豊前小倉 梅水

352 禅《ぜん》寺《でら》や淡《あは》雪《ゆき》消《きえ》て松寒し　京 狂人

353 庳《ヒク》ければしらずふまるゝ菫《すみれ》哉《かな》　能登田中 如水

354 鵜《う》舟《ぶね》哉《かな》独《ひとり》のせたる宮《みや》古《こ》人《びと》　京 暁水

355 雞《にはとり》は馴《な》るゝ門《かど》田《た》の鹿《か》驚《がし》かな　肥後熊本 水狐

356 浦千鳥公《く》家《げ》や寝ぬ夜の物《もの》狂《ぐるひ》　京 易吹

357 名《な》所《どころ》におしき二本の柳かな　京 泉流

358 室《むろ》町《まち》は夕《ゆふ》皃《がほ》も見ず五条迄《まで》　同 一亀

359 名月やくもりても水の清《イサギヨ》き　同 友晶

360 呑《のみ》捨《すて》て魚《ぎよ》道《だう》に流す歳暮哉《かな》　羽州山形西村 思晴

野庄六郷ノ民、烏帽子・素襖袴ヲ著シ、コレヲ葺ク」。▽五月四日、殿舎の屋根で作業をしているのは、あれは屋根葺きではなく、軒に菖蒲を葺いている男たちですよ。季あやめの男(夏)。

351 ○日和見　天候の状態をあらかじめ予測すること。▽天皇の行幸があった。しかしあらかじめ日和見がしてなく、せっかくの行幸も春の雨になってしまった。季春の雨(春)。

352 ▽静まりかえった禅寺、その境内では淡雪が消えて松が寒々としてみえる。季淡雪(冬)。

353 ○庳　増続大広益会玉篇大全「庳　ヒ〈ミヂカシ・ヒキシ・ヒキ、イエ〉」。▽スミレの花はたいそう小さいので、それとわからず踏まれてしまうことだ。季菫(春)。

354 ▽都人をたった一人乗せて、鵜舟が鵜飼いをしている。季鵜舟(夏)。

355 ▽家の前にある田に案山子(かかし)が立ってにらみをきかせて田を守っているが、家のニワトリはその案山子になれてしまって少しも驚かない。季鹿驚(秋)。

356 ▽浦千鳥がしきりに鳴いている。恋に悶々として公家は寝つかれず、その声にいっそう狂おしくなる。季浦千鳥(冬)。

357 ▽名所には二本の柳が望ましいものだ。名所の目印として柳を植えたい。季柳(春)。

358 ○五条　京都の東西通りの一つ。源氏は五条あたりのユウガオの咲く家で夕顔をみそめる。▽京都の室町の通りは、北の一条あたりから下ってくると、やっと五条あたりでユウガオの花にお目にかかる。ユウガオはきわめて庶民的な花で、それによって五条あたりの下京の様子を示したもの。季夕皃(夏)。

359 ▽せっかくの名月の夜、曇ってしまって月は見えないが、そのかわり水は澄んできよらかだ。季名月(秋)。

360 ○魚道　凝当(ぎようどう)とも。杯の底に残った酒。また人に杯をすすめるとき、杯の底に残った酒で口をつけた杯の部分をすすぐこと。▽歳暮で酒杯を重ねることが多いので、飲みすてにした酒を魚道に流すことだ。季歳暮(冬)。

361 ○世の哀　風情集「さだめなき世のあはれさにいざなさむきみゆゑおとす涙なりとも」。▽鳶の巣の中で、蛙はその餌食となりこの世の無情を思い知ることだ。季鵈の巣・蛙(春)。

361 鴟《とび》の巣に世の哀《あはれ》きく蛙哉《かな》　京 如山

362 五《さ》月《み》雨《だれ》に燼《モヘ》灺《グイ》流す塩《しほ》屋《や》哉《かな》　仝

363 名月をとはれて山の高さかな　水口住笹井 印否

364 鉢《はち》扣《たたき》雪くふ年も老《おい》にけり　仝

365 柴《しば》人《びと》の道〳〵こぼす桜かな　六条 動楽

366 富士つらし卯《う》月《づき》の雲の行《ユキ》所《どころ》　法隆寺 而則

367 虫からむ草はしほるゝ慕《の》風《わき》かな　京 友勝

368 氷《こほ》る夜の池に腹うつ狸《たぬき》かな　同 泉流

369 初《はつ》桜《ざくら》盗人絹《きぬ》のたもとかな　越後柏崎長井 郁翁

370 我《われ》独《ひとり》小川流るゝ涼み哉《かな》　同

371 秋の田の蛙《かはづ》老ゆく芦辺哉《かな》　同

372 夜《よ》しづかにいづれの嵩《かさ》の雪崩《くづ》レ　京 真嶺子

362　○燼灺　燃杭。燃えさしのこと。▽降りつづく五月雨に洪水になってしまい、塩屋では塩水を煮るのに用いるまきの燃ぐいが流されてしまった。季五月雨(夏)。

363　▽十五夜の名月はいかがでしたかと問われ、山が月光に高くそびえて見えたのが印象的でしたと答えた。季名月(秋)。

364　▽鉢扣が積もった雪を食べている。だんだん年をとってわびしく老いたことだ。季鉢扣(冬)。

365　▽柴人が柴を刈るついでに桜の枝を折りとったが、その花びらが道々こぼれてゆく。謡曲・志賀「道のべの便の桜折り添へて薪や重き春の山人」。季桜(春)。

366　▽四月の雲が行きどころなく富士の山のあたりに集まり、富士は雲間から顔を出すことが出来ずつらい。季卯月(夏)。

367　○虫からむ　虫狩をしようの意。○慕風　野分。▽禁裏に献上するため、虫を採ろう。野分によって草がしほれている時に。季虫からむ(秋)。

368　▽つめたく氷る夜の池で、狸が体を温めるため腹つづみを打つことだ。温(アタヽカ)―狸の腹つゞみ(類船集)。季氷る(冬)。

369　▽初桜が咲いた。その桜の枝を折りとってゆく花盗人の、みやびやかな絹の袂が一きわ印象深い。季初桜(春)。

370　▽自分はたったひとりで、小川の流れに足などつけて、涼んでいることだ。季涼み(夏)。

371　▽芦辺近くの秋の田の蛙がしだいに老いてゆく。季秋の田(秋)。

372　▽いったいどの山の嵩から雪崩が起っているのか。夜がすっかり静まり、雪崩の音まで聞こえてくる。季雪崩レ(冬)。

373　○丈　一丈(じょう)。一〇尺(約三メートル)。○雪舟　滑稽雑談「和朝北越の地において、雪車あるいは雪舟などいふもの、橇なり」。▽雪国では雪が一丈も降るが、花の都では花が一丈なんてとても降らず、ソリなど見られないことだ。季花の都(春)。

374　○夕皃　山之井「五位以上の家には這ひ寄らせぬと言ひならはして、ただ葛家の軒のはなに栄へ、五条わたりのあばら家などに、笑みの眉開きかかれるやうにのみ、仕立つ」。▽ユウガオの雰囲気は荒れはてた家がふさわしいことを、世間の常識として知るべきだ。季夕皃(夏)。

373 丈《タケ》ふらで雪舟《ソリ》なき花の都哉《かな》　越後柏崎　暁水

374 世に習へ夕《ゆふ》皃《がほ》の気を破《やぶ》レ家《いへ》　仝

375 華《はな》野《の》には世捨《すて》ん市《いち》の仮《かり》屋《や》哉《かな》　仝

376 酒のまでしぐれながむる形《スガタ》かな　仝

377 見ぬ姫《ひめ》にけふも桜の迷ひかな　豊前西小倉　松深

378 盆《ぼん》近し豇《サヽゲ》の尺をとる女　丹州漢部　一吟

379 若き身も一葉に唱《となふ》念《ね》仏《ぶつ》哉《かな》　西小倉　独笑

380 早《はや》今《け》朝《さ》は牛の息《いき》見る冬野哉《かな》　京山中　正之

381 中《なか》よきははな立《たち》花《ばな》の隣哉《かな》　和州土佐　夕歩

382 水なくば女かるべきあやめかな　丹州福知山　易貞

383 川音にゆるぐ形《サマ》なる穂《ほ》蓼《たで》哉《かな》　京　石流

384 左遷《さすらへ》の舟《ふね》賑《にぎは》はす千鳥かな　同　有時

375 ▽秋の花々が咲く花野には、市場で建てる仮屋のような家を建てて世を捨てて住むのがふさわしい。季華野(秋)。

376 ▽いつもは酒など飲むのに、今日は酒も飲まないで時雨を眺めている。その姿の殊勝なことだ。季しぐれ(冬)。

377 ▽まだ会っていない姫、その姫を桜の花の美しさに迷うように恋しく思うことだ。物語的・幻想的な句。季桜(春)。

378 ▽お盆が近くなって、精霊にそなえるためササゲの長い実を女がとっている。季豇(夏)。

379 ○一葉　鷹の白尾「一葉とは、初秋に桐一葉づつ散るをいふなり」。▽初秋、桐の一葉の落ちるのを見て、年若い身ではあるが無常を感じて念仏を唱えることだ。季一葉(秋)。

380 ▽ああ、今朝は早くも牛のはく息が白く見える、寒々とした冬野だ。季冬野(冬)。

381 ▽仲よくうるわしいのは、橘(たちばな)がみごとに咲いている家の隣同士の関係のようなものだ。季はな立花(夏)。

382 ▽池に水がなければ、女がアヤメを刈ってもいいのだが、あいにく池に水があるので、男が刈る。季あやめ(夏)。

383 ○穂蓼　蓼の花のこと。滑稽雑談「按ずるに、先に穂を出して、後に花となるなり」。▽ごうごうと音をたてる川音に、穂蓼はぐらぐら茎がゆれているような状態だ。季穂蓼(秋)。

384 ○左遷　類船集に「サスラヘ」と訓む。▽失意にうち沈む左遷の人を送る舟に、千鳥だけが無心に群れ寄って賑かに鳴き交している。物語めいた句。季千鳥(冬)。

385 ○胡馬　中国北方の胡国に産した馬。▽胡馬をとめて一息いれていると、夕暮の明星が山桜の花のあいだにうっすらと見える。中国の古典的な味わいを持たせた句。季山桜(春)。

386 ▽夜、なんとかして時鳥の鳴く声をきこうとしてがんばっていたが、ついに鳴かず、鴉の声がきこえて夜が明けた。季時鳥(夏)。

387 ▽萩を折って手向けたが、萩は水上げが悪いので、二日だけ葉が青々としていたが、しおれてしまった。季萩(秋)。

388 ▽時雨が降ってくると、蓑をかぶって旅に出かける人がいる。どうしてそんな心境になるのか、しぐれに聞いてみたい。季しぐれ(冬)。

385 胡《こ》馬《ば》とめて明星薄《うす》し山桜　豊前西小倉　梅麿

386 時鳥《ほととぎす》鴉《からす》となりて明《あけ》にけり　佐渡井上　常之

387 折《をり》し萩《はぎ》二日は青き手《た》向《むけ》哉《かな》　梅麿

388 蓑《みの》かぶる心聞《きき》たきしぐれ哉《かな》　美陽竹斎　貞静

389 ねはん会《ゑ》や泣《なく》にはもれし蝶の舞《まひ》　丹州峰山　幸信

390 鳴《なる》神《かみ》の跡《あと》の柳のほたるかな　京　見志

391 送《おくり》火《び》に簗《やな》焼《やく》浦の女かな　伏見　露吹

392 浅《うす》ら水知《ち》死《し》期《ご》を閉《とづ》る氷哉《かな》　京沙門　友元

393 産《うみ》月《づき》の姿は見えぬ桜かな　越三条小中　楽応

394 凌《しのぎ》来て又しのがれぬ暑さかな　京　有時

395 螺《さざえ》空に入《いる》べき月の渚《なぎさ》かな　豊前大橋　柳浦

396 時《し》雨《ぐれ》来て風《ふ》鈴《りやう》包《つつ》まん軒《のき》端《ば》哉《かな》　越後三条山浦　友重

389 ▽涅槃会をとり行なっていると、蝶がひらひら美しく舞っているのが見えた。涅槃会に寺で飾る涅槃絵では、入滅の釈迦を中にして多くの仏弟子、鬼神や禽獣までが嘆き悲しんでいるのに、この蝶はその嘆きの表現をしない。季蝶(春)。

390 ▽雷がぴかっと光って、ごろごろ鳴った。そのあと柳の葉にホタルが一匹光を放っている。季鳴神(夏)。

391 ▽先祖の霊を送る送火に、材料がないのか浦の漁師の女は簗漁に用いる材料を燃やしている。季送火(秋)。

392 ○浅ら水　浅い水。○知死期を閉る　一生を終わる。▽浅い水は、自分の死を知り、氷となってその一期の終わりをとげることだ。水を擬人化している。季氷(冬)。

393 ○産月　臨月。▽産月の姿などいっこうにしてないが、桜の花は一時にいっせいに花を咲かせる。桜の開花を妊婦にたとえた。季桜(春)。

394 ▽暑い暑いと言いつつしのいできたが、さらに強烈な暑さがやってきて、とてもしのぐことができない。季暑さ(夏)。

395 ▽月光に照らされた渚が美しいので、サザエのような貝でも空に登ってゆくような感じがする。季月(秋)。

396 ▽時雨がさあっと通りすぎていった。軒端に夏の名残りにいつまでもつりさげていた風鈴が鳴ったのにふと気づいた。その風鈴を包んでしまっておくことにしよう。季時雨(冬)。

397 ○海道　ここでは奥州街道をさす。謡曲・遊行柳「これこそ昔の街道にて候へ。又これなる古塚の上なるこそ朽木の柳にて候。よく〳〵御覧候」。▽ああこれが有名な朽木の柳かと街道をゆく人々が威儀を正して通ってゆく。謡曲・遊行柳をふまえた作。白河の関近くの街道に、西行の歌「道のべに清水流るゝ柳蔭しばしとてこそ立ちどまりつれ」で有名な朽木の柳があった。季柳(春)。

398 ▽沢山の蚊のせめたてる声で、とてものことに関所を守ることができない。蚊を防ぐためにウチワがいることだ。季蚊・団(夏)。

399 ○一つ橋　三五参照。▽落人は心細いものだ。たとえてみれば暗闇の中稲妻の一瞬の間に見えた一つ橋のようなものだ。季稲妻(秋)。

397 海道《かいだう》の人改《あらたむ》る柳かな　京太田氏 一海

398 蚊《か》の千《ち》声《ごゑ》関《せき》守《もり》がゐる団《うちは》かな　同所 石流

399 落《おち》人《うど》や稲《いな》妻《づま》の間の一つ橋　越三条 友重

400 踏《ふみ》分《わく》る石に年《とし》越《こす》飛脚哉《かな》　肥後熊本 如酔

401 草《くさ》刈《かり》や牛見うしなふ夕《ゆふ》雲《ひ》雀《ばり》　丹州峰山武部 玄信

402 禰《ね》宜《ぎ》が家に橙《ダイダイ》赤き五月かな　難波桜本 恵重

403 名月は敵《かたき》も伴《とも》の眺《ながめ》かな　京 随泉

404 恋《こひ》塚《づか》や枯野の荻《をぎ》を私《ささめ》語《ごと》　同 石流

405 来る人の気をあづかりし柳かな　京太田 一海

御田植《おたうゑ》

406 此《この》里《さと》は棺《ひつぎ》通さぬ田植かな　同 延貞

407 出《で》替《がはり》し女無《む》口《くち》の砧《きぬた》かな　但州出石芦田 可雪

400 ▽石を踏み分け踏み分け走ってゆく飛脚は、そうしながら年を越して新年を迎えることだ。季年越(冬)。

401 ▽草刈りが夕雲雀の啼き声に気をとられて、飼っていた牛の姿を見失ってしまった。季夕雲雀(春)。

402 ○禰宜　神主につぐ位の神職。▽代々続いた禰宜の家には、五月になってもダイダイの実が赤く樹の枝になっていることよ。季五月(夏)。

403 ▽美しい中秋の名月、この名月をにくい敵も自分と同じように眺めていることだろう。季名月(秋)。

404 ○恋塚　鳥羽の恋塚。遠藤盛遠が源渡の妻袈裟に恋慕し、誤って斬殺して遺骸を葬ったと伝える塚(源平盛衰記十九)。▽恋塚が枯野の中に立っているが、まるで枯野の中の荻を相手にひそひそ話をするかのようにみえる。季枯野(冬)。

405 ▽来る人の気持をあずかったようなさわやかな柳である。さらりとした柳の風情を詠んだものか。季柳(春)。

406 ○御田植　摂陽群談「住吉御田」として「住吉郡住吉神社前にあり。一名、小田あるいは浜田と号す。世俗、御田といへり」、また「住吉大神社」に「五月二十八日、御田植の神事」とある。▽住吉の御田植のとき、御田のあるこの小田村では、葬列さえも通さぬという。季田植(夏)。

407 ○出替　春秋二回奉公人が雇用期限を終えて入れかわること。秋は「後の出替り」という。▽後の出替りで奉公にきた女がただ黙々として砧をうっている。季出替・砧(秋)。

408 ▽神社の神前で神楽を奉納している。夜半に至って雪が降りしんしんと寒い。こんなとき、火をたいて警護についている衛士になりたいものだと思う。季雪(冬)。

409 ▽春雨は変化に富んだ四季をあらわす最初の現象だ。春雨によってすべてのものが生気を帯び、桜の花の開花などを刺激し、四季の季節が転回してゆく。季春雨(春)。

410 ○五百鈴川　伊勢神宮の内宮神域内を流れる川。▽鮎が肥えているかどうか、そんなことを尋ねずに五百鈴川を渡ったが、川の様子から鮎は肥えていそうだ。季鮎(夏)。

411 ▽夕風の吹くころ、草刈が山の井を見つけて、のどをうるおしていることだ。季草刈(夏)。

408 御《み》神楽《かぐら》や衛士《ゑじ》に成《なり》たき夜《よ》はの雪　和州法隆寺 而則

409 春雨は四季を顕《あらは》す始《はじめ》かな　京喜田村 正則

410 鮎《あゆ》肥《こえ》ぬとはで渡りし五百鈴川《いすずがは》　丹後宮津 祐山

411 草刈《くさかり》の山井《やまのゐ》ひろふ蓦風《のわき》哉《かな》　仝

412 額《がく》晒《され》て榊葉《さかきは》折《をる》る時雨かな　和州法隆寺 言春

413 苗代《なはしろ》の男はむごき菫《すみれ》かな　豊前小倉 松踞子

414 憎《ニク》や蚊《か》の妻戸の団《うちは》紋《もん》付《つけ》し　京 松麻呂

415 打眠《うちねぶ》る学《まなび》の筆も砧《きぬた》かな　同 洞雪

416 人数《ひとかず》に夢をくばりし火燵《こたつ》哉《かな》　同 荻水

417 鍬《くは》捨《すて》ぬ男よ軍《いくさ》見る螻蟈《カハツ》　但州妙見山 焉求

418 五月雨《さみだれ》の晴間《はれま》嬉《うれ》しき嫣《ヤモメ》かな　越新潟堤氏 豈風

419 名には似ぬ袂《たもと》涼しき花火かな　仝

412 ▽神社の掲額も雨ざらしになり、供えた榊葉も折れ枯れる初冬、おりから時雨が通りすぎてゆく。季時雨(冬)。

413 ▽苗代作りの男は、スミレのことにお構いなく、すきを動かし夢中で作業している。むごいことだ。季苗代・菫(春)。

414 ▽憎らしいことに、蚊が飛んできて妻戸のところにある団扇に紋をつけて汚してしまった。季蚊・団(夏)。

415 ▽筆を持って勉強しながら居眠りをしている。おりから砧を打つ音がきこえるが、居眠りをしている人も筆を砧の音に合わせるように机に筆で音を立てている。季砧(秋)。

416 ▽火燵に入った人数の、それぞれの人に火燵は居眠りをさせ、夢をみさせたことだ。火燵を擬人化させて、火燵に入った人に夢を配ったとしたもの。季火燵(冬)。

417 ○螻蟈　蛙。和漢三才図会「螻蟈　即チ夜鳴ク腰細ロ大ク皮蒼黒色、月令ニ所謂孟夏ニ螻蟈鳴クト云者是也」。▽田に働く農夫が鍬をもったまま蛙合戦を見物する。季螻蟈(春)。

418 ○嫣　寡婦のことか。▽やもめにとっては五月雨の晴間こそ洗濯などができるので何よりもうれしい。季五月雨(夏)。

419 ▽花火という名から熱いものだと思ってしまいがちだが、名前に似ず、花火をしていても袂が熱くならず、すずしく気持のよいことだ。季花火(秋)。

420 ○開山忌　東福寺開山忌(聖一国師忌)。陰暦十月十六日に行なわれる。滑稽雑談「またこの節、通天の楓葉紅錦をさらす。ゆゑに酒飯をたづさへて興を催す、京城の一壮観なり、俗に曰、二月初午をもつて行厨(ベントウ)の始めとし、十月当山開山忌をもつて行厨の終りとせるとなり」。○名残　最後。▽東福寺開山忌は、京で花見幕を引いて遊楽する引きおさめのようなもので、これで春まで遊山はできないことです。季開山忌(冬)。

421 ○大虚　大空。和漢朗詠集・下「風大虚に息(ヤ)みぬれば」。○捽せ　増続大広益会玉篇大全「捽　ソツ〈ウツ・撃也〉」。▽磯馴松が白魚にあたかも大虚を打ちつけさせているかのように、春の波が高く白い波頭を立てている。季白魚(春)。

422 ▽馬上から見ていると、菖蒲を葺いている殿舎の様子がよく見える。その軒には風がなくみごとに菖蒲が葺かれてゆくことだ。季菖蒲葺(夏)

420 開《かい》山《さん》忌《き》都の幕《まく》の名《な》残《どり》かな　仝

421 白《しら》魚《うを》に大《おほ》虚《ぞら》捽《うた》せ磯《いそ》の松　南都 幸山

422 菖《あ》蒲《やめ》葺《ふく》軒に風なき馬上哉《かな》　難波 蚊市

423 継《つぎ》足《あし》の枕にゆるぐ虫《むし》籠《ご》哉《かな》　京 山路

424 薬《くすり》喰《ぐひ》蘭《らん》に息吹《ふく》朝《あした》かな　伏見 扇計

425 妹《いも》よびて肩うたせけり春の雨　若州市石 味両

426 順《じゅん》礼《れい》の歌は隠《かく》れぬ夏野かな　仝

427 起《おき》もせず爪《つめ》とる秋の夕《ゆふべ》哉《かな》　仝

428 凩《こがらし》の吹《フキ》力なき朽《くち》葉《ば》かな　仝

429 華《はな》に我《われ》走《リ》てゆるむ心かな　和州万水軒 正広

430 家《いへ》路《ぢ》迄《まで》帰るに涼し滝《たき》詣《まうで》　同

431 荒《あれ》庵《いほ》や梟《ふくろふ》鳴《ない》てたままつり　同

423 ▽夜寝るとき枕元に虫籠をおいたが、虫籠の足の一方をつぎたしたので、虫籠が枕の方に傾いているよ。季虫籠(秋)。

424 ▽昨日は薬喰で生ぐさい肉などを食べた。朝起きて蘭にその息を吹きかけていることだ。季薬喰(冬)。

425 ▽春の雨が静かに降っている。所在なさに妹を呼んでこった肩をたたかせている。季春の雨(春)。

426 ▽夏野の中を順礼の一行がゆく、その姿は夏草のしげみにかくれて見えないが、一行のうたう御詠歌がはっきりと彼らの存在をあらわしている。季夏野(夏)。

427 ▽秋の夕方、起きもしないで寝ころがったまま爪を切っている。やもめ男の所在ない様子。季秋(秋)。

428 ▽枯れ落ちた落葉がいっぱいにたまってしまって、まるで凩も吹く力のないように感じられる。季凩・朽葉(冬)。

429 ▽桜の花を早く見たいと思い夢中で走っていき花のもとに着いたら、心がゆるんでぼおっとしてしまった。季華(春)。

430 ▽滝詣でをして十分に涼んだから、家路にたどりつくまで涼しくて気持がよいことだ。季涼し(夏)。

431 ▽人もすまず荒れはてた庵。近くでフクロウが鳴き、まるでその庵で霊祭をしているかのようだ。季たままつり(秋)。

432 ▽馬から降りたところ、時雨が自分の方には降りかからず鞍のところにばかり、かたよって降りかかる。季時雨(冬)。

433 発句。春(山桜)。▽今吉野で山桜をみんなで眺め楽しんでいるが、ひとりとして同じ姿をしている人はなく、それぞれ思い思いの姿で花をめでている。

434 脇。春(春の日)。○滝　滝川のこと。河の急流をいう。▽春の日の滝が濁ったのは、何が原因であろうかの意。発句の前書に「吉野興」とあるので、この滝は吉野の宮滝か西河滝。発句の景を受けつぎ、山桜の咲く滝川の様子を付けた。

435 第三。春(睦月)。○睦月　底本「陸月」。○馬の爪打て　馬の爪をすり減して、難儀をしての意。▽四阿へ行くのでさえ雪が深くて一月はなかなか難儀をする。前句を四阿へ行く途中の景として、別邸などの四阿を付けた。

432 馬おりて鞍《くら》にかたよる時雨《しぐれ》哉《かな》　同

吉野《よしの》興《きよう》

433 人〻《ひとびと》に同じ様《サマ》なし山桜　言水

434 何《なに》に濁《にご》るか春の日の滝《たき》

435 四《アツ》阿《マヤ》も睦《む》月《つき》は馬の爪《つめ》打《うち》て

436 衣《エ》裏《リ》に入《いり》込《こむ》霙《みぞれ》寒けし

437 眠《ねむり》見る衛《ゑ》士《じ》に此《この》夜の更《ふけ》たらん

438 桂《かつら》の照《て》リに黄ばむ橘《たちばな》

439 百までに生たき秋を祝《ことほぎ》て

440 踊《おど》らでおかし島原の盆《ぼん》

441 やどる子に父極《きは》むるも情かな

436 初オ四。冬(霙)。▽衣裏にみぞれが降りこんできて、何とも寒いことだ。前句の四阿へ行く道中の人物を付けた。

437 初オ五。雑。○衛士　宮中の警備にあたる兵士。▽警護の衛士も眠ってしまっている。さむざむとしたこの夜も更けたのであろう。前句の人物を宮中警護の衛士に転じて付けた。

438 初オ六。秋(桂)。○桂　ここでは「月の桂」のことか。山之井「月の桂(カツ)とは、月中に五百丈の木あり」。▽月の桂の照りかえしが強いので、橘の葉がおとろえ黄ばんでしまったとだの意。衛士から、皇居や大内に関係する橘を付けたものか。橘―うたゝねの夢・ね覚の枕(類船集)。

439 初ウ一。秋(秋)。▽百まで生きたいと思っていたが、その百歳の秋を、おかげで祝うことができた。前句の橘は常世の木の実といって仙境に関係する果実であり、そこから不老不死の理想郷を連想し、百歳まで生きた人物を付けて応じた。

440 初ウ二。秋(盆)。○島原の盆　島原の遊郭で行なわれる盆おどりのこと。見物人が大勢押しよせ、道俗入ごみにおれる姿は品よからず、さわがしかったという(色道大鏡)。▽踊らなくても島原の盆は、さわがしくて面白い。前句の百まで生きた人物が島原の盆見物にでかけたと付けたものか。

441 初ウ三。雑。恋(やどる子)。▽子どもが出来たが、その子の父親はだれそれと決めておくのも、遊女ながら母親としての情愛である。前句の島原から遊女の懐妊をつけたもの。

442 初ウ四。雑。▽碑の銘を読みながら、感きわまって途中で読めず、ただ泣きに泣く。前句の極めた父はすでになく、その碑文を読んでいる成長した子の姿を付けたもの。

443 初ウ五。夏(夕涼)。○温泉　名語記「有馬以下所々の温泉で、でゆといへり、如何。いでゆ也、出湯也」。▽温泉に入り、気持がゆったりと落ちついて夕涼みをする。前句より碑文を訪ねてきた人物が温泉に入って、旅の宿でくつろぐ様。

444 初ウ六。雑。○歯黒　公家の男性も歯を黒く染めた。鉄漿(かね)。▽公家だとは知らずに、お歯黒をしている男を笑った。前句の温泉で会った人物を付けた。人事の句。

445 初ウ七。雑。▽しばらくたってから、関守が袴をきちんと着け直してきた。前句の人物が公家だとわかって威儀を正

442 只《ただ》読《よみ》さして泣《なき》し碑《ひ》の銘《めい》

443 温《デ》泉《ユ》に気はやはらげ出《いで》て夕涼

444 公《く》家《げ》とはしらず歯《は》黒《ぐろ》笑へり

445 関《せき》守《もり》の袴《はかま》きなをす程《ほど》ありて

446 朝がほ開くまでの櫛《くし》取《ドリ》

447 秋の富士自然と窓に入《いる》すがた

448 児《ちご》と射《い》にゆく月の夜の鳥

449 木《もく》食《じき》は花見ず酒をしらぬ世ぞ

450 枸《ク》杞《コ》にゆはれてしぼむ山吹

451 中《なか》〳〵《なか》に炉《ろ》はふさがれぬ春の雨

452 我《われ》に二十《ハタチ》の上わかき妻

453 紫《カキツ》蘿《バタ》折《をる》にはあらず身を投《なげ》て

した。人事の句。

446 初ウ八。秋(朝がほ)。▽アサガオが開くまでの早朝の間に、くしで髪をととのえる。前句の関所の役人が開門時間までの間に身づくろいする様子と趣向した。

447 初ウ九。秋(秋の富士)。▽秋の富士がごく自然に窓から見えた。まことに秀麗な姿をしている。景気の句。前句の人物の住居から見える秋の富士を付けた。

448 初ウ十。秋(月の夜の鳥)。▽月の夜に児といっしょに小鳥を刺しに行く。「射にゆく」とあるが、細い竹ざおの先に鳥もちをつけて小鳥を刺すことをいうのであろう。前句の昼間から夜間の景に転じた。

449 初ウ十一。春(花)。花の定座。▽木食の僧は、花も見にゆかず、酒の味もしらず、ひたすら修行をする。対句。前句の児と月夜に鳥刺に行く逸楽の人物に対して、ひたすら修行する木食の僧を付けた。

450 初ウ十二。春(山吹)。▽枸杞の木にまとわりつかれて山吹はしぼんでしまう。

451 名オ一。春(春の雨)。○炉はふさがれぬ　三四九参照。▽春の雨がしとしと降っている。まだ寒さが残っていてなかなか炉がふさげない。

452 名オ二。雑。▽自分には二十以上も若い妻がいる。前句の健康に気づかって炉塞ぎのできぬ人物の理由を付けた。

453 名オ三。夏(紫蘿)。▽池に入ったのはカキツバタを手折るためではなく、身を投げ入水するためだった。前句の二十以上若い妻の絶望的な行為を述べたもの。小説的な趣向の句。

454 名オ四。雑。▽みこしの鏡がある日曇った。前句の「身を投て」から不吉なものを感じとって、それを具体的に「神輿の鏡くもる一日」と句作した。

455 名オ五。雑。○更級　月で有名な信濃の歌枕。▽あの月で名高い更級地方に歌人が一人もいないのは、これはこの地方が鄙だから、それが原因ですよ。

456 名オ六。秋(いく秋)。▽侍らしい黒い律気な顔をして、幾度となく秋(年)を過ごしたことであろう。前句「鄙」から、風流に縁遠い武骨な侍を趣向して句作したもの。

454 神《しん》輿《よ》の鏡くもる一日《チツ》

455 更級《さらしな》に歌よみなきは鄙《ひな》の科《とが》

456 侍《さむらひ》がほの黒きいく秋

457 さむきともいはぬは野《の》辺《べ》に立《たつ》鹿驚《かがし》

458 織《ホ》女《シ》に借《かす》とて舟あらふ川

459 完《シ、》料《ロ》木《ぎ》の上に酒呑む宵《よひ》月《づく》夜《よ》

460 念《ね》仏《ぶつ》聞《きこ》えて火の見ゆる山

461 腹きらで世を逃《にげ》たるぞ指《ゆび》ざされ

462 京に関なき数の日の市

463 節《せ》季《き》候《ぞろ》は目出度けれども乞《コ》児《ジキ》にて

464 むすばぬ水の藪《やぶ》くゞる音

465 蚊《か》屋《や》に寝て蚊《か》屋《や》を忘るゝ夜の涼し

457 名オ七。秋(鹿驚)。▽寒いともいわないで平然としているのは、野辺に立っている案山子だ。前句の「いく秋」を秋が深まりゆくととり、秋の野辺に立っている案山子を趣向して付けた。案山子は弓を持つことが多いので、侍からの連想もある。

458 名オ八。秋(織女)。▽一年に一回天の川を渡って逢瀬を重ねる織女に借すために、川で舟を洗ってきれいにしている。前句の野辺から川を付けた。

459 名オ九。秋(宵月夜)。月の定座から二句引き上げ。○完料木　皮をはいだ丸太。▽宵月が空に懸るころ、丸太木の上で酒を呑むことだ。前句の「織女」から「宵月夜」が付く。前句の労働した人たちが、仕事を終えて酒盛りをしているのである。

460 名オ十。秋(火の見ゆる山)。○火の見ゆる山　盆の送り火を焼く大文字山などを指すものであろう。▽念仏の声がきこえ、遠くで送り火を焼く山の火が見える。前句の宵から時間の経過が感じられる。季離れの句。

461 名オ十一。雑。▽切腹せずに世間から逃れたが、それを世間の人々はけしからぬと非難する。前句の念仏から人の死が考えられ、喧嘩口論などで相手を殺害したが自分は切腹などせず隠棲した人物を趣向して付けた。小説的展開の付。

462 名オ十二。雑。○数の日の市　何日と決った日の市。日次紀事・正月二日の「市」に「自今日、至臘晦毎朝五条橋東南有山菓野菜之市」とある。▽京には関所などなく、数の日の市が行なわれ賑わっている。前句の人物の生活の場を付けた。

463 名ウ一。冬(節季候)。▽節季候は正月近くめでたいものの感じがするが、よく考えてみると乞食であることには変わりない。哀れな存在である。前句「数の日の市」から、十二月二十二日から出現する節季候を付けた。

464 名ウ二。雑。▽手ですくって水を飲むのだが、その飲みこぼれた水が藪をくぐって流れてゆく。前句の「乞児」から「藪」を連想して付けた。

465 名ウ三。夏(蚊屋)。▽蚊屋をつって寝たが、その夜はすずしくて、蚊屋の存在すら忘れるほどだ。前句の「藪」から「蚊屋」が付く。

466 北《ほく》斗《と》にいのる古《ふる》郷《さと》の母

467 はな植《うゑ》て陵《ミサヽギ》らしや宮《みや》所《どころ》

468 今年も下りて田《た》芹《ぜり》はむ鶴《つる》

469 卯《うの》花《はな》も白し夜《よ》半《ナカ》の天《あまの》河《がは》

470 風《ふう》鈴《りん》の音に落《おつ》る青梅

471 鄙《ひな》の地のあなづりにくき水涌《わき》て

472 人《ひと》来《く》るまでは岩に居る鷹《たか》

473 名月に松《たい》明《まつ》振《ふ》れる影は誰《タソ》

474 西に関《トザヽ》ぬ蘭《らん》菊《ぎく》の門《もン》

475 物《もの》音《おと》も閑《シヅマ》る秋よ神の贄《にへ》

476 傘《カサ》有《あり》ながらあゆみなき雨

466 名ウ四。雑。▽古郷の母は、わが子の無事を北斗七星に祈る。前句の「蚊屋」より「古郷の母」を想定し、子のために祈る母を付けた。

467 名ウ五。春(はな)。花の定座。○宮所　神霊が鎮るところ。▽花を植えて宮所が落ちついて御陵にふさわしくなった。

468 挙句。春(田芹)。▽今年も鶴が渡来し、おりきたって田芹をついばんでいる。前句の御陵の景にめでたい鶴を添えた。

469 発句。夏(卯花)。▽夜遅く知人の家から帰ろうとすると、垣根に卯の花がしらじらと咲いており、夜空をあおぐと天河も白く中天にかかっている。初心もと柏の自注に「江戸八百韻と云集撰み侍りける時、素堂と打つれ帰るさの夜いたく更ぬ。所は本庄(所)、一鉄が許(がり)。家まばらにしてかきね卯花咲り」とある。言水の江戸在住時、江戸八百韻(延宝六年(一六七八)幽山編)のころの作。この発句をもとにして、独吟歌仙一巻の完成は、元禄に入ってからと思われる。

470 脇。夏(風鈴・青梅)。▽風鈴の音に青梅がぽとんと落ちてしまった。発句の季に合せて付けた。発句の「白」に対して「青」で応じ、夜から昼に時刻が変っている。

471 第三。雑。▽ひなびた地に、あなどりがたい名水が湧いた。前句の風鈴の音に青梅の落ちるところから、何かの異変を感じとって付けた。物語めいた付。

472 初オ四。冬(鷹)。▽人が来るまでは鷹は岩に居ることだ。前句の名水の湧いた場所を付けたもの。

473 初オ五。秋(名月)。月の定座。▽名月に松明を振っている人がいるが、いったいそれは誰だろうか。

474 初オ六。秋(蘭菊)。▽蘭や菊の咲きみだれている西側の門は開かれている。前句の人物が家に忍んでくる様として、待っている人物のいる家の門で応じて付けた。

475 初ウ一。秋(秋)。▽ひっそりと物音もしずまり秋が深まってゆく。その秋の収穫を祝って神前に贄が置かれている。前句より秋の収穫を思い寄せて付けた。

476 初ウ二。雑。▽せっかく傘を持っているのに、雨が降ってこない。降ってきてもよさそうなのに。「物音も閑る」から

477 蜘《くも》の巣をとらぬも律の庵めきて

478 後《シリヘ》竹きる谺《こだま》みじかし

479 山《さ》茶《ざん》花《くわ》を見て我《わが》妹《いも》の㒵《かほ》つらき

480 煤《ス、》掃《ハク》やどに旧《ふる》ごとの文

481 酒吞《のみ》し松島の夜ぞ忘《わすれ》ざる

482 碪《きぬた》聞《きく》より身の冷《コヾヘ》けり

483 秋の蝶風《かぜ》次《し》第《だい》なるゆき所

484 馬取《とり》かぬる夕月の牧《まき》

485 秀《ひで》衡《ひら》の植《うゑ》てふとりし花一木

486 捨《すて》て科《とが》なし去《こ》年《ぞ》の御《お》祓《はらひ》

487 折《をり》〳〵《をり》は蛙《かはづ》のかゝる網《あ》代《じろ》守《もり》

488 晩《いり》鐘《あひ》鳴ればいづる魂《タマ》の火

「あゆみなき雨」と応じた。

477 初ウ三。雑。▽クモの巣がかかっているのに平気でそれをとりもしないのは、いかにも律を修める庵めいている。雨―草庵のうち(類船集)。

478 初ウ四。雑。○後　後園。裏庭。▽後園の竹を切っていると、こだまがみじかく返ってくる。前句の庵のある山中の様子を付けたもの。

479 初ウ五。冬(山茶花)。▽山茶花の花を見て、自分の妹の顔を見るのがつらい。後園に竹を切ってくらしを立てるような兄の妹に対する気持を付けたものか。

480 初ウ六。冬(煤掃)。○旧ごとの文　昔から伝えられた故事を書いた文。▽十二月の煤払いをしたところ、昔から伝えられた古文書が出てきた。

481 初ウ七。雑。▽酒を飲んだ松島の夜のことは忘れられない。前句の「旧ごとの文」の内容を指す。

482 初ウ八。秋(碪)。▽碪の音がきこえてきた。その碪の音をきいて、寒さが身にしみてくる。前句の「酒吞し松島の夜」の時の情景を思い出して付けたもの。

483 初ウ九。秋(秋の蝶)。▽秋の蝶は風次第でどこに飛ばされてゆくのやら、さだかならぬことだ。前句「碪聞」人物を漂泊の人とみて、「蝶」を趣向し付けた。

484 初ウ十。秋(夕月)。▽夕月のかかる牧場で馬を取りおさえようとするのだが、なかなか取りおさえられない。前句の蝶のゆき所を「夕月の牧」として、句作したもの。

485 初ウ十一。春(花)。花の定座。○秀衡　藤原秀衡。平安末期の武将。奥州平泉に居住し、奥州藤原氏の最盛期を築いた。▽秀衡が手植をした桜の花が一木、秀衡が栄えたように豊満に咲いている。前句を奥州の牧場として付けたもの。

486 初ウ十二。雑。○御祓　底本「御秡」。▽去年の御祓いを捨ててもいっこうにおとがめを受けない。付筋不明。

487 名オ一。冬(網代守)。▽時々は網代の中に魚でなくカエルがかかったりする。前句の場の付。

488 名オ二。雑。▽入相の鐘が鳴ると、ひとだまが出てくる。前句の網代守から夕方の荒涼とした景を付けた。

489 継母《まま》《はは》よ何《なに》かむさぼる世の栄《さかえ》

490 実《み》のらぬ桃は剪《きり》て菜《な》を蒔《まく》

491 散《ちり》込《こ》めと柞《ははそ》筧《かけひ》のむさからで

492 秋漕《こぐ》海は伝教の沓《くつ》

493 三《み》日《か》月《づき》の変は風雨を割《サク》釼《つるぎ》

494 枚《バイ》木《ぼく》吐《はき》ては雁《かり》快し

495 思《おもひ》やる都は丸き山の形《ナリ》

496 烟《けむり》憎《ニク》める鳥《とり》部《べ》舟《ふな》岡《おか》

497 元《ぐわん》日《じつ》は我よりうつす人の咲《エミ》

498 釣《つる》瓶《べ》にあがる魚も春けし

499 款《くはん》冬《とう》をもらはん為《ため》の後《ウ》架《ラ》借りて

500 逃《にげ》るもいろかはなの初《はつ》嫁《よめ》

489 名オ三。雑。▽継母よ、どうして贅沢三昧をして勝手なことをして誇っているのか。前句の「魂の火」は前妻の魂か。

490 継母のおごりをいさめに出てきたものか。因縁めいた付。名オ四。雑。▽実のさっぱりならない桃はきってしまって、そのあとに菜のたねを蒔いた方がよい。前句の「むさぼる」から「実のらぬ」が付いたか。

491 名オ五。秋(柞)。○柞　コナラ・クヌギ・ナラなどの落葉樹の総称。▽筧が見苦しくなく小ぎれいに引かれている。そこに柞の葉が散り込めといわんばかりで、秋の紅葉が美しい。

492 名オ六。秋(秋漕)。○伝教　伝教大師の最澄のこと。渡唐の時、所持していた舎利を海竜王に投じ暴風雨を止めたという伝説がある。それを沓に変えたか。▽伝教大師が沓を海に投じたところ海はおだやかになり、その海を漕ぎわたってゆく。

493 名オ七。秋(三日月)。月の定座から四句引き上げ。▽暴風雨が止み三日月に変ったのは、それが暴風雨を割き止める剣であるからだ。前句の伝教大師の渡海の伝説による付。

494 名オ八。秋(雁快し)。▽雁が空から何枚もの木ぎれを吐き出して、気持よがっている。前句の空の様から雁を付けた。

495 名オ九。雑。▽都はなだらかな丸い山の形をしていたことを思い出している。前句の「雁」から「思やる」が付く。

496 名オ十。雑。○鳥部　鳥部山。京の清水から西大谷あたりの地。火葬場。○舟岡　船岡山。京の北区にある小丘。火葬場。▽鳥部山や船岡山の火葬する烟を憎むことだ。前句の「丸き山の形」を「鳥部」「舟岡」の火葬場のある丘ととった。

497 名オ十一。春(元日)。▽元日ははじめに自分が笑って、その笑いを人にうつす。対付。

498 名オ十二。春(春けし)。▽つるべにあがってくる魚も春らしい様子をしている。井戸に魚などを飼っており、その魚をつるべで引き上げるのであろう。「元日」「人の咲」より春らしい様を、「釣瓶にあがる魚」で表現した。

499 名ウ一。春(款冬)。○款冬　薬草の名。御傘「薬の名に款冬の字をやまぶきと読は日本のあやまりなり」。○後架　便所。▽薬草の款冬をもらうために、家のうしろにある便所を借りる。後架も家の裏にあり、款冬も家の裏に植わっている。

501 絵《ゑ》踏《ブミ》する日は枕《ちん》香《かう》の明《あけ》離《はな》れ

502 見れば煙の競《きそ》ふ寺《てら》〱《でら》

503 人の気を青葉はすゝぐ物にして

504 去《こ》年《ぞ》をわすれぬ六《ミナ》月《ヅキ》の鯉《こひ》

505 見に来たる人かしましや須《す》磨《ま》の秋

506 慕《の》風《わき》眠《ねむり》を崩《くづ》す水鳥

507 玉《たま》殿《ドノ》の蚊《か》帳《ちやう》は蘭《らん》の香《か》を請《うけ》て

508 白くぬきたる八《はつ》朔《さく》のきぬ

509 入あひのあゆみ小《こ》雨《さめ》て月ほしき

510 向《むか》ひは領《りやう》のかはる舟橋

511 牙《きば》生《はえ》し子は我《わが》家《いえ》に置《おき》兼《かね》て

500 名ウ二。春(はな)。花の定座から三句引き上げ。○初嫁「初」は称美の意をもつ。ういういしい嫁。▽何かいわれて逃げてゆくのも、はなやかでういういしい嫁の様であろうか。前句の後架を借りる人物の発言に逃げる初嫁を付けたもの。

501 名ウ三。雑。○絵踏　踏絵のこと。○枕香　ジンチョウゲ科の高木から製した香料。▽踏絵する日は枕香の香りが漂い、夜が白々と明けてくる。前句の「逃る」から「絵踏」が付くか。

502 名ウ四。雑。▽みると、あっちの寺でもこっちの寺でも煙が競うように立っている。前句の「枕香」の煙と見て付けた句。「絵踏」と「寺」とも付合語。

503 名ウ五。夏(青葉)。▽人の汗くさい気配を青葉はすすいで無くし、すがすがしい気分にしてくれる。

504 挙句。夏(六月の鯉)。▽去年のことをわすれず、今年も同じように六月の鯉が悠々とおよいでいる。京下賀茂神社で行なわれる水無月祓のころ、池などで見かけた鯉を詠んだか。

505 発句。秋(秋)。○須磨　摂津国の歌枕。月の名所。▽静かに月を観賞するのが須磨の秋にふさわしいものを、うるさく大勢で月を見にくるとは、あきれたことだ。初心もと柏の白注に「閑月を感ンじて見るをこそ、名所の本意ならめ。むれつゝ人の来る事ぞ」とある。

506 脇。秋(慕風)。▽野分に水鳥が眠りを乱される。発句の「須磨の秋」から源氏物語を想起して付けた。「眠を崩す」は前句の「人かしましや」に応じている。

507 第三。秋(蘭)。○玉殿　りっぱな御殿。▽りっぱな御殿でつる蚊帳には蘭の香が焚きしめられている。前句の「慕風眠を崩す」という語句から「玉殿の蚊帳」を想定した付。「蚊帳」は元来夏の季語だが、ここでは帷と考えて、蘭で秋とした。

508 初オ四。秋(八朔)。○八朔　八月一日。日次紀事「今日武家并ニ地下ノ良賤各〻著ニ白帷子ニ而互ニ修レ慶」。▽八朔の衣装に白ぬきの帷子を着ている。前句の人物の衣装を付けた。

509 初オ五。秋(月)。月の定座。○入あひ　夕暮れ時。▽夕暮れ時のそぞろ歩きをしていると小雨が降ってきた。その小雨が止んで月が出てほしい。前句の「白くぬきたる」を夕暮れに

512 いのれど弥《み》陀《だ》は常の㒵《かほ》なる

513 雷公《イカヅチ》に割《さか》るゝ松も心なし

514 股《もも》つく恋よ十六の年

515 卯《う》月《づき》より匂《にほ》ひをもらす生絹《スヾシ》着て

516 和《わ》の風雅なき牡《ぼ》丹《たん》芍《しやく》薬《やく》

517 只《ただ》酒の費《つひえ》は王城《ミヤコ》なる所

518 学《まなび》尽《つく》さで書を売し医者

519 元日を四つにもさめぬうき枕

520 東《こ》風《ち》なき国よ雪の尺とる

521 はな迄《まで》と雄《ヲ》の尸《シカバネ》をかくす雉《き》子《じ》

522 月猶《なほ》かすむ尼寺の鉦《カネ》

523 つくづくと手《て》負《おひ》も水を乞《こひ》かねて

ほの白く衣服が見える様とって付けた。

510 初オ六。雑。▽舟橋のあの向う側は、こちらとは領地がかわることだ。前句の「入あひのあゆみ」から国境を想定した。

511 初ウ一。雑。▽きばの生えた子が生まれたが、そんな子供は自分の家に置くことができない。前句から、奇怪な子供を他領へ捨てようとする親の心情を付けたもの。

512 初ウ二。雑。▽一心に祈るのだが、阿弥陀さまは普段の顔つきで、一向にとりあってくれそうにない。前句の「牙生し子」を救うために弥陀に祈る様を付けたもの。物語めいた付。

513 初ウ三。雑。▽雷によって松が割(さ)かれてしまったが、その割かれた松の何と不風流なことよ。

514 初ウ四。雑。恋。○股つく恋　衆道の恋。色道大鏡の巻六心中部第六貫肉篇「貫肉(くはんにく)とは肘(かいな)にても股(もゝ)にても刃(やいば)のさきにかけて肉むらを突貫(つきぬく)事也。是(これ)衆道(しゅうだう)において奴(やっこ)などのすべきはたらきなれば」。▽十六の年に股の肉むらを突いて相手に誠意を見せる男色の恋におちいった。前句の「割るゝ」から「股つく」が付く。貞門的な付。

515 初ウ五。夏(卯月)。恋。○生絹　練らぬ生糸で織った軽く薄い着物。▽初夏の四月になり体臭の匂いくるような生絹を着ることだ。前句の「股つく」から「匂ひをもらす」が付く。

516 初ウ六。夏(牡丹・芍薬)。○牡丹　底本「杜丹」。▽日本的な風雅は牡丹や芍薬には感ぜられない。牡丹・芍薬ともに中国より渡来したもの。前句より艶麗な花を連想し、それを「牡丹芍薬」で示したもの。

517 初ウ七。雑。▽酒を飲む、その飲み代がなかなか掛るのは、そこが都で何事にも華美を極め豪盛だからだ。前句の「牡丹芍薬」から富貴の都を想定した。

518 初ウ八。雑。▽医者の勉強をしようと都にやってきたが、酒におぼれて、勉強もせずに書物を売り払ってしまう。前句の人物を具体的に付けた。唐土の医書生のさま。

519 初ウ九。春(元日)。○四つ　今の午前十時ころ。○うき枕　浮かれた独り寝。▽元日だというのに午前十時になってもいっこうに起きようとしない、まったくあきれた独り者である。前句の人物の生活を付けた。

524 犬の齅《カギ》くるなでしこの道

525 かたまりて黒きは鷭《ばん》のゐる所

526 涼《すず》むに見《み》ばや南《なん》極《キョク》の星

527 あだ人《びと》に聞《きか》せがてらの笛吹《ふき》て

528 祈る神なし十月の宮

529 枯《かれ》ぬ物巻《イハ》柏《ヒバ》ばかり滝すごく

530 脈《みやく》とりて見て道かゆる旅

531 あらぬ世の母おがみたるよひの夢

532 経《きやう》書《かき》そむる日は浴《ユアミ》せん

533 切《きり》にゆく朝《あさ》月《づき》寒き杜若《かきつばた》

534 女のわらひちかき鉤《こ》簾《す》の間

535 偶《カタ》人《シロ》の似ぬ様《さま》つくり替《かへ》させて

520 初ウ十。春(東風)。○東風なき国　春になって東から吹く風がなかなか吹かぬ国。雪国。▽なかなか春にならぬ雪国では、いまだに雪の深さを計っている。前句「四つにもさめぬうき枕」の原因を雪国の雪として付けたもの。

521 初ウ十一。春(はな・雉子)。花の定座。▽さくらが咲くまではと雌の雉子は雄の屍をかくす。前句の雪の深い国から、雄の屍を雪の中にかくす雌雉子の様子を付けた。

522 初ウ十二。春(かすむ)。▽尼寺の鉦を打つ音が聞こえてくるが、それとともに月がなおいっそうかすんでみえる。前句を春の様とみて、かすむ月と尼寺の鉦で表現した。

523 名オ一。雑。▽手負いの者もひたすらに水を乞うことができかねている。前句の尼寺に逃げこんできた手負いの者。

524 名オ二。夏(なでしこ)。▽なでしこの咲く道を犬が手負いの者のにおいをかぎつけてやってくる。前句の「手負」から「犬の齅くる」と付けた。

525 名オ三。夏(鷭)。○鷭　クイナ科の鳥。水田や湖沼の近くに住み、黒褐色をして、泳ぎがたくみである。▽かたまって黒くなっているのはバンのいる場所だ。前句の「犬の齅くる」のを「鷭のゐる所」として付けたもの。

526 名オ四。夏(涼む)。○南極の星　南極星。天の南極に見える星。中国では老人星といい、人間の寿命をつかさどる。▽涼みをしながら南極星を見てみよう。自分の寿命はどんなものだろうかの意。前句から夜の景を付けたもの。

527 名オ五。雑。恋(あだ人)。▽恋人に聞かせるようにして笛を吹く。人事の句。

528 名オ六。冬(十月)。▽十月の宮では、神様たちが出雲へみな行かれてしまうので、お祈りしようにも神様がいらっしゃらない。前句の笛を吹いている場所を神社とした。

529 名オ七。冬(枯)。▽滝がものすごくて、その中で枯れぬものとてはイワヒバばかりである。

530 名オ八。雑。▽脈をとってみて、身体の健康を気づかって旅の道中の道を歩きやすい道にかえる。前句を滝などのある難所とみての付。

536 更《ふけ》て踏《ふみ》熖《け》す森のかゞり火

537 我《ガ》をはりて霰《あられ》に向《むか》ふ馬《ま》士《ご》独《ひとり》

538 御《み》調《つぎ》の鶴《つる》は命《いのち》みじかし

539 諷《うたひ》出《で》て甍《イラカ》にひゞくはな衣

540 江《え》の梅近し橋くゞる舟

541 凩《とがらし》の果《はて》はありけり海の音

542 漂《ミ》泠《ヲ》の火きえてさむき明星

543 碁《ご》にかへる人に師走の様《さま》もなし

544 又《また》梅が香に調《しら》ぶ膝《ひざ》琴《ごと》

545 ゆふぐれは狐の眠《ねむ》る朧《おぼろ》月《づき》

546 春《はる》辺《べ》よながれ次第なる船

531 名オ九。雑。▽宵の夢に、あの世の母があらわれ、ありがたくて母をおがんだ。

532 名オ十。雑。▽菩提を弔うための写経をはじめる日は、沐浴をしてからだを清めることにしよう。前句の「あらぬ世の母」から「経書そむる」が付く。亡き母の菩提を弔うのである。

533 名オ十一。夏(杜若)。月の定座。○朝月　明け方空に残っている月。▽明け方の月が冷ややかに見えるころ、カキツバタを切りにゆく。前句の「経書そむる日」の早朝の情景を付けたもの。カキツバタは仏に供えるためのものであろう。

534 名オ十二。夏(鉤簾)。○鉤簾　御簾。和漢三才図会「鉤簾(スコ)・翠簾(スミ)。俗云古須、今云美須。…鉤簾極細籤竹簾也、其縁以二綾純子一縫二包之一、有二真紅糸総一、耑(ハシ)有レ鉤、以掲二巻簾一」。▽御簾の間の近くから、女の笑い声がきこえる。前句の「杜若」から上品なイメージを感じ、「鉤簾の間」と応じて付けた。

535 名ウ一。夏(偶人)。○偶人　増山井・六月「形代(カタシロ)　御祓するに、人形を作りて、身の災難をはらへて川にながすことあり。これを云也」。▽形代を作ったが、ちっとも似ていないのを作ってしまったので、似ているのに作り替えさせた。

536 名ウ二。雑。▽夜更けて森のかがり火を踏消すことだ。前句の形代を作る作業にのろいの形代作りなどを想像し、夜更けの森を付けた。

537 名ウ三。冬(霰)。▽馬子がひとり我をはって霰の降りしきる中、でかけてゆく。前句のかがり火を踏消すのを出発のようすととり、強情な馬子を付けた。

538 名ウ四。冬(御調の鶴)。○御調の鶴　諸侯が江戸の将軍に初冬に献上する初鶴のことか。▽初鶴として捕えられ、献上される鶴の命はみじかいことだの意。前句の馬士の動作を初鶴を運ぶためのものとしたか。

539 名ウ五。春(はな衣)。花の定座。○はな衣　花見にゆくための女性の晴着。増山井「花の上をいふにあらず。衣類をほめて云詞也」。▽うつくしい晴れ着を着て、諷をうたい出しているが、その声は朗々として大寺の甍に響いている。

540 挙句。春(江の梅)。▽橋をくぐってゆく舟に、入江の梅が近々と見えてくる。陸上から水上に春の景を移動させてい

547 伊賀伊勢の雨に先だつ水の淡《あは》
548 田に物運ぶ嫁《よめ》身すぼらし
549 面《おも》白《しろ》や傾《けい》城《せい》連《つれ》て涼むころ
550 蟬《せみ》ゆくかたにゆるぐ蛛《くも》の巣
551 しごけども紅《も》葉《みぢ》は出《いで》ぬ夏木立
552 四《シ》十かぞへて跡《あと》はあそばん
553 世《よの》中《なか》の欲《よく》後《こう》見《けん》にある習《なら》ひ
554 菊の隣《となり》はあさがほの垣《かき》
555 名月の念《ね》仏《ぶつ》は歌の障《ガイ》なして
556 片《かた》帆《ほ》に比《ひ》叡《え》を塞《フサ》ぐ秋風
557 花《はな》笠《がさ》はなきか網《ア》引《ビキ》の女ども
558 牛は柳につながれて鳴《な》ク

る。動きがあってみごとな挙句である。

541 発句。冬(凩)。▽地上の木々を激しく吹きつくしたあげく、木枯は海の方に向ってゆき、はては海鳴りの音になった。言水はこの句により「木枯の言水」と称された。なお真蹟短冊の詞書「湖上眺望」(荻野清『元禄名家句集』)により、この「海」は琵琶湖と考えられる。

542 脇。冬(さむき)。○漂泠 澪標(みおつくし)のこと。海や河の中で、船の通行できる水路を知らせるため立てた杭のこと。澪標の火は、その杭につけられた水路を示すためのあかり。▽みおつくしの火が燃えつきてしまい、明けの明星が寒々と光っている。発句の海より、その夜明けの景を付けた。

543 第三。冬(師走)。▽碁を打ち終って家路につく人々の様子には師走のあわただしい気分が少しも見られない。前句の情景から夜を徹して碁を打ったものであろう。景気の句から人事の句に転じている。

544 初オ四。春(梅が香)。○膝琴 口三味線(くちじゃみせん)などと同じく膝で琴があるかのごとくひくことか。▽梅の香が馥郁と香っている。その香りに膝琴を何度も調べて楽しむことだ。前句ののんびりした風情に応じた付。

545 初オ五。春(朧月)。月の定座。▽春の夕暮れは、狐が朧月の下で眠っている情景がまことにふさわしい。前句の昼の景を夕暮れの景へと転じた。

546 初オ六。春(春辺)。▽春さきの海で、船が流れにまかせ漂っている。前句の景を陸から海へ転じた。

547 初ウ一。雑。▽伊賀や伊勢に雨が降る前に、まず海上で雨が降り、海面があわだっている。前句の船を紀州沖にあると考えたか。

548 初ウ二。雑。▽田に食べ物など運んでいる嫁の姿がみすぼらしい。前句を田植え時などの忙しい様子と見た。

549 初ウ三。夏(涼む)。▽遊女をつれて涼みをする季節は、何ともいえず楽しく面白い。対句。

550 初ウ四。夏(蟬)。▽セミの飛んでゆく方向にクモの巣が傾きゆれている。前句の涼みの場所の景を付けた。

559 野《の》ゝ《の》宮《みや》も酒さへあれば春の興《きよう》
560 詞《ことば》かくるに見《み》返《かへ》りし尼
561 思ひ出《で》る古主の別《わかれ》二十年
562 東《ヒガシ》に足はさゝでぬる夜《よ》半《は》
563 漏《モル》ほどの霰《あられ》掃《はき》やる風《ふ》破《は》の関
564 餅《もち》つく人ぞ人らしき㒵《かほ》
565 来ますとは世の虚《ウソ》ながら祭ル魂《たま》
566 邪《じや》神《しん》に弓はひかぬ鹿《シカ》狩《がり》
567 腰《こし》居《すゑ》し岩に麓《ふもと》の秋をみて
568 朝《あさ》霧《ぎり》かくす児《ちご》の古《ふる》郷《さと》
569 月にこそ碪《きぬた》は昼の物めかず
570 鷗《かもめ》と遊ぶ江のかゝり舟

551 初ウ五。夏(夏木立)。▽いくら夏木立をしごいたところで、紅葉は出てこない。夏木立はいま緑が深い。前句の場の付。
552 初ウ六。雑。▽四十数えてあとは遊ぼう。前句の「しごけども」から逆に「あそばん」と付けた。
553 初ウ七。雑。▽世間でよくある財産にからむ欲得は、後見人になった人がとかく犯しやすいもので、しばしばあることだ。前句を幼少の人とみて、その後見を付けたもの。
554 初ウ八。秋(菊・あさがほ)。▽菊の隣にはあさがおの垣根がある。
555 初ウ九。秋(名月)。▽名月のときに念仏を唱える人がいるが、その念仏は名月の歌をつくるのに邪魔だ。
556 初ウ十。秋(秋風)。▽秋風を斜めに受けて片帆で船は走ってゆくが、その片帆でせっかくの比叡山をふさいで見えなくしてしまう。前句が名月の歌を作る障害が念仏だったのに対し、秋風の中比叡山を見ることの障害が片帆であるとしたもの。
557 初ウ十一。春(花笠)。花の定座。▽浜で網引きする女たちが賑やかに働いているが、花笠はないのか、あったらかぶれば景気がついてよいものを。前句の「塞ぐ」から「花笠」が付く。
558 初ウ十二。春(柳)。▽牛が柳の木につながれて鳴いている。前句の場を付けたもの。
559 名オ一。春(春の興)。▽野の宮のようにひっそりしたところも、酒さえあれば大いに興がのる。前句の景をそのまま延して付けたもの。野々宮―淋敷(サビシキ)(類船集)。
560 名オ二。雑。▽尼が通ってゆくので声をかけたところ見返った。前句「野ゝ宮」より嵯峨を連想、その縁で尼を出した。
561 名オ三。雑。▽もと仕えた主君に別れてから、もう二十年たったことを思い出した。前句の尼を古主に仕えていたころの知人ととり、「古主の別二十年」と付けた。
562 名オ四。雑。▽昔仕えた主人のおいでになる東の方には足を向けないで寝る。前句から律気な性格の人物を付けた。
563 名オ五。冬(霰)。○風破の関　不破の関。延暦八年(七八九)に廃止。▽荒廃した不破の関、その荒れた廂から霰がもれこぼれてくるが、その霰を掃いてきれいにする。前句を旅中の様ととり、不破の関の荒廃ぶりを霰によって示したもの。

571 黄《たそ》昏《がれ》を無官の座《ざ》頭《とう》うたひけり

572 ゆるく焼《たか》せてながく入《いる》風《ふ》呂《ろ》

573 しぐれより雪みる迄《まで》の命《いのち》乞《ゴヒ》

574 内《だい》裏《り》拝《おが》みてかへる諸《もろ》人《びと》

575 やさしきは花くはへたる池の亀《かめ》

576 弥《や》生《よひ》のあやめ出《だ》さぬ紫《むらさき》

564 名オ六。冬(餅つく)。▽餅つく人がいかにも生き生きと人らしい顔をしている。前句の荒廃した不破の関に対し、餅を一心につく人間を対比して付けた。霰―煎餅(類船集)。

565 名オ七。秋(祭ル魂)。○祭ル魂　魂祭。盂蘭盆に祖先の霊をお祭りすること。▽祖先の霊があの世からもどってくるというのは世にいう嘘と思われるのだが、それでも祖先の霊をなぐさめようと魂祭をする。

566 名オ八。秋(鹿狩)。○邪神　人にわざわいを与える神。▽邪神には鹿狩のとき弓はひかぬものだ。

567 名オ九。秋(秋)。▽腰をすえた岩から見ると、麓の村に秋のやってきた気配がはっきりとわかる。前句の鹿狩に一服している人物の様子を付けた。

568 名オ十。秋(朝霧)。▽朝霧が立ちこめて児の古郷のあたりを隠している。前句の麓の様子を児の古郷と見て付けた。

569 名オ十一。秋(月・碪)。月の定座。▽碪の音は月の夜にこそふさわしい、昼のものとして聴いたのでは少しも興がわかぬ。前句の「古郷」から「碪」が付く。朝から夜に時刻が変化。

570 名オ十二。雑。○かゝり舟　掛船。懸船。停泊している船。▽入江に停泊している船に鷗が飛び群がっており、まるで船が鷗と遊んでいるかのようだ。

571 名ウ一。雑。○無官の座頭　まだ盲人として修行をしていない人。瞽官紀談に「無官ノ瞽ヲ初心ト云、一ツヲ半ノ打掛ト云、一ツヨリ何一・城何ト名ヲツク、二ツヲ丸打掛ト云、三ツヲ化遷打掛ト云」と最高の五十二の官(四十八から五十二まで検校)までを説明する。▽夕暮れ時、初心の座頭が歌をうたっている。前句の海辺の情景を夕方と見て、座頭を点描した。

572 名ウ二。雑。▽せっかちに焚くのではなくゆっくり風呂を焚かせて、風呂が沸くまで長いこと入っている。前句の「黄昏」から風呂を想定した。

573 名ウ三。冬(しぐれ・雪)。○命乞　神仏に長生きできるようにと祈ること。▽時雨が降る初冬のころから雪をみる冬の盛りまでの長い期間、命乞いをする。前句より「ながく」から「しぐれより雪みる迄」を付けた。

やまぶきは、いはぬ色を人のほめ草となせり。云出《いひいづ》れば嘲《あざけり》のもと柏《がしは》、実なきことの葉ぞはづかしき。世の様《さま》をみる〳〵に、柳は風を帯《おび》、海棠《かいだう》のねぶり、あやめはちすの濁《にごり》を離《はなれ》、山のあらしは広沢《ひろさは》の月を磨《みが》き、雁《かり》は北州《ほくしう》のよそひ、菊は南の海ににほひ、桐は葉落《おち》て、つくし琴の風雅を調《しら》ぶ。東雲《しののめ》の富士は、雪の名に立《たち》て、我肝《わがきも》を冷す。たゞせばき道を悔《くやみ》て頬《ほほ》をかくす土《ど》竜子《りゅうし》。

言水四《ごんすいし》節之《せつの》独吟《どくぎん》

元禄三午《うま》中春

寺町二条上ル町

井筒屋庄兵衛板

574 名ウ四。雑。▽大勢の人が内裏に参拝して帰ることだ。前句「命乞」を願っている諸人が内裏にそれを祈念しに参拝すると付けたか。

575 名ウ五。春(花)。花の定座。▽池の亀が花をくわえているのは、何とやさしい風情であろう。前句内裏のあたりにある池の様を付けた。

576 挙句。春(弥生)。▽三月頃のあやめでは、まだあの美しい紫色の花を出さぬことだ。「池」から「あやめ」が付く。

○やまぶきは… 古今集・誹諧歌・素性「山吹の花色衣主やたれ問へど答へず口なしにして」をふまえる。
○ほめ草 ほめる材料。
○柳は風を帯 謡曲・藤栄に「いとはかなくも柳の葉を吹きくる風に誘はれ」とある。
○海棠のねぶり 美人の眠りから覚めたばかりの様子をいう。海棠の花の美しさ。謡曲・皇帝「実にや春雨の、風に従ふ海棠の眠れる花の如くなり」によるか。
○はちすの濁を離 連珠合璧集「蓮とアラバ。胸。池。糸。かつまたの池。うてな。濁りに染まぬ」。
○広沢 京都市右京区にある池。観月・観桜の名所。秋篠月清集「広沢の池のみくさをふきよせて風よりはるる波の月かげ」。
○北州のよそひ 北国の粧いをもちこんでくる。
○菊は南の海ににほひ 中国の南陽の酈(れき)県という所の谷水は、はなはだ甘美で、その山の上から菊水が流れ下り、それを飲む者は長寿を得たという(風俗通、温故日録)。
○桐は葉落て 和漢三才図会・巻十八「按ズルニ箏ハ今専ラ用ユルトコロナリ。…桐ヲ以テ作ル」とある。
○つくし琴 筑紫流で用いる十三弦の箏。筑紫流は天文の頃筑後国善導寺の僧賢順によって大成された。
○東雲 夜明け方。
○雪の名に立て 雪に映える姿が美しいという評判を得て。
○我肝を冷す その美しさに驚きおそれる。
○土竜子 もぐらのこと。日葡辞書「ドリュウ(土竜)。うぐろもちに同じ。もぐら」。

俳諧
大《たい》悟《ご》物《もの》狂《ぐるい》

櫻井武次郎　校注

〔**編者**〕鬼貫。

〔**書誌**〕半紙本一冊。底本には題簽を欠くが、天理図書館綿屋文庫本は、中央に「誹諧大悟物狂」。柱刻「大　一(―廿二)」。板下、鬼貫。全二十二丁。

〔**書名**〕俳諧への悟りを得たことから「大悟」とし、友人である鸞動・鉄卵を失った思いから「物狂」とした。

〔**成立**〕貞享三年(一六八六)、小出伊勢守家への出仕の話が持ち上がって、鬼貫は、六月二十五日に大坂を発ち江戸に向かったが、伊勢守家中の反対があって不成就、そのまま江戸に滞在して翌四年五月二十一日に筑後三池藩主に見え《まみ》三十人扶持で仕官、六月三日に京着、十六日に大坂に下って七月に伊丹に帰郷し、江戸滞在中の前年七月三十日に二十二歳で亡くなっていた鸞動の墓に参った。元禄二年(一六八九)九月二十七日に三池藩を致仕し帰郷したが、間もない十月十日に今度は同族の鉄卵が二十八歳で死亡した。

　本書は、二人の亡き友人への追悼の心を込めて、俳諧の「大悟」を伝えようと公にした一書であったのであるが、その「大悟」の時期について、鬼貫は、後年に著した『独《ひとり》ごと』に「貞享二年の春、まことの外《ほか》に俳諧なしとおもひもうけしより、そのかざりたる色品も、かの一句のたくみもこと〴〵くうせて、それ〴〵は皆そらごとゝなりぬ」と記す。しかし、鬼貫自身の年次の記憶違いは多く、彼の動静や追悼集『月の月』に「我三十にして誹道を大悟せり」と彼自身が常に述べていたと記されるところから、元禄元年から『大悟物狂』の刊行される三年までの間に、彼の言う「大悟」がなされたとするのがよいであろう(拙著『伊丹の俳人上嶋鬼貫』)。

〔**構成**〕序文に鸞動追悼文を記し、独吟の追悼百韻、鸞動没後の発句を(鸞動への報告の意味を込めてだろう)四季に分けて録し、その末尾近くに記される鉄卵追悼句を受けるようにして鉄卵追悼の九吟五十韻、そして跋文風に「大悟」の趣旨を記す。

〔**意義**〕鬼貫の新しい俳風を伝える最初の撰集であり、同時に西鶴・来山ら当代大坂の歴々の俳人による俳諧を収めて俳壇史的に貴重である。

〔**底本**〕柿衛文庫本。

〔**翻刻**〕『鬼貫全集』(岡田利兵衛編、昭和四十三年)。

弔鸞動《らんどう》并序

予《よ》丙寅季夏始《メテ》赴《ムク》二東武《ニ》一。辞《ス》二友人鸞動《ニ》于其《その》郷《ニ》一。送《リ》且謂《テ》曰《ク》「吾《ガ》之所《ロノ》レ欲《ル》レ見《マク》者《ノハ》惟《ただ》富士山耳《のみ》。雖《トモ》三数聞《ト》二諸《これヲ》往来之客《ニ》一、言《フ》レ大《ヲ》而《の》已《みニシテ》景象靡《なシ》レ詳《ナルコト》。請《こふ》子記《シテ》来《テ》及《サンカト》二於我《ニ》一乎」。遂《ニ》別《ル》初秋既《ニ》卒《をはんヌ》。悪《いづくんゾ》知《ン》二永離《トナンヌルコトヲ》一。今兹《こんじ》秋七月帰《ル》二于難波《ニ》一、遂至《リ》二其塚上《ニ》一、愴然而嘆曰《テク》「難《イカナ》矣生也、将《タ》与《タメニカ》レ誰《レガ》語《ン》レ之《ヲ》。但雖《ニ》二其人無《ト》一、言《げん》猶在《リ》レ耳《ニ》。我豈《あに》欺《カンヤト云テ》二於死《ニ》一哉、滌《すすイデ》二翰《ふでヲ》荻露《ニ》一効《まなブト》二於繋《かくルニ》レ剣《ヲ》」云。

囉《ら》々《ら》哩《り》居《こ》士《じ》鬼貫

○鸞動　伊丹の人。古沢氏。宗旦門。貞享三年(一六八六)七月晦日没、二十二歳。
○丙寅季夏　貞享三年六月。丹波園部城主小出伊勢守家へ禄高三十人扶持で仕官の話があり、六月二十五日大坂を出立したが、小出家内部で召かかえに反対の話が出てこじれ、鬼貫は、そのまま江戸で越年(藤原宗邇伝)。
○其郷　伊丹を指す。
○今兹秋七月帰于難波　貞享四年五月二十一日に江戸で筑後三池藩主立花主膳正藤原種明に見え、三十人扶持で仕えることになり、二十四日に出立、京を経て六月十六日大坂に着いた(藤原宗邇伝)。「七月帰于難波」は、伊丹へ帰郷したことをいうか。
○繋剣　春秋時代、呉の季札が徐に寄った時、徐君が季札の剣を欲していることを察したが、これから上国に使するため献上せず、再び帰りに徐に寄ったところ、すでに徐君は没していたので、徐君の塚の樹にその剣を繋(か)けて、心の約束を果したという故事(史記・呉太伯世家第一など)による。
○富士の形…　以下、「弔鸞動并序」の「景象靡詳。請子記来及於我乎」に応じた記述。つまり、鸞動への報告である。
○あし高山　愛鷹山・足高山。駿河国。富士山の南東にある。標高一一八八メートル。はしたか山。
○外山の…　外の山でも、よく知られたものはあるが、富士山のすばらしさは、昔も今も変わらぬ点である。

1　▽青々と晴れ渡った秋の空の中に、ただ富士山だけがにょっぽりとそびえたっている。句にも前文にも「雪」を暗示する語はないが、青い空を背景に白い雪をはやくもいただいた富士山を想像することも許されてよい。一句の生命は「にょっぽりと」の俗語の使用にあり、「まことの外に俳諧なし」との「大悟」を具体化したのがこの句といってよく、そして、以後、鬼貫が口語調の句を多作するようになるのは、この句の成功による自信のなせるところであろう。季秋の空(秋)。

2　▽馬で随分と行ったのに、今朝と同じ富士山をまだ見ている秋の路であることよ。季秋路(秋)。

富士の形は画《あがけ》るにいさゝかかはる事なし。されども腰を帯《おび》たる雲の、今見しにはやかはり、そのけしきもまた〳〵おなじからずして、新なる不二をみる事其《その》数暫時《ざんじ》にいくばくぞや。あし高山はをのれひとり立なば并びなからん。外山の、国に名あるはあれど古今景色のかはらぬこそあれ。

1 によつぽりと秋の空なる不尽《ふじ》の山

夕ぐれにまた

2 馬はゆけど今朝の不二《ふじ》みる秋路哉

峰は八葉にひらきて不生不滅の雪を頂き、吹《ふか》ぬ嵐の松の声裾《すそ》野《の》になかぬむしの音、鸞動〳〵是《これ》今たしかに聞ヶ、我レ石を撫《なで》て生れぬ先の父ぞこひしき。

○峰は…　以下もまた、鸞動に語りかける語。富士山の峰は、八葉に(蓮華の八枚の花弁のように)開いて、いつも変わらぬ雪をいただいていた。
○吹ぬ嵐の…　以下は、ここ伊丹のこと。ここ伊丹は、富士山から吹き下ろす嵐も吹かず、富士の裾野でもないが、それでもやはりさびしい松籟の声と虫の声がひとしお感じられる。
○石　墓石。
○生れぬ…　足利義政の歌とされる「闇のよに鳴ぬからすの声きけば生れぬ先の父ぞ恋しき」による。長頭丸随筆(貞徳仮託の偽書)はこの歌について「たゞ闇の夜にはからす鳴ぬものなり。…元来なき事なり。なかぬこゑを聞ほどならば、生れぬ前の父をもしたはんとよめる、元よりなき事をよまれし禅機なり」とする。「生れぬ先の父」は、母の胎内にある間に亡くなった父。ここは、ありえないことだが、鸞動がよみがえってきて、約束どおり告げる富士山の姿を聞いてほしいという意味か。なお、禅宗で、本来の生かされたままの姿を「父母未生前」という。
○よとせむかしの秋　本書の奥書は元禄三年(一六九〇)五月。鸞動没は四年前の秋となる。
○しほれぬ　「手向草」の縁。
○その木のもとに…　松の木のもとで、鸞動の発句に脇起しで独吟の句を継いで。以下の百韻を指す。
○不消の露　自分はまだ死なずにあることをいう。

3 発句。秋(紅葉)。▽松にからまる蔦は紅葉しているが、それもしばらくのことで、やがてまた青々とした新しい葉をつけることになる。松は常盤であるが、蔦もまた根は松と同じく常盤なのだから。鸞動追善の野梅集(貞享四丁卯蘭秋下旬奥)の也雲軒(宗旦)序文に「いにしとらの秋、身にいたつきの入て、今はの風を世に嘯て「根は常盤しばし紅葉ぬ松の蔦」」とあり、鸞動の末期の句。

4 脇。秋(露)。▽紅葉の季節になり、きのうもきょうも、紅葉した蔦に白露がおりて輝いている。「露」に短く終わった別れの意を寓し、初表だが追悼俳諧なので無常を込める。前句「常盤(緑)」「紅葉(紅)」に「白」をあしらう。紅葉―露(類船集)。

此《この》手向草はよとせむかしの秋にしほれぬ。それが中に鸞が末期《まつご》に詠《なが》メし松耳《のみ》天地に久し。我レその木のもとに独《ひとり》句を次《つぎ》てことしまた不消の露をむかふ。

百韻

3 根は常盤《ときは》しばし紅葉《もみぢ》ぬ松のつた
4 きのふもけふも露は白けれ
5 あの雁《かり》の来タるやよひはかへるらん
6 かつらのおつる夜ルの帆ばしら
7 此《この》石にゑぼしおかれし烏帽子《えぼし》石《いは》
8 古歌《こか》もつて出て公事《くじ》に勝《かつ》里
9 天地《あめつち》は梅にさくらの花もなし

5 第三。秋(雁)。▽空には秋になってやってきた雁の姿が見える。あの雁も、三月が来ると、また帰っていくのであろう。「来タる」は掛詞。地上の景を空に転じた。

6 初オ四。秋(月を思わせる)。○かつら　中国の伝説で月の世界に生えているとする。「水底の月の上より漕ぐ舟の棹にさはるはかつらなるらし」(土佐日記)。「かつらのお」で「桂男」に言いかけて月を示す。▽帆柱が月の桂に当たって桂が落ちる。土佐日記の歌による句作り。「秋風に声を帆にあげてくる船は天の戸わたる雁にぞありける」(古今集・秋上・藤原菅根)によって前句の雁を船にたとえた。また、月が沈んでゆく後、帆を張って帰るの意ともとれる。なお、初表に月の句がないのは、この句があるためか。

7 初オ五。雑。○烏帽子石　烏帽子の形をした岩で、義経が烏帽子を置いたという伝説がある。▽この石は、義経が烏帽子を置かれたという烏帽子石である。義経記四・義経都落の事に「烏帽子」「帆柱」の語が出るので付けたか。また、前句を左遷の舟と見、ゑぼし狩衣―流人(類船集)からこの句を出したか。

8 初オ六。雑。○公事　訴訟。▽いずれが正真の烏帽子石であるかの争いごとがおこったが、古歌にこのように詠まれていることを証拠にして、一方の里が勝った。前句の故事来歴を述べたてる口調に公事の場面を連想した。狂言・もちさけの「年の内に餅はつきけりひとゝせを去年とやくはん今年とやくはん」と詠んで、万雑公事をゆるされたという話なども参考になるか。

9 初オ七。春(梅・さくら)。▽世の中は、梅の木に桜の花が咲くというようなことがない。前句を、正しいものが必ず勝つのだとして、そのたとえとした。「梅が香を桜の花ににほはせて柳が枝に咲かせてしがな」(後拾遺集・春上・中原致時)によるか。「花」の句ではない。

10 初オ八。春(句意)。▽(前句の定まった四季の移り変わりから)つららの解ける音を聞きつつ、過ぎ去った冬を回顧している。

11 初ウ一。春(長閑)。▽朔日は、一年間に十二度あるけれども、この正月の朔日は、他の朔日と違って長閑な感じがす

10 つらゝは冬の音《おと》戻す水

11 朔日《ついたち》は十二あれども長閑《のどか》なり

12 奥の山家《やまが》に囲炉裏《ゐろり》はくらん

13 この順にひごろは見えし雪の松

14 人は船行《ゆく》ふねは人行《ゆく》

15 闇《やみ》の夜も耳は月夜の郭公《ほととぎす》

16 逢《あは》ねどこひはこゝろ逢《あひ》けり

17 よの中の中に預《あづけ》しなみだ哉《かな》

18 誰ともなしにぬすむ獄門

19 今朝見れば案山子《かがし》あふのく夜の雨

20 やまよりしたをかへるつばくら

21 古《こ》郷《きやう》にも我レもいたゞく秋の月

る。前句の気分を詠む。

12 初ウ二。春(囲炉裏塞ぐ)。○囲炉裏はく　囲炉裏を塞ぐための掃除。毛吹草等に「いろりふさぐ」を三月晦日の行事とする。▽春の遅い山奥の家でも、そろそろ囲炉裏をしまおうと、その周囲をはいているころだろう。前句を晩春のこととし、人事の句で付けた。

13 初ウ三。冬(雪)。回想で季移り。○この順　このあたり。この傍。▽この辺には、日ごろは雪をかぶった松が見えていた(しかし、今は、もう雪が解けて見えない)。

14 初ウ四。雑。▽陸を行く人からは水上の船が過ぎて行くように見えるが、船上からは陸を行く人が過ぎて行くように見える。

15 初ウ五。夏(郭公)。▽闇夜に郭公の声を聞いた。郭公は姿を賞でるのではなく、鳴声を賞でるのだから、耳にとっては月夜ともいうべきだ。前句を夜船ととった。「春の夜の闇はあやなし梅の花色こそ見えね香やは隠るる」(古今集・春上・凡河内躬恒)を郭公に置きかえた俳諧。「月」の句ではない。

16 初ウ六。雑。恋(こひ)。▽実際に逢わずともお互いに恋しあっていて、心で逢っている。「闇夜の郭公」の心を付けた。

17 初ウ七。雑。恋(なみだ)。▽日常の忙しさのために泣いている暇もない。忙しくて恋人にも逢えず偲んでいる。前句の「逢ねど」を受けた。

18 初ウ八。雑。恋(句意)。○獄門　獄門にかかっている首。▽誰か分からぬが、獄門にかけられていた首を盗んだ者がいる。前句の涙の出ないのを乱世だからとし、その様を付けた。

19 初ウ九。秋(案山子)。▽今朝ふと見ると、夜中に降った雨のために案山子が倒れてあおのいている。前句の刑場近くの景。獄門首が盗まれ見えぬことから案山子の首の落ちたことを付け、夜中の雨に乗じて獄門首を盗み出したことを暗示する。頸―人形(類船集)。

20 初ウ十。秋(かへるつばくら)。▽雨のあがった朝、つばめが低く、山より下を飛んで帰っていく。

21 初ウ十一。秋(秋の月)。▽故郷に帰って、私も秋の月を眺めている。前句の「かへる」から故郷に帰るを出した。古郷

22 顔の似ぬ子は請《うけ》とらぬ妻

23 煩《ぼん》悩《なう》の花をわらへる墨《すみ》衣《ごろも》

24 雲より空は降《ふら》ぬ春雨

25 むさし野は霞にせばきむかふなる

26 寝てゐる牛を色〳〵に見る

27 この冬もおしきはおなじ命にて

28 氷のうへを渡る世の川

29 王《わう》城《じやう》の人は手足の真《ま》白《しろ》也

30 八《や》瀬《せ》のつぶりは今も催《さい》馬《ば》楽《ら》

31 出《いづ》る日の入《いり》日《ひ》になれば月出て

32 いつひかるべきしれぬ稲妻

33 秋の夜の方《はう》角《がく》わかで丸木橋

―燕(類船集)。

22 初ウ十二。雑。▽他郷に出ていた間に他の女に生ませた子だが、妻は、自分の顔に似ていない子は、他人の子だと分かるので受けとらない。

23 初ウ十三。春(花)。花の定座。○煩脳　煩悩。▽質素な墨染の衣が華やかな花を煩悩を持つものだと笑っている。前句から煩悩を出した。

24 初ウ十四。春(春雨)。▽雲より上に雨の降ることはない。そのようにあたり前のことを思いわずらうのが煩悩だ。悟りの心境。季を持たせるために「春雨」とした。

25 二オ一。春(霞)。○むさし野　歌枕。▽広い武蔵野だが霞が一面にたち込めていて向うまで狭く見える。前句の「春雨」に「霞」であしらった。

26 二オ二。雑。▽広大な武蔵野に寝そべっている牛の姿はいろいろである。

27 二オ三。冬(冬)。▽この冬を越せるかどうか命を惜しむ思いは、牛も人間も同じだ。「六十まで身の思ひ出はかはれども惜しきは同じ年の暮かな」(続後撰集・雑上・信阿)。

28 二オ四。冬(氷)。▽世の中を渡るのは薄氷を踏んで渡るようなものだ。「氷」「渡る」の縁で「世の川」とした。前句から生活の苦しみ。

29 二オ五。雑。○王城　都。▽都の人は、(戸外の肉体労働をしないので)手も足も真白である。前句の渡世の様。

30 二オ六。雑。○八瀬　今の京都市左京区。男子の村民は、宮中に出仕して天皇の駕輿丁(かよちやう)などを勤めた。▽八瀬の村人の頭は、今も催馬楽の演ぜられていた昔のままだろう。前句の「王城」から「八瀬」を出し、「手足」に「つぶり」をあしらう。

31 二オ七。秋(月)。月の定座を六句引きあげ。▽出た日がやがて入日になり、そして月が出てくる。夜になっての宴席で催馬楽が歌われる。

32 二オ八。秋(稲妻)。▽夜になって稲妻が光るが、いつ光るか分からない。

33 二オ九。秋(秋の夜)。▽夜は方角が分からないが、そんな中に丸木橋のある所へ来てしまった。稲妻が光れば方向の

34 椎《しひ》の枝《えだ》折ル猿の音して

35 比《び》丘《く》尼《に》所《しょ》の文《ふみ》こそ京の泪《なみだ》なれ

36 着《チヤク》せぬかほの鬼がはら見よ

37 きられては水に影なき杜若《かきつばた》

38 今度はどこへ出《いで》ん鳰《にほ》とり

39 かり駕《か》籠《ご》に眠る旦那のおもたさよ

40 いつの間にはく此《この》里の下《げ》駄《た》

41 ほか〳〵と夏野ゝ《の》地蔵ほけ立《たち》て

42 鎮守のあたりむばら咲《さき》けり

43 西国にあはれは勝し平《へい》家《け》蠏《がに》

44 油《ゆ》単《たん》の中に松しまの砂

45 よは〳〵と老母の寝ぬ夜思ひ出《だし》

見当もつくのに。季を持たせるために「秋の夜」とした。

34 二オ十。秋(椎の枝)。○椎の枝折ル　本来は、山人が椎柴にするために折ること。▽猿が椎の枝を折る音がする。前句を山中の景と見て付けた。かけはし―猿(類船集)。

35 二オ十一。雑。恋(泪)。○比丘尼所　尼が住職をする寺。▽山中の比丘尼所から届いた淋しい山の有様を記した手紙が、京の人々の泪を催させる。猿―衣うるほす涙(類船集)。

36 二オ十二。雑。▽物事に執着しないようすのあの鬼瓦の顔を見よ。前句の尼をいさめる語。比丘尼所の屋根に鬼瓦がある。参考「誰やらに能う似た〳〵とおもふたれば国許の女共にそのまゝじや(と云てなく)」(狂言・鬼がはら)。涙―鬼(類船集)。

37 二オ十三。夏(杜若)。▽水面に影を写していた杜若だったが、切られて影もなくなった。前句の「着せぬ」から。

38 二オ十四。雑。○鳰とり　毛吹草等に雑。▽ぴょこんと池の中に沈んだ鳰が、今度は、どこへ浮かび出てくるだろう。前句の池に鳰がいるとした。鳰―杜若(類船集)。

39 二ウ一。雑。○かり駕籠　賃を払って借りる駕籠。▽借駕籠の中で眠ってしまった旦那は、いっそう重く感じられる。旦那が眠って行先が分からぬ。

40 二ウ二。雑。○此里　遊里を指すか。▽いつの間にか遊里の下駄をはいて来てしまっていた。前句は遊里帰りの旦那。

41 二ウ三。夏(夏野)。○ほか〳〵と　不用意な様。▽ぼんやりと夏野に立っている地蔵の姿は、呆けたように見える。前句の下駄を間違えたところから「ほけ」。

42 二ウ四。夏(むばら)。▽鎮守のあたりに茨の花が咲いた。前句の地蔵の立っている近くの景。菩薩―荊(誹諧小かさ)。

43 二ウ五。雑。○平家蠏　瀬戸内から東シナ海にかけて分布。平家の怨霊が化したと言われる。▽西国では、あわれは、何よりも平家蟹が勝っている。源氏物語・須磨巻を念頭に置く。前句の「鎮守」を鎮西守護と見たか。

44 二ウ六。雑。○油単　風呂敷として旅行の時に衣類を包むのに用いられた。布や紙に油をひいたもの。▽西国の浜辺

46　いつまで猫の死を隠すべき
47　北裏の萱《かや》草《くさ》ふとく天《ユボ》姚《ヤカ》に
48　あはでそふ身のすがた干す衣《きぬ》
49　我《ガ》痩《やさ》を常見る我《レ》は痩《やせ》ぬうさ
50　風にすぼめて橋渡る傘《カサ》
51　となりにはきのふの花にうつ鼓《つづみ》
52　子の植《うゑ》をきし山吹の月
53　身はすぐに免《ユリ》ても島の畑すきて
54　恥《はぢ》ぬ余《よ》所《そ》目《め》をつゝむ老《ノブ》鼯《スマ》
55　別れては獺《うそ》としれども若衆也
56　むく／＼としてなさけなの世や
57　血を分《わけ》て他人に家もゆづられず

で油単をひらくと、以前に旅行した遠い松島の砂がまぎれ込んでいた。蟹―小砂(誹諧小からかさ)。

45　二ウ七。雑。▽(前句の旅人が)寝ようとした時、故郷の老母が不眠症で弱々しくなっていたことを思い出した。

46　二ウ八。雑。▽いつまで老母の可愛いがっていた猫の死んだことを隠しておくことができようか。寝つかれぬままに思い出している。

47　二ウ九。雑。恋(天姚)。○北裏の萱草　萱堂《けんどう》。母親の居室、北堂)を思わせるが、打越にかかる。○天姚　天桃の誤りか。天桃は若い婦人の容色の喩。ユボヤカは、ゆほびか(広々とした様。奥ゆかしい様)の誤りか。近代艶隠者に「窈窕」をユヲビカと訓む。▽家の北裏に猫を埋めたが、それが肥しとなって萱草が太くユボヤカに生い茂り、隠しきれない。

48　二ウ十。雑。恋(あふ・そふ)。▽夫と別れて暮らしている妻が、夫の着物を干していつくしんでいる。前句を着物の干してある所とすると輪廻気味になるので、単に、「天姚」から女性に関することを出したか。「すがた」には女性用の淫具(ハリカタ)の意味もあるが(乾裕幸「古俳諧註釈(八)」『帝塚山学院大学研究論集』二十)、そこまで考えないでおく。

49　二ウ十一。雑。▽もう少し痩せたら着物が身に合うのに、痩せたいなと思うが、一向に痩せないつらさ。前句の「あはで」を身に合わないの意にとって恋を離れた。

50　二ウ十二。雑。▽風が吹いてきたのであわてて傘をすぼめて橋を渡る。前句の女性が橋を渡る。

51　二ウ十三。春(花)。花の定座。▽隣家では、昨日の風で散ってしまった花を惜しんで鼓を打っている。花見をしようとしていたのが思いがけない風(前句)で花が散ってしまった。

52　二ウ十四。春(山吹)。▽死んだ子が植え遺しておいた山吹の花に月が照っている。前句の無常観の移り。

53　三オ一。春(畑すく)。▽島流しの身は、すぐに赦されたが、島に残って生活をし、島で死んだ子を思っている。

54　三オ二。雑。○老鼯　ムササビ。▽余所目を恥じることもない島暮しだが、ムササビのように身を隠して暮している。「老鼯」は、前句の「島の畑」のあしらい。

58 心はながくのこる山川

59 茶の比《ころ》は宇治見に寄《より》し伊勢戻リ

60 手ぬぐひ白くなる春の水

61 障子ごしに鶯聞《きく》や朝日影

62 住持とふたり五加木《ウコギ》喰《くひ》つゝ

63 つる〳〵と眠るがごとく死《しに》にけり

64 娘に午《うま》の時をとられし

65 鋳《い》ルかねに物うち曇るけふの月

66 留《る》主《す》見て貰ふ隣の秋に

67 蟷《たう》螂《らう》が誰をあてどに鎌立《たて》て

68 言《モノイフ》われは何がいふらん

69 かぞいろの夢の三とせは髭《ひげ》そらず

55 三オ三。雑。恋(若衆)。▽念者のあいての若衆が、別れてから実は獺だったと分かった。獺に人がだまされる話は多い。前句「恥ぬ余所目をつゝむ」から「若衆」を出し、「老飅」に「獺」をあしらった。

56 三オ四。雑。恋(句意)。○むく〳〵 毛むくじゃらで気味が悪い。▽気味悪い獺を相手にしていると分かっているのに衆道をやめられず、情けない。

57 三オ五。雑。▽血を分けた子もあるのに、どうして他人に家を譲らねばならぬのか。なさけない世の中だ。

58 三オ六。雑。▽心はいつまでも長く故郷の山川の上に残っている。前句を、故郷を出たために家督を他人に譲らねばならぬことになった人の語とみた。

59 三オ七。春(茶の比)。○伊勢戻リ 伊勢参詣の戻り。▽伊勢参詣に行った帰りだが、ちょうど茶摘みのころなので、茶の名産地の宇治見物に立ち寄った。前句を旅の情とした。

60 三オ八。春(春の水)。▽ぬるんだ春の川水で、汚れた手ぬぐいをすすぎ白くする。京近辺の水はとりわけ清らかである。遣句。茶の湯―手ぬぐひ。

61 三オ九。春(鶯)。▽障子にやわらかな春の朝日があたり、外からは鶯のさえずりが聞こえてくる。前句の春の風情を受けた。

62 三オ十。春(五加木)。○五加木 落葉低木。若葉を摘んでお浸しやウコギ飯・ウコギ茶にした。▽住持と二人でウコギ飯を食している。食事をしながら鶯の声を聞いている。

63 三オ十一。雑。▽ウコギを食いながら、自然に眠るがごとくに大往生した。前句を老人の寺男などと見た。

64 三オ十二。雑。▽娘のために昼食を摂る間もなかったの意か。前句との関係なども未詳。

65 三オ十三。秋(けふの月)。月の定座。▽今夜は名月、鏡を鋳造しているが、全体に曇り模様である。前句に忙しさを見込み鋳造の作業を付けた。あるいは、前句を鏡供養と取った。

66 三オ十四。秋(秋)。▽秋のころ、留守をするので隣人に留守番を頼んでゆく。鏡を鋳るために諸方に奉加をあおぐために出かける。

70 しばし息つぐ乱国の里
71 堂塔のくさりも今は見《み》崩《くづ》して
72 長者物《もの》乞《こ》ウ山崎の祖《ば》母《ば》
73 うかれ女《め》に都のうつけだまされな
74 なさけにもれし撫《なで》付ケの類
75 盗み湯は夢なき夜《よ》半《は》の山あらし
76 驄《アシゲ》にのらばおとせをなへし
77 実《みの》ル事継《まま》子《こ》の稲はたんとにて
78 朝《アサ》時《ジ》まいりにのこる月影
79 灯《ともしび》の花おとろふるほのぐと
80 まだあたゝかにきみが跡よき
81 借《カス》もはれ腹の立《たち》しも我《わが》おもひ

67 三ウ一。秋(蟷螂)。▽カマキリが、誰に対してか、鎌を振りあげている。視点を小さくしぼり、留守番をするというところから鎌を振りあげて守っている感じとした。

68 三ウ二。雑。○言(イモノ) 小言をいう。▽ぶつぶつとつい口に出して言ってしまうが、それは誰が私に言わせているのだろうか。前句と同じようなことだと付けた。

69 三ウ三。雑。○かぞいろ 父母。▽両親が死んで夢うつつの三年間、髭もそらない。前句を夢の中で父母とことばをかわす意とした。親の死は、三年間の服喪。

70 三ウ四。雑。▽戦乱にあけくれた国であったが、しばし平和がおとずれた。乱国の状態で髭を剃る間もなく、父母に三年会っていないとした。

71 三ウ五。雑。▽寺の堂や塔から垂れている鎖も腐ったようになっている。国が乱れているので寺も荒れはてている。

72 三ウ六。雑。○長者物 長者から贈られたもの。○山崎今の京都府から大阪府にかけての一帯。▽客の長者からもらったものを在所の山崎の祖母がねだる。長者―山崎(類船集)。

73 三ウ七。雑。恋(うかれ女)。○うかれ女 遊女。▽都の馬鹿者よ、うかれ女にだまされるなよ。貞室のかたことなどに引かれる山崎宗鑑の歌「かしましやこの里過ぎよほととぎすみやこのうつけさこそ侍らん」による付け。前句の「祖母」を遣手婆と取った。

74 三ウ八。雑。恋(なさけ)。○撫付ケ 結ばずに後ろに撫でつけてすそを切り揃えた髪。▽撫付の髪をしている類の人間は、女からも情をかけられない。だから、だまされるな。

75 三ウ九。雑。▽夜、山の湯治場で盗み湯をしていると山から強い風が吹いてきたが、何の風情もない。前句の「なさけにもれし」から「夢なき」を出した。普通は湯女などがいるのだが、盗み湯なので湯女に相手させるわけにもいかず、それを「なさけにもれし」(前句)と見、そこから「夢なき」と出した。

76 三ウ十。秋(をなへし)。○驄 葦毛。身分ある人の乗馬用。○をなへし をみなへしのこと。▽(温泉場に来たのが)葦毛に乗った人ならば、女郎花よ、色仕掛で落としてしまえ。女

82 目のまふまでも煙草《たばこ》吹《ふき》けり
83 麦刈《から》んわせる時分を勘《かんが》へて
84 帯《おび》跡《あと》ばかりしろき裸《はだか》身《み》
85 この浦にゑしれぬ船の流レ寄リ
86 点《ウナ》頭《ヅク》まではみせし獣《けだもの》
87 かたきとりてやるぞと谷の水のませ
88 辻堂ありてをとこ産《ウミ》にき
89 我レを是《これ》樗《あふち》の下と名のる事
90 印《いん》地《ち》する日は酒あたへけり
91 この粽《ちまき》となり在所の真《ま》菰《こも》にて
92 ふくむゆかりは親しらぬ恋
93 腰もとゝ琴ではなしをひく月に

郎花に女郎を言い掛けて、馬の縁で「おとせ」といった。「名にめでて折れるばかりぞをみなへし我おちにきと人にかたるな」(古今集・秋上・遍昭)による。

77 三ウ十一。秋(稲)。▽何とたくさん実ったことだ、継子の田圃の稲は。前句のようなことを願う人の心。

78 三ウ十二。秋(月影)。○朝時まいり　真宗で、門信徒が朝の勤行にまいること。姑・老母などが多い。▽朝時まいりに道を急いでいるとき、有明の月がまだ残っている。前句を、その道すがらの話題とした。

79 三ウ十三。春(花)。花の定座。▽ほのぼのと夜が明けてくると、有明行灯の明かりがおとろえてみえる。灯の明りを「花」といったのは、花の定座のため。「山里の門田の稲のほのぼのとあくるもしらず月をみる哉」(金葉集・秋・藤原顕隆)などによる付け。

80 三ウ十四。春(あたゝか)。恋(句意)。▽まだ暖かにあなたの体温の残っている寝床の心地よさ。後朝。「ほの〴〵と」を「あたゝかに」の修飾語とし、一首のように仕立てた点が俳諧。

81 名オ一。春(「借もはれ」を「霞も晴れ」に言い掛けた)。▽人に貸していい気分になるのも、腹を立てるのも、同じように自分一人の気分から出ることだ。

82 名オ二。雑。▽目がまわりそうになるまで煙草を吸いつづける。腹を立てて煙草ばかり吸っている。あるいは、前句を気のころころ変わる人物と見て、それらしい行為を付けたか。

83 名オ三。夏(麦刈)。○わせる　来る・居るなどの尊敬語。いらっしゃる。▽客人がいらっしゃる時分にあうように日にちをかぞえて麦を刈ろう。前句を考えていることとした。

84 名オ四。雑。▽陽焼けして下帯のあとだけが白い裸の姿である。前句から戸外労働のための陽焼けを付けた。

85 名オ五。雑。▽この浦に見たことがない船が流れついた。前句「裸身」によって中国系の世界地図に記される裸島(裸国)に思い寄せた。

86 名オ六。雑。▽相手が納得するまで獣を見せた。前句を遠い異国からやってきた船だとして、その船に乗せられている珍獣を出した。

94 きり立《たち》のぼる秋の夕ぐれ

95 露の野を迎にいづる寺の犬

96 草の中から鶉《うづら》飛《とび》ける

97 冥加《みやうが》あるいのちは帰る追手《おつて》共《ども》

98 むかしと違ふ今の神達

99 聞《きき》しらぬ人は黒《すみ》絵《ゑ》の松の風

100 夢をば覚《さま》し給へ世の誹《はい》

101 我《ガ》を以《もつ》てあらそふ花は地獄也

102 白《はく》日《じつ》青《せい》陽《やう》四《し》海《かい》兄《きやう》弟《だい》

87 名オ七。雑。▽お前の仇はとってやる、しっかりせよと、谷川の水を汲んできて飲ませてやっている。前句の「獣」から山中と見、仇討の依頼にうなずくまでとした。

88 名オ八。雑。▽山中にあった辻堂で、男子を出産した。前句の谷の水を飲ませてもらった人物を女性とした。

89 名オ九。雑。▽私が「樗の下」と名乗るのは、こういういわれがあるからです。前句は、名前の由来。樗は、咎人の首をかけるのに使ったが、そのような雰囲気を持つか、あるいは辻堂の傍に生えていたとするか。名前なので季語としない。

90 名オ十。夏(印地)。○印地　印地打。五月五日、石を投げ合うゲーム。石合戦。▽印地打の日には、酒をふるまう。前句を、樗の木の下から石を投げる男の名乗り文句とした。「樗」(五月五日に樗の葉を腰に帯びる)から「印地」を出した。

91 名オ十一。夏(粽・真菰)。▽この粽は、隣の在所の真菰で作ったものだ。酒と共に粽もふるまう。印地―粽。

92 名オ十二。雑。恋(恋)。▽隣の在所の真菰が手に入ったということは、親の知らぬ恋がその中に秘められている。「となり在所」の男と恋仲。

93 名オ十三。秋(月)。月の定座。恋(腰もと)。▽親に内緒の恋なので、月光のもと腰元と弾く琴、その弾き方で恋を語っている。卓王孫の娘卓文君に司馬相如が琴の音に意を込めて誘いかけたという話(史記五十七・司馬相如列伝ほか)を踏まえる。

94 名オ十四。秋(秋)。▽夕霧が立ちのぼる秋の夕暮の景色。前句を宵月のころと見て、寂蓮法師の「村雨の露もまだ干ぬ槙の葉に霧立ちのぼる秋の夕暮」(新古今集・秋下)の下の句をそのまま付けた。遺句。

95 名ウ一。秋(露)。▽露しげき野原の中を、寺の犬が住持を迎えにやってきた。寂蓮の歌から、前句に「露」をあしらう。

96 名ウ二。秋(鶉)。▽駆けて来る犬におどろいて草の中から鶉が飛び出した。鶉―露の叢(類船集)。

97 名ウ三。雑。▽神の加護で命を全うし、追手たちが帰っていく。前句を、草むらの中を帰っていくのだとした。命―冥加(類船集)。

また鸞動去てよりこのかたいひ捨《すて》たる発句も爰《ここ》にならべておなじく語リぬ

春之部

103 大《おほ》朝《あした》むかし吹《ふき》にし松の風

104 六日《むいか》八日《やうか》中に七日のなづな哉《かな》

軒《のき》の鶯　窓の鶯　薗《その》の鶯　枝の鶯　谷の鶯

105 うぐひすは山ほとゝぎす計《ばかり》也

106 梅散《ちり》てそれより後《のち》は天王寺

107 山里や井戸のはたなる梅の花

108 樹《き》の中に只《ただ》青《あを》柳《やぎ》の尾《を》長《なが》鳥《どり》

109 春の水所《ところ》〳〵《どころ》に見ゆるかな

如月《きさらぎ》のはじめ伊丹を起《おき》はなれて

98 名ウ四。雑。▽昔と違って今の神たちは…。昔なら(前句のように)神の加護もあったが、今はどうか。

99 名ウ五。雑。○黒絵　墨絵。松籟を聞き知らぬ人は、墨絵の松も本当の松も大して違わない。今は、本当の神も偽の神も区別がつかないことをいった。前句の「神」から神社を連想して「松の風」をあしらった。

100 名ウ六。雑。○夢をば覚し　迷いからさめる。本当のことを知る。▽いま世間で行なわれているような俳諧からはやく脱け出しなさい。前句の「聞しらぬ」を正しい俳風を理解できぬこととした。「大悟」をここで宣言し、人々に呼びかけている。

101 名ウ七。春(花)。花の定座。▽自分の俳風の意地を立て、花の座の句を争ったりするのは地獄の様相だ。跋文に「正花をあらそひ我を立る輩、是をのれに徳なき故也」と記す。

102 挙句。春(青陽)。○白日　輝く太陽。曇りのない日。○青陽　春のこと。○四海兄弟　「四海之内、皆兄弟也」(論語・顔淵)。▽曇り一つない春の日、世の中の人々は皆兄弟のように仲よく暮らしている。前句の逆を付けてめでたく巻きあげた。

○鸞動去てよりこのかた　鸞動が死んで以来。ただし、以下、四季に配する発句の中には、鸞動生前の作もある。

103 ○大朝　元旦。▽元日の朝、めでたい松の梢に吹く風の音が聞こえるが、これは幾千代も昔に吹いた風と同じで、今も変わらず千歳の寿を保つ松に吹いていることだ。仏兄七久留万に元禄元年(貞享五年＝一六八八)の歳旦吟とする。生駒堂(元禄三年)にも入集。季大朝(春)。

104 ▽六日と八日の間の七日は人日で、七草がゆで薺《なずな》を食することだ。「中に」「七日」と「ナ」をつづけて「なづな」の「ナ」を呼び出した。リズム感がある。季なづな(春)。

105 ▽うぐいすは、軒の鶯、窓の鶯、薗の鶯、枝の鶯、谷の鶯といろいろの趣があってすばらしいが、ほととぎすは山ほととぎすだけである。春の句で、鶯を詠んだものと解すべき。季うぐひす(春)。鬼貫の独ごと・下に様々の鶯の趣を記す。

106 ○天王寺　四天王寺のこと。▽梅が散ってしまった。さあ今度は、四天王寺さんのお彼岸が待たれることだ。印南野

110 あけぼのや麦の葉《は》末《ずゑ》の春の霜

111 水入レて鉢にうけたる椿かな

空道和尚「いかなるか是《これ》なんぢが誹眼」

とゝはれしに　即答

112 庭《てい》前《ぜん》に白く咲《さき》たるつばき哉

夕ぎり廟

113 この塚は柳なくてもあはれ也

114 白《しら》魚《うを》や目までしら魚目は黒魚

115 から井戸へ飛《とび》そこなひし蛙よな

ひとりふねにて伏見をくだる夜

116 おぼろ〳〵ともしび見るや淀の橋

妙法華　尼崎本興寺奉納

117 去《こ》年《ぞ》も咲《さき》ことしも咲《さく》や桜の木

俳諧　大悟物狂

(元禄九年)にも出る。季梅散る(春)。

107 ▽ここ山里では、井戸のそばに美しく梅の花が咲いて春の訪れを告げている。梅―春を知る山里(類船集)。季梅(春)。

108 ▽樹々の中にただ一本青柳が芽吹いている。その枝垂れた様子が、まるで尾長鳥がまじっているようである。生駒堂(元禄三年)にも入集。季青柳(春)。

109 ▽冬の間は水が涸れていた川や池も、春の訪れとともによみがえり、緑の野山の中に白く光って見えることだ。生駒堂にこの句を発句とする灯外との両吟歌仙が収まる。渡し船(元禄四年)等にも入集。季春の水(春)。

110 ○如月のはじめ　元禄三年(一六九〇)か。▽朝早く出立して道を急いでいると、故郷の麦畑の麦の葉末に、まだ春の霜が残っている。季春の霜(春)。

111 ▽椿の花が今にも落ちそうなので、鉢に水を入れて、その落ちてくる花を受け、あらためて観賞したことだ。花全体がコロッと落ちる椿のさまを詠んだ。季椿(春)。

112 ○空道和尚　伊丹の大雄山最禅寺(当時、臨済宗妙心寺派)の僧か。▽(私の俳諧観は)ただ庭前に白く咲いている椿を詠むようなものでございます。趙州従諗(真際大師。七七八―八九七)が「如何是祖師再来意」(達磨が中国に来た本義すなわち仏法の根本義は何か)と問われて「庭前ノ栢樹子」(庭の柏の木)と答えたという問答(無門関・第三十七則等)による。椿の花は、古来、玉椿・伊勢椿・とびいり椿など、いろいろな名があり、その名にふさわしい作意で詠むべきだとされてきたが、そういう作意を捨てて、ただありのままに詠むのが私の俳眼ですと答えたもの(乾裕幸『俳句の解釈と鑑賞事典』)。この句は、いわゆる「大悟」に関わるものであるが、作年次は確証できない。熊野がらす(元禄七年)に「禅門に入て申ける」と前書。季つばき(春)。

113 ○夕ぎり廟　もと京島原太夫町宮島甚三郎かかえの太夫で、寛文十二年大坂新町瓢簞町扇屋四郎兵衛のかかえとなった。延宝六年正月六日没。下寺町浄国寺に墓がある(本墓は嵯峨清涼寺)。「近年西洞院宮島家より大坂へくだりし夕霧、目あてはちがはざりしが、目の内阿蘭陀人のごとにてどみたりけれど、顔だちすぐれ押立よかりければ、目の内に心をつくる人もなか

118 さくら咲《さく》比《ころ》鳥足二本馬四本

119 日和《ひより》よし牛は野に寝て山ざくら

120 うつろふや陽《ヒナタ》の花に陰の花

121 月なくて昼は霞むや昆《こ》陽《や》の池

122 一《ひと》鍬《くは》や折《を》敷《しき》にのせし菫《すみれ》草《ぐさ》

123 懶《ものうき》はおぼろ鳥のね覚《ざめ》哉《かな》

124 桃の木へ雀吐《はき》出《だ》す鬼がはら

旅行

125 あふみにも立《たつ》や湖水の春《はる》霞《がすみ》

126 春風や三《み》穂《ほ》の松《まつ》原《ばら》清《せい》見《けん》寺《じ》

貞享四ねんの春

127 一の洲《ス》へ都の客と馬《ま》刀《て》とりに

りし」(色道大鏡十五)。没した翌月、大坂の荒木与次兵衛座で「夕霧名残の正月」が上演され、好色一代男六ノ二にも名が見える。▽この塚に柳はないが、柳はなくともしみじみとあわれである。柳—古塚(類船集)。季柳(春)。

114 ▽白魚は目のところまでまっしろで、まことに白魚という名にふさわしいが、目玉だけは黒く、ここだけは黒魚だ。秋津島(元禄三年)にも出る。季白魚(春)。

115 ▽蛙が井戸へ飛び込んだが、あいにくそこはから井戸で、飛びそこなったことだよ。季蛙(春)。

116 ○伏見　淀の川舟の発着所があった。○淀の橋　木津川が淀川に流れ入る所にかかる淀の大橋か。▽淀の橋のあたり、春のことなので灯もおぼろに見える。季おぼろ(春)。

117 ○本興寺　現在の尼崎市開明町にある。号は精進院。京の本能寺と共に本門法華宗の二大本山。開基は日隆上人(至徳二年〈一三八五〉—寛正五年〈一四六四〉)。応永二十七年(一四二〇)創建。▽去年、ここ本興寺には美しく桜が咲いていたが、今年もまたかわらず美しく咲いていることよ。柿衞本・仏兄七久留万には下五「桜花」とする。誤写であろう。季桜の木(春)。

118 ▽今年も桜の咲くころになった。鳥の足が二本であり、馬の足が四本であるごとく、このころに桜の咲くのは、ごく自然天然の理である。庵桜(貞享三年)に出る。季さくら(春)。

119 ▽うらうらとよい日和の中、野原に牛が寝そべって、山には山ざくらが咲いている。柿衞本・仏兄七久留万に「多田の院へまゐりける道のほとりにて」と前書する。紫羊文庫旧蔵扇面に下五「初桜」とするが存疑。季山ざくら(春)。

120 ▽ひなたに咲く花も日陰に咲く花も、しだいに色があせていく。あるいは、花の咲く場所が、ひなたから日陰へ変化していくことか。季花(春)。

121 ○昆陽の池　現在の伊丹市昆陽にある。歌枕。▽冬の月の似合う昆陽池だが、春になって、月のない昼に霞んでいるのも風情がある。住吉物語(元禄八年か)に上五「月はなく」。こやの池—冬の月(藻塩草)。季霞む(春)。

122 ▽一鍬で根からとったのであろう、菫草が折敷にのせてある。我が庵(元禄四年)にも出る。季菫草(春)。

128 人に逃《にげ》人になるゝや雀の子

目前の興

129 春の日や庭に雀の砂あびて

やよひ三十日の雨を

130 はるさめのけふ計《ばかり》迚《とて》降《ふり》にけり

夏之部

131 津の国の玉川しれずほとゝぎす

おなじ雲井の郭公《ほととぎす》

132 ほとゝぎす耳摺《すり》払ふ峠かな

「鶯の声なかりせば目白哉」といへるを
今ならば休也

133 うぐひすや音《ね》を入《いれ》て只《ただ》青き鳥

123 ▽ものういものは、ぼんやりとした鳥の寝覚である。枕草子の「ものは尽し」にならって、「おぼろ鳥」という造語を用いたのが手柄。季おぼろ(春)。

124 ▽鬼がわらの中から桃の木へ雀が飛び出した。鬼がわらが雀を吐き出すとしたところが新しみ。季桃の木(春)。

125 ▽近江に出立したが、ここにも湖水の上に春霞が立ってい る。前書に「旅行」としたのは、「立や」に旅立の意を含めて、霞が立つと掛詞にしたのを示すためであろう。季春霞(春)。

126 ○三穂の松原　現在の静岡県清水市の三保半島の海岸の松原。○清見寺　巨鼇山求王院清見興国禅寺。静岡県清水市興津にある。臨済宗妙心寺派。セイケンジが正しいが、俗にキヨミデラ。▽春風の中、三保の松原を通り、やがて清見寺へもやってきた。仏兄七久留万には、前の句に並べ「おなじく」と前書する。鬼貫が、春に東海道を上下したことは知られないが、次の句の注に記すように、あるいは、貞享四年春に一時、西帰したことがあって、その折の句か。季春風(春)。

127 ○一の洲　現在の大阪市内の淀川の河口付近。○馬刀　まて貝。▽一の洲へ都から下ってきた客人とまて貝を取りに行こう。柿衞本・仏兄七久留万に「おなじく丁卯のとし京より平瀬四郎左衛門下りけるをさそひて」、岡本本・仏兄七久留万に「貞享四年の春平瀬四郎左衛門をいざなひて」と前書。柿衞本に中七「都の人と」とするのは誤写であろう。貞享四年(一六八七)は、鬼貫は出仕運動のために江戸で越年してそのまま五月二十四日まで滞在していたが、あるいは、一時、西帰したことがあったか。とすれば、一三五・一三六・一三七いずれも貞享四年の作と考えられるが、想像の作である可能性もある。季馬刀(春)。

128 ▽人から逃げたり、人に近寄ってくる雀の子である。季雀の子(春)。

129 ▽うららかな春の日だな。庭で雀の子が砂をあびている。季春の日(春)。

130 ▽はるさめが、きょうで春も終わりなので、はるさめとして降ることのできるのはきょうで最後だと言わんばかりに降っている。季はるさめ(春)。

134 こゝろならでまはるもおかし茶引草

135 野ゝ《の》末やかりぎ畑をいづる月

136 我レが身の細くなりたや牡《ぼ》丹《たん》畑《ばた》

南良《なら》にて

137 神《カウ》〴〵と春日《かすが》茂りてつゞら山

138 非《ひ》情《じやう》にも毛深き枇《び》杷《は》の若葉哉《かな》

旅行の里

139 のり掛《かけ》やたちばな匂ふ塀《へい》の内

つく〴〵とおもふ

140 我レむかし踏《ふみ》つぶしたる蝸《くわ》牛《ぎう》哉

卯月廿七日西吟へ行《ゆき》て

141 葉なりとも西《さい》吟《ぎん》桜《ざくら》ふところに

131 ○津の国の玉川　歌枕。津の玉川。六玉川の一つ。卯の花で知られる。所在地は不明で、鬼貫は「六玉川讃」に「次の川はあり所分明ならず」と記している。▽卯の花で知られる津の国の玉川はどこにあるのか分からないのだが、ほとゝぎすよ、お前は知らないか。郭公—卯の花、玉川—ほとゝぎす(類船集)。季ほとゝぎす(夏)。

132 ▽ほととぎすが耳の近くで鋭く鳴いて飛び去っていったが、さすがに雲に近い高い峠でのことだ。「耳摺払ふ」で、耳もと近く鋭く鳴きつつサッと飛び去っていったほととぎすを表現した。季ほとゝぎす(夏)。

133 ○鶯の声なかりせば…　「鶯の声なかりせば雪消えぬ山里いかで春をしらまし」(拾遺集・春・藤原朝忠)の歌を踏まえる。この句は古風なので、今ならば休也(この句の作者)はこう詠むだろうという意味。鶯と目白の外見はよく似ている。「休也」は大坂の古老玖也(延宝四年没)か。○音を入　鶯などの季節が終って鳴かなくなる。▽鶯は、その美しい鳴声がやむと、ただの青い鳥である。仏兄七久留万に下五「青い鳥」。季鶯音を入(夏)。

134 ○茶引草　カラスムギの異名。「小児穂粒ヲ取テ爪ノ上ニ載セレバ則旋回(めぐ)コト茶磨ヲ挽ク如シ。故ニ俗ニ呼ンデ茶挽草ト曰フ」(和漢三才図会一〇三・穀類)。▽自分の意志とは無関係に掌の上でくるくる廻る茶引草の様は面白い。恋や遊女の意を寓するとは考えない方がよい。季茶引草(夏)。

135 ○かりぎ　刈葱。ネギの一種。ワケギとよく似ている。▽野原の端の刈葱の畑から月が上ってきた。季かりぎ(夏)。

136 ○牡丹畑　底本「杜丹畑」。▽牡丹畑の中では、私の身がもっと細くなりたいと思う。牡丹の花が大きいので動きにくいが、牡丹の花は大きい方がよいので、自分の身を細くする方がよい。季牡丹(夏)。

137 ○春日　歌枕。ここは春日山を指す。▽神々しく春日山は一面につづらが茂っている。季つゞら(夏)。

138 ▽非情の草木であるくせに、枇杷の若葉は、若いうちから毛深いことだ。季枇杷・若葉(夏)。

おなじく

142 けふの日を憮《さぞ》五月雨《さみだれ》に思ひ出ん

143 夕ぐれは鰷《アユ》の腹見る川瀬哉

卯月廿八日道聞といふ医師の新宅にて発《ほっ》句《く》望まれしを

144 この軒《のき》にあやめふくらん来月は

145 五月雨《さみだれ》は只《ただ》降ル物と覚《おぼえ》けり

146 さみだれにさながら渡る二王哉

みよし野ゝ《の》川上になり平の隠れたまひし所とてありけるに、人の発句せよと望《のぞみ》ければ、かのをとこのむかし杜若《かきつばた》の例にならひて、むばらの花といふ言葉を沓《くつ》かぶりにをきて

147 むかしとへば卵《ラン》塔《タウ》までの葉末哉《かな》

139 ○のり掛　駄賃馬に乗掛つづらをつけ、それに人を一人乗せて運ぶこと。▽乗掛馬に乗って里を通っていると、塀の中から橘の香がしてきた。作者の位置が徒歩の時よりも高くなっていることがこの句に表わされている。季たちばな(夏)。

140 ▽私が昔踏みつぶしたカタツブリがあったなあ(そのことを、今つくづくと思うことだ)。秋津島(元禄三年)に「其昔踏にじりたる」とする。季蝸牛(夏)。

141 ○卯月廿七日…　岡本本・仏兄七久留万に「元禄二卯月の末西吟へ行て」、柿衞本・仏兄七久留万に「貞享二己巳卯の花月の末桜塚の西吟へ音づれて」とある。元禄二年(一六八九)とすべき。○西吟桜　桜塚住の西吟の庵にある桜。西行桜のもじり。▽桜の季節を過ぎて、桜で知られる西吟の庵を訪ねた。せめて桜の葉なりとも貰って帰ろう。季葉桜(夏)。

142 ▽きょう西吟と語りあい、葉桜を見たが、もうすぐやってくる五月雨のころには、さぞかしまた別の風情があって、なつかしくきょうのことを思い出すだろう。岡本本・仏兄七久留万には「おなじく帰るさに」と前書。季五月雨(夏)。

143 ▽夕ぐれどき、川瀬を白い腹を見せてアユが泳いでいく。感覚的な句。柿衞本・仏兄七久留万に「おなじく帰るさに」と前書するのは、一四三の句を脱落したための誤りだが、配列から桜塚の帰りと見てよい。猪名川の傍を通ったか。季鰷(夏)。

144 ○卯月廿八日　前の三句の翌日としてよい。○道聞　未詳。▽四月も末になったが、来月には、早速、この新宅の軒にもあやめを葺くことであろう。季あやめ(夏)。

145 ▽五月雨が降りつづいている。五月雨というものは、ただもう休みなくうつうつと降るのが本意だと知った。参考「五月雨は鬱々〳〵とさびし」(独ごと・上)。季五月雨(夏)。

146 ▽降りつづく五月雨に水量を増した川を裸で徒歩渡りする二人の男の姿はさながら仁王のようだ。季さみだれ(夏)。

147 ○なり平の…　在原業平ゆかりの所。未詳。○人の発句せよと　ある人が、そこに因んだ句を作れと。○かのをとこの…　伊勢物語九段。○沓かぶり　各句の頭と末に一字ずつ詠み込む。○卵塔　墓石の一種。台座の上に卵型の塔を載せたもの。▽はるかな昔の遺跡を訪ねたら、草木が生い茂り、卵塔に

148 鳴《なき》せはし鳥とりたる蟬の声

端午《たんご》

149 芦原や豊《とよ》の粽《ちまき》の国津風《かぜ》

150 こひしらぬ女の粽不形《ナリ》なり

鳥羽のほとりをとをりていひぬ

151 藪《やぶ》垣《がき》や卒《そ》途《と》婆《ば》のあひを飛《とぶ》蛍

152 さは〳〵とはちすをゆする池の亀

153 冬はまた夏がましじやといひにけり

秋之部

154 桐の葉はおちても下に広がれり

155 破《やレ》ばせをやぶれぬ時も芭蕉哉

156 野ばなれや風に吹《ふき》くる虫の声

まで葉末がおおいかぶさっていることよ。季葉末(夏)。

148 ▽鳥がとらえた蟬の声がけたたましくせわしげである。季蟬(夏)。

149 ○芦原 「豊芦原」(日本国の美称)を分けて、「芦原や豊の」と言った。「豊の」は豊かで満ちたりている状態。○国津風 国風。日本の風(ふう)を意味する。▽端午の節句に各家ごとに造られ満ちあふれている粽は、わが国日本の風習である。季粽(夏)。

150 ▽まだ恋を知らぬ女の作る粽は不格好である。その形状から陽根を連想したとも考えられるが、ここでは、単に熟練を要することをいうのであろう。季粽(夏)。

151 ○鳥羽のほとり 京の南。鴨川と桂川が合流する辺。○藪垣 竹藪を垣根にしたもの。○卒途婆 卒塔婆。▽藪垣の外を通っていると、何本も立っている卒塔婆の間を蛍の飛んでいるのが見える。季蛍(夏)。

152 ▽池の面に咲いている蓮を、亀がさわさわとゆらしている。花がさわさわとゆらぐのは風によるべきだが、それを亀によるとしたところが俳諧。仏兄七久留万に中七を「蓮うごかす」。蓮池―亀(類船集)。季はちす(夏)。

153 ▽(今は夏で、こんなあつい夏よりも冬の方がましだと言っているが)冬にはまた、こんな寒い冬より夏の方がましだと言ったことだった。其袋(元禄三年)に「夏は又冬がましじやといはれけり」とする。口語調。季句意(夏)。

154 ▽桐の葉は広がって木についているが、落ちても、(葉が大きいために風によって)重ならずに木の下に散り広がることだ。季桐の葉おつ(秋)。

155 ▽破芭蕉を風情あるものと賞するが、芭蕉の本質は、破芭蕉にのみあるのではなく、破れぬ時もまた芭蕉そのものなのだ。一六五の句などと共通する禅的な境地。季破ばせを(秋)。

156 ○野ばなれ 人里離れた野辺。▽人家のない野原にやってくると、風にのってどこからともなく虫の声が聞こえてくる。季虫の声(秋)。

157 ○後 柿衞本・仏兄七久留万(甲・乙両本とも)に「後ロ」とする。▽雨の後、おみなえしの花が雨に叩かれてゆがんでし

157 ゆがんだよ雨の後《うしろ》のをみなへし

158 露の玉いくつ持《もち》たるすゝきぞや

159 茫《バウ》〳〵ととりみだしたるすゝき哉

くだりふねにて

160 稲づまや淀の与《よ》三《さ》右《う》が水ぐるま

161 おもひあまり恋《こふ》る名をうつ碪《きぬた》哉

今はむかしの秋もなくて

162 ふし見には町屋の裏に鳴鶉《うづら》

貞享よつの秋長月十七日の夜更行《ふけゆく》まゝに

庭のけしき人はしらず

163 今の心是こそ秋の秋の月

まっているのが、涙にぬれた後、顔をしかめているようだ。「女郎花」に「女」を感じさせる。口語調。季をみなへし(秋)。

158 ▽薄の長い葉に点々といくつもの露が玉のごとくになっていている。薄―露(類船集)。季すゝき(秋)。

159 ▽広々とした野に薄が一面に乱れ咲いている。季すゝき(秋)。

160 ○くだりふね 一二六参照。○淀の与三右 河村与三(惣)右衛門。初代政久以来淀に住み、豊臣家の代官役三百石(後に加増)、水車地の地子免除の特典を与えられ、徳川氏の代になって慶長八年(一六〇三)十月二日に淀川過書船奉行を命ぜられた。日本永代蔵六ノ四「身体かたまる淀河の漆 山城にかくれなき与三右が水車」がある。○水ぐるま 初代政久が天正十四年(一五八六)、淀川の水を河村屋敷内に引き入れるのに造り、淀城になったのちも用いられて淀川の名物になった。▽(伏見から大坂へ下る途中)淀城の辺りで稲妻が光り、あの与三右衛門が造ったという水車がパッと照らしだされた。秋津島(元禄三年)にも入集。稲妻―鳥羽(類船集)。季稲づま(秋)。

161 ▽思いあまって恋しい人の名を呼びつつ碪を打つことだ。参考「擣(ツウ)レ衣砧(キヌタ)上、俄添二怨別之声一」(類船集)。季碪(秋)。

162 ○ふし見 今の京都市伏見区。▽(昔の草深いころの秋の風情はなくて)今の伏見では、町屋の裏でうずらが鳴いていることだ。「夕されば野辺の秋風身にしみて鶉鳴くなり深草の里」(千載集・秋上・藤原俊成)を踏まえる。深草の里も、今の伏見区にあたる。季鶉(秋)。

163 ○貞享よつの秋… 貞享四年(一六八七)三池藩に仕えることになり、六月十六日から大坂在勤。▽今の私の心、人には分かるまいが、これこそ澄み渡って輝く秋の月のようだ。前書の「人はしらず」が「今の心」にかかる。季秋の月(秋)。

164 ○いとゞ 昆虫の一種。竈馬(かまどうま)のこと。ただし、本来のイトドは鳴かないが、コオロギと混同されていたらしい。▽夜遅く、イトドの鳴く声が聞こえ、イトドに縁のある竈ではネコが眠っているだろう。「竈猫」の語もあるが冬季。念願の仕官がかない、仕事への思いのことなどで興奮して眠れぬ自分を

おなじ夜ねられぬほどにこゝかしこをめぐりて

164 いとゞ鳴キ猫の竈《かまど》にねぶる哉《かな》

165 不二《ふじ》の山にちいさうもなき月し哉

歌人はゐながら入唐す

166 秋の月人の国まで光りけり

有岡《ありをか》のむかしをあはれに覚《おぼえ》て

167 見ぬけれど月のためには外《そと》の浜《はま》

168 古《ふる》城《しろ》や茨《いばら》ぐろなるきり〴〵す

169 あゝ蕎《そ》麦《ば》ひとり茅《ばう》屋《をく》の雨を臼《うす》にして

170 草の葉の岩に取《とり》あふ老《を》母《も》草《と》哉

171 木にも似ず扨《さて》もちいさき榎《え》の実《み》哉

詠んだのである。柿衞甲本・仏兄七久留万には「同じ夜」（乙本は「おなじ夜」）と前書し中七「猫は竈に」。竈―いとゞ、猫―竈の前、眠―猫（類船集）。季いとゞ（秋）。

165 ▽大きな富士山に対しても決して小さくはない月であるなあ。満月を暗示する。「し」は強め。季月（秋）。

166 ○歌人はゐながら… 諺「歌人はゐながら名所を知る」のもじり。○人の国 唐の国を指す。▽秋のこの美しい月は、遠く唐の国までも同じように美しく輝いている。季秋の月（秋）。

167 ○月のためには… 「月のためには外の浜心ありけるすまひかな」（謡曲・善知鳥）。○外の浜 外ヶ浜。率土ヶ浜。今の秋田県の能代平野から青森県の津軽半島を経て下北半島の一帯の海岸。善知鳥（うとう）伝説で知られる。▽まだ見たことはないけれども、月のためには（謡曲に詠まれているとおり）外の浜が情緒深い。季月（秋）。

168 ○有岡 荒木村重が天正二年（一五七四）伊丹城を攻め落とした後、信長の命によって有岡城と改称したが、今度は天正七年十月信長によって攻め落とされた後に与えられた池田信輝によって伊丹城の名に復した。「有岡のむかし」とは、村重治政の時代ということ。○古城 天正十一年、池田信輝の嫡子之助が岐阜に移り、以後、伊丹は城下町ではなくなる。○茨ぐろ 茨叢。茨の生えているくさむら。▽有岡城の跡には茨が生い茂り、その中からキリギリスの声が聞こえてくる。季きり〴〵す（秋）。

169 ▽茅屋でひとり蕎麦をひいた臼に雨を受けながら、蕎麦を食っている。漢詩文調の句。出典があると思えるが未詳。季臼挽・蕎麦（秋）。

170 ○取あふ 調和する。釣りあう。▽オモトが岩にはえているが、その葉は、いかにも岩としっくり調和するものだ。季老母草（秋）。

171 ▽あの大きな榎の木に似あわず、さてもまあ小さな榎の実であるなあ。季榎の実（秋）。

172 ○去程に 時間の経移をあらわす。謡曲でもよく用いられる。▽そうこうしている内に、稲が刈られ、一面ひろびろとした刈田となった。季刈田（秋）。

172 去《さる》程《ほど》にうちひらきたる刈《かり》田《た》哉

踏《ふん》では花を破り不踏《ふまず》して行《ゆく》道なし

173 野ゝ《の》花や月夜うらめし闇《やみ》ならよかろ

宗因廟　今もこの翁の道広し。長月の比《ころ》その道をしたひ行《ゆき》て我《われ》つゝしみ言の葉草を手向《たむけ》ぬ

鬼貫の袴

174 宗因は春死なれしが秋の塚

冬之部

175 物すごやあらおもしろや帰《かへり》花《ばな》

世の中を捨よ〳〵と捨させて跡から拾ふ坊主どもかな

176 ふる寺に皮むく椶《しゆ》櫚《ろ》の寒げ也

177 おとなしき時《し》雨《ぐれ》を聞や高《かう》野《や》山《さん》

173 ○踏んでは…　「燭(ともしび)を背けては共に憐れむ深夜の月、花を踏んでは同じく惜しむ少年の春」(和漢朗詠集・上・春夜)。▽(踏んでは花を破るが、しかし、踏まないでは行く道がない)野の花にとっては人の通る月夜がうらめしく、人の通ることのない闇夜がよいだろう。野鳥(元禄十五年奥)にも入る。季野ゝ花・月夜(秋)。

174 ○宗因　天和二年(一六八二)三月二十八日没、七十八歳。大坂天満西寺町西福寺に葬る。○この翁の道　宗因流俳諧。いわゆる談林俳諧。○鬼貫の袴　未詳。「袴」は、宗因に敬意を表して付した字句であろう。▽宗因は春に亡くなられたが、今、私が参拝して眼のあたりにしているのは、秋草に飾られている塚である。前書の「言の葉草」を、手向けた実際の秋草に言いかけた。季秋(秋)。

175 ○帰花　かえり咲きの花。▽何となくさびしげで、また、趣のある帰り花であることよ。其袋(元禄三年)に中七「あらおもしろの」、真木柱(元禄十年)に「おもしろやあらすさまじや」として入集。季帰花(冬)。

176 ○世の中を…　狂歌で前書とする。▽古寺で冬に皮をはがされた椶櫚が寒々と立っている。椶櫚―寺の庭(類船集)。浪花置火燵(元禄六年)に入集。かれこれ(元禄五年)に上五「古寺や」として入集。季寒げ(冬)。「椶櫚むく」が季語になるのは後世か。

177 ○高野山　紀伊国(今の和歌山県)西北部。真言宗総本山金剛峰寺がある。鬼貫が高野山に参詣したという証はない。▽おとなしい音で降る時雨を聞く高野山であることよ。生駒堂(元禄三年)にも入集。季時雨(冬)。

178 ○種なすび　「種子を収め置く事…又二つにわり、かづらなどにつらぬき、軒の下につりをきて、蒔く時ぬる湯にひたし、しばし有りて子(み)を洗ひ取り、灰沙に合せ蒔くもよし」(農業全書三ノ七)。▽軒につるしてある種なすびの見える夕方であることよ。季後世「種なすび」は秋の季語となったが、この時代はまだ季語として確立していず冬季に用いたか。

179 ▽遠干潟のはるか沖あいには白波が立ち、鴨の声が聞こえてくる。季鴨(冬)。

在郷

178 種なすび軒に見えつる夕かな

179 遠《とほ》干《ひ》潟《がた》沖はしら波鴨《かも》の声

180 葉は散《ちり》てふくら雀《すずめ》が木の枝に

元禄二

おもふに、花の比《ころ》よりそのかたち凋《しぼ》みほとゝぎすの声聞《きく》夜毎も懶閨《らんけい》さぞなにやありけん。散《ちり》かゝる紅葉《もみぢ》の比《ころ》ふる里を都に別れて立《たち》かへる秋をしらぬ身のあはれさよ。早《はや》時うつり一生爰《ここ》に尽《つき》て月も日も十に満《みつ》る夜嵐に鉄卵去《さり》て来《きた》らず。是《これ》何者ぞ、我レまた是何ものぞ。空〳〵寂〳〵夢又夢《ゆめ》それが中に親しみにひかれてきのふけふとはおもはざりしをと思ふも是《これ》また何

180 ○ふくら雀　冬、寒気をふせぐために羽毛をふくらませている雀。▽葉が散ってしまった木の枝に、葉の代りにふくら雀がとまっている。季裸木(冬)。この時代に「ふくら雀」を季語とできるかどうか未詳。

181 ○おもふに　以下、元禄二年(一六八九)の一年間のことを記す。○花の比より…　春から病床についたことを暗示するか。○ほとゝぎすの声…　初夏のほととぎすのころもものうい病床にあったことをいうか。○懶閨　力ないねや。病床。○散かゝる…　秋には(私が)伊丹を離れて京に赴く。○立かへる秋を…　再び秋を見ることが出来なかった。○月も日も十に満る　十月十日。○鉄卵　上嶋氏。通称勘九郎。初めは鉄幽と号す。青人の弟。鬼貫とも同族。重頼門。宗旦に指導を受ける。二十八歳で没。○是何者ぞ…　この世での鉄卵という人間も自分も、本来は、いったいどういう者であったのか。この世は、空々寂々の夢のまた夢のような仮の世であるという思想による。○きのふけふとは…　「つひにゆく道とはかねてきゝしかどきのふけふとは思はざりしを」(伊勢物語一二五段)。▽鉄卵の亡くなった今年の冬の月は、今まで見てきた冬の月とは違う感じがする。季冬(冬)。

182 ○平等院　宇治にある天台・浄土両宗の寺。治承四年(一一八〇)五月、源頼政がここで戦死した。○庭の面　「是までと思ひて、平等院の庭の面、是なる芝の上に扇を打ち敷き鎧ぬぎ捨て座を組みて」(謡曲・頼政)の文句取り。頼政の自刃したあとを扇の芝と名づけて今も伝えている。▽冬のある日に訪れた平等院は、扇の芝も冬枯れて、頼政を偲ぶよすがもなく、ただ一層もの悲しさを誘うことだ。季冬枯(冬)。

183 ▽井戸の傍の草葉に、とりわけ大きなつららが下がり、重たげである。井戸からこぼれた水が凍ってつららになっているのである。季氷柱(冬)。

184 ▽刈った薪に折り添えるように、つかまえた狸を逆さにつるして山から下ってくる雪路の景であることよ。春の山路ならば、薪に花を折り添えるのに、冬の雪路なので狸を添えた。野梅集(貞享四年)に出る。季雪路(冬)。

事ぞや

181 いつも見る物とは違ふ冬の月

宇治にて

182 冬《ふゆ》枯《がれ》や平等院の庭の面《おも》

183 井のもとの草葉に重き氷柱《つらら》哉《かな》

184 雪《ゆき》路《ぢ》かな薪に狸折《をり》添《そへ》て

185 ふくと程鰒《ふく》のやうなる物はなし

貞享四年霜月廿九日飯後の雪を

186 鰒《ふく》喰《くう》て其《その》後《のち》雪の降《ふり》にけり

187 何《なに》故《ゆゑ》に長みじかある氷柱《つらら》ぞや

188 かけはしに猿の折《をり》たる氷柱哉

189 朝日影さすや氷柱の水車

185 ▽フグほど、フグのようなものはない。「ふくと」「鰒(ふく)」と、同じものに対する二つの語を合わせたところに働きがある。一五五の句と同様に禅的な言い方。季ふくと・鰒(冬)。

186 ○飯後の雪を 歌の題のように記した。▽フグを食べたその後で雪が降ってきた。生臭いものに清らかなものを対した。成美の「魚くふて口なまぐさし昼の雪」(厚薄集)を思わせる。季鰒(冬)。

187 ▽同じ氷柱なのにどうして長いのや短いのがあるのだろう。季氷柱(冬)。

188 ○かけはし 谷と谷の間に板や蔦などで懸け渡した橋。または、崖などに沿った険しい道に板などで棚のように懸け渡した橋。▽かけはしの所に猿が折ったらしい氷柱がある。猿―かけはし(類船集)。季氷柱(冬)。

189 ▽氷柱のいっぱいついている水車に朝日の影が射し、きらきらと美しく輝いている。季氷柱(冬)。

190 ▽水に写る月影よりも氷に写る月影の方が、しっとりと潤んで美しく見える。季氷(冬)。

191 ○紙子 紙で作った衣服。柿渋を引いたものと引かない白紙子とある。安価なために貧しい人に用いられたが、風流隠士などが好んで用いるようにもなった。「しかるに、今俗、風流の模様を好み、野郎・遊女もこれを著す」(滑稽雑談)。○見ぬ 見たことのない。▽冬、風流な紙子を着て、今はこの国にいないほととぎすが、まだ見たことのない中国ではいかにしているかと想像している。ほととぎすは、夏に南方からわが国に飛来するものであるが、蜀王の魂がそれに化したという故事から、冬に中国にあるものと想像したか。季紙子(冬)。

192 ▽富士の雪が美しく輝いている。私は、津の国の者であるが、この国の人たちと同じように美しさを味わわせていただけてありがたいことだ。仏兄七久留万に下五「生れ也」とする。季雪(冬)。

193 ▽雪に富むから富士というのか、二つとない美しい雪の山だから不二というのか、いずれにしても雪の尽きない不尽の山である。富士・不二・不尽と三通りの書き方を使い分けたのがみそ。庵桜(貞享三年)には「雪で富士か不尽にて雪か不二の

190 水よりも氷の月はうるみけり

191 紙子《かみこ》着て見ぬ唐土《もろこし》のほとゝぎす

192 不《ふ》二《じ》の雪我レ津の国の者なるが

寒苦

193 雪で富《ふ》士《じ》か不《ふ》二《じ》にて雪か不《ふ》尽《じ》の雪

194 雪の降《ふる》夜《よ》握ればあつき炭火哉《かな》

誹諧平外躰

195 岸陰やけふは汐《しほ》干《ひ》の淡路山

京にのぼりて

196 水《み》無《な》月《づき》や伏見の川の水の面《おも》

197 宇治川や朝霧立《たち》てふし見山

198 枯《かれ》芦《あし》や難波入江のさゝら波

雪」。季雪(冬)。

194 ○寒苦　仏兄七久留万に前書「極寒」とする。▽雪の降る夜、いくら寒さに耐えかねたからといって、もしも炭火を握れば、やはり熱いことだ。思わず炭火を握ってしまいそうになる、と解せば、現代的になるだろう。鬼貫句選に下五「炭団哉」とするのは誤り。季雪・炭火(冬)。

○誹諧平外躰　「平外躰」は「平懐」(平凡なこと)の誤ちか。この場合は謙遜していっている。以下四季の四句を指す。

195 ○淡路山　淡路島を山に見立てていう語。▽きょうは汐干で、岸陰から向こうの淡路島がいつもより大きく見える。何の動きもない点が「誹諧平外躰」。季汐干(春)。

196 ▽水の無い月と書く水無月だが、京の伏見の川面は、たっぷりと水をたたえて流れている。水無月なのに水が豊かだと詠んだ点が「誹諧平外躰」というのだろう。季水無月(夏)。

197 ▽宇治川の川面からは朝霧が立って、向こうには伏見山が、その名のごとく(まだ起きずに)伏しているように見える。「立」と「ふし」を対比させて用いた点が「誹諧平外躰」というのだろう。季朝霧(秋)。

198 ○さゝら波　さざ波。歌語。▽枯芦が風に吹かれてささらのように鳴っている。この難波の入江に「さゝら波」が立っているが、本当に、その名にふさわしいことだ。楽器のささらと「さゝら波」を懸けた点が「誹諧平外躰」というのだろう。季枯芦(冬)。

○雑　無季の句。以下、発句の部の最後まで八句を指す。

199 ○淀川　歌枕。○水車　一六〇参照。▽淀川の流れによって大きな水車が、重たげにゆっくりとその姿を廻らせている。

200 ○初瀬　現在の奈良県桜井市にある。長谷寺の門前町。初瀬川に臨む。歌枕。▽夜が更けてあたりが静かになると、初瀬川音が、寝ている枕辺近くに急に高く聞こえてくるようになる。

201 ○水の星　水に星が映って見えることとか。▽月のない夜、あたりはまっくらだが、ふと川面に目を落とすと、空の星が映っていて、月夜なら知ることのなかった美しさを感じたことであった。前後の句から、この「水」も川面ととる。

雑

199 淀川にすがたおもたや水車《みづぐるま》

初瀬に旅ねして

200 さ夜更《ふけ》て川音高きまくら哉

201 闇の夜も又おもしろや水の星

202 しよろ〳〵と常は流るゝ大井河

をとこ山にて

203 鑓《やり》影《かげ》に御《お》池《いけ》の魚の逃ぬ山

山崎にて

204 木神《コダマ》せよ油しめ木の音計《ばかり》

205 須磨に此《この》吾《あ》妻《づま》からげやしほ衣

206 塩尻は富士の様《やう》なる物ならん

202 ○大井河　大堰川。京都嵐山の下を流れる川。上流は保津川、下流は桂川。歌枕。▽大井川という名だからさぞかしいつも勢いよく流れているだろうと思うが、案に相違して実は日ごろはしょろしょろと流れているのである。

203 ○をとこ山　今の京都府八幡市にある。山頂に石清水八幡宮を祀る。歌枕。八月十五日の放生会には、神を鳳輦(ほうれん)に遷し、御剣・太刀・弓などの神宝を捧げて華やかに行列し、翌十六日に放生川の汀で魚鳥を河へ放った。▽男という名の山にある池に住む魚であるからには、鑓影を見たからといって卑怯にも逃げることができようか。放生会のあるため鑓影を恐れないことを一ひねりしてこういったか。

204 ○山崎　七三参照。油商人で知られる。○油しめ木　油をしぼる道具。山崎では、離宮八幡宮の御神体がその騒音をきらったのでロクロを用いたという(雍州府史六)が、好色一代男一ノ二に「秋の初風はげしく、しめ木にあらそひ、衣うつ槌の音物かしましう」と、山崎の場面に「しめ木」が用いられている。▽(ここ山崎は)油をとるためのしめ木の音が聞こえるばかりの物さびしい所であるので、せめてこだましあって、物さびしさを消してくれ。もちろん、さびしさを本心から厭うわけではなく、このように表現して山崎のさびしさを表わす。山崎—油(類船集)。

205 ○須磨　歌枕。「塩焼衣」「藻塩草」など、採塩に縁のある語と歌われることが多い。○吾妻からげ　裾をからげて帯にはさむこと。○しほ衣　潮水を汲む時に着る衣。▽この須磨の浦で塩を採るために汐汲みをしている女性たちが、衣を(西の国の須磨なのに)吾妻からげをしていることよ。参考「須磨の海人(あま)のしほやき衣をさをあらみまどほにあれや君がきまさぬ」(古今集・恋五・読人しらず)。

206 ○塩尻　塩田で砂を円錐形の塚のように積みあげ、そこに海水をかけて日に乾かし、塩分を固着させるもの。異説もある。▽塩尻というものは、富士山のような形をしたものであろう。伊勢物語九段の「その山(富士山)は、こゝにたとへば、比叡の山を二十ばかり重ねあげたらんほどして、なりは塩尻のやうになんありける」を逆にいった。

またきさらぎ十日をむかへて鉄卯をおもふ興行

207 うたてやな桜を見れば咲《さき》にけり　鬼貫
208 月のおぼろは物たらぬ色　才麿
209 酒盛《さかもり》の跡も春なる夕《ゆふべ》にて　来山
210 名に聞《きき》ふれし浦の網主《あみぬし》　補天
211 五月雨《さみだれ》に預《あづけ》てとをるきみが駒　瓠界
212 なを山ふかく訴状書《かき》かへ　西鶴
213 世の噂いはぬ草木ぞ恥《はづか》しき　万海
214 親の住《すま》ゐにおなじ白雪　舟伴
215 餅つきに呼ぶ者どもの極《きはま》りて　才麿
216 常は橋なき野はづれの川　鬼つら

○きさらぎ十日　十日は鉄卯の命日。○鉄卯　一八一参照。

207 発句。春(桜)。○うたてやな　謡曲によく使われる語。悲しいことよ。▽ふと桜の木を見あげたら、今年も花を咲かせているが、風に散ることを思うと悲しいことだ。梢の紅葉が風に吹かれて散ってしまうのを予想して「うたてやな」と言った表現(謡曲・斑女など)があるが、それを桜の花に置き換え、昨年(鉄卯がまだ生きていたとき)と変わらずにまた花をつけている桜を見て、今は亡い鉄卯への悲しみを重ねた。

208 脇。春(おぼろ月)。月の定座から五句引き上げ。▽おぼろ月は、(さやけく輝く秋の月に比べて)どことなく物足りない気分がする。前句の心を受け、友人の欠けたさびしさを付ける。

209 第三。春(春)。▽花見の酒盛の終わったあと、おぼろ月が出てきて、まことに春らしい夕暮になった。前句の「物たらぬ」心を、花見の宴の終わったあとのさびしさと見た。蘇東坡の「春宵一刻値千金、花に清香有り月に陰有り」によって月に春の夕べを付けた。

210 初オ四。雑。○名に聞ふれし　有名な。「網主」にかかる。▽浦の有名な網主のお宅で盛大な花見の宴も終わったが、その余韻はまだ残って、春の夕の雰囲気を満喫していることである。「物たらぬ」感から豪勢な宴の満足感へ転じた。

211 初オ五。夏(五月雨)。▽主君の馬を連れて旅をしていたが、折からの五月雨のために、以前から名を聞いていた網主のもとへ馬を預けてなお先を急ぐ。

212 初オ六。雑。○なを山ふかく　「しをりせでなほ山深く分入らむうき事きかぬ所ありやと」(新古今集・雑中・西行)。▽訴状を書きかえるために山深く住む主君のもとへ行く。かつての主君の愛馬を使わせていただいているのだが、馬ではとうてい行けぬほどの山奥に主君が住むため、途中で馬をあずけて、なお山深く分けいるとした。

213 初オ七。雑。▽世間の噂話などしない草木を見ていると、世間のことをあれこれ思うわが身が恥ずかしくなる。西行歌の「うきこときかぬ所」を受け、山深く住む人の感慨とした。

217 ぼと〳〵と楮《カウゾ》たゝいて濁す水　補天

218 むなしくさげてかへる罶《モンドリ》　来山

219 我《わが》宿の菊は心の節句なる　西鶴

220 こがるゝかたに三ケ月の端《はし》　瓠界

221 虫はなせそれも泪《なみだ》の夜《よ》物《もの》ぞや　鬼貫

222 とへどもこひをしらぬ木《き》法《ほふ》師《し》　万海

223 鉈《なた》かりに行《ゆく》まい筈《はず》が近《ちか》隣《どなり》　来山

224 火に焚《たい》て見よちりの世の花　才まろ

225 さびしさに喰《くう》てなぐさむ土筆《つくづくし》　瓠界

226 獺《うそ》のまつりの魚を拾《ひろ》はん　補天

227 儒《モノシリ》といはれたる身のいそがしさ　万海

228 常《と》盤《きは》の松に養子たづぬる　西鶴

214 初オ八。冬(白雪)。▽ここに降る白雪も、親の住む所に降っていた白雪と変わりはない。前句を女性とし、親のゆるしを得ずに男と隠れ住む身と見た。

215 初ウ一。冬(餅つき)。▽餅つきに呼ぶ者が決まっていて。親もとでは、餅つきに呼ぶ者どもも決まっていた。

216 初ウ二。雑。▽いつもは橋のかかっていない野のはずれの川だが、餅つきに呼ぶ者たちのために橋を架ける。

217 初ウ三。雑。○楮　クワ科の落葉低木。紙の原料とする。蒸して荒皮をはぎ、叩きほぐして紙に漉く。楮(の花)なら夏。「楮たたく」は、後世は冬の季語となるが、ここでは雑。▽蒸した楮を野のはずれの橋のない川でぼとぼととたたいており、そのために水が濁る。

218 初ウ四。雑。○罶　魚を捕えるためのかご。筌(えう)。▽川に仕掛けておいた罶に獲物が一匹も入っていず、むなしく罶を提げて帰る。前句の行為のために獲物がなかった。

219 初ウ五。秋(菊)。▽魚は獲れなかったが、しかし、それでもわが宿には美しい菊が咲いていて、それがせめてもの菊の節句の祝いとなる。

220 初ウ六。秋(三ケ月)。恋(こがるゝ)。▽恋しくながめやる方に折から三ケ月が見えている。前句の「心の節句」を、人知れず恋する心と受けた。

221 初ウ七。秋(虫)。恋(泪)。○夜物　夜間に活動する動物(『定本西鶴全集』)。▽虫を離してやれ。それだって、私と同じように夜は泣いている生き物だから。

222 初ウ八。恋(こひ)。○木法師　木石のように情を感じない法師。枕草子「思はん子を法師になしたらんこそ心ぐるしけれ。ただ木のはしなどのやうに思ひたるこそ、いとほしけれ」。▽いくら問いかけても恋心を持たない木石のようなお坊さんだこと。前句を、殺生を戒める僧の言葉とした。

223 初ウ九。雑。▽鉈を借りにゆくはずがないのに、ゆくふりをして近隣の男に会いにゆくが、相手はその真意の分からぬ木法師のような人だ。「木」に「鉈」をあしらった。

224 初ウ十。春(花)。花の定座から三句引き上げ。▽この世を塵の世というのなら、この世に咲く花も、塵と同じように

229 根なし草根の出来《でき》けるは豊《ゆたか》にて　才麿
230 いつも曇《くもら》ぬ国ぞしりたき　鬼貫
231 難義なる風の千島に住《すみ》馴《なれ》て　西鶴
232 我《わが》女房に逢《あふ》もうるさや　来山
233 鼠《み》尾《そ》草《はぎ》は泪に似たる花の色　補天
234 歌書《かき》まよふ秋の碓《カラウス》　瓠界
235 捕《トラ》れ来て田《ゐ》舎《なか》の月も白けれど　鬼つら
236 朔《つい》日《たち》ながら膾《なます》せぬ家　万海
237 黒《こく》餅《もち》をふたつならべて簱《はた》印《じるし》　来山
238 秣《まぐさ》をいるゝ賤《しづ》に名のらせ　才まろ
239 人〳〵をよき酒ぶりにわらはして　瓠界
240 金乞《ウ》夜《よ》半《は》を春にいひ延《のぶ》　西鶴

燃えるか焚いてみよ。前句の鉈を植木手入れのためのものとした。無常の句。

225 初ウ十一。春(土筆)。▽さびしさを慰めるためにつくしを食べる。前句は、この人物の心の思い。

226 初ウ十二。春(獺のまつり)。○獺のまつり　獲った魚を岸に並べる獺《かわうそ》の習性をいう。獺祭魚。▽獺が岸に並べておいた魚を拾ってこよう。食べる物とてない前句の人物の行為。

227 初ウ十三。雑。▽物知りと人に言われて、そのためにいろいろと問われることも多いので忙しく、獺のとってくれた魚を拾って食べる。前句の「獺のまつり」は、詩文を作るときに多くの参考書を並べひろげ、故事を多く引用することの意味にも用いられる(李商隠の故事による)。魚を拾う理由を、貧しさから忙しさに転じた。

228 初ウ十四。雑。▽常盤の松に養子のことを尋ねる。前句の人の行為。松は長生きなので人よりもいろんなことをよく知っている。

229 二オ一。夏(根なし草)。○根なし草　浮草。▽流れ者が一所に腰を落ち着けて暮らすようになったのは、裕福になった結果だが、やがてあとつぎが欲しくなってよい養子がないか尋ねる。「松」に「根」をあしらった。

230 二オ二。雑。▽(前句のような豊かな)いつも曇らぬようなすばらしい国がどこにあるか知りたい。

231 二オ三。雑。○千島　えぞが千島。えぞの住む北海道の北にあると考えられていた。▽いつも難儀な風の吹く千島に長年住んでいると、曇らぬ国というものがどこかにあるか知りたいものだと思う。「胡沙吹かば曇りもぞするみちのくのえぞにはみせじ秋の夜の月」(夫木抄十三・西行)による。

232 二オ四。雑。恋(女房)。▽(そんな島だから)自分の女房に逢うのも面倒なことだ。

233 二オ五。秋(鼠尾草)。恋(泪)。○鼠尾草　精霊棚に水をかけるときに用いる。淡紅紫色。「親もたらぬ家には鼠尾草に水打そそぎ、こしかたの有増をおもひ出して千々のあやまちを悔、或は万づの恵みをしたひて袖さへぬるゝ」(独ごと・上)。▽盂蘭盆に供えてあるミソハギの花の色は、涙の色に似ている。

241 どれ見ても一かまへあるお公家《くげ》達　万海

242 戸渡る海へ舎《しや》利《り》をなげいれ　補天

243 雨ねがふ竜《たつ》の都の例《ためし》にて　西鶴

244 人は火をけし火をともしけり　鬼貫

245 げぢ〳〵に妹《いも》がくろ髪からるゝな　才麿

246 こひともいはず死《しに》果《はて》しよし　来山

247 盆《マル》池《いけ》や面《おもて》を見せぬ藻《も》のうき葉　補天

248 けふも出がけに揃ふ小《こ》比《び》丘《く》尼《に》　瓠界

249 物いはで気の毒の牛が角なるや　鬼つら

250 築《つい》地《ぢ》くゞりし雪の足あと　万海

251 おろかさは寒《かん》声《ごゑ》つかふ身の独《ひと》リ　来山

252 うらるゝ娘里の落《らく》月《げつ》　西鶴

つれなくした女房が死んで、今更ながらに済まなく思っている。

234 二オ六。秋(秋)。▽「秋の暮」なら歌になるが「秋の碓」では歌になりにくい。どのように詠んだらよいか。

235 二オ七。月の定座を六句引き上げ。秋(月)。▽田舎の月も明るいけれど、捕われて来た身であれば、歌もなかなか浮かんでこない。歌を詠むような身分の高い人が田舎へ捕われてきた。「罪なくして配所の月を見る」の逆の趣向。

236 二オ八。雑。▽捕われの身であるので、朔日の祝いの膾も作らない。

237 二オ九。雑。○黒餅　紋所の名。福岡藩主黒田家の紋で知られる。▽石持に通じる黒餅の紋を二つ並べて旗印としている。前句を始末な生活と見、雄飛出世を願っているとした。

238 二オ十。雑。▽まぐさをまぐさ小屋に入れる下働きの男にも、わざわざ名告りをさせる。前句を、わざと大家ぶっている家と見た。

239 二オ十一。雑。▽上機嫌の飲みっぷりで、人々を笑わせる。前句を酒の上の座興とした。

240 二オ十二。雑。▽今晩お金をいただきたいと言うのを、春にまで延ばさせた。酒の上の笑いでごまかした。

241 二オ十三。雑。▽どれを見ても、一構えあるような由緒正しいお公家衆の家が並んでいるのに、お金の払いを春になるまで待てという。

242 二オ十四。雑。○舎利　高僧などの遺骨。▽どなたを見ても一構えあるようなお公家たちが、瀬戸を渡る舟から海へ舎利を投げ入れている。

243 二ウ一。雑。○竜の都　竜宮。▽竜宮に住む竜王に舎利を投げ入れて頼んだという古例によって、雨乞いをすることだ。伝教大師が渡唐の際に、持っていた舎利を海中に投じて竜王に与え、悪風を止めさせたという話(拾遺往生伝・上三十八)と、竜王が雨をつかさどっているという俗信によった。

244 二ウ二。雑。▽(雨は竜王がつかさどるが)人間は、火を消したり灯したりできる。前句の雨(水)に対して火を付けた。

245 二ウ三。雑。恋(妹)。○げぢ〳〵　頭を這われるとはげるという。「按ズルニ、蚰蜒毒有ル如シ。頭髪ヲ舐(ネ)ブレバ

253 憂中《うきなか》の名残《なごり》に汲《くま》ん秋の汐《しほ》　瓢界

254 雁《かり》に鷗《かもめ》に浦づくしまふ　才麿

255 ほとけとは花見る内が佛《ホトケ》なり　万海

256 二十日《はつか》団子《だんご》は丸き百日　補天

則毛脱ル」(和漢三才図会五十四)。▽げじげじを這わせて黒髪をなくすな(出家を思いとどまれという忠告)。前句は、げじげじを火で焼き殺すこと。

246 二ウ四。雑。恋(こひ)。▽失恋したというわけでもないのに死んで果ててしまったそうだ。前句は、それを悲しんで女性が出家しようとしている。

247 二ウ五。夏(うき葉)。▽まるい池に一面に藻の浮葉があって、池の面が見えない。身投げした池を付けた。

248 二ウ六。雑。▽きょうも庵住さんがお出かけになるときに、まだ少女のような比丘尼たちが勢揃いしてお見送りしている。前句の池を寺の池とした。

249 二ウ七。雑。○牛が角　諺「牛の角を蜂がさす」をいうか。何にも感じないこと。▽何にも言わずに黙って並んでいる小比丘尼たちは、全く無反応で困ったことだ。

250 二ウ八。冬(雪)。▽築地塀をくぐろうとしてなかなかくぐれず困った牛の足あとが雪の上に残っている。

251 二ウ九。冬(寒声)。○寒声　寒中に発声練習すること。▽独身者が寒声の練習をしているのは、おろかな感じがする。築地の中から聞こえてくるとした。

252 二ウ十。秋(落月)。季移り。月の出所。▽月が西に沈もうとする中を里の娘が売られていく。娘が売られていくことと、月が沈もうとするのが気分的にあっている。おろかにも寒声を使って芸事などの練習に熱中し、娘を売らねばならなくなったとした。

253 二ウ十一。秋(秋)。恋(憂)。○憂中　恋仲。▽恋人と引き離されて売られていくつらい気持の中で、この里での生活の名残りにいつも汲んでいた汐を最後に汲もう。

254 二ウ十二。雑。○浦づくし　沢山の浦を詠み込んだ歌謡か。▽雁や鷗が、浦づくしの舞を舞う。「前句を別離の宴と見て舞を附く」(『定本西鶴全集』)。

255 二ウ十三。春(花)。花の定座。○佛　仏と同じ(書言字考節用集)。▽花の盛りは七日間、初七日まで供養の舞を舞うが、その七日の間が仏なのだ。初七日までの供養の舞から諺「花の盛りは七日」を連想し、「春霞立つを見捨てて行く雁は花

和歌の道は我朝の法也。法は常也。その常をしらば誹諧を知《しる》べし。誹諧の夢覚《さめ》なばまた常をしらん。なれど我ゝいまだ此《この》道の達人を見ず。世上皆風躰にかゝはり、或《あるい》は一句を工《たく》みにし言葉をかざりて前句のなじみをもわきまへず、或は懐紙の座所《ざどころ》または正花《しやうくわ》をあらそひ我《ガ》を立《たつ》る輩《やから》、是をのれに徳なき故《ゆゑ》也。徳あれば人夫《それ》を悪敷《あしき》にをかず。若我《もしガ》を以て徳を押《おす》時、その我《ガ》にゆづりて作る所の句の中に巻頭あるの意味をしらず。只《ただ》誹諧の味を喰《くら》ひ今日のたすかる事をゑずして得《ウル》所皆病ひ耳《のみ》也。曰ク人と我と常いふ所の言葉十七十四にきればこと〴〵く誹諧也。其世界をしらば全躰前句のなじみあるべし。発句も又目前の常を作らば意味深ふしてしかも匂ひあらん。その大道にいたらずしてかたちを似せば一句になどか色香を持《もた》ん。善悪を知《しり》て姿・風躰のよき所にとゞまるも是《これ》病ひなれば、只《ただ》

なき里に住みやならへる」(古今集・春上・伊勢)によって付けた。

256 挙句。春(二十日団子)。○二十日団子　二十日正月に食う小豆で作った団子。諺「花より団子」から前句に付けるために出し、「丸き」を導き出す語として、併せて季を持たせるために用いた。○百日　講経や念仏で百日の日を限って行なうこと。前句の「ほとけ」のあしらいで出し、鉄卵の百か日が過ぎたことにいう。▽鉄卵が死んでまる百日も過ぎた日、丸い二十日団子を食べる。

○法は常也　法と常は同じである。「常」に「のり(典法)」の意がある。

○世上皆風躰に…　「いにしへよりの俳諧はみな詞をたくみにし、一句のすがたおほくはせちにして或は色品をかざるのみにて心浅し」(独ごと・上)。

○前句のなじみ　鬼貫は、独ごとでは「のりなじみ」と用いている。前句にしっくりと付くことの意。

○懐紙の座所…　「花の句は一座の宗匠または功者にゆづりて、努〳〵このむべからず。…むかしは月・雪・郭公の類ひは功者の外遠慮しつれど、今時は其わかちをも弁へず、いつしか此道のかたちをとり失ひ侍るもおほし」(独ごと・上)。

○若我を以て…　徳ある人が我を立てた人に巻頭の句を譲り、別の所で句を作ったとしたら、その句こそ巻頭の句にふさわしいものであったということを(我を立てる人は)分からない。

○病ひ　歌病。欠点。欠陥。

○人と我と…　「人とわれと常いふ詞を句に作れば悉く俳諧なりと弁へしらざる人は付句の味ひをもしる事かたかるべし」(独ごと・上)。「鬼貫曰、口をひらけばみな句也」(団水撰・俳諧団袋所収「俳諧一言芳談」)。

○発句も又…　全体にいわゆる連句についての論であって、このみ発句についていう。

○その大道に…　目前の常を作ればよいという大道に至らずに、ただ形を似せた句(風体のみを大事にした句)を作れば、一句にどうしてすばらしい色香(雰囲気や余情)を持つことができようか、いやできない。

可不可のふたつをもわするべし。わするゝといふも又おなじ病ひ也。

ひとり立《たつ》我《わが》誹諧を観《くわん》ずれば
上手《じやうず》でもなし下手《へた》にてもなし

元禄三庚午五月日

寺町二条上ル町
井筒屋庄兵衛板

○善悪を知て… 風体のよし・悪しが分かって、よい風体の句を作るという段階にとどまっていても、これも歌病(欠点)なので。

○可不可のふたつ… 「可不可ヲ以テ一貫ト為ス者」(荘子・徳充符篇五)などの影響を受けた表現。前の「善悪」を指す。

○ひとり立つ… 周囲の俳風から離れた私の俳諧を見てみたら、さて、上手でも下手でもないわい。いわゆる「大悟」した鬼貫の境地。前の「可不可のふたつをもわするべし」を受ける。

あめ子《ご》

櫻井武次郎 校注

〔**編者**〕之道。

〔**書誌**〕半紙本一冊。題簽「あめ子　大坂槐之道」。柱刻、下部に「あめ　一(―十九終)」。全十九丁。

〔**書名**〕序文に記されるように湖南に滞在中の芭蕉を訪れた之道が、この地で得た句を集めて記念に琵琶湖名産の江鮭《あめご》子の名を付けたものである。

〔**成立**〕元禄三年(一六九〇)六月初めから十八日まで幻住庵を出て京に滞在していた芭蕉の門に入った大坂の之道は、夏の終わり頃に幻住庵に赴いた(『猿蓑』几右日記)。この幻住庵訪問は秋の初めまで滞在が続き、次に記す(3)の歌仙が巻かれている。帰坂後、(4)(5)がなされ、(7)の餞別六句に送られて三たび仲秋の名月の日に、今度は湖南(たぶん義仲寺)にあった芭蕉の許を訪れている。(2)(8)が、この時にできたものであるが、之道は、その後も九月上旬までこの地に滞在、帰坂後に得た(6)の両吟や(9)の発句を補って成立したものである。所収作品のすべてが秋の発句であることは、大坂俳人以外の作がこのたぶん義仲寺滞在中に得たものであることを示していよう。なお、東湖から之道への改号も、これを機会になされたものであろう。

〔**構成**〕(1)自序、(2)芭蕉・之道・珍碩三吟半歌仙、(3)及肩他二句乱歌仙、(4)落英他七吟歌仙、(5)之道独吟歌仙、(6)光延・之道両吟半歌仙、(7)鬼貫・之道両吟六句(餞別)、(8)珍碩・之道・芭蕉「第三まで」、(9)発句(秋、五十一句)。

一見すると、制作順に従わずばらばらのようだが、歌仙ないし半歌仙に満尾したものを前半とし、中でも、芭蕉訪問にゆかりある二巻を先に出し、大坂での三巻を後に置き、そして発句を巻末に並べるようにした。

〔**意義**〕大坂で最初の蕉門俳書である。ここに収まる大坂俳人は、以後の俳書に顔を見せることなく、たぶん之道の周囲にあったマイナーな作者と思われるが、談林系の俳諧に親しんで来た彼らの作品が、芭蕉及び蕉門連中の中にあって違和感がないのは、セクトの域を越えて元禄俳諧の特徴というものがあったことを物語るものであろう。

〔**底本**〕京都大学国文学研究室本。

〔**影印**〕『蕉門俳書集 二』(勉誠社、昭和五十八年)。

〔**翻刻**〕日本俳書大系『蕉門俳諧続集』。

江鮭子《あめご》と名付るまつたく子細は、湖水の名月をゆかしみ、貧家にいとまをうかゞひ得たり。馬に乗《のる》力さへなければ、四文の草鞋《わらぢ》を踏ンで十六里、八町《はつちやう》の十文食《めし》に小菜《こな》のはしらかし、あめのやきもの、腹のふくれたるまゝに、

1 やきものは近江成《なり》けり江鮭魚《あめのうを》

此《この》句をもふけてそこらの人〻の云捨《いひすて》をひろひ寄《よせ》たるものなれば也《なり》。

蟻門亭

槐之道

元禄三九月上旬

○江鮭子　アマゴ。成魚をアメ・アメノウオというのに対し、幼魚の称という。琵琶湖で多くとれる(本朝食鑑)。なますや焼き物にして食する。「江鮭子…子細は」は、序文末「…なれば也」にかかる。
○四文　以下、十六里・八町・十文食と数字を並べる。
○十六里　大坂からの距離。「大坂より(大津まで)十四里なり」(東海道名所図会一)。
○八町　大津の旅籠屋(はたごや)町。
○十文食　十文の一膳飯。十文盛。
○小菜　一般に貝割菜を指す。秋の季語。
○はしらかし　はしらかし汁。煮立てたところへ簡単な実を入れただけの汁。

1 ▽焼き魚の味は、やはり近江がよいなあ、なにしろ江鮭子があるんだから。季江鮭魚(秋)。

○元禄三九月上旬　後に収まる鬼貫との両吟によれば、八月十日過ぎに之道は大坂を出立している。この日付は、帰坂後編集を終了した時のものではなく、まだ大津滞在中と見た方がよいか。

三吟

2 白《しら》髪《が》ぬく枕の下やきり〴〵す　翁

3 入《いり》日《ひ》をすぐに西《にし》窓《まど》の月　之道

4 甘《あま》塩《じほ》の鰯《いわし》かぞふる秋のきて　珍碩

5 刈《かり》そろへたるかしらこの柴　翁

6 河風に竹の筏《いかだ》のから〳〵と　道

7 麦の小うねをたゝく冬空　碩

8 斎《とき》過《すぎ》て一むれ帰る縄《なは》手《て》道《みち》　翁

9 頤《おとがひ》ほそや恋《こひ》聟《むこ》の顔　道

10 どし織の帯美しく脇とめて　碩

11 久しき銀《かね》の出《いづ》る御《お》屋《や》しき　翁

○三吟　脇句から上旬の作(宮本三郎『校本芭蕉全集』四)とすれば、九月上旬(桜井『元禄の大坂俳壇』)。

2　発句。秋(きり〴〵す)。○白髪　底本「白髭」。▽静かな秋の夜、寝床の中でひとりで白髪を抜いていると、枕の下あたりからキリギリスの鳴く声が聞こえてきた。「きりぎりす夜寒になるを告げがほにまくらのもとにきつつ鳴く也」(山家集)に通う。なお、「きりぎりす牀下に入る」は冬十月。

3　脇。秋(月)。月の定座から三句引き上げ。▽入り日が沈むとすぐに西窓に月の明かりが映り出した。

4　第三。秋(秋)。▽薄塩に漬けた鰯の数を数えて夕餉の仕度をしていると、どことなく秋の気配が感じられる。前句から日の入りの早くなった秋を付けたが、同季の中で前に戻る感がある。「珍夕、ひさご此かた上達、比えの山にぽくりはかせ候。御油断被成まじく候。甘塩の鰯かぞふる秋のきてと申第三致て、我を驚しをり候」(元禄三年九月六日付曲水宛芭蕉書簡)。

5　初オ四。雑。○かしらこ　未詳。▽近づいてくる冬の支度のために山から伐ってきた「かしらこ」の柴が刈り揃えられて土間に立て掛けてある。冬の早い山国のさまを付けた。

6　初オ五。雑。▽川を下して運ぶために組んである竹の筏が、乾いてしまって河風にからからと鳴っている。前句の付近の景に音を添えた。

7　初オ六。冬(冬空)。○たゝく　畑の畝を作っているさま。▽冬空の下、川の側の畑では麦蒔きの準備に畝をこしらえている。前句の河風の音に冬の気配を見てとって付けた。

8　初ウ一。雑。○斎　寺での法要の折の食事。○縄手道　田の中の畦道。たんぼ道。▽寺での法要が終わって、冬空の田んぼ道の中を人々が一団となって帰っていく。

9　初ウ二。雑。恋(恋聟)。○頤ほそ　優男の顔かたちをいう。○恋聟　女性の方から恋して迎えた聟。▽田んぼ道の中を帰っていく人の群の中におとがいの細い恋聟の姿が見える。

10　初ウ三。雑。恋(句意)。○どし織　濁点は底本のまま。京・堺などから産出した織物。帯地などに用いる。○脇とめて　留め袖にすること。成人また既婚女性の風。▽新婦が、どし織りの美しい帯を締め、留め袖の着物で恋聟と並んでいる。

12 山公事《やまくじ》の埒《らち》の明《あき》たる初嵐　道

13 加太谷《かぶとだに》より踊り触《ふれ》けり　碩

14 月影に関の芦毛を追《おひ》かけて　翁

15 鯛《たひ》も鰆《さはら》もふみすべりつゝ　道

16 ものぐさも布子《ぬのこ》の重き春風に　碩

17 又も弥生《やよひ》の家賃《やちん》たゝまる　翁

18 時〳〵に花も得《え》咲《さか》ぬ新《アラ》畠《バタケ》　道

19 昼茶わかして雲雀《ひばり》かたむく　碩

二句乱　及肩

20 秋立《たち》て干《ほし》瓜《うり》辛《から》き雨気《あまけ》かな　あめ子

11 初ウ四。雑。▽長年かかって貯えられていた銀が、婚礼のために使われるお屋敷である。

12 初ウ五。秋(初嵐)。○山公事　山林に関する訴訟事。▽長らく続いた山公事が初嵐の吹くころに解決した。前句の「久しき銀」を長期にわたる出費と取った。

13 初ウ六。秋(踊り)。○加太谷　鈴鹿山の谷あいの村。▽山公事の解決を祝って加太谷から踊りの催しの知らせがきた。「山公事」のあしらいで「加太谷」を出した。

14 初ウ七。秋(月影)。▽月の光の下、関で飼っている芦毛の駒を追い駆って踊りの触れを回している。前句の「加太谷」から鈴鹿の関を連想して「関」を出した。踊り―月影、関―駒(類船集)。

15 初ウ八。春(鰆)。季移り。▽月光の下、関の芦毛の駒を駆って浜辺に出たら、豊漁で鯛や鰆が踏んで滑ってしまいそうになるぐらいに水揚げされていた。「関―清見潟」「興津―清見潟・鯛」「清見―駒」(類船集)の付合から、前句を清見が関(駿河国興津にあった古関)と見た(宮本三郎『校本芭蕉全集』四)。

16 初ウ九。春(春風)。○布子　木綿などの綿入れ。▽冬のときのまま着替えもせずにいる無精者もさすがに吹いてくる春風の暖かさに冬の綿入れを重たく感じている。

17 初ウ十。春(弥生)。○たゝまる　畳まる。累積する。▽相変わらずの無精者で、三月の家賃もまた滞らしてしまった。「弥生」は季を持たせるため。

18 初ウ十一。春(花)。花の定座。▽その時々の花を咲かせることもまだ出来ない開墾したての畑のため家賃も滞納してしまった。

19 初ウ十二。春(雲雀)。○昼茶　昼食と夕食の間の休憩時のお茶(島居清『芭蕉連句全註解』七)。▽囀り続けていた雲雀も、午後の畑仕事の一休みの茶時となると空から降りてきて鳴き声が収まってきた。前句の「新畠」での光景。

○二句乱　二句置乱吟の略。出勝ちだが、同一人物が付ける場合、間に二句隔てる。

20 発句。秋(秋立つ)。○秋立て　元禄三年(一六九〇)の立秋は七月三日で、その頃幻住庵で巻かれたものと思われる(桜井

21 敷《しき》居《ゐ》ふまへて戸をはづす月　珍碩
22 早《わ》稲《せ》藁《わら》をすぐり仕《し》まへば用もなし　之道
23 人はしり寄《よる》辻の放《はう》下《か》師《し》　昌房
24 膳《ぜん》棚《だな》も淋しく見ゆる田舎旅　正秀
25 もがりつぶれし頃《この》日《ごろ》のかぜ　探志
26 畚《ふご》提《さげ》て船のこけらを拾《ひろ》ふらむ　碩
27 はすね頭《あたま》の髪もたばねず　道
28 居《すゐ》ならぶ増《ぞう》水《すい》時《どき》の夕まぐれ　房
29 神《かみ》鳴《なり》おぢる娘かはゆき　秀
30 掛《かけ》て置《おく》合《かっ》羽《ぱ》の雫たりやまず　道
31 肌寒《さむ》〳〵《ざむ》と博《バ》奕《クチ》初《ハジ》める　碩
32 月の前酒にせはしき近《ちか》喝《ガツ》餌《エ》　秀

『元禄の大坂俳壇』）。〇干瓜　青瓜に塩して天日で干したもの。▽秋が立ったが、連日の雨模様で干瓜も干し上がらず塩辛いことだ。

21　脇。秋（月）。月の定座から三句引き上げ。▽久しぶりに月が見えたので、部屋にその光を入れようとしたが、連日の雨気のために雨戸が湿っていて敷居をふんばってはずすことだ。前句を夜に干瓜で酒を呑んでいると見た。

22　第三。秋（早稲藁）。〇すぐり仕まへば　藁をきれいにしてしまえば。「すぐり藁」は、縄等の材料にするために葉の部分等を取ったもの。▽早稲の藁をきれいにしてしまってもう今日の仕事は終わった。縁先などでくつろいでいるさま。

23　初オ四。雑。〇放下師　手品や曲芸を見せる大道芸人。▽辻で始まった放下師の芸を見ようと一日の仕事の終わった人々が走り寄ってきた。前句の「用もなし」に付ける。

24　初オ五。雑。〇膳棚　膳や椀などの食器を置いておく棚。▽田舎の宿屋は膳棚もわびしく感じる。田舎回りの放下師か、あるいは、とある田舎で放下師を見かけた旅人のその夜の感慨か（娯楽とてない田舎なので放下師にも人が集まってくる）。

25　初オ六。雑。〇もがり　虎落。枝のついた竹を並べて物を干すようにしたもの。▽最近の強い風でもがりが潰れたままになっている。田舎のわびしさを戸外の景に転じた。

26　初ウ一。雑。〇こけら　木片。▽ふごをさげて最近の強い風で難破した舟の破片を拾っている。海辺に転じた。

27　初ウ二。雑。〇はすね　蓮根。小児の頭に出来る瘡（かさ）。▽はすねの出来ている髪も束ねずに。前句は貧しげな子供。

28　初ウ三。雑。〇増水　雑炊。▽夕暮れ、施しの雑炊が並べられている時刻である。前句の貧しげな子供の姿を飢饉などの折のこととした。糝（ゾウスイ）―飢饉年・片辺土（誹諧小からかさ）。

29　初ウ四。夏（神鳴）。▽一家揃った夕食時に、雷を怖がる娘が可愛く思われる。「増水時」を、単に食事時とした。

30　初ウ五。雑。▽土間に掛けた合羽から雫がいつまでも落ち続けている。激しい雨の中を帰ってきたか訪ねてきた人を出した。娘の親と見る（島居清『芭蕉連句全註解』七）のがよい。

33 菜を蒔《まく》なりと寺の傭人《ヤトヒド》　志
34 上《うは》ばりに鶏《にはとり》盗む臼の陰　房
35 日和《ひより》にむきし霜の朝あけ　肩
36 どし〱と板椽《いたえん》ぬぐふ花盛《はなざかり》　碩
37 荷《にな》ひつれたる春の入草《いれくさ》　道
38 幅《ハヾ》広き砂川渡る長閑《のどか》さよ　志
39 羽織そろゆる講参り也《なり》　肩
40 行《ぎやう》にして朝起《あさおき》ならふ五六日　道
41 薬を休む喰《くひ》ものゝ味　翁
42 母親の仕立《したて》て見する嫁入《よめり》夜着《よぎ》　秀
43 恋にさし出る旦那山臥《だんなやまぶし》　房
44 江戸棚《えどだな》を持《もち》て在所の門《もん》がまへ　碩

31 初ウ六。秋(肌寒)。▽激しい雨の中を博奕場にやってきた男が肌寒そうなようすで博奕を始めた。横にはまだ雨に濡れたままの合羽が掛けてある。

32 初ウ七。秋(月)。○近喝餌　飲食の後ですぐに空腹を感じること。▽せっかくの美しい月を前にしてせわしげに酒ばかり飲んでいる。前句の人品人柄を見込んで付けた。

33 初ウ八。秋(菜を蒔)。▽そろそろ菜の種を蒔くなりいたしましょうと寺の雇い人が言ってくる。前句を、空腹を覚えやすいこの季節の感じと見て、それを住持などとした。

34 初ウ九。雑。▽寺の雇い人が、庭の臼の陰に隠れて上張(うはばり)に鶏を隠して盗む。

35 初ウ十。冬(霜)。▽霜の降りた朝、今日は天気がよくなりそうである。前句の時刻を付けた。

36 初ウ十一。春(花)。季移り。花の定座。○どし〱　板縁を踏みつける音。濁音底本のまま。▽春霜の朝早くから、折から花盛りで、今日の花見客のために大勢で板縁を拭き掃除している。大きな寺院などを出した。

37 初ウ十二。春(春)。○入草　苗代を作るとき、こやしに草を入れることか。「苗代地の事、…糞(こや)しに草を入る事、一斗蒔に付十把ほど」(農業全書二)。▽入草を施した苗代の傍を荷を背負った一群れの人々が歩いていく。前句の寺などから見た景。

38 名オ一。春(長閑)。○砂川　川底に砂の多い浅い川。▽川幅の広い砂川を、荷を負うた人達がのんびりと渡っていく。

39 名オ二。雑。▽揃いの羽織を着た講参りの人達が砂川を渡っていく。前句の人達を団体の講参りとした。

40 名オ三。雑。▽講参りの期間は、早起きも行の一つで、すでに五、六日たって慣れてきた。

41 名オ四。雑。▽早起きを励行したおかげで、食欲も出て薬を服むことも中止した。前句の「朝起」を健康法とした。

42 名オ五。雑。恋(嫁入夜着)。▽仕立てた嫁入りのための夜着を母親が病気の回復しかけた娘に見せて元気付けている。

43 名オ六。雑。恋(恋)。○旦那山臥　信仰している家に常に出入りしている山伏。家内のことの相談に乗ったりもして

45 麦を煎《いる》香《か》に咽《のど》のかはきし　道

46 脛《もも》引《ひき》の間を蚤《のみ》にせゝられて　志

47 宵の小《こ》雨《さめ》に真《ま》竹《だけ》生《おひ》出《で》る　肩

48 森《しん》〱《しん》と囲《カコ》居《ヰ》の伊《イ》予《ヨ》簾《ス》もる月に　秀

49 こゝろを告《つぐ》る秋のひよどり　房

50 山畑の木《こ》練《ねり》色づく風の音　翁

51 石《いし》地《ぢ》の坂を帰る宮《みや》坊《ばう》　碩

52 情《ジャウ》強《コハ》き聾《ツンボ》者の大工咄《はなし》して　道

53 かたぎを残す奈良の纘《セン》上《しやう》　肩

54 野の広さとし〲花を植《うゑ》ひろげ　秀

55 がら〱とする春の曙　碩

いたらしい。▽娘の恋の話にも相談に乗っている旦那山伏だ。「嫁入夜着」を「旦那山臥」に見せているとまでしなくてもよい。

44 名オ七。雑。▽江戸に出店を持つ在所でも大きな門構えの屋敷である。前句の「旦那山臥」の出入りする家。

45 名オ八。夏(麦を煎)。○麦を煎　初麦を炒り、臼で粉にひく。はったい粉を作ること。▽麦を炒っていると、その香ばしい匂いに喉の渇きを覚える。いかにも在所の家らしいさま。

46 名オ九。夏(蚤)。○脛引　股引が正しい。▽股引きの中を蚤に食われた。前句の時節の農村。

47 名オ十。雑。▽宵の間に降った小雨のために真竹が伸び出てきた。庭を眺めてふと気が付いた景。季感は夏。

48 名オ十一。秋(月)。月の定座。○囲居　茶の湯の数寄屋をいう(阿部正美『芭蕉連句抄』八)。○伊予簾　伊予国の山中で産するちごござで作った簾。わびた感じがするので茶室に多く用いる。▽ひっそりとした中、茶室に掛けた伊予簾をとおして月影が差し込んでいる。前句の屋外に、屋内の景を付けた。

49 名オ十二。秋(秋・ひよどり)。▽秋のさびしい心を告げるかのようにヒヨドリが鳴いている。前句の雰囲気を受けた。

50 名ウ一。秋(木練)。○木練　木練柿の略。木になったまま甘く熟する柿。▽山の畑の木練柿が色付き、風の音にまじってさびしげなヒヨドリの鳴き声が聞こえてくる。

51 名ウ二。雑。○石地　石の多い地質の所。○宮坊　宮寺の僧。社僧。▽秋風の音を聞きながら山畑の傍の石の多い坂道を宮坊が帰っていく。

52 名ウ三。雑。片意地な耳の不自由な大工が、大声で宮坊に話しかけて歩いていっている。「大工」は宮大工を想定しているだろう。聾―片意地・職人、大工―寺・社(誹諧小からかさ)。

53 名ウ四。雑。○かたぎ　気質。濁点底本のまま。○奈良大工の多い所。○纘上　僭上か。大言壮語の意味(阿部正美『芭蕉連句抄』八)で、思い上がったことを言うに近いか。▽大工気質を残して気位高い奈良の大工である。前の人物のこと。

54 名ウ五。春(花)。花の定座。▽この広い野に毎年花を植え広げていって一面の花畑にしようと思っている。前句の僭上な言い方の内容。

七吟

落英

56 秋風や山田を落る水の音

57 向ひの岨《そは》に柿合《あは》す猿　蚊夕

58 昼の月見るに其《その》まゝ鼻引《ひい》て　忠清

59 寐ても居《を》られぬ船心なり　光延

60 淋しさは口塩もなき夕まぐれ　舞郷

61 硫《い》黄《わう》煎《たく》香《か》にさし睮《ノソ》く家　是計

62 仮《かり》初《そめ》の鷹の御《お》供《とも》に召《めさ》れつる　之道

63 常も恋めく京のもの云《いひ》　筆

64 行《あん》灯《どん》の影さへ頼む思ひ寝に　蚊夕

65 つかへ持《もつ》身へ響く神《かみ》鳴《なり》　落英

55 挙句。春(春)。○がら〳〵　がらんとしたさま。濁点底本のまま。▽一面花だけのただただ広い野原の春の曙である。前句を現実の広い花畑としてめでたく巻き納めた。

○七吟　元禄三年(一六九〇)秋の興行。

56 発句。秋(秋風・落とし水)。○落る水　落とし水。稲刈りの前に田から水を抜くこと。▽秋風の中、その音と響き合うかのように山田から水を落とす音が聞こえてくる。

57 脇。秋(柿)。○岨　切りたった崖。○合す　淡す。柿の渋を抜く。▽その山田の向かいの岨に生えている柿がいつまでも残っているのは、猿が熟すのを待って置いているのだろう。山田—猿、猿—柿(類船集)。

58 第三。秋(月)。月の定座から二句引き上げ。○鼻引く　くしゃみをする(日葡辞書)。▽向こうの崖の上にいる猿の後ろに昼の月が出ているのをみていると、くしゃみが出た。上を向くとくしゃみが出やすい。

59 初オ四。雑。○船心　船心地。船に乗っていた時と同じように、酔ってむかむかする状態(日葡辞書)。▽昼の月を見たら風邪を引いてしまったのか、くしゃみが出て、じっと寝ていることも出来ないような気分の悪さである。

60 初オ五。雑。○口塩　入口に置く盛り塩。▽淋しさは、入口の盛り塩もない夕方の味もそっけもない景色である。「さびしさは其色としもなかりけりまき立山の秋の夕暮」(新古今集・秋上・寂蓮)をかすめて街中の景色とした。船酔いに塩が効くという俗信があったか。

61 初オ六。雑。○硫黄煎　「山自リ取来ル者、略煮テ土気及沫ヲ去リ之ヲ煮硫黄ト謂フ」(和漢三才図会六十一)。▽寂しげな家から硫黄を煮る香りがしてきたので中を覗いた。

62 初ウ一。冬(鷹狩)。▽硫黄を煮る山中の家を覗いたところ格好の人物がいたので、その人物が其の場で鷹狩りの供に召し出された。一句の主体を山中の家の人物に転じた。

63 初ウ二。雑。恋(恋めく)。▽普段の言葉も京言葉は恋を語るような優しさがある。狩りに召した人物の上品さ。

64 初ウ三。雑。恋(思ひ寝)。○思ひ寝　恋しく思いながら寝ること。▽行灯の影にさえ、恋しいあの人の姿を想像しつ

66 くじ取て豆腐を買《かひ》に下ル坂　光延
67 いつ喰《くひ》満《みた》ん煤《すす》の玉味噌　忠清
68 儀は済《すみ》て読《よみ》くせわろき文の道　是計
69 只によき〳〵と杉の村《むら》立《だち》　舞郷
70 杜宇《ホトヽギス》得きかで月も明《あけ》はなれ　英
71 亭主自慢の風呂を一息《イキ》　道
72 男ぶり少《すこし》謇《ドモル》も花なれや　清
73 契《チギリ》初《そめ》しは壬《み》生《ぶ》の念仏　夕
74 住吉の汐《しほ》干《ひ》も塩の干《ひ》た計《ばかり》　郷
75 真《ま》砂《さご》の数か歌のよみかた　延
76 便《たより》有《あり》たび〳〵貰《モラ》ふ観世より　道
77 いかつがましき秋の初風　計

つ寝ることだ。前句は、思い人のこと。

65 初ウ四。夏(神鳴)。○つかへ　癪(しゃく)。女性に多い病気。▽恋の思いに寝つかれぬ折、持病の癪に雷が響いてつらい。

66 初ウ五。雑。▽籤(くじ)を引いて豆腐を買いにいく役が当り、坂を下っているが、折から鳴っている雷が持病の癪に響いてくる。前句を女性から男性に変えた。

67 初ウ六。雑。○玉味噌　藁づとに包み、一、二年置いて熟成させた味噌。▽長年貯えて煤のかかったようになった玉味噌を豆腐に付け思う存分食えるようになるのはいつのことか。前句は味噌田楽を作るために買いに行くとした。豆腐—味噌。

68 初ウ七。雑。○文の道　学問や作詩作文の道。▽伝授の儀式は済んだが、まだ悪い読み癖が残っている。前句に、満足できない気味を感じて、同じような気味を付けた。

69 初ウ八。雑。○杉の村立　歌語。「きかずともここをせにせむほととぎす山田の原の杉のむらだち」(新古今集・夏・西行)。▽伝授の儀式は終わったが、まだ読み癖に悪いところがあって「只によき〳〵」などと洗練されていない歌を作る。

70 初ウ九。夏(杜宇)。▽待っていたホトトギスの声もついに聞こえてこずに夜が明け離れ、薄暗い中から杉の木立が姿を現してきた。前句に西行の歌を思って杜宇を付けた。

71 初ウ十。雑。○風呂　茶の湯の風炉か。▽夜が明けてしまったので亭主の自慢の風炉でたててくれた茶で一息入れた。風呂に入るとも取れる。

72 初ウ十一。春(花)。恋(男ぶり)。花の定座。▽すこし吃り気味なのもかえって男ぶりがよい。前句の亭主の様。

73 初ウ十二。春(壬生の念仏)。恋(契初)。○壬生の念仏　京の壬生寺地蔵堂で三月十四日から二十四日まで行なわれる大念仏。壬生狂言で有名。▽(前句の)あの男と初めて契ったのは壬生念仏の折だった。

74 名オ一。春(汐干)。○住吉の汐干　汐干といえば三月三日の摂津国住吉の浦の汐干が代表的。▽住吉の汐干の汐もいま干いたばかりである。前句の壬生念仏と同じ季節で付けたか。

75 名オ二。雑。▽歌の読み方も真砂の数ほどいろいろある。前句の「汐干」に「真砂」をあしらう。住吉—歌(類船集)。

78 一つ〱踊つぶるゝ月の色　郷
79 新《しん》酒《しゆ》をことに下戸の平《ヒラ》強《ジイ》　英
80 冬紙《かみ》子《こ》夏は大かた裸《ハダカ》にて　夕
81 他をそしりつゝかつぐ唐《から》物《もの》　清
82 小便に立《たつ》とみえしも帰りけり　延
83 ゆふつげ鳥の告《つぐ》る食《めし》時《どき》　道
84 隠《いん》気《き》成《なる》人と乗《のり》合《あふ》やぐら馬　計
85 物ごとまゝに行《ゆか》ぬ世の中　郷
86 銭の穴是も次《つい》手《で》に丸からで　英
87 問《とは》ず語《がた》りに小僧夜更《ふか》し　夕
88 御《お》持《もち》鑓《やり》さや蝙《かう》蝠《もり》の打《うち》落す　清
89 花の嵐にひづむ仮小屋　延

76 名オ三。雑。○観世より　こより。不審紙のようにも用いた。▽歌の読み方をたずねる観世よりを付けた便りを何度も貰うことだが、本当に歌の読み方はいろいろあるものだ。
77 名オ四。秋(秋)。○いかつがましき　いかにもいかめしい。▽秋の初風は、なんだかいかめしい感じがしますね。前句の便りの挨拶の語。
78 名オ五。秋(踊・月)。月の定座から六句引き上げ。▽夜が更けて、踊りの輪が一つまた一つとつぶれていくが、空の月はいっそう輝きを増し、秋の風が強く吹いてきた。
79 名オ六。秋(新酒)。○下戸の平強　諺(譬喩尽ほか)。むやみに酒をすすめること。▽今年の新酒だからと言ってむやみに酒をすすめる。前句の踊りの時のことを付けた。つぶるゝ―大酒(誹諧小からかさ)。
80 名オ七。雑。▽わしは冬は紙子一枚を着るだけ、夏はおおかた裸で暮らしているぜ。前句の人物が「平強」しながら発している言葉。
81 名オ八。雑。○唐物　舶来品。また古道具をもいう。▽他のものの悪口を言いながら、自慢の唐物をかついでいっている。前句を悪口の内容と変えた。
82 名オ九。雑。▽小便に立ったのかと思ったが、そのまま帰ってしまったようだ。前句に周囲のことを気にしない人物の性格を見て取って、その人物の行為をつけた。
83 名オ十。雑。○ゆふつげ鳥　鶏の異称。本来は木綿付鳥でユウツケ鳥だが、夕告鳥ととってユウツゲ鳥となった。▽夕告鳥が、その名のとおり、夕食の時分だと告げている。前句の人物が食事時なので家へ帰ったとした。
84 名オ十一。雑。○やぐら馬　馬の上にコタツ櫓を逆にしたようなものを付けて二人、あるいは荷物と一緒に乗せたりした馬。▽夕告鳥の鳴くさびしい夕暮れ、陰気な感じの人とやぐら馬に乗り合わせた。
85 名オ十二。雑。▽こんな陰気な人と乗り合わせるなんて、本当に世の中はままにならぬものだ。
86 名ウ一。雑。▽物事はままにならぬものだが、特に金銭がからむと、銭の穴が丸くないように丸く収まらないものだ。

90 疵のなひ壱《いち》歩《ぶ》揃《そろゆ》る春の色　道

91 蜆《しじみ》たづぬる足軽の顔　計

独吟　之道

92 蓮葉《はちすば》のうらにも降《ふる》や秋の雨

93 鳴《なき》所《どころ》よし蜩《ひぐらし》のこゑ

94 新蕎《そ》麦《ば》にことをかきしは辛味《からみ》にて

95 長き話しに月は入《いり》けり

96 踏《ふむ》ところ真《ま》菰《こも》莚《むしろ》やくぼむらん

97 炭計《はか》る手をぬぐふ水鼻

98 干《ほし》侘《わび》ててゝら凍《いて》たる風吹《ふき》に

87 名ウ二。雑。▽住職の問わず語りの相手をして、小僧が夜更かしをしている。前句は、問わず語りの話題の一つ。

88 名ウ三。雑。〇御持鑓　自分の差料のヤリ。▽御持鑓の鞘にコウモリが当って落としてしまった。前句の時刻に別の所でおこったことを付けた。

89 名ウ四。春(花)。匂の花を一句引き上げ。〇花の嵐　花時分に吹く強い風。▽花の頃、狩りのために建てた仮小屋が折りからの強い風でゆがんでしまった。前句の「御持鑓」に高い身分の人を見込み、鞘を打落とされたことの移りで仮小屋がひずむことを付けた。

90 名ウ五。春(春)。〇壱歩　一分金。▽疵のない一分金を集めて揃え、春の雰囲気を感じている。御祝儀のため。

91 挙句。春(蜆)。▽この辺で蜆のとれるのはどこかと尋ねている足軽の顔も、春めいている。

92 発句。秋(秋の雨)。▽秋の初めの長雨が、蓮葉の裏にも滲みとおるように降り続いている。

93 脇。秋(蜩)。▽雨がやんで、とたんにタイミングよく蜩が鳴き出した。時間的に発句の後を付けたものだが、言葉足らずの感がある。蜩―蓮の葉(類船集)。

94 第三。秋(新蕎麦)。〇ことをかく　物などが無いために不自由する。〇辛味　薬味。▽蜩の鳴くころ出始めた風味のある新蕎麦を賞味しようとしたら、事を欠くに薬味がない。

95 初オ四。秋(月)。月の定座から一句引き上げ。▽新蕎麦を食べながら話しが長くなって、気がついたら月が入ってしまっていた。

96 初オ五。雑。〇踏むところ…　諺「ふむところがくぼむ」(毛吹草ほか)。人の出入りで出費が重なるという諺の意味には用いていない。▽真菰の莚の上に立って月が沈んでしまうまで長いこと話していたので、踏んでいたところがくぼんでしまっているだろう。

97 初オ六。雑。▽真菰の莚の上で長い間炭を数えて真っ黒になった手で水鼻をぬぐった。菰から炭の連想。

99 誰に添《そひ》寝《ね》の小《こ》冠《くわ》者《じや》夢見る
100 新《あたら》敷《しき》木《き》地《ち》の文庫に錠おりて
101 形《かた》はる窓に夕日さし込
102 雁《かり》がねの空鳴《なき》渡るうそ寒き
103 出《しゆっ》家《け》立《たて》てのはじめての秋《あき》
104 唐《たう》人《じん》の名月諷《うた》ふ夜もすがら
105 茶ものがたりや莨菪《タバコ》編《あみ》〳〵《あみ》
106 むご〳〵と猫の産《ウミ》巣の破れ蓑《みの》
107 入《いる》時見えぬ機《はた》のへをもり
108 うらつらひ人に逢《あは》ばや花の比《ころ》
109 薺《ナツナ》の音もなせば辻《つじ》占《うら》
110 柴の戸の軒にかいよる春の雪

あめ子

98 初ウ一。冬(凍たる)。○てゝら　ふんどし。▽戸外に干したふんどしが、寒風に凍ってわびしげにぶらさがっていて、水鼻を出しながら炭を計っている。
99 初ウ二。雑。恋(添寝)。▽誰と添寝をしている夢をあの少年は見ているのだろうか、戸外には少年のふんどしがわびしげにぶらさがっている。衆道の夢。
100 初ウ三。雑。▽出来たばかりのまだ新しい木地の見える文庫に錠をおろして、その傍らで少年が寝ている。
101 初ウ四。雑。○形はる　障子の破れに絵型を切り張りした窓。▽形張りした窓から夕日が室内に入り込み、錠のおりている新しい文庫を照らしている。
102 初ウ五。秋(雁がね・うそ寒)。▽夕日のさしこむ窓から鳴きながら空を渡っていく雁の群れが見え、うそ寒く秋の深まりを感じる。
103 初ウ六。秋(秋)。▽出家して初めての秋、空行く雁を眺めていると、いつもよりも一層うそ寒さが身に沁みる。
104 初ウ七。秋(名月)。▽唐人が一晩中、名月の詩を吟じている。
105 初ウ八。雑。○莨菪　底本振仮名「タバヨ」。▽タバコをもんでキセルに詰めつつ茶飲み話をしていると、外から唐人の詩を吟ずる声が聞こえてきた。
106 初ウ九。雑。▽破れ蓑の中で生まれたばかりの猫の子がむごむごと動いている。前句の傍でのこと。
107 初ウ十。雑。○へ　綜。機織りで縦糸を並べて掛けておく具。▽入用の時にかぎって見あたらない綜である。それが、蓑と一緒に猫の産巣にあった。「もり」は「守り」か、または「綜錘り」という具があったか未詳。
108 初ウ十一。春(花)。恋(ういつらひ人)。花の定座。○ういつらひ人　「憂きつらき人」の音便。恋しい人。▽花の頃になり、花見客の人混みの中で恋しい人に逢いたい。前句の綜を捜すのを娘盛りの人物と見て取った。
109 初ウ十二。春(薺)。恋。▽薺を振って出る音も、あの人と逢えるかどうかを知る占いに使おうと思えば使える。

111 石焼《やく》けぶりむねにむかつく
112 今はたゞ医師もむつかし道心者
113 寝ざめ〳〵に探《さぐ》る麻《マ》姑《ゴノ》手《テ》
114 買《かひ》置《おき》の棺《ひつぎ》に鼠あれやまず
115 能《よく》治《をさ》まりて続く代《よ》久し
116 伏《ふし》芝《しば》に昼顔生《ハエ》し風の音
117 焼《せう》酒《ちう》のむに気味よかりけり
118 筑前や九十九兀《ハゲ》の其独《ひとり》
119 己《おの》がちんばを云《いは》ぬ針《はり》立《たて》
120 灯燈や月も出かゝる姑《シウト》入《いり》
121 恋の障《さはり》や宵の稲妻
122 南天の実をこぼしたる麁《そ》相《さう》さよ

110 名オ一。春(春の雪)。▽山の庵の周辺も春になって薺が咲き始め、軒下にだけ雪が掻き寄せられて残っている。

111 名オ二。雑。○石焼　薬を製することか。▽草庵の傍らで石を焼いて薬を作っている煙が胸にむかつく。

112 名オ三。雑。▽道心のある人物だったが、もう医師でもむずかしい容体になった。前句の「石焼く」から「医師」を出した。

113 名オ四。雑。▽病が重くなり、寝覚めるたびに麻姑の手を捜している。

114 名オ五。雑。▽あらかじめ買っておいてある棺を鼠が荒らして、その音で目を覚ますたびに脅そうと手探りで麻姑の手を捜している。

115 名オ六。雑。▽世の中がよく治まって代が久しく続いている。世の中が平穏なので死者も少ないのである。

116 名オ七。夏(昼顔)。○伏芝　柴の異称の伏柴を誤って芝の意とした。▽芝の中から昼顔が生え、その上を吹く風が音をたてている。

117 名オ八。夏(焼酒)。▽すずしげに風が吹いていて、焼酎を飲むと気持ちがよい。

118 名オ九。雑。○九十九兀　未詳。▽焼酎を飲んでいる筑前様は、九十九人の立派な禿頭の一人に数えられるだろう、の意か。焼酒に禿が付くか。

119 名オ十。雑。○針立　針医者。▽人のことを禿頭だなどというが、自分の足の不自由なことは言わない針医者である。「兀」に「ちんば」をあしらう。

120 名オ十一。秋(月)。恋(姑入)。月の定座。○灯燈　チョウチンか。○姑入　舅入。婿取りまたは嫁取りの後に舅が婿または嫁の実家に行く儀礼。▽月も出かかるころ、提灯を下げて舅入に向かう。針立が仲人になった(前句はいわゆる仲人口)。

121 名オ十二。秋(稲妻)。恋(恋)。▽そろそろ月も出かかるころだが、宵闇の折に稲妻が光るのは恋の妨げとなるなあ。前句の「姑入」は捨てられている。

122 名ウ一。秋(南天の実)。▽二人で逢瀬を楽しんでいるとき、稲妻が光ったのに驚いて傍らに生えていた南天にさわって

123 旅人などか馬のあし音

124 海老売のおかしき顔も今日は来《こ》ず

125 目を入《いれ》替《かへ》し双六の賽《サイ》

126 賑はしき伊勢の湊の春の花

127 桃の節供や二見はまぐり

両吟

128 住吉の市の戻りや秋の風　光延

129 勝《コツ》間《マ》新《しん》家《け》は月の初夜時　之道

130 借《かり》廻《まは》る踊太鼓の差《さし》合《あひ》て　仝

131 正《まさ》〳〵《まざ》虚《う》言《そ》の云《いは》れざりけり　延

あめ子

粗相なことにその実を落としてしまった。

123 名ウ二。雑。▽せっかくの南天の実をこぼす粗相をしたのは旅人だったか、馬の足音が聞こえていた。

124 名ウ三。雑。▽誰かやってこないかなと思っていたら旅人がやってきたらしく馬の足音も聞こえるが、待っているあのおかしな顔をした海老売りは今日は来ないようだ。

125 名ウ四。春(双六)。○目を入替し　未詳。▽いつもやってくる海老売を相手にしてやろうと双六の賽の目を入れ替えて待っているが、まだ今日はやってこない。

126 名ウ五。春(春の花)。花の定座。▽伊勢の大湊には春の花が咲き、賑わっている。前句を道中双六ととり、伊勢を出した。

127 挙句。春(桃の節供)。▽桃の節供に用いるための二見ケ浦のハマグリで伊勢の大湊は大にぎわいである。伊勢―蛤(類船集)。

128 発句。秋(秋の風)。○住吉の市　九月十三日に摂津国住吉大社で行なわれる祭り。升の市。▽住吉の升の市からの帰り道、しみじみと秋の風を身に感じていることだ。

129 脇。秋(月)。月の定座から三句引き上げ。○勝間　摂津国西成郡の村。木綿や新家白茄子などが名産。○初夜時　六時の一。夜を三分した最初の時。▽住吉の市の戻り、初夜時の月に照らされている勝間新家を通りがかった。

130 第三。秋(踊)。▽踊りに使う太鼓を借りたいが、祭りの時期なので方々で重なり合ってうまく借りられない。前句の勝間村での様子。

131 初オ四。雑。○正〳〵　まともにの意か。▽まともには嘘も言うことは出来ない。太鼓を貸すことの断りの嘘。あるいは、借りるための理由とも取れる。

132 中〳〵に盛つぶされて二日酔　仝

133 碁は負《まけ》こして銭は皆にし　道

134 隠《いん》居《きよ》田《だ》の植《うゑ》付《つけ》見舞ふ夕《ゆふ》間《ま》暮《ぐれ》　道

135 茨《いばら》堤《づつみ》をもどる鳥さし　延

136 爰《ここ》丹波あれやそのべの城ならん　仝

137 藁《わら》屋《や》ならべて朝日白《しろ》〳〵《じろ》　道

138 灰焼の団子くれけり茶の塩に　仝

139 非《ひ》時《じ》早かりし秋の寒空　延

140 本妻に妾《てかけ》を直す月の色　仝

141 恋には弱き相撲取也《なり》　道

142 照《てり》暮《くれ》や目《ま》深《ぶか》に着たる肥前笠　仝

143 跡をせらるゝ水《すい》風《ふ》呂《ろ》の時《じ》宜《ぎ》　延

132 初オ五。雑。▽酒を断るのに嫌いだなどと分かり切った嘘も言われず、好きなものだから相手になったが、かえって酔い潰されて二日酔になってしまった。

133 初オ六。雑。▽賭け碁に負けて一文無しになってしまったうえ、酒にも酔い潰されてしまった。

134 初ウ一。夏(田植)。○隠居田　隠居するとき、その後の生活のために分与された田。▽賭け碁に負けた隠居が、夕方に隠居田の植えつけの様子を見にやってきた。

135 初ウ二。雑。▽夕方、茨の生えている堤を用心しながら帰っていく鳥さしのようすが、隠居田から見える。

136 初ウ三。雑。▽ここは丹波路だから、あれに見えるのが園部のお城だろう。鳥さしが茨の堤を帰っていきながら心で思っていること。俗謡があるか。

137 初ウ四。雑。▽藁ぶきの家が並んでいるところにしらじらと夜が明け朝日が昇ってきた。前句あたりの光景。

138 初ウ五。雑。○灰焼　山などで木を焼いて染色に用いる灰を作る人。○茶の塩　茶うけ。▽灰焼が茶うけに団子をくれた。前句は、山から見た里の風景。

139 初ウ六。秋(秋)。○非時　非時食(ひじき)の略。午後の食事。▽秋の寒空の下、非時の頃にはまだ早いので、一時しのぎに茶うけとして団子をくれた。

140 初ウ七。秋(月)。恋(妾)。▽月が美しいころ、妾をあらためて本妻とした。

141 初ウ八。秋(相撲取)。▽相撲には強いが恋には弱い力士らしく、とうとう妾でおいていたのを本妻にした。

142 初ウ九。雑。○肥前笠　未詳。「皮癬瘡」にかけるか。▽夕日の強く照っている暮れ方、肥前笠をまぶかにかぶった相撲取りが行く。恋に弱いので顔を見せないようにしている。

143 初ウ十。雑。○水風呂の時宜　諺「湯の辞義は水になる」(譬喩尽ほか)による。遠慮していると風呂がさめる。遠慮も時と場合による。▽宿屋の風呂は遠慮をしていられない。時分時なので次から次と人が入ってくる。前句に旅中の体を見て付けた。

144 しかられてかくにはあらき花鰹《はながつを》　仝
145 具足の餅をひらく長閑《のどか》さ　道

中の秋十日あまり、之道、芭蕉翁をたづねて行《ゆく》日、後のなつかしきを　伊丹鬼貫

146 橋よりも戻る心を瀬田の奥
147 空《そら》いそぎする秋の船衆　之道
148 後《うしろ》戸《ど》の月の有《ある》間《ま》に食《めし》喰《くう》て　仝
149 膝へ飛《とび》しは青《アマ》蛙《ガエル》なり　貫
150 羊《やう》蹄《てい》のあたりや風の吹《ふき》ぬらん　仝
151 丹《たん》波《ば》太《た》良《らう》が聳《ソビク》昼時　道

144 初ウ十一。春(花)。匂の花を正花でなく付けた。▽風呂の支度もせかされ、急ぐようにと叱られて掻くと花鰹があらくなってしまう。宿屋などの女中のさま。

145 挙句。春(具足餅開・長閑さ)。○具足の餅をひらく　正月、甲冑に供えた具足餅を十一日に割って祝う行事。▽具足餅をめでたく割って祝うのどかな春の頃である。半歌仙が満尾。

146 発句。雑(但し、前書に秋を示す)。○中の秋十日あまり　元禄三年八月十日すぎ。この頃、鬼貫は大坂住。○橋　瀬田の唐橋。▽心は瀬田の唐橋の向うの芭蕉の所にとどまっても、体だけは戻ってきて下さい。当時、芭蕉は、既に幻住庵を出て大津滞在を経、義仲寺に入っていたと思われる。

147 脇。秋(秋)。○空いそぎ　急ぐふりをする。「船頭の空いそぎ」(毛吹草二)。▽秋の船旅で船頭は空いそぎをしているだけで一向に船足が早まらない。芭蕉に会いたくて心せいている気持ち。

148 第三。秋(月)。○後戸　家の後方にある戸。▽後戸の所にまだ月がある間に夕飯を食べておこう。前句の急ぐ心の移りで付けた。

149 初オ四。夏(青蛙)。季移り。▽飯を食べているとき、膝へ飛んできたものがあって何だろうと思ったら青蛙だった。

150 初オ五。雑。○羊蹄　羊蹄(ギシギシ)の根を砕いて作った皮膚病の塗薬。羊蹄で作った膏薬にもいう。▽青蛙の飛びついた膝のあたりに羊蹄を塗っているが、そこらあたりに風が涼しく感じられる。

151 初オ六。夏(丹波太良)。○丹波太良　入道雲。西の方の丹波方面に立っているように見えるので京坂で言う。この雲が出ると雨が降りやすい。▽羊蹄を塗った膝のあたりに涼しい風を感じるが、雨が近いのか、昼時に丹波太郎のそびえているのが臨まれる。一句おいただけでまた夏に戻っている。

第三まで

152 椑《キザ》柿《ハシ》や鞠《まり》のかゝりの見ゆる家　珍碩

153 秋めく風に畳干《ほす》門《かど》　之道

154 有明に湯《ゆ》入《いり》中《なか》間《ま》の荷を付《つけ》て　翁

発句

155 猪《ゐのしし》もともに吹《ふか》るゝ野《の》分《わき》かな　翁

156 吹《ふく》風《かぜ》に唇《クチビル》うるむ木《む》槿《くげ》かな　尾州 越人

157 秋風に羽織はまくれ小脇指　加州 北枝

158 月すむや室《むろ》のやだ船是《これ》一つ　京 去来

159 終《よす》夜《がら》や野分に落《おち》し鬼瓦　大坂 安枝

152 発句。秋(椑柿)。〇椑柿　木についたまま甘く熟した柿。木練。〇鞠のかゝり　蹴鞠の鞠場の四方に植えた木。▽秋晴れの空に赤く熟したキザワシが目に止まり、築地越しにその屋敷の中に目をやると鞠のかかりの木が見えた。大きな御屋敷の景。元禄三年九月六日付曲水宛書簡で芭蕉は「うづら鳴なる坪の内と云五文字、木ざはしやと可有を珍夕にとられ候」と記す。

153 脇。秋(秋めく)。▽秋らしい風の吹く中、屋敷の門口には畳が干してある。

154 第三。秋(有明)。〇湯入中間　湯入り衆。いっしょに湯治に行く仲間。▽有明月の下、湯治に行く仲間が馬の背に荷物を付けて出立しようとしている。

155 ▽すさまじい野分の風にあたりの木や草といっしょに猪までが吹きまくられている。元禄三年八月四日付千那宛芭蕉書簡にこの句形で記すが、九月六日付曲水宛書簡には「猪(ゐ)のしゝの」とする。元禄三年幻住庵での作。卯辰集三九にも入る。季野分(秋)。

156 〇唇　底本「脣」。▽木槿の花の咲く傍らを通っていると、折りから吹いてきた秋風を感じ、夏には乾ききっていた唇がしっとりとうるんだように思えた。あるいは、冷い風に唇が色つやを失って木槿のような淡紫色になったことをいうか。秋は風で知るのが本意。季木槿(秋)。

157 〇小脇指　腰に差す大小の刀の小刀の方。「昔の脇差をば小脇差と云」(装束集成四)。▽さっと吹いてきた秋風に羽織がまくれあがり小脇差が見えた。泊船集に「秋風や羽織をまくる小脇指」とする。季秋風(秋)。

158 〇室のやだ船　未詳。▽澄む月の下、室のやだ船だけが見える。季月(秋)。

159 ▽一晩中吹いていた野分に吹き落とされたか、鬼瓦がぽつんところがっている。季野分(秋)。

160 霧雨の降《ふり》もしきらず庵の内　同 之道

161 名月や大津の人の人がまし　大津 尚白

162 名月や雷《いかづち》のこる柿の末　膳所 珍碩

163 宵〳〵の水《みづ》増《ぞう》水《すい》や秋の風　大津 乙州

164 宵《よひ》暗《やみ》や狐火に寄《よる》虫の声　膳所 正秀

165 名月や寺の秘蔵の茶《ちやの》木《き》原《はら》　同 昌房

166 帷《かた》子《びら》を取《とり》置《おき》秋の物がたり　同 探志

167 茶袋や盆かたびらのたちはづし　大坂 之道

餞別

168 色黒に成《なる》をいとふな秋の月　同 蟻国

169 七《しち》月《ぐわつ》は船の中にも踊かな　同 古客

170 名月に人あふのくもうは気哉《かな》　同 三楽

160 ▽庵の中に居ると、霧雨が降りしきるわけでもなく時々降っているのが感じられる。季霧雨(秋)。

161 ○人がまし　一人前らしい。相当な人物らしい。▽琵琶湖で名月を賞する大津の人たちは、いずれも相当な人物らしい様子に見える。季名月(秋)。

162 ▽名月を賞していると、稲光がし、それが柿の木末にしばらく残って見えていた感じがした。実際は瞬間だが、印象強かったもの。季名月・柿(秋)。

163 ○水増水　水雑炊。薄い雑炊。病気のときや酒に酔ったあとに食することが多い。▽毎晩毎晩に水雑炊を食べているこの頃、さびしげな秋風が吹いている。季秋の風(秋)。

164 ▽宵闇のころ、野原で燃える狐火に寄っていくかのように虫の声がそのあたりから次第に強く聞こえてくる。季虫の声(秋)。

165 ○茶木原　茶畠。▽名月が、寺が大事にしている見事な茶畠をくまなく照らしている。猿蓑に中七を「処は寺の」とする。季名月(秋)。

166 ○帷子　ひとえの着物。▽夏に着た帷子をしまって、秋の夜長を世間話にうちすごす。女性の生活の句。探志の初入集。季秋(秋)。

167 ○茶袋　茶葉を入れて煎じるための袋。紙製と布製があった。○盆かたびら　お盆のころに着る帷子。祝儀として配られることが多い。○たちはづし　布の裁ち切れ。小切れ。▽いま使っている茶袋は、盆帷子の端切れで作ったものだ。季盆かたびら(秋)。

168 ▽まだ陽射しの強い秋の旅で日に焼けて色が黒くなるのをいやがるな、美しい秋の月を道中で賞でることが出来るのだから。季秋の月(秋)。

169 ▽七月は踊りのシーズンで、船の中でも踊っている人たちがいる。季七月・踊(秋)。

170 ○あふのく　底本「あをのく」を見せ消ち。○うは気　落ちつかないさま。▽人々が名月のために気もそぞろにあおむいているが、本当にこれこそうわ気だ。季名月(秋)。

171 朝露もまだねむげ也馬の上　同　之道

172 古寺やものにかまはで秋の月　同　縁山

173 月見にはなどこもらずや悪源太　膳所　珍碩

174 秋風の吹《ふき》わたりけり人の顔　伊丹　鬼貫

175 指さしてのびする児《ちご》の月見かな　大津　知月

176 さし出しな稲も弥《や》六《ろく》と名の付《つく》に　大坂　何処

177 おさへたる鰻《ウナギ》よしばし月の影　大坂　光延

178 秋風のまだきびしかれ須磨の浦　同　舞郷

179 秋風や未《まだ》音もなし升落し　同　蚊夕

180 更《フケ》るほどすゞむしの音《ね》や鈴の音《おと》　同　之道

翁《おきな》に越路の蓑を送りて

181 白《しら》露《つゆ》も未《まだ》あら蓑の行《ゆく》衛《ゑ》かな　加州　北枝

171 ▽朝早く宿を出て道中の馬の上から見ると、降りている朝露もまだ眠たげである。季朝露(秋)。

172 ▽あたりのものにかまわないように古寺の上に秋の月がかかって美しい光を投げかけている。それらしい道具立てもない素朴な景を賞した。季秋の月(秋)。

173 ○などこもらずや悪源太　謡曲・朝長「さる程に嫡子悪源太義平は、石山寺に籠りしを」。▽昔、悪源太は石山寺に籠ったというのに、今、月見のときに格好の場所のこの石山寺になぜ籠っていないのか。石山―秋の月・悪源太(類船集)。季月見(秋)。

174 ▽秋風が一緒に歩いている人の顔に吹き渡っている。福島村に移住したての元禄三年九月七日に訪れた盤水と連れだって近くの野径に遊び詠んだ句(犬居士)。季秋風(秋)。

175 ▽月の方を指さしながら背伸びをしている子供の月見である。季月見(秋)。

176 ○弥六　未詳。▽さしだしなさい、稲にも弥六と名がついているのだから、の意か。季稲(秋)。

177 ▽川でおさえて捕った鰻よ、お前もしばらく月の美しい光を眺めるか。鰻に月光がさしているのを言った。季月(秋)。

178 ○須磨の浦　「須磨にはいとゞ心づくしの秋風に…またなく、あはれなるものは、かゝる所の秋なりけり」(源氏物語・須磨)以来、須磨は秋のさびしさの極致とされてきた。▽秋のさびしさを最も感じさせるという須磨の浦ではまだ秋風がきびしく吹いていてくれ。季秋風(秋)。

179 ○升落し　升につっかい棒をして伏せ、その下に餌などを置いて、鼠(ねずみ)を捕るようにした仕掛け。▽秋風の聞こえるわびしい夜、仕掛けた升落しにまだ鼠がかからないのか音がしない。季秋風(秋)。

180 ▽夜が更けるほど鈴虫の音が冴えてきて、それこそ鈴の音のように聞こえ出した。季すゞむし(秋)。

181 ○未　底本「末」。▽まだ白露も濡れていないこの新蓑は、今後どのように翁と一緒の行方をたどることだろうか。幻住庵記に「木曾の檜笠、越の菅蓑計、枕の上の柱に懸たり」とある他、某年九月十六日付秋湖宛北枝書簡(句空庵随筆)にも庵の

182 行《ゆく》雲の移りかはれる残暑かな　同　魚素

183 秋の日や爰《ここ》らは障子張《はり》直《なほ》し　大坂　之道

184 竈《こほ》馬《ろぎ》にすぐり藁する月夜哉《かな》　膳所　珍碩

185 名月や堅《かた》田《だ》の庄屋先に立《たつ》　大津　千那

186 名月や雪に名をとる山の上　同　旭芳

187 引まけて草に首有《ある》きり〴〵す　同　乙州

188 蟀《きりぎりす》桜の紅《も》葉《みぢ》皆ちりて　大坂　之道

189 跡《あと》先《さき》に生れて同じ月見哉《かな》　同　素立

190 照《てる》月の下にせはしや虫の声　同　扇山

191 そよ〱と風に吹《ふか》るゝ月見かな　同　一空

192 などむるか月の別れを朝《あさ》皃《がほ》の　大坂　落英

193 碪《きぬた》ひとり能《よき》染もの〻匂ひ哉《かな》　膳所　珍碩

柱に掛けてあるこの蓑に漂泊の心を忘れず、この白露の句を感じている旨の手紙を芭蕉から貰い、「露清く翁になれし蓑見たき」と返事したとある。猿蓑・几右日記に収まる。卯辰集三一六にも入る。季白露(秋)。

182 ○魚素　底本「魚柰」。▽雲の動きの激しい秋になったが、暑さだけはまだ残っている。卯辰集三〇七にも入る。季残暑(秋)。

183 ▽さわやかな秋の日を受けて、この辺では一斉に障子の張り替えをしている。渡し舟(元禄四年)にも入る。季秋の日(秋)。「障子張る」はまだ季語になっていなかったか。

184 ○竈馬　イトドまたコオロギとも(嚢繡輪、俳諧歳時記栞草)。藤の実に「蛩(きりぎりす)すぐり藁する月夜かな」とある。○すぐり藁　藁のよいのをよりすぐること。▽月夜の光の下で、コオロギの声を聞きながら夜なべ仕事にすぐり藁をしている。季竈馬(秋)。

185 ▽名月を賞するには、琵琶湖の水辺近くの堅田の庄屋が真っ先に便利である。季名月(秋)。

186 ▽雪で評判の比叡山の上に名月が見えている。比叡―雪(類船集)。季名月(秋)。

187 ○きり〴〵す　今のコオロギ。▽コオロギ同士で引き合っていたが、負けた方のコオロギの首が切れて草に落ちた。卯辰集三四八にも入る。季きり〴〵す(秋)。

188 ▽桜紅葉もみな散り失せたころ、残ったキリギリスのわびしげな声が聞こえてくる。季蟀・桜の紅葉(秋)。

189 ▽跡から生まれた人も先に生まれた人も、みな一緒に今日の月見を楽しんでいることだ。季月見(秋)。

190 ▽ゆったり美しく照る月の下で、せわしげに虫が鳴いている。季月・虫の声(秋)。

191 ▽そよそよとした風に吹かれて月見をしている気持ちの良さよ。季月見(秋)。

192 ○などむるか　「なだめるか」の転訛か。日本俳書大系は「ながむるか」の誤りかとする。▽よもすがら楽しんだ月との別れを惜しむ気持を朝顔がなだめてくれる。季月・朝皃(秋)。

大守より白山の月とある題を給りて

194 しら山や岸につかへて三かの月　加州小松 塵生

195 屋根葺《フキ》の日も朝皃の咲《さき》にけり　千那

196 かいとりや木《も》綿《めん》鹿《かの》子《こ》の秋まつり　之道

追善

197 野原哉《かな》しばし名に呼《よぶ》花《はな》薄《すすき》　是計

198 夜《や》半《はん》より後《あと》は隣の月見かな　加酔

199 十五夜の月に打出の浜いづこ　之道

200 竹の子の塩出す秋の夕《ゆふべ》かな　玉子

201 秋風や横にふかれて渡し舟　忠清

202 渋柿も次第に色の付《つき》にけり　桑門 摂受

203 月晴てさし鯖しぶき今宵哉《かな》　京 加生

193 ▽秋の夜にひとりで碪を打っていると、染料のよい香りが匂い立ってきた。炭俵にも収める。季碪(秋)。

194 ○大守　太守。藩主のこと。○白山　歌枕の「こしのしらやま」のこと。白根が嶽とも。加賀・越前・飛騨の境にある。○岸　崖。▽白山の崖に引っ掛かるように細い三日月がかかっている。季三かの月(秋)。

195 ▽今日は屋根を葺く日だが、いつもと同じように朝顔が咲いている。季朝皃(秋)。

196 ○かいとり　着物の褄や裾をからげて引き上げること。○木綿鹿子　鹿子模様を染め出した木綿の布地。▽秋祭り、着物の裾をからげ、綺麗な木綿鹿子を見せて人々が踊っている。季秋まつり(秋)。

197 ▽いま私は、野原に来ているよ、花薄というあなたの名をしばらく呼んで、あなたを偲ぼうと思って。季花薄(秋)。

198 ▽今まではこちらの家の月見だったが、夜半過ぎからは隣の家が月見をする番だ。混み合った街中の家のさま。季月見(秋)。

199 ○打出の浜　琵琶湖畔にある歌枕。▽大津の近くで十五夜を迎えることになったが、その月を見ていると、歌枕で知られる打出の浜はどのあたりかと慕われることだ。季十五夜の月(秋)。

200 ▽秋の夕暮れ、塩漬の竹の子を取り出して塩出しをすることだ。季秋(秋)。

201 ○横にふかれて渡し舟　横わたし。ここは、琵琶湖の東西に渡ることを指すか。▽(琵琶湖を横に渡る)渡し舟に秋風が横から吹いて危うそうに揺れている。季秋風(秋)。

202 ▽木になっている渋柿も次第に色付いてきた。渋柿は熟すと甘くなる。季渋柿(秋)。

203 ○さし鯖　鯖を開いて塩をしたもので、二枚一重ねで一刺という。盆に、親戚とくに生御魂(いきみたま)への贈り物とした。▽今宵の月はことに晴れて美しいが、折からの刺鯖が少し渋く感じられる。鯖が少し古くなると渋味を感じるか。季月・さし鯖(秋)。

204 石山の石の形《かたち》や秋の月　鬼貫

205 名月や磯《いそ》辺《べ》〳〵の鳰《にほ》の声　之道

京寺町二条上ル町
井筒屋庄兵衛板

204 ○石山　石山寺。▽秋の月に照らされた石山寺の石の形はすばらしい。この句は、犬居士・禁足之旅記で義仲塚・兼平塚の次に「この所より道を右にのぼりて」とし「いし山の石の形(ナ)もや秋の月」の形で記されるもので、芭蕉の「石山のいしより白しあきの風」を踏まえて「石山の石の秋風の中での白さも魅力的ではありますが、月に照らされて浮かびあがる名石も素晴らしいものですよ」という、芭蕉への挨拶の句とも考えられる（復本一郎『本質論としての近世俳論の研究』）が、この芭蕉句は未発表のものだったのでなお考察がいる。但し、鬼貫が知っていたとすれば、之道が芭蕉から聞いて伝えたものと思われ、そのような例は他にもある。季秋の月（秋）。

205 ○鳰　カイツブリの古名。▽名月のころ、あの磯この磯で鳰の鳴く声が聞こえてくる。鳰の海と呼ばれる琵琶湖での句。季名月（秋）。

元《げん》禄《ろく》百《ひやく》人《にん》一《いつ》句《く》

雲英末雄 校注

〔**編者**〕流木堂江水。

〔**書誌**〕半紙本一冊。題簽、欠。柱刻「百人　一（一―廿二）」。全二十二丁

〔**書名**〕百人一首にならい編者が当時著名な俳人百名とその発句を選定したところから命名。なお阿誰軒編の『誹諧書籍目録』をはじめ当時の書目類では「百人一句」とあり、これが正式の名称である。勝峰晋風が日本俳書大系『蕉門俳諧前集』で、谷口重以編『百人一句』（万治三年刊）の書名と区別するため元禄を付し、以後「元禄百人一句」の名称が踏襲されている。

〔**成立**〕木因の序文によると、元禄四年（一六九一）三月の成立。

〔**構成**〕⑴白桜下木因序。⑵江戸季吟以下諸家の発句百句。巻軸は芭蕉。⑶誹諧作者目録。京・江戸・大坂をはじめ諸国の俳人二五〇名を列挙。⑷江水の自跋。

〔**内容・意義**〕編者は信徳門の近江俳人だが、諸国の各派の俳人をよく網羅して収録している。百名のうち江戸十五名（季吟・一晶・其角・露沾・嵐雪・立志・調和・素堂・芭蕉ら）、京四十七名（言水・和及・如泉・信徳・我黒・加生〈凡兆〉・団水・好春・丈草・似船・常牧・只丸・晩山・梅盛・秋風ら）、大坂十一名（西鵬〈西鶴〉・由平・来山・才麿・素竜ら）、尾張四名（越人・荷兮ら）、伊勢四名（園女・一有ら）、美濃三名（木因ら）、伊丹三名（鬼貫ら）、その他で、京が圧倒的に多く、蕉門俳人の占める割合は二割程度にすぎない。編者江水は、芭蕉を巻軸にすえるなど、蕉門に好意をもっていたと思われるが、それでも二割程度であり、その事実は元禄俳壇が蕉門一辺倒でないことを如実に物語っている。なお百人の俳人の選定は現代からみても適切公正であり、かつその代表吟が示されており、これによって元禄初年の俳風を知ることができる。

〔**底本**〕東京大学総合図書館竹冷文庫本。

〔**翻刻**〕日本俳書大系『蕉門俳諧前集』。

百人一句、世に行れん事を願ふは、にほてる東《ひがし》の江水子、道をさゞ浪の海に弘《ひろ》め、あまざかるあづまの果、松浦《まつら》の果しまで、風月の人を筆に招《まねき》て、ことし元禄かのとの未《ひつじ》春三月、此《この》一部なれり。われに此《この》ぞをこふ。男人《をとこびと》の集めにちなみて、まんなに書んもざえありげにたど〳〵し。いでや心をうごかす四節の始《はじめ》は、早春の霞《かすみ》に鳥の声こぼれしより、弥生《やよひ》・卯月《うづき》の里の蚕《かひこ》の幾莚《いくむしろ》養れけんも、いづれの山荘のあとを忍ばれん。所はいぶきの山かづら、葉守の神の花しづめに、榊《さかき》をりもてる女文字をかりて、再拝のことぶきをいふ。

白桜下《はくおうか》木因子《ぼくいんし》

○にほてる東　「にほてる」は枕詞。語義未詳。「鳰の海」(琵琶湖)を詠む歌の中に使われ、「蜑」「海」「浦」「沖」「月」などにかかる。「にほてる東」は琵琶湖の東。近江のことをさす。
○江水子　俳人。生没年未詳。伊藤信徳門。別号、華山叟・流木堂。江州柏原の人。編著は本書の他、柏原集(元禄四年)、道中ぶり(花見車による)。
○さゞ浪　琵琶湖の西南部一帯の古名。湖(ニホ)海近江―さゞ浪(類船集)。
○あまざかるあづまの果　「あまざかる」は枕詞。空遠く離れている意。ここでは「あづま」にかかる。遠く離れた東国のはて。
○松浦　九州西北地方。「肥前 松浦」(名所方角抄)。
○風月の人　風流人。俳諧に興ずる人。
○元禄かのとの未　元禄辛未、元禄四年(一六九一)。
○ぞをこふ　「ぞ」は序。序を求めた。
○まんな　真名(まな)。真字。漢文。
○ざえありげに　学問・漢学・漢詩文等の学識がありそうで。
○たど〳〵し　未熟である。もたもたしている。「かえって」の語を補って解釈した方がよい。
○いでや　さてさて。
○四節　四季。
○霞に鳥の声…　霞がかかり、そこから小鳥の鳴き声が聞こえてきた時から。
○幾莚養れけんも　何枚もの莚に養われたのも。
○いづれの山荘…　どなたの山荘の跡をしのぶのでしょうか。
○いぶきの山　伊吹山。伊吹(イブキ)近江―嶽(ダケ)(類船集)。
○山かづら　日陰蔓(かづら)。シダ類ヒカゲノカズラ科の常緑多年草。
○葉守の神　樹木に宿って、葉を茂らせ守る神。
○花しづめ　陰暦三月落花の飛散する時には、疫神も分散して病をはやらせると信じられており、それをしずめるために行なった祭。鎮花祭。
○榊をりもてる女文字　神事に用いる常緑樹の総称。榊を折りもてる女と、女文字。平仮名のこと。「まんな」に対応する語。
○再拝　くりかえし二度礼をして相手に敬意を表わすのに用い

1 またの年の睦《む》月《つき》もいはへ千代の江戸　江戸 季吟

2 蓮《はす》池《いけ》に生れてもとの蛙《かはづ》かな　京 言水

3 枯野哉《かな》蘡《つばな》の時の女《をんな》櫛《ぐし》　大坂 西鵬

4 星《ほし》祭《まつり》嬉《うれ》しや桃の苦《にが》からず　美濃 木因

5 七《なな》草《くさ》や何《なに》をちなみに仏の座　江戸 路通

6 都《みやこ》出《いで》てもはやかなしき碪《きぬた》かな　京 和及

7 名月を捨《すて》ぬ言葉や花《はな》曇《ぐもり》　江戸 駒角

8 根はたゞに蘂《しべ》よりうへをぼたんかな　同 挙白

9 碓《からうす》は年の暮《くれ》程《ほど》音高し　京 舟露

10 つけてゆけ草《くさ》花《ばな》売《うり》がかへるかた　京 如泉

11 名月はとうふ売《うる》夜《よ》のはじめかな　同 信徳

る語。○白桜下　木因の別号。○木因子　正保三年(一六四六)生―享保十年(一七三五)没。美濃大垣の人。谷氏。通称、九太夫。別号、白桜下・観水軒・呂音堂・杭川翁。季吟門。編著、桜下文集・おきなぐさ・桃下一日千句など。

1 ○またの年の睦月　伊勢物語四段「又の年のむ月に、むめの花ざかりに」。季吟が江戸幕府歌学方として江戸に下向したのは元禄二年(一六八九)、六十六歳の時。▽今年もめでたい江戸の正月を皆で祝うことだが、次の年の正月もまた同じように千代に栄え続くこの江戸の春を祝って欲しい。季睦月(春)。

2 ▽「一蓮托生」というが、蓮池に生まれても蛙は極楽往生せず、もとのままの姿である。初心もと柏(享保二年)には「一蓮托生」と前書がある。季蛙(春)。

3 ○蘡　ちがやの花のこと。▽枯野の中にはなやかな女櫛が落ちているのが目についた。これは過ぎし春の野遊びでつばなを摘みにきた若い女が落したものか。季枯野(冬)。

4 ○星祭　七夕祭り。▽七夕祭り、嬉しいことにこの頃になると、桃もよく熟れて甘く少しも苦くはない。季星祭(秋)。

5 ○七草　春の七草。▽春の七草は芹・薺などがあるが、その中に何の因縁で仏の座が入っているのであろうか。季仏の座(春)。

6 ▽都を出て、きぬたの音を耳にすると、都の内にいるときとちがって、それはすぐに淋しく悲しげな響きに感ぜられる。季碪(秋)。

7 ○花曇　「薄霞、木の間の月の影開く花曇して失せにけり」(謡曲・墨染桜)。▽花曇りもいいが、この花曇りという言葉があるのは名月の名を忘れぬようにするためだ。季花曇(春)。

8 ○蘂　和玉篇「蘂 ハナシベ」。▽根の方はただ何でもない普通の花と変わりがないが、蘂より上がみごとで、それを牡丹というのだ。季ぼたん(夏)。

9 ○碓　唐臼。踏み臼。▽唐臼は、年の暮れになればなるほど、新年の準備のため使われることが多く、高い音をたて

12 いろ〳〵の名もまぎらはし春の草　膳所　珍碩

13 二月《きさらぎ》やまだ柿の木は其《その》通り　尾州　越人

14 岡見《をかみ》する人に欠《あくび》はなかりけり　京　湖外

15 筏士《いかだし》の裸《はだか》をやすき相撲《スマヒ》かな　江戸　不卜

16 日《ひ》半《ハシタ》は明日《あす》のためなり山桜　京　我黒

17 山ふかみそれにうき名よ姫《ひめ》くるみ　伊勢女　その

18 蛛《くも》の巣はあつきものなり夏《なつ》木《こ》立《だち》　伊丹　鬼貫

19 す〻はきや餅《もち》の次手《ついで》になで〻置《おく》　京　加生

20 呂《りよ》の調《しらべ》唖《ヲシ》の口にもそなわれり　同　定宗

21 山里や頭《づ》巾《きん》とるべき人もなし　同　観水

22 鑓《やり》持《もち》はかたげて走る花野哉《かな》　京　団水

23 豊《とよ》国《くに》やよるの椿の落る音　同　良佺

ている。[季]年の暮(冬)。

10 ▽都曲二六七参照。[季]草花売(秋)。

11 ○とうふ売　類船集「行灯(アンドウ)…夜のふくる迄ほのめかすは豆腐うり也」。七十一番職人歌合の豆腐うり「とうふめせ、ならよりのぼりて候」。▽豆腐売が夜行商するのは、名月の晩から始まったのだなあ。白くかがやく名月から、豆腐も連想されよう。[季]名月(秋)。

12 ▽春の草花が一時に美しく咲き乱れているが、いろいろな名がつけられているので、まぎらわしい。[季]春の草(春)。

13 ▽春の二月になっても、まだ新しい芽も出さず、柿の木は去年葉を落したままの姿であることだ。[季]二月(春)。

14 ○岡見「師走の晦日の夜、高き岡に登りて、蓑をさかさまに着て、はるかにわが家を見れば、明くる年あるべき吉凶のこと見ゆるとなり」(増山井)。▽大晦日に岡見をする時、みな真剣なので、欠伸などする人は一人もいない。[季]岡見(冬)。

15 ▽筏士はいつも裸で仕事をしているから、相撲のときも簡単に相撲がとれることだ。[季]相撲(秋)。

16 ▽都曲二六九参照。[季]山桜(春)。

17 ○姫くるみ　本朝食鑑「小ニシテ美ナルモノヲ姫胡桃ト名ヅク」。▽山が深い。それだけでもつらいのに、姫くるみなどと浮き名をつけられてなおさらつらい。[季]姫くるみ(秋)。

18 ▽夏木立の中にクモが巣を張っているのは、何とも暑くるしい。[季]夏木立(夏)。

19 ○す〻はき　煤掃。旧暦十二月十三日。この日、事始の餅を作る。▽今すすはきであちこち煤をはらっているが、正月の餅もできたので、ついでになでて置く。[季]す〻はき(冬)。

20 ○呂の調　声音に清濁高下を示す律呂十二のうち、陽の六律に対する陰の六呂に属する音。低い音や調子。▽呂の調べは低いものなので、口のきけない唖の人の口にもそなわっている。[季]ナシ。

21 ▽続の原九一参照。[季]頭巾(冬)。

24 草の実の飛《とぶ》に動かぬ胡《こ》蝶《てふ》哉《かな》　出雲 風水

25 雪《ゆき》月《づき》や我《われ》人《ひと》ともに気にいらず　江戸 一晶

26 常《つね》の雨を誰《たが》聞《きき》分《わけ》て夕しぐれ　伊丹 宗旦

27 よるの花蝶《てふ》の壁《かべ》吸《すふ》うつゝかな　京 高政

28 ゆく水や何にとゞまる海《の》苔《り》の味　江戸 其角

29 野の様《なり》シ野《の》芹《ぜり》ほこえて今朝にあり　京 貞木

30 うつくしき人猶《なほ》結《むす》ぶ清水哉《かな》　備前 晩翠

31 道《だう》場《ちやう》は薺《なづな》たゝくかたゝかぬか　京 好春

32 峒《ほら》熊《ぐま》の先《まづ》覗《のぞく》らん春の艶《つや》　京 丈草

33 いはねども色に吉《きつ》書《しよ》の花桜　常春

34 遊ぶ日に菊《キク》いそがしき匂《にほ》ひかな　京 似船

35 腹《はら》赤《か》より先《さき》に九条の水《みづ》菜《な》かな　同 定之

22 ○鐺持　武士が外出する際、槍を持って供をする従者。▽小鷹狩の鐺持は鐺をかたむけて必死で花野を走ってゆくことよ。季花野(秋)。

23 ○豊国　ゆたかに治まっている国。▽都曲四九参照。季椿(春)。

24 ○草の実　滑稽雑談「多くは秋に至りて結び熟するゆゑ、秋といふなり」。▽秋になり草の実が熟して飛んでいるのに、胡蝶の方は弱ってしまってじっと動かない。季草の実(秋)。

25 ○雪月　十二月のこと。世話焼草「臘月・極月・褅月・雪月」。▽十二月は借金取りが来たりして落ちつかず、自分も他人もみな気に入らない月であることだ。季雪月(冬)。

26 ▽普通に降っている雨をいったい誰が聞分けて、夕しぐれというのであろうか。感心なことだ。季夕しぐれ(冬)。

27 ▽夜、花かなと思って、よくよく見たら、現実には壁に吸いついたようにじっと止っている蝶であった。季花(春)。

28 ▽ゆく水の流れが瞬時も止まることがないのに、どうして海苔のようなおいしい味のものが、この川の水に含まれていて留まるのであろうか。季海苔(春)。

29 ○ほこえて　よく生育する。○今朝にあり　正月七日の七草の日。この日七草粥を食べると、万病を除くとされた。芹もその一種。▽野にある状態で野芹がよく生育して、今日の七草の日に至った。季野芹(春)。

30 ▽美しい人が清水を手ですくいあげている。それがなおいっそう美しく感ぜられることだ。季清水(夏)。

31 ○薺たゝく　七草の薺などをまな板の上におき、包丁や擂粉木などでたたく。正月六日夜、または七日早朝に行なう。▽普段鉦や木魚などたたいている寺では、薺をたたくのか、たたかないのか、どちらかな。季薺たゝく(春)。

32 ▽春になって冬眠からさめた熊は、まっさきに春のつややかな美しさをのぞくことになるであろう。季春の艶(春)。

33 ○いはねども　「いはねども色にぞしるき桜花きみがちとせのはるのはじめは」(続後撰集・賀・大江匡房)。▽口ではいわないけれども、書き初めで描かれた花桜の色に、長寿を祝う美しさが表われている。季吉書(春)。

36 晦《つご》日《もり》の暮にもしろき蓮《はちす》かな　大坂 由平

37 何《なん》の木ととふ迄《まで》もなし帰り花　同 来山

38 若《わか》菜《な》摘《つみ》けふはづかしき手の太《ふと》サ　伊勢 又玄

39 西の岡鰤《ぶり》ことづかる坊主かな　京 苑扇

40 日ざかりの岩よりしぼる清水哉《かな》　京 常牧

41 佐《さ》保《ほ》姫《ひめ》の轅《ながえ》たつらむけさの松　同 松笛

42 卯《う》の花や里の見えすく朝《あさ》朗《ぼらけ》　江戸 露沾

43 杜若《かきつばた》石《せき》菖《しやう》ひくゝ見えてよし　加賀 一笑

44 夕《ゆふ》顔《がほ》や名を落《おと》したる花の形《なり》　江戸 去来

45 立《たて》るより倒《たふれ》てすごきかゞし哉《かな》　京 如琴

46 草《さう》庵《あん》と捨《すて》しも秋や花の庵《いほ》　江戸 嵐雪

47 ゆがみ木の髐《かぶらや》の裔《すゑ》や老《おい》の春　京 随流

34 ▽人々がのんびりと遊んでいる日に、菊は人々に香をかいでもらおうといそがしく匂いを放っている。季菊(秋)。

35 ○腹赤　鯢(べに)の異名。一説に鱒(ます)の異名とも。毎年正月一日、大宰府から朝廷に献上された。○水菜　京菜のこと。滑稽雑談「山城国洛南九条の産、第一とせり。今世においても禁裏・院中・公方家なんどへも献ずるよしなり」。▽元旦宮中で行なわれる腹赤の奏のため、大宰府から腹赤が宮中に送られてくるが、それが遅れて、洛南九条の水菜の方がさきに献上されたことだ。季腹赤(春)。

36 ○晦日の暮　陰暦の月末の夕暮方。闇夜。▽蓮の花が昼間白くみえるのは当然だが、晦日の暮にも暗がりの中に、こんなにしらじらとみえるとは驚いた。季蓮(夏)。

37 ○帰り花　返り咲きの花。▽帰り花は帰り花でいいのではないか、何の木と問うまでもない。季帰り花(冬)。

38 ○若菜摘　正月七日の七草の若菜摘み。婦人の仕事。▽若菜摘みをするが、今日は自分の手の太さが、若菜とくらべて、はずかしく思われる。季若菜摘(春)。

39 ○西の岡　「小塩山大原野ちかし。かつら川の西也」(名所都鳥)。▽西の岡で、坊さんが鰤を買うように頼まれている。季鰤(冬)。

40 ▽日の照りつける日ざかりの岩。その岩よりしぼるようにして清水が流れている。季日ざかり・清水(夏)。

41 ○佐保姫　春をつかさどる女神。○轅　輗とも書く。乗物の箱の台の下に平行してそえた長い棒のこと。▽新春となって門松が二本立っている。春をつかさどる佐保姫を迎えるための輿の轅の役割として立っているのであろうか。季門松(春)。

42 ▽続の原三五参照。季卯の花(夏)。

43 ○石菖　水辺に自生し、菖蒲に似て小型。黄色の細花が咲く。▽杜若が紫色のすっきりと美しい花を咲かせている。そのかたわらで石菖が黄色の花を咲かせているが、それが低くみえ、風情があってよい。季杜若・石菖(夏)。

44 ○夕顔　源氏物語・夕顔の巻に風情のある花として出る。▽続の原三七参照。季夕顔(夏)。

48 長閑《のどか》さや眠らぬ迄《まで》も目の細き　尾張 横船

49 春近し寝て見る雪をはしる人　京 只丸

50 成《なり》ぬらむ鮎《あゆ》の行《ゆく》衛《ゑ》とほとゝぎす　同 琢石

51 世話もなし朧《おぼろ》〳〵と年のくれ　同 竹翁

52 元《ぐわん》朝《てう》を伊勢や熊野の冬の人　京 晩山

53 弁《べん》慶《けい》は花見る迄《まで》も具《ぐ》足《そく》かな　同 重徳

54 梅が枝に誰《たが》絹《きぬ》張《ばり》し年の暮　讃岐 芳水

55 我《わが》軒《のき》に長柄《ながら》の菖蒲《しやうぶ》ふきにけり　桜塚 西吟

56 夏《なつ》冬《ふゆ》と元《ぐわん》日《じつ》やよき有《あり》所《どころ》　京 定武

57 夫《それ》見《み》舞《まひ》高瀬は遅き茶《ちや》摘《つみ》哉《かな》　同 烏玉

58 冬《ふゆ》木《こ》立《だち》いかめしや山のたゝずまゐ　大坂 才麿

59 蓬《ほう》莱《らい》や霞《かすみ》をながすしだの島　京 重栄

45 ▽立っている時より、倒れてからの方が、案山子(かかし)は恐ろしい形相をしていることだ。季かゞし(秋)。

46 ▽秋に未練もなく草の庵を捨てたが、これが今のように桜花爛漫たる花の庵だったらそうはいかぬだろう。季花(春)。

47 ○髐「髐 カウ〈カブラヤ。髐箭也〉」(増続広益会玉篇大全)。▽老いて新年を迎えるが、そのさまはゆがんだ木でできた鏑矢のなれの果てのようなものだ。季老の春(春)。

48 ▽春ぽかぽかして、ついつい眠くなるが、眠らぬまでもまぶたが重くなって目が細くなってしまう。季長閑さ(春)。

49 ▽春が近づき、淡雪などが降るのを自分は寝ながら見ているが、それを走って見に行く人がいる。季春近し(冬)。

50 ▽どちらも二度と帰ってこない。さっき釣り落した鮎の行衛も、今耳にしたばかりのホトトギスの声も。季鮎・ほとゝぎす(夏)。

51 ○朧〳〵と　ぼんやりと。▽この年の暮の忙しいのに、ぼおっとしておれば、全く世話なく気楽なものだ。季年のくれ(冬)。

52 ○伊勢や熊野　伊勢神宮や熊野神社をさす。▽はればれしい元日の朝を迎えるために、伊勢や熊野の人々は冬のうちから準備におこたりない。季冬の人(冬)。

53 ▽弁慶は、花見のときにでも具足を身につけたままでかしこまっている。何と不粋なことよ。季花見る(春)。

54 ▽年の暮、忙しいからといって、だれがいったい梅の枝に不粋にも絹張りの板をくくったのだろうか。季年の暮(冬)。

55 ○長柄　摂津の歌枕。「あふ事をながらのはしのながらへてこひわたるまに年ぞへにける」(古今集・恋五・坂上是則)。▽無病息災であるようにと、自分の家の軒に、命長らうという長柄の菖蒲をとってきてふいたことだ。季菖蒲(夏)。

56 ▽春夏秋冬と季節がめぐって元日を迎えるのだが、この元日が夏や冬ではなく春の初めにおかれているのが、なんとも良い位置にある。元日をたたえたもの。季元日(春)。

57 ○高瀬　「高瀬 河内」(名所古鏡)。▽高瀬では茶摘みが遅いから、見舞に行って手伝ってこよう。季茶摘(春)。

60 みやえ方《はう》氷《こほり》飛《とび》ぬく鯉《こひ》のいを　大坂 素竜

61 ぬしは誰《たれ》木《き》綿《わた》なだるゝ秋の雨　大津 尚白

62 芦《あし》の屋の灯《あかり》ゆりこむきぬたかな　江戸 立志

63 中に此《この》蕗《ふき》の花咲《さく》八《や》重《へ》むぐら　大坂 灯外

64 煤《すす》掃《はき》の寝《ね》起《おき》に拝《をが》む竈《かまど》かな　京 友扇

65 能《のう》因《いん》が車おりけむ門の松　美濃 落梧

66 渋《しぶ》柿《がき》のとりのこされし冬木哉《かな》　伊丹 鷺助

67 日は西に我《われ》ふとりけん簟《たかむしろ》　京 幸佐

68 四《し》方《はう》拝《はい》内《だい》裏《り》拝《をが》みにいざゆかむ　同 鞭石

69 星《ほし》仏《ぼとけ》売《うる》声さむし尽《つき》にけり　同 都水

70 てれば桃《もも》ふれば柳《やなぎ》の節《せっ》句《く》かな　京 方山

71 起《おき》初《そめ》て今年は和歌のうらを見ん　伏見 問随

58 ▽冬木立の中、山のたたずまいが、いつもよりいかめしく思われることだ。季冬木立(冬)。

59 ○蓬萊　蓬萊山になぞらえて新年の祝儀として飾る。三方の台の上に歯朶(しだ)の葉をかさね、山海の産物を盛る。▽今年も新年に蓬萊を飾った。これをみると、東方の海上にあるという伝説上の蓬萊山は、そこから春霞を流し出す、歯朶の生い繁る島山なのだな。季蓬萊(春)。

60 ○え方　恵方。歳徳神のいる方向で、その年の最もよい方角。▽御覧なさい。あっちが恵方ですよ。氷をはった水面を鯉が飛びぬいていった方角ですよ。季え方(春)。

61 ○ぬしは誰　「山吹の花色衣ぬしや誰と〈ど答へずくちなしにして」(古今集・誹諧歌・素性)。○木綿なだるゝ　畑の綿の実が熟して吹き割れ、中の綿が外へくずれ出る。これを破れた綿入れ衣に見立てた。▽秋の雨にうたれて綻びから中綿のくずれ出た衣で平然としている、あなたは一体誰ですか。季秋の雨(秋)。

62 ▽そまつな芦の屋で砧を打っている。その灯が、砧を打つたびに家の中にゆらゆらと消え入るようだ。季きぬた(秋)。

63 ▽八重むぐらの中にまあ、この蕗の花が咲いていることだ。季蕗の花(春)。

64 ○煤掃　旧暦十二月十三日の行事。▽今朝煤掃をするが、その寝起きにまず竈を拝むことだ。季煤掃(冬)。

65 ○能因が…　能因は歌人伊勢を尊敬し、その旧宅の前で車より降りたという(袋草紙)。▽能因があの伊勢の旧宅の前で車を降りたのは、門松が飾ってあったからだろう。季門の松(春)。

66 ▽冬木になって葉を落してしまった柿の木に、渋柿だけがとり残されていることだ。季冬木(冬)。

67 ○簟　敷物に使うむしろ。▽夕日が西に入って暮れようとしている。わたしは終日たかむしろの上で、ゆっくりと涼むことができたので、肥ったことだ。季簟(夏)。

68 ○四方拝　一月一日の宮廷の行事。▽四方拝が行なわれる。さあわれわれもその四方拝が行なわれている内裏を拝みにゆこう。季四方拝(春)。

72 棹《さを》添《そへ》て置《おか》ぬ船あり杜若《かきつばた》　京 助叟
73 行《ゆく》先《さき》も覚《おぼ》束《つか》なしや蝸牛《かたつむり》　大坂 盤水
74 梅が香《か》に袖《そで》ぶり直す師《し》走《はす》かな　備前 定直
75 山《やま》万《ばん》歳《ぜい》よぶことぶきや御《み》代《よ》の春　京 貞兼
76 寒《かん》月《げつ》や居《ゐ》合《あひ》をしへの葭《あし》がこひ　尾張 荷兮
77 君は千代ぞといふ春におさまりける　京 梅盛
78 物の文《アヤ》今《いま》松《まつ》歯《し》朶《だ》と明《あけ》にけり　同 遊園
79 躍《をどり》見《み》に踏《フム》らん夜《よ》るの花野哉《かな》　同 友静
80 水《みづ》鳥《とり》やかたまりかぬる山《やま》颪《おろし》　大坂 瓠界
81 年の暮おなじ歩《あゆみ》や米《こめ》車《ぐるま》　京 水雲
82 晩《いり》鐘《あひ》の姿を見する柳かな　江戸 調和
83 うららなる物こそ見ゆれ海の底《そこ》　伊勢 団友

69 ○星仏　九曜星より毎年一つが属星に定められ、新年に星仏祭が行なわれた。毛吹草「極月 星仏うる」。▽星仏を売る声がいかにも寒げに聞こえてくる。しかしそれもやがて尽き、聞こえなくなった。季星仏売(冬)。
70 ○桃・柳　華実年浪草「世俗上巳ニ柳ニ桃ヲ必ズサシマヂエ、雛祭ニモ供シ、髪ニモ挿ス也」。▽日が照れば桃の風情がすばらしく、また雨が降れば降ったで柳の風情がすばらしい、上巳(三月三日)の雛祭であることよ。季桃・柳(春)。
71 ○起初て　元日ないし二日の朝目覚めて起きる。▽今年は起初めてすぐに和歌の浦を見ることにしよう、歌の上達を念じて。季起初(春)。
72 ▽都曲三六参照。季杜若(夏)。
73 ▽いったいどこに行くのか、蝸牛がのそのそはってゆくが、その行先もおぼつかなくはっきりしない。季蝸牛(夏)。
74 ▽いそがしい師走、ふと梅の香に気づき、衣服の袖ぶりをきちんと直したことだ。季師走(冬)。
75 ○山万歳よぶ　山の神も天下泰平を寿ぐ。漢書武帝紀などにある祥瑞の故事。「(祥瑞)山称二万歳一」(延喜式・治部省)。「山呼(ヨバウ)二万歳一」(世俗諺文)。▽山が万歳をとなえている。まことに、この聖代の新春にふさわしい祝言だ。季春(春)。
76 ▽寒月が冴えかえる中、葭がこいの中で、居合の稽古をつけている気合を入れる声がきこえる。季寒月(冬)。
77 ▽わが君の御代は、いく世にも栄えてめでたいという春におさまったことだ。千代―いはふ初春・君をいはふ(類船集)。季春(春)。
78 ▽新春の夜が明けそめてきて、今まではっきりしなかった正月飾りの物の模様が松や歯朶といった具合にいまはっきりしてくる。季明にけり(春)。
79 ▽都曲三五参照。季躍・花野(秋)。
80 ▽水鳥が一つにかたまろうとするが、山颪がはげしく吹くので、かたまれず水面にあちこち散らばっている。季山颪(冬)。

84 雪吹《ふぶき》だつ我《われ》に笠《かさ》なし山ざくら　若狭　去留

85 みやま路《ぢ》や何《なに》とらまへて呼《よぶ》子《こ》鳥《どり》　大坂　万海

86 飛《とぶ》かたや旭《あさひ》をそむくぬくめ鳥　同　虚風

87 傘《かさ》かしに出《いで》ばや今《こ》宵《よひ》月の雨　美濃　如行

88 夏《なつ》中《ぢう》の身《み》持《もち》やよろづ御《み》祓《そぎ》川《がは》　大坂　六翁

89 歯《は》固《がため》や伊勢の太夫の鰹《かつを》ぶし　尾張　露川

90 白《ゆふ》雨《だち》の隈《くま》しる蟻《あり》のいそぎかな　京　秋風

91 年くれてせかする物よ琴《こと》の音　同　風子

92 付《つき》そひて妻は出《いで》ぬか鉢《はち》たゝき　同　淵瀬

93 虫ひとつある甲《か》斐《ひ》もなき今《こ》宵《よひ》哉《かな》　越前　洞哉

94 朏《みかづき》にかならず近き星ひとつ　江戸　素堂

95 時鳥《ほととぎす》筧《かけひ》はふとき寝《ね》覚《ざめ》かな　出羽　清風

81 ▽忙しい年の暮、米を運んでゆく米車は、いつもとおなじにゆったりと重い米を運んで動いてゆく。季年の暮（冬）。

82 ▽今まで気がつかなかったが、晩鐘のころになると、柳がその姿をはっきりとみせることだ。季柳（春）。

83 ○うらら　元来は春の日のなごやかにうるわしく照っている様をいう。▽海の底には、明るくやわらかな春の感触が見えることだ。季うらら（春）。

84 ▽山桜の花が吹雪のように散りかかるが、自分は笠がないので、その吹雪をまともに受ける。季山ざくら（春）。

85 ▽人などいないみやま路、そこでは鳴き声が人を呼ぶように聞こえる呼子鳥は、いったい何を捕えて呼ぶのだろうか。季呼子鳥（夏）。

86 ○ぬくめ鳥　寒夜、鷹が脚を暖めるのに小鳥をつかむこと、またその小鳥をいう。鷹は翌朝この鳥を放つ。▽ぬくめ鳥の飛ぶ方向は、朝日を背にして飛んでゆくことだ。季ぬくめ鳥（冬）。

87 ▽中秋の名月の今宵があいにく雨だから、傘かしに出てゆきましょう。季月の雨（秋）。

88 ○御祓川　底本「御秡川」。夏越（なごし）の祓（はら）えをする川。旧暦六月晦日、宮中や各神社で行なう祓えの行事。▽夏の間の悪い所行をすべて夏越の祓えをする御祓川で流してしまえ。季御祓川（夏）。

89 ○歯固　正月三ヶ日の間長寿を祈って食べる食物。○伊勢の太夫　伊勢神宮の御師（おし）のこと。○鰹ぶし　「伊勢の御師（ヲシ）の音信は鰹ぶしを送る」（類船集）。▽正月三ヶ日に歯固を祝う。この際、旧冬に檀那回りの伊勢の御師がくれた鰹節を食してはどうか。歯（よわ）いを固めるのに堅い鰹節はいいと思うが。歯固（ハガタメ）―元三（類船集）。季歯固（春）。

90 ▽夕立が降ってきそうな雲行き。それを察知していち早く物陰めざして蟻があわただしく動いてゆく。季白雨（夏）。

91 ▽年の暮に琴の音がきこえてくる。普段は気にならないが、何だかその音にせかされるように感じられる。季年くれて（冬）。

96 帯《おび》古《ふる》しいまだ旅なる衣更《コロモガヘ》　伊勢一有

97 御忌《ぎよき》よりも多し涅槃《ねはん》の樒売《しきみうり》　京春澄

98 梅一《ひと》重《へ》達磨《だるま》に恥《はぢ》ぬ匂《にほ》ひ哉《かな》　江戸湖春

99 次《つぎ》の夜は唯《ただ》ひとりゆくすゞみ哉《かな》　あふみ江水

100 先《まつ》たのむ椎《しひ》の木もあり夏木立《なつこだち》　芭蕉

92 ○鉢たゝき　瓢簞をたたき鉦を鳴らしながら念仏をとなえて歩いた托鉢僧。茶筅を売り、十一月十三日の空也忌から除夜まで、毎夜半、洛内外を巡った有髪妻帯の僧。▽鉢たたきよ、お前はいつも年老いた姿で一人でやってくるが、付添ってお前の妻は一緒にやってこないのか。季鉢たゝき(冬)。

93 ○ある甲斐もなき　和歌で述懐や恋の歌につかわれた文言。「寄レ蟬恋を／鳴きくらす涙の露も空しくて身を空蟬のあるかひもなし」(続古今集・恋五)。○今宵　ここでは秋の終りの宵をさすか。▽生きのこった虫がひとつ(灯のあたりを)弱々しく飛んでいる。秋の終りの今宵かぎりの命はある甲斐もなく、もう果てようとしている。季虫(秋)。

94 ○朏　「朏　ミカヅキ〈月ノ三日生レ明之名〉」(書言字考節用集)。▽三日月にはかならず近くに星が一つひかえている。季朏(秋)。

95 ▽ホトトギスはテッペンカケタカと鳴くが、その鳴き声のカケのところが筧(かけひ)の幅のふといようにずぶとい声で鳴くので、寝ていたのに目が覚めてしまった。季時鳥(夏)。

96 ▽まだ旅の途中であり、そこで衣更をするのだが、帯までは用意がなく、古いままだがそれも致し方ない。季衣更(夏)。

97 ○御忌　正月十九日から二十五日まで、京都知恩院で行なわれた法然上人の忌日にちなむ法会のこと。○涅槃　釈迦入滅の二月十五日に行なわれる法会。▽御忌よりも涅槃会の方が暖かくなったせいか樒売りが多い。季御忌・涅槃(春)。

98 ▽雪の中に、早咲きの一重の梅が咲いた。その香はもちろん、その白さも雪達磨にひけをとらない。面壁九年の達磨大師にも恥じないと断じているように聞えて、滑稽感がある。季梅・雪達磨(冬)。

99 ○すゞみ　続山井「涼(スヽシ)…納涼とも、また涼とるともいへり。避レ暑(シヨヲサク)とも」。▽前夜は何人かで行ったのだが、次の夜はただひとりで、涼みに行く。季すゞみ(夏)。

100 ▽かたわらの夏木立の中には大きな椎の木もあり、自分の漂泊の身を寄せるのに、何よりもまっ先に頼もしく思うことだ。源氏物語・椎本「立ち寄らむ陰とたのみし椎が本むなしき

誹諧作者目録 次第不同

京

貞恕 林鴻 千之 千春 周也 涼風
如雲 正由 松春 未達 兼豊 尹具
柳水 浮草 信房 鉄硯 令富 真嶺
示右 蟻想 通容 丁常 朋水 竹亭
由卜 鳥水 如帆 為文 正業 貞道
芝蘭 原水 天竜 水仙 鷲風 柳燕
薄椿 嘯琴 残石 命政 流滴 蠡海
児水 一至 立吟 吟睡 芝峰 空礫
仙渓 元清 貞隆 如翠 随友 貞真
荷翠 軒柳 底元 二休 其諺 流水
柳子 私言

江戸

三翁 鋤立 八橋 仙化 百里 風瀑

床となりにけるかな」をふまえる。猿蓑の幻住庵記に添えた句。
卯辰集一八五にも入る。[季]夏木立(夏)。

文鱗　李下　山川　枳風　舟竹　虚洞

渓石　沾蓬　氷花　楊水　粛山　桐雨

銀釣　亀翁　破笠　コ斎　嵐雪妻　杉風

彫棠　柴雫　かしく　松濤　勇招　岩翁

蚊足　全峰　琴蔵

大坂

一時軒　昨非　文丸　川柳　春堂　之道

椿子　定明　釣水　遠舟　豊流　一礼

文十　堺元順

伏見

扇計　秋澄　民也　可笑　露吹

伊丹

貞喜　蟻道　三紀　青人　人角　鉄面

月扇　鉄卯　笠置百丸

近江

○柴雫　底本「紫雫」。

○昨非　底本「作非」。

○鉄卯　底本「鉄戼」。

淡《膳所》水　蘭妃　曲水　正秀　野径　千《大津》那
乙州　李由　常《竹生島》之　利《長沢》国　如《彦根》桃　笑山
不障　袁弓　三珍　白《日野》賁　彩霞　資《八幡》清
貞治　東《多和田》柳　笑《長浜》奥　松路　林《柏原》卜　可卜
宜仲　如《柏原》誰　桜三　暮山　寸《水口》庵　愚酔

尾張

東《名古屋》鷺　野水　亀洞　冬松　傘下　鼠弾
胡及

美濃

湖《岐阜》翁　草々　李雨　一《府中》歩　木《樽井》鴈　小《大垣》蝶
芦本　斑牛　耕雪　木鱗　葉《牧田》船　春船
如《タラ》枯　仙《室原》木

伊勢

司《桑名》桂　一伴　風子　可則　近《山田》正　義《白子》重
好《富永》永

○李由　底本「李曲」。

若狭

雲浜 参後　可心　味両　一焉　初及

〔諸国〕

岡山 茂門　雲鹿　兀峰　八浜 覗雲　備中西阿知 重賢　倉シキ 芦竿

安芸広島 一之　イツク島 仲品　讃岐丸亀 鉄丸　幽吟　肥前平戸 寛茂　長崎 つま丸

丹後宮津 正信　切畑 近水　但馬生野 如風　竹田 楽酔　伊賀住 幸吟　重葉

志摩戸羽 蝙峒　雪堂　伊与松浦 随友　古川 県草　播磨姫路 弥生　風芦

大和郡山 一露　兵庫 正広　美作津山 茨木軒　笑草　加賀 一水　北枝

越後新潟 一酔　柏崎 郁翁　越前ツルガ 嘯雲　府中 一顕　卜琴　常陸 養仙

出羽 風仙　松浦 浮水　山形 思晴　紀伊若山 順水　丹波綾部 随思　亀山 長以

佐治 定昌　阿波 律友　三河岡崎 霰艇　苅谷 如嬰　周防岩国 常之　備後鞆 鉄声

福山 一友　三原 草也　信濃松本 一歩　佐渡相川 順水　常之　肥後熊本 水翁

ヒゴ熊本 水狐　河内八尾 風喬　甲府 一昳　能登七尾 勒文　越中 独幽　富山 柮雪

○イツク島　底本「イツタ島」。

○郁翁　底本「都翁」。

○紀伊若山　底本「記伊若山」。

○水狐　底本「水孤」。

和泉住　三水

豊前西小倉　松踞

豊後　西国

陸奥　三千風

此外《このほか》しらぬひのつくし人、雪にふられ、ほとゝぎすにまよひ、桜を好む八重《やへ》ひとへ、毎〻九重《まいまいここのへ》の都まいり迄《まで》、徳をかくし名をつゝむ好士《かうし》、いか程《ほど》かあらむ。猶期二後集之時一候也《なほこうしうのときをごしさうらふなり》。恐《きよう》惶謹言《くわうきんげん》

流木堂江水

寺町通二条上ル町
井筒屋庄兵衛板

○しらぬひの…　国名「筑紫(つくし)」にかかる枕詞。「知らぬ」の意をも言いかける。わたしの知らない筑紫の国の人が。
○雪にふられ…　雪の風情を慕って降りこめられ、ホトトギスの鳴く音を聴こうと心を悩まし。
○桜を好む八重ひとへ　桜を好んで、八重だの一重だのといい。
○九重の…　都にかかる詞。毎々、都に上って都参りまでする。「八重ひとへ」から「九重」がひき出される。
○徳をかくし…　自分に徳があるのを知られぬようにし、自分の名があらわれぬように隠す、そのように奥ゆかしい風雅な人々がどの位いようか。
○猶期後集之時候　なお続篇に期待をすることだ。書状の文言「猶期二後便一候」のもじり。
○恐惶謹言　書状の末尾に記すことば。かしこまり謹んで申し上げるの意。
○流木堂　江水の堂号。
○井筒屋庄兵衛　筒井氏。重勝。京の人。貞徳門。俳諧三つ物所として歳旦三つ物を刊行。元禄期には、蕉門をはじめ多くの俳書を出版し、俳諧書肆として名をなした。宝永六年(一七〇九)か、同七年没。没年齢、八十九歳か九十歳。

卯《う》辰《たつ》集《しゅう》

大内初夫　校注

〔**編者**〕北枝。

〔**書誌**〕半紙本二冊。題簽、上「卯辰集　〈破レ、上カ〉」、下、欠。柱刻「卯辰上　一(―四十七終)」「卯辰下　一(―十二終)」。全五十九丁。

〔**書名**〕序者で、加賀金沢俳壇の重鎮である句空の住むところの山名によったもの。初め「卯辰山集」と考えられていたが、「山」の一字が重いという芭蕉の意向によって改められた。

〔**成立**〕句空の序によると、同国鶴来の楚常が一集の撰を志してかねて句稿を収集していたが、貞享五年(一六八八)秋に急逝した。芭蕉の細道来遊の前年のことである。この句稿は金沢の北枝のもとにもたらされ、北枝はこれを礎稿として、同門同信に広く発句を求め、師芭蕉の意見をも文通にて聞き、増補して本集が成立したのは元禄四年(一六九一)四月であった。阿誰軒編『誹諧書籍目録』によると同五月二十六日の刊行である。

〔**構成**〕(上)発句集。①桑門句空序。②巻第一春、其角以下発句一六〇句。③巻第二夏、句空以下発句一二三句。④巻第三秋、芭蕉以下発句一五三句(他に付句一)。⑤巻第四冬、楚常以下発句七十一句。合計五〇八句(付句一を含む)。(下)連句集。⑥北枝・曾良・芭蕉「馬かりて」三両吟。⑦乙州・北枝・牧童「柿喰三吟」。⑧牧童・乙州・小春・魚素・北枝「枇杷五吟」。⑨四睡・北枝・紅尒・漁川・牧童・李東「霜六吟」。合計歌仙四巻。

〔**意義**〕元禄二年秋の芭蕉の来遊は、加賀金沢俳壇に大きな影響を与えた。同地方で成った本集が刊行されたのはその二年後のことであり、『猿蓑』は同年七月三日刊である。近接するこの二集を比べると本集が見劣りするのはやむを得ない。本集は楚常収集の貞享末年の遺稿をもとにして、北枝が新しい句を増補したものであるが、芭蕉並びに同地以外の蕉門高弟の入集はわずか十余人にすぎない。入集者一七五名のうち大半は北陸の作者である。その点、北陸の一俳書である本集と芭蕉の指導の行き届いた『猿蓑』とを見比べることによって、蕉風の地方への影響やその実態、あるいは当時の作品の一般的水準を理解することができよう。なお芭蕉の二十句の内には細道行脚の草稿段階の句が多く見られる。

〔**底本**〕学習院大学本。

〔**翻刻**〕『加越能古俳書大観』(石川県図書館協会、昭和四十六年復刻)。

この言草《ことぐさ》はこしのしら根《ね》の梺《ふもと》、鶴来《つるぎ》の里の楚常子《そじやうし》、歌林《かりん》にたのしむあまり、かつ実を拾ひ、すき人どもに味《あぢ》はゝせん事をおもひしかど、その秋のはじめかし世を夢になしぬ。跡《あと》に一つゝみのものあり。立花氏北枝《ほくし》、これを袖《そで》にして、猶《なほ》しば栗《ぐり》のゑめるも、どんぐりのころ〳〵せしもとりあつめて、我住《わがすむ》かたの山の名にしいふ卯辰集《うたつしふ》とはいふなるべし。

桑門句空《そうもんくくう》書

○この言草は　この句集はの意。
○こしのしら根　越の白根。歌枕。石川・富山・福井・岐阜の各県にまたがる白山。海抜二七〇二メートル。
○梺　麓の国字。
○鶴来の里　今の石川県石川郡鶴来町。地名「つるぎ」は同町が白山宮加賀馬場金剣宮の門前町による。
○楚常　金子氏。吟市。神道を田中一閑に、俳諧を生駒万子に学ぶ。
○歌林　ここは和歌の流れをひく俳諧の意。
○実を拾ひ　「実」は「林」の縁語(次の「味はゝせん」は「実」の縁語)。俳諧の作品を拾い集めての意。
○その秋のはじめかし　貞享五年(一六八八)七月二日没、二十六歳。
○立花氏北枝　通称研屋源四郎。加賀小松の生まれ、のち金沢住。牧童の弟。蕉門十哲の一。
○しば栗　柴栗。茅栗。山野に自生する実の小さなクリ。「ゑめる(咲める)」は実の熟して裂けひらくこと。次の「どんぐりの…」とともに俳諧の作品を取り集めたことをいう。
○我住かたの山の名　金沢の東の方に位置する卯辰山。句空は同地の法住坊金剛寺の傍らに住んでいた。
○卯辰集　元禄三年(一六九〇)十二月頃句空宛芭蕉書簡に「集の題号、卯辰集と可有哉、山の字重き様に被存候。是も拙者好に而も無御座、其元評判に御まかせ可被成候」とあり、初め「卯辰山集」と考えられていたが、芭蕉の意見により卯辰集と改められたらしい。
○桑門　沙門。僧。書言字考「ヨステビト」と読む。
○句空　加賀金沢の人。柳陰庵。柳陰軒。元禄二年芭蕉入門。没享年未詳。北の山・柞原集・草庵集・干網集などの編がある。

卯辰集　巻第一

春

1 日の春をさすがに鶴《つる》の歩《あゆ》ミ哉《かな》　其角

2 けさの春は李《り》白《はく》が酒の上《うへ》にあり　杉風

我《わが》山里に春をむかへて

3 春《はる》立《たつ》や山家に入《いり》て袖《そで》の数《かず》　楚常

4 東《とう》君《くん》また身の恥《はぢ》ゆるしたびにけり　釈秋之坊

病《やまひ》にふして

5 来るとしのをも湯につなぐ命《いのち》哉　貞室

湖水《こすゐ》のほとりに春を迎へて

6 薦《こも》を着て誰《たれ》人《ひと》います花の春　翁

1 ○日の春　今日の春。元日をいう。○さすがに　何といってもやはり。▽めでたい元日、ものみな新鮮に目に映るなかに、さすがに悠揚とした鶴の歩みである。初懐紙百韻の発句。同評注に「元日の日のはなやかにさし出でて、長閑に幽玄なる気色を、鶴の歩みにかけて言ひつらね侍る。祝言外にあらはす。流石にといふ手爾葉感おほし」とある。季日の春。

2 ○けさの春　今朝の春。元旦をいう。○李白　李太白。中国盛唐の詩人。酒をことに好んだ。▽詩人李白が愛した酒を元日に屠蘇として飲むにつけて、しみじみと新しい春の訪れが感じられる。季けさの春。

3 ○我山里　加賀国石川郡鶴来村。○山家　山里。▽この山深い村里の道で出会う人の数が多くなったように思われるにつけ、春になったことが改めて感じられる。季春立。

4 ○東君　東帝。春の神。▽去年ひととせも悔いの多い年であったが、一夜あけて新春を迎えるにつけ、私の身の恥を春の神は今年もまたお許しくださったのであろうと、改めて思われることである。季東君。

5 ○来るとしのを　来る年の緒を「をも湯」の「を」に言い掛ける。年の緒は、年の長く続くことを緒にたとえる。○をも湯　重湯。水の量を多くした薄い米の汁。○つなぐ　「緒」の縁語。▽新しく来る年もまた病に臥し、重湯を飲みながら命をつなぐことである。季来るとし。

6 ○湖水のほとりに　琵琶湖畔の近江膳所。○薦　わらなどをあらく織ったむしろ。こもかぶりは乞食の異称。○花の春　新年の美称。▽今年もめでたいお正月を迎えたが、薦をかぶった人々の姿が目に触れる。あれは誰か尊い身分の方があして身をやつしておられるのではなかろうか。西行著と伝えられた撰集抄に高僧が乞食に身をやつした話があり、そうした人を意識して詠まれた句。元禄三年歳旦吟。真蹟には「みやこちかきあたりにとしをむかへて」の詞書がある。季花の春。

7 ○不破の関　岐阜県不破郡関ヶ原町にあった古関。鈴鹿・逢坂と三関に数えられる。歌枕。▽元日というと皆家にあって春を祝うのに、あの由緒ある不破の関を越えて旅行く人もあるであろう。元日に不破の古関を思いやったところが俳諧。

7 元日に誰《たれ》か越《こえ》ゆく不《ふ》破《わ》の関《せき》　小春

8 はる立《たつ》やさすが聞《きき》よき海の音　牧童

9 曙《あけぼの》のおしや春たつ夷《えぞ》がしま　七尾 勤文

江戸にて

10 山は富《ふ》士《じ》野はむさしにて年とりぬ　漁川

11 四日には寐《ね》てもや春の花心《はなごころ》　北枝

12 のどかさに又かりそむる酒債《さかて》哉　牧童

13 正月やかならず酔《よひ》て夕附夜《ゆふづくよ》　万子

越中の国宇坂の神祭の事におもひよりて

14 卯《う》杖《づゑ》とはうさかの神の切《きり》にけん　句空

15 たゝくにも君を忘れぬ薺《なづな》哉　紅尒

16 若殿を抱《だひ》てまたうつ薺かな　牧童

季元日。

8 ○はる立　春立つ。春の来ること。▽立春になったと思うと、厳しい冬の間つらく感じていた海の音も、のどかな季節の訪れとともにやはりそれなりに聞きよく思われることである。季はる立。

9 ○曙　枕草子「春はあけぼの」。○おしや　をしや。惜しや。○夷がしま　北方のエゾが住んでいると考えられていた島。▽蝦夷が島では春立つ早朝のすばらしい景色を賞美する人もいず、まったく惜しいことである。季春たつ。

10 ▽この江戸で山といえば西の空に遠く眺められる富士山であり、野といえば郊外の武蔵野であって、そうしたすばらしい江戸で新しい年を重ねたことだ。「山は…野は…」は枕草子に倣った表現。季年とりぬ。

11 ○花心　陽気なこころ。▽正月三日までは新年のあいさつなどに忙しく過ごしたが、四日の日はゆっくりと寝て春になった陽気な気分を味わいたいものだ。季春。

12 ○かりそむる　借り初むる。○酒債　酒手。飲んだ酒の借金。杜甫「曲江」の詩「酒債尋常往処有」。▽新春を迎えてのどかさのあまりについつい酒に親しみ、酒屋に借財をまたつくり始めてしまった。季のどかさ。

13 ○夕附夜　夕月夜。夕方の月。御傘に「夕月夜、夜の字はあれども非夜分、夕の月也」。▽正月になって酒を飲む機会も多く、いつも酔っ払って天空に夕月を眺めることである。季正月。

14 ○宇坂の神祭　富山県婦負(いね)郡婦中町の鵜坂神社の神事。祭日に参詣した女に関係した男の数を問い、その数だけサカキの枝で尻を打つ。俗に尻打ち祭ともいう。○卯杖　正月の上の卯の日に邪鬼を払うまじないとして用いたもの。▽正月の卯杖というのは、むかし鵜坂の神が初めて切って用いたのであろうか。季卯杖。

15 ○君を忘れぬ　古今集・春上「君がため春の野にいでて若菜つむ」を踏まえた句。▽七草粥に入れるナズナなどをまな板の上で叩くときにも、春の野で摘み取ってくれた君のことを忘れぬことである。季薺うつ。

17 藪《やぶ》の中のなづなは人にあはぬ也　女けん

18 かれ薄《すすき》がさくさと摘《つむ》なづな哉《かな》　湊宮司　英之

19 しら雪の若菜《わかな》こやして消《きえ》にけり　大津尼　知月

20 七《なな》種《くさ》のみくさは摘《つみ》し雪野かな　四睡

21 十銭を得《え》て芹《せり》売《うり》の帰《かへ》りけり　小春

22 麦《むぎ》のためまづ風ゆらぐ雪の上　北枝

木曾義仲《よしなか》の塚に詣《まう》でゝ

23 雪消《きえ》てあはれに出《いで》し朝《あさ》日《ひ》塚《づか》　尼　知月

24 残《ざん》雪《せつ》を見渡す皃《かほ》の陽《やう》気《き》也　芬芳

25 のこる雪下《しも》部《べ》あまたにあぐまれし　誉風

26 氷《こほり》とけて鮒《ふな》うく池の東かな　唐尒

春さむきとし

16 ▽正月七日の未明、囃しながらナズナを叩いていると、その音に若君が起き出してきた。乳母は若君を抱いてまたナズナを打つことである。大名屋敷での情景。季薺うつ。

17 ▽藪の中に生えているナズナは、春の野に生えたもののように人に容易に摘まれることはないの意。季なづな。

18 ○がさくさと　乱雑に。▽枯れすすきの間にはえたナズナは、乱雑に摘みとることだの意。枯れすすきの野原では若菜摘むといった風情は十分に感じられない。季なづな。

19 ▽積もっていた白雪がまるで野の若菜を肥やして消えてしまったようだの意。白雪と青い若菜の交替する野の様を「こやして」と俗化して詠んだ句。季若菜。

20 ○七種　春の七草。セリ・ナズナ・ゴギョウ・ハコベラ・ホトケノザ・スズナ・スズシロ。○みくさ　三種類の草。▽消え残った雪の野原に、七草のうち三種の草は摘んだことである。季七草摘み。

21 ○十銭　十文。○芹売　七草菜の一である芹を売り歩く人。主に近村の農民の業。▽七草粥に用いる芹売りがやって来て、わずか銭十文で売って帰って行った。芹売りのささやかな生業を「十銭を得て…」と客観的に叙したもの。花の故事に下五「もどりけり」。小春宛芭蕉書簡(元禄三年六月二十日付)に「中にもせりうりの十銭、小界かろき程我が世間に似たれば、感慨不少候」。季芹売。

22 ○ゆらぐ　揺れうごく。▽消え残った雪の上に現れた麦の青葉によってまず風の動きが感じられることだ。風俗文選犬注解に中七「松風ゆらぐ」とあるは誤り。季麦の青葉。

23 ○木曾義仲の塚　今の大津市馬場一丁目の義仲寺にある。○朝日塚　義仲を朝日将軍と呼ぶによる。▽春の訪れとともに雪が消えて埋もれていた朝日将軍義仲の塚が現れたのも趣ふかい。出る—朝日の連想による。季雪消。

24 ▽遠くの山々や近くの田畑に残っている雪を眺める人々の顔も、春の訪れを感じてか、うきうきしているようだ。季残雪。

25 ○下部　下僕。下男。▽あちこちに消え残っている雪、冬の間、除雪その他に毎日難渋した多くの下僕たちに、全く

27 にが〱しいつ迄《まで》嵐《あらし》ふきのたう　宗鑑

28 寒しやと帰《かへ》る春野の風《かざ》ぐもり　秋之坊

29 匂《にほ》ふらし梅さく里の牛の角《つの》　句空

30 蝶《てふ》鳥《とり》にあぶなき梅の雫《しづく》哉　岫曲

31 手《て》鼻《ばな》かむ音さへ梅の匂ひ哉　翁

病中に

32 毒《どく》だちに障《さは》らぬ梅のにほひかな　李東

酒《しゆ》興《きよう》

33 おどけずとおらばおれかし梅の花　秋之坊

34 駕《か》籠《ご》よりは牛の上から梅のはな　万子

35 さりながらむめにはじまる月夜かな　尾張 野水

36 けふの梅勝《かち》たり右も椿《つばき》かな　同所 胡及

うんざりされてしまっているようだ。季のこる雪。

26 ▽春になって寒さもゆるび、氷の解けた池の日の差す東の水面に鮒が浮いている。季氷とく。

27 ○春さむきとし　犬筑波集の一本に「余寒の心とて」。○にが〱し　にがい意と不愉快の意をかける。○ふきのたう　蕗の薹。蕗の花茎。吹きを掛ける。▽春というのにいつまでも嵐がふいて、地面に出た蕗の薹ではないが、本当ににがにがしいことだの意。季ふきのたう。

28 ▽遠出をしたがまだ寒いことよと帰る春野は、風がつよく吹き、空がくもっている。季春野。

29 ▽村里には梅の花があちこちと咲き、そこらにつながれている牛の角にも、梅の匂いがただよっているようであるの意。猿蓑には「むめが香や分入里は牛の角」。季梅。

30 ▽梅の枝から雨滴がしたたっているが、花を慕って飛んでくる蝶や鳥にかかりはしないかと、あぶなく思われることだ。季梅。

31 ○手鼻　手で鼻汁をかむこと。▽梅の花盛りの村里、折から手鼻をかむ音が聞こえてくるが、その音さえも梅の匂いにつつまれて、あまりいやな感じもしない。蕉翁句集草稿に詞書「伊賀の山家にありて」とあり、下五「盛り哉」。季梅。

32 ○毒だち　病気の時、体によくないものを食べたり飲んだりしないこと。▽病気中で毒断ちをしている身にとって、漂うてくる庭の梅の匂いは、別段差し障りのないものだの意。季梅。

33 ○酒興　酒の上の興。○おらばおれかし　をらばをれかし。折らば折れかし。古今集・春上の「ちりぬれば恋ふれどしるしなきものをけふこそ桜をらばをりてめ」(よみ人しらず)の歌を踏まえたか。▽梅の花見の席で酒を飲んでふざけて梅の枝を折るのではなく、真面目な気持ちで折りとるがよかろうの意か。季梅の花。

34 ○牛の上から　類船集「老子は牛に乗て出し」。また梅・牛ともに天神の付合語(類船集)。▽梅の花を見るには、駕籠よりも天神様ゆかりの牛に乗って眺める方がふさわしいことだ。季梅のはな。

37 鶯《うぐひす》やうは毛しほれて雨あがり　江戸 曾良

38 うぐひすのはまり過《すぎ》たる山家《やまが》哉《かな》　北枝

39 塩《しほ》ざかひしろ魚《うを》のかぎる風情《ふぜい》あり　石動 宇白

40 白《しら》魚《うを》や海におし出すにごり水　鶴来 梅雫

41 塩《しほ》河《ふ》魨《ぐ》やはるも蛙《かはづ》のなかぬ時　越人

42 種《たね》ものや池にひたりて春の水　楚常

43 いたづらに柿《かき》接《つい》で居《ゐ》る彼《ひ》岸《がん》哉　宮腰 普人

44 栗《くり》持《もち》ておもひをのぶる木《き》の目《め》かな　李東

45 白《しろ》椿《つばき》ちるや岩根のうつせ貝《がひ》　松任 薫煙

46 雪はぢく柳やいそぐ浅みどり　小松 致画

47 蝶《てふ》の羽におし分《わけ》らるゝ柳哉　蘇守

48 木づたひてましらのころぶ柳かな　楚常

35 ▽梅見をするのは明るい昼がよい。しかしながら新春の月夜の風情は梅あってこそで、一年の月夜のすばらしさは梅に始まると言えようの意。芭蕉「春もやゝけしきとゝのふ月と梅」(鷹獅子集)。季むめ。

36 ○けふ 今日。▽左も右も椿の花の中にあって、今日の白い梅の花の風情は、花合わせでいえば勝ちであるといえよう。季梅。

37 ○うは毛 鳥などの表面の毛。▽春雨のあがったあと、枝の鶯の表面の毛は濡れてくたくたである。季鶯。

38 ○はまり過 必要以上に励む。○山家 三参照。▽山里で鳴く鶯は、特に一生懸命に鳴いているように思われる。季うぐひす。

39 ○塩ざかひ 潮境。海面にみえる異なる二つの海流の境。○しろ魚 白魚。イサザ。海産のハゼ科の小魚で、春に産卵のために河口を溯る。▽潮境を白魚がはっきり区切って群れて泳いでいる様子があることだの意。季しろ魚。

40 ▽春になって白魚が産卵のために川口を上っていくが、それを雪解けのにごり水が海に押し出すように川から流れ出ている。季白魚。

41 ○塩河魨 塩河豚。塩をふったフグ。▽春になって魚店に塩河豚が出回っているが、それもまだ蛙の鳴かぬ時のことであるの意。季塩河魨。

42 ○種もの イネ・ムギ・野菜などの種をいうが、ここではイネの種か。▽やがて田畑に蒔かれた時に発芽しやすいように、種物が春の水のあふれた池に浸けられている。季春の水。

43 ○柿接 柿の苗木を接ぐこと。○彼岸 春分の日を真ん中にした七日間。▽春の彼岸に庭の柿の木を接ぎ木している人がいるが、恐らくつくのはむつかしいであろうの意。それを「いたづらに」といった。季彼岸。

44 ○木の目 木の芽。▽青い芽を出した栗の苗木を植えようとして手に持って、はや三年先の実をつけたときのことなど、あれこれと思いを口にすることである。季木の目。

45 ○うつせ貝 身のない空の貝。▽海岸の岩のほとりのうつせ貝にまじって白椿の花が散っている。季白椿。

49 涅《ね》槃《はん》像《ざう》人はまづ見る阿《あ》難《なん》哉　遅桜

50 ひとたびは寐《ね》ておがまるゝねはん哉　李東

鈴《すず》鹿《か》の社にて

51 山《やま》蛇《へび》の遊びに出る花《とり》表《ゐ》かな　京 風喬

52 雲《ひ》雀《ばり》より上《うへ》に休らふ峠《たうげ》かな　翁

53 うつむいてきけば草なるひばり哉　句空

54 ひとつともふたつともきく雲雀哉　元之

55 独《ひとり》たゞみだれ初《そめ》てや鳴《なく》ひばり　秋之坊

56 若草に嶋《メ》をかくしてやなく雲雀　南甫

57 かけはづす鷹《たか》より落《おつ》るひばり哉　其糟

58 鳴《なく》雉《きじ》やみどりのび立《たつ》小《こ》松《まつ》原《ばら》　梅露

59 火《ひ》屋《や》ひとつ鳴《なき》残したるきゞす哉《かな》　小松 斧卜

46 ○浅みどり　うすい緑色。▽春風にゆれてあたりの雪をはじく柳の枝は、浅みどりになるのを急いで芽吹いているようだ。季柳。

47 ▽春のなよやかな柳、あのもろい蝶の羽にも押し分けられそうに見える。「傘(からかさ)に押わけみたる柳かな　芭蕉」(炭俵)。季蝶・柳。

48 ○ましら　猿。▽木の枝から木の枝へと伝い移っていた猿が、柳に移ったとたんに転んでしまった。なよやかな柳の枝では調子が違ったのであろう。季柳。

49 ○涅槃像　釈迦入滅の様子を描いた絵。二月十五日の涅槃会に寺院に掲げた。○阿難　釈迦の十大弟子の一人。釈迦に侍者として二十五年つかえた。▽涅槃像で参詣人が第一に見るのは、釈迦のそばで泣いている阿難であるよ。季涅槃像。

50 ○ねはん　二月十五日の涅槃会。▽涅槃会で一年に一度は、寝ている釈迦の像が拝まれることである。季ねはん。

51 ○鈴鹿の社　今の三重県と滋賀県の境の近くの鈴鹿峠にある鈴鹿大明神のこと。○花表　鳥居。▽鳥居のあたりで山蛇を見たが、暖かさに穴から遊びに出て来ているのであろう。季蛇穴を出る。

52 ○雲雀より　笈の小文に「空にやすらふ」の形で見え、「空に」の方が初案か。○峠　大和の多武峰から吉野へ越える細峠。▽雲雀がはるか下の空で鳴いているのを眺めながら峠で休憩することである、の意。季雲雀。

53 ▽頭を下げていると、草の中から雲雀の鳴き声が聞こえてくる。雲雀は空を仰いで聞くものと思っていたが。季ひばり。

54 ▽大空で囀る雲雀を聞いていると、一羽のようでもあるし、また二羽のようにも思われなくもない。季雲雀。

55 ○みだれ初　伊勢物語「みちのくのしのぶもぢずり誰ゆゑにみだれそめにし我ならなくに」によるか。▽長閑に鳴く雲雀、とつぜん一羽だけが調子を乱して鳴き出した、の意。季ひばり。

56 ○若草に嶋を　伊勢物語「昔、おとこありけり。…女をば草むらのなかにおきて逃げにけり」を踏む。▽空で雲雀が

60 屋《や》腰《ごし》より雉子《きぎす》鳴《なき》ゆく山路《やまち》かな　四睡

61 きじ鳴《なひ》て跡《あと》は木を伐《き》ル響《ひびき》かな　蘇守

62 橋《はし》桁《げた》や日はさしながら夕《ゆふ》霞《がすみ》　北枝

63 砂よりや霞ゆり出す岸《きし》の浪《なみ》　誉風

64 しづかさや朧《おぼろ》は月の香《か》のやうに　漁川

65 朧月羽《はね》こく鴈《かり》も旅《たび》寐《ね》哉　貞喜

66 礒《いそ》の家の菊《きく》植《うゑ》分《わけ》む帰《かへる》鴈《かり》　春幾

67 陽《かげ》炎《ろふ》を見はるやものゝくらきほど　蕉下

68 かげろふや弓《ゆみ》張《はり》月《づき》のくもる程《ほど》　楚常

69 糸きれて蛸《たこ》はしら根《ね》を行《ゆく》衛《ゑ》哉　山中少人 桃葉

粟《あは》ケ崎の漁家《ぎよか》にて

70 わすれめや胡《アサ》葱《ツキ》膾《なます》浦《うら》小《こ》鯛《だひ》　牧笛

しきりに鳴いているが、若草の中に雌をかくしているからであろうか。[季]若草・雲雀。

57 ○かけはづす　鳥を網で捕らえようとして、取りそこなうこと。▽網をかけはずした鷹が飛び立って、その足から雲雀が落ちて来た、の意。雲雀を捕らえていた猛禽。[季]ひばり。鷹・鷹狩の季は冬。

58 ▽緑の若芽のすくすくと伸びたった小松原で、ケンケンと勢いよく鳴くキジである。[季]雉・みどり立つ。

59 ○火屋　やきば。火葬場。○きゞす　雉の古名。▽折から雉の鳴き声が聞こえるが、火屋に集まった人々は、肉親を失った悲しみに耳を傾ける者もいない。それを雉を主として表現したもの。[季]きゞす。

60 ○屋腰　家腰。母屋の横や後ろ。▽山の中を歩いていると、路傍の家の横から不意に雉が現れ、鳴きながら山路を歩いていった。[季]雉子。

61 ○木を伐ル響　杜甫「題張氏隠居」に「伐木丁丁山更幽」。▽山中に雉がひとしきり鳴いたあとは、木を伐る音が響いていっそう閑かである。[季]きじ。

62 ○橋桁　橋板を支えるため橋杭の上にわたした木。▽かなたの川にかかった長い橋桁に夕日が差しながら霞がたちこめている。[季]霞。

63 ▽岸に波が打ち寄せているあたりには霞がたちこめているが、あれは海辺の砂の中から波が揺りだしたのであろう、の意。[季]霞。

64 ▽静かな春の夜、月は朧にかすんでいるが、それはまるで月の香がただよっているようだ。[季]朧。

65 ○羽こく　羽をしきりに動かす、の意か。▽朧月に照らされて羽をしきりに動かして飛んでいた雁も、今は河沼に降りて旅寝をしていることよ。[季]朧月。

66 ○礒の家　磯屋。磯辺にある漁師などの家。○菊植分む　菊の植え分けは三月であるが、早くてもよろしからず時期を選ぶ。▽北へ雁が帰って行くのが眺められる磯辺の家では、その時節になったので菊を植え分けよう、の意。[季]帰鴈。

71 君いくら我《われ》はやつくし五七本　李東

72 頭《づ》陀《だ》袋《ぶくろ》うち明《あけ》てえる土《つ》筆《くし》哉　順之

73 春の野に袂《たもと》も袖《そで》もつくし哉　和平

74 七くさにあはでさかりや鼓《つづみ》草《ぐさ》　大坂 何処

75 たんぽゝや芹《せり》生《ふ》小《こ》原《ばら》のまがひ道　牧童

76 草もえて土のほろつく野《の》沢《さは》哉　魚津 不的

77 くさの芽《め》のうへに干《ほし》をく莚《むしろ》かな　和之

78 なつかしき人のなつけん猫のつま　女

79 手を上《あげ》てうたれぬ猫の夫《をつと》かな　尼 知月

80 曙《あけぼの》やことに桃《たう》花《くわ》の鶏《とり》の声　其角

81 ふつゝかに青葉や交《まじ》る桃の花　雨邑

82 ひとつ家《や》のもゝぞ野道の春の色　破瓶

67 ▽野にちらちら燃える陽炎を、目を見開いて眺めていた。まるで他のものは暗く目に入らないほどに、の意。季陽炎。

68 ○弓張月　弦月。上弦にも下弦にもいう。▽昼間の空にかすかに白くかかっている半月を、くもって見えなくするほどに陽炎が野に立っている。季かげろふ。

69 ○蛸　凧。いかのぼり。○しら根　越の白根。白山。一九一頁一行目参照。▽空に高く上がっていた凧が、糸の切れて白根が岳の聳える方向に飛んで行ってしまった。猿蓑「紙鳶(かい)切て白根が岳を行衛哉　桃妖」はその改案か。季凧。

70 ○粟ケ崎　加賀国石川郡粟ケ崎村(今の石川県金沢市内)。○胡葱　浅葱。糸葱。ネギ類で最も細いもので、栽培もされる。○膾　魚肉を薄く細かく切って酢みそなどであえたもの。▽アサツキを加えて作った膾にこの浦で獲れた小鯛のおいしさを忘れることがあろうか。季胡葱。

71 ○つくし　土筆。つくしんぼ。▽君はツクシを何本取りましたか。私は摘みはじめてすぐに五、七本も取りました。季つくし。

72 ○頭陀袋　食物を乞いながら歩く僧が経巻や仏具などを入れて首にかける袋。○える　選る。▽僧が頭陀袋をすっかり空にして中の物を出し、途中で摘んだツクシを選り分けることである。季土筆。

73 ▽春の野に遊んで生え出たツクシを見つけて夢中で摘み取ったため、着物のたもともそでもツクシで一杯である。季春の野・つくし。

74 ○鼓草　タンポポの異名。七草には入らない。▽七草を摘む季節に合わないために、鼓草は摘み取られることもなく、無事花盛りを迎えていることだ。季鼓草。

75 ○芹生　芹のかたまって生えているのをいう。○まがひ道　わかりにくい道。▽芹がかたまって生えた小さい野原の道らしからぬ道にタンポポの花が咲いている。季たんぽゝ。

76 ○ほろつく　もろく落ちる。○野沢　野中に水がたまり草など生えているところ。▽野沢の岸辺に若草が萌え出て土がもろく落ちることである、の意。季草もえ。

83 雨降《ふり》ていつ迄ぬるゝ木《もく》蓮《れん》花《げ》　言蕗

84 秋之坊《あきのばう》によす
遍《へん》昭《ぜう》の蓑《みの》さへもたじ春の雨　牧童

85 春雨や淋しきやうで梅柳　漁川

86 もるまでは庵《いほり》にしらじ春の雨　雨邑

87 はる雨や木のよごれとる下《した》雫《しづく》　石動宇白

88 まだ鳴《なく》か暁《あかつき》過《すぎ》の江《え》の蛙《かはづ》　一笑

89 鳴出《だし》てみななく小田《をだ》のかはづ哉《かな》　孤舟

90 うち返《かへ》し寐《ね》られぬ背《せ》戸《ど》の蛙哉　字路

91 笹《ささ》の家《や》のひくさや空に鳴《なく》蛙　流志

92 あまがいる柳を落《おち》て益《えき》もなし　其糟

93 飛《とび》ゝ《とび》て穴へ落《おち》たる蛙かな　魚素

77 ▽萌え出た草の芽の上に、それには全く無関心げに農家の辺では莚が干してある。[季]くさの芽。

78 ○つま　「つま」には妻、または夫の字を当てる。作者から考えてここは夫か。▽屋外でしきりに鳴く恋猫、その猫に慕わしい人の名を付けて呼ぼう。[季]猫のつま。

79 ○うたれぬ　「ぬ」は打ち消し。▽恋猫があまりうるさいので手を上げて打とうとするが、逃げ回って容易に打つことのできないことだ、の意。[季]猫の夫。

80 ▽朝はやく桃の花の咲くあたりから鶏の鳴き声が聞こえて来て、ことにすがすがしく感じられる。陶淵明「桃花源記」が下にあって詠まれたものか。いつを昔などにも入集。[季]桃花。

81 ○ふつゝかに　風情もなく。▽桃の花の美しく咲く中に、風情もなく他の木の青葉が交じっていることだ、の意。[季]桃の花。

82 ○ひとつ家　一軒屋。▽田舎の一軒屋に咲く桃の花こそ野道に春らしい様子を感じさせるものである。[季]もゝ・春の色。

83 ▽春雨が降って白い木蓮の花が濡れているが、一体いつまでこうして濡れているのであろう。なにか哀れに感じられる。[季]木蓮花。

84 ○秋之坊　加賀金沢住の隠者。剃髪後寂玄と号する。○遍昭　平安初期の歌僧。▽昔の遍昭は蓑さえ持たなかったのであろう、春雨の中を出歩くこともなく家にこもっていたようであるが、私も同様です、の意か。[季]春の雨。

85 ▽春雨の降る風情はことに寂しいようで、特に梅や柳の濡れている様にそれが感じられる。[季]春雨・梅・柳。

86 ▽屋根から雨漏りがするまでは、草庵にいても春雨の降っているのが一向に知られないことだ。[季]春の雨。

87 ○下雫　下枝から落ちる雨滴。▽しとしとと降る春雨の下雫は木の汚れをきれいに落とすことだ。[季]はる雨。

88 ▽夜を通して鳴いていた入江のほとりの蛙、夜明がすぎて明るくなってもまだ鳴いていることか。[季]蛙。

89 ○小田　小さい田。▽ようやく一、二匹鳴き出したと思ったら、いつの間にか一斉に小田の蛙が鳴いていることだ、

94 蛙子《かへるご》のおよぎ習《ならひ》し古江《ふるえ》かな　鶴来 雨柏

95 青柳《あをやぎ》に追出《おひだ》されたる燕《つばめ》哉　句空

96 川舟の跡《あと》に鳴来《なきく》るつばめ哉　一草

97 とらへても放《はな》したふなる燕かな　宮腰 普人

98 海棠《かいだう》にゆらりと来たる胡蝶《こてふ》哉　燕子

99 草をたつ小蝶《こてふ》や風の一《ひと》なびき　紅介

100 羽《はね》おれし蝶あゆみよるすみれ哉　雨邑

101 手にとれば猶《なほ》うつくしき菫《すみれ》かな　孤舟

夕ぐれの籬《まがき》に蝶のたつを見おりて

102 寝《ね》ル所ありて行《ゆく》らめたつ小蝶　北枝

103 おもしろき盗《ぬすみ》や月のうこぎ垣《がき》　李東

104 かくれ家《が》や食《めし》喰《くひ》さして摘《つむ》五《う》加《こ》木《ぎ》　牧童

の意。季かはづ。

90 ○うち返し　繰り返し。○背戸　家のうしろ。▽家のうしろでしきりに鳴く蛙、繰り返し鳴くので耳障りになってなかなか寝られぬことだ。季蛙。

91 ○笹の家　笹で屋根をふいた家。笹の庵。▽笹ぶきの家に泊まったが、その屋根の低いことよ。その中で鳴く蛙もまるで空で鳴くように聞こえて来る。季蛙。

92 ○あまがいる　「あまがへる」の訛音。▽柳に上っていた雨蛙が、柳から落ちてしまったが、全くむだなことである。季あまがいる・柳。雨蛙の季はこのころから夏とするものもある。

93 ▽地面を得意げにピョンピョンとんでいた蛙が、穴に落ちてしまったことだ、の意。寓意を考える必要はなかろう。季蛙。

94 ○蛙子　オタマジャクシ。▽古びた入江で、卵からかえったオタマジャクシが繰り返し泳ぎまわっている。季蛙子。

95 ▽青々と芽吹いた柳が春風にゆれ、木に止まろうとしていたツバメが、追い出されるように飛んで行った。季青柳・燕。

96 ○跡　後ろ。▽通り過ぎて行く川舟のあとから鳴きながら飛んで来るツバメである、の意。季つばめ。

97 ▽手で捉えても大空に放してやりたくなるツバメであるよ、の意。益鳥で、巣に育む雛鳥を思ってか。季燕。

98 ○海棠　ハナカイドウ。中国原産で近世の初め渡来。房状の艶麗な淡紅色の五弁花をつける。ねむれる花。山之井に「胡蝶の友なる心をもいへり」。▽ねむれる花という海棠にふさわしくふわりと飛んで来た蝶である。季海棠・胡蝶。

99 ▽野原の草を飛び立とうとした小蝶が、風の一吹きに飛ばされてしまった。季小蝶。

100 ▽傷ついて羽の折れた蝶が歩み寄っていく、野に咲くスミレの花に。まるで憩いどころを求めるように。スミレの異名は「一夜草」。季蝶・すみれ。

101 ▽手に摘み取ってよくよく見れば、野にあるときよりも一層美しいスミレの花である。季菫。

105 里の昼菜《な》の花深し鶏《とり》の声　牧童
106 なの花や幾野《いくの》かゞやく朝日影　拾葉
107 菜の花に虻《あぶ》しづか也《なり》朧《おぼろ》月《づき》　其糟

草庵をとむらひて

108 梨《なし》一《ひと》木《き》菜の花二《に》間《けん》四《し》方《はう》かな　春幾
109 花に只《ただ》来てはほしがる庵《いほり》哉《かな》　漁川
110 雨ほち〳〵ふらじとて行《ゆく》花見哉　孤舟
111 中《なか》ゝ《なか》に花のつよみや深みどり　素洗
112 寝に来るな花のちる迄《まで》山《やま》烏《がらす》　浮葉
113 花や雲橋よりわかる道の数《かず》　松任 柳川
114 四《し》方《はう》より花吹《ふき》入《いれ》て鳰《にほ》の海　翁
115 湖《みづうみ》や心はしりて四《よ》方《も》の花　北枝

102 ○籬　竹などを粗く編んで作った垣根。▽夕暮れに飛び立ってゆく小蝶は、きっと何処かに泊まるところがあって行くのであろう。季小蝶。

103 ○うこぎ垣　五加垣。ウコギは落葉低木で、枝にトゲがあり、東北では多くいけがきに用いられた。出たての若葉を摘んで浸し物にしたり、ウコギ飯としてご飯に炊いたりした。▽春月の照らした他家のウコギ垣の若葉を失敬するのは、おもしろい盗みであろう、の意。季うこぎ垣。

104 ○かくれ家　人目を避けてかくれ住んでいる家。▽隠れ家の暮らしでは何かとことを欠きがちであり、思いついて食事をやめ、浸し物にしようとウコギの若葉を摘むことである。季五加木摘む。

105 ▽村里の昼、畠の菜の花は盛りで色濃く、鶏の鳴き声がのどかに聞こえて来る。春昼の代表的な田園風景。季菜の花。

106 ○幾野　どれだけの野原。▽一面の菜の花畠、折りから朝日の光がさして、どれだけの野がきらきらと照りかがやいていることか。季なの花。

107 ▽昼間うるさく飛び回っていた虻が、朧月の下、ほのかに黄色い菜の花に静かに羽を休めている。季菜の花・虻・朧月。

108 ○とむらひて　訪いて。たずねて。○二間　約三・六三メートル。▽この庵は、梨の木が一本と、菜の花が縦横二間の広さに咲いているだけの風雅簡素な庵である。季菜の花。

109 ▽さくらの花見だけには、是非来てほしいと熱望する庵であることだ。庵主の風流心のほども知られる。季花。

110 ○ほち〳〵　雨のごくわずかに降る擬音語。▽雨が少し降り始めたのに、大丈夫今日は降らないといって出かけて行く花見であることだ。季花見。

111 ○深みどり　濃い緑色。▽山々の木々の深みどりの中に一際目立つ桜の花。かえって白いゆえの花の強みと言おうか。季花。

112 ○山烏　山に生息するカラス。ミヤマガラスなど。▽山烏よ、花の散ってしまうまで桜のこずえに寝に来ないでくれ。花の早く散るのが惜しまれるので。季花。

元禄三のとしの大火に、庭の桜も炭《すみ》に成《なり》たるを

116 焼《やけ》にけりされども花はちりすまし　同

判官《はうぐわん》を思ふ

117 かいそんが来てみん花の安宅《あたか》かな　楚常

118 海士《あま》が家礒辺《いそべ》の花のおもて哉　字路

119 ちる花を沢《さは》蟹《がに》かつぐ岩間かな　元之

120 肌《はだ》のよき石に眠《ねむ》らん花の山　路通

121 村雨や我《わが》跡《あと》ぬれぬ花の下　梅露

122 これは扨《さて》ゆけども〳〵はなの山　松任十歳 春之

123 何《なに》人《びと》ぞもとゆひ払《はら》ふ花の寺　遅桜

124 花咲《さき》て猶《なほ》いかめしき二《に》王《わう》かな　三秋

113 ▽遠く桜の花のこずえが雲かと眺められ、ふもとの橋から道がいくつかそちらの方に分かれている、の意か。季花。

114 ○鳰の海　琵琶湖。▽琵琶湖の回りの岸辺はいま花盛りで、四方から風が花びらを湖面に吹き入れて、実にすばらしい眺めである。元禄三年三月湖南膳所の珍碩亭を訪れた折の挨拶吟。「洒落堂の記」(白馬)には下五「にほの波」の形で添えられている。季花。

115 ○心はしり　胸騒ぎがする。▽湖をかこむ四方の花々を見ていると、それらを尋ねて見たくて心がどきどきすることだ。季花。

116 ○元禄三のとしの…　同年三月十七、十八日の金沢の大火。▽庭の桜の木も家も焼けてしまった。しかしながら今年の花はすっかり散ってしまっていたのがせめてもの慰みであった。北枝宛芭蕉書簡に「やけにけりの御秀作、かかるときに臨み、大丈夫感心」と激賞している。季花散る。

117 ○判官　源義経。○かいそん　海尊。常陸坊。義経の臣で衣川の戦い後も生き延びて仙人になったといわれる。○安宅　加賀国能美郡(石川県小松市)の謡で有名な地。▽あの安宅の関の地は今花盛りであるが、不老長寿でどこかに生きている海尊がきっと見に来ることであろう。季花。

118 ▽海上から眺めると、磯のほとりに咲く桜の花のおもてに漁師の家があるように見えて、捨て難い景である。季花。

119 ○沢蟹　谷川の清流にいる小さい蟹。▽散り落ちた桜の花びらを、沢蟹が背中の甲にのせて運んで行く岩間であることだ、の意。「ちる花をかつぎ上たる蛙哉　宗派」(蛙合)。季ちる花。

120 ▽流浪の旅を続ける自分は、花の咲き乱れた山にやってきたが、今宵はここで肌の滑らかな石の上にでも眠ることにしよう、の意。いつを昔、秋津島にも入集する路通の代表句。季花の山。

121 ▽突然のにわか雨よ、私が今まで夢中で花見をしていた花の下は、まったく濡れないであることだ。季花。

122 ○これは扨　感嘆のことば。▽行けども行けども一面の花の山、これはいやはや実にすばらしい。貞室「これはこれ

125 提灯《ちやうちん》にちりかゝる迄《まで》花見哉《かな》　柳絮

126 酔臥《よひふし》て次手《ついで》に花を二日《ふつか》見む　小松 斧卜

127 獺《かはうそ》やちらぬ花ふむよし野川　拾葉

128 渦《うづ》のまくはなとめぐれる鯎《うぐひ》哉　可友

129 手《た》折《をる》とて花にかり着《ぎ》の袖《そで》長し　古庭

130 花も見ず止《シ》長《チヤウ》にかゝる碁《ご》打《うち》哉　一傘

131 またも見る闇《やみ》かは花のあかりある　秋之坊

132 朝な〳〵花を立《たち》のく乞《こ》食《じき》哉　草籬

草庵

133 おもしろや海にむかへば山桜　句空

芳野にて花のちりけるを

134 錫杖《しやくぢやう》よ心つくしのやまざくら　同

はとばかり花の吉野山」を思い出させるが、これは十歳の小児の作。季はなの山。

123 ○もとゆひ　髻(もとどり)を結ぶ細いひも。▽桜の花の咲いたお寺で、もとゆいを切って出家しようとするのは、いったい何人であろうか。いかにも物語りめいた句。季花の寺。

124 ▽寺の境内に桜が咲いているなかに、いっそう威厳あるように見える寺門の仁王像である。季花。

125 ▽花を見にいってつい暗くなり、灯した提灯にちらちら花の散りかかるまで時を忘れていたことだ、の意。季花見。

126 ▽花見酒を飲み過ぎて酔っ払ってしまったので、今夜は花の下に寝て、ついでに明日も二日にかけて花見をすることにしよう。季花見。

127 ○獺　イタチ科の動物で、水辺に住み、水中の魚などを捕食する。○ちらぬ花　水に映った花。「しなのぢや谷のこずゑをくもでにてちらぬはなふむきそのかけはし」(夫木抄・後鳥羽院宮内卿)。○よし野川　吉野川。大和国(奈良県)の歌枕。▽カワウソが、吉野川の川面に映った桜の花を踏んで、水の中を進んで行くことである、の意。季花。

128 ○鯎　コイ科の淡水魚。日本各地の河川・湖沼などに分布。ハヤ・アカハラとも。▽川の渦にまかれて花びらとともに回るウグイである。季はな。

129 ○かり着　借着。人の着物を借りて着たもの。▽花の枝を手折ろうとして差し出した手の、花見の借着の袖の長いことよ。季花。

130 ○止長　囲碁用語。逃げる相手の石を追い詰めて、あと一手でその石を取れる状態をいう。四丁・征とも書く。▽花見にやって来て、つい打ち始めた碁が止長の状態に追い込まれ、花を見ずに碁打ちに熱中していることである。季花。

131 ○かは　詠嘆の強い表現。▽夜の満開の桜はほの明るく、その明るさを確かめるように周囲の闇をまたも見ることか、の意か。季花明り。

132 ▽花が咲くと、乞食たちも風流心から花の下に臥していると見え、毎朝、花の下から立ち去っていく。季花。

135 夕《ゆふ》風《かぜ》やあいだを置《おき》てちる桜　鶴来女不中

136 かしましく桜いためそてらつゝき　おなじ所 柳江

137 根ながらや桜のせゆく渡し舟　少年 桃英

138 むら雨《さめ》の羽《は》織《おり》干《ひ》にけり山桜　紅介

139 山ざくら見ゆる昨《きの》日《ふ》の所かな　李東

旅行

140 風《ふう》流《りう》の国《こく》主《しゆ》なるらん山ざくら　北枝

141 とにかくにうごく若木の桜哉　北枝

142 水鳥の胸《むね》に分《わけ》ゆく桜かな　越中いなみ 浪化

143 岩《いは》根《ね》ふみひとめ〳〵や山ざくら　万子

秋之坊老母追悼

144 たのもしき子を置《おき》ちるや姥《うば》桜《ざくら》　牧童

133 ○草庵　作者が卯辰山に結んだ庵か。▽この草庵から海に向かって眺めやると、満開の山桜が目に入るが、まことに興趣あふれることである。季山桜。

134 ○芳野　花で知られた大和国吉野山。○錫杖　僧侶や修験者が遊行のときに持つ杖。▽我が携えて来た錫杖よ、花に間に合うかどうか気を揉まされていた、吉野の山桜が散っていることだ。季やまざくら。

135 ▽夕暮の風の吹くたびに、時間の間隔をおいて桜がはらはらと散っている。季ちる桜。

136 ○てらつゝき　キツツキの異称。キツツキの季は秋。▽キツツキのやかましく木をつつく音がするが、花咲いた桜を痛めないでくれ、の意。季桜。

137 ▽根を付けたままの桜を乗せて渡し舟がゆく。川風に花びらを散らして。季桜。

138 ○むら雨　村雨。急雨。ひとしきり降りすぎてゆく雨。「急雨は三四月、七八月の間に有心得也」(三冊子)。▽山桜を尋ね歩いているうちに、さきほど村雨に濡れた羽織もすっかり乾いてしまったことだ。季山桜。

139 ▽遠くの山に山桜が白く眺められるが、あれは昨日尋ねて行ったところだ。去来に「おとゝひはあの山こえつ花盛」(去来抄)がある。季山ざくら。

140 ○国主　一国の支配者。領主。▽旅中目立つのは、この国の山桜の多さである。きっと領主は風雅を好まれる方であろう。季山ざくら。

141 ○若木　生えてから年数のたたない木。▽若木の桜は、弱い風にも揺れ動くごとく、何かにつけてよく動くことである。季桜。

142 ▽風に散って水面に浮かんだ桜の花びらを、水鳥が胸で押し分けるようにして進んで行く。「胸に分ゆく」が一句の中心。作者の芭蕉入門前の句。季桜。

143 ○岩根　岩の根元。▽険しい山の岩根を踏んで山桜を一目ながめ、また次の山桜を一目と苦労して尋ね歩くことである。「岩根ふみ」は歌語。季山ざくら。

145 碁笥《ごけ》かくす寺は自《じ》慢《まん》のさくら哉《かな》　春幾

146 山吹やよりむく岸の舟はやし　路舟

147 黄《き》なる花は皆《みな》やまぶきか川向ひ　誉風

148 山ぶきやおる手をはぢく滝《たき》の露《つゆ》　楚常

149 やま吹に干《ほし》つゞけたる手《て》染《ぞめ》哉　林陰

150 蚕《こ》がひする人は古《こ》代《だい》のすがたかな　江戸 曾良

餞《せん》別《べつ》

151 雲に只《ただ》烏《からす》の巣《す》だつ別《わかれ》哉　楚常

152 柿《かき》の花蟻《あり》のちからを計《はかる》かな　京 可廻

初瀬《はつせ》にまふづとて

153 空《そら》大《ま》豆《め》の花に初瀬の道もなし　句空

西大寺《さいだいじ》にて

144 ○秋之坊　144参照。○姥桜　花の咲くときに未だ葉の出ない桜の俗称。葉なしを歯なしに通じていう。「姥ざくら咲くや老後の思ひいで　芭蕉」(佐夜中山集)。▽秋之坊という頼もしい子をあとに残し置いて、老母は姥桜の散るごとくはかなく亡くなられたことだ。[季]姥桜。

145 ○碁笥　碁石を入れる木をくりぬいて作った器。▽寺で来客に碁を打たせないため碁笥をかくすのは、自慢の美しい桜が咲き誇っているからである。[季]さくら。

146 ○岸　藻塩草に「きしのやまぶき」。山吹に河辺・神奈備川の岸・吉野川・清滝川・宇治の川瀬など付合語(類船集)。▽山吹の花が咲いている川岸に向かって舟が寄っていくが、川の流れが早いため舟の過ぎ行くことも早い、の意か。[季]山吹。

147 ○ここは山吹の名所なので、川の向こう岸に見える黄色い花は、皆山吹の花であろうか。[季]やまぶき。

148 ▽山吹の花を折りとろうとすると、それを止めるごとくに近くに落ちる滝の水滴が手を弾くことである。「ほろほろと山吹散るか滝の音　芭蕉」(笈の小文)。[季]山ぶき。

149 ○手染　手ずから染めたもの。▽庭の山吹の花のそばに自分で染めた布を干しつづけていたことだ、の意。たぶん布の色も黄色だったのか。[季]やま吹。

150 ○蚕がひ　蚕飼い。カイコを飼うこと。▽養蚕をしている人は遠い昔さながらの姿であることだ。おくのほそ道に尾花沢での吟として見える句。初案は「蚕(こがい)する姿に残る古代哉」(曾良旅日記)。[季]蚕がひ。

151 ▽空の雲に向かって烏がただ巣立って飛び立つような、そのような自然なお別れですね、の意。[季]鳥の巣(烏の巣)。

152 ▽地面に落ちた柿の花は、蟻が集まって引こうとしてもよういにひけない。まるで蟻の力を計測しているようである。[季]柿の花。

153 ○初瀬にまふづとて　奈良県桜井市初瀬にある長谷寺に参詣するとて。「まふづ」はただしくは「まうづ」。▽路傍の畠にはソラマメの紫の花が咲き、初瀬への道を埋め尽くしている。[季]空大豆の花。

154 木ゝは藤《ふぢ》春の柳《やなぎ》を尋《たづね》ける　同

155 家《いへ》つとや包《つつみ》こぼれし藤の花　四睡

いつく島《しま》に詣《まうで》しころ

156 厳《いつく》島《しま》よごれぬ足を春の浪　同

157 此《この》儘《まま》に罪《つみ》つくる身の日は永《なが》し　大津 乙州

紅尓《こうじ》が武蔵《むさし》にゆく時

158 いたづらに富士見て永き日をたてな　北枝

秋之坊にて

159 窓ひとつ有《あり》とて暮《くる》る春《はる》日《ひ》哉　李東

160 行《ゆく》春や蕨《わらび》ほうけてつねの草　尾張 野水

154 ○西大寺　奈良市にある真言律宗の寺。▽この寺にある木々は藤の花ばかりであり、春の柳の風情も捨て難いので、寺内に柳がないかを尋ねたことである。季藤・柳。

155 ○家つと　家苞。家へのみやげ。▽私の家へのみやげは、背中の包みからはみだした藤の花である。風雅なみやげ。季藤の花。

156 ○いつく島　広島県の厳島。宮島。厳島神社がある。▽厳島には船で渡ってお参りするので、足も土埃によごれることもないが、浜辺の春の波で洗い清めることである。季春の浪。

157 ○罪　法的な意味ではなく、人が生きて行くうえで仏の教えなどに反すること。▽俗人として生きて罪をつくっていく身にとって春の日は永いことである。季日永。

158 ○紅尓　金沢の俳人。○武蔵　特に江戸を指す。○たてな　「たつな」が正しい。▽春の永い日を富士山を眺めてむだに過ごすな。江戸には見るべきところも多いはずだから。季永き日。

159 ▽秋之坊の庵には窓がひとつあって、それで春の日が過ぎ去って季節も終わりになったことが感じとれる、の意。季暮春。

160 ○ほうけて　時期がすぎて。▽今年の春もまさに過ぎ行こうとしている。そういえば、このまえ野山で食用として盛んに折り採った蕨も、この頃では時期が過ぎて、それと見分けのつかない普通の草となってしまっている。春の部の終わりにふさわしく「行春」の句を据えた。季行春。

卯辰集　巻第二

夏

ふもとの里を見おろして

161 衣《ころも》がへせしや綿《わた》ほす谷の家　　句空

162 土を着る節《せつ》もあるべし更衣《ころもがへ》　　秋之坊

163 更《さら》科《しな》に恋《こひ》しがる也《なり》ほとゝぎす　　富山 違風

164 振《ふる》舞《まひ》の中に聞《きき》けり郭公《ほととぎす》　　五歳 長皿

坂もとにしばしすみ侍《はべり》しころ

165 皃《かほ》見せぬ尼《あま》も爰《ここ》らやほとゝぎす　　句空

166 橘《たちばな》やいつの野中の郭公《ほととぎす》　　翁

167 時鳥《ほととぎす》まことはとりがすくないか　　牧童

161 ○ふもと　句空が庵を結んでいた卯辰山のふもと。○綿　布子などの着物から抜きとったもの。▽四月一日で更衣したのであろうか。谷間の家に冬着から抜いた綿が干してあるのが眺められる。持統天皇の「夏来るらし白妙の衣ほしたり」の俳諧化作品。季衣がへ。

162 ○節　時節。おり。▽今年も更衣に夏着に着替えたが、そのうち死して土中に葬られ、土を着るときもあるであろう、の意か。季更衣。

163 ○更科　更級。信濃国の歌枕。今の長野県更級郡。▽更科に旅寝してホトトギスの鳴く声を聞きたく、しきりに恋しく思うことである。季ほとゝぎす。

164 ○振舞　飲食物を人に提供すること。もてなし。▽宴会の最中に確かにホトトギスの鳴き声を耳にしたことだ。季郭公。

165 ○坂もと　坂本。比叡山の東麓で、琵琶湖に臨む地。延暦寺と関係深い土地であって、その門前町。今の滋賀県大津市内。▽折からホトトギスの鳴く声が聞こえるが、あのあまり姿をみせない尼もここらに住んで、鳴き声を聞いていることであろう。季ほとゝぎす。

166 ○橘　橘―時鳥(類船集)。「橘の林をうへん子規つねに冬まですみわたるかねと、万葉によめり」(同)。▽橘の匂うほとりでホトトギスの鳴き声を聞いていると、旅をしていていつか野中で耳にしたホトトギスを思い出す。古今集の「花橘の香をかげば昔の人の…」の古歌を転じた。季橘・郭公。

167 ▽ホトトギスの鳴き声は決して美しいものではない。だがその声を風流人が賞美するのは、本当のところ夏には鳥が少ないからか、の意。季時鳥。

168 弁《べん》慶《けい》はかしこまりけり仏《ぶつ》生《しやう》会《ゑ》　玉斧

169 やとはれて鬼《おに》に成《なり》たる祭哉《かな》　古庭

170 牡《ぼ》丹《たん》ちり芍《しやく》薬《やく》ひらく旦《あした》かな　少人 桃英

171 一《いち》輪《りん》のぼたんやちりてそこら内　其糟

172 何事ぞぼたんをいかる猫《ねこ》の様《さま》　南甫

173 麦《むぎ》の穂《ほ》や芍《しやく》薬《やく》埋《うづ》む里の背《せ》戸《と》　山中 自笑

四睡《しすゐ》が武府《ぶふ》にゆくおり

174 牡《ぼ》丹《たん》散《ちつ》て心もおかずわかれけり　北枝

175 ちる事は催《もよほ》しに似《に》ぬ牡丹かな　牧童

子におくれたる人につかはしける

176 卯《うつ》木《ぎ》垣《がき》似たる子のなく恨《うらみ》哉　楚常

177 うの花はたが折《をり》来しもしなびけり　秋之坊

168 ○弁慶　源義経の臣。武蔵坊。○仏生会　釈迦誕生の四月八日に寺院で行なわれる法会。▽豪傑の弁慶は、昔比叡山で修行した僧だけに、仏生会には恐れ慎んだことだ。季仏生会。

169 ○鬼　神祭りの行列に加わる鬼。鬼の面を付けたり、鬼の扮装をしたりした。▽夏祭りに雇われて鬼の役を務めることになったことよ。見物衆ではなく、その反対の、しかも鬼の役というのに笑いが感じられる。季祭。

170 ▽朝起きて見ると、昨日あんなに奇麗だった牡丹の花が散り、代わって芍薬の花が開いている。花畑の様。季牡丹・芍薬。

171 ▽一輪の牡丹が散ってそこらじゅう花弁が落ちている。牡丹の花弁は薄く五―一〇枚。「そこら内」は花の王の散った後の美しさを強調したもの。季ぼたん。

172 ○ぼたん　牡丹―猫（類船集）。山之井の牡丹の箇所に「猫ぜなかのうちねぶりゐる有さまなどしたつ」。牡丹に眠り猫は唐絵の絵柄の一。▽華麗に咲く牡丹の花を怒るようにしている猫の様子は、いったいどうしたことぞ、の意。季ぼたん。

173 ○背戸　家のうしろ。▽村里のおもての田はいっせいに麦の穂が出ており、家々のうしろは芍薬が埋めつくしたように咲いている。季麦の穂・芍薬。

174 ○四睡　加賀金沢の人、姓名未詳。○武府　江戸。▽華美に咲き誇っていた牡丹の花もすっかり散ってしまい、あとに心を残すものもなく、別れて旅立つことだ。相手の心情になって詠んだ句。季牡丹。

175 ○催し　行事。○牡丹　底本「杜丹」。▽牡丹は咲いているのを眺めてこそ、花見会を催すかいがあって、桜と違ってこの花の散るのを見るのは会にふさわしくない。季牡丹。

176 ○卯木垣　卯の花の垣根。民家に多く用いられた。連珠合璧集「卯花トアラバ垣ね」。▽卯の花垣の人家から亡くした子に似た泣き声が聞こえて来て、残念に思われることであろう。季卯木垣。

177 ○うの花　卯の花。山野に自生する落葉灌木で、五、六月頃白色五弁の小花を開く。▽卯の花は水持ちの悪い花なので、誰が折ってきてもしなびていることだ。季うの花。

178 青鷺《あをさぎ》のなどやねむれる杜若《かきつばた》　小松　致画

179 かきつばたしどろに咲《さき》し古江《ふるえ》哉《かな》　鶴来女　不中

八橋《やつはし》をかける絵を見て

180 橋ごとに踏《ふみ》はづしなんかきつばた　唐介

181 尼《あま》が園《その》泪《なみだ》にやそだつ芥子《けし》の花　草籬

182 竹の子をおる音響《ひびく》小寺《こでら》哉　瀼茂

183 小《こ》麦《むぎ》田《だ》に鳴《なく》や狐《きつね》の妻をなみ　鶴来　踈松

184 麦《むぎ》秋《あき》は身の置《おき》どころなかりけり　京　風喬

石山のほとりにかりなる庵《いほり》をしつらひて

185 先《まづ》頼《たの》む椎《しひ》の木もあり夏《なつ》木《こ》立《だち》　翁

186 ゆく水や裏《うら》屋《や》芹《せり》咲《さく》夏こだち　楚常

187 雨をだに雫《しづく》にしなす茂《しげ》り哉　富山　違風

178 ○青鷺の…ねむれる　猿蓑(付句)「昼ねぶる青鷺の身のたふとさよ 芭蕉」。▽池の辺のカキツバタのそばで青鷺はどうしてねむっているのであろう、の意。[季]青鷺・杜若。

179 ○しどろ　ひどく乱れているさま。▽カキツバタの花が、ひどく乱れて咲いている古びた入江である。[季]かきつばた。

180 ○八橋　在原業平の「からころもきつつなれにし」の歌で知られた三河国の歌枕(今の愛知県知立市)。カキツバタの名所。▽あまりカキツバタの花が美しくさいているので、つい気をとられて八つの橋の替わり目ごとに踏み外しはしないかと、危ぶまれることである。[季]かきつばた。

181 ▽尼の庭の芥子の花は、何かにつけて涙もろい尼の涙によって育ったのであろうか。俗にけし坊主の語の連想から「そだつ」といい、「泪に」は芥子の脆さにふさわしい。[季]芥子の花。

182 ○山中の小寺、裏藪の竹の子を折り取る音が響いて一層静かさが増す。[季]竹の子。

183 ○なみ　「な」は形容詞なしの語幹、「み」は接尾語。ないので。▽小麦の生えた田に狐が鳴くのは、妻がいないのでさびしくてであろう。[季]小麦田。

184 ○麦秋　初夏の麦の収穫期。▽麦の取り入れ期の農村では猫の手を借りたいほどの多忙さで、老人や病人など身の置き所のないほどである。[季]麦秋。

185 ○石山　石山寺。今の滋賀県大津市にある。○庵　幻住庵。門人曲翠所有の草庵で、芭蕉は元禄三年四月上旬から七月下旬まで滞在する。○しつらひて　住めるように準備して。▽元禄百人一句100参照。猿蓑の幻住庵記に添えた句。[季]夏木立。

186 ○裏屋　町並みの裏にある家。○芹咲　芹は夏に、長く伸びた茎の端に白色の細かい花をきぬがさ状に咲かせる。▽流れ行く川、裏屋のそばの夏木立は茂って白い芹の花が咲いている、の意か。[季]芹咲く・夏こだち。

187 ▽夏の木々の深い茂り、降る雨をさえそのままに通さずに雫にしてしまうことだ。[季]茂り。

188 ひとつ屋《や》は捨《すて》もせぬ世の茂り哉　水橋ト幽

189 くだけずもあだに成《なり》にし桐《きり》の花　幾葉

190 ひよく〳〵と人跡《あと》になく水鶏《くひな》哉　伯之

191 まこも刈《かる》うさに戸扣《たた》く水鶏かも　円木

192 淋《さび》しがる人をよばるやかんこ鳥　孤舟

193 浮雲《うきぐも》にまぎれても行《ゆく》夏の月　乙州

194 廿日《はつか》とてやさしや遅《おそ》き夏の月　楚常

195 みじか夜や百合《ゆり》草咲《さき》かけて明《あけ》にけり　林陰

しのぶもぢずりの石は、みちのくふくしまの駅《うまや》にありて、往来《ゆきき》の人の麦くさを取《とり》て、このいしをこゝろみけるを、里びとゞも心うくおもひて、此《この》谷にまろばし落《おと》しぬ。石の面《おもて》はしたざまにふしたれば、

188 ○ひとつ屋　一つ家。一軒屋。▽山の中の一軒屋は、この世を捨てているわけではないが、しかし浮世から隔てられたような木々の茂りである。季茂り。

189 ○桐の花　淡紫色の筒形で上部は五裂した花を、多数花穂状につける。▽桐の高い梢に咲いていた花は、花びらが散ってしまうことなく、そのまま盛りを過ぎ萎れてしまった、の意か。季桐の花。

190 ○ひよく〳〵と　ぴょこぴょこと。跳びはねる状態をいう語。○人跡　人の後ろ。▽人の通ったあとにぴょこぴょこと現れてクイナが鳴くことである。季水鶏。

191 ○まこも　真菰。沼沢に群落をなして自生する、イネ科の多年草。○戸扣く　クイナの鳴くのをいう。○かも　詠嘆をあらわす終助詞。▽自分の住んでいる水辺の真菰を刈り取れるつらさに、戸を叩くようにクイナが鳴くことだなあ。季まこも刈・水鶏。

192 ○かんこ鳥　閑古鳥。カッコウ。▽閑古鳥の鳴く声が響いて聞こえるが、特に淋しがる人に呼びかけているのであろうか。猿蓑「うき我をさびしがらせよかんこ鳥　芭蕉」。季かんこ鳥。

193 ○浮雲　空に浮かんで風に流れていく雲。▽夜空に浮かぶ白雲に時に隠れて空を進んで行く夏の月である。季夏の月。

194 ▽月も二十日過ぎのこととて、夏の夜空の遅い月の出はことにゆかしく感じられることよ。季夏の月。

195 ▽夏の短夜のこと、百合の花が開ききってしまわないうちに、はや夜が明けてしまった。短夜をいうのに「百合草咲かけて」としたのは新趣向。季みじか夜・百合草。

今はさるわざする事もなく、風雅《ふうが》の昔にかはれるをなげきて

196 早苗《さなへ》つかむ手もとやむかししのぶ摺《ずり》　翁

更科山《さらしなやま》を見やりて

197 ところぐ〵雲ある谷のさなへかな　紅尒

198 さみだれやあかるき方《はう》に鶏《とり》の声　雲口

199 降《ふり》出《いで》し日もわすれけり五月《さつき》雨《あめ》　三秋

中将実方《さねかた》の塚《つか》は、みちのく名取《なとり》の郡《こほり》笠島と云所《いふところ》にて、道より一里ばかり侍《はべ》るといへど、雨しきりにふりて、日もくれかゝりければ

200 かさ島やいづこ五月《さつき》のぬかり道　翁

201 さみだれや軒《のき》に崩《くづれ》し土《つち》火《ひ》桶《をけ》　字路

196 ○しのぶもぢずりの石　古今集「みちのくのしのぶもぢずり誰ゆゑに乱れむと思ふ我ならなくに」などで有名な歌枕。○ふくしま　正しくは信夫郡岡山村山口(今は福島市内)。○駅　宿駅。○麦くさ　麦草。青麦。○こゝろみける　摺った布に思う人の姿が現れるという伝説の可否を試してみる。○早苗つかむ　おくのほそ道「早苗とる」とあり、その前案。▽田植えをしている早乙女の早苗をつかんでいる手もとを見ると、昔しのぶずりを摺ったおりの様子がしのばれることである。季早苗。

197 ○更科山　姨捨山。信濃国の歌枕。古くは冠着山をいい、近世では長楽寺周辺の地(更埴市姨捨地区)をいった。▽更科のところどころの谷に白雲がかかり、植えて間もない青い早苗が眺められる。季さなへ。

198 ○さみだれ　五月雨。梅雨。▽降り続く五月雨、たまたま降り止んで明るくなった方向で鶏の鳴く声がする。季さみだれ。

199 ▽毎日毎日うんざりするように陰雨が降り続いているが、この五月雨はいつから降り出したのか、いまではすっかり忘れてしまったことだ。季五月雨。

200 ○中将実方　平安中期の歌人、藤原実方。○笠島　今の宮城県名取市愛島笠島。▽実方の塚のある笠島はどこらであろうか。尋ねていきたいけれども、折からの五月雨の泥深い道であきらめざるを得ない。おくのほそ道に上五「笠島は」。季五月。

201 ○土火桶　陶製の丸火鉢。改正月令博物筌に「火鉢は近世の名なり。…今土にて作るを火桶と唱ふれども、昔はおしなべて火桶といひし也」。▽しょぼしょぼと降る五月雨、民家の軒先に壊れた丸火鉢が捨てられ、雨に濡れている。季さみだれ。

僧の路通《ろつう》、おもひたつ心とゞまらざりければ

202 さみだれや夕《ゆふ》食《めし》くふて立《たち》出《いづ》る　尾張 荷兮

203 五《さ》月《み》雨《だれ》やけふも又きく松の鷺《さぎ》　七尾 滴水

204 さみだれに亀《かめ》の甲《かふ》ふむ山田かな　高岡 市巷

205 小《こ》雨《さめ》して田《た》貝《がひ》ふみわる花かつみ　貞喜

206 鷺立《たち》て人やら分《わか》るあやめ草　李東

207 もの取《とり》をく気《け》色《しき》ぞ池にかる真《ま》菰《こも》　尾張 旦藁

208 鴨《かも》の子や袋に入《いれ》しまこも刈《かり》　邑姿

209 青《あを》梅《うめ》を買《か》ふて花問ふ里《さと》家《や》哉《かな》　三岡

210 人ありや窓《まど》の枇《び》杷《は》くふ山《やま》烏《がらす》　楚常

211 山ざとや明《あけ》ゆく窓の麦《むぎ》いり粉《こ》　井関

202 ○路通　斎部氏。蕉門。漂泊の旅を好んだ。▽思い立ったら人の言うことなど全く聞かない路通、夕飯を食うて五月雨の中を旅立っていくことだ。「夕食くふて」に漂泊児の面目が感じられる。季さみだれ。

203 ▽降り続くさみだれの中、今日もまた松に来て鳴く鷺の声が聞こえて来ることだ。松―ねぐらの鷺(類船集)。季五月雨。

204 ▽さみだれに水かさも増した山田で代掻きをしていて、思いがけなく泥亀の甲羅を踏み付けてしまった。季さみだれ。

205 ○田貝　溝や沼にいる石貝科の二枚貝。方言としてタニシやカラスガイをいうところもある。○花かつみ　諸説があり、当時は花の咲いた真菰、又は花あやめ説が有力。▽小雨に濡れた沼の花かつみを取ろうとして、田貝を踏み割ったことである。季花かつみ。

206 ▽あやめ草の生え茂った沼のほとり、鷺やら人やらよく分からなかったが、鷺が飛び立ったあとでそれが人だと分かったことだった、の意か。季あやめ草。

207 ○真菰　沼地に生える二㍍ほどの多年草。盛夏に葉を刈りとってむしろを編むのに用いる。▽池に生えた真菰を刈るのは、ものをうまく取り片付ける様子であることだ、の意。季真菰刈る。

208 ▽真菰を刈っていて捕らえた鴨の子を、逃げないようにちょうど持っていた袋に入れておくことだ。季鴨の子・まこも刈。

209 ○青梅　まだ熟してない青い梅の実。梅干しなどに用いる。○里家　村里の家。▽村の家で青梅を買うてついでに庭先に咲いている花の名を聞くことである。季青梅。

210 ○山烏　二三参照。▽民家の窓のそばの枇杷の実を山烏が食うているが、家人は家にいるのだろうか。季枇杷。

211 ○麦いり粉　大麦を炒り臼でひいて粉としたもの。麦こがし。はったい。▽山辺の村里に泊まったが、しだいに明るくなっていく窓のそばに麦こがしの粉が干してあるのが目に入った。季麦いり粉。

212 あぢさへは只《ただ》おしやすき扉《とびら》かな　　伯之

213 ひとりすむ法《ほふ》師《し》のためか夏の菊《きく》　　女

ある女房《にようばう》に申《まうし》侍る

214 鬼《おに》ゆりのまことしからぬ赤さ哉《かな》　　秋之坊

215 弁《べん》ながら百合《ゆり》草は臥《ふし》けり夏の雨　　雨邑

216 渡りかけて藻《も》の花のぞく流《ながれ》哉　　京　加生

217 蓴《じゆん》菜《さい》の名の人めくもあはれ也《なり》　　万子

幻住庵《げんぢゆうあん》の夕《ゆふべ》を尋《たづね》て

218 水《みづ》汲《くみ》に跡《あと》や先《さき》やのほたる哉　　乙州

219 さびしさや一尺きへてゆく蛍　　北枝

220 滝《たき》津《つ》瀬《せ》やひかりそろへて飛《とぶ》蛍　　唐尒

221 蛍《ほたる》火《び》にとびつく魚《うを》や水の音　　小松　鐘昏

212 ○あぢさへ　はなひ草、初学抄「あぢさへ」と表記。あじさいに同じ。紫陽花。○扉　開き戸の戸。▽家屋の入り口のあたりにあじさいの花が咲いていても、そばの扉は全く押しやすい気がする。あじさいの花はそう散りやすくないから。季あぢさへ。

213 ○菊　類船集に一名「乙女花」、付合語「下女の名」。▽草庵の庭に夏菊が咲いているのは、ただ一人住んでいる法師の目を慰めるためであろうか。季夏の菊。

214 ○ある女房　ある人妻。○鬼ゆり　鬼百合。ゆりの一種で、花は野趣に富んで大きく、黄赤色に紫の斑点があり、雄しべが長い。▽鬼百合の花の赤いのは、この花の本心からとは思われぬ色である。そのようにあなたの思いも本当とは思われないことです、の意か。人妻に懸想された折の句か。季鬼ゆり。

215 ○弁　花弁。はなびら。▽強い夏の雨に打たれて、百合は長い花弁とともに倒れふしてしまった。百合のやや擬人化をねらった句。季百合草。

216 ○藻の花　湖沼や河川に生じて根は水底にあり、細い葉を伸ばして水面に緑黄色や白色の小花を夏に咲かせる。▽小橋を渡りかけて小川の白い藻の花に気づき、川面をしばらくのぞき込んだことである。猿蓑に作者「凡兆」として同句形で入集。季藻の花。

217 ○蓴菜　スイレン科の多年生水草。夏、花柄を水上に出して暗紅紫色の花を開く。○名の人めく　「蓴斎」と医者などの名らしく聞こえるのをいう。▽池面に生えたジュンサイ、口に出して言うといかにも人の名らしく聞こえるのも趣深い。季蓴菜。

218 ○幻住庵　近江の石山寺の奥、国分山にあった草庵。一八五参照。○水汲　幻住庵記(第三稿)に「谷に冷水ありて、岩の間より流れ出づ」。▽草庵の後ろの谷の泉に水汲みに下りていくと、後先になって蛍がまつわりついて飛んでいく。季ほたる。

219 ○一尺　約三〇㌢。▽闇夜に一尺ぐらいの間隔で消えては光り、また消えて飛んでいく蛍を見ているとさびしく感じられることである。季蛍。

222 のぼるよりおるゝは多きほたる哉　蘭子

223 打《うち》かへし扇《せん》子《す》に這《はは》す蛍かな　春幾

224 家に来て袖《そで》よりにぐるほたる哉　一洞

225 乗《の》ル駕《か》籠《ご》をひらりとぬけし蛍哉　源之

226 妹《いも》背《せ》山《やま》おとこばかりの鵜《う》舟《ぶね》かな　万子

227 つかれ鵜《う》やたれ羽《は》干《ほ》す間《ま》の峰の月　行山

228 まゆはきを俤《おもかげ》にして紅《べに》の花　翁

229 山《やま》の井《ゐ》に蚊《か》の鳴《なき》いづる夕《ゆふべ》哉　三秋

230 かり蚊《か》屋《や》の庵《いほり》にあまる笑ひ哉　康楽

231 ほころびを明《あす》は尋《たづね》ん蚊《か》帳《ちやう》かな　春幾

232 蚊に覚《さめ》て馬《うま》屋《や》の音も哀《あはれ》也《なり》　一好

233 ほち〱と草の音《おと》きく蚊《か》遣《やり》哉　李東

220 ○滝津瀬　急流。▽川の早瀬を光をそろえるように何匹かの蛍が飛んでいく。季蛍。

221 ▽川面に低く飛んで行く蛍を、とびついて魚が食べようとしたのか、バチャリと水の音がした。季蛍。

222 ▽闇夜の空に多くの蛍が群れ飛んでいるが、よく見ると空にのぼっていく蛍よりも、空からおりてくる蛍が多いように思われることだ。季ほたる。

223 ○打かへし　繰り返し。▽暇を持て余しているのか、扇子に蛍をゆっくり這わせながら、端に行きつくとまた繰り返して這わせている。季蛍。

224 ▽夜道で捕らえた蛍を着物の袖に入れ、家に帰って来て取り出そうとすると、蛍が袖からスウッと飛んで逃げて行った。季ほたる。

225 ○駕籠　垂れ駕籠や辻駕籠であろう。▽駕籠に乗って夜道を急いでいると、蛍がひらりと駕籠の中を通りぬけていった。その軽やかな身のこなし。季蛍。

226 ○妹背山　歌枕。紀伊国(和歌山県)紀の川や、大和国(奈良県)吉野川などにある。川を隔ててある二つの山を夫婦などになぞらえてこのように呼ぶ山は、その他の地方にもある。○鵜舟　鵜飼をする舟。▽妹背山の傍らの川に鵜匠が鵜飼い舟を浮かべて漁をしているが、全く男ばかりでその場所に相応しくないことだ。季鵜舟。

227 ○たれ羽　水に濡れて垂れている羽根。▽漁が済んで疲れた鵜が、舟のへりにとまって濡れてたれた羽根を干しているすこしの間、山の峰に月がかかっている。季鵜。

228 ○まゆはき　眉掃き。白粉をつけた後で眉を払う小さい刷毛。▽女性の化粧に使う眉掃きを思い出させるような形で、紅花が咲いている。おくのほそ道に尾花沢の句として見える。季紅の花。

229 ○山の井　山の泉。▽山の泉のあたりにかすかな蚊の鳴き声がしはじめる夕暮れ方である。季蚊。

230 ○かり蚊屋　借り蚊帳。▽草庵に客人があったので蚊帳を借りて釣り、時を忘れて語り合い、あたりに聞こえるような笑いを漏らしたことである。季蚊屋。

234 打《うち》払《はら》ふ扇子《せんす》にうつる蚊遣哉　芦沼

病中

235 花《はな》鳥《とり》に死《しに》はぐれひて蚤《のみ》むしろ　楚常

236 東《しの》雲《のめ》や耳そばだつる氷《ひ》室《むろ》守《もり》　何処

237 雫《しづく》にはさのみきへぬかひむろもり　高岡　市巷

238 梢《こずゑ》より海ゆく蟬《せみ》の命《いのち》かな　梅露

239 むさし野は蟬の鳴《なく》べき草もなし　李東

240 空蟬や石の花《とり》表《ゐ》を鳴《なき》捨《すて》し　一井

241 水うてや蟬もすゞめもぬるゝ程《ほど》　其角

無常迅速《むじやうじんそく》

242 頓《やが》てしぬけしきも見へず蟬の声　翁

243 せみの鳴《なく》中《なか》に起《おき》たるうづら哉《かな》　又笑

231 ○明　明日の「日」脱。▽蚊帳を釣ったらどこか破れているとみえて蚊がうるさい。明日は破れた箇所を捜し出して繕うことにしよう。季蚊帳。

232 ▽うるさい蚊に目覚めていると、そばの馬屋で馬の動く音が聞こえて来るのも風情がある。季蚊。

233 ○蚊遣　蚊遣火。いぶした煙で蚊を追い払うもの。橙の皮を干したものや、おがくずや、草を干したものなどを用いた。▽蚊遣火をふすぼらしていると、ぽちぽちと草のはじけるかすかな音が聞こえる。季蚊遣。

234 ▽蚊遣の煙を打ち払うと、蚊遣火のわずかな明かりが、手にした扇子に映って見える、の意か。季蚊遣。

235 ○死はぐれひて　死にはぐれて。死にそこなって。▽かつては花や鳥に命を掛けるほど夢中になっていたが死にそこなって、今は蚤のいる莚に身を横たえていることだ。季蚤。

236 ○東雲　明け方。○氷室守　冬の氷を夏まで貯えておく室を守る人。▽氷室の番人は、夜明け方に雨の音がしてはいないかと、注意して聞き入ることである、の意。雨水が流れこんで氷の解けるのを恐れるのであろう。季氷室守。

237 ▽氷室の天井から落ちる水滴にはそれほど氷は消えないのか、氷室守はさほど気にとめていないようだ。季ひむろもり。

238 ▽梢で鳴いていた蟬が海の上に飛んで行ったが、短い蟬の命のはかなさが気にかかる。蟬─茂る梢(類船集)。季蟬。

239 ○むさし野　武蔵野。今の東京都・埼玉県・神奈川県の一部。類船集「武蔵野」の付合語として「千種・草のゆかり・若草」をあげる。▽今の武蔵野はすっかり開墾されつくして蟬が止まって鳴くような草もないことだ。季蟬。

240 ○空蟬　蟬のぬけがら。ここは蟬のこと。○花表　鳥居。▽しきりに鳴いていた蟬が、お宮の石の鳥居を最後にどこかへ飛んでいってしまった。季空蟬。

241 ▽暑さが厳しいからたっぷり水を打ちなさい。木に鳴く蟬も軒に飛ぶ雀も濡れるほどに。花摘入集句。元禄三年六月三日巴風亭での句。季水打つ・蟬。

244 蟬の脱《カラ》はたらくやうで哀《あはれ》也《なり》　句空

少人《せうじん》のあふぎに

245 思《おも》へども雑《ざふ》の歌かく扇《せん》子《す》哉　万子

246 うつくしき人にかられし扇子哉　孤舟

四《し》条《でう》河《が》原《はら》涼《すずみ》

247 川かぜや薄《うす》柿《がき》着たる夕涼み　翁

248 川ばたにあたま剃《そり》あふ涼《ミ》かな　楚常

249 松原に山《やま》臥《ぶし》涼し袖《そで》まくら　同

250 すゞみ〳〵ゆく〳〵森の田中哉《かな》　句空

251 猶《なほ》涼し松には人の居《を》りかはり　四睡

252 涼しさや下《げ》馬《ば》より末《すゑ》の小《こ》松《まつ》ばら　雨邑

242 ○無常迅速　人の死は速やかに訪れること。六祖壇経の語。▽命の短い蟬が、間もなく死ぬ様子もみせずに盛んに鳴いている。猿蓑に前書なく、中七「気しきは見えず」として入集。蘭更の誹諧世説に、秋之坊が幻住庵の芭蕉を訪ねた時に示された教誨の一句として見える。季蟬の声。

243 ○うづら　鶉の床などの語から「夜も更けるなどもいひかけ」(山之井)による発想か。▽蟬がしきりに鳴く中に、ようやく起きたのか、ウズラが眠そうな顔をしている。季せみ。

244 ○はたらく　動く。▽木や草などに残された蟬の抜け殻は、じっと見ていると動くようで、しみじみと趣深く思われることである。季蟬の脱。

245 ○少人　少年。美童、若衆。○雑の歌　ここは広い意味で、四季・恋以外の歌。▽相手の若衆を心にかけて思っていても、扇子に思いをこめた恋歌を書けずに雑の歌を書くことだ。季扇子。

246 ▽手に持っていた扇子を、美しい人に借りられてしまったよ。美人に借りられたという点でやや満足げな男心が端的に詠まれている。季扇子。

247 ○四条河原　京都の四条河原。元禄三年夏に芭蕉は凡兆などとここに遊んだ。○薄柿　薄柿色。帷子の普通の染め色で、淡い渋色。▽川風の吹く中、薄柿色の帷子を着て夕涼みをしている人を見ると、やはり都だと思われる。をのが光に長文の詞書を伴って入集。季夕涼み。

248 ▽涼みに川端に出ていて、親しい仲間同士のこと、ついついお互いの頭を剃りあったことだ。涼みの解放感からくる行為。季涼ミ。

249 ○袖まくら　身につけている着物の袖を枕にすること。▽海風のよく吹き通る松原に袖枕して横になって休んでいる山伏は、いかにも涼しそうだ。海道沿いの松原か。季涼し。

250 ▽暑いので道中しきりに涼み涼みしながら歩いて、ようやく森に囲まれた涼しい田の中のあたりにやって来たことよ、の意。季すゞみ。

251 ▽海辺の松のあたりはやはり涼しいところなので、松陰で休んでいる人々がつぎつぎと代っていく。季涼し。

秋之坊《あきのばう》の行脚《あんぎや》に

253 とく起《おき》て米をもらへ朝すゞみ　李東

254 よはる身のものにもつかぬ涼ミ哉　何処

255 捨舟《すてぶね》に乗《のり》てはすつるすゞみ哉　其糟

256 顔洗ふ川辺《かはべ》涼しや魚《うを》の影《かげ》　蘭子

257 川涼み扠《さて》もちいさき扇子《せんす》かな　王斧

258 すゞしげに蘇《ス》積《サ》屋が家の川《かは》柳《やなぎ》　乙州

259 六月《ろくぐわつ》は涼むばかりぞ荻《をぎ》の声　遥里

260 白雨《ゆふだち》や猫《ねこ》の尾《を》をふむ簀《すの》子《こ》椽《ゑん》　小春

261 ゆふだちの気《け》色《しき》に逃《にぐ》るちんば哉　柳宴

夢中に申侍《まうしはべ》る

262 夕暮やはげならびたる雲の岑《みね》　京 去来

252 ▽暑い日、馬から下りて先の方の小松原まで歩いて行くのは涼しいことだ。[季]涼し。

253 ○米をもらへ　乞食は本来僧侶の行の一。▽旅に出たならば、朝は早く起きて門付けして米をも貰って回りなさい、朝の涼みがてらに。[季]朝すゞみ。

254 ○ものにもつかぬ　西行「雲雀たつ荒野に生ふるひめゆりの何につくともなき心かな」(山家集)。▽弱ったからだには別に心をひかれるものとてもない涼みであるよ、の意か。具体性を欠いた表現であるため十分理解しがたい。[季]涼ミ。

255 ○捨舟　乗る人もなく捨ててある舟。▽海辺の捨て舟に乗って涼んでいても、やがてそれにも飽きて捨てていくことである。ス音を三度重ねたところが技巧的。[季]すゞみ。

256 ▽川辺にかがんで顔を洗っていると、水中を魚の影がちらちらしてまことに涼しいことである。[季]涼し。

257 ▽川端で涼んでいると川面を渡る風が心地よく、改めて少しの風しか送れぬ扇の小ささを感じる。[季]川涼み。

258 ○蘇積屋　スサは壁のひび割れを防ぐために壁土に混ぜる細かく刻んだワラなどの材料をいい、それを商う店。スサは寸莎とも書き、蘇積は当て字。▽川べりにある蘇積屋の家の柳が川風に揺れていかにも涼しげに見える。[季]すゞし。

259 ○荻の声　荻は水辺の秋を代表する植物。その葉が風に音を立てるのを荻の声といい、秋の季語。▽荻の声を雅人が賞するのは秋のことで、六月はそのほとりで涼むばかりであるよ。[季]六月・涼み。

260 ○簀子椽　「椽」は縁の俗字。間を透かして木や竹を打ち付けた縁側。▽庭に出ていてとつぜん降ってきた激しい夕立に、あわてて簀の子縁にあがってそこにいた猫の尾を踏み付けてしまった。[季]白雨。

261 ▽夕立の降ってきそうな気配に足の不自由な人が逃げて行くことだ。[季]ゆふだち。

262 ○雲の岑　入道雲。積乱雲。▽夕暮れの空に入道雲の名にふさわしく、光に映えて頂きの禿げたような雲の峰が並びそびえている。[季]雲の岑。

263 はきながら屐《あしだ》を洗ふ清《し》水《みづ》かな　北枝

264 曙《あけぼの》やはづむ清水の中《なか》汲《くま》ん　一泉

265 岩に只《ただ》口つけて呑《の》ムしみづ哉　古庭

266 松伐《きり》て古《こ》年《ぞ》の清水のまよひ哉　英之

267 茶《ちゃ》碗《わん》ひとつかり出《いだ》したる清水かな　一男

268 雨《あま》乞《ごひ》や近《あ》江《ふみ》となりし川の数《かず》　乙州

269 あつき日やおもげに落《おつ》る滝《たき》の水　山中 自笑

270 寐《ね》ぐるしく灯《ともしび》あつき枕《まくら》かな　新露

271 誰《た》がふせる鼾《いびき》なるらんさくら麻《あさ》　宮腰 普人

272 行《ゆき》ぬけて家珍《めづら》しや桜あさ　一笑

263 ○夢中に申侍る　夢の中で詠んだ句。○屐　訓蒙図彙に「あしだ」。北枝句集に「草履」とあるのは誤りか。▽冷たい清水で、埃に汚れた足駄を履いたまま洗ったことだ。季清水。

264 ▽夜明方、勢いよくわき出ている清水の中ほどを汲みとろう。季清水。

265 ▽岩を伝ってしたたり落ちる清水、手で掬ぶほどもないので、岩にただ口をつけて飲むことである。季しみづ。

266 ○古年　去年の誤りか。▽そばの松を伐ったために、去年手に汲んで飲んだ清水の位置に迷うことである、の意か。季清水。

267 ▽道のほとりの清水を飲もうと、近くの民家から茶碗ひとつを借りだしたことだ。季清水。

268 ○雨乞　日照りのために降雨を神仏に祈るさまざまの行事。▽今年は日照りがきびしくて各地で雨乞いが行なわれているが、さすがに近江となると川の数も多く、水の心配もなかろう、の意か。季雨乞。

269 ▽暑熱きびしい日、落下する滝の水も気分的なせいか、いかにも重そうに見える。季あつき日。この頃まだ滝だけでは季語としない。

270 ▽暑くて寝苦しい晩、枕元にとぼした灯火さえもことに暑く感じられることである。季暑さ。

271 ○さくら麻　麻の雄花で、五弁の小花で桜色をしている。▽桜麻の中から鼾が聞こえてくるが、桜の花の下のつもりで誰か寝ているのであろう。季さくら麻。

272 ▽桜麻の畠の中を通り抜けていくと、そこに人家があって珍しく思われる。季桜あさ。

病《やまひ》よはりて山里に帰る比《ころ》、おの〳〵餞別せし返しに

273 麻にそふ荵《にん》苳《どう》よはなれくるしさは　楚常

274 なでし子や貴《き》妃《ひ》の喰《くひ》さく花のつま　春幾

275 夏の日やがんぴ喰《く》ふ虫の紅《くれなゐ》に　牧童

276 いたづらに蓮《はちす》に立《たち》し吹《ふき》矢《や》かな　遠里

277 はす弐《に》本《ほん》切れば淋《さび》しや寺の庭　白函

278 昼がほは塩《しほ》焼《やく》賤《しづ》の詠《ながめ》かな　僧光山

尋《たづぬ》る恋

279 ゆふがほやふくべやまがふ君が宿　万子

280 夕《ゆふ》皃《がほ》のさけども遅《おそ》き夫《をつと》哉《かな》　幽子

281 ひさごがちに蚊《か》やりの細き住《すま》居《ひ》哉　廬水

273 ○山里　故郷加賀の鶴来の里。○帰る比　貞享五年のことか。○荵苳　忍冬。スイカズラの漢名または別名。和漢三才図会に「本草、忍冬ハ樹ニ附テ延蔓」と本草綱目を引いて記す。▽こうしてあなたたちと別れるのが苦しく思われるのは、例えれば私は麻に添うて蔓を延ばした忍冬のような関係だったのであろうよ。季麻。

274 ○貴妃　唐の玄宗の寵愛した楊貴妃。○花のつま　花の端。▽撫子の花を見ていると、その花の端はかの楊貴妃の食い裂いたあとかと思わせる。季なでし子。

275 ○がんぴ　眼皮。岩菲。ナデシコ科の多年草。夏、茎の頂きに黄赤色の花を咲かせる。雁皮とは別。▽暑い夏の日に黄赤色のがんぴの花を食う虫は、そのせいか紅色になっているような気がする。季がんぴ。

276 ▽池の蓮に吹矢が立っているが、誰かがいたずらにしたことであろう。季蓮。

277 ▽寺の庭の池から蓮の葉を二本切り取ったところ、その箇所が何か抜けたようで淋しく思われる。季はす。

278 ○塩焼賤　海水を煮て塩を作ることを業とする者。▽小屋のそばに咲く昼顔の花は、塩を焼く者たちを慰める眺めであろう。季昼がほ。

279 ○ふくべ　瓢簞。夕顔の茎や葉とよく似ている。▽恋しい君の家には夕顔かふくべかが生えているとのことだったが、よく似ていて紛らわしいことだ。源氏物語・夕顔の巻をふむ。季ゆふがほ。

280 ▽垣根の夕顔の花が人待ち顔に咲いているが、帰りの遅い夫であることよ。夫の帰りを待つ妻。季夕皃。

281 ○ひさご　夕顔の実。瓢簞。○蚊やり　蚊遣り。二三参照。▽屋根や壁には多くひさごがなっていて、細い蚊遣りの煙が立ちのぼっている小さい住まいである。季蚊やり。

282 ゆふがほに片《かた》尻《じり》懸《かけ》ぬさんだはら　北枝

283 虫おくり賤《しづ》がしはざや夏はらへ　山中 自笑

282 ○さんだはら　桟俵。米をいれた俵の両端にあてがう、藁を円く編んだもの。▽夕顔の花を眺めるのに、さんだわらを敷いて片方の尻を下ろすとしよう。[季]ゆふがほ。

283 ○虫おくり　稲の害虫を追い払うために、村人が鉦や太鼓ではやして、村外れの野外まで送る行事。糸屑、日次紀事に六月。○しはざ　しわざ。行為。○夏はらへ　夏祓。六月祓。陰暦六月晦日の夏の終わりに行なう祓い。みそぎをしたり、人形(ひとがた)を流したり、茅の輪をくぐったり、いろいろ行なわれる。▽夏も終わりで夏祓が行なわれているが、それに比すれば虫送りは、全く身分卑しい農民の行事であることだ。[季]虫おくり・夏はらへ。

卯辰集　巻第三

秋

284 越中《えつちゆう》に入《いり》て
早稲《わせ》の香《か》や分《わけ》入《いる》右は有《あり》曾《そ》海《うみ》　翁

285 君が代《よ》はかくす事なき稲《いな》葉《ば》哉《かな》　一笑

286 河《かう》骨《ほね》にかゝる匂《にほ》ひや早稲《わせ》の花《はな》　牧童

287 夕《ゆふ》暮《ぐれ》やわせ立《たち》のびて人見えず　七尾少人 松鶴

288 蜻《とん》蛉《ばう》の立《たち》居《ゐ》にちりぬ稲《いね》の花　遥里

289 実《み》のる時民《たみ》の捨《すて》置《お》く田《た》面《のも》哉　李東

290 刈《かり》しほを告《つぐ》るや早稲《わせ》の時鳥《ほととぎす》　貞室

楚常《そじやう》身まかりしよし、母のもとより告来《つげこ》

284 ○越中に入て　越中は今の富山県。おくのほそ道に「かゞの国に入る」として見える句。「かゞ入」「加州に入」とあるものもあり、その方が正しいか。○有曾海　有磯海。今の富山県高岡市伏木港付近の海岸。▽早稲の香の漂う中を分け入って行くと、右手の方には遠く有磯海が眺められる。季早稲。

285 ○かくす事　お上に隠して耕作し年貢を収めない隠田のことをいう。▽わが君の治めになる御代は繁栄し、農民は年貢逃れの隠田を作ることもなく、一面の稲葉が豊作を思わせる。季稲葉。

286 ○河骨　池や沼に自生するスイレン科の多年草。▽北国には早稲が多く作られていて小さな花を咲かせているが、風に散って側の沼沢の河骨に散りかかりながら匂いを漂わせている。季早稲。

287 ▽夕暮れ時、彼方の往還を眺めていると、早稲がこのごろ急に伸びて人の姿も見えない。季わせ。

288 ▽トンボの飛んだり止まったりのかすかな動作に、稲の小さな花がもろく散っていく。季稲の花。

289 ▽稲の実る時、田圃に入ると稲の成熟によくないといって、農民は田に入らないので、田面に人影もなく捨てておいてあるようだ。季稲田。

290 ○刈しほ　刈り取るのに適当な時期。○時鳥　夏の鳥であるが、秋になって南方に帰って行く。▽早稲田に時鳥の鳴き声が聞こえるが、適当な収穫の時期になったのを告げ知らせているのであろう。季早稲。

したる返しに

291 来《く》る秋を好《すき》ける物を袖《そで》の露《つゆ》　北枝

292 古《ふる》畑《はた》や所《ところ》〻《どころ》に麻《あさ》のはな　鶴来 李圃

ひとり寝

293 七夕《たなばた》を笑ふて寝《ね》入《いる》端《はし》居《ゐ》かな　牧童

294 明《あけ》方《がた》の星にかしたる袷《あはせ》哉　雨邑

雨夜

295 銀河《あまのかは》かきまくりても渡れかし　字路

296 聖霊《しやうりやう》やけふこよろぎの礒《いそ》の波　句空

旅宿玉祭《たままつり》

297 聖霊よ我も旅《たび》寐《ね》は水ばかり　楚常

おなじ時

298 聖霊に近《ちか》付《づき》もなし草枕　李東

291 ○楚常身まかりし　貞享五年七月二日没。○袖の露　御傘に「是も涙の事也」。▽やがて訪れる秋の季節を故人は好んでいたのに、その折をまたずに亡くなられて、思えば悲しみの涙が袖に宿ることである。季来る秋。

292 ○麻のはな　麻は雌雄異株で、雄麻は枝の端に細花を叢生する。雌麻は短小な穂状の花で、のち実となる。その季は毛吹草、鼻紙袋など六月(夏)。▽古びた荒れ果てた畑、あちこちに麻が伸びて花をつけている。季麻のはな(夏)。

293 ○端居　家の縁先や端近くにいてくつろいでいること。和歌八重垣に「〔はしゐ〕家のはしにゐる也。縁などにゐる心なるべし」。夏の季語として用いられるのは江戸中期(俳諧小筌など)から。▽七夕の宵、端居して空を眺めながら二星の会い合う伝説を笑って、早々に寝入る独り者である、の意。季七夕。

294 ○星にかしたる…　七夕の夜の習俗で、衣類を夜空にさらしたりするのを、貸小袖という。○袷　中綿を抜いた裏付きの着物。四月一日から端午まで用い、季は夏。▽夜明け方の天上の二星の上を思いやって星に貸すために供えた袷であったことだ。季星の貸物。

295 ○字路　底本「宇路」。▽今宵はあいにくの雨、天の川が増水して濁っていても、彦星よ、流れを掻きまくってでも渡れよ。季銀河。

296 ○聖霊　盂蘭盆に祭る祖先の霊。○こよろぎの礒　相模国の歌枕。今の小田原市の大磯から国府津の海岸。▽祖先の聖霊よ、私は旅の途中で今日こよろぎの磯に寄せる波を見ていて、家でお祭りできず残念です。季聖霊祭。

297 ▽祖先の聖霊よ、旅中の魂祭のことて供え得るものは水しかありませんが、私も水ばかり飲んで旅寝をつづけています。季聖霊祭。

298 ○草枕　旅寝。▽旅寝を重ねているうちに魂祭を迎えたが、それらの家々に祭られている聖霊に知り合いは全くないことだ。季聖霊祭。

299 声ひくに魂《たま》まつ宵《よひ》の一《ひと》間《ま》哉《かな》　盛弘

300 くま坂ざかと云所《いふところ》にて
熊坂が其《その》名《な》やいつの玉《たま》祭《まつり》　翁

301 玉祭なく〳〵質《しち》を置《お》く女　松任 雨柳

302 楚常《そじやう》追善
月《つき》薄《すすき》もし魂《たま》あらば此《この》あたり　牧童

303 あはれにしなしたるみどり子の墓にまいりて
秋風に卒《そ》都《と》婆《ば》きはつく涙哉　鶴来女 不中

304 高《たか》灯《とう》籠《ろ》松の木《こ》の間《ま》に見ゆる哉　五歳 長皿

305 七月既《き》望《ばう》
高《たか》灯《とう》籠《ろ》しばらくあつて嶺《みね》の月　北枝

306 赤《あか》々《あか》と日はつれなくも秋の風　翁

299 ▽先祖の聖霊の訪れを待つ魂祭の宵、身内や親族の集まった一間の話し声も低い声である。季魂祭。

300 ○くま坂ざか　平安末期の大盗熊坂長範ゆかりの坂。今の石川県江沼郡三木村にあるという。▽ここは熊坂の名で有名なところであるが、ゆかりの者たちも大盗熊坂の名をはばかって、その霊はいつの魂祭で祭られたことであろう。この句、笈日記に中七「ゆかりやいつの」の形で入集し、この方が後案とされる。季玉祭。

301 ▽亡夫か肉親の魂祭を営むためにお金を借りようと、ゆかりの品物を質屋に持ち込み、泣く泣く質に置く女もいる。市井の小説的世界。季玉祭。

302 ▽花薄に月光が明るいこのあたりの土地に、もし亡き楚常の魂があるならば、きっと訪れていることであろう。季月・薄。

303 ○あはれにしなしたる　可哀想に亡くした。○みどり子　嬰児・幼児。○卒都婆　追善供養のために墓に立てる細長い板。上部を塔形にしている。▽ものさびしい秋風に亡き幼児の墓に詣でると、悲しみも新たに白い卒都婆にはっきりと跡を止めて涙がこぼれ落ちる。季秋風。

304 ○高灯籠　七月盂蘭盆会の間、長い竿の先に釣って高く掲げる盆灯籠で、七回忌まで毎年ともす。▽夜の闇、松の木の間を通して人家に立ててある高灯籠が見えるよ。季高灯籠。

305 ○既望　陰暦十六夜の月。旅行用心集に十六日の月の出を「酉ノ四刻ニ出」。▽日が没したので高灯籠をともしたところ、やや暫くして十六夜の月が峰にあらわれた。季高灯籠・月。

306 ○つれなくも　そしらぬげに。平然と。おくのほそ道「難面(つれなく)も」。▽秋の季節になったというのに西日はそしらぬげにあかあかと照りつけて暑さ厳しいが、吹き来る風は涼しく秋の訪れを感じさせる。おくのほそ道に金沢から小松の「途中吟」として掲出するが、実は金沢での作。季秋の風。

307 行《ゆく》雲《くも》のうつり替《かは》れる残《ざん》暑《しよ》哉　魚素

308 稲《いな》妻《づま》に馬引《ひき》かくる田《た》面《のも》かな　洞梨

309 いなづまのつかへて戻《もど》る板《いた》戸《ど》哉　幽子

船中

310 いなづまやしば〳〵見ゆる膳《ぜ》所《ぜ》の城《しろ》　素洗

311 稲《いな》づまに行《ゆく》先《さき》〻《ざき》の小《こ》家《いへ》哉　孤白

旅行

312 霧《きり》くらき歩《あゆ》みぢからや鶏《とり》の声　瀼茂

313 宵《よひ》闇《やみ》や霧のけしきに鳴《な》る海《み》潟《がた》　其角

籬《まがき》の花の朝じめりとはよみたれども、庵《いほり》のわびしさよ

314 うす霧のまがきにしめるわり木哉　句空

315 舟でなし只《ただ》朝ぎりに木に乗りて　楚常

307 ▽あめ子一八三参照。季残暑。

308 ▽稲光りがしきりに空でぴかつく。馬がそれを恐れるので農夫は近くの田圃の中に馬を引き込んで隠れることだ。季稲妻。

309 ▽所用で外出したもののぴかぴか空を走る稲妻が障りになって、途中から帰って来て板戸に手をかけることである。季いなづま。

310 ○膳所の城　琵琶湖の南岸、今の大津市膳所にあった本多侯六万石の居城。▽湖上を船に乗って行くと、一雨来そうな暗い空に時々稲光りがして、その度に湖畔の膳所の城が浮き上がったように見える。季いなづま。

311 ▽旅をしている途中で稲妻に会うのは恐ろしく、行く先々で小家にしばし休ませてもらったものだ。季稲づま。

312 ▽早い旅立ちで宿を出たが、霧が深くあたりはまだ暗い。折から聞こえる鶏の鳴き声を力に、足を踏みしめて歩いて行く。季霧。

313 ○宵闇　仲秋の名月を過ぎて一七、八日ごろの月の出るまでの闇をいう。○鳴海潟　尾張国の歌枕。今の名古屋市緑区鳴海町。この句は「鳴」に「成る」を掛ける。▽宵の闇のうちは暗くて何も分からなかったが、月が上ったせいか次第に霧のかかった景色になった鳴海潟が見えて来た。季宵闇・霧。

314 ○籬の花の朝じめり　新古今集「うすぎりの籬の花のあさじめり秋はゆふべとたれかいひけむ」(藤原清輔)。○わり木　割木。縦に割った薪。▽草庵の垣根に干した薪が朝の立ちこめた薄霧に湿っていることだ。季うす霧。

315 ▽朝霧の立ちこめたなか、その風情に興じて舟でなくただ木を組んだ筏に乗って川を下っていくの意。季朝ぎり。

316 ○翁へ蓑を…　猿蓑に「贈蓑」として入集。翁は芭蕉。○しら露　知らぬを言い掛ける。○あらみの　新蓑。▽あめ子一八一参照。季しら露。

翁《おきな》へ蓑《みの》をおくりて

316 しら露もまだあらみのゝ行衛《ゆくゑ》哉　北枝

317 古御所《ふるごしよ》や露《つゆ》日にのこる石のはし　雨邑

わかくて身まかりし人に

318 さぞあらん仕《し》のこす事や露《つゆ》の数《かず》　尾張 旦藁

雨鹿《うろく》身まかりし時

319 露は袖《そで》に葬《さう》礼《れい》せんと立《たち》さはぎ　鶴来 何之

おなじあはれを

320 春夏はやせて秋死ぬ哀《あはれ》かな　同所 盧水

321 小《こ》ざくらとわろびず名乗ル相撲《すまふ》哉《かな》　秋之坊

322 山陰《やまかげ》の水のみにゆくすまふかな　盛弘

323 面《おも》なげに物《もの》打《うち》着《き》たる相撲哉　春幾

324 蕣《あさがほ》は咲《さき》ならべてぞしぼみける　北枝

---

317 ○古御所　昔天皇や上皇の居られた所。○石のはし　石の階。石の階段。▽古びた御所を訪ねてみると、石の階段に日が差していて露が消えずにまだ残っている。[季]露。

318 ▽あなたは若くして亡くなられ、草葉に置く露の数ほどに仕残したことが、さぞ多くあることでしょう。全く無念なことです。若者への追悼句。[季]露。

319 ○雨鹿　鶴来の俳人。▽君の訃報を聞いて涙は袖に余り、いかにお弔いしようかとただ立ち騒いでいるばかりである。[季]露。

320 ○おなじあはれ　雨鹿死別の哀しみ。▽君は春・夏のころは痩せて居られたが、こうして凋落の秋に死なれるとは哀しいことだ。[季]秋。

321 ○わろびず　わるびれず。卑屈でないこと。▽小桜としこ名を卑屈な態度もなく堂々と名乗る相撲であることだ。小桜のしこ名から想像される小さい力士の堂々とした態度。[季]相撲。

322 ○山陰　山の裾で陰になるところ。清水の湧いている場所。▽仲間うちで相撲を何番か取りあった後、一緒に近くの山裾の清水を飲みに行くことよ。[季]すまふ。

323 ○面なげ　恥ずかしいさま。▽負けた力士であろう、いかにも恥ずかしそうにして着物を着ている相撲である。[季]相撲。

324 ▽朝の間、朝顔はいくつも咲き並んでいたが、すっかり萎んでしまったことよ。短い花のいのちだ。[季]蕣。

325 ▽毎朝楽しみにしている朝顔の花、昨日は五つ咲いていたが、今日は三つしか咲いていない。[季]あさがほ。

326 ○鶴　富家に飼われている鶴。当時は季語として扱われていない。▽朝顔の咲いた庭に鶴の鳴き声が響いて、まことにのどかな趣である。猿蓑に「朝がほは鶴眠る間のさかりかな　風麦」のはかない朝顔と長寿の鶴を詠み合わせた句がある。[季]蕣。

327 ○家こぼし　家をこわし。▽狭い庭では芭蕉の木が繁茂してよく眺められなかったが、改築のために家をこわして、改めて庭の芭蕉の風情を眺めることである。[季]芭蕉。

325 あさがほやきのふは五《いつつ》けふは三《みつ》　牧童

326 蕣《あさがほ》の庭にのどけし鶴の声　其糟

327 家こぼし詠《ながむ》る庭の芭《ば》蕉《せう》かな　宮腰 閏之

328 稲《いな》妻《づま》の形《なり》はばせをの広《ひろ》葉《は》哉　一風

329 しかられて芭《ば》蕉《せう》の陰《かげ》の小《こ》僧《ぞう》哉　遠里

330 つぶ〱と露《つゆ》けし屠《と》所《しよ》の女郎花《をみなへし》　乙州

熊野へまふでける道すがら

331 ひとつ葉をたよりや岩のをみなへし　秋之坊

娘の追善に

332 くひものや大きにかへて女郎花《をみなへし》　素洗

333 秋の野に花やら実《み》やらゑのこ草　楚常

328 ▽空にきらめく稲妻、その形をよく見れば芭蕉の広葉に似ているところがあるようだ。稲妻と芭蕉、共に儚いものの連想。季稲妻・ばせを。

329 ○小僧　店に奉公している年少の男子ととる。芭蕉との関係から寺の小僧ととれなくもないが、芭蕉―古寺の庭(類船集)。▽何か失敗して和尚にでも叱られたのか、庭の芭蕉の陰にしょんぼりとしている小僧がいる。季芭蕉。

330 ○つぶ〱と　女郎花の花が細かく粟の飯に似ているのによるか。○屠所　牛馬などの家畜を屠殺する所。▽屠殺所に咲く女郎花、そのつぶつぶした花が露っぽいことだ。季露・女郎花。

331 ○熊野へまふで　今の和歌山県熊野地方にある熊野三社への参詣。○ひとつ葉　暖地の岩上や樹陰などに生える多年生常緑のシダ類。所々から長い楕円形をした一葉ずつを出すのでこの名がある。▽岩にたよりなげに生えた女郎花は、同じ場所に根をしっかりとからめた一つ葉をたのみにしているのであろう。季をみなへし。

332 ▽亡き娘の霊よ、今は食い物を思いきってかえて、女郎花を食べたらどうであろう、の意か。女郎花はオミナメシといい、また花の形からアワバナというのによる発想か。季女郎花。

333 ○ゑのこ草　犬子草。イネ科の一年草で、長い茎の先に子犬の尾のような緑色の穂を付ける。別名ネコジャラシ。▽秋の野原に生えた犬子草の穂は、いったい花なのか実なのか、はっきり分からないことだ、の意か。季ゑのこ草。

334 ○野田　石川県金沢市内。○翁　芭蕉。元禄二年七月のこと。○蚊屋つり草　漢名莎草。一年生雑草で茎は三角形、小児がその中間を裂き、拡げて蚊帳を釣る形にして遊ぶので、この名がある。▽野田のふもとを翁の伴をして歩いていて、蚊屋釣草を習ったことだった。平易な表現で芭蕉との親密な風交が述べられている。季蚊屋つり草。

335 ○木槿　高さ三㍍になる落葉灌木で、民家の垣などによく植える。花は紅色と白色とあり、朝開き夕べに萎む。▽剪定などしない村里の木槿の花が咲いて、かすかな匂いを漂わせ

334 野田の山もとを伴《ともな》ひありきて
翁《おきな》にぞ蚊屋《かや》つり草を習ひける　北枝

335 つくろはぬ里の木槿《むくげ》のにほひ哉《かな》　四睡

336 咲《さき》つゞけ其家《そのや》わすれじむくげ垣《がき》　鶴来女不中

337 いつの間に背戸《せど》の木槿《むくげ》は咲《さき》ぬらん　如柳

霧ふかき旦《あした》、渡月橋《とげつけう》を渡りて、きた嵯峨《さが》に分入比《わけいるころ》

338 川音やむくげ咲《さく》戸はまだ起《おき》ず　北枝

339 村雨《むらさめ》や萩《はぎ》の根《ね》にある蜂《はち》の声　冷袖

340 夕露《ゆふつゆ》に盃《さかづき》ながせ萩の原　楚常

341 萩原や鉢《はち》の子《こ》洗ふわすれ水　牧童

342 萩見つゝゆけば此《この》野《の》ゝ《の》祭哉　忍市

ている。[季]木槿。

336 ▽儚い花だがいつまでも咲きつづけよ。木槿垣のあったその家のことを、恐らく私は忘れまい。[季]むくげ垣。

337 ○背戸　家のうしろ。▽気づいてみると、背戸の木槿は咲いて散っているが、いったいいつの間に咲いたのであろう。[季]木槿。

338 ○渡月橋　京都嵐山の麓を流れる大堰川にかかる橋。○きた嵯峨　北嵯峨。今の京都市右京区の地名。▽霧のたちこめた中に川瀬の音が響く。垣に木槿の花が咲いているが、戸は閉められたままで、家人はまだ起きていないと見え、ひっそりしているようだ。[季]むくげ。

339 ○村雨　にわか雨。一三八参照。▽にわか雨がひとしきり降った後、萩の根のあたりで蜂の声がする。[季]萩。

340 ▽萩の咲き乱れた野原、花に置く夕露に盃の滴をしたたらせて酒を酌むとしよう、の意か。[季]萩の原。

341 ○鉢の子　僧が托鉢のとき手に持つ鉄鉢。○わすれ水　野中などに人に知られずに流れている水。▽萩の生い茂った野原の中を流れて行く忘れ水に、托鉢で汚れた鉄鉢を洗うことである。この僧は萩原に野宿するのであろう。[季]萩原。

342 ▽萩の花を見つつ歩いていくと、里人たちが集まって賑やかにこの野の秋祭りが行なわれていた。[季]萩。

343 ▽萩の花に飛んできていた雀、しなやかな枝で力が入らないためか、飛び立つときは体が重たそうである。[季]はぎ。

344 ○蟷螂　カマキリの漢名。▽萩の枝をカマキリがゆっくり歩いて行くが、動く度に萩に置いた露を引きこぼすことである。[季]蟷螂・露・萩。

345 ○気多の社　石川県羽咋市寺家町に鎮座する気多神社。能登一宮。○竹の津　今の羽咋市滝町の一部。日本海に面した漁村で、気多社に近い港。○鈴舟　鈴のついた舟。鈴は官船のしるしとしたものか。▽気多社への奉幣のために、朝廷から竹の津に遣わされた鈴舟も今は絶えてしまったが、その舟を思い出させるようにくつわ虫が鳴いている。[季]くつはむし。

346 ○はた〳〵　バッタの異称。○葎　雑草。▽バッタが威勢よく飛び込んで来た葎のすまいである。ハタハタのハタと

343 はぎに来て立《たて》ばおもたき雀《すずめ》哉　雨邑

344 蟷《たう》蜋《らう》や露ひきこぼす萩の枝《えだ》　北枝

気多《けた》の社《やしろ》にまふでゝ

345 竹の津に絶《たえ》鈴《すず》舟《ぶね》をくつはむし　湊宮司 英之

346 はた〳〵のはたと入《いり》来《く》る葎《むぐら》かな　四睡

347 物にあたり尻《しり》ほつ立《たつ》るつゞり虫　同

348 引《ひき》まけて草に首ありきり〴〵す　乙州

349 秋草に何のゆかりぞ黒き蝶《てふ》　万子

多田《ただ》の神社にまふでゝ、木曾義仲《よしなか》の願書
并《ならびに》実盛《さねもり》がよろひ・かぶとを拝ス三句

350 色《いろ》ゝ《いろ》にくだけて秋の小《こ》てふ哉　牧童

351 あなむざんや甲《かぶと》の下《した》のきり〴〵す　翁

同音を重ねた語呂のよさがねらい。季はた〳〵。

347 ○つゞり虫　つづれさせ。その鳴き声からでたコオロギの異名。つづれさせを略してつゞり虫といったもので例は少ない。▽地面を動いていて物にあたり、勢いよく尻をたてるつづり虫である。コオロギの一瞬の動きを詠んだ句。季つゞり虫。

348 ○きり〴〵す　今のコオロギ。▽あめ子一八七参照。季きりぎ〳〵す。

349 ▽野原のいろいろな秋草、そのひともとの草に黒い蝶が羽を休めたが、何の縁があってであろうか、の意。盆の黒い蝶には仏様が乗ってくるなどの俗信がある(『日本俗信辞典』)。季秋草。

350 ▽野の草花がいろいろに砕け散ったと思って見ると、それは秋の小蝶であった、の意か。季秋のてふ。

351 ○多田の神社　石川県小松市上本折町にある。○実盛　斎藤別当実盛。平安末期の武将。白髪を染めて平維盛に従って出陣し戦死。▽老武者実盛の死を思えば、ああむごたらしいことよ。その遺品の甲のほとりでコオロギが哀しく鳴いている。「あなむざんや」は謡曲・実盛の詞。おくのほそ道には上五「むざんやな」として入集。季きり〴〵す。

352 ▽実盛が戦死してから多くの秋を経たが、甲を見ているとその霜のような白い鬢が消えることなく思い出される。「きへぬ」と「霜」は縁語。季幾秋。

353 ○くさずり　翁の句の前書にある「実盛がよろひ」のそれで、鎧の胴の下に垂れるもので、五つの板を綴っている。▽秋風の吹く中、実盛の鎧のくさずりの裏まで珍しく拝見できたことよ。季秋の風。

354 ▽庭の芭蕉の広葉が風に引っくり返されて影が動く、明るい月夜である。季芭蕉・月夜。

355 ▽月の光のさす端の方にある樫の木から、先刻の雨のしずくが滴り落ちてやかましいことである。カシ…カシと同音を重ねたリズムのよさ。季月。

356 ▽明るい円い月を松の木ごしに眺めたり、松と関係なく眺めたりしたことだ。天空の月を「かけたりはづしたり」と人間の思うままになるように句作したのが奇抜。季月。

352 幾《いく》秋《あき》か甲《かぶと》にきへぬ鬢《びん》の霜《しも》　曾良

353 くさずりのうら珍《めづら》しや秋の風　北枝

354 芭《ば》蕉《せう》葉《ば》の打《うち》かへされし月夜かな　乙州

355 かしましき樫《かし》の雫《しづく》や月の隅《すみ》　楚常

356 月を松にかけたりはづしても見たり　北枝

357 逢《あふ》坂《さか》やおの〳〵月のおもひ入レ　邑姿

358 くもれども月夜はやさし丸《まる》木《き》橋《ばし》　左里

359 南《なん》天《てん》の枝にうつろふ月夜哉《かな》　五歳 長皿

360 月の夜や道いそがしき人のくせ　漁川

361 稲《いな》舟《ぶね》も月も我《わが》屋《や》も明《あけ》にけり　順之

山中《やまなか》の温泉にて

362 子を抱《だき》て湯の月のぞくましら哉　北枝

357 ○逢坂　関などを詠み、近江の歌枕。今の滋賀県大津市西部の地名。○おの〳〵月の　諸国の御牧から送られてくる馬を八月十五(のち十六)日に、この関まで官人が出迎える駒迎えのことを詠んだものか。▽駒迎えに逢坂まで出掛けて行く官人たちは、それぞれ月についての思惑があるようだ。[季]月。

358 ○丸木橋　丸木を一本渡して橋としたもの。▽空が曇っていても、月夜に見る丸木橋はことに風雅に思われる。[季]月夜。

359 ○うつろふ　映ろう。▽庭の南天の枝に白い光が差している月夜であることよ。幼年の作らしい直叙の句。[季]月夜。

360 ▽明るい月夜、道をせかせか忙しそうに歩くのは人の癖か。せめて今夜など月を賞してゆっくり歩いたらよかろうに。[季]月の夜。

361 ○稲舟　刈り取った稲を運ぶ舟。おくのほそ道「是に稲つみたるをや、いな船といふならし」。▽明るい月の光で稲を刈って稲舟でわが家に運んで働いていたが、いつの間にか時間がたって、稲舟も月も我が家もすっかり明けてしまった。[季]稲舟・月。

362 ○山中の温泉　石川県江沼郡山中町の温泉。○ましら　猿。▽子猿を抱いて温泉の湯壺に映った月をのぞく猿であるよ。仏典の「猿猴が月を取る」を転じたか。[季]月。

363 ○隈　奥まったところ。▽月見というと名所が思い浮かぶが、これは奥まった所もなく、有名でもない、平凡な野原の月見で、それもまたすばらしいものである。[季]月見。

364 ▽月見の場所としてカギもないような粗末な草庵を預かったことだ。[季]月見。

365 ○海鳴　海から響いてくる遠雷のような響。○夜比　ここ幾夜か続くこと。▽月は明るく田圃を照らしており、この静かな情景に、ここ幾晩か沖の方から響いて来る海鳴りの音を添えている。[季]月。

366 ○櫂　舟を進める為に水を掻く木製の具。▽沖まで漕いで出た舟の上の月見は、水から櫂をあげて休め、舟を波にまかせ、しばらく月のうつくしさに眺め入ることである。[季]月見。

363 隈《くま》もなく名もなき原の月見かな　意情

364 鑰《かぎ》もなき庵《いほり》預《あづか》る月見かな　洞梨

365 月は田《た》面《のも》海鳴《なり》そふる夜《よ》比《ごろ》哉　秋之坊

366 櫂《かい》上《あげ》て休める舟の月見哉　如柳

367 座《ざ》敷《しき》より我《わが》舟さして月みかな　浮葉

368 月見する座にうつくしき皃《かほ》もなし　翁

369 月み舟櫓《ろ》縄《なは》きれたる笑ひ哉　雨邑

370 わや〳〵と坊《ばう》へ押《おし》込《こむ》月見かな　唐介

371 花《はな》薄《すすき》きびは穂《ほ》に出《で》てくはれけり　万子

372 はなすゝきまねけば喰《くら》ふ野《の》馬《うま》哉《かな》　宮腰　清流

373 寐《ね》覚《ざめ》ても起《おき》ぢからなし荻《をぎ》薄《すすき》　路通

374 起《おき》もせず寝《ね》もせぬ雨の薄《すすき》かな　松任柳川　姉

367 ○座敷　海岸の料理屋などの座敷か。▽月光で明るい海上の自分が乗って来た持ち舟を、座敷から指さして眺める月見である。季月み。

368 ▽名月の清光にさまざまな幻想を描き、我に帰って同席の面々を眺めると、特に美しい人とてもなくいずれも平凡な顔付きの人々である。元禄三年義仲寺での吟。「古寺翫月」の前書で夕顔の歌にも同句形にて入集。季月見。

369 ○櫓縄　櫓綱。船床から櫓の上端の柄(こ)にかけた縄。切れると櫓が漕ぎにくくなる。▽月見の人々を乗せて沖に漕ぎ出した舟、櫓縄が切れて船足がとまってしまったが、それを知って人々の間から笑い声が起こった。笑いに風流にふさわしい余裕が感じられる。季月み舟。

370 ○わや〳〵と　騒がしいさま。○坊　僧坊。寺院内にある僧の宿舎。▽月見のために寺にやってきた多くの客、座敷や本堂なども先客でいっぱいなので、騒々しく僧坊に無理に押し込むことである。上五文字に月見で混雑している様子が窺われる。季月見。

371 ○花薄　穂の出たススキ。○きび　黍。五穀の一。秋に実り、丸く淡黄色で、アワよりやや大粒。飯や団子にして食う。▽秋も半ば過ぎて、穂の実ったキビは既に食われてしまったが、実用的でない花薄はそうしたこともなく野に風情を添えている。荘子の無用の用の思想をこめたか。季花薄・きびの穂。

372 ○まねけば　はなすすきの風に揺れるさまにいう。招―尾花(類船集)。▽はなすすきが人を招くようにしきりに風にゆれると、野に放し飼いの馬がそれを食ってしまった。風情を解しない馬では仕方ない。季はなすゝき。

373 ▽野の荻薄の中に一宿し、翌朝目覚めても周囲がこれでは起きる力もでてこない。漂泊児の作者の実感。季荻薄。

374 ○起きもせず寝もせぬ　古今集「起きもせず寝もせで夜をあかしては春の物とてながめ暮らしつ」(在原業平)。▽秋の雨に濡れた穂すすきは、起き上がりもせず、地面に臥してしまいもせず、古歌の一節のようである。季薄。

375 ▽乗っていた馬から下りて、馬を取り替えようとする野に白く咲いた花すすきが目に映る。季薄。

375 おり立《たち》て馬かゆる野の薄かな　民屋

376 むら〳〵とむら〳〵とあり花すゝき　盛弘

377 蜻《とん》蛉《ばう》もともにまねくや花薄　三岡

378 はなすゝき戸にはさまれし夜《よ》風《かぜ》かな　牧童

379 刈《かる》萱《かや》や露もち顔の草のふし　同

380 ゆく路《みち》の野菊の果《はて》は湊《みなと》哉　柳宴

381 咲《さく》まゝに只《ただ》さく儘《まま》に野菊哉　句空

りうたんをかくして

382 よりうたん藪《やぶ》越《ご》しにきく鼓《つづみ》哉　玉斧

383 村雨や見る〳〵沈《しづ》む沢《さは》桔《き》梗《きやう》　幾葉

このかみにおくれて我も病《やまひ》にふして、秋も半過《なかばすぎ》ゆく比《ころ》

376 ○むら〳〵と　あちこちに群がって生えているさま。古今集「…庭の面にむらむら見ゆる冬草の…」(凡河内躬恒)。▽花すすきは、秋の野に全くむらむらの言葉さながらに、あっちにこっちに群がって生えているよ。季花すゝき。

377 ▽花すすきの白い穂にトンボがしきりに近づいて飛んでいるが、すすきはトンボもともに招いているのであろうか。季蜻蛉・花薄。

378 ▽朝起きてみると、家の戸に花すすきが挟まれている。昨夜は風があったので、きっとそのせいであろう。季はなすゝき。

379 ○刈萱　山野に自生するイネ科多年草。枕草子に「草の花は」として「かるかや」を挙げる。山之井の刈萱に「かるかやの関に名乗しふることをもよせ。…いひなし侍し」。…又かるかやといふ名につきて。露の宿かるとも…草の節々に露を持っているようすである。説経節の苅萱道心を思い寄せたもの、露・ふしともその縁。季刈萱・露。

380 ○野菊　篗纑輪「野原に自然と生ずる菊を云也。花葉ともに菊に似て小也」。▽歩いてゆく道の傍らに野菊が咲いていて目を喜ばせてくれたが、その果ては乗船する湊まで続いていた。季野菊。

381 ▽手入れされて咲く大輪の菊と違って、野菊は草むらにただただ咲くにまかされているごとくである。季野菊。

382 ○りうたん　竜胆。りんどう。○かくして　隠し題、つまり物名として詠み入れること。りうたんの物名歌として古今集「わがやどの花ふみしだくとりうたん野はなければやこゝにしもくる」がある。▽藪越しに聞こえて来る鼓、それよりもっと上手に私は打とう、の意。上五に「りうたん」を隠す。季りうたん。

383 ○沢桔梗　沼沢地に自生する。茎の上部にキキョウより小さい碧紫色の花をつける。▽にわか雨に沼の水も増して、沢桔梗の花が見る見るうちに水に沈んでいく。季沢桔梗。

384 ○このかみにおくれて　兄に先立たれて。○赤毛蓼　薄赤い花穂をつけた毛蓼。毛蓼は葉や茎に毛のあるタデをいう。▽赤い毛蓼に置いた露のように儚いいのちであるが、是非にい

384 是《ぜ》非《ひ》ともの命よ露の赤《あか》毛《け》蓼《たで》　岫曲

385 山色清浄心《さんしよくしやうじやうしん》
鳥の糞《ふん》つきても拾《ひら》ふ菌《きのこ》かな　紅尓

386 翁《おきな》の捨《すて》ゆく庵《いほり》に行《ゆき》て
蓮《はす》がらの猶《なほ》うそ〳〵と行《ゆく》衛《ゑ》哉　乙州

387 跡《あと》にたつは姥《うば》鴫《しぎ》と云《いふ》鳥なるか　亀洞

388 雁《かり》落《おち》て芦《あし》半《はん》町《ちやう》のそよぎかな　遥里

389 吹《ふく》からに鹿ぞうつむく山《やま》颪《おろし》　句空

390 起《おき》あがる墓《はか》の後《うしろ》の小《こ》鹿《じか》かな　孤舟

391 ますら男《を》が矢を放《はな》つ間《ま》や鹿の声　草籬

392 栗柄峠《くりからたうげ》に泊りて
越《ゑつ》中《ちゆう》に碪《きぬた》うつ也《なり》夜《よ》中《なか》過《すぎ》　四睡

のちあって生きたいものよ。季赤毛蓼。

385 ○山色清浄心　山の色は清らかで汚れがない心を養う。出典未詳。禅林句集「山色豈非清浄心」。○菌　易林本節用集「菌 キノコ」。▽山を歩いていて鳥の糞のついたキノコを拾って行く。山中に住んでおれば汚いとも思わない。季菌。

386 ○翁　芭蕉翁。○捨ゆく庵　大津市馬場の義仲寺にあった無名庵か。○蓮がら　蓮の葉の破れたりした茎をいうか。嵐雪の句に「蓮の骨」とあるのも同じものか。▽翁の立ち去った後の庵の側の池に、葉の破れちぎれた蓮が風に揺れていて、そのように落ち着かない不安な翁の行方である。季蓮がら。

387 ○姥鴫　シギの一種。山之井に「姥鴫のおもきたちゐを哀み」。▽沢辺で多くの鴫におくれて立つのは、老女の意の名を持つ姥鴫という鳥であろうか。季姥鴫。

388 ○雁落　池沼などに雁の舞い降りること。○半町　面積の単位。一町は約九十九アール。▽湖沼に雁の群れが舞い降りて、半町ほどの広さの芦が揺れ動いたことだ。季雁。

389 ○吹からに　吹くとすぐに。古今集「吹くからに秋の草木のしをるれば…」(文屋康秀)による表現。▽山から激しい風が吹きおろしてくると、鹿たちもそれを避けるようにうつむくことである。季鹿。

390 ▽何もいないと思っていたら、墓の後ろの小鹿が起きあがったことだ。季小鹿。

391 ○ますら男　益荒男。狩人。▽鹿が低い声で鳴いているが、それも猟師が鹿をねらった矢を放つ間のことであろう。まことに殺生なことで、哀れな命だ。季鹿の声。

392 ○栗柄峠　倶利迦羅峠。富山県と石川県の境にある峠。寿永二年(一一八三)木曾義仲が平維盛の軍勢を破った古戦場。○越中　今の富山県。○碪うつ　やわらげ、つやを出すために布を木や石の上にのせて槌で打つ、秋の夜の女の仕事。▽夜中過ぎに目を覚ますと、越中の方できぬたを打っている音が聞こえてくる。旅先のことでもあり、古戦場のことでもあって、感慨深いものがあった。季碪。

393 ○待宵　恋人の訪ねて来るのを待つ宵。毛吹草・連歌恋之詞にあげる。▽相手の来る宵の刻を待って、きぬたを打っ

393 待宵《まつよひ》のちからに成《なり》しきぬた哉《かな》　大坂 川柳

394 眠りつゝ現《うつつ》につよき碪かな　七里

395 打《うつ》ものは淋しさしらぬきぬた哉　遅桜

396 さびしさに来ればおもやも碪かな　孤舟

397 三ケ月の藪《やぶ》に道あるきぬた哉　万声

398 灯《とう》心《しん》をゆりこむ夜《よ》半《は》の碪かな　雪水

399 猪《ゐのしし》もともに吹《ふか》るゝ野《の》分《わき》かな　翁

400 音《おと》程《ほど》はものにあたらぬ野分哉　句空

草庵をたづねありきて

401 捨《すつ》る身のもの冷《すさま》じくさす戸哉　柳宴

旅わたりして

402 あさ寒み酔《ゑひ》のまぎれにわかればや　漁川

ていたが、その間の力となったことである。蓮実三にも入る。季きぬた。

394 ○現に　正気のさまで。▽居眠りをしながらきぬたを打っているが、しかし打つときだけは気が確かなように強く力が入るようだ。季碪。

395 ▽詩歌の世界できぬたの音は、閨怨の情をあらわす寂しいものとして聞かれてきた。しかし現実にきぬたを打つものは、その賑やかな音のため淋しさを知らぬようである。伝統的詩情と現実感。季きぬた。

396 ○おもや　母屋。主人の住居にしている家。▽秋の夜の淋しさに訪ねて来たら、母屋にもきぬたの音が賑やかに響いている。季碪。

397 ▽きぬたの響きに誘われて歩いて来たら、三日月に照らされた藪の中にその家への道があった。季きぬた。

398 ○灯心　油につけて火をともすもの。▽周囲が静かなだけに夜中のきぬたの音は強く響き、行灯の油皿の灯心を皿の中にゆすぶり入れてしまいそうだ。季碪。

399 ○野分　和歌八重垣「暴風　のわき…〈八月の大風也〉」。秋の台風。▽あめ子一五五参照。季野分。

400 ▽台風のすさまじい怒号、しかしその激しい音ほどには物に当たらぬようである。野分の音に比べ後の被害の少なさ。季野分。

401 ○捨る身　俗世間を離れた身。○もの冷じく　なんとなく風情がなく。秋の季語。御傘に「すさまじき すごき心の句も秋に用べし」。▽遁世者の身でありながら草庵をしっかり閉ざしているのは、全く興ざめなことだ。徒然草十一段の栗栖野の庵を思い出させる句。季もの冷じく。

402 ○旅わたり　生活のために旅する。▽晩秋のことで朝寒いので、別れの盃を酌み交わし酔いにまぎれて、別れていきたいものですね。旅中親しくした人への留別吟。季あさ寒。

403 ▽ばたばたと足早に朝の戸を開ける音に目覚めたが、秋も暮れのことで少々寒さを覚えることである。季やゝ寒。

404 ○松岡　今の福井県吉田郡松岡町。○翁　芭蕉。○へぎ分る　扇の地紙を表と裏とに剝ぎ分ける意。▽いよいよ別離

403 足はやき朝戸《あさと》の音やゝ寒《さむ》み　楚常

松岡にて翁に別侍《わかれはべり》し時、あふぎに書《かき》て給《たまは》る

404 もの書《かき》て扇子《せんす》へぎ分《わく》る別《わかれ》哉　翁

405 笑ふて霧《きり》にきほひ出ばや　北枝

となく〳〵申侍《まうしはべ》る

406 ひよどりの行方《ゆくかた》見れば山女《やまめ》哉　鶴来李圃

407 市人《いちびと》の声にもあはず烏瓜《からすうり》　枻雪

408 しき島《しま》やへちまの糸も捨《すて》ざりき　南甫

409 取《とり》跡《あと》や淋しく見へしずいき畑《ばた》　如柳

我身

410 秋かぜや息災《そくさい》過《すぎ》て野人《やじん》也《なり》　北枝

411 すばしりや秋ふく風のねらひ網《あみ》　四睡

に当たり扇子に物など書いて表裏に剝ぎ分けようとするがなかなか離れない、そのように別れがたい別れである。後に中七以下を「扇引さく余波(なごり)哉」と改作し、おくのほそ道に掲出。季扇子へぎ分る(捨て扇の意を利かせる)。

405 ▽別れは悲しいものですが、自分を励まし笑って折からの霧に元気をだして金沢へ帰って行きたいものです。前句に付けた脇句。季霧。

406 ○山女　渓流にすむサケ科の魚、背に小黒点があり、美味。▽群れをなして飛ぶひよどり、その飛んで行く方向を眺めていると、渓流にやまめがいるようだ。季ひよどり。

407 ○烏瓜　藪や樹林に自生し熟すると朱紅色となる。カラスが好んで食べるのでこの名がある。▽山に行って採った烏瓜、この瓜は他の真桑瓜や冬瓜などと違って商人の売り声にも逢わないものだ。売り物にならない瓜。季烏瓜。

408 ○しき島　敷島。日本国の別称。○へちまの糸　へちまの果実の網状繊維か。鍋釜を洗うのに用いた。未詳。▽日本国は物を大切にする国なので、取るに足りないへちまの糸さえも捨てずに使っている、の意か。季へちま。

409 ○ずいき畑　里芋の茎。生または干したものを食用にする。▽畑の里芋を掘りとった跡、今まで芋の葉が大きく茂っていただけに、ことに淋しく見えることよ。季ずいき畑。

410 ○息災　達者。○野人　身分卑しく礼儀を弁えない人。日葡辞書「粗野で下賤な者」。▽秋風の吹くさびしい季節になったが、私は達者過ぎて、生きているもののすっかり礼儀知らずの粗野な人間になってしまった。季秋かぜ。

411 ○すばしり　洲走。ボラの稚魚。体長五―一〇センチのものをいう。▽すばしりを捕ろうと、秋風の吹く中で獲物をねらって網を投げるが、なかなか思いどおりにいかない。季すばしり・秋ふく風。

412 ▽暮れていく秋の淋しさは、崩れて落ち込んだ土で濁った池の水に更に深く感じられることよ。池の濁り水に秋の淋しさを感じる繊細さ。季秋。

413 ▽鷺の鳴き声が聞こえ、空は曇って心なしか秋の日はよわく、去り行く秋の淋しさが身にせまる。季秋の日。

秋淋し二句

412 秋や猶《なほ》崩《くづれ》し池のにごり水　紅尒

413 鷺《さぎ》鳴《なき》て秋の日よはき曇《くも》り哉《かな》　牧童

山中《やまなか》からろぎばしにて

414 秋の日や猶《なほ》いたづらに馬子《まご》の鞭《むち》　意情

415 あきの日や猿《さる》一つれの山のはし　楚常

山中十景　高瀬漁火《ぎよか》

416 いさり火にかじかや波の下《した》むせび　翁

有《いう》省《せい》

417 よしあしをいはで守るはかゞしかな　僧光山

418 物の音《ね》は水のむ獺《うそ》と安《か》山《が》子《し》哉　雲口

419 しよんぼりと山田のかゞししぐれけり　和角

420 秋の野を壁《かべ》土《つち》にとる哀《あはれ》哉　徳子

414 ▽物寂しい秋の日、馬を牽く馬子は、さびしさを紛らすためにか、一層無用に鞭を馬にあてることである。季秋の日。

415 ○山中からろぎばし　石川県江沼郡山中町を流れる黒谷川上流の鶴仙渓に架かる橋。○一つれ　一連れ。一群。○山のはし　山の橋。▽秋の日に一群の猿が山のこおろぎ橋に姿を見せている。この季節になると猿も人恋しいのか。季あきの日。

416 ○山中十景　三六二詞書の山中温泉十景。高瀬漁火はその一。十景について具体的には不明。○いさり火　漁火。魚を誘い寄せるために焚く火。○かじか　鰍。渓流にすむハゼに似た、細長く鱗がない硬骨魚。河鹿とは別。▽高瀬の谷川で魚を獲るべく人々は漁火を焚いているが、かじかは波の下で人知れずむせぶように泣いて泳いでいるのであろう。元禄二年秋、おくのほそ道の旅中の吟。東西夜話に上五「かがり火に」の形で載る。季かじか。

417 ○有省　反省することがある。○かゞし　かかしとも。竹や藁で人の形を作って田畑にたて鳥獣をおどすもの。▽とかくの善悪を口にせず、黙って田畑を守っているのはかがしであるよ。それに比して人は是非の理屈が多すぎる。季かゞし。

418 ○獺　カワウソ。川にすむイタチ科の動物。○安山子　ただしくは案山子。▽山の中で聞こえてくる物音は、カワウソの水飲む音とかがしの風に吹かれてたてる音である。猿蓑「物の音ひとりたふるる案山子哉　凡兆」。季安山子。

419 秋も末、山田に立てられたかがしが、淋しそうにしぐれに濡れていた。かがしの擬人化。季かゞし。

420 ○壁土　人家の壁を塗るのにつかう土。▽いろいろな草花の咲き乱れる秋の野を、壁土に掘りとるのもしみじみとした趣のあることだ。季秋の野。

421 ○冬瓜　書言字考に「トウクハ」「カモフリ」として見える。ウリ科の一年生果菜。果実は球形または楕円形で大きい。保存がきき冬に食べられるのでこの名がある。▽冬瓜を収穫する晩秋には、花も葉も枯れて大きな実のみ蔓に残っており、それらに見捨てられた感じである。季冬瓜。

422 ○かたがる　傾く。北陸などでの方言。▽かもうりの生っている方に何となく傾いている草庵である。かもうりの重

421 冬瓜《かもうり》や花にも葉にも捨《すて》られし　円木

422 かもうりの方《かた》にかたがる庵《いほり》哉　盧水

423 蓬生《よもぎふ》に持《もち》あはせけり菊《きく》くらべ　遅桜

424 小家《こいへ》つゞき垣根《かきね》〳〵の黄菊《きぎく》哉　牧童

425 しら菊の一重《ひとへ》は寒し秋の暮　宮腰 橡青

426 鮭《さけ》とんでさゞ波《なみ》残る川辺《かはべ》哉　円木

427 山川《やまがは》にいほりかゝりし紅葉《もみぢ》かな　如柳

428 心あつて樽《たる》にもみぢをしかせけり　秋之坊

429 行《ゆく》馬《うま》の笑ふにもちる柳《やなぎ》哉　李東

430 つぶ足《あし》の跡《あと》のみ多し刈《かり》田《た》原《ばら》　何之

431 二葉《ふたば》なる麦田《むぎた》にやせしいなごかな　雨柏

432 目《め》に高し稲《いね》刈《かる》末《すゑ》の御《み》調《つぎ》蔵《ぐら》　宮腰 橡青

さと粗末な庵。季かもうり。

423 ○蓬生　ヨモギの生えている荒れ果てたところ。▽菊合せは昔朝廷で行なったものだが、今は菊の花の見事さを比べるために、むさくるしい荒れたところに人々が菊を持ちあわせていることだ。季菊。

424 ▽粗末な小家続きの道のわき、垣根ごとに黄菊の花が咲いている。菊は黄菊が多く、また貧家にふさわしい。季黄菊。

425 ○秋の暮　秋の夕暮れと暮れの秋の両意あるが、ここは後者か。▽秋の季節も終わり、一重の白菊が咲いているのを見ると、寒い趣さえする。季しら菊。

426 ▽産卵のため川に帰って溯っていく鮭、水面をはねて小さな波が残るのが見える川の辺である。昔は鮭の溯る川が今よりずっと多かった。季鮭。

427 ○山川　山中を流れる川。○いほりかゝりし　おおいかぶさる。方言。▽山中を流れる川に赤くなった紅葉の木々が覆いかぶさっていて、美しい眺めである。季紅葉。

428 ▽紅葉狩りに酒樽を担わせて出かけたが、風流の心あって樽を置くのに紅葉を下に敷かせたことだ。酒—紅葉狩(類船集)。季もみぢ。

429 ○行馬の笑ふ　動物の中でも馬は笑うという。笑—馬(毛吹草)。▽道をひかれて進んでいた馬が笑ったが、その響きに路傍の柳の葉がはらはらと散った。動物の習癖と散る柳の取り合わせが珍しい。季ちる柳。

430 ○つぶ足　素足の意の方言か。○刈田原　稲を刈り取った後の一帯の田圃。▽稲を刈り取った後のあたり一面の田には、田草取りの時の足跡か、やたらとはだしの足跡のみ多く目につく、の意か。季刈田原。

431 ○いなご　稲子。蝗。イナゴ科のバッタの総称。▽北国の農事は早い。秋の内に田には麦の二葉の芽が出ていて、痩せたイナゴの姿が見られる。季いなご。

432 ○御調蔵　語意未詳。年貢米や租税の産物などを収める藩の管理する蔵か。▽稲刈りをする野の末の御調蔵が目に特に高く眺められることである、の意か。季稲刈。

433 樫《かし》の葉の持《もち》こたへぬも哀《あはれ》なり　何処

434 秋の雨鶏《にはとり》の尾《を》のしだりけり　小松 孤衾

435 人は住居《すまひ》ばかりすごすや秋の暮《くれ》　楚常

436 あき暮《くれ》て淋しき炭《すみ》のにほひ哉《かな》　尾張 昌碧

437 行《ゆく》秋《あき》のさて〳〵人をなかせたり　越人

433 ○樫の葉　近世の歳時記に季語として見えないが、子規の俳句分類は秋に「樫の葉落つ」として本句一句をあげて季語とする。▽秋の暮れに黄色になった樫の葉が、持ちこたえずに散るのも深い情趣を感じる。季樫の葉の持こたへぬ。

434 ○しだりけり　「しだる」は「しだれる」に同じ。長く垂れること。「鶏の尾の…」は百人一首の人麻呂の「あしびきの山鳥の尾のしだり尾の…」による表現。▽しとしとと降る秋の雨にすっかり濡れて、屋外の鶏の尾は長く垂れてしまっていることよ。季秋の雨。

435 ○秋も終わりになって物寂しいので、人々は自分の家ばかりで過ごすのだろうか。外出する人がめっきり少なくなったようだ。季秋の暮。

436 ▽秋もいよいよしまいになって、冬の用意に買い調えた炭の淋しい微かな匂いである。炭のにおいに淋しさを感じる細かな感性。季あき暮て。

437 ▽過ぎ去って行こうとする秋の淋しさが、ほんとにまあ人を泣かせたことだ。白根嶽に「秋閑／秋は夕を男は泣ぬ物なればこそ　才麿」(古選には「秋の暮おとこはなかぬものなれば」の形で入集)。季行秋。

438 ○花　仏に供える樒などの枝葉。○簀子椽　二六〇参照。▽冬に入り寒くなって、野中の寺の仏に供える花をおいた簀の子縁は風が吹き抜けて、ことに寒い。猿蓑「古寺の簀子も青し冬がまゑ　凡兆」。其角(春)・句空(夏)・芭蕉(秋)と共に故人楚常を冬の巻頭においた意味は大きい。季寒さ。

439 ○藁　稲藁か。▽壁の破れ落ちたところから、風が吹き込んで寒いので、その箇所に藁を押し込むことである。貧居破屋の様。季寒サ。

440 ○路通の行脚　元禄二年(一六八九)十一月のこと。○石部山　今の滋賀県甲賀郡石部町あたりの山。石部は江戸期東海道五十三次の宿駅で、石部山からは石灰を産出した。▽白っぽい石部山のあたりを去って行く旅人、見送るその後ろ姿さえ寒く感じられる。季寒し。

卯辰集　巻第四

冬

438 寒さ来て野《の》寺《でら》の花の簀《すの》子《こ》椽《えん》　楚常

439 藁《わら》曲《まげ》て壁《かべ》にをし込《こむ》寒サかな　草籬

路《ろ》通《つう》の行脚《あんぎや》を送りて

440 見やるさへ旅《たび》人《びと》寒し石《いし》部《べ》山《やま》　大津尼 知月

441 さむき夜の雨《あま》だりすごき寐《ね》覚《ざめ》哉《かな》　鶴来女 甚子

442 から風や水はちゞみて網《あ》代《じろ》杭《ぐひ》　鶴来 何之

淋しき庵のすさみ二句

443 山あらし来《こ》よさむがりて明《あか》すべし　秋之坊

444 炉《ろ》の隅《すみ》に身や酎《さけ》の神といはゝれん　同

441 ○雨だり　雨垂れ。軒先から落ちる雨水。▽寝ていて目が覚めると、夜の寒さきびしく、軒先から落ちる雨垂れの音もすごい。雪にもならずはげしい雨の冬夜。季さむき夜。

442 ○から風　からっ風。○網代杭　網代木に同じ。冬、魚を捕るための網代を支えるのに水中に打った杭。▽寒いからっ風が吹き、網代木のあたりの水はちぢみあがっているようだ。「から風」「ちゞみて」が俳諧的。季網代杭。

443 ○すさみ　なぐさみ。▽山嵐よ、吹いてくるなら来い、私は草庵でただ寒がって夜を明かそう、の意。戯れに庵主のやせ我慢を述べた。季さむがりて。

444 ○酎　本朝食鑑に「酎は三重の醸酒(かもしざけ)である。…酎もやはり新酒の中の、再三麴糯を加え醸して、美酒としたもの」。▽炉の片隅で酒でもちびちび飲みながら、我が身は酒の神と人から祝われよう。季炉。

445 ○木がらし　三冊子に「初冬の風を木がらしと云」。○晩鐘　書言字考に日没・落照についで晩鐘をあげイリアヒと読む。日没時につく鐘。▽木枯らしの吹きすさぶ野道、折から聞こえるものとては夕暮れの鐘がひとつ、見えるものとては曳かれて行く十匹の馬のみである。初冬の夕暮れの景。季木がらし。

446 ▽馬の背に乗って進んで行くと、前方から激しい木枯らしが吹いて来るので、身体を前に倒した姿勢になって、まるで木枯らしに寄りかかって進んでいるようである。上五・中七が俳諧的。季凩。

447 ▽鳩の鳴き声が聞こえるが、はげしい木枯らしの中に顔のみ動かしているようである。季木がらし。

448 ○くる　繰る。たぐる。▽屋外の井戸で水を汲む釣瓶の縄をたぐる音がしていたが、それもいつか木枯らしの音と替わってしまっていた。季凩。

449 ○八手　手のひらの形をした葉先が七、八に裂けているのでこの名がある。冬、白い花をつける。▽木枯らしの吹く中に見事に八手が花を咲かせて見せてくれたことよ。孤松「たくましく八手は花になりにけり　尚白」。季木枯・八手咲く。

445 木《こ》がらしや晩《いり》鐘《あひ》ひとつ馬十《と》疋《ひき》　楚常

446 凩《こがらし》によりかゝり行《ゆく》馬《ば》上《じやう》かな　春幾

447 木《こ》がらしや顔のみうごく鳩《はと》の声　雨邑

448 釣《つる》瓶《べ》くる音凩《こがらし》と成《なり》にけり　梅露

449 木《こ》枯《がらし》に咲《さき》て見せたる八《やつ》手《で》かな　林陰

身まかりたる人の庭のけしきを

450 鉢の木やぬしなきつゝじかへり咲《ざく》　漁川

伊賀へ帰《かへ》る山中にて

451 初《はつ》しぐれ猿《さる》も小《こ》蓑《みの》をほしげ也《なり》　翁

452 奥《おく》山《やま》は猿一《ひと》声《こゑ》にしぐれけり　幽子

453 乱《らん》山《ざん》に日影あるあり夕《ゆふ》時《し》雨《ぐれ》　紅尒

454 しぐれけり頓《やが》てその儘《まま》春でなし　牧童

450 ○鉢の木　植木鉢に植えた木。○かへり咲　春に咲いた花が再び咲くこと。▽故人が大切にしていた鉢の木の、今は主なきツツジの花が、冬に返り咲きしていて、主の生前が思われて懐かしい。[季]かへり咲。

451 ○伊賀　今の三重県の一部。芭蕉の故郷は同県上野市。▽今年初めてのしぐれが降って来たので蓑があればと思う。ふと見あげると梢の猿も雨に濡れて小蓑を欲しそうにしている。猿蓑巻頭句。猿蓑題名もこの句による。元禄二年の吟。[季]初しぐれ。

452 ○奥山　人の住む所からはるか奥にある山。深山。▽人里から遠く離れた深山は、まことに寂しくて、猿の一声が響き、それに応じるようにやがてしぐれとなった。猿―深山・時雨(類船集)。[季]しぐれ。

453 ○乱山　高低入り乱れて重なりあっている山。詩語。芭蕉「十八楼ノ記」に「乱山両に重りて」とある。▽夕方、しぐれが降って来たが、高低入り交じって乱れた山々には、まだ日の差しているところもあることだ。[季]夕時雨。

454 ○頓て　書言字考「頓　ヤガテ」。▽しぐれが降り過ぎていった。さすがに冬を実感させる風情だが、間もなく春になるわけではない。これから寒さ厳しくなり、雪の季節を迎えねばならない。[季]しぐれ。

455 ○巷　ところ。場所。▽村外れの古地蔵のところを通っていると、よくしぐれに会うが、あそこはしぐれを起こさせる場所であろうか。[季]しぐれ。

456 ○日半　日中。昼間。▽しぐれが降り始めてから、毎日毎日昼間になると良く降って来るしぐれだ。[季]時雨。

457 ▽わびしいしぐれの音にしみじみと聞き入る、わびしい夜のしぐれであることだ。短い詩形の中に「しぐれ」を三度繰り返してそのわびしさを強調。[季]しぐれ。

458 ○賤　身分いやしい者。▽しぐれの降る中を、酒など買いにやらされた卑しい者の子が、徳利を提げて歌をうたっている。[季]時雨。

459 ▽しぐれが降って垣根は荒れてしまい、萎れて恨めしそうな菊の花の裏を見ることよ。「うら見る」に恨みが掛けてあ

455 古《ふる》地《ち》蔵《ざう》しぐれ催《もよほ》す巷《ちまた》かな　小松斧卜

456 ふり初《そめ》て日《ひ》半《なか》〱の時雨《しぐれ》かな　句空

457 しぐれきゝ時雨《しぐれ》聞夜《きくよ》のしぐれ哉《かな》　梅露

458 徳《とく》利《り》さげて賤《しづ》の子うたふ時雨《しぐれ》哉　四睡

459 垣《かき》あれて菊《きく》のうら見るしぐれかな　洞梨

とかくに悲しき時

460 ひへながら打《うち》寐《ね》て時雨《しぐれ》きくばかり　北枝

461 十月《じふぐわつ》にふるはしぐれと名をかへて　同

462 葉《は》茶《ちや》つぼやありともしらでゆくあらし　宗因

嚢中略有七千首《なうちゆうほぼななせんしゆあり》　不負百年風月身《そむかずひやくねんふうげつのみ》

463 我《われ》もとて袋に入《いれ》し落《おち》葉《ば》哉　牧童

464 あはれにもつるみて落《おつ》る木《こ》の葉《は》哉　四睡

るか。和歌では葛の裏風とはいうが、菊のうら見るは俳諧的。季しぐれ。

460 ▽暖を取るでもなく身体を冷えるにまかせ、寝てただただしぐれの音を聞くばかりである。悲しい気分にしぐれの音は似合わしい。季時雨。

461 ▽雨は一年を通して降るものなのに、十月に降るのは雨といわずに特に名を変えてしぐれと呼び、風流人がその風情を愛して来た、の意か。ひさご「名はさまざまに降替る雨　珍碩」(付句)。季しぐれ。

462 ○葉茶つぼ　葉茶壺。葉茶を詰めておく壺。○ありともしらで…　新古今集「木の落ちる宿にかたしく袖の色をありともしらでゆく嵐かな　慈円」。▽口切りで茶壺を取り出したところ、その中に葉茶があるとも気がつかないで、吹き過ぎてゆく激しい風よ。本歌取りの面白さをねらった談林の句。季葉茶つぼ。葉茶壺は雑であるが〈口切り(冬)〉の意で用いた。

463 ○嚢中略有七千首…　南宋の陸游の詩。出典未詳。▽私も古人に倣おうと思って、句を書いた落葉を袋に入れたことである。季落葉。

464 ○つるみて　連れだって。▽色づいた木の葉とともに哀れにも連れ立って落ちる木の葉であるよ。季落る木の葉(「木の葉」のみも冬)。

465 ○宗祇十三廻忌　連歌師宗祇は文亀二年(一五〇二)没なので、十三回忌は永正十一年(一五一四)。○木の葉　産衣に「冬也」。▽紫式部は源氏物語を書いた罪で地獄に落ちたという伝説があるが、なかなか落ちない夕べの木の葉を見ていると、宗祇は地獄に落ちなかったことは間違いない。季木の葉。

466 ○ねまる　すわる。おくのほそ道「涼しさを我宿にしてねまる也」。▽何処からか這い出てきて落葉の上にすわっている蛙であるよ。方言を使ったのがミソ。この時節に蛙がいるかどうか。季落葉。

467 ○おりしりがほ　折知り顔。いかにも時節を弁えたような顔つき。○はく　掃く。▽庵の庭を掃く後から木の葉がしきりに散って、またもとの庵の状態に返ることとよ。季木の葉。

宗祇《そうぎ》十三廻忌

465 地《ち》ごくへは落《おち》ぬ木《こ》の葉の夕《ゆふべ》哉　宗鑑

466 這《はひ》出《いで》て落《おち》葉《ば》にねまる蛙《かはづ》かな　鶴来 跡松

海のかたはしぐるゝに、庵《いほり》の庭は木《こ》の葉をしくも、おりしりがほなりや

467 はく跡《あと》も木《こ》の葉はもとの庵《いほり》かな　句空

庵の暮《くれ》と云事《いふこと》を

468 此《この》夕《ゆふべ》たぞや落《おち》葉《ば》にすべる音《おと》　同

469 ねがはばや恋《こひ》をばせじと日《にち》蓮《れん》忌《き》　鶴来 何之

470 藪《やぶ》すぎて霜《しも》のみ重し葱《すひ》苳《かづら》　柳宴

471 燐《きつね》火《び》や今《け》朝《さ》は霜《しも》をくかれ蓬《よもぎ》　牧童

472 あさ戸《と》明《あけ》てしも消《きゆ》る迄《まで》何もせず　其糟

473 皆《みな》落《おち》て木《こ》末《ずゑ》に丸し月の影　孤白

468 ▽草庵の庭で落葉に足をすべらせた音がしたが、この夕暮にいったい誰が訪ねて来たのであろうか。落葉にすべる音に訪問客を思いやるのが俳諧。季落葉。

469 ○恋をばせじと　日蓮には女人との変な噂もなく、また美女に身を変えた蛇身を法力によって救った伝説がある。○日蓮忌　御命講。日蓮上人の命日である陰暦十月十三日、法華宗の寺院で僧俗参集して催された会式。▽日蓮忌に恋をばしないということを、上人に祈願したいものである。季日蓮忌。

470 ○葱苳　正しくは忍冬。書言字考には「忍冬　スヒカヅラ」。山野に自生する蔓性の半常緑の木本。葉は卵状長楕円形で、初夏に花をつける。季は夏。▽草木が茂って藪になりすぎて、伸びたスイカズラの葉に霜ばかりが重くおいている。季霜。

471 ○燐火　孤火。夜間、野山に見える青白い不思議な火。▽昨夜、狐火が燃えていたあたりを、朝になって行って見ると、枯れよもぎに白い霜が置いている。季霜・かれ蓬。

472 ○あさ戸　朝戸。朝起きて明ける戸。▽朝、起きて戸を明けると、庭には霜が降って寒いので、霜の消えるまで何もしないでいた。霜の朝の無為の生活。季しも。

473 ▽木の葉が皆落ちてしまった梢に、月の姿が丸く眺められる。今までは木の葉が邪魔で月もよく見えなかったが。季落葉。

474 ○望　望月。陰暦の月の十五日。○から崎　唐崎。今の大津市下阪本町。近江八景の唐崎の一つ松で有名。▽近江の唐崎で寒鮒を煮て、霜の降る夜に月見をすることである。鮒は月見の酒肴。季霜。

475 ○鴛の女　鴛鴦の雌。○世　夫婦の仲。▽雌雄の仲むつまじい鴛鴦、その雄に死なれたのか、雌鳥だけ水に浮かんでいるが、夫婦仲のあまりにもむごい姿である。季鴛(水鳥)。

476 ○簗火　魚をとるために川瀬などに木や竹を並べて作った仕掛けが簗で、それを見張る番人の焚く火。ただし簗の季は夏。ここはその仕掛けを守る番人を冬も置いていたのか。▽簗の番人の焚く火も消え、鴨の群れが舞い降りる夜の寒さの厳しいことよ。季鴨。

十月ノ望《もち》

474 から崎の鮒《ふな》煮《に》る霜の月見哉《かな》　北枝

475 鴛《をし》の女《め》の世をあまりなる姿哉　蕉下

476 簗《やな》火《び》絶《たえ》て鴨《かも》落《おつ》る夜の寒《さむさ》哉　楚常

477 舟よせて立《たて》ば足《あし》見ん都《みやこ》鳥《どり》　雨邑

478 山《さ》茶《ざん》花《くわ》や蝶《てふ》のをらぬも静《しづか》也　李東

479 山茶花やさすがふりさす庭の雪　幾葉

480 水《すい》仙《せん》はほの咲《さく》筈《はず》のみぞれかな　楚常

481 種《たね》馬《うま》の駒《こま》待《まち》あはすあられ哉　同

482 さむしろや霰《あられ》ふりをく旅《たび》芝《しば》居《ゐ》　朱花

483 曙《あけぼの》やひがしも桶《をけ》もうす氷《ごほり》　万子

484 有《あり》明《あけ》の其《その》まゝ氷《こほ》る盥《たらひ》かな　字路

477 ○都鳥　ユリカモメ。伊勢物語九段「白き鳥の、はしとあしと赤き、鴫の大きなる、水の上に遊びつつ魚を食ふ。…これなむ都鳥」。▽都鳥が水に浮かんでいる。舟を漕ぎ寄せて鳥が飛び立ったならば、物語にいう赤い足を見よう。季都鳥。

478 ▽冬の庭に山茶花が咲いている。他の季節ならば蝶が花の蜜を吸いに来るであろうが、そうした蝶がいないのも、かえって静かなことである。季山茶花。

479 ▽山茶花の花に降り出した庭の雪も気をつかってか中途で降り止んでしまった。季山茶花・雪。

480 ▽水仙の別名を雪中花というので、雪でなくみぞれならば水仙もほのかに咲くはずである、の意。やや理屈っぽい句。季水仙・みぞれ。

481 ○種馬の　「の」は連体修飾格とも、主格ともとれる。駒を特に牡馬の意にとれば前者か。▽農家で種馬にする駒の来るのを待ち合わせていると、はげしくあられが降って来た。種馬の駒の語勢にあられはふさわしい。季あられ。

482 ○さむしろ　幅の狭いむしろ。歌語。○霰　書言字考に「霰 アラレ」の次に「雹 同」。▽田舎回りの旅芝居を迎えて敷かれたむしろに、あられが降って消えずにある。季霰。

483 ▽夜もほのぼのと明け始めたころ、外を見ると、東の方の水たまりにも、また近くの桶にも薄氷が張っている。中七の遠近の広がりを表現。季うす氷。

484 ▽夜明方、外に出していた盥の水が、早朝の寒のきびしさにそのまま凍っていた。季氷る。

485 ▽氷の張った道を歩いていくと、氷の割れるいろいろな音がして、おもしろいことである。聴覚による氷の音のおもしろさ。冬の日「こほりふみ行水のいなづま 重五」(付句)は視角的把握。季氷。

486 ○寒念仏　寒中、僧俗を問わず、鉦や鈴を鳴らして念仏を唱え、市中をめぐって奉謝を乞い歩く行。▽この寒い中を修行に歩く寒念仏は、きっと身体も冷えていようが、帰って行くその庵もまた凍っていることだろう。季寒念仏・氷る。

487 ○辛風　からっかぜ。空風の当て字。四四三参照。▽乾燥した寒風の中を歩いてから着ていた蓑を脱いでみると、ひど

485 行《ゆく》道《みち》の音《おと》おもしろき氷《こほり》哉　孤白

486 寒《かん》念《ね》仏《ぶつ》帰《かへ》るいほりも氷《こほ》るらん　康楽

487 辛《から》風《かぜ》の蓑《みの》ぬぎて見るつらゝかな　鶴来 雨鹿

488 狐《きつね》ゆく跡《あと》は霜《しも》ふる氷かな　牧童

489 初雪や人のありくと日のさすと　楚常

490 はつ雪や松にはなくて菊《きく》の葉に　北枝

491 初ゆきのかくしえぬ石のはづれ哉　三岡

老人をまもり居《ゐ》て

492 しら雪の花とも見えぬつぶり哉　李東

493 元《ぐわん》日《じつ》の心や雪の朝《あさ》茶《ちや》の湯《ゆ》　孤舟

494 舟さして柳の雪を打《うち》かぶり　其糟

野田の山もとに住人《すむひと》を、たづねまかりし

い寒さにつららが下がっていた。季つらゝ。

488 ▽野を狐が通って行ったあとは、氷が張り霜が白く降っている。霜ふる氷で野の寒さを強調。季霜・氷。

489 ▽この冬、待望の初雪が降ったが、珍しさに人の出歩くのと、時々日の差すのとで、積もるほどもなくすぐに消えてしまった。季初雪。

490 ▽ちらちらとした初雪は、庭の松の木には消えて全くなく、菊の葉に少し残っている。季はつ雪。

491 ▽わずかにちらついた程度の初雪では、庭の石を白く覆い隠せぬと見えて、石の端は地肌が出ている。季初ゆき。

492 ○まもり居て　見守っていて。○しら雪の花　白雪と雪の花の掛け詞。○つぶり　あたま。▽老人の白髪あたま、同じく白くても、白雪の積もって雪の花と言われるようには見えないことよ。季しら雪・雪の花。

493 ▽雪の降り積もった朝、雪を眺めながら作法に従ってお茶をたてるのは、まさに晴れ晴れとした元日の心のようである。季雪。

494 ○舟さして　棹をさして舟を動かすこと。水無瀬三吟「川かぜに一むら柳春みえて 宗長／舟さすおとはしるき明がた 宗祇」。▽川岸の雪の積もった柳に舟をさし雪をうちかぶってしまい、その風情を壊してしまった。季雪。

495 ○野田の山もと　三四参照。○かづら　蔓草の総称。▽訪ねて行った知人は留守で、雪の積もった門にたまたま赤い実を見つけたが、一体何の実であろう。季雪。

496 ○雪吹　書言字考「吹雪 フヾキ」。▽外出しようとしていたら吹雪になったが、折が折とても、あまりにもうってつけの吹雪であることよ。季雪吹。

497 ○寒山　画題として拾得と組み合わされる唐代の僧。寒山は経巻を、拾得は箒をもつ図柄が多い。▽いつも寝るのに山門を使わせてもらっている恩返しとして、門のあたりの雪を掃く乞食である。箒をもつ拾得からの奇抜な着想。季雪。

498 ○ふくと汁　ふぐと汁とも。河豚汁。ふぐの味噌汁。江戸三吟「あら何ともなやきのふは過ぎてふくと汁 桃青(芭蕉)」。▽食べてから、毒に当たって死にはしないかと思う、ふ

にあはず、かたへの垣にかづらのかゝりたるを

495 なんの実《み》ぞたま〳〵見だす雪の門　北枝

496 折《をり》とてもあまり至《し》極《ごく》の雪吹《ふぶき》哉《かな》　秋之坊

寒山《かんざん》の讃

497 寐《ね》る恩に門《もん》の雪はく乞《こ》食《じき》哉　其角

498 喰《くら》ふてや死ぬかと思ふふくと汁《じる》　小松斧卜

499 ちればこそいとゞ桜はめでたけれ鰒《ふぐ》　牧童

500 おもしろもなふて身にしむ神楽《かぐら》哉　北枝

501 恋《こひ》しさもなくて寐られぬ師《し》走《はす》哉　乙州

502 児《ちご》めきて泣《なき》つゝ寐るや年の暮　楚常

503 年の暮わやめくを只《ただ》余《な》波《ごり》かな　廬水

ぐ汁である。心配しても美味しさの誘惑に負けて。季ふくと汁。

499 ○ちればこそ…めでたけれ　伊勢物語八十二段「散ればこそいとど桜はめでたけれ憂き世になにか久しかるべき」の上句。○鰒　河豚。ふぐ。▽桜は散ることがあるからこそすばらしい。鰒もまた毒にあたって死ぬことがあるからこそ余計美味しいのであろう。有名な古歌の上の句をそっくり取り、「鰒」の一字を添えて発句とした破格の吟。季鰒。

500 ○なふて「なくて」のウ音便「なうて」の慣用誤記。▽神楽は見ていても別段おもしろくもなくて、しかも身に深く感じるものである。季神楽。

501 ○師走　陰暦十二月の異称。▽特別に師走が恋い慕わしいというのでもなくて、寝てもなかなか寝付かれない師走である。商人にとって一年の総決算期なので。季師走。

502 ▽今年も暮れとなった。空しく一年を過ごしたと思うと、子供のように私は涙を流し寝ることよ。季年の暮。

503 ○わやめく　騒々しい音がする。ざわめく。▽年の暮れ、やたらと周囲が騒々しいが、そのざわめきを過ぎ去って行く年のただただ残りと思うばかりだ。季年の暮。

504 ○しつらひ　設け作る。▽市井にいた時はよく物売りが来ていたが、草庵に住むようになった今年の十二月は、物売りの声を聞くのもすっかり絶えてしまった。季師走。

505 ○忘水　野原や岩陰などに人に知られずに流れている水。▽年の暮れに餅つきをする臼の底に忘れられ残っている水のように、一年を世に忘れられて過ごしたい、の意か。季餅つく。

506 ○大年　大晦日、またはその夜。○難波堀江　仁徳帝の頃に高津宮の北側に開いた堀。ここは大坂の市中を流れる東西の横堀川や道頓堀川などを言ったか。▽大晦日の夜、由緒ある難波の堀川に鳴く鴨の声を聞いた、の意。季大年・鴨。

507 ○汲ん　汲むは酒や茶などをつぐこと。または飲むこと。○年　大年。○うはだまり　搾る前の酒桶の上の澄んでいる部分。上澄。▽いろいろなこともあったが、今年もどうにか終わった。これから大晦日の酒屋にいって強い上だまりを、さあ飲もうではないか。季年(大年)。

草庵をしつらひけるとしの暮に

504 物うりの声聞《きき》たゆる師《し》走《はす》哉　荷兮

505 一とせや餅《もち》つく臼《うす》の忘《わすれ》水《みづ》　万子

506 大《おほ》年《とし》や難《な》波《には》堀《ほり》江《え》の鴨《かも》の声　春幾

507 いざ汲《くま》ん年の酒屋のうはだまり　其角

508 軽《けい》薄《はく》を申《まうし》つくせる歳《せい》暮《ぼ》かな　牧童

508 ○軽薄　追従。おべっか。▽今年もいよいよ年の暮となった。考えてみると今日一日、随分と人にいい加減なおべっかを言ってしまったものだ。季歳暮。

〔詞書〕○元禄二の秋　元禄二年(一六八九)七月二十七日、小松を立って山中に赴き、八月五日まで滞在。○翁　芭蕉。○山中温泉　三六二参照。○三両吟　名残の表二句目までは北枝・曾良・芭蕉の三吟で、病気で芭蕉に先行した曾良餞別として巻かれたもの。後半は北枝・芭蕉の両吟(付録「山中三吟評語」参照)。

509 発句。秋(燕帰る)。○馬かりて　駄賃馬を雇って。曾良が病気なので馬に乗って道を急ぐのをいう。▽南へ帰っていく燕を追いながら、馬の背に病身を託していくあなたを見送るあわただしい別れですね、の意。曾良への餞別吟。

510 脇。秋(花野)。○花野　秋の千草の咲いた野原。▽裾野に千草の咲き乱れる向こうの山の曲がり角を過ぎたら、皆さんの姿も望めないでしょう。私の心も乱れます。惜別の情を景に託した。

511 第三。秋(月・相撲)。月の定座より二句引き上げ。▽今宵は月がすばらしいと、袴を足で踏み脱いで相撲の取り組みにかかった。前句を相撲の場として考え、「踏ぬぎて」と応じた動きのある句を付けて、脇までの別離の情を一転した。

512 初オ四。雑。○鞘ばしり　鞘口がゆるくて刀身がひとりでに鞘からぬけ出るのをいう。○やがて　すぐさま。▽何かのはずみに刀の鞘走ったのをすぐに止めてもとに戻した。前句の人を若武者たちとし、その句勢を持ち物の刀の鞘走りで受けた。

513 初オ五。雑。○青淵　青々とした深い淵。▽川の深い淵にカワウソの飛び込んだ水の音が響いた。前句の一瞬思わずはっとする気分に同様な気分の句で応じた。響付け。

514 初オ六。雑。○柴　山野に自生する小さな雑木。主に燃料にする。○こかす　ころがす。▽刈り取った柴を結わえて峰の笹道を転がし落とす。前句に深山幽谷を連想し、山人の仕事を付けた。響付け。

元禄二の秋、翁をおくりて山中温泉に遊ぶ　三両吟

509 馬かりて燕《つばめ》追《おひ》行《ゆく》わかれかな　北枝

510 花野《はなの》みだるゝ山の曲《まがり》め　曾良

511 月よしと相撲《すまふ》に袴《はかま》踏《ふみ》ぬぎて　翁

512 鞘《さや》ばしりしをやがてとめけり　北枝

513 青《せい》淵《あん》に獺《うそ》の飛《とび》込《こむ》水の音　曾良

514 柴かりこかす峰の笹《ささ》道《みち》　翁

515 霰《あられ》降《ふる》左の山は菅《すげ》の寺《てら》　北枝

516 遊《いう》女《ぢよ》四《し》五《ご》人《にん》田舎《いなか》わたらひ　曾良

517 落《らく》書《がき》に恋《こひ》しき君が名も有《あり》て　翁

515 初ウ一。冬(霰)。○菅の寺　今の滋賀県伊香郡余呉町にある菅山寺の俗称。▽霰の降る左手の山は菅の寺である。山道の途中の景観。釈教。柴―山路(類船集)。

516 初ウ二。雑。恋(遊女)。○遊女　あそびめ。宴席に呼ばれて歌舞を演じ、寝所にも侍るのを職業とした女。○田舎わたらひ　生活のために地方を旅して回ること。▽遊女四、五人連れの田舎回りの旅である。前句の旅体の趣を遊女の旅とした。寺に罪業深い遊女を思い寄せたか。

517 初ウ三。雑。恋。▽安宿の壁の落書きに恋しい殿御の名前を見つけて、の意。遊女の旅先でのことを趣向した付句。

518 初ウ四。雑。▽髪を剃って出家しているわけではないが、魚はいっさい食べずに精進していることだ。落書きはすさび書きで、前句を恋人を亡くした男と見立て替えた。

519 初ウ五。夏(蓮)。○蓮の糸　蓮糸で曼荼羅(まんだら)を織ったという大和当麻寺の中将姫伝説による。▽信心のためとは言え蓮の糸をとるのも、植物の命を損なうことで、かえって罪深いことである。前句を仏道信心に熱心な人とした。

520 初ウ六。雑。▽先祖以来の清貧を伝えている家門である。前句の人物をかような家柄の人であろうかと思いやった句。

521 初ウ七。秋(月)。○かたくなし　頑なし。頑固である。▽有明月の下での村の祭事に上座に座っているこの家の主は、昔通りのしきたりを頑なに守っている。前句の当主のさま。軽く付けた遣句。

522 初ウ八。秋(露)。○猟の弓竹　狩猟用の弓の材にする竹。▽狩猟の弓用の竹を伐ろうと、あたりの朝露を払う。祭事に関係あるものとして弓を連想し、また厳粛清爽な気分で応じた。弓―神事(類船集)。

523 初ウ九。秋(秋風)。○物いはぬ子　猟師は殺生を業としている報いでこうした子が生まれると言われていた。▽秋風のあわれは物いわぬ子も感じ取って目には涙を浮かべている。前句を猟師としての付け。露―袖の涙・秋風たゆる(類船集)。

524 初ウ十。雑。○白きたもと　白衣。喪服。▽白衣の人たちの続くお弔いである。前句の涙を幼児が身近な人を亡くしたと執り成した付け。秋風から白は自然な連想。無常。白衣―

518 髪《かみ》はそらねど魚《うを》くはぬ也《なり》　北枝

519 蓮《はす》の糸《いと》とるも中《なか》〳〵《なか》罪《つみ》ふかき　曾良

520 先《せん》祖《ぞ》の貧《ひん》をつたへたる門《もん》　翁

521 有《あり》明《あけ》の祭《まつり》の上《じやう》座《ざ》かたくなし　北枝

522 露まづ払《はら》ふ猟《かり》の弓《ゆみ》竹《たけ》　曾良

523 秋風は物いはぬ子も涙《なみだ》にて　翁

524 白きたもとの続く葬《さう》礼《れい》　北枝

525 花の香《か》は古き都《みやこ》の町《まち》作《づく》り　曾良

526 春を残せる玄《げん》仍《じよう》の箱　翁

527 長閑《のどか》さやしらゝ難波《なには》の貝《かひ》づくし　北枝

528 銀の小《こ》鍋《なべ》に出《いだ》す芹《せり》焼《やき》　曾良

529 手《て》枕《まくら》にしとねのほこり打《うち》払《はらひ》　翁

野送(毛吹草)。涙—葬礼(類船集)。

525 初ウ十一。春(花)。花の定座。▽古くから花の香を漂わせている古い都の町並み。葬列の行く場の付け。

526 初ウ十二。春(春)。○玄仍　連歌師。紹巴の長男で、里村北家の初代。○箱　秘事口伝を収めた玄仍の箱が伝えられている。▽春も末、風雅の花を残し留めた古今伝授の箱。▽旧都にふさわしい物を想定した。箱—古今の伝授(類船集)。

527 名オ一。春(長閑さ)。○しらゝ　和歌山県田辺市の白良浜。▽のどかなことよ、白良や難波の海岸のさまざまな貝を描いた箱の絵模様。前句の高雅な趣に優雅な気分の付け。

528 名オ二。春(芹)。○芹焼　芹を油でいため鴨や雉子の肉といっしょに煮た料理。▽銀の小鍋にて客に出す雅趣ある芹焼きの料理。前句をしかるべき身分の者の座敷の飾りものなどと見て、その場に相応したもてなしの料理。

529 名オ三。雑。○手枕　腕を枕にすること。○しとね　座布団の類いの敷物。▽手枕をして横になり敷物のほこりを軽く払って、の意。前句に裕福な趣味人の生活を感じとった。

530 名オ四。雑。恋(句意)。○覆面　顔を見られないように外出の際かぶったもの。女も用いた。▽呼び寄せた女性を美人であれと、覆面の中をのぞきこむ。前句に人を待つ気配を見て、私娼などとの茶屋での出合。

531 名オ五。雑。恋(句意)。○つぎ小袖　違った切れ地を継ぎ合わせて仕立てた絹の綿入れ。○薫売　着物に薫き染める香を売りながら、男色の相手をもした。○薫物売りの継ぎ小袖の格好は古くさいことだ。前句の覆面を若衆に見替えた。

532 名オ六。秋(菊畑)。○非蔵人　近世、賀茂・松尾・稲荷の神職の家柄などから選ばれて、宮中の雑用を勤めた。○非蔵人である人の作る菊畑は見事な出来栄えである。薫物売りの回る場所で、薫物売りと非蔵人は向付け。

533 名オ七。秋(鴫)。○台　進物台。▽鴫二羽を台に据えてみても何か物足りない淋しい感じであるよ、の意。位が低くても格式の高い人にふさわしい進物を寄せた。

534 名オ八。秋(三ケ月)。月の定座より三句引き上げ。○脇　脇句。連歌や連句の第二句。▽三日月を詠んだ脇句を情趣

530 うつくしかれとのぞく覆《ふく》面《めん》　北枝

531 つぎ小《こ》袖《そで》薫《たきもの》売《うり》の古《こ》風《ふう》なり　翁

532 非《ひ》蔵《くら》人《うど》なるひとの菊《きく》畑《ばた》　同

533 鴫《しぎ》ふたつ台にすへても淋《さび》しさよ　北枝

534 あはれに作る三《み》ケ《か》月《づき》の脇《わき》　同

535 初《しよ》発《ほつ》心《しん》草の枕に修《しゆ》行《ぎやう》して　翁

536 小《を》畑《ばた》も近し伊《い》勢《せ》の神《かみ》風《かぜ》　同

537 疱《はう》瘡《さう》は桑《くは》名《な》日《ひ》長《なが》もはやり過《すぎ》　北枝

538 雨晴《はれ》くもり枇《び》杷《は》つはる也　同

539 細長き仙《せん》女《によ》の姿《すがた》たをやかに　翁

540 あかねをしぼる水のしら浪　同

541 仲《なか》綱《つな》が宇《う》治《ぢ》の網《あ》代《じろ》と打《うち》詠《ながめ》　北枝

深く作った。前句から連句の会席を連想した。

535 名オ九。雑。○初発心　出家して間もない僧。○草の枕　野宿。▽出家してまだ間もない僧が野宿して仏道修行を重ねている。三日月の脇を詠んだその人の付け。釈教・旅体。

536 名オ十。雑。○小畑　現、三重県度会郡小俣町。伊勢参宮街道の宿駅で、山田の四ツ手前。▽小畑の宿場も近くなったので、伊勢の神域を吹く風もこうごうしく感じられる。前句の旅を付け延ばしたもの。旅体・神祇。

537 名オ十一。雑。○桑名日長　共に伊勢国。桑名は現、三重県桑名市。日長は同県四日市市日永町。▽疱瘡は桑名・日長にも流行ったが大したこともなく過ぎてしまった。同国の地名による対付け。伊勢の神威を旅のうわさとして具象化。

538 名オ十二。夏(枇杷)。○枇杷　葉は疱瘡のはやる時のまじない。○つはる　熟する。▽雨が降ったり、晴れたり、曇ったりして枇杷が黄色く熟したことだ。疫病の流行する季節を付けた。

539 名ウ一。恋(句意)。○仙女　女の仙人。○たをやかに　しなやかなさま。▽空に現れた細長い仙女の姿はしなやかに見えた、の意。前句に、楚の懐王が夢で契った巫山の神女との雲雨の夢の故事を思い寄せたもの。

540 名ウ二。恋(句意)。○あかね　茜草の根からとった染料で赤黄色に染めた布。▽渓流に降り立った仙女が茜の裳裾を絞っている、水の白浪の中に。前句に背景と動きを加えたもの。

541 名ウ三。冬(網代)。○仲綱　源三位頼政の嫡子。○宇治　京都市の南部を流れる宇治川。○網代　冬、木や竹を組んで川瀬に仕掛けて魚を捕るもの。▽宇治川合戦の時に、仲綱が平家の武者を「宇治の網代にかかりぬるかな」と眺めながら歌に詠んだことだ。前句を宇治川合戦の場面に見立てた。

542 名ウ四。雑。▽然るべき身分の者が寺に使者を遣わして口上を述べさせる。仲綱自身がとする説もあるが、宇治川のほとりで往時の合戦を偲んだ別人の行為ととるべきか。

543 名ウ五。春。花の定座。▽もう花が散りかかっているので、鐘の音で花が散っても構わないから、思い切り鐘を突いて遊ぼう、の意。前句の口上の内容を花見の場所の借用申し入れ

542 寺に使《つかひ》を立《たて》る口《こう》上《じやう》　同

543 鐘《かね》ついて遊《あそば》ん花のちりかゝる　翁

544 酔《すゐ》狂《きやう》人《にん》と弥生《やよひ》暮《くれ》行《ゆく》　筆

柿喰《かきくひ》三吟

545 八《はつ》朔《さく》や脾《ひ》の臓《ざう》つよき柿《かき》喰《くら》ひ　乙州

546 だゞくさにつむ箒《はうき》木《ぎ》のから　北枝

547 つゞり虫静《しづか》に見れば動き出《だし》　牧童

548 旅の月《つき》夜《よ》は物たらずなり　州

549 頃《このごろ》の点《てん》取《とり》どもゝ巻《まき》からげ　枝

550 虚《う》言《そ》つく人の顔をじろ〳〵　童

と解した。新古今集「山里の春の夕暮きてみればいりあひの鐘に花ぞちりける」(能因)。鐘―落花(類船集)。

544 挙句。春(弥生)。○弥生　陰暦三月。○酔狂人　酒に酔って常軌を逸する人。▽酔狂人として弥生も暮れて行くことだ。前句の人の様子を付け、春も暮れ行くと穏やかに収めた。

545 発句。秋(八朔・柿)。○八朔　陰暦八月一日。もとは農家の収穫を祝う田実の祝い日であったが、近世では節句として公式の祝日であった。○脾の臓　脾臓。五臓の一。昔は胃といっしょに脾胃といい、脾は食物を消化し、胃はそれを吸収する器官とされた。▽八朔の節句、熟れた柿を好んで良く食う人がいるが、よほど脾臓の強い人と思われる。羨ましいことだ。のんびりした休日に、好きな柿をおいしそうに食べる人。

546 脇。秋(箒木のから)。○だゞくさ　雑然。ぞんざい。○箒木　ははきぎ。アカザ科の一年草。高さ一―一・五メートル。農家で栽培し、実を落とし茎を乾かして箒を作る。▽箒にする茎を除いたあとの葉や実が庭の片隅にぞんざいに積まれている。農家の庭のかたほとりの情景を添えた、打ち添えの脇。

547 第三。秋(つゞり虫)。○つゞり虫　コオロギの異名。三四七参照。▽小さな黒いコオロギ、静かに見ていたらゆっくりと動き出した。前句の場に動きのある虫を付けて転じた。

548 初オ四。秋(月)。月の定座より一句引き上げ。▽旅の空で見る月夜は、家でのそれに比べると何か物足りない。コオロギから秋の夜を連想し、月を出した。四句目ぶりの軽い句。

549 初オ五。雑。○点取ども　点取俳諧、つまり宗匠に俳諧作品に点を付けてもらい、その多寡を競う人々。▽この頃の夜長のこととて、点取俳諧に熱中する連中も集まって一巻を巻き終わることだ。旅の宿でのこととした。

550 初オ六。雑。○虚言つく人　ウソ話の提供者。猿蓑・灰汁桶の巻「うそつきに自慢いはせて遊ぶらん 野水」。▽一座の興味を集めてウソ話をしている者の顔を無遠慮に見つめる。点取りを終わったあとの余興の席のさま。

551 初ウ一。夏(樗〈の花〉)。○樗陰　梅檀の木陰。○馬の焼鉄　馬の蹄の爪をきったあと、焼いた鉄を当ててならしたものか。▽梅檀の木の茂った蔭で馬の蹄に焼鉄をあててふすぶ

551 樗《あふち》陰《かげ》馬の焼《やき》鉄《てつ》ふすぶらせ　州

552 盆《ぼん》の李《すもも》を置《おき》こぼしけり　枝

553 入《いる》御《み》簾《す》に跡《あと》戻《もど》りしてのぞく覧《らん》　童

554 しぼりつけたる涙《なみだ》さへうき　州

555 ちつくりとあたま結《ゆひ》ける袴《はかま》着《ぎ》に　枝

556 雪はつもれど去《さら》ぬ物《もの》買《かひ》　童

557 臍《へそ》の垢《あか》ほり尽《つく》しぬる世の中や　州

558 のぼり〳〵て淀《よど》の昼《ひる》船《ぶね》　枝

559 水《みづ》雲《マサ》は畠《はたけ》のうねを作《つく》るかと　童

560 式《しき》部《ぶ》が夢は泣《なき》つ笑《わら》ふつ　州

561 月《つき》花《はな》は男なぶりと詠《なが》むべき　枝

562 酒とりにやる春の蛤《しほ》蜊《ふき》　童

らせている。ウソ話の場所を転じたもの。

552 初ウ二。夏(李)。▽お盆を置く時に中のスモモをこぼしてしまった。馬の蹄の手入れを待つ馬方に出されたものとした。「ふすぶらせ」と「こぼしけり」は響付け。

553 初ウ三。雑。恋(句意)。▽御簾をかかげて部屋に入ろうとして、後戻りして外から部屋を覗くのであろう。女性の部屋を訪れた貴人。前句を取り散らしてあるさまとして趣向。

554 初ウ四。雑。恋(うき涙)。○しぼり… 泣くこと。▽よく泣きつけてこぼす涙でさえも男にとってつらいものである、の意。前句から久しぶりに男を迎えた女とした。

555 初ウ五。冬(袴着)。○袴着 十一月十五日に男児の成長を祝って五歳の時に始めて袴を着せる儀式。▽袴着の祝いにわずかばかり髪の毛を結っているのもかわいらしい。前句を我が子の無事な成長を喜んでの嬉し涙と執り成した。

556 初ウ六。冬(雪)。▽雪はしきりに降り積もっているが、容易に家から立ち去ろうとしない物買い。向付け。

557 初ウ七。雑。○臍の垢… 俗にへその垢を取ると力が無くなるという。▽全く無気力な自分の生涯であることよ、の意。物買いを仕事にしている男の述懐。

558 初ウ八。雑。○淀の昼船 客を乗せて昼間淀川の伏見と大坂間を上下する船。上り船は十二時間を要した。▽淀川をゆっくり上っていく川船。前句の述懐の場所を見定めた。旅体。

559 初ウ九。雑。○水雲 水増雲(みずまさぐも)の略。うろこぐも。巻積雲の和名。雨の前兆とされる。▽雨になりそうなうろこぐもに、畠の畝を作って種でも蒔こうかと立ち働く。淀川沿いの畠の農夫の様子。

560 初ウ十。恋(句意)。○式部 紫式部か。▽源氏物語執筆中の紫式部の夢は、泣いたり笑ったりであったろう。付け意未詳。あるいは前句を石山寺への道中嘱目と見たか。

561 初ウ十一。春(花)。花の定座。▽月と花は風流の男のこころを弄ぶものとして眺めることである。前句の式部を和泉式部と見立て替えた。

562 初ウ十二。春(春)。○蛤蜊 塩吹き。あさり貝。▽春のあさりを手に入れたので、これを肴に一杯と酒屋に酒を取り

563 鴈《かり》帰《かへ》る鉢《はち》ふせ峠《たうげ》あれやらん　州

564 宿《しゆ》クの二階の裏《うら》はみな山　枝

565 いつの日か障子《しやうじ》に張《はり》し人《にん》歩《ぶ》帳《ちやう》　童

566 額《ひたひ》もぬかず角《すみ》入《い》レてより　州

567 唐《たう》の芋《いも》料《れう》まどひし夕《ゆふ》間《ま》暮《ぐれ》　枝

568 かさある月の雲にかまはず　童

569 肌《はだ》寒《さむ》くなえたる衣《きぬ》のうすよごれ　州

570 つらし〳〵とならす鰐《わに》口《ぐち》　枝

571 夏来ては葉さまにくさる赤《あか》椿《つばき》　童

572 小歌計《ばかり》のあがる所《しよ》化《げ》寮《れう》　州

573 さがせどもとれぬ釣《つる》瓶《べ》に草《くた》臥《びれ》て　枝

574 行《あん》灯《どん》とぼす比《ころ》のむら雨《さめ》　童

に遣ることである。花見に夢中の男に、酒肴の用意で応じた。

563 名オ一。春(鴈帰る)。○鉢ふせ峠　鉢伏せ山は石川県、福井県などに四か所見られるが、峠の名としては未詳。▽空を北方に雁が帰って行くが、鉢伏せ峠はあれであろうか。前句を田舎に住む人として、酒取りに行く途中のさま。

564 名オ二。雑。○宿ク　宿場。▽宿場の泊まった二階屋の裏は皆山である。前句を土地に不案内な人の話と見て、旅人の泊まった宿からの眺望を寄せた。旅体の句。

565 名オ三。雑。○人歩帳　人夫帳。公役に徴用された人名や数など記した帳面。▽黄色く変色している人夫帳の紙、いつごろ破れた障子に張られたものか。宿屋の室内に転じた付け。

566 名オ四。雑。○角入レて　額の生え際が真っすぐになるように両すみを剃りこむことで、半元服ともいう。▽額の毛も抜かずに角入れて半元服した頃からここで働いている、の意。宿屋を一般の商店とし、古参の店員の回顧の様とした。

567 名オ五。秋(唐の芋)。○唐の芋　サトイモの一種で、芋だけでなく茎も食用になる。○料　レウリ(料理)の動詞化した語の活用語尾「り」脱か。▽夕暮れ、副食物の煮炊きをしていて、唐の芋の料理に迷った。丁稚の勤める商家の台所。

568 名オ六。秋(月)。月の定座から五句引き上げ。○かさ　暈。月の周囲にできる光の輪。▽かさのある月に雲が掛かっていても構わない。前句を芋名月の料理をしているとして当夜の天相の付け。

569 名オ七。秋(肌寒く)。▽うそ寒さを感じる時節、くたくたになり薄汚れた着物を身につけている。前句に時分で応じ、物事にこだわらない貧者を描いた。

570 名オ八。雑。○鰐口　神殿の軒に縄とともに吊り下げた銅製円形の音具。▽生活がつらいつらいと鰐口を鳴らして神仏に福徳を祈願している。前句の貧者の神頼み。

571 名オ九。夏(夏)。▽夏になっては赤い椿の花が葉の間に腐っている。神社の境内の椿で、場の付け。「つらし〳〵」に「くさる」は気分で応じている。

572 名オ十。雑。○小歌　民間で歌われた娯楽的な小曲。小唄。○所化寮　寺で修行中の僧の住む寮。▽所化寮の人達はか

575 怨《をん》霊《りやう》の段読《よみ》返《かへ》すむかし本《ぼん》　州
576 涙《なみだ》もろげな里の肝《きも》煎《いり》　枝
577 いさかひてのがれ行《いく》らん後《うしろ》つき　童
578 灸《きう》する日ともいへば風ひき　州
579 花の香《か》の太《うづ》秦《まさ》迄《まで》も押《おし》移《うつ》リ　童
580 うかとはなかぬ小《こ》鳥《とり》鶯《うぐひす》　枝

枇杷五吟

牧童

581 凩《こがらし》やいづこをならす琵《び》琶《は》の海
582 西もひがしも蕪《かぶら》引《ひく》空《そら》　乙州
583 道《みち》草《くさ》の旅の牝《ザウ》馬《ヤク》追《おひ》かけて　小春

んじんな仏道の修行は進まず、小歌ばかり手が上がったようである。前句に時の経過を見込み、僧を揶揄した付句。

573 名オ十一。雑。▽井戸に落ちた釣瓶桶を取ろうと釣瓶取りで探すが、暗く深い井戸なので容易に取れずくたびれてしまった。所化寮から井戸を連想。

574 名オ十二。雑。○むら雨　急雨。にわか雨。▽行灯をともす夕刻に村雨が降って来た。時分の付け。

575 名ウ一。雑。○怨霊　何かの恨みによって人に祟りをなす亡霊。▽昔の本の幽霊が出現する箇所を何度も読み返す。薄暗い時分にふさわしい事柄を趣向した。

576 名ウ二。雑。○肝煎　世話や斡旋をする人。近世では庄屋や名主のことをいった。▽涙もろそうな村里の庄屋である。前句を庚申待ちや二十三夜待ちなどでのこととして、寄り合いの出席者の一人に焦点を絞ったもの。

577 名ウ三。雑。▽喧嘩に負けて逃げて行くのであろう、あの後ろ姿の感じは。前句の庄屋の涙から争いの場を連想し、のがれいく後ろ姿と働かせた。

578 名ウ四。雑。○灸する日　和漢三才図会「およそ日辰吉凶にかかわらず、ただ晴天和気の日に灸すべし。霖雨風湿異常の日は必ず用ふるべからず」。▽灸をするに良い日だというと、風邪をひいたという。病弱で我が儘な人間。その人の付け。

579 名ウ五。春(花の香)。花の定座。○花の香　花の芳香。○太秦　現、京都市右京区の地名。同地広隆寺は桜の名所。▽桜も京のあちこちに咲き始めて、太秦までも花の盛りが移って来ているようだ。灸をするのも花見に出掛けていくためと見做した。

580 挙句。春(鶯)。▽春とはいえうかうかと鳴き出さない小鳥や鶯である。もうすぐ花の盛りだから小鳥や鶯の囀りを聞けるだろうと、心を残して結んだ。花—鶯(類船集)。

581 発句。冬(凩)。○凩　初冬に吹く強い風。木葉を吹き払うので木枯らしというと信じられているが、木あらしの転という(倭訓栞)。○琵琶の海　琵琶湖。その形が楽器の琵琶に似ているため近世になってこう呼ばれた。▽こがらしが激しい音を立てて琵琶湖を吹き渡っているが、一体この海のどこを鳴ら

584 足《あし》の灸《やいと》のいはひかへりし　魚素

585 さかやきの湯の涌《わき》かぬる夕《ゆふ》月《づく》夜《よ》　北枝

586 髭《ひげ》籠《こ》の柿《かき》を見せてとりをく　童

587 陣《ちん》小《こ》屋《や》の秋の余波《なごり》をいさめかね　州

588 あだなる恋《こひ》にやとふ物《もの》書《かき》　春

589 埒《らち》明《あか》ぬ神に歩《あゆ》みを運《はこ》びかけ　素

590 池のすぽんの甲《かふ》のはげたり　枝

591 橋《はし》普《ぶ》請《しん》木の切《き》レさがす役に付《つき》　童

592 昼《ひる》寐《ね》せぬ日のくせのむか腹《ばら》　州

593 むら薄《すすき》おほふ隣の味《み》噌《そ》くさき　春

594 無《む》欲《よく》にまつる聖《しやう》霊《りやう》の棚《たな》　素

595 布《ほ》袋《てい》にも能《よく》似《に》し人の踊《をどり》出《だし》　枝

しているのであろう。「ならす」と「琵琶」の縁語による句作り。

582 脇。冬(蕪引)。○蕪引　冬至以前に根を引く。○空　空模様。時節。▽この国の西の方も東の方も畠の蕪を引く時節である。「いづこ」に「西もひがしも」と応じ、近江は蕪の産地なので、蕪を引く時節を添えた。蕪―近江(類船集)。

583 第三。雑。○牝馬　ザウヤク。雑役馬。乗用でなく、荷を運ぶなどの雑用に使われる牝馬。▽途中道草を食って他の仕事にかかずらった旅の牝馬を追いかけて行く、の意か。前句を街道沿いの農事として、旅体に転じた。

584 初オ四。雑。○足の灸　くたびれた時の足の灸点として三里・承山・通俗がある。あるいは足の病気を治すための灸か。▽足の灸治の祝いに出掛けていた人が帰って来た意か。前句のその人を見替えた付けか。

585 初オ五。秋(夕月夜)。月の定座。○涌　沸の当て字。▽空に夕月のかかっている頃、さかやきを剃る湯がなかなか沸かないことである。逆付けで、灸治の調子もよいのでさかやきを剃ろうとする人に、時分を配した。

586 初オ六。秋(柿)。○髭籠　端を髭のように編み残した竹の籠。▽髭籠の中の柿を亭主に見せて食べずに取っておく。前句を人を訪ねる支度と見、手土産などの準備のさまとした。

587 初ウ一。秋(秋の余波)。○陣小屋　軍兵の集まっている小屋。○秋の余波　秋のかぎり。暮秋。▽小屋掛けの陣屋の兵士たちが、秋も終わりの寂しさに滅入っているのを力づけかねる。前句から時節を見定めた付句。

588 初ウ二。恋。○物書　手紙や書類を書くのを職業とする者。▽浮気な恋のために物書きを雇って恋文を代筆してもらう。塩冶判官の妻に恋慕し兼好に恋文を代筆させた高師直の俤付け。

589 初ウ三。恋(句意)。▽恋の成就を祈っても一向に効果のない神に参詣に出かける。ならざる恋を趣向したもの。神祇。

590 初ウ四。雑。○すぽん　すっぽん。泥亀。▽神池にすむすっぽん亀の甲羅の白くはげていることだ。甲のはげたのは劫を経た亀。古い神社の境内の池。

591 初ウ五。雑。○橋普請　橋の修理や建造。▽橋普請をすることになり、材料の木切れを探す役についた。前句から物

596 伏《ふし》見《み》の月のむかしめきたり　童
597 花はちる物を見つめて涙《なみだ》ぐみ　州
598 人は思ひに角《つの》おとす鹿《しか》　春
599 春の日に開《かい》帳《ちやう》したる刀《ト》自《ジ》仏《ぼとけ》　素
600 交《かはる》〳〵《がはる》にたかる飴《あめ》うち　枝
601 馬《うま》盥《たらひ》額《がく》に成《なる》までやり置《おき》て　童
602 越《こし》の毛《け》坊《ばう》が情《じやう》のこはさよ　州
603 月の前《まへ》痛《いた》む腹をば押《おし》さすり　春
604 扨《さて》〻《さて》野《の》辺《べ》の露のいろ〳〵　素
605 簀《す》戸《ど》の番《ばん》烏《え》帽《ぼ》子《し》着ながらうそ寒く　枝
606 ゆるさぬものか妹《いも》が疱《はう》瘡《さう》　童
607 うつくしき袂《たもと》を蠅《はへ》のせゝるらん　州

を注意して見ている人物を思い浮かべ、橋普請の役目を趣向。

592 初ウ六。雑(昼寝が季語になるのは近世後期)。○むか腹　むかっぱら。わけもなく腹の立つこと。▽昼寝をするのが普通だったので、昼寝しない日には向かっ腹が立つのが癖になった。前句の役目が多忙と考えてその結果を強調した句。

593 初ウ七。秋(むら薄)。○むら薄　群がり生えている薄。▽すすきの群れが覆っている隣家の味噌臭いことよ。腹の立つ原因を推量した句作。

594 初ウ八。秋(聖霊の棚)。○聖霊の棚　魂棚。八月十四日から十六日までの盂蘭盆会に祖先の霊を祭る棚。▽お盆になれば何の欲もなく魂棚をお祭りする。前句の隣家の人の上。

595 初ウ九。秋(踊)。○布袋　七福神の一。もと中国後梁の禅僧。肥満した腹の持ち主。▽盆踊りの中に布袋によく似た格好の人が踊りだした。前句から盆踊りを連想した。

596 初ウ十。秋(月)。○伏見　現、京都市南端の区。秀吉の居城伏見城の古跡。▽伏見で見る月はいかにも昔風に思われることだ。踊りの場所を伏見とし、こぼして来た月をあしらった。伏見—ねやの月(類船集)。

597 初ウ十一。春(花)。花の定座。▽花は散るものと決まっているのに、落花を見つめて涙ぐんでいる。前句の栄枯盛衰の思いに無常の花を寄せた。春月と見変えて季移りも無難。

598 初ウ十二。春(角おとす鹿)。▽仲春に角の抜け落ちる鹿を見て人は思いに耽るが、これも自然の摂理である。花が散るのも同様であって涙ぐむのもどうか、と前句に観相の寄せ。

599 名オ一。春(春の日)。○開帳　秘仏などを公開すること。○刀自仏　刀自は老女の尊称、その念持仏。▽うららかな春の日に老女の秘仏の御開帳が行なわれた。時節の付け、釈教。

600 名オ二。雑。○飴うち　小さく切る前の飴を板に打ち付けて延ばすことか。▽飴を作るのを見ようと、入れ替わりに見物人が集まることである。開帳の行なわれた寺の門前町の様か。

601 名オ三。雑。○馬盥　馬を洗うのに使う大盥。○額　門や壁に掛ける書札の類いか。▽タガのはずれた馬盥の板が書札の代わりに使用されるまで放置されている、の意か。繁盛し

608 食《めし》打《うち》こぼす郭公《ほととぎす》かな　春

609 酔《すい》狂《きやう》は坂《さか》本《もと》領《りやう》の頭《かしら》分《ぶん》　素

610 松にきあはす辛《から》崎《さき》の茶《ちや》屋《や》　枝

611 初しぐれ居《こ》士《じ》衣《え》をかぶる折《をり》もあり　童

612 吹《ふき》て通《とほ》りし夜《よる》の尺《しやく》八《はち》　州

613 旅まくらしらぬ亭《てい》主《しゆ》を頼《たの》ミにて　春

614 薬を削《けづ》る床《とこ》の片《かた》隅《すみ》　素

615 うぐひすは杜《と》子《し》美《み》に馴《な》るゝ花の陰《かげ》　枝

616 山と水との日《にち》ゝ《にち》の春　童

霜六吟

四睡

ている飴屋の側にかかるものもあろうかと推量しての付け。

602 名オ四。雑。○越　北陸地方。○毛坊　毛坊主。有髪で日常は農作などに従い、仏事の時に僧の役を務める者。▽越路の毛坊主の強情なことよ。馬盥の底板を表札代わりにしている住まいを毛坊主のそれと見た。

603 名オ五。秋(月)。月の定座から六句引き上げ。○月の前　月の照らしているところ。▽月の光のもとで痛む腹を我慢強く押さえさすりしている。毛坊主の強情さを具体的に描いた。

604 名オ六。秋(露)。▽さてもさても野原に置く露の風情も様々であることよ。旅の途中に腹痛で野宿している者の目に写った露を発語体で付けた。

605 名オ七。秋(うそ寒)。○簀戸　竹などを粗く編んで作った枝折戸。▽晩秋の屋敷の簀戸の番人は、烏帽子を被りながらやや寒そうにしている。野辺につづく屋敷などか。

606 名オ八。雑。恋(妹)。○妹　恋人。○疱瘡　天然痘の俗称。▽恋人の疱瘡を軽くて許してくれないものか、イモの神は。前句に来客を考え、屋敷の女性の病気を案じている男とした。

607 名オ九。夏(蠅)。恋(句意)。▽寝ている恋人の美しい着物の袂にしきりに蠅が動き回っているようである。前句の疱瘡の妹についての様子。

608 名オ十。夏(郭公)。○郭公　「郭公　ホトヽギス」(易林本節用集)。時鳥。▽夕食をたべていて時鳥の鳴き声がしたので、つい御飯をこぼしてしまった。前句の理由を付けたもの。

609 名オ十一。雑。○酔狂　ものずき。好事家。○坂本　一六五参照。当時幕府領。▽さすが物好き人は天領坂本領のお頭に及ぶ人はいない。前句の人物を見定めた付け。

610 名オ十二。雑。○辛崎　唐崎。現、大津市下阪本町。近江八景の唐崎の一つ松で有名。▽辛崎の一つ松を見物に来て茶屋でたまたま出会った。酔狂な頭分に出会った場の付け。

611 名ウ一。冬(初しぐれ)。○居士衣　道服の一種で隠者や俳諧師なども着た。十徳。▽思いがけなく初しぐれに会って居士衣を脱いで頭に被る時もあるものだ。俳諧師が辛崎の松の側でしぐれに降られたとした。

617 人の年の霜《しも》の降る夜に寄《より》にけり　北枝

618 洗ひすごせる河《ふ》魨《ぐ》は味《あぢ》なき　紅尒

619 鷹《たか》宿《やど》の壁《かべ》も畳《たたみ》もよごされて　漁川

620 木《と》賊《くさ》つりをく音はさら〳〵　牧童

621 あの月は耳にかけたら懸《かか》るべき　李東

622 秋の夕《ゆふべ》を頭《あたま》なぶらせ　筆

623 幾《いく》度《たび》も小《こ》鯛《だひ》ねぎりて買《かひ》もせず　睡

624 屎《いばり》の馬を行《いき》ぬけにけり　枝

625 山《やま》科《しな》の談《だん》所《じよ》になれば衣《ころも》着《き》て　尒

626 まづなげ出《いだ》すかねの状《じやう》箱《ばこ》　川

627 水《すい》風《ふ》呂《ろ》を跡《あと》の先《さき》のと長びかせ　童

628 垂《たる》井《ゐ》ね深《ぶか》ときけばゆかしき

612 名ウ二。雑。▽夜、尺八を虚無僧が吹いて通った。この付句で二句初冬の夜分となり、向付けである。

613 名ウ三。雑。▽全く知らない亭主を頼りにして旅寝させてもらった。諸国をめぐる虚無僧の夜のやどりを趣向した。

614 名ウ四。雑。▽寝床を敷いた片隅で、主は薬種を小さく削っている。前句の家は貧乏な医者の家であったとした。

615 名ウ五。春(うぐひす・花)。花の定座。○杜子美　中国盛唐の詩人杜甫。○花の陰　花の咲いている木の下陰。▽うぐいすは花を愛した杜甫に花の木陰ですっかり馴れてしきりに囀っている。前句の薬を削るのを病弱な杜甫とした付け。

616 挙句。春(春)。▽山々も水辺も日々春色を加えつつあることだ。花に鳴くうぐいすに山水の春で穏やかに結んだ。

617 発句。冬(霜)。▽世間の人の年は日数も多いのに、霜の降る厳しい夜に、連句会のためにわざわざ集まったことだ。これも風雅の遊びですから、と連衆への挨拶の意をこめたもの。

618 脇。冬(河魨)。○河魨　河豚。「冬月最もこれを賞す」(和漢三才図会)。▽肴に出したフグの身をあまり洗いすぎて味がないように思われる。料理の心得がなくてと亭主が挨拶を返した。

619 第三。冬(鷹)。○鷹宿　鷹狩りの折に宿泊する家。▽鷹狩りの宿は屋内の壁も畳も長い間に客によごされて汚い。前句の料理を田舎の鷹宿でのものと執り成した。

620 初オ四。秋(木賊)。○木賊　トクサ目の常緑性シダ植物。観賞用として植えられた。木賊は温故日録に「非季詞」。木賊刈は通俗志など八月(秋)。本句は秋の扱いか。▽軒先に釣った鉢の木賊に風の音がさらさらとしている。鷹宿の軒先。

621 初オ五。秋(月)。月の定座。▽真珠のような丸い月、耳飾りとして耳に懸けたら懸けることができよう。軒の木賊ごしに眺めた月。木賊―秋の夜の月(類船集)。

622 初オ六。秋(秋の夕)。▽秋の夕暮れに子供を背中におんぶして頭をいじらせている、の意か。前句を小児的発想として、子と月を見ている人物。時分の付け。

623 初ウ一。雑。▽振売りの魚屋に幾度も小鯛を値切りながら、結局買いもしなかった。外でぶらぶら時間をつぶしている

629 時《とき》ゝ《どき》は月にきしくる蔀《しとみ》にて　東
630 相撲《すまふ》はすけど禰《ね》宜《ぎ》のぬるさよ　枝
631 はへ〴〵と秋の空なる赤とんぼ　睡
632 はづみもぬけてもの思ふ比《ころ》　川
633 花見よと局《つぼね》がしらにいざなはれ　介
634 こたつふさげば広く成《なり》ぬる　東
635 照《てり》降《ふり》もしどろもどろに春めきて　童
636 鼻につきたる旅の焼《やき》魚《うを》　睡
637 山道の草鞋《わらぢ》ぶなりに作りかけ　枝
638 浪は敦《つる》賀《が》の礒《いそ》にうつ也《なり》　介
639 藪《やぶ》いしやのとゝろはげたる箱ながら　川
640 また仲《なか》人《うど》をしそこなひたり　童

人間の一行動として趣向した句。
624 初ウ二。雑。○屎　易林本節用集などクソ。尿(イバリ)の誤用か。尿は小便。▽道路の真ん中で小便をしている馬の横を通り抜けたことだ。行商の魚屋の路上での出来事。
625 初ウ三。雑。○山科　現、京都市山科区。京と大津を結ぶ交通の要地。○談所　書言字考「ダンジヨ」。法談所の略。僧侶の学校。▽山科の談所も近くなったので脱いでいた法衣をきちんと着て、の意。前句を道中のさまと見ての付け。
626 初ウ四。雑。○かねの状箱　金属製の書状箱。▽使いは着くと直ぐに重い金属製の状箱を投げ出した。前句の談所にやって着た使者の様子。
627 初ウ五。雑。○水風呂　風呂桶の下に焚き口があり、水を沸かす普通の風呂。▽宿屋で風呂に入る順序について後の先のといって譲り合って時間を長引かせる。前句を飛脚宿に見立て替えて、入浴の順番をめぐってのこととして趣向した付け。
628 初ウ六。冬(ね深)。○垂井　現、岐阜県不破郡垂井町。○ね深　根深。ネギ。▽垂井根深と聞くと食べたく思われる。前句の旅宿での話題を付けた。
629 初ウ七。秋(月)。○きしくる　きしめく音がする。○蔀　日除けや風雨を除けるため、格子に板を張った長方形の建具。▽月の明るい夜、時々蔀のきしむ音が響いてくる、の意か。前句の人物の宿泊しているのを社寺の参籠としたか。
630 初ウ八。秋(相撲)。○禰宜　神官。▽この神社の神主は、相撲を好むが動作ののろいことよ。前句の神社から連想。
631 初ウ九。秋(秋の空・赤とんぼ)。○はへ〴〵と　見栄えのすること。▽秋の空に飛び回る赤とんぼは見栄えのよいものである。時節の付け、相撲場のあたりの景。
632 初ウ十。雑。恋(もの思ふ)。○はづみ　調子。勢い。▽当初の張り合いがなくなって、ひとり物思いにふけるこの頃である。秋空を眺めているのを恋の物思う人と起情した付句。
633 初ウ十一。春(花見)。花の定座。○局がしら　奥女中のかしら。▽花が咲いているから花見でもしなさいと、奥女中のかしらにさそわれたことだ。前句の物思いにふける人を御殿女中と見定めたもの。

641 恋種《こひぐさ》のとはぬ事迄《まで》云《いひ》過《すご》し　東

642 月《つき》夜《よ》烏《がらす》も寐《ね》ほれ行《いく》らん　枝

643 身にしめる風より蚤《のみ》はとらへられ　睡

644 どこやら芋《いも》のわるき腹あひ　川

645 とり立《たて》てかりに連《れん》歌《が》の草《くさ》の庵《いほ》　童

646 鶴《つる》見《み》に出《いづ》る人はさはがし　東

647 風かはる夜《よ》は星《ほし》影《かげ》のきらめきて　尓

648 ふすぶりがちに木《も》綿《めん》ねり揚《あげ》　睡

649 起《おき》るにも寐《ね》るにもとらぬ角《すみ》頭《づ》巾《きん》　枝

650 いらぬもの迄《まで》かさぬ也《なり》けり　童

651 溝《みぞ》ぎはの花に後《あと》地《ち》を盛《もり》出《だ》して　川

652 春の小《こ》鮒《ぶな》の口ならぶ見ゆ　尓

634 初ウ十二。春(こたつふさぐ)。○こたつふさげば　春も暖かになると、切りごたつを塞ぎ畳を敷く。俳諧新式、山之井など三月。▽不要になったこたつを塞ぐと部屋がすっかり広くなった。その場の付けで、奥女中の部屋のさま。

635 名オ一。春(春めく)。○照降　晴雨。○しどろもどろ　秩序もなく乱雑なさま。▽照ったり降ったり不規則な天気のうちにようやく春らしくなって来た。時節を付けた句。

636 名オ二。雑。○鼻につきたる　飽きて嫌気がさす。▽旅に出て宿屋はいつも焼魚ばかりで、すっかり飽きて嫌になってしまった。「春めく」に旅を連想し、宿の焼魚を趣向した。

637 名オ三。雑。○ぶなり　ぶかっこう。▽山道を歩いていると傍らの民家に草鞋がぶかっこうに作りかけてある。前句から鮮魚に乏しい山間僻地の旅を連想したもの。

638 名オ四。雑。○敦賀　今の福井県敦賀市。▽海辺に出てみると、敦賀の岩石の多い磯に波はしきりに打ち寄せていた。前句の山道を過ぎて敦賀に出たとして海辺の景を付けた。

639 名オ五。雑。○とゝろはげたる　あちこちはげた。○箱　薬箱。▽藪医者のところどころ漆もはげた薬箱であるが大事にしていることよ。前句を和歌の一節として執り成し、歌の心得のある藪医者の持ち物であしらった付句。

640 名オ六。雑。恋(仲人)。○仲人　媒酌人。▽世話が好きなのだが、また結婚の仲立ちをしくじってしまった。医者の仕事として仲人を考えた。

641 名オ七。雑。恋(恋種)。○恋種　恋草。恋の思いを草の茂るのに例えていう。▽恋の思いに聞かれないことまでもしゃべり過ごしてしまった。縁談が駄目になった理由を付けた。

642 名オ八。秋(月夜)。月の定座から三句引き上げ。○月夜烏　月の明るい晩にうかれて鳴くカラス。▽月夜にカラスも鳴きながら寝ぼけて飛んでいくのであろう。前句を遊里で客と遊女との語らいとし、月夜烏を出して時分を付けた。

643 名オ九。秋(身にしめる)。○身にしめる　「しめる」は「しみる」の訛。秋の冷気が感じられるのをいう。▽秋風の冷気が身にしみて目覚め、そのついでに蚤がとらえられた。前句に夜も更けた趣を感じ寝覚めた人を付けた。

元禄四年卯《う》月日

賀陽庶人《しよにん》北枝

京寺町二条上ル丁
井筒屋庄兵衛板

金沢上堤町
三ケ屋五良兵衛

644 名オ十。秋(芋)。○芋　特にサトイモの称。○腹あひ　腹具合。腹の調子。▽芋を食べ過ぎてどこか腹具合がよくない。夜中に目覚めたのは腹具合のせいとした。

645 名オ十一。雑。○とり立て　引き立てて。▽特に取り立ててかりそめに草庵で連歌会が催された。前句の腹具合を気にする場所として連歌の席としたもの。

646 名オ十二。雑。▽鶴を見に出て行く人は騒々しいことである。草庵の近くの沢辺や田面に鶴が降りいてその見物人が賑やかであるというので、静粛な連歌の席との対照的な付け。

647 名ウ一。雑。▽吹く風の方向が変わる夜は、ことに星の光が輝いて見える。前句の鶴見物の時分を夜とし、鶴の位に合わせて星影のきらめく天相の付け。

648 名ウ二。雑。○木綿ねり揚　木綿はアオイ科の一年草の綿の毛(きわた)を紡いで作った糸で織った布。油脂分を除くために灰汁で煮て精練することか。紺屋に頼んだとも考えられる。▽釜の火がよく燃えずふすぶりがちな中に木綿を練り上げている。前句、明日の天候を気にしていると見て、紺屋または農家などの木綿の夜業を付けた。

649 名ウ三。冬(角頭巾)。○角頭巾　袋状で二つに折り上を後ろに垂らす被り物。▽起きるにも寝るにも角頭巾をいつも被っている。前句の仕事に熟達した人としての老人の様子。

650 名ウ四。雑。▽不必要な物までは貸さないことだ。あまり人付き合いの良くないやや偏屈な人物。前句の老人の性格を付けたもの。

651 名ウ五。春(花)。花の定座。▽溝のきわに生えている桜の花に、根の張るように後ろの土地に土盛りがしてあることだ。前句の人物が草木を好み、溝際の花に手入れがしてある情景。

652 挙句。春(春)。▽溝川に春の小鮒が口を並べて泳いでいるのが見える。花の咲くほとりの川面の小鮒の姿にうららかな春の余情が感じられる。

○賀陽庶人　加賀国(現、石川県)の庶民。

蓮《はすの》実《み》

櫻井武次郎 校注

〔**編者**〕賀子。

〔**書名**〕「蓮実」の名の意味するところは序文に記し、書中に収める俳諧(連句)をすべて蓮の実の発句で巻く。

〔**書誌**〕半紙本二巻一冊。底本には題簽を欠くが、天理図書館綿屋文庫本は、中央に「蓮実　賀子撰」とする。柱刻「蓮実上　序・一(―十終)」「はすのみ下　一(―二十三終)」。全三十四丁。阿誰軒編『誹諧書籍目録』等すべて一冊本とし、題簽からも裏付けられる。

〔**成立**〕編者である賀子の伝は判然としないが、父は大坂内本町二丁目に住した斎藤玄真という医師で、禾刀と号した梅盛門の俳人でもあった。賀子は、延宝九年(一六八一)に『山海集』と『みつがしら』を出しているが、野間光辰氏によれば、『山海集』は、実際は西鶴によって撰ばれたもので、賀子の後援もしくは出資を仰いで出版されたために賀子作として書目などに登録されることになったものと見られ、『みつがしら』も、賀子の俳壇におけるパトロン的地位を物語るものだという(『定本西鶴全集』第十一巻上解説)。その賀子が長年の沈黙を破り、西鶴らと共に巻いた俳諧を中心に自らの手で編んだものが本書である。序文の日付は元禄四年八月であり、『誹諧書籍目録』には、「閏八月廿日」の刊行日が記されている。それに従えば、所収作品は、「蓮の実」の季語でもって夏頃に巻いたものか。賀子は、翌年にも『難波丸』を刊行した旨『誹諧書籍目録』に「元禄五年五月」刊として載るが、伝本不明である。

〔**構成**〕上巻は、序文に続け、「蓮の実」発句の歌仙四(内一つは一折)に才麿の句文で締め収め、下巻は、四季に分けた諸家の発句に来山との両吟歌仙で締める。

〔**意義**〕長年にわたって俳壇の世話をしてきた編者らしく、発句編には三都を中心とした歴々の俳人を入集せしめるが、四季各部の巻頭・巻軸は次の通りで、諸派・諸流を超えた時代の動きを見ることが出来る。(春)巻頭・大坂西鶴、巻軸・大坂才麿／(夏)巻頭・江戸調和、巻軸・京言水／(秋)巻頭・江戸湖春、巻軸・京団水／(冬)巻頭・江戸芭蕉、巻軸・大坂由平。

〔**底本**〕大谷女子大学附属図書館本。但し、末尾一丁を欠くのを『俳書集覧』第三巻他で補った。

〔**翻刻**〕日本俳書大系『談林俳諧集』、『俳書集覧』三。

花は散《ちる》もの、月は入《いる》ものにして、是《これ》を世のさまとす。貴賤僧俗われに着《ちゃく》する故に、吾とくるしむ獅〻身中の虫なり。かしこき人はまずしきをたのしみ、富《とみ》て礼をなせとこそ教《をしへ》けれど、それまではいふにたらず、ねがふもむつかし。右指《うし》左指《さし》造次《ざうじ》顚沛《てんぱい》、東西に走り、南北に起臥し、心のおもむくにまかする事、蓮の実のごとし。

元禄四未次星稔　　紅葉庵

仲秋日　　賀　子

○獅〻身中の虫なり　仏の正法は外から破られるのではなく内部から破壊される恐れがあることの喩え(梵網経)から、味方の害をなすもの、自らを滅ぼすことにいう。

○かしこき人は…　「未ダ貧ニシテ楽シミ、富ンデ礼ヲ好ム者ニシカズ」(論語・学而)。

○それまでは…　私のような者にとって、そのようなことを言うことは出来ず、また願うこともむずかしい。

○右指左指造次顚沛　あわただしくあっちへ行ったりこっちへ来たり、その時その時に従って落ち着きがない。「造次」「顚沛」は論語・里仁の語。

1　発句。秋(蓮の実)。▽飛び散ってしまう蓮の実のことを思えば、同じような境涯の我が身でございます。序文に続けて軽い境涯を言う。蓮の実は熟すと飛び出すとされる。

2　脇句。秋(露)。▽本当に、たとえいかほどに財を貯える蔵であっても、この世にある蔵はいわば露の入れ物のごとくはかないものでありますね(そんな世の中ですから、軽々とした御身の境涯が理想的ですね)。発句の心を受けて、あいづちをうつように挨拶を返した。「露」は、発句の「蓮」のあしらいで、同時に、小粒銀の俗称であることから、「蔵」の縁語。

3　第三。秋(名月)。月の定座から二句引き上げ。▽朝日が出てきて、蔵の所にかかっている名月の光もうすらいできた。前句に世の推移を見て取って「替り来て」と付けた。

4　初オ四。雑。▽なかば夢の中のような気分で碁石をよりわけている。前句を早朝の景と見、月見のために徹夜で碁を打ったとした。

5　初オ五。雑。▽船中、ゆめうつつの中で碁を打っていたが、船を岸に寄せて、伸びをしに浜辺にあがった。「碁石」から「浜」。「寄せ」「伸び」も碁の縁。

6　初オ六。雑。○白鷴　雉の属。ペットとして飼った。「按(あんず)ルニ、白鷴(はっかん)、近年中華自リ来ル。其羽毛甚ダ美ナリ。樊中ニ畜テ珍ト為ス」(和漢三才図会四十二)。▽ハッカンは人をこわがらず美しい姿を見せている。前句の磯の浜での景。

1 蓮《はす》の実《み》におもへばおなじ我身《わがみ》哉《かな》　賀子

2 世《よ》にある蔵《くら》も露の入《いれ》物《もの》　西鶴

3 名月の朝日に影の替《かは》り来て　同

4 まだ夢ながら碁《ご》石《いし》撰《えり》分《わく》　子

5 船寄《よせ》て延《ノビ》しにあがる礒《いそ》の浜　同

6 白《ハツ》鷴《カン》人をおぢぬ粧《よそほ》ひ　鶴

7 山桜限《リ》の身とて二百戒　鶴

8 昔にかはる寄《ヤド》生《リキ》の梅　子

9 豊《ほう》国《こく》の奥は小《こ》蝶《てふ》の羽《は》の弱《シ》　同

10 当座の嵐手《て》負《おひ》つれのく　鶴

11 酒ゆへに常の魂《たましイ》闇《やみ》と成《なり》　同

7 初ウ一。春(山桜)。○二百戒　比丘が受ける具足戒(二百五十戒)からいうか。また、「二百」文は、下級遊女の代で、前句の「粧ひ」にあしらったか。▽山桜は早く散ってしまう限りある身なので、比丘は二百五十戒を受けるのが普通だが、二百戒で済ませておく。前句の白鷴の様子に合わせ擬人的にいった。

8 初ウ二。春(梅)。▽梅の木は昔と姿を変えて、今は、寄生木が生えている。「散るを見て帰る心や桜花むかしにかはるしるしなるらむ」(千載集・雑中・西行)によって桜に対して梅を出し、「限リの身」に「昔にかはる」で応じた。

9 初ウ三。春(小蝶)。○豊国　豊国大明神。京都東山阿弥陀峰にある。▽あの権勢を誇った豊臣秀吉を祀る豊国大明神の奥は昔と変わって今はただひっそりとし、寄生木のついた梅の木のあるあたりにかすかな小蝶の羽音が聞こえるばかりである。

10 初ウ四。雑。▽豊国大明神の奥、にわかに吹いてきた嵐の中を負傷した武者をつれて落ちてゆく。前句から豊臣方の残党を出した。

11 初ウ五。雑。▽酒に酔って正気を失い喧嘩して怪我をした者をつれて逃げてゆく。前句の「手負」を酒の上の喧嘩の怪我とした。

12 初ウ六。冬(大年)。▽酒癖が悪いというので、大晦日だというのに、誰も宿を貸してくれない。酒で失敗し、破産したとも勘当になったともとれる。闇の夜―大晦日(類船集)。

13 初ウ七。雑。▽大晦日というのに貸してくれる宿もないので、京の伯父や田舎の甥ら一族総出で輿をかついでいる。前句を、大晦日なので宿が一杯でふさがっているとしたものだが、輿を何のためにかついでいるのか不詳。

14 初ウ八。秋(萩原)。▽官女の調度品が萩原の中を進んで行く。その官女の伯父や甥たちが輿をかついで(高貴な御方を)お運び申している。

15 初ウ九。秋(秋)。恋(房枕・物狂ひ)。○房枕　房の付いた枕。遊里や夫婦用の長枕に用いる。▽房枕に独り寝ていて秋の夜半にふと目覚めるともの狂おしくなる。前句は夢の中の有様で、具足を性具に取りなし、独り寝の官女を出した。

12 借ス人もなき大年《おほどし》の宿　子
13 京の伯《を》父《ぢ》田舎《ゐなか》の甥《をひ》も輿《こし》かきて　同
14 官《くわん》女《ぢよ》の具足すゝむ萩原　鶴
15 房《ふさ》枕《まくら》秋の寐《ね》覚《ざめ》の物《もの》狂《ぐる》ひ　同
16 血を忌《いみ》給ふ御《み》社《やしろ》の月　子
17 猪《ゐのしし》に折られながらに花咲《さき》て　同
18 海《かい》棠《だう》睡《ねむ》る唐《たう》人《じん》の留《る》守《す》　鶴
19 紅《くれなゐ》のチンタ流るゝ春の水　同
20 小《こ》鼓《つづみ》出《で》来《き》て時《じ》服《ふく》下されて　子
21 今日までは見て登リたる雪の富士　同
22 扇《せん》面《めん》逆《ぎやく》心《しん》さいご近づく　鶴
23 状《じやう》箱《ばこ》を焼《やき》捨《すて》がたし行《ゆく》蛍　鶴

16 初ウ十。秋(月)。恋(血を忌)。▽月の穢れをお嫌いになる神社に月がかかっている。月の穢れのある女性は、神拝を慎んだ。前句を、相手の男性に去られたか死なれた女性と見た。

17 初ウ十一。春(花)。花の定座。▽月光の中、猪に踏まれて折れてしまった草に花が咲いている。神社の傍の景。

18 初ウ十二。春(海棠)。○海棠　唐の玄宗皇帝が、楊貴妃の酔後の姿を評して「海棠花睡リ未ダ足ラザルノミ」と称した故事(円機活法二十)から「睡花」また「ねむれる花」ともいう。▽海棠が睡るが如くに美しく咲いているけれども、それを賞する唐人はいない。前句と並ぶ景を付けた。

19 名オ一。春(春の水)。○チンタ　ポルトガル語 vinho tinto(赤ブドウ酒)の訛で、輸入ブドウ酒のこと。▽岸辺の花の色を真っ赤に映して流れる春の川である。前句の唐人にあしらうため「チンタ」を出した。「紅流るゝ」は伝統的に紅葉だが、それをチンタとしたのが俳諧。

20 名オ二。雑。○時服　将軍家から臣下に下される時節に応じた衣服。ここでは藩主あたりからと考えておいた方がよい。▽宴席で上手に小鼓を打てたので殿のお気に召して褒美に時服を下された。前句のチンタは宴席の酒。

21 名オ三。雑(御傘「雪」の項に「誹には万葉の歌を用て、富士の雪は雑なり」とある)。▽今までは仰ぎ見るだけだった富士の山の雪だが、今日は登ることが出来た。前句に、藩主(あるいは世間)に認められて世に出た喜びを感じ取って付けた。謡曲・富士太鼓の曲名から「小鼓」に「富士」を出した。

22 名オ四。雑。○扇面　「富士山を形容して倒扇の如しといふ。又切腹に扇腹とて処刑者が三宝の扇を取上げるを相図に介錯することあり。彼是思ひ合せて謀叛者の切腹を付けたもの」(『定本西鶴全集』)。▽謀反が露見し処刑されることとなり、今や最期となった。前句を権力の座に着いた者と見、それが一気に没落したとした。また、前句の「富士」から「扇面」を付ける。

23 名オ五。夏(蛍)。▽明日は最期という夜、状箱の手紙を焼き捨てようと思ったが、心が残って焼き捨て難い。その気持を象徴するかのように蛍が飛んでゆく。「焼く」のあしらいで「蛍」を出して季も持たせると同時に、時分も示した。

24 今の身《み》請《うけ》は袖のむら雨《さめ》　子
25 物《もの》毎《ごと》に堪《かん》忍《にん》始《し》末《まつ》恋止《や》メて　同
26 弘《ぐ》誓《ぜい》の舟に乗《のる》からはみな　鶴
27 白《しろ》銀《かね》の金《コガネ》の鯛も醜《ナマグサ》し　同
28 碪《きぬた》にさむる夢の本《ホ》意《イ》なし　子
29 忍び道夜《よ》るの芭《ば》蕉《せう》におどされて　同
30 月を妬《ねた》める後《のち》の母親　鶴
31 追《おひ》訴《そ》訟《しよう》身の程しらぬ秋の蟬　同
32 堂こぼたれて山のさびしき　子
33 谷川や岩にとゞまる笠の骨　同
34 手《て》枕《まくら》をして鯑《サンセウ》魚《うを》寐《ね》る　同
35 神《しん》農《のう》の代《よ》ゝ《よ》におしへの花の露　鶴

24 名オ六。雑。恋(身請)。○袖のむら雨　涙。▽気の染まぬ人に身請されるので、折々に涙が溢れてくる。身請されるので恋人の文を焼き捨てようとするが、心が残って、なかなかできないとした。この折で、後にもう一度恋が来る。

25 名オ七。雑。▽ものごと何に付けても堪忍と始末が大事、恋もさっぱり諦めよう。前句の人物を身請される遊女の恋人に転じた。「物毎に堪忍始末」と成語のようにいった。

26 名オ八。雑。▽どうせ皆、弘誓の舟に乗る身だ。前句の内容に思い至った人物の語とすると変化がない。「束の間のこの世、執着心から離れなさい」と、説教している。口調が前句とひと続きになる。

27 名オ九。雑。▽銀で作った鯛も、金で作った鯛も生臭い感じがする。前句は俗から離れた人の言葉。

28 名オ十。秋(碪)。▽砧を打つ音に、夜半、ふと目が覚めた。冬近い情緒を感じさせる砧の音を聞くと、はかない此の世で銀や金などという、何と本意ない夢を見ていたことかと思う。邯鄲の夢を踏まえつつ、新古今集・秋下・式子内親王「ちたびうつきぬたの音に夢覚て物思ふ袖の露ぞくだくる」に拠る。

29 名オ十一。秋(芭蕉)。恋(忍び道)。▽夜、女のもとに忍んでいこうと道を歩いてゆくと、大きな芭蕉の葉が急に目の前に現れて驚かされた。気付いてみるとそれは夢で、砧の音が聞こえている。本意ないことだ。さむる夢―おどされて。

30 名オ十二。秋(月)。恋(妬める)。月を一句こぼす。○妬む　憎む。▽月が明るいと男がやってくるので、女の義母が、月を憎む。

31 名ウ一。秋(秋の蟬)。○追訴訟　係争中の訴訟に関し、新たに訴因を挙げて訴えること。▽追訴訟をするとは身の程しらずのことで、残りの命の短い秋の蟬のようなものだ。前句の「後の母親」が追訴訟したとして、それを批判している言葉。

32 名ウ二。雑。▽訴訟の原因となったお堂がこわれてしまって、ものさびしい山の中だ。季感は秋。

33 名ウ三。雑。▽破れた笠の骨が、谷川の岩の上にひっかかっている。前句の視点を谷川に転じた。

36 桜《タラ》葉《ヤウ》にかく春の初《はつ》文《も》字《じ》　同

37 蓮《はす》の実《み》を袖に疑ふ霰《あられ》哉《かな》　西鶴

38 旅《たび》寐《ね》の宵《よひ》を荻に起《おこ》され　賀子

39 月の前子《こ》等《ら》が駑《ヲソムマ》引《ひき》つれて　万海

40 都に甘き酒計《はか》りけり　轍士

41 橋掛《かけ》し木《も》工《く》の寮《ツカサ》の恭《うやうや》シ　子

42 語り伝へて人《ひと》肌《はだ》の岩　鶴

43 書《かく》事の文字分《わか》ち有《ある》物狂ひ　士

44 名をうき雲《ぐも》と呼《よび》し傾《けい》城《せい》　海

45 雨の日の富士迚《とて》外《そと》の恋憎《にく》し　鶴

34 名ウ四。雑(あるいは、サンショウウオで春にするか)。▽その谷川の底では、サンショウウオが手枕をして寝ている。▽サンショウウオは、四足あることからいった。

35 名ウ五。春(花)。花の定座。▽代々神農様から教えられてきたありがたい花に露がたまっている。「鯑魚」を食すると薬になるので、「神農」を付けた。

36 挙句。春(春)。▽その花の露で墨をすり、新春の書き初めに神農様の教えをタラヨウに書く。多羅葉には経文を記したことから、代〻におしへ—桜葉。

37 発句。秋(蓮の実)。▽池の傍で袖に何かが当った。霰かとおもったら、飛んできた蓮の実だった。一参照。

38 脇句。秋(荻)。▽旅寝の夜、荻に吹く風の音に目が覚めた。前句を旅の途中の出来事と見た。荻—ね覚の枕(類船集)。

39 第三。秋(月)。月の定座から二句引き上げ。▽目が覚めて外を見ると、子供たちが、歩みの遅い馬を連れて通っていくのが見えた。荻—月(類船集)。

40 初オ四。雑。○甘き酒　「京師ノ酒ハ良ト雖、甜過テ上戸ハ好マザル者多シ」(和漢三才図会一〇五・酒)。都の酒は甘いとされていたか。▽目の前を駑馬に担われて運ばれていく甘い酒は都で計って売られることになるものだ。

41 初オ五。雑。○木工の寮　宮中の造営、木材の準備を司る。▽橋の工事を完成させた木工寮の者が恭しく、お酒をいただいている。都の光景。前句の「甘き」は、竣工祝いの褒美に下される酒なので特に美味だとしたか。「都」に「木工の寮」をあしらう。

42 初オ六。雑。▽「人肌の岩」という、伝説のある岩が新たに架けた橋の傍にある。橋を造る際の人柱伝説を想像した。

43 初ウ一。雑。▽同じ「物狂ひ」でもいろいろ書き方がある。狂女・狂人・乱心・狂気など。物狂いの女が人柱とされ前句の人肌の岩になったと語り伝えられている。

44 初ウ二。雑。恋(傾城)。▽あの物狂いは、かつてうき雲という名の遊女だった。

45 初ウ三。雑。恋(恋)。○雨の日の富士　喩えで、見ることの出来ないものを言うか。▽廓の中の遊女の身としては、

46 牛休ますする笹の離《はな》れ家《や》 子

47 一《ひと》抓《つか》ミ行《あん》脚《ぎゃ》の僧に物くれて 海

48 重《かさ》ね着てさへ身の氷る朝 士

49 更《さら》に今水尖《スルド》なる筏《いかだ》川《がは》 子

50 小《こ》宮《みや》を二度に見たる稲妻 鶴

51 忍びつゝ月の闇《くら》きに顔撫《なで》て 士

52 年恥《はつ》かしき心《こころ》根《ね》の露 海

53 身の欲を花笑ふべき薬《くすり》喰《ぐひ》 鶴

54 五《う》加《こ》木《ぎ》にまじる椙《すぎ》の生《いけ》垣《がき》 子

55 かしこさに虵《へび》とる雉《き》子《じ》の巻《まき》つかれ 海

56 修行のむかし胸《むな》先《さき》の疵《きず》 士

57 人多き時には遅き渡し舟 子

見ることの出来ない雨の日の富士山のようにこちらから自由に会えない人への恋が憎く思われる。前句の傾城の思い。「富士」を見る所から吉原を思わせる。うき雲—雨の日の富士。

46 初ウ四。雑。○離れ家 人里離れた所にある一軒家。▽あいにくの雨で外の女性の許を訪れることもならず、雨宿りのために笹むらの中にある一軒家に牛車の牛を休ませている。傾城の恋から王朝的な雰囲気に転じ、恋離れも図った。

47 初ウ五。雑。○一抓ミ 米を片手ひとつかみが乞食僧への布施と決まっている。▽行脚僧に米をひとつかみだけ布施した。前句の「離れ家」の住人か、そこで休む人の行為。

48 初ウ六。冬(氷る)。▽重ね着をしても、身が凍るような寒い朝だ。前句の行脚僧に布施するために戸外へ出た時の感。

49 初ウ七。雑。○尖なる 勢いの激しいさま。○筏川 筏を下す川か。▽筏を下す川では、更に一層、水が激しく流れている。前句の人物を筏を下しているのだとした。

50 初ウ八。秋(稲妻)。▽稲妻が二度光り、小さいお宮が二度見えた。筏師が小宮を見たとするか。

51 初ウ九。秋(月)。恋(忍び)。▽忍んでいっているが、今日は月が暗いので、よく見ようと顔を撫でた。暗くて分からない場合によく見ようとする行為。そんな中に稲妻が光ったのである。初裏になって二度目の恋。稲光—月(類船集)。

52 初ウ十。秋(露)。恋(恥かしき)。▽(あちらの方も衰えてきているのに)年を考えると、恥ずかしくなってくる私の心底だ。前句を、年がいって視力が衰えてきたと取った。「露」は、「月」にあしらい、季を持たせるために投げ入れた。

53 初ウ十一。春(花)。花の定座。季移り。▽再び花を咲かすべく長生きしようと薬食いをする欲望を、はかなく散っていく花が笑うだろう。徒然草七段からの連想などで、前句の「年恥かしき」から「身の欲」と出した。「花笑ふ」には、長生きするの意味も掛ける。

54 初ウ十二。春(五加木)。○五加木 精力増進にも効く。▽椙の木の混じった五加木の生垣がある。薬喰—五加木。

55 名オ一。春(雉子)。▽雉子は、その賢さで、蛇を取って食うとき、我身に巻きつかせる。雉子は、自分の身体を蛇に

58 下《げ》女《ぢよ》が泣《なき》出す波の塗《ぬり》笠《がさ》　鶴
59 逢《あふ》まではたゝまずに置《おく》夜《よる》の物　士
60 朝《あさ》飯《ゲ》も喰《くは》で面《おも》やつれぬる　海
61 遷《せん》宮《ぐう》の七日内陣鳴《なり》止《やま》ず　鶴
62 さす形《なリ》悪き穢多が大小　子
63 折ル人もなき片野べの山慈菇《シビトクサ》　海
64 鼓《つゞみ》をたくむ稲の虫《むし》追《おひ》　士
65 今朝の月寐《ね》ぬ道場の腹立《たて》ず　子
66 夢になる身を異《い》見《けん》甲《か》斐《ひ》有《あり》　鶴
67 譲リ来て鎧《よろひ》めさする守《かう》の殿《との》　士
68 よろぼひ出《いづ》る百歳の民《たみ》　海
69 時《とき》津《つ》海《うみ》火を嚙《か》ム鳥の名のしれず　鶴

巻きつかせ殺し食う(和漢三才図会四十二)。生垣の傍の景。

56 名オ二。雑。▽武士道修行をした昔を偲ばせるように胸元の傷の跡が見えている。前句を、身を捨てて活路を見出すことと取り、そのような人を付けた。

57 名オ三。雑。▽乗り合いの客の多いときには、船足の遅い渡し舟だ。前句の人物は客の中の一人か、この舟の船頭。

58 名オ四。雑。○塗笠　主に女性用。▽下女が、御主人の塗笠を波の上に取り落として泣き出した。渡し舟の中の一光景と取るが、打越(うちこし)に戻る感がある。

59 名オ五。雑。恋(逢)。○夜の物　寝具の類。▽家では恋人に逢うまで布団を敷いたまま恋人を捜すための旅を続けている。前句の「下女」から、その女主人を出した。旅のつづくのが難。波―たゝむ。

60 名オ六。雑。恋(面やつれ)。▽一向に男が来てくれず、恋の苦しみのために朝食もとれずにやつれてしまった。前句を、恋の病のために布団もあがらず寝込んでいる様とも取れる。

61 名オ七。雑。▽悪いことの起こる前触れか、御遷宮の後の七日間、内陣が鳴り響いて止まない。前句の恋の苦しみのために食事ができないのを、凶兆のための心配で食事もできないとした。「七日内陣鳴止まず」と「ナ」を重ねる。

62 名オ八。雑。▽「穢多」が両刀を差しているが、なれないもので格好が悪い。「穢多」は、江戸時代、士農工商の下におかれた階層。前句の遷宮や内陣の役務と関係ありそうだが不詳。

63 名オ九。秋(山慈菇)。○山慈菇　曼珠沙華。▽野辺の送りの道に、誰も手折る人がない山慈菇が咲いている。「穢多」に「山慈菇」をあしらう。

64 名オ十。秋(虫追)。○たくむ　しかけること。○虫追　夕方から鉦や太鼓を鳴らして田の畦を回り、害虫を追い払う行事。▽野辺で鼓をたたいて稲の虫を追い払っている。

65 名オ十一。秋(月)。月の定座。○道場　寺院を指す。▽虫追のために鼓をたたきまわるやかましさで寝られず、夜明けの月を見てしまったが、いずれこの稲が米となってこの檀那寺(道場)へ来るのだと思えば、腹も立たない。

70 ためすにたらぬ今日の雪棹《ゆきざを》　子
71 咲初《さきそむ》る花の骨随《こつずい》いつか見む　海
72 三十日《みそか》つとめてむすぶ桜戸　士
73 蓮《はす》の実《み》や星の影うつ池の音　杏酔
74 月見んために伐《キ》らす松の木　賀子
75 行雁《ゆくかり》に国の軍《いくさ》のさま聞《きき》て　同
76 生《うま》レつきから不敵《ふてき》なる児《ちご》　酔
77 入《いり》相《あひ》も嵐も通す破レ垣　同
78 まだ如月《きさらぎ》に咲《さか》ぬ水仙　子
79 身の科《とが》を今日も重《かさ》ねん雲雀《ひばり》網《あみ》　子

66 名オ十二。雑。▽死んでしまう身であったが、意見の甲斐があって助かった。一晩中、寝ずに道場で意見され(または、意見をして)、朝、生まれ変わったような気持で月を眺めているのである。前句の「寐」に「夢」は縁語。

67 名ウ一。雑。○守の殿　国守の意。▽意見の甲斐あって生き長らえて、親譲りの鎧を着る国守様だ。男子が十三、四歳の年に鎧の着初めをする。

68 名ウ二。雑。▽よろよろとした様子で百歳の領民が殿の御前にお祝い言上に参上してきた。「守の殿」に「民」を対した。

69 名ウ三。雑。○火を嚙ム鳥　火食い鳥。日本永代蔵五ノ一、世間胸算用四ノ四など参照。オランダ船によって輸入された。▽時にあって程好い風の吹く中を海の向こうの遠い国からその名を何というかは知らないが火を嚙むという鳥が持って来られた。前句の百歳の老人に尋ねても知らない。

70 名ウ四。冬(雪棹)。○雪棹　積雪量を計るための道具。杭(竿)に目盛りをつけたもの。▽今日は雪の量が少なくて、雪竿で計ってみるまでもない。前句から温暖な日を想像して付けたものだが、付け筋は未詳。「越の山立て置く竿のかひぞなき日をふる雪にしるし見えねば」(夫木抄十八)の逆を詠んだ。

71 名ウ五。春(花)。花の定座。季移り(前句を春の初めの景とした)。○骨随　骨髄。○いつか見む　歌語。▽咲き初めた花の真骨頂を見ることのできるのはいつだろうか、雪も少なくなったこのころをおいて他にないだろう。

72 挙句。春(桜戸)。○桜戸　「むすぶ」とあるので桜の木の傍にある家の意。▽三十日の間お勤め(仏道修行)をして、桜の木の傍に庵を結んだ。間も無く咲き初める花は、まことにその真骨頂を示すものとなる。西行を匂わせる。

73 発句。秋(蓮の実)。▽池に映っている星影に蓮の実が音をたてて当っている。一参照。池—蓮葉(類船集)。

74 脇。秋(月)。月の定座から三句引き上げ。▽池の水に映る月を眺めるために邪魔になる松の木を伐らせることだ。星—月、池—松・月(類船集)。

75 第三。秋(行雁)。▽遠くから飛んできた空行く雁に、国元の戦況を聞く。国を逃れたか、囚われの身の前君。前句は、

80 春もあはれは同じ古塚　酔
81 見る色の物うき衣《きぬ》のうしろ紐《ひも》　同
82 岩間《いはま》〱《いはま》をくゞる獺《かはうそ》　子
83 事《こと》触《ふれ》にしばし時《し》雨《ぐれ》を止《ヤメ》させん　同
84 皃《かほ》を赤めて寐《ね》入《いる》山《やま》人《びと》　酔
85 名月やさぞ大名の朝《あさ》朗《ぼらけ》　同
86 手づから作る百《ひやく》菊《きく》の庵《いほ》　子
87 秋の末《すゑ》声ふるはせて蛩《きりぎりす》　酔
88 宿《との》直《ゐ》する夜《よ》の小袖あらため　同
89 花の雨明日一日に散《ちり》過《すぎ》ん　子
90 初《はつ》雷《かみなり》の落《おつ》る田の中　同

編集にいとまなく一折《ひとをり》にて過ぬ。

高貴な人らしい行為。典拠があると思うが、未詳。月—雁。

76 初オ四。雑。▽生まれつき大胆不敵な子供である。前句を「児」の行為とし、一万と箱王が空行く雁を見て父の仇討を誓う俤(曾我物語三)。「軍」に「不敵」をあしらう。

77 初オ五。雑。▽さびしい入相の鐘の音も、凄まじい嵐の風も、この破れた垣根を通して入ってくる。前句の「児」の「不敵」さを垣を破ったことで出した。

78 初オ六。春(如月)。○水仙　冬の花。▽春の二月になったというのに、まだ水仙が咲かない。前句を荒れ果てた家と取り、その家の垣根の所の水仙が咲いていないことを付けた。

79 初ウ一。春(雲雀網)。▽今日も雲雀網で雲雀を捕らえ、罪障をまた一つ加えることだ。二月は涅槃会があるなど、修善につとめるべき月。

80 初ウ二。春(春)。▽秋でなく春でも、古い塚を見ていると、しみじみと「あはれ」をもよおす。殺生から供養塚を出す。

81 初ウ三。雑。○うしろ紐　子供の衣服に用いる付け紐。▽よその子供の着物に付けた後ろ紐を見ていると、亡くなった我が子のことが思い出されて辛い。前句から徒然草四十九段「古き墳多くはこれ少年の人なり」を思い、子供を連想した。

82 初ウ四。雑。▽岩の間を次から次へと潜ってカワウソが泳いでいる。前句を獺祭見物の子供としたか、川で泳ぐ子供たちをカワウソと言ったか。「物うき」の心は捨てて軽く付けた。

83 初ウ五。冬(時雨)。○事触　鹿島の事触。▽天災を知ることの出来る鹿島の事触に、しばらく時雨を止めることもさせてみよう。カワウソの穴で「郷人以潦旱ヲ占フ」(和漢三才図会三十七)とすることから、「事触」を連想して付けた。

84 初ウ六。雑(あるいは、「山寝入る」で冬か)。○山人　仙人(日葡辞書)。▽時雨によって山の木々が赤く紅葉し、仙人は、しばし時雨の降らぬようにして酒に酔ったのか山と同じように顔を赤らめて寝入ってしまっている。

85 初ウ七。秋(名月)。▽案内の山人は寝入ってしまったが、山中で名月を夜更まで賞し、大名気分で朝ぼらけを迎えた。前句の「皃を赤めて」を月見酒のため、山人は杣人とした。

91 蓮《はす》の実《み》の飛《とぶ》間《ま》度《と》絶《だえ》て夕《ゆふべ》哉《かな》　芦売

92 広さに月を隠す桐の葉　倡和

93 碪《きぬた》打《うつ》相手の眠リ移されて　知童

94 団《だん》子《ご》を炭に焼《やき》過《すご》しけり　売

95 来る毎《ごと》に猿《さる》舞《まは》さする向《むか》ひ殿《どの》　和

96 昼《ひる》盗《ぬす》人《びと》よせかぬ頰《つら》つき　童

97 三日とは迚《とて》もたもたじ深見草　売

98 水呑ミ尽《つく》す宮がたの城　和

99 似せにくひものは男の声ばかり　童

100 待ツ間に画《あが》ク雪を見給へ　売

101 錦《にし》木《き》《ぎ》の朽《くち》ぬ昔は何の木ぞ　和

86 初ウ八。秋(菊)。▽大名が手ずからお作りになったさまざまの種類の菊の咲き誇っている庵である。菊が名月にも、朝ぼらけにも映えている。

87 初ウ九。秋(秋の末・蛩)。○蛩　今のコオロギ。▽菊が盛りと咲いている庵で秋も終わりに近づいて、キリギリスが寒そうに声を震わせて鳴いている。

88 初ウ十。雑。▽キリギリスの声を聞きながら、宿直する夜に着る小袖をあらためている。「きりぎりすなくや霜夜のさ莚に衣かたしきひとりかもねん」(百人一首)による付けか。

89 初ウ十一。春(花の雨)。花の定座。▽桜の咲く中を雨が降り、明日一日の間に花が散ってしまうだろうと、今宵は宿直の日に花見小袖を見ながら思っている。小袖—花見(類船集)。

90 初ウ十二。春(初雷)。▽桜の咲く中に雨が降り出し、今年初めての雷(春雷)が田の中に落ちた。

○編集にいとまなく…　本集の編集作業に忙しくて満尾することができず、一折のままで終わってしまった。満尾しようとしてできなかったのではないのに、このように言ったのが趣向。一折は、歌仙の場合、初折の十八句、始めからそれで満尾と予定する半歌仙とは異なる。

91 発句。秋(蓮の実)。▽興味深く見ていた蓮の実の飛び出すのがふと止んで気が付くと、夕暮れになっていた。一参照。

92 脇。秋(月)。月の定座から三句引き上げ。▽桐の広い葉が、折から姿を見せてきた月を隠している。前句と同じ時を付けた。気をとられていた蓮の実から、目を上方に転じた。月—桐の葉(類船集)。

93 第三。秋(碪打)。▽月の出ている夜、トントンと単調な響きの砧を打つ人の相手をしていると、眠くなったので、戸外に目をやると、庭の桐の広い葉が空の月を隠していた。碪—月の下(類船集)。

94 初オ四。雑。▽眠ってしまって団子を炭のように焼き過ごしてしまった。前句は、この句の原因。

95 初オ五。雑。○向ひ殿　向かいの家(人)。▽お向かいの家では、猿舞がやってくると毎々猿舞をさせる。その猿舞に

102 明ヶなば牛に乗《の》セん修行者　童
103 きのふまで嫗《バヾ》七十の夜《よ》泣《なき》して　売
104 今年の綿は塵《ちり》残る也《なり》　和
105 月夕《ゆふべ》是《ぜ》非《ひ》に離さぬ酒の連《つれ》　童
106 鈴虫入レて返す乗物　売
107 花《はな》守《もり》を親と云《いは》んも恥《はづか》敷《しく》　和
108 まだ寐《ね》ぬ前が恋よ朧《おぼろ》夜《よ》　童
109 水ぬるむ庭《には》籠《こ》の鴛《をし》に紙《し》燭《そく》して　売
110 誰《た》ソや貫《ヌキ》簀《ス》の角《カド》を損《そこな》ひ　和
111 雷《かみなり》は止《や》メど冠《かむり》をかたぶけず　童
112 富士見へ初《そめ》て鞭《むち》打タぬ駒　売
113 用なしが暮《くら》しかねたる閏《うるふ》年《どし》　和

気を取られて団子を焼き過ぎた。観音開きになっている。

96 初オ六。雑。○昼盗人　ここでは、良民のような顔をして悪いことをする人物。▽向かいは豪勢な生活をしているが、昼盗人は、かえってのんびりとした態度をしているものだ。前句の「向ひ殿」を罵って言った語。

97 初ウ一。夏(深見草)。○深見草　牡丹の異名。別名を富貴草ともいう。▽昼盗人が富貴な奢った生活をしているが、深見草と同じくとてもその栄華は長続きしまい。

98 初ウ二。雑。○宮がた　足利方に対して特に南朝方。▽籠城している宮方の城では貯えの水も呑み尽くして、もうあと三日も保つまい。太平記十八の「金崎城落事」を暗に踏まえる。

99 初ウ三。雑。▽討ち死にして男の少なくなった宮方の城では、敵を欺くために、女に男の声をださせようとするが、こればかりは似せにくいものだ。故事があるか。

100 初ウ四。冬(雪)。▽雪のような形の定まらないものでも、ちょっとの間に描いてしまうから御覧ください。描きにくいものは、男の声だけです。絵師が自ら豪語しているとした。

101 初ウ五。雑。▽陸奥で男が求愛のしるしに女の家の門口に立てた錦木が朽ちはててしまうことは歌にもよく詠まれるが、朽ちぬ以前は何の木であったのか。この句が問いで、前句が答え。禅問答風にした。参考「錦木はたてながらこそ朽ちにけれけふのほそ布胸あはじとや」(後拾遺集・恋一・能因)。

102 初ウ六。雑。▽夜が明けたら、修行者を牛に乗せてお連れしましょう。謡曲・錦木の間狂言で、修行者に「暫く御逗留有、彼の者の跡を念比に御とむらひあれかし」と頼む里人の心を付けた。

103 初ウ七。雑。▽きのうまで七十歳の老婆の夜泣きが止まなかったので、夜が明けたら、牛に乗せてあやそう。諺「七十の三ツ子」による。「修行者」が「嫗」を牛に乗せる。

104 初ウ八。秋(今年の綿)。▽今年の綿は、塵が残っていてなかなか奇麗に仕上がらない。綿摘(塗桶で綿を伸ばすのを表向きの仕事とした女。私娼である場合が多かった)だった七十の老婆が塗桶で綿を伸ばしつつ昔を述懐して涙しているとした。「塵つもつて山姥となれる」(謡曲・山姥)による付け。

114 物喰《く》ヒ時と昼《ひる》寐《ね》起《おこ》されれ　童

115 難《つれ》面《なく》も位《ゐ》牌《はい》に帰る妻ぞうき　売

116 又《また》も泪《なみだ》に穢《よご》す閼《あ》伽《か》棚《だな》　和

117 跡なきも定《さだめ》ぬ形《なり》の蛞蝓《ナメクジリ》　童

118 髭《ひげ》ぬくまでよ名月の雨　売

119 秋の夜や物の調子の能《よき》移リ　和

120 中にひとりが踊《をどり》目にたつ　童

121 乳《ち》もらひし昔を姫に恩にきせ　売

122 けふも車のきしる久《く》留《る》須《す》野《の》　和

123 狩《かり》衣《ぎぬ》にためても花の重《おも》さなる　童

124 額《がく》読《よむ》うちに霞む楼《タカドノ》　売

125 糸きれば我《われ》拾はんぞ紙鳶《いかのぼり》　和

105 初ウ九。秋(月)。▽美しい月の夕方、酒友達が、何としても放してくれない。前句を酒の上の愚痴とした。

106 初ウ十。秋(鈴虫)。○乗物　引き戸のある駕籠。身分ある人や儒者など限られた人に許された。▽酒の連れがなかなか帰してくれず、鈴虫だけを乗物に入れて帰した。鈴虫を入れて帰すのは、風流な行為で、乗物に乗るような人の位に合う。

107 初ウ十一。春(花守)。花の定座。季移り。恋(恥敷)。▽乗物に乗るような身分になって、あの花守がわが親だというのは恥ずかしい気がする。前句を上﨟の行為と見て取った。

108 初ウ十二。春(朧夜)。恋(恋)。▽まだ寝ないうちが恋だ。今夜は朧夜で、恋の夜だよ。前句の女性に語り掛ける言葉。

109 名オ一。春(水ぬるむ)。▽そろそろ水がぬるんできたので、冬の間、庭籠で飼っていたオシドリの様子を紙燭をとぼして見た。鴛の衾から仲の良い夫婦が暗示され、前句に付く。

110 名オ二。雑。○貫簀　水が飛び散るのを防ぐために掛けておく簀。▽紙燭を灯して庭籠を見ると、そこに掛けてあった貫簀の角が損なわれていた。誰がこわしたのか。貫簀は万葉集や王朝物語などにも出てくる語で、前句の位にも応じる。

111 名オ三。夏(雷)。▽雷は止んだが、冠を傾けずにまっすぐかむっている。雷を伴う激しい雨に打たれたが、冠が歪んでいないということか。前句の王朝的な感じから「冠」を出した。

112 名オ四。雑。▽雷がやみ、富士が見えてきたので、ゆっくりと眺めつつ馬を歩ませるために鞭を入れない。

113 名オ五。雑。▽普通の年でさえ暮らしかねる役に立たない男が、閏月のあるこの年は、いっそう暮らしかねて富士の見えるあたりまでやってきた。伊勢物語八段「身をえうなき物に思ひなして」東に下り、富士の山を見たことによる。

114 名オ六。雑。▽食事の時刻だと、昼寝しているところを起こされた。「用なし」が、昼間からごろごろと寝ている。

115 名オ七。雑。恋(妻)。▽昼寝の夢に亡き妻を見たが、食事に起こされてしまい、つれないことにただ元のごとくそこには妻の位牌が置かれているのみであった。

116 名オ八。雑。恋(泪)。▽閼伽棚の前に立てば、亡き妻のことが思われてまたも涙があふれ、閼伽棚に掛かることだ。

126 帯のとけたにそばへぬる蝶　童

水中にあつて荷葉《かえふ》、水をはなれて蓮《れ》ン、はじめて華発《はつし》ては芙蓉のごとし。草紙になりてはすのみ也。

127 藕《はす》子《のみ》やひろはれぬのはすに成《なる》　才麿

春

128 ことしもまた梅見て桜《さくら》藤《ふぢ》紅《も》葉《みぢ》　大坂 西鶴

129 有がたや富士を見て来て江戸の春　江戸 湖春

正月四日ヲ題ス

130 大津絵の筆のはじめや何《なに》仏《ほとけ》　同 芭蕉

131 夕まぐれたゞ咄《はな》す有《あり》山ざくら　京 信徳

117 名オ九。雑。○跡なき　跡なし者、つまり、あちこち放浪する者の意か。▽閼伽棚のあちこちを居所を定めずその形もはっきり定まらぬナメクジが動き回っている。前句に無常の感を見て、「跡なきも定ぬ」と付けた。

118 名オ十。秋(名月)。月を一句引き上げ。▽ナメクジのようすから今宵の名月は雨のようだが、よいよい、今宵は髭でも抜いているまでさ。

119 名オ十一。秋(秋の夜)。▽秋の夜は、なにごとも調子よくはかどっていく。前句のこだわらない感じに合わせた。

120 名オ十二。秋(踊)。▽調子のよい中でもとりわけ一人の踊りが目に立ってすばらしい。前句の「調子」を、音曲のそれに取って踊りを付けた。

121 名ウ一。雑。▽あの中でひときわ目に立つ踊りの上手な娘は、私の娘で、あなた様と乳姉妹なのですよと、姫君に、昔、乳を与えたことを恩に着せている。

122 名ウ二。雑。▽今日も栗栖野へ行く牛車の音がする。乳母を見舞いに行った姫君に乳母が恩を着せる。王朝的な句。

123 名ウ三。春(花)。花を二句引き上げ。▽栗栖野で狩衣に花びらを拾って入れたが、それでも結構重さを感じる程になった。花見に行ったと転じた。前句の「車」に「狩衣」をあしらう。車―花(類船集)。

124 名ウ四。春(霞む)。▽楼に掲げられた額の字を読んでいるうちに霞んできた。狩衣を着た王朝貴人の様。楼―額(類船集)。

125 名ウ五。春(紙鳶)。▽額を読むために頭を上に向けたら凧が目に入ったが、高く揚がっている凧よ、糸が切れて飛んできたら、私が拾うぞ。

126 挙句。春(蝶)。○そばへぬる　戯へぬる。▽帯が解けたところにやってきてその帯に戯れる蝶だこと。前句の「糸きれば」に「帯のとけた」とあしらった。

127 ○荷葉　蓮の葉。浮葉である。▽拾われずに水中に落ちた蓮の実が、やがて蓮になって美しい花を咲かせることになる。季藕子(夏)。

132 大仏を包む霞のふくろかな　　同　団水

133 若菜摘《つむ》婦《ヲフナ》のおがむ地蔵哉《かな》　　桜塚　西吟

134 桜野《さくらの》や蝶《てふ》跡へなり前へなり　　京　定之

135 黄鳥《うぐひす》の飛出《とびで》る谷のいばらかな　　大坂　才麿

136 うたひ垂《たれ》供のぞめきや若菜狩　　同　定明

137 此《この》身にも若菜つみけり比丘尼寺《びくにでら》　　同　呼牛

138 春日野《かすがの》は大仏若きことしかな　　越後　蘭月

139 綱引や穴一《あないち》のあな踏《ふみ》にじり　　大坂　倡和

140 としぐ〵のよきもの隠す霞《かすみ》哉　　伊勢　未白

141 梅が香に生《ナマ》魚遠く成《なり》にけり　　和泉　重賢

142 朝《あさ》く〵《あさ》や梅の露とる化粧皿《けしやうざら》　　大坂　知童

143 釣鐘《つりがね》を撞《つ》カば動かん土筆《つくづくし》　　京　如稲

128 ▽今年もまた、まず梅見をし、ついで桜・藤、そして秋の紅葉を見て暮らすことだ。句巻十二ケ月に「難波都の梅の花、万古不易の名木、其色香各別にして、世く〵に春をしらする事のはやし」と前書。梅は、諸木に先がけて花を咲かせるので「花の兄」ということによる句作り。句巻十二ケ月の前書は、「難波津に咲くやこの花冬ごもり今は春べと咲くやこの花」(古今集・仮名序)による。季梅。

129 ▽ありがたいことだ。東下の途中、あの日本一の富士山を見て、そしてめでたく江戸で春を迎えることができた。湖春は、元禄二年(一六八九)冬、父季吟と共に幕府に召されて江戸に下った。季江戸の春。

130 ○大津絵　寛文年間(一六六一―一六七三)ごろから大津追分・三井寺付近で売っていた民俗版画。このころまでは仏画が多かった。▽普通、書き初めにはめでたいことを書くのに、大津絵の書き初めでは何仏を書くのだろうか。勧進牒には「三日口を閉て、題正月四日」と題し、中七を「筆のはじめは」とする。前書は、正月三ケ日は何の句も得ず、四日になってはじめてこの句を得たという意味。元禄四年正月、大津での作。季筆始。

131 ▽夕まぐれであたりが暗くなっているのに、まだ花見客は帰らず、ただ話し声だけがする。新始に「半醒」と前書。花見酒の酔いから少し醒めて話がはずんでいる。季山ざくら。

132 ▽広い野の一面に霞がたちこめて、大仏殿も霞の袋に包まれてしまっているようだ。季霞。

133 ▽若菜摘に野原に来た老女が、そこに立っている地蔵を拝んでいる。「仏の座」を摘んだのを懺悔しているか。季若菜摘。

134 ▽桜の咲いている野を歩いている私の傍を、蝶が後になったり前になったりしながら一緒に飛んでいる。季桜・蝶。

135 ▽鶯が飛び出してきた谷をのぞき込もうとすると、そこにいばらの木のあるのが目に入った。「鶯トアラバ…谷より出る」(連珠合璧集)。谷―鶯(類船集)。季黄鳥。

136 ○うたひ垂　能の面の上から垂らす髢(かもじ)。○ぞめき　にぎわい。騒ぎ。▽前屈みとなって髪が謡い垂れのようになっている供のぞめき、若菜狩はにぎやかなことだ。季若菜狩。

144 御《ミ》魂《タマ》やの道付《つけ》替《かへ》んつく〴〵し　大坂 蚊市

145 牛の喰《く》ふ舌より余る蔞《つばな》哉《かな》　同 柳枝

146 宵《よひ》闇《やみ》に白《しら》魚《うを》見知る浦《うら》半《は》かな　同 昨非

147 白魚や官女の出《いつ》る台所　同 賀子

148 白魚も煎《ニ》られぬ先はずゝ黒し　同 藍橋

149 白魚や法師の喰《く》ても目に立《たた》じ　同 花瓢

150 酔《よひ》のあるうちは濡《ぬれ》行《ゆく》春の雨　同 直成

151 春雨や所《しよ》ゝ《しよ》にひゞきて鐘の音　同 宗準

152 春雨や黒子《ホクロ》算《かぞ》ふる姉《あね》妹《いもと》　同 万桜

153 板《いた》橋《ばし》の継《つぎ》目《め》〳〵《つぎめ》やはるの草　同 芦錐

154 酒買《かひ》し事なし我は桃の花　大坂 由平

155 柴《しば》船《ふね》にさはり初《はじむ》る柳かな　同 川柳

137 ○比丘尼寺　尼寺。▽世を捨てたこの身でも、春になると、世の人と同じように尼寺の付近で若菜を摘む。季若菜つむ。

138 ▽春日野では、ことしは、大仏様が若々しく感じられる。奈良の大仏殿の釿始は貞享五年(一六八八)四月二日から七日間行なわれたが、本書の出版された元禄四年(一六九一)にはまだ完成せず、開眼供養が行なわれたのは元禄五年三月八日から一か月間であった。完成を予測しての句か。季ことし。

139 ○綱引　元来は年占の行事。子どもの遊びにもなる。○穴一　子どもの遊び。十《センチ》位の穴を地面にあけ(または書き)、一《メートル》ほど離れた所から小石・木の実・ぜぜ貝などを投げ入れる。銭などを用いバクチのようにもなった。▽綱引で、穴一の遊びのためにあけた(書いた)穴を踏みつぶしてしまう。季綱引。

140 ○としぐ〵　「年々は季の詞にあらず」(旅寝論)。▽毎年毎年同じように、自分以外の美しい春の景色を隠してしまう霞だなあ。季霞。

141 ○生魚　塩をしていない魚。▽山路では、あたたかくなって梅の香がかおるようになると腐りやすい生魚が遠い存在となってしまう。山里の春は梅の香で知る。季梅が香。

142 ▽毎朝毎朝、お歯黒を溶くために梅の実の汁を化粧皿にとる季節になった。顔の艶を出すための薬油を「花の露」と言ったのにかけたか。季梅。

143 ▽釣鐘を撞いたならば、その響きで動き出しそうなようすで、つくしが地面に生えている。「ツ」を重ねる。季土筆。

144 ○御魂や　御霊屋。▽御霊屋への道とは別の所に、つくしが道をなすように並んで生えている。まるで道を付けかえるかのように。季つく〴〵し。

145 ○蔞　「蔞　ツバナ」(類船集)。チガヤの若い花穂。▽牛が蔞を食べているが、それが長い舌からなおはみ出している。季蔞。

146 ○浦半　浦回。入り組んだ海岸。▽浦半で、宵闇の中にほの白く白魚の姿をみとめた。季白魚。

147 ○官女　この場合、将軍家に仕えるのを指す。▽届けられた白魚を見に官女が台所へ出てきた。うすぐらい中に立った官女も白魚のようである。将軍家では名古屋から白魚の子を

156 川《かは》向《むか》ひ柳におもき入日《いりひ》かな　同　帆睡
157 船かりて渡れば遠き柳哉《かな》　同　宰賀
158 餅《もち》花《ばな》にきり残されて柳哉　同　賀子
159 刈《かり》株《かぶ》にまだ鳴《なき》出《だ》さぬ蛙《かはづ》哉　同　油鬢
160 蛙鳴《ク》となりの井戸の浅《サ》哉　同　呼牛
161 飛《とび》〳〵《とび》て石に顔うつ蛙哉　島村　生水
162 妹《いも》が手の爪の跡ある五加木《うこぎ》哉　大坂　幸方
163 糸つけて飛《とば》す胡蝶《こてふ》のよはひかな　同　見里
164 古池に鷺のよごれぬ田螺《たにし》哉　同　李渓
165 のぼりては九輪《くりん》を落す雲雀《ひばり》哉　大坂　竹亭
166 蝶《てふ》〳〵《てふ》に行《ゆき》あたりたる雲雀哉　同　倡和
167 人馴《なれ》てさはらぬ程のつばめかな　同　知童

品川表に移させ、御用として取らせることにしていた。季白魚。
148 ▽白魚は、その名から真白い魚のようだが、煮られる前はすすけているのだ。「生ハ青色ヲ帯ビ水ヲ離レテハ則白シ。之煮レバ則益〻潔白ナリ」(和漢三才図会五十一)。季白魚。
149 ▽白魚のような小さく透明で生臭くない魚は、肉食を禁じられている法師が食べても目立つことはあるまい。季白魚。
150 ▽まだ酒の酔いの醒めないうちは、か細く降る春雨なのだから、傘をささずに平気で濡れていこうという気になる(酔いが醒めれば、そうもいかない)。季春の雨。
151 ▽春雨の中、鐘の音が、あちこちにひびきあっている。季春雨。
152 ▽春雨の降る日、所在なげな姉妹が、お互いの身体にあるほくろを数えあっている。季春雨。
153 ○板橋　板を継いで造ってある橋。▽板橋の板の継目継目から春の草が芽を出している。季はるの草。
154 ▽酒は人から貰ってばかりで、私はそれに桃の花を浮かべて飲むだけ。三月三日の「桃の酒」を詠む。季桃の花。
155 ○柴船　たきぎにする小枝を積んだ小舟。歌語。▽川を往来する柴舟に、ようやく伸びてきた柳の枝がさわるようになった。季柳。
156 ▽川向こうの柳の細い枝をとおしてゆっくり落ちる大きな赤い夕日が重そうである。季柳。
157 ▽向こう岸の柳の所まで船を借りて渡っていこうとしたら、思ったより遠いことだ。季柳。
158 ○餅花　柳・竹などの枝に、小さく丸めた餅を付け、年末・年始の飾りなどに用いる。▽餅花を飾り付けるために切られた柳だが、その残った枝が新しく伸びている。季柳。
159 ▽まだ田植の時期は来ず、刈株のままであるが、そこに、まだ鳴き出さない蛙がいるのを見かけた。季蛙。
160 ▽蛙の声が聞こえてくる。どうも隣の家にある井戸からしい。浅い井戸であることだ。季蛙。
161 ▽ぴょんぴょんと飛んで、石に顔をぶつけた蛙だよ。季蛙。

168 そろ〳〵と寐《イネ》あしくなる弥《や》生《よひ》哉《かな》　同　芦売

169 夕《ゆふ》東《ご》風《ち》や下《げ》官《くわん》のうらむ水鏡　同　柳枝

170 もどかしや鐘《かね》撞《つき》堂《だう》の朧《おぼろ》月《づき》　同　矩久

171 春の日にきら〳〵みゆる都《みやこ》哉　同　葛民

172 青からぬ雲井みにくし春の空　同　巨岩

173 虎《いた》杖《どり》に酒のむ尼の庵《いほり》かな　伏見　奴睡

174 虎《いた》杖《どり》に蛇をおそれぬむすめかな　大坂　円水

175 歯黒していたどりかりの娘哉　同　李渓

176 いたどりは母にかくせし土産《みやげ》哉　同　梅子

177 雛あそび色の白きも殿《との》御《ご》哉　同　椿子

178 屼《ハゲヤマ》は桜時分のわらひかな　同　重成

179 黄昏《たそがれ》や藤《ふぢ》女《をんな》首筋黒くとも　大坂　西鶴

162 ○五加木　摘んだ若葉をゆでて、オヒタシ・ウコギ飯・ウコギ茶などにする。▽妻の摘んできたウコギの葉の中に、妻の爪あとのあるのを見つけた。季五加木摘む。

163 ○糸つけて　「紙製の蝶に糸を付け、竹の頭に釣たる也」(守貞漫稿二十八遊戯「蝶々も止れ」)。▽胡蝶の夢ははかなさの象徴だが、子供が糸をつけて飛ばしている胡蝶の齢はどんなものか。季胡蝶。

164 ▽古池に田螺とる鷺。その雪のように白い羽毛は、古池の泥にも汚れない。季田螺。

165 ○九輪　仏塔の最上部。▽高い塔の上まで上り、さあっと一気に下りてくる雲雀よ。「雲雀トアラバ…あがる・おつる」(連珠合璧集)。季雲雀。

166 ▽高みから落ちるように下ってきた雲雀が、途中でひらひら飛んでいる蝶に行きあたった。季蝶〳〵・雲雀。

167 ▽春もたけて人馴れしたつばめが、もう少しで人に触るぐらいの所まで近づいて飛んでいる。季つばめ。

168 ▽弥生といえば、もう夏が近づいてきた。そろそろと寝苦しくなってきたことだ。季弥生。

169 ○夕東風　春の夕方に東から吹く風。○下官　下級の役人。▽鏡を持たない下官が、水鏡を用いようとした時、吹いてきて水面をゆらした夕東風をうらむことだ。王朝風。季夕東風。

170 ▽鐘撞堂の上に朧月がかかっている。澄んだ月でないので、何かもどかしげである。月―鐘の音(類船集)。季朧月。

171 ▽晴れた春の日の光の中に、都の様子がきらびやかに見渡せる。「きら〳〵」は光に照り映える華やかなさま。参考「地主(じしゆ)からは木の間の花の都哉」(花千句・季吟)。季春の日。

172 ▽春の空は朧で、真青ではないのが醜く思われる。入間様(いるまよう)の句で、春の空の美しさを逆に言った。季春の空。

173 ○虎杖　早春に出る若い芽が食用となる。ただし、月水を通し月閉を破るため妊婦は食することを避け、また産後の悪血(おけつ)を下すともされる(宜禁本草・乾、和漢三才図会九十四)。以下、このことを踏まえた句作り四句を並べる。▽不邪淫戒をおかして妊娠してしまった尼が、庵で、不飲酒戒をもおかしながらイタドリをさかなに酒を飲んでいる。季虎杖。

180 白《しら》藤《ふぢ》に宮あたらしく成《なり》にけり　同 元知

181 津の国は藤よむさしは角《すみ》田《だ》川《がは》　江戸 和汀

182 行《ゆく》ほどに麓《ふもと》のやうな山ざくら　大坂 来山

吉野にて

183 花を出て花に入《いり》ぬる日《ひ》足《あし》哉《かな》　同 芦売

184 駕《か》籠《ご》はあれど散らぬ花《はな》踏《ふむ》月夜哉　同 夕幽

185 白壁に目を休めけり山ざくら　同 緑水

186 干《ほす》幕《まく》はきのふの花の雫《しづく》かな　河州 亭笑

187 糸《いと》遊《いう》に杖のとゞかぬ童《わら》部《べ》哉　大坂 芦売

188 花散《ちり》て水律《りち》義《ぎ》なり岩の鼻　同 久永

189 先《ま》ッ人の咲《エ》㒵《がほ》を見する桜哉　同 且水

190 うつむひて三《み》十《そ》日《か》に戻るさくら守《もり》　同 歌麿

174 ▽月水が止まって不安になった娘が、何とか月水の通じるようにと願って、恐ろしいヘビをも怖がらずに野にイタドリを採りにいっている。[季]虎杖。

175 ○歯黒　歯を黒く染めること。近世では主として既婚婦人の風習。▽未婚の身でイタドリを採りに行くのは恥ずかしいので、お歯黒をして既婚者のふりをしている。[季]いたどり。

176 ▽野遊びに行ってイタドリを採ってきたが、心配をかけるのでこれだけは母に内証のみやげだ。[季]いたどり。

177 ▽雛遊びのお雛様では、殿御の顔も色白く作ってある。[季]雛あそび。

178 ▽「山笑ふ」は、早春のころの木々が薄緑に色づき始めたころの山をいうが、桜時分になって山全体が桜におおわれるころになると、何の木もないはげ山の部分が、口を開けて笑っているように見える。これも「山笑ふ」だ。[季]桜・山笑ふ。

179 ▽首筋の黒い女であっても、たそがれ時には藤のようなおぼつかない風情がある。徒然草十九段「藤のおぼつかなきさましたる、すべて思ひすてがたきこと多し」。一字幽蘭集は上五「藤は暮ぬ」。[季]藤。

180 ○白藤　かさねの色目。「おもてうすむらさき、裏こきむらさき。此衣は、二月三月四月まつりよりさきまでは更衣ならずして可用」(藻塩草・衣類部・二月)。▽白藤の衣を着るようになって、内裏の様子も新しく感じられるようになった。春らしく若々しくなったことをいう。王朝的。[季]白藤。

181 ○角田川　隅田川。歌枕。▽摂津国では野田の藤だが、それにあたるのは武蔵国では隅田川だの意か。句意不明。[季]藤。

182 ▽山から里へ下りていくにつれて山桜のようすに麓らしさが現われくる。麓の桜の方が開花が早い。[季]山ざくら。

183 ▽花の中から日が出、花の中へ日が入っていった。吉野の広さを詠む。[季]花。

184 ▽駕籠は用意されているけれど、桜の木の間を透けてまるで落花のように地上に落ちている月光を踏んで歩いていく。白氏文集「朝に落花を踏んで相伴つて出づ」「花を踏んでは同じく惜しむ少年の春」(共に謡曲・西行桜などに拠る)を夜に月光を

191 星の林明日見るまでの桜哉《かな》　大坂 西鶴

192 算《ヨム》程《ほど》に散《ちる》ころ花のながめかな　同 重栄

193 花過《すぎ》てまだほとぼりの機嫌哉　同 油鬢

194 夕毎《ごと》に人の空見るさくらかな　同 杏酔

195 人ごとにまづ寺をとふさくらかな　同 朝秋

196 其《その》後《のち》の無《ぶ》音《いん》はゆるせ山桜　同 扇士

197 三日月の二つ見られぬ汐《しほ》干《ひ》哉　大坂 遠舟

198 早《はや》梅《うめ》は二《に》年《ねん》に成《なり》ぬ遅《おそ》ざくら　同 豊流

199 桜見に小もんの羽織着るはなし　同 素竜

200 小《こ》男《をとこ》の手に曲《まげ》たりし藤の花　同 轍士

201 糸あそぶころや女のまみおもし　同 万海

202 舞《まひ》〱《まひ》が暮《ぼ》春《しゆん》になりぬ花むしろ　同 才麿

踏むことに変えた。季花。

185 ▽一面に咲いている白い山桜を見渡していると、その中に白壁が見え、ふと目を休めることになった。季山ざくら。

186 ▽昨日は花見幕をめぐらして花見をしたが、今日は花の雫にぬれたその幕を干している。季花。

187 ▽かげろうが高くもえていて、子どもでは、杖をもっても届かない。季糸遊。

188 ▽岩の鼻に花は散って昨日にかわったが、岩の鼻を流れる水は今日も変わらず律義に流れつづけている。季花散る。

189 ▽花の笑みをもらす桜を見てまず人が笑顔を見せる。花の咲くことを咲(ゑ)むということによる句作り。季桜。

190 ▽月の出ない晦日に下をむいたまま桜守が帰ってきたという意か、不詳。季さくら守。

191 ○星の林　星の多く集まるのをいう。▽夜空に多くの星がまたたいている。明日、本当の桜を見るまでは、これを桜と見る。「うちはへて世は春なれや天の原星の林も花と見ゆらん」(夫木抄二十二・藤原家隆)による。季桜。

192 ▽五分咲きだ満開だと咲いた木を算えているうちに早くも散り出すのが桜の風情だ。散るのが早い桜の本意を詠む。季花。

193 ▽花のころは過ぎたが、まだうきうきとした気持の余韻が残っている。季花。

194 ▽夕暮れごとに、人々は、桜を散らす雨が降らないかと空を見あげつつ夕桜も賞でることだ。季さくら。

195 ▽出会う人ごとに、桜のありかを尋ねようと、まず寺がどこにあるかを問うことだ。桜―寺(俳諧小からかさ)。季さくら。

196 ▽山桜よ、昨年に見た折から今見るまで御無沙汰していたことを許してくれ。桜のころしか山へ行かない。季山桜。

197 ▽三月三日の大潮の日は、満潮時に空と波の上とに二つの三日月を見ることができるが、汐干になると一つしか見られない。季汐干。

198 ▽早く咲く梅は昨年暮から咲いていて足かけ二年になったのに、遅ざくらはまだまだ咲かない。「早」に「遅」、「梅」に

夏

203 子規《ほととぎす》〱とて寐《ね》入《いり》けり　江戸 調和

204 馬の蠅《はひ》富士見んとてぞ下リける　京 如泉

205 鵺《ぬえ》なくや此《この》あかつきをほとゝぎす　江戸 其角

206 夏の夜も酒《さか》気《け》の果《はて》を寐《ね》覚《ざめ》哉《かな》　大坂 来山

遊君に替りて

207 身をおもへばいなする蚊《か》屋《や》の蛍哉　京 言水

208 とまらせて草の名を知る蛍哉　京 我黒

209 花あやめ俳《はい》言《ごん》あらん藪《やぶ》菖《しやう》蒲《ぶ》　江戸 一晶

210 人とはゞ葺《ふか》ぬを宿のあやめかな　大坂 轍士

211 蛍追ふ果《はて》は夜《よ》明《あく》るところかな　同 竹亭

212 不思議さに火をよせて見る蛍哉　同 重栄

「さくら」を対した面白さ。季遅ざくら。

199 ▽流行している小紋の羽織だが、桜見に着ていくものはない。桜に小紋が紛れて映えないから。季桜。

200 ▽藤の花房が長いので、小男は、曲げて手に提げている。季藤の花。

201 ○糸あそぶ　糸遊の動詞化。かげろうが立つ。「春の日のうらゝかに見ゆるが糸のあそぶにも似たる也」(温故日録二)。▽かげろうが燃えているのどかなころは、女の目つきも眠たげに重そうである。「糸」に「女」をあしらった句作り。季糸あそぶころ。

202 ○舞〱　幸若舞の大道芸人。年末と春の初めに来る。○花むしろ　「花莚 花氈(ハナセン)、俳。花の散(リチ)しけるをも、花莚と云」(増山井・三月)。ここは後者。▽春早くやってくるはずの舞々が遅れて暮春になってやってきた。それゆえ、むしろはむしろでも花むしろの上で舞っている。季暮春・花むしろ。

203 ▽ホトトギスの初音を聴こうとしてまだかまだかと夜を徹して待っているうちに寝入ってしまった。季子規。

204 ▽東海道を下る馬にまつわりついているあの蠅も富士山を見ようと下っているのだろう。蠅―馬(類船集)。季蠅。

205 ○ほとゝぎす　平家物語四・鵼の前半、怪獣鵼を退治した源三位頼政に左大臣が「ほととぎす名をも雲井にあぐるかな」と詠みかけた故事による。この句の成立事情は、句兄弟・二十番弟の評の中に記される。▽闇夜に鵺の鳴く声が聞こえてきた。鵺に似た鳴声の怪獣を源三位頼政が退治した時にホトトギスが鳴きながら通りすぎたというので、この明け方にはホトトギスが鳴くだろう。季ほとゝぎす。

206 ▽夏の寝苦しい夜も酒に酔って寝たが、その酔いがさめて夜半に眼が覚めた。来山の酒好きは有名。季夏の夜。

207 ○蚊屋の蛍　日次紀事・五月「近世勢田ノ土人、蛍ヲ紗籠ニ入レ市中ニ売ル。之ヲ求テ蚊幮ノ中ニ入、又庭砌草樹ノ間ニ放ツ」。▽蚊屋の中の蛍を見ていると、同じように囲われの遊女である自分の身につまされて放してやった。季蚊屋・蛍。

208 ▽暗闇の中、蛍をとまらせて、そのあかりで、その草の名を知った。蛍草を指しているか。季蛍。

213 雨舎《やど》リ公家《くげ》としらするほたる哉《かな》　同　西流
214 昼見ては何事もなき蛍哉　江戸　朝軒
215 草にとり又草におくほたる哉　大坂　可幸
216 芍《しやく》薬《やく》にけふも来て見る小猫哉　同　及甫
217 諫《かん》子《こ》鳥《どり》みつにふたつは木《こ》玉《だま》哉　同　倡和
218 勧《くわん》農《のう》の鳥に夜を寐《ね》ぬ野《の》鍛《か》冶《ぢ》哉　同　才麿
219 夜《よる》のにしきうき世は昼の蛍哉　同　西鶴
220 杜鵑《ほととぎす》向《むか》ひの家は戸を明《あけ》ず　同　花瓢
221 里は雨町《まち》家《や》によどめ郭公《ほととぎす》　同　且水
222 時鳥《ほととぎす》聞《きき》そこなはぬ鰥《ヤモメ》哉　同　客遊
223 けふもまた昼《ひる》寐《ね》させけり時鳥　同　李渓
224 隠《コモ》リ江《え》やあやめに垢《こ》離《り》を取ル女　芸州　里洞

209 ○藪萱蒲　滑稽雑談八・四月下「或人云、和俗の莎莪と称するものは金茎花なりと。…俗又藪萱蒲とも云」。ただし、ここでは、シャガを指していない。▽花あやめに俳言があるだろう、藪萱蒲という。[季]花あやめ。

210 ○葺ぬ　増山井・五月「あやめふくは四日也」。▽あやめを何故葺かぬかと不審に思って問う人があれば、わが宿ではあやめは葺かず庭で見てもらうのだと言おう。[季]あやめ。

211 ▽蛍をつかまえようと後をどこまでも追いかけていったその果ては夜の明ける所だ。一晩中追いかけた。[季]蛍。

212 ▽蛍の光るのが不思議で、光る所をよく見ようと火をよせて見ることだ。ナンセンスなことの面白さ。[季]蛍。

213 ▽雨やどりをしているのが公家だと蛍の光で分かった。源氏物語・蛍「この夕つ方、(蛍を)いと多く包みおきて、ひかりを包みかくし給へりけるを、さりげなく、とかくひきつくろふやうにて(放ち給へり)」を踏まえて、蛍を公家と縁づけた。[季]ほたる。

214 ▽夜は暗闇の中であんなに美しく光る蛍だが、昼にその姿を見ると何の変哲もないことだ。[季]蛍。

215 ▽草から離れたと思うとまた草にとまる蛍である。蛍の動作を「…にとり…におく」と表現した点が働き。[季]ほたる。

216 ▽小猫が一匹、きょうも芍薬の傍に来ている。大きな花と小さな猫の取り合せ。[季]芍薬。

217 ○諫子鳥　底本「陳子鳥」。諫鼓鳥・閑古鳥・閑呼鳥・閑子鳥なども。▽カンコドリの声が聞こえてきたが、その声の三つのうち二つはこだましたものだ。[季]諫子鳥。

218 ○勧農の鳥　ホトトギス。ホトトギスの鳴くころから農事の忙しい季節となるのでいう。○野鍛冶　鋤鍬鎌などを造る鍛冶。▽ホトトギスの初音を聞くために人々は寝ないで待っているが、ホトトギスは別名を農を勧める鳥というだけあって、農具を作る野鍛冶を忙しくさせて寝ないで仕事をさせることだ。[季]勧農の鳥。

219 ○夜のにしき　諺。夜、錦を着ても見る人がなく映えないこと。甲斐のないこと。史記・項羽本紀による。▽見る人もなくて甲斐のないことを夜の錦というが、今のこの世は、昼

225 引《ひき》ぬいてみれば泥なり杜若《かきつばた》　大坂 矩久

226 入《いり》相《あひ》に笠わすれけりかきつばた　同 李渓

227 跡見ればきるまひものよ杜若　同 万桜

228 里人や菰《こも》につゝみしかきつばた　同 竜山

229 明《あけ》ぼのや塔のぐるりは杜若　南江村 夏炉

230 皮《は》膚《だ》のよき人よ牡《ぼ》丹《たん》の花の昼　大坂 春林

231 蟬《せみ》聞《きい》て夫《め》婦《をと》いさかひはづる哉《かな》　同 西鶴

232 山《やま》松《まつ》に蟬《せみ》の居《ゐ》なをる朝日哉　桜塚 西吟

233 蟬聞《きい》て馬のかけ出す山路哉　大坂 円水

234 待《まち》かねて引《ひき》さく百合のつぼみ哉　同 葛民

235 聟君の聟のふりよき幟《のぼり》哉　同 幸方

236 見る人もしたゝるからぬ競《けい》馬《ば》哉　同 見里

でも(錦を)見る人もなくていわば昼の蛍のようなものだ。真蹟短冊の前書に「万おもふまゝならぬこそうらめし。月夜に人目、闇にひとりね」。「一句は暗に幕府の衣裳法度取締のきびしきをいふ」(『定本西鶴全集』)。季蛍。

220 ▽ホトトギスの声を聞くために、向かいの家は徹夜していたのか、まだ戸も開けずに眠っている。季杜鵑。

221 ▽ホトトギスよ、里は雨だから町家の方に来てしばらく滞在して鳴いてくれ。「よどめ」を「淀の郭公」にいいかけた。季郭公。

222 ○鰥「寡」に対して妻のない男子。男やもめ。▽ついつい夜ふかしをすることの多い男やもめは、ホトトギスの声を聞きそこなわないものだ。季時鳥。

223 ▽ホトトギスの声を聞こうと明け方まで起きていたので、きょうもまた昼寝をすることだ。季時鳥。

224 ○隠リ江　芦などの陰になって外から見えにくくなっている入江。ここは沼などか。○垢離を取ル　神仏に祈願する時、冷水や海水などを浴びてからだの汚れをとること。▽隠り江のあやめの咲いている所で、垢離を取っている女がいた。コモリ—コリと音調を整えている。季あやめ。

225 ▽美しく咲いているカキツバタを引きぬいてみたら、根のあたりは泥だらけ。「泥中の蓮」を念頭に置き、カキツバタをいった点が俳諧。季杜若。

226 ○入相　入相の鐘。▽笠をぬいで美しいカキツバタに見ほれていたところ、入相の鐘がなったのであわてて笠を忘れたまま立ち去ってしまった。旅中のこと。季かきつばた。

227 ▽美しいカキツバタを切り取ったら、そのあとは泥沼だ。先にこの跡を見ていたら切らなかっただろう。季杜若。

228 ○里人　田舎人。▽里人がカキツバタを菰に包んで持っている。田舎で出逢ったその土地の人のさま。季かきつばた。

229 ○塔　寺院の塔であろう。▽あけぼのの中、ぐるり一面カキツバタの咲いている中に塔が建っている。季杜若。

230 ○牡丹　底本「杜丹」。▽はだの美しい人は、昼の明るい日射しの中で照り映えている牡丹の花のようだ。季牡丹。

237 薬玉《くすだま》やみがゝずとても華光《ヒカリ》彩《イロ》　同　才麿

238 粽《ちまき》結《ゆ》ふ片手にはさむ額髪《ひたひがみ》　江戸　芭蕉

239 巻ながら粽《ちまき》くふべきおとこかな　大坂　自問

240 不《ふ》形《なり》なる粽《ちまき》を妹《いも》が喰《く》はせけり　大坂　由平

241 編笠の中に似《に》合《あは》ぬ早苗哉《かな》　同　竹亭

242 行《ゆき》過《すぎ》てねぢむく壻《むこ》の早苗哉　同　呼牛

243 角《つの》ふりて鳥わすれな蝸牛《かたつぶり》　同　同

244 なが〱ししかも柳の五月《さつき》雨《あめ》　同　杏酔

245 五月雨や何国《いづく》の池の菱《ひし》の蔓《つる》　同　元知

246 五月雨に黴《カビ》ぬは碁《ご》盤《ばん》計《ばかり》也《なり》　河州　亭笑

247 夏《げ》の樒《ハナ》や独《ひとり》〱《ひとり》の心ざし　浜村　冬風

248 三ケ月や瓜むいて居る渡《わた》し守《もり》　京　淵瀬

231 ○蟬聞て「我宿のつまはねよくや思ふらんうつくしといふむしのなくなる」(夫木抄・蟬・源俊頼)。「うつくしよし」と鳴声が聞こえるというところから「うつくし」は蟬の異名。▽蟬の声を聞いて夫婦喧嘩を恥じることだ。句巻十二ケ月の前書に「世に住めば油屋の隣、後生願ひのたゝき鉦、小夜ふけて下手のきぬたに夢の昼ねをおこされし」とある。季蟬。

232 ▽山の松に朝日が射してきて、蟬が本格的に鳴き出した。夜明け後すぐに鳴き出した蟬が、朝日に照らされるようになって勢いを増して鳴き出したことをいう。季蟬。

233 ▽山路にさしかかって、急にあわただしく鳴き出した蟬の声を聞いたため、馬もあわてて駆け出した。季蟬。

234 ▽待ちかねていたかのように、百合がつぼみを引きさくごとく開いた。開花のさまをいう。季百合の花。

235 ▽新しく聟が入ってきたが、なかなかの聟ぶりである。折から端午の節句で幟が男らしく立っている。聟を取った家への褒美の句であろう。季幟。

236 ○したゝるからぬ　「したたるし」は、甘ったるい、度を過ぎている、くどい、じめじめしている。○競馬　五月五日に上賀茂の賀茂別雷(かものわけいかずち)神社で行なわれる神事。▽見ている人もだらけることのない競馬である。季競馬。

237 ○薬玉　五月五日に邪気を払うため柱や簾に掛けた。▽薬玉という玉の名がついているが、これはみがかずともいろいろな色で華やかだ。諺の「玉磨かざれば光なし」をこめる。季薬玉。

238 ○額髪　女性の額や鬢から両ほほあたりに垂れかかっていて、末を切り揃えてある髪。王朝時代の髪かたち。▽粽を片手で結いつつもう片手で垂れ下がってくる髪をうるさそうに掻き上げ耳にはさむ。粽は主として片手で結う。真蹟去来文ほかに、王朝の物語風の句も一集にあるべきだとして猿蓑に入集せしめた旨記される。季粽。

239 ○巻ながら　粽をむかないでそのまま。▽粽の皮をむかないで巻いたまま食べてしまいそうな男だなあ。季粽。

240 ▽不格好な出来の粽を妻が私に食わせた。上出来のものはよそへ配る。季粽。

249 葉《は》柳《やなぎ》に一《ひと》息《いき》つぎし隔《かく》夜《や》哉《かな》　大坂　帆睡

250 まぼろしに夏帯くけし妾《めかけ》哉《かな》　同　武仙

251 扇折ル女のつかふ団《うちは》かな　同　賀子

252 焼《たき》付《つけ》て己《おの》レも逃《にぐ》る蚊《か》遣《やり》哉《かな》　同　芦売

253 村《むら》雨《さめ》に蚊のかたまりし窓の先　同　鈴風

254 俳諧は蚊がうれしがる夜《よ》るの席　同　良重

255 入《いり》相《あひ》を七つ撞《つき》たる藪蚊かな　同　可幸

256 蚊《か》遣《やり》火《び》にわざと煙《けぶ》らす二階哉《かな》　大坂　自問

257 明《あけ》ぼのは蚊の血を恥《はづ》る娘哉《かな》　同　香葉

258 夏の日やたび〳〵休む古《ふる》手《て》買《がひ》　同　歌麿

259 夏の川独《ひと》リ女の渡りけり　同　知童

260 浮《うき》鴨《がも》のうき巣や水の深みどり　同　椿子

241 ▽編笠の中の顔とは似つかわないすがすがしい早苗であることよ。[季]早苗。

242 ▽新妻と並んで苗を植えていた壻が、先の方へ行き過ぎてしまって妻の方へからだをねじ向ける。[季]早苗。

243 ▽角を振り振りして得意そうな蝸牛よ、角があるからと言って、危い鳥のいることを忘れるなよ。[季]蝸牛。

244 ▽長らく降りつづいていることだ。しかも、長い枝の柳に降りそそぐ五月雨だ。[季]五月雨。

245 ○菱の蔓　五月の季語（産衣）。▽五月雨で増水した川面に流れるのはどの池の菱の蔓か。古歌に多い「…池の菱」による。[季]五月雨・菱の蔓。

246 ▽五月雨はものみなを黴びさせるというが、雨で外出できずに碁を打っているため碁盤だけは黴びない。[季]五月雨。

247 ○夏の樒　「俗家多く一夏の間、薄板にて花皿を製し仏に供す。多くは樒（しきみ）の葉を用ゆれども、花あるものも供するあり」（滑稽雑談七）。▽夏安居（げあんご）の期間、夏花を仏様に供えているのは、一人一人の志によるものである。[季]夏の樒。

248 ▽空に三ケ月のかかっている下で、渡し守が瓜をむいている。まだ暗くなりきっていないころ。[季]瓜。

249 ○隔夜　隔夜詣。神社や仏閣に一晩ずつ泊まって参詣して歩くこと。▽隔夜詣でつかれが出ているが、葉柳のすがすがしい色を見て一息ついたことだ。[季]葉柳。

250 ▽夏帯をくけていた妾のことが幻となって目に浮かんでくる。[季]夏帯。

251 ▽扇子を作っている女が、自らは団扇を使っている。[季]団。

252 ○蚊遣　蚊遣火。草などを燻べた。▽蚊遣火に火をつけて、蚊だけではなく自分も煙を避けて逃げることだ。[季]蚊遣。

253 ○村雨　にわか雨。無季（篇突ほか）。▽折からのむらさめに、雨を避けた蚊が窓のそばにかたまっている。[季]蚊。

254 ○蚊　「夏出ヅ。昼伏シ夜飛ブ」（和漢三才図会五十三）。▽俳諧の会というものは、人の血を吸う蚊が喜ぶものだ。蚊の出て来る夜に俳席は設けられることが多いから。[季]蚊。

261 やさしきに猶《なほ》うつくしき鹿子《かのこ》やな　同　宗準

262 露落《おち》て念《ね》仏《ぶつ》おもたき蓮《はちす》哉《かな》　大坂　遠舟

263 蓮《はちす》さく水にすゝがん師の衣《ころも》　同　竹亭

264 風の日は葉に隠さるゝ蓮《はちす》哉《かな》　同　円水

265 どれとるぞ牡《ぼ》丹《たん》にならぶ蓮の花　同　見里

266 世の濁《にご》り蓮《はちす》に愧《はづ》ル旦《あした》かな　同　久永

267 笙《しやう》ふく人留《る》主《す》とはかほる蓮《はちす》かな　大坂　西鶴

268 昼《ひる》皃《がほ》の花しらぬ日の寐《ね》覚《ざめ》哉《かな》　同　宰賀

269 夕《ゆふ》立《だち》に乳《ち》のあらわるゝ女かな　出羽　浮水

270 夕立に住吉おどり坊主かな　大坂　柳枝

271 出《で》初《そめ》たよあれあの雲を雲の峰　同　宗準

272 川《かは》狩《がり》や色の白きは役者らし　大坂　万海

255 ○入相　暮六ツの鐘。▽暮六ツの鐘を撞いているとき、折から出て来た藪蚊にさされて、はずみで一ツ余分に七ツも撞いてしまった。季藪蚊。

256 ○二階　遊女屋・出合茶屋などが連想される。▽早く二人だけになりたくて女中などが早く出て行くように、蚊遣火をわざと煙らす二階の部屋である。季蚊遣火。

257 ▽夜どおし戸外で男と逢っていたのが分かってしまうため、明け方、蚊に血を吸われたのに気づいて恥ずかしがっている娘である。季蚊。

258 ○古手買　古着や古道具を買う人。▽夏の暑い日盛り、重い荷を背負って方々を巡り歩いている古手買は、買いに寄った家々でさっさと仕事を済まさず息を入れている。季夏の日。

259 ▽水の浅くなった夏の川を女が独りで涼しげに徒歩渡りしている。季夏の川。

260 ○浮鴨　水面に浮かんでいる鴨。○うき巣　鳰(にお)の浮巣をいう。鴨の巣は水辺の草の中。▽深い緑色の水をたたえた夏の池に浮かんでいる鴨は、まるで浮巣のように見える。季うき巣。

261 ▽上品な上に美しくもある鹿の子のさまだなあ。季鹿子。

262 ▽命が蓮の露と散って、重々しい念仏が本尊の蓮台の前で唱えられている。季蓮。

263 ▽あの清浄な蓮の花を生み出した池の水で、同じく高潔なお心の師の衣をおすすぎしよう。季蓮。

264 ▽風の吹く日は、大きな蓮の葉がひるがえって花を隠してしまうことだ。季蓮。

265 ○牡丹　底本「杜丹」。▽白い大輪の牡丹の花の咲く傍の池に同じく白い大輪の蓮の花が咲いている。どちらを切りとって生けようか。どちらも美しい。季牡丹・蓮の花。

266 ○世の濁り　「蓮葉のにごりにしまぬ心もてなにかは露を玉とあざむく」(古今集・夏・遍昭)による。▽朝、蓮の花が清浄な花を咲かせていた。この世の醜さが恥ずかしい。季蓮。

267 ○笙　雅楽に用いる管楽器の一。仏事にも用いる。▽いつも聞こえる笙の音がきょうは聞こえず、代りに庭の池の蓮

273 酒入レずうたはぬ舟をすゞみかな　阿州 鉤寂

274 踏《ふみ》初《そめ》し誰が足かたぞ富《ふ》士《じ》詣《まうで》　江戸 西乃

275 泔《キサ》潟《カタ》や首を出しぬる破れ蚊《か》屋《や》　最上 清風

276 昼《ひる》網《あみ》や六《ろく》月《ぐわつ》浅し芦肴《さかな》　大坂 昨非

277 孕《はら》マせし罪を法師の御《み》祓《そぎ》哉《かな》　京 言水

秋

278 見てよけん堤《つつみ》牛引《ひく》天の河　江戸 湖春

279 朝《あさ》㒵《がほ》に心まるめる夕《ゆふ》部《べ》哉　大坂 遠舟

280 秋ぞ猶《なほ》外《そと》の浜《はま》なる夜《よ》鳴《なき》貝《がひ》　江戸 挙白

281 稲妻に寐《ね》すがたはづる板間哉　伊勢 又玄

282 石原や誰《た》が馬《ま》沓《ぐつ》守《も》る女郎花《をみなへし》　大坂 由平

283 来る秋や風たち水の澄《すむ》所《ところ》　阿波 律友

の花が美しく薫るように咲き出している。生駒堂等にも入集。季蓮。

268 ▽昼開いて午後にしぼむ昼顔の花さえ知らずに寝ていた。季昼㒵。

269 ▽急の夕立にびっしょり着物が濡れて、女性の乳房もあらわに形を見せている。季夕立。

270 ○住吉おどり 「此ノ月、摂州住吉乞食法師、或ハ四人、或ハ六人、頭上笠檐(りゅうえん)、赤絹ヲ垂レ腰ノ間ニ赤裙ヲ著ケ、団扇ヲ執リ、其ノ中一人大蓋ヲ擁シ、其ノ下各ミ歌謡ヲ唱テ踊躍ヲ為シ市中ニ徘徊シテ米銭ヲ請フ。是ヲ住吉躍ト謂フ」(日次紀事・六月)。▽夕立に尻をからげて走る坊主の姿は、住吉踊りのかっこうに似ている。季夕立・住吉おどり。

271 ▽(梅雨の候も終わり)雲の峰という語にふさわしい雲が立ち始めた。あの雲を「雲の峰」というんだよ。季雲の峰。

272 ○川狩 川水を干したり、投網や叉手網で魚をとること。一般に遊興として行なわれた。▽川狩をしている人たちの中でとりわけ色の白いのは、役者であろう。季川狩。

273 ▽酒をくみかわし賑やかな歌の聞こえてくる舟遊びの舟が漕ぎつれていく傍の、そのような様子のない舟の方がまことに涼しげである。季すゞみ。

274 ▽富士詣に登っていくと、既に先に登っていった人の足跡がくっきりと残っていた。ここを踏み初めたどなたの足の型なのだろうか。季富士詣。

275 ○泔潟 象潟。▽象潟のわびしい破れ蚊屋に旅寝しているが、この地に因みのある蚶(きさ=赤貝の古名)のようにそこから首を出してみたことだ。象潟でのわびしい旅寝の趣向は、「世の中はかくてもへけりきさ潟のあまの苫屋をわが宿にして」(後拾遺集・羇旅・能因)などによる。季蚊屋。

276 ○昼網 夏の昼前に泉州などの近海でとれた小魚。昼すぎに市が立ち売りに来た。○芦肴 未詳。芦の間にいるような小魚をいうか。▽六月もまだ浅いころ、昼網の魚は、ごくごく小さいことだ。季六月。

277 ○御祓 底本「御秡」。水無月祓。▽女犯をおかして孕ませた罪を法師がみそぎをしてはらい捨てようとしている。神

284 余《よ》古《ご》の海七夕《たなばた》の子や水あそび　大坂 幸方

285 来る魂《たま》の道に声ある薄《すすき》哉《かな》　桜塚 西吟

286 音ひくし魂祭る夜のまさなごと　大坂 万海

287 送り火や橋に中《アタ》るを世の限り　同 竹亭

288 川《かは》鰕《えび》の送り火に寄る夕《ゆふべ》哉　同 葛民

289 棚《たな》経《ぎやう》に鯖うる声の交りけり　半町村 休計

290 摂《せつ》待《たい》の道かたづけよ黒《くろ》木《き》売《うり》　大坂 蚊市

291 此《この》後《のち》は露置《おき》添《そへ》んわかれ星　同 春林

292 初秋はまだあはれにもなかりけり　同 倡和

293 あかねさす日にかたれたるやんま哉　同 扇士

294 稲妻や丸ながら見る橋の上　同 油鬢

295 稲妻を呑《のみ》込《こみ》にけり鬼がはら　同 知童

事の御祓を法師がしているところが滑稽。季御祓。

278 ▽さあ私も天の河の堤へ行って、今宵牽牛星が牛を引いて通るのを間近にみてから脇へよけよう。「けん牛」を割って言った。季天の河。

279 ○心まるめる　頭のように心もまるめる意か。▽夕方、しぼんだ朝顔に無常を感じたことだ。季朝皃。

280 ○外の浜　歌枕。大悟物狂一六七参照。○夜鳴貝　長螺(ながにし)の異名。▽みちのく外の浜の夜鳴貝は、秋は一層さびしげに泣いていることだろう。季秋。

281 ○板間　板葺きの透間。▽妻が、板間を洩れてきた稲妻に照らし出されたあられない寝姿を恥ずかしく思った。古歌では板間を洩れ来るのは有明の月の光だが、それを稲妻としたのが俳諧。季稲妻。

282 ○馬沓　馬のひづめの裏につけるわら製のはき物。▽石原に誰が捨てたのか馬沓が落ちていて、それを守るかのように傍らに女郎花が咲いている。石原は馬のひづめを傷つけやすい。「名に愛でて折れるばかりぞ女郎花我落ちにきと人に語るな」(古今集・秋上・遍昭)を踏まえる。季女郎花。

283 ▽風が吹きはじめ水も澄んだ色を見せはじめた所に秋らしさを感じる。季来る秋。

284 ○余古の海　琵琶湖の傍にある湖。天人の羽衣伝説で知られる。▽(秋だけれども)余古の海では今夜の七夕祭を楽しむ子どもらが水遊びを楽しんでいる。季七夕。

285 ▽盂蘭盆(うらぼん)に帰って来る魂の声であるかのように、道筋の薄が風にそよいで音をたてている。季薄。

286 ○まさなごと　たわいもないこと。たわむれごと。▽魂祭る夜は、まさなごとも大きな音をたてぬよう控え目にしている。季魂祭る。

287 ▽送り火が橋脚に当たって流れてゆく。この橋に当たるのがこの世との名残りである。季送り火。

288 ▽夕方、川岸で送り火をたいていると川鰕が寄ってきた。ここにも小さな生命があったのだ。季送り火。

289 ○棚経　孟蘭盆会に精霊棚の前で僧が経を読むこと。▽棚経の声に鯖の売り声が交じって聞こえてきた。中元には刺

296 いなづまに一声鳴《なき》し烏かな　同 可幸
297 野の井戸や見し稲妻の落所《おちどころ》　同 竹亭
298 置《イ》て往《イン》で取《とり》におこさぬ扇哉《かな》　同 呼牛
299 哀《あはれ》秋赤子《あかご》の鳴《なき》しとなりかな　大坂 鄙省
300 女郎花《をみなへし》女房の留《る》主《す》に植る哉　同 山木
301 芭蕉葉《ばせうば》や誰《た》ぞ手をひろげたるやうに　同 瓢界
302 蘭《らん》の香《か》に夕食《めし》喰《くは》ぬおとこかな　同 香葉
303 芭蕉より松葉にたまる小雨哉　同 杏酔
304 朝《あさ》皃《がほ》の花ひらきけりしぼみけり　同 芦売
305 槿《あさがほ》の花は遊女のこゝろかな　同 見里
306 槿《あさがほ》に引《ひき》おこさるゝ垣根哉　同 自問
307 朝《あさ》皃《がほ》の取《とり》つくものも薄《すすき》哉　大坂 竹亭

鯖（さしさば）を贈る風習がある。盂蘭盆―さし鯖（類船集）。季棚経。
290 ○摂待　七月に寺詣の人のために往来で飲食物などを施しふるまうこと。▽黒木売よ、これから摂待をするので道を片づけてくれ。季摂待。
291 ○わかれ星　会った後、別れてゆく牽牛星と織女星。▽二星が別れた後、露置く季節になっていくが、二星も悲しさに露の涙をたたえることだろう。季露・わかれ星。
292 ▽初秋にはまだあわれを感じることがないが、一年で最もあわれを感じさせる秋になったのだ。季初秋。
293 ○かたれたる　勝たれたる。負ける。○やんま　とんぼ。ここは赤とんぼ。▽さすがの赤とんぼの赤さも、あかねさす日の色には負けている。季やんま。
294 ▽稲妻の全体を見ることのできる橋の上である。季稲妻。
295 ▽稲妻の走った先に鬼がわらの口があった。まるでその口が稲妻を呑み込んだようである。季稲妻。
296 ▽稲妻が光ったとき、烏が一声鳴いた。季いなづま。
297 ▽野原を歩いていると井戸があった。先刻、こっちで稲妻の光るのが見えたが、ここへ落ちたのだろうか。季稲妻。
298 ▽置き忘れたまま帰ってしまって取りに人をよこさない扇である。季捨扇。
299 ▽隣家から赤子の泣声が聞こえてくるのも、秋のあわれを感じさせるものがある。季秋。
300 ▽女郎花と書くオミナエシは、やはり女房に対してはばかりがあるので、留守の間にそっと植えることだ。季女郎花。
301 ▽芭蕉葉が、誰ぞの手をひろげたように大きく広く繁っている。季芭蕉。
302 ▽香り高く咲いている蘭の香に酔いしれて、夕飯の仕度も忘れてしまっている男がいる。季蘭。
303 ▽小雨が降っている。大きな芭蕉葉は滑りやすく、かえって葉の細い松葉に雨の滴がたまりやすい。松葉の先からしたたり落ちる雨を詠んでいる。季芭蕉。

308 荻《をぎ》薄《すすき》贔《ひい》屓《き》のならぬ夕《ゆふべ》哉《かな》　同　三喜

309 霧晴《はれ》てもとの長サの薄《すすき》哉　同　衛門

310 足よはき虫はとまらぬすゝきかな　同　円水

311 六《ろく》地蔵二つは隠すすゝきかな　同　柳枝

312 草〳〵のそよぎや露のこぼれやう　同　万桜

313 蜘《くも》の巣に行《ゆき》つく荻のそよぎ哉　同　鄙省

314 二つめの嚏《クサメ》悔《くや》しや萩の露　同　見里

315 春過《すぎ》て女子《をなご》のしらぬ野ぎくかな　同　縁水

316 折《をれ》ながら莟《つぼみ》はひらく野菊哉　同　呼牛

317 蝶《てふ》〳〵《てふ》の皃《かほ》よごれたる野菊哉　同　李渓

318 いたづらに名をかへて咲《さく》野菊哉　同　歌麿

319 玉かざる露の似《に》合《あは》ぬ野菊哉　同　竹亭

304 ▽朝顔の花が開いたと思うと、まもなくしぼんでしまった。季朝皃。

305 ▽すぐしぼんでしまう朝顔の花は、まるですぐにうつろう遊女の心のようだ。季槿。

306 ▽朝顔のつるをはわせるために倒れていたのを引き起こされる垣根であることよ。季槿。

307 ▽あたり一面薄の原で、その中に生えている朝顔のつるがとりつくのも薄である。季朝皃・薄。

308 ▽秋の夕方、風にそよぐ荻も薄も、ともに風情があってどちらをひいきすることもできない。季荻・薄。

309 ▽霧の出ている間ははっきり見えなかったが、晴れたらまた元通りに長く見えるようになった薄である。季薄。

310 ▽足の弱い虫は薄に止まらない。薄が風に大きく揺れることを詠んだ。季すゝき。

311 ○六地蔵　寺・路傍・墓地などにまつられている六体の地蔵。▽六地蔵のうちの二体は隠してしまうほどよく繁っている薄だなあ。季すゝき。

312 ▽野に生えている色々な草が風にそよいで、そこからこぼれる露の有様も、それぞれ異なった趣がある。季露。

313 ○蜘の巣　蜘の巣は夏の季語で、ここは古巣。▽荻の生えている傍に蜘の古巣がかかっている。風にそよぐ荻がその蜘の巣に今にも触れんばかりである。「荻トアラバ、秋風・秋とつげつる・そよぐ…」(連珠合璧集)。季荻。

314 ▽くさめをしたらその勢いで萩に置く露がころころと転がり美しい風情を見せていたが、しまったことに二度目のくさめで葉から露が転げ落ちた。残念だ。季萩の露。

315 ▽春のころ、若菜摘みに出ていく女性がよく知っている嫁菜も、生長して野菊になると縁がないのか知らないものだ。嫁菜の「嫁」を隠して「女子」の縁語とした。季野ぎく。

316 ▽折れながらも莟はちゃんとひらいた野菊よ。季野菊。

317 ▽秋を盛りと咲いている野菊は、秋の蝶をうすよごれた感じにしてしまう。季野菊。

320 長《たけ》る程若ふ呼《よば》るゝ野菊哉《かな》　同 元知

321 淋しさにならして通る鳴《なる》子《こ》哉　同 灯外

322 笠とれば烏のとまる案《か》山《が》子《し》哉　河州 亭笑

323 辻《つじ》相撲《ずまふ》みな前髪を贔《ひ》屓《き》にけり　大坂 来山

大内のほとりにて

324 名月や下《しも》部《べ》は何を書《かく》白《しら》洲《す》　京 言水

325 名月や御《ご》門《もん》の外は仕《じ》丁《ちやう》ども　同 淵瀬

326 父は花酒の母なり今日の月　大坂 西鶴

327 名月や雨乞《こ》フ村の人ごゝろ　同 賀子

328 名月や歌の中《なか》山《やま》清《せい》閑《がん》寺《じ》　同 藍橋

329 名月に蚊《か》屋《や》つり草も枯《かれ》ぬめり　同 盤水

330 名月やいつより榎《えのき》黒みたる　同 蚊市

318 ▽変えることもないのに嫁菜という名を改めて咲く野菊だなあ。季野菊。

319 ▽美しい玉をつらねているような露は野菊には似合わない。野菊は素朴なところに趣きがある。季野菊。

320 ▽野菊は、若いころは嫁菜と成人女性のように呼ばれていたが、生長するほどに、ただ「小菊」と若い女性のように呼ばれるようになる。季野菊。

321 ▽ふと物さびしさを感じさせる秋。静かな田圃道を通りつつ、つい鳴子を鳴らしてみたことだ。季鳴子。

322 ▽案山子の笠をとったら、案山子だと分かったからか、こわがらずに烏がとまったことだ。季案山子。

323 ○辻相撲　公の行事の相撲に対していった。素人相撲。▽辻相撲を見物するものはみな、前髪姿の若者をひいきにして声援を送っている。季辻相撲。

324 ○大内　皇居の異称。○下部　下級役人。身分の低い者。▽下部がうずくまって白洲に何か書いている。その姿が名月にくっきりと浮かびあがって見える。季名月。

325 ○仕丁　貴族の家などの下僕。雑役夫。▽煌々と照っている名月の下、邸内では歌会など風雅な宴が開かれているらしく、門の外にはお供の仕丁たちがたむろしている。季名月。

326 ▽酒にとって、春の花見酒のための花が父のごときものであれば、秋に月見酒の催されるきょうの月は母のごときものである。酒は、花と月によって生まれた。季今日の月。

327 ▽名月のころ、人々は雨にならぬことを願うが、農作物の生長を祈る農村の人々は雨の降ることを願う。季名月。

328 ○歌の中山　清水寺の南西清閑寺近くの小径。○清閑寺　京都東山にある。山号は歌中山。▽名月を見るならば、「歌の中山」といわれた清閑寺がふさわしい場所だ。「歌の中山清閑寺」は、謡曲・田村、同・融の文句どり。季名月。

329 ○蚊屋つり草　夏の季語。▽名月のころになれば、蚊屋も不要になり、蚊屋を思わせるカヤツリグサも枯れてしまっているだろう。季名月。

330 ▽名月を見あげてふと気づいたが、いつから庭先の榎があのように黒々とした姿を見せていたのだろうか。季名月。

331 男ともしらでこがるゝ碪《きぬた》哉《かな》　京 万玉

332 待《まつ》宵《よひ》の力に成《なり》し碪《きぬた》哉　大坂 川柳

333 よごれたる心はうたぬ碪《きぬた》哉　同 久永

334 蠟《らふ》燭《そく》の真《し》ンきらせけり今年蕎《そ》麦《ば》　同 藍橋

335 稲刈《かり》て片《かた》荷《に》は西の帆かけ船　同 梅子

336 稲葉刈《かる》ころは尼さへ髪ながし　同 李渓

337 執《しふ》の火の飛《とぶ》ひかりなし今日の月　同 蛙市

338 初《はつ》鮭《さけ》は富士見て来たる心哉　同 昨非

339 鴈《かり》は飛《とび》鶉《うづら》は居《ゐ》るがすがたかな　大坂 重栄

340 初《はつ》鴈《かり》は指《ゆび》折《をる》とても片手哉　同 円水

341 翡《カハ》翠《セミ》のとまるかたはむ岸柳　同 露友

342 鳴《なく》虫《むし》の髭《ひげ》の長きもあはれ也《なり》　同 椿子

331 ▽砧を打つ音がさびしく聞こえてくる。どんな女性が打っているのだろうかと(実は男が打っているのに)心がこがれることだ。[季]碪。

332 ▽卯辰集三九三参照。[季]碪。

333 ▽冬仕度のために衣を打つが、その音の風情は清らかで、汚れた心では打たないのだと知られる。[季]碪。

334 ○今年蕎麦　新蕎麦のことか。▽蝋燭の芯を切らせたものだ、今年とれたての蕎麦だから。味覚を楽しむために食卓を明るくさせた。[季]今年蕎麦。

335 ○片荷　てんびん棒や馬の背などに荷物を二つに分けて担ぐときの片方の荷。▽稲を刈って運ぶさまを帆かけ船に見立てたか。句意未詳。[季]稲刈。

336 ▽稲を刈るころは、忙しくて毛を切りに来てくれる人もないので、尼の髪の毛さえ長く伸びたままである。[季]稲葉刈。

337 ○執の火　未詳。執念・執着心をいうか。○今日の月　名月を賞していう。▽澄み切った清らかな名月の光のもとでは、「執の火」も飛んで光を出すこともできない。[季]今日の月。

338 ▽初鮭を贈り物に貰った気持は、まるで富士山を見たような嬉しさである。[季]初鮭。

339 ▽鴈は飛んでいるさま、鶉はうずくまっているさまが、そのふさわしい姿である。[季]鴈・鶉。

340 ▽最初に姿を見せた初鴈の群れは、指折り数えても五羽ぐらいなものである。[季]初鴈。

341 ○翡翠　八月の季語(毛吹草、増山井など)。▽岸の柳の枝がたわんだのはカワセミがとまったからだろうか。[季]翡翠。

342 ▽秋に鳴いている虫の髭の長いのもあわれさを感じさせる。[季]鳴虫。

343 ○心ほど　心持。少し。▽心ほどにも取ることのできないものだなあ、枝についている栗は。[季]栗。

344 ▽柳に薄く夜の霜が降りていて、まことに秋らしくなってきたなあ。[季]秋。

345 ▽重陽の日、わが家の庭に咲いている野菊を今日一日にふさわしい景物としてながめ暮らすことにする。[季]野菊。

343 心ほどとられぬものか枝の栗　同　宰賀

344 秋らしや柳にうすき夜《よ》るの霜　同　帆睡

重陽《ちようやう》

345 我《わが》宿《やど》の野菊を今日の詠《ながめ》哉《かな》　同　一蠡

346 夜《よ》寒《さむ》さぞ裏《うら》壁《かべ》つけぬきり〴〵す　同　才麿

347 里人は突《つき》臼《うす》かやす花野哉　大坂　西鶴

348 押《おし》分《わけ》て誰《たが》寐《ね》し跡ぞ花《はな》薄《すすき》　京　芝蘭

349 身《み》振《ぶる》ひや鹿に時《し》雨《ぐ》るゝ花薄　同　定之

350 八九月風はいづこの螺《ホラ》の貝　江戸　嵐雪

351 露《つゆ》霜《じも》の沙《さ》汰《た》なかりけり富士の山　京　常牧

352 今更に笑《エム》か花野の髑《サレ》髏《カウベ》　同　団水

冬

346 ○きり〴〵す　壁土の中で鳴くとされる。壁―きり〴〵す（類船集）。▽裏壁のない壁の中で鳴くキリギリスは、裏のない着物を着ているのと同然で寒かろう。季夜寒・きり〴〵す。

347 ○突臼かやす　ゴミが入らないよう搗臼を裏返しておく。無用の状態。▽花野のころ、粟も取り入れどき。取った粟を搗いて粉とすると当分は搗臼も無用である。季花野。

348 ▽花薄の中にくぼみがある。薄をおしわけて一体誰が寝た跡なのだろうか。季花薄。

349 ▽時雨に濡れて鹿が身振いすると、花薄もゆれる。季花薄。

350 ▽風水害のよくある八月九月、折からの風に乗って螺貝の音が聞こえてきたが、きっとどこかの堤が切れたのだろう。季八九月。

351 ○露霜　古来、定説はないようだが、ここでは、滑稽雑談に「露結びては霜となるをいへるか」とあるのに従う。晩秋の季語。▽富士山については、露霜の評判は全くない。ただ雪についてだけ人々は気にかける。季露霜。

352 ▽花野にさらされている髑髏は、こんな身になっても、周りの草花と同じように今更のように笑むか、笑みはしまい。花が咲くのを笑むというところからの句作り。季花野。

353 ▽今年の冬は、またこの柱に寄り添って閑居することだ。貞享四年（一六八七）十月に江戸を発ち、翌年八月末に帰東、久しぶりに旧庵で冬籠りをすることになった気持が「又」「此」に表われている。白楽天・閑居賦「閑居シテマタコノ柱ニ倚ル」による。季冬籠リ。

354 ▽寒い日の朝、あたかもその寒い日を形象するかのように冴え冴えとした声を出して芹売りがやってきた。冬の朝の緊張感を詠む。季寒き日。

355 ○祝子　神社に属して神に仕える職の人。巫女（こ）をいう場合もある。○庭火　神楽のときに庭にたくかがり火。庭燎。▽神楽の夜、庭火のまわりに祝子たちの烏帽子がはしゃぐように動きまわっている。烏帽子に焦点を絞ったのが作意。あるいは「はしやく」（端焼く）か。烏帽子―祝子（類船集）。季庭火。

353 冬籠《ふゆごも》リ又寄添《よりそ》はん此《この》はしら　江戸　芭蕉
354 寒き日を声に芹《せり》売《うる》朝《あした》哉《かな》　京　定之
355 祝子《はふりこ》が烏《え》帽《ぼ》子《し》はしやぐ庭火哉　大坂　万海
356 庵《あん》近し少《すこし》ぬれても初しぐれ　同　賀子
357 玉《たま》笹《ざさ》や不《ふ》断《だん》時《し》雨《ぐ》るゝ元箱根　同　西鶴
358 十月や烏《え》帽《ぼ》子《し》に入《はい》る庭の塵　同　幸方
359 屼《ハゲヤマ》に何を葉《は》守《もり》の神《かん》無《な》月《づき》　同　杏酔
360 呼《よび》立《たて》て日もちり〳〵や友千鳥　同　定明
361 此《この》川が涼みし川か鳴《なく》鵆《ちどり》　同　竹亭
362 鴻《こう》の足見しより長き枯野哉　大坂　遠舟
363 さま〴〵に池の形《なり》見る枯野哉　同　盤水
364 守《もり》捨《すて》し枯野の小屋の一つ哉　同　知童

356 ▽庵の近く、少し濡れても気にかけぬ、これも初冬の情緒のある初しぐれである。時雨―寒き柴の戸(類船集)。季初しぐれ。

357 ○元箱根　箱根神社鳥居前町。▽元箱根では絶えずしぐれていて玉笹がいつもしっとりと濡れている。歌語「玉笹の露」を時雨に変えて箱根において詠んだ点が俳諧。季時雨。

358 ○庭の塵　落葉を指すか。▽十月、庭の塵となるべき落葉が烏帽子の中へ飛び込んで来た。十月は神が留守なので、神官は神前の掃除に日を送っている。季十月。

359 ○葉守の神　樹木を守護する神。▽はげ山ではどうして葉を守ることもあろうかと、葉守の神はいなくていつも神無月である。「葉守の神」を「神無月」に言い掛け、葉の落ちて無くなった神無月の山をも重ねる。季神無月。

360 ▽ちりちりと鳴いて友を呼びあっていた千鳥も、夕日がちりちりと照るころになるとちりぢりに別れていく。千鳥の鳴き声、夕日の照るさま、別れるさまを「ちりちり」一語の中に入れて詠んだ。季友千鳥。

361 ▽今、川で千鳥が鳴いているが、この川が夏には涼をとった川なんだなあ。季鵆。

362 ○鴻　ヒシクイ。ガンの一種。別名、沼太郎。▽枯野から出て来たヒシクイの脚は、枯野の中にいるのを見ていたよりも長かった。季鴻・枯野。

363 ▽一面の枯野原になると、それまでは目立たなかった池が、いろんな形をしてあちこちに姿を現わしてきた。季枯野。

364 ▽野守の居なくなった番小屋が一つ、枯野の中にポツンと見えている。季枯野。

365 ○野狐のよめり　狐の嫁入り。夜、山野に狐火の点々と連なること、また日照雨。ここは後者か。▽枯野に日があたりつつ雨が降っている。さてはこの枯野の野狐が嫁入りを始めたらしい。初冬の天候を詠む。季枯野。

366 ▽枯野では、枯れ果てた草があちらを向いたり、こちらを向いたりして立っている。季枯野。

367 ▽あまりのおごそかさに、神楽に対してつい念仏申してしまった。神事の一つの神楽に念仏した点が滑稽。季神楽。

365 野《の》狐《ぎつね》のよめり初《はじむ》る枯野哉《かな》　同　万桜

366 あちらむきこちら向《むき》たる枯野哉　同　呼牛

367 殊《しゅ》勝《しょう》さに念《ねん》仏《ぶつ》申ス神《か》楽《ぐら》哉　同　重栄

368 凩《こがらし》のちらすもののなき柳哉　同　帆睡

369 宮《みや》守《もり》が烏《え》帽《ぼ》子《し》着《き》直《なほ》す落《おち》葉《ば》哉　同　李渓

370 落葉して鳥の数よむ木《こ》末《ずゑ》哉　同　宰賀

371 朝やけも夕日に似たり帰《かへり》花《ばな》　同　椿子

372 提《さげ》て行《ゆく》人に品なし帰《かへり》花《ばな》　同　宗準

373 弟《おとと》さへ世を遯《ノガ》レけり網《あ》代《じろ》守《もり》　芸州　里洞

374 十月は幾《いく》日《か》降《ふっ》ても初《はっ》時《し》雨《ぐれ》　大坂　夕幽

375 片《かた》〱《かた》は時《し》雨《ぐれ》ぬ禰《ね》宜《ぎ》が烏《え》帽《ぼ》子《し》哉　同　呼牛

376 走《はしり》出て時《し》雨《ぐれ》をとふや松の色　同　良重

368 ▽冬の初めに木の葉を吹き散らすという凩だが、秋のはじめに既に葉の落ちてしまっている柳に対しては、吹き散らすものが何もない。柳の葉は、吹く秋風でいちどきに落ちるとされる。季凩。

369 ○宮守　神社の番人。神官。▽宮守が降りかかった落葉を払うために烏帽子を脱いで着なおした。森―神社(類船集)。季落葉。

370 ▽落葉して木末が裸になったので、そこにとまっている鳥の数を算えることができる。季落葉。

371 ▽朝焼けの中に咲いている帰花は、夕日を受けて咲いているのと同じように見える。朝焼けと夕焼けが同じように見えるのと同じく、帰花も春の花と同じように見えるという意をこめて一句を仕立てたか。季帰花。

372 ▽せっかく咲いた貴重な帰花を折りとってゆくなんて、品がない、無風流な心なしだ。季帰花。

373 ▽殺生を業とする網代守は、弟までが世を遁れて出家した。故事があるかと思われるが未詳。季網代守。

374 ▽十月になって降る雨は、幾日降っても初時雨といって賞美することだ。季初時雨。

375 ○片〱　片方。片隅。○烏帽子　社人らのつける烏帽子は柳鍛(やなぎさび)あるいは揉烏帽子(もみえぼし)。▽時雨にあったが、禰宜の烏帽子の片方は濡れなかった。これも片時雨だ。烏帽子―禰宜(類船集)。季時雨。

376 ▽時雨が来たかと外へ走り出して見るが、しぐれようがしぐれまいが松は常磐の色を保っているというのか、句意不分明。季時雨。

377 ▽常には立ち寄らない弟子の所へ時雨の折にやってきた。にわか雨にあって雨宿りのためである。季時雨。

378 ▽塩売の売声が、時雨が降ってくると急に聞こえなくなった。塩は雨に弱い。季しぐれ。

379 ▽時雨はすぐにやんでしまうので、折角にさして出た傘も、厄介な荷物になってしまう。季時雨。

380 ▽水仙は、細長い葉だが、ぱっと広がった花には冬の寒さに負けない勢いがある。「霜がれの草の中に、いさぎよく

377 常よらぬ徒《と》弟《てい》尋ヌる時雨哉《かな》　同　風舟

378 塩《しほ》売《うり》の一《ひと》声《こゑ》うづむしぐれかな　同　歌麿

379 からかさも後《のち》は荷に成《なる》時《し》雨《ぐれ》哉　河州　亭笑

380 水仙やせまくて広き花に勢《せい》　大坂　補天

381 明《あけ》ぼのや荷炭をおろす門の前　桜塚　西吟

382 拝殿にしばし雑《ザ》子《こ》寐《ね》の時《し》雨《ぐれ》哉　大坂　西鳥

383 山《さ》茶《ざん》花《くわ》を旅《りよ》人《じん》に見する伏見哉　同　西鶴

384 態《わざ》ゝ《わざ》と上《じやう》戸《こ》になりぬ冬《ふゆ》牡《ぼ》丹《たん》　同　倡和

385 おもしろや波の間《あひ》より飛《とぶ》鵆《ちどり》　同　杏酔

386 御座舟やどちらの千鳥見て行《ゆか》ん　同　鈴風

387 妻の留《る》主《す》目《め》覚《ざめ》てすごき火《ひ》桶《をけ》哉　同　蚊市

388 留《る》主《す》つかふ時は汗かく火《こ》燵《たつ》哉　同　矩久

咲出たるを、菊より末のをとうとゝもてはや」す(山之井)心を、「せまくて広き」と謎めかした句作りにした。季水仙。

381 ▽あけぼののころ、運んできた炭の荷を門の前でおろしている。季炭。

382 ○雑子寐　雑魚寝。一所に多数の人が入り交じって寝ること。また、節分の夜など神社などに男女多数が参籠して共寝をした民間行事。▽何人もで神社に参詣したが、急に時雨が降ってきたので、拝殿の中で所在なげにごろ寝をして雨のやむのを待つことにする。これも雑魚寝だ。季雑子寐・時雨。

383 ▽伏見では、折から咲いている山茶花が、通る旅人にその姿を見せている。乾裕幸(『西鶴俳諧集』)は「紅葉の季節もすぎて、さびれた宿場町の景」とする。季山茶花。

334 ○冬牡丹　底本「冬杜丹」。▽ふだんは酒が飲めないのに、冬牡丹の美しさを賞でるためにわざと上戸のふりをして一献汲むことだ。季冬牡丹。

385 ▽波の合間から見える千鳥の飛ぶ姿は趣きがある。季鵆。

386 ○御座舟　本来は貴人の乗る舟だが、ここは川遊びに用いる屋形船。▽御座舟に乗るにあたって右側に座ろうか、左側に座ろうか。それを、どちら側にいる千鳥を見ていくことにしようかとひねった。季千鳥。

387 ○すごき　荒涼とした感じ。▽妻の留守の折、目が覚めてみると火桶の火は全く消えてしまっていていっそう殺風景で寒々とした感じである。季火桶。

388 ▽居留守を使う時は、気持がはらはらとしている上に火燵の中でじっとしているので汗をかいてしまう。季火燵。

389 ○文王　周を創建した。理想の聖天子の一人。▽火燵に火が入っていない。たとえ文王が即位されたとしても、このむなしさはたとえようがない。大げさに言ったもので、漢文訓読調に面白さがある。口調に典拠があるか、未詳。季火燵。

390 ○煎蠣　カキを細かくたたいて塩を加え鍋などで煎る料理。○くらし　「暗し」なら切字が重なるので「暮し」だろう。▽浜松葉をたいて磯でとれたカキを煎っている海士の家のわびしい暮らしである。季蠣。

389 火《こ》燵《たつ》空《むな》し文王即位ありとても　同　久永

390 煎《いり》蠣《がき》や海《あ》士《ま》が家くらし浜松葉　大坂　昨非

391 葬礼の其中を売《ル》鰒《ふくと》哉《かな》　同　賀子

392 冬《ふゆ》枯《がれ》や風の落《おち》込《こむ》谷の底　同　杏酔

393 それきたぞ歯ぬけ声なる鉢《はち》扣《たたき》　同　芦売

394 其町の人は出《いで》ぬる鉢たゝき　南都　歳人

395 梟《ふくろふ》の寒き夢うつ霰《あられ》かな　芸州　柳江

396 山《やま》川《がは》や霰《あられ》乗《リ》行《ゆく》木《この》葉《は》舟《ぶね》　大坂　円水

397 朝霜に疵《きず》を付《つけ》たる霰《あられ》哉　同　洒鬢

398 鐘絶《たえ》て藁《わら》うつ家の霜《しも》夜《よ》哉　同　縁水

399 矗《イヨヤ》かな伽《が》藍《らん》に見《み》度《たき》軒の雪　同　重成

400 別《わかれ》路《ぢ》や女みにくき雪の朝　同　李渓

391 ▽場所もあろうに葬礼の中を、中毒死をおこすことのあるフグを売り歩いていく。季鰒。

392 ▽冬枯で木々には一枚も葉がなくなり、風だけが谷底へすさまじい勢いで落ちこんでいくようだ。季冬枯。

393 ▽それやってきたぞ、あの、歯のぬけた声の鉢たたきが。季鉢扣。

394 ▽その町の人の多くは鉢たたきに出てしまっていますよ。鉢たたきといっても特別な人がなっているのではなく、身近な人が出ていることを詠んだか。季鉢たゝき。

395 ▽寒気の中、霰の音で夢をさまされた。今ごろは、木末でフクロウもこの霰を身にあびているのだろう。季梟・霰。

396 ▽山中の川、そこを流れゆく木の葉の上に折から降ってきた霰が乗って、そのまま舟のように流れすぎていく。季霰。

397 ▽一面に美しく降り敷いている朝霜の上を霰が強く打って疵を付けてしまった。季朝霜・霰。

398 ▽鐘を打つ音が聞こえなくなったが、貧しい農家ではまだ藁を打っている霜夜だなあ。季霜夜。

399 ○矗かな　高くそびえたちおごそかなさま。▽わが家の軒の雪を、どうせ見るならいよやかな七堂伽藍に降り積む雪として見たいものだ。そうすればもっと美しく素晴らしく感じられるだろう。季雪。

400 ▽昨晩はあんなに白く美しく見えた女の肌だったのに、朝に別れるとき、折から降り積もっている雪の白さとくらべて女がみにくく見える。季雪。

401 ○上天　そら。特に冬の天をいう。▽長寝して起き出てみると雪が積もっていたが、天上のことは、この今朝の雪に聞いたら教えてくれるだろうという意味か。季上天・今朝の雪。

402 ▽いつもはあけぼののころ、忙しく使われる庭竈が今朝は雪がつもったために、打ちおかれたままで、隙があるようにみえる。季雪。

403 ▽今朝起きてみるとわが家にも雪が積もっていて、きのうまでの姿とはうってかわった感じとなっている。季今朝の雪。

401 長寝《ながね》せし上天《じやうてん》の事は今朝の雪　同　季山

402 明《あけ》ぼのや箒《はうき》隙《ひま》ある庭の雪　同　性水

403 我宿の形《なり》替《かは》りけり今朝の雪　同　元知

404 羽《は》に積《つも》る雪に雲《ア》落《ブ》なや水の鴨　江戸　石玉

405 日の照《リ》て雪の焼《やけ》たる巌哉《かな》　大坂　朝秋

406 見事にて跡のきたなき雪野哉　大坂　万桜

407 礒ぎりに沖は降らぬか宵の雪　同　倡和

408 雪よりもあるか出せみん白き物　同　豊流

409 薄《うす》氷《ごほり》蘇《そ》鉄《てつ》の形《なリ》に残《リ》けり　同　柳枝

410 行《ゆく》月《つき》の影は得とぢぬ氷哉　同　元知

411 水《みづ》車《ぐるま》朝は音なき氷かな　同　葛民

412 沖に目のとゞく程飛《ブ》鷗かな　同　一風

404 ▽池に浮かんでいる鴨の羽に雪が積もって、その重さで沈んでしまいそうに危く見える。季鴨。

405 ▽すっぽりと雪に包まれた山に日が照って、その岩肌の部分の雪だけが溶けて焼けたように変色している。季雪。

406 ▽降り積もったときは一面に純白でみごとだが、溶け出したあとは汚なくなっていく雪野である。季雪野。

407 ▽宵から雪が降ってきたが、この雪は、磯の所まで降って沖は降らないようである。季雪。

408 ▽雪よりも白い物があるか、あるなら出して見せてみよ。季雪。

409 ▽日があたって薄氷が溶けたが、大きな蘇鉄の陰になっている部分のみ、溶けずに蘇鉄の形に残っている。季薄氷。

410 ▽中にすべてをとじ込めてしまう氷だが、空行く月の水に映る影だけはとじ込めることができない。季氷。

411 ▽朝は、凍りついているために動かず音のしない水車である。陽がのぼると氷が溶けてまた回り出し音がする。季氷。

412 ▽はるか沖合の目のとどく限りのところまで飛んでいくカモメである。季鷗は非季詞とされるが、ここは、水鳥の一種と考えて冬の語としたか。

413 ○徽　琴柱。琴などの胴の上に立てて弦を支え音を調節する具。「徽をうつ」は、琴柱を琴の胴に据えることか。▽庭の池に浮かんでいるオシドリを見ていると、そののどけさのために思わず琴柱を据えて琴をかなでたくなる、の意か。季鴛。

414 ▽紙子売は、人に防寒のための紙子を売って収入を得、自分の身の寒さを防いでいる。季紙子売。

415 ○紙子夜着　紙子でできた夜具。あるいは紙衾（かみぶすま）をいうか。▽よい夢を見ていたが、やはり紙子の夜着では寒くて目が覚めてしまった。季紙子夜着。

416 ▽夜が寒いのでむかっ腹の立つ山ずまいである。季寒。「夜寒」なら秋の季語。

417 ▽絹のような高級なものを身につけた階級の女が薬食に動物を食う姿は、みなれず見苦しいものである。そのような女が、卑しくも動物を食べている。季薬喰。

413 おもほへず徽《コトヂ》をうたん池の鴛《をし》　芸州 野羊
414 己が身の寒さをふせぐ紙子《かみこ》売《うり》　大坂 花瓢
415 よい夢を覚《さま》されにけり紙子《かみこ》夜着《よぎ》　同 矩久
416 夜を寒《さむ》みむか腹立ル山《さん》居《きよ》哉《かな》　江戸 西乃
417 絹着たる女あやしや薬《くすり》喰《ぐひ》　若州 去留
418 年《とし》籠《ごも》リ鈴聞《きく》こゝろ一つ哉　大坂 芦売
419 煤《すす》掃《はき》や又あらためし紙袋　同 且水
420 餅《もち》花《ばな》は妹背の中のよし野哉　同 自問
421 寒《かん》声《ごゑ》や蛍過《すぎ》ての丸木橋　京女 花鈴
422 瓢《へう》箪《たん》に酒は入《いれ》ぬか鉢《はち》たゝき　大坂 轍士
423 日《ひ》の本《もと》の人の多さよ年の暮　同 才麿
424 世に住マば聞《きけ》と師《し》走《はす》の碪《きぬた》哉　同 西鶴

418 〇年籠リ　大晦日の夜、神社や仏寺に参籠して新しい年を迎える行事。▽しずかに年籠りをしていると清らかな鈴の音が聞こえてきた。私の心も、あの鈴の音と一つになるように清められていく思いである。季年籠リ。

419 ▽年末の煤掃のとき、古くなった紙袋の中に何か入れ忘れていないかと、またあらためて調べてみることだ。季煤掃。

420 〇餅花　「本朝の風俗として、此日(餅つきの日)餅を柴に付て花に造る」(滑稽雑談二十四)。▽花の名所は吉野だが、同じ花でも餅花の咲くのは、夫婦仲のよいという意味のよし野である。「妹背の中のよし」を「よし野」に掛ける。「流れては妹背の山の中におつる吉野の河のよしや世の中」(古今集・恋五・読み人知らず)を踏まえる。季餅花。

421 〇寒声　音曲の稽古で、寒中の早朝や夜半に発声の練習をすること。▽夏、蛍を追った丸木橋で、冬は寒声を出して稽古している。季寒声。

422 〇瓢箪　底本「瓢蕈」。▽鉢たたきよ、寒い中を回っているが、そのぶら下げている瓢箪には、寒さをしのぐための酒でも入れていないか。瓢箪―鉢扣(類船集)。季鉢たゝき。

423 ▽年の暮になると、何とわが日本には人が多いことだと感じられる。季年の暮。

424 ▽この世に住んでいるのならいやでも聞けというように、せわしない師走に碪の音が耳につくように聞こえてくる。参考「南どなりには、下女が力にまかせて、拍子もなきしころ槌のかしましく、うき世に住める耳の役に聞けば」(西鶴名残の友四ノ四)。季師走。

425 〇草津　現在の滋賀県草津市。〇鳰　底本の振仮名「カイツヲリ」。▽師走の湖面に浮かんでいたカイツブリがぽつんと水中に姿を消した。カイツブリも師走のいそがしさをきらって逃れたのだろう。色杉原(元禄四年)などに上五「かくれけり」とする。季師走。

426 〇まぎらかしけり　ごまかす。ここは、いい加減にした、十分にしないの意か。▽親の老いるのを知るのが悲しくて、節分の行事も親の前ではきちんとしなかった。飯田正一(『小西来山俳句解』)は「節分にも、親の前で、年の数だけ(厄払

草津にて

425 のがれけり師走の海の鳰《カイツブリ》 江戸芭蕉

426 節分もまぎらかしけり親の前 大坂来山

427 月花に馴れし矢立も大《おほ》三《み》十《そ》日《か》 大坂由平

428 稲妻に負《まけ》ず実《み》の飛《ブ》蓮《はちす》哉《かな》 来山

429 三ケ月薄き市《いち》の果《はて》口《くち》 賀子

430 秋の風干《ほし》鰯《か》に鼻を逆《さか》らひて 仝

431 檜《ひのき》笠《がさ》着た人のキヨロツキ 山

432 裏門は水とるまでの通ひ道 仝

433 家《あ》鴨《ひる》に折《をれ》ル河《かう》骨《ほね》の花 子

いに)包む豆の数を、それと知られぬようにまぎらかした、というのであろう。親に案じさせないためである」とする。季節分。

427 ▽この一年、月を賞で、花を賞で、そのつど句を書くのに用いてきた矢立も、きょう一年の最後の大晦日を迎えた。発句篇の最後に、一年の最後の日の句を配した。季大三十日。

428 発句。秋(稲妻・蓮の実飛ブ)。▽空に激しく光る稲妻に負けないように、地上の池では蓮の実が激しく飛び出している。一参照。

429 脇。秋(三ケ月)。月の定座から三句引き上げ。○果口 しまいぎわ。▽夕暮れ時になって市もそろそろ果てようとしている。空には薄く三ケ月が出ている。発句の時分を定めた。

430 第三。秋(秋の風)。▽市のしまう夕暮れ時、秋の風が、店先の干鰯の臭いを乗せて吹いてきた。その臭いこと。

431 初オ四。雑。○檜笠 檜を薄く削り網代に編んだ笠で晴雨兼用。旅行に多く用いる。「今も修験者旅行等には之を用ふ」(守貞漫稿二十六)。▽檜笠を被った見馴れない人がこの漁村にやってきて慣れない干鰯の臭いを嗅いできょろついている。「キヨロツキ」で、土地慣れない人物を表わす。漁村に転じた。

432 初オ五。雑。▽この裏門は水を取り入れるためにだけ使う通い道だ。前句を、乞食僧などと取り、通常は使わない裏門でまごついているとした。

433 初オ六。夏(河骨)。▽裏門の傍にせっかく咲いた河骨の花がアヒルに折られてしまった。前句の裏門の傍の取水のための川の景。

434 初ウ一。夏(夏書)。○夏書 夏安居《げあん》の期間に写経や手習いをすること。▽今朝の夢が気になって夏書の筆がはかどらないので庭に出てみたら、河骨の花が折れていた。あるいは、前句を夢の内容とするか。

435 初ウ二。雑。恋(句意。前句と合わせると「夢の俤」で恋の詞となる)。▽今朝の夢に出てきた人のことをつくづくと思い出してみると、かつて見殺しにした客だった。昔、悪所にいた女性が、後世を願って写経などに精を出していると見た。

434 今朝の夢夏《ゲ》書《がき》の筆を妨《さまた》ゲて　子

435 つく〲おもへば見殺《ごろし》タ客　山

436 忍ぶれど銀《ぎん》盃《さかづき》は酔《よふ》ものぞ　仝

437 袖によごるゝ血《ノリ》のはぢらひ　子

438 其《その》中に供《ぐ》奉《ぶ》の独《ひとり》の気の強《シ》　仝

439 頬さへあげず立《たち》くらす尼　山

440 秋の草皆尋常にうら枯《がれ》て　仝

441 振《ふり》直《なほ》したる蟷《カマ》蜋《きり》の鎌　子

442 露《つゆ》霜《じも》に脚《かっ》気《け》のおこる連《つれ》を持《もち》　仝

443 月の出《いづ》るが盗《ぬす》人《びと》の運《うん》　山

444 花《はな》鳥《とり》の中いひさかす物狂ひ　仝

445 広《ひろ》野《の》は蝶の追ふつおはれつ　子

436 初ウ三。雑。恋(忍ぶ)。▽(前句のことを)心の内に秘めて明かすまいと忍んでいたが、銀の盃で酒を飲むとことのほかに酔うものかしゃべってしまった。あるいは、「忍ぶれど」を、酒の酔いに耐えていたの意にとって、しかし、銀の盃はよく酔うために、いかんともできず客を見殺しにしてしまったともとれる。「忍ぶ」という恋に用いる詞を、酒の酔いを忍ぶと用いたところが俳諧。恋離れ。

437 初ウ四。雑。▽袖が血糊に汚れているのが恥ずかしい。泥酔の上の狼藉沙汰。

438 初ウ五。雑。▽敵に不意をつかれて恥ずかしかったが、その供の者の中に、ひとり気が強く息巻いているのがいる。前句を、主君を襲われた供の者たちと取った。

439 初ウ六。雑。▽顔も上げずに、じっと立ちつくしたままの、高貴な気弱な尼僧に供奉する女たちの中に、一人、気の強いのがいる。

440 初ウ七。秋(秋の草)。▽秋の草が皆、何の異変もない状態で枯れていった。自然のいとなみとはいえ、けなげである。尼が庭の草を眺めて感じ入っているとした。前句の異変の気味の付け合いに「尋常」と出した。

441 初ウ八。秋(蟷蜋)。▽すべて枯れてしまった秋草の中でカマキリが下げていた鎌を、もう一度振り上げた。「枯て」に「振直す」が響き合う。「秋の草」に「鎌」をあしらう。

442 初ウ九。秋(露霜)。○露霜　三五一参照。▽露霜の季節になるときまって脚気のおこる連れと旅をしている。カマキリが露霜に弱るところから、同じく露霜に弱い人物を出した。

443 初ウ十。秋(月)。▽連れの脚気がおこったために道が遅れて夜になってしまい、盗人の出るのを恐れていたが、月が出てほっとした。月が出れば盗人は出ることができないだろうとし、それを「盗人の運」と言った。

444 初ウ十一。春(花鳥)。花の定座なので季移りにした。○花鳥　「花にやどれる鳥也。たゞはなと鳥とをもいふ也」(増山井)。ここは、後者。その場合、トリと澄んで読む(俳諧歳時記栞草)。○いひさかす　言い盛す。言いはやす。▽春のころ、花咲き、鳥のさえずる中で盛んにものを言っている。物狂いで

446 きさらぎや桟《さ》敷《じき》の柱打《うち》こかし　同

447 妹《いもと》つれずばいきて帰らじ　山

448 仮《かり》枕《まくら》雪と泪《なみだ》を湯にわかし　同

449 鷹に蹴《け》られて鷺《さぎ》落《おつ》る方《かた》　子

450 若《わか》衆《しゆう》の高《たか》股《もも》だちは見《み》事《ごと》也《なり》　子

451 恋はむかしと杖握リ破ワる　山

452 窓明《あけ》て日の入《いる》山を持仏堂　仝

453 雌《メ》にはなれたか狐来《き》て鳴《なく》　子

454 牛《うし》馬《うま》のつなぎながらにながれ行《ゆく》　仝

455 ちいさい時をはなす傾《けい》城《せい》　山

456 乱レ髪うしや医《くす》師《し》に打《うち》向《むか》ひ　仝

457 まだ蚊の残る八《はち》月《ぐわつ》の月　子

ある。前句は、物狂いの喋っている言葉。物ぐるひ—花をすくふ(類船集)。

445 初ウ十二。春(蝶)。▽広い野で蝶が互いに追いつ追われつするように、飛んでいる。蝶の群舞を物狂いと見立てた。

446 名オ一。春(きさらぎ)。▽初春の興行に掛けた小屋を二月になって壊している。桟敷に立ててあった柱を倒すと、そこは元の広々とした野原になって、蝶が飛んでいる。

447 名オ二。雑。▽妹を連れ戻すことができなかったら生きて帰らない覚悟だ。前句を決意の行為と見て取った。

448 名オ三。冬(雪)。○仮枕　旅寝。▽妹を連れ帰るまでは生きて帰るまいと決心して国を出、涙ながらに雪を湯に沸かして食事をするような苦労の旅を続けている。

449 名オ四。冬(鷹)。▽飛んでいる鷺が鷹に蹴られて落ちていった、あの方向、あちらに私は旅を続けます。雪—鷹(類船集)。

450 名オ五。雑。恋(若衆)。○高股だち　袴の股立ちを深く腰のところに挟み込むこと。若々しく意気な格好。▽鷹狩りの場で鷺の落ちた方へ走っていく高股立ちの若衆の姿は、美しくさまになっている。

451 名オ六。雑。恋(恋)。▽美しい若衆の姿を見ていると、恋をしたのはもうずっと昔のことだと、悲しくなって、思わず握っていた杖に力が入り割ってしまった。若衆の姿を見て、その若さの美しさに羨望し、嫉妬している。あるいは、昔の自分の姿(前句)を思い出しているとも。

452 名オ七。雑。▽恋をしたのも昔のこと、老いた今、窓を開けると、西の方に日の沈んでいく山が見える。仏様がいますあの山を、自分の持仏堂だと思う。

453 名オ八。雑。▽雌狐に去られたのか雄狐が、持仏堂の所で、雌を呼んで鳴いている。前句を山中の持仏堂とした。

454 名オ九。雑。○ながれ行　漂泊する、流浪する、旅するなどの意で、ここでは、生涯をいった。▽牛や馬は旅をするにも繋がれたままの生涯だが、それに対して狐は自由である。狐に対して牛馬を出し、「はなれ」に「つなぎながら」と応じた。

458 舟ひいてのぼれば冷《ひゆ》る芦の中　仝

459 田の番どものどやきあひぬる　山

460 神主が家は心のすむ所　仝

461 伊勢も近江も源氏なりけり　仝

462 花ともに苫《とま》吹《ふき》破《やぶ》る山おろし　子

463 寐《ね》余《あま》る春に何の役《やく》なし　仝

京寺町二条上ル町
井筒屋庄兵衛板

455 名オ十。雑。恋(傾城)。▽傾城が、私は小さい時から牛や馬のように繋がれたままの生涯だと話している。「ながれ」女から「傾城」を出した。恋は三句去りでよいが、ここは、同じ折に再び恋が出てきたので好ましくない。

456 名オ十一。雑。恋(うし)。▽病気になった傾城が、乱れ髪のままで恥ずかしく思いながら医師に向かって幼いときのことを語っている。

457 名オ十二。秋(八月の月)。月を一句こぼす。▽今月は仲秋で、美しい月が出ているが、残暑が厳しくまだ蚊が残っていて病気の身にはとりわけ厭なことだ。前句の「うし」を残暑のためとした。

458 名ウ一。秋(冷る・芦)。▽舟を上流へ引いて上るために芦の中を進んでいくと冷たく感じるようになっているのに、まだ蚊が残っていて刺しにくる。小舟―月、舟―芦(類船集)。

459 名ウ二。秋(田の番)。○どやく　どなる。大声でわめいたり、騒ぐ意。▽芦の中を舟を引いていくと、田守たちが大声でわめきあっている声が聞こえてきた。

460 名ウ三。雑。▽田の番どもは争っているが、神主の家を見ると、心が澄んでいくようだ。清浄な感じ。前句を神田と見た。「どやく」と「心のすむ」と対照的な感で付けた。

461 名ウ四。雑。▽伊勢源氏、近江源氏というように、伊勢も近江ももともとは源氏の出です。「神主」から伊勢(大神宮)、近江(日吉神社)を思い遣った。源氏―近江(類船集)。

462 名ウ五。春(花)。花の定座。▽伊勢でも近江でも山から吹く風が、花と一緒に、屋根を葺いてある苫まで吹き壊してしまった。伊勢から蜑の苫屋、近江から比叡颪を連想して付けた。匂いの花の座なので、前句の「源氏」は捨ててあっさりと付けた。

463 挙句。春(春)。○役なし　武士で役務のないこと。▽花の散る中、十二分に寝ることのできる春を楽しむことのできるのも無役のお陰だ。

椎《しい》の葉《は》

櫻井武次郎 校注

〔**著者**〕才麿。

〔**書誌**〕半紙本一冊。中央題簽「椎の葉　才麿」。柱刻「椎の葉　一(―三十)」。全三十一丁。元禄四年(一六九一)刊の昨非編『元録かなしみの巻』以後、井筒屋から出たこの頃の才麿関係の俳書に共通する板下文字で、京の重徳板に似通う特徴がある。

〔**書名**〕才麿が用いていた姓の椎本《しいがもと》に因んで、有馬皇子の歌「家にあれば笥に盛る飯を草枕旅にしあれば椎の葉に盛る」から「葉」に紙の意味を掛けて紀行文を表したか。

〔**成立**〕元禄二年冬に大坂へ移住してきた才麿は、移住後間もない元禄三年正月刊の昨非編『根合』に序を記し、補天・昨非・籾郎との四十四《よよし》一巻や籾郎・昨非との三百韻一巻を収め、四年には、籾郎・昨非との歳旦三つ物を板行するなど、来山門の籾郎・昨非との親交は知られるが、その他の大坂俳人とは交流が乏しかったようである。元禄五年春、来坂した江戸の二世立志を自宅にとどめ、七月十五日の大坂出立まで風交を重ねたが、その翌月二十五日、須磨・明石の秋の夕べを賞でようと大坂を出船、目的地に着き、その後、姫路に赴いて二十日間ほど滞在した折の紀行集が本書である。奥書によれば、姫路を出立する前夜に草した体になっているが、もとより文飾であろう。なお、才麿は、この後、備前国岡山に入り、十月に岡山でこの地の風交を纏めて『後しゐの葉』を刊行している(下垣内和人著『近世中国俳壇史』に翻刻)。

〔**構成**〕明確ではないが、姫路に入る迄を前半、姫路に入ってからが後半となり、さらに姫路の部分の後半部分は、発句・俳諧(連句)集の趣を持つ。

〔**意義**〕元禄期の俳諧紀行集として貴重。彼の山陽筋の俳壇経営を知るだけでなく、歌枕など伝統文学との関係など、後に俳諧宗匠として活躍した才麿の教養を識る格好の資料である。

〔**底本**〕東京大学総合図書館洒竹文庫本。

〔**翻刻**〕俳諧文庫『芭蕉以前俳諧集・下』。

日記にはあらぬ草枕、須磨明石の秋の夕暮をとしごろ見まほしく、ことし此《この》葉月末の五日に難波江や北の岸より便船乞《こひ》て、秋風のはげしくもなく、空静かに鴈《かり》の声、帆にあげてなんとおもひわたり、紅日素波《しらなみ》にたゞよふて西に漕《こぎ》うかべたり。

1 芦《あし》の花折《をり》て船《ふな》出《で》の祓《はらへ》せん

日のくれぬほどに尼ヶ崎につく。此あたり大《だい》もつのうらとかや。岸に添てはぜ釣《つる》おとこの「宿かさん」といふを幸《さいはひ》の事におもひ、あないさせて、かれがやどりに入ける。難波江《なにはえ》よりは、わづか三里には過ぬ。艤《ふなよそひ》せしに、はや旅ねのこゝちきのふのけふに似ぬ秋のゆふべ、あはれにも心ぼそかりけり。あるじ心づかい浅からずして「此《この》所は入江に近く夜寒一しほなれば」とて、手釣《てづり》のいを

○須磨明石の秋の夕暮　「またなくあはれなるものは、かかる所の秋なりけり」(源氏物語・須磨)。以来、秋の寂しさの極致は須磨におけるものとされる。
○葉月末の五日　八月二十五日。
○北の岸　伝法川の右岸であろう。伝法(今の此花区)は西国への海の玄関口だった。
○秋風の…　「秋風に声をほにあげてくる舟は天のと渡る雁にぞありける」(古今集・秋上・藤原菅根)を踏まえる。
○紅日素波　真っ赤な太陽と白い波。

1 ○祓　底本「袚」。▽折りから難波の岸に咲いている芦の花を手折ってそれで船旅の無事を祈るためのお祓いをしよう。芦―難波(類船集)。季芦の花(秋)。

○日のくれぬほどに　日の暮れないうちに。
○大もつのうら　大物の浦。摂津国河辺郡大河尻(今の尼崎市)。

○艤せしに　「艤」は岸に舟を着けること。船から上陸すると。

などてうじ、さかづきもて出《いで》、かはる〴〵酌《くみ》かはして興ことにうつりゆき、いにしへ今のものがたり取あつめたる中に、判官《はうぐわん》西海の波に漂泊ありし昔、此《この》うらの哀れ、静《しづか》が舞《まひ》、弁慶が顔、見るやうに語るも目さましくおかし。

2 しころ打ッ宿にありあへ古《ふる》烏《え》帽《ぼ》子《し》

夜もはや子《ね》に過《すぐ》るならんと思へば「あすまたとく立《たち》ぬべきを」など〻云《いひ》て臥《ふし》ぬ。

廿六日、霧ハ従二朝暑《てうき》一散《ちる》ころに武庫川の水に蹤《ワラグツ》をぬらし、笻《タケツエ》を曳《ひき》て、小松《こまつ》といふ村居を過るに、秋風わたる小田の原にいかめしき森の木立、未《マダ》紅葉には日数へぬべく見えて、朱《あけ》のいがきは雨に洗はれ、華表《とりゐ》は風の吹ゆがめたる、やしろ誰《たれ》もるけしきもなく、御湯花《ミユばな》まいらする釜は、いくとせの木葉《このは》吹《ふき》たまりて、半《なかば》は土に埋れたり。そのほとりに古来まれなる尉婆《ディウバ》稲束ねなどし居けるに近づきて「いかなる神をあがめ置たるぞ」ととへば、こたえて「宮の名は、

○判官　源義経。義経は、大物の浦から船出したが、暴風に吹き返された。平家物語、義経記にもその記述は見えるが、以下謡曲・舟弁慶による。

○静が舞　謡曲・舟弁慶では、静御前はここで義経と別れることになり、舞を舞う。

2 ○しころ　首から襟の部分を守るために兜の鉢につけるもの。また「しころ打ッ」で砧を打つ意に用いる。○烏帽子　白拍子の舞の装束の一つ。「これに烏帽子直垂の候。これを召されおん舞ひ候へ」(謡曲・舟弁慶)。▽義経の着した兜に着ける「しころ」を思わせるように、しころ(砧)が打たれている。静御前に縁のある烏帽子もうまい具合にあってほしい。季しころ打ツ(秋)。

○子　午前零時。

○朝暑　朝の日の光。

○小松　武庫川の西岸。今の西宮市鳴尾の地。小松崎は歌枕。

○いがき　井垣。鳥居の両脇に付ける井の字形の垣。

○御湯花　沸騰した湯の泡を笹の葉に付けて参詣人にかけて浄める。神託にも用いる。

○古来まれなる　古稀。七十歳ぐらいの年齢ということ。

おかしの神と申《まうし》、諸神の中より撰《えり》のぞかれたる神にておかしき神と云《いひ》つたへたり。是より四五丁を過て、田の中に小《ちひさ》き瓦葺《かはらぶき》の室《むろ》あるべし。此《この》神の御饌《ミケ》焼《やく》所也。一とせに一度、此一村《いつそん》として耕作の最華《ハツヲ》を備《そなふ》る、その日も定らず」と語る。きゝも及《およば》ざる神名、身不才なればいづれの書《フミ》に出たるもしらず、まことにおかしき神名なれば、達人の教《をしへ》をきかんと書《かき》とめぬ。

3 やき米《ごめ》を幾《いく》年《とせ》かんで諸《もろ》しらが

日ごろ心にうかみしとは違ひて、西の宮は家居立つゞきて、蛭子《ひるこ》の社《やしろ》ことにめでたかり。

4 三《み》ツ柏《がしは》庭の一葉もいたゞかん

六甲山《ろくかふさん》は、常に難波よりみやりては、山中何処《ノソ》レ有隴上《ろうじやうニ》多ニ《シ》白雲一とはるかなることに思ひしに、けふは其《その》麓をめぐる。草は樵路にふみ枯し、木は杣鉞にあせたり。山六七分に大きなる石の鳥

○おかしの神　押照宮。小松村の街道の南側にあり、難波押照宮の旧跡という(摂津名所図会七)。

○御饌　神へのお供え。

○最華　初穂。その年最初に実った穀物などを神社などにたてまつること。

3 ○やき米　秋、稲刈りより前に田の初穂を神に捧げる行事として作られた。神仏に供え、農家で贈りあった。糯米(ひらめ)。▽この神に供えた焼米を何年食べ続けて(この尉と姥は)共白髪の年齢になったのだろうか。季やき米(秋)。

○西の宮　西宮戎神社の門前町。現在の西宮市の一部。

○蛭子の社　西宮戎神社。主神は蛭子命(西宮大神)。

4 ○三ツ柏　三角柏(みつのがしわ)。神前に供える酒や飯を盛るのに用いる先がとがって三つに分かれた大きな葉。▽神前には三角柏に盛ったお供物が供えてある。私は、せめて庭に散っている柏の葉を一枚いただいてありがたい神にあやかろう。季柏散る(秋)。

○六甲山　むこやま(武庫山)。今の六甲連山の最高峰。標高九三一メートル。

○山中…　増補頭書禅林句集の頭注に「事文類聚卅三」として出る。「隴上」は、中国陝西省隴県にある隴山のほとり。山の中には何があるのだろうか、隴上にはいつも白雲がかかっている。

○杣鉞　樵夫の持つマサカリ。読み、不詳。

居ありて、目も高くながめやる。此所《この》の景色、山城や淀のわたりの舟をのぼるに、たから寺山崎のすがたに、おもひよせて似たり。

5 はげ山や吹キ力なき鳩の声

芦やの里は、人居まばら也。此間《このあひ》にて因幡《いなば》鳥取の大守、武江に打《うち》てとをらせ給ふをみる。

6 武蔵野の尾花に入ルか大白《ハ》熊《グマ》

いばら住吉は宮つくりたうとく、かゝる田舎にては目さむるほどにこそ覚えつれ。

7 敷島の道につくばふ草の花

摩《ま》耶《や》ケ嶽《たけ》そびえ立《たち》て登る事五十余丁、とき〴〵木の間にもるゝ一塔は、層ゝ落ゝとして雲を鎖《くさ》るに似たり。杜《と》甫《ほ》慈恩寺の雁塔にのぼりし一詩を思ひ出《だし》て、

○たから寺　宝寺。宝積寺の俗称。大山崎町にある。真言宗智山派。宝寺のある山崎の景色によく似ているように思われる。

5 ○鳩の声　「鳩吹風 秋の風をいふなり」(俳諧新式)。▽はげ山では、秋の風も力なく吹いている。鳩を捕るために鳩の声の真似をする「鳩吹」ではない。季鳩吹く風(秋)。
○芦やの里　芦屋里。今の芦屋市の一部。菟原処女(うないおとめ)や在原業平別荘などの伝説で知られる。
○因幡鳥取の大守　「大守」は藩主。池田綱清。正徳元年(一七一一)七月四日没、六十五歳。
○武江に打てとをらせ給ふ　参勤交代の道中をいう。

6 ○白熊　中国やチベットに産するヤクの尾の毛で作り、兜や旗・槍などの飾りに用いる。▽この大名行列を飾る大白熊は、そのまま江戸まで進んでいき、やがて広大な武蔵野の薄の尾花の中に紛れこんでいくのだろう。白熊と尾花が同じように見えることからの句作り。季尾花(秋)。
○いばら住吉　菟原(うばら)住吉。住吉村(現在は神戸市東灘区)にある。

7 ○敷島　日本を指す。ここでは「敷島の道」で和歌をいうのではなく、古い神社に因んでかくいった。▽この尊い住吉神社の道ばたに草の花が神威を敬ってか、つくばうように咲いている。季草の花(秋)。
○摩耶ケ嶽　摩耶山。六甲連山の西部。中腹に仏母摩耶夫人を祭る忉利(とうり)天上寺がある。標高六九九メートル。
○層ゝ落ゝ　「層ゝ」は重なっている様。「落ゝ」は高く抜き出ているさま。
○雲を鎖るに　雲とつながっているのに。底本「に」脱。
○慈恩寺　中国陝西省長安県の東北、曲北の北にある。
○雁塔　雁供養のために建てた塔。慈恩寺のそれは特に大雁塔といい、唐代には科挙に合格したらここにその名を記した。
○一詩　杜甫の五言古詩「諸公ノ慈恩寺ノ塔ニ登ルニ同ズ」。

8 飛《とぶ》鴈《かり》や上《か》ミへ並びて塔やらん

生田《いくた》の森は、はるかに興あり。湊川三四丁こなたに坂もとと云《いふ》は、楠正成討死《まさしげうちじに》の所とこそきこゆれ。此ごろあらたに基石建《たて》て、田とおぼしき所を削り、石壇高くきづきて、里人鍬《くは》を取、坊僧箒《はうき》を携《たづさへ》て、芝をふせ砂を蒔《まき》、いと結構也。「いかなるかたより、かくはありけるぞ」と問《とふ》に、さらに云《いひ》きかせず。基石もいまだ打つゝみあれば、其《その》銘もみえず。奇ナル哉、正成命を延元の擾乱《ぜうらん》に没し、名を元禄の静謐《せいひつ》にあらはす。

9 はし鷹《たか》や跡も尋《たづぬ》る智仁勇

みなと川をわたり、兵庫の津を出て、夕ゝビ山・蛸釣やま、此あたりおなじやうなる奇峰、いくらも並びて、青帳錦屏《せいちやうきんびやう》の粧ひをなせり。須磨へもはやわづかになりて、鉄拐《てつかい》がみね・鐘かけ松、まぢかうみゆる。きゝしよりはけはしく、古松《こしよう》いくへにもかさなり

8 ▽雁が横に並んで飛ばずに上の方に並んで飛んだら、あの雁塔の形になるだろう。季鴈(秋)。
○生田の森　歌枕。現在の神戸市中央区下山手通にある生田神社の森。
○湊川　平野の奥の俗称湊山から流れ、大阪湾に注ぐ川。
○坂もと　坂本村。当時の摂津国八部(やたべ)郡の内。「坂本村西はづれに寺あり。医王山広厳宝勝禅寺と号す。…楠正成同舎弟正季此寺の高殿に於て、一家十六騎郎従七十三人自害と云」(兵庫名所記)。広厳寺(こうごんじ)は、別称、楠寺。延宝年間に千巌宗般が住持となって再興、天和二年(一六八二)に本堂落成。現在、神戸市中央区楠町。
○あらたに基石建て　「嗚呼忠臣楠氏之墓」のこと。元禄五年(一六九二)十二月二十一日、徳川光圀によって建立。今も中央区多聞通の湊川神社の門を入った右側にある。
○延元の…　延元元年(一三三六。北朝では建武三年)五月二十五日没。

9 ○はし鷹　鷂。はいたか。小型の鷹の一種。歌語。▽小さいながらにも勇猛なハイタカが、智・仁・勇に聞こえた楠正成の跡を尋ねてだろうか、ここにやってきている。季はし鷹(秋)。
○兵庫の津　旧湊川の三角州と和田岬に挟まれた地域。「西海道の駅にして、大坂入船の要津なり」(摂津名所図会八)。今の兵庫区。
○夕ゝビ山　多々部山。再度山(ふたたびさん)のこと。
○蛸釣やま　未詳。
○青帳錦屏　常緑樹の緑と落葉樹の紅葉を指す。造語か。
○鉄拐がみね　一の谷の北方にある。
○鐘かけ松　鉄拐峰の中腹。義経が陣の鐘を掛けた松という。

て、すがた猶すさまじ。須磨の人家は今もまばらに、松のはしら・竹あめる垣・板のひさしは山颪《やまおろし》にやぶれ、関もるかげもなく、汐やくわざも見えず、邂逅《かいこう》つりたるゝ泉郎《あま》の子の、まどをの衣《ころも》肌寒くこそ着なしたれ。

10 あら古《ふる》や露に千鳥をすまの躰

行平《ゆきひら》松儀に立《たち》て、月見の松山にそふたり。波は雲井につゞきたるやうにおぼえぬ。

いくかへりすまの浦人わがための
秋とはなしにつきを見るらん

かゝる所のすがたをよめるならん、としごろの願ひも此《この》所にこそと、浦にながめ、山にのぞみ、そこを問《とひ》、かしこを尋《たづぬ》るに、

11 月なうて悲しかりけり松の風

○須磨の… 「里離れ、須磨の家居の習とて、〳〵、何事を松の柱や竹あめる垣は一重にて」（謡曲・絃上）。
○板のひさしは… 「播磨路や須磨の関屋の板びさし月もれとてやまばらなるらん」（千載集・羇旅・源師俊）。
○関もるかげ 「関は、逢坂・須磨の関…」（枕草子）。直接は、10に記す源兼昌の歌。
○汐やくわざ 万葉集以来、須磨人の業は汐やくこととされる。須磨―塩やき衣（類船集）。
○邂逅 偶然に（見かけた）。
○まどをの衣 「麻で作った粗い布」（日葡辞書）。「須磨のあまのまどほの衣夜や寒き浦風ながら月もたまらず」（新勅撰集・秋上・藤原家隆）。

10 ▽秋の露の季節なのに、須磨と言えば古を偲ばせる冬の千鳥がもう思い合わされることだ。源兼昌の「淡路島通ふ千鳥の鳴く声に幾夜ねざめぬ須磨の関守」（金葉集・冬）による。須磨―千鳥（類船集）。季露（秋）。
○行平松… 「不思議やなこれなる磯べに様ありげなる松の候」（謡曲・松風）。ここでは「磯馴松」または「衣懸松」を指すか。
○月見の松 行平月見松。東須磨にある。行平の賞月亭の跡という。
○波は雲井 「播磨潟須磨の晴間に見渡せば波は雲ゐの物にぞありける」（千載集・雑上・藤原実宗）。
○いくかへり… 後堀河院民部卿典侍の和歌（続後撰集・秋中）。秋のさびしさの極致と言われる須磨で、そこの人々はことさらしくもなく今まで何度も見てきたすばらしいこの秋の月を今も見ていることだろう。

11 ▽八月下旬の月はまだ上ってこず、ただ悲しげに松原の中を吹く風の音が聞こえるばかりである。謡曲・松風を響かせる。季月（秋）。

仲の秋下の六日の空なりけり。松風むらさめが旧草とて人の教《をしへ》けるに、

12 小車《をぐるま》は不便《ふびん》なる花のかづら哉《かな》

句ふたつみつ云出見《いひだしみ》るに、こゝのすがたおろかにはおもひとられざりけり。すま寺といふは、道ほそくつきて、尾花くず花のたよりに添て、はるかに行《ゆく》に、寺門斜《ななめ》也。取つたへたる宝物《ほうもつ》の、むかしをさま〳〵乞出《こひいで》て見けるに、弁慶が筆とて「此花ハ江南所無也」の制札アリ。年号は寿永三年二月二日。

13 松茸に制札はなし寺の入リ

日はすでに午《うま》の貝吹過《ふきすぐ》るころにうつれば、施物《せもつ》などとゝのへて立さり、山を右にし海を左にそえて行《ゆき》けるに、

14 冷《すさま》じや吹出る風も一ノ谷

○松風むらさめが旧草　松風村雨堂。行平が去った後、残された二人が尼となって松の傍らに建てた庵の跡という。現在、須磨区離宮前町一丁目。

12 ○小車　旋覆花。キク科の多年草。▽小車といえば、松風・村雨がひいた汐汲車や行平の乗った牛車を連想させるが、この花は不憫な二人の髪飾りなのだな。季小車（秋）。

○こゝのすがた…　この須磨の秋の様子はおろそかには詠みとれない。

○すま寺　須磨寺。上野山祥福寺の俗称。古義真言宗。

○尾花くず花のたよりに　薄の尾花や葛の花に従って。

○弁慶が筆とて…　義経の命で弁慶が書いて立てたといわれる制札。「須磨寺桜／此華江南所無也一／枝於折盗之輩／者任天永紅葉／之例伐一枝可／剪一指／寿永三年二月日」とある。

13 ▽この寺の桜を盗るなとの制札があるが、今の季節の松茸については寺の入口に制札がない。季松茸（秋）。

○午の貝　正午を知らせる法螺貝の音。

14 ○一ノ谷　「西須磨の村はづれより一町あまり西にあり」（摂津名所図会八）。源平の古戦場跡。▽寒々と凄まじいことだ、やはり古戦場の一の谷から吹きだしてくる風らしくって。季冷じ（秋）。

敦盛《あつもり》の石塔、

15 俤《おもかげ》のばう〱眉や花《はな》薄《すすき》

仲哀《ちゆうあい》天皇の廟は、おもひもかけぬ処にこそあれ。しほやの里過て、つの国はりまの境川、あゆみくるしき高すなご哉。

16 柿かぶる身ぞ津の国を出離《はなれ》て

海べたに立《たち》てしばらく休みけるに、大和島根《やまとしまね》も手のゆくばかりに近く見やりしに、波もなきゆふべ、霧もたゝぬ空の、布を引《ひき》たるごとく、幾重《いくへ》も白うものゝかさなりたるを、何かはと人に問ければ、そばを蒔置《まきおき》しにこそと云《いふ》。此島などにてあるべきとはおもひもよらで、

17 蕎《そ》麦《ば》の花大和島根《やまとしまね》のくもり哉《かな》

旅の涙とは土御門《つちみかど》院の御製《ぎよせい》と、此《この》眺めに恐れ入て感情す。

○敦盛の石塔　大きな五輪塔。弘安九年(一二八六)、北条貞時が平家一門の供養の為に建てたという。現在の須磨区一の谷町四丁目にある。

15 ▽敦盛の石塔のあたりに生い茂っている花薄は、ぼうぼう眉の敦盛の俤を見るようだ。季花薄(秋)。

○仲哀天皇　第十四代天皇。参考「詳(いつわ)りて天皇の為に陵を作るまねにして、播磨に詣(いた)りて山陵(みささぎ)を赤石に興(た)つ」(日本書紀・神功皇后摂政元年二月)。

○しほやの里　塩屋。現在の神戸市垂水区の海沿いの地。

○つの国はりまの境川　摂津国と播磨国の境にある境川。「常は陸(かち)わたりして河中に傍示あり。これ摂・播二州の国界なり」(摂津名所図会八)。

○あゆみくるしき高すなご哉　「須磨明石浦の見渡し近けれどあゆみくるしきたかすなごかな」(新撰六帖三・藤原光俊)。

16 ▽摂津国を出、秋も深まり柿にかぶりついている我が身である。季柿(秋)。

○大和島根　「大倭島　…日本の惣名也。又淡路島の事ヲモ云」(産衣)。類字名所和歌集、松葉名所和歌集に「大和島　淡路」。

17 ▽歌では旅の涙に曇って大和島根が見えないと詠まれたが、今、大和島根が曇って見えるのは、蕎麦の花なのだそうだ。大和島―くもる涙(類船集)。季蕎麦の花(秋)。

○土御門院　寛喜三年(一二三一)没、三十七歳。「明石潟大和島根も見えざりきかきくもりにし袖の涙に」(新千載集・羇旅)。

沖には鱸釣《すずきつる》舟やらん、秋風に遠く走るは鵜《う》の一はしの余波《なごり》こそおもはるれ。又いそ近く拷《クリ》よする網《アミ》は、ゐいや声にいさみて引蹙《ひきせ》むるに、魚は波より高きまでにかさなり、赬尾《ていび》アリ、皕鰭《びきき》アリて、幾千万といふ数をしらず。水をはなれんとしては跳《とび》あがり、撥刺《バツラツ》として舷《フナバタ》をならし、錦鱗銀梭《きんりんぎんさ》を擲《なげうち》て、砂をかつぎ藻を飜《ひるがへ》し、波に酔《よひ》、声に恐れ、水術と失のふありさま、目もあやに悲し。

18はねる程哀れ也けり秋《あき》鰹《がつを》

松原をつゞきにあゆむに、日ははや海にかくれて山のはも見えぬあかしのとまりに入《いり》ぬ。先《まづ》人麿の尊像を崇《あが》め置たる一宇《いちう》をたづね登り、とし月の望みたりて今此《この》岡にまうでける事よと後生の俳心をこらすに、感涙しきり也。

19ほのぐと御《おん》粧《よそほ》ひや草の香《かう》

朝霧の高吟をたそがれの空にうつして、とみかうみ立わたり、爰《ここ》

○鱸釣舟　「秋風にすずき釣り舟走るめりそのひとはしの名残したひて」(山家集)。
○赬尾　赤い尾(の魚)。
○皕鰭　白いヒレ(の魚)。この語は造語か。
○撥刺　魚の躍る様。潑剌、跋刺。
○錦鱗　美しい魚のこと。
○銀梭を擲て　銀色の梭(ひ)をなげうったように、きらめきながら跳びはねて。「梭」は織機の付属具。
○水術と失のふ　泳げなくなる。「と」は「を」または「も」の誤か。

18　▽跳ねれば跳ねるほど哀れを感じさせる秋鰹であることよ。季秋鰹(秋)。

○山のはも見えぬあかしのとまり　「山のはも見えぬあかしの浦ちどり島がくれゆく月になくなり」(玉葉集・冬・読人知らず)。○一宇　人丸社をさす。月照寺の鎮守社。仁和三年(八七)、大和の柿本寺から観音像を勧請し、人丸の祠堂を建てた。現在、明石市人丸町。

19　○ほのぐと　伝人麿「ほのぐとあかしの浦の朝霧に島がくれゆく舟をしぞ思ふ」(古今集・羇旅)。○草の香　和歌以来の語。秋になって盛んになる草の芳香にいう。▽人丸社は、歌のとおりほのぼのとした景色の中に感じられる草の芳香で装われている。歌では朝景色だが、夕暮れ過ぎのぼんやりとした景色にいった。季草の香(秋)。
○とみかうみ　左見右見。あちらこちら見るさま。

さりぬべき心地もなくてくれ深くなるに、沖のいさり火は影赤うもえて、行《ゆく》かた遠き友舟に声うちかはすなどはるかに聞えて、覚束なくこそおもはるれ。此《この》宵此《この》空、月あらば何をか思ひ事にせん、人ごとに月はすまあかしなどゝいふに、葉《は》月《づき》末の夜、秋の風打《うち》しめり、しかも露しぐれ身にしみわたりて、星さへうとく打《うち》くらみたり。かくても住《すみ》つくべき身ならねば、又尊像を遥拝し奉り岡を下り、やどりを定めぬ。まどろまでひとりあかし潟、鴈《かり》千《ち》鳥《どり》の声遠く、夜の更《ふく》るまゝに、風落《おち》雨やまず、蜑《あま》の小船は苫《とま》吹返すらん、波の音そこともなく枕をゆすれば、海のけしきさぞとおもひやりぬ。

20 身の衾《ふすま》海のおもての夜《よ》寒《さむ》哉《かな》

明《あく》れば廿七日、空はれ雲ちぎれたり。すまあかしの秋のあはれは、あらましにもながめ果《はて》たり。思ひ立《たつ》折こそあれ、書写山《しよしやさん》にまふで、

○月はすまあかし　歌では共によく月が詠みこまれる。

○ひとりあかし潟　「ひとり夜を明かす」と「明石潟」を掛ける。「あまをぶねとまふきかへす浦風にひとりあかしの月をこそ見れ」（新古今集・雑中・源俊頼）の歌によって、下文の「蜑の小船は苫吹返すらん」をみちびく。

○千鳥　明石―千鳥（類船集）。

20 ▽私は屋内で布団をかけて寝ながら夜の海の上の寒さを思っている。「身の」は「海の」に対するために入れた。季夜寒（秋）。

○すまあかしの秋のあはれ　三〇七頁一行目参照。

○書写山　三二〇頁十二行目参照。

つゐでよくは、びぜびちうのあなゐもたづねんとおもふ心をこりて、赤石《あかし》を出《いづ》る。きのふはるかの道に倦《うみ》て、けふは猶《なほ》わらぐつ重し。

21 明石《あかし》がた一夜かぎりか朝霧歟《か》　宗因

高師の芳吟をおもひ出《いで》て、

22 明石《あかし》がた一《ひ》ト夜《ヨ》寒《さむう》や朝寒や

嘉吉《かきつ》年中に、赤松満祐《みつすけ》軍をおこして都の猛勢を防ぎさゝえたる蟹《かに》が坂といふは、明石をはなれて一里にはたらぬ処也。むかしは山峙立《ソビヘたち》て、坂も急なりけるよし。今はけはしくもなくて、平地にひとし。すこし山の形《かた》チとりのこしたる所に、高野《かうや》道場とて寺つくりあり。世かはり年うつりては、兵革奮怒《へいかくふんぬ》の地も、菩提結縁《ぼだいけちえん》の雨に潤《うるほ》ふ事、ありがたき時にこそおもへ。

○びぜびちう　備前備中。
○あなゐ　案内。道や所のようす。
○心をこりて　心起こりて。気持になって。

21 ▽明石潟に宿泊したのもただ一夜かぎりか、人麿の歌に詠まれた明石潟の朝霧の中を出立することだ。季朝霧(秋)。この句はゆめみ草、津山紀行には上五を「明石舟」とする。明石舟は大坂・明石間の乗合舟で、停泊したのが一晩だけの意味となる。「明石潟」とするのは後世の梅翁発句集(素外編)。ここは何によったか未詳。

22 ▽明石潟の一夜を夜寒く明かしがたく明かしたが、朝の出立の折りも朝寒を感じることだ。季夜寒・朝寒(秋)。

○赤松満祐　播磨・備前・美作三国の守護であった義則の嫡男。嘉吉元年(一四四一)六月二十四日に足利義教を暗殺、播磨に下ったが、追討軍に攻められ、木山城(揖西郡越部荘)で自刃。六十九歳。
○蟹が坂　明石郡の内。八月二十四・二十六日にここで吉川経信と赤松方の合戦があった。
○高野道場　明石郡三十三か所の第十番札所当光寺(今は廃寺)か。
○兵革　武器と甲冑。転じて戦争。
○菩提結縁の雨　雨によって種子が芽を出し花を咲かせ実をつけ再び種子を生むように、菩提心によって善根を修め功徳を積むところから雨の比喩に用いられる。

23 閼《あ》伽《か》呑《のみ》て秋の蛙のちから哉《かな》

田家《でんか》所〳〵に見わたし行《ゆく》に、稲打《うち》あからみ、穂ぐみつみあまる迄に賑ひ、木《き》わたは時と吹《ふき》しらみて、賤《しづ》がときぎぬのこぼるゝばかりにとりはやし、秋のさかりなどのゝめき、農業いとまなきありさまに見ゆる。道より左にすがいて、鷗《かもめ》ゐるなどよみし藤江のうら也。たゞに打過《うちすぐ》べきにもあらで、ほそ道をつたいに行《ゆき》てみれば、いさりするわざもなく、はま田のをしね打なびき、刈しほの時をうかゞひ、常は炮碌《はうろく》をつくる事を、手わざとする也。そのうらつゞきに二見《ふたみ》の浦といふは、兼輔《かねすけ》が但馬《たぢま》の湯へさがるとて、二見《ふたみ》のうらといふ所にてと書《かき》し所也。

24 わさ鍋のいつ干《ひ》さらんや稲の露

[ア]案内もなき道を、こゝかしことさまよひありき、やう〳〵に人居《ひとゐ》ある藪かげに出《いで》たり。「これこそ加古《かこ》のわたりへの道すじと教《をしへ》け

23 ○閼伽　仏に供える水などをいう。ここでは寺の境内の中の水をいった。▽ありがたい寺の中の水を呑んでいるからか秋の蛙が力強く鳴いている。季秋(秋)。

○穂ぐみ　刈った稲穂を乾かすために組んで積んでおくこと。下文は「秋の田のかりほのほぐみ徒らにつみあまるまで賑ひにけり」(夫木抄・秋田)による。

○木わたは…　木綿の花は盛りの時で風に吹かれて白みわたり、農婦が洗い張りをするために解いた衣もあふれるばかりに、(あたかも木綿の花を)もりたてるようで、秋の盛りを大騒ぎしているごとく、農業が忙しい様子に見える。「き綿取」は八月(毛吹草他)。「ときぎぬ」は歌語。

○のゝめき　大騒ぎして。盛りの様。

○すがいて　連なり並んで。

○鷗ゐる　「鷗ゐる藤江の浦のおきつ洲に夜舟いざよふ月のさやけさ」(新古今集・雑上・源顕仲)。

○藤江のうら　播磨国明石郡の歌枕。

○をしね　晩稲。歌語。

○刈しほの時をうかゞひ　刈るべき時機をうかがうように。

○二見の浦　現在の明石市にある。瀬戸川河口の西屛風ケ浦沿い。

○兼輔　藤原氏。平安時代の歌人。承平三年(九三三)没、五十七歳。「たぢまのゆにくだるとてふた見のうらにやどりて／夕づくよおぼつかなきを玉くしげ二見のうらは明けてこそみめ」(兼輔集)。

24 ○わさ鍋　浅鍋。炮烙のこと。▽干してある稲に露が降りているが、ここで作っている浅鍋はいつ干しあがるのかな。季露(秋)。

○加古のわたり　歌枕。

る。しばらく其所《その》に足を容《い》れ、茶のみなどしけるに、軒近き呉竹《くれたけ》の中に大きなる五倫あり。「あれは」ととへば、「いづみ式部の塚なり」とかたる。「それにつゞきて、すこし下る所こそ、折居坂と申《まうす》」と、ねんごろにおしへける。かゝる所に式部の廟あらむこといぶかしき事におもひけるが、式部往昔《そのかみ》書写山にまうでしこと、峰相記《ほうさうき》といふものにて見たりしをおもひ出ける。もしかゝるとき、大悲《だいひ》の縁をむすばんとて建《たて》置けるにや。

25 芙蓉《ふよう》の香《か》苔のみづらにこぼれけり

「印《い》南野《なみの》といふは、加古のわたりまでの間をさしていふ」とぞ道行《ゆく》人教《をしへ》ける。野中《のなか》の清水も、あれにこそとはるかに見やりて過《すぎ》ぬ。

26 ゐなみのや笠の蠅追ふ秋の風

27 松原に稲を干《ほし》たり鶴の声

阿弥陀《あみだ》といふ在名は、いとたうとかりけり。我日ごろ心にうかみ

○五倫　五輪塔。
○いづみ式部の塚　現在の加古川市野口町坂元にある石造宝篋印塔。室町時代のもの。
○折居坂　下居坂とも。別称、細田坂。野口村(現在の野口町)の小坂。
○書写山　三二〇頁十二行目参照。
○峰相記　室町時代の地誌。貞和四年(一三四八)に峰相山鶏足寺で古老の話を聴くという形式で書かれる。「長保四年三月五日(華山法皇が)重而臨幸。…恵心僧都・覚運僧正・具平親王・慶保胤・寂照上人・和泉式部等ニ至ルマデ運歩、詩ヲ作リ歌ヲ読ミ、来縁ヲ契リ師弟ノ約諾有リ」。

25 ○苔のみづら　苔の垂れ下がっている状態。▽芙蓉の花の香が苔むしている和泉式部の塚にこぼれかかっている感じがする。芙蓉は香りのほとんどない花だが、前文の「大悲の縁」で言った。季芙蓉(秋)。
○印南野　歌枕。高砂市から明石市にかけての平野を指す。
○野中の清水　古今集の読人知らず「いにしへの野中の清水ぬるけれどもとの心を知る人ぞくむ」による歌枕。現在の神戸市西区岩岡町野中(旧明石郡)。西行歌や増鏡、謡曲・野中の清水などで知られる。

26 ▽秋の風の中、笠にまとわりついてくる蠅を追いはらいながら印南野を旅している。季秋の風(秋)。

27 ▽鶴の声の聞こえてきそうな松原に稲が干してある。松―鶴(類船集)。季稲(秋)。

○阿弥陀　印南郡の内の地名。現在の高砂市。海中から阿弥陀像を得て、時光寺を建立したことによるという。

わすれぬ一念を、

28 渋柿もたのみ有ルみぞさはし水

しかま川をわたりて、姫路の町に入ル。此ところの高松氏空我《くうが》は、たび〳〵浪速江に船さし入レて誹契《はいけい》むつまじかりしゆへ、かの家にたづね行《ゆき》けるに、おもひつきなきことなれば、「かゝる旅すがた、いづこのこゝろざしか、とまれかくまれしばらく此《この》所に逗留せよ」など云《いひ》わたりて、誹談狂語をとりまじへたる中に、

29 いづくへか月に馴《なれ》たる芦《あし》の杖　空我

30 すがる鳴《なく》夜を先《まづ》二《ふた》夜《よ》三《み》夜《よ》　才麿

浪枕の冷《すさま》じかりしにかはりて、ゐも安かりけるに、

31 秋風におとゝいきのふ吹《ふか》レけり

明れば廿八日、空我を倡《いざなひ》て書写山《しよしやさん》にまうづる。当国の一宮伊和《いわ》大

28 ○さはし水　渋を抜くための水。灰汁水。▽渋柿のようなつまらぬ自分の身だが、渋柿がさわし水で立派に甘くなるように、私も阿弥陀様を後世の頼りとしている。季柿(秋)。

○しかま川　飾磨川または鹿間川と書く。歌枕。現在の船場川(市川の旧本流)かとされる。

○姫路　本多忠国十五万石の城下町。

○空我　未詳。商用により来坂したのであろう。

○いづこのこゝろざしか　何処へ行こうとされているのか。

29 発句。秋(月)。○芦の杖　浪速から来たのであかざの杖をこういった。▽どこへいらっしゃるのでしょうか、突いていらっしゃる杖も折からの月の光に馴れたことでしょう。

30 脇。秋(すがる鳴く)。○すがる　鹿の異名。▽鹿の鳴き声が聞こえる夜を、とりあえず二晩か三晩歩いていこうと思っています。

○ゐも安かりけるに　安眠できたが。

31 ▽すさまじい秋風に吹かれて、おととい、きのうと歩いてきたものだなあ(それに較べて、今宵は旧知の家でくつろいで休めることだ)。季秋風(秋)。

○書写山　姫路市の北西、西幡丘陵にある。ここでは中腹に建つ書写山円教寺をいう。天台宗。西国三十三所第二十七番札所。康保三年(九六六)性空上人の開基という。性空は、延喜十年(九一〇)または延長六年(九二八)の生まれ。寛弘四年(一〇〇七)の没。

○伊和大明神　播磨国一宮は、宍粟(しそう)郡にあり、書写山を越えた向こうになる。

明神に参る。書写は城の西北にたちて、梺《ふもと》迄一里にはこえたり。登ル事十八丁、半覆に摂待《せったい》の小室をたてゝ、参詣の人の渇《かわき》をたすく。

32 うそ寒《ざむ》や不断ふすぼる釜の下

33 松茸の香《か》をかる山の紅葉《もみぢ》哉《かな》　空我

山深く木々ふるくかこみて、いとものさびたり。七堂伽藍の霊場、今もそのかたちのこれり。毘首羯摩《びしゆかつま》が造り安置したる如意輪の本堂に入て、敬礼《きやうらい》稽首して念をこゝにとゞむ。ありがたきかな、近曾比《サイツコロ》去《さる》旧記を閲する中に、此円教寺の事見えたり。永延年中に、此《この》山の樹頭に異鳥来　囀《きたりさへづりて》曰「奈咸不厭山木草庭阿耨菩提乃花応敷云ゝ」。性空《しやうくう》是を和《やはら》げ見給ふに、

○半覆　半腹。山の中腹。
○摂待　寺院へ参詣する人に湯茶などふるまうこと。秋の季語。
32 ▽うそ寒い中に、摂待の湯を沸かす釜の下から絶えず煙りが出ている。季うそ寒(秋)。
33 ▽この山では美しく映える紅葉に松茸のよい香りが加わって素晴らしい秋の風情である。季松茸・紅葉(秋)。
○毘首羯摩　三十三天に住んで帝釈天の命で建築・彫刻などを司った神匠。転じて仏師。
○旧記　峰相記を指す。
○此山の　「亦異鳥来テ囀云ク、奈咸不厭山木草庭阿耨菩提乃花応敷ト云々。聖人和之給フ。ナニモミナイトハヌ山ノ木草ニハ阿耨菩提ノ花ゾサクベキト云々」(峰相記)。「和《やは》らぐ」は漢詩を和歌に翻訳する意。この歌は「山の草木」の形で玉葉集・釈教に入る。

なにもみないとはぬ山の草木には
あのくぼだいの花ぞ咲《さく》べき

といふ歌也けりとありし。かゝるふしぎたかまの寺の事など、思ひ合せ居けるが、かくまうで来《く》べき縁なりけると随喜あさからず。まことに一乗円頓《ゑんどん》の峰、雲は華童廻雪の袂《たもと》をひるがへし、風は衆僧梵鼓の声をいだすやうにおもはれ、そゞろに無苦の世界に入《いる》かとうたがふ。されば大悲の応身《おうじん》、みそみところに立《たた》せ給ふ廿七番也。

34 劉《キ》木《ツヽ》鳥《キ》も札打《うつ》やうに聞《きこ》えけり

山のなだれを見やるに、唄石《ばいいは》とてアリ。是は或時性空山寒くなるまゝに、都に便せまほしく、石座に立て、唄《ばい》を吹《ふき》給ふ、其《その》声都につたえて、施《せ》壇《だん》よりきぬしたゝめ参らせたるとかたりとゞめぬ。

○たかまの寺の事　「孝謙天皇の御宇かとよ。大和の国、高天(たかま)の寺に住む人の、しきねんの春の頃、軒端の梅に鶯の、来りて鳴く声を聞けば、初陽毎朝来、不遭還本栖と鳴く。文字に写してこれを見れば、三十一文字の、詠歌の詞なりけり。初春の、あした毎には来れども、あはでぞ帰る、もとのすみかに…」(謡曲・白楽天)。
○一乗円頓　円頓一乗というのが普通。「一乗」は悟りに赴かせる仏教の真の教えは一つ、「円頓」はたちどころに悟りに至らせる究極の教えや行。
○華童廻雪…　峰相記の仁安三年(一一六八)十月十六日の法会について「花童廻雪ノ袂ハ碧羅ノ天ニ翻リ、衆僧梵唄ノ声ハ蒼苔ノ庭ニ吟ズ」とあるのに拠る。「廻雪」は袂を翻して舞うことの形容。
○無苦の世界　極楽浄土。
○大悲の応身　観音菩薩が機縁に応じてこの世に姿を現わされていることをいう。

34 ▽この円教寺ではキツツキが木をつつく音も巡礼が祈願をこめて札を打っている音のように聞こえる。季劉木鳥(秋)。

○なだれ　傾斜面。
○唄石　唄巌。伝説については異説各種があるが、ここは花山法皇の「月影は旅の空とて変はらねどなほ都のみ恋しきやなぞ」(後拾遺集・羇旅)と混同したか。書写山十景に「唄巌(ばいがん)松風」。現在は道が無く一般参詣人は行けない。
○唄を吹給ふ　唄は仏教讃歌の一種だが、ここは楽器と誤解した伝説によるか。
○施壇　施主檀越(お布施をする人)のことをいうか。

35 秋の風都《みやこ》に吹《ふく》か唄《ばい》の声

かれ是と雉廻《タチハタリ》、日は浪にしづむ。海原を見おろして下向しぬ。廿九日、かしらいたみわらはやみのやうに寒くなり、打臥《うちふし》ゐぬ。四五日はそのなやみ快《こころよか》らず、薬などせんじあつかふて、日を経ぬ。広瀬氏水猿《すいゑん》は、互に東武にあつて、膠漆《かうしつ》の友たり。今は此所《この》の大守につかへて、武儀いよ〳〵堅し。一日かの宅に逍遥せられて、

36 弓の木の久しき柾《マサ》のかづら哉《かな》

旅館空我亭へ一夜、かれ是《これ》の誹士入リ来まして興行。

37 露《つゆ》草《くさ》に染《そめ》て通らん古油《ゆ》単《たん》

重九《ちようきう》の日は、飾摩津《しかまつ》天満宮の祭礼とて、角力《すまふ》などあるを見にいざなはれ、さま〲祭事のもてなしに逢《あひ》て、

35 ▽ここで吹いた唄の声が都に伝わったというが、いま吹いている秋の風も都まで吹くのだろうか。季秋の風(秋)。

○わらはやみ　マラリア。

○水猿　東日記に三句入集し、言水系か。稲莚(貞享二年)に播州として入集。

○膠漆の友　離れがたい堅い心の友。

○大守　藩主をいう。

○逍遥　請用(人を招待する)。

36 ○柾のかづら　ツルマサキあるいはテイカカズラの異名。▽柾のかづらは弓に巻かれる木として用いられ、久しい年月がたっている。武士である水猿に弓を出して挨拶とし、長く藩主に仕えることを願った。季柾のかづら(秋)。

37 ○露草　古くはツキクサ・ウツシバナなど、衣の色を染めるものとして詠まれてきている。○油単　油をひいた布や紙で、覆いや敷物のほか旅装を包んだりするのに用いる。▽旅に出て久しく古びてしまった油単を道ばたの露草で色鮮やかに染めて通りたいものだ。季露草(秋)。

○重九　九月九日。重陽の節供。

○飾摩津天満宮　恵美酒(すえび)天満神社。現在の姫路市飾磨区天神。

38 匂ふてふ菊にみがけることし米《ごめ》　空我

39 露《つゆ》霜《じも》に老《おい》ぬしかまの稲《いな》雀《すずめ》　空我

その日、津田のほそ江といふをたづね見にけり。赤人が旅ねの浦がくれせしかたも、畠にすかれ、五月雨比《ころ》のみほじるしは、桔槹《はねつるべ》の棹《さを》に残る。此所《この》にまかずして、かならず青蓼《あをたで》の二葉に出るより、はや穂を顕《あらは》ス也。

40 見ぬ人は津田の穂《ほ》蓼《たで》を秋にせん　空我

41 秋しぐれ今や田を守《もる》小屋がくれ　才麿

ひと日、増位《ますゐ》山《やま》といふにのぼる。薬師如来の堂あり。此《この》山の眺望言語に絶《たえ》たり。南を見晴《はらし》て、眼界およぶ所数十程、遠き山はゆびのごとく並び、近き島は拳のやうに立《たて》リ。往来《ゆきき》の風波百千《ももち》船《ぶね》、

38 ▽今年とれた新米が、重陽の日の菊の香に磨かれてよく匂っているのだという。秋祭りは新米で祝った。季菊・ことし米(秋)。

39 ○露霜　関西地方で降りた露が凍って薄い霜になったものをいう(物類称呼)。○稲雀　稲を刈り取るまでの間、稲田に群れる雀。▽飾磨の稲田を荒らした稲雀も露霜が降りるころになると老いてしまったのか、田圃から姿を消している。季露霜・稲雀(秋)。

○津田のほそ江　歌枕。山陽電鉄飾磨駅の近辺と考えられる。現在、津田・細江の地名がある。

○赤人が…　万葉集六「辛荷(からに)の島を過ぐる時に山部宿禰赤人の作る歌一首」の反歌第三首「風吹けば波か立たむとさもらひに都太(つだ)の細江に浦隠りをり」。

○みほじるし　みおじるし。みおつくし。津田の細江(入江)の古歌に詠まれるので出したか。

○此所にまかずして　此所にまくと、の誤記か。

40 ○穂蓼　蓼の花。秋の季語。▽津田の穂蓼を見たことのない人は、これも秋のものとするだろう。句意から無季。

41 ▽もう今では鳥獣から田を守る必要もなくなった田守の小屋が秋時雨を避けて隠れるのに役に立つ。季秋しぐれ・田守(秋)。

○増位山　姫路市の北にあり、奥に増位山随願寺がある。

42 秋日《あきひ》影《かげ》眼花《メボシ》の行《ゆく》かほかけ船

43 手水《てうづ》井《ゐ》に汲《くむ》か八日《やうか》の月の破《わ》レ　空我

此山の西に並びて、広峰《ひろみね》といふあり。吉備大臣《きびのおとど》こゝに旅ねの時、霊夢ありて崇《あが》めをかれたるとて、牛頭《ごづ》天王の鎮社上久《カミサビ》たり。「今の洛陽祇園も、此所《このところ》よりうつしたりし」と、所の神官いかめしく語りぬ。

44 葛《くず》の道都に似ぬをうらみ哉《かな》

45 山菊はあらそふ色もなかりけり　空我

曾根《そね》高砂《たかさご》のかたをみのこしたるを、本意なきことにおもひ、空我と倡《いざなひ》て行《ゆき》ける。ことさら曾根は、菅家《くわんけ》つくしへうつらせ給ふ時、揖保《いほ》の湊にふなどまりまし〳〵て、此所にあがらせ給ひ、小松をさしおかせ給ふに、今は其《その》枝葉しげく偃《のべふし》て、恰《あたか》モ青天の垂るゝにひとしく、誤ては蒼江の涌出《わきいづ》るかとおもはるゝ。たうとむべし、

42 ○眼花　疲れた時など目の中にチラチラする星のようなもの。▽遠く秋日影の中を行く帆掛け船がまるで眼花のように見える。季秋日影(秋)。

43 ▽手水井から水を汲もうとしているのは、実は、空にある八日月の片割れが映っているのを汲み上げようとしているのか。季月(秋)。

○広峰　広峰山(広嶺山)。広峰神社は、天平五年(七三三)吉備真備が託宣を受けて牛頭天王を祀ったのが始まり。貞観十一年(八六九)六月に分霊を山城国真葛原に遷したのが京都祇園社(八坂神社)とされる。峰相記参照。

44 ▽この神社の辺りには葛の道が続いているが、ここの霊を遷したという都の祇園社の辺りとは似ていないのが残念だ。季葛(秋)。

45 ▽山にある菊は、他の花と色を争うことなくただひっそりと咲いている。季菊(秋)。

○曾根高砂　曾根は現在の高砂市曾根町。姫路から加古川の方へ戻ることになる。先に通った阿弥陀の近く。高砂は高砂神社の相生の松で知られる。

○揖保の湊　伊保湊。現在も高砂市に伊保港町の名が残る。揖保は竜野市。

○小松　曾根天満宮に菅公手植えと伝える「曾根の松」があった。

一株かたじけなくも、菅家ノ以二正信《しやうしん》ヲ一為レ根たるならん。

46 かしこまる膝に松子《しようし》ぞこぼれける

石《いし》の宝殿《ほうでん》といふは、きゝふれ世に云《いひ》はやす所なれば、けふのさちありて立《たち》よりける。いかさま其《その》大なる事人力のやすくは及ぶべくも見えず。謂《いはれ》まち〳〵にとりつたへたり。まへに生石子《ヲヽシコ》大明神とて社《やしろ》ありける。村の名も生石子といふ。静崫《シヅノイハヤ》ときゝしも、此《この》所の事にや。万葉第三生石村真人《おいしのすぐりまひと》が歌、

ヲヽナムチスクナヒコナノイマシケン
シヅノイワヤハイクヨヘヌラン

又或《ある》旧記を見はべりし中に、日向大明神は養老年中に、大キナル石船に乗て、播磨の国に飛来リ、加古ノ湊に座《いまし》けるとありし。若《もし》此時の石船などかとも思合《おもひあは》せ侍る。今の石の宝殿も、加古のうしろの山よせなり。爰《ここ》に云出《いひいづ》べき事にはべらねども、年頃つたへき

46 ○松子　マツカサ。「松露・松子、松の実をいふ」(御傘・松膠)。▽曾根天満宮に詣り、畏まって座している膝の上に菅公お手植えの松のマツカサがこぼれてきた。季松子(秋)。

○石の宝殿　高砂市阿弥陀町生石字宝殿。巨大な石造品で、たぶん墓室と思われる。生石神社の御神体。

○静崫　次の万葉集の歌に見えるが場所は諸説がある。

○生石村真人　万葉集には生石村主真人とする。続日本紀には大石村主真人と見える。

○或旧記　未詳。峰相記には「次ニ日向大明神有。養老年中彼国ヨリ石船ニ乗テ、容顔美麗ノ女体ノ侍女多ク召具シテ、加古浦ニ坐ス」。

ゝあやしみ思ひけるを、今正《まさ》に見るまゝ書付《かきつけ》侍る。惣じてはりま面《おもて》の山なみ、多くは岩そびえ立《たち》たり。石匠どもあまた山のはらに座し、あるは巓《みね》にのぼり、谷合《たにあひ》に入《いり》て、水鉢をほり、臼を拵《こしらへ》、石塔をつくり、畳の四方したる石は、いくらも切出す所あり。広峰にのぼりし時、白国《しらくに》のいわやといふを見けり。その中にも石輿と名づけて居置《すゑ》たり。かれ是いぶかしき事也。高砂は町並《ナミ》立つゞきて、繁花の粧ひ、尾上の鹿の鳴《なく》べき秋とも見えず。世にひゞきたる霜の松は、はるかに枯らせて、取のこすかぶさへもなく、暁の鐘ばかり、淋しくうごきとゞまり、只松生立《おひたち》て、風のみ□〳〵の音をきゝわたりける。

47 妹《いも》が手は尾上《おのへ》松露《しようろ》に荒れにけり　　空我

48 釣鐘のいぼの落《おち》たる松露《しようろ》哉《かな》　　才麿

夕ぐれかけて立《たち》帰りけるに、阿武《あぶ》の松原こそ見ゆれ。

○白国のいわや　古墳の石組が露呈したものであろう。

○尾上の鹿　「秋萩の花咲きにけり高砂の尾上の鹿は今や鳴くらむ」(古今集・秋上・藤原敏行)。

○霜の松　「高砂の尾上の鐘の音すなり暁かけて霜やおくらむ」(千載集・冬・大江匡房)。「高砂の、尾上の鐘の音すなり、暁かけて、霜はおけども松が枝の、葉色は同じ深緑」(謡曲・高砂)。

○はるかに枯らせて　散木奇歌集以来、高砂の尾上の松が枯れて久しいことを詠んだ歌は多い。

○暁の鐘ばかり　「霜の松」の注参照。

○風のみ□〳〵の音　一、二字不明。

47 ○松露　松林の中の白砂に生えるキノコの一種。マツカサにもいう(御傘)。▽妻の手は尾上の松の林に生える松露を取ることで荒れてしまった。古代のことらしく言うために「妹」を用い、「尾上の松」に「松露」を掛けた。季松露(秋)。

48 ▽この尾上の松原に生える松露は、尾上の鐘と言われる釣鐘のいぼが落ちて出来たもののようだ。季松露(秋)。

○阿武の松原　歌枕。歌枕名寄など長門国とするが、播磨国説もある。「播磨潟恨みてのみぞ過ぎしかど今夜とまりぬあふの松原」(風雅集・恋二・藤原顕季)。

49 打むれて霧にはいるや夕烏　空我

50 又やあの霧から出《いで》ん朝烏　才麿

かく狂じもて来るほどこそあれ、からすも霧も見えずなりたり。
東坡《とうば》は羇旅にやせて、鼠のごとしと泣ク、余《やつがれ》は草まくらに酔て
蚤のごとくに飛ブ。

才麿

51 旅人となりにけるより新《しん》酒《しゆ》哉《かな》

52 いまだ蠅ある秋風の宿　空我

53 月長し紙《し》帳《ちやう》衾《ふすま》にもみかへて　仙桜

54 筆持《もち》ながら寐《ね》入《いり》こそすれ　麿

55 年の緒《を》や金の袋をしめつらん　我

56 めんどり羽《ば》にもかさねたる絹　桜

49 ▽阿武の松原の方へ飛んでいっている夕烏の群が霧の中へ消えていった。季霧(秋)。

50 ▽朝になるとまた、あの霧の中から烏の群が出てくるのだろう。季霧(秋)。

○羇旅にやせて… 「孫莘老墨ヲ寄ス四首」第三の「我貧ニシテ饑鼠ノ如ク、長夜空シク齩齧(こうけつ)」によるか。

51 発句。秋(新酒)。▽旅に出るやいなやすぐ新酒の季節になったことだ。

52 脇。秋(残る蠅・秋風)。▽あなたをお迎えした私の宿には秋風が吹いていますが、まだ蠅も残っております。

53 第三。秋(月)。月の定座から二句引き上げ。○紙帳　紙製の蚊帳。○衾　紙衾。「江戸困民及武家奴僕、夏紙帳を用ふ者秋に至りて之を売り、是にわらしべ等を納れて周りを縫ひ衾として再び之を売る」(守貞漫稿十六)。▽夜の長い長月のころのよなべ仕事に、夏に使った紙帳を揉みかえて紙衾を作っている。「月長し」に長月の意味を掛け、前句の「蠅」に「紙帳」を付けた。

54 初オ四。雑。○持ながら　底本「待なから」。▽筆を持ってものを書きながら寝入ってしまったことだ。前句から風雅の人を見て取って付けた。

55 初オ五。冬(年の緒)。○年の緒　俳諧では歳尾つまり歳末にいう。▽年末に財布の紐を締めて出費を抑える。前句を帳簿付けの商人とした。

56 初オ六。雑。○めんどり羽　雌鳥羽(めどりば)。左を上、右を下にして物を重ねること。▽(年末にもけちけちしている家だが)びっしりと重ねるほど絹を沢山持っている。裕福な者ほど始末である。

57 初ウ一。雑。○主人妻　その家の女主人。ここは表記からその妻か。▽逃げてきた落武者を主の妻がその筋へ訴え出る。前句の贅沢さから強欲な人格を見てとって付けた。

58 初ウ二。夏(夕立)。○餅店　餅を食べさせる店。▽急に夕立が降ってきて、雨宿りのために人々が餅店に飛び込んできたので狭苦しくなった。その中に落武者とおぼしき人物がいて、餅店の妻が訴え出る。

57 落武者を訟《うつたへ》まいる主人妻《イヘアルジ》　麿
58 夕立の来てせまき餅《もち》店《だな》　我
59 鉢松のこびたる形《なり》もあはれ也　桜
60 居つけた人の見えぬ物寂《サビ》　麿
61 打《うち》むかふ膳に涙ぞこぼれける　我
62 約束すてゝ縁むすぶらむ　桜
63 世《ヨノ》間《ナカ》をしれや鏡のうら面《おもて》　麿
64 萩やすゝきに名をかくし住《すむ》　我
65 感状を引《ひき》さくばかりきりぐす　桜
66 うらがへる身を月も照《せう》覧《らん》　麿
67 邪《よこしま》な宗旨の門《もん》を華《はな》に出《いで》　我
68 火かとあやまる三《さん》昧《まい》の木《ぼ》瓜《け》　桜

59 初ウ三。雑。○こびたる　古びた。▽狭い餅店に古びて趣の出た形の鉢植えの松が置いてあるのも哀れな感じである。
60 初ウ四。雑。▽いつも居た人の姿が見えず、ただその人の丹精こめていた鉢植えの松だけがあるのはあわれで物さびた様子である。
61 初ウ五。雑。恋(涙)。▽居つけた人のいない膳に向かうにつけさびしさから涙がこぼれてしまう。亡くなられたか去られたか。
62 初ウ六。雑。恋(約束・縁むすぶ)。▽恋しい人との約束を捨てて縁づくことになったが、ついつい涙がこぼれる。祝言の場にした。
63 初ウ七。雑。恋(鏡)。▽鏡に裏表があるように世の中も一筋の思いが通じるものではないことを知りなさい。「もっと大人になりなさい」というように親などが縁づく娘を諭しているセリフ。鏡―物おもひ(類船集)。
64 初ウ八。秋(萩・すゝき)。▽境遇が一変し、萩・薄の生える田舎に名を隠して住んでいる。前句の「鏡のうら面」から境遇の一変することを付けた。世間が分かる。
65 初ウ九。秋(きりぐす)。○感状　武将から配下の戦功を賞して与える文書。長く保存した。▽名を隠して住む家の庭先に鳴くキリギリスの声の中、以前に戴いた感状を引き裂いた。主君からいわれのない咎めを受けて蟄居を命じられたのであろう。
66 初ウ十。秋(月)。○うらがへる　裏切る。心変わりする。▽故あって主君を裏切ったこの身を照る月も照覧あれ。裏切って前の主君からの感状を引き破った。
67 初ウ十一。春(華)。花の定座。季移り。▽邪宗から心変わりして、その門を出たら花が美しく咲いていた。迷いが晴れた心を「華」にたとえた。
68 初ウ十二。春(木瓜)。○三昧　墓所(日葡辞書)。▽火が燃えているかと見まがうばかりの朱色に咲いた墓地の木瓜の花である。「宗旨」に「三昧」。火―墓(類船集)、燃《モユル》―三昧(俳諧小からかさ)。

69 朝《あさ》雉《き》子《ぎす》何に追《おは》れてとがり声　磨
70 女《によう》房《ボ》に髪を結へと居直り　我
71 みづのなき針をうらみの捨所《すてどころ》　桜
72 閾《シキイ》のみぞのへだて勝チなる　磨
73 お流れと来るかわらけに手をつきて　我
74 商ヒしても猿楽の孫　桜
75 三笠山代《よ》ゝ《よ》の飾《かざ》リに古う成リ　磨
76 鍛冶番《ばん》匠《じやう》も素《す》袍《はう》ぬぎかけ　我
77 小屏風はしきし交《まじ》リに張ちらし　桜
78 宵《よひ》のうつりをのぞく寐すがた　磨
79 月のやみ鬼となりたる物妬《ねた》ミ　我
80 釘ふみたつる灯《とう》籠《ろう》のめげ　桜

69 名オ一。春(雉子)。▽朝からキジが何に追われてか、かん高い声で鳴いている。雉子―焼野(類船集)から、前句の「火かとあやまる」に「雉」を付けた。
70 名オ二。雑。恋(女房)。▽妻に向かって俺の髪を結えと居直った。前句を夫婦喧嘩に驚いてキジが鳴いているとした。この折では後にもう一度恋句がある。
71 名オ三。雑。恋(うらみ)。○みづ　針孔。▽穴のない針に対して恨みの心を晴らそうと折り捨てた。「女房」に「針」をあしらった。
72 名オ四。雑。▽相手を恨みに思っているので敷居の溝程度の溝だがついつい隔たり勝ちになる。
73 名オ五。雑。▽敷居越しに手をついてお流れをいただく。
74 名オ六。雑。▽商売人であってもさすがに猿楽師の孫だけあって礼儀正しい。前句の人物の評。
75 名オ七。雑。▽この商人の先祖は、猿楽師として三笠山の麓の社に奉仕して久しかったが、今もその社の殿舎は代々の飾り細工と共に古びて尊い感じで残っている。猿楽に三笠山。
76 名オ八。雑。▽三笠山の麓で鍛冶も番匠も着ている素袍を脱ぎ掛けて仕事にかかっている。鍛冶―素襖袴(俳諧小からかさ)。
77 名オ九。雑。▽鍛冶・番匠が素袍を脱ぎ掛けた小屏風には色紙が貼り交ぜてある。
78 名オ十。雑。恋(のぞく寐すがた)。▽宵が過ぎていくころ、色紙を貼り交ぜた小屏風の影に寝ている姿を覗き見る。
79 名オ十一。秋(月)。恋(物妬ミ)。月の定座。▽月の出ない夜、嫉妬のために鬼のような心になっている。前句の女性を見て嫉妬している男性か。
80 名オ十二。秋(灯籠)。○めげ　欠け。▽闇夜、こわれた灯籠の破片に出ていた釘を踏みたててしまった。嫉妬(ネタミ)―釘、鬼―細工灯炉(俳諧小からかさ)。
81 名ウ一。秋(秋風)。▽秋風の中、こわれた灯籠の陰で行水の背中を流しあっている。前句を一転して穏やかな内容にした。

81 秋風に浴《ゆあみ》の背中ながし合《あひ》　麿

82 一きはみゆるせきとりのから　我

83 かたくまに乗《のせ》てぞ花は折《をら》セケル　桜

84 汐《しほ》干《ひ》の舟をあがる松ばら　麿

85 鶏《にはとり》はどこで鳴《なく》らん春日影　我

86 煙かすみにまぎれ入ル空　桜

或《ある》日赤松が籠居せし、白籏《しらはた》の古城を見んとて、攀《よぢ》のぼりける。誹勇のたれかれ馳来《はせきた》り、草をしき打円居《うちまどゐ》て、

才麿

87 あの窪《タハ》に角《つの》とぐ鹿やこもりケン

88 七里ながれて秋に成ル鮎　思昔

89 槇《マキ》支《シ》、梁《コ》朝月かけて代《しろ》出すに　可計

82 名ウ二。秋(せきとり)。湯あみをしている関取の体がひときわ大きく見える。
83 名ウ三。春(花)。花の定座から二句引き上げ。季移り。〇かたくま　肩車。▽肩車をして花を折らせている関取の体がひときわ大きく見える。この場合、肩車をされているのは子どもとは限らない。
84 名ウ四。春(汐干)。▽汐が引いて川底が浅くなったので岸の松原へ舟を上がったが、そこで子どもを肩車して花を折らせている。
85 名ウ五。春(春日影)。▽松原へ上がったが、のどかな春の日の光の中、どこで鶏が鳴いているのだろうか、声が聞こえてくる。
86 挙句。春(かすみ)。〇桜　底本「松」。▽鶏の声が聞こえてくるのどかな春の日の光の中、民家から立ち上る煙が春の霞と紛れて空に上っていく。
〇赤松　赤松則村。通称・次郎(太平記は二郎)。入道して円心。建治三年(一二七七)—観応元年(一三五〇)。建武三年(一三三六)九州の足利尊氏を追って西下する新田義貞の軍勢を白旗城で二カ月間支えた(太平記十六)。
〇白籏城　赤松氏の居城。赤穂郡上郡町赤松。嘉吉の乱で落城した。遺構が現存する。
〇誹勇　俳諧のつわものたち。
87 発句。秋(鹿)。▽あの山の尾根の窪んだ所に角を研いでいる鹿が籠もっているようだ(昔、赤松が籠城したのもあの辺りか)。
88 脇。秋(秋)。▽その山の窪みから七里も川を流れ落ちた鮎が秋には成魚になる。
89 第三。秋(月)。月の定座から四句引き上げ。〇支梁　未詳。槇などの生育のための器材か。〇代出す　未詳。樹木の繁殖の方法の一種か。代出法というものがある。▽鮎の捕れる川の傍の山で、月のまだ残っている早朝から育てている槇の手入れをしている。人事に転じた。

90 嵐にもるゝ貝静かなり 鴎嘯

91 鷹それて一ト先《まづ》君にかくすらん 昔

92 雪のあしたか大《たい》瓶《へい》を酌《く》ム 磨

93 浜の賀は塩《しほ》吹《ふく》波にもりいれて 嘯

94 ●日をのぞく家のならはし 計

遊雲堂のあるじ、面壁《めんべき》の達磨《だるま》に讃せよと望《のぞま》れ、書《かき》つく。

95 壁《かべ》土《つち》をくふに味ありきり〴〵す

余《よ》が逗留も廿日に近きほどなれば、又是より西の秋に打いらんとおもふ。しばらくのほどに聞ふれたる発句《ほつく》ども、今の余波《なごり》、後《のち》の因みに書《かき》つくる事、次第をわかたず。

96 山《やま》賤《がつ》も帰《かへり》に手《た》折《を》ル野《や》梅《ばい》哉《かな》 桜咲軒

97 喩《たとへ》しる黒木優《やさ》しゝ朝桜 紀計

90 初オ四。雑。▽山仕事をしていると吹きすさぶ嵐の中から法螺貝の音が静かに聞こえてきた。

91 初オ五。冬(鷹)。▽鷹狩りの鷹が獲物からそれたのを、とりあえず御主君に気付かれないようにした。前句の「貝」は鷹狩りの合図の法螺貝。

92 初オ六。冬(雪)。○あした 底本「あたし」。誤刻であろう。▽雪中の朝の鷹狩りで、寒さしのぎのために大瓶から酒を酌む。前句の「君」の行為。

93 初オ七。雑。▽浜辺の祝い事は、鯨が塩を吹く辺りをねらって波にモリを突きいれて鯨を取り、大瓶で酒を酌み交わすことだ。

94 初オ八。雑。○●日 未詳。▽祝い事の折に夕陽(または朝陽)をのぞき見るのがこの家の慣わしだという意か。○遊雲堂のあるじ 水猿。三三三頁五行目参照。

95 ▽(達磨は九年間壁に面して座禅したというが、その)壁に来て鳴くキリギリスよ、その壁土を喰うと得も言われぬ味があるだろう。壁—きり〴〵す・達磨(類船集)。季きり〴〵す(秋)。

96 ▽風流とは縁のない山人も、帰りには野梅の美しさに引かれてつい手折ることだ。季野梅(春)。

97 ○黒木 薪にするため一尺ほどに切った生木を蒸し焼きにして黒くしたもの。八瀬・大原のものが有名。▽清らかに咲く朝桜の傍らに積んである目立たぬ黒木の優しさを見ると、人間もかくあるべきだという世のためしを知ることだ。季朝桜(春)。

98 ▽咲くツツジの美しさに引かれてついつい峰の上まで登っていってしまった。または、いつの間に峰の上までツツジ

98 いつとなく峰迄《まで》登るつゝじ哉　ヒロセ氏 柏風

99 身にしむは桜咲《さく》日の念《ね》仏《ぶつ》かな　松下氏 臨川

100 聞《きき》なれて鐘に手をとる桜かな　之白

101 もぢかれて下《げ》戸《こ》の腹《はら》立《たつ》桜かな　幸計

102 花咲《さか》ば茶釜をみがけ山法師　樵花

103 何《なに》故《ゆゑ》ぞつばな計《ばかり》に行《ゆく》径《こみち》　臨川

104 淡《あは》雪《ゆき》や白《しら》魚《ヲ》とる夜の七ツ過《すぎ》　同

105 凍《いて》消《きえ》て小《こ》鮒《ぶな》勢《せい》あり古《ふる》沢《さは》辺《べ》　柏風

106 舞《まふ》蝶《てふ》に飛ついて折《をる》芝種《ナタネ》かな　同

107 ひら〳〵や桜散《ちり》うく山清水　桜咲軒

さくらの陰のうかれ妻

108 傾《けい》城《せい》の花にからるゝ浮世かな　空我

が咲いてしまったのだろうかの意か。季つゝじ(春)。

99 ▽やがて満開になって間もなく散っていってしまう桜の咲く日に聴く念仏は、ひとしお無常の気持ちを誘い身に沁みることだ。季桜咲(春)。

100 ○鐘 「山里の春の夕暮れ来てみれば入相の鐘に花ぞ散りける」(新古今集・春下・能因)。○手をとる 手間取る。▽鐘の音を聞きなれて油断し、桜は鐘におくれをとることだ。能因の歌のようには散らない理由を考えた。季桜(春)。

101 ○もぢかれて しわくちゃになる意の「捩ぢかれて」か。▽花見で酒を飲める上戸はともかく下戸はせめて桜の花の枝を折り取るぐらいしか楽しみはないが、大事に持っていた桜の枝を酔っぱらいにもみくちゃにされて腹をたてている。季桜(春)。

102 ○花咲ば 「花咲かば告げんといひし山里の〳〵使は来たり馬に鞍」(謡曲・鞍馬天狗)による。「花吹かば告げよと言ひし山守の来る音すなり馬に鞍おけ」(源三位頼政集)。▽山法師よ、花が咲いたら花見客を目当てに茶釜を磨いておけよ。季花(春)。

103 ▽どうしてなのだ、ツバナが咲いているだけの小道なのに人々が歩いて行くのは。「すみれ咲く横野のつばな生ひぬれば思ひ思ひに人通ふなり」(山家集・中)による。季つばな(春)。

104 ▽白魚を捕る夜の七つ過ぎ、淡雪が降ってきた。季淡雪・白魚(春)。

105 ▽古い沢の辺りに張っていた氷も消えて、小鮒が勢いよく泳いでいる。季凍消(春)。

106 ▽舞飛ぶ蝶を摑もうと飛びついて足もとのナタネの茎を折ってしまった。蝶―菜の葉(類船集)。季蝶・芝種(の花)(春)。

107 ▽山清水のたまったところにひらひらと散り込んで浮いている桜の花びらである。季桜(春)。

108 ○うかれ妻 遊女。傾城。▽桜が(自らの花でなく)美しい傾城の姿を借りて装っているかのようなこの世である。自然の花だけでなく遊女のいる点を「浮世」といった。季花(春)。

伊せが像讃のぞまれたるに、花と見て折られぬ水の歌の心を書《かき》たれば、

109 川《かは》隈《くま》のけはひとなるやこぼれ梅　才麿

110 清水かげしがらみもなし心《こころ》魂《だま》　遊雲堂水猿

111 蚈《ほたる》火にひかれて游《およ》ぐかはづかな　湯川氏花子

112 風の簸《ひ》て蚈《ほたる》もうとし草の窓　猶存

113 懶《ものう》さは老《おい》にありけり夏蕨《わらび》　紀計

114 鳴《なく》かたにいばらを分《わけ》ん郭公《ほととぎす》　野笛

115 光リをば句の上《か》ミに置《おく》蚈《ほたる》かな　思昔

116 蚊屋をふく風の木猫《イカリ》やたばこ盆　林蝶

117 蟬にかへん波の枕の夢もがな　水猿

118 蚊の声に入《いり》相《あひ》のかねまぎれけり　樵花

109 ○花と見て…「春ごとに流るる川を花と見てをられぬ水に袖やぬれなむ」(古今集・春上・伊勢)。▽川の隈に流れ寄せられたこぼれ梅は、川隈が化粧しているように感じられる。季こぼれ梅(春)。

110 ▽すがすがしい清水陰に休らっていると、心には何のしがらみもなく自由な気持になる。季清水かげ(夏)。

111 ▽蛍火に引かれるように泳いでいる蛙である。季蚈火(夏)。

112 ▽草深い家の窓から戸外を眺めていると、風にあおられて蛍も近づいて来ない。季蚈(夏)。

113 ▽丈の高い夏の蕨にものうい様子を感じたが、思えば人間のものうさもこのように老いたところに生まれるのだ。季夏蕨(夏)。

114 ▽ホトトギスの鳴いた方へイバラを分けて行こう。季いばら・郭公(夏)。

115 ▽蛍の句を詠もうとするときは、まず上五に「光」と置くものだ。季蚈(夏)。

116 ▽風に吹かれて揺れる蚊屋を押さえるためのイカリの役をタバコ盆が果たしている。季蚊屋(夏)。

117 ▽昼寝しようとする耳に蟬時雨が聞こえてくるが、この音を涼しげな波の音に変えて波枕の夢を見たいものだ。季蟬(夏)。

118 ▽激しい蚊の声に入相の鐘の音もまぎれてしまった。季蚊(夏)。

119 隣家《りんか》の楓を
柔《にう》和《わ》なる隣ぞうれし若《わか》楓《かへで》　未雪

120 月にぬれて星に汗干《ほ》ス涼みかな　空我

西行法師柳陰の図に讃書ヶといはれしに、汲干スほどもなき住ゐとはよしのゝ庵の古清水にこそと、

121 行《ゆく》さきにいくらもむすぶ清水かな　才麿

122 稲妻に山《やま》賊《だち》ならぬかゞし哉《かな》　尋友

123 声しげし野《や》馬《ば》臥《ふす》夜のきり〴〵す　猶存

124 千《ち》ゝ《ぢ》の色秋に名よせの月一つ　水猿

125 盆はさりおどりは残るゆふべかな　空我

126 一《ひと》寐《ね》入《いり》して釣《つら》せけり秋の蚊《か》や　未雪

119 若楓の繁っている隣家の柔和な感じが嬉しく思われる。季若楓(夏)。

120 ▽夕月の中を汗を流して帰ってきて、やっと満天の星のもとで涼みを納れて汗を乾かすことだ。季涼み(夏)。

121 ○柳陰の図 「道の辺に清水流るる柳陰しばしとてこそ立ち止まりつれ」(新古今集・夏・西行)による画題。○汲干スほども… 「とくとくと落つる岩間の苔清水汲み干す程もなきすまひかな」(伝西行)。▽これからの旅の行く先々にいくらも汲むことになる清水である。季清水(夏)。

122 ▽光った稲妻に浮き上がった姿を山賊かと思ってびっくりしたが案山子だった。季稲妻・かゞし(秋)。

123 ▽野飼いの馬もぐっすり寝ている野原からキリギリスの声がしげく聞こえてくる。季きり〴〵す(秋)。

124 ○名よせ 名所などの名を寄せ集めた書。ここは四季の詞を集めたものを言うか。▽秋は千々の色に染まるというが、名寄せに載る月の色はただ一つである。季秋・月(秋)。

125 ○おどり 「洛ノ内外、今夜ヨリ二十四日或ハ晦日ニ至テ戸々灯火ヲ点ズ。…少年男女踊躍ヲ為ス」(日次紀事・七月十四日・踊躍)。他の地方も同様。▽盆は終わったが、踊りはこれからも続く。季盆・おどり(秋)。

126 ▽秋になったら一寝入りしてから蚊帳を釣らせる。蚊が夏ほど激しくなくなった。季秋の蚊や(秋)。

127 桴士《いかだし》や腹あてしむるはつ嵐　梅月

128 名月に何の憎みぞ晴にけり　政之

129 浮世かな紅葉《もみぢ》つながぬ書写《しよしや》増位《ますゐ》　思昔

法華山《ほつけざん》

130 法《ほう》鉢《はつ》のこぼれや生《な》りてわせおくて　可計

かへるさに春日野《かすがの》といふ処

131 春《かす》日野《がの》に鹿は居ずとも秋の声　同

山途《やまみち》にまよふ

132 山道や腹立《たて》ながら栗拾ふ　同

133 書《しよ》写《しや》増《ます》位《ゐ》いづれ栬《もみぢ》の早稲《わせ》をくて　鷗嘯

134 蕣《あさがほ》をすけと隠居のいはれたり　里竹

135 文《ふみ》箱《ばこ》やひらかぬ中《うち》は蕾《つぼみ》菊《きく》　一安

127 ▽初嵐のころになると筏士も腹あてを締める。強い風のために身を引き締めるのと気温が下がってフンドシ一丁では寒くなることが一句の中でマッチしている。季はつ嵐(秋)。

128 ▽今夜は名月だという日、日中は曇りがちだったが、雲が名月に対して何の憎しみも抱いているわけはなく、うまいぐあいに晴れて名月が輝きだした。季名月(秋)。

129 ○書写増位　書写山と増位山。共に現在の姫路市内。▽書写山と増位山の紅葉が繋がっていれば見事なのだが、二つの山が連なっていないのも浮世の定めだな。季紅葉(秋)。

130 ○法華山　播磨国河西郡(現加西市)にある法華山一乗寺。天台宗。西国三十三か所第二十六番札所。○法鉢　托鉢の鉢か。▽法華山でも早稲や晩稲が実っているが、これらは托鉢の鉢からこぼれた米が育ったものだろうか。季わせおくて(秋)。

131 ○春日野　未詳。現在の高砂市に春日野の地名が残るが、帰途の方角に合わない。▽ここの春日野には奈良の春日野と違って鹿がいないが、それでも秋の雰囲気は感じられる。季秋(秋)。

132 ▽山道に迷ってしまって腹を立てながら落ちている栗を拾うことだ。季栗(秋)。

133 ▽書写山と増位山の紅葉は、どちらが早生でどちらが晩生だろうか。季栬・早稲をくて(秋)。

134 ▽朝早く咲くアサガオを好きになるようにと隠居に言われた。早起きをするようにせよという意。季蕣(秋)。

135 ▽文箱というものは、それを開かないうちは蕾の菊のようなものだ(一度開くと久しく開いたままになる)。久敷―菊のさかり(類船集)。季菊(秋)。

136 芋うりよ後《のち》の月見に菽《まめ》かはん　樵花

137 あぜ菽《まめ》の葉ばかりに成《なる》月夜哉《かな》　元届

138 月はうく影は沈みし鴴《かいつぶり》　蓬迹

139 鐘の音《ね》やきく便《たより》なき秋のくれ　嵐舟

予にあいさつとて得たりし句おもひ出《いづ》る
まゝ書つく

140 柴にうる紅葉《もみぢ》を里のすがたかな　紫竹

141 めぐり合《あひ》て又めづらしや月の玉　水猿

142 せき留《とめ》よ市《いち》の椎《しひ》柴《しば》師のかへさ　猶存

143 手にとればつくらぬ菊の花かろし　臨川

144 朝霧やかくれぬものはマヤガ嵩《たけ》　尚列

145 初《はつ》紅《も》葉《みぢ》三ツに二ツは君がごと　思昔

136 ▽芋売りよ、豆名月と言われる後の月見のために豆を買いたいのだ(だから芋は買わないでおく)。仲秋の名月は芋名月といった。季芋・後の月見(秋)。

137 ○あぜ菽　畦に作っている大豆。▽秋の美しい月夜のころになると、畦で栽培している豆も、豆は穫られて葉ばかりになっている。季あぜ菽・月夜(秋)。

138 ▽水の面に写る月の影は浮いているように見えるが、カイツブリの影は水中に沈んでいった。季月(秋)。

139 ▽鐘の音も聞きごたえなくもの寂しく聞こえてくる秋の暮れである。季秋のくれ(秋)。

140 ▽やがて柴として売られていく木が美しく紅葉しているこの里の景色です。季紅葉(秋)。

141 ○めぐり合て　「めぐりあひてみしやそれともわかぬまに雲隠れにし夜はの月かげ」(新古今集・雑上・紫式部)。○月の玉　未詳。参考「彼海底に飛こんで疵／月は玉ろくな緒じめにならふかの」(西鶴大矢数二十)。▽一か月に一度、美しい満月になることを詠んだか。季月(秋)。

142 ▽市に売られている椎柴よ、束で流れなどをせき止めるように、師のお帰りになるのを止めてくれ。「師」は才麿をさす。季椎柴(秋)。

143 ▽自然に生えている菊を手に取ってみたら軽やかであった。季菊(秋)。

144 ○マヤガ嵩　三一〇頁一〇行目参照。▽朝霧にも摩耶嶽は隠れることなくくっきりと聳えている。季朝霧(秋)。

145 ○初紅葉　「しきてみむと(めづらしと)わが思ふ君は秋山の初もみぢ葉に似てこそありけれ」(万葉集八)によるか。▽初紅葉の三つの内の二つはあなたのように愛しく思われる、の意かと思われるが、句意未詳。季初紅葉(秋)。

146 草《くさ》茎《ぐき》はみな振舞て仕《し》廻《まひ》けり　仙桜

147 紅《べに》菊《ぎく》のうつりうれしき此《この》身かな　忍水

大弐三位《だいにのさんみ》が像に、讃所望有し。いでそよの歌の心をうつしたる也。かれ〴〵成《なる》男のおぼつかなくなど聞えつれば、

148 物ごとの身にしむ風やをなど笹《ざさ》　才麿

149 紙子干《ほす》宿は木《この》葉《は》のなくもがな　紀計

150 はり合《あひ》のなくておかしき枯野哉《かな》　臨川

151 笠さして行人はなし村《むら》時《し》雨《ぐれ》　桜咲軒

152 酒呑ミの足出してねる霜《しも》夜《よ》哉　松吟

153 足《た》袋《び》はきて笠さしてゆく時雨哉　樵花

154 すげなさのそれとはなしに冬《ふゆ》気《き》哉　水猿

146 ▽草茎の葉も実もすべて落ちてしまったことよ、の意か。季草木黄落の意による(秋)。

147 ▽紅菊の美しさがわが身に映えて嬉しいことだ。季紅菊(秋)。

148 ○大弐三位　紫式部の娘。生没年未詳。○いでそよの歌「かれがれになる男のおぼつかなくなどいひたるによめる／有馬山ゐなのささ原風吹けばいでそよ人を忘れやはする」(後拾遺集・恋二)。▽何ごとにつけて身に沁み入るような秋の風が、おなご笹に吹きわたっている。季身にしむ(秋)。

149 ▽紙子を干す宿にはいっそのこと木の葉がない方がよい。わびしさがいや増す。季木葉(秋)。

150 ○はり合　努力の甲斐。ここでは枯野が花を咲かせたり紅葉させたりしていないことをいう。▽何の張り合いがあるわけでもないのに趣のある枯野である。季枯野(冬)。

151 ▽村時雨の中、傘をさして行く人はない。急に降ってくる時雨の本意を詠む。季村時雨(冬)。

152 ▽寒い霜夜だが、寒さ凌ぎに酒を呑んだ酒呑みは布団から足を出して寝ている。季霜夜(冬)。

153 ▽すぐに止む時雨なので足袋をはき傘をさして外出する。季足袋・時雨(冬)。

154 ▽どこがすげないとはいえないが、すげない感じの冬の気配である。季冬気(冬)。

155 霜月は木葉《このは》のぬるゝ朝日かな　空我

156 出《いづ》る日にむかふ心の火《こ》燵《たつ》かな　梅香

157 枯《かれ》芦《あし》に鶴の脛《はぎ》そふ洲《す》崎《さき》かな　猶存

158 其《その》紅《も》葉《みぢ》時代蒔《まき》絵《ゑ》か冬の山　一幕

家隆の讃かけといはれし、絵は川辺のちはら風さへての所、

159 闇《やみ》の時あふであらふぞ妻《つま》鵆《ちどり》　才麿

勿レ謂今日不学而

160 秋の夜や明日《アシタ》の用をくり仕《じ》廻《まひ》　千山

161 月影よこにはいる引窓　占立

162 漸《ヤヽ》寒き旅籠《ハタゴ》の宿《やど》に湯をたてゝ　才麿

155 ▽霜月の名のとおり夜に降った霜が、朝日に解けて木の葉が濡れている、その朝の美しさよ。季霜月(冬)。

156 ▽暖かな日の出に向かうときと同じような気持ちで入っていく炬燵である。季火燵(冬)。

157 ▽洲崎に立っている枯れ芦に同じように細い鶴の脛が添うように立っているのが見える。季枯芦(冬)。

158 ▽時代蒔絵　古い時代の蒔絵。ふつう室町中期のものを指す。▽冬の山になお残っている紅葉の美しさは、言うならば時代蒔絵のようなものだ。季冬の山(冬)。

159 ○家隆　藤原氏。嘉禎三年(一二三七)没、八十歳。新古今集撰者の一人。○川辺のちはら風さへて　「千鳥なく川辺の茅原風さえてあはでぞ帰る有明の空」(壬二集・恋)。○妻鵆　つがいの千鳥の片方。▽相手を求めて飛ぶ妻千鳥よ、闇の夜に逢うことがあるだろう。季鵆(冬)。

160 ○勿謂…　「謂フコト勿レ今日学バズトモ来日有リト…」(朱子勧学文、古文真宝前集)。発句。秋(秋の夜)。▽秋の夜長の夜なべ仕事に明日の仕事の分まで繰り上げて済ましてしまう。

161 脇。秋(月影)。月の定座から三句引き上げ。▽夜なべ仕事をしている所に月影が引き窓から横に差し込んできた。

162 第三。秋(漸寒き)。▽やや寒のころ、旅籠の湯に入っていると、引き窓から月影が差し込んできた。

163 近くにきこゆ波の鳴ル音　海牛
164 窃《シノビ》武者樵《きこり》のかよふ道に馴レ　尚列
165 光りのちがふ燐《きつねび》の色　執筆

終日《しゆうじつ》寝レ山《やまにねる》

166 茸《たけ》焼《ヤク》やそばにかけたる酒のかん　空我
167 尾ごしの鴨に礫《つぶて》こゝろむ　才麿
168 薄《うす》月《づき》の舼《ワタシ》にのせず漕《こぎ》出《いで》て　同
169 土《ど》堤《て》に長《ナ》柄《ガ》鑓《エ》の打つゞきけり　我
170 心ある勧《くわん》進《じん》的《まと》の小屋高く　同
171 湯茶をきらさぬ手《て》廻《まは》しぞよき　麿

秋《しう》興《きよう》　才麿

163 初オ四。雑。旅籠の湯に入っていると、波の音が近く聞こえてくる。打越の視覚を聴覚に変えただけで変化に乏しい。

164 初オ五。雑。▽忍びの仕事をしている武士は、木こりの通う道にも慣れたが、近くで波の音が聞こえる。

165 初オ六。雑。▽狐火は、他のものと違う光である。木こりの道にも慣れ、狐火の光もどういうものか知った。

166 発句。秋(茸)。▽山の中で松茸を焼きながらその火で酒を燗している。

167 脇。秋(尾ごしの鴨)。○尾ごしの鴨　秋の終わりに尾根を越えて北方から渡って来る鴨。▽酒の肴にするために、飛んでいる尾越しの鴨を落とそうとツブテを打ってみる。

168 第三。秋(薄月)。月の定座から二句引き上げ。▽岸辺で見えていた薄月を乗せないで渡し船が漕ぎだした。薄月が厚い雲に遮られて見えなくなったことを言った。前句は船中での行為。

169 初オ四。雑。○長柄鑓　柄の長さが二間以上の鑓。▽土手を長柄の鑓を揃えた武士の一群が行く。渡し船から見た景。

170 初オ五。雑。○勧進的　社寺への寄進のために賞品を出して的を射させ金銭を集めるもの。多くは詐称したものだったので「心ある」といった。▽神仏への心を持った勧進的の小屋が土手の上に高く見える。前句の「長柄鑓」から勧進聖の「長柄の柄杓」を連想して、「勧進聖」を出した。

171 初オ六。雑。▽勧進的の主催者が手回しよく湯茶をきらさぬように心がけている。

172 立出《いで》て侍《さむらひ》にあふや稲の原　尚列
173 眠《リ》をゆづる鵙《もず》の雲櫓《トマリギ》　海牛
174 後《のち》の月その窓程に照《てり》ぬきて　海牛
175 夜《よ》習《ならひ》仕まふ時に成《なり》けり　千山
176 又こそは凝《ゲ》水《スイ》こぼして帰るらん　占立
177 跣《ハダシ》になるゝそだちきたなき　磨
178 傾《けい》城《せい》に身のありたけを打明し　列
179 世を住《すみ》かへて憂《うき》名《な》はがさん　牛
180 涼しさや閼《あ》伽《か》井《ゐ》に近き芝つゞき　山
181 目《め》印《じるし》つけてもどる沢《おも》瀉《だか》　立
182 蜘《くも》のひの立《たチ》挙《フル》動《マヒ》ぞくれにける　磨
183 歩《あ》行《るき》にくさの行《ぎやう》水《ずい》の下《げ》駄《た》　列

172 発句。秋(稲の原)。○秋興　秋の感興。▽旅立とうと家を出て稲の原で侍に出逢った。

173 脇。秋(鵙)。▽早朝の眠りのまだ覚めやらぬ時、稲原の木にとまって眠っているモズにわが眠りを譲って旅をつづけることだ。

174 第三。秋(後の月)。月の定座から二句引き上げ。▽後の月がちょうど窓の大きさぐらいの感じで照り込んできている。前句は窓から見た戸外の様。

175 初オ四。雑。▽後の月も傾いて夜の勉強も切り上げる時刻になってきた。

176 初オ五。雑。○凝水　下水。建水。茶の湯で茶碗を洗った水、またはそれを入れる器。▽夜習いを終えて又下水をその辺りにこぼして帰っていったのではあるまいか。前句の「夜習」を稽古事とした。

177 初オ六。雑。▽裸足に慣れているような育ちの汚い者だから下水もその辺に平気でこぼして帰っていく。

178 初ウ一。雑。恋(傾城)。▽馴染みの遊女に身の上のすべてを打ち明けた。前句はその内容。

179 初ウ二。雑。恋(憂名)。▽遊女狂いをして浮き名を流したが、住み所を変えて一から出直そう。

180 初ウ三。夏(涼しさ)。○閼伽井　仏前に供える閼伽を汲む井戸。また寺院や墓地の井戸。▽住み替えた家は芝つづきの閼伽井が近くの涼しげな家である。

181 初ウ四。夏(沢瀉)。▽閼伽井の傍らに気に入った沢瀉が咲いていたので明日も来ようと目印を付けて帰った。

182 初ウ五。夏(蜘)。○蜘のひの立挙動　蜘蛛の振る舞いの意味か。「蜘のひ」は「蜘の囲」。▽一日中クモがせっせと巣を張っている。前句の傍らの景。

183 初ウ六。雑。▽行水用の下駄は歩きにくい。前句の「くれにける」に「行水」をあしらって庭先でクモが巣を張っているとした。

184 物とがめそこで笑にしたりつる　牛
185 角力《すまふ》の徳は月もかまはず　山
186 鼻紙に扇そへをく露のうへ　立
187 大《だい》工《く》の箱をなをす朝《あさ》寒《ざむ》　磨
188 髪結はぬ花の主《あるじ》の形《なり》見られ　列
189 海《うみ》辺《べ》のどかに並ぶ魚《うを》舟《ぶね》　牛
190 あか〳〵と霞の間《あひ》の塔一つ　山
191 麻の中出て気の広う成　立
192 霍《くわく》乱《らん》を吹《ふき》だまされし青《あを》嵐《あらし》　磨
193 雨のとをれば桐《ト》油《ユ》まくる竹《カ》輿《ゴ》　列
194 淋しさを酒で忘れんすまのうら　牛
195 緑《ろく》とらねども秋も来にけり　山

184 初ウ七。雑。▽物をとがめて怒ったが、歩きにくい下駄の様子に笑って納めた。
185 初ウ八。秋(角力・月)。月の出所。▽相撲のよい点は月が出ても構わずに続けるところだ。「突き」に掛ける。前句は相撲の勝負でのクレーム。
186 初ウ九。秋(露)。▽露の降りた草の上に敷いた鼻紙に扇を乗せて相撲の勧進元が挨拶をしている。
187 初ウ十。秋(朝寒)。▽朝の寒気の中、大工が扇の箱を修理している。
188 初ウ十一。春(花の主)。花の定座。季移り。○花の主　花守。▽花守のまだ髪を結わぬ姿を朝早く仕事をしている大工に見られた。
189 初ウ十二。春(のどか)。▽花のころ、海辺にはのどかに魚を運ぶ舟が並んでいる。対付。
190 名オ一。春(霞)。▽霞の間から明るく塔が一つ見える。海辺から見た遠景。
191 名オ二。雑。▽背の高い麻の繁った中から出たら遠くに塔が見えて緊張がゆるんだ。諺「麻の中の蓬(よもぎ)」を踏まえる。
192 名オ三。夏(霍乱・青嵐)。○霍乱　暑気あたりで起る日射病など。○青嵐　青葉のしげるころ吹くやや強い風。▽霍乱で悩んで、麻畑を出たとたん青嵐が吹いてきて騙されたように治ってしまった。
193 名オ四。雑。▽桐油　キリアブラ。防湿に用いる。ここは桐油紙。▽吹いてくる青嵐に駕籠に被せてある桐油紙がバタバタと邪魔なので、どうせ雨もとおってしまうし、めくってしまう。
194 名オ五。雑。▽昔から淋しさの極致と言われる須磨の浦で、その淋しさを酒で忘れよう。前句の「雨のとをれば」から源氏物語・須磨巻「神鳴りひらめく。…雨の脚、あたるところ通りぬべく、はらめき落つ」を想起して須磨の浦を付けた。
195 名オ六。秋(秋)。▽緑を取る身ではないが、取り入れの秋がやってきた。前句の須磨の浦が秋を呼び出し、淋しさから浪人などの境涯を付けた。

196 笠着せてかゝしにやとふ古《ふる》俵《だはら》　立
197 むかし捨《すて》たる姨《をば》を泣《ク》月　麿
198 此《この》一《ト》間《ま》折には風の吹《ふき》のこり　列
199 恋なればこそ爰《ここ》に来らるれ　牛
200 物窾《むな》シ雪にうたるゝ袖の尺《たけ》　山
201 そのしはぶきのうそと真《マコト》を　立
202 とり〴〵に骨牌《カルタ》をかくす膝の下　麿
203 とまりをかゆる春雨の船　列
204 土《いへ》産《づと》に白魚買《かう》て干《ほさ》せける　牛
205 わらやもおなじ雛《ひな》の置《おき》やう　山
206 咲《さく》花に菁《あをな》かけたも風《ふ》情《ぜい》也　立
207 天女《ツバメ》のめぐり空のゆたけき　執筆

196 名オ七。秋(かゝし)。▽秋の取り入れ時、古俵に笠をかぶせてカカシとして雇う。

197 名オ八。秋(月)。月の定座から三句引き上げ。▽(前句のことを計画している人物が)月のころになると、昔捨てた老婆のことを思いだし泣く。姥捨伝説(特に謡曲・姥捨)を踏まえる。

198 名オ九。雑。▽この一間だけは時々風に吹き残される(風が入らない)。そこで月を見て泣いている。

199 名オ十。雑。恋(恋)。▽こんな風の通らぬ部屋に来るのも恋しい人に逢うためだ。

200 名オ十一。冬(雪)。恋(句意)。▽こんな所にやってきて恋人にも逢えずただ着物の袖を雪に打たせていると何だかむなしい感じがしてくる。

201 名オ十二。雑。恋(うそと真)。▽今せきをなさったが、そのせきの嘘と真をはっきりとおっしゃってください。雪の中でむなしさを感じて女性がはっきりしない恋人に迫っている。

202 名ウ一。雑。○骨牌　うんすんかるた。▽それぞれに場の人々がカルタの持ち札を膝の下に隠す。前句は相手を騙すための駆け引き。

203 名ウ二。春(春雨)。▽春雨のため増水し船が停泊所を変えた。前句は船中の景。

204 名ウ三。春(白魚)。▽変更された停泊所で白魚を土産に買って一夜干しをさせている。生は腐るので土産に出来ない。

205 名ウ四。春(雛)。○わらやもおなじ　「世の中はとてもかくてもおなじこと宮もわらやもはてしなければ」(新古今集・雑下・蟬丸)。▽貧しげな家でも雛祭りの雛の置き方は変わらない。白魚を買った家での嘱目。

206 名ウ五。春(花)。花の定座。▽藁屋では、咲く花の所に青菜を掛け渡して干してあるのも風情である。

207 挙句。春(天女)。▽春の空を豊かな感じでツバメがめぐり飛んでいる。

けふは長月十八日、あすこそ爰《ここ》立ぬべくいへば、あるじ猶とゞめて、むろの泊リを見のこすべきやといさむるに、これより下向のたよりよくば、立《たち》よらなんものをと云《いひ》て止《や》ミぬ。

208 室《むろ》見ぬもたのみありけり青《あを》楓《かへで》

所〳〵にて心覚《おぼえ》にしける反古、ひとつにとり輯《あつ》めて、抓《こ》灯《とう》然モヤシ二客《かく》夢《む》ヲ二寒杼《かんちよ》搗《カツ》二卿然ヲ一於三于旅館ニ一費ス二麦光ヲ一。

残賀

209 面白や千秋楽をいとま乞《ごひ》

于時歳玄黙涒灘《げんよくとんだん》律中無《ぶ》射《えき》居《ゐ》待《まち》之夜

才麿記

京二条寺町
井筒屋庄兵衛刊之

○むろの泊リを…　室の泊りを見残すこともあるまい(ぜひ見るべきだ)。「むろの泊り」は室津の泊(揖保郡御津町)。
○下向の…　これからの旅程の途中で近くにあれば立ち寄ってみよう。

208 ▽室津を見ずに行くのもかえって再び来るための頼みとなると思い、青楓の下を旅立っていく。季青楓(秋)。
○抓灯…　「抓灯」は「孤灯」、「卿然」は「嚮然(きょうぜん)」(音のひびく様)で、室内ではさびしい灯が旅情をかきたて、戸外からは葉を落としたクヌギの木の枝の音が聞こえてくる中、旅の宿において書きつける、という意であろう。「杼」は機織りの具とも。「麦光」は紙。

209 ○面白や　謡曲の常套語。▽面白く楽しく過ごして最後の日が来ましたので、これでおいとま乞いをいたします。季千秋楽(秋)。
○玄黙　壬の別名。
○涒灘　申の別名。
○無射　九月。「律中無射」(礼記・月令)。
○居待之夜　十八夜。

俳《はい》諧《かい》深《ふか》川《がわ》

大内初夫 校注

〔**編者**〕洒堂。

〔**書誌**〕半紙本一冊。題簽「俳諧深川」。柱刻「フカ　序（一―十九）」。全二十丁。

〔**書名**〕深川は江戸の地名で、同地六間堀に芭蕉庵があり、編者がこの草庵に旅寝中に成った作品を主に収録しているので、同庵滞在を記念して右の地名を用いたもの。

〔**成立**〕前年上方行脚を切り上げて江戸に帰った師芭蕉の後を追い、その指導を求めて元禄五年（一六九二）九月上旬、近江膳所の洒堂は東下して芭蕉庵を訪れ、翌年一月下旬まで食客として滞在した。⑵の歌仙は、洒堂を同庵に迎えて間もなく巻かれたもの。⑹の歌仙は十句まで、同月下旬に芭蕉の供をして浅草嵐竹亭を訪れて巻かれたもの（それ以下は翌年洒堂の帰郷後に上方の旧友たちによって後をつがれ満尾したもの）。⑶は翌月、師翁留守中の草庵に杉風を初めとして主に深川連中が会して興行されたもの。⑸は十月中に支梁亭の口切りの会に芭蕉と出席して巻かれたもの。⑷は十二月上旬に、彦根藩邸内の許六亭において巻かれたもの。⑻は同年末、素堂亭での忘年句会に芭蕉と参加して詠まれたもの。⑺は翌年正月上旬に、当時江戸にあった曲翠と両吟にて巻かれたもの。洒堂は同月下旬に帰郷、二月初めに上洛し刊行された。

〔**構成**〕⑴自序、⑵芭蕉・洒堂・嵐蘭・岱水四吟歌仙、⑶杉風・洒堂・曾良ら六吟歌仙、⑷洒堂・許六・芭蕉・嵐蘭四吟歌仙、⑸芭蕉・支梁・嵐蘭・洒堂ら八吟歌仙、⑹洒堂・嵐竹・芭蕉ら五吟端物（十句）を、その後上方の同門がついで満尾した歌仙、⑺曲翠・洒堂両吟歌仙、⑻「忘年書懐」として芭蕉・嵐蘭・曾良・洒堂・素堂の発句五と「余興」の洒堂・素堂・芭蕉三つ物。歌仙六巻をほぼ成立順に並べ、終わりに忘年句会の発句と三つ物をおいている。

〔**意義**〕『猿蓑』と『炭俵』の中間に位置する集であり、所収連句の半分以上の四巻に芭蕉が参加していて帰東後の作風を知る上でも大事である。許六の『歴代滑稽伝』によると、集中の許六亭での歌仙の「乗掛の挑灯」と「汐さしかゝる」の付合について「愚老が俳諧、四五年の後は皆かように成る」と語ったという。芭蕉最晩年の軽みの新風調の作品を収録した一集として注目される。

〔**底本**〕慶応大学奈良文庫本。

壬申《じんしん》九月に江戸へくだり芭蕉庵に越年して、ことしきさらぎのはじめ洛にのぼりて、ふろしきをとく。

洒堂

○壬申　元禄五年(一六九二)。
○ことしきさらぎのはじめ　元禄六年二月上旬。
○洛　京都。
○ふろしき　風呂敷。古名、平包。「ふろしきをとく」は旅の荷物を解く意。
○洒堂　前号珍夕(珍碩とも)。浜田氏。のち高宮氏。通称治助。医者(医名道夕)。近江膳所(ぜぜ)の人。一時大坂住。深川のほかに、ひさご・市の庵の編著がある。元文二年(一七三七)没。七十歳前後か。

深川夜遊

芭蕉

1 青くても有《ある》べきものを唐《たう》辛《がら》子《し》　芭蕉

2 提《さげ》ておもたき秋の新《あ》ラ鍬《くわ》　洒堂

3 暮の月槻《ケヤキ》のこつぱかたよせて　嵐蘭

4 坊《ばう》主《ず》がしらの先にたゝるゝ　岱水

5 松山の腰は躑躅《つつじ》の咲《さき》わたり　堂

6 焙《ほい》炉《ろ》の炭をくだす川舟　蕉

7 祝ひ日の冴《サヘ》かへりたる小《あ》豆《づき》粥《がゆ》　水

8 ふすま摑《ツカ》むで洗ふ油手　蘭

〔詞書〕○深川　江戸深川。現、東京都江東区。芭蕉庵の所在地。

1 発句。秋(唐辛子)。○唐辛子　慶長年中に南蛮より渡来。実は甚だ辛く、初秋に赤く熟する。▽唐辛子は辛ければ青いままでもよいものを、時が来ればやはり真赤に色づかないではおれないらしいの意。俳諧師として世に立つ決意を持って東下して来た洒堂を諷戒したものか。

2 脇。秋(秋)。○新ラ鍬　新調の鍬。▽秋に新調したばかりの鍬は、手にさげ持てば重たく感じられるの意。新しい仕事への決意を言い込めて挨拶を返すか。

3 第三。秋(月)。月の定座は五句目であるが、秋の発句の場合、第三にまで引き上げられることが多い。○槻　ニレ科の落葉高木。ツキはケヤキの古名。○こつぱ　木端。▽鍬の柄をつけた後始末にケヤキの木切れなどを片付ける。

4 初オ四。雑。○坊主がしら　茶坊主の頭。▽坊主頭が先に立って邸内の普請場を身分ある人を案内するの意。

5 初オ五。春(躑躅)。○腰　山のすそ。▽大名屋敷などの庭山の眺望。

6 初オ六。春(焙炉)。○焙炉　製茶の乾燥に用いる炉。▽製茶につかう木炭を川舟に積んでくだる。両岸はツツジの花盛り。「宇治の焙炉にすみを下すなり。としぐ〜ほいろのころはおびたゞしく下るなり」(俳諧季寄桐火桶)。

7 初ウ一。春(冴かへる)。○祝ひ日　祝いごとのある日、ここは正月十五日。○冴かへり　春になって寒気のぶり返すこと。▽小豆粥を炊いて祝い日を祝ったのに寒さがぶり返って余寒がきびしいの意。炭の出荷を終えた山里の様。

8 初ウ二。雑。○ふすま　小麦をひいて粉にする時に出来る小麦のかす。昔は洗い粉として用いた。○油手　油でよごれた手。▽髪などを結ってよごれた油手を、ふすまをひとつかみして洗い落とすの意。祝い日の婦女子の身づくろい。

9 掛《か》ケ乞《ごひ》に恋のこゝろを持《もた》せばや　蕉

10 翠《み》簾《す》にみぞるゝ下賀茂の社《しや》家《け》　堂

11 寒《かん》徹《トヲ》す山《やま》雀《がら》籠《かご》の中《ちゆう》返《ガヘ》り　蘭

12 正《しやう》気《き》散《さん》のむ風のかるさよ　水

13 目の張《はり》に先《まづ》千石はしてやりて　堂

14 きゆる計《ばかり》に鐙《あぶみ》をさゆる　蕉

15 踏《ふみ》まよふ落花の雪の朝月夜　水

16 那智の御山の春遅き空　蘭

17 弓はじめすぐり立《たて》たるむす子共　蕉

18 荷とりに馬《ま》士《ご》の海へ飛びこむ　堂

9 初ウ三。雑(掛乞いはこの頃は雑)。恋。○掛ケ乞　掛売りの集金人。▽無情に借金を取り立てないよう掛取りに恋心を持たせたいものだの意。去来抄・修行参照。

10 初ウ四。冬(みぞるゝ)。○翠簾　御簾。○みぞるゝ　霙が降る。○下賀茂　京都の下賀茂神社。○社家　神職。▽下賀茂の社家町の御簾に霙が降っているの意。その場。

11 初ウ五。冬(寒)。○山雀　メジロに似た鳥で、輪抜けなどの芸をよくする。▽身にしみ通る寒さの中で、籠の山雀は宙返りなどの芸をしているの意。境内の見世物。

12 初ウ六。雑。○正気散　感冒薬。▽散薬の正気散で治まりそうな風邪の程度だの意。前句の山雀を室内の飼鳥と見た。その芸を寝て見ている幼児の風邪の病状を案じる親のさまを、発語体で付けた。

13 初ウ七。雑。○目の張　目が大きくはっきりしていること。○千石　千石の禄高。○してやりて　うまくありつくこと。▽あのつぶらな瞳の美しさでまず千石の禄にありついたのだの意。風邪を病む人を見舞った人の心情で付けた。

14 初ウ八。雑。○鐙　馬具。鞍の両脇にさげて足をのせるもの。○をさゆる　制御する。押しとどめる。▽出陣していこうとする武将の鐙に消え入るばかりに悲しんで取りすがる女。前句を主君の愛寵を得た武士と見た。

15 初ウ九。春(花)。花の定座から二句引き上げ。○踏まよふ「落花ノ雪ニ踏迷フ片野ノ春ノ桜ガリ…」(太平記)。○朝月夜　月の残っている明け方。▽暮春の花の頃の時分を付けた。

16 初ウ十。春(春)。○那智の御山　現、和歌山県勝浦町の熊野那智神社のある山。▽前句に時節で応じたもの。

17 初ウ十一。春(弓はじめ)。○弓はじめ　正月七日の武家の行事。○すぐり立たる　よりすぐった、よりぬきの。「義臣すぐつて此城にこもり」(おくのほそ道)。▽弓初めの儀式によりぬきの息子どもが参加しているの意。熊野武士たちの集まりと見た。

18 初ウ十二。雑。▽船の荷を引き取りに馬子たちが勢いよく海に飛び込んで行くの意。前句の句勢に句勢で応じた。

19 町中《ナカ》の鳥居《とりゐ》は赤くきよんとして　蘭
20 吹《ふき》もしこらず野《の》分《わき》しづまる　水
21 革《かは》足《た》袋《び》に地《ぢ》雪《せっ》踏《た》重き秋の霜《しも》　堂
22 伏《ふし》見《み》あたりの古《ふる》手《て》屋《や》の月　蕉
23 玉《たま》水《みづ》の早《さ》苗《なへ》ときけば懐《なつか》しや　水
24 我が跡からも鉦《しやう》鼓《ご》うち来る　蘭
25 山伏を切ッてかけたる関の前　蕉
26 鎧《よろひ》もたねばならぬよの中　堂
27 付《つき》合《あひ》は皆上《じやう》戸《ご》にて呑《のみ》あかし　蘭
28 さらり〳〵と霰《あられ》降《ふる》也《なり》　水

19 名オ一。雑。○鳥居は赤く　稲荷の鳥居か。○きよんとして　とびぬけて高く目立つさま。「きよんとした木には時雨が降負くる」(雑俳・寄太鼓)。▽船中から見た港町の情景。一きわ高く目立つのは赤い鳥居。

20 名オ二。秋(野分)。○吹もしこらず　ひどく吹きつのらず。○野分　秋の頃に吹く暴風。台風。▽吹き荒れることもなく暴風がしずまった。後付(前後付)の句。

21 名オ三。秋(秋の霜)。○革足袋　鹿の皮などで製した足袋。○地雪踏　「雪踏」はま竹の皮の草履に裏を馬の皮ではったもの。「地」はその土地で出来たもの。▽霜のおいた朝、革足袋に地雪踏の足も重い。

22 名オ四。秋(月)。十一句目の月の定座から七句引き上げる。○伏見　現、京都市伏見区。「山城の伏見の里は、七八十年も見およびしに、通う筋の脇〳〵は、むかしはんじやうの時の町並残りて、次第〳〵に物の淋しくなりて、何商売するともしれず」(西鶴織留三ノ四)。さびれた伏見の町にふさわしく古手屋とした。○古手屋　古着屋。▽前句の人の歩いている場を見定めた。

23 名オ五。夏(早苗)。季移り。○玉水　現、京都府綴喜郡井手の里近くの歌枕。▽伏見から当然想像される歌枕を懐かしむ句を付けた。伏見―早苗(類船集)。

24 名オ六。雑。○鉦鼓　ふせがね、または架につるした唐金製の皿形の鉦(かね)。▽わが身を廻国巡礼の身とし、あとから巡礼者がかねを鳴らして来るとした。街道筋でよく見かける光景。

25 名オ七。雑。○山伏　修験者。▽前句をさまざまの者の通る関所と見定め、謡曲・安宅の文句によって趣向した。「いや昨日も山伏を三人迄切ったる上は」(安宅)。

26 名オ八。雑。○よの中　世の中、時勢の意。▽前句からぶっそうな世の中に思い寄せ、乱世に生きる不安をよろいに具象化した句。

27 名オ九。雑。○付合　懇意のもの。○上戸　酒飲み、酒豪。▽前句を武士仲間の酒宴の折の語り合いの内容とみた付句。古典大系『芭蕉句集』に、大酒家の地黄坊樽次・大蛇丸底深・甚鉄

29　乗物で和尚は礼にあるかるゝ　堂

30　たてこめてある道の大《だい》日《にち》　蕉

31　筴《ハゴ》揚《ゲ》て水《みづ》田《た》も暮《くる》ゝ《る》人の声　水

32　莚《むしろ》片荷に鯨《くぢら》さげゆく　蘭

33　不《ふ》断《だん》たつ池《ち》鯉《り》鮒《ふ》の宿《しゆく》の木《も》綿《めん》市《いち》　蕉

34　ごを抱《かか》へこむ土《ど》間《ま》のへつゝゐ　堂

35　米五升人がくれたる花見せむ　蘭

36　雉《き》子《じ》のほろゝにきほふ若草　水

坊常赤らが、大師河原で酒戦をしたという話を参考としてあげる。

28　名オ十。冬(霰)。▽前句の心に一点のこだわりもない余情をうけ、それを景に移した遣り句。

29　名オ十一。雑。▽霰の降る日にこうした光景を見ることもあろうかとして付けた句。勧化(げかん)の礼か何かに駕籠に乗って和尚は檀家のところを廻って歩かれるのである。

30　名オ十二。雑。〇たてこめて　戸が閉めきってあるの意。〇大日　大日堂の略。大日如来をまつった御堂。▽路傍の駕籠の和尚と誰一人参詣もない道の辺の大日堂とを対照。

31　名ウ一。雑。〇筴　わらしべや細い竹にとりもちをぬって鳥を捕る具。ここは水に仕かけた流しはごか。▽前句の場を片山里に移した。大日堂のわきでの農民の殺生の営み。

32　名ウ二。雑。〇片荷　てんびん棒の片方の荷の意。▽農作物を町へ売りに行って夕暮れ方に農村に帰って来る人。鯨は塩くじらであろう。農村のさまざまの生活相。

33　名ウ三。雑。〇不断たつ　定期的にいつも市が開かれる意。〇池鯉鮒　東海道五十三次の一。現、愛知県知立市。▽前句を市場からの帰途と見、莚には木綿など包んで行ったのであろうと考え、池鯉鮒の木綿市と定めたもの。

34　名ウ四。雑。〇ご　燃料に用いる松の落葉。芭蕉「ごを焼(た)いて手拭あぶる寒さ哉」(笈日記)。〇へつゝゐ　竈。くど。▽宿場はずれの飲み屋か茶屋の忙しい様。

35　名ウ五。春(花見)。花の定座。▽前句を松かげに草庵を結んでいる隠者の様と見立て替えたもの。米五升は花見のもとで。芭蕉「米くるゝ友を今宵の月の客」(笈日記)。

36　挙句。春(雉子)。〇ほろゝ　雉子の鳴き声。去来「滝壺もひしげと雉子のほろゝ哉」(続猿蓑)。▽野山には雉子が盛んに鳴き、若草が勢いよく伸びる。時節の寄せ。

草庵の留主

杉風

37 冴《サヘ》そむる鐘《かね》ぞ十《じふ》夜《や》の場《には》の月

38 しのび返しにのこる橙《ダイ〳〵》　洒堂

39 馬取の卸《ハダ》脊《セ》乗《のり》行《ゆく》霜《しも》ふみて　曾良

40 朝のいとまの提《さげ》たばこうる　石菊

41 人声も御《お》蔵《くら》出る日の賑《ニギヤ》かに　桃隣

42 えだ垂《タレ》さがる松は久しき　宗波

43 中《ちう》形《がた》の半《はん》着《きる》物《もの》も旅馴《なれ》て　筆

44 其《その》まゝつくる鱠《なます》一皿　風

〔詞書〕○草庵　芭蕉庵。

37 発句。冬(冴そむる鐘・十夜)。五句目の月の定座を引き上げて出す。○十夜　浄土宗の寺院で十月五日から十昼夜にわたって行なわれる法会。▽十夜に草庵を訪れたが庵主は留守。庭前には寒月が明るく、折からひびいて来る鐘の音も一段と冷たく身にしみて感じられるようだ。

38 脇。冬(のこる橙)。○しのび返し　塀の上などにとがった竹や木を打ちつけたもの。○橙　橙の当て字。▽忍び返しのあたりに下げられて黄ばんだ橙。留守の草庵からの嘱目の物で応じた打添えの付け。隣家のしのび返しか。

39 第三。冬(霜)。○馬取　馬丁。○卸脊　裸背馬の略。裸馬に同じ。▽馬取りが鞍を置かない裸馬に乗って霜を踏んで行くの意。打越し・前句の景に人事を付けたもの。時刻は夜から朝に転。

40 初オ四。雑。○提たばこ　提げるようにした木箱に刻みたばこを入れて売った。▽働き者が朝の暇のうちに刻みたばこなどを売り歩く。馬取りを見ている往還の人を対照的に付けたか。

41 初オ五。雑。○御蔵　幕府が直轄地から収納する米を保管する蔵。大坂や江戸にあった。▽御蔵から米を運び出す日は、人声もことに賑やかであるの意。前句を今日は朝のうち賑やかなのでとした。

42 初オ六。雑。▽御蔵のそばの枝の垂れ下がった松を眺めて幾久しい。御蔵は米の荷出しで賑わい、松はこのところに植えられて久しい。

43 初ウ一。雑。○中形　型染のひとつで、紋(模様)のあけ方がいわゆる小紋より大きいもの。○半着物　着物の上に羽織るもので、長さが普通の着物の半分ぐらいの物か。未詳。▽中形の染め模様の半着物にも旅中着馴れてしまったの意。前句を海道の松並木などに見替えたもの。

44 初ウ二。雑。○鱠　魚の肉を細かく切って酢にひたしたもの。▽手に入れた魚一匹をそのまま一皿の鱠につくってもらう。道中漁師などから新しい魚を買い取り宿屋で鱠にしてもらうのであろう。前句の旅馴れた人のさま。

45 蓮《はす》の葉はちいさき岸の杜若《かきつばた》　堂

46 地を摺《する》ばかり駕《か》籠《ご》の振袖　良

47 五六人天台坊主いろめきて　菊

48 太刀なぎなたの光る塀《へい》ごし　隣

49 月出て八《や》つの太鼓を打《うち》仕《し》廻《まひ》　波

50 蒲《ふ》団《とん》の時《じ》宜《ぎ》のあはれ秋の夜　堂

51 玉子吸《すふ》顔もおかしき濁《にご》リ酒　風

52 壱《いち》歩《ぶ》いれたる細《サイ》布《フ》はなさぬ　菊

53 花の春小田原陣の前の年　隣

54 陽《かげ》炎《ろふ》もえてかはる川筋　波

45 初ウ三。夏(杜若)。▽蓮の葉の浮かんだ池の小さい岸辺には紫の杜若の花が咲いている。前句を池のほとりの茶店などのさまと見たのであろう。

46 初ウ四。雑。恋。▽駕籠に乗った娘さんの振袖が外に垂れて地面を擦るばかりである。池のほとりを行く駕籠を付けた。

47 初ウ五。雑。恋。▽托鉢の天台宗の若い坊主が五、六人並んで歩いていて、すれちがった駕籠から垂れた振袖を見て、急に色めき立ったとした。

48 初ウ六。雑。▽塀越しに太刀やなぎなたの光るのが見える。天台坊主から何か争いがあって戦いの用意などをしているさまとした。

49 初ウ七。秋(月)。○八つ　午前二時。▽何か城下で異変があって家々で武具などの用意をしていたが、月も出て八つ時の太鼓を打ち納めにしてことが終わったというのであろうか。

50 初ウ八。秋(秋の夜)。○時宜　ちょうどよい頃合。▽秋の夜も更けて、時にかなって蒲団のぬくもりがしみじみ恋しく思われるの意。八つの太鼓に目覚めた人の感慨。

51 初ウ九。秋(濁リ酒)。▽どぶろくに酔って更に玉子を吸う男の顔がおかしい。女と共寝する男の酔態か。

52 初ウ十。雑。○壱歩　一分金。一両の四分の一。銭一〇〇〇文に当たる。○細布　財布の当て字。▽一歩金一つ入れた財布をいつも放さないという男。酒好きで誘われるとつい飲屋などに寄ってしまいがちな男の身だしなみといったところか。

53 初ウ十一。春(花の春)。花の定座。▽小田原陣　天正十八年(一五九〇)秀吉が小田原城の北条一族を討伐した戦い。その前の年というと秀吉の天下統一がほぼ完成しつつあった頃。▽前句を足軽・小者などの境遇にある者と解して付けたか。

54 初ウ十二。春(陽炎)。○もえて　底本「萌て」を今改める。寛政版「もゑて」。▽工事で川の流れも変わって陽炎が燃えている。前句から諸国の土木工事などを推察したのであろう。

55 能《のう》因《いん》が身は留《とどま》らぬ鴈《かり》の声　良

56 釈《しや》迦《か》に讃する壁の掛もの　風

57 真《ま》木《き》一《いち》駄《だ》なくても年は取《とら》れけり　堂

58 節《せ》季《き》候《ぞろ》さむき雪の編笠　良

59 出かゝりて茶の湯の客を誘《さそ》ヒ合《あひ》　菊

60 畠をへだつ吉田岡崎　隣

61 雨がたき空に月澄《すむ》鰯《いわし》雲《ぐも》　波

62 迎へかねたる駒のくたびれ　堂

63 ひやゝかに中稲《ナカテ》の花を吹《ふき》おとし　風

64 山の内《だい》裏《り》の歌《うた》もしまざる　菊

55 名オ一。春(鴈の声)。○能因　平安朝の歌僧。▽北へ帰る雁の声を聞きながら能因も漂泊の旅にあるの意。前句旅中の景と見た。あるいは訪れた歌枕の地か。雁を春の帰雁として扱っている。

56 名オ二。雑。○讃する　仏徳などをたたえる偈頌《げじゅ》を記すこと。○掛もの　掛け軸。▽壁には仏讃を記した釈迦像が掛けられている。能因の住んでいる草庵内のさまとした。

57 名オ三。冬(年は取れけり)。○真木　薪の当て字。寛政版「薪」。▽馬一匹が運ぶほどの薪がなくても新しい年を迎えることができるの意。前句を掛もの以外何もない信心深い人の貧居のさまとした。

58 名オ四。冬(節季候・雪)。○節季候　歳末に二、三人づれで、赤布で顔をおおって編笠の上には歯朶の葉をさし、尻からげして種々の囃し言葉を述べて米銭を乞い歩く物貰い。▽雪の積った編笠をかぶった節季候はいかにも寒そうである。貧乏人の家を訪れた節季候か。

59 名オ五。雑。▽家を出かかって出会った茶の湯の客をお互いに誘い合ってゆく。前句の人物とは対照的な裕福な人々であって、いわゆる向付の句。

60 名オ六。雑。○吉田・岡崎　共に東海道の宿駅で三河国にある。両宿駅間は二七・五《キロメートル》。▽吉田と岡崎の間は遠く畠が続いているばかりである。前句を海道を行く人々とした付け。

61 名オ七。秋(鰯雲)。月の定座から四句引き上げ。▽なかなか雨の降りそうにない空に月が澄み鰯雲がかかっている。前句の遠望した景に天相を付けたもの。

62 名オ八。秋(駒迎へ)。○迎へかねたる　毎年、諸国から貢進される馬を、馬寮の役人が八月中旬に近江の逢坂の関まで出迎える駒迎えの行事を詠んだもの。▽逢坂の関に役人が駒を出迎えたが長旅で駒がくたびれているのであろうか、なかなか着かないので待ちかねているの意。秋の天相に代表的な秋の駒迎えの行事をつけた。

63 名オ九。秋(ひやゝか)。○中稲　早稲と晩稲の中間に生育する稲。▽冷気を感じさせて風が中稲の花を吹き落としていく。駒を出迎えた逢坂の関のあたりの景か。その場の付け。

65 糸の塵《ちり》ほそき指にて択《エリ》分《わく》る　良

66 下《した》着《ぎ》の紅《モミ》に顔のかゝやく　波

67 祭見る向ふの見世の竹すだれ　隣

68 皆ばら〳〵とひらく傘《からかさ》　風

69 あの男やらじと路をたてふさぎ　堂

70 駿《する》河《が》の田植ゆり輪いたゞく　良

71 長持に注《し》連《め》ひらめかす花の旅　菊

72 雲《ひ》雀《ばり》鳴《なき》たつ声も濁らず　波

64 名オ十。雑。○山の内裏　吉野山中の南朝方の朝廷。▽山中の内裏で詠まれた歌も心に染まないの意。今年は秋の冷気の訪れが早く稲の出来が気になるのであろう。

65 名オ十一。雑。▽細い指にて糸くずを択り分けているの意。山の内裏に奉公する女官の諸事不如意な様。

66 名オ十二。雑。▽紅絹でこしらえた下着、その出来栄えに女の顔はかがやく。前句を新しい着物などを縫いあげている女性とした。

67 名ウ一。夏(祭・竹すだれ)。▽祭の行列の渡御を向うの店先の竹すだれの蔭から見物する人々がいる。前句の下着の紅絹の女性のいる場所を見定めた。

68 名ウ二。雑。▽祭の行列が渡る途中、急に雨が降り出したので見物人達は皆いっせいに傘を開いた。

69 名ウ三。雑。○やらじと　逃がさないと。▽前句を何か異常の様と見た。男はスリか、お尋ね者か、傘をいっせいに開いて路を通さないと邪魔をするのである。

70 名ウ四。夏(田植)。○ゆり輪　揺輪。頭に物をのせて運ぶ時、台として頭にいただく輪。▽駿河の国の田植えは早乙女達が頭にゆり輪をのせた姿でしている。前句を道中宿場町のさわぎとして、海道のかたわらの景を付けたか。

71 名ウ五。春(花の旅)。花の定座。▽長持に張った注連縄の紙しでをひらひらさせながら花の時節に旅をつづけてゆく。どこかの神社の御用か奉納物かであろう。季戻りであるが、花の頃に旅に出でて田植えの頃に駿河に帰国したととるか。

72 挙句。春(雲雀)。▽澄んだ声で大空に雲雀がしきりに鳴いている。花の旅のうららかな野山の景を付けた。

二日とまりし宗鑑が客、煎茶《せんちや》一斗米五升、下《げ》戸《こ》は亭主の仕合なるべし　　洒堂

73 洗《せん》足《そく》に客と名の付《つく》寒さかな

74 綿《ワタ》館《ダテ》双《なら》ぶ冬むきの里　　許六

75 鷦鷯《ミソサヾイ》階《はし》子《ご》の鎰《カギ》を伝ひ来て　　芭蕉

76 春は其《その》まゝなゝくさも立ッ　　嵐蘭

77 月の色氷ものこる小《こ》鮒《ぶな》売《うり》　　六

78 築《つい》地《ぢ》のどかに典《てん》薬《やく》の駕《かご》　　堂

79 相《しやう》国《こく》寺《じ》牡《ぼ》丹《たん》の花のさかりにて　　蘭

〔詞書〕○二日とまりし　「上は来ず、中は来て居ぬ、下はとまる、二日とまるは下々の下の客」(滑稽太平記)。○宗鑑　室町末期の俳諧師。○煎茶　葉茶を湯で煎じ出したもの。○下戸　酒の飲めない人。▽二泊した私は宗鑑のいう下々の下の客ですが、煎茶一斗に米五升のもてなしで恐れ入ります。しかし下戸で酒が飲めないのは亭主のあなたの仕合せでありましょうの意。

73　発句。冬(寒さ)。○洗足　足をすすぐための湯水。▽この寒さの中、あたたかいすすぎ湯を出していただき、客としてのもてなしを受けて全く恐縮ですの意。

74　脇。冬(冬むき)。○綿館　綿の干し場か。ワタダテについては綿を入れるため莚をまいて縫い合わせた俵説もある(折口信夫説)。俳諧季寄桐火桶には「綿館　莚・りうきうむしろなどにてつくるわた俵なり」と見え、折口説はこれによったものか。▽ここは綿の干し場の並んだ殺風景な冬むきの村里ですの意。発句の挨拶を返した句。

75　第三。冬(鷦鷯)。○鷦鷯　冬に人家の近くにあらわれるスズメ目ミソサザイ科の小禽。○階子の鎰　鎰は鉤、はしごを掛けるかぎ状の木。▽前句の冬むきの里の景に添えたもの。

76　初オ四。春(なゝくさ)。季移り。○なゝくさ　七草。正月七日の七草粥のこと。▽春は何事もなく七草粥の日も過ぎたとした。

77　初オ五。春(氷ものこる)。月の定座。▽月の気色や解け残る氷、そして小鮒売りの声に早春の趣が感じられるとした。

78　初オ六。春(のどか)。○築地　屋根をつけた土塀。○典薬　朝廷や幕府に抱えられている医師。▽前句の小鮒売の所見で、屋敷町にのどかに休む駕籠。

79　初ウ一。夏(牡丹)。季移り。○相国寺　京都五山の一。臨済宗相国寺派の大本山。○牡丹　底本「杜丹」。▽築地塀のつづくところを京の相国寺とした。典薬は牡丹見物に訪れたのであろう。

80　初ウ二。夏(蕗・竹の子)。▽禅寺での牡丹見物の饗応に出された時節の精進料理。

80 椀《わん》の蓋《ふた》とる蕗《フキ》に竹の子　蕉

81 西《にし》衆《しゆう》の若《わか》党《とう》つるゝ草まくら　堂

82 むかし咄《ばなし》に野《や》郎《らう》泣《なか》する　六

83 きぬ〴〵は宵《よひ》の踊《をどり》の箔《ハク》を着て　蕉

84 東追《おふ》手《て》の月ぞ澄《すみ》きる　蘭

85 青《あを》鷺《さぎ》の榎《えのき》に宿《しゆく》す露の音　六

86 ふたりの拄《しゆ》杖《ぢやう》あと先につく　堂

87 乗《のり》掛《かけ》の挑《てう》灯《ちん》しめす朝《あさ》下《おろし》風　蘭

88 汐《しほ》さしかゝる星《ほし》川《かは》の橋　蕉

89 村は花田づらの草の青みたち　六

81 初ウ三。雑。○西衆　西国衆に同じか。西国の武家衆。○若党　年若い従者。底本「若堂」。○つるゝ　連るる。同行する。○草まくら　旅寝。▽前句の料理をいなかの旅宿の食膳と見替えて、旅の句を付けた。

82 初ウ四。雑。恋(野郎)。○野郎　かげま。男色を売る者。▽旅の一夜のなぐさみに野郎を買い、むかし話をして相手を泣かせてしまった。

83 初ウ五。秋(踊)。恋(きぬ〴〵)。○きぬ〴〵　本来男女が共寝した翌朝の別れをいう。○箔　箔の小袖。金銀の箔で模様を付けた小袖。▽翌朝の別れに昨日の宵の踊りの時に着ていた箔の小袖を着て、野郎が名残を惜しむ。

84 初ウ六。秋(月)。○追手　大手。城の正面をいう。▽城の東の大手門の空に出た月が澄み切っているの意。逆付。前句の宵の踊りの時を付けた。

85 初ウ七。秋(露)。○青鷺　別名みどさぎ。鷺に似ていて色は青黒、頂の冠毛も同色。▽青鷺のねぐらした榎にしとど置いた露がしたたり落ちる音が聞えるような静かさ。「宿す」は上下にかかる。大手門あたりの景色を添えた。

86 初ウ八。雑。○拄杖　禅僧の用いる杖。▽拄杖を手にした二人の僧が師の坊の前後になって道を行く。榎の下の道をたどる人物を付け出した。

87 初ウ九。雑。○乗掛　荷物を付けた上に人一人を乗せる馬。○しめす　火を消すこと。▽早朝、山から吹きおろす風が、乗掛馬を引く馬子の挑灯を吹き消してしまった。行脚僧と乗掛馬との対付。

88 初ウ十。雑。○星川　伊勢桑名郡の里。▽早朝、乗掛馬の通りかかった場所を星川の橋とし、潮がひたひたと満ちかかるとした。景気の付。宇陀法師、歴代滑稽伝に前句とこの句との付合をあげ、前者では「景気の句」とし、後者では芭蕉が「愚老が俳諧、四、五年の後はみなケ様に成と申されけり」と記している。

89 初ウ十一。春(花)。花の定座。▽村は折から花盛り、田圃の草も青さを増したの意。同じく景気を付けた。

90 塚《つか》のわらびのもゆる石原　堂

91 薦《コモ》僧《そう》の師に廻《めぐ》りあふ春の末　蕉

92 今は敗《やぶ》れし今川の家　蘭

93 うつり行《ゆく》後《ご》撰《せん》の風を読《よみ》興《おこ》し　六

94 又まねかるゝ四国ゆかしき　堂

95 朝露に濡《ヌレ》わたりたる藍《あゐ》の花　蘭

96 よごれしむねにかゝる麦《むぎ》の粉《こ》　蕉

97 馬方を待《まつ》恋《こひ》つらき井戸の端《はた》　堂

98 月夜に髪をあらふ揉《モミ》出《だ》し　六

99 火とぼして砧《きぬた》あてがふ子共達　蕉

90 初ウ十二。春(わらび)。○もゆる　萌ゆる。芽を出す。▽田面の向こうは石原と見て、更に景気を付けた。石原の塚のあたりに蕨が芽を吹いているの意。

91 名オ一。春(春の末)。○薦僧　虚無僧(こむそう)。普化宗の僧徒。▽前句の石原で、晩春に虚無僧が師にめぐり逢ったとした。徒然草百十五段の話を思い寄せたもの。

92 名オ二。雑。○今川の家　駿河の守護大名今川家。義元の時に信長に敗れる。▽前句の劇的な場面に対し、その二人は実は戦さに敗れて四散した今川の旧臣であったと趣向した。

93 名オ三。雑。○後撰　八代集の一、後撰和歌集。▽前句の今川を歌人として有名な今川了俊に見立て替えた付句。廃れた後撰集の歌風を詠み興したの意。

94 名オ四。雑。▽また四国の方へ招かれたので行きたく思うの意。前句から歌人の旅を考えた。これを西行の俤とする説もある。

95 名オ五。夏(藍の花)。○藍の花　タデ科の一年生の草本。紅色の小花を穂状につける。染料は葉や茎からとる。▽一面に朝露に濡れた藍の花畠がつづく。四国の阿波は藍の産地。

96 名オ六。夏(麦の粉)。○麦の粉　麦を煎って粉にひいたもの。▽前句を在所の景と見て、農家の庭前の朝仕事を付けた。よごれた着物の胸に麦の粉が白くかかっている。

97 名オ七。雑。恋。▽前句を宿場の女中などのさまと見定め、馬方との恋を付けた。井戸端で水仕事をしながら恋する馬方の帰りをつらい思いで待つのである。

98 名オ八。秋(月夜)。月の定座から三句引き上げ。恋。○揉出し　せっけんの代わりに用いられたぬか袋。▽月明に揉出しで髪を洗う女。前句の恋する女の行ないである。

99 名オ九。秋(砧)。○砧　布を台の上におき槌で打ってやわらげたり、つやを出したりすること。▽前句を仕事に忙しい農婦の様とし、子供達にも夜なべの仕事をあてがうのである。

100 先《まづ》積《つみ》かくるとしの物《もの》成《なり》　蘭

101 うつすりと門《もん》の瓦《かはら》に雪降《ふり》て　六

102 高《たか》観《くわん》音《おん》にから崎を見る　堂

103 今はやる単《ひとへ》羽《は》織《おり》を着つれ立《た》チ　蘭

104 奉《ぶ》行《ぎやう》の鑓《やり》に誰《たれ》もかくるゝ　蕉

105 葭《ヨシ》垣《がき》に木やり聞ゆる塀の内　堂

106 日はあかう出る二《に》月《ぐわつ》朔《つい》日《たち》　六

107 初《はつ》花《はな》に伊《い》勢《せ》の蚫《あはび》のとれそめて　蕉

108 釣《ク》ノ樟《ギ》若やぐ宮川の上《か》ミ　蘭

100 名オ十。秋(としの物成)。○物成　田畑からの収穫物。▽今年の田畑の収穫物を納屋などに積みかけるのである。前句を勤勉な農家と見たのである。

101 名オ十一。冬(雪)。○うつすり　うっすら。うすく。▽瓦葺きの門に庄屋か豪農の屋敷をえがく。前句を小作からの年貢などを取り納めていると見た。

102 名オ十二。雑。○高観音　現、大津市逢坂にある近松寺の俗称。▽前句の門を高観音の寺門と見立て替えた。台地の高観音から対岸の近江八景の唐崎の一つ松を眺める。

103 名ウ一。夏(単羽織)。○単羽織　裏をつけない羽織。夏羽織。▽流行の一重羽織をいずれも着て連れ立って行く人々。前句の高観音を訪れたのを物詣でとしたもの。

104 名ウ二。雑。▽前句を武士の子の若者どもが連れ立って遊びに行くところと見、奉行に見つかってはまずいと誰も皆かくれるとした。この付句は「誰も」の語が前句にあまり付きすぎているので、芭蕉は後にこの付合をしそこないといい、後悔したという(俳諧問答、歴代滑稽伝)。

105 名ウ三。雑。○木やり　木遣り歌。重い材木を運ぶ時に声をそろえてうたう歌。▽葭垣で囲った塀の内から木遣り歌が聞えて来るの意。奉行を普請奉行の見廻りとした。寛政版「堀の内」。

106 名ウ四。春(二月)。▽建築工事の頃の時分を定めた。東から赤い太陽が昇り天気がよくて仕事ははかどる。

107 名ウ五。春(初花)。花の定座。▽前句から伊勢の海を連想し、「二月…」にあわせて「初花に」とした。伊勢では花の咲き始める頃からアワビがとれ始めるの意。鮑—伊勢(類船集)。

108 挙句。春(釣樟若やぐ)。○釣樟　クヌギ。ブナ科の落葉高木。○宮川　伊勢内宮の神域を流れる川。五十鈴川。▽宮川の上流ではクヌギの木が若々しく芽吹いている。伊勢に宮川で応じた新鮮な春景色で一巻を納めた。

支梁亭口切《くちきり》

109 口切に境《サカイ》の庭ぞなつかしき　芭蕉
110 筍《たけのこ》見たき藪《やぶ》のはつ霜《しも》　支梁
111 山《やま》雀《がら》の笠に縫《ぬふ》べき草もなし　嵐蘭
112 秋の野馬の様《さま》〳〵《ざま》の形《なり》　利合
113 旅人の咄《はな》しに月の明《あけ》わたり　洒堂
114 大《おほ》戸《ど》をあげに出《いづ》る裸《はだか》身《み》　岱水
115 鶏《にはとり》のたま子の数を産《うみ》そろへ　桐奚
116 あらたに橋をふみそむる也《なり》　也竹

〔詞書〕○支梁　江戸深川の住。経歴など未詳。○口切　茶壺に密封した新茶の封を初冬の頃に切って行なう茶会。

109　発句。冬(口切)。○境　現、大阪府堺市。茶人紹鷗や利休などの遺跡があった。▽口切の茶会に招かれ、茶室の庭を見ていると、千利休の指図した庭があるという、泉州堺の庭がなつかしく思われるの意。挨拶の意をこめた句。

110　脇。冬(はつ霜)。▽茶料理にふさわしい筍が生えていたと思うものの、今はその時季ではなく、藪に初霜を見るだけであるの意。発句の挨拶への返し。藪―霜(類船集)。

111　第三。秋(山雀)。▽「青柳を片糸によりてうぐひすの縫ふてふ笠はむめの花笠」(古今集・神遊びの歌)をふまえて鶯を山雀としたもの。初霜にはや草も枯れていて。前句のはつ霜を晩秋としての季移り。

112　初オ四。秋(秋)。▽秋の野原に放牧されている馬のさまざまの姿かたち。前句を牧野と見た付句。

113　初オ五。秋(月)。月の定座。▽前句にうち眺めた感じがあるので、人を出し、その咄しの内容とした。

114　初オ六。雑。○大戸　商家の表口の戸。天井に引きあげる作りになっている。▽旅人を宿泊させた街道筋の宿屋。早朝、家人が目覚めてすぐ大戸をあげに出る。

115　初ウ一。雑。○たま子　卵。▽前句の人の目にふれた様。家の裏の鶏小屋をのぞくと数個の卵が産んである。

116　初ウ二。雑。▽新しい橋の渡り初め。祖父母から孫夫婦まで三代にわたって三夫婦そろっている者たちが渡り初めをした。「玉子数といふひゞきより転じて、孫・彦・玄彦の子宝にも富たる人の上とおもひよせて、百歳にもあまる老夫婦のおもむきを余情に見せたり」(鳶羽集)。子孫にも恵まれためでたい老夫婦。

117 緑《みどり》さす六《むつ》田《た》の柳掘《ほり》植《うゑ》て　梁

118 掛《かけ》菜《な》春めく打《うち》大《ま》豆《め》の汁《しる》　蕉

119 細《コマ》かなる雨にもしほる蝶《てふ》のはね　合

120 鎧《よろひ》かなぐる空《から》坊《ばう》の椽《え》ン　堂

121 ばら〳〵と銭落《おと》したる石のうへ　水

122 酒で乞食の成《なり》やすき月　蘭

123 行《ゆく》雲の長《なが》門《と》の国を秋立《たち》て　堂

124 露に朽《くち》けむ一《ひと》腰《こし》の錆《サビ》　梁

125 西日入ル花は庵《いほり》の間《ま》半《なか》床《どこ》　竹

126 苣《チサ》の二葉のもえてほのめく　奚

117 初ウ三。春(柳)。○六田　吉野川の渡し場で、古来柳の名所。現、奈良県吉野郡吉野町大字六田。▽緑濃い六田の柳を橋づめに移植したの意。

118 初ウ四。春(春めく)。○掛菜　軒下に掛けて陰干しにした菜。○打大豆　ふやかした大豆を槌で打ちつぶしたもの。▽打ち大豆の汁の具に入れられた掛菜に春の気候らしさが感じられるの意。前句の柳を植えたあたりの農家の食事。

119 初ウ五。春(蝶)。○細(コマ)か　底本「細(カマ)か」とルビ「カ」の一字衍。○しほる　「しをる」の仮名の慣用。萎る。濡れてくたくたになる。▽細かな春雨に濡れしおれた蝶の羽。掛菜のある農家の軒先のあたりに飛び舞う蝶の様。

120 初ウ六。雑。○かなぐる　あらあらしく脱ぎすてる。○空坊　人の住んでいない寺坊。▽無住の僧坊の縁で鎧を脱ぎすてる落武者。前句を春景として人物を点出した。

121 初ウ七。雑。▽前句の人物の動作。上帯の間にでもはさんでおいた銭を、鎧をぬいだはずみに石の上に落としたのである。あまり身分のある武士でなく、雑兵ごときものか。

122 初ウ八。秋(月)。月の出所。▽酒に酔って乞食もしやすいの意。月は投げ込み。前句を乞食の酔態と見た。

123 初ウ九。秋(秋立て)。○秋立て　秋が立つと、秋に出立するの両意を掛ける。▽秋の立つ頃、長門の国を旅立つ。前句を酒好きの雲水僧に取りなした付。

124 初ウ十。秋(露)。○一腰　一ふりの刀。▽一ふりの刀の錆も露に朽ちたのであろうの意。前を浪々の武士の長逗留と見立て替えた。

125 初ウ十一。春(花)。花の定座。○間半床　幅が一間の半分の床の間。▽西日さす花の影うつる草庵の間半床の意。前句の武士を隠棲しているものとし、そのすまいを描いた。

126 初ウ十二。春(苣)。○苣　萵苣、チシャ。レタス。二月頃に種を播く。▽チシャの二葉が芽を出しているのがわずかに見える。前句の草庵の庭前の畑。花に時節をあわせて「苣の二葉の」とした。

127 みやこをば去年《こぞ》の行脚《あんぎや》に思《おもは》れて　合

128 児《チゴ》にまたるゝ釈《しや》迦《か》堂《だう》のくれ　堂

129 咲《さき》初《そめ》て忍ぶたよりも猿《さる》すべり　蕉

130 鳥のなみだか枇《び》杷《は》のうすいろ　蘭

131 凡《ボン》卑《ビ》して鎖《トザ》すともなき旅の宿　奚

132 清げに注《し》連《め》をはゆる社《しや》家《け》町《まち》　竹

133 日《ひ》盛《ざかり》に鯔《ボラ》売《うる》声を夢ごゝろ　堂

134 みよしの房《フサ》の双《なら》ぶ川口　梁

135 水つきの稲《いね》のしづくに肩《かた》重し　合

136 はえ黄《キバ》みたる門《もん》前《ぜん》の坂　蘭

127 名オ一。雑。○みやこ　都。▽去年の行脚で都を訪れた時のことが思われるの意。前句に時節の推移の早いのを感じたもの。春二句でここを雑にしたのは異例。

128 名オ二。雑。恋(児)。○児　寺の稚児。○釈迦堂　釈迦如来の像を祀った御堂。▽釈迦堂の夕暮れ方、児に待たれたこともあったの意。都への思いを児への恋慕の情に転じた。

129 名オ三。夏(猿すべり)。恋(忍ぶ)。○猿すべり　百日紅。ミソハギ科の落葉高木。▽咲き初めた猿すべりの木のほとりを忍び逢うに好都合の処とするの意。

130 名オ四。夏(枇杷)。▽鳥の涙が枇杷の実を薄色に染めたのかの意。植物に植物をあしらった付け。「鳴きわたるかりの涙やおちつらん物思ふやどの萩のうへの露」(古今集・秋上・よみ人しらず)。

131 名オ五。雑。○凡卑して　零落しての意。▽店を閉めているというのでもない落ちぶれたみすぼらしい旅籠。前句を旅宿の前庭と見た。

132 名オ六。雑。○はゆる　延ゆる。張り渡す。○社家町　神職の住んでいる町。▽いかにも清らかに注連縄を張りめぐらした社家町。旅宿の近くの社家町。対照的な付け方。

133 名オ七。雑。○鯔　近世では無季の扱い。▽日盛りに社家町でボラ売りのふれ声を昼寝している人が夢心地に聞くのである。ボラ売る声を聞く人は所用があって社家町に数日滞在している人であろう。

134 名オ八。雑。○みよし　舳。船首。▽川口の港に舳先につけてある房を並べて船が碇泊している様。前句の場を川口に転じた。夢ごころの主を船客とした。

135 名オ九。秋(稲)。○水つき　水漬き。水にひたる。▽出水で水に漬った稲を刈り取って運んで行くが、雫がしたたって肩の稲が重いの意。前句の舟がかりを秋の大雨などのためとし、川口付近の稲田に働く農民を出す。

136 名オ十。秋(はえ黄みたる)。○はえ　生え。林。木立。▽木立の葉が黄に色づいた寺の門前の坂道の意。前句の稲を干し並べている場所の付け。

137 皮剝《ハギ》の物煮《に》て喰《くら》ふ宵《よひ》の月　蕉

138 上《うは》毛《げ》吹《ふか》るゝしろほろの鷲《わし》　溪

139 谷づたひ流しかけたる竹《たけ》筏《いかだ》　竹

140 太《た》刀《ち》持《もち》ばかりふたごゝろなき　堂

141 物音も簾《すだれ》静《しづか》におろしこめ　蘭

142 盆に算《かぞ》ゆる丸《ぐわん》薬《やく》の数　梁

143 花盛《ざかり》御《お》室《むろ》の路の人通り　溪

144 麦と菜種の野は錦《にしき》也《なり》　合

137 名オ十一。秋(月)。月の定座。○皮剝　牛馬の皮を剝ぐことを業とする人。▽宵の月に皮剝ぎが物を煮て食べているようであるの意。前句を皮剝ぎの住むところとし、宵月を配した。

138 名オ十二。冬(鷲)。○しろほろの鷲　「ほろ毛の白きわし也」(俳諧季寄桐火桶)。ほろ毛はほろ羽に同じで、鳥の両翼の下にある羽。▽上毛を風に吹かれながらしろほろの鷲が梢にとまっている。前句に異様な景を添えた。

139 名ウ一。雑。▽竹筏を組んで谷づたいに流れるのに任せている。前句の鷲のいる場を深山幽谷としたもの。

140 名ウ二。雑。○太刀持　主君の太刀を持って近侍する武士。▽戦いに敗れて落ちていく主君に従うのは二心ない太刀持ばかりであるの意。前句の谷川から落武者を点出した。

141 名ウ三。雑。▽物音も立てず忠義な太刀持が主君の回りの簾を静かに下ろした。前句の太刀持の行ない。殿中のさまざまな場面が考えられる。芝居がかった趣向の付句。

142 名ウ四。雑。○丸薬　粒状に練り合わせた薬。▽お盆に服用する丸薬の数をかぞえるということから、前句を長病みの人物と見て、看病する人の様子を付けた。

143 名ウ五。春(花盛)。花の定座。○御室　現、京都市右京区御室にある仁和寺のこと。▽花盛りの頃、京の御室の仁和寺への路は人通りが賑やかである。前句を売薬人の様と見立て替えて、御室の往還にそうした人の姿も見えようとした。

144 挙句。春(菜種)。▽麦は青々と茂り、菜種は黄色く花盛りで、野は錦のように美しい。京の郊外の時節の春景色を付けた。「見わたせば柳桜をこきまぜて宮こぞ春の錦なりける」(古今集・春上・素性)の俳諧化。

九月廿日あまり、翁に供《ぐ》せられて、浅草の末嵐竹亭を訪《と》ひて、卒《にはか》に十句を吟ず。興のたえん事をおしみて、洛の旧友をもよほしそのあとをつぐ

酒堂

145 刈《かり》かぶや水《みづ》田《た》の上の秋の雲

146 暮かゝる日に城かゆる雁《かり》　嵐竹

147 衣《ころも》うつ麓《フモト》は馬の寒がりて　芭蕉

148 糞《コヘ》草けぶる道の霧《きり》雨《さめ》　北鯤

149 古戦場月も静《しづか》に澄《すみ》わたり　嵐蘭

150 しばし見送る我《わが》客《きやく》の笠　堂

〔詞書〕○九月廿日あまり　元禄五年(一六九二)。○翁　芭蕉。○浅草　江戸の浅草。現、東京都台東区の東部。○嵐竹　嵐蘭の弟、通称松倉文左衛門。延宝中頃芭蕉入門。元禄末年頃没か。享年未詳。○旧友　去来・野童・史邦・景桃ら。

145 発句。秋(秋)。○刈かぶ　稲を刈り取ったあとの株。▽稲もすっかり刈りとられて、一面に刈り株のみ残った田圃は、落し水もまだ干上らず、空に浮かんだ秋の白雲をうつしているの意。当時の浅草の場末の風景で、嵐竹亭からの嘱目吟か。

146 脇。秋(雁)。○城かゆる　城は代の当て字。田地を替えて飛び去るをいう。「城は代也。苗代。代かくなどいふがごとし。鷹(ママ)のやどりたる所をかゆる也」(俳諧季寄桐火桶)。▽暮れかかった夕日に、雁が餌をあさって田を替えて飛び去っていった。田園の景を添えて時分を定めたもの。

147 第三。秋(衣うつ)。▽きぬたの音のひびく麓を馬が寒がって通ってゆくの意。前句に更に情景を添えて夜寒の頃とした。「馬の寒がりて」に俳諧がある。衣うつ―古郷寒き(類船集)。

148 初オ四。秋(霧雨)。○糞草　作物の肥料にする草。肥草。▽霧雨の降る道のかたわらで焼いている糞草がけぶって見える。馬の行く道中の景。

149 初オ五。秋(月)。月の定座。▽その昔の戦場のあとには、今秋の月が静かに澄み渡っている。前句を古戦場とし、霧雨の晴れた後の景を付けた。

150 初オ六。雑。▽我が方を訪れた客の笠をしばらくの間見送る。客は古戦場を尋ねる人。

151 さし汐《しほ》の門の柱に打《うち》よせて　竹

152 窓を明《あく》れば壁に入《いる》虹《にじ》　蕉

153 巻《まき》藁《わら》に肩《かた》休まするはづし弓　鯤

154 水仙得たる房《ばう》州《しう》の伝《つ》手《て》　蘭

155 餅つきの釜《かま》まはし出《だ》ス雪の上　膳所 昌房

156 場《には》にかさなる鰤《ぶり》の桶《をけ》漬《づけ》　正秀

157 小《こ》作《づく》りな内儀《ないぎ》かしこき初あらし　臥高

158 鶏《トリ》も鳴《なく》なと月《つき》待《まち》の恋　探志

159 懐《ふところ》にこぼす泪《なみだ》のやゝ寒き　游刀

160 とつて載《いただ》く三《さん》方《ばう》の熨《の》斗《し》　野径

151 初ウ一。雑。○さし汐　差し汐。差し来る潮。満ち潮。▽満ち潮が門の柱のところまでひたひたと打ち寄せている。水辺の住居の興。前句の人を見送る場所。芭蕉「名月や門に指くる潮頭」(三日月日記)。

152 初ウ二。雑。▽雨後の窓を明けるとさし込んだ虹の影。前句の海辺の住まいの情景に明るい興趣を付け添えた。

153 初ウ三。雑。○巻藁　藁を巻いてつくった弓の的。○はづし弓　弦(つる)をはずし外側にそらせたままの弓。▽巻藁にもたれはずし弓をして肩を休ませるの意。弓の稽古の時の休息の様で、時間的には前句の前の場面を付けたもの。逆付け。

154 初ウ四。冬(水仙)。○房州　安房国。今の千葉県の南部。▽暖国安房の国に縁故があって早咲きの水仙を手に入れることができた。弓の稽古場へ水仙が届けられたとする趣向。

155 初ウ五。冬(雪)。▽餅つきに使う釜を庭の雪の上にころがして運ぶ。前句の水仙を入手したのを何かの祝いと見て、祝儀の餅つきを付けた。

156 初ウ六。冬(鰤)。▽庭に鰤の桶漬が重ねてある。前句の餅つきを年の暮れのものと見て、正月用意の鰤を付けた。あるいは鰤の桶漬を無季に扱ったか。寛政版「庭に」。

157 初ウ七。秋(初あらし)。○内儀　特に町人の妻の敬称。○初あらし　立秋後初めて吹くつよい風。▽初あらしの吹く頃、商家の小柄な妻はかしこく家政をとりしきっているの意。前句を食品などの準備のよさと見た。

158 初ウ八。秋(月待)。月の出所。恋。▽二十三夜の月待ちに切なる思いを胸にすごす夜は、鶏もいつまでも鳴くなと思われるばかりであるの意。前句の内儀を恋して悩む人を付けた。

159 初ウ九。秋(やゝ寒き)。恋。▽やや寒き夜、逢わぬ恋に泣いて涙で懐をぬらした。前句を王朝上﨟の恋とした。

160 初ウ十。雑。○三方　檜の白木で作った方形の台で、神前に物を供えたりするのに用いる。○熨斗　底本「尉斗」。のしあわびのことか。▽三方にのせた熨斗をうやうやしく手にとって頂く。前句から旅立などの場合とした。

161 花の陰《かげ》射《い》来《ヨコ》す鏑《カブラ》防《フセ》ぐらん　京 去来
162 鎧《よろひ》にはねのあがる春雨　仝
163 暖《あたたか》に遊ぶ狐《きつね》の耳かきて　野童
164 池の小《こ》隅《すみ》に芹《せり》の水音　仝
165 焼《たき》付《つく》る蛤《はまぐり》茶《ちゃ》屋《や》の朝の月　史邦
166 風に実のいる賤《しづ》が破れ戸　仝
167 老僧の帽《まう》子《す》づれたる秋の昏《くれ》　景桃
168 太《たい》鼓《こ》聞こゆる源太夫の宮　仝
169 六月は綿《わた》の二葉に麦刈《かり》て　素牛
170 たばこ飲《のむ》子の北《きた》座《ざ》淋しき　仝

161 初ウ十一。春(花の陰)。花の定座。○鏑　鏑矢。矢合せの時などに用い、空中を飛ぶ時に響きを発する。▽花の木陰で敵の射よこす鏑矢を防ぎ戦うであろうの意。前句を出陣の儀式とした。

162 初ウ十二。春(春雨)。○はね　着物などに飛び散った泥。▽春雨があがったあと、とかく鎧に泥がはねあがって汚ない。「あがる」は掛け言葉か。戦陣での武士の働き。

163 名オ一。春(暖)。▽春雨のあがった草原に狐が耳を掻いて遊んでいる。前句の行軍中の武士の目にふれたのどかな山野の景。

164 名オ二。春(芹)。▽大きな池の片隅に芹が生えていてせせらぎの音が聞こえてくる。狐の棲みついていそうな場所。

165 名オ三。春(蛤)。月の定座から八句引き上げ。○蛤茶屋　蛤料理を食べさせる茶屋か。▽月の残っている明け方、蛤茶屋では煙が立ちのぼってはやくも釜を焚きつけたと見えるの意。前句を茶屋の邸内の景とした付け。

166 名オ四。秋(風〈野分〉)。季移り。○風に実の入る　風の激しく吹く意。意味から秋の暴風(野分)として季を秋にした。▽下賤な者の破れ戸に秋の暴風が激しく吹きつける。前句と対照的な趣をつけた。

167 名オ五。秋(秋の昏)。○帽子　禅家で僧侶の被る頭巾。▽賤が破れ戸の前の道を風に吹かれて歩いて行く人は、帽子もずれて落ちかかった老僧であるとした。秋二句は異例。

168 名オ六。雑。○源太夫の宮　尾張の熱田神社の末社(標注七部集稿本)。▽源太夫の宮から太鼓が聞こえてくるとした。釈教に神祇を対したもの。

169 名オ七。夏(六月)。▽麦の畦間に蒔いた綿に二葉の芽が出ている六月に黄熟した麦を刈り取る。前句の時節を見定めた付け。太鼓は農作を祈る朝のお勤めのそれ。

170 名オ八。雑。○北座　いろりばたの主婦の座。地方によっては勝手、台所をいう。▽家の者は野良仕事に出払っているいろりばたの主婦の座でたばこを一服する息子。

171 操《アヤ》をりの腰にさげたる操《あや》の総《フサ》　大坂之道

172 時雨《しぐれ》に馬を下リる冬の日　仝

173 枝作る松に階子《はしご》をさしかけて　車庸

174 二軒並《ならん》で家のあたらし　仝

175 聞へよき加賀の蔵本《くらもと》ゆるさるゝ　ゼヽ探志

176 女《め》夫《をと》かたぶく木《もく》庵《あん》の禅《ぜん》　游刀

177 鎌《かま》入《い》れぬ山は公事《くじ》なき花の春　正秀

178 長《なが》芋《いも》の芽のもゆる赤土　臥高

179 里裏のすゞみ起せば去年《こぞ》の雪　野径

180 かすむ夕《ゆふ》べの鼠《ねずみ》とる犬　昌房

171 名オ九。雑。○操をり　綾織。放下師の曲芸。「二つ三つ四つの竹をもつて、上下にあげおろす手品をいふ也」(人倫訓蒙図彙)。▽綾織をする放下師の腰に総のついた綾織竹が下げられているのが一段と目に入る。前句の北座を芝居小屋の京の南座に対する北座と見立て替えての付けか。

172 名オ十。冬(時雨・冬の日)。▽大道芸の珍しさに旅人も冬の日の時雨の中を馬から下りて見物する。

173 名オ十一。雑。○階子　梯子。はしご。▽庭の松にはしごをさしかけて枝ぶりを作っているの意。武家屋敷などで庭の手入れをしているところへ主人が馬で帰宅したとした。

174 名オ十二。雑。▽新築の家が二軒並んでいる。前句はその一軒の方のさま。居所の付けで、遣句的付け方。

175 名ウ一。雑。○蔵本　蔵元。藩の蔵屋敷で商品の売買などを代行し、蔵物の出納にあたった商人。▽聞えのよい加賀侯の蔵元商人を許された。前句を新興の財閥の屋敷と見た。

176 名ウ二。雑。○木庵　中国泉州晋江の人、禅僧。明暦元年来朝し、宇治黄檗山万福寺第二世となる。貞享元年寂、七十四歳。▽蔵元商人の老夫婦が木庵の禅に傾倒しているとした。

177 名ウ三。春(花の春)。花の定座から一句引き上げ。○公事　訴訟。▽麗らかな花の春、いっさい伐採もしない山は、たえて訴訟事もなく平和である。前句の信心深い夫婦を有徳の人とした付け。

178 名ウ四。春(長芋の芽)。○長芋　長薯。山芋。▽赤土の山にはあちこちに山芋の芽がもえ出ている。前句の鎌入れぬ山の豊かなさまで付けた。

179 名ウ五。春(去年の雪)。○すゞみ　地方によっては「こずみ」ともいう。稲藁をつみ上げたもの。▽長芋の芽ももえ出たので春の農事にかかろうとする。村里の裏手の田の端に束ねた藁の山を起こしてみると、去年の雪が藁にまじって消え残っている。

180 挙句。春(かすむ)。▽霞のかかった春の夕暮、田の鼠を捕えようと追いまわす犬。鼠は藁の中に巣くっていたもの。時節と時分の付けで、かつ「鼠とる犬」で前句の「起せば」の動きに応じた。

松の中《うち》

181 梟《ふくろふ》の鳴《なき》やむ岨《そば》の若菜かな　曲翠

182 おぼろの月の椿《つばき》つら〳〵　洒堂

183 新《しん》簀《すの》子《こ》先《まづ》二畳敷く弥生《やよひ》来て　仝

184 赤手すりたる馬《ま》士《ご》の侘《わび》言《ごと》　翠

185 晴かゝる節句の朝の天気相《あひ》　仝

186 餌《え》ふごの鮎《あゆ》をあぐる染《そめ》付《つけ》　堂

187 深草はをなごばかりの下《しも》屋《や》敷《しき》　仝

188 伏見の恋を晩《イリ》鐘《アヒ》にきく　翠

〔詞書〕○松の中　松の内に同じ。正月、門松を立ててある間。ここでは元禄六年(一六九三)のこと。

181 発句。春(若菜)。○梟　「雑　梟鳴(フクロフナク)」(通俗志)、「ふくろふ　夜分なり」(御傘)。○岨　切り立った山の斜面。▽夜、今まで鳴いていた梟が鳴きやんで、その山のがけっぷちに生えている若菜が目についた。まだ松の内のことなので心をひかれるのであろう、の意。

182 脇。春(おぼろの月・椿)。月の定座から三句引き上げ。○椿つら〳〵　「巨勢山のつらつら椿つらつらに…」(万葉集一)による表現。▽おぼろ月の光に数多く咲いた椿が見える。その場の打ち添え。

183 第三。春(弥生来て)。○簀子　竹や蘆などを透かせて並べて編んだ敷物。▽陰暦三月となって暖かくなったので古い簀子の敷物を新しいものにとりあえず敷き代える、庭に近い二畳ほどの板の間に。時節を定め、屋外の景を屋内に転じたもの。

184 初オ四。雑。○赤手　素手。徒手。▽素手をもみながら馬子がしきりに詫び言を口にする。新しい簀子を運んで来た馬子か。簀子が少し痛んだりしたのか。手を摺―侘言(毛吹草)。

185 初オ五。雑(節句のみでは季としがたい)。○天気相　天気合。天気ぐあい。▽節句の朝、天気がわるかったのにしだいに晴れかかってきたの意。前句に天気相を寄せた。

186 初オ六。鮎(夏)。○餌ふご　餌籠。魚を釣るときに使う餌を入れる竹かご。○染付　藍色の模様のある磁器。▽鮎釣りから帰って餌ふごから鮎を染付皿に移す。前句の節句を端午の節句と見なし、その祝いの馳走の準備の様子を付けた起情の句。

187 初ウ一。雑。○深草　現、京都市伏見区の地名。○下屋敷　別宅、別荘。▽深草には商人の別宅が多いが、それらは女ばかりである。鮎の料理をする下屋敷の女たちとしての付け。

188 初ウ二。雑。恋。○伏見　現、京都市伏見区。○晩鐘　入相。日没時。▽伏見であった色恋の話を夕暮方に耳にした。近接した下屋敷の女たちの話題とした。

189 銭の利をしめて百づゝならべ置《おき》　仝

190 母とむすこがてゝをあなづる　堂

191 春先に田の荒仕事隙《ひま》明《あき》て　仝

192 鼠《ねずみ》の穴をふさぐ二《に》ン月《ぐわつ》　翠

193 花吸《すふ》と鳴《なく》鵯《ひよどり》のひよ〳〵と　仝

194 昼は衣をつゝむ風呂敷　堂

195 侘《わび》しさや甲《か》斐《ひ》の夕げの小麦餅《もち》　仝

196 しどろに生《ハ》へて赤き鶏《けい》頭《とう》　翠

197 頬《ほほ》当《あて》をはづして月を打《うち》詠《なが》め　仝

198 悪七兵衛かげきよが秋　堂

189 初ウ三。雑。▽暮六つ時、日貸しの銭の利息を計算してもらって百文ずつ幾さしかの利息を並べて支払う。その利息を払いに行った商家で恋の噂話を聞いたとした。

190 初ウ四。雑。○てゝ　父親。○あなづる　侮る。軽んじる。▽母親と息子が父親をあなどって他所から勝手に借銭をして商売をしているのであろう。

191 初ウ五。春(春先)。○春先　春のはじめ。○荒仕事　田打ちなどの肉体労働。○隙明て　暇ができて。▽春先に田の荒仕事に精を出してはやくも暇になった父親か。母と息子にあなづられている父親は世渡りはへただが働き者である。

192 初ウ六。春(二ン月)。▽田の荒仕事も暇になったので二月頃には鼠のよく出る穴を土で塞ぐのである。春先に時候を二月と定めたもの。

193 初ウ七。春(花吸)。花の定座から四句引き上げ。○鵯　仙台方言ではハナスイという。▽花を吸おうとばかりに鵯がひよひよと鳴きながら盛んに枝に飛びかっている。時節の付け。

194 初ウ八。雑。▽昼間は暖かくて汗ばむので着物を風呂敷に包んで背負う。花見頃の旅体の句。

195 初ウ九。雑。○夕げ　夕餉。寛政版「夕気」。▽甲斐の国で夕食にたべる小麦餅は殊更に旅のわびしさが感じられる。旅中甲斐でのこととした。

196 初ウ十。秋(鶏頭)。▽しどろもどろに乱れて赤い鶏頭が生えている。宿屋や茶店の庭先の景であろう。「侘しさや」の余情を受けた付け句。

197 初ウ十一。秋(月)。○頬当　あごから頬を守る防具。▽頬当をはずしてくつろいだ気持で月を眺める武士のさま。前句を城中の一郭などの様と見た。

198 初ウ十二。秋(秋)。○悪七兵衛かげきよ　平家方の武将。壇の浦の戦後、頼朝を敵としてねらった。▽前句の月を眺めている人物を景清とした。「かげきよ」に月影の清らかな意を働かせたか。芭蕉「景清も花見の座には七兵衛」(翁草)。

199 世の中は手間もいらずに年寄《より》て　仝

200 さま〴〵かはる月額《サカヤキ》の形《なり》　翠

201 通天の紅葉《もみぢ》をちらす初時雨《はつしぐれ》　仝

202 筏《いかだ》に切《きり》し大根の湯煮《ゆに》　堂

203 追《おひ》おろす犬も畳《たたみ》の上に寝て　仝

204 山雀《やまがら》籠《かご》のかゝる折釘《をれくぎ》　翠

205 菊《きく》やりて若衆〳〵となぶらるゝ　仝

206 恋もがさつに城下《しろした》の月　堂

207 まだ暮ぬうちより薬師《やくし》押合《おしあひ》て　仝

208 ところてん喰《くふ》こはり立《たて》じま　翠

199 名オ一。雑。▽人の一生は手間をとらずあっという間に誰でも老人になってしまうものであるの意。晩年頼朝から命を許され、両眼をえぐり出し日向に所領を与えられたという伝説上の景清の生涯から人生観相の句としたもの。

200 名オ二。雑。○月額　月代。男の額から頭の中央にかけて髪の毛を剃ったもの。▽そういえば月額のかたちも年齢に応じていろいろ変っていくようだの意。

201 名オ三。冬(初時雨)。○通天　通天橋。京東山の東福寺の境内にある。「このほとりに楓多し。秋のするゑ紅錦の色をあらはしければ、洛陽の奇観となる」(都名所図会)。○紅葉を　寛政版「紅葉も」。▽初冬、初時雨が降って来て通天橋のほとりの紅葉を散らしている。前句を紅葉見物の人々の様とした。

202 名オ四。雑。○筏に切し　細長く短冊形に切ったものをいうか。▽筏の形に切って湯で煮た大根のおいしい季節になったの意。大根の季は当時雑であるが、この句の季感は冬。前句の初冬の季節に同季の食べ物を寄せた。

203 名オ五。雑。▽気付けば地面に追いおろす犬も、ついうっかりしていると畳の上にあがって寝ている。前句を夕食の準備などしている家のさまとし、家うちのことを付けた。

204 名オ六。秋(山雀)。○山雀籠　芸事をする山雀を飼育する縦に細長い籠。▽折れ釘に山雀籠の掛けてある家。犬なども可愛がる妾宅などのさまか。

205 名オ七。秋(菊)。恋(若衆)。○若衆　男色の相手をする男性。○なぶらるゝ　おもしろがってからかわれる。▽大事にしていた菊をやってそのために人々から誰々の若衆だとからかわれることである。前句の住居を若衆のそれと見た。

206 名オ八。秋(月)。月の定座から三句引き上げ。恋。○がさつ　あらあらしく粗暴なこと。▽月夜の城下町の男色の恋は荒々しいことである。前句を若衆の恋とみた。

207 名オ九。雑。○薬師　薬師如来の縁日の月の八日は夕方から参詣した。「朝観音に夕薬師」。▽まだ日の暮れないうちから薬師様は参詣人で混雑している。恋の起こりそうな場所。

208 名オ十。夏(ところてん)。○こはり立じま　小割縦縞。「木綿縞の模様」(俳諧季寄桐火桶)。▽はやりの小割縦縞の

209 笠縫《ヌイ》の里とみえたる竹の皮　仝

210 何を心に行《ぎやう》ゝ《ぎやう》子《し》鳥鳴《なく》　堂

211 待《まつ》宵《よひ》の身をもだえたる四つの鐘《かね》　仝

212 ほして干《ひ》かぬる絹の下《した》帯《おび》　翠

213 逗《とう》留《りう》の内をあかれて口おしき　仝

214 門《もん》に立《たち》添《そ》ふたそがれの空　堂

215 森の花甍《イラカ》見えたる増上寺　仝

216 塩に音なき鳥の囀《さへづ》り　翠

木綿の着物を着た若者が、ところてんを食べている。薬師の縁日に掛かった店でのさま。

209　名オ十一。夏(竹の皮脱ぐ)。○笠縫の里　美濃国安八郡にあった旧東国路の地名。▽竹の皮がたくさん干してあるのを見るとここがあの笠縫の里と思われるの意。前句の人物を旅行者とした。

210　名オ十二。夏(行々子鳥)。○行ゝ子鳥　ヨシキリ。▽何を心に思ってかヨシキリがうるさく鳴いている。旅人の耳に聞いたヨシキリの鳴き声。笠縫の里の近くには笠縫堤があり川も流れている。

211　名ウ一。雑。恋(待宵)。○四つの鐘　午後十時頃の鐘。▽恋人の訪れるのを待っている宵、待つ苦しさに身もだえをしていると四つの鐘がひびく。ヨシキリの鳴き声に耳を傾ける人を男の訪れを待つ女とした。待―更ゆく鐘(類船集)。

212　名ウ二。雑。恋(下帯)。▽約束の宵の刻になっても女のところへ行けないのは洗濯した絹のふんどしが乾きかねているからであるとした。ややユーモラスに付けた。絹の下帯は伊達男の風俗。

213　名ウ三。雑。恋。▽商用などで長逗留しているうちに、女に飽きられて残念に思うのである。前句に女の薄情さを見た。

214　名ウ四。雑。▽門前に立ち添って黄昏の空を眺めている者は夫婦か親子か、故郷の空を懐かしく思うのである。長滞在を飽きられた旅人が故郷を思うとした。恋離れの句。

215　名ウ五。春(花)。花の定座。○増上寺　現、東京都港区にある浄土宗の大本山。▽森の桜の花の梢を通して増上寺の瓦葺きの屋根が眺められる。たそがれの空に眺めた景色。

216　挙句。春(鳥の囀り)。○塩　潮が正しい。▽春の海辺では音もなく潮が岸辺に打ち寄せ、うららかな鳥の囀りが聞えて来る。増上寺は海岸に近いので、海辺の景を寄せた。

忘年書懐　素堂亭

節季候《せきぞろ》

217 節季候を雀のわらふ出《で》立《たち》かな　芭蕉

餅《もち》舂《つき》

218 餅つきやあがりかねたる鶏《とり》の泊《ト》屋《ヤ》　嵐蘭

衣《きぬ》配《くばり》

219 文《ふみ》箱《ばこ》の先《まづ》模《モ》様《ヤウ》見る衣《きぬ》くばり　曾良

仏《ぶつ》名《みやう》

220 仏名や饅《まん》頭《ぢゆう》は香《かう》の薄けぶり　洒堂

歳《せい》昏《ぼ》

221 腹《ふく》中《ちゆう》の反《ほん》古《ご》見はけん年のくれ　素堂

○忘年書懐　素堂亭における元禄五年の忘年会の折の思いを書いたもの。なお素堂亭は葛飾にあった。

217 ○節季候　五八参照。○出立　扮装、身なり。▽雀がさかんに囀っているが、あれは節季候の一種異様な身なりを笑っているのであろう。季節季候(冬)。

218 ○あがりかねたる　ねぐらに上がりかねる。「鶏があがるとやがて暮の月　芭蕉(付句)」(続猿蓑)。○泊屋　鳥屋。▽夕方から宵にかけての餅つきの音に、鶏もなかなか鳥屋の止まり木にとまりかねているようである。季餅つき(冬)。

219 ○衣配　年の暮に親しき人々に正月の物として衣を贈ること。▽年末の衣配の折、衣類に添えられた書状を入れた文箱の模様に、まず第一に目がいくことである。季衣くばり(冬)。

220 ○仏名　陰暦十二月十九日から三日間、諸寺院で仏名経を誦し、三世の諸仏の名号を唱えたりする法会。▽仏名会の法事の行なわれている御仏前に供えられた饅頭は、線香の薄けむりに少しけむって見える。季仏名(冬)。

221 ○歳昏　歳暮。○見はけん　「見わけん」が正しいか。寛政版「見分ン」。▽年の暮、腹の中にたまった反古は数かぎりなく、その要・不要を見わけて、不要な物は忘れることにしよう。季年のくれ(冬)。

余興

222 としわすれ盃《さかづき》に桃の花書《かか》ン　洒堂

223 膝《ひざ》にのせたる琵《び》琶《は》のこがらし　素堂

224 宵《よひ》の月よく寝る客に宿かして　芭蕉

京寺町二条上ル町
井筒や庄兵衛板

○余興　当日の会の余興として詠まれたもので、三つ物(第三までの連句)。

222　発句。冬(としわすれ)。○桃の花　三千代草と呼ばれ長寿を意味する。▽この年忘れの会に皆々の長寿を願って盃に桃の花を書くとしようの意。

223　脇。冬(こがらし)。▽膝にのせた琵琶の音色にこがらしの音を通わせて今宵の風情としよう。琵琶は前句の桃の花に応じ漢詩趣味。

224　第三。秋(月)。▽あるじは琵琶を弾じているのに客は風流を解せず宵の月の頃からよく寝入っている。季移りで、前句に付けば冬の月。よく寝る客は洒堂の日常をふまえた表現らしい。

花《はな》見《み》車《ぐるま》

雲英末雄 校注

〔**著者**〕匿名(轍士)。

〔**書誌**〕半紙本四冊。題簽「花見車　花(鳥・月)」「はな見車　風」。柱刻「花見車一　一(―十九)」「花見車二　一(―廿五終)」「花見車三　一(―十七終)」「花見車四　一(―十七終)」。全七十八丁。

〔**書名**〕第一巻末尾に「花の春は清水《きよみづ》の花見車をたてならべて、名となれる点者をうるはしき遊女のはだへになぞらへ」とあるところより命名。

〔**成立**〕井筒屋の跋文により、元禄十五年三月の成立。

〔**内容・構成**〕京・大坂・江戸の三都および諸国の点者二一五名を、「太夫」「天神」などと遊女の位に見立てて轍士が匿名で論評した評判記。用語もすべて遊里語を用い、花・鳥・風・月の四巻四冊より成る。第一巻は本書を著わしたいきさつと、用語を説明した目録。第二巻は京・大坂の点者の評判。第三巻は江戸および諸国の点者の評判。第四巻は「勝名并編集之作者」として諸国の俳人を遊女名で示し発句を挙げる。跋文は版元の井筒屋が請状を模し、すべて遊女評判記のスタイルを踏襲する。

〔**意義**〕第一巻は宗鑑より説きおこして、宗因より元禄当代に至る俳諧の変遷を述べているが、芭蕉を高く評価しているのは注目すべきであり、また当時の点者一般の実態を暴露しているのも興味深い。第二巻以下に登場する点者は貞徳や宗因など故人もいるが、大部分が轍士と直接交流のあった元禄俳人で、多年諸国に行脚しそこで見聞した成果が十分示されている。大別すれば、信徳・随流・似船・高政ら貞門系や談林系の京俳人、西鶴・団水等の談林系大坂俳人、其角を中心とする江戸俳人、鬼貫らの伊丹俳人、涼菟らの伊勢俳人、美濃・尾張・三河の俳人等に分けられる。たとえば其角の論評では「酒が過《すぎ》ると気ずいにならんして、団十郎が出る、裸でかけ廻らんした事もあり」とあり、団水などランクも「天神」で、「今ほどは太夫にも成かねぬ器量なれど、酒が過ては只一座があらく…」などとあり、感情的で暴露的な記述も少なくない。しかし総じて言えば的確な記述が多く、元禄期の俳壇と俳人の動向を知る上で、きわめて重要な資料といえよう。本書に対し団水が難書『鳴弦之書』を著わし、匿名の作者が轍士であることを明らかにした。改題本に宝永三年(一七〇六)刊『誹諧諸国咄』がある。

〔**底本**〕早稲田大学図書館本。

〔**翻刻**〕日本俳書大系『俳諧系譜逸話集』。

花見車　一

[一]人の親《おや》のならひとして、子に芸能《げいのう》をつけ、[二]わが身のうへのために報《むく》ひよとはつゆおもはずして、[三]行《ゆく》するゑのたよりともなれかしと、[四]八九歳のころより寺入《てらいり》させ、もの書《かき》ならはせ、[五]素《そ》よみをさせつなどして[六]心づかひする事、げにことはりなり。十七八はたちのころよりは、[七]我《わ》がこのむ所の道にすきて、[八]おのがさま〴〵のいとなみとはなり行《ゆく》。その時、[九]手跡《しゆせき》・学文《がくもん》万《よろ》づの芸の柱となりて成就《じやうじゆ》し、侍《〈さぶらひ〉》は主人のため、または[一〇]身上《しんしやう》ありつきにはやく、町人は[一一]かはせ手形・みせの帳《ちやう》あひ達者につとまりて、[一二]手代の番《バン》頭《トウ》に望《のぞ》む事すみやかなり。[一三]学文のちからにてかなはねども、医者ぼんにもかたづく。其中《そのうち》に歌《うた》よみになり、連歌師《れんがし》にならんとはおもふべからず。[一四]和歌《わか》は公家《くげ》のわざと成《なり》て、[一五]いとけなき比《ころ》よりそのさまをも見及《みおよ》べられて、[一六]まことの道にそみたれば、おの

一　普通の人間の親の習慣として。「ましてや人の親として、いとほし悲しと育てつる」(謡曲・三井寺)。
二　自分(親)のために恩を返し報いよ、などとは少しも思わないで。
三　成長してからの手段にもなったらよいと。
四　「人生レテ八歳、則チ主公ヨリ以下、庶民ノ子弟ニ至ルマデ、皆学ニ入ル」(大学・序)とあり、当時は八歳になると寺子屋に入って、読み・書きを習わせた。
五　意味をとらずに、文字だけ声を出して読むこと。素読(そどく)。「そよみばかりをせよけごん経　日能」(鷹筑波集)。
六　気づかいをすることは、まことにもっともなことだ。
七　自分の好きな道をこのみ、選んで。
八　それぞれが各自さまざまな生計のいとなみとなってゆく。
九　手習いや学問がすべての芸の中心となって。
一〇　身分や地位を得ることがはやく。「シンシャウ」(日葡辞書)。
一一　為替手形と店の帳合。為替手形のやりとりや、帳簿の作成・照合。
一二　手代から番頭になりたいという希望がすんなりとゆく。
一三　学問の力によっては無理だが、(力があれば)医者の地位にもありつく。「医者ぼん」は医者坊主の略。医者は多く頭をそっていたことから由来。
一四　和歌を詠むことは公家の家で職業的なものとなっており。
一五　小さな子供のときから、和歌の詠む様子などを見知っており。
一六　実(まこと)の道になずんでいるので、自然と心も素直なのである。「歌は述作を詮(せん)にせず。たゞ心の吟味也。…心中を正しうして置てよむ事に候ゆへに中候。善心にてなくては、たゞよみたるともあしく候。此こゝろにて中候。実(まこと)あるが能候」(西実教卿家集)、「歌は実(まこと)を専によむべし。…平生徳実の人の、実の歌よみ出したるは、実にておもしろきなり」(同)などに見られるように、当時の歌壇においてまことを詠むことが重視されていた。

づからこゝろもすなほ也《なり》。地下《ぢげ》[1]はよのわざにまぎれて、年たけ道に入《いり》ぬれば真法[2]になりがたし。歌《うた》をよくよまんとおもはゞ連《れん》歌《が》をもすまじきよし、古人のいましめ也。西行《さいぎやう》[3]・兼好《けんかう》なども若き時より御家にしたがひつれば、歌人《かじん》とはよばるゝ。連歌も宗《そう》[4]祇《ぎ》・宗鑑《そうかん》[5]のころの句はいかにもおもしろくて、はし〴〵[6]の耳にもとまりたる也。紹巴《じやうは》[7]このかた、つゐに連歌《れんが》の発句とて人のかたる事なし。ちか比《ごろ》北野の能順《のうじゆん》[8]こそ[9]一ふしある句も出《いだ》さるゝとて、[10]心なきまでも耳にふれけれども、これも七十[11]にあまりてかすかにきこゆる名なれば、日くれて[12]道いそぐやう也。そのうへ連歌《れんが》は引歌《ひきうた》[13]もきはまり、名所もあたらしきはいはず、たゞ掟《おきて》を大事〳〵とするゆへ、前後[14]せまりてたのしむに不自由也。誹諧《はいかい》は今日[15]のうへを句につゞけたれば、天地造化《てんちざうくわ》[16]の事をはやくしり、和語[17]をよくおぼえ、古歌《こか》[18]・古詩《こし》はそらんじてわきまへ、文字を探《さが》し、名所・古跡を行脚《あんぎや》して見さだめ、古説《せつ》を聞《きき》とり、恋の句に情《じやう》をふかくおもひ入《いれ》ぬれば、はやく[19]とをりものになりて、人《じん》[20]

一 宮中に仕える者に対して、それ以外の人々。庶民。「ヂゲ」（日葡辞書）。庶民は生活するための手段にわざわいされて。
二 まことの道を極めることはむつかしい。
三 西行は、平安後期の歌人。元永元年（一一一八）―建久元年（一一九〇）。俗名佐藤義清、法名円位。北面の武士として鳥羽院に仕え、また徳大寺実能家の家人となる。二十二歳で出家し、歌の修行にはげんだ。兼好は鎌倉末期、南北朝時代の歌人・随筆家。卜部兼好。没年未詳。和歌を二条家の当主藤原為世に学んで古今伝授を受けている。西行が徳大寺家に仕え、兼好が二条家の藤原為世にしたがって和歌を学んだことを指す。
四 室町中期の連歌師・歌人。飯尾氏。別号、種玉庵・自然斎など。当時の連歌壇の指導的な人物。東常縁より古今伝授を受け、連歌は宗砌・心敬らに学んだ。
五 室町後期の連歌師・俳諧師。本名、志那範重。生没年未詳。犬筑波集の編者、当時の代表的な連歌師。
六 とるにたりないつまらぬ者の耳にも聞えてくる。
七 里村紹巴。室町末期の連歌師。奈良の人。宝珠庵・臨江斎と号す。周桂・里村昌休らに学ぶ。宗養の没後連歌界の第一人者。明智光秀張行の愛宕百韻は著名。作法書に連歌至宝抄など。紹巴以来、連歌の発句ですぐれたものだと人々の評判になったものがない。
八 江戸時代前期の連歌師。寛永五年（一六二八）―宝永三年（一七〇六）。別号、脩竹斎・観明軒。北野社坊上大路能舜の子。加賀小松天神の別当職。江戸時代の連歌の指導的役割をなす。編著に聯玉集・愚句老葉がある。
九 ひとかどのすぐれた句。
一〇 情趣を解さぬ風流心のない者までも。
一一 七十をすぎてから、どうにか評判になってきた名なので。能順は、花見車成立時の元禄十五年、七十五歳であった。
一二 日がくれかかり、あわてて急ぐこと。年を経てから、急に仕事をしようとあせること。「日くれてみちをいそぐ」（毛吹草）。
一三 引用する歌。本歌。歌は続後撰集の十代集まで。一首の本歌を三句にわたってとってはいけない、などの法があった（連歌新式）。

愛《〈あい〉》ありてまじはりの友多し。しかるを誹諧は悪性《〈あくしやう〉》になるとて、きらはるゝ親のおろかさよ。先《まづ》、金銀のついゐさらになし。[二一]傾《けい》城《せい》ぐるひをして、一月《ひとつき》に[二二]太夫《たゆう》ひとつづゝ買《かひ》て一年を見れば、[二三]なんぼしまつにしても三十両と云《いふ》かたい金《〈かね〉》はのこらず。誹諧は[二四]折《をり》ふしの会を催《もよほ》し、点者の[二五]つけとゞけ見事《みごと》にしたりとて、一年に十両はいらず。これほど心やすくして、たのしむ道は外になしとおもひとりて、我《われ》壮《〈さう〉》年《ねん》より京・江戸・大坂の宗匠《そうしやう》達に相《あひ》なれ、三十年来好《〈すく〉》。[二六]天下の風俗は都にしるゝなれば、年〳〵京に出《いで》、[二七]書林いづゝや庄兵衛が店《〈みせ〉》に来り、[二八]毎年の三物《みつもの》を見て、諸国の風《ふう》躰《〈てい〉》を味はひ、[二九]月〳〵に撰《えら》み出せる集《〈しう〉》ものをながめ、折ふしのうつりかはれるを考へて、古《ふる》びはつけじとはげむ。しかるに爰《ここ》にひとつ悲しき事有《あり》。[三〇]一道に身をくだきてときめける宗匠《そうしやう》あり。[三一]又名のみきこえてさほどになきかたもあるを、遠き田舎の口おしさはみな平等《〈べうどう〉》におもふ也。[三二]前句付の一番勝《す》ぐれたる点者は唐《から》にもなしと云《いひ》、かやう〳〵の名句をやりたれど一点もなし、[三三]点

一四 付合の前後が窮屈で。
一五 今日、現在の様子を句につづけてゆくので。
一六 天地や自然の運行、ありさま。
一七 大和ことば。「ワゴ。日本の言葉」(日葡辞書)。
一八 古くて有名な歌や詩。
一九 通人、粋人のこと。「かい手の心におひてとをり者あり、とをらざるあり。たゞし生れながらにしてすいなる人は千万人の中にもまれなるべし」(吉原すゞめ)。
二〇 人に親しさを感じること。
二一 女郎狂い。遊女に夢中になって通うこと。
二二 遊女の中の最高の位。当時太夫の揚代は五十三匁であったが、太夫を揚げる場合は引舟女郎も一緒に揚げるきまりになっており、島原の場合、両方で七十六匁(銀一匁千五百円ほどで十一万四千円)。一年なら十二倍で一三六万八千円。これは揚代だけで、茶屋や揚屋などの祝儀や酒肴代や太鼓持などの祝儀を加えると、とてもこの金額では収まらない。
二三 いくら倹約してみても三十両(一両九万円、約二七〇万円)という確実な金は残らない。
二四 連句の会を行なうこと。点者の一回の出座料は金百疋(一疋は十文、一文二十五円として二万五千円)であった。
二五 つき合いで金品を届けること。連句の会や付届けを十分にしても一年に十両(九十万円)にはならない。
二六 天下の好みや流行は都で知ることができるので。
二七 初代井筒屋庄兵衛。名は重勝。宝永六、七年没。京寺町通二条上ルに店があった。三つ物所として歳旦三つ物を出版し、元禄期には俳書の出版を一手に引き受けて隆盛を極めた。
二八 歳旦三つ物。毎年点者が主だった門人と発句・脇・第三までを三組作成し、他に知友の発句を付載して、新年に出版した。
二九 毎月毎月出版される俳諧撰集をながめて。
三〇 俳諧の道一筋に身を入れて、時めき評判になっている宗匠。
三一 名前だけ評判になっていて内実はたいしたことのない宗匠。
三二 前句を出題し、付句を一般大衆より募集し、それに加点をする前句付の点者。
三三 点者でも棒杭みたいに役に立たぬ者ではないかと。

者でも杭《〈くい〉》でもあるまじきと、のゝしる人より宗匠になしたるあり、[一]我《わ》がかたより無理点者に成《なり》たるあり。此《この》境《〈さかい〉》のさりとはなげかしく、妄執《〈まうしう〉》のひとつと成《なり》て、明《あけ》くれくるしみけるに、ことし元禄《げんろく》十五の春は[二]北野八百年の御忌《ぎよき》也《なり》とき ゝて上京して、小座敷《こざしき》にこもりたるが、折《をり》しも[三]壬生大念仏《〈みぶ〉だいねんぶつ》のころ、にぎ〳〵しきにうかれ出《いで》、茶店《〈みせ》》にやすらひ、[四]なすび売《うり》の猿になりたるを見て、しばしありける所に、としのころ二十二三にもやなりなん、[五]みめことがら[六]あてやかにうつくしく、ことに[七]髪おし切《きり》て、まくらひとつのくるしきにと見えたるが、[八]しと〳〵とそばに寄《より》、法《ほふ》しさまは、たしか歌《うた》よみか誹諧師《はいかいし》ならんと問《とふ》。[九]都の人の目こそはづかしけれ、いかにもわれは誹諧師也。何として見とがめ給ふといへば、さきほどより、ものごとに心をとめられ、人をみるめの[一〇]したゝるさ、たゞ人にはあらずとおもふ。誹諧師ならばかたりましたき事あり、いざこなたへと[一一]ひかるゝ袂《〈たもと〉》も心よはくて、[一二]糸つくるまでもなく、跡《あと》をしたひて野をわけゆけば、にぎはし

一 自分(点者)の方から無理にお願いをして。

二 菅原道真(天神)の八百年忌。「二月朔日ヨリ二十五日ニ至テ北野天満宮ニ於テ八百年ノ御忌万灯会ヲ修行ス。凡二十五万灯」(倭漢歴代備考大成)。

三 京都中京区の壬生寺で旧暦三月十四日から二十四日まで行なわれる仮面劇。滑稽な狂言を無言で行なうところに特色がある。「(三月)十四日より廿四日まで、狂言あり。猿・桶取・焔魔・あさいな・湯立などいふことあり」(増山井)。

四 なすび売りが猿の面をかぶって壬生狂言をしている。

五 顔かたち、態度。

六 上品で美しく。「アテヤカニ。容姿が立派で美しい」(日葡辞書)。

七 髪を断ち切って、尼の姿をしており、夫のいない一つ枕をつらく思っているように見える女が。

八 しずしずと。「シトシト。物事をゆっくりときちんとするさま」(日葡辞書)。

九 都の人は人を見る目が肥えているので、自分がどうみられるのか恥しい。「みやこはめはづかし」(毛吹草)。

一〇 色っぽさがあること。簡単に見るのではなく、じっくりと人を見つめて味わいがあることをいう。

一一 誘われ袂をひかれると、気が弱くてことわりきれずに。

一二 糸をつけて跡をしたいゆき、貴人の正体をつきとめた、という三輪山神話をふまえる。「苧環(おだまき)に針をつけ、裳裾(もすそ)にこれを閉ぢつけて、跡をひかへて慕ひ行く」(謡曲・三輪)。

一三 島原の遊廓をさすか。壬生寺から島原までは距離的にたいして離れていない。

一四 比叡山(京都の北東部にある)にかかっているうす霞が晴れたり曇ったり。「はれ曇り時雨は定めなき物をふりはてぬるは我身なりけり」(新古今集・冬・道因)。

一五 愛宕山(京都の北西部にある)は雪がすこし残っていて。

一六 花なのか、そうでないのかの意。歌語。「霞ゐるたかまの山のしらくもは花かあらぬかかへるたびびと」(新勅撰集・春上・式子内親王)。

一七 今年の麦の出来はよさそうで。

き一《ひと》[一三]さとあり、高き座敷に引入《ひきいれ》たり。叡《〈ゑい〉》[一四]山《ざん》のうす霞《がすみ》はれくもり、[一五]愛宕《〈あたご〉》山《やま》は雪すこし残りて、花[一六]かあらぬかとあやまたる。野《の》づらは若草やう〳〵にもえ出《いで》、[一七]ことしも麦はよさそうに腹[一八]すこしさびしければ、さかづき取出《とりいだし》、よきほどに酒のませ、さてかの女のいふやう、これまでさそひくる事外《ほか》の事にあらず、としごろ誹諧に心をよせて都に出《いづ》る艶《〈やさ〉》しき心ざし、[一九]なじかは神も感応《かんおう》なからん、[二〇]一筋のあらましかたりてきかすべし。事[二一]長ければ次第《しだい》を分《わく》る。

一　むかしと今の誹諧の、先《まづ》、心[二二]ざしうら表《おもて》にかはれり。いにしへは[二三]連衆一会興行《れんじゆいつくわいこうぎやう》せんとおもへば、十日も前より[二四]一巡《いちじゆん》を廻《まは》し、[二五]極《きは》まれる日は、[二六]いかほどの隙入《ひまいり》も闕《〈かき〉》て相《あひ》つとめ、[二七]御影《み〈ゑい〉》をかけ、[二八]香をたき、[二九]一巡よみあぐるたびに、我《わ》が句の時はきつとかしらをさげてはゞかるよしをのべ、会の中、物[三〇]がたりもせずして、[三一]あげ句よむ時膝《〈ひざ〉》たて直し、礼儀をとゝのへ、跡[三二]にていさゝか酒しゐて、[三三]帰る時は門前に出《いで》てうやまふ事正《〈たゞ〉》し。翌日ははかまを

一八　腹がすこしへってきたので。
一九　風雅な気持に、どうして神様も感心なさらぬことがあろう。きっと感心されるであろう。「地神も感応(かんおう)の海山、治まる御代に立ち帰り、国土を守り給ふなる」(謡曲・弓八幡)。
二〇　ひととおり俳諧に関するあらましを聞かせるとしよう。
二一　長い話になるので、順序を区切ってみる。
二二　心がまえが、裏と表ほど変っている。すっかり変っている。
二三　連衆が連句の会日興行しようと思えば。
二四　連衆が発句以下、脇・第三というように順次に一句ずつ受持ち一わたり付けること。連句興行の会日より以前に、宗匠の発句、亭主の脇、相伴衆の第三までを詠み、第四以下は連衆の名前だけを記して、廻状により連衆の人数分だけひとあたり廻すこと。その際、廻状を受けとった月日と時間を記して、次の人へ廻す(時付け)。
二五　決められた連句興行の会日。
二六　どんなに時間のかかる用事があろうともそれには出ず、俳諧興行の会に出席してつとめ。
二七　床の間に、和歌三神名号か、天神像あるいは天神名号の掛け物をかける。ここでは道真か人麿の像をかけたものか。「寛永六年十一月の末つかた、京寺町妙満寺にて誹諧の会はじめ有けり。真連歌の会の式法に毛頭たがはず。床に天神・人丸をかけ、花瓶を立、文台かまえ、式法の会席是始也」(貞徳永代記)。
二八　名残の折の花の定座の前になると、亭主が進み出て床の間の香炉に香をたく。
二九　一巡の句を詠みあげるたびに、自分の句の時ははっきりと頭をさげて恐縮の意向をのべて。
三〇　私語も交わさずに。
三一　俳諧興行の一座では、連衆が一句ずつ付け終ると、宗匠の許しによって安座するが、名残の花の前になると、右の膝を立てて正座をする。正確には花の前だが、ここでは一句あとの連句の最後の句である挙句(あげく)ととりちがえている。
三二　連句の会が終ったあとで、少々酒を勧めて。
三三　宗匠が帰る時は、門前に送ってきちんと礼をいう。

着し、宗匠のかたに参《まゐ》りて、昨日は御苦労にかたじけなしと、[一]一包《ひとつつみ》[二]へぎにのせてさし出す。[三]当時はまたさにあらず、点者のかたよりひたすら会をすゝめ、[四]やう〳〵に料理を出し、[五]一巡よむまでもなく、先盃《まづさかづき》をとり〴〵に廻《まは》し、[六]わが句まへにてなければ大きなる声をあらゝげ、[七]嵐三右衛門《あらしさんゑもん》はおしい事をしました、[八]中村七三《しちざ》はのぼらぬかと我《われ》がちに云《いひ》あへ、はては大酒《おほざけ》に成《なり》て、[九]懐紙がどこにあるやら、[一〇]点者に芸をさするやら、されどあ[一一]ふぎ・はな紙はまぎれぬやうに取廻《とりまは》し、[一二]帰りにはいとまごひさへせず。さて翌日は宗匠のかたから礼に参《まゐり》、昨日は色〻御馳走《ごちそう》、ことにめづらしき貴句《きく》を承《うけたまは》り、かたじけなくぞんじ奉《たてまつ》ると、[一三]きつと礼をのぶる。[一四]これあちらこちら也《なり》。昔は短尺《たんざく》をたのみ、絵の讃〈さん〉をのぞむ時は、宗匠の[一五]よき相口《あひくち》を以《もつ》て、[一六]本金の色紙をつかはす。さて点者も気をつくろひ、[一七]句をあらためて書《かく》ゆへに、廿日も卅日もかゝつてしたゝめつかはすと、[一八]一包《ひとつつみ》へぎにのせて礼義《れいぎ》をつとむ。今は、また点者のかたよりさきに、[一九]いやがるかもしらず

一 一包の金。点者の一回の出座料は金百疋(三七九頁注二四参照)。
二 へぎ板で作った折敷。
三 当節はそのようではない。
四 つぎつぎに。
五 連句で連衆の句が一まわりするまえに、まず盃をてんでに廻して。一巡が終わるまでは連衆は安座をしないのがたてまえ。
六 自分の句を付ける順番でなければ。
七 歌舞伎役者。二世嵐三右衛門。初世の実子。元禄期における京坂の立役の名優。座本も勤めた。幼名勘太郎。元禄三年(一六九〇)、初世没後の顔見世で二世を襲名。家の芸の六方をはじめ、音曲もよくした。元禄十四年十一月七日没。四十一歳。
八 歌舞伎役者。初世中村七三郎。通称七郎右衛門。俳名少長。女形として舞台に出、二十四、五歳で立役に替る。和事の芸で好演をし、江戸立役の和事芸を完成させた。元禄十年(一六九七)冬から二年間京都へ出演をして好評を博した。宝永五年(一七〇八)二月四日(三日とも)没。四十七歳。
九 連句の記録をするための懐紙。
一〇 一座の連句をさばく指導者の点者(宗匠)に余興の芸をさせ。
一一 自分の持ちものである扇やはな紙は、他人のものとまぎれないように取りかたづけ。
一二 会が終って帰りには別れのあいさつさえもしない。
一三 きちんと礼を述べる。
一四 これはあちらとこちらが逆になっていることだ。
一五 よく合うもの。宗匠の気に入っているもの。
一六 まじりけのない金粉をちらした色紙。
一七 発句を威儀を正して書く。
一八 お金を一包つつんで折(へぎ)折敷にのせて。
一九 いやがるかも知れないが、そんなことにはかまわずに。
二〇 土のこぼれるような泥間合(どろまにあい)の紫色の下等な色紙。
二一 高さを補うために高くした踏台で、その踏台が紙屑入れになっているもの。
二二 正月の準備の大掃除。旧暦十二月十三日に行なう慣例。
二三 捨てられる。

短尺書《たんざくかき》て進じませふといへば、ぼろ〳〵と[二〇]土のこぼるゝ紫色の色紙をなげ出す。さら〳〵と書《かき》て送るを、ろくに見もせずして、[二一]足つぎの塵籠《〈ちんこ〉》にうちこんで、[二二]煤《〈すゝ〉》はきの時の邪魔《〈じやま〉》になりて[二三]すたる、これめいわく也。[二四]いにしへはさいたんの三物《みつもの》を文に入《いれ》てつかはすれば、返状に[二五]そこだめ有《あり》てきたる。今は返事もなく、ふすまの下《した》ばりになる也。かやうに古今のちがひあれば、いにしへの点者は家持《いへもち》に成《なり》て、[二六]宿ちん取《とり》て老らくの寺参《てらまゐり》も楽〳〵《らくらく》とする也。当時は会をつとめても[二七]会料も滞《とどこほ》り、連衆《れんじゆ》に[二八]さまをつくるやうに[二九]位をうしなひたれば、[三〇]所務《〈しよむ〉》もかる〴〵しく、みなちり〴〵にゐうせて、有《あり》つる[三一]かんたんの枕もさだめねば、しばしの栄花《えいぐわ》もならず、やう〳〵と[三二]姥《〈うば〉》が豆腐《とうふ》に日を送る也。

一　[三三]天満の宗因《そういん》、[三四]深川の桃青《たうせい》、[三五]一生の中《うち》編集《〈へんしう〉》をせず、いひ出せる句はよしあしともに、門弟または連衆より板行《はんかう》して世にあり。[三六]これ集《〈しう〉》ものゝ本意なり。近代は点者国〳〵《くにぐに》にみち〳〵たれば、名もそれとしられたく、[三七]我がねらふ所の一躰《いつてい》もまぎれぬやうに

二四　貞門時代では宗匠が手紙を書き、歳旦三つ物を同封して門下に贈った。万治三年(一六六〇)の立圃筆歳旦三つ物懐紙や同年の貞室筆歳旦三つ物懐紙が現存しており、それを証する。
二五　もともとは使いの者に与える心づけだが、そこから謝礼の金をいう。「底だめみれど鳥目はなし」(紅梅千句・正章)。
二六　借家を人に借して家賃をとって。
二七　連句の会で点者(宗匠)に謝礼を支払うそのお金。
二八　こびる。ごきげんをとる。
二九　宗匠としての品位を失う。
三〇　財産。遺産。
三一　一時の栄華の夢を見せてくれる邯鄲《かんたん》の枕もあてにはならないので。沈既済の枕中記の故事による。
三二　「豆腐姥」(毛吹草)。ゆば。ゆばを食べて質素な生活を送る。
三三　正保四年(一六四七)九月、里村家の推挙により、大坂天満宮の連歌所の宗匠となった西山宗因。のち談林俳諧の総帥となる。
三四　延宝八年(一六八〇)冬、江戸日本橋の市中から深川の草庵に隠棲した松尾芭蕉。
三五　宗因の編著とされるものに、宗因千句(延宝元年)、西山宗因釈教俳諧(同二年)、西山宗因蚊柱百句(同)、宗因五百句(同四年)、宗因七百韻(同五年)などがあるが、いずれも宗因の名を利用した、書肆による編集と思われる。桃青(芭蕉)の編著は、句合の貝おほひ(寛文十二年)があるが、蕉門の主要な撰集はすべて弟子の名によって編集され出版されている。
三六　俳書編集の本来のあり方である。
三七　自分が考えている俳諧の行き方も他の宗匠と一緒にならぬようはっきりと示して。

一　自分が本来の自分より五割がた勝っているようにみせようと。
二　点者が自分の編集で撰集を出すのは、もっともなことだ。
三　身分や地位の高い人々が編集した俳書。
四　自分勝手に。
五　歴々の人々が自分の俳諧撰集を人に売りつけて。
六　磐城平城主内藤風虎の第一撰集。奥州の俳人の句のほか、宗因・重頼・季吟を介して上方俳人の句を多く集めている。実質的

人におもはせ、又は五[一]わり増《〈まし〉》のたよりともなさんと、点[二]者の集を出すはことはり也《なり》。歴〻《れきれき》[三]の編集なども近ごろは見ゆるが、点者の相談もなく、我《わが》[四]まゝに板行させて、家来筋《けらいすぢ》にいひつけ、書[五]をうらせて板料のたすけとなす。これ有《ある》まじき事ぞかし。夜《よる》[六]の錦《にしき》・一字幽覧《いちじいうらん》[七]・七瀬川《ななせがは》[八]など、みな点者に申《まうし》つけてたのしまるゝ、かく有《あり》たき事也。惣別点師《そうべつてんし》[九]と世にいはれてこもれるもの、それ[一〇]〴〵の伝受をわきまへて、一[一一]風をかまへぬはなし。其中《そのなか》[一二]にたよりて出したる集は見所《みどころ》ありて、こと〴〵くに人の手にもわたる。我在所《わがざいしよ》[一三]の狂談《〈きやうだん〉》をわけもなく書《かき》ちらし、上《じやう》[一四]るり本のやうに見ゆれば、其人《そのひと》の本性《〈じやう〉》もしられて見ぐるし。初[一五]春のさいたんと云《いふ》事、慶安《けいあん》二年に長頭丸《ちやうづまる》はじめて出さる。王[一六]城の地に有《あり》てその冥加《みやうが》をあふぎ、都[一七]をことぶくとの事也。はじめは都の中迄《なかまで》の事成《なり》しが、今[一八]は誹諧も国〳〵にわたりて、年〳〵に三物《みつもの》〳〵と出るはめでたき御代《みよ》の色也。そのみなもとより出る本[一九]式を見覚へ、連衆うちそろへて三[二〇]物にくみはせずして、只《ただ》、一句など片表《かたおもて》[二一]に書さが

な編集は、大坂の玖也。寛文六年(一六六六)成。

七 俳林一字幽蘭集。風虎の夜の錦(寛文六年)・桜川(延宝二年)・信太浮島(延宝五年以降)が世に行なわれないため、その息露沾が江戸の点者沾徳をして、三書から若干の句を選び、諸家の句を加えて元禄五年(一六九二)刊行したもの。

八 三種三十六番の句合と諸家の四季発句よりなる。句合の作者は窓梅㞤慈悪、六花堂東柳、楽笙堂燕䳟、拾花軒松麿らの貴顕か。編者は未詳だが、板下ならびに判詞は我黒の手になり、右の貴顕が我黒に編集させたものであろう。

九 点者としておさまっているもの。

一〇 貞門においては点者になることの許可状や口伝による伝授などが行なわれていた。それぞれ宗匠からの伝授をわきまえ。

一一 自分の得意とする俳風を示さぬものはない。

一二 師匠から受けついだ伝授を重んじて出した撰集。

一三 自分の住んでいる土地の滑稽な話をむやみと書き散らし。

一四 浄瑠璃の詞章を記した本。一曲すべての詞章を記したものを丸本といい、古くは絵入りで、気楽な読みものになっていた。

一五 歳旦三つ物興行は連歌以来行なわれ、俳諧では元和元年(一六一五)の貞徳・日源・以重による歳旦三つ物興行がもっとも古い。慶安二年(一六四九)が歳旦三つ物の始まりとの根拠ははっきりしないが、このあたりから本格的に始まったものであろう。

一六 王城の地にいる者としてその加護を求め。

一七 都の春を祝福する。

一八 現存する最も古い印刷された寛文十三年(一六七三)の歳旦三つ物では、京都の宗匠がほとんどで、あと大坂・大津・宇治の宗匠のものが載るが、次第に諸国に拡がっていった。

一九 宗匠を主として親しい門下の者と、発句・脇・第三を三組興行し、引付として知友の歳旦・歳暮吟を添える本来の形式。

二〇 歳旦帳に三つ物をのせずに。

二一 歳旦発句を一句だけ歳旦帳の表にのせてひけらかし。

二二 熊野三社が出す牛王宝印。起請文を書くのに用いた。歳旦帳に特異なスタイルを持ちこんだのである。

二三 石刷本のようにまわりが黒く、文字を白く出すように板刻して刷ること。

し、又は熊野《くまの》[二二]の牛王《ごわう》のやうなるものを書《かき》、石ずり[二三]などにし、あるとあらゆる法外《はふぐわい》也。点者[二四]の中より連衆もあまたにて、組合事《くみあはせごと》長《なが》くなるとて連句に出したるは、口[二五]に其品《そのしな》を事によせて出すはさもあらんかし。これらも先達《せんだつ》に伝受も得ずして、ことぶき[二六]はやめて名聞《〈みやうもん〉》までの摸《〈も〉》やう也。ちかき比《ころ》の集などに世上[二七]もどかしきとて、田舎[二八]の文盲《もんまう》、掟《おきて》がましき事をいひ出し、または我同門《わがどうもん》[二九]をそねみなどしたる書もあり。身中《〈しんちう〉》[三〇]の虫をくらい、紙子《かみこ》[三一]着《き》て川へはいるのたとへに同じ。

一　近年、桃青《たうせい》[三二]門人世にはびこり、諸国に頭陀《ずだ》[三三]往行《〈わうかう〉》して名山・古跡を見、または一筋[三四]をすゝめてありくに、四五日もとゞめて、大廻し[三五]の切字はいかに、第三[三六]の字どまりはいかやうにする、恋[三七]の句一句にて捨《すつ》るはいかになどゝ伝受《でんじゆ》をかたらせ、昼は会に引出し、夜は鳥のなく迄《まで》[三八]ものかゝせなどして、べつたり[三九]とくたびらかし、帰る時は集料[四〇]・句代ばかりさし出して、此方《このはう》[四一]より便状《びんじやう》以《もつ》てなどゝまぎらかして置《おく》也。からじり[四二]・草鞋《〈わらんぢ〉》・茶碗酒《ちやわんざけ》は何を

二四　三つ物を組む連衆が大勢いて、それぞれ三つ物を組んでいると長くなるといって、連句の形式で歳旦を出すことは。このような例は高政が貞享三年に歳旦の歌仙を門下の連衆十一名と興行しているものがある。
二五　歳旦ということを口実にしてそうしたものを出すのは致し方ない。
二六　めでたい歳旦という意味は考えずに、体裁だけを整えたまねごとである。
二七　世にはやっている俳諧が気にいらないと。
二八　地方の、俳諧について何も知らぬ者が式目めいたことをいい出し。
二九　自分と同門の俳人の撰集をねたみ非難した書もある。
三〇　諺「獅子身中の虫」(漢語大和故事)。味方でありながら、その内部から災いをもたらす者や敵対する者が出ることをいう。
三一　諺「紙子着て川へはいる」(五十句ことわざカルタ)。無謀なことをして身の破滅をまねくこと。
三二　芭蕉の門人が増えて、世の中にはびこり。
三三　頭陀袋をぶらさげてあちこち出歩き。支考や惟然など各地をよく行脚している。
三四　俳諧の一道にうちこむことを勧めて。
三五　連俳用語。発句における句切れの一種。発句が切字を用いずに三か所で切れ、意味の上から下五がまた上五にかえり廻ってゆくのをいう。ただし三段切・三所切・大離(おおばなれ)などとの区別がはっきりしない。
三六　発句・脇につぐ第三は、つぎなる第四句目へ展開させるため、て・にて・らん留をすることが多い。発句が「かな留」の場合は、第三は「にて留」を禁じ、発句が「らん留」の場合は、第三には「はね字」を禁じている等々、第三のきまり。
三七　去来抄に「卯七・野明曰「蕉門、恋を一句にても捨るはいかに」。去来曰「予、此事を窺ふ。先師曰、いにしへは恋の句数定らず、勅以後、二句以上五句となる。是、礼式の法也…」」とある。
三八　短冊・色紙などの染筆、あるいは伝授書などの筆記をさす。
三九　すっかり疲れさせて。
四〇　発句を撰集に入れるための代金。板木代や入句料。延宝四

以《もつ》てとゝのふるや、右の句料をつから外《ほか》なし。さるによりて[一]出さぬ集もあるよし也。味《〈あぢ〉》なき味噌《みそ》をふるまい、蚤蠅《〈のみはへ〉》にいぢらせ、あまつさへ跡《あと》にては下手くそのなんどゝ、そしりのゝしる也。此《この》のち行脚の人〳〵も、方角を聞《きき》つくろひて通るべし。[二]宗祇《そうぎ》は大名によき連衆を持《もち》て、臨終《〈りんじう〉》までも心よし。[三]西行は秀《ひで》ひらを伯《〈お》父《ぢ〉》にもち、[四]長明《〈ちやうめい〉》は伯母《〈おば〉》が家のやけ残りにて、一生終《〈おは〉》りしぞかし。

一　京は国の[五]所院《〈しよゐん〉》と定《さだめ》て、諸国の客をまねきよせ、金銀残《のこ》させてくらす地なれば、富家《〈ふうか〉》の町人のみ也。されども点者のくらしにくき所ぞかし。そのゆへは[六]正月は一類の節ぶるまひにとりまぎれ、[七]御忌《〈ぎよき〉》よりつゞく[八]初午《はつうま》、鈴の音にいそがしく、[九]彼岸《〈ひがん〉》[一〇]万日《まんにち》[一一]開帳《かいちやう》うちつゞき、[一二]伏見の桃《〈もゝ〉》もうつろへば、[一三]四方《よも》の花ざかりにいとまなみ、[一四]四月・五月は祭〳〵に行《ゆき》かよひ、[一五]くらべ馬にかけ廻《まは》り、[一六]六月は四条の涼川《すずみがは》につかり、[一七]末は糺《〈たゞす〉》の流にしたがひ、[一八]雷《〈かみなり〉》のひゞきに閉《〈とぢ〉》こもり、[一九]七月は島《しま》ばらしゆもくまちのおどりにたをされ、八月・九月は茸狩《〈たけがり〉》・月見に飛廻《とびまは》り、冬は[二〇]茶の湯に未明《〈みめい〉》より相《あひ》つ

年十一月の幾音の撰集、猿若の入集句募集のちらしには一句に五銭宛の句料をとり、「板料ハとり不申候」とある。

四一　こちらの方から手紙でなどとあやふやにして置くのである。

四二　宿駅の駄馬。荷四十貫を運搬する本馬に対し、荷二十貫まで のもの。または旅人と手荷物五貫までを運ぶもの。

一　句料を集めておきながら出版されない撰集もある。

二　伊勢の北畠、越後の上杉、周防の大内らの諸大名や、京都在住の諸豪族との交流があった。文亀二年(一五〇二)七月三十日、旅の途次箱根湯本で没した。享年八十二。

三　奥州平泉に三代の栄華を誇った藤原秀衡らと西行は同族。

四　長明は父方の祖母の家を継承したが、三十代にはその家を去っている。伯母は祖母の誤伝か。

五　書院。書院作りの座敷。寺院や武家の邸宅で、客の対応や儀式などのとき用いた。

六　正月、一族・親戚などが新年の祝いの宴を開く。

七　一月十九日から二十五日まで法然の年忌を修する法会を行なう。知恩院の大法会が知られる。「廿五日、法然上人の忌日にて、十九日よりけふまで七日、知恩院にて法事あり」(増山井)。

八　二月最初の午の日。伏見稲荷神社の祭神が、降臨したのがこの日と伝えられ、各地の稲荷神社で祭礼が行なわれる。境内で土細工の虫の鈴が売られ、果樹にかけて虫よけのまじないにした。鈴—虫・初午参り(類船集)。

九　春分を中日とした前後七日間。この間に、祖霊を供養する。

一〇　一日参詣すると万日分の功徳があるとされる仏事の特定日。

一一　特定期間だけ厨子を開き秘仏を一般の人に拝観させること。

一二　桃は梅のあと、桜より早く咲く。伏見—桃(ヾ)(類船集)。

一三　あちこちの桜の花盛りに見物に出歩いて暇がなく。

一四　四・五月は上賀茂・下賀茂神社の賀茂祭をはじめ祭礼が多い。

一五　五月五日、上賀茂神社で行なわれる競馬の神事。

一六　六月七日より十八日まで四条河原で涼みが行なわれた。「今夜(六月七日)ヨリ十八日ノ夜ニ至リテ、四条河原水陸寸地ヲ漏サズ床ヲ並べ席ヲ設ケテ、良賤般楽ス」(日次紀事)。

一七　下賀茂神社の森を糺の森といい、そこを流れる川を御手洗

め、十二月が間《あひだ》遊興に曾《〈かつ〉》ていとまを得ず。[二一]貞徳《ていとく》・[二二]立圃《りふほ》・[二三]重頼《しげより》出生の地なれば誹諧《はいかい》はたへねども、[二四]とりしめて一筋《ひとすぢ》に心をよする人まれ也。さるによつて連衆に[二五]ひしと事を闕《〈かく〉》。○江戸は遊興《いうきよう》の地、[二六]かりそめにも程遠《ほどとほ》く火の用心を守りて、宿にのみ町人も居《を》れば、毎日・毎夜、会合して[二七]点とりをはげむ。また[二八]武士は二年に一度づゝ皃《かほ》をかへて、[二九]白壁《〈かべ〉》の中に気をつむれば、[三〇]古郷への書状の間は巻〳〵《まきまき》催《〈もよふ〉》すによりて、点とり机《〈つくゑ〉》に重《かさな》り、[三一]点料もむかしの通《とほり》たち至りて、[三二]とりこむ事うるしのごとし。こと更《さら》点者もうちこみに点とりをすれば、五六会《ごろくくわい》出ると、もはや句並《く〈なみ〉》同じやう也とて、あたらしくおもひかゆるによりて、[三三]面白き一ふしも出《いで》くる也。国〳〵の点師《てんし》もみな江戸の風俗をうかゞひて、[三四]ふりを至《いた》すやうに成《なり》たるなり。されども一両年の句、[三五]神も得《え》きゝとり給はず、[三六]尤《もつとも》つけあひは、匂《にほ》ひかすらせて其《その》縁をはなさず、[三七]一句の曲《きよく》、此《この》うへはとおもふて世間まなぶ所に、此《この》ごろはつけあひの匂ひもうせ、[三八]一句も唐人《たうじん》の寝言《ねごと》のやうなり。さらばこちらが

川といい、土用中、祓を修する。糺の納涼。「六月二十日より晦日」(毛吹草)まで行なわれた。

一八 上賀茂神社の祭神別雷神からの連想。「六月は鳴神月といふ」(手挑灯)。

一九 島原と伏見鐘木町の遊廓の七月十三日から十六日にかけての盆おどりは人出も多くにぎわった(色道大鏡)。

二〇 冬、明け方七つ半(午前五時頃)に行なう茶事。前夜から準備をし、灯籠に点火して、夜半にいったんこれを消し、暁の七つ(午前四時頃)再び点火。残灯の風趣をあじわう茶会。

二一 松永貞徳。幼名、小熊。名、勝熊。号、逍遥・長頭丸・明心など。貞門俳諧の指導者。承応二年(一六五三)没、八十三歳。

二二 野々口立圃。初号、親重。家業は雛屋。貞徳門。寛文九年(一六六九)没、七十五歳。

二三 松江重頼。通称、大文字屋治右衛門。別号、維舟・江翁。貞徳門。延宝八年(一六八〇)没、七十九歳。

二四 とりまとめて。いったいに。

二五 きびしくも頭数(人数)が不足する。

二六 ちょっとした用事のある場合も遠方の火事に注意を払って。

二七 点取俳諧。数人で連句を行ない、点者に批点をしてもらいその点数の多さを競う遊戯的な俳諧。

二八 参勤交代によって、江戸と国元と入れかわる。

二九 白壁の長屋の中で気詰りになって。

三〇 故郷へ手紙を書くひまひまのあいた時間は、点取俳諧に興じて何巻も何巻も行なう。

三一 点者は点料を昔と同じように沢山もらえるようになって。

三二 点料をもらい取り込むことが、漆がにじみ出るように潤沢である。

三三 一風変った面白い点取俳諧の新しい作風。

三四 自分の点取俳諧のやり方。

三五 神様もよく理解することができない。

三六 付合は匂いでもってかすらせて付け、その縁をつなぎ。

三七 一句の働き、この上にすぐれたものを作ろうと。

三八 「唐人のねごと」(五十句ことわざカルタ)。唐人が寝言をいうように、さっぱり訳がわからぬこと。

おろかゆへかと、武《む》さしより其風《そのふう》をなす人にたづぬれど、[一]自《じ》句の返答さへ埒明《らちあか》ず、しからば[二]ことかけの一躰《いってい》なるべし。[三]じやりばの名ぬしと定めたり。○大坂は天王寺より住吉へ、一日がけに見たれば[四]外に行方《ゆくかた》もなし。去《さる》に仍《よっ》て参会も江戸に似《に》て、点とりにかたぶく。点者も今は[五]出《しゅつ》座金百疋《ひゃっぴき》とさだめたれば、会合も[六]行儀に文台《ぶんだい》おしたて、作《さ》法のよきは此《この》地也。[七]初会をつとむれば、みな〳〵[八]懐中より一包《ひとつつみ》づゝ扇子《せんす》にのする也。しかれどもこの比《ごろ》は[九]連衆が大かた点者に成《なり》て、[一〇]暁《あかつき》方の目ばりのやうに、とほ〴〵として点者計《ばかり》やのこるらん。

一　抑《そもそも》、[一一]誹諧は女神《めがみ》・男神《をがみ》のいひ出せることぐさ、則《すなはち》やまと言葉となり、歌《うた》とちゞまり、誹諧となりたる也。しかるをいづれの時よりはじまり、いつの代《よ》より事おこりたるとて、論じけるおろかさよ。[一二]連誹《れんぱい》のわかちもなく、一句に問答《もんどう》したるを、山崎の宗鑑《そうかん》より連歌《れんが》になづみける也。[一三]こと葉のうつくしきを連《れん》と云《いひ》、今日のこと葉につゞけたるを誹《はい》とさだめたるなり。連句につゞ

一 自分の句を説明する返答でさえ、弁明できない。
二 物事の欠損した、十全でない。
三 万治三年(一六六〇)江戸城天守台造築の際、砂利を採った場所の江戸浅草田町一丁目東端西側付近の俗称。新吉原への道筋に当たり遣手婆が多く住んだ。砂利場の名主のように、普通の土地の名主より格がおちる。
四 たいして見るべき所もない。
五 一疋は十文。出張して一座をさばく出座料が一千文。
六 行儀よく、文台をきちんと立てて。
七 はじめて連句会の宗匠をつとめあげると。
八 懐中より用意していた礼の金を一包ずつ扇子にのせて渡す。
九 連衆が技量が上達して、大かた点者になったので。
一〇 暁方目ばりをした隙間から、あちこち光りがもれるように、ぼんやりして、連衆はいなくて点者ばかりが残っていることだ。
一一 俳諧を和歌の一体と見た上で、それを古今集・仮名序以来のイザナミ・イザナギの男女二神の唱和にはじまるとする起源説による(俳諧之註)。
一二 連歌や俳諧などという区別もなく、一句に問答したものを。
一三 「抑はじめは誹諧と連歌のわいだめなし。其中よりやさしき詞のみをつゞけて連歌といひ、俗言を嫌はず作する句を誹諧といふなり」(俳諧御傘・序)。
一四 宗祇の俳諧作品については、宗祇独吟百韻(畳字連歌)と本格的な俳諧百韻の一部(新続犬筑波集に載るもの)が知られているが、この記述によると俳諧の百韻三巻があったらしい。
一五 未詳。
一六 伊勢内宮長官荒木田守武。文明五年(一四七三)―天文十八年(一五四九)八月八日。この千句は守武千句のことで、草稿本により天文五年に着手されていたことがわかる。自筆本の巻軸の挙句に「天文九年しぐれふるころ」とあり、成稿は同年の成立。跋文に俳諧を「花実をそなへ風流にして、しかも一句たゝしく、さてをかしくあらんやうに」と明確に規定している。
一七 指合。連句において、類似や同種の言葉が規定以上に近づいていることをいう。掟はその指合を禁止する規定である。
一八 初版本は慶安四年(一六五一)刊。横本十冊。万治二年(一六五九)に

きたるは[一四]宗祇が三百韻も有《あり》たれど、今はうせ〳〵て[一五]百韻一ツ丹《たん》波《ば》にあり、世《せ》人《じん》しりがたし。たしかにあらはれたるは、天文《てんもん》年中伊勢の国[一六]守武《もりたけ》が千句ありて明《あき》らか也。また[一七]さし合《あひ》の掟《おきて》は、[一八]万治年中に貞徳御傘《ていとくご〈さん〉》をさし出《いだ》せしより定まれり。[一九]かのいせの千句も髪と云《いふ》に櫛《〈くし〉》とつけ出してひとつに成《なり》たるを、摂州天満《せつしうてんま》の住《ちゆう》、[二〇]西山宗因《にしやまそういん》[二一]ほつ〳〵とときほどき、[二二]独吟の百韻していせにひろめしより、[二三]一躰《いつてい》の風俗はわかれて、[二四]天《〈あめ〉》が下なびきあひて、宗因風《そういんふう》とはあがめたり。その後《のち》[二五]時とかはれる世のさまなれば、あるひは[二六]南京流《なん〈きん〉りう》とて、[二七]さぬきを敷《しく》と云《いひ》て円座になし、三輪《みわ》をひやすとのべて、そうめんになりたる一躰《いつてい》、半年ばかりいひしらけ、または[二八]一句四十二三字などにあまして発句と云《いひ》、または[二九]こゑにつかひて漢句《かんく》のやうに成たり。此時《このとき》多くは、誹諧は[三〇]らちなきものとて止《やめ》たるもの多し。しかる所へ武州深川、松尾桃青《たうせい》出《いで》て、[三一]意《い》味《み》深《〈しん〉》長《ちやう》なる事をのべてうるはしくなしたるより、国〳〵おもひつきて、四五年跡《あと》までは用ひたる也。今は誰《たれ》が家の風俗ともな

再刷本が出ている。「いにしへ」以下千四百二十余の項目をいろは順にならべ、指合・去嫌を記し、平易で啓蒙的な説明を加えたもの。作法書と歳時記をかねている。

一九 守武千句第四に「かみすぢほどもちがはざりけり／くし引はさんを置にもたゞならで」とある。

二〇 三八三頁注三三参照。

二一 少しずつ自分の流儀で解きほぐしてゆき。

二二 宗因の俳諧百韻に寛文九年成立の「伊勢にて／御鎮座の床めづら也いせ桜」(宗因千句)があり、この百韻をさすか。

二三 伊勢の守武の俳風から新たに、一体の俳諧をはじめて。

二四 宗因の軽妙でリズミカルな俳諧に、大坂・京・江戸の三都をはじめ諸国の俳人たちがなびき従い、それを宗因風(談林風)といった。「中比難波の梅翁、是をやつし風体かろ〴〵として興ありしかば、宗因風とて普くもてはやしぬ」(詼諧番匠童)。

二五 時代が変るにつれて、世の風俗が変るように俳諧も変って。

二六 談林の過激な一派の中で、とりわけ奇矯な俳風を誇示する人々を他門から非難していったもの。次注参照。

二七 「讃岐」の縁によって普通は「円座」を想定するが(類船集)、それは示さないでさらに「円座」から関連する「敷」という用語を句に示して、「円座」をさとらせるという風体。同じように「三輪」から連想物を想定し、その用である「ひやす」を示して「索麵」をさとらせるもの。

二八 天和期の字余り句。祇園拾遺物語(元禄四年)では、この時期の文字余りの句として「花をかつぐ時や枯(カレ)たる柴かゝの歩(アユミ)も若木にかへる大原女の姿」(三十七文字)を挙げている。

二九 「こゑ」は漢字の音をいう。発音して漢詩文調のような句。「社家(シャケ)ノ曰ク天神何ヲカ言哉和光の梅　似船」(安楽音)、「思はずよ林下(リンカ)に茶を煮て紅葉ヲ　似船」(同)など。

三〇 秩序や筋道がなくてどうしようもない。

三一 意味ふかく余情の美を重んじつつ表現して、句体を優美なものにした。「うるはしく」は連歌的な優美な風体をいう。「去年おとゝしより句のふり、世上こぞりてやすらかに好みはやりぬれば、其優美ならんとするに長じて、大かた一巻の三つが一つは連歌の片腕なく、歌の足みじかきなんどの類こそあれ」(貞

く、[一]前句にあらはになじむ事をさけて、一句の曲あるやうに成《なり》たるは[二]六かしき風躰《ふうてい》なり。しかあれば、その風儀〳〵は、世以《もつ》てうつり行《ゆく》ものとしるべし。今、[三]法《ほふ》しがくるしみて、点者の位をさだめたきとおもふ念願、まことに殊勝の事也。凡俗《ぼんぞく》の心はちかきたとへを引《ひき》つれば、その利はやくしるゝもの也。[四]さきほどより俗言に入《いり》てかたるは、ひつきやう誹諧点者の上なれば、[五]今日に和《くわ》して高きをとかず云《いひ》きかするぞかし。点者の位を[六]この里島原《しまばら》の傾城《けいせい》になぞらへて見るべし、[七]厘毛《りんもう》違はぬ所あり。先《まつ》、[八]太夫職《しよく》を見よ、[九]あながちに琴・三味線・小歌《こうた》は得ねども、[一〇]かたちのよきにしたがひ、心ばへ優《ゆう》に発明《はつめい》なるにより、人〳〵おもひつきてときめく也。点者もそのごとし。さしたる学文はなけれど、いひ出せる一句に[一一]一曲ありて、姿《すがた》面白きには、人〳〵おもひなづみて、うやまひもてはやす。[一二]天《てん》職《しよく》はまたこゝろもおとり、[一三]風俗のそろはぬ所あるゆへ、らうそくのひかりもうせてその次也。また[一四]かこゐは[一五]かぶろもぐせず、[一六]ほち〳〵とたどる也。

享四年・丁卯集）とある貞享期の連歌体で、芭蕉はとくにこれを重んじた。

一　前句に露骨になじんで付ける事をさけて、一句に見所をもうけるように付けるようになったのは。前者は親句になることを避けるものと考えてよく、後者は疎句と考えられる。親句は物と物とによって付け、疎句は一句の姿やことばを問題とせず、心でもって付ける、いわば余情で付けるものである。
二　なかなかなまやさしい句体ではない。
三　今、法師であるあなたが苦労して、点者たちの位を決めようと思っている願望は、まことに感心なことである。
四　先刻よりわかりやすい俗言をまじえて。
五　現状に妥協して、高邁なことはいわず、わかりやすく言いきかせることだ。
六　この遊廓である島原の遊女になぞらえて見るとよい。
七　厘と毛、ごくわずかしか。
八　官許の遊里での遊女の最高位にあるものをいう。遊女が顔見せのため能を演じ、太夫を称したことからこのようにいう。
九　とりたてて琴・三味線・小歌は上手でないけれども。太夫は品位・容貌とともに諸芸能に通じていることが要求された。この場合、特別にすぐれたわけでなく、超一流ではないが、の意。
一〇　容貌が美しくて、その上気立てがよく、機転がきくので人々が慕って、それでその太夫ははやるのである。
一一　一種の面白さがあって。
一二　天神。京・大坂で太夫の次の位の遊女。太夫の揚代が五十三匁だったのに対し、天神は二十五匁。天神社の縁日が毎月二十五日であるのにちなんだ呼称。
一三　身のこなし、立ち居ふるまいがちぐはぐで。
一四　鹿恋。京・大坂で天神職の次の位の遊女。揚代が十六匁。「四四、十六」という九九からの呼称。
一五　禿。太夫に付いている遊女見習いの少女。八、九歳から十歳位に太夫に付ける。
一六　「ホチホチト」（日葡辞書）。ぼちぼちと揚屋にゆくことだ。

点者も[一七]文学はあれども作意のおろかなるは、人のもちゐもかるく、供《とも》をもつれずして[一八]十徳《じっとく》をふところにおしこみ、[一九]せきだのうらたゝき合せて、縁《〈ゑん〉》の下にさしおくは[二〇]下座にあり。[二一]青のうれんにこもりて[二二]いせのくし田をうたひつれて、[二三]ゆききのやつこをまつは[二四]笠づけの点者にて、そよと人のおとづるゝも、笠《かさ》か前句《まへく》かと四畳敷に引《ひき》こもりて、まちわびたるにて位なし。[二五]人中をたゝれたる点師《てんし》あり、[二六]北むきに相《あひ》おなじ。また[二七]宗匠の外《ほか》にして名も得たり。これらは先達《〈せん〉だつ》の風〳〵をまなびたるゆへ、傾城を似せて[二八]白人《〈はく〉じん》也。遊女は身を売《うり》、点師は名を売《うり》て一生の[二九]界境《〈かいぎやう〉》あり。傾城となる事、あるひは牢人《らうにん》のおとろへたる娘をつかはし、または[三〇]夜番の妹を売《うり》たるなれば、むかしを恥《はぢ》て親ざとをかくす。点者となるも牢人して奉公を[三一]かまはれ、町〳〵の[三二]家請状《うけじやう》にもきらはれ、もと手もなければ、[三三]伽羅《きやら》の油のみせもかなはず、点者とはなれる也。又は出家には成《なり》たれども、なんぞ仏《〈ぶつ〉》弟子に俗やならん、うるはしき女をいましめ、うまさうな鯛《たひ》・うなぎをぶ[三四]

一七 学はあるのだが、作句の上での創意がなくて、おもしろみがない人は。
一八 俳諧師の外出着。道服の一種で黒紗の類で仕立てる。
一九 雪駄。竹皮の草履の裏に、獣の革をはったもの。
二〇 下手(しもて)の席。末席。
二一 青暖簾。紺色に染めたのれん。最下級の端女郎のいる部屋の入口にかかっていた。
二二 はやり歌。松の落葉に「伊勢之櫛田」として「いせのくし田のまん中ほどでふかき思ひのやれむらさきぼうし、ほんにくどくかそりやしんじつか…」とある。
二三 往来する奴を客として待っている。
二四 笠付。雑俳の種目。五文字を題として、これに十二字を付ける形式。「五文字付」「ゐぼし付」「かしら付」「冠付」などともいった。正式な俳諧などより格はひくく見られた。
二五 人の付合をしなくなった、隠棲した点者たち。俳諧隠者。
二六 天和・貞享・元禄から宝永ころまで、京都島原中堂寺町北側の横道にいた下等の遊女。
二七 職業的な俳諧師(宗匠)ではないが。
二八 京都の祇園町や大坂の島の内、新地などの私娼。歌曲などの芸のないところから白人(しろと)を音で訓んでハクジンとした。ここでは遊俳のことをいったもの。
二九 境界。境涯。
三〇 火災や盗難などの予防のため、太鼓や拍子木を打って夜中に町内をまわる者。番太郎。
三一 禁じられ。
三二 借家人の身元を保証して、その責任を負うことを記し町役人に届け出る証文。家請証文。
三三 鬢付け油の一種。ゴマ油に生蠟と、丁子を加えてねったもの。近世初期に京都室町の髭の久吉が売り始めた。美少年が売色をかねて売り歩いた。
三四 服す。茶・薬などを飲むことだが、ここでは物を食べること。

くせぬ事の損《そん》をおもひて、一高みよりこけ落《おち》、二衣のすそ押《おし》切ればたちまち十徳の姿と成り、心やすくちよろりと点者になる也。親のゆづりはうけたれども、三米の買置《かひおき》にたをされ、四分散《さん》にあひて、大《だい》こんうりはさながらならず、また職人《しよく》には生れ来《きた》れど、細工が不器用で五野らをかはき、六謡《うたひ》やにてつきあひたる人をたのみて、点者になりたるも多し。これみな、いにしへを恥《はぢ》て先祖をかくすは、遊女の身を恥《はづ》るにちがはず。七身請《みうけ》をしたれば、下やしきにやしなはれて、ゑようゑいぐわをきはむ。八大名にかゝへられたれば、折《をり》ふしの発句計《ばかり》にて寛楽《くわんらく》也。九かれこれ、この比准《ひじゆん》ほどよく〱かなひたるはなし。点師も口おしきものにたとへられたりとて、腹あしくはおもはじ。一〇公家に生鰯《なまいはし》をたとへ、一一弥陀のかしらを蜂の巣になぞらへていへど、一二譬喩品《ひゆぼん》の方便なれば罰《ばち》もあたらず。そのうへ一三下ざまに成《なり》たるは、句〻を一四はげみて上手になれば、その身の為《ため》ぞかし。一五人死して名をとゞめ、豹《へう》死して皮《かは》をのこす。道をみがきて上にたゝんとおもはゞ、一六三神の

一 久米の仙人が、女の脛を見て空中より落ちたように、僧侶より俗な下界に落ちて。
二 僧衣のすそを切って、それでたちまち十徳姿となって、心やすくちゃっかりと点者になることだ。
三 値上がりを予想して、米を買って貯えておいたところ逆に値下がりをして大損をして。
四 破産のこと。多数の債権を償うことができない債務者が、債権者の同意のもとに、自分の全財産を彼らに託し、その価額を各債権者に配当すること。破産にあっても大根売りには面子があってすぐになれない。
五 なまける、ずるける。
六 市中で謡を教えている家。
七 身請をされれば、下屋敷におかれて、思う存分の栄耀栄華、ぜいたくの限りをつくす。
八 大名に召しかかえられると、何かの折の会のときなどに発句を詠んだりして、一座の付き合いをするだけで生活に困ることもなくゆったりとしている。
九 遊女と点者との比較。
一〇 公家をなまっちろい生鰯にたとえ。
一一 阿弥陀仏の頭部(肉髻や螺髪)を蜂の巣にたとえていっても。
一二 法華経第三品。三界を火宅にたとえ、さらにそこから逃れる手段として三乗と一乗のたとえを用いて、三乗は方便であり、一乗が真実である旨を説いたもの。譬喩品の手段だから罰もあたらない。
一三 遊女のような下賤な者にたとえられていれば。
一四 底本「ばけみて」。
一五 諺。豹は死んでから皮となって珍重されるが、人は功績によって死後に名を残すものだ。「平生嘗謂レ人曰、豹死留レ皮、人死留レ名」(欧陽修・王彦章画像記)。
一六 和歌三神。住吉大明神・玉津島明神(衣通姫)・人丸大明神(柿本人麿)をいう。連歌や俳諧の興行の際には、その名号または神像を床の間にかかげる。和歌三神の加護があることであろう。

加護《〈ご〉》やなからん。一七汝がとし比《ごろ》なげくは爰《ここ》ぞかし。いそぎ旅《〈りよ〉》宿に帰り、一八延慮《えんりよ》なく書終りて一九梓《〈あづさ〉》に出《いだ》せよ。書写《〈しよしや〉》の間、天井《〈じやう〉》にゐてちからを添《〈そゆ〉》べし。かならず〳〵二〇依怙荷担《〈ゑこかたん〉》あるまじ。貞徳、二一捉の書を出す時は外題《げだい》を数〳〵《かずかず》したゝめ、稲荷大明神の御鬮《み〈くち〉》にまかせて、御傘《ごさん》と云《いふ》末世の重宝をのこしたり。二二今此《いまこの》集も、汝《なんぢ》がやさしき心をあはれみ、世俗に下《くだ》りて俗言をまじへ侍《はべ》る。長〳〵しきものがたりにくたびれて、青かりし葉の秋、花の春は二三清水《きよみづ》の花《はな》見車《みぐるま》をたてならべて、二四名となれる点者をうるはしき遊《〈ゆう〉》女のはだへになぞらへ、人の心をよろこばしめよ。我《われ》は、これ二五いなりの末社《〈まつしや〉》島津《しまづ》の神《〈しん〉》、かりに二六丹州の清《〈きよ〉》めにのりうつりて、二七衆生のたすけとなる也とて、たちまち二八白狐《びやく〈こ〉》のかたちとあらはれ、二九辰巳《たつみ》のかたに飛《とび》さり給ふ。夢さめ三〇忙然《〈ばうぜん〉》とおぼつかなきは、三一藤屋の伝三が三二高にかゐ也。おどろき見て三三御山を五六度礼拝《〈らいはい〉》し、旅宿に帰れば、三四そゞろに腕首《〈うでくび〉》重《〈おも〉》く成て、三五先神勅《まづ〈しんちよく〉》のごとく、三六譬喩《ひゆ》の目禄をぞ書《かき》たりける。

一七 おまえが年来嘆かわしく思っているのは、こういった現状だろう。
一八 遠慮。
一九 上梓。出版する。
二〇 えこひいきをしてはならない。
二一 俳諧の作法書を出す時。このエピソードは俳諧御傘の序文による。貞徳が書名をつけあぐみ、小姓たちに問うと書名がいくつか出され、さらに年少の小姓が「おからかさ」という書名を出す。そこで神慮をうかがおうと花咲の宿の稲荷のくじをとると「おからかさ」に決まった。それを音読みして「ごさん」と書名をつけたというのである。
二二 本書花見車も、おまえの俳諧に精進する風雅な心ざしをめでて、神である自分が俗世間におりて、俗言をまじえて教えるのだ。
二三 清水の花を見るために花見車をずらりと並べて。
二四 著名な点者を美しい遊女の肌になぞらえて、この花見車を読む人の心をよろこばしめよ。
二五 稲荷神社の末社。
二六 丹波の国の清女。清という女。
二七 仏語。民衆のための助けとなるのだと言って。
二八 白い狐の姿をあらわして。
二九 南東の方向。
三〇 茫然としてはっきりしないのは。
三一 貞享五年(一六八八)の諸国色里案内の島原の箇所に、揚屋として「藤屋庄左衛門」「下ノ町 藤屋十郎兵衛」の二軒がある。そのうちのどちらかの揚屋であろう。
三二 高い二階。立派な二階。
三三 島原から南東の方向にある稲荷山。稲荷、白狐の使いからの連想で、伏見稲荷大社のある稲荷山を出してきた。
三四 何となく腕や首が重くなって。長い間重要な御託宣をきいたので、疲れたのである。
三五 神のおつげ。
三六 点者や俳諧師たちのことを遊女にたとえた目録。

もくろく

一　琴《こと》とあるは　　漢文[一]漢和《かんな》の事と心得べし
一　三味せんとは　　和歌《わか》の事
一　小歌《こうた》とあらば　　仏学
一　風俗《ふうぞく》とは　　[二]其《その》人の発句にてしるゝ
一　にしやまやは　　宗因《そういん》
一　松尾やは　　桃青《たうせい》
一　[三]かへ名は　　[四]名乗の片[五]字・[六]軒号等
一　[七]親かたとは　　[八]いづゝや庄兵衛
一　[九]やり手とは　　誹諧《はいかい》のせわやき也
一　尼君《あまぎみ》とは　　点者の楽に成《なり》たる也。又くるしむもあり
一　[一〇]太夫《たゆう》とは　　上《じやう》の点師《てんし》
一　[一一]天神《てんじん》は　　その次
一　[一二]かこゐは　　その次
一　[一三]みせとは　　またその次

一　漢和聯句の略。発句が五言の漢句、脇が七七の和句で始まり、相互に漢句・和句をまじえてゆく連歌、俳諧の一形式。
二　その俳人の発句で知られる句の傾向。
三　遊女が自分の本名をいわず、遊里で通用する他の名称を用いること。また遊里で客の姓名を呼ばずに、姓名の一字、あるいはその客に縁のある事物などで呼ぶ名前。
四　元服の際、幼名や通称のほかに新しくつける正式な名前。
五　名前の字の一部。貞徳なら「貞」あるいは「徳」の字。
六　文人や芸人などの雅号で、軒のつく号。
七　遊女屋の主人。
八　三七九頁注二七参照。
九　遊女の取り締まりをし、遊客とのやりとりなどを切り廻す女郎屋のやとい女。「遣女(けんじよ)　遣手(やりて)の事なり。遣手といふは、傾城に付きて、その請待する挙屋へ遣り渡すゆへに、遣手といふ」(色道大鏡)。花車・香車ともいう。
一〇　三九〇頁注八参照。
一一　天職。三九〇頁注一一参照。
一二　三九〇頁注一四参照。
一三　見世女郎の略。端女郎。揚屋にはゆかず、遊女屋にいて格子の内から客を招いた下級の遊女。
一四　三九一頁注二六参照。
一五　大坂新町遊廓の中の町名。大門口から入って中央の筋を瓢簞町といい、その北隣の筋を阿波座筋といった。上之町、下之町の二町より成る。廓内ではやや格式が落ち、見世付きの下級な遊女屋が並んでいた。
一六　江戸の新吉原をかこむ総堀(大溝、のちお歯黒どぶ)に沿ったところを河岸といい、そこには柿暖簾をかけた局見世(端女郎)が軒をならべていた。
一七　三九一頁注二五参照。
一八　私娼の一。巾着女。「此外に巾着と云もの有。素人女なれば、入てしめると云心か」(好色文伝受一ノ二)。
一九　裏長屋に住んでいる人。
二〇　夜、街角で客を引く低級な娼婦。「やほち。和名、京大坂にてそうかといふ〈いにしへ辻君立君などいへるものゝたぐひか。

一　一四北むきは　大坂　一五あわざ　江戸　一六かし　一七人中をたゝれたる人
一　一八きんちやくは　人しれず一九裏店《うらだな》にゐる人
一　二〇よ鷹《たか》は　二一江戸のそうか
一　二二なべとは　みちのくの色
一　二三しやくとは　二四さか田の君
一　二五うき身は　越後《ゑちご》にあり
一　二六あんにやは　いせ
一　二七現妻《げんさい》は　きのくに
一　二八白人《はくじん》は　点者の外《ほか》
一　二九大臣《だいじん》は　よき連衆《れんじゆ》
一　三〇まぶは　常に念比《ねんごろ》なる人
一　三一ちかひとは　奉納の事
一　三二心中は　連中に無心《むしん》いはぬ也
一　三三入ほくろは　点者に執筆《しゆひつ》さする
一　三四身あがりは　誹諧《はいかい》の外に家業をまじへる

大坂にて浜君などゝ古くいへり〉。江戸にて、よたかといふ。紀州にて幻妻(げんさい)といふ」(物類称呼)。
二一　前注参照。
二二　東北地方でいう下級な遊女の呼び名。
二三　羽後・越後などでいう下級な遊女の呼び名。あるいは旅人宿の下女(売色もする)の呼び名。「京大坂の旅人宿の下女をはすはといふ。東海道筋にてをじやれといふ。越後にてしやくといふ」(物類称呼)。
二四　日本永代蔵二ノ五で酒田の鐙屋の箇所に「都にて蓮葉女といふを所詞(ところことば)にて杓(しやく)といへる女三十六七人、下に絹物、上に木綿の立島を着て…」とある。
二五　越後地方の遊女。旅商人などの滞在中に同居して世話をする私娼。「越後の海辺に浮身と云物有。是は旅商人此所に逗留の内、女をまうけて夫婦の如くス。此家を浮身宿と云」(物類称呼)。
二六　伊勢古市の私娼。「伊勢古市中の地蔵といふ所の遊女宿に、世間の娘分といはし、内証は地の客をつとめさする女、是を所の詞にて、あんにやといへり」(風流曲三味線二ノ五)。
二七　低級な街娼を紀州で現妻(幻妻、衒妻)という。「玉の門所よりてかはるなり。難波の惣嫁、わかのげんさい、此歌難波の惣嫁を紀州和歌山にて幻妻といふゆへなるべし」(好色床談義四)。
二八　しろうと。三九一頁注二八参照。
二九　傾城買いの上客。大尽。「大臣、傾城買の上客をさしていふ。夫大臣は天下の三公にして尤職重ければ、尊敬し又欺きていふ異名なり」(色道大鏡)。
三〇　間夫、密夫、真夫。遊女の情夫のこと。
三一　誓紙のことか。心中の一つ。
三二　遊女がなじみの客に、自分の真情を明らかに示す証拠のこと。具体的な方法として放爪・誓紙・血文・断髪・入れ墨・指切り・肘突き・股突きなどがあった(色道大鏡)。
三三　入れ墨のこと。「入墨は黥とも剠とも書く。堀入ともいふ、俗に入贅(いれぼくろ)といふ事也」(色道大鏡)。遊里で、遊女となじみの客が入れ墨をして真情を示すこと。
三四　身上、身揚。遊女が揚代を自分で払って勤めを休むこと。

一 紋日《もんび》は[一]　会《くわい》に出る

一 大よせは[二]　矢数はいかい・五百句・千句の数に入《いる》[三]

一 うつとは[四]　身もちあしき人

一 身うけは[五]　人にまねかれたる也

一 親里《おやざと》は　身をおさめたる

一 手形《てがた》は[六]　板行《はんかう》の書物

一 はつ文は[七]　さいたん三物《みつもの》

一 道中は[八]　廻国《くわいこく》の人[九]

一 とこ入《いり》は[一〇]　一座のよしあし

一 くぜつは[一一]　連中と中《なか》あしき

一 たいこ女郎《ぢよろう》は[一二]　点者に似てまじる人

一 かぶろは[一三]　同つきしたがふ人

一 あね女郎は[一四]　同門の先達

一 いたづらとあらば[一五]　はいかいの好人《すきびと》

一 引舟は[一六]　執筆《しゆひつ》[一七]

休養をとったり、情人に会うためにする。「身あがり。節句役日から〳〵無ければ、みづから代をくつわの方へ出して、揚屋へ行くなり。これを身あがりすると言へり」(吉原失墜)。

一 物日。売日。遊廓で遊女がかならず客をとらねばならぬと定められた五節句など特定の日。この日は揚代も高く、客も祝儀など特別の出費を要した。

二 遊客が大勢で廓へ行き、遊女を大勢あげて遊ぶこと。「大寄(おおよせ)。客の友どちをあまた誘引して行き、女郎を大勢寄せて、一所に参会するをいふ」(色道大鏡)。

三 通し矢の競技にならって一日もしくは一昼夜の制限時間内に、独吟で句数を競う俳諧興行。延宝五年(一六七七)、西鶴が大坂生玉の本覚寺で一日千六百句の独吟を行なったことから始まる。西鶴は貞享元年(一六八四)には一昼夜、二万三千五百句の独吟を達成した。

四 ばくちをうつ。賭博にふけること。

五 身請。年季を定めて勤めていた女郎を、身代金を払ってその勤めから解放すること。

六 身を保証するもの。証文。

七 正月、女郎からなじみの客へ送るその年最初の手紙。

八 吉原や島原などの遊里で、遊女が盛装して揚屋まで供をつれて歩く行列のこと。「道中(だうちう)。女郎の歩行のなりふりの見たてなり。…今案東武古老ノ曰吉原郭ノ中京町ノ遊女ハ江戸町ノ方へ行又江戸町ノ遊女ハ京町ノ方へ出来レバ其中間ヲ東海道ニ比シテ女郎ノ歩行ヲ道中スルト云」(色道大鏡)。

九 諸国をめぐり歩くこと。

一〇 男と女が共寝をすること。「床入(とこいり)。寝所に入る事なり。男女に限らずさま〴〵ならひあり」(色道大鏡)。

一一 口説、口舌。遊女と客との痴話げんか。

一二 太鼓女郎。太夫につき従って一座に興を添えるため、歌舞音曲を奏する囲女郎。揚代は九匁。「次の間をみれば、太鼓女郎ふたりまで、九匁が所、ひき草臥て、三味線の筒を枕に、足もたしあふて、さんげばなしを立聞するに」(西鶴置土産一ノ二)。

一 [一八]ふるは　点者からいやがる連衆

一 [一九]やぼは　いなかうど

一 [二〇]らちあけは　[二一]点者をおもひかへる時

一 [二二]夏書《〈げ〉かき》は　[二三]連〻万句

一 [二四]あげやは　[二五]会宿

一 ふみは　手跡《しゅせき》

一 酒と出たらば　上戸《じゃうご》

一 [二六]信女《しんによ》・[二七]大姉《だいし》とあるは　[二八]むかし人也

一 [二九]年《〈ねん〉》のあくとは　誹諧《はいかい》やめたる人

一三 三九〇頁注一五参照。
一四 先輩格の女郎。
一五 色事。情事。「イタヅラ。世俗的な逸楽、破廉恥なことなどにも言う」(日葡辞書)。
一六 引舟女郎、引者、引女郎。太夫にしたがう囲女郎で、一座をもりたてる役をする。
一七 点者の指図にしたがって、連俳の席で記録係の役をするもの。
一八 拒絶する。「ふり心なり。我すかぬ男にあひて気のふるといふ儀なり」(色道大鏡)。
一九 野暮、野夫。遊里の事情に暗いこと。気がきかず不粋なこと。「万事に心の働かずして不調法なるを野夫(やぶ)と申し候。やぼと申すは道化て片言のやうに申し侍るなり」(ぬれほとけ・中)。
二〇 ものごとの決着をつける。「かちまけのらちをあけたる競馬哉　義茂」(鷹筑波集)。
二一 指導を受けていた点者を他の点者にかえてしまう。
二二 仏語。夏安居(げあんご)中に、経文を書写すること。
二三 連歌・俳諧の形式の一つ。百韻を百巻あつめたもの。
二四 揚屋。遊客が遊女を遊女屋から呼んで揚げて遊興する家。
二五 前句付の会所。前句付のちらしを一般大衆に配り、応募の付句を集める所。集所・清書元ともいう。
二六 仏語。女性が死んだ後、法名の下につける称号。男子の「信士」に対するもの。
二七 仏語。女性が死んだ後、法名の下につける称号。男子の「居士」に対するもの。
二八 すでに故人になった人。
二九 遊女の勤めの年季が終わる。年明き。形式的には十年だが、実際にはお礼奉公などあり、十二、三年は勤めなければならなかった。

花見車　二

京 大坂 江戸 幷《ならび》諸国宗匠

[一]長頭丸《ちやうづまる》を[二]誹諧宗匠《はいかいそうしやう》の祖として、[三]代《よ》〱《よ》に出たる編集にて見来《みきた》りたるを顕《あら》はしける。[四]在世《ざいせい》・亡人《ばうじん》のかた〴〵も近代名によくしれたるは、おもひ出《いづ》るまゝにのせたれば、時代前後する事有《ある》べし。たゞ[五]都鄙《とひ》ともに、京寺町二条上ル町井筒屋庄兵衛が店に見えぬは、しれがたく侍《はべ》る。[六]出板《しゆつぱん》の題号、発句の次にしるしつけゝる。

京

長頭丸　立甫[七]　維舟[八]　貞室　西武　貞兼

令富　梅盛　貞恕[九]　常矩　信徳　随流

一 松永貞徳の別号。三八七頁注二一参照。
二 俳諧宗匠の元祖。
三 代々、出版されてきた俳諧撰集で、自分が見知ってきた俳諧の宗匠を示してみます。
四 生きている人々も、亡くなった人々も、近ごろ有名である人は思い出すままに載せましたので、時代の前後することもあります。
五 都会であれ、田舎であれ、ともに。
六 出版された書の題名は、その宗匠の発句のあとに示します。
七 立圃が正しいが立甫とも書く。
八 松江重頼のこと。底本「惟舟」。
九 底本「貞怒」。

似船　高政　自悦　常牧　定之　幸佐

和及　我黒　如泉　言水　林鴻　晩山

鞭石　好春　方山　轍士　泥足　柳水

鷺水　心桂　可休　古柳　滴水　雲鼓

風山　了我　怒[一〇]風

大坂

宗因　玖也　保友　西鶴　遠舟　由平

一時軒　益翁　豊流　来山　才麿　万海

一礼　園女　川柳　伴自　賀子　団水

只丸　諷竹　芝柏　舎羅　天垂　盤水

東行　何中　岸紫

江戸

徳元　玄札　未得　立志　露言　調和

桃青　嵐雪　其角　立志　一晶　沾徳

一〇　底本「恕風」。

山夕　不角　無倫　桃隣　東潮　素イ
常陽　秀和　盤谷　一蜂　介我　神叔
艶士　渭北　吐海　専吟　湖月

諸国点者

元順　青流　尚白　洒堂　惟然　団友
木因　荷兮　露川　東鷲　如行　三千風
風子　友琴　律友　鉤寂　吟夕　芳水
[一]定直　晩翠　梅員　除風　朱拙　不玉
助叟　支考　雲鈴　等躬　路通　西吟
宗旦

勝名并編集之作者

春澄　秋風　重徳　千春　立吟　和海
淵瀬　芝蘭　去来　風国　正武　素雲
如琴　烏玉　為文　竹亭　丹野　一林

一　定直　底本「貞直」。

怪石　里右　松雨　賦山　吾仲[二]　底元
政勝　竹条　原水　定方　紅残　金毛
為有　都水　円佐　常雪　壺中　芦角
定宗　阿誰　陽川　洞水　万蝶　落水
浮芥　鬼貫　半隠　定明　季範　杏酔
瓠界　文十　如回　三維　芙雀　伊丹中
休計　素堂　岩翁　一鉄　卜尺　枳風
杉風　曾良　一十竹　尺草　百里　氷花
仙化　鋤立　琴風　秋色　横几　子珊
史邦　旭志　朝[三]叟　智[四]月　木節　乙州
正秀　丈草　曲翠　芥舟　許六　江水
荊口　己百　白雪　梅可　狸々

二 吾仲　底本「吾中」。
三 底本「潮叟」。
四 底本「知月」。

京

承応二年十一月十五日卒ス。一鳥羽実相寺 長頭丸

元和四年 1 梅もけさ匂《にほ》ひて来るや午《うま》の年

寛永七年 2 有《あり》しだひうす雪きやせけふの春

二島原《しまばら》と云所《いふ》に、三だいうすの残党、籠《こも》りしを、御征《ごせい》伐《ばつ》のため、軍兵《ぐんびやう》をつかはされし明《あく》るとしの元日にと四前書あり。五此集《このしふ》のついでおかしくこゝにしるす。また六聖廟《せいべう》八百年のことし、御忌《ぎよき》のさいはいに口の句を挙《あぐ》る。

七寛文十一年二月七日卒 貞室

3 年《とし》徳《とく》やさほ姫《ひめ》君《ぎみ》のうぶの神

一 京都上鳥羽実相寺に埋葬。日蓮宗不受不施派。貞徳の兄日陽が不受不施派の僧であった関係からと思われる。

1 ○元和四年　戊午の年(一六一八)にあたる。▽今年は午年だから、馬が初荷を荷負ってくるように、新春の今朝はまずもって梅も匂ってくることだ。「匂ひ」と「荷負ひ」を掛ける。「こち吹かばにほひおこせよ梅の花主なしとて春を忘るな」(拾遺集・菅原道真)。出典、歳旦発句帳。上五「梅も先」(犬子集)、「梅もけふ」(崑山集)。季梅・午の年(春)。

2 ○寛永七年　十五年(一六三八)の誤り。▽今日新年になって春になったのだから、薄雪が残っていたら、何が何でも消してしまえ。一句の中に、「だひうす」(提宇子、異国禁教のキリスト教徒)を「消せ」が籠められている。出典、崑山集。季けふの春(春)。

二 肥前国高来郡島原。

三 天草四郎を首領とするキリスト教徒の人々。

四 歳旦発句集に同じ前書がある。島原の乱は寛永十四年十月九日におこり、翌十五年二月の末鎮圧された。京都所司代板倉重宗の弟重昌は命を受けて追討に出発し、十五年一月一日総攻撃をかけて戦死。貞徳は板倉重宗のお伽衆的役をしていたから、重昌とも旧知の間柄だと思われる。

五 俳人たちを遊女に見立てて評判した本書(花見車)に縁のある島原(京の遊廓)と同じ地名の島原であり、その縁が興味深く思われるので、ここに載せる。

六 菅原道真没後八百年。元禄十五年(一七〇二)。「自二二月朔日一、至二二十五日一、於二北野天満宮一、修二行八百年之御忌一」(倭漢歴代備考大成)。「ことし」は句と同じ「午の年」であり、道真に縁の深い「梅」の句でもあり、道真の八百年御忌のありがたさに、巻頭の句をあげたのだ。

七 寛文十三年(一六七三)が正しい。

3 ○年徳　陰陽道で、一年の吉方(えほう)、その年の最もよい方向を司る神。またその神のいる方向。○さほ姫君　春を司る女神。○うぶの神　土産神。その人の出生地の守護神。▽年徳の神は、新年になって、その吉方を司るのだから、春の女神の佐保姫の誕生にたち合う産土神である。承応四年(一六五五)の歳

寛文九年九月晦日卒。二条寺町要法寺　立圃

4 南《な》無《む》天《てん》満《ま》大《だい》事《じ》の木也《なり》松と梅

延宝八年六月廿九日卒。東山大谷　維舟

5 筆《ふで》たても若やぐ年や対《つい》の春

西武

6 田がへすは歌の種まく試《し》筆《ひつ》哉《かな》

八十三　梅盛

八月に閏《うるふ》あり

7 来《く》る年や末《すゑ》たのみある中《なか》の秋

同年　貞恕

8 にくからぬ人の正月《しやうぐわつ》こと葉《ば》哉《かな》

故人　常矩

9 時なる哉《かな》歌《か》人《じん》の曰《いはく》千代の春

旦。出典、知足書留歳旦帖。季年徳・さほ姫君(春)。

4 ○南無　仏などに帰依することを表わすことば。「南無天満天神、心中の願を叶へて給はり候へ」(謡曲・巻絹)。○天満　天満天神。菅原道真をまつる神社。○大事の木也　「かゝる浮世の理をば、知るべし〳〵諸木の中に松梅は、殊に天神の御自愛にて」(謡曲・老松)。「こち吹かば」の歌および、道真が筑紫で没した時、京都の北野神社に一夜にして松が数千本生じたと伝えられる一夜松のことなど。▽菅原天満宮にとっては、松と梅は、ともに大事な神木であることだ。出典、そらつぶて。前書「千句巻頭に」とある。季ナシ。

5 ○筆たて　「筆筒(うと)、今按ふでたて」(訓蒙図彙)。▽新年がやってきて、また立春も七日にあり、筆筒にその一対の春を立てて若やぐことよ。新年と立春を一対の筆に見立てた。延宝八年(一六八〇)歳旦句。出典、延宝八年歳旦集。前書「立春七日」とある。季対の春(春)。

6 ○田がへす　「タガエス」(日葡辞書)。田畑をほりおこす。○試筆　新年になってはじめて文字を書くこと。かきぞめ。筆はじめ。▽田畑をほりおこすことは、新年に新しい歌を作って筆はじめをする試筆のようなものだ。「田がへす」「種」は縁語。季田がへす・試筆(春)。

7 ○八月に閏　元禄十五年(一七〇二)。▽来る年(今年)は閏年で、八月が二度ある。老いた身にとって中秋の名月が二回も見られるのは、まことに末が楽しみというものだ。出典、未詳。季来る年(春)。

8 ○貞恕　底本「貞怒」。貞恕は墓碑銘によると元禄十五年三月四日没。○にくからぬ　いとおしい。慕わしい。○正月こと葉　正月の祝いのことば、正月のよそゆきのことば。▽にくからず思いを寄せている人の使う正月ことばは聞いていて心地よく、とりわけうれしい。出典、未詳。季正月こと葉(春)。

9 ○時なる哉　時節がやってきた。「月は秋あきは月なる時なれや空も光をそへて見ゆらん」(長秋詠藻・藤原俊成)。▽ああ時節がやってきた。歌人も、千代の春だといっているではないか。漢詩文調の句。出典、敝帚。季千代の春(春)。

10 富士のねんしとはでも雪にしられけり　　八十余貞　兼

11 耳《みみ》正《しやう》月《ぐわつ》宝ぞ延《のぶ》るとしの春　　同令　富

風俗は句の事也

此君《このきみ》[一]たちの風俗は、右にあらはすがごとし。地な[二]しの袖ちゐさく、今織《いまおり》[三]の帯を尻[四]にまかれたるにてしられたり。[五]ながらへて御《ご》ざんすはみなよき身にて、[六]みつわぐむ老女の姿と成《なり》て、[七]あさぎぼうしの寺まいり也《なり》。[八]南無阿弥陀仏《なむあみだぶつ》〳〵。

▲太　夫　　　信徳信女

信女は古人ゆへ也奥も是にならへ此大よせ江戸八百韻巻頭の事

としかたぶくまで、時〳〵《ときどき》にうつりたるとり[九]なりうるはしく、[一〇]大よせにも上座《かみざ》にたゝれて、[一一]江戸ざくらのにほひ芳《かん》ば

10 ○ねんし　年始。新年の祝詞を近親や知友に述べること。○とはでも　聞かなくても。▽富士山は年始の挨拶にやってこなくても、雪の積りぐあいで、どんな様子なのか、わかりますよ。季ねんし(春)。

11 ○耳正月　よい話を聞くこと。耳の正月。○宝　自分の生命。▽新年になってよい話を聞いて、自分の寿命が延びるような心地がすることだ。出典、歳旦発句集の延宝二年(一六七四)の箇所。季としの春(春)。

一 遊女たち。

二 全面にすきまなく縫い物や摺箔・絞りなどの模様のついた着物。

三 京都の西陣で織り出し、帯地などに用いる金襴などの織物。

四 「帯の仕様はさがり過ぎたる程なるをよしとす」(色道大鏡)。

五 長生きをする。

六 瑞歯ぐむ。一度抜けたあと再び歯が生えること。長寿のしるし。「みづはぐむ。老人の体をいへり」(和訓栞)。

七 浅黄色の帽子。多く後家や尼のかぶるもの。

八 仏語。阿弥陀仏に帰依することを表明することば。浄土の信仰者が唱えて極楽浄土を願う。とくに真宗ではこれを重視する。

九 しぐさや身なり、風貌。

一〇 「大寄(おおよせ)」。客の友どちをあまた誘引して行き、女郎を大勢寄せて、一所に参会するをいふ」(色道大鏡)。

一一 頭注に「江戸八百韻巻頭の事」とあるが、延宝九年(一六八一)の七百五十韻の誤り。「江戸桜志賀の都はあれにけり」が巻頭の信徳の発句で、連衆は、如風・春澄・政定・仙庵・常之・正長・如泉。

一二 三九六頁注一〇参照。

一三 三九五頁注二九参照。

一四 三九七頁注一九参照。

一五 「イカイ。たいそうな」(日葡辞書)。

一六 下がかった病、性病。頭注の「黐花瘡」は、唐瘡のこと。唐人によってもたらされた梅毒。

一七 袿(うちき)だけで上着を着ない姿。男子は直衣・狩衣を、女子は裳・唐衣などを着ない、うちくつろいだ姿。信徳の編著、袿姿をかける。

とこ入は
一座
いたづら
はは いか
いのすき

しく、一二とこ入《いり》もよきとて、一三大臣もあまた、一四やぼもなづみてときめかれたる也。日ごろいかい一五いたづら人なりしゆへか、一六しもがゝりのやまひになやまされて終《をは》られしは、かゝる人のつねのわづらひにては、めづらしからずとて、しなんして跡《あと》までも、一七うちき姿のなつかしや。風俗は、

鞦花瘡

12 雨の日や門《もん》提《さげ》て行《ゆく》かきつばた

手形は集
別

手形 一八○五徳《とく》 一九うちぎ姿 二〇ひながた 二一三本桜

▲太夫　　　　随流

西武門弟

武《たけ》さまの風《ふう》を似せさんしたれば、二二さしあひ・二三つめひらきがよしとて、しのび〳〵にうそのつきやう、客の二四たらしやうをならひに行かたもありて、太夫職《しよく》とはならられたれども、只《ただ》意地のわるひ君にて、人の二五かげごとをよふいはんす。

邪書

12 ▽雨の降っているある日、家にとじこもっていると、杜若(かきつばた)をさげて門外を通りすぎる人がいる。濃紫の花の色が雨にぬれてあざやかである。出典、ひとつ橋。季かきつばた(夏)。

一八 未見。

一九 未見。阿誰軒編誹諧書籍目録に「桂姿四冊、信徳作元禄五年卯月中旬」とある。

二〇 誹諧雛形。半紙本一冊。信徳編。元禄七年九月跋。井筒屋庄兵衛版。信徳の独吟五歌仙ならびに門下の信敬・信由・嘉鯛の三吟歌仙一巻を収録したもの。

二一 未見。「三本桜、信徳」(故人俳書目録)。底本「三木桜」。

二二 連句において、類似・同種のことばが規定以上に近づいていることをいう。また、それを禁ずる規則。「さし合(あい)。おもひよる傾城をかはんとするに、其女の知音と近付なれば、さし合といひてうらぬ法なり。連歌にても誹諧にてもおもひよる趣向ありて、付んとするにさし合あれば付えざる也」(色道大鏡)。

二三 かけひき、応待。「詰開(つめひらき)。兵法より出たる詞なり。爰にいふは物の作配、ことはりの是非を糺し、道理を尽す言葉也」(色道大鏡)。

二四 たぶらかす。色仕掛でまるめこむ。

二五 随流は、延宝期には談林俳人の高政や惟中を論難し、元禄期には林鴻を非難する論書を出した。延宝七年(一六七九)高政が誹諧中庸姿を刊行すると誹諧破邪顕正を著してこれを批判し、ついで八年惟中が破邪顕正返答を出版すると、誹諧猿黐を書いて再び攻撃を加えた。元禄四年(一六九一)林鴻が誹諧京羽二重を出すと、翌年、貞徳永代記でこれを論難した。

13 ○天が下　世の中。▽世の人々が、大晦日を夜ふかしをして、年の境目の箱を明けると、めでたい新年になった。出典、誹諧三ツ物揃(延宝六年)。季明の春(春)。

一 俳諧論書。半紙本五冊。随流著、元禄五年三月刊。橘屋庄三

13 天《あめ》が下《した》や夜ふかし箱《ばこ》を明《あけ》の春

親かたは井づゝや庄兵衛

○一貞徳永代記《ていとくえいたいき》 まぎらはしき手二がた也《なり》とて、三親かたにはうけとらず。

小歌仏学也　文は巻の点　紋日は会合　身上りは道の外をつとむる

▲太　夫　　　似　船

四小《こ》歌《うた》をよくうたはれ、五手もうつくしうあそばすゆへ、六かりそめの文《ふみ》にもその品見ゆる。七初ぶみも年〳〵ありて、よく人も聞《きき》およびたれども、いつの紋日《もんび》にも見えず、八身あがりして、ひたと何やら書《かい》ていさんす。客もなければ、老《〈おい〉》女郎の九功者《〈こうしや〉》にて、一〇身づくろひはよく、まへうしろを見て、

14 鏡《かがみ》とて餅《もち》に影《かげ》あり花の春

○一一かくれみの　一二大上戸《おおじやうご》　一三火ふき竹　一四苗代水　一五せたの長橋
一六千代正月《ちよのむつき》

郎版。誹諧京羽二重に対する難書。貞徳の系図が杜撰であるとか、秘伝を勝手に公開したことなどを難じている。

二 版行の書物。

三 井筒屋庄兵衛からではなく、京都三条縄手大黒町の橘屋庄三郎から出版されている。橘屋庄三郎は本書以外の出版物はない。

四 安楽音(延宝九年)には「涅槃ノ雲有心(ウシン)にして筆乃茎(クキ)ヲ出(ツイ)」「釈迦乃時代花やかなりし飲酒戒(ヲンジユカイ)」「産湯(ユウブ)一貼灌(ソヽグ)や難陀(ナンダ)大虵之介」など仏教語を用いたものが多い。また苗代水(元禄三年)は似船が評点を施したものだが、引証書目二百七十余種のうち、仏書は阿含経以下六十四点ある。

五 楷書に近い、真面目で丁寧な字を書いた。

六 ちょっとした評点を施した巻子。

七 歳旦三つ物。延宝三年(一六七五)、同六年、同八年、天和三年(一六八三)、貞享五年(一六八八)、元禄四年(一六九一)、同五年、同七年などに弟子との歳旦三つ物が出版されている。

八 俳諧には打ちこまないで。

九 老練な者。

一〇 衣装を身にまとい整える。

14 ○花の春　新年の美称。▽新年になって鏡餅が飾ってある。鏡餅というから、その餅は鏡の縁で影があることであろう。出典、石見鏡。[季]鏡餅・花の春(春)。

一一 横本一冊。似船編。現存上巻は貞門諸家の発句集。延宝五年九月似船序。下巻は付合集か。他に連句集・隠笠と共に三冊で完本か。

一二 未見。「一冊、独吟二百韻、延宝四丙辰三月日」(誹諧書籍目録)。

一三 未見。「一札、延宝七己未季秋」(誹諧書籍目録)。

一四 半紙本五冊。似船編。元禄二年四月序。井筒屋庄兵衛版。笑堅・秀政・訥子ら似船門の二句付・前句付に似船が加点した。

一五 半紙本六冊。似船編。井筒屋庄兵衛版。巻末に「元禄四年五月十八日似船撰之」とあり、俳諧季語を類題別に並べ、例句を示し、さらに解説と類似の詩歌を誌した挿絵入りの俳書。

一六 半紙本五冊。似船編。元禄十年十一月、井筒屋庄兵衛版。諸家の発句・付句・連句集。作者数百六十六名、句数六百三十四

▲太　夫　　　高　政

いつ見てもあかぬは、小袖《こそで》の色はむらさき、もやうはかの[一七]こ、裏《うら》はもみうら[一八]がむかしも今もよし。ほうばい[一九]女郎にもすぐれんと、くはんくわつ[二〇]のこゝろから中やう姿[二一]にもゆかずして、がさつかした[二二]る紙子《かみこ》のうはぎは、さながらおてらさまのやうなりとて、惣本寺《そうほんじ》[二三]〳〵とはいはれ給ふ。されど大臣[二四]の種《たね》によい子をもたんして、その見次《みつぎ》[二五]にていまはらく尼のすがた也《なり》。

五月雨《さみだれ》や麦《むぎ》はら一把《いちは》とぶ蛍《ほたる》

○中庸姿《つねのすがた》[二六]　是天道《これてんだう》[二七]　檀林三百韻《だんりんさんびやくいん》[二八]

▲太　夫　　　自悦大姉

あげやは会宿

はじめはあげやのせわ[二九]なりしが、君たちの風俗をよく見おぼえられて、かり[三〇]そめのものずきもよく仕ださるゝもやう

一七 鹿の子。「カノコ。色染した着物に白いまま残してある斑点、あるいは白い紋」(日葡辞書)。
一八 紅。べに色に染めた絹の裏地。
一九 傍輩。「ハウバイ。仲間」(日葡辞書)。
二〇 寛闊。気質などがはでで目立つこと。
二一 高政の出した誹諧中庸姿(つねのすがた)(延宝七年刊)を言い掛ける。通常の姿にもならないで。
二二 がさがさした紙子でできた上着。
二三 高政の号、惣本寺。延宝六年(一六七八)夏、宗因を自宅に請じて「末茂れ守武流の惣本寺」の句をもらった高政が、京都談林派を総括する意味で以後号として用いた。
二四 貞徳永代記(元禄五年)に「惣本寺をば烟月堂鴻(林鴻)長老にゆづりて、外山の方丈の跡などしたはるゝ心ざし尤切なり。名とげて身しりぞくは点者の道とかや。近比殊勝に侍る」とあるように跡目を林鴻にゆずったことを指すか。
二五 援助すること、とくに経済的な援助をすること。

▽五月雨に青白く光る蛍の火は、あの平家物語に出てくる頭に小麦の藁をかぶって灯明を持った老法師のようにぶきみなことだ。平家物語に五月雨の夜、頭に小麦の藁をかぶって、灯明を手にした老法師を、白河法皇が鬼と勘ちがいしたのを、平忠盛がその正体を見とどけたという話があり、この句はそれに基づいて作句したもの。出典、誹諧中庸姿。誹諧中庸姿では上五「目にあやし」。季五月雨・蛍(夏)。

二六 半紙本一冊。のち横本一冊。高政編。延宝七年九月、松本茂兵衛版。高政を中心とする門下の百韻、歌仙を十一巻収録。奇抜な談林の書。
二七 横本一冊。高政編。延宝八年七月、井筒屋庄兵衛版。高政自序。伊勢神宮「請預」証文を置き、ついで高政の独吟百韻、高政・定之両吟百韻を収める。
二八 未見。「談林三百員」。一、高政、天和元」(故人俳書目録)。
二九 世話女郎のこと。太夫の付添役としての遊女。はじめ宗宣と号して季吟門の執筆をしていたことをいうか。
三〇 ついちょっと気軽に行なう俳諧の句なども。

に、[一]ひとつとしてはづまぬはなし。

16 姫《ひめ》瓜《うり》や三千の林《りん》檎《ご》顔《がん》色《しよく》なし

○花洛六百韻[二]

▲太　夫　　常牧釈尼

常矩弟子 矩《のり》さまのかぶろだち[三]にて、つとめもよく、上京《かみぎやう》に客ありて、[四]身あがりもなければ、借銭《しやくせん》もなく、終《をは》られし也《なり》。

17 陽《かげ》炎《ろふ》や馞《にほへ》る牛の丸《まる》ながら

○この花[五]　うてなの森[六]　冬ごもり[七] 外にあり

▲天　神　　定之信女

言水事也 [八]言《ごん》さまのゆかりにて、さしあひ・つめひらきにもかしこし。

一 ひとつとして不出来なものはない。みな生き生きとしてよい句である。

16 ○姫瓜　マクワウリの一種。「ヒメウリ。卵に似た、白くて小さい瓜の一種」(日葡辞書)。○三千の　白楽天の長恨歌に「後宮佳麗三千人」。○顔色なし　長恨歌に「六宮粉黛無顔色」。▽たった一個の姫瓜の美しさに、三千の林檎がかかっても及ばない。長恨歌の詩句を用いて、姫瓜の可憐な美しさを誇張して示したもの。出典、洛陽集。季姫瓜(夏)。

二 半紙本一冊。自悦編。題簽「花洛六百句」。延宝八年(一六八〇)十一月、井筒屋庄兵衛版。自悦が千之・友静・友吉・千春・保俊と巻いた六吟六百韻を収める。

三 禿から遊女になったもの。常牧は、はじめ宗雅の号で常矩について延宝五年(一六七七)に敝帚、同六年に俳諧三ツ物揃・ねざめ等に入集し、天和二年(一六八二)常矩が没すると常牧と改め、天和三年の三つ物には「常矩跡半田常牧」として発句を詠んでいる。

四 三九五頁注三四参照。

17 ○馞る　強くにおう。「馞 ホツ〈ニホフ・カフバシ・香大ニ盛ンナリ〉」(増続大広益会玉篇大全)。▽かげろうが立つ春うららかな野に、牛のにおい(体臭)が、丸ごと強くにおってくることだ。貞徳永代記に「此句皆式きこへず。先、丸ながらの留り異風也」、「五もじは野馬(ヤ バ)陽炎(ヤウエン)の事なるべし。牛にたとへしはいかにぞや。にほふは牛くさき事か。肉食する者のいへるは、寒中に牛をくらへば、其身陽気をうけて、丸ながら牛くさき物也といへり。左様の古事なるべし」とある。出典、誹諧京羽二重。季陽炎(春)。

五 半紙本二冊。常牧編。元禄六年(一六九三)正月自序。井筒屋庄兵衛版。諸家の四季発句・連句を収録。

六 未見。「うてなの森、常牧」(故人俳書目録)。

七 半紙本二冊。常牧編。元禄五年十二月序。諸家の四季発句・連句を収録。

八 言水の門人とあるが、言水の歳旦帳にみえず、元禄二年(一六八九)言水編の前後園に一句入集以外は、言水の撰集にも入集しない。中庸姿・ほの〴〵立に連句が入集しており、むしろ高政と親しい関係にあったか。

のちは身《み》あがりがつもりて、うき名にたちて死《しな》んした。わ一〇
やくなる女郎にて、つねにいかのぼり一一をすかんした。

18 梅はこべ君《きみ》此《この》御《み》代《よ》に浦《うら》乙女《をとめ》

○一二丁鼓

▲天神　　幸佐大姉

廿年前より物が落てなし

琴は漢句の事

おかしい君にて、まんぢうと酒がおすきなり。ゆもじ一三の下がどふやらで、つねに不自由がられしが、そんな事でか風一四俗もすぐれず。琴一五をすいてひかれける。それも下手《へた》で客もなし。やぼ一六は、きゝなれぬによりはまりたり。手形一七もみな浜並《なみ》のおもむきをかゝれける。

19 碧《へき》桃《たう》ハ　知《しり》ヌ　底《そこ》　抜《ぬけ》

○大みなと一八　入舟一九　二番舟二〇　三番船二一

九 前句付の点業を元禄後期には専ら行なっている。高天鶯・住吉おどり・俳諧口三味線などに前句付・笠付の点がみえる。
一〇 無茶でわがままなこと。
一一 凧、紙鳶。「紙鳶。いかのぼり。畿内にて、いかと云、関東にて、たこといふ」(物類称呼)。凧を好んだ事実未詳。
18 ▽君の治められるこの御代に、浦の乙女たちが梅をはこんで献上することよ。出典、未詳。季梅はこべ(春)。
一二 未見。「一丁鼓、一冊、定之作、元禄四年清和下句」(誹諧書籍目録)。
一三 腰巻の下が、性病によって二十年前より物が落ちてなく。
一四 俳風もあまりぱっとしない。
一五 幸佐の漢和俳諧は、天和三年(一六八三)の誹諧三つ物揃あたりから見え、元禄四年(一六九一)の誹諧大湊では漢和聯句が多く入集する。以下、入船・二番船・三番船でもその傾向は強い。
一六 田舎の俳人たちは、漢句や漢和に慣れていないので、だまされて影響を受けやすい。芸州広島や勢州四日市や南部田名部など地方の入集者がかなりいる事実をさす。
一七 誹諧大湊・入船・二番船・三番船など、出版の書物はいずれも浜に関係したの意。浜は「江戸にて、かしといふ、大坂にて、はまといふ」(物類称呼)。
19 ○碧桃　仙人の食べる果実。許渾の「洛陽城」の「可レ憐緱嶺登仙子、猶自吹レ笙酔二碧桃一」(三体詩)による。▽許渾の詩によると東周の王子喬は唐代に至ってもなお碧桃に酔っていたということだ。なるほど、仏果の碧桃とは、底抜けに飲める酒のようなものだ。出典、京の水。季碧桃(秋)。
一八 誹諧大湊。半紙本一冊。幸佐編。元禄四年閏八月、中村孫兵衛版。三径序。諸家の連句・漢和・四季発句を収める。
一九 誹諧入船。半紙本一冊。幸佐編。一翠序、自跋。元禄五、六年(一六九二、三)刊か。井筒屋庄兵衛版。四十四(よよ)五巻、ならびに諸家の発句を収録。漢和や漢句が多く入集する。
二〇 二番船。半紙本二冊。幸佐編。撕蕨序。元禄八年十月以降、元禄十一年六月以前の刊行。秋田屋五良兵衛・井筒屋庄兵衛版。上巻は諸家の四季別発句・漢句を収め、下巻は漢和・和漢の四十四(よよ)五巻他を収録。

▲天　神　　和及釈尼

はじめは建仁寺前《けんにんじまへ》に、きんちやくしてゐられしが、小利口につとめられて、のちは風俗もよくならんして、ときめかれたり。死んせう前には、島ばらちかくに庵をむすびて、辞世の句に、

きんちやく町並也

20 我《わが》としも四《よ》ゝ詞《し》の花のあげ句《く》哉《かな》

○雀の森　ひこばへ　外にあり

▲太　夫　　我　黒

一〇 しげさまの引舟《ひきふね》にて、はじめはあけくれ屛風《びやうぶ》のかげにばかりいさんしたが、うそのつきやうが上手《じやうず》にて客もたへず。一二 三味線をひかんすといふさたあれど、岡ざきもろくにならぬが。

重頼弟子表具やの事なるべし

三味せんは歌学也

三 半紙本二冊。幸佐編。撕蔽序。己千子跋。元禄十一年六月、長谷川市郎兵衛版。上巻は諸家の四季別発句・漢句を収め、下巻は漢和面（おもて）八句他を五十六組収録。

一 京都市東山区小松町にある臨済宗建仁寺派の大本山。

二 三九五頁注一八参照。

三 貞享四年（一六八七）、三月物などで言水や湖春・我黒・信徳・如泉らと一座するなど、京都の諸家と交流して。

四 元禄二年、詠諧番匠童を刊行して、景気や心付などについて言及。また、雀の森などの撰集を出して活躍したことをいうか。

五 元禄五年一月十八日没。

六 貞享二年より洛西壬生（誹諧京羽二重によれば「仏光寺通大宮西へ入町」）に隠栖して露吹庵を構えた。島原と壬生とは距離的に近い。

20 ○四ゝ詞　四十四、世吉。四十四句つらねる連句の一形式。百韻の二ノ折と三ノ折とを省略した形式。○あげ句　挙句。連歌や連句における最終の句。さらりと終わるのをよしとする。▽自分の年齢は四十四。連句の四十四の名残の花の句の次は挙句だが、それで四十四一巻が巻き終わるように、自分も四十四を一期として死んでゆくことだ。出典、誹諧入船。季花（春）。

七 半紙本一冊。和及編。自序。元禄三年（一六九〇）風葉軒跋。和及の独吟百韻一巻、諸家の四季発句を収録。

八 半紙本一冊。和及編。元禄四年七月自序。竹亭跋。新井弥兵衛・小佐治半左衛門版。和及の独吟歌仙四巻、ならびに諸家の発句を収録。

九 如泉序、元禄二年、新井弥兵衛版の詠諧番匠童などがある。

一〇 重頼の門弟というが未詳。頭注に「表具やの事なるべし」とあるが、誰をさすか未詳。

一一 俳諧を巧妙にやりこなして。

一二 山本通春編の文翰雑編に元禄三年から十年にかけて月次歌会にしばしば参加して、和歌を詠じている。

一三 江戸初期流行した小歌。三味線に合わせて歌う。「をか崎女郎衆といふ小唄は、寛文より元禄の頃へかけて、一節切にも三弦にも合わせて、もつぱらうたひたる小唄なり」（近世奇跡考）。

21 をし年魚《あゆ》は水のよし野を越《こえ》きたか

○[一四]藤なみ　[一五]いそ清水　[一六]外にあり

▲太夫　　　如泉

三井秋風なり

此《この》きみ[一七]廿年前までは、かくれもなきはやり太夫にて、秋さまの深《ふか》ふあはんしたにより、紋日《もんび》〳〵にいとまなく、京もいなかもはまりたる[一八]也《なり》。されども[一九]十年ばかりまへに、ぶはんじやうにて、つぼねにてうき名がたち、それよりさびし。[二〇]琴《きん》さまも心中のわるひ事があるとて、のかんしたいまは雲[二一]さま・[二二]正さまのいとしがらんすかして、[二三]はつぶみにも見ゆる。いかふ年がよらんした。

つぼねとは笠づけ也

22 八《や》百《ほ》としの梅の雫《しづく》や筆《ふで》はじめ

○[二四]松囃子《まつばやし》もはやそのとしで、手形はいらぬとて、[二五]親かたにはとらず。外[二六]にあり

また初心者の習うものであったという(同)。

21 ○をし年魚　押鮎。塩押し、あるいは塩漬けにした鮎。元日の祝いに用いられた。▽押鮎は、花の吉野ではなく、水の吉野川を越えてきたものか。吉野川の国栖魚《くずうお》として名高い。出典、石見銀。季をし年魚(春)。

一四 藤波集は、我黒の編ではなく南都響竹の編著。半紙本一冊。元禄四年(一六九一)五月自序。和及跋。井筒屋庄兵衛版。

一五 半紙本欠一冊。我黒編。元禄五年仲秋、門人漆城子序。前半は八月九日より二十七日まで丹後宮津に滞在した折のことを日記風に示し、後半は連句を収録する。

一六 元禄五年二月の七瀬川は、板下が我黒であり、句合の判詞も我黒なので、我黒の編著と考えられる。

一七 天和二年(一六八二)年、未達編俳諧関相撲に、常矩・自悦・似船・一晶・高政らと、如泉も京点者として名を列ねている。

一八 だまされた。

一九 元禄五、六年のころ、笠付等の件で、禁止令に触れたことがあるのであろうか。未詳。

二〇 如琴のことか。如琴は、素雲らと貞享五年歳旦で、如泉の歳旦三つ物に一座し、それは元禄四年、同五年あたりまで続き、以後は一座していない。

二一 素雲のことか。素雲は貞享五年歳旦で、如泉の歳旦三つ物に一座し、以後元禄四年、同五年、同十七年などの歳旦三つ物まで続いている。

二二 未詳。

二三 三九六頁注七参照。

22 ○八百とし　菅原道真八百年忌をさす。▽八百年をも経た道真ゆかりの梅の花の雫で墨をすり、正月の書初めをすることだ。出典、石見銀。季筆はじめ(新年)。

二四 大本一冊。元禄十三年冬至日芳斎跋。元禄十三年十一月、中村孫兵衛版。謡を詠みこんだ独吟漢和歌仙三巻を収める。

二五 松囃子は井筒屋庄兵衛から出版されたのではなく、中村孫兵衛から出版された事実をさす。

二六 編著は他に俳諧柱立(元禄三年)があり、他にも重宝記・狂歌句式・漢和千句・池心亭(誹家大系図)などがある。

▲太夫　　言水

道中は行脚也

いまのさんや[一]のはんじやうを見れば、やはりむさし[二]のつとめがましならんにと、ぬしにもたび〳〵うはさ也《なり》。道中[三]もよく、木がらし[四]のはては有《あり》けり、とたちあがり[五]たる風俗に、一《ひと》たびは京もいなかもなづみたりしが、身あがり[六]に大分借銭があり。ことに大坂[七]やの野風《のかぜ》さまに似《に》さんして、お子がひたと出来《でき》てこまらんす。それゆへ、神ほとけをふかふいのらんす。頬《ほう》[八]もすいて、いかふ古《ふる》う見ゑます。只《ただ》、目はしのきいた君也。

23 比《ひ》叡《え》にこそ額《ひたひ》の皺《しわ》は朝《あさ》霞《がすみ》

○京日記[九]　前後園《ぜんごゑん》[一〇]　かり橋[一一]　都《みやこ》ぶり[一二]　続都ぶり[一三]　外[一四]にあり

▲天神　　林鴻

一 山谷。新吉原のこと。元来、現在の台東区東浅草・日本堤・今戸・清川にまたがる地域をいうが、元吉原の遊廓が焼失後、日本堤に移るまでの間、この地で営業を許されたことがあり、移転後の新吉原を山谷ともいう。
二 言水は奈良で出生。延宝五年(一六七七)には風虎の六百番誹諧発句合に入集するので、この時すでに江戸に在住していたか。同六年、江戸八百韻に一座。同年、江戸新道の撰集をはじめて刊行。以下同七年、江戸蛇之鮓、同八年、江戸弁慶、同九年、東日記をつぎつぎに刊行するが、天和二年(一六八二)には京へ移住。
三 天和二年(一六八二)北越・奥羽へ、同三年西国・九州へ、同四年出羽・佐渡などへ行脚している。
四「凩の果はありけり海の音」。元禄三年(一六九〇)新撰都曲に入集。新撰都曲五四一参照。
五 興隆したすぐれた句風。
六 具体的な事実は未詳。
七 島原揚屋町の大坂屋(杉村)太郎兵衛抱えの太夫野風(諱、典子)。この野風は延宝八年(一六八〇)冬退廓したというから、二代目の野風か。
八 頬もこけて。年をとって。
23 ○比叡　比叡山。▽元日、朝霞のたちこめる比叡山を見ているが、比叡の高峰を見上げたから、自分の額に皺ができたのであって、老いたから額に皺ができたのではない。初心もと柏に「元日」と前書し、自解して「あけたつとしの眺め也。自(レワ)を祝ギ我若し。今高峰にむかつて見上(ゲミァ)、皺(ハシ)をなす。此皺老たるにはあらず、比叡故にこそ」とある。出典、初心もと柏。季朝霞(春)。
九 半紙本一冊。紫藤軒言水編。貞享四年(一六八七)三月成立。井筒屋庄兵衛版。諸家との四十四・歌仙などの連句作品を収録。
一〇 半紙本二冊。言水編。元禄二年二月自序。井筒屋庄兵衛版。諸家の発句を収録。
一一 半紙本一冊。朋水編。言水序。元禄二年十二月舟叟跋。井筒屋庄兵衛版。本書は朋水の編著で、言水の撰集ではない。
一二 半紙本二冊。言水編。余春澄序。元禄三年二月奥。井筒屋庄兵衛版。諸家の発句ならびに言水の独吟歌仙四巻を収める。

酒もなり手もよく[一五]絵までよふ書《かゝ》んすゆへ、一座かしこく、[一六]京はぶたへのはだへになづみて客もあり。たゞほうばいしゆと[一七]けんくわがたへぬゆへ、[一八]しゆもくまちのつとめなりしが、年《ねん》があいて今は親ざとにかへりていさんす。うそのつきやうも上手《じやうず》なるに、太夫にならんせぬは、たん気ゆへ也。

24 する〳〵と花の花うむ杜若《かきつばた》

○[一九]京羽二重《きやうはぶたへ》　[二〇]あらむつかし　[二一]永代記《えいたいき》返答《へんたふ》

▲天神　晩山

[二二]大坂からよい客がついて、[二三]上《あげ》づめのやうにきこゐしが、いまはその人ものかんして、[二四]紋日にもつゐに出られず。道中がよいかして、[二五]ちかごろいなか衆《しゆう》とつれだちて、[二六]北野へ見ゐさんした。

絵馬の事也

新撰都曲解題参照。

一三 半紙本一冊。言水編。元禄十三年四月自序。松葉軒重左衛門版。言水の四季発句、諸家との連句を収録する。

一四 江戸新道(延宝六年)、江戸蛇之鮓(同七年)、江戸弁慶(同八年)、東日記(同九年)、後様姿(天和二年)、一字之題(元禄十五年)などの撰集がある。

一五 天理図書館蔵、好色産毛の種彦書入れに「…書画ヲヨクセシ事、花見車元禄十五年印本ニ見ヱタリ。此書自筆自画ナルベシ」とある。さし絵は吉田半兵衛風。これが林鴻の自画であるとすれば、あらむつかしの挿絵三葉も林鴻のものか。

一六 誹諧京羽二重のこと。半紙本四冊。元禄四年九月、井筒屋庄兵衛版。前半二冊は当時の京俳人名簿。後半二冊は作法書。諸家の跋文がある。

一七 誹諧京羽二重に対して随流が貞徳永代記(元禄五年)で論難すると、林鴻は永代記返答あらむつかし(同六年)で反駁した。

一八 京都伏見の恵美酒町にあった遊廓。島原よりも格が落ち、さびれた感じがある。林鴻は江州大津の人で、京に出て車屋町通竹屋町上ル町に住したが、伏見との関係は未詳。

24 ▽杜若の花が沢山重なるように咲いている。まるでするすると花が花を生んでふえたかのようである。出典、誹諧京羽二重。季杜若(夏)。

一九 注一六参照。

二〇 永代記返答あらむつかし。半紙本三冊。林鴻著。元禄六年七月跋。貞徳永代記の難書。

二一 あらむつかし・永代記返答は二書ではなく一書である。題簽に「誹諧永代記返答　あらむつかし」とある。

二二 未詳。

二三 特定の遊女を独占して連日遊興にふけること。この場合、晩山を点者として招き、連日連句興行をしたことをいう。

二四 俳諧の会。

二五 元禄十一年冬、能登七尾の提要を訪ね、同所で歌仙を興行。また提要は元禄十二年春には上京して晩山を訪ねている。元禄十三年、欅炭には「近曾晩山生能登一見の折から北野奉納の巻の中を請て、人〳〵の一句を載之」とあり、晩山が北野奉納の

25 水《みづ》古《ふる》くゆるし色也《なり》かきつばた

○一千代の古道　二ばく物がたり

▲天神　鞭石

三むち〳〵としておとなしい君也《なり》。風俗もおもしろい所あり。地の客の見えぬは酒もならず、文盲《もんもう》で利口がなきゆへか。されども四下京衆《しもぎやうしゆう》になじみもあり、いなかものがちよこ〳〵と見ゆるよし也。

26 此《この》匂《にほ》ひ十《じつ》百《ぴやく》里《り》とゞけ宿《やど》の梅《うめ》

○五そなれ松

▲天神　好春

撰集を発企して、能登の人々から発句を募集していたことが判明する。提要も能登釜（元禄十二年）に「北野奉納」として発句一句が入集する。

二六 能登七尾の俳人提要が上京の折（前注参照）、北野天満宮へ晩山と同行したことをいうか。

25 ○ゆるし色　だれもが着てよいと許される衣服の色。紅色や紫色などの淡い色をいう。▽水が古くよどんで、折角の紫色の杜若《かきつばた》がゆるし色のように淡い色調になっていることだ。出典、永代記返答 あらむつかし。季かきつばた（夏）。

一 未見。半紙本一冊か。元禄三年六月刊。晩山が門人とともに「名月は見に行く里もなかりけり 晩山」の発句で巻いた本式百韻一巻、ならびに一翠・晩山両吟漢和一巻を収めたもの（山太郎、貘物語）。

二 半紙本。一冊。元禄五年三月上旬晩山門人吉川石柱述。井筒屋版。千代の古道を論難した山太郎（元禄五年春）をさらに反駁、論難したもの。

三 肉付がよく肥っているさま。

四 誹諧京羽二重の「七条通ヨリ松原通マデノ間」に点者「井亀軒鞭石」として名をつらね、住所は「松原通室町西へ入町」とある。

26 ○十百里　千里のこと。▽家の梅が花開いた。この匂いよ、千里も離れた大宰府の道真公のところへあの飛梅のように届けよ。出典、未詳。季梅（春）。

五 未見。「磯馴松、一札、鞭石巻頭、維舟門人作、貞享三年乙丑冬十一月」（誹諧書籍目録）。

夏書は万句

はじめはしゆもくまち六のつとめなりしが、手もかゝれ盤《〈ばん〉》上七がよきとて、京へは出られたれども、風俗もすぐれず、ぶはんじやう也。それゆへ身あがりていさんす。道具や衆八が折《をり》／＼《をり》見ゆるよし。夏書《〈げ〉がき》九はたへずかゝんす。太夫の器量《〈きりやう〉》はとかくなき君也《なり》。

27 曙《あけぼの》の京の天《てん》気《き》や花の春

○新花鳥一〇　左義長一一

有つきの事

▲天神　方山

風流なる君也。草ばな、小鳥をつねにすいていさんすゆへ、絵もすこしあそばし、手もよし。ことに連歌師《れんがし》一二の中によい客があるゆへ、よろづにつけてかしこし。さるによつて身一三うけなされたり。一四あまり大女房《おほにようばう》にて毛《〈け〉》が長いとて、きらはんすかたもあり、それで天神髭《てんじん〈ひげ〉》一五。

六 鐘木町。京都伏見の遊廓のあった町。寛文十二年(一六七二)の山下水に伏見好春として入集。貞享三年(一六八六)の歳旦三つ物にも伏陽好春とある。元禄三年(一六九〇)のいつを昔では京好春とあり、同年秋津島では京好春とあるので、このころ伏見より京へ移住したか。

七 碁・将棋・双六など台の上でする遊び。俳諧が巧みでといった意か。

八 骨董品を扱う店。

九 元禄四年には剃髪し、四月一日から七月中旬まで夏万句を興行している(新花鳥)。

27 ○花の春　新年のこと。▽新年になって、夜明け方あけぼのの京の天気がまことにすばらしい。「京」は「今日」を言いかけるか。出典、石見銀。季花の春(春)。

一〇 半紙本一冊。好春編。幽水序。井筒屋庄兵衛版。誹諧書籍目録によれば「元禄四未ノ八月二十五日」とある。好春が夏万句を興行した折のものを中心に、諸家の発句・連句を収録。

一一 未見。「左義長、好春」(故人俳書目録)。

一二 未詳。

一三 落ちつくこと。仕官奉公などによって身分の安定を得ること。東本願寺の家士であったことをさすか。

一四 誹諧家譜に、方山は「身ノ長六尺有四寸疾ク歩ムコト一日ニ尽ス三百里ヲ。髭ノ長サ尺余。白キコト如レ苧」とある。

一五 菅原道真の画像にみられるような、両端に下がったひげのこと。前注参照。

28 無《む》拍《びやう》子《し》な歩《あゆ》みかはゆき鹿《かの》子《こ》哉《かな》

○枕屛風[一]　北の箱[二]　暁山集[三]

▲太夫　轍士

大坂西山《にしやま》[四]やのかぶろ成《なり》しが、酒もなり、手もりちぎにかゝれ、ゑくぼ[五]がしほらしさに、京[六]へつき出しの君也《なり》。はつぶみも客衆《きやくしゆう》あまた見ゑたり。つとめにくきみやこにながらへていさんすは、一座もよく心中のよきゆへ也。入《いれ》ぼくろもよふさゝんす。風俗も江戸に似《に》て[七]はりもつよく、道中もよいほどに、むさし[八]へといふ人もあれど、地によき大臣[九]があるゆへか、かぶりふつていさんす。紋日《もんび》にもよく出らるれば、今の世のはやり太夫ときこゆ。

宗因弟子也
はつ文は三物也
心中は連衆に無心いはぬ
入ぼくろは懐紙書

29 屋《や》ね葺《ふき》や小《こ》歌《うた》もならずほとゝぎす

28 ○鹿子　鹿の子は五、六月に生まれるものが多い。▽鹿の子がとことこと歩いてゆく。拍子をとるように歩むのではなく、無邪気に歩いているのだが、それが何ともいわれずかわいい。出典、未詳。[季]鹿子(夏)。

一 半紙本二冊。芳山(方山)編。元禄九年八月自序。井筒屋庄兵衛版。上巻は発句集、下巻は連句集。

二 半紙本三冊。方山編。元禄十二年十月自序。版元不明。方山が北陸行脚の折の発句・連句を収録したものか。上・中に諸家の発句集。下巻未見のため不明だが連句集か。

三 小本二冊。芳山(方山)著。元禄十二年七月自序。同十三年一月、新井弥兵衛版。俳諧作法書。

四 西山宗因門。宗因と西鶴に師事した。元禄拾遺に「亡師梅翁(宗因)の跡を慕い、頭陀往行して…」の文言がみえる。

五 えくぼがあり、慎みがあって奥ゆかしい。

六 かぶろの時期を経ることなく、一四、五歳のころすぐに一人前の女郎となること。轍士が大坂より京へ移住したのは、誹諧白眼わだち第二(元禄五年七月序)の言水の餞別の詞書と、墨流しわだち第五(元禄七年正月)冒頭の轍士の文から、元禄五年(一六九二)七月から冬までの間であろうと思われる。

七 自分の意志を通そうとする強い心。いきじ。江戸の女郎の特色。「京の女郎に、江戸の張(はり)もたせ、大坂の揚屋であはば、此上何か有べし」(好色一代男六ノ六)。

八 元禄七年二月五日、轍士は京を出発して、青葉の頃に江戸に到着。其角の家に滞在し、諸家と連句を興行している(俳諧此日)。江戸下向の折にでも、江戸に定住しないかと誘われたものであろう。

九 未詳。

29 ○屋ね葺　屋根を葺くのを職とする人。▽屋根葺は折角ほととぎすが鳴いても、仕事に熱中してか、野暮なのか、小歌なども歌わぬことだ。風流を解さぬ屋根葺を詠んだ。出典、未詳。[季]ほとゝぎす(夏)。

一〇 半紙本一冊。轍士編。元禄四年六月自序。井筒屋庄兵衛版。諸家の発句・連句集。

○我庵《わがいほ》[一〇]　世のため[一一]　わだち[一二]　白眼《はくがん》[一三]　後瀬山《のちせやま》[一四]　尾山集《おやま》[一五]　墨流《すみなが》[一六]し　糸屑《いとくづ》[一七]　此日[一八]　七車[一九]　葵車《あふひぐるま》[二〇]　菩薩《ぼさつ》[二一]　元禄拾遺[二二]　自在講[二三]

▲天神　　　　泥足

桃青門人

江戸にて松尾屋[二四]のかぶろ也。達者《〈たつしや〉》な所ありとて長崎[二五]につとめられしが、風俗のすぐれたるゆへ、京へはまねきたり。されども唐人《たうじん》にあはんしたゆへか、広《〈ひろ〉》[二六]ふて身がうつとて[二七]客なし。

うつとは身もちぶさた也

30 松《まつ》浦《ら》潟《がた》これより東《ひがし》門《かど》飾《かざ》り

○そのたより[二八]

▲天神　　　　柳水

出雲の風水門人

八雲[二九]たつ風[三〇]さまの風《〈ふう〉》に、なれたまふゆへか、都にうつらず。

一一 未見。「世のため、一冊、轍士作、元禄五年春、山太郎評判」(誹諧書籍目録)。
一二 未見。「わだち、一冊、轍士作、元禄五年、摂津・和泉・河内・大和・山城」(誹諧書籍目録)。
一三 半紙本一冊。誹諧白眼わだち第二。轍士編。元禄五年七月序。井筒屋庄兵衛版。近江・美濃・尾張・三河・伊勢への行脚記念集。
一四 未見。「後瀬山、轍士」(故人俳書目録)。後瀬山は若狭の歌枕。今の小浜市南方の城山のこと。「わだち第三」。若狭行脚の記念集か。
一五 未見。「尾山集、轍士」(故人俳書目録)。尾山は金沢城の旧地の名。金沢への行脚記念集か。
一六 半紙本一冊。轍士編。元禄七年正月、井筒屋庄兵衛版。「わだち第五」。福井・石動・能登行脚の記念集。
一七 小本七冊。轍士編。元禄七年夏我黒跋。井筒屋庄兵衛ら版。俳諧用語辞書。
一八 半紙本一冊。風翁轍士編。元禄七年四月奥。井筒屋庄兵衛版。轍士が江戸へ行き、其角や嵐雪ら江戸俳人と一座した百韻を収録。
一九 半紙本一冊。轍士編。元禄七年刊か。序・跋なく、書肆も不明。江戸での連句十二巻を収録。
二〇 半紙本一冊。轍士編。元禄十年梅雨、井筒屋庄兵衛版。京の葵祭に関連する連句・発句集。
二一 俳諧菩薩。半紙本一冊。轍士編。元禄十四年成、井筒屋庄兵衛版。編者と諸家の歌仙六巻を収録。
二二 半紙本一冊。仏狸斎轍士編。元禄九年正月自序。尾張・美濃・伊勢・近江・肥前・肥後・出羽・加賀・能登・阿波の俳人の発句を国別に編集したもの。
二三 未見。「自在講、轍士」(故人俳書目録)。
二四 松尾芭蕉の門人。江戸の人。
二五 長崎勤務の江戸会所商人。長崎に勤務した後、江戸に帰ってから、元禄七年、其便を刊行する。
二六 女陰がひろすぎて。唐人向きの俳諧をしていて、日本人にあわないことか。
二七 身を滅ぼす。

31 春たつや女房《にようばう》が尻《しり》もあたゝまり

○大[一]元式　包[二]井　都[三]百韻

▲北[四]むき　　可休

加賀田河内

あけくれ鏡[五]にむかひて、我《われ》ひとりじまんするのみ歟《か》。国[六]〳〵の君たちの、害《〈がい〉》になる事を仕《〈し〉》出かしたるむくひにて、まじはるものなし。唐へゆかれたがまし。

32 耳《みみ》塚《づか》に泣《なく》人もなし萩《はぎ》の露《つゆ》

○物[七]見車[八]こんな手形はいらぬとて、親かたからはうけとらず。

▲つ[九]ぼね　　古柳

名も古流也《なり》。風俗もしれず。

---

30 ○松浦潟　筑紫の歌枕。今の佐賀県東松浦郡および唐津市の虹の松原を中心とする海岸一帯。▽松浦潟は唐土への船出の港であり、海路をたどると唐土に行ってしまうが、松浦潟より東の方は日本なので、正月になれば、日本らしく松飾りをすることだ。「松浦潟もろこしかけて見渡せば境は八重の朝霞かも」(後鳥羽院集)。出典、未詳。唐土(モロコシ)―松浦かた(類船集)。季門飾り(春)。

二六 半紙本二冊。泥足編。元禄七年秋其角序。井筒屋庄兵衛版。長崎より勤務を終えて江戸に帰った編者が記念に編んだ一集。江戸・長崎の蕉門を中心とする発句・連句集。

二九 出雲の枕詞。

三〇 出雲の日置風水(宝永六年没)。

31 ○春たつ　立春になる。▽立春になって暖かくなってきた。つめたかった女房のお尻も温まってきたことだよ。ユーモラスな句。出典、未詳。季春たつ(春)。

一 未見。『俳諧大辞典』(高木蒼梧氏執筆)に「俳諧句集。半一。柳水著。自序。元禄四年刊。井筒屋板。柳水の句集。自序に「むつかしや大元式、いかで俊成・定家も大社の御心を書あらはさるべき、此書みだりに云捨し句を拾ひ集て是を名とするの馬鹿、是俳諧の大元式」とある」。

二 未見。「包井、一冊、都(マヽ)水」(誹諧書籍目録)。

三 未見。「都百員」(故人俳書目録)。

四 三九一頁注二六参照。

五 頭注の「加賀田河内」は、京羽二重(貞享二年刊)によれば「五条橋通御幸町西へ入」に居住した鏡師。可休は同姓であり、可休の住所は誹諧京羽二重(元禄四年)によれば「五条御幸町東へ入」なので、近くに居住したか。あるいはこの人物と同一人か、一族か。

六 物見車を出版したこと。同書は、「三日月のあかきは科ぞ紙鳶(いかのぼり)可休」を発句とする歌仙一巻を三都(京・江戸・大坂)二十五名の宗匠により評点をさせ、その点巻を模刻し、作者の自注と各点者の誤解や誤判を示して論難したもの。あらかじめ十一か所の難点を用意して、点者をわざと誤らせて、それを嘲笑

▲おなじ　　滴水

▲おなじ　　風山

方山

此《この》ふたりは山[一〇]さまの引舟《ひきふね》ゆへに、名はきこえたれど風俗も見えず。

▲おなじ　　雲鼓

名[一一]もつゞけて二つはよばれず。

33 合《が》点《てん》して追《おつ》ておどろく師《し》走《はす》哉《かな》

○夏木立[一二]

しようとしたもの。この書の難書として団水の特牛、西鶴の石車が出された。

32 ○耳塚　京都東山方広寺大仏殿の西方にある塚。文禄・慶長の役のとき、加藤清正・小西行長らが首のかわりに敵の耳を塩づけにして送ってきたものを埋めて供養したもの。▽秋になり、萩に露がおりてたまっているが、耳塚に来てそれを見てもあわれをもよおし泣く人もいないことだ。出典、未詳。[季]萩の露(秋)。

七 半紙本五冊。可休編。元禄三年(一六九〇)八月歩雲子序。本屋半兵衛版。注六参照。

八 井筒屋庄兵衛版ではなく、京二条通寺町西エ入、本屋半兵衛のところから出版されている。

九 局。局女郎のこと。遊里で下級の女郎をいう。

一〇 滝方山の門人。

一一 名前も続けていうと具合がわるい。大便をいう幼児語と同じであるから。

33 ▽師走はあわただしいものだと覚悟をしていたが、実際に師走になってみると本当にあわただしくて驚いている。出典、未詳。[季]師走(冬)。

一二 半紙本一冊。吹簫軒雲鼓編。自序。爪木散人跋。元禄八年、井筒屋庄兵衛版。雲鼓点の烏帽子付(笠付)集で、こうした雑俳撰集では最も古いもの。

▲たいこ女郎[一]　　鷺　水

信徳 団水 [二]とくさまや団《だん》さまのつきものゆへ、琴《こと》も三味線もちつとづゝはやられ、手もかゝれて利口《りこう》なれど、たゞ気のない子

誹書の筆耕 にて立身《りつしん》なし。[三]手形や初ぶみの手つだひばかりなり。

34 八宝《はつぽう》の篆《てん》冥《みやう》加《が》あれやどの春

○[四]こんな事　[五]此衆　[六]手習　[七]よせ書　[八]新式[九]外

▲比丘尼《びくに》[一〇]　　心　桂

[一一]恋すてふ占《うらで》出山に名あるほどの、よろづは[一二]つめいなる君なりしが、只《ただ》[一三]気がそゞろにて、いまは文庫《ぶんこ》[一四]かたげてあなたこ

取売 なたにて、[一五]つりりん／＼。

35 またゆるぐ烏《からす》があとの柳《やなぎ》哉《かな》

一 三九六頁注一二参照。

二 信徳や団水に常につき従っている者。鷺水は立圃門とされるが、むしろ信徳や団水に近い関係にある。鷺水は「先師梨柿園(信徳の別号)の主人」(能登釜)と述べており、信徳門と考えるのが妥当か。他方、こんな事(元禄四年)で祝句を団水からもらっており、また鷺水の春の物(元禄五年正月)に団水は序を寄せ、団水のくやみ草(同年六月)では鷺水との両吟歌仙(十九句まで収録)が入集する。

三 俳諧撰集や歳旦三つ物の板下などの手伝いをしたものか。

34 ○八宝　八種の宝物。七宝に一つを加えたものか。▽七宝に一つ加えて、家宝の篆書付きの香炉を点じ、正月に自分の家の文運を祈ったことだ。出典、未詳。[季]春(春)。

四 半紙本一冊。鷺水編。只丸序。元禄四年(一六九一)十一月奥。井筒屋庄兵衛版。鷺水が点者になり、新居を構えた折の記念集。

五 未見。「此衆、鷺水」(故人俳書目録)。

六 半紙本一冊。鷺水編。元禄九年正月自序。ゐづゝや庄兵衛版。俳諧の初心の心得を示した後、付句は先人、発句は当代の作を例示し、句体によって、二十九体に分類したもの。

七 誹諧寄垣諸抄大成のこと。小本一冊。鷺水編。自序。信徳跋。元禄八年九月二十五日刊。京井筒屋庄兵衛・和泉屋茂兵衛・柏屋四郎兵衛版。俳諧の作法ならびにいろは順に俳諧の詞寄、一月から十二月までの四季の詞寄を収録したもの。

八 誹諧大成しんしき。半紙本一冊。鷺水編。自序。元禄十一年二月二十五日京書林柏屋種充跋。京山岡四良兵衛・江戸山岡甚四郎版。貞門以来の諸作法書を引用・集成したもの。俳諧の字義、句を求るの用捨、四季詞、脇五体・第三の仕様、漢和式など八十五ケ条にわたり、俳諧全般の作法を解説したもの。

九 春の物(半紙本一冊、元禄五年正月言水序・自序)、誹林良材集(半紙本三冊、元禄十年九月二十五日自跋)、若ゑびす(横本一冊、元禄十五年正月刊)などの俳書や雑俳書を刊行している。

一〇 尼の姿をして売色をした下級の私娼。

一一 恋をするという占いで名高い、占出山で評判の。

一二 利口。利発。「ハツメイ。智恵の明らかなこと」(日葡辞書)。

一三 気分が散漫であること。ここでは俳諧に専心せず、あれこ

沾徳

▲一六きんちやく　　了我

一七さんちやにも得《え》ならず、沾《せん》一八さまの京へひいて御ざんして、三条の橋にすてゝいなんした。一九むさしのなまりがあるとて、二〇かゝつてゐらるゝかたありて、二一どこやらうらだなにはいられて、二二かけまはられ、あかつき方《がた》にはかへりて、二三ごとぐ\ごとぐ\とたゝきまはして、二四一ばん鳥はつくられし。

36 ほうらいに菓子《くわし》の名よせや奥《おく》ざしき

○二五一番鶏

▲二六二階はすは　　二七怒風

二八美《み》のゝ客衆《きやくしゆう》にかこわれてゐさんすよし、二九はつぶみに見えたり。

37 お他人《たにん》がかしら持《もち》けり筆はじめ

れやっていたことをさすか。

一四 頭注に「取売」とあり、売買の仲介などをやっていたのであろうか。手文庫をかつぎながら。

一五 あちこちぶらりぶらりする意か。

35 ▽カラスが止って飛び去ったあと、また柳の枝が所在なげにゆらゆらとゆれている。出典、未詳。季柳(春)。

一六 三九五頁注一八参照。

一七 江戸新吉原で、太夫・格子の次に位する遊女。散茶女郎。

一八 沾徳は元禄十四年春、了我を伴って上京し、同年夏には了我を京に残して江戸に帰っている。「法師(了我)をみやこにとゞめて／若竹のちかつきふえていほり哉 合歓堂沾徳」(俳諧二つの竹)。

一九 江戸言葉や江戸を自慢するさま。「坊(了我)の口ぐせ江戸気〳〵を異見して／追はぎに宗祇は歌を夏衣 放水」(二つの竹)。

二〇 好春(四一四頁参照)のことをいうか。好春は元禄十四年夏沾徳が京より江戸に帰るに際して、餞別吟を寄せ、また餞別歌仙に一座(二番鶏)。また了我編の二番鶏に序文を寄せており、了我と好春との交流の深さがみられる。

二一 京のどこに住んだかは不明だが、水色・好春などが訪ねている。一番鶏に「了我師の庵を始て訪侍りて／箸箱に鎧通しや番椒 水色」とあり、脇了我、第三好春。

二二 元禄十四年夏沾徳帰江に際して、餞別句会などが、あちこちで行なわれたり、餞別吟を集めたりして、送別記念集、一番鶏出版のために忙しく動きまわったのである。

二三 包丁で鳥の骨などをたたいて、鳥の料理を作ることをいう。

二四 料理の「鳥」と、俳諧撰集の「一番鶏」とをかける。

36 ▽奥座敷に正月の蓬萊飾りがあり、そのそばに数々の菓子が名を書いて並べてある。出典、未詳。季ほうらい(春)。

二五 半紙本一冊。了我編。年次なし。井筒屋庄兵衛版。元禄十四年春から夏にかけて京に滞在した沾徳の送別の撰集。また江戸へ行く子葉の送別撰集でもある。

二六 問屋にやとわれて、二階で客の接待をはじめ寝所の世話や相手をつとめる女。

二七 元禄十四年、枕かけに京怒風として入集、以後宝永四年(一七

大坂

西山宗因

38 詠《なが》むとて花にもいたし首《くび》の骨《ほね》

玖也

39 年おとこ声やおかしくて謡《うたひ》初《ぞめ》

保友

40 書《かき》ぞめや鼠《ねずみ》の髭《ひげ》の筆の海

西鶴

41 射《ゐ》て見たが何《なん》の根もない大《おほ》矢《や》数《かず》

遠舟

42 呼《よぶ》子《こ》鳥《どり》あゝらこひしやさるにても

難波《なには》は日本の[一]大湊にて、[二]風俗もかはれり。[三]初手《しよて》は

〇七)、庵の記まで京怒風として入集している。それから後は美濃怒風として諸書に入集。元禄十四年あたりから宝永四年ころまで京に在住したものと思われる。底本「恕風」。
二八 美濃の後援者がいたと思われるが未詳。
二九 美濃出身であるから、美濃の連衆と一座した歳旦帳があったものと思われる。

37 ▽妾腹の子どもが本家へ移されて、継母に筆の頭に手を添えられ、いやいやながら書初めをさせられた。出典、未詳。季筆はじめ(春)。

38 ○詠むとて　新古今集・西行「ながむとて花にもいたく馴れぬれば散る別れこそ悲しかりけれ」の本歌取り。▽桜の花の美しさにみとれて、上を向いて長いこと眺めていたら首の骨が痛くなってしまった。本歌の「いたく」は「はなはだしく」の意だが、それを「痛い」の意に替え、下五でパロディ化した。雅俗の落差によるおかしみがある。出典、牛飼。季花(春)。

39 ○おかし　風情がある。○謡初　毎年正月に行なう謡曲のうたいはじめの儀式。▽年男が、謡初めで謡をうたっているが、その声に張りがあって、なかなか風情がある。出典、歳旦発句集。季謡初(春)。

40 ○筆の海　筆跡の多いことのたとえ。▽書初めをするが、今年は子(ね)なので、鼠の髭のようにぴんと張った勢いのよい筆跡が多いことだ。歳旦発句集の年代不知のところにあるが寛永十三年(一六三六)が子年なので、この年の作か。出典、歳旦発句集。季書ぞめ(春)。

41 ○大矢数　矢数俳諧に同じ。江戸時代、京都三十三間堂などで、四、五月頃、日暮れから翌日の日暮れまでの一夜一日、行なわれた通し矢の競技を大矢数というが、それを俳諧にとり入れ、独吟で句数の多さを競った俳諧興行。この場合、貞享元年(一六八四)六月五日住吉神社で興行された一日一夜二万三千五百句の大矢数をいう。○何の根もない　何らたいしたことではない。▽二万三千五百句の大矢数を興行して成功をおさめたが、成功してみたら何も大したことではなかった。自祝の句だが、心なしか空虚な感じもある。出典、未詳。季大矢数(夏)。

ふり、のちは抱《〈だき〉》とめて、法《ほふ》しさへ泣せたる江口[四]の君がはづみ[五]を残《のこ》し、都[六]の姿もからずして、一躰《いつ〈てい〉》をはじめたる所ぞかし。古[七]君たちも多《おほ》けれど、ことぐ〱くにしるすにおよばず。

▲太　夫　　由　平

宗因門人　西山屋の内にても、ならびなくはやりたる君也《なり》。芸[八]能にかしこく大酒もまいらず、しまつをよくなされたるにより、黄[九]《〈き〉》なものもたくはへられて、年《〈ねん〉》が明《あけ》てのち天[一〇]満の片里に引《ひき》こもり、田[一一]地をつくらせ、小[一二]借《〈じやく〉》屋などかして、

年のあくはらくに成たる也

43 定《てい》家《か》流《りう》にてかし座《ざ》敷《しき》あり村しぐれ

手形集物　○手[一三]形どれ〱も大坂にあればしれず。

42 ○呼子鳥　その鳴き声が人を呼ぶように聞こえる鳥。古今伝授三鳥の一で種々の説があるが、カッコウをさすのが通説。匠材集に「よぶこ鳥。小鳥ども、友を呼べばなり。また猿をいふといふ説あり。また鳩ともいふ」とあり、滑稽雑談は猿という説を支持している。其角の句に「むつかしや猿にしてお け呼子鳥」(五元集脱漏)。○さるにても　「猿」と「去る」を言い掛ける。▽たとえそれが猿だとしても、呼子鳥が去ってゆくのは、ああ誠に恋しいことだよな。出典、歌仙大坂俳諧師。季呼子鳥(春)。

一 日本でも有数の大きな港。「惣じて北浜の米市は、日本第一の津なればこそ」(日本永代蔵一ノ三)。
二 おっとりした京や張りのある江戸の風とはちがっている。
三 遊女がはじめて客の相手をするときは床入りしないのが作法で、床入りは二度目からである。江口の遊女に西行が一夜の宿りを求めたところ、はじめは断られ、歌を詠んだら泊ることを許されたという故事(撰集抄・江口遊女歌之事)。
四 摂津国の地名。今の大阪市東淀川区江口。平安時代から港町として栄え、遊女が多くいた。
五 勢い。
六 京の姿をまねないで、大坂独自の風俗を案出した。天満の連歌所の長官西山宗因が、談林俳諧を創始したことを指す。
七 古い先輩女郎。歌仙大坂俳諧師・山海集などから挙げれば、空存・意朔・立以・正甫・以仙・幾音・如貞・清勝・休安・道寸・休甫・空存などの俳人がいる。
八 俳諧以外の芸能にもすぐれていて。
九 黄金色のもの。小判などの金。
一〇 由平の住所は、難波すゞめ(延宝七年)では「元天満町」とあり、また国花万葉記(元禄十年)では「平の町」と誌されている。晩年に天満にもどって隠居したものか。
一一 小作人に田をつくらせて。
一二 借家を作って人に貸して。

43 ○定家流　藤原定家を祖とする肉太の個性ある書道の一流派。▽不意に時雨が降って来たので、雨宿りに軒先を借りようとしたら、何とまあ麗々しく定家様の文字で、「かし座敷

▲太夫　一時軒

琴[一]・三味線[二]・小歌《こうた》[三]・手跡[四]、三ケ[五]の津におよぶはなし。さるによつて大坂[六]へは出られたり。玉[七]に疵《きず》はたゞ悪性《あくしやう》にて、あけくれうなぎ[八]・玉子に身をよせ、下男に迄《まで》あはれて、名[九]にたつ風俗もいなかがうせず、しりつき[一〇]備前《びぜん》すり鉢《ばち》のやうなれば、ぬしもかしこい人で、これでは[一一]つゞくまいとおもはれけるにや、いまは何やかや[一二]の芸をおしへていさんす。

44 泥坊《どろばう》もふたゝびすめり聖《ひじり》の春《はる》

▲太夫　益翁

いまは白髪《しらが》となられて、いづくにいさんすも知《しれ》がたし。これも西山屋[一三]にては、ときめかれたり。しほらしき[一四]君也《なり》。

45 富士《ふじ》ごりや浅瀬《あさせ》しら波あさり鷺《さぎ》

あり」と書いてあって驚いた。定家様なら「時雨亭」とあればふさわしいのに。謡曲・定家に不意の時雨に立ちよった宿に、額があり、「時雨の亭」と書かれていたという詞章があるが、それを「かし座敷」とパロディ化したもの。出典、俳諧百人一句難波色紙。季村しぐれ(冬)。

一三 編著はほとんど知られていない。「胴骨、一冊、西国・由平・松寿軒西鶴作、延宝六年三月十三日」(誹諧書籍目録)とあるが、版本は知られていない。ただし各自筆の巻子本、胴骨三百韻(一巻)があり、奥書に西国の筆で「右三百韻延宝第六の春／於大坂判屋望申ニ付／あづさにちりばむる者也」とある。

一 漢文・漢和のこと。三九四頁注一参照。

二 和歌のこと。

三 仏学のこと。

四 書道。惟中(一時軒)は岡山で手習い師匠をしており、寛文九年(一六六九)には心正筆法論と題する大本六冊の筆道書を刊行している。

五 京・江戸・大坂の三都でも及ぶ者がいない。

六 延宝六年(一六七八)春、岡山より大坂へ移住する。

七 性格が悪くて、「大坂の岡西氏を見給へ。行跡は随分悪く候へども学才ある故に人人敬ひ申候。此人無学ならばいかにせんや」(元禄大平記)。

八 うなぎや玉子ばかり食べて。贅沢で精のつく物を食べて。

九 評判になる俳諧も泥くさいところがあって。

一〇 尻のかっこうが、備前焼の擂鉢のように黒褐色で厚く。惟中が備前の出身ということを言い掛けている。

一一 こんなことでは俳諧師をつづけてやっておられまい。

一二 連歌や歌学・漢学を教えている。

44 ▽すぐれた聖人の出現する世になって、泥棒をやっていたような人間も改心して、世にふたたび安心して住むことができるようになった。「泥坊」の「泥」と「すめり」の「澄む」が縁語。また「すめり」に「澄む」と「住む」とが言い掛けられている。仁慈寛大な世のさま。出典、未詳。季聖の春(春)。

一三 宗因の門下として全盛を誇った。寛文十一年、落花集(横本

▲太夫　　　　豊流

一五 こうたうなる君にて、にし山屋の内でもおばさま〳〵といふて、一六 いとしがられたる太夫也。いまは老《をい》の姿に引《ひき》かへ天王寺のあたりにすみて、一七 あふ坂の清水《しみづ》に影をうつし、往来《ゆきゝ》の人をまねきて、一八 彼岸《ひがん》ざくらの花のもとにむかしをおもふ。

彼岸桜集物の名也

46 すめばこそ拙《せつ》者《しや》風《ふ》情《ぜい》も難《な》波《には》の春

▲太夫　　　　来山

一九 左《ひだり》づまにしやんとつかみあげ、大事の所の見ゆるもかまはず、二〇 くはんくわつなるとりなり、二一 あね女郎よしさまには似ず、二二 酒もよくなり手も二三 よし。はなしがおもしろさに客もあまた有《あり》しが、二四 くいものにいやしいとて、ちかごろはさびし。

由平事なるべし

五冊)を以仙の号で刊行。この撰集の最後の一冊は宗因十百韻で、宗因への傾倒ぶりを示し、宗因からも信頼されていたといえよう。

一四 ひかえめでおとなしい。

45 ○富士ごり　富士垢離。陰暦五月下旬、富士講の行者が、富士の川辺に出て心身を浄めるために水垢離をとり、富士権現を遥拝すること。「[五月二十五日]今日ヨリ六月二日ニ至リテ、富士ノ行人、毎日河辺ニ出デテ、富士垢離ヲ修シテ、遥ニ富士権現ヲ拝ス。コレスナハチ富士参詣ニ同ジトイフ」(日次紀事)。▽富士垢離で水をかぶって心身を浄めていると、浅瀬に白波が立って、そこに餌をあさっている鷺の姿が見える。出典、未詳。季富士ごり(夏)。

一五 公道(こうとう)なる。地味で実直なさま。「コウタウナヒト。礼儀作法上のきまりを守るきちんとした人」(日葡辞書)。

一六 愛され、慕われた。

一七 大坂天王寺西にある有栖川山清水寺(きよみずでら)。難波雀跡追(延宝七年)に大坂三十三所の観音札所の「二十五番同清水」とある。京の清水寺を模して音羽の滝などがある。俗に新清水という。

一八 四天王寺の糸桜。彼岸会の前後に咲き、難波十観の一として有名であった。それと豊流の撰集であった彼岸桜を暗に示している。彼岸桜は佚書だが、柳亭種彦翁俳書文庫に「彼岸桜、一冊、大坂談林豊流撰、貞享二年天王寺名所画入」とある。

46 ○すめばこそ　すめばこそ都で。「すめばみやこ」(せわ焼草)。▽わたくし風情の者でも、誠に住めばこそ都で、ありがたく難波の春を楽しんでおります。出典、未詳。季難波の春(春)。

一九 着物の裾の左端をつかみ、人に見せられないような大事なところが見えても気にせず。

二〇 寛闊。ぱっぱと気が大らかで物事にこだわらない態度。

二一 先輩の由平さんには似ないで。

二二 酒もよく飲んで。来山の酒好きは有名。「無才無能にして六十一歳、酔を常にして鼻をひかず」(いまみや艸)、「十万堂にいて沈酔のあまりに書す」(続いまみや草)などと自ら述べている。

47 名月《めいげつ》や草《くさ》とも見えず大根《だいこ》畑《ばた》

▲太夫　才麿

一うぐひすのほそはぎよりやこぼれけん、梅の匂《にほ》ひのからばしく、今の難波《なには》のはやり太夫也《なり》とて、都のかたよりも風俗二をうかがふは此君《この》とや。されども気がみじかふて、ちつとした事にも人をしからんす。三一座は見事《みごと》に一ぱいくう風也《ふうなり》。

48 古《ふる》石《いし》の舞《まふ》て出《いづ》るやけふの月

○四椎《しゐ》の葉　五後椎の葉　六うきゝ

▲太夫　万海

七しんき〳〵が三しんき御《ご》ざる。八あそび過《すぎ》ては身をうつしんき、九酒が過《すぎ》てはらん気のしんき、一〇水がへつてはじんきよ一一の

一三 筆跡もすぐれている。
一四 来山の句に「此いとし身をしかられて薬喰」(金毘羅会)のような薬喰の句はあるが、とりたてて食い物にいやしいという事実はない。著者が中傷をこめていったものか。

47 ▽八月十五日の名月の夜、月がとても明るいので、大根畑も草なんかとは思えないほど美しく見える。出典、小弓誹諧集。季名月(秋)。
一 才麿の発句「うぐひすの細脛《ほそはぎ》よりやこぼれむめ」(よるひる)を引用している。鶯の細いすねからこぼれ出たのだろうか、梅の匂いが香りよく。
二 京都の人たちも、才麿の俳風をうかがい、注目している。
三 俳諧の座は、虚をつかれてみごとにだまされるといった様子である。

48 ▽今日、中秋の名月のあまりのみごとさに、動かぬはずの古石さへも動き出で、舞いを舞っている。名月の美しさに古石が舞い出したさま。出典、小弓誹諧集。季けふの月(秋)。
四 半紙本一冊。才麿編。元禄五年(一六九二)九月奥。井筒屋庄兵衛版。才麿が須磨・明石の秋の夕べを見に、大坂から八月二十五日船出をし、さらに姫路に逗留した折の句文集。
五 半紙本一冊。才麿編。元禄五年十月奥。井筒屋庄兵衛版。椎の葉の続篇。姫路から岡山へ向かい、岡山の俳人らと興行した連句や瓶井山の観音・吉備津宮に詣でた句文を収める。
六 半紙本一冊。才麿編。元禄十三年八月自序。井筒屋庄兵衛版。才麿が人々と興行した良夜百韻一巻と、諸家の発句を収録したもの。
七 心気、辛気。心がいらつき、気がくさくさすること。
八 遊蕩がすぎて、身をほろぼす心気。
九 酒を飲みすぎて、気がおかしくなる心気。
一〇 腎水、精液のこと。「此程は、水神鳴ども若げにて夜ばい星にたはぶれ、あたら水をへらして」(西鶴諸国ばなし二ノ七)。
一一 腎虚。漢方の病名の一。心労や過淫などが原因でなる強度の心身衰弱症。過淫による場合が多く、ここでもそれである。

盲人

しんき、一二ついにつぶれて月も見ぬ。

49 海《うみ》山《やま》のはつものつゝむ霞《かすみ》哉《かな》

○一三ぬれ烏《がらす》

▲太夫　一礼

集の名にや

一四あけぼの烏のうしろ姿、一五いとしらしい風俗成《なり》しが、ちかきころは紋日一六〳〵にも見えず、一七大事のお子を瓜《うり》かなんぞのやうに、井戸へおとさんしたげな。そんな事で一八心もひへたかしらぬ。

50 武《ぶ》士《し》の子や正《まさ》行《つら》作る雪あつめ

▲一九本の太夫　園女

二〇あんにやの風もいやしとて、大坂に出られたり。よろづの芸《げい》、女にはめづらし。風俗も二一あれこれを見とられたれば、

一二 とうとう目がつぶれて月も見えない。この事実未詳。

49 ○はつもの　初物。その季節にはじめて出来た野菜や果物をいう。ここでは春の初物をいう。▽春霞がたちこめているが、それはまるで海や山で出来た初物を包んでいるかのようだ。出典、未詳。季霞(春)。

一三 半紙本一冊。一礼・益友(万海)著。延宝七年(一六七九)十一月。愚常版。一礼・益友両吟百韻二巻を収める。序文「とばんとすれど飛れず」から「ぬれ烏」の書名になったもので、「飛躰」を意識したもの。

一四 ぬれ烏(前注参照)のことか。

一五 かわいらしい。

一六 会日、会に出る日。

一七 大切な自分の子を、瓜かなんかのように無雑作に井戸へ落してしまったそうな。事実については未詳。

一八 心が冷えてつめたくなったのだろう。

50 ○正行　楠正行。南北朝時代の武将。河内守正成の長男。南朝に仕え、父の没後北朝方と戦い、高師直らに四条畷の戦いで敗れ、弟正時と刺しちがえて死んだ。貞和四年(一三四八)没。▽武家の子どもが、積もった雪を集めて、あの父の遺言を守って南朝のためにけなげに戦って死んだ楠正行の像を作っていることだ。出典、未詳。季雪あつめ(冬)。

一九 本物の。園女は女流俳人であるから「本の」とわざわざ注記した。

二〇 伊勢の遊里古市にいた私娼。「伊勢古市中の地蔵といふ所の遊山宿に、世間は娘分といはし、内証は地の客をつとめさする女、是を所の詞にてあんにやといへり」(風流曲三味線二ノ五)。ここでは伊勢山田に在住していた園女を諷していっている。元禄五年(一六九二)八月、病弱の医師で俳人の夫斯波一有と大坂へ移住したことを指す。

二一 あちこち見ていらしたから。京の轍士、江戸の芭蕉らとの交流がある。園女は蕉門の俳人。

[一]京にもむさしにも似る。されどもやり手が[二]うしろからとりついて、[三]さしでをいふてわるいと云沙《いふさ》た也《なり》。[四]此《この》やり手が死んだらば、[五]かゝへてよい金《かね》まふけせんにとて、みな〳〵わる口。

51 得た貝を吹《ふい》て田《た》蓑《みの》の月見哉《かな》

[六]筆はじめ

▲天神　川柳信女

52 おめ〳〵と平《へい》安《あん》城《じやう》をならざらし

▲おなじく　伴自

ちかきころのつき出《だ》し[七]なり。めき〳〵とよい客がつきたり。風俗も、しかとはしりがたきほどの君也。人しれず内証《ないしやう》[八]になんぞうまひ事が有《ある》かじやさて。

一 京都の風もあり、江戸の風にも似ている。
二 遊女屋で、遊女を見張って、客とのやりとり他、何事につけて切り廻す老女。この場合、夫滑川(一有)のこと。
三 あれこれ差し出がましいことをいっており、それが悪いという評判である。
四 この遣手が死んだならば。滑川(一有)の逝去は、宝永二年(一七〇五)秋頃。病弱で、大坂移住後は園女が雑俳の点者などで収入を得ていたものと思われる。
五 園女を雑俳の点者としてかかえて、お金をもうけようと。

51 ○田蓑　摂津国の歌枕。田蓑島(たみののしま)。今の大阪市。淀川の河口に散在していた島の一つ。「田蓑島(たみのゝしま)今の北浜といふ所なり。難波がた汐満くらしあま衣たみのゝ島に田鶴鳴渡る」(一目玉鉾)。▽拾い得た貝を吹いて、田蓑の島で月見をすることだ。出典、小弓誹諧集。季月見(秋)。

六 未見。「筆はしめ、園女」(故人俳書目録)。

52 ○おめ〳〵と　相手に威圧されて、おじけづくさま。意気地がなくなるさま。○ならざらし　奈良産の上等な晒(さらし)の麻布。「奈良曝。麻の最上といふは、南都なり。近国、全国よりもその品数々出づれども、染めて色よく、着て身に纏はず、汗をはじく」(万金産業袋)。▽京都の街中を行商人が奈良晒を売って歩いている。おめおめと平安城(京の市中)を奈良勢に乗っとられたような感じである。出典、未詳。季ならざらし(夏)。

七 遊里で禿の修行をしないで、一四、五歳ですぐに遊女として働くこと。この場合、たいして俳諧の修行をしないで点者になり、撰集を出すことをいう。
八 内々に持っている考えにすばらしいことがあるのか。「さて内証にしこなしのよき事もありや」(好色五人女一ノ一)。

53 芦田鶴《あしたづ》の鳴《ない》て通《とほ》るや笠《かさ》の上《うへ》

○住吉詣[九]　雪月花[一〇]　難波拾遺[一一]　紀の山ふかみ[一二]　かくれさぎ[一三]

▲天神　賀子

鶴《つる》さまのあとに[一四]とばんして、人も[一五]はしぐ\しる利口《〈りこう〉》なところ有《あり》て、[一六]身ざまもよし。

54 鉢《はち》たゝき厄《やく》はらはせて帰りけり

○蓮の実[一七]　難波丸[一八]

西鶴門人

▲天神　団水

小歌は仏学

こゑがよさに、何をうたはんしてもおもしろく、[一九]みやこのすまひならば、今ほどは太夫にも成《なり》かねぬ器量《〈きりやう〉》なれど、酒[二〇]

53 ○芦田鶴　芦の生えているところに住んでいる鶴。また芦辺に多く住むところから鶴の異称。▽芦田鶴が笠をかぶった頭の上を鳴きながら飛んでゆく。のどかなものだ。出典、未詳。季芦田鶴(冬)。

九 未見。「住吉詣、伴自」(故人俳書目録)。

一〇 未見。「雪月花、伴自、一云角呂トモ」(故人俳書目録)。九成堂角呂編の雪月花は半紙本二冊。元禄十三年序。

一一 未見。「難波拾遺、伴自、元禄十五」(故人俳書目録)。

一二 未見。「紀ノ山ふかミ、伴自」(故人俳書目録)。

一三 未見。「かくれさき、伴自」(故人俳書目録)。

一四 飛ぶように、非常に活躍をして。

一五 ちょっとした一端。

一六 はたから見た様子。容姿。ここでは俳風のすぐれていることを言う。

54 ○鉢たゝき　旧暦十一月十三日の空也忌から四十八日間瓢や鉦をたたきながら念仏を唱えて洛中洛外をめぐりあるく半僧半俗の人々。○厄はらはせて　厄払いに厄をはらわせて。「厄払。節分夜にありく、はらいを望者、煎太豆に銭つゝみてとらすれば、寿命長久のすいた事をたからかにわめく」(人倫訓蒙図彙)。▽鉢叩きが節分の夜、厄払いに厄を払わせて帰っていったよ。鉢叩きのような物でも厄払いをするのだなあ。出典、未詳。季鉢たゝき(冬)。

一七 半紙本一冊。紅葉庵賀子編。元禄四年八月自序。井筒屋庄兵衛版。唱和の歌仙の発句はすべて蓮の実の題をとる。他に四季発句を収める。

一八 未見。「難波丸、大坂賀子作、元禄五年五月」(誹諧書籍目録)。

一九 団水は元禄六年八月西鶴が大坂で没すると、この年に西鶴庵を継承し、翌七年春、京都より大坂の西鶴の庵に入った。そのまま京に住んでいたならばの意であろう。

二〇 酒を飲みすぎて俳諧興行の座があれて。団水の酒好きを証する句に「酒と金この二品で冬籠　団水」(風光集)がある。

如泉なるべし　が過《すぎ》ては只《ただ》一座があらく、[一]泉《いづみ》さまきめさんした時も、すさまじきとり沙《さ》た也《なり》。智恵《ちゑ》は[二]ずんとかしこふて、[三]楠《くすのき》にも[四]北条《ほうでう》にもまけぬ。

55　しうとめにちよろりとなるや宿《やど》の春《はる》

○[五]あきつ島《しま》　[六]味増有《みぞう》　[七]特牛《ことひうし》　[八]くやみ草　[九]弥《や》の介《すけ》

▲天神　　只丸

[一〇]牛にも馬にもふまれぬかしこい君なり。[一一]かくもの[一二]足ぞろへに見た人があるげな。いまは[一三]うき世しようじのあたりに、かこはれてゐさんすとやら。

56　衣《ころも》がへ見ん三条の人《ひと》通《どほ》り

○[一四]丹後《たんご》ぶり　[一五]足《あし》ぞろへ　[一六]小松原《こまつばら》

一 如泉が点者になってもいいと皆で決めた時も、猛烈な反対をして荒れたという評判が立った。この事実については未詳。
二 格段に利口で。
三 楠正成。南北朝の武将。河内の人。後醍醐天皇にしたがい、鎌倉幕府を攻撃。河内赤坂のち千早城を拠点とし、数々の策略を用いて幕府の大軍を翻弄した。建武三年(一三三六)没。
四 北条氏康か。室町末期の武将。父は二代小田原城主北条氏綱。川越城の戦さでは夜襲をかけ、わずか八千の軍で八万の大軍を破って勇名をはせた。元亀二年(一五七一)没。
55 ○しうとめ　姑。配偶者の母親。とくに夫の母親をいう。○ちよろりと　あっけなくすぐに。▽新年になって息子が嫁を迎えたので、あっけないほどすぐに姑になってしまったことだ。出典、未詳。季宿の春(春)。
五 半紙本一冊。団水編。元禄三年(一六九〇)十月跋。井筒屋庄兵衛版。大坂から京都へ移住した団水の俳壇での活躍を示す最初の撰集。
六 未見。一冊。未曾有とも。元禄元年刊。元禄二年の春、団水自ら誤りを悟って板木を破棄し焼却したという。
七 半紙本一冊。団水著。元禄三年十月十四日自奥。井筒屋庄兵衛版。可休編物見車の論難書。
八 半紙本一冊。団水編。自序。井筒屋庄兵衛版。元禄五年六、七月の刊か。諸家の連句・発句集。
九 未見。「弥之助、団水、元禄四」(故人俳書目録)。
一〇 どっしりと牛のように鈍重なものにも、馬のような駿足のものにも踏まれない。
一一 書いたもの。俳諧に関する著作。
一二 劇場の顔見世前の「足揃へ」と只丸の著作「足ぞろへ」とを言い掛ける。足揃えは、顔見世に先だち、一座の俳優がうちそろい、太夫元から盃を受け、各自一芸を演じて太夫元に盃を返す儀式。只丸は元禄後期に京都より大坂へ移住し、浄瑠璃作者としても名をあげている。
一三 大坂の高麗橋筋と今橋筋との間にあった小路。寂しい小路であったので番頭・手代の隠し宿、蓮葉女の出合宿などがあった(新日本永代蔵三ノ四)。

▲太　夫　　　　　　松尾屋内　諷　竹

只《ただ》[一七]こんじよがふとふて、客[一八]しゆのしゆびをそこなはせ、またしても〳〵身[一九]あがり計《ばかり》して、なんぼまうけても〳〵あとへもどる。これほどしかられても、あ[二〇]の目つきはいの。

57 春《はる》〳〵何《なに》から先へ笑ふぞ

○あめご[二一]　淡路島《あはぢしま》[二二]　砂川《すながは》[二三]

▲小《こ》天神《てんじん》[二四]　　　　　　芝　柏

客がのうれんあげて見ると、小手まねきしてだ[二五]ましすまひて、ち[二六]よろりとあげやへつれて行《ゆく》にはないよ[二七]ねじやとて、わざとつ[二八]ぼねに置《〈をく〉》。

58 花《はな》の雲《くも》そりや〳〵〳〵〳〵

○杉《すぎ》[二九]の庵《いほ》

56　○衣がへ　季節に応じて衣服を着替えること。夏(四月一日)、冬(十月一日)の二回が普通だが、ここでは、陰暦四月一日、綿入れから袷に替えることをいう。○三条　京都の東西の通り。東は粟田口から西へ大宮通りの西野までつづく通り。きわめてにぎやかであった。▽衣がえの日がやってきた。三条の大通りの人通りのあるところに出かけて行き、新しく着替えをした人々を見てみることにしよう。出典、小松原。季衣がへ(夏)。

一四 半紙本二冊。只丸編。元禄七年刊か。井筒屋庄兵衛版。只丸が丹後の国へ赴き諸家と交流した記念集。上巻は只丸の紀行文と諸家発句集、下巻は連句集。

一五 半紙本一冊。元禄五年五月跋。井筒屋庄兵衛版。誹諧京羽二重を論難した随流の貞徳永代記をさらに論駁したもの。

一六 半紙本二冊。只丸編。元禄四年閏八月仲涴重徳版。上巻は諸家の発句、下巻は連句を収録する。

一七 神経がふとく、無神経で。

一八 客にうまく事を運ばせず、ぶちこわして不興を買い。

一九 三九五頁注三四参照。

二〇 あの目付きはなんでしょうね。それを見ると赦してしまう。

57　○笑ふ　つぼみが開き、花が咲く。「はら筋をよりてや笑ふ糸ざくら　季吟」(綾錦)。▽ああ春になった、春になった。いったい何から先につぼみが開き、花が咲くのであろうか。出典、柴橋。季春〳〵(春)。

二一 半紙本一冊。之道(諷竹)編。元禄三年九月自序。井筒屋庄兵衛版。大坂の之道が八月十日過ぎ幻住庵の芭蕉を訪ね興行した半歌仙・歌仙などを収め、他に諸家の秋の句を収録する。

二二 半紙本二冊。諷竹編。元禄十一年三月自跋。井筒屋庄兵衛版。筑紫・長崎を旅行し、長年意図しながら刊行できなかったものを舎羅の助力により刊行したもの。諸家の発句も収録。

二三 半紙本二冊。諷竹編。元禄十一年十一月自序。井筒屋庄兵衛版。元禄七年芭蕉落柿舎滞在中の七吟歌仙をはじめ歌仙七巻、発句四百七十余を収録。

二四 上方の遊里で女郎の位。天神より下で囲より上の位。たとえば堺の廓で、天神二十八匁、小天神二十一匁、囲職十六匁、

▲天　神　　　天　垂

[一]おんなきらやる高野の山に、なぜに女松《めまつ》は、はゆるやら〳〵。もう精進《しやうじん》[二]おちて、つとめもしか〳〵させましたし。

59 あはぬ間《ま》は星《ほし》も大事《だいじ》の一夜《いちや》哉《かな》

○男ぶり[三]

富士を見ても嵯峨野《さがの》[四]の虫をきいても、心のはき〳〵とせぬは、[五]せふ事がなふて、去年は西行[六]に成《なり》て善通寺[七]の松は見さんしたれども、[八]どちらへともかたづかぬ風俗也《なり》。

▲かこゐ　　　東　行

60 木がらしや障子《しやうじ》の引手《ひきて》十文字

○天満拾遺《てんましふゐ》[九]

端女郎八匁の揚代(色道大鏡)。
三五 すっかりだまして。
三六 ちょろっと揚屋につれて行くまでもない。
三七 娼(よね)。遊女。女郎。「よね。武江ノ俗、遊女ヲよねト云ハ米(よね)カ。又、遊仙窟ニ、張文成ト十娘ガ双六ヲウットキ、文成ガ云ハ、宿(ヨネ)ヲ賭(ノリモノ)ニセント云…よねハ夜寝(よるねる)ト云フ義也。ソレ故宿ノ字ヲよねトヨメリ」(志不可起)など「米」「夜寝」その他語源については諸説ある。
三八 女郎の部屋。

58 ○花の雲　桜の花が一面に雲のように咲きつらなっているさま。○そりや　はやしことば。「そりや〳〵そりや〳〵、鑓の権三は蓮葉にござる」(歌謡・落葉集)。▽ごらん、桜の花が一面に咲いているよ。花の雲だよ。それ、それ、それ、それ、それ、それ。出典、未詳。季花の雲(春)。
三九 未詳。「杉の庵、芝柏」(故人俳書目録)。

一 歌謡か。女性の入山をゆるさぬ高野山に、どうして女松がはえるのか。
二 僧としての勤めをしなくてよく。天垂はもと高野の僧であったか。

59 ○あはぬ　「あふ」は、男女が逢瀬をとげる、一夜をともにする意。▽逢瀬をとげるまでは、織姫・彦星の二星にとって、七月七日の七夕の一夜はまことに大切な一夜であることよの意か。出典、柴橋。季句意から「星合」で秋。
三 誹諧男風流。半紙本二冊か。上巻の伝存不明。下巻のみ存。自跋。井筒屋庄兵衛版。誹諧書籍目録(宝永四年)によれば元禄十二年(一六九九)刊。
四 嵯峨野の虫は古来から有名なもの。平安後期の嘉保二年(一〇九五)嵯峨野で虫を捕えて、堀川院へ献上したことが諸書に見える(古今著聞集二十など)。「虫を撰ぶとは、うへ人たち嵯峨野わたりに逍遥しつつ、虫を取りて籠に入れて、大内へ参らせはべりしこととぞ」(山之井)。
五 どうしようもなくて。
六 西行になったつもりで。

▲一〇げい子　何中

▲おなじ　岸紫

一一風俗も分らず、一座のとりもち計也《ばかりなり》。

▲一二ふろやもの　盤水

よい客がついて、うけ出されさんしたかとおもへば、いま
一三はほり江に名はたち一四花屋、この

61 涼《すず》しさに四《よ》ツ橋《はし》を四ツわたりけり

○一五水尾杭

▲かこゐ　舎羅

一六ほそ〴〵と心のやうに手をよふ書《〈かゝ〉》んすゆへ、ほうばいしゆ

七 香川県善通寺市にある真言宗の総本山。空海誕生の地で、生家佐伯氏の氏寺。四国八十八か所の第七十五番札所。その善通寺の南大門の西二丁ほどのところにあった大松。西行が庵を建て、この松を「久に経て我がのちの世をとへよ松跡したふべき人もなき身ぞ」と詠んだので、この松を西行の久(さひ)の松という(金毘羅参詣名所図会三)。

八 東へ行っても西へ行っても、どっちつかずの俳風である。

60 ○十文字　十文字槍。穂が十字の形をした槍。▽こがらしが吹きつのり、がたがた鳴っている障子に目をやると、破れて骨の出た引手が十文字槍のように見え、寒々と感じられる。出典、未詳。[季]木がらし(冬)。

九 未見。「天満拾遺、東行」(故人俳書目録)。

一〇 歌舞伎若衆。舞台に出る一方で男色の相手にもなった。

一一 俳風もよくわからず、俳席でとりもちや世話をやいている。

一二 江戸や大坂などの風呂屋にいて売色した私娼。湯女。「湯娜(ナユ)。風呂屋物、猿」(好色訓蒙図彙)。

一三 大阪市西区の南部。木津川・西横堀川・道頓堀川にかこまれた地域。元禄十一年、中央に堀江川が開かれ、南北に分けられた。廻船の発着所で、材木や薪炭の問屋が多かった。

一四 「名がたつ」(評判になる)と「橋屋」(役者市村羽左衛門の屋号)をいいかける。

61 ○四ツ橋　大阪の南区と西区との間にある西横堀川と西区を東西に流れる長堀川とが直角にまじわる処の井桁のように四つ架けられた橋の総称。西横堀川の上繋橋と下繋橋、長堀川の吉野屋橋と炭屋橋の四つ。▽川風が涼しいので、思わず難波の四つの橋を四つとも渡ってしまったことだ。出典、我が庵。[季]涼しさ(夏)。

一五 未見。「水尾杭、一冊、盤水作、元禄三年十一月廿八日」(誹諧書籍目録)。

一六 ほそぼそとした字を、心の中からすらすらと出てくるように続けてよく書く。

のいそがしいときには、[一]ふみの手つだひも心よくなさるゝゆへ、[二]いとしがられさんす。されども気がのらで、いやしうて、客衆《きやくしゆ》からきるものや帯をもらはんしても、つい[三]おしまげてなし。[四]ぐんないの小そでひとつで身すぼらし。また[五]備後《びんご》の鞆〈とも〉へやらざなるまい。

62 八《はつ》尺《しやく》の海《え》老《び》も飾《かざ》らず朱《しゆ》雀《じやく》門《もん》

○[六]蓑笠《みのかさ》　[七]あさくのみ　[八]柴橋《しばはし》　[九]あら小田《をだ》

一 俳諧撰集の板下の文字を引き受けて書いたことをいう。舎羅は筆跡に秀れ、現存する舎羅書簡(飯田正一『蕉門俳人書簡集』)によれば書道の手本を書いたり、板下の浄書をしていたらしい。
二 大切にされている。
三 着物や帯をくしゃくしゃにしてしまって、使いものにならないものにしてしまう。
四 甲斐国郡内地方から産出される縞模様の絹織物。格子縞が多かった(万金産業袋四)。
五 広島県福山市の地名。瀬戸内海に面した古くからの港で、有磯町に遊廓があった。「挙屋合七軒あり。天職廿一匁、囲職十六匁、半夜八匁…」(色道大鏡)。舎羅は元禄十三年(一七〇〇)春から秋にかけて、作州落合から備中久世にかけて行脚し、さらに四国の讃岐まで渡っている(荒小田)。とくに久世では林雪などと交流して影響を与えた。本文が遊里の評判記的なものなので、遊廓のあった備後の鞆をわざと出したのであろう。

62 ○八尺の海老　八尺もある大きな海老。「正月元日門戸立ニ松竹一、上懸ニ煮紅海老及柚柿之類ニ」(本朝食鑑)。「海鰕大曰レ鰝、北戸録曰紅鰕長ニ尺余、若レ此者本邦亦希有焉、嶺表録曰長七八尺至レ丈者、未レ見レ之」(本朝食鑑)。○飾らず　「或説ニ云、一条院の御宇寛弘の比より、民間専ら門松をいとなみけるといへり。昔より禁裏・院中幷に摂関などの貴家、門松或は注連かざり営むはなし」(滑稽雑談)。○朱雀門　大内裏外郭南面の中央に設けられた門。「南には美福門、朱雀(シュジャク)門、皇嘉門」(京雀)。「朱雀門(しゅじゃくもん)共在ニ禁中ニ」(節用集大全)。▽大内裏の朱雀門では、八尺の大きな海老を門飾りにするのがふさわしいのに、そうした飾りは一切しないという。残念なことだ。出典、柴橋。柴橋の前書に「松竹の式は御(ミ)米蔵にかぎられるのよし」とある。季海老も飾らず(春)。
六 半紙本二冊。舎羅編。元禄十二卯月の半自奥。井筒屋庄兵衛版。芭蕉の発句を立句とした歌仙一巻、蕉門諸家の発句、鬼貫との両吟歌仙を収める。
七 半紙本一冊。舎羅編。元禄十二年九月自跋。井筒屋庄兵衛版。
八 舎羅の元禄十二年五月の剃髪を記念して刊行したもの。大坂の蕉門諸家の句、鬼貫の句が入集する。

花見車　三

江戸

63 飛梅《とびうめ》やとし飛《とび》こえてはなの春　　徳元

64 寛永《くわんえい》やあけ七才の午《うま》のとし　　玄札

65 葵《あふひ》にや所《ところ》あらそふ車百合《くるまゆり》　　末得

66 書《かき》ぞめや去年《こぞ》をことしにうつしもの　　立志

八 半紙本一冊。正興編。元禄十五年正月自序。井筒屋庄兵衛版。備中井原の正興が、諷竹や舎羅らと興行した連句、および蕉門諸家の発句を収録。舎羅が跋文を書いており、後援した書。

九 半紙本一冊。桃々坊舎羅編。元禄十四年卯月五日奥。井筒屋庄兵衛版。備前・備後・美作など、中国地方を主とする蕉門諸家の発句集。

63 ○飛梅　菅原道真遺愛の梅の木。道真が大宰府に左遷されて京都を離れるとき「東風吹かば匂ひおこせよ梅の花主なしとて春を忘るな」と歌を詠んだところ、後に大宰府まで飛んでゆき花を咲かせたという伝説の梅。○はなの春　新春・新年のこと。新春を寿いだ語。「先立や梅が香をかぐはなの春」（犬子集）。▽あの飛梅は京都の道真邸から筑紫の大宰府にまで飛んだが、同様に旧年も飛びこえて新春に美しい花を咲かせている。飛梅の縁で年越を「とし飛こえて」と表現した。寛永六年（一六二九）以後の作。出典、塵塚誹諧集。[季]はなの春（春）。

64 ○あけ　馬の年齢の数え方。「先御馬はあけ七歳、八寸八分に立のびて」（大磯虎稚物語）。▽寛永もあけて（新年になって）七歳の午の年になったことだなあ。「あけ」と「午」が縁語。「七年」とすべきを午の縁から「七才」とした。出典、犬子集。「寛永七年午の年なりければ」と前書にある。[季]とし（春）。

65 ○葵　フタバアオイ。賀茂祭の日に、社前や牛車、その他柱などにつけ、かざしにも用いた。○所あらそふ　源氏物語の葵の巻の車あらそいを暗示する。○車百合　ユリ科の多年草。▽車百合が、葵に向かってか、場所をとりあってあらそうことだ。源氏物語の葵の巻に六条御息所が葵の上の車と車あらそいをして敗れる箇所があるが、その内容を踏まえた作。出典、毛吹草追加。[季]葵・車百合（夏）。

66 ○書ぞめ　書初め、書始め。新年になってはじめて筆をとって字を書くこと。「[正月二日]書初。今日、公武両家及ビ地下ノ良賤、各〻筆ヲ試ム。是ヲ書初ト謂フ」（日次紀事）。▽新年になった。去年から今年へ引き移すように、手本を以て引き写して書初めをすることだ。「うつしもの」に「移す」と「写す」の意を掛けている。出典、未詳。[季]書ぞめ（春）。

露言

67 楪《ゆづり》葉《は》の座《ざ》に等閑《なほざり》の友ならず

一八十氏《やそうぢ》やもの〻ふのあつまれる地なれば、人の心もつよく二風俗もしやんとして、三しみつかぬ所有《ところあり》。かりそめの四小歌・三味線も一風《いつぷう》おもしろく、五ふみひとつ書《かき》ても、六ふしと成《なり》てうたはる〻手づま也《なり》。されば七むさしのよねのつよみをもつて、都の君の風《ふう》になし、難波のあげやにあそばんとは、八三ケ《さんが》の津《つ》のちなみを合せて、九その所のかはりめをよくおもひつきたり。

▲太夫　　調和

一〇か〻るさんやの草ふかけれど〻一一ふり出されたるも、一むかしにてなつかしき君也《なり》。一二とくに身うけもあるべき事なれど、

67 ○楪葉　暖地に生えるトウダイグサ科の常緑樹。新葉が出そろったころ古葉が落ち、新旧の葉が譲りあうような感じで入れかわるため、ユズリハという。「譲葉木、ゆづりは。弓絃葉(ユヅリ)、万葉、楪俗字。…都鄙正月ノ鏡ノ餈(チモ)及門戸之飾リニ用ユ亦タ相続ノ義ヲ取ル」(和漢三才図会)。▽新年のめでたい鏡餅にユズリハが飾られ親しい友がいてくれるが、その友は通り一ぺんのなおざりの友ではない。友情にかたくむすばれた友なのだ。出典、未詳。季楪葉(春)。

一 多くの氏の武士たち。参勤交替で諸国の武士が江戸へ集まった。

二 姿かっこうも、しゃんとして。

三 じめじめしておらず、からっとしている。

四 ちょっと口の端に出る仏学や和歌も。

五 ちょっとした物を書いても(手跡がすぐれ)。

六 節をつけて歌いたくなるような技術である。声調がよく発句を詠んでみたくなるような技術である。

七 関東の女郎の意気張りでもって、京都の女郎の優美な風を真似て、難波の豪華な構えの揚屋で遊ぼうの意。「京の女郎に、江戸の張をもたせ、大坂の揚屋であはば、此上何か有べし」(好色一代男六ノ六)。比喩的に三都の俳風の違いを述べている。

八 京・江戸・大坂の三都の縁故を一緒にして。

九 その場所、場所での異なった面をよく思いつかれたことだ。

一〇 四一二頁注一参照。調和は、はじめ芝に住み、貞享末年には日本橋一丁目に移り、その後浅草山谷に住んだ(貞享四年・江戸鹿子)。

一一 ここを基点として世に出られたのも、もう一昔十年も以前のことでの意。調和は貞享四年(一六八七)あたりから、俳諧よりも前句付興行に熱中するようになる。

一二 調和は、大名や御書院番・旗本クラスの高級武士階級の門人が多くいた。そうした武士から召しかかえられる可能性があったと思われる。大名の門人には但馬豊岡城主京極高住(俳号云奴)や磐城平城主内藤義概(風虎)の嗣子義英(俳号露沾)がいた。

一三 肩から足までこはい跡《あと》があるとて、いまゝでのつとめ也《なり》。

68 十夜《じふや》過《すぎ》て林に眠る烏《からす》哉《かな》

▲太夫　松尾桃青禅定尼

一四 襟《えり》のうちにかほさしこんで、ものをふくみたる道中に、一五 風俗をたくみ出《いだ》されしより、三ケ《さんが》の津《つ》はいふに及《およ》ばず、一六 国〳〵の君たちも、まなべるやうには成《なり》たる也《なり》。

69 梅が香《か》にのつと日の出る山路《やまぢ》哉《かな》

▲太夫　嵐雪

一七 大門口《おほもんぐち》より一八 桐屋《きりや》の市左《いちざ》が軒《のき》まで、一九 たて砂をもらせ、いまの世の二〇 買手のとおりもの也《なり》とて、二一 なりわたりたる客でも、二二 むつかしい所よりひねり出して、くみとむるは此君也《このきみなり》。しか

ひねるは付句の事なるべし

一三 切傷が肩から足まで全身にあることか。あるいは入墨などをしているというのであろうか。この事実未詳。

68 〇十夜　陰暦十月五日夜から十五日まで十昼夜行なわれる浄土宗の法要。日次紀事に「夜ニ入リテ宗門ノ男女群リ集リ、各〻高声ニ弥陀ノ号ヲ唱フ」とあり、にぎやかなものであった。▽十夜の間念仏を唱える群集が珍しくて、浄土宗の寺近くの街にやってきていた烏も、十夜が過ぎてからは、林に帰って静かに眠ることだ。出典、未詳。季十夜(冬)。

一四 太夫などの遊女がよくするしぐさ。襟の中に顔をさし入れて、物思いをしながら、道中をして。この「道中」は奥の細道の行脚をさす。「故翁奥羽の行脚より都へ越えたまひける。当門のはい諧すでに一変す」(俳諧問答)。

一五 芭蕉独自の俳風を考え出したことから。

一六 諸国にいる俳人たちも、芭蕉の俳風を学ぶようになった。

69 〇のつと　擬態語。突然思いがけず、あらわれたり、動いたりするさま。ぬっと。▽早朝のほのぐらい山路を歩いていると、あたりに梅の香がほのかに漂い、ふと気がつくと太陽が東の方からぬっと出てきて、たちまち明るくなった。軽みの句。出典、炭俵。季梅が香(春)。

一七 江戸新吉原の入口。この両側に二十軒の編笠茶屋があった。「日本堤を通りつゝ、音に聞こえし新吉原、大門口にぞ着きにけり」(元のもくあみ物語)。

一八 吉原揚屋町東側の揚屋桐屋市左衛門(好色一代男七ノ四)。

一九 盛り砂。元来は貴人を迎える車寄せに左右に高く盛った砂のこと。のちには塩で、客の入りの縁起ものとなった。ここでは大臣客が大門口から揚屋町の市左衛門のところまで豪盛に盛り砂をさせたものか。

二〇 女郎買いに通じたわけしりの粋客。「ぬれたもおもしろいと、雨をいとはぬきのとおりもの」(真実伊勢物語)。

二一 評判になっている客。

二二 普通の人では不可能なむつかしいところから、付句をひねり出してきて、相手の意向を組み留め理解してしまう。

尼はのがれたる也

るに去ゝ年[一]ねんがあき、しかもよい身にて、今は尼の姿となりていさんす。

70 秋風の心うごきぬ縄《なは》簾《すだれ》

○その袋[二]　若水《わかみづ》[三]　一周忌[四]　杜撰《ズザン》[五]集

▲太夫　　其角

桃青

松尾屋の内にて第一の大夫也《なり》。琴・三味線・小歌《こうた》でも、と[六]りしめてならはんした事はなけれども、生れついて器用な所があつて、小袖のもよう・髪つきまでも、つくり出せるほどの事にいやなはなし。国〳〵[七]にてもこひわたるは此君《このきみ》也《なり》。花に風[八]、月には雲のくるしみあるうき世のならひ、酒[九]が過《すぎ》ると気ずい[一〇]にならんして、団十郎《だんじふらう》[一一]が出る、裸でかけ[一二]廻《まは》らんした事もあり。それゆへなじみのよい客もみなのがれたり。されど今はまたすさまじい[一三]大ゝ臣《だいだいじん》[一四]がかゝらんしてさ

一 一昨年、俳諧をやめて。元禄十年(一六九七)妻が没したことなどがあり、そうしたことを暗に指すか。

70 ○秋風の心うごきぬ 「蘆簾夕暮かけてふく風に秋の心ぞうごきそめぬる」(夫木抄・後嵯峨院)の本歌取り。○縄簾 縄を結びたらして作ったのれん。また蒙求の「張翰適意」には「翰因ㇾ見ニ秋風起…」とある。▽続の原五〇参照。季秋風(秋)。

二 其袋。半紙本二冊。嵐雪編。元禄三年六月自序。井筒屋庄兵衛版。季吟・才麿・鬼貫など蕉門外の人も交えた諸家の発句、ならびに連句集。芭蕉のおくのほそ道旅中の句も載る。

三 桝型本一冊。嵐雪編。貞享五年(一六八八)刊嵐雪が興行した歳旦の歌仙三巻、ならびに芭蕉の伊賀から寄せた二句を巻頭に置く。江戸蕉門の多くの人々が入集。

四 半紙本一冊。嵐雪編。「蒟蒻にけふは売かつ若葉哉」を発句とする芭蕉・嵐雪の両吟歌仙をはじめに置く、嵐雪一派の芭蕉一周忌追善集。追悼百韻と追悼発句を収める。誹諧書籍目録附録では「芭蕉翁一周忌、一同(元禄八年)江戸嵐雪」とする。

五 半紙本二冊。嵐雪編。元禄十四年六月奥。上巻に嵐雪の紀行文二篇「装遊稿」と「塔沢記」を収め、下巻に諸家の発句、ならびに嵐雪一座の歌仙二巻、百韻一巻を収める。

六 とりまとめて。

七 地方の俳人たちから恋い慕われる。

八 好事にはとかく障りの多いことをいうたとえ。「月にむら雲花に風、妨多き習なるも」(謡曲・重盛)。

九 酒を飲みすぎると。

一〇 気随意。自分勝手にふるまうこと。わがまま。

一一 初代市川団十郎。荒事芸の確立者であり、立役として江戸劇壇で一番の人気があった。元禄十七年(一七〇四)没。四十五歳。

一二 素っ裸になってかけまわられたこともある。

一三 程度のはなはだしいこと。ものすごい。

一四 遊里で豪遊する客。そのなかでもとびぬけた金持中の金持。其角は元禄九年ころに伊予松山藩主松平隠岐守定直(俳号、三嘯)にはじめて会い、程なく同家の禄を食むようになったので、そのことをいうのであろう。

びしからず。

71 うかれ女《め》や異《い》見《けん》に凋《しぼ》む夕《ゆふ》牡《ぼ》丹《たん》

〇一五みなし栗《ぐり》　一六新山家《しんさんか》　一七続みなし栗　一八いつを昔　一九花つみ　二〇萩の露《つゆ》　二一句兄弟　二二かれ尾花《をばな》　二三裏《うら》若葉　二四焦尾琴《せうびきん》　二五三上吟　二六雑談集《ざふたん》

▲太　夫　　一　晶

一万三千五百句前句付

むかしは京にて扇子《せんす》二七やのおり手なりしが、二八いかにしても気《き》性《じやう》な所ありとて、二九武蔵《むさし》へつき出しの太夫也《なり》。三〇大よせにも名をとられけるが、三一近年はうそもいよ〳〵しあげさんして、功者に人のはまる事をこしらへ、大分よき身になられたり。三二まことの事にはあらずとて、ほうばいしゆのつきあひはなし。

72 白《しろ》妙《たへ》やうごけば見ゆる雪の人

71 〇うかれ女　遊女。「遊女 ウカレメ」(易林本節用集)。〇異見に凋む　何かのことで説教されて、すっかりしょげている。▽遊女が何かのことで説教されて、すっかりしょげている。それはまるで、咲き誇っていた牡丹が夕方しぼんでしまうのに似ていることだ。説教されている遊女を夕方のしぼんだ牡丹にたとえたところなど絶妙で、いかにも遊里に通じた其角らしい句。出典、焦尾琴。季夕牡丹(夏)。

一五 半紙本二冊。其角編。芭蕉跋。天和三年(一六八三)六月刊。江戸西村半兵衛・京西村市郎右衛門版。連句・発句集。漢詩文調のいちじるしい句が多い。

一六 半紙本一冊。其角著。貞享二年(一六八五)成。京西村市郎右衛門版。箱根木賀山の温泉に赴き、鎌倉に立ち寄って江戸に帰るまでの紀行文。巻末に歌仙一巻を付す。

一七 半紙本二冊。其角編。素堂序。貞享四年十一月、江戸万屋清兵衛版。連句・発句集。

一八 半紙本一冊。其角編。去来序。湖春跋。元禄三年四月、井筒屋庄兵衛版。京・近江の俳人の発句を多く収める。一名、誹番匠。

一九 半紙本二冊。其角著。自序。山田筍深跋。元禄三年七月、西村載文堂版。其角が亡母の四回忌に一夏百句を思いたって詠んだ句日記。

二〇 半紙本一冊。其角編。元禄六年刊。井筒屋庄兵衛版。亡父の追悼集。元禄六年八月、父東順の病床に侍し看護した折の文や連句、諸家の句を収めたもの。

二一 半紙本三冊。其角編。元禄七年八月自序。沾徳跋。井筒屋庄兵衛版。上巻は古今の発句三十九句と自句とを合せて兄弟とし、其角の判詞を加えたもの。中・下巻は連句・発句集。

二二 大本あるいは半紙本二冊。其角編。元禄七年成、井筒屋庄兵衛版。芭蕉の追悼集。其角の「芭蕉翁終焉記」を巻頭に置いている。

二三 末若葉。半紙本二冊。其角編。自序。刊記がないが、巻末、去来の「贈晋渉川先生書」の日付から元禄十年刊か。上巻は其角門下の独吟十歌仙、下巻は諸家の発句を収む。

二四 半紙本三冊。其角編。元禄十四年春自序。午寂跋。江戸万

○四《し》衆懸隔《しゆけんかく》[一]　丁卯集《ていぼうしふ》[二]　前後千句[三]

▲太　夫　　沾　徳

三味線は歌学

心だておとなしく、三[四]味線もひかんすゆへ、身[五]うけもなされたり。つもれる文蓬萊《ふみよもぎ》[六]より都にも聞《きき》およびしが、好《〈すき〉》きらひのある風俗なり。つ[七]とめの内ねむらんせずはよかろ。

73 たが猫ぞ棚《たな》から落《おと》す鍋《なべ》の数《かず》

○文蓬萊《ふみよもぎ》[八]

▲太　夫　　立　志

むかし三[九]うらのたか尾さまのはらに、さぶらひ衆《しゆ》の子をまうけさんしたを、こちへとつてやしなはれけるが、らう人のゝち京にて身上《〈しん〉》おとろへ、島《しま》ばらのつとめをなされたる

屋清兵衛版。誹諧書籍目録附録によると元禄十五年刊。諸家の発句・連句を収録。

二五 半紙本一冊。其角編。自序。柳浪舎亀毛(梁田蛻巌)跋。元禄十三年刊か。芭蕉の七回忌追善集。三上は馬上・枕上・厠上。

二六 半紙本二冊。其角著。粛山跋。元禄四年成、同五年二月刊。初版本の書肆は不明。のち江戸須原屋市兵衛版。上巻は其角の文章を三十項目収め、下巻は連句や発句を収録。

二七 扇子屋で地紙を折って、骨を付ける準備をする人。丁卯集には「生得貧しければ」とあり、一晶の句にも「扇売ル東雲嬉し三保の市」(一楼賦)があるので、案外事実かも知れない。

二八 なんといっても気が強くてしっかりしたところがある。

二九 一晶は天和三年の歳旦三つ物を京の秋風らと一座しており、江戸へ下向したのは、同年春のことと推定される。

三〇 大ぜいの遊女を集めて遊ぶことだが、ここでは一万三千五百句の矢数俳諧の興行をいう。この矢数俳諧に名を上げたというのは、貞享元年(一六八四)六月西鶴の二万三千五百句の記録を考えると、それ以前、延宝末から天和のころのことであろう。

三一 前句付がいよいよみがきがかかって繁盛して、頭がよく、人がうっかりだまされてしまうような工夫をしての意。一晶は元禄期には、江戸俳壇において他派と交流せず、上方流の独自な前句付興行を主体として行ない、名を得ている。

三二 前句付は、正統なものではないといって、他の傍輩(宗匠)と交流することがなかった。

72 ○白妙　本来は梶の木の皮の繊維で織った布だが、ここでは雪をたとえたもの。▽あたり一面見渡すかぎりの雪景気、白一色の世界で動いていれば人だとわかるが、そうでなければまったくわからない。出典、詼諧番匠童。季雪(冬)。

一 未見。「四衆懸隔、一冊、独吟、同(延宝八)年庚申三月下旬」(誹諧書籍目録)。当時の代表的な四つの風体を四歌仙に詠み分けたものか。

二 大本あるいは半紙本二冊。一晶編。貞享四年自序。上巻は一晶と門弟五十名による名数を趣向とした題詠発句集。下巻は俳諧の体験を回想する文に独吟百韻一巻を添える。

句作のちいさきなるべし

は河内《かはち》[一〇]さま也。女郎に二代なしといへど、[一一]此君《この》[一二]も同じく二代のつとめ也。風俗は小[一三]女房なれど、江戸[一四]に似ぬ客衆によふまはらんすゆへ、よはい[一五]客たちはおもひつく也《なり》。

74 人の手も只《ただ》はあそばぬ火《ひ》鉢《ばち》哉《かな》

○都《みやこ》[一六]のしおり　難波《なには》[一七]のしおり

▲太夫　　山夕

あく[一八]しよすてぼのさんせきといふ人あれど、そんな御かたではなし。おとなしい[一九]君にて、茶の湯などもよし。しほら[二〇]しい太夫也《なり》。

75 栗《くり》虫《むし》やすくせ蚕《かひこ》のから衣《ごろも》

三 千句前集と千句後集。前集は大本二冊。元禄五年刊。千句のうち独吟五百韻を収録。上巻に「自警七是」として俳論を収める。後集は、半紙本二冊、千句前集のあとを継ぐ独吟五百韻、および漢和百韻を収録する。ただし後集の刊行は宝永二年(一七〇五)で、花見車刊行後のことである。

四 和歌のこと。沾徳は山本春正や清水宗川に歌学を学んでいる。

五 元禄五年内藤露沾の依頼で俳林一字幽蘭集を編集し、やがてそうした縁から内藤家の禄をはんだものと思われる。

六 書きしるした文稿が多いことのたとえ。また沾徳の編著、文蓬萊を掛けている。

七 俳諧をやっている最中に、いいかげんに勤めて眠らなければいいのだが。

73 ▽いったい誰の猫か、棚から鍋をいくつも落とすほど、あちこち妻恋いするのは。沾徳随筆にこの句を注して「男にあたふる数ほど鍋をかつきてわたるといふ古実なり」とある。近江の筑摩祭りなどの故事をふまえた作。出典、焦尾琴。前書「思他恋」。季猫の恋を詠んでいる(春)。

八 半紙本三冊。沾徳編。元禄十四年刊か。諸家の発句、俳諧俳論、連句等より成る。

九 種彦の高尾年代記によると、この高尾は、江戸吉原京町三浦四郎左衛門抱えの三代目高尾という。菱川師宣の絵本鯉釣針の文を考証し、花見車のこの箇所をあげて傍証とし、「三代目高尾ならば寛文末の事なるべし」とする。三代目高尾は、寛文三、四年より出世し、寛文末年に退廓。「筆はならびなくうつくしき手跡也。たかをがはね宗とてんの字に見どころあり」(吉原讃嘲記)というが、色黒く二代目より、容色は劣ったという。

一〇 杉村太郎兵衛家抱えの河内(別名、経子)がいるが、年代があわない。

一一 女郎は二代と続かない。

一二 二世立志。

一三 小づくりで、きゃしゃな小柄な女。

一四 立志は江戸の人間には似ないで、門人や顧客などのさまざまな俳席によく出る。

一五 何もよくわからぬ初心者の者たち。

▲太　夫　　　不　角

書林　一つねに書物をすいて見さんすゆへ、かしこし。二手もよし。されどみ三やこへはむかぬ風俗也《なり》。四奥すじの客をよふたらさんす。

76 七夕《たなばた》の目《め》細《ぼそ》はしらじ七《しち》度《ど》食《ぐひ》

○五前句《まえく》づけの本、数《かず》〳〵《かず》。

▲太　夫　　　無　倫

異名となる也　男文字がならいで、文もかなで〳〵かゝんす。

77 もゝ草や千《ち》種《ぐさ》のあとの冬《ふゆ》牡《ぼ》丹《たん》

▲太　夫　　　桃　隣

74 ○只はあそばぬ　ただじっと火にあたっているのではない。▽火鉢にあたっているが、じっと手をあてたままでいるのではなく、ひっきりなしに手を動かしていることだ。出典、未詳。㊃火鉢(冬)。

一六 半紙本一冊。立志編。元禄五年(一六九二)七月、梨雪序。井筒屋庄兵衛版。江戸の立志が京に上って言水ら諸家との交流した折の集。連句・発句・餞別吟などを収む。

一七 半紙本一冊。立志編。北水浪士一時軒序。元禄五年七月奥。井筒屋庄兵衛版。江戸の立志が京についで難波に赴き、才麿ら諸家と交流した折の集。連句や発句を収む。

一八 女郎買いのことをいい、江戸吉原の中で使われた言葉。女郎買いに身をもちくずした僧(捨坊)とか、宝を捨てる意(捨宝)からきたという。

一九 性格・俳風がおだやか。

二〇 おくゆかしい。

75 ○栗虫　普通栗の実の中に巣くい、形が丸くて白い虫をいう。「栗虫は形丸く色白し。よて生児の美なるを喩へいへり」(和訓栞)。○から衣　唐衣と殻衣をかけるか。▽栗の殻の中にいる丸々と白い栗虫は、それが宿世なのだ。同じ裸でも蚕は唐衣を作る繭(殻衣)を作るというのに。出典、未詳。㊃蚕(春)。

一 平松町南側の書肆という(二一息)。

二 編著はすべて自筆板下によっている。

三 粋ではなく、観念的な説明や通俗的な解釈を示す田舎風の野暮な俳諧。

四 東北の客をよく甘いことをいってだます。元禄二年十月成立の俳諧惣摺は須賀川の等躬の編著だが、本書の板下はすべて不角であり、書肆不角のところから刊行されたものであろう。元禄十二年等躬自序の誹諧伊達衣も同様。

76 ○目細はしらじ　「目細はあれども口細なし。飲食を好むものの衆《おほ》きをいふ」(俚言集覧)。○七度食　七度もメシを食べること。「七夕」にかけて「七度食」と応じたか。▽七夕の日は目の細い織女もメシを食わねば、せっかくの逢瀬もままな

[六]一風《ぷう》あるかたにて、人[七]もそのにがみをすきて、ちよこ[八]〳〵と客もあり。[九]ようかぶろをたゝかん兵衛《べゑ》。

家来

78 獺《かはうそ》の背《せなか》兀《はげ》たりはな筏《いかだ》

[一〇]○むつちどり

▲[一一]こうし　東潮

一たびぶはんじやうにて、尼にならんしたが、いまはまた[一二]よい客しゆがついて、[一三]五節供の紋日《もんび》[一四]にも見えます。

この紋日一枚ずり也

79 願《ねがは》しや雲雀《ひばり》の中の昼狐《ひるぎつね》

▲こうし　素狄

[一五]心だてのうつくしい御人《おひと》なり。ことに腹[一六]をようとらんすとて、ほうばいしゆのためにも成也《なるなり》。

らぬ。七夕だから、きっと七度もメシを食うことだろうよ。出典、未詳。季七夕(秋)。

五 前句を出題して、付句の応募句のうちすぐれたものを出版したもの。不角のものには二葉の松・わかみどり・千代見草・一息・二息・へらず口・うたたね、他多数がある。

77 ○もゝ草　いろいろな草。「…ももくさやそのかずかずのめぐみをぞ思ふ　参議雅経」(和歌題林愚抄)。○千種　千草。種々の草。沢山の草。○冬牡丹　冬に咲く牡丹の種類。寒牡丹。「大和本草云、今又冬牡丹アリ。八月葉出で、十月より花咲、臘寒の時も花有」(滑稽雑談)。▽いろいろな草や花が咲き終ったあとに冬牡丹があでやかに咲くことだ。「これ花の中に偏に菊を愛するにはあらず、此花開けて後更に花なければなり」(和漢朗詠集・元稹)の詩句の菊を冬牡丹に置きかえ、その美しさを示したもの。出典、未詳。季冬牡丹(冬)。

六 一風変ったところのある人。

七 一般の人もそのぴりっとにがみのきいた俳風を好んで。

八 ちょいちょい。

九 「叩く」と桃隣の通称「勘兵衛」と言いかけている。

78 ○獺　イタチ科の水生動物。水かきがあって潜水がうまく、魚などを捕える。背中は褐色をしている。「獺　カワウソ〈老而成河童〉」(易林本節用集)。○はな筏　桜の花びらが一面に水面に連なって流れるさま。または筏に花の散りかかっているもの。「花の散りかゝりたる筏也。正花也。春也」(御傘)。▽水面に桜の花が筏のように連なり流れてゆく、そんな花筏の花が川を泳いでいる獺の背中にくっついて、まるで背中がはげているようにみえることだ。出典、誹諧松かさ。季はな筏(春)。

一〇 陸奥衛。半紙本五冊。太白堂桃隣編。自序。元禄十年(一六九七)八月素堂跋。京井筒屋庄兵衛・江戸西村宇兵衛版。芭蕉三回忌にあたり桃隣がみちのく行脚に赴いた折の記念集。

一一 格子。遊女の階級の一つ。江戸吉原で太夫につぎ、局女郎より上の位の女郎。

一二 未詳。

一三 一年のうちの五度の節句。人日(一月七日)・上巳(三月三日)・端午・七夕・重陽(九月九日)。

80 蚊《か》柱《ばしら》やさて是《これ》ほどに風のなき

▲こうし　常陽

一ちま〳〵と日《ひ》書《がき》二をさんすゆへ、なじみもあり。三中むら七とねんごろしてじやげな。

81 星《ほし》合《あひ》や桴《いかだ》流《なが》せし女《によ》来《ぎ》三《さん》谷《や》

▲四さんちや　秀和

82 あづまにはもし黄《き》な桜《さくら》赤き藤《ふぢ》

▲おなじ　盤谷

83 鍋《なべ》のまゝ洗《せん》足《そく》とらん花のくれ

一四 三九六頁注一参照。ここでは前句付出題の締切日。一枚刷の募集のチラシに印刷した。

79 ○昼狐　夜行性である狐が昼間外に出ているように、場違いな人、あるいは気がぬけてぼんやりしている人。▽できることなら、雲雀の鳴く野中で昼狐のようにぼんやりと日をくらしていたいものだ。そうすればさぞかし気持がいいことだろう。出典、未詳。季雲雀(春)。

一五 心の中の美しい人である。

一六 人の気持をよく察し理解できる。

80 ○蚊柱　夏の夕暮れに、蚊が縦に長く柱のような状態で群がり飛ぶこと。「蚊柱といひては、墜栗(りつい)花の湿(つし)にもくちやらずとも、涼風(すずかぜ)のふきたをすともいひ」(山之井)。▽蚊柱がまっすぐに立っている。ああこれほど風が吹いていないのだなあ。「涼風のふきたをす」というが、それがまっすぐに立っているから、よほど風がないのである。出典、未詳。季蚊柱(夏)。

一 小さくまとまっているさま。ちんまり。

二 毎日書くことを日課としていること。「誓紙の日書、年中三百六十まい」(色里三所世帯・下)。

三 三八二頁注八参照。中村七三郎は俳号少長。宝永五年(一七〇八)に没すると追善の撰集も出ており、江戸の俳人と交流があったと思われる。

81 ○星合　七夕の夜、牽牛と織女の二星が合うこと。○桴　いかだ。増続大広益会玉篇大全「論語　乗レ桴浮ニ于海一、注ニ編ニ竹木一小者曰レ桴」。○女来　女儀(女性)と女が来たとを言いかける。○三谷　山谷。新吉原のこと。「三野遊女の住める里也」(一目玉鉾一江戸)。四一二頁注一参照。▽星合にいかだが流され男と会うことができないので、女が三谷にやってきて遊女となったことだの意か。出典、未詳。季星合(秋)。

四 散茶。江戸吉原で、太夫・格子の下の位で、埋茶より上の位の遊女。散茶女郎。

82 ○あづま　東、東国。関東・東北地方の総称。▽これから旅される東北には、もしかしたら黄色い桜の花

▲おなじ　一蜂

84 旅籠《はたご》さぞ花の上踏《ふむ》蜆汁《しじみじる》

▲おなじ　艶士

85 語《かた》るまもなくて西瓜《すいくわ》の堅《かた》さ哉《かな》

五 このかたぐ〵、みやこのかたへはしれがたし。六 むつちどりの姿絵にて、ちらりと七 御げんに入《いれ》まいらせ候《さふらふ》。

▲こうし　神叔

其角
嵐雪

八 晋《しん》さまや雪さまのやり手なりしが、よろづきやうな御人《おひと》にて、いまはこうしにならんした。さりながら九 ぶたごな御《お》かたじやげなほどに、一〇 立身《りつしん》はあるまいと。

やあるいは赤い藤が咲いているかも知れません。そんな珍しいものを餞別をもらって見られるとは、うらやましいことです。桃隣の旅立ちに贈った句。出典、陸奥鵆。前書に「餞別をうらやむのみ」とある。季桜・藤(春)

83 ○洗足　よごれた足を湯水で洗うこと。足をすすぐこと。「センソク。足を洗うこと」(日葡辞書)。○花のくれ　花の咲いているころの夕暮。花の時期の終ろうとする時。「煙霞跡を埋むでは花の暮を惜み」(謡曲・泰山府君)。▽花の咲いている夕暮れ時、普通だったら盥を用いて足をすすぐのに、このみちのくでは、湯の入った鍋のまま持ってきて洗足をすることだ。出典、陸奥鵆。前書に「みちのくのふつゝかなるも言の葉の種」とある。季花のくれ(春)。

84 ○旅籠　はたご。宿駅で人を宿泊させる旅館のこと。「旅籠や。旅行の人を留め仮のやどりをかしてわたるよすがとせり」(人倫訓蒙図彙)。○花の上踏　「花の上こぐ」のもじり。「西行桜。象潟の桜はなみに埋れてはなの上こぐ蜑のつり船」(継尾集)。○蜆汁　シジミを殻のまま入れたみそ汁。▽旅館では、あの西行が「花の上こぐ」と詠んだ象潟で、上こぐではなく、水中を踏んで採った蜆を汁にして出してくれることであろう。西行の歌と伝えられるもののパロディ。出典、陸奥鵆。前書に「象潟の眺望」とある。季花(春)。

85 ▽西瓜が堅くて、なかなか食べにくい。そんなことでじっくりと話をするひまもなくお別れする。残念なことです。「語る」と「堅さ」がカ音で調子をととのえている。出典、小弓誹諧集。前書に「東驚が江戸を立て故郷にかへるとき各餞別とて」とある。季西瓜(秋)。

五 「さんちや」として載る秀和・盤谷・一蜂・艶士の四名をいうか。

六 陸奥鵆の巻二に二十名の俳人の画像を載せているが、秀和ら四名も画像と発句が載っている。このうち秀和・盤谷・一蜂の三名の発句は、花見車に載る句と同じ句である。

七 御覧に入れます。遊里語。

八 其角や嵐雪の面倒をみているパトロン的立場であろうか。其角の萩の露(元禄六年)、元禄七甲戌歳旦帳、句兄弟(元禄七年)、枯尾華(同)等に入集し、また嵐雪の或時集(元禄七年)には入集

86 蝸牛《かたつぶり》雪を這《はほ》ふか九《く》月《ぐわつ》尽《じん》

▲こうし　介我

一晋さまについていさんしたゆへ、二手跡までよう似せさんす。

87 諸《もろ》ともに雌《め》もつかれずや雲《くも》に雁《かり》

▲かぶろ　渭北

因角也

白人はつねの人
不角

三大坂では白人《はくじん》していさんしたが、四いまは角さまについていさんす。五諸事《しよじ》きやうな子じやほどに、つとめもよくは太夫にも成《なり》かねぬ所あり。六酒ものみならはせたしと、七てつさまのうはさありし。

轍士也

88 春たつやはゝ鳥の羽《は》の色みどり

と同時に跋文も書いている。他にも嵐雪の芭蕉一周忌(元禄八年)にも入集する。

九 無単袴な。ぶかっこうで不作法なこと。具体的なことは未詳。

一〇「こうし」の位から出世してゆく。位が上がってゆく。

86 ○九月尽　陰暦九月の晦日をいう。「よろづ衰へたるていたらく、また、行く秋の名残を惜しみ、帰るかたをも慕はまほしき心ばへなどすべし」(山之井)。▽蝸牛が雪の上を這おうとでも思っているのだろうか。九月の尽日まで生きのこっていることよ。出典、未詳。季九月尽(秋)。

一 其角(晋子)の編著萩の露(元禄六年)、元禄七甲戌歳旦帳、句兄弟(元禄七年)、枯尾華(同)、若葉合(元禄九年)、末若葉(元禄十年)等に入集する。入集状況を見ると神叔よりは扱いが軽い。

二 筆跡まで其角の真似をしているというが、事実は未詳。

87 ○諸ともに　一緒に。○雲に雁　春になって渡り鳥が北へ帰ってゆくのを「鳥雲に入る」という。この鳥は「雲の入る鳥は雁をいふなり」(華実年浪草)。▽春になり雲の中を雁が北の国へ帰るために飛んでゆく。つがいで飛んでゆくが、一緒にいる雌鳥は疲れはしないだろうか。出典、未詳。季雲に雁(春)。

三 渭北(淡々)は大坂の出身。大坂では元禄十三年の菊の賀集(仮題)に因角(淡々)・轍士・青流の三吟がみられる。

四 大坂から江戸へ赴き、渭北と改号、不角や其角について俳諧を学ぶ。「吾妻にては骨肉を等しうするがごとくなりしが、遠ざかる事凡三十年を過たり…。諸下戸も扞(テウツテ)扨もほとゝぎす江戸不角」(神の苗・享保十五年)。

五 すべてにわたって器用にやってのける。不角や其角などの俳諧のセンスなどをよく理解した。

六 淡々は全くの下戸であった(注四参照)。その淡々に「酒も飲みならはせたし」と。

七 酒飲みの轍士が好意的に淡々のことを述べている。

88 ○春たつ　立春。▽立春になり、春の季節になると母鳥の羽の色のみどりがつややかに増すことだ。出典、未詳。季春たつ(春)。

▲八たいこ女郎《ぢよらう》　専吟

89 山《やま》鳥《どり》のおろと氷《こほ》るや滝《たき》の松

▲おなじ　湖月

90 腰《こし》もとや主《あるじ》の雛《ひな》を我《われ》が顔《かほ》

九おふたりともにだい所まで、いつもきていさんす。たがひに一〇げいのあらそひたへぬよし。

▲夜たか一一　吐海

湖月也

みやこの生れじやが、月どの一二ゝつれて下らんしたれども、一三らちもあかず。一四くつわ・一五あげやとまぶ一六ばかりしていられしゆへ、一七さとのすまひもならず、いまはよ鷹《たか》と成《なり》て、柳一八はらをとび廻《まわ》るといの。

八 三九六頁注一二参照。類柑子に「僧専吟」として、俳文「みやこどりの序」が載る。

89 ○山鳥　キジ科の鳥。山地に住み、オスは赤銅色で尾が長い。○おろ　尾ろ。尾羽のこと。「ろ」は接尾語。語調をととのえる働きをする。「山鳥の尾ろのはつをに鏡掛けとなふべみこそ汝に寄そりけめ」(万葉集十四)。▽山鳥の尾羽が長くだらりとたれさがっているように、滝の近くの松の垂れた枝が氷っている。その様を、山鳥の尾羽に見立てた句。出典、未詳。季氷る(冬)。

90 ○腰もと　腰元、侍女。○主の雛　主人の持っている雛人形。▽腰元が自分の仕える主人の雛人形を、あたかも自分のもののようにしてあつかっている。主はまだおさない姫君であろう。出典、未詳。季雛(春)。

九 その家の勝手元まで来て、その家に親しくしている。専吟・湖月とも其角門で、専吟は句兄弟(元禄七年)に「釈専吟」として入集。他に枯尾華・若葉合・末若葉・俳諧錦繍緞・焦尾琴・類柑子集などに入集する。湖月は元禄七甲戌歳旦帳・句兄弟・枯尾華・末若葉等に入集。

一〇 俳諧の技術を競いあって争い、けんかをした。

一一 三九五頁注二〇参照。ここでは通常の俳席ではなく、前句付などで素人を相手に俳諧をすることをいう。

一二 湖月が京都から江戸へつれて下ってこられたが。

一三 点者としてとても立ってゆかれない。

一四 轡。遊女屋の異称。「轡、傾城屋の異名なり」(色道大鏡)。

一五 揚屋。遊女屋から遊女を招いて客が遊ぶ家。

一六 間夫。客ではなく遊女の情人のこと。

一七 遊廓での住い。通常の俳諧を行なう場合をいう。

一八 江戸、神田川の南岸、万世橋から浅草橋までの柳原土手のこと。露店が多く、夜鷹が多かった。最低の素人作者を相手に前句付などを行なっていたことをさす。

諸国の部

国《くに》〳〵《ぐに》のかた〴〵はみな、三ケ《さんが》[一]の津《つ》の風俗をうかゞはるゝなれば、ひだり[二]にあらはす心ばへにてしるべし。その所[三]に名を得たる君たちも、いまだ有《ある》べけれど、三物《みつもの》[四]にも見ゑぬはぜひもなし。

▲堺のちもり[五]　元順信女

宗因時代の故人

[六]大坂の風俗に似ていやしからず、[七]かくれもなき君也《なり》。

91　胴《どう》炭《ずみ》や中《ちう》につかんでみぢん灰《ばひ》

青[八]流

[九]新まち・高須《たかす》[一〇]のかけもち[一一]也《なり》。

一 京都・大坂・江戸の三都の様子(俳風)をさぐって、まねをされるものなので。
二 以下に紹介する心の様(句振り)などからわかるでしょう。
三 その地方地方で著名な遊女(俳人)たち。
四 歳旦三つ物。毎年宗匠が門下の主だった俳人と興行する発句・脇・第三までを三組出したもの。歳旦三つ物に名前の出ない俳人はわかりません。
五 乳守。堺の南郊にあった遊廓。堺は南北二箇所に遊廓があったが、そのうちの一。津森ともいう(色道大鏡)。
六 大坂の風俗に似て下卑ていない。宗因流の謡曲調の軽妙なリズムをもった洒脱な俳風をいう。
七 はっきり存在の知られた、有名な。
91 ○胴炭　茶道で炉や風炉の中に最初に据え置き、心にする炭。○みぢん灰　微塵灰。「いかなる天魔鬼神なりとも、宙につかんで微塵になし」(謡曲・熊坂)。▽胴炭を宙でつかんだところ、たちまち微塵にくだけて灰になってしまった。謡曲の文句をとって軽妙に作句した。出典、未詳。季胴炭(冬)。
八 青流は、のち正徳四年(一七一四)箱根早雲寺の宗祇墓前で髪を下ろし、祇空と改号。
九 大坂の新町遊廓。寛永八年(一六三一)に長堀川と立売堀川の間にあったこの地に遊廓が移された。京の島原より規模が大きく、格式はそれほどなかったが、揚屋の豪華さで名を得た。
一〇 高洲。堺の北郊の北高洲町にあった遊廓。南郊の乳守の遊廓より規模は小さい(色道大鏡)。
一一 大坂と堺とで両方かけもちで活躍した。青流は元禄七年(一六九四)の夏、大坂より堺へ移居して家を持った。また大坂の住吉にも家があった。
92 ○流ひ星　夜這星。婚星。ながれ星のこと。▽夏の夜、でかけた帰りがけにながれ星でも見られるかと思ったら、見られなかった。出典、未詳。季夏の夜(夏)。
一二 半紙本二冊。青流編。元禄八年の作を多く収めるが、刊行は九年(あるいは十年)か。青流が堺に移り出した処女撰集。才麿との親密な関係がうかがわれる集。諸家の発句・連句を収録。
一三 三井寺の下に位置した大津の遊廓馬場町の俗称。なお尚白

92 夏《なつ》の夜《よ》やもどりざま見ず流《よば》ひ星

○住[一二]よし物がたり

▲近[一三]江芝屋《しばや》町　　尚白

松[一四]尾やに、いさんした時は、風俗もよし。

93 四《よつ》ツ子《ご》のひとり食《めし》くう秋のくれ

○ひ[一五]とつ松

▲松[一六]尾屋出見せ　　洒堂

一《ひと》[一七]たび、大坂へ出られし、程《ほど》なく身うけ。

94 麦《むぎ》の穂《ほ》やさくらについで鳴《なく》烏《からす》

○ひ[一八]さご

は大津柴屋町の医である。

一四 蕉門であったころは俳諧もすぐれていた(今はすぐれていない)。尚白は貞享二年(一六八五)春、芭蕉が野ざらし紀行の途次大津に立ち寄った折に蕉門に入り、元禄四年の猿蓑では十五句入集して活躍。その後同年九月ごろ忘梅の千那序文の件で芭蕉の「かるみ」の主張を理解できず、蕉門より離脱した。

93 ○四ツ子の　四歳の子ども。▽母を失った四歳の子どもが、秋の夕暮、ひとりで飯を食べている。何と味けないことよ。前書に「母におくれける子の哀れを」とある。季秋のくれ(秋)。出典、あら野。あら野では上五が「おさな子や」とあり。

一五 半紙本四冊。尚白編。自序。貞享四年三月奥。井筒屋庄兵衛版。作者三〇七名、発句二五〇〇余の大部な四季類題発句集。談林の句風をのこす過渡期の撰集。

一六 蕉門の支店の意。洒堂(はじめ珍夕、珍碩)は膳所の人。

一七 元禄六年夏、住吉近くに移住。大坂の之道との間に確執を生じ、芭蕉の仲裁も受け入れず芭蕉から離れた。元禄十年冬膳所に帰郷し、医を以て本多家に仕官する。「程なく身うけ」は本多家への出仕をいう。

94 ○さくらについで　桜の時についで。▽桜の花が咲いたら、桜のところで烏が鳴いていたが、今度は麦の穂が出たら、また麦の穂のところで烏が鳴いている。白馬では上五が「日半は」とあり、この句とは句意が異なる。出典、東華集。季麦の穂(夏)。

一八 半紙本一冊。珍碩(洒堂)編。元禄三年六月越人序。井筒屋庄兵衛版。芭蕉を迎えて珍碩・曲水ら近江蕉門の興行した五歌仙を収録。巻頭の連句に「かるみ」の志向がみられる。

一 同僚の人々の姿・恰好が気にいらず。蕉門の人々の俳風にあきたらないで。

二 際墨。髪のはえぎわを墨で化粧すること。

三 人から注目されたいと考えるのは。

四 もうそんな他の蕉門連中のやり方は古いと、新しく一風を案出された。風蘿(ふうら)念仏を唱え、瓢を叩き踊りをしたことをいうか。風蘿念仏は「まづたのむ〳〵椎の木もあり夏木立、音は

▲おなじ　惟然

富小路の ぜんせい

ほうばい[一]衆の風俗が気にいらず、四枚五枚づゝあたまに櫛《くし》をさし、べに・おしろい・きわずみ[二]など、おもはれたがま[三]しく、もはや[四]古《ふる》ひとて一風《いっ〈ぷう〉》出《いだ》されたり。髪もかい[五]つのぐり、なわ[六]のやうなほそい帯に、ゆもじ[七]もせず、つぼ[八]〳〵口もしよしんなとて、出るほどのさかなをして[九]やられ、とこ[一〇]入に屁《〈へ〉》までこかんすとて、いよの客[二]ものがれければ、いまはよし仲[三]《なか》でらのあたりに引《ひき》こもり、湖《〈みづうみ〉》[一三]の夜の波を琴の音にきゝなし、雪[一四]のあしたは、いにしへの茶の湯をおもひ出《いで》て、冬の日のものがなしきに、

95　水《みづ》さつと鳥《とり》よふわ〳〵ふうわふわ

○藤《ふぢ》[一五]の実《み》　千句《せんく》[一六]の跡《あと》

▲伊勢[一七]の古市　団友

あらかれ檜木笠、南無あみだ〳〵」など数種ある(近世畸人伝)。
五 無造作にぐるぐる巻きにした。
六 風蘿念仏の踊りは縄を腰にまきつけている。
七 腰巻きもしないで。
八 口をすぼめて、おちょぼ口にするのは。そんなのは初心だといって。
九 まんまと食べてしまって。
一〇 客と共寝をすること。床入の最中に屁をこくのは無作法なこと。そのように客との俳席での礼儀などわきまえないで。
二 伊予松山藩士淡斎。淡斎は藩命により元禄八年(一六九五)以来在京し、元禄十年ころから惟然の教えを受けた。元禄十四年には藩命で松山へ帰っている(其木がらし)。頭注に「富小路のぜんせい」とあるのは、全盛だった当時の惟然の京の住所か。
三 粟津の義仲寺無名庵。
一三 琵琶湖の波の音を琴の音のように思い。「浦波の音通ふらし琴の音の〳〵」(謡曲・絃上)。また源氏物語・明石の巻に同じような描写がある。
一四 雪の降った朝は、以前に行なった茶の湯の会を思い出して。雪―茶の湯(類船集)。

95 ○ふわ〳〵ふうわふわ　水面に浮かんでいるさま。▽水面にさっと水音がした。そこに水鳥が着水してふわふわふわふわと浮かんでいる。口語調擬態語の句。「ふわ〳〵ふうわふわ」の口語的な擬態語のくりかえしが新しい。出典、きれぎれ。季句意から「水鳥」で冬。

一五 半紙本一冊。素牛(惟然編)。正秀序。元禄七年西川親長跋。井筒屋庄兵衛版。芭蕉および蕉門諸家の発句を収めたもの。書名は芭蕉の発句「藤の実は俳諧にせん花の跡」による。
一六 未見。「千句の跡、美濃東鵬井一牛、元禄十一」(誹諧書籍目録付録)とあり、惟然の編著ではない。
一七 伊勢の外宮と内宮の間の間(あい)の山にあった繁華街。芝居小屋や妓楼があった。団友(涼菟)は伊勢の出身。
一八 遊女見習いの少女。ここでは作者の門人をいうか。
一九 にぎり飯に塩・醤油・味噌などをつけて焼いたもの。
二〇 にちゃにちゃと。さっさとではなく、ゆっくりと音をたて

一八かぶろどもが参宮してたづねたれば、皃《かほ》もあらはずに、や一九きめしに赤みそつけて、に二〇た〱とくうてゐさんしたとかたる。二一風俗は衣裳《〈いしやう〉》こそわるけれ、都にも江戸にもはづかしからず。

96 人《ひと》中《なか》へぞろりと長《なが》き袷《あはせ》哉《かな》

○二二一ふく半　二三かわご摺《ずり》

▲美の　木因

二四うつろふよはいなれど、さのみ白髪《しらが》も見ゑず。年より若きは、二五かもじをたんと入《い》レさんすゆへなるべし。

97 途《と》中《ちう》から鳴《なき》出《だ》す空《そら》やほとゝぎす

て。

二一 身につけているものは悪いが、身だしなみはしっかりしている。団友の俳風をいったもの。素材は日常的なものだが、俳風に趣きがある。

96 ▽人の雑踏のなかへ、ぞろっとした長い袷を着て出かけた。別に人の目など気にしないで。服装など気にせず、無頓着なさま。出典、誹諧草庵集。季袷(夏)。

二二 一幅半。普通「ひとのはん」と読む。半紙本二冊。乙孝編。涼菟(国友)序。井筒屋庄兵衛版。誹諧書籍目録によれば元禄十三年刊。芭蕉入集の連句や蕉門諸家の発句を収録。本書は涼菟の編著ではない。

二三 皮籠摺。半紙本二冊。涼菟編。晋子序。元禄十二年春奥。西村市郎右衛門版。伊勢風の涼菟の代表的な撰集。蕉門の連句や東武行の餞別吟、発句などを収める。

二四 年をとっている。この年木因は五十七歳であった。たいして白髪が見えず、地方にしてはよく俳諧に打ちこんでいる木因を評したものか。

二五 他人の髪の毛。当時新興の支考や涼菟との交流ぶりをいったものか。

97 ▽今まで曇っていた空から雨が降ってきた。それと時を同じくして、ホトトギスの鳴き出す声がきこえてきた。「鳴出す」は「空」と「ほとゝぎす」に掛かる。出典、東華集。季ほとゝぎす(夏)。

一 元禄十二年青葛葉を刊行した後、荷兮は連歌師昌達として連歌に精進し、やがて里村家をたよって上京し、法橋の位を得た。

二 最高の遊女の位だが、ここでは上京して法橋の位を賜わったことを指すのであろう。

三 現在では後へも前にもゆかれず、どうしようもない。

四 芭蕉に師事していた頃がなつかしい。曠野後集で自序を書いているが、そこには「一ふしあるもじも聞ずなりゆくぞつたなし。たゞいにしへをこそこひしたはるれ」とある。この「いにしへ」は、反芭蕉的な意味合いをもっているが、それをここでは逆にひねって示したものか。

▲尾張　荷兮

一身のねがひありてみやこにのぼり、二太夫の位にならんしたけれど、三今はあとへもさきへもゆかず、四松尾屋のむかしこそなつかしけれ。

98 木《こ》がらしに二日《ふつか》の月のふきちるか

○五冬の日　六あら野

▲同　露川

七ものだのもしき人にて、ほうばいしゆの事といへば、八珠数《じゆず》を片手にかけ廻《まは》らんす。

99 藪《やぶ》入《いり》のあとやそのまゝ馬《うま》の留《る》主《す》

○九流川集　一〇かたみだい　一一やはぎ堤《づつみ》　一二まくらかけ

珠数や

98 ○二日の月　陰暦二日の月。宵のうちにだけ出ている糸のように細い月。▽こがらしの吹きすさぶ宵の西の空に、細い糸のような二日月がかかっている。こんな様子だと、二日月はこがらしに吹き散らされてしまいそうだ。こがらしの激しさや細い繊月の様が巧みに描かれている。出典、あら野。季木がらし(冬)。

五 半紙本一冊。荷兮編。貞享二年(一六八五)刊。井筒屋庄兵衛版。題簽に「冬の日尾張五歌仙全」とあるように、野ざらし紀行の途次、名古屋に立ち寄った芭蕉が地元の荷兮らと興行した連句集。

六 半紙本三冊。荷兮編。元禄二年(一六八九)三月芭蕉桃青序。井筒屋庄兵衛版。上・下は七三五句所収の発句集。員外は連句十巻を収録する。

七 露川ははじめ季吟・横船に学び、元禄四年に至って蕉門に入るが、行脚に出たり、門弟が多く俳壇経営に積極的で面倒見がよかった。

八 露川は伊賀友生に生れ、渡辺家に入婿。名古屋札の辻に住して、数珠商を営んだ。

99 ○藪入　奉公人が正月と盆に主家から休暇を得て実家に帰ること。ここでは正月の藪入り。▽藪入りの奉公人が実家に帰ったまま、主家に戻ってこない。主家では世話をする者がいないので、馬だけがそのまま残って留守を守っている。出典、東華集。季藪入(春)。

九 半紙本一冊。露川編。丈草序。元禄六年十月奥。井筒屋庄兵衛版。夏・秋・春・冬の順にわけ、連句および発句を収録したもの。

一〇 記念題。半紙本二冊。松星・夾始編。元禄十一年露川序。同年四月松星跋。井筒屋庄兵衛版。編者は露川門。一門の発句・連句集。

一一 半紙本一冊。睡闇編。元禄八年六月巴丈序。井筒屋庄兵衛版。本書は岡崎の睡闇の編著で露川のものではない。

一二 枕かけ。半紙本一冊。寄木編。東推序。元禄十四年五月素覧跋。井筒屋庄兵衛版。編者は露川門。編者の俳文ほか、一門の発句・連句集。

一三 元禄九年には京の鞭石や大坂の才麿に会い、同十二年五月

▲同　東鷲

一三京・江戸の風俗はたび〳〵見にのぼられけれど、一四大こんの土《つち》けがはなれぬ。

100 桑《くは》名《な》から鼻《はな》へいるゝや田《た》植《うゑ》歌《うた》

○一五小弓《こゆみ》　一六乙矢《おとや》

▲同　如行

一七松尾屋の内ばかり、似せていさんすればよいに、一八柴やまちにて名にたつ。

101 絵すだれや絵かとおもへば蝸牛《かたつぶり》

○一九後《のち》の旅《たび》

頃には江戸へ下り、岩翁・嵐雪・其角・調和・無倫・不角等に会い、秋の初めに名古屋に帰っている。また同年閏九月京の五友亭を訪問(小弓誹諧集)。

一四 大根の土気が離れないように、田舎の雰囲気がぬけない。田舎の野暮な俳風をいう。大根—尾張(類船集)。

100 ▽尾張宮宿から海上七里の渡しで桑名に上陸したら、焼蛤のいいにおいが鼻に入ってきた。同時に田植歌がきこえてきた。何だか田植歌を鼻から聞くような感じだ。出典、未詳。季田植歌(夏)。

一五 小弓誹諧集。半紙本四冊。東鷲編。才麿序。自序。元禄十二年閏九月五友亭跋。井筒屋庄兵衛版。編者の知友の連句・発句を収録したもの。

一六 乙矢集。半紙本二冊。東鷲編。元禄十四年七月自序。井筒屋庄兵衛版。小弓誹諧集の後編にあたるもの。連句・発句集。

一七 蕉門の中で俳諧の修行をしておればよかったのに。

一八 柴屋町は大津の遊廓。大津の柴屋町に住んだ反蕉門の尚白に親しくしたことが評判になった。

101 ○絵すだれ　絵簾。絵の模様のある簾。▽絵簾がかかっている。その中に蝸牛が描かれているので絵かと思ったら、本物の蝸牛が止っていて驚いた。出典、東華集。季蝸牛(夏)。

一九 半紙本一冊。如行編。自序。一鼎子跋。井筒屋庄兵衛版。本文に元禄八年正月とある。美濃大垣の編者が、芭蕉百か日追善のために編集したもの。芭蕉の旅の句、ならびに蕉門諸家の追善発句・連句を収録する。

一 三千風が仙台青葉が崎の麓の自庵梅睡庵で、延宝七年(一六七九)三月五日・六日にわたって興行した独吟三千句のこと。同年八月大坂深江屋太郎兵衛より刊行。これより三千風の号を用いる。

二 天和三年(一六八三)四月仙台を立ち、元禄二年五月郷里の伊勢に帰るまでの七年間、北陸道・近畿・南海・山陽・九州・山陰・四国・東海などの各地を行脚して、各地の俳人と交流している。全行程三八〇〇里。

三 相州大磯で詠んだ西行の歌「心なき身にもあはれは知られけり鴫立つ沢の秋の夕ぐれ」(新古今集・秋上)をふまえる。出家の

▲相　州　　三千風

一みちのおくにて大よせの沙《さ》たもあり。二そののちはくに〳〵をとびあるかれけるが、三心なき身にも、いかぬ風俗はしれるにや、四鴫《しぎ》たつ沢に影をうつし、五心はゆき〳〵の人をおもふ。

102 堂たてゝ幾《いく》世《よ》の鴫《しぎ》の魂《たま》祭《まつり》

○六行脚文集《あんぎやぶんしふ》　七田鳥集《でんてうしふ》　八笈《おひ》さがし

▲越《ゑち》前《ぜん》　風子

九都の風俗にはうつらぬとて、今は一〇金津・一一今庄《いましやう》のつとめにて、一二花の絵じまをうたはんす。

103 欲《よく》過《すぎ》て盛《さかり》をくれぬ帰《かへ》り花《ばな》

○一三草刈籠《くさかりかご》　一四越前奉書《ほうしよ》　一五越《こし》の大高《おおだか》

身ではあるが、どうにも様にならぬ姿恰好に気がついて。俳風の限界を感じて。
四 前注西行の歌に読まれた神奈川県中郡大磯町小磯の沢。ここに宗雪という隠士がいつの頃からか庵を建てて住み、その後荒廃。この鴫立庵に三千風は元禄八年(一六九五)五十七歳で入庵。
五 往来の人々が、鴫立庵や自分のことに注目するように願った。
102 ○堂たてゝ　三千風は鴫立庵の地内に元禄十年二月西行五百年忌を記念して西行堂を建立している。○魂祭　盂蘭盆のとき、先祖の霊を祭る行事。▽西行堂を建立して、西行がこの地で詠んだ何代にもおよぶ鴫たちの魂祭をすることだ。出典、小弓誹諧集。前書に「西行堂建立」とある。季魂祭(秋)。
六 日本行脚文集。大本七冊。三千風著。元禄三年四月伊東春琳跋。天和三年(一六八三)から七年に及ぶ行脚と各地の俳人との交流を示したもの。
七 倭漢田鳥集。大本三冊。三千風編。元禄十四年正月百花洞主肥陽含虚叟序。京百々勘兵衛版。鴫立庵での文章ならびに西行の「心なき身にも」を本歌とする漢詩・和歌・俳句、鴫立沢や鴫に関する同様の作品を全国から募って編集したもの。
八 三千風笈(おい)探。半紙本二冊。三千風著。和海編。元禄十四年正月自序。三千風の行脚の途中で書きちらした文を和海が集めて一書としたもの。
九 京の俳壇になじまないということで。風子は誹諧京羽二重(元禄四年)では点者として京の「三条通川町西へ入町」に竹葉軒風子として出ている。その後北陸へ移居したのであろう。
一〇 越前坂井郡金津。
一一 越前南条郡今庄。
一二 江島節のこと。越前三国湊の遊里ではやった小歌。「花の江島がなヨイサーナ」、あるいは「花の江島が唐糸ヨーなればヨー」などと唄う。現在三宅島や山梨県南巨摩郡などにのこる。
103 ○帰り花　かえり咲きの花。▽帰り花が欲ばりすぎていっぱい咲こうとしたのだが、寒くなってしまって盛りを迎えずにすぎてしまった。出典、誹諧京羽二重。季帰り花(冬)。
一三 未見。「草刈籠、一冊、風子作、元禄五年」(誹諧書籍目録)。
一四 未見。「越前奉書、風子」(故人俳書目録)。

▲加　賀　　　友琴

所がらなるすげ笠、[一六]つの出しのぼうしの内も古く、[一七]ゆかた[一八]にかくしても腰がかゞむ。

104 駕籠《かご》とめてしぐれの富士《ふじ》や三ケ一《さんがいち》

○[一九]色杉原《いろすぎはら》　[二〇]釖酒《つるぎざけ》　[二一]卯花山《うのはなやま》　[二二]八重葎《やへむぐら》

▲阿　波　　　律友

[二三]一《ひと》たび都にのぼられ、人〳〵をなづまされし風俗、いなかにはおしゝ。

105 花《はな》薄《すすき》ちよいとまねいた飛脚《ひきやく》哉《かな》

○[二四]四国猿《しこくざる》

一五 未見。「越の大商(ママ)、風子」(故人俳書目録)。
一六 すげで編んだ笠。加賀の菅笠は一級品であった。「菅笠ハ雨日両用ニシテ、貴賤男女冬夏咸旅行必ラズ之ヲ用ユル具也。於賀州金沢ヨリ出ル者上品、防州柳井之ニ次グ、摂州深江・今里ニ多ク之ヲ作ル」(和漢三才図会)。
一七 外出の際に女性が着用するかぶりものの一種か。
一八 木綿の夏の単物の着物。この年七十歳で老齢であった。
104 ○三ケ一　京・江戸・大坂で一番。三都で一番ということは日本一ということ。▽駕籠をとめて時雨の中の富士山をみるが、その風情はまことにみごとで、日本一であることよ。出典、未詳。[季]しぐれ(冬)。
一九 半紙本二冊。友琴編。原田寅直序。元禄四年七月。京井筒屋庄兵衛・金沢三ケ屋五郎兵衛版。加賀・能登・越中を中心とする友琴門下の撰集。芭蕉や蕉門の句も入集する。発句・連句集。
二〇 鶴来酒。半紙本二冊。友琴編。元禄五年九月自序。井筒屋庄兵衛版。加賀・能登の人々の発句・連句集。才麿・芭蕉らの発句も入集する。
二一 半紙本二冊。友琴編。元禄七年五月自序。井筒屋庄兵衛版。巻頭に季吟・芭蕉・才麿・信徳・其角らを置くが、友琴門下の北陸の人々の発句や連句を収録したもの。
二二 半紙本下巻一冊のみ現存。友琴編。加州金沢三ケ屋五郎兵衛・京井筒屋庄兵衛版。友琴門を中心に京の轍士なども入集する。
二三 元禄四年三月阿波から大坂へ赴き諸家と交流、ついで五月には京に上り、団水・言水・信徳らの主要な俳人と連句を興行。
105 ○花薄　穂の出たススキ。尾花。▽花薄が人を招くかのようなかっこうで風になびいている。その薄に招かれたかのように飛脚が通りかかった。「ちよいと」という俗語がよく働いている。出典、未詳。[季]花薄(秋)。
二四 半紙本一冊。琴枝亭律友編。元禄四年五月自奥。井筒屋庄兵衛版。元禄四年京坂での諸俳人との交流を中心に、徳島俳人の作を収録したもの。西鶴との密接な関係も知られ、轍士との交流も深い。

▲同　　鉤寂

諸芸《しよげい》かしこし。手もよくかゝるれど、たゞ[一]国風《くにぶり》ののかぬはなんとせうがの。

106 浦《うら》の春やあるが中にも和歌《わか》の浦《うら》

○宝銭《たからぜに》[二]

▲同　　吟夕

ことはり右に同じ、無芸《むげい》。

107 手をとつて桜《さくら》ぞちぎる歳《とし》の礼《れい》

○眉山《まゆやま》[三]

▲讃岐　　芳水

一 阿波の国のことばや挙動がぬけないのは、どうしましょうか。どうしようもない。

106 ○和歌の浦　和歌山市南部の湾岸。玉津島神社のある片男波の入江は付近のこと。若の浦。歌枕。▽浦の春といえば、いろいろな浦の春があるかと思うが、何といっても紀州和歌の浦の春がいちばんすぐれている。和歌の浦の春の歌「ほのぼのとかすみたりけん和歌の浦の春のけしきはいかがみてこし」(行尊集)など参考になるか。出典、未詳。季浦の春(春)。

二 未見。「宝銭、一冊、阿州住鉤寂作、元禄五年」(誹諧書籍目録)。

107 ○歳の礼　年賀。▽年賀のあいさつをしながら、互いに手をとって、今年はぜひ一緒に桜を見に行こうとかたく約束をしている。出典、未詳。季歳の礼(春)。

三 半紙本二冊。富松吟夕編。元禄五年(一六九二)六月牆東散人序。十万堂湛翁(来山)跋。井筒屋庄兵衛版。阿波住の吟夕が大坂や京俳人と一座した連句、ならびに諸家の発句を収録したもの。

四 元禄五年讃岐で客死した兄紅雪の遺志による撰集出版のため、翌六年秋には大坂へ渡り、佐郎山を編集。また同十三年にも寸木とともに大坂・京に旅をして、その地の主要な俳人と交流し、その成果を金毘羅奉納集「金毘羅会」と題して刊行した。

五 姿恰好、つまり田舎の俳風を直される。

108 ○百草　百草取。旧暦五月五日に野に出て種々の草を摘んで競いあった中国の故事があり、日本では、この日薬草をとりに野外に出かける風習があった。○わらび草　蕨草。シダ類ウラボシ科の野草。早春、こぶし状に巻いた新芽を出す。▽五月五日に行なわれる百草取りにも、季をすぎて延びすぎてしまった蕨は摘みとられずに残された。出典、未詳。季百草(夏)。

六 佐郎山。半紙本一冊。芳水編。紅雪序。自序。井筒屋庄兵衛

折〳〵《をりをり》[四]大坂・京へ出られて、風俗[五]をなおさるゝ。

108 百《ひやく》草《さう》に摘《つみ》残《のこ》されつわらび草《ぐさ》

○さら山[六]　あやの松[七]

▲備前　定直[八]

ことはり、さぬきにおなじ。

109 牛《うし》飼《かひ》のむすべば濁《にご》る清《し》水《みず》哉《かな》

○おぼろ月[九]　鄙《ひな》[一〇]の長路《ながぢ》

▲同　晩翠

都[二]へはついに見えず、所ではやらんすげな。

110 旅《たび》人《びと》よ宿は酒煮《に》る隣《となり》あり

版。元禄六年の刊か。撰集出版を思いたちながら没した兄紅雪の遺志をつぎ、弟芳水が刊行したもの。紅雪は美作津山の人。津山や京坂の諸家の発句・連句が入集。

七 未見。「あやの松、一冊、芳水作、元禄四年七月廿日」(誹諧書籍目録)。

八 底本「貞直」。

109 ○むすべば　手で水をすくえば。▽牛飼が水を飲もうとして、手で水をすくって飲もうとしたところ、清水が濁ってしまった。ああ不粋なことだ。出典、未詳。季清水(夏)。

九 朧月夜。半紙本一冊。定直編。自序。井筒屋庄兵衛版。誹諧書籍目録によれば元禄三年七月八日刊。定直が進歩と巻いた両吟歌仙四巻を収録。発句はすべて春季である。

一〇 未見。「鄙の長路、定直」(故人俳書目録)。

二 晩翠は、京都に上らず、地元の備前岡山で羽振りがよいとあるが、元禄二年には上京して、如泉・湖春・和及・信徳・幸佐・我黒らと交流、四十四(よよ)六巻、歌仙二巻など連句十一巻をのこしている(蟬の小川)。著者の思いちがいである。

110 ○酒煮る　旧暦四月に新酒が腐敗するのを防ぐため、火入と称して酒を煮ること。煮酒。煮酒の日には、誰にでもお金をとらずに酒をふるまった。▽旅人よ、うちの宿屋はいま煮酒をしている造酒屋の隣りにあるんだよ。ぜひ泊ってくださいよ。宿の客引きの様子を詠んだ句。出典、未詳。季酒煮る(夏)。

一 大本または半紙本一冊。晩翠編。元禄二年(一六八九)六月熊谷散人序。井筒屋庄兵衛版。元禄二年春上京した岡山の晩翠が京の諸家と春・夏にかけて興行した連句十一巻を収めたもの。

二 梅員は元禄五年四月に上京して京の諸家と交流し、連句興行を行なっている(吉備の中山)。

111 ○ひゞき目　われ目、さけ目。○白牡丹　底本「白杜丹」。▽みごとな美しい白牡丹が散った。その花びらを見ると、ひびき目などまったくなく、そのままの形で散り落ちた。出典、未詳。季白牡丹(夏)。

三 半紙本一冊。梅員編。元禄五年五月言水序。井筒屋庄兵衛版。

〇蟬《せみ》[一]の小川

▲備　中　　　梅　員

京にも出られし。[二]

111 ひゞき目もなくて散《ちり》けり白《はく》牡《ぼ》丹《たん》

〇吉《き》備《び》の中山《なかやま》[三]

▲同　　　除　風

右に同じ。

112 この花やちさゐやしろの有《ある》ところ

〇青むしろ[四]

岡山の梅員が京へ上り、諸家と連句興行をした折の記念の集。

112 〇この花　桜を言う場合もあるが、梅の花の方が一般的である。「梅　異名花の兄・春告(ツゲ)草・匂ひ草・香散見草・この花・好文木」(類船集)。▽梅の花が小さな社のあるところに咲いている。なかなか風情があることだ。出典、柴橋。季この花(春)。

四 半紙本二冊。除風編。諷竹序。元禄十三年八月自奥。井筒屋庄兵衛版。除風が交流した蕉門諸家の発句・連句を収録。中国地方の俳人の作が多く入集。

五 朱拙は惟然や風国ら蕉門俳人との交流が密で、文通によるところが多かったと思われる。けふの昔には「各々文通の句」として其角・去来・嵐雪・風国・正秀・土芳・惟然の発句を載せている。また芭蕉が難波の旅宿にいたころ、書通によって芭蕉の門人になったといわれる(土大根)。

113 〇初花　桜の花が始めて開くこと。〇覆面　顔を布などでおおいかくすこと。頭巾のことか。▽桜の花が咲いた。その花は、頭巾で顔をかくして目だけみえる初々しい乙女の目のようだ。出典、けふの昔。季初花(春)。

六 半紙本二冊。朱拙編。自序。元禄十二年一月奥。井筒屋庄兵衛版。蕉門の発句・連句集。芭蕉の「十八楼記」「閉関之説」などの俳文を収録。豊後・長崎など九州俳人の入集も多い。

七 半紙本二冊。朱拙編。元禄十二年四月風国序。井筒屋庄兵衛版。梅桜の続篇。芭蕉諸家の発句・連句集。朱拙と惟然の両吟歌仙は巻末に付す。

八 半紙本一冊。朱拙編。元禄十年花春菊人序。井筒屋庄兵衛版。朱拙の初めての撰集。芭蕉をはじめ蕉門の人々の梅と桜の発句、ならびに連句を収録したもの。九州俳書としては初期のもの。

九 半紙本二冊。紫白女編。朱拙序。元禄十三年三月、井筒屋庄兵衛版。朱拙の援助によって出版された芭蕉の発句・連句集。筑前・筑後・肥前・豊後の俳人の作も多い。

114 ▽月や花の風流韻事を行なうためには、日頃腹に力を入れて活力を持っていてこそ、それができる。出典、元禄拾遺。季なし。

一〇 継尾集。半紙本二冊。不玉編。呂図司序。元禄五年刊(誹諧

▲豊　後　　朱拙

[五]筆まめなお人じやと。

113 初花《はつはな》や覆面《ふくめん》したる女子《をなご》の目《め》

○[六]けふの昔　[七]おくればせ　[八]梅さくら　[九]きくの道

▲出羽酒田　　不玉

114 月花の平生《へいぜい》腹《はら》にちからあり

○[一〇]続尾集《つぎをしふ》

▲[一一]長崎まる山　　助叟

言水
三千風

[一二]はじめは言《ごん》さまにしたがはれ、のちに[一三]三千どのにつかれしは水くさい。

書籍目録)。象潟および出羽の名所を詠んだ諸家の発句・連句を収録。芭蕉以下蕉門の作品が多い。

一一 長崎の丸山遊廓。助叟は長崎稲佐江の人。

一二 助叟が京へ上ったのは貞享三年(一六八六)頃(遠帆集)で、そこで言水の指導を受けた。元禄二年あたりから七年頃までの助叟の一座する連句には言水がいつもおり、言水が助叟を引き立てたものと考えられる。

一三 元禄十年刊みとせ草に、助叟は三千風のことを「東往居士三千風は吾師なり」と述べており、前年九年東北行脚の折にも、隅田川のほとりの草庵に三千風を訪ねているので、九年あたりから三千風に師事したと考えてよかろう。

115 ▽風水害にあって山畑がくずれて、寒々とした風景になってしまった。折から松に秋のさびしい風が吹き渡ってゆく。出典、未詳。季松の秋(秋)。

一 半紙本二冊。助叟編。三千風序。元禄四年五月言水序。井筒屋庄兵衛版。当時京俳壇の人々の発句・連句を収録したもの。

二 半紙本上巻一冊のみ現存。助叟編。元禄十年冬自序。元禄八年、京を出発して江戸に赴き、さらに桃隣とともに東北行脚をし、元禄十年冬京に帰るまでの行脚記念集。

三 釿始(ちようなはじめ)。半紙本一冊。助叟編。元禄五名月の日奥。井筒屋庄兵衛版。各流派の俳人一三二名の作一句ずつを収め、巻末に編者の独吟歌仙一巻をおく。

四 半紙本一冊。助叟編。才麿序。為文跋。元禄七年一月刊。井筒屋庄兵衛版。八年ぶりに長崎に帰った折の旧友との交流から得た発句・連句集。巻末に以前から編集中であった諸家の発句を四季別に収録。

五 支考は、元禄十一年筑紫へ俳諧行脚(梟日記・西華集・続五論の旅)の旅に赴き、翌十二年には尾張・伊勢方面(東華集)へ向かい、さらに同十四年からは三年連続して加越行脚(東西夜話ほか)の旅を実行している。

六 女性が外出の際、顔を隠すためにかぶった単衣。

七 僧衣を着て通ることもある。

八 京・江戸・大坂で、他門の人々と交流することは一度もない。

115 山《やま》畑《はた》の崩《くづ》れて寒《さむ》し松の秋

○京[一]の水　三[二]とせ艸《ぐさ》　鈄[三]《てう》の初《はじめ》　遠帆集[四]《ゑんぱんしふ》

▲妾《てかけ》もの　　支考

国[五]〳〵へかゝへられてひたといかんす。かづき[六]着《〈き〉》てあるかんす事もあり、衣[七]《〈ころも〉》着てとおらんす事もあり。京[八]・江戸・大坂のつき合《あひ》一度もなし。いなか[九]にて一ぱいづゝくはさるゝやら、親[一〇]かたへの手形《てがた》はたび〳〵。

庄兵衛

116 木《き》枕《まくら》はまだ寒《さむ》けれど旅《たび》寐《ね》哉《かな》

○西花集《さいくわしふ》[一一]　東花集《とうくわしふ》[一二]　帰り花[一三]　葛《くず》[一四]の松原《まつばら》　笈日記《おひにつき》[一五]　新百韻[一六]
梟日記《ふくろふ》[一七]　桜山伏[一八]

▲世帯《せたい》[一九]やぶり　　雲鈴

九 田舎で、田舎の人をうまくだますのか。田舎の俳人をおだてあげ、だまして。
一〇 井筒屋庄兵衛のところから、支考の息のかかった地方の俳書の出版がたびたび出ている。
116 ○木枕　木製で箱型に作った枕。▽まだ寒い時節で、寝ようとして木枕に頭を当てると寒く感ずるのだが、これも致し方ない。旅寝をつづけてゆくことにしよう。出典、西華集。季まだ寒(冬)。
一一 西華集。半紙本二冊。支考編。元禄十二年(一六九九)九月奥。井筒屋庄兵衛版。元禄十一年筑紫へ行脚した折、門人との表合《おもてあわせ》二十六を示して解説したもの。他に発句も収める。
一二 東華集。半紙本三冊。支考編。元禄十三年九月刊。井筒屋庄兵衛版。西華集の姉妹篇。尾張・伊勢の門人との表合四十二を示して解説したもの。他に発句も収める。
一三 半紙本一冊。支考編。木因序。元禄十三年十月奥。井筒屋庄兵衛版。誹諧書籍目録では元禄十四年刊。元禄十三年三月十二日、支考主催のもとに大津義仲寺で行なわれた芭蕉七回忌法会の記念集。
一四 半紙本一冊。支考著。元禄五年五月奥。井筒屋庄兵衛版。元禄五年春から夏にかけ、奥羽行脚に赴いた支考が、出羽羽黒の図司呂丸亭で書きあげた俳論書。
一五 半紙本三冊。支考編。元禄八年七月序。井筒屋庄兵衛版。伊賀・難波・京都・湖南他の地方別に芭蕉の遺吟遺文を集め、諸家の追悼吟を収録したもの。難波部では芭蕉の臨終前後の動静が克明に記録されている。
一六 伊勢新百韻。半紙本一冊。乙由・反朱編。井筒屋庄兵衛版。誹諧書籍目録には「新百韻、元禄十一年、支考」とする。俳席心得五ヶ条を示し、団友(涼菟)の発句以下、乙由・支考・反朱らの七吟百韻一巻を収めたもの。
一七 半紙本二冊。支考著。元禄十一年九月自跋。井筒屋庄兵衛版。誹諧書籍目録には元禄十二年刊とする。元禄十一年四月、大坂を出発し、山陽道を経て九州を巡歴、九月下関帰着までの俳諧紀行。
一八 半紙本一冊。支考編。井筒屋庄兵衛版。誹諧書籍目録によ

大坂でも京でも三日[二〇]とながらへている事なし。食《〈まゝ〉》をたかしては日本一。

117 楊《やう》貴《き》妃《ひ》にほれたる床《とこ》の涼《すず》しさよ

▲奥州須《す》加《か》川《がは》　等躬

118 松しまの月や雲《うん》居《ご》の自《じ》画《ぐわ》自《じ》讃《さん》

▲陸奥　路通

[二一]松尾屋にても二三番ぎりの太夫なれども、[二二]うき名にたつ事ありて、あちこちといたされしが、いまは心[二三]もなおりまして、[二四]なこそといふ人もなし。

119 後《のち》の月《つき》名《な》にも我《わが》名《な》は似《に》ざりけり

れば、元禄十四年刊。北陸行脚に向かう支考が、大垣から近江柏原までかけて完成した百韻一巻と、他に歌仙二巻を収める。

一九 生活苦のために離婚する者のこと。「此の程乳母に出る奉公人を見るに、大かたは世帯破り」(西鶴織留六ノ三)。ここでは一所に落ちつかぬ俳人のことをいう。

二〇 三日といたためしがない。行脚癖があって落ちつかない。

117 ○楊貴妃　唐の玄宗皇帝の妃。舞や音楽に秀で、玄宗の寵愛を受けたが、安禄山の乱で殺された。▽暑苦しかった夏の床だったが、楊貴妃のような美女に一目惚れしてから、涼しくすがすがしいものになった。出典、未詳。季涼しさ(夏)。

118 ○雲居　雲居禅師。江戸前期の臨済宗の僧。松島瑞巌寺の中興。諱は希膺。号は把不住軒。土佐の人で姓は小浜氏。万治二年(一六五九)没。七十八歳。▽松島の月はまったくすばらしい。なるほど雲居禅師が自画自讃されるだけのことはあるなあ。出典、未詳。季月(秋)。

二一 其角や嵐雪などにつぐ蕉門のうちで二、三番というすぐれた。

二二 元禄三年茶入紛失事件で疑いをかけられ、奥州へ行き、出羽で「月山句合」を成就。同年冬江戸に戻ってから蕉門の人々から不評を買い、元禄四年京で俳諧勧進牒を刊行するが、彼の軽薄な行動は直らず、以後元禄五年には芭蕉から勘当を受ける。

二三 その後芭蕉の最晩年勘当をゆるされる。

二四 来るなという人もいない。さほど毛嫌いされなかった。

119 ▽ゆくえ定めぬ旅を念じた「路通」という自分の名は、終わりを示す「後の月」という呼び方にはふさわしいものではない。出典、笈日記。季後の月(秋)。

一 摂津国豊島郡桜塚村。いま大阪府豊中市桜塚。花の名所として知られた。西吟は延宝七年(一六七九)ごろ大坂から桜塚に移居。

二 摂津国島上郡にあり、酒造業者が多かった。

三 摂津国豊島郡池田。猪名川の東畔にあり、能勢街道ぞいの市場町。酒造が盛んであり、また池田炭の集散地として栄えた。

120 ▽白樫の花は、人に媚びることも目障りになることもなく、はなやかな花の咲く春にも、ひっそりとひとり咲いていることよ。出典、未詳。季花の春(春)。

▲桜塚《さくらづか》[一]　西吟

富田《とんだ》[二]・池田《いけだ》[三]のさはぎ所《どころ》にて、はんじやう也《なり》。

120 しら樫《がし》や媚《こび》ずさはらず花の春

○西吟ざくら[四]　寐覚廿日《ねざめはつか》[五]　難波《なには》[六]ざくら　弥生山《やよひ》[七]　ゑんみ集[八]
菜《な》[九]の花　橋ばしら[一〇]　ほのぐ草[一一]

▲伊丹　宗旦禅定尼

維舟

舟《しう》さまの引[一二]舟なりしが、請出《うけだ》[一三]されていかんして、所[一四]がよさにはんじやうにてしなんした。風俗[一五]を所にきわめられて、かくれもなき名をとられし。そのゝち跡《あと》したふものもなし。

鬼貫
知牛

ちかゐころ牛さまと云《いふ》を、鬼さまの引《ひい》て出《で》さんしたが、い[一六]まだ風俗もしれず。

121 経《きやう》しらぬ人も覚《おぼ》ゆる涅《ね》槃《はん》哉《かな》

四 庵桜のこと。半紙本二冊。西吟編。貞享三年(一六八六)三月奥。井筒屋庄兵衛版。宗因以下大坂談林の人々の句や、言水・信徳ら京の俳人等、諸家の句を収録したもの。芭蕉の「古池や」の句も中七が「蛙飛ンだる」の句形で入集する。
五 大本一冊。西吟編。貞享四年刊か。井筒屋庄兵衛版。貞享四年江戸へ下った編者が嵐雪や一晶らと両吟を行ない、記念として刊行したもの。
六 未見。「難波桜、一冊、西吟作、貞享五年二月中旬、江戸寝覚廿日ノ後集」(誹諧書籍目録)。
七 未見。「やよひ山、一冊、落月庵西吟作、貞享五辰三月尽、独吟」(誹諧書籍目録)。
八 未見。「塩味集、一冊、西吟作」(誹諧書籍目録)。
九 未見。「菜の花、一冊、桜塚西吟作、元禄五年」(俳諧書籍目録)。
一〇 半紙本三冊。西吟編。飛鳥翁序。上月阜庵跋。井筒屋庄兵衛版。元禄六年(一六九三)長柄の農夫より得た橋柱の木片で文台を作り、これを記念して刊行したもの。巻初に西吟伝がある。
一一 未見。「ほのぐ草、西吟」(故人俳書目録)。
一二 引舟は執筆のこと。三九六頁注一六・一七参照。宗旦は重頼門。重頼の執筆であったことは宗旦編遠山鳥所収の維舟(重頼)発句「浅みこそ」百韻一巻があることによって想像される(安田厚子「池田宗旦年譜稿」)。
一三 延宝二年(一六七四)春、宗旦は重頼につれられて伊丹に来遊し、そのまま伊丹に移り住んでしまう。
一四 伊丹での居所を也雲軒と号した。多くの門人が也雲軒に集まり、宗旦の指導を得て、也雲軒は俳諧学校のようであった。
一五 風俗は俳風。伊丹風の俳諧をいう。異体の句を好み、放埒大胆な俳風で、口語調の表現を多く用いる。伊丹風として知られた。宗旦は伊丹風の祖とされた。
一六 まだどんな俳風の句であるか、わからない。
121 ○涅槃　釈迦が死ぬこと、釈迦の臨終のようす。▽お経を知らない人だって、釈迦臨終の様子の涅槃のことは知っているよ。出典、橋柱集。季涅槃(春)。
一七 未見。「一冊、伊丹住宗旦作、延宝八年初正月、七吟七百韻、

○一七無《む》分別《ふんべつ》　一八親仁《おやじ》異《い》見《けん》　一九盆旦《ぼんたん》　二〇古文祇園会《ぎをんゑ》　二一無尽経《むじんきやう》　二二薬喰《くすりぐひ》
二三西瓜《すいくわ》三ツ　二四誹道盤石録《ばんせきろく》　二五かやうに候者《さふらふもの》は　二六生《き》誹諧《はいかい》　二七食《めし》誹諧
二八野梅集《やばいしふ》　二九三人蛸《さんにんだこ》　三〇四人法師　三一当流籠《かご》ぬけ

追加親仁異見」(誹諧書籍目録)。
一八 未見。「親仁異見、宗旦、延宝八」(故人俳書目録)。
一九 未見。「盆旦、宗旦」(故人俳書目録)。
二〇 未見。「古文、宗旦」(故人俳書目録)。
二一 未見。「無尽経、一冊、元禄四年三月廿九日、伊丹住」(誹諧書籍目録)。広益書籍目録・故人俳書目録では宗旦編とするが、在岡俳諧逸士伝の蟻道の項に「嘗撰無尽経」とあり、蟻道編か。
二二 未見。「薬喰、一冊」(誹諧書籍目録)。「薬喰、宗旦」(故人俳書目録)。
二三 未見。「西瓜三ツ、一冊、鬼貫作、上島氏一搏・岡島氏木兵三吟」(誹諧書籍目録)とあり、宗旦の後見によるものか。
二四 未見。「俳道盤石録、宗旦」(故人俳書目録)。
二五 かやうに候ものハ青人猿風鬼貫にて候。半紙本一冊。貞享元年十月青人序。井筒屋庄兵衛版。青人・猿風・鬼貫の百韻三巻を収める。最後の百韻の挙句に請人宗旦とあり、宗旦が後援したものであろう。
二六 伊丹生誹諧。半紙本一冊。青人ら編。元禄五年五月奥。井筒屋庄兵衛版。青人・百丸・蟻道・鷺助ら伊丹俳人の独吟集ならびに発句を収録したもの。宗旦の後援があったと思われる。
二七 未見。「食、元禄五壬申歳、三十二歳、鬼貫・木兵・青人、三吟三百韻」(仏兄七久留万)。
二八 半紙本一冊。鸞動編。貞享四年奥。井筒屋庄兵衛版。貞享三年秋に没した編者の未完成の撰集に、宗旦らが追善の発句・漢和などを補って刊行したもの。
二九 半紙本一冊。宗旦編。自序。天和三年二月奥。井筒屋庄兵衛版。題名のように、各々蛸の句を発句とする宗旦・鬼貫・林犬の三吟百韻三巻を収めたもの。
三〇 横本一冊。葎宿ら編。延宝六年成。井筒屋庄兵衛版。梅翁・葎宿・元順・任口らが入集するが、宗旦とは関係がない。
三一 半紙本一冊。也雲軒宗旦編。延宝六年十一月、井筒屋庄兵衛版。伊丹の宗旦・木兵・百丸・鬼貫・鉄幽の五吟百韻五巻を収める。自由放埒な伊丹風の第一撰集として注目される。

花見車　四

[一]勝名并編集之作者

そも〳〵[二]白人《はくじん》といふ身は、[三]としたくるまで親のもとにあり、又[四]はれき〳〵の御《お》かたにまねかれて、[五]たちかえりたるもあり。[六]さそふ水あらばと流れよる瀬《せ》をまちわび、[七]中だちをしていひよる男もきゝつたへて、[八]けしきある座敷《ざしき》をかまへてめぐりあふ。あながちに[九]氏《うぢ》をたづねず、[一〇]縁をたよりにこなたにむかへても、[一一]人しれずむすびあひたれば、うき名に出《いづ》る事もなし。また[一二]遊女はおやかたに身をよせて、[一三]心にそまぬかたをも、ふかくおもひ入たるよしにもてなせば、[一四]つねにかたちをつくりて、人をまつ事にしてこゝろをつくす。その[一五]風俗の時にしたがひて、あしかるべきやうなし。そのありさまを[一六]こなたにきゝとり、[一七]まなぶすが

一 遊女の替名の意か、ここでは俳号のことをいう。
二 本来私娼の意だが、ここでは点者でない者のこと。
三 年をとるまで。
四 親代々の資産家。諸艶大鑑六ノ四にいう能衆（よいしゅ）・分限者（ぶげんしゃ）を歴々といい、急に資産家になった金持は歴々とはいわない。
五 俳諧をまた行なう状態になっている。
六 さそう水あらば、したがおうと瀬を待ちわびて。「わびぬれば身をうき草のねをたえてさそふ水あらばいなんとぞ思ふ」（古今集・雑下・小野小町）。俳諧をしようと誘うものがあれば、いつでも応じようと待っていて。
七 仲だちをして言い寄ってくる会所の連中も聞き伝えて。
八 風情のある座敷を用意してそこで会う。
九 しいて氏素姓をたずねず。
一〇 何かの縁でこちらへ迎えることになっても。
一一 人に内密に結びついたので、浮き名が立つこともない。内々での俳席なので、妙な評判は立たない。
一二 遊女は遊女屋に身をよせて。点者の弟子になった俳人は点者に束縛されて。
一三 気に入らぬ客でも、深く思っているようにもてなすので。
一四 たえず身づくろいをして、人を待つことに気持をくだく。点者の下での俳諧師をいう。
一五 その姿恰好は、その時の流行にしたがって、悪いということがない。たえず今はやっている俳諧のありようを心得ている。
一六 白人（素人の俳人）の方で自分のものとして採り入れて。
一七 その姿恰好を真似して。その俳風を真似して。

たとなして、一八けふをすぐせば俤《〈おもかげ〉》は似《に》せて、一九心はゆくところのまゝなるべし。

京

春澄　　おはる

二〇いよ〳〵めでたき身にて、二一けつこうなものをならべて、あけくれかぞへてゐさんすゆへ、二二かりにも今は見《まみ》ゐず。

122 親《おや》もなし子もなし闇《やみ》に飛《とぶ》蛍《ほたる》

秋風　　おあき

なつかしき風俗也《なり》とて、いまもしたふ。

123 僧《そう》ひとり辛《から》崎《さき》へ乗《のる》しぐれ哉《かな》

一八 毎日を過ごしているので、俤は似せても。
一九 気持の方は、しばられず自由気ままに行動できるのである。ここでは職業的な点者にならない、いわば遊俳を白人（素人をよそおう私娼）に見立てて、一般の点者（遊女）とのちがいを述べている。
二〇 いよいよ富み栄えた身で。春澄は家業をもっていたか。
二一 お金のこと。
二二 ほんの一時的だと思うが、今は俳諧の席に姿を見せない。春澄は元禄八年（一六九五）以後十五年頃まで俳諧活動をしていない。

122 ○親もなし子もなし　天涯孤独の。○闇に　「人の親の心は闇にあらねども子を思ふ道にまどひぬるかな」（後撰集・雑一・藤原兼輔）。▽暗闇の中を蛍が一匹飛んでゆくが、あの蛍は親もいないのであろうか、子もいないのであろうか。何ともあわれなことよ。出典、誹諧小松原。誹諧小松原では下五「闇を行蛍」とある。季蛍（夏）。

123 ○辛崎　唐崎。滋賀県大津市の琵琶湖西岸の一帯。唐崎の夜雨は近江八景の一。また唐崎の一つ松も有名。▽時雨の降っている中、僧がたった一人唐崎に向かうべく船に乗っている。墨絵を見るような世界である。出典、未詳。誹諧吐綬鶏では「十月廿六日は長閑なる湖水の寒さにて」と前書があり、句型も「舟に坊主辛崎へ行時雨かな」とある。季しぐれ（冬）。

重徳　おとく

124 ゑのころの乳《ちち》のむ春の日かげ哉《かな》

○[一]花見弁慶《はなみべんけい》　[二]便船《びんせん》　[三]類船《るいせん》

千春　おせん

125 餅《もち》かびて二月《にぐわつ》の柳《やなぎ》青かりし

○[四]鬼《おに》がはら　[五]新清水《しんしみず》

立吟　おきん

[六]三味線・小歌《こうた》天下一、風俗は[七]いせのおもうのちのひとり也《なり》。

126 のがれても世にかしましき紙子《かみこ》哉《かな》

○[八]餞別五百韻《せんべつごひやくゐん》

和海　おかい

127 ぼく〳〵と百足《ひやくそく》すぎて一葉《ひとは》哉《かな》

124 ○ゑのころ　犬の子。▽春の暖かくおだやかな日ざしの中で、犬の子が母親の乳を無心に呑んでいる。出典、万歳楽。季春の日かげ(春)。

一 半紙本一冊。重徳編。蘭秀子序。元禄四年(一六九一)二月、寺田与平次版。信徳一門の連句集。重徳や信徳の独吟四十四(よよ)他、両吟歌仙・三吟歌仙等十巻を収録。

二 俳諧付合便船集。横本七冊。梅盛編。寛文八年(一六六八)自序。寛文九年正月、与左衛門版。俳諧付合語辞書。最終巻に四季の詞、非季の詞、恋の詞をそえる。

三 俳諧類船集。横本八冊。梅盛編。延宝五年(一六七七)正月自序。延宝四年十二月、寺田与平治版。便船集を増補改訂したもの。付合の題材をいろは順にならべ、関連する語句を示したもの。

125 ▽正月からの餅が青くかびてしまった。気がついたらもう二月で柳も青々としている。時節のうつり変わりの早さをかびた餅と柳であらわした。出典、くやみ草。季柳(春)。

四 未見。「鬼瓦、一冊、正(ママ)春作、元禄四年」(誹諧書籍目録)。

五 未見。「新清水、千春作、大坂点者追加京点者」(誹諧書籍目録)。

六 和歌や仏学は日本一。

七 伊勢の歌のように後に恋しくなる一人だ。「おもふことなくてやみけむなかをしもわがみの上になきなますらん」(伊勢集)。

126 ○紙子　紙で作られた着物。貧乏人が着た。▽世間を逃れて隠棲して静かに暮そうとしても、着ている紙子が、がさがさとしてまことにうるさいことだ。出典、未詳。紙袍(カミコ)―牢人・貧僧(類船集)。季紙子(冬)。

八 半紙本二冊。立吟編。序・跋なし。元禄四年九月、井筒屋庄兵衛版。立吟が江戸より京へ移居するに際し、立志・子英・不角・嵐雪・山夕と興行した両吟百韻五巻を収め、後に諸家の餞別吟を添えたもの。

127 ○ぼく〳〵と　ゆっくりと歩く足音。○百足　「ヒャクソク。百の足、すなわち蜈蚣(むかで)」(日葡辞書)。○一葉　「一葉散るは、桐のことなり」(産衣)。▽ゆっくりとムカデが地面を通りすぎた後、桐の一葉がそこに散り落ちてきた。「百」と「一」とを対照させた句。出典、誹諧京羽二重。季一葉(秋)。

淵瀬

○鳥羽蓮花《とばれんげ》 九

おゐん

一〇 金山《〈かな〉やま》まぶにとりつかんして、のりものすがた。一一

128 堂《だう》ふるしうしろは浅黄《あさぎ》ざくら哉《かな》

芝蘭

○蓮《はす》の葉《は》 一二

おらん

129 はつ雪《ゆき》におろしかねけりはねつるべ

去来

130 手《て》討《うち》した下《した》から笑ふ西瓜《すいくわ》哉《かな》

おらい

○猿蓑《さるみの》 一三

風国

131 雨の間《ま》を鳴《なき》ふさぎけりほとゝぎす

おくに

九 半紙本一冊。紅風軒和海編。元禄八年十月要津道人序。三千風跋。井筒屋庄兵衛版。元禄八年六月二十三日助叟・和海らが鳥羽の実相寺に赴き、貞徳の追善を行ない、百韻をはじめ、諸家の句を収録したもの。底本「鳥羽連花」。

一〇 金山持ち。

一一 乗物駕籠に乗る姿。乗物の使用は婦女子は許されていたが、富裕でないと乗れない。楽々と乗っている姿。

128 ○浅黄ざくら サトザクラの一種。花が全体に浅黄緑色をしている。「空色のながめは浅黄桜かな 春良」(落花集)。▽古色を帯びたお堂が建っていて、そのうしろには浅黄ざくらの花が咲いている。いかにも風情のあることだ。出典、未詳。季浅黄ざくら(春)。

一二 未見。「蓮の葉、一冊、淵瀬作、元禄三年七月廿九日」(誹諧書籍目録)。

129 ▽はねつるべの上にも一面に初雪が降った。はねつるべをおろしてしまうと雪が落ちてしまうので、その風情を惜しんでおろすことができない。出典、未詳。季はつ雪(冬)。

130 ▽西瓜を手討にしたところ、ぽっかりと西瓜がわれて赤い中身が出てきた。それがまるで笑っているように見える。西瓜を割った時の様子をユーモラスに表現した。出典、小弓誹諧集。季西瓜(秋)。

一三 半紙本二冊。去来・凡兆編。其角序。丈草跋。井筒屋庄兵衛版。元禄四年七月三日刊(誹諧書籍目録)。蕉門の発句・連句集。「俳諧の古今集」といわれ、完成度が高い。

131 ▽雨が一時止んでいるとき、ホトトギスがあたかも雨と雨との間を鳴いてふさぐかのごとく、激しく鳴くことだ。出典、東華集。季ほとゝぎす(夏)。

○菊《きく》の香《か》一　はつ蟬《せみ》二　泊船集《はくせんしふ》三

132 よい酒は東方朔《とうばうさく》よ若《わか》ゑびす　正武　おまさ

○此大橋《このおほはし》四

133 鶉《うづら》ずき親《おや》にしらせそ朝《あさ》もどり　素雲　おくも

134 梅が香《か》よしたふに我《われ》が行所《ゆくところ》　如琴　おこと

135 世のさまや我《わが》鉢《はち》の子《こ》に山ざくら　烏玉　おたま

136 撫子《なでしこ》や鋏《はさみ》して切《き》る世のならひ　為文　おため

一 半紙本一冊。風国編。元禄十年九月自序。井筒屋庄兵衛版。前年に刊行された初蟬の補正を行ない、蕉門諸家の発句、去来の「贈其角先生書」などを収める。
二 半紙本二冊。風国編。惟然序。自跋。元禄九年九月奥。井筒屋庄兵衛版。蕉門諸家の発句と歌仙六巻を四季類題別に収録。
三 半紙本三冊。風国編。自序。元禄十一年十一月奥。井筒屋庄兵衛版。芭蕉没後刊行の最初の作品集。巻一に野ざらし紀行を収め、巻二から巻五までは芭蕉の発句五二二句、巻六には蕉門諸家の句を載せる。

132 ○東方朔　中国前漢の文人。西王母の仙桃を盗んで寿命九千歳に及んだという。「抑これは、仙郷に入つて年久しき東方朔とは我が事なり。さてもわれ西王母が桃実を度々服せし其故に、寿命既に九千歳におよべり」(謡曲・東方朔)。○若ゑびす　若夷。恵比須神の像を印刷した札。元日の早朝に売り歩いた。「明ぬればうるゝ物とや若ゑびす」(手操舟・春良)。▽よい酒は、あの中国の東方朔が西王母の桃の実を食べて九千歳生きたように、長生きするものだと、若夷の札に描かれるような福々しい主人がいった。正月の屠蘇酒で長寿を祝っている様子。出典、未詳。季若ゑびす(春)。
四 未見。「大橋、写本一冊、正武撰、京ノ人、季吟ノ門也、元禄八年」(柳亭種彦翁編俳書文庫)。

133 ○鶉ずき　夜、鶉の鳴き声を競わせたか。「夜をこめて鳥のそら音やうづらずき」(本歌取絵入百人一句・藤原氏言因)。▽鶉好きが朝もどりをしたなんて、親にしらせなさるな。出典、未詳。季鶉(秋)。

134 ▽暗闇の夜、自分が行くところに、梅の香が慕うかのようについてくる。何といい香りだ。闇の夜―梅が香(類船集)。出典、未詳。季梅が香(春)。

135 ○世のさま　世様(よざま)。世渡りの状態。暮らしぶり。○鉢の子　托鉢(たくはつ)の僧が持って歩く鉄鉢。▽出家の身の自分の生活は、鉄鉢の中に山ざくらの花びらを受けとめるというような状態です。出典、未詳。季山ざくら(春)。

136 ○撫子　「撫子とアラバ…親の心」(連珠合璧集)。「撫子。…花の姿小さやかに、美しくいろいろに咲けば、幼き名に

竹亭　おたけ

137 大《おほ》かたはしかられにけり県《あがた》めし

○五をだ巻《まき》

丹野　おたん

六くつわへほしがるほどの君なれど、七大名へののぞみありて見合さるゝ。八いまは乗《のり》かゝつた舟、九とももりがしうしん、やめさせたしとのとりさた。

138 正月《しやうぐわつ》もなじみのかゝる二日《ふつか》かな

一林　おいち

139 水《み》無《な》月《づき》や夕《ゆふべ》〳〵に生《いき》かへり

怪石　おいし

140 尻《しり》たゝく団《うちは》の音や更《ふけ》る月

たとへて撫子といひ」(滑稽雑談)。▽撫子を鋏で切るように、それと同じように人の子がつらい思いをするのも、世のならいだ。出典、未詳。季撫子(秋)。

137 ○県めし　県召の除目。地方官を任命する行事。毎年正月十一日から三日間行なわれるのが恒例。▽大部分の者が県召に思うような所に任官できず、家に帰ってしかられることだ。「すさまじきもの。…除目に司得ぬ人」(枕草子)などを思いおこさせる古典的な句。出典、未詳。季県めし(春)。

五 小本一冊。竹亭著。元禄十年(一六九七)一月、新井弥兵衛版。俳諧の作法・式目書。季寄などを付す。

六 遊女屋がほしがるほどの遊女だが。会所などでひっぱりだこの点者。

七 大名に召しかかえられることを期待して。具体的な事実は未詳。

八 途中で身をひくことのできないたとえ。「乗(のり)かゝつた舟」(世話詞渡世雀)。

九 平知盛の執心。大物浦で義経主従が船を出すと、海上が荒れて知盛の幽霊が現われ、義経を海に沈めようとした(謡曲・船弁慶)。

138 ▽正月も二日、なじみ客が正月買いをしてくれる。ほんとうに有難いことだ。遊廓での正月は二十日前ぐらいまでは毎日、正月買の物日となっている。出典、未詳。季正月(春)。

139 ▽甚だしく暑い六月は、日中は暑くて生きた心地もしないが、夕方になるとさすがに涼しく、毎夕毎夕生きかえるような心地になる。出典、未詳。季水無月(夏)。

140 ▽十五夜の月がだんだん更けてゆく。あたりが静かになって蚊を追いはらうために尻をたたく団(うちは)の音が聞こえる。まだ何人か残って月見をしているのか。出典、未詳、季更る月(秋)。

里右　おさと
141 釈迦《しやか》の目やわれて帰らぬ煎《いり》がはら

松雨　おまつ
142 花《はな》野《の》出《で》て煙《けむり》へ行《ゆく》や斎《とき》坊《ぼう》主《ず》

賦山　おやま
143 涼《すず》しさや大《おほ》魚《うを》はねる沖《おき》津《つ》舟《ぶね》

吾仲　おなか
144 朝《あさ》めしのきほひに着たる袷《あはせ》哉《かな》

底元　おげん
145 物《もの》見《み》より公《く》家《げ》の柴《しば》呼《よぶ》さくら哉《かな》

政勝　おまさ
146 けち〳〵と火をうつ音や麻《あさ》のはな

141 ○煎がはら　煎瓦。焙烙(ほうろく)。火にかけて物を煎る土鍋。▽われてしまった焙烙の弧をなす割れ口は、別れを惜しむ涅槃像の釈迦の目に似ている。出典、未詳。季釈迦の目(春)。

142 ○花野　秋草の咲いている野。○斎坊主　檀家にやってきて食事をしていく僧。▽斎坊主が秋草の咲いている野を出て、煙の出ている人家の方へ行く。法事があって斎に行くのであろう。出典、未詳。季花野(秋)。

143 ▽沖に出た舟、さすがに沖に出ると大魚が水面よりはねて、まことに涼しく感ぜられる。出典、未詳。季涼しさ(夏)。

144 ▽朝めしを食べようと起き、その勢いで袷の着物を着てしまった。袷の感触が気持ちよい。出典、未詳。季袷(夏)。

145 ○物見　牛車の左右の立板にある窓。○柴　柴を刈る人。柴人。▽都曲四一参照。季さくら(春)。

146 ○麻のはな　「麻手が花。麻の花なり。夏なり」(産衣)。▽夕方、あたりがほの暗くなり、夕餉の支度をするのか、火打石をかちかちと打つ音が聞こえてくる。おりから麻の花が夕暮にほの白くみえる。出典、未詳。季麻のはな(夏)。

竹条

147 月《つき》花《はな》の手にさはる也《なり》水の肌《はだ》　おちく

原水

148 家ごとに書《しよ》を置《おい》て出る花《はな》見《み》哉《かな》　おげん

定方

149 足洗《あら》ふ水もまれ也《なり》雲のみね　おかた

紅残

150 男からまけてかゝりし夜《よ》寒《さむ》哉《かな》　せんじゆ

金毛

151 山《さん》王《わう》のさくらは白し帆《ほ》かけ舟《ぶね》　おきん

為有

152 竹の子のつれにおくるゝ泊《とまり》かな　おため

147 ○月花　月。月や月光を花に見立てて美的に表現した語。▽美しい月が水面に写っているので、それを水の肌として触れることができる。「手」「さはる」「肌」は縁語。元来みるべき月を触るとしたところが一句の眼目。出典、未詳。季月花(秋)。

148 ○書　書物。「ショ(書)。すなわちモノノホン(物の本)」(日葡辞書)。▽それぞれの家で花見に出かけるが、どの家でも書物など持ってゆかずに置いてゆく。花見に書物などいらない。出典、未詳。季花見(春)。

149 ○雲のみね　夏、雲が山の峰のように高く出ているさま。▽夏、雲の峰がそびえ、雨も降らない。それゆえ足を洗う水さえも少なくまれになっている。出典、未詳。季雲のみね(夏)。

150 ○夜寒　晩秋のころ夜の寒さを感じること。▽秋の夜寒のころ、ふとしたことから夫婦喧嘩になったが、男の方から折れて出て、負けてやったことだ。出典、未詳。季夜寒(秋)。

151 ○山王　大津坂本にある日枝大社。▽日枝神社の桜が白々と美しい。眼を琵琶湖に向けると帆かけ舟が白い帆を上げて進んでゆく。ともに白さが目にしみるように美しい。出典、未詳。比叡(エ)近江—山王(類船集)。季さくら(春)。

152 ▽早く宿に入りたいのが旅心だが、竹の子を見つけ、それに心をとられて、連れに遅れてしまった。出典、未詳。季竹の子(夏)。

都水
153 くるゝ日に人は欲《よく》なき月《つき》見《み》哉《かな》
おすゐ

円佐
154 花の雨仁《に》王《わう》の作《さく》を聞《きく》ばかり
おゑん

常雪
155 出《で》替《がは》りに虎《いた》杖《どり》山のあれにけり
おつね

壺中
156 ひるがほは日かげに成《なり》てくるしいか
おつぼ

○霜《しも》月《つき》歌《か》仙《せん》[一]　極《しはす》月《》歌《か》仙《せん》[二]　弓《ゆみ》[三]　木《こ》がらし[四]

芦角
157 脇《わき》ざしや花のもどりに撫《なで》てみる
おあし

定宗
おむね

153 ▽日が暮れた。昼間の欲にかられて動きまわっていたことなど忘れたかのように、何の欲も持たずに人は無心に月見をすることだ。出典、未詳。季月見(秋)。

154 ○花の雨　桜の花の咲くころ降る雨。▽あいにくの花見が雨なので、寺の境内でそこにある仁王がだれの作であるのかという説明をきいている。花はさっぱり見られない。出典、未詳。季花の雨(春)。

155 ○出替り　陰暦二月二日、奉公人が雇われた期限を終えて入れかわること。奉公人は一季(一年)、または半季(半年)の契約で勤め、江戸では二月二日、八月二日の二回と定められていたが、寛文八年(一六六八)以後、三月五日と九月五日に改められた。○虎杖　蓮実一七三参照。▽春の出替りに奉公から田舎にもどってきた娘たちが虎杖を採りに山に入るので、山が荒れてしまった。出典、未詳。季出替り・虎杖(春)。

156 ○ひるがほ　昼顔。多年生の蔓草。日盛りに咲き、夕方になるとしぼむ。▽ヒルガオは日が当っていれば元気だが、日影になってしまうと苦しいのか、しぼんでしまう。出典、誹諧京羽二重。季ひるがほ(夏)。

一 未見。「霜月歌仙、壺中」(故人俳書目録)。
二 未見。「極月歌仙、壺中」(故人俳書目録)。
三 半紙本一冊。壺中編。元禄六年(一六九三)九月奥。井筒屋庄兵衛版。芭蕉の句を巻頭に据え、蕉門や他門の発句、ならびに団水と壺中の両吟半歌仙など連句を収む。
四 半紙本一冊。壺中・芦角編。元禄八年六月奥。井筒屋庄兵衛版。題簽に「芭蕉翁追悼こがらし」とあるように、芭蕉の追悼集。芭蕉の発句、蕉門諸家の追悼吟、追悼歌仙等を収録。

157 ○脇ざし　外出の際や旅行のときに庶民が腰にした刀。▽新しい脇差でもこしらえたのか、それを差して花見に出向き、その帰りにそっと撫でてみる。何となく頼りがいがある。出典、誹諧京羽二重。季花(春)。

158 ○ちろつく　ちらちらする。▽今日もまた花見で二日酔になってしまった。桜の花もちらちらするし、酔っぱらって

158 ちろつくやけふも桜の二日《ふつか》酔《ゑひ》

○新[五]行事板

編集之部

一 書[六]籍目録　阿誰　一 十[七]月歌仙　漢[八]和鮫《かんなさめ》　陽川

一 根[九]無葛《ねなしかづら》　洞水　一 ふ[一〇]くと集　万蝶

一 臍[一一]《ほぞ》の緒《を》　落水　一 流[一二]木集　一[一三]夜百韻　浮芥

柳[一四]の道

津[一五]の国　おおに

鬼貫

大[一六]名もどり也《なり》。ま[一七]だも一かせぎのぞんでゐさんすゆへ、流[一八]れの身ともならられず、風[一九]俗は大夫にしても恥《はづ》かしからず。

159 月しろやむかしに近《ちか》き須《す》磨《ま》の浦《うら》

眼の前もちらちらしている。出典、新行事板。[季]桜(春)。

五 半紙本一冊。定宗編。井筒屋庄兵衛版。刊年は誹諧書籍目録によると、元禄四年刊。当時の京都の点者四十五名の住所、会日を示し、後半は諸家の発句を収録する。

六 誹諧書籍目録。半紙本二冊。阿誰軒(藤ノ柳磨)編。元禄五年三月自序。井筒屋庄兵衛版。犬筑波から元禄五年刊行までの俳書の書名・刊年・編者等を示した目録。

七 未見。「十月歌仙、陽川」(故人俳書目録)。

八 未見。「漢和鮫、陽川」(故人俳書目録)。

九 未見。「根無葛、洞水」(故人俳書目録)。

一〇 未見。「ふくと集、万蝶」(故人俳書目録)。

一一 未見。「臍の緒、落水」(故人俳書目録)。

一二 未見。「流木集、浮芥」(故人俳書目録)。

一三 未見。「一夜百句(ママ)、浮芥」(故人俳書目録)。

一四 未見。「柳の道、浮芥」(故人俳書目録)。

一五 摂津の国の古名。現在の大阪府。

一六 貞享四年(一六八七)筑後藩に三十人扶持で仕官、元禄二年致仕。元禄四年大和郡山藩に大坂役目として仕官、元禄八年致仕を乞い、伊丹に帰ったことなどをさす。

一七 再仕官を望んでいたことは、元禄十一年七月六日付の大坂町与力牧野平左衛門からの手紙によっても知られる。この時の仕官の話は不成立に終った。その後元禄十二年には伊丹領主近衛家の家臣となっている。

一八 あちこち浪人をして流れてゆく身。もともと流れ定めのない遊女の身をいう。

一九 鬼貫の俳諧は「まことの俳諧」を唱えて独自なものがあった。それゆえ「風俗は大夫にしても恥かしからず」とした。

159 ○月しろ　月が出てくるとき、東の空が白く明るくみえてくること。▽月が出ようとしてあたりがほの白く見える。その様子はわびしく、むかし行平やあるいは源氏などの物語に出てくるような須磨の浦の光景に近い感じがする。出典、文蓬萊。文蓬萊では中七「昔の近き」とある。[季]月しろ(秋)。

○有馬日書[一] 鬼の目[二] 犬居士[三] 大悟物語[四]《たいご》 仏《さと》の兄《え》[五]

半隠　　おはん

[六]一たび落《おち》ていさんしたが、いまは、またはんじやう。

160 花《はな》すみれひとり旅《たび》人《びと》に宿《やど》かすや

○縄《なは》すだれ[七]

定明　　おさだ

161 よられつる一すじ涼《すず》し草《くさ》の露《つゆ》

季範　　おはん

[八]いき霊《〈れう〉》がついて、狂《くる》はんすといの。

162 あらかじめけふ咲《さき》得《え》たり菊《きく》の品《しな》

○如月集《きさらぎしふ》[九]

杏酔　　おすゐ

一 未見。「有馬日書、一札、囉々哩鬼貫作、貞享元年子五月廿八日」(誹諧書籍目録)。続七車の抄録によると、自序、貞享元年九月自跋、同年三月有馬に滞在し、鉄卯・来山との作に百丸・青人・宗旦の句を加えたものという。

二 未見。「鬼の目、一冊、岡松軒西吟作、延宝九のとし卯月日、三吟」(誹諧書籍目録)。この書は西吟編か。

三 半紙本一冊。鬼貫編。元禄三年十月奥。井筒屋庄兵衛版。淀川の下流福島村へ移居した折の記念集。犬居士の号を用い、諸家との連句、「禁足之旅記」を収める。

四 大悟物狂が正しい書名。半紙本一冊。鬼貫編。自序。自跋。元禄三年五月奥。井筒屋庄兵衛版。鸞動・鉄卯の追善をこめ、独吟百韻一巻や九吟五十韻を収める。俳諧に大悟した記念の集。

五 半紙本一冊。仏兄(鬼貫)編。元禄十一年十一月序。元禄十二年正月、大坂鴈金屋庄兵衛版。仏兄(さとえ)改号記念の集。独吟百韻、三吟歌仙の他、諸家の発句、元禄五年ごろからの自句を収録。

六 いったんは俳諧活動が低調だったが、いままた活発になった。

160 ▽自分の家では菫(すみれ)の花が沢山咲いている。その花をめでたひとり旅の旅人に宿を貸すことだ。「わが宿にすみれの花のおほかれば来宿る人やあると待つかな」(後撰集・春下・よみ人しらず)などと面影が通じるか。出典、未詳。季花すみれ(春)。

七 未見。「縄すたれ、二冊、昨非(半隠)作、〔元禄四年〕九月七日」(誹諧書籍目録)。

161 ▽草の茎の上に露の玉が一筋になってやどっている。よく見るとまっすぐではなくよじれているが、その一筋がまことに涼しく感じられる。出典、未詳。季涼し(夏)。

八 生霊がたたって、狂われたという。具体的事実は未詳。

162 ○あらかじめ　予定通りの。▽今日菊の花が咲いた。それはあらかじめ咲く日が決っていたかのように、品格をもって納まり、美しく咲いている。出典、未詳。季菊(秋)。

九 大本一冊。季範編。元禄五年(一六九二)二月自序。西鶴ほか大坂談林系の作が多く、蕉門から芭蕉・其角・路通・越人らが入集する。

163 誰見《たがみ》よふ師走《しはす》のはての富士《ふじ》の山《やま》　おかい

○一〇京の曙《あけぼの》

164 ひるがほの花も咲《さき》けり鈴《すず》の音　一一瓠界

○一二難波順礼《なにはじゆんれい》

165 あはぬ夜は鴛《をし》に餌《ゑ》をかう川辺《かはべ》哉《かな》　お十

○一三よるひる　文十

166 鬼百合《おにゆり》は仏のつけし名なるべし　おくわゐ

○一四合類《がふるい》　如回

163 ○師走のはて　十二月の末、年のおしせまった頃。▽誰が見るであろうか、十二月の末の富士山なんて。おそらく皆あわただしく師走をすごし、そんな余裕などないであろう。出典、未詳。季師走(冬)。

一〇 未見。「京の曙、一冊、大坂杏酔作」(誹諧書籍目録)。

一一 元禄七年から十年の間に江戸へ移住し、号も瓠界から瓠海へ改めた。

164 ▽鈴の音を響かせながら、一人旅をしていると、その音でヒルガオの花も自分を慰めるかのように咲いてくれた。出典、難波順礼。難波順礼ではこの句の作者を金柳とし、下五は「鉦の音」、前書は「ひとり旅は心ぼそし」とある。季ひるがほの花(夏)。

一二 半紙本一冊。瓠海編。自跋。井筒屋庄兵衛版。元禄七年の成立か。亡子追善のため、大坂の俳人たちの許を行脚し、記念に一集としたもの。道順は当時の大坂三十三所観音めぐりと同じコースをとる。

165 ○鴛　オシドリ。▽女性と会わない夜は、川辺で所在なさに、うらやましくオシドリに餌を買って与えることだ。せめて仲のよいオシドリに気持を慰めるのか。出典、未詳。鴛(ヲシ)—山川(類船集)。季鴛(冬)。

一三 半紙本一冊。文十編。元禄四年十一月惟中序。来山跋。井筒屋庄兵衛版。元禄諸家の発句を十二ヶ月順に配し、後半は文十と大坂俳人との連句を収める。

166 ▽やさしい百合に不似合な「鬼」の名は、その花の毒々しさをにくんだ仏様が命名したのであろう。出典、未詳。季鬼百合(夏)。

一四 未見。「合類、如回、元禄五」(故人俳書目録)。

三惟[一]

167 うぐひすやさしもの客に見ゑませぬ　おさん

○鳩《はと》[二]の水　梅[三]の嵯《さ》我《が》

芙雀

168 念《ねん》入《いれ》て見れば垣《かき》ねのほたる哉《かな》　おじやく

○鳥[四]おどし

三紀

169 都《みやこ》には町《まち》ほとゝぎすばかり也《なり》　おさん

青人

170 腰《こし》ぬくな屋《や》ねの上まで飛《とぶ》蛍《ほたる》　おあを

鷺助

171 涼《すゞ》み〱門で留《る》守《す》する夕《ゆふべ》哉《かな》　おすけ

一 底本「三維」。

167 ▽普段はやって来て鳴いている鶯が、格別な客が来たときには姿を見せないことよ。「さし」に鳥刺を言い掛け、鶯の来ない理由としたか。出典、未詳。[季]うぐひす(春)。

二 未見。「鳩の水、三惟」(広益書籍目録)。元禄十一年刊か。

三 梅の嵯峨。半紙本一冊。三惟編。自序。元禄十二年五月舎羅跋。井筒屋庄兵衛版。鳩の水(前年刊行)の後編。蕉門諸家の句を収める。芭蕉の「あさがほやこれも又我が友ならず」の句が入る。

168 ▽念を入れて、気をつけてみると、垣根に蛍が止っていた。気をつけて注意してみなくてはわからぬほどの蛍だ。出典、未詳。[季]ほたる(夏)。

四 半紙本二冊。芙雀編。元禄十二年(一六九九)七月諷竹序。自跋。井筒屋庄兵衛版。上巻は諷竹や舎羅・母風・三惟らと編者との歌仙五巻を収め、下巻は大坂蕉門を中心とする諸家の発句を収録する。

169 ▽都には田舎とちがって、優雅な町のホトトギスばかりがいっぱいいることだ。出典、未詳。[季]ほとゝぎす(夏)。

170 ▽腰をぬかしてびっくりするな。屋根の上まで飛んでゆく蛍がいるからといって。出典、未詳。[季]蛍(夏)。

171 ▽夏の夕方、門のところで夕涼みをしながら留守番をする。家の中にいるより、ずっと涼しく気持がよい。出典、未詳。[季]涼み〱(夏)。

百丸　おまる

172 鶏《とり》がなき候《さうらふ》よなことまゝよの蚊《か》や咄《ばな》し

春堂　おしゅん

173 旅なれは昼《ひる》ねして行《ゆく》あつさ哉《かな》

蟻道　おあり

174 蚊《か》のこゑに我《わが》つらくはす寐《ね》覚《ざめ》哉《かな》

人角　おかく

175 まくら蚊《が》や時《じ》分《ぶん》〳〵の寐《ね》覚《ざめ》哉《かな》

濁水　おだく

176 みな月や昼の星みる空の色

馬桜　おむま

177 夕がほに預《あづか》り手《て》形《がた》打《うち》つけたり

172 ▽鶏が鳴いたわよ、いやかまわないよと、蚊帳の中で夏の朝、男女がささめごとをしている。破格調・口語調の句。百丸の句には他にも「島原で裸になつた報ひじや反故蚊屋」(伊丹生誹諧)、「踊子に穴あらば珠数につないで後生願はんものを」(俳論)など、特異な、いわゆる伊丹風の作品が多い。出典、未詳。季蚊や(夏)。

173 ▽夏の旅に慣れた人は、暑い日中は動かずに、昼寝をして一休みしてから、でかけてゆくことだ。出典、未詳。季あつさ(夏)。

174 ○我つら　自分の顔。○くはす　打ち叩く。▽夏の夜、寝ていると耳元で蚊の声がするので叩こうと思ったら、不覚にも自分の頰を叩いてしまって目が覚めた。出典、未詳。季蚊のこゑ(夏)。

175 ○まくら蚊や　枕蚊帳。子供などの枕もとをおおう小さな蚊帳。枕蚊屋—昼寝(類船集)。▽枕蚊帳で、昼寝をしているが、子供らはそれぞれの睡眠時間によって、てんでに目を覚ますことだ。出典、未詳。季まくら蚊や(夏)。

176 ▽六月になって、日照りつづき、晴天つづきで、空はあくまで青く、昼間星さえ見えるかと思うばかりだ。出典、未詳。季みな月(夏)。

177 ○預り手形　無利子の返済期日を示さない借用証書。貸し主が請求した場合、いつでもすぐに返済しなければならない約束のもの。▽ユウガオの花に、預り手形を投げつけた。貸し主が貸した金をいつまでたっても返してもらえないので、腹立ちまぎれにおこした行動か。出典、未詳。季夕がほ(夏)。

酒粕　おはく

178 風涼《すず》し願《ねが》ひ叶《かな》へばまた一ツ

露碩　おせき

179 鶺鴒《せきれい》の落葉誦《よみ》行《ゆく》ふもと哉《かな》

酒人　おさか

180 春の浪《なみ》や須磨《すま》の風みる夷《えびす》じま

休計　おけい

いかい一いたづら人なりしが、今は瀬川《せがは》二でやゝ三をだいていさんす。

181 板橋《いたばし》のとぢめ〳〵は杉岩木《すぎな》哉《かな》

○難波置火燵《なにはおきごたつ》四　正月事《しやうぐわつごと》五　今源氏《いまげんじ》六　盃集《さかづきしふ》七

178 ▽前からの願いごとが叶って、吹いてくる風も涼しく心地よい。願いごとが叶ったから、また一つ新しい願いごとをしよう。出典、未詳。㊮風涼し(夏)。

179 ○鶺鴒　水辺の小鳥。尾をたえず動かす習性がある。冬は陸地へ移住する。▽セキレイが山の麓にやってきて、あの長い尾で落葉にちょんちょんと触れてゆく。何だかふしをつけて落葉を数えているみたいだ。出典、未詳。㊮落葉(冬)。

180 ○夷じま　堺の西の地にあった島。寛文四年(一六六四)に隆起して島となり、海中から夷の石像も出たので、島の名とした。延宝から元禄にかけて芝居町として栄えた。▽夷島に春の浪が高く立っている。それは須磨から吹いてくる風によって生じた浪なのだろう。出典、未詳。㊮春の浪(春)。

一 浮気な。あちこちに俳席をもうける。休計は箕面の半町(はんじょう)村に住居をもち、また大坂に家を作っている(蓮実、仏兄七久留万)。

二 箕面の地名。郡山と昆陽との間にあった西国街道の宿駅。

三 ややこ(稚児)の略。「稚 ヤヤ〈小児也〉」(書言字考節用集)。赤ん坊を抱いている。休計が箕面に住居をかまえて落ちついたことを示す。

181 ○杉岩木　スギナ。▽板橋が川にかかっている。ところどころにスギナが生えていて、それがあたかも板橋の板をしめている綴目のようにみえる。出典、未詳。㊮杉岩木(春)。

四 半紙本一冊。休計編。元禄六年(一六九三)二月飛鳥翁跋。井筒屋庄兵衛版。西吟・休計の置火燵の連句をはじめ、置火燵を題材に大坂を中心とする諸家の句を収録したもの。

五 未見。この書の編者は休計ではなく、可休と思われる。

六 未見。「今源氏、休計」(故人俳書目録)。

七 半紙本下巻一冊のみ伝存。休計編。西吟跋。井筒屋庄兵衛版。仏兄七久留万によると元禄十年刊か。未見の上巻は発句集であろうか。柱刻「羽觴」、仏兄七久留万では「羽觴集」。大坂の鼠丸堂休計が、来山・万海・文十・一礼・言水・轍士・酒粕・鷺助・路通・才麿ら大坂・京・伊丹らの諸家と興行した連句九巻に、所々に休計の四季の発句を挿入したもの。

武州

素堂　おだう

八はちす葉のにごりにはそまじと、九ながれの身とはなり給《たま》はず。一〇わかき時より髪をおろして、一一深川の清き流れに一二心の月をすませり。

182 御手洗《みたらし》や中葉《なかば》ながるゝとし忘れ

岩翁　おいわ

つねに、一三にぎはしきまじはりをすかれて、一四人〳〵のたよりとなり給ふ。

183 かたびらの相身《あひみ》やおもふ女むき

一鉄　おてつ

一五風俗たぐひなくして名にたかし。みやこに見えたるとき、

八 はすの葉が泥水の中から生えて、その濁りに染むまいと。「はちす葉の濁りにしまぬ心もて何かは露を玉とあざむく」(古今集・秋上・遍昭)。ここでは職業的点者生活になじまぬことをいっている。

九 遊女。ここでは職業的点者をいう。

一〇 延宝七年(一六七九)三十八歳の時、官を辞して不忍池の畔に退隠した。

一一 深川に芭蕉が住んでいたことから、芭蕉の純粋な俳諧に影響を受けて。

一二 「心の月」は、悟りを開いた心境を月にたとえた仏教語「心月」のことか。「髪をおろして」に対応する。素堂も悟りを開いた。

182 ○御手洗　御手洗会に詣でること。御手洗会は旧暦六月二十日から三十日まで行なわれ、賀茂神社の境内を流れる御手洗川に、足をつけて無病息災を祈った行事。「六月　…御手洗廿日ヨリ卅日迄」(毛吹草)。○中葉ながるゝ　半分は過ぎた。▽御手洗川の流れに足をつけて無病息災を祈っているが、考えてみれば、今はもう六月の下旬だから一年の半分ほどは流れ去ってしまったことになる。出典、寄生。季御手洗(夏)。

一三 延宝八年の桃青門弟独吟廿歌仙以来の芭蕉の門人だが、其角と親しく、また露沾公などとの交流もあり、その交際範囲は広かった。

一四 元禄九年、若葉の題で其角および門下の岩翁・介我・尺艸・堤亭・横几・末陌・常陽・虚谷・専吟ら十歌仙を集めて、若葉合と題して刊行。これらの人々のたよりになったものであろう。

183 ○かたびら　帷子。夏のひとえの着物。○相身　「染かたびら類、もやう物は、片見片袖と右左にわけて、一反を二つにして二所へも見するやうにこしらへ置く。是を合身(アイミ)といふ」(万金産業袋四)。○女むき　女性向き。▽女性向きのひとえの着物の相身の見本がある。自分はこの相身からこの帷子を選ぼうと思うが、もう一方はどんな人が見るのだろうか、気になることだ。出典、未詳。季かたびら(夏)。

一五 宗因の門下で、江戸十百韻・江戸八百韻等、江戸の俳壇で活躍がめだった。

御室《おむろ》[一]にて、

卜尺

184 わすれては上野《うへの》のさくら咲《さき》にけり　おぼく

枳風

185 われ鍋《なべ》や薪《〈まき〉》の下《した》もる村しぐれ　おふう

杉風

186 誰《たが》山《やま》ぞちゐさき門に山ざくら　おさん

187 いかにしても寐《ね》耳《みみ》に鹿《しか》の不《ふ》便《びん》也《なり》

○冬かつら[二]

曾良

おそら

188 むかしとや二《に》人《にん》行《あん》脚《ぎや》の盆《ぼん》せしか

一十竹

おいそ

一 京都右京区御室にある仁和寺。御室山城、仁和寺トモ—花見(類船集)。

184 ○わすれては 「わすれては夢かとぞ思ふおもひきや雪ふみわけて君を見むとは」(古今集・雑下・業平)。▽ここ京の御室の花の盛りをみていると、現実を忘れて夢かと思ってしまう。その夢の中では江戸の上野の桜が咲いているのだった。出典、未詳。季さくら(春)。

185 ○われ鍋 ひびの入った鍋。○薪の下もる村しぐれ 「我が恋はまきの下葉にもる時雨ぬるとも袖の色にいでめや」(新古今集・恋一・後鳥羽天皇)。▽村時雨が槇(まき)の上葉から下葉にもれるように、われ鍋から汁がボタボタともれて下の薪を濡らすことだ。出典、未詳。季村しぐれ(冬)。

186 ▽いったいだれの山庵なのだろうか。小さな門があって山ざくらの花が風情ありげに咲いているのは。出典、未詳。季山ざくら(春)。

187 ○寐耳に鹿 「寝耳に水」(思いがけない突然のできごと)の「水」を「鹿」にとりなした。寝入りばな突然鹿の妻恋う声を耳にした。○不便 気の毒。かわいそう。「不便 フビン〈悼(タイ)意〉」(文明本節用集)。▽なんともはや、寝入りばな突然鹿の鳴き声を聞いて驚いた。その鹿の声は妻恋うものだけに、何ともかわいそうな気がする。出典、続別座敷。季鹿(秋)。

二 半紙本一冊。杉風編。素堂序。元禄十三年(一七〇〇)十月奥。井筒屋庄兵衛版。芭蕉七回忌追善集。素堂をはじめ、曾良・史邦ら三十余名の句文・連句を収録したもの。

188 ○二人行脚 師弟二人で行脚したおくのほそ道の旅をさすか。▽今は昔となってしまったが、芭蕉翁と東北・北陸と旅をつづけて、お盆を迎えたこともあったなあ。芭蕉と曾良はほそ道の旅で金沢に入って盆を迎えている。「盆。同所(加賀)/熊坂がその名やいつの玉祭 芭蕉」(曾良俳諧書留)のことを思い出して作句したものか。出典、続別座敷。季盆(秋)。

189 ひつかりといなづまひとつうしろから　おくさ
尺艸

190 青《あを》のりやうしほにさらす磯《そ》なれ松　お百《ひやく》
百里

191 海をみぬ山人《やまびと》あらんけふの月　おはな
氷花

192 すこ〳〵と手をひろげけり夏蕨《なつわらび》　おせん
仙化

193 山ざくら行《ゆき》つくまでの匂《にほ》ひ哉《かな》　おりう
鋤立

194 生《いき》て居《ゐ》る人見て秋のあはれ也《なり》

○三 六歌仙《ろくかせん》

189 ○ひつかり　ぴつかり。一瞬光のひらめくさま。「ひつかりとしたる見物や飛蛍　昌意」（毛吹草）。▽ぴかっと稲妻が一閃、自分の後から光った。何とも恐ろしいことだ。「ひつかりと」と口語調をとり入れた句。出典、誹諧曾我。[季]いなづま（秋）。

190 ○磯なれ松　強い潮風を受けて枝や幹が低くなびき生えている松。▽みごとな青のりがある。その青のりは、いってみれば磯馴松を海の潮にさらして出来たようなものだ。見立ての句。出典、未詳。[季]青のり（春）。

191 ○山人　杣人(そまびと)。「ヤマビト。山林で薪を切る人」（日葡辞書）。▽海を見たこともないような山人もいるであろうが、今日仲秋の月は、どんな山里でも見ることはできるだろう。参照「鯛は花は見ぬ里も有けふの月」（阿蘭陀丸二番船・西鶴）。出典、未詳。[季]けふの月（秋）。

192 ○すこ〳〵　せかせか。○夏蕨　大きく伸び開ききったワラビ。▽せかせかと夏蕨が手をひろげたように伸びて、大きくなった。「手をひろげけり」と擬人法を用いて春の蕨に対し夏蕨のしどろなさまを詠んだ。出典、未詳。蕨(ワラビ)―手（類船集）。[季]夏蕨（夏）。

193 ▽山桜が美しく香りを放っている。目的の所へ辿りつくまでの山道の間じゅう、ずっと匂っていてうるわしい。出典、未詳。[季]山ざくら（春）。

194 ▽秋の風景を見て、生きているあわれをしみじみと感じている。「いきてよもあすまで人はつらからじこの夕暮れをとはばとへかし」（新古今集・恋四・式子内親王）。出典、未詳。[季]秋（秋）。

三 誹諧六歌仙。鋤立編。素堂序。才麿跋。井筒屋庄兵衛版。「元禄四年四月廿八日」（誹諧書籍目録）。和歌の六歌仙にちなみ編者が六名の俳人と唱和した歌仙六巻と諸家の発句を収録する。

琴風　おこと
195 紅葉見《もみぢみ》や村の用意《ようい》は藁《わら》ざうり

秋色　おあき
大坂にその〔一〕女《め》、むさしに此君也《このきみなり》。されども、〔二〕みなつながれたる身とて、人はかなしむ。
196 簾《すだれ》さげて誰《た》がつまならん涼《すず》み舟《ぶね》

横几　およこ
197 ひつさげておもへば重《おも》し衣《ころも》がへ

子珊　おさん
198 蓑虫《みのむし》や萩《はぎ》のたはみのよきほどに
○〔三〕別座敷《べつざしき》　〔四〕続《ぞく》別座敷

史邦　おほう

195 ○紅葉見　紅葉見物。紅葉狩。▽紅葉見物に町の方から大勢の人々がやってくる。村で準備できるものといえば、見物の人々が歩きやすいように藁ぞうりを備えておくことくらいだ。紅葉狩を迎える村の様子を詠んだ。出典、焦尾琴。季紅葉見(秋)。

一 園女(そのめ)。

二 みな夫がいて、その夫につき従っている。園女の夫は一有。秋色の夫は寒玉といい、夫妻とも其角門であった。

196 ▽簾をさげて涼み舟が静かに川面をすべってゆく。涼み舟の客はどうやら女性の客らしいが、いったいどんな男の妻なのであろうか。知りたいものよ。出典、未詳。季涼み舟(夏)。

197 ○ひつさげて　手にさげて持つ。▽衣がえを終えて、ぬぎ捨てた冬の着物をさげてみた。まあ何と重いことだろう。こんな重いものを今までよくも着ていたことだ。出典、未詳。季衣がへ(夏)。

198 ▽萩の枝のたわんだころあいの場所に、蓑虫がぶら下がっている。いかにも風情ありげだ。出典、続別座敷。蓑虫―ぶらめく(類船集)。季蓑虫・萩(秋)。

三 別座鋪。半紙本一冊。子珊編。自序。元禄七年(一六九四)五月奥。江戸木工兵衛・西村宇兵衛版。元禄七年、芭蕉が上方へ赴くに際しての送別の撰集。江戸蕉門の餞別吟、夏季発句を収める。

四 半紙本二冊。子珊編。自序。元禄十三年五月奥。井筒屋庄兵衛版。別座鋪の続編。諸家の発句ならびに杉風・子珊・楚舟の三吟歌仙他三歌仙を収録する。

199 ▽昼霞が立ちこめている。春昼けだるく、さっぱりとした膾でも食べたい。出典、けふの昔。季昼がすみ(春)。

五 芭蕉庵小文庫。半紙本二冊。史邦編。自序。元禄九年三月、井筒屋庄兵衛版。蕉門諸家の発句ならびに芭蕉の遺句・遺吟を収めたもの。芭蕉発句七十四、俳文十編を収録。

200 ▽月見をするために人通りが多いが、その中にはただあてどなく歩いている人もいよう。別に月見という風流心からでなく、目的もなく出てきた人もいるのだ。出典、未詳。季月見(秋)。

199 昼《ひる》がすみ膾《なます》くうべき腹《はら》ごゝろ

[五]○小文庫《こぶんこ》

旭志　おきよく

200 あてなきもあらん月見の人通《ひとどほ》り

朝叟[六]　おてう

今の世の風俗也《なり》とて、都にもまちかねるよし。

201 ぼたん見や掃部《かもん》の咳《せき》の明《あけ》はなれ

諸国之部

▲江州大津

尼智[七]月

202 月日《つきひ》をもうくるばかりの枯野《かれの》哉《かな》

六 底本「潮叟」。

201 ○掃部　宮中の掃除や設営などをつかさどる宮司。ここでは貴顕・権門家の掃除の係の者のことをいうか。▽牡丹園の掃除係が咳ばらいをした。それを合図に園の入口が明け放され、人々が牡丹を見物する。出典、焦尾琴。[季]ぼたん見(夏)。

七 底本「知月」。

202 ▽一面の枯野原。そこには昼は日の光がふりそそぎ、夜は月の光がくまなく差す。何らさえぎるものがなくひっそりとしている。出典、岬の道。上五が「日の影を」とある。[季]枯野(冬)。

203 ○むかひどの　向殿。むかい隣の家。▽七夕でいろいろなささげ物をするが、隣りの家にも瓜のなますを差し上げましょう。出典、けふの昔。[季]たなばた(秋)。

一未見。「布瓜、一、大津木節、元禄十二年、五分」(誹諧書籍目録付録)。

204 ○鷦鷯　「鷦鷯　ミソサヽイ〈此鳥栖溝三歳故日本謂之溝三歳〉」(枳園本節用集)。小さなこげ茶色の鳥。▽あの早起きの親仁さえ起きないうちに、もう鷦鷯が鳴いて、藪のそこいらを動きまわっている。去来の句に「笹垣のどちらに啼くぞみそさざい」(草刈笛)がある。出典、けふの昔。[季]鷦鷯(冬)。

205 ○杣　木こり。「ソマ(杣)。木挽き、すなわち、山林で木を切り木材を作る人」(日葡辞書)。▽仕事の区切りで一息いれる休み時、大きな鉞(まさかり)で柿の実の皮をむいている。庖丁などないのであろうが、いかにも山家の無骨な感じがする。出典、北の筥。[季]柿(秋)。

206 ▽粗末な片屋根の煙出しから煙が流れ、かたわらには梅が咲いている。山里の陋屋のさま。出典、東華集。[季]梅(春)。

207 ○弁の啞　花弁が開かず、つぼみの固い様。▽鶯がしきりに鳴いている。まるで梅の花がおし黙って花開かない状態でいるのを、早く花咲けとせかせているかのようだ。出典、俳諧勧進牒。俳諧勧進牒は中七「弁の吃(どもり)を」。[季]うぐひす(春)。

208 ▽冬の夜寝覚めて、水を飲みにいったら、千鳥の声を耳にした。思わず千鳥がいるかと思って水鉢をのぞいたことだ。

おせつ
木節
203 たなばたやむかひどのにも瓜鱠《うりなます》

乙州
○へちま
乙女

正秀
204 親仁《おやぢ》さへ起《おき》ざるさきに鷦鷯《みそさざい》
おひで

丈艸
205 まさかりで柿むく杣《そま》が休《やす》み哉《かな》
おでう

曲翠
206 片《かた》やねの梅ひらきけり煙《けむり》出《だ》し
おきよく

207 うぐひすや弁《べん》の啞《おし》をせかせける

出典、あくた。季ちどり(冬)。
二 あくた。半紙本一冊。芥舟編。元禄四年(一六九一)十一月言水序。井筒屋庄兵衛版。編者が京の言水・信徳・如泉らの諸氏と興行した四十四(よよ)等の連句を収録したもの。
三 未見。「二木の梅、芥舟、元禄四」(故人俳書目録)。
209 ○百石　穀物をはかる単位。一石は十斗。一斗は十升。一石は約一八〇リットル。○小村　風俗文選犬註解によると、彦根の城南の原村のことを示す前書がある。▽たった百石の米しかとれない小さな村、そんな小さな村を埋めつくすかのように、今、桜が満開である。小さいながら落ちついた美しい山里が絵画的に描かれている。出典、東華集。季さくら(春)。
四 韻塞。半紙本二冊。李由・許六編。元禄九年十二月李由序。井筒屋庄兵衛版。誹諧書籍目録では元禄十年刊とする。上巻は芭蕉以下蕉門諸家の発句を載せ、下巻は芭蕉や許六・李由らの文、ならびに歌仙等の連句を収録する。
五 篇突。半紙本一冊。李由・許六編。元禄十一年九月、井筒屋庄兵衛版。季題を二十数か条あげ、例句を示しながら、編者の見解を述べたもの。他に不易流行について述べたものや俳文を収める。
六 半紙本一冊。李由・許六編。井筒屋庄兵衛版。刊年は誹諧書籍目録に元禄十五年とある。俳諧論書。はじめに俳諧撰集法を置き、ついで発句切字等の式法、さらに連句の心得を説く。
210 ○冷食　「夜食は冷食(ひやめし)に湯どうふ干ざかな」(世間胸算用二ノ三)。▽梅の花があまりみごとなので、一心に眺めていたら、ごはんがすっかり冷めたくなってしまった。出典、未詳。季梅(春)。
七 半紙本一冊。江水編。元禄四年三月木因序。井筒屋庄兵衛版。当時の三都をはじめとする俳人百人を選んでその発句を示したもの。巻頭は季吟、巻軸は芭蕉である。
八 半紙本一冊。江水編。言水序。団水跋。井筒屋庄兵衛版。誹諧書籍目録によれば元禄四年閏八月刊。江水の独吟歌仙を巻頭に置き、以下元禄諸家の発句および江水らの漢和一巻を収録。
九 未見。「道中ふり、狸々」(故人俳書目録)とあるが、「狸々」は誤りであろう。

芥舟

▲水《み》口《くち》　おふね

208 水《みづ》鉢《ばち》にちどりを覗《のぞ》く寐《ね》覚《ざめ》哉《かな》

○[二]あくた舟　[三]二木《ふたき》乃《の》梅

許六

▲彦根　おろく

209 百《ひやく》石《こく》の小《こ》村《むら》をうづむさくら哉《かな》

○[四]韻《ゐん》ふたぎ　[五]へんつき　[六]宇《う》陀《だ》の法師

江水

▲柏《かしわ》ばら　おごう

210 冷《ひや》食《めし》になるまで梅のながめ哉《かな》

○[七]百人一句　[八]柏原集《かしわばらしふ》　[九]道中ぶり

211 ○紺屋　衣類を染める職人。▽衣更えで、冬の小袖から袷に着がえるのだが、袷の染柄がうまく染められていない。あの紺屋めは下手で仕方がないと紺屋をしかりながらも衣更えをすることだ。出典、けふの昔。紺屋―衣紋(エモン)(類船集)。季衣がへ(夏)。

212 ○田うち蟹　海辺に生息するシオマネキのこと。▽潮の引いた海岸にかげろうが立って、何やらものの姿が見えたと思ったら、シオマネキの姿であった。春の海岸にかげろうが立ち、のんびりとしたシオマネキの姿はユーモアがある。出典、未詳。季田うち蟹(春)。

213 ○こそあれ　「こそよくあれ」の略か。▽古く古雅な趣きのあるものとしては、蓮に鷺を描いた絵柄が絵の方ではよくありますよ。蓮や鷺は狩野派の障壁画等に多く描かれている。出典、誹諧曾我。誹諧曾我では下五「蓮に鷺」とある。蓮―鷺(類船集)。季鷺(夏)。

一 半紙本一冊。雪丸・桃先編。路通序。元禄十二年二月奥。井筒屋庄兵衛版。芭蕉をはじめ蕉門俳人の発句と、歌仙六巻を収録。三河新城の蕉門の作を多く収める。桃先は白雪の長男。

二 誹諧曾我。半紙本二冊。白雪編。元禄十二年閏九月自序。井筒屋庄兵衛版。曾我物語に関連する発句や、その他の季題の句を集めて一書にしたもの。他に歌仙六巻を収録。三河の白雪を中心とする撰集。

三 半紙本四冊。白雪編。元禄十四年六月自序。井筒屋庄兵衛版。春・夏・秋・冬の四冊に分け、蕉門諸家の発句・連句を収録する。三河の白雪を中心に、芭蕉をはじめ蕉門の作を多く収める。

214 ○茶のこ　お茶を飲むときに出す菓子。▽ホトトギスがしきりに鳴いている。せっかく風流なホトトギスが鳴いているのに、ここは山路なので、ホトトギスをめで茶を飲もうと思うのだが、茶菓子とてない。なんとも不便だが致し方ない。出典、未詳。季ほとゝぎす(夏)。

四 半紙本一冊。路通・梅可編。元禄十二年二月奥。井筒屋庄兵衛版。梅可の父母の追善集。父の一周忌に成り、路通の追悼文、梅可の追悼文、路通と梅可の両吟追善歌仙一巻を付す。

▲美濃大垣
荊口
211 紺屋《こんや》めとしかりながらや衣《ころも》がへ　おけい

▲岐阜
己百
212 陽炎《かげろふ》にもの丶姿《すがた》や田うち蟹《がに》　お百

▲三河
白雪
213 古いとは絵にてこそあれ蓮《はす》の鷺《さぎ》　おゆき

○茶《ちや》[一]の草紙《さうし》　曾我《そが》[二]　きれ〴〵[三]

▲三河国府《こふ》
梅可
214 ほと丶ぎす茶のこもなふて山路《やまぢ》哉《かな》　おむめ

215 ○すましの汁　鰹節・醬油などであっさりと味付した汁。▽今年もいろいろなことがあったが、そんなことはあっさりしたすまし汁をのんで、あっさりと年忘れをしたいものだ。出典、未詳。季とし忘れ(冬)。

五 未見。「反古さらへ、狸々」(故人俳書目録)とあるが、梨節編の「反故ざらへ」があり、編者をまちがえたか。

六 誹諧渡し船。半紙本一冊。順水編。紀府一散人序。元禄四年(一六九一)睦月上旬奥。井筒屋庄兵衛版。誹諧書籍目録では「元禄四年三月十六日」とある。紀州若山の編者が元禄諸家の発句を四季不同に載せ、自身の有馬旅行の句、大坂の諸家との四十四(よよ)一巻、歌仙三巻、独吟歌仙一巻などを収む。

七 誹諧破暁集。半紙本一冊。順水編。言水序。元禄三年九月自跋。井筒屋庄兵衛版。誹諧書籍目録では「元禄三年十一月廿一日」とある。元禄の著名な諸家の発句を四季別に配列し、後半は順水の四季発句集。独吟歌仙二巻、四十四(よよ)一巻を収める。

八 誹諧童子教。大本三冊。順水編。元禄七年閏五月才麿ら序。自跋。曙雪跋。元禄七年五月、井筒屋庄兵衛版。上巻には言水・順水の両吟歌仙他四十四(よよ)・五十韻を上部に句意を示すさし絵入りで示す。中巻は連句集。下巻は諸家の発句と編者の発句二八〇余句を収める。

九 未見。「椎柴、蘭風」(故人俳書目録)。ただし宝永五年(一七〇八)刊の蘭風編「椎柴集」がある。

一〇 俳諧生駒堂。半紙本一冊。灯外編。自序。元禄三年陽復(十一月)中旬十万堂翁跋。井筒屋庄兵衛版。編者の生駒堂を訪れた諸国俳人との連句や発句、編者や来山・由平・鬼貫・西鶴等知友の発句を収録する。阿波・出雲・薩摩などの俳人の作もある。

一一 大本または半紙本一冊。麻野幸賢編。元禄四年十月自序。万海跋。井筒屋庄兵衛版。編者の独吟歌仙を巻頭に、編者・来山・西鶴の三吟歌仙、ならびに河内・大坂を中心とする諸家の発句を収録。

一 俳諧反故集。半紙本三冊。珍著堂遊林子編。自序。元禄九年十二月奥。井筒屋庄兵衛版。上巻は言水以下京・大坂・河内等の諸家の発句・連句を収め、中巻には、幸佐らとの漢和両吟等の

○[四]彼岸《ひがん》の月

狸ゝ

▲伊勢松坂　　おりり

215 あつさりとすましの汁《しる》やとし忘《わす》れ

○[五]反古《ほご》ざらへ

編集のかた〴〵は、書籍《しよじやく》もくろくにて見出《みいだ》しけるゆへ、京より外《ほか》にあるはしりがたし。書の名は聞《きき》ても、句のさがしにくきは是非《ぜひ》なく、せめての事に題号《だいがう》をあらはしける。

一　紀州順水　[六]わたし舟　[七]破　暁集　[八]童子経

一　摂津蘭風　[九]椎柴《しゐしば》

一　灯外　[一〇]生駒堂

一　河州幸賢　[一一]河内羽二重《かはちはぶたへ》

漢和連句・発句を収録。下巻はいろは順に誹字を配列している。

二 未見。「大和狐、一冊、大和住天弓作、元禄四年九月廿八日」(誹諧書籍目録)。

三 正しくは「鳥のみち」。半紙本二冊。素觴子玄梅編。元禄十年三月游刀序。井筒屋庄兵衛版。上巻は蕉門諸家の発句を集め、下巻には芭蕉・木節らの「秋ちかし」歌仙以下七歌仙の連句を収録。上巻におくのほそ道中の芭蕉の発句と前書を収めているのは注目に値する。編者は奈良の人。

四 半紙本一冊。梁文代編。自序。元禄七年三月、井筒屋庄兵衛版。伊勢の文代が宗比とともに大坂に移住した園女を訪ねた折の記念集。芭蕉・其角・嵐雪・洒堂・支考・園女・去来等蕉門の人々の発句ならびに大坂の才麿・洒堂・之道・一有・園女らと編者と興行の半歌仙六巻を収める。

五 半紙本一冊。笑々翁一吟編。東海序。自跋。元禄十三年冬成立(跋)。井筒屋庄兵衛版。伊勢雲出川の編者が寸虎とともに、芭蕉の七回忌追福のため義仲寺に赴いた際の集。蕉門諸家との追悼連句・発句を収録。

六 半紙本一冊。桃源吐竜編。自序。元禄十二年五月翠光斎燕吾跋。井筒屋庄兵衛版。歌仙三巻ならびに尚白・如行・其角らの発句を収録。編者は大津の人。

七 未見。「湖東千句、重道」(故人俳書目録)。

八 半紙本二冊か。上巻未見。湖翁編。長江童免苑軒大毫跋。元禄四年六月、井筒屋庄兵衛版。下巻は芦風軒・緑翁・厚積・湖舟・螺甲・新笛・排日・低耳・大毫・白蘋等美濃俳人との歌仙五巻を収録する。上巻は発句集であろう。

九 半紙本二冊。白支編。自序。元禄十二年秋比林軒風子跋。井筒屋庄兵衛版。尾張西郊高畠村の僧侶である編者が、知友の句を集めて一書としたもの。三河・尾張を主とし、他に芭蕉・其角・路通・三千風らが入集。

一〇 半紙本二冊。丿松編。水傍蓮子序。去来序。元禄四年十月原田寅直跋。京井筒屋庄兵衛、金沢三ヶ屋五良兵衛版。上巻には、元禄二年七月二十二日芭蕉を金沢に迎え、編者の弟小杉一笑の追悼会の句を中心に、追悼連句、一笑の遺句を収録。下巻は蕉門諸家の発句と連句を収める。

一 遊林　反古《ほご》集[一]　　一 和州天弓　大和狐[二]
一 玄梅　鳥の跡《あと》[三]　　一 勢州文代　麓《ふもと》の旅寐[四]
一 一吟　雪の葉[五]　　一 江州吐竜　車路[六]
一 重道　湖東千句[七]　　一 湖翁　寐物《ねもの》がたり[八]
一 尾州白支　春草日記[九]　　一 加州丿松《べつしよう》　西の雲[一〇]
一 三十六　猿丸《さるまる》の宮[一一]　　一 句空　北の山[一二]　はゝそ原[一三]　草庵集[一四]
一 北枝　喪《も》の名残[一五]　　一 巴水　菰師子《こもじし》[一六]
一 能州提要　能登《のと》がま[一七]　　一 勤文　洲珠《すず》の海[一八]
一 越中十丈　射水川《いみづがは》[一九]　　一 路健　旅袋[二〇]
一 越前三柳　みじか夜[二一]　　一 若州去留　青葉山[二二]
一 羽州清風　一橋《ひとつばし》[二三]　　一 備前兀峰《こつぽう》　桃の実[二四]
一 備中露堂　追鳥狩《おひとがり》[二五]　　一 備後如交　ちどり足[二六]

二 半紙本二冊。六々庵三十六編。元禄六年三月自序。山茶花逸人跋。版元不明。金沢の近郊笠舞村にある猿丸宮奉納集。北枝・牧童・句空・友琴と編者との両吟四歌仙をおき、ついで冬・春・夏・秋の順に北陸蕉門諸家の発句を収録する。

三 半紙本一冊。句空編。元禄四年夏自序。「元禄五年四月十五日」(誹諧書籍目録)。井筒屋庄兵衛版。はじめに芭蕉・句空・去来の三吟半歌仙を載せ、金沢を中心に北陸俳人が多く入集する。

一三 柞原。半紙本二冊。句空編。元禄五年八月奥。井筒屋庄兵衛版。春夏・秋冬の上・下二冊に分けて発句ならびに連句を収める。金沢の北枝や句空の活躍がみられる。

一四 誹諧草庵集。半紙本三冊。句空編。元禄十三年春自序。井筒屋庄兵衛版。自序によると、十年前義仲寺に芭蕉を訪ねた編者が、その折与えられた「淋しさや釘にかけたるきり〴〵す」「秋の色ぬかみそつぼもなかりけり」の二句を巻頭にかかげ、以下加賀蕉門の発句や連句を収録したもの。

一五 半紙本二冊。北枝編。自序。元禄十年九月秋之坊跋。元禄十年十一月、京井筒屋庄兵衛・加賀三ヶ屋五郎兵衛版。昨年芭蕉の三回忌に訪れた編者が、去来・游刀・正秀らと興行した追善歌仙を巻頭に載せ、以下発句や連句を収録したもの。加賀蕉門の人々の作が多く入集する。

一六 鷹獅子集。半紙本一冊。巴水編。元禄六年冬自序。路通跋。井筒屋庄兵衛版。住吉神社に奉納のため諸国より句を乞い集めて一集としたもの。芭蕉をはじめ蕉門の主要なメンバーが入集する。発句・連句集。

一七 能登釜。半紙本二冊。提要編。元禄十二年二月言水序(上巻)。提要序(上巻)。方山跋(上巻)。元禄十二年四月晩山跋(下巻)。井筒屋庄兵衛版。上巻は京俳人ならびに能登の俳人の四季発句集。下巻は能登七尾の提要が京・大坂の諸家と興行した連句を収め、提要の紀行の句二十八句を収録。

一八 半紙本三冊。勤文編。言水序(上巻)、自序(上巻)。元禄十三年三月轍士序(下巻)。晩山跋(下巻)。井筒屋庄兵衛版。上巻は巻頭に京の言水らと能登の勤文が一座した四十四(よよし)を置き、能登名所を万葉集その他によって説明。中・下巻は諸家の発句・

一　草也　備後《びんご》砂《すな》[二七]　一　筑前晩柳[二八]　はなし鳥[二九]
一　助然　蝶姿《てふすがた》[三〇]　一　哺扇[三一]　染川集《そめかはしふ》[三二]
一　肥後長水　白川集[三三]　一　肥前橋泉　西海集[三四]
一　曾米　裸麦《はだかむぎ》[三五]　一　讃州寸木　金毘羅会《こんぴらゑ》[三六]
一　予州鈍子[三七]　月の跡《あと》[三八]　一　羨鳥　簾《すだれ》[三九]
一　大坂発句翁[四〇]　鏡幕[四一]　二見箱[四二]

連句集を収録。
二九 半紙本二冊。十丈編。元禄十四年七月自序。北枝跋。井筒屋庄兵衛版。越中高岡の十丈が、伊勢や京・大坂、義仲寺木曾塚等を行脚して各地の蕉門と交流した連句・発句を主としたもの。書名は高岡を流れる川の名。
三〇 半紙本二冊。路健編。元禄十二年七月丈草序。上巻は芭蕉をはじめとする蕉門諸家の四季発句を収め、下巻には越中井波の路健が上方に行脚に行く際の浪化らによる餞別俳諧ならびに上方での連句を収録する。
三一 未見。「短夜、三柳」(故人俳書書目)。
三二 半紙本一冊。去留編。元禄六年八月自序。井筒屋庄兵衛版。若狭小浜の編者が上京して、師の信徳をはじめ京の主要な点者ら、および大坂の点者らと興行した連句・発句を収録したもの。
三三 誹諧一橋。半紙本一冊。清風編。貞享三年(一六八六)九月友静序。井筒屋筒井庄兵衛重勝版。羽州尾花沢の鈴木清風が、江戸の芭蕉・其角・調和・立志ら、京の一晶・如泉・言水・湖春・信徳らと交流して興行した連句十一巻を収録したもの。
三四 俳諧桃の実。半紙本一冊。兀峰編。元禄六年五月芥舟跋。井筒屋庄兵衛版。巻頭に芭蕉の「両の手に桃とさくらや草の餅」の句を示し、ついで其角・嵐雪の二句、さらに其角と編者の句を夏題で十五句合せ、以下蕉門諸家の四季発句・俳諧、嵐雪と編者の連句を収める。兀峰は備前岡山藩士。
三五 半紙本一冊。露堂編。天垂序。元禄十四年七月奥。井筒屋庄兵衛版。誹諧書籍目録(宝永四年)には「備中露堂并舎羅」とあり、舎羅の後援が大きい。舎羅が正秀・支考、あるいは備中・美作・備前・讃岐の俳人と興行した連句を示し、ついで蕉門諸家の四季発句を収録したもの。
三六 備後三次俳諧餞足。半紙本一冊。編者未詳。元禄七年七月如交序。井筒屋庄兵衛版。備後の三次・尾道、広島等中国地方の俳人の発句や連句を収録したもの。序文によると編者は三次の人とあるが、名は示されていない。
三七 誹諧備後砂。半紙本一冊。澄心軒草也編。元禄八年五月自序。萱野氏夢楽軒草経跋。井筒屋庄兵衛版。内題に「備後砂集三原誹諧」とあり、備後三原の俳人の発句や連句を収録したもの。

誹諧[一]請状《うけじやう》之事

一　[二]此何《このなに》と申《まうす》点者、誹道《〈はいだう〉》に身をくだき、[三]何のとし何ン月日《がつぴ》の出《で》の宗匠、[四]いづくの雲すけ、親の勘当《〈かんだう〉》、[五]金銀手どりの身にてもなし。[六]巻《まき》のかさなるその間は、一足《ひとあし》も机《〈つくへ〉》の外へ出不レ申《いでまふさず》。[七]古来の掟《〈おきて〉》すこしもそむかず、[八]点をさせもが露ほども、脇書《〈わき〉がき》にぢよさいなく、連衆《れんじゆ》を大事に心にかけて廻《めぐ》る会日《くわいび》を、いつとても[九]おこたらせ申《まうす》まじ。第一には[一〇]茶屋ぐるひ、大酒のんで朝《あさ》ねをし、つとめそまつにいたすにおゐては、きのまゝながら行脚《〈あんぎや〉》においやり、または[一一]筆耕《〈ひつこう〉》・[一二]執筆《〈しゆひつ〉》になされ、かまの火をたき、湯《ゆ》どのゝ水くみ、[一三]せどはき、[一四]かどはき、庭のそうじのちりやあくたや、[一五]かみくずのはのうら見と存候《ぞんじさふらふ》まじ。万一此人《まんいちこのひと》、点者のうちはいかいやめてたいこもち、[一六]水をへらし、[一七]やいとを

編者が西鶴を訪問した折の付合、ならびに西鶴の追悼句が載る。
二八　肥前田代が正しい。
二九　半紙本二冊。晩柳編。元禄十四年二月朱拙序。自跋。井筒屋庄兵衛版。上巻は去来の「霊虫伝」以下、九州の蕉門俳人を主とした俳文、下巻は四季発句集。野坡・芭蕉らの俳文、支考らの発句、朱拙・野坡・晩柳らの歌仙三巻等を収録。
三〇　蝶すがた。半紙本一冊。助然編。元禄十四年二月四方郎朱拙序。自跋。井筒屋勝(マ)兵衛版。蕉門諸家の発句を四季に収め、野坡ら九州俳人の六吟歌仙、助然・朱拙の両吟歌仙等を収録。巻中に助然と朱拙の俳諧問答が入っている。
三一　底本「扇哺」。
三二　半紙本一冊。松月庵哺扇編。元禄十年七月諷竹序。井筒屋庄兵衛版。芭蕉をはじめ蕉門諸家の発句や連句を収録したもの。編者は筑前箱崎の住で、九州蕉門の入集が多い。
三三　半紙本一冊。長水編。元禄六年四月言水序。井筒屋庄兵衛版。編者は熊本の人。九州俳人の発句・連句、ならびに京の信徳や言水らの諸俳人が入集する。
三四　未見。「西海集、橋泉」(故人俳書目録)。
三五　はだか麦。半紙本二冊。曾米編。利牛序。元禄十四年三月正秀跋。井筒屋庄兵衛版。編者は長崎の人で、野坡の後援によって本書は成立した。野坡・曾米らの連句、芭蕉をはじめ蕉門諸家の発句を収め、野坡の「三夜興賦」も入る。
三六　半紙本二冊。寸木編。泉石序。元禄十三年九月才麿序。井筒屋庄兵衛版。上巻は京・大坂・江戸の元禄俳人や四国の俳人の発句を収録し、下巻は寸木と芳水が大坂・京に旅行して諸家と興行した連句、ならびに旅の句を収める。
三七　底本「純子」。
三八　未見。「月のあと、一、伊予鈍子、元禄十三年、一匁」(誹諧書籍目録附録)。
三九　誹諧簾。半紙本一冊。羨鳥編。用水序。元禄九年四月奥。井筒屋庄兵衛版。巻頭に編者発句、言水・我黒・好春他の「金毘羅宝前」七吟歌仙を置き、伊予の編者が京・大坂の俳人と交流した連句や発句を示す。なお「独吟紀行」として玉津島・高野山・吉野・初瀬・三輪・奈良等に遊んだ発句を載せている。

せず、[一八]じんきよして死《しに》したりとも御《ご》なんはかけず。いづかたまでも[一九]庄兵衛出《いで》てさばき髪、油や・酒屋・米・屋《や》ちん・とうふ・八百《やほ》やにいたるまで、[二〇]相《あひ》さばくとの定め也《なり》。[二一]若又《もしまた》ふかき作もあり、[二二]学文つもりて[二三]月雪にまねかるゝ大名あらば、それはその身の[二四]徳分《とくぶん》たるべし。若《〈もし〉》[二五]一《いっ》雪《〈セツ〉》や[二六]可休めが[二七]非言《ひごん》をうつて、さまたげの[二八]さしでのいそのもがりぶね、[二九]おして点者をはまらすならば、[三〇]伝受《でんじゅ》のこらず荻《〈おぎ〉》薄《すすき》、宗匠を[三一]かまひ給《たま》ふべし。[三二]惣《そう》じて点者のその間、[三三]上戸《じゃうご》なりとも酒をやめさせ、[三四]板行《はんかう》ものをずい分出《ぶんいだ》させ、会にも人をそだてつゝ、ねぶたくともいねぶらず、ほめともなくとも、それ〴〵に句をば、ほめさせ申《まうす》べし。[三五]一じゅん懐紙《くわいし》のそのうちに、[三六]句どころかまはせ申《まうす》まじ。[三七]さしあひはさばきぞん、見おとしはぜひもなし。その外《ほか》、[三八]身もちのよしあしにつき、[三九]後日《ごにち》のための誹諧請状《うけじゃう》の趣《おもむき》、[四〇]件《くだん》のごとし。京や、大坂や、江戸、いなか、[四一]点者ひゞけとよみ上《あげ》たり。

四〇 大坂の三楽のこと。
四一 未見。「かゝ見幕、一冊、三楽作、元禄四年十一月」(誹諧書籍目録)。
四二 未見。「二見笆、二冊、発句翁、元禄四年五月十五日」(誹諧書籍目録)。

一 保証書。「をのれが請状にある親めの印判」(五十年忌歌念仏)。
二 この某と申す点者。本書の難書である団水著鳴弦之書によって、この人物は轍士であることが明らかにされる。
三 何年何月何日に宗匠になった者で。
四 住所不定の人足。
五 金銀を盗んだ者。
六 点をつけるように持ちこまれた俳諧の巻が沢山ある。
七 古来の俳諧の指合・去嫌などの掟に少しもそむかず。
八 点をつける際、少しも脇に書く評言にも手ぬかりなく書き。
九 怠りにはさせない。必ずきちんと会日に会を行なわさせる。
一〇 茶屋で酒色におぼれること。
一一 板下を書く作業をする者。
一二 連句の会において宗匠の指示に従い連句を記録する係。
一三 家の裏の出入口を掃除すること。
一四 家の門のところを掃除すること。
一五 紙屑の葉(紙)のうらみとは思わせません。
一六 腎水(精液)をへらして。
一七 灸をせず。灸や鍼によって身体の治療をせず。
一八 腎虚。過淫などによっておこる心身衰弱症。
一九 面倒なことがおこった場合は、この井筒屋庄兵衛がさばいて決着をつけます。「さばく」と「さばき髪」は縁語になっている。
二〇 きちんとさばきます。借金なども自分が代りに払う。
二一 すぐれた作品ができ。
二二 学識が増えて。
二三 月や雪の風流な会に俳人としてまねかれ、風流韻事のお相手として招待されるような大名がいれば。
二四 とりえ。
二五 椋梨一雪(一六三一—一七〇八?)。初め貞徳のち西武や梅盛に師事

請《うけ》人《にん》

寺町二条上ル町

いづゝや庄兵衛

元禄十五年三月日

した。貞室が刊行した正章千句（慶安元年）に対して茶杓竹（寛文三年）を刊行して、論難した。

二六 加賀田可休（生没年未詳）。わざと難点のある自作の歌仙一巻を諸国の点者二十五名に送り、点を求めて、各点者の誤判や相違を、元禄三年（一六九〇）物見車（五冊）として刊行した。これに反駁して団水の特牛や西鶴の石車が出された。

二七 非難のことばを書きつらねて。

二八 浜や川などに突き出た磯の藻を刈りとる舟。さし出がましくでしゃばって藻を刈るように人を刈る人間。

二九 強いて点者をおとし入れるようなことをするならば。

三〇 俳諧の伝授を残らず荻や薄が靡くようにこの点者に与えて。

三一 宗匠としてこの点者をかまい面倒を申し上げましょう。

三二 だいたい、点者をしている間。

三三 酒飲みなのだが、酒をやめさせ。轍士は自身のことを「酒もなり、手もりちぎにかゝれ」と述べている。四一六頁参照。

三四 出版書も沢山出すようにさせ。轍士の編著は、本書に我庵以下、自在講まで十四点あり、宗旦の十五点について多い。

三五 一座の連衆が、発句からはじめて順次一句ずつ付け、ひとわたり付け終わった懐紙。

三六 句の出来ぐあいをあれこれ難をつけることをしない。点者は一順の時、句を直すことがある。その場合連衆は書簡で付句を二句書いて、添削してもらって懐紙にしるす（三冊子）。

三七 指合。連句において、同字や同種類のことばが規定以上に近づくのを禁ずること。その点を指導して指摘するのは、点者として当然だが、連衆は喜ばないので、さばき（指導）損になるし、指合の見落しもどうしようもない。

三八 所行の良いか悪いかについて。

三九 後々何か都合の悪い場合がおこった時のための。

四〇 俳諧点者として保証する証明書の内容は、以上のようでございます。

四一 勧進帳などの結びの文句。「敬って白（まう）すと、天も響けと読み上げたり」（謡曲・安宅）の「天」と「点者」とをかける。

一 保証人。

付録

元禄俳論書

『当流増補番匠童』(抄)

『俳諧小からかさ』(抄)

『独ごと』(抄)

元禄初年には、俳諧撰集の刊行が活発化すると同時に、景気付・心付を主とする新しい俳風に対処するため、一般大衆向けの作法書や歳時記の刊行が盛んに行なわれるようになる。それらを例示してみれば、元禄元年(一六八八)には『俳諧五節句』(順也著、半紙本一冊)、『日本歳時記』(貝原好古著・損軒刪補、大本七冊)、元禄二年には、『詼諧《はいかい》番《ばん》匠《じょう》童《わらわ》』(和及著、小本一冊)、元禄三年には『当流誹諧番匠童大全』(和及著、横本一冊)、『誹諧柱《はしら》立《だて》』(如泉著、小本一冊)、『誹道手《はいどうて》明松《たいまつ》』(貞木著、中本一冊)、元禄四年には『俳諧初学祇園拾遺物語《ぎおんしゅういものがたり》』(松春著、半紙本二冊)、『当流増補番匠童』(和及著、小本一冊)、『誹諧をだまき』(竹亭著、小本一冊)、『誹諧京羽二重《きょうはぶたえ》』(林鴻著、半紙本四冊)、元禄五年には『俳諧小からかさ』(松春著、小本一冊)、『俳諧移徒抄《わたまししょう》』(春色著、半紙本一冊)、『俳諧之重宝記すり火うち』(如泉著、横本一冊)等、かなりな点数のものがみうけられる。

こうした作法書のなかで、もっとも流布されたと思われるのが、元禄二年初版刊行の『詼諧番匠童』であり、また同五年刊の『俳諧小からかさ』である。この二書は初心者向けではあるが、その内容は元禄俳諧の作風を考える上で大いに参考になり、きわめて基本的なものである。よってその主要な部分を翻刻した。なお前者は、改訂の決定版と思われる元禄四年版の『当流増補番匠童』を底本として用いた。

鬼貫の『独《ひとり》ごと』は、彼自身の文学理念である「まことの外《ほか》に俳諧なし」という考えが貫かれている。上巻では付合の作法、修業の道、新古の論などが説かれ、下巻では四季の風物、年中行事、旅と恋・祝などの本意本情を説いている。上巻の「句を作るに、すがた詞をのみ工《たく》みにすればまことすくなし。只《ただ》心を深く入《いれ》て姿ことばにかゝはらぬこそこのましけれ」「秀逸の発句といへるは、只《ただ》打きこゆる所、何とらまへておもしろき事も見えず、只詞すなをにたけ高くして其《その》意味口をして述《のぶ》る事かたきをこそいひ侍《はべ》れ」などの発言は、鬼貫の考えていた「まこと」を理解する上できわめて重要なものである。翻刻にあたっては、上巻はごく一部を示し、下巻の本意本情を述べた部分を主に示した。鬼貫は、当代の歌人であり歌学にも通じた有賀長伯から『古今集』誹諧歌の伝授を受けており、下巻はそうした歌語に対する認識が十分に示されている。貞門・談林以来「俳言」は俳諧性を考える上で重要な要素になっているが、元禄期の俳諧では、「俳言」が拡大して歌語などと極めて近いものとなり、曖昧な状態になっている。それゆえ鬼貫は俳諧の側から歌語の本意本情を確認しておきたかったのであろう。

『当流増補番匠童』

小本一冊。三上和及著。序「書林栄松軒」。刊記「元禄四辛未年三月日／洛陽書林　新井弥兵衛版」。刊記のあとに無署名の跋あり。雲英末雄蔵本を底本にした。雲英末雄『元禄京都俳壇研究』(昭和六十年、勉誠社)に翻刻。

本書は元禄二年(一六八九)三月刊の『誹諧番匠童』(小本一冊。貞享四年清白翁〈我黒〉序。元禄二年真珠庵〈如泉〉序。京都、新井弥兵衛版)を増補改訂したものである。『誹諧番匠童』は「番匠童」と「新屑」の二部から成り、前者は前句付の仕様・面八句の事・発句切字の事・当流発句の事など十四項目について述べ、後者は一月から十二月まで、月順に季語を示して関連語や簡略な説明をほどこした「当流四季の詞」を収める。『当流増補番匠童』は右の『誹諧番匠童』の清白翁の序と如泉の序を除き、栄松軒の序を新たに加え、また「付味三句のはなれの事」の一項目分を増補したものである。

本書は元禄初年の典型的な作法書で、「前句付の事」には当時流行の景気付の言及が見られ、「付味三句のはなれの事」には心付についての説明があり、元禄初年の俳諧を理解するのに役立つ。なお翻刻にあたっては、前半「番匠童」のうち「前句付の仕様」から「四十四の仕様」までを収め、後半の「新屑」はすべて省略した。

誹諧番匠童

凡《およそ》誹諧《はいかい》は、是《これ》和歌の一躰にして、昔日《ソノカミ》守武《もりたけ》・宗鑑《そうかん》などはじめ、貞徳《ていとく》老人、此《この》道をあらため、連歌新式になぞらへ極置《きはめおか》れしより、誹諧世に盛《さかん》になれり。中比《なかごろ》難波の梅翁《ばいをう》、是《これ》をやつし、風躰《ふうてい》かろ〳〵として興ありしかば、宗因風とて普《あまね》くもてはやし侍《はべ》りぬ。其《その》後いろ〳〵に風躰替り、詩のごとく声によませ、又は文字あまりなど、様〳〵《さまざま》替り侍れども、好ましからぬにや、皆捨《すた》りぬ。頃《このごろ》の当流と云《いふ》は、やすらかにして、姿は古代に似たれ共《ども》、古《いに》しへの付合道具付、又は四手付などせずして、其《その》一句の心を味ひ、景気にてあしらひ、或《あるひ》は心付にて各別の物を寄《よせ》、木に竹をつぎたる様なれども、心はひた〳〵と付様《つくやう》にせり。此《この》躰よろしきにや、次第に世に広くなりぬ。此後に、又いかなるに替らんも知《しれ》ず。しかあれど、時〳〵に随《したが》ふ事、万《よろづ》の道也《なり》。されど、初心の人志《こころざし》あれども、取付《とりつく》便なし。毛吹草《けふきぐさ》・山の井など其外、古代の宗匠達、初心の為、編《〈あミ〉》置れし書多しといへども、時にあはざれば、見るに益なし。爰《ここ》に記す所は、当風を望《のぞみ》、初学の人の為《ため》になるべき要を、あら〳〵書侍《かきはべ》りぬ。是等も、先書に有《あり》と云共《いへども》、当流に用ると用ひざるの、へだてあれば、其用所《そのもちゐるところ》を書抜《かきぬき》、又はあらたに書《かき》そへ、たゞ初心の為にならんかし、とおもふ所也。たとへば、九つのはしご、三つ四つあがりたる人は、書を見るにも、師にとふも、たよりあり。これは、其《その》一つもあがらざる人の、手をとりてみち引《びく》のみ。あまねく人の見るべきにあらず。此《この》うへに四季のことばは、手斧《てうな》屑《くづ》とてあり。これ当流に用《もちゐ》る季ども、おほくして、よろしければ、是を増補して、ひろひあつめたる縁にまかせ、番匠童《ばんじやうわらは》と号す。

○前句付の事

古流・中比《なかごろ》・当流の付心《つけごころ》のさかい、一句の前句にて、付《つけ》わけぬ。是になぞらへて、他を知《しる》べし。

前句　萩《ハギ》の露ちる馬持《うまもち》の家

付句　月にしも二人将棊《シヤウギ》をさしむかひ

是、古代の付様也。前の馬を、将棊の馬にして付る也。

又、中比宗因《ソウイン》風の時は、

其方《そのはう》のお手はとゝへば松の風

是も、将棊の馬にして付《つけ》たれども、将棊にいわで、噂《ウワサ》にて付、萩《ハギ》の露ちるといふに、松の風を余情《ヨセイ》にあしらひたり。

又、頃《コノゴロ》の景気《ケイキ》付といふは、

蕎麦《ソバ》空《ガラ》を焼《タク》らん煙《ケムリ》ぼち〳〵と

是、旅《タビ》躰にして、馬借シなんどの家に、焼《タキ》さうなけしきなり。

又、

大橋《ハシ》と小橋のあはひ霧《キリ》とぢて

是も景気に、淀にもせよ、瀬田《セタ》にもせよ、馬持の家有《あり》さうな所也。

又、少功者《コウシヤ》にて付る時は、

更科《サラシナ》の月ゆへ公家を拝《ヲガ》みけり

是は、公家衆旅行《リヨカウ》に、更科の月名所なれば、御覧有《ある》べきため、かゝる馬持の家などに宿リ給ふ。其ほとりのけしきみる様なり。

此躰にて、能〻《よくよく》分別すべし。当流の付やうは、広クしてつまらず。右之外如何《イカ》様も付寄可有《つけよりあるべし》、前句の馬萩《ハギ》などに、目を付て付るは、枝《エダ》也。只《ただ》一句の心をひつからげて、心に味《アヂハ》ひ、其所に何にてもさも有べき物をあんじ出し、我心《わがこころ》にて作りて、付ルなれば、定りたる付合の道具おぼえて益なしとは、爰の所也。此後いか様に風躰替《かは》るとも、此作意心得たらん人、其時の風躰〳〵に随ふべし。

○付味三句めはなるゝ事

歌仙首尾十二句の自注にて、なぞらへ知るべし。首尾とは歌仙の面《おもて》六句ニ、又うら六句するなり。百韻の首尾は、面八句・うら八句也。月おもてニ一、花うらニ一也。

八月十五夜去方《さるかた》にて各〻即興之《そつきやうの》首尾

大方《おほかた》は夜半《やはん》に戻《モドル》る月見哉

月見る人、大方夜中より帰ると也。我は残り居《ゐ》て、見あかぬと、いふ心有《あり》。

大方は月をもめでし是《これ》ぞ此《この》つもれば人の老となるもの

此歌あれば大方といふ五文字、月の発句に相応也。さのみ此歌をしたると、いふにはあらず。

脇 傘借《カサカ》ルまではあらぬ霧雨《キリ》

月見る比《ころ》、霧雨はら〳〵と降《ふり》たるにて、大方もどりたる心也。頓而《やがて》はれぬべきを、またずして帰る人哉《かな》、といふ心にて、発句の下心まで通《かよ》ひたり。

第三 分尽《わけツク》す花野の末に里有て

此、第三あしく候。先《まづ》、誹言なし。発句の心にもとる輪廻有《あり》。月見に行《ゆき》て、雨にあひ、笠かるも、秋の野の草花見に行て、其里辺《そのさとべ》にて笠かるも、夜るひるに替りたる分にて、心は同じ事也。又はなれて付る第三は、

第三 ひや〳〵と風おもしろき酒気ニて

同 秋の江は舟の乗場に間ぢかくて

此類、打越ニかまはずして付たる第三なるべし。

荷を持ながら舟をよぶ人

付心あらは也。野つゞきの渡し舟のほとりに、むかひの里も見ゆべき景気也。

市小屋は莚《ムシロ》たゝみて暮さびし

市人、売物を仕まふて、荷など持《もち》帰る時、里の舟などよぶ景気也。

○され共、此句も打越の気味あしく候。市小屋、居所ニはあらねど、打越《うちこし》の里げしきも、此句ノ心も同じ事也。又はなれて付んならば、

○鷹《タカ》の鈴聞ねばたらぬ村千鳥

惣而《そうして》、鶴・鳫・鴨類、鷹匠のけしきならずして、里人、荷持人などはおそれぬ物也。付心聞へたり。打越もはなれ中候。此躰ニ而《て》、打越の気味、分別《ふんべつ》可有事《あるべきこと》也。

産《うみ》落するにやすき犬の子

付心あらは也。注に不及《およばず》。

なま智恵《チエ》のありて浮世の物案《アン》ジ

此付様は、心付也。犬のやす〳〵子をうむを見て、世上の人の、上をおもふ也。人はなま智恵《ちゑ》ありて、物をあんずるによつて、大事も有也。此あんずるを、子をうむ事計《ばかり》ニあらず、惣別《そうべつ》の物案ジと一句《いつく》立《だて》也。前句をかる気味なし。

雛《ヒイナ》の殿《トノ》のわるき顔《カホ》つき

前句、なま知恵を、おさなき娘のなま心にして、付《つけ》たり。ひいな遊びに、殿のかほあしきに付《つけ》て、われもいか様の夫をか持ん、などあんじたるさま也。伊勢物がたりに、世心つける女など有《ある》も、かゝるたぐひと也。

人の身の花をいひけす口ぐせに

爰《ここ》は、六ケ《むつか》敷付《しきつけ》所也。人の事をそねみ、いひけす口ぐせにて、心もなき雛《ひな》の顔まで、難をいふと也。口ぐせといふ、くせの字にて付たり。

読出《よみだ》す恋の歌はうらゝか

人の花をいひけすなどは、只《ただ》口ぐせにてこそあれ、心はよけ

ればこそ、よみ出す歌は、すなを也といふ心也。歌は、のはの字にて、付たり。うらゝか、長閑《のどか》など、春ノ季につかふ。

其《その》句の約に立《たつ》やうにつかふべし。爰にて、すなをなる心に用ひてつかふ也。大かた季のやとい計《ばかり》にする事、無念也。

打《うち》つけに鎧甲《ヨロヒかぶと》のこは〳〵し

打つけとは、其《その》まゝ見たる所也。打つけに物ぞかなしきなどゝ、古歌にも読《よめ》り。皆其《その》心也。見たる所こは〳〵しき武士なれ共、読出《よみだ》す歌は、やさしきと也。

児《ちご》や法師や方丈の椽《エン》

是は、大寺の気色《けしき》也。落武者にても、軍将など、和尚に対面望《のぞみ》、無事有《ある》まじき事ならず。児法師、やわらかにて、こは〳〵しくおもふべし。

○面八句の事

発句の事、昔は秀句《シウク》にいひかけ、手をこめてするを、専《もつぱら》とせり。今は景気《ケイキ》ニて、する也。たとへば、前句付《ツケ》を、前句と付句とひとつにしたる躰《てい》成べし。其《その》句の内に、さも有べき景気あらば、当風の発句也。

○発句切字之事

や。そ。哉。けり。たり。めり。つ。なそ。いざ。いづれ。いかに。けらし。ぬらん。いかで。いく。たれ。を。もなし。何。む来ん・行ん・なかんなど一字はね也。し、し文字、現在・未来は切字、過去は切字ニならず。

現在のしは青し、遠し、ひろし、うれし、かなしなど。

過去のしは青かりし、遠かりし、見たし、なげし、聞し、などの類也。

未来のしは雨に成べし、雲にはならじ、花咲べし。

かやうに、べしと、じとにごるか也。現在は、当分さしあたる所、過去、過たる事をいふ心、未来は、まだ来ぬ所おもひやる心、皆文字心ニて、分別可有候。他は是になぞらへて知るべし。

ぬふのぬは切字ニならず、おはんぬは、切字也、ふのぬまだ夜はあけぬ、花さかぬ、鳥なかぬ、おはんぬはや夜はあけぬ、花さきぬ、鳥なきぬ。

此《この》心にて、見わけらるべし

此《この》外下知《げち》切レといふ分

ふけ。なけ。ひらけ。ふくな。なくな。せよ。させ。まで。かすめ。

此類、人の人に物をいひつくる下知のごとく、或《あるひ》は花・草木・鳥けだもの其外《そのほか》、景物の物に人のごとくいふ下知の心也。皆切字也。

其外、切字色ゝ又は、哉といふにも、いく色も有《あり》。やもじにも七ツの品あれども、先あらまし如此《かくのごとく》、おほくてよし。次第〳〵に功者ニ成程、師ニ問ひても、口伝《くでん》のてにはの書を見て、ひとりがてんの行物《ゆくもの》也。

○景気を見立たる発句

白妙《シロタヘ》やうごけば見ゆる雪の人　　江戸　一晶

塔《タウ》三重花に植《ウヘ》たる山辺《べ》哉《かな》　信徳

池の魚の桜おはゆる嵐哉　我黒

霞《カスミ》より時〳〵あまる帆《ホ》かけ船

○手をこめたる発句

駕籠《カゴ》かりて淡路《アハヂ》にのらん塩干《シホヒ》哉　如泉

雪の里男かぜよむ夕べ哉　和及

稲妻《イナヅマ》や二本迄《まで》よむ小松原　和及

蝶咲《テウサキ》て昼顔《ヒルガホ》ねむる垣根《カキネ》哉《カナ》

有躰《ありてい》にいひて、をのづから風情《フゼイ》おもしろき発句

古《ふ》ル池や蛙飛込《カハヅトビコ》む水の音《ヲト》　江戸芭蕉

名の付《つか》ぬ所かわゆし山桜《ザクラ》　湖春

花さけと鳴《ナル》るは若衆の鼓《ツヾミ》哉　江戸才丸

三吉野は何桜共《なにざくらとも》見へざりけり　和及

此類は、上手名人の上にも、すくなし。此格初心《シヨシン》のうちに好むべからず。能《ヨキ》句はまれなり。右二品《シナ》の躰を、心がけてすべし。

一　脇《ワキ》　古《コ》流《リウ》は連《レン》歌のごとく、躰さま〴〵習《ナラヒ》有れども、今は大概《ガイ》発《ホツ》句《ク》景気なれば、又景気にてあしらひてよし。てにはにて留《トム》ル事、嫌《キラ》ひけれども、頃《コノゴロ》は宗匠《ソウシヤウ》衆もゆるす事なれば、てにはどめもすべし。同じくは、韻字《いんじ》どめ可然《しかるべき》か。季《キ》の時節をたがへぬ様にすべし。

一　第三　てどめよし。若《もし》、て文字《モンジ》折合《をりあひ》ならば、らんとめもなしとめにとめ、其外《そのほか》はせぬがよし。同季《キ》の内、脇迄《まで》は同じ時《ジ》節《セツ》にして、第三ニはへだつべし。発句、立春《リツシユン》の発句ならば、脇は正月の部、第三は弥生《やよひ》の心よし。又、三月に渡る物をすべし。春ならば、霞《カスミ》・長閑《ノドカ》・うらゝなどの類《ルヒ》、正月より三月迄《まで》用る物也。夏・秋・冬ニも類多《ヲヽ》し。扨《さて》、付心はうすく共《とも》、一句のたけたかく、おも〳〵敷《しく》する也。是《これ》古代よりの法《ハウ》也。韻字《いんじ》どめなどの第三、上手の上にする事あれども、初心のうち中の位迄《クラヒまで》せぬがよし。只《ただ》〳〵てどめ・らんどめ、二ツのうちならで、せぬ物と心得《エ》べきか。

一　四句め　古代より四句めぶりとて、かろ〳〵とする法也。付《つけ》前《まへ》はうすくとも、一句すら〳〵として、けりどめ・なりどめ、可然候《しかるべくさうらふ》。其外《そのほか》何にても。

一　五句六句め　さのみ子細《シサイ》なし。只おもてのうち、ふしくれだゝぬやうに、さら〳〵とすべし。

一　七句め　発句・脇・第三迄《まで》、月なくば、此所《このところ》月の常座《じやうざ》也。秋の月、可然《しかるべし》。又は、他の季《キ》の月もくるしからず。

一　八句め　七句めまで、月ならぬさしあひあれば、爰《コヽ》に月するもあり。こぼれ月といふ也。同じくは、せぬがよし。

一　面《おもて》八句ヲ嫌事《キロフコト》　恋・無常・尺教・述懐《ジユツクハイ》・神祇・名所・古人の名・同名字・同字・神祇ニ而《て》も、恵美須《エビス》大黒は、福神故《フクジンゆへ》ゆるする也。又発句ニ、神祇・尺教・恋・名所等ならば、縁ニもすべし。

一　裏十四句　十三句めを、花の定座とす。又《また》十句めを月秋の所也。月成《なり》とも、秋の季成《なり》ともする所なり。ゆへは花より前に秋の句、月むすびて、三句するため也。それより前に、月出したらば、よし。花によび出し花、引上《ひきあげの》花あり。引上花は、うら十三句より前に能《よく》、前句有時、花の句をして仕まふを引上《ひきあげ》といふ。又よび出し花とは、前に春季《キ》をばいだし其《その》むすび、三句の内に花をするをいふ也。何《いづ》れも点《テン》取、独吟《ドクギン》などには、くるしからず。席《セキ》にのぞみて初心のせぬ法也。其座《そのざ》の宗匠《ソウセウ》、上手ならでは、せぬ事なり。

二の表十三句めを、月の座也。前ニ而《て》すればよし。

二の裏十四句　初うら十四句の法、同前。

三のうら十四句　右同前。

一　名残《ナノコリ》のうら八句　月はせぬ也。七句め花の定座也。匂《ニホヒ》ひの花とて、別して賞翫《シヨウクワン》の花也。上《あ》ヶ句には、其席の挨拶《アイサツ》を目出度《めでたき》やうにする也。にほひの花の句より其《その》心持をすべし。

○歌仙の仕様

一　歌仙誹諧といふ事　面《ヲモテ》六句、うら十二句、名残《なごり》おもて十二句、うら六句にて、以上三十六句也。月花の座、うら十一句め、花、面五句め、月の定座《ジヤウザ》は、うら六句には月せず。百韻の名残ノうらと同前。いにしへ連歌《レンガ》に、歌仙の読《ヨミ》人の名を、三十六人句ともに立入《たちいれ》て、仕立たる例《レイ》にして、誹諧にも其《その》名をいらずして、数計《カズバカリ》三十六句ニするなり。

○四十四ノ仕様

一　四十四《ヨヽシ》誹諧といふは、百韻《イン》之法を、初折《しよをり》と名残のうらと、二折にして、二三の折をぬきたる分也。百韻の法にあり（改版後刷本「あらず」）。

『俳諧小からかさ』

小本一冊。坂上松春(池流亭)著・西村未達(嘯松子)校正。内題「当流俳諧小傘」。序「元禄四年中冬／洛下童／言水序」。刊記「元禄第五暦／申正月吉辰日／書林／江戸神田新革屋町西村半兵衛／京三条通油小路東へ入町西村市郎右衛門／同衣棚御池下ル町坂上甚四郎」。蔵月明文庫本を底本にした。島本昌一解題の影印本が『近世文学資料類従・参考文献編13 俳諧小傘』(昭和五十四年、勉誠社)にある。

本書は元禄当流の作法書で、前半の概説部と、後半の付合指南部とからなる。前半の概説部では、凡例の「引句」の部で、同じ前句に宗鑑風・貞徳風・宗因風・常矩《つねのり》風・当風と、各々の付句を具体的に試みて当流の特徴を対照的にわからせようとしている。ついで「前句付仕様」では、当流付句の案じ方を体付・心付・付物・景気に分け、それぞれ具体的な作例を示して解説している。一方後半の付合指南部では、いろは順に一二七八語の見出し語を示し、式目事項を簡単に付し、以下「付心」として付合のヒントとなる語を列記して実作に役立てようとしている。なお、翻刻にあたっては前半の概説部を全部収めたが、後半の付合指南部はすべて省略した。

当流俳諧小傘

凡例

一　それ俳諧《はいかい》のもてあそび、いにしへよりさま〴〵に移替《ウツリカハ》りて一品《シナ》ならず。当流又爾《しか》也。故《ゆへ》ニ予『祇園拾遺』に九重《ここのへ》をはじめ、武蔵《むさし》・なにはの名匠八人《ヤタリ》の風俗を《ナラハシ》うつして八衆見学《はっしゅうけんがく》と名づけ、我初門《ワガシヨモン》のたよりとなすといへども、なを古き姿をもきかまほしといへるあり。辞《ジ》するに所なふして、宗鑑・貞徳・立甫《りゅうほ》・宗因・常矩《つねのり》のふりたる躰《サマ》、且《ただ》当流の付心を続《ツイ》で都《すべ》て三十余句、いちよらやあるの七字より、前句を作らしめて集の初《はじめ》にならべ、其《その》わいだめの及《およ》ばぬまねを成《ナシ》ぬ。

一　俳諧新式の書を参考するに、付合の中《ウチ》に一座一ッ二ッと、先《せん》哲《テツ》の証《ヲキテ》をかれたる物あり。これにもれたるもの又不レ可ニ勝計一《アヘテカゾフベカラズ》。こゝにをゐて初心のまどひすくなからず。たとへば杉は古き定めにいひかえて、三ッとありて、槙《まき》には其数量《そのスリヤウ》なし。今彼《かの》杉の数に習ひて、槙もいひかえて三ッ計《ばかり》とす。かくのごとく似かよひたる物によつて準レ之《コレニナゾラフ》。そのたとへなき物は、又古哲のひめをかれたる一書あり。是《これ》により彼《カレ》にもとづきて其《その》事を定《さだ》む。

一　傍《カタヘ》に神・釈・居・水など一字づゝあるは、神祇・釈教・居所・水辺・山類・生類・植物・恋・無常等の物をかける也《なり》。これが中に花はいはでも植物、月はかゝでも天象、かくのごとく紛《まぎ》らふべくもなき物はしるさず。余ハ準レ之、春・夏・秋・冬の一字も又爾《しか》也。

一　詞かはりて事のひとしき物は一ッをいひて一かたを除《のぞ》ク。その故は仮《たとへ》ば鄙《ひな》といふ句には田舎の付心をみたるよし、分別とあらば智恵の下、嬰子《えいじ》とあらば幼人、落葉の前句に木の葉をみるに、付心《つけごころ》聊《イサヽカ》かはるべからず。当流は、古風のごとき取《とり》なしといふものをせねばなり。

一　いにしへよりの付合の書、毛吹《けふき》・便船《びんせん》・類船《るいせん》集等あり。これに出《いづ》る所の古きを用ひず。今当流に便《たより》ある付心詞を集《あつめ》て、初門のため此《この》道の一助となす。此中にも打《うち》聞たる唱への古きに似たる物稀《まれ》に有べし。かならずしも、その詞をたゞちに用ふるにはあらず。其《その》こゝろをもてぬけて付るの便《たより》也。猶《なほ》一句〳〵の仕立にて優劣《ユウレツ》のわかちあるべし。夫《それ》学ざるべけんや。

引句　先達の自句にはあらず。此《この》やうなる前句には、誰ゝはこうにや付られんといふまねばかり也。

㋑　前句　さびしや秋の犬のなき声

宗鑑風　べう〳〵と野辺の薄のほの出て

其比《そのころ》のふうをおもふに、かくのごとく、噂付《うはさづけ》のみ也。犬にべう〳〵と、さびしきに秋の野すゝきにて、季を合せ、ほの字をいひかけたる、当流にはまれにも、かうはすまじきわざなり。

貞徳風　ぬす人を鑓《やり》でぐさりと月のかげ

犬に盗人、秋に月、鑓は一句の道具にしてぐさりとつくとのいひかけ、用付・うしろ付にはあらねど、ぴつたりと付過《つきすぎ》て、一句のしたてもおもければ、今はせぬ所なり。

立甫風　冷《すさ》まじなしゝむらつゞく鳥部山《とりべやま》

五もじにて秋をもたせ、さびしくあはれ成《なる》さまを、とりべ野・あだし塚《づか》にきかせ、犬にかばねをあしらはせたり。されば貞徳・立甫の風さして見るふしはなくて、徳風は誹言つよか（底本「し」）りきゆへに、句作りふつゝかにきこゆ。甫風はその少《すこし》きやしやなる物也。さしたるけぢめなき物故、此已下《いか》一ッはいはずなりぬ。

宗因風　食《メシ》がまのけぶり絶《たへ》にしこもかぶり

犬にこもかぶり、さびしきに君まさで煙たえにしの言の葉をかすらせ、塩がまに飯炊《イヒカシ》がせたり。秋は自然句中にこもるべき歟《か》。されば、因は俳道の中興にして、已前《いぜん》のふうとは各別なれど、其まねに及《およ》では、心のうごく計《ばかり》、舌の廻《まは》らぬぞ口惜き。

常矩風　穢多《エタ》村のするゑは人はぐ草の色

常矩は縁語をもはらと仕立られしにや。当句は犬にゑた村をあいしらひ、穢多といふ縁に割《ハグ》といひつゞけて、ものさびしき野づらをきかせ、草の色にて秋をもたせ、下心に、色の字にて、切はぎの血をあやしたる形《サマ》もあらんか。

当風　客寺《キャクでら》の木の間《コ》〳〵をもるゝ月

打出《うちいで》て当流といはんもさし過たるわざながら、唯《ただ》初門の問《とひ》にこたふる迄《まで》也。句の心は、衆人遊宴《いうえん》の借シ寺に、花見・涼みの時過《すぎ》て、やゝふりそむる木の葉の間《ヒマ》に、月のほそ〳〵とさしうつる、折節《をりふし》飼犬の夜半《ヨナカ》声取集《とりあつめ》て、只《ただ》さびしきさまをいひ立るのみ。

(ち)

鑑　前句　ほの〴〵明《アケ》ににほふ茶の湯気《ユゲ》
釜《かま》の下へ朝日の影をさしくべて

茶に釜、ほの〴〵明に朝日、日の字にて、火をもたせ、影のさすと秀句したる。前句・付句、悉《ことごとく》皆ひとつ事にして、いひつくしたるや、そのころのふうならん。

徳　軒に黒《くろ》きけんばう染やむら烏《がらす》

ほの〴〵あけにむらがらす、茶のゆげに吉岡染のとりなし、けんばうを烏の羽色にみたてゝ、張柱《はりばしら》にとまらせたる連続か。

因　念仏を申《まうす》もあへずくびをふり

因風さま〴〵なる中に、わきて謡《うたひ》の唱歌をとらるゝこと、おほかりけらし。さればさねもりの待諷のかねをならして、夜もすがら南無阿弥陀《なむあみだ》ぶといふより、曲《クセ》のそこ〳〵を取《とり》くはへ、ほの〴〵明《あけ》の朝つとめに茶を供《グウ》したる一せめ。

矩　皃見《カホ》せの天《アマ》の岩戸はほそめにて

ほの〴〵明《あけ》に皃みせ、茶に店屋《テンヤ》をきかせ、天の岩戸のきど口より八百万《やほよろづ》の大臣をのぞかせ、若女の妙《たへ》なる小歌をおほけなくたとへ奉《たてまつ》る口さがなさ、去《サリ》とは、これともに物まねの狂言、神もゆるしおはしませ。

当　沓《クツ》作る岡べの家居ちいさくて

夜明にも、茶のゆげにも、かならず付るとはなしに、たゞ旅行の朝げしき、埜《ふもと》の家のいぶせきに沓《くつ》作ル老男《オウナ》あり、茶釜くゆらす姥《うば》もあらんかと、うつりばかりをいひたてたる。

(よ)

鑑　前句　夜服《ヨギ》といふ物こそ夢の宿《やど》りなれ
つまと〳〵とはきてやねぬらん

夜着に、ふたつのつまきてやといふ迄《まで》は、うしろ付《づけ》、ねぬらんは、同意ともいふべし。今の世にせぬ事にこそ。

徳　縁《エン》に月日をへ屋《や》ずみの内

夜服に嫁入、恋のやどりにへや住、えんにつくのいひかけ、月日をふるのいひかけ、当流にも此《この》こゝろをもてよする事はあるべけれど、からは作るべからず。

因　けふも木賃《キチン》に胸やもやさん

よぎに旅宿をよせて木賃と出《いだ》し、恋のあいしらひに胸

矩　の火をもたかせ、きちん・胸焼るを一句の連続に。

太鼓《たいこ》女郎《じよらう》のつぐるあけぼの

夜服にうかれ女のとまりをよせて、恋をいひたて、あけぼのゝかへさをつけんとて、太鼓といふくちをたゝき出たるや、一句の首尾なるべき。

（当）なき骸荷《ガラにな》ふ人のゆふぐれ

いたはりたる人の、夜着てふ物をもぬぎて、野外《ヤグハイ》にをくられし哀を、夢なりとみし物か。人のゆふぐれは、只よそながらに、み送りたる無常ヲ云し一句のもやうなり。

㋶　前句　欄干《ランカン》にのぼれば人の影高《たか》し

鑑　はだかで涼《すず》む寺のぎぼうし

多分前句の噂にして、涼むばかりや一句のよせならん。擬宝珠《ギボウシ》を法師にきかせんとて寺のとことはり、それがかしらのまどかなるをほつたいにみたてゝ、いひ下したるふつゝかさ。

徳　牛若《うしわか》ぎみのすそをなぎなた

其比《そのころ》の行《いき》やう、大かた何に何と正しく付ヶたる也。なれど故更《ことさら》には、稀《まれ》にぬけても付しか。されば、橋弁慶《ハシベンケイ》と迄《まで》はいはざりけらし。すそをなぐとの云《いひ》かけ、今はまねさへはづかし。

因　斑女《はんぢよ》かくせの目は舞にけり

そなたの空よと、打もたれたる所よりおもひよりて、曲《クセ》と癖《クロ》とのふたつをかねあはせ、眩暈《メマヒ》を扇の手にかなでしたかき所へ、のぼりたるさまをきかせけるか。

矩　紙鵄《イカ》のばしやる滝《たき》のしら糸

此欄干《このらんかん》は、正しく洛東清水寺《きよみづでら》なれど、やうやう其《その》ほどより、それをそれといはぬを、一ッの手とする事になりぬ。然共《しかれども》、紙鵄の詞をのばさんとて、白糸と結事《むすぶ》、今はふりたるかたに成《なる》べし。

当　なれて神池《ミイケ》にめぐるうき鳥

欄干にかならずあたりたるふしはなくて、御池といふ御の字にておろそかならぬ殿《トノ》の有様、楼《タカド》の欄《オバシマ》より庭の面《オモ》を見出給ふうへ人のすがたと、聞《きき》てんかと。

㋳　前句　雨一《ひと》しきり屋《や》ねあらふなり

鑑　軒口のきばをみがくやおにがはら

屋《や》ねに瓦《かはら》、軒口あらふにみがくと付《つ》ヶ、雨冷《すさ》まじき折《をり》ふしのあるべき物とて鬼を出したり。一句は牙《きば》をみせんとて、口の字ををき、をにをあらはさんと、きばをかみ出したるか。

徳　汗水《アセミヅ》も祇園の神輿《ミコシ》かいで出《で》て

屋《や》ねにみこし、雨一しきりあらふに、五月《サツキ》・晦日《ミソカ》・六《ミナ》月十八日、白雨《ユフダチ》ころなれば、神輿洗《あらひ》を付《つけ》たる歟《か》。あせ水もおりふしの暑気よりおもひ出て、かくといふいひかけせんためにや。

因　雷《ライ》の公《キミ》とゞろ〱とおなり門《モン》

閑人《かんじん》倚《よりテ》レ柱《ニ》笑《フ》二雷公《ヲ》一といふより、こうとはいひて、きみとはいかゞなど有《あり》べけれど、きみとしておなり門の連続よければ、まげてよませ侍《はべ》り。

矩　鯨《クジラ》よるたゝみたゝきのうらの風

やねあらふに、煤《すす》はらひのたゝみをたゝかせ、雨に風をあいしらひたり。鯨は不意に出《いで》たるやうなれど、雨一しきりあらゝかなる海浜《カイヒン》のさま、かうもあらんかと。

当　夜あらしに人の気淋《さび》し遷宮《ミヤウツシ》

まさしく屋《や》ねをあらふ所はなけれども、御せんぐうのみぎりなれば、新祠《しんし》をきよめの雨もあらんか。夜あらし・人の気さびしなどは、唯《ただ》うつりをおもふのみ。

（あ）鑑　前句　灰汁《アク》たく跡の雪のむら消《キエ》

松はけぶり蕨《ワラビ》やもえて出《いで》ぬらん

雪間をわけて萌《モヘ》出るさわらびを、つかねて藁《ワラ》の火にきかせ、烟にむせぶ松をなびかせて縁語とする。前句・付句はなるゝ事なし。彼犬築波《いぬつくば》ニ碁盤《ごばん》の上に春はきにけりといふに、鶯のすごもりといふつくりものと、いふものにや似かよふべき。

徳　善《ゼン》人は舎《シャ》利にやならせ玉あられ

灰汁を悪《アク》にとりなして善人、たくにはうぶりをよせて、舎利ノ雪にあられのならべ付ケ、ならせたまふの云かけふるく、あられを舎利のみたてもふりたり。

因　針仕事《ハリシゴト》居ならぶ軒の姫小松

灰汁にせんたくきぬを引出し、雪のむら消に小松原か。一句は松によりて針を出し、ゐならぶ姫といひて連続させし、其比《そのころ》の気になりてはかうあらんか。

矩　あかねさすかるめのきぬのうす霞《がすみ》

灰汁に染ぎぬ、雪のきゆるに日影なれば、霞は浮《うい》てあまるやうなれど、爰《ここ》にて春をもたせ、しかもかすみのきぬとうくるや、一句のつやならん。

当　こゝのえの北に杖するねぶか売《ウリ》

あくにも雪にも、ひたと付《つく》るにはあらねど、葱《ネブカ》商《あきな》フ野《や》夫《ぶ》は、九条竹田の夜深より、かならず北にむかふ。彼《カノ》たきてたぶわら火の砌《みぎり》に、きせるなどさしよするさまあらんかと。

（ゑ）鑑　鉗《エ》さしかたぶく松の木がくれ

長竿《ザホ》をとりもちながら笠《かさ》をきて

ゑさしに長ざほ、黐《トリモチ》を取持ッといひ、松に笠をきてと松かさにしたる。まつたくうしろ付《づけ》也。

徳　みづうみの礒で出《いで》船《ふね》を三日《みか》の月

鉗さしに江にさすと取なして、湖《ミヅウミ》の出船、傾くに三日月、松に礒の付ごゝろなるべし。一句は月の船としてみるのいひかけもおかし。

因　人よせぬ大うち山のやままはり
　木がくれてのみ月をみる哉と、頼政《よりまさ》のふるごとを一句のよせにして、此《この》かたじけなきあたりへは、ゑさしなどのえ立よらで、たちしのぶさまならんや。

矩　若殿《ワカトノ》のおことばかゝる野路の雲
　若殿といふにて、ゑさしはあるべし。松にあいしらひて雲、お詞かゝるなどはもたれたる所ありて、今はせぬ事なれど、その比《ころ》は此行《このゆき》やうおほかりし。

当　ひと絶《たえ》て落葉の底になる小社《せうしゃ》
　しん／＼たる森の内、ふりたる宮の冬枯に、松のみ青き木かげより、小鳥ねらひし男あり。
引句終

前句付仕様

一　凡前句付の仕様、一品《シナ》ならず。古風・中古・当流、此三つ各別也。其《その》わかちは、かた計《ばかり》前にいへるがごとし。但《ただ》シ当流といふに心持様ゝ《さまざま》あり。前句によりて、付物なくてはうつらぬ有《あ》リ。或《あるひ》は、心付・景《ケイ》気付にしてよき有リ。其外《そのほか》艶《エン》なる言葉、尤《もつとも》なる意味《ミ》、哀なる姿《スガタ》、情ある作り、作者の心得一概《ガイ》に有《ある》べからず。それが中に先《まづ》趣向《シュカウ》を案《アン》ずる第一也。趣向なくては一句ならず。一句なりても、趣向なくて仕立たる句は、ふぜいすくなく、前句へのうつりなきものなり。其《その》趣向といふは、たとへば、

　おかし火燵《コタツ》に更《ふけ》て行《ゆく》雨、といふ前句を得て、是に付物を案ずるに、こたつを肝要《カンヤウ》として付ずばうつるまじきが、是ニハ、

　栢《カヤ》　よみがるた　青のり　所化寮《ショケレウ》　小犬《チン》

などなるべし。是を趣向と云《いふ》。此内《このうち》何にても一日に仕《シ》たつるによき句にならずば、又外を案じてよし。とかく人のおもひよるまじく、あたらしき所を案じて作る事よし。其新《そのアタラ》しきと云に又品《シナ》あり。きのふ・けふ、いひもてはやす小歌浄るりのことわざは、いかによくいひ叶《かな》へてもわろし。扨《さて》かの趣向を一句にしたつるに覚悟あり。三字より五字迄《まで》の物は、上か下の五もじに作《つくり》てよし。六七字の物は、必《かならず》中に置てつくらん、長きことばを上か下にをきては、一句の首尾《シュビ》多分わろし。当流には文字あまりを好《コノ》まざれば也。右は上《かみ》の句の事也。下《しも》の句は上も七文字下も七文字の時、上には別の子細なく下七もじには句切に少シかはりめあり。くはしくおくに物す。先右の趣向の内、こたつの前句に、かるたを取《とり》て、一句ニ仕《シ》立る時、

　おかしこたつに更《ふけ》て行《ゆく》雨

一躰付　かるたうつよめしうとめの中のよきともあるべし。又しよけれうを取《とり》て一句を付る時、

同　所化寮《しよけれう》の窓《マド》を嵐のやぶるをと
　おかしこたつに更《ふけ》て行《ゆく》雨

右は躰付・道具付などいふべし。心付の趣向と云は、

釣瓶《ツルベ》の音　産《サン》の紐《ヒモ》とく心　妖《バケ》もの　嫉妬《シット》のさま

これらにや、付物も心付も、千差《シャ》万別《ベツ》にして、浜《ハマ》の真砂《マサゴ》のつくる事なければ、かた計《ばかり》をあぐるのみ。余《ヨ》はこれに準《ナゾラヘ》て思惟《シユイ》あらん。

扨此《さてこの》心付の内、釣瓶《つるべ》を取《とり》て付る時、

おかし火燵《こたつ》に更《ふけ》て行《ゆく》雨

一心付　いくたびぞ知死期《チシゴ》〳〵に鳴釣瓶《ナルつるべ》

またばけものをとりて、一句にしたつる時、

おかしこたつに更《ふけ》て行《ゆく》雨

同　変化《バケモノ》の見かへるうちに影きえて

これらはこたつにも、雨にもつかず、只うつりを本意《ホイ》とすれば、心付といふ物ならし。右の前句は、心付にも付物にも通ふ前句なれば也。又一向《いつかう》、付物ならできこゆまじき前句あり。

細長きものこそ見ゆれ暮の月、といふ前句あらんに、こゝろ付もたま〳〵は有べけれど、十が七八、付物ならではよろしからじ。当句は、細長きと云所《いふところ》、めあてなるべし。

古墓《ツカ》 そとばと、あらはにしても。揚灯籠《アゲドウロ》 はしらといひても。沖津舟《オキツ》 帆《ホ》ば
しらの躰を。送リ火 文字のすがたを。祇園会 ほこをきかせて。流鞆《ナガシモチ》 藤か
づらなどを。

右のたぐひ也。此内《このうち》ながれ鞆《モチ》を取《とり》て、一句を仕たつる時、

細長き物こそみゆれ暮の月

一付物　風のよせたる　波の浮《ウキ》　鞆《モチ》

くれおぼつかなき汀《ミギハ》に、細長き物あり。鴈鴨《ガンカモ》を取《トル》うけもちの藤かつら也、と付たる也。又をくり火にて仕立る時、

ほそ長き物こそみゆれくれの月

文字消《キエ》がたのをくり火の山

文月の中の六日のたそがれ、都の北東の山〻に、ともしたつるをくり火の、暫時《ザンジ》に消ほそりて、さだかならず。細長くみゆるさま、これもそのそこに付たる仕立なり。又景気ならでうつりにくき前句有《あり》。仮《タトヘ》ば、

夕雲雀塔《ヒバリタウ》より上をなく気色、といふ前句には、多分景気付なるべし。此《この》景気、

反橋《ソリ》　庵室《アンシツ》　小社　土筆《ツクヾシ》つむ丼つばな・げゝななど　茶つみ　山路　旅躰　鮎《アユ》汲川

これらにや、右の内、庵室にて、付句を仕立《したて》んには、

夕ひばり塔より上をなく気色

一景気　菜《ナ》のはなにほふ庵室のみち

また山路にて、うつらせんには、

夕ひばり塔よりうへをなく気色

同　うどの芽《メ》おりてかへるさの山

かやうにやあるべき。又趣向よくても、つくりあしき事あまたある中に、殊《こと》に季の重《カサナリ》なりたるは、発句・付句ともにすぐれず。此《この》程《ほど》ある付合を見侍《みはべ》りしに、

新発意《ボチ》はしる若草の原、といふ前句有《あり》。是に、のどかにも東《こ》風《ち》ふく春のいかのぼり、と付たり。この前句ニいかのぼりは、か

ろく働《ハタラキ》て、よきおもひよりなれど、このしたてにては、あたら趣向むなし。是を、

紙鴟《イカ》かゝる嵐の松の遠気色、などゝ季一ツにて作りたし。

一　初春・初秋などの発句、脇《ワキ》に第三にも、初春・初秋を付る人まゝあり。平句にも三句共《とも》、同月の物を付るあり。発句正月、脇正月ならば、第三は、二三月の物か、三月にわたる物を付《つけ》てよし。平句の三句めも又爾《シカ》也。

一　春五句つゞきてはなるゝ時、前句ニ春の字などあるには、不通《ツウ》の雑《ザウ》の句は、のりにくき物也。爰《ここ》にては、雪・時鳥・万日廻向《まんにちえかう》、夏のはなれには、沐洗《ユアミ》・雷《ライ》・つゞき雨などの其季《そのき》をもたずして、其季にあるべき物を、あいしらひたるよし。秋冬の除《ハナレ》も同ジ。

一　下の句のつくり

　一六　　蚊《カ》の追出して　戸　たてさせけり

　二五　　耳《ミ》をつらへて　きく　ほとゝぎす

　五二　　水に錠《イカリ》の　かきつばた　さく

　二三二　白さくらべん　雪　桜　月

如此《かくのごとく》、下七もじに句切のかはりあり。もはら古今《ココン》に、いひもてはやす所は、三四の句切也。句をいひ出るに及ばず。又、

　四三　　ふらぬ間に見ん　高ねの　さくら

　同　　　くづ屋をゆする　ふもとの　野分

かやうのつくり也。となへよろしからぬ物ゆへ、ふるくよりしゐてこのまず。まして当流には、なをせぬ所とぞ。

『独ごと』

大本二冊。序「以敬斉長伯誌」(上)、跋「享保戊戌仏誕生日／紫野巨妙子書于清源南軒」(下)。刊記「享保三年戊戌中秋艮辰／洛陽寺町通五条上ル町／書林新井弥兵衛蔵版」。他に、中西卯兵衛版他の後刷(半紙本)が多く伝存する。柿衞文庫蔵の大本を底本とした。岡田利兵衛編『鬼貫全集』(昭和四十三年、角川書店)他に翻刻、入江昌明解説『独こと』(昭和五十三年、明治書院)の影印(中西卯兵衛版)がある。

　本書は、鬼貫の奥書によると、年ごろ思い寄せたことを寝覚寝覚に書きつけていたのを門人の千及と市貢の二人が強く請うたので与えたものであるというが、これは俳論書出版の際の一つのポーズであって、実は、享保三年三月に有賀長伯から『古今集』誹諧歌の伝授を受けてすぐに書きあげたものであろう。上巻は主として俳諧の修行や付合作法について述べる六十九段から成り、下巻は四季および旅・恋・祝についての本意を記す五十三段から成る。

　底本は各段落ごとに〽を付けてあるが、翻刻に際しては〽をはずし、代りに上巻から通して段落に番号を付し、上巻の著名な「まことの外に俳諧なし」の段と下巻(七十段から一二二段)を収めた。

〔五一〕それがし八歳に成《なり》ける比《ころ》いなけなる発句しそめてより、十三歳の比《ころ》松江維舟に師のちなみをむすびてかの翁の古風をまなび此《この》道に心をいれて不断独吟の百韻をつゞり、その比《ころ》名に立る古老のかた〴〵へ送りて点をこのみ見る事いく巻といふ其《その》数をしらず。かくて十六歳の比《ころ》より梅翁老人の風流花やかに心うつりて又其《その》当風をいひ習ひ、猶其《なほその》のりをもこえ侍りて、文字あまり文字たらず或《あるい》は寓言或は異形さま〴〵いひちらせし比《ころ》、発句・付句によらず人によしといはれ我《わが》心にもおもしろかりしやうに有《あり》けるをも、修行しつる覚もなくてなす所よき句にて有べきやうはあらじと、ひたすら我《わが》心にうたがひを起して更にこゝろをとゞむる事なく思ふに、いにしへよりの俳諧はみな詞たくみにし、一句のすがた、おほくはせちにして或は色品をかざるのみにて心浅し。つら〳〵よき歌といふをおもふに、詞に巧みもなく姿に色品をもかざらず、只さら〳〵とよみながしてしかも其《その》心深し。いにしへより俳諧の発句をおもふに、

　青柳のまゆかく岸のひたい哉《かな》
　まん丸に出《いづ》れどながき春日かな
　うつぶいておどるゆへにやぼんのくぼ
　山伏はしぶくとかぶれときん柿

またその比《ころ》当風と聞えし句

　摺小木も紅葉《もみぢ》しにけり唐がらし

これらはかの宗祇法師の説に「非道教道非正道進正道」といへるたぐひ成べし。たゞ俳諧は狂句作意をいふとのみ心得たるばかり、一概にかたよるべき道にもあらず、猶深き奥もやあらんと、延宝九年の比より骨髄にとをりて物みな心にそむ事なく、やゝ五とせを経て貞享二年の春、「まことの外に俳諧なし」とおもひもうけしよりそのかざりたる色品もかの一句のたくみもこと〴〵くうせて、それ〴〵は皆そらごとゝなりぬ。

〔七〇〕とし立《たち》かへるあした、去年《こぞ》ことしの雲の引《ひき》わかるゝ比《ころ》、鳥の声やゝ花やかに残る灯《ともしび》に鏡立《たて》て妹《いも》がころものうらめづらしく粧ひなし、家〴〵にかんなどいはひ、かわらけとり〴〵にむつましく、門《かど》には松立《たて》ならべ砂うちまきてことぶきいひかはす。人の往《ゆき》来《き》も二日三日までは常の牛馬《ぎゆうば》の通ひもなくてうらゝかに、あるは庭かまどに手あしさしのべてうちねぶりなんどしたるもいそがしからず。

〔七一〕梅は、軒の垂氷《たるひ》のふと〳〵敷《しく》冬のこゝちもまたはなれがたきに、一輪のにほひ窓よりこぼれ入《いり》てやゝ春めき、きさらぎの比《ころ》は誓願寺に火をともして人の心をかゝげ、あるはかた山里の折かけ垣に見ゆるもやさし。

〔七二〕室咲《むろざき》は、いつの比《ころ》、誰人《たれひと》のまち侘《わび》ておもひよりけん。実《げに》あたゝかなるを春にまがへて咲出《いづ》る花の心こそすなをなれ。

〔七三〕うぐひすは、声めづらしき朝《あした》より障子にうつる日影ものどやかにおぼえ、きのふけふ野山もけしきだちて、とぢたる水もをのづからながるゝ比《ころ》、声もともによくほどけて霞に伴ひ花にあそ

ぶ。又青葉が枝に囀《さへづ》る比《ころ》はひたすらおしき。

〔七四〕蛙《かはづ》は、水の底にて鳴初《なきそむ》るより上に出《いで》て雨こふ声もあはれに、旅にあれば古郷《ふるさと》の空なつかしく、あるは夜もすがら野になく声の枕につたふ寝覚《ねざめ》こそたゞならね。

〔七五〕柳は、花よりもなを風情に花あり。水にひかれ風にしたがひてしかも音なく、夏は笠なふして休らふ人を覆《おほ》ひ、秋は一葉の水にうかみて風にあゆみ、冬はしぐれにおもしろく、雪にながめ深し。

〔七六〕桜は、初花より人の心もうき〳〵敷《しく》、きのふくれ、けふくれ、爰《ここ》かしこ咲《さき》も残らぬ折節は、花もたぬ木の梢《こずゑ》〳〵もうるはしく、くるれば又あすもこんと契り置《おき》しに、雨降《ふる》もうたてし。とかくして春も末になりゆけば、散《ちり》つくす世の有様を見つれど、又来る春をたのむもはかなし。あるは遠山《とほやま》ざくら、青葉がくれの遅ざくら、若葉の花、風情をの〳〵一様ならず。桜は百華に秀《ひいで》て古今もろ人の風雅の中立《なかだち》とす。

〔七七〕桃の花は桜よりよく肥《こえ》てにこやかなり。

〔七八〕梨子《なし》の花はひそかに面白し。

〔七九〕つゝじ・藤・山吹《やまぶき》、其外《そのほか》名をもてる物、古歌にすがり古き詞にもたれて只《ただ》おもしろしとのみ大かた上にてながむる人おほし。底より詠《ながむ》る人は我《わが》心われに道しるべしてまことのおもしろき所に入《いる》べし。其《その》感より出《いで》たらん発句は、その意味こと葉に述《のぶ》る事かたくや侍らん。

〔八〇〕野につくり〳〵と人の見えしは、わか菜つむ比《ころ》より草〳〵にたはぶれ出《いで》てすみれつばなに春おしきまでなるべし。

〔八一〕卯《う》月朔日《づきついたち》は、櫃《ひつ》くさき衣の袖に手さし入《いる》るより身もかろく、気もひときはかはりて覚ゆ。すだれかへらるゝ上《かみ》ざまの事は、はかりてもいひがたし。

〔八二〕郭公《ほととぎす》の比《ころ》は、誰もみな空に心を置《おき》て、月にあこがれ、雨にしたへど、まれにもきかぬ折ふしは、もし夢のうちにや鳴《なき》つらん、人もや聞《きき》つらんとねざめ〳〵をうらみ、又たまさかにも聞《きき》つる後は、なをしたはしく、人の家より文もて出《いづ》るをも、いかなる心をやいひをくりけんとゆかし。

〔八三〕ふかみ草は、ほこりかにうつくしく、

〔八四〕芍薬《しゃくやく》は、すげなきやうにてうつくし。

〔八五〕卯の花は、郭公と中《なか》よく、あるは月と見て闇《やみ》をわすれ、雪と見て寒からず。

〔八六〕花橘《はなたちばな》はあて〳〵敷《しく》、おもしろしとも見えず。心のうちにながめはふかし。

〔八七〕蛍は、ひとつふたつ見え初《そむ》る軒ば、夜道行《ゆく》草むら、瀬田《せた》の奥に舟さし入《いれ》て花と見る柳の盛《さかり》。

〔八八〕蟬《せみ》は、日のつよき程声くるしげに、夕ぐれは淋し。又山路ゆく折節、梢の声、谷川に落《おつ》るも涼し。

〔八九〕蓮《はちす》の花は、朝のながめ一入《ひとしほ》いさぎよく、昼は又涼し。夕ぐれは心沈む。此華《このはな》、仏の物にこゝろうつりてみれば、さかり久し

からずして、ちりぎはのもろきもたうとし。猶ふかく賞して観念の奥に至らば、埋《うも》れたる仏性《ぶつしやう》終《つひ》に忘心の泥をも出《い》づべし。

〔九〇〕涼《すずみ》は、国阿《こくあ》の堂、華頂山《くわちやうさん》の山門。四条糺《ただす》の床《とこ》は、心散《ちり》てさはがし。又かた田舎《いなか》は樗《あふち》なんどの下に昼寝むしろ敷《しき》たるもこのもし。

〔九一〕秋立《あきたつ》朝は、山のすがた、雲のたゝずまひ、木《き》草《くさ》にわたる風のけしきも、きのふには似ず。心よりおもひなせるにはあらで、をのづから情のうごく所なるべし。

〔九二〕七夕《たなばた》の日は、誰もとく起て露とり初《そむ》るより、あるはことの葉をならべ、あるは古き歌を吟じて更《さら》に心を起し、あるはまた糸《いと》竹《たけ》をならし、酒にたはぶれ、舟に遊びて、あすにならん事をおしむ。

〔九三〕桐の葉は、やすくおちてあはれを告《つぐ》るさま、いづれの木よりもはやし。月のためには日比覆《ひごろおほ》へる窓・軒ばも晴《はれ》やかに見ゆ。

〔九四〕朝がほは、はかなき世のことはりをしらしめ、なさけしらぬ人すら、仏にむかふ心をおこせばしぼめる夕をこそ此《この》花の心とやいはむ。

〔九五〕萩のさかりは、野をわけ入《いり》てかひくるゝをもしらず。人の庭に有《あり》ては露ふく風に花をおもひ、かたぶく月に俤《おもかげ》をおしむ。又《また》花もやがてならんと見る比《ころ》の風情《ふぜい》こそいひしらずおかしけれ。愛する人のまれなるぞうらみには侍る。

〔九六〕荻は、むかしより風にしたしみて、そよぐの名あり。

〔九七〕薄《すすき》は、色〳〵の花もてる草の中にひとり立《たち》て、かたちつくろはず、かしこがらず、心なき人には風情《ふぜい》を隠し、心あらん人には風情を顕《あら》はす。只《ただ》その人の程〳〵に見ゆるなるべし。みの笠取《とり》もとめて行《ゆき》けん人の「晴間《はれま》まついのちの程もしらじ」といひけん道のこゝろざしは、かくおもひ入《いり》なんこそ有《あり》がたけれ。

〔九八〕女郎花《をみなへし》は、あさはかにながむる時はさのみもあらじ。よりそひてしばし心をうつしみれば、立《たち》のきがたし。たとへば、すげなき女の情《なさけ》ふかきがごとし。又《また》雨の後は物やおもふととはれ顔にうつぶき、あるは風に狂ひてくねりなんどしたるけしきは恨《うらむ》るに似たり。

〔九九〕中元の日は、蓮葉《はちすは》に飯《いひ》をもり、鯖《さば》といふいをに鯖さし入《いれ》て生《いき》る身をことぶき、親もたらぬ家には鼠尾草《みそはぎ》に水打《うち》そそぎ、こしかたの有増《あらまし》をおもひ出して千ゝ《ぢ》のあやまちを悔《くい》、或は万《よろ》づの恵みをしたひて袖さへぬるゝ折節《をりふし》、仏唱《とな》ふるよその夕《ゆふべ》もおもひやらる。

〔一〇〇〕次の夕《ゆふべ》は、火をもて霊《たま》送る、はかなし。山には大文字《だいもんじ》・妙法・舟やうの物、火をさしよする程はしばしこゝろもうき立侍《たちはべ》れど、かたちあらはしてやがて跡《あと》なく消《きゆ》るも又はかなき。

〔一〇一〕躍《をどり》は、かたちより心を狂はせ、心よりかたちにまよふ。わらんべの品《しな》よきには、闇《やみ》たどる親の、夜もすがら付《つき》まとひ、あるはあらをのこのさま〴〵に出立《いでたち》たる、けうとくもおかし。顔つゝみたれば誰ともしらず。見る人にたちよりて「我《われ》ぞと人に語りなせそ」とさゝやきなんどしたるは、しらせ顔にて又《また》おかし。あるは身もをしさげがたき女の、帯帷子《おびかたびら》など取出して、すがたを人におどらせ見るもやさし。

〔一〇二〕虫は、雨しめやかなる日、籬《まがき》のほとりにおろ〳〵鳴出《いで》たる、昼さへ物あはれなり。月の夜は月にほこり、闇の夜はやみにむもれず、あるは野ごしの風にをのれ〳〵が吹《ふき》送る声、いつ死ぬべしとも聞えねど、秋かぎる命の程ぞはかなき。つくねんとして夜も更《ふけ》、こゝろも沈《しづ》みて何にこぼるゝとはしらぬなみだぞおつる。

〔一〇三〕紅葉《もみぢ》の比《ころ》は、きのふの雨にけふの梢をおもひ、けふ又あすの時雨《しぐれ》をおもふ。時しも空定めなければかひ打《うち》晴て枝も葉も雫《しづく》だちたるに夕日こぼるゝ風情こそ、色ことにうるはしけれ。遥《はるか》に遠山をのぞめば、耳にかよはぬ鹿の声さへ心にうごきて、其里人《そのさとびと》の目をさましけん夜ゝの寝覚《ねざめ》をおもひ、あるは名にたてる山のあらしはげしき折ふしは、「あからめなせそ」といひけん筏士《いかだし》がつゞりの袖もいつしか錦にかはりて、をのが影さへ底にみゆらん。花は散《ちる》をいとへど、紅葉はちりてだにながめをのこす。

〔一〇四〕鴈《かり》は、ひとつ〳〵山こえて跡なく見果《はつ》る舟の上にて古郷《ふるさと》のかたに行《ゆき》ちがふ声、又番《つが》ひ〳〵ならびゆく中にはしたなる鳥のまじはりたる、いづくの網《あみ》にか身をうしなひけんと、妻の心ぞおもひやらる。

〔一〇五〕鹿は、角《つの》ありてそのかたちいかめしけれど、おそろしき名にもたゝず。あるは紅葉の林にたゝずみ、萩がもとの月にあこがれ、妻をこひ友をしたひて、秋のあはれを声につかねて鳴《なく》ものならし。賢き人の害をさけて友にしけんも、げにさもこそあらめ。又齢《よはひ》を延《のぶ》るためしは、蒼《あを》くしろく黒くなん色をかゆるときけば、鶴亀《つるかめ》のめでたき数にも類《たぐ》ふべしや。

〔一〇六〕菊は、霜か花かと見まがふ朝《あした》、まち得たる心地ぞする。にほひを万花のしりへにこぼし、風に傲《おご》り霜を睨《にら》みてをのれ顔なる風情、殿上《てんじやう》の庭に有《あり》ては富《とむ》るがごとく、民家《みんか》の園《その》にありてはひそめるがごとし。世人《せじん》これを愛してちまたに行《ゆき》かふさま、僧に一日の行脚《あんぎや》あり、俗に一日の旅行あり。それが中に鬢老《びんおい》たる人の目鏡《めがね》なんど顔にをしあてゝ、籬《まがき》のほとりのぞきまはるあり。わかやかなる人は嘲《あざけ》らめど、松柏《しようはく》の契りによせておぼふ。此《この》花ひとり年〳〵《としどし》にめづらしきかたちを咲出《さきいで》侍れば猶《なほ》いくばくの数つもりけんと、千世経《ちよふ》べき後《のち》の人のながめぞうらやまれ侍る。

〔一〇七〕神無月《かんなづき》は、春に似てうるはしく、花は、桜が枝にかへりて、俤《おもかげ》を見するとすれど、其色《そのいろ》打《うち》かはきて、さすがになやめるがごとし。夕陽《ゆふひ》はやくめぐり、夜たけなはにして、空行《ゆく》風枕にこたへ、木葉《このは》の雨軒にそぼちて、更《さら》に秋の寝ざめをうしなふ。

〔一〇八〕霜は、木草みな枯《から》せど、しろき事花にかはりて咲《さく》がごとし。あるはとしくれぬる人のかしらをおかして後《のち》の世のちかき事をしめし、あるは暁おしむきぬ〴〵には、しばし足跡をのこして形見ともなしけらし。又瓦《かはら》に置《おき》ては鬼の顔さへけはひぬれど、行《ゆき》つかぬさまぞおかし。

〔一〇九〕雪は、音なふして、夜もすがら降《ふる》ともしらず。常の心に朝戸をしひらけば、そこらみな白妙になりて木ゝの梢《こずゑ》を埋《うづ》み、あばらなる賤《しづ》が軒ばも風情《ふぜい》つきて、ふくら雀のつく〴〵とならびゐたる、ころもかしたき心地ぞする。又山〳〵を見渡しては旅行《ゆく》人のさぞなるらめとおもひやり、あるは岡野べの松の一むらより朝け夕食《ゆふけ》のけぶりの細く立《たち》のぼるも侘《わび》し。

〔一〇〕霰は、松にたまらず、竹に声もろく、地におちては米簸《ひ》るに似たれば、すゞめ・鶏《にはとり》なんどのまがへて觜《くちばし》を費しけるもわりなく見ゆ。消《きゆ》る事は露よりも猶すみやかなれば詠《なが》めも又ともにいそがし。

〔一一〕氷は、風寒き夜、水の面《おも》いつしかとぢて、日ごろの月の影も沈めず。朝な〳〵日影にうかめる魚のかしらを覆《おほ》ひ、かへる浪なきとながめけん志賀の礒辺《いそべ》の捨《すて》ぶねは繋《つな》がずして行《ゆく》事なく、あるは世を捨人《すてびと》の庵《いほり》には筧《かけひ》のをとも絶《たえ》〳〵《だえ》になりて、事たるほどもかよはず。柄杓《ひしやく》は桶《をけ》のうちにゐつきて、柄《え》を握《にぎ》れどもうごかず。あるはわらんべの瓶《かめ》より出《いだ》しもて遊びてはたゝく音かねのごとく、むかへばまた鏡のごとし。とかくして年もきのふにくるゝあした、厚きうすきためさるゝおほん恵みこそ有《あり》がたけれ。水無月朔日《みなづきついたち》はこれをはこびて、上《かみ》に奉るとなん。此例《このためし》は千世万代《ちよよろづよ》も消《きゆ》る事なく、めでたき氷なるらん。

〔一二〕千鳥の声は、沖にたゞよふ舟の中の旅人、恋路《こひぢ》にまよふひとり寝の枕、老《おい》たる人のいねがて、すべて耳にかよふ所、心〳〵に品《しな》かはりてあはれの数はおほかりけらし。しかのみならず、汐《しほ》のみち干《ひ》を告《つげ》ては、かの武士《もののふ》の誉《ほま》れをのこし、加茂《かも》のかはらの川風には夜たゞ声吹《ふき》流して、もろ人のねぶりを洗ひ、けふもくれぬる声のうちには、あすしらぬ身のはかなき事にもうつりやすく、黒谷山《くろだにやま》の念仏ぞしたはる。是《これ》なん夜毎《よごと》に人の心を殺してんかの鳥のおこせるならし。

〔一三〕火は、炉辺《ろへん》に春をまねきて、窓に鶯《うぐひす》の声なき事を恨み、独《ひと》り雨聞閨《きくねや》の中《うち》には、夜もすがら灰などせゝりて、やをら心の底をさがし、あるはかゞまる指を補《おぎな》ひては筆とりて更行《ふけゆく》鐘のおもひをのべ、あたゝめし衣の化《あだ》にさめにし心の奥など書《かき》つくしたるうさには、下にこがれしその比《ころ》ぞしたはる。又むつまじくみゆる物は、つま子取《とり》まはしたる火燵《こたつ》、あはれしらるゝものは、老《おい》たる人の火《ひ》桶《をけ》にもたれて何おもふらんと見ゆるの。

〔一四〕果《はて》の朔日《ついたち》は、子をもたぬ人だに、我もやがて臼《うす》にちなまんなど、ともに打《うち》いさみて隣《となり》の餅にことぶきいひかたらひ、妻なき人はむかへん事をおもひて、顔まだしらぬ子孫をしたふ。又《また》都のはづれ〳〵、此《この》日より姥《うば》らといふもの出《いで》て、門《かど》〳〵《かど》にさまよひ、声ざまのぎやう〳〵敷《しき》より、人の心も何くれとせはしくぞ覚ゆる。

〔一五〕節季候《せきぞろ》は、いつの世よりか初《はじま》りけん。実《げに》春秋のものとは見えぬかたちこそおかしけれ。手うちたゝきて拍子《ひやうし》よくそろひたるに、物などいそがしく荷《にな》ひて庭通りたる人に、間ぬけのしたるもかた腹いたき。

〔一六〕煤《すす》払ひは、人の顔みな埃《ほこり》におぼれて誰《たれ》とも更《さら》に見えわかねば、声をすがたに呼《よび》かはすもおかし。又置所《おきどころ》わすれて日比《ひごろ》たづぬれ共《ども》見えざりし物の出《いで》なんどしたるは、我《わが》物ながら拾ひたる心地ぞする。

〔二七〕餅突《もちつき》は、家〳〵に其《その》日をたがへず。けふはあすはと親しき人〳〵行《ゆき》かはして、とり〴〵賑《にぎは》ふ中に老《おい》たる女の例しり顔に下知《げぢ》なんどしたる家は、物こもりてみゆ。又おさなき人の柳が枝に餅むしりつけて、花と見るよろこびこそ其《その》むかし恋しくは侍れ。

〔二八〕としの内にも春たつといへば、日影もをのづから打《うち》のどめきて、口もほどけぬうぐひすのおろ〳〵鳴出《なきいづ》るぞ折知顔《をりしりがほ》にてやさし。人みなえ方に棚打《たなうち》わたし、くれ初《そむ》れば新しきかはらけならべて、灯《ともしび》にぎやかにかゝげたて、目にさへ見えぬ鬼にむかひて豆うつ人のつこど声出《いだ》せるにぞ、いづくかすみかなるらんとおぼゆ。又老《おい》らくのひとつ〳〵かぞふる豆の、手にさへあまる齢《よはひ》こそめでたけれ。門《かど》にはやくはらひといふもの〻よぶかたに立《たち》よりて、例のことぶき一口にいひながして又はしりまはる、心の内ぞせはしき。年もみなとに漕《こぎ》よする宝舟には、誰《たれ》も皆いねつみたる眠りのうちこそたのしけれ。

〔二九〕一とせもはやけふのみにくれよする日、世のわざしげき人すら爰《ここ》かしこはしりまどふさま、しれる人に行《ゆき》かふだに纔《わづか》に半面を笑らひて物さへいはず。心みな常の所にをかざれば、むかふる人に行《ゆき》あたりて、もてる物のそむけるをも弁《わきま》へずして、ひとつふたつ言《いひ》あへるもあり。又かたはらには、いかにしてわが足踏《ふみ》てんやとゞがめ出《いで》たるより、こと葉広がり、手をしまくり、いかりの〻しりなんどして、時のうつるをだにわする〻もけうとし。家〳〵に松竹植《まつたけうゑ》ならべ、しめ縄《なは》とりつけて、例のくさ〴〵かざりたるにぞ、事《こと》いそがしき中にもけしき立《だち》て春をそげにみゆ。又むつましきかぎりは大暮《おほぐれ》のことぶき行《ゆき》かはし、あるは又をけら求むる神の庭には、鈴ふる袖も実《げに》なまめかし。風のけしきも猶更過《なほさらすぐ》るに、化口《あだくち》いひあへる八坂《やさか》の奥こそむかしおぼえてそゞろにたうとく侍れ。手毎に火縄《ひなは》かひふりて、いさみもて帰るは、あすの竈《かまど》を賑《にぎは》しそめんとならし。人の往来《ゆきき》もや〻絶《たえ》〴〵《だえ》に、閨《ねや》のともし火《び》に枕うちかたぶけて、春秋のあらましをおもひかへし、又逢《あふ》べきけふにもあらじと、かぎりなく名残しらる〻折節、明《あけ》なば袖さ〻んとかさね置《おき》たる衣のにほやかなるにぞ、心もやがて花にはなりける。

旅

〔三〇〕門出《かどで》したらん日、行《ゆく》人・とゞまる人ともに打《うち》いさみぬれど、見送り見かへりなんどしたるは、心にかなふいのちならばと、相《あひ》おもふほどこそわりなけれ。住《すみ》なれし里の木立は行《ゆく》にまかせて梢《こずゑ》をかくし、跡しら雲の八重にかさなりては、めなれし山も埋《うづ》みぬれば、心へだつなとおもふばかりこそかなしけれ。春はもろ鳥の囀《さへづり》に物なつかしく、あるは遠山のしろく見ゆるをも雲か花かと心をつくし、夏は郭公《ほととぎす》の一声《ひとこゑ》に雲の行衛《ゆくゑ》をしたひ、あるは木陰に立休《たちやす》らひては汗吹《ふく》風に袂《たもと》をなぐさめ、清水ながる〻道の辺には心をすゞしめて時をうつす。秋は又《また》名もしらぬ草〻に花をむすびて、遠かりし野路《のち》沢辺《さはべ》をだにいつ行《ゆく》としもなくて過《すぎ》ぬ。あるは又夕日程《ほど》なくかたぶく時は、やどるべきかたもおぼつかなくて、野にゐる人に打《うち》むかひて道の程たづねなんどしたるに、遠くいひなしたるはにくし。時雨《しぐれ》の比《ころ》は笠の雫《しづく》も定《さだめ》なくて、日影ながらに身打《うち》ぬるゝこそうき物なれ。雪はなをつらくもふる物ながら、木〻の梢《こずゑ》しろ妙《たへ》になりぬる時は、吉野・初瀬のこしかたをおもひ出して旅の心を慰みけらし。昼の程はまぎるゝ事もおほかりけれど、なじみなき枕に夜〻の寝ざめをかぞへみれば、あるはきぬたの音、更《ふけ》行鐘《ゆくかね》、川の瀬のをと、千鳥の声、海ちかき屋《や》どの礒打浪《いそうつなみ》の声、風の気色《けしき》も更《ふけ》て行鴈《ゆくかり》がね、雨しめやかなる軒の雫、かたすみにて綿つむぐ音、上手に申《まうす》念仏の音声《おんじやう》、さも侘《わび》しげなる犬の長吠《ながぼえ》、はる〴〵来てはやどりかはらぬ空の星さへ影あはれにおぼえ、何につけても古郷《ふるさと》の便《たより》のみおぼつかなくて、人やりならぬ道をうらむる折ふし、我国人《わがくにびと》のかへるにあひては文たのまんと筆とりたれど、またせて時うつすべくもあらねば、心の程あらましにも書《かき》とりがたくて、物にもなやまで爰《ここ》までは来ぬるとばかりかひしたゝめて、やがて又わかれ行《ゆく》こそほいなけれ。なを行〳〵《ゆきゆき》て心あてなる国に入《いり》ては、きのふけふうゐ〳〵しかりしも、人の心に鬼なければ、いつしかなじみ付《つき》て、おもしろき事、おかしき事にふれては、人なみに興を催すにも、古郷《ふるさと》の事のみ心の底に有《あり》ければ、慰《なぐさ》むわざもみじかく尽《つき》ぬ。又かへるさにをもむきては、ひと日〳〵国のちかくなるにまかせてなをとけしなきに、道をそき馬やとひたる程腹だゝしき物はあらじ。やう〳〵かへり着《つき》なんとしける日、我岡《わがをか》のべの木立なんど見え初《そむ》るこそうれしけれ。笠破れ杖《つゑ》みじかく、色さへ黒ふおも痩《やせ》、麻の小衣《こぎぬ》うちしほれたるに、つま子出《いで》むかひてことぶきいひあへる中に、なみだぐみなんどしたるは、いつかはとおもひしだにまち得たるうれしさ、あるはうからん旅のあらましなどをしはかりての心ならめ。「童僕《どうぼく》よろこびむかへ、稚子《ちし》門にまつ」といひけん心の程は、国こそかはれ、しばしが内は夜〻の寝覚も旅のこゝちにまどひぬるを、窓・天井《てんじやう》より心づきては我《わが》宿なりとおぼゆる程にぞ有《あり》ける。又悔《くや》しかりしは、日ごろしたひたる名どころだに、或《ある》時は雨にさへられ、あるは日うちかたぶきて泊りをいそぎ、帰《かへる》さにはかならず立《たち》よらんとおもひて過《すぎ》ぬるをも古郷《ふるさと》のかたに打《うち》むきては一足をだに費しがたくて、又来《く》べき折もあらめと見残したりしも、終《つひ》に行《ゆく》べきよすがもなくてとしふりなんどしたる後《のち》の心こそ口惜《くちをし》けれ。

恋

〔一三〕心は法界《ほふかい》にして無量《むりやう》なる物ながら、一念《いちねん》まよふ所は大河の水の纔《わづか》なる塵《ちり》によどむがごとし。さればまだみぬ人をも風の便《たより》に聞《きき》しより、などや忘れがたく思ひ、或《ある》は筆のかたちを見ては、やさしからん心をしたひ、あるは芦垣《あしがき》のまぢかきあたりに休らふ折《をり》ふし、きよらかなる物ごしを聞《きき》ては、水などこひよりてすがた見むよすがを求め、あるは又道行《またみちゆき》ぶりにしとみ格子のうちより顔さし出したるを見ては、ほとりの家に立よりて商《あきな》ふ物の価《あたひ》なんど尋《たづね》て、よそながらかの家の名をとひて過《すぐ》るもあり。あるは花見る比《ころ》ほひ、あるは又神に仏に詣《まうで》めく日、色よき女の出立《いでたち》たる中に、かりそめにおもひかけては添《そひ》よるべき便《たより》もがなと思ふ折ふし、俄《にはか》なる村雨《むらさめ》なんどしければ、傘《かさ》のやどりをもてより、あるは又火《ひ》縄《なは》だつ物さし出《いだ》してうつしもらひ、或《ある》は近きかたの道をしへなんどしたるも、こゝろづくしのはしなりけらし。それが中にうしろすがた人にすぐれたるを見て、爰《ここ》かしこつきまとひたるに、行《ゆき》ぬけてたちむかひたれば、すがたには似つかぬ顔に興さまして立のきたるもおかし。あるは又いはぬおもひにこがるゝ身の、人なみに交《まじは》りなして折《をり》まつ程の久しきにも、何かに詞《ことば》うつりて、われおもふとはしり顔なるもうれし。又《また》片陰にて紙の皺《しわ》をしのばして、しのびやかによみなんどしたる風情《ふぜい》は、まるめて捨置《すておき》たる文《ふみ》のおぼえもうれし。あるは心にあまるおもひにふしては、仏たのみ神に申《まうし》て打祈《うちいの》るさま、人にむかひては中〳〵《なかなか》えもいはれぬまでを、物いはせ給はねばとて心の底うちあかしたるも、をろかにておかし。又《また》人しれぬ通《かよ》ひ路《ぢ》には、犬さへあやしめて、宵〳〵《よひよひ》毎《ごと》に胸さはがしく、打《うち》もころしつべしといひけむ何がしが文もおもひあたれど、喰《くら》ふ物こかしやりて、尾をふるまでに飼《かひ》つけなし、あるはけにくき関守に物あたへなんどしたる心づかひこそいそがしけれ。誰《たれ》とはしらぬ人の、例の時をもたがへずや、竹吹《ふき》てとをりたるは、今《こ》宵《よひ》もまたあくがれ来ぬるとしらせ顔なるしのび音《ね》ならん。鴫《しぎ》の羽《はね》がきとよみけんにも、おもひたぐへてやさし。星のあゆみもはるかにかたぶき、空吹《ふく》風も音さびわたりて、籬《まがき》のほとりに立休《たちやす》らふ程、よその軒《いびき》も聞《きこ》ゆる比《ころ》ほひ、ねやふかくしのびやかにきぬのをとなひしければ、それぞと心もそゞろなるに、いかに久しく待《まち》ぬるやと袂引《たもとひき》ゆく手も打《うち》ふるひ、ねりの村戸をさぐり〳〵て身を横ざまにひそめ入ては、音せぬまでに跡さしよせ、物さへいはでため息したるも、心あまりてうれし。寝てこそとけめと枕打《うち》かたぶけしに、灯《ともしび》遠く置《おき》たれば顔ばせのほのかに見えて、さしむかひながら床《ゆか》しき心ちぞする。とし月つれなかりつるこゝろづくしなど、うらみまじへてかたりたれば、いつはりおほき人の数にやあらんと思へど、いつの文より心ひかれてとばかり顔うちあかめたるも、こと葉おほきにはまさりておぼゆ。恥《はぢ》らふさまも、などやうちとけ顔に見ゆれば、心にもたぬ人のうはさなんどいひたはぶれたるに、息みじかくかよへど上にも見せず、腹たて初《そむ》るよそひこそうれしけれ。あるは又ちかきあたりなる女をこひて、文かよはしけるに、「いつの夕《ゆふべ》かならず」と聞《きこ》えしより指の数さへ心ひとつにくれかねて、空打《うち》ながむる折節は雨くだすなとたのみをかけ、あふ夜まつ心の程は人こそしらね、やゝその夕《ゆふべ》になりては入《いり》相《あひ》の鐘につねのあはれもなくていさましく、ふたつみつ蛍とびかふ宵闇《よひやみ》には、つたひ来《こ》ん君がもすそのあかりせよなど、あらぬ事のみ思ひあつめてまつ心こそたのしけれ。千世《ちよ》をひと夜とかはす枕はまだ宵《よひ》ながら、こと葉のこりてあけぼのいそぐ鳥、鐘の声におどろかされて、又いつかはといひし名残もむせるばかりに起《おき》わかれては沓《くつ》にしかるゝ草引《ひき》おこし、そむける籬《まがき》をつくろひなして、ゆく影うしなふ窓の内には髪の香《か》残る枕ひとつこそかた見なれ。又寝《またね》の夢の覚《さむ》る朝は、何につけても心そまねば、野に出《いで》ては山うちながめ、川のほとりにかひつくばうては水の行衛《ゆくゑ》も物なつかしくそゞろめきたる風情《ふぜい》、ながれにうつりて我《わが》影ながらすごく見ゆるも浅まし。あるは又ちぎり深かりし中だによそに心のうつりなんどしたるは、舟・車にもつまれぬばかり腹だゝしきにも、おもひつくせし事のみかぞへてこゝろひとつのむかし恋しき我《わが》ねやのうちこそ侘《わび》しけれ。

祝

〔一三〕それやまと歌は、天地《あめつち》ひらけ初《そめ》しより、地の花の天にはじまり、天の月の地にすめる天地和合の大道、たゞちに詞《ことば》となりて、神を貴《たふと》み、君をあがめ、世を治め、身をおさむる道とはなりけらし。春は先《まづ》梅かざすより、桃の雫の盃《さかづき》にしたゝり、あやめふく軒《のき》にはのぼり・甲《かぶと》なんどを立《たて》ならべてよこしまの気をしりぞけ、菊の白露《しらつゆ》は淵となるらんいく世のすゑまでをいひことぶき、一陽来《いちやうきた》りかへる比《ころ》にはおさなき人の髪を置そめ、袴着初《はかまきぞめ》なんどして神に詣《けい》せんとて出《いで》たちたるを、老たる人の杖《つゑ》に肱《ひぢ》かけて見送りゐたる心の内こそたのもしけれ。四海浪《しかいなみ》しづかにして、橋わたさぬ道もなければ、往来《ゆきき》に足をだにぬらさず。かくおほん恵みふかく治る国のためしには、民《たみ》くさ打《うち》うるほひて、俳諧の連《つら》ね歌をつらね、なを万歳をうたひて、人皆鶴亀《つるかめ》の齢《よはひ》をしたふ。かゝる御代こそあふぐべけれ。

山中三吟評語

天保十年(一八三九)八月序、金沢の俳人可大編『やまなかしう(山中集)』に、北枝の筆記の伝来しているものとして収録。『卯辰集』「馬かりて」歌仙の付合についての芭蕉の評語をとどめ、初案や推敲過程の窺われる貴重な資料である。松宇文庫蔵本を底本にした。

曾良餞
翁直しの一巻

北枝

馬かりて燕追行別れかな

花野＼に高き岩＼のまがりめ　曾良

「みだるゝ山」と直し給ふ。

＼月はるゝ角力に袴踏ぬぎて　翁

「月よしと」案じかへ給ふ。

鞘ばしりしを＼友のとめけり　枝

「とも」の字おもしとて、「やがて」と直る

青淵に獺の飛こむ水の音　良

「二三疋」と直し玉ひ、暫ありて、もとの「青淵」しかるべしと有し。

柴かりこかす峰のさゝ道　翁

「たどる」とも、「かよふ」とも案じ給ひしが、「こかす」にきはまる。

＼松ふかきひだりの山は菅の寺　枝

「柴かりこかす」のうつり上五文字、「霰降る」と有べしと仰られき。

〽役者四五人田舎わたらひ　良

「遊女」と直し。

〽こしはりに恋しき君が名もありて　翁

「落書に」と直し給ふ。

髪はそらねど魚くはぬなり　枝

前句に心ありて感心なりと称し玉ふ。

蓮のいととるもなか〱罪ふかき　良

さもあるべし、曾良はかくの処を得たりと称し玉ふ。

〽四五代貧をつたへたる門　翁

「先祖の」と直し玉ふ。

〽宵月に祭りの上代かたくなし　枝

「有明」と直。

露まづはらふ猟の弓竹　良

秋風はものいはぬ子もなみだにて　翁

我、此句は秀一なりと申ければ、各にも劣らぬ句有と挨拶し玉ふ。

しろきたもとのつゞく葬礼　枝

花の香〽に奈良の都の町作り　良

「はふるき」と直し給ふ。

春をのこせる玄仍の箱　翁

長閑さやしらゝ難波の〽貝多し　枝

「貝づくし」と直る。

銀の小鍋にいだす芹焼　良

手枕〽におもふ事なき身なりけり　翁

手まくらに軒の玉水詠め侘　仝

てまくら移りよし。汝も案ずべしと有けるゆへ

手枕もよだれつたふてめざめぬる　枝

てまくらに竹吹わたる夕間暮　仝

手まくらにしとねのほこり打払ひ　翁

ときはまりはべる。

うつくしかれと覗く覆面　枝

つき小袖薫うりの古風也　翁

此句に次四五句つきて、しとねに小袖気味よからずながら直しがたしとて、其儘におき玉ふ。

非蔵人なるひとのきく畠　仝

我、此句は三句のわたりゆへ、向へて附玉ふにやと申ければ、うなづき玉ふ。

鳴ふたつ台にのせてもさびしさよ　枝

はこびよろしと称し給ふ。

あはれに作る三日月の脇　仝

かくなる句もあるべしとぞ。

初発心草のまくらに旅寝して　翁

かゝる句は巻ごとにあるものなりと笑ひ玉ふ。

小畑もちかし伊勢の神風　仝

疱瘡は桑名日永もはやり過　枝

対などはかくありたしと称したまふ。

ひと雨ごとに枇杷つはる也　仝

「雨はれくもる」と直る。

細ながき仙女の姿たをやかに　翁

我感心しければ、翁も微笑し給ふ。

あかねをしぼる水のしら波　仝

仲綱が宇治の網代とうち詠め　枝

此句も、一巻のかざりなりと笑ひたまふ。

寺に使をたてる口上　仝

鐘ついてあそばん花の散かゝる　翁

「ちらばちれ」と案じ侍れど風流なしとぞ。

酔狂人と弥生くれ行　仝

其人の風情をのべたるなり、されど挙句は心得あるべしとしめし玉ふ。

三都対照俳壇史年表

本稿は、元禄年間を中心としてその前後、貞享元年から宝永四年までの江戸・京都・大坂三都の俳壇の動静を対照させて編んだものである。

「備考」の項には、政治・文化史の上で俳壇史に関係深い事柄や三都以外の重要な俳壇史的事項を記した。俳事には○、それ以外には◇を付した。

本文中で触れ得なかった俳書は、各年の末尾に▽を付して列記した。書名のうち、『誹諧書籍目録』他に載るも伝本不明のものには＊を付した。なお、角書はおおむね省略した。刊年は推定によったものも一々注しなかった。

雑俳書には☆を付した。なお、大坂の雑俳書にある改題本は挙げなかった。

本稿をなすにあたっては、大内初夫『芭蕉と蕉門の研究』(昭和四三年、桜楓社)、同『近世九州俳壇史の研究』(昭和五八年、九州大学出版会)、石川真弘『蕉門俳人年譜集』(昭和五七年、前田書店)、雲英末雄「元禄京都俳壇史年表」(『元禄京都俳壇研究』昭和六〇年、勉誠社)、白石悌三・石川八朗「元禄期江戸俳壇史年表稿」(『近世文芸資料と考証』10、昭和五三年二月)を始め、多くの先学の業績を参照させていただいた。

この年表の作成には、櫻井武次郎(大坂・備考の項)、佐藤勝明(江戸・京都の項)が携わった。

年	江戸	京都	大坂	備考
天和四年 貞享元年 甲子(一六八四) ＝二月二一日改元	○二月一五日、其角が京に向けて出立(焦尾琴他)。 ○春、子英が万句を興行か(花時鳥)。 ○六月、風瀑が伊勢に帰郷。芭蕉の来訪を受け、一〇月に帰江。 ○八月中旬、芭蕉は千里と「野ざらし」の旅に出立。 ○九月、其角が帰江し、暫く病に伏す。 ○冬、嵐雪・破笠が其角宅に寄寓。 ○調和が甲州市川の調実を訪ね両吟歌仙を興行したのはこの冬か(白根嶽)。 ▽子英『花時鳥』(六月日奥)。	○この頃、京都俳壇に極端に晦渋な漢詩文調が流行(五百韻三歌仙)。 ○晩春頃、其角が上京(焦尾琴)。伏見の任口を訪ね(桃のしづく)、涼及・湖春と表六句を巻き(類柑子)、仁和寺にも赴く(続虚栗)。 ○四月一三日、季吟は「一夜庵再興賛」を草し、前年の新玉津島移住後は俳諧の月次を息湖春に任せた旨を記す。 ○六月一九日、其角は千春と鞍馬の竹伐を見物(続虚栗)。夏、信徳・只丸・虚中・千春との五吟歌仙五巻、友静・春澄・千之を加えた八吟世吉一巻を興行し、『蠹集』(中元日序)と題し寺田重徳から上梓。 ○夏、言水が出羽・佐渡に赴き、冬までに帰洛(稲莚)。 ○夏から秋の頃、其角は初めて去来と対面し(伊勢紀行・跋)、自悦を訪問(新山家)。 ▽如雲『五百韻三歌仙』(初節ノ日自序)。	○三月二七日、来山は有馬入湯中の鬼貫を訪問し、四月一日までに百韻を満尾(続七車)。 ○四月、三千風が来坂、一水主催で西鶴・来山・益友・轍士らと百韻興行、その後、長崎に向かう(日本行脚文集)。 ○この頃、阿波の鉤寂が在坂(同右)。 ○六月五日、西鶴が摂津住吉の神前で一日一夜二万三千五百句独吟をなし、二万翁と称す。其角が来坂し後見役を勤める(うちや孫四宛西鶴書簡他)。 ○八月、豊後日田の西国の『俳諧引導集』が大坂深江屋太郎兵衛から上梓。 ○河内石川郡には延宝頃まで俳諧をする者がなかったが、この頃からようやく俳諧が流行するようになったという(河内屋可正旧記)。 ▽西鶴『古今俳諧女歌仙』。▽鬼貫『*有馬日書』(九月二八日跋)。▽青人・猿風・鬼貫『かやうに候ものは青人猿風鬼貫にて候』。	◇二月、河村瑞軒、淀川下流の治水工事に着手、翌年一二月に完成。 ◇二月、竹本義太夫、大坂竹本座を創立。 ◇四月、江戸市中に出版取締令を公布。 ◇九月初め、帰郷の途に就いた芭蕉は、大和・山城・近江を経て大垣の木因宅に入り、名古屋に出て『冬の日』歌仙を興行、郷里伊賀上野で越年(野ざらし紀行)。荷兮『冬の日』の刊行は翌年であろう。 ◇一〇月、貞享暦に改める。 ◇一二月、渋川春海、幕府天文方となる。
貞享二年	○一月三日、鎌倉円覚寺大顛和尚幻吁	○前年末かこの年初め、言水が京に定		◇一月、深川八幡

乙丑(一六八五)

没(57)。京の自悦より追悼吟あり(新山家)。
○一月七日、才丸(才麿)は清風『稲莚』の序に「味さらに淡し」と記す。一晶もこの年から連歌体が流行したことを指摘(丁卯集)。
○二月、嵐雪は主君井上相模守に随い越後高田に赴き、五月下旬に帰江。再び高田に赴いて越年(胡塞記)。
○四月二一日、風瀑は京の信徳を迎え其角・一晶らと一二吟百韻興行。同じ頃、信徳・一晶らとの八吟五十韻、其角・信徳との三吟歌仙も興行し、『一楼賦』(夏自序)を上梓。
○四月末、芭蕉が帰江。
○五月三日、其角は枳風と箱根木賀温泉の文鱗旅亭を訪ね湯治。文鱗と鎌倉円覚寺に赴き大顚和尚の位牌を拝し帰江(新山家)。
○六月二日、芭蕉は小石川に出羽尾花沢の清風を迎え、嵐雪・其角・才麿・コ斎・素堂と古式百韻興行(芭蕉翁古式之俳諧)。

住。
○二月、隼士常辰没。
○春、芭蕉が入京。鳴滝の秋風別墅に約半月滞在し(竹人全伝)、伏見の任口に会う(野ざらし紀行)。
○三月初め頃、信徳が江戸に向け出立(一楼賦)。
○四月中旬、備前の定直が如泉を訪ね俳諧興行(卯月まで)。
○地誌『京羽二重』(九月刊)に「俳諧師」として湖春・季吟・西武・梅盛・貞恕・高政・如泉・信徳・随流・常牧・似船・言水の住所が掲載。
○秋、摂津桜塚の西吟が上京。新玉津島の季吟、六条道場の如泉らを訪ね俳諧興行(庵桜)。
○この頃、去来は嵯峨に別墅を持つ(落柿舎記他)。

○三月二八日、宗因三回忌に由平・旨恕・益翁・惟中・幽山・似春の追悼句あり(三回忌俳諧)。
○七月、幾音が高松で三千風に会す(日本行脚文集)。

社で江戸相撲再興。
◇二月、京の宇治加賀掾が大坂道頓堀で竹本義太夫と対抗し、西鶴作の浄瑠璃『暦』を語る。三月、上演中の出火で興行中止、帰京。
○長崎で越年した三千風は、二月末に出立、筑紫から山陽筋・四国を巡り、大坂を経て故郷射和で越年。
○三月、大津で尚白・千那・青亜が芭蕉の門に入る。
◇七月一四日、将軍の通行路上に犬猫を放すことは構わない旨の布告。
○八月一九日、杜国、空米売買の罪で名古屋を追放、三河の畠村に蟄居、のち保美村に移る。
○九月一九日、内藤風虎、領国磐城

年	江戸	京都	大坂	備考
	○秋頃、曾良が深川五間堀に移住。▽調和『一星』(臘月序)。	▽維舟門人『*磯馴松』(冬十一月)。▽貞恕『新玉海集』(極月下浣跋)。	○この年、鬼貫が大坂に出て学問に励む(庵桜)。○この年か翌年、河内千塚村の蓮花を清書所として如林点三句付一巻興行。▽豊流『天王寺名所彼岸桜』。	平で没(67)。◇九月二六日、江戸で山鹿素行没(64)。▽清風『稲莚』(人日序)。▽調実『白根嶽』(初陽自序)。▽一有『あけ鴉』。
貞享三年 丙寅(一六八六)	○芭蕉は後にこの年を「俳諧の替り目」と認識(槃埘宛杉風書簡)。○一月、其角は初の歳旦帖を刊行し(貞享三ッ物)、立机披露に芭蕉・不卜・千春らと一七吟百韻興行(丙寅初懐紙)。芭蕉は前半に評注を加える。○三月二〇日、出羽の清風は芭蕉・其角らと六吟半歌仙を興行し、閏三月一四日帰江の嵐雪を加え歌仙満尾。才麿・調和・立志とも各両吟歌仙を、其角とは両吟一二句を興行し(一橋)、上京。○閏三月一二日、風瀑が帰国のため一晶同道で出立、これに先立ち芭蕉庵と虚洞亭で送別の俳諧興行(丙寅紀行)。○閏三月、仙化は芭蕉庵で催した衆議判の二〇番蛙句合を『蛙合』と題し刊行。○七月三日、鬼貫が大坂より下向。出	○春、三千風が郷里射和より上京。三月一四日、京を出立し東山道に赴く(日本行脚文集)。○閏三月一〇日付去来宛芭蕉書簡を携え、江戸の一晶が老母見舞のため上京。在京中、清風と両吟歌仙興行(一橋)。○春の末、信徳は伊勢帰省中の風瀑に発句を送り、風瀑の脇を得て以下を一晶との両吟で歌仙満尾(丙寅紀行)。一晶は六月に伊勢の風瀑を訪ねて帰江。六月中旬、風瀑は『丙寅紀行』を上梓。○晩春頃、清風が上京。如泉・湖春・言水・仙庵・信徳・素雲と七吟百韻、信徳・仙庵と三吟歌仙、湖春・言水・仙庵と各両吟歌仙を興行し、其角との一二句を仙庵・言水と各両吟で継ぎ歌仙満尾。江戸・京での俳交をまとめた『俳諧一橋』(九月初六の日序)を井筒屋より刊行。	○三月二〇日過ぎ、帰郷していた鬼貫を誘って百丸が桜塚の西吟を訪れる(庵桜)。○閏三月一九日、立以没(61)。○初夏、伊丹野々宮神社再建祝賀の「一日万句誹諧奉納」に鬼貫も参加。○五月一九日、宗岑(旨恕)・明栄らで百韻連歌興行(連歌千七百韻集)。○六月二五日、鬼貫は丹波園部の城主小出伊勢守家に出仕の話が生じ大坂を発って江戸に向かう(藤原宗邇伝)。○七月三〇日、鸞動没(22)。	◇二月、近松門左衛門『出世景清』初演。◇二月上旬、西鶴『好色五人女』刊。○三千風は、京都を出たあと、東山道を経て、四月一二日に江戸着、その後仙台に至り、越年(日本行脚文集)。◇六月三日、大坂

	仕の話はまとまらないまま越年(藤原宗邇伝)。 ○八月一五日、芭蕉庵で観月会が催され、其角・仙化らが参加(雑談集)。 ○冬、去来が下向し越年。其角・嵐雪と表六句興行(いつを昔)。 ▽不卜『丙寅之歳旦』。▽其角『新山家』。	○四月一三日、伏見西岸寺任口没(81)。 ○八月下旬、去来は妹千子と伊勢に旅行。その『伊勢紀行』草稿を芭蕉に送り批評を乞う。 ▽井筒屋『貞享三ッ物』。	○この頃から青流(祇空)と来山の交渉があるか(木の葉ごま)。 ▽西吟『庵桜』(三月下旬奥)。	で下河辺長流没(60)。 ◇六月中旬、西鶴『好色一代女』刊。 ▽荷兮『春の日』(仲秋下浣奥)。
貞享四年 丁卯(一六八七)	○春、沾徳が素堂の後援で立机、万句を興行か(沾徳随筆)。 ○二月、去来は其角・嵐雪に伴われて芭蕉と対面し、四吟歌仙興行(梅の草紙)。 ○不卜が琴風・峡水・扇雪と鹿島に遊んだのはこの春か(続虚栗)。 ○四月八日、三千風が仙台から江戸に着き素柳亭に滞在。二一日、帰国のため出立(日本行脚文集)。 ○五月二一日、鬼貫は筑後三池侯への出仕が決まり、二四日に江戸を発つ(藤原宗邇伝)。 ○七月五日、調和が月並五句付興行を始め、不卜・不角・琴風らが参加。翌秋より岩翁・無倫・艶士らも参加。一晶も前句寄相撲興行を開始。 ○八月一四日、芭蕉は曾良・宗波と鹿島の月見に出発。帰途は行徳の自準(似春)亭に滞在。二五日までに「鹿島詣」を記す。	○春、常牧が常矩七回忌追善千句を興行(万歳楽)。 ○三月中旬、言水が独吟歌仙を興行し、京都移住後の初撰集『京日記』に収める。 ○春、素堂が上京か。 ○四月二五日、季吟が伊勢参宮に出発。六月六日に帰洛(季吟伊勢紀行)。 ○五月、去来が江戸より帰洛。 ○六月三日、鬼貫が江戸から京に着く(藤原宗邇伝)。 ○六月二一日、七月二一日、八月一一日、言水・湖春・如泉・我黒・信徳・和及・仙庵らが中心となり一三吟ないし一四吟の各百韻一巻を興行し、九月五日、『三月物』と題し刊行。 ▽信房『*茄子喰さし』(六月日)。	○三月一八日、旨恕が『松門亭万句』を明石人丸神社に奉納。 ○四月、団水が西沢貞陳の依頼で『武道一覧』を神保氏入道の名で編み、五月刊。この頃までに団水は京に移住(正月揃)。 ○三池侯に仕官の決まった鬼貫は、京を経て六月一六日に大坂着(藤原宗邇伝)。鬼貫は春にも帰坂していたか(大悟物狂)。	◇一月、「生類憐れみ令」。 ◇西鶴『本朝二十不孝』(孟陬日自序)刊。 ○春、木因が剃髪。 ◇三月二一日、東山天皇践祚。

年	江戸	京都	大坂	備考
	○一〇月二五日、芭蕉は「笈の小文」の旅に出発。九月、露沾邸で餞別七吟歌仙(伊賀餞別)、一〇月一一日、其角亭で送別一一吟世吉(続虚栗)を興行。諸家餞別吟を『伊賀餞別』にまとめる。○素堂は其角『続虚栗』(霜月仲三日刊)の序で景気の句の流行を指摘。○『江戸鹿子』(仲冬日跋)に「俳諧師」として雪柴・芭蕉・一晶・不卜・其角・才麿・調和・林中子・幸入・幽山・露言が登載。○この年か翌年の一一月二〇日頃、摂津の西吟が下向。蘭舟の江戸邸に滞在し、一晶・蘭舟と三吟百韻、才麿・嵐雪・一晶と各両吟歌仙を興行(寝覚廿日)。其角の餞別吟を得、一二月一〇日、帰国のため出立。▽羊素『浮月』(六月日奥)。▽一晶『丁卯集』。		○冬、鬼貫は三池に赴いたか。○この年、西吟の東下があったか(寝覚廿日)。翌年とも。▽鸞動遺稿『野梅集』(蘭秋下旬奥)。▽西吟『寝覚廿日』(翌年の刊とも)。	◇一〇月、熊沢蕃山が幕府の忌諱に触れ、下総古河で禁固を命ぜられる。○上方への旅に発った芭蕉は、一一月四日に鳴海の知足宅に着き、名古屋を経て、一二月末に伊賀上野に帰り越年(笈の小文)。○一二月、大津の青亜没。▽尚白『孤松』(三月刊)。
貞享五年 **元禄元年** 戊辰(一六八八) =九月三〇日改元	○一月、嵐雪が初の歳旦帖を刊行。さらに、所収の三物を三歌仙に満尾し、立机披露の『若水』を刊行。○二・三月、不卜は調和・不角・才麿・其角らと歌仙五巻を興行。素堂・調和・湖春・芭蕉に判を乞うた四季句合とともに『続の原』(きさらぎいやおひ月自序)に収める。○春、路通が下向し、芭蕉庵の長屋続	○四月二三日、芭蕉が京に入る。五月上旬まで在京し雲竹や去来を訪問。その後、岐阜・名古屋等を行脚し、信州更科の月を賞して江戸に向かう。○五月一五日、去来妹千子没。去来が追悼句を詠み、芭蕉も美濃より追悼句を寄せる。	○惟中とその門下の漢詩集『戊辰試毫』(稔孟陬吉日序)刊。○三月一九日、芭蕉は杜国を伴って伊賀上野から吉野行脚に出、高野山・和歌浦・奈良を経て四月一二日に河内に入り誉田八幡に宿泊、翌日に道明寺・藤井寺と見巡り大坂八軒屋の久左衛門方を宿とし大坂住の旧知の一笑亭で杜国と三吟の俳諧を二四句までなすなど	◇一月、西鶴『日本永代蔵』刊。◇二月、西鶴『武家義理物語』刊。◇二月一日、鶴屋の屋号と鶴の紋を禁止。○三月、土芳が致仕し、蓑虫庵に入

きに仮寓（返店の文）。
○七月二一日、コ斎没。
○八月下旬、芭蕉が越人を伴い帰江。九月一〇日、杉風らは歓迎の八吟半歌仙を興行（かしま紀行）。越人は其角・嵐雪とも各両吟歌仙興行（あら野）。
○九月九・一〇日、素堂が菊見の宴を催す。其角はその直後に西上。
○九月一三日、芭蕉庵で月見の宴があり、素堂・杉風らが参加。同じ頃、芭蕉は越人と両吟歌仙を巻き（あら野）、苔翠亭で七吟半歌仙興行（柱暦）。越人は一〇月中に江戸を去る（庭竈集）。
○秋、立吟が松島遊覧。帰江後、立志との両吟半歌仙を須賀川の等躬に送り、等躬・何云で歌仙満尾（葱摺）。
○一二月一七日、芭蕉庵に依々・苔翠・泥芹・夕菊・友五・曾良・路通が集い、「深川八貧」成る。この頃、同様の連衆で連句数巻興行（幽蘭集他）。
○一二月中旬、其角が帰江。
▽嵐雪『つちのえ辰のとし歳旦』。▽其角『戊たつ歳旦』。

○八月、丈草が犬山藩を致仕。出家遁世後に上京して深草に居し、去来と知り合う（竜ヶ丘）。
○一〇月、上京中の其角が如泉・我黒・信徳・湖春らと九吟百韻興行（新三百韻）。好春・三ヶと三物興行（新花鳥）、季吟亭で歌書の講義を受ける（自筆年譜）。二〇日、去来を訪ね凡兆らと嵯峨野を吟行（いつを昔）。歳暮には嵯峨で去来と鉢叩きを聞く（鉢扣キの辞）。
○常牧は常矩編『ねざめ』の形式を襲い門人と六吟世吉六巻を興行し、『遠あるき』（臘月下の日序）と題し刊行。
○この年、言水は『*若狭千句』に跋を寄せる。
○この年、服部定清没か（新行事板）。
▽井筒屋『貞享五年歳旦集』。▽貝原好古著損軒刪補『日本歳時記』（三月上澣刊）。▽団水『*俳諧未曾有格』（八月）。▽蛭子『四季題林後集』（長陽下浣日奥）。▽順也『五節句』（戊辰自序）。

して一九日に出立、須磨・明石に赴き、二一日に箕面滝・勝尾寺などを見ながら山崎街道を京に向かう（惣七宛芭蕉書簡他）。
○貞享元年からこの年夏までの間に堺の元順没。
○一〇月二〇日から一一月二日までの間に其角が鑓屋町の西鶴を訪ねる（名残の友・其角十七回）。
○冬、鞭士が西鶴を誘い八尾へ行く。
○一一月二七日、三田浄久没（81）。
▽千嶋『大坂辰歳旦物寄』。▽季範『*浮草』（如月一五日）。▽西吟『*難波桜』（二月中旬）。▽西吟『*やよひ山』（三月尽）。▽定明『*蕣賓録』（皐月下浣）。▽西吟『*塩味集』。▽椿子『*はるさめ』。

る。
○六月、惟然が岐阜で芭蕉の門に入るか。
○七月二日、鶴来の楚常没（26）。追悼集（原題不明）成る。
○一二月六日、金沢の一笑没（36）。

元禄二年 己巳（一六八九）

○二月七日、芭蕉は大垣の嗒山の旅亭で曾良・此筋・嵐蘭・嵐竹・北鯤と七吟歌仙興行。
○二月下旬、路通は「返店の文」を草し、伊豆へ向かう。
○三月三日、調和は心水・不角・無倫

○この頃、俳壇に景気の句が流行（誹諧番匠童）。
○一月二〇日、大村可全没（54）。
○『京羽二重織留』（正月刊）「諸芸会日」の「俳諧之会」の項に言水・如泉・湖春・我黒・良詮の月次と万句の日が掲

○惟中の歳旦漢詩集『己巳試穎』刊。
○この年頃、素竜は浪人して阿波から大坂に移り住む。

年	江戸	京都	大坂	備考
	と四吟半歌仙を興行。須賀川の等躬はこれを乞い受け、何云・廬桂・素蘭と四吟で歌仙満尾(葱摺)。 ○三月二七日、芭蕉は深川を出船し、曾良同伴の奥羽・北陸行脚に赴く。 ○七月一八日、才麿が伊勢参宮。九月一五日、再び参宮して芭蕉・信徳らと会い、京に向かう。 ○七月、宗無が伊賀から下向か。 ○八月三日、杉風は友五・蒼波と隅田川に遊び、「角田川紀行」を草す(雪江草)。 ○一一月八日、曾良が帰江。 ○一二月二〇日、季吟・湖春が幕府歌学所出仕のため京より移住。 ○不角著『江戸惣鹿子』(八月日自序)に「俳諧師」として芭蕉・幽山・才麿・工呷・蝶々子・不卜・其角・山夕・嵐雪・露言・一晶・立志・沾徳が登載。	載。 ○二月九日、美濃大垣の木因が上京、諸所を見物し大坂に向かう(交慰宛木因書簡)。 ○三月末、和及が壬生月の輪に結庵(雀の森)。 ○似船は発句題と二句付興行の集句に点評を加え、『苗代水』(首夏上澣跋)を上梓。 ○五月、去来は長崎に赴き、八月末に帰洛。 ○春から夏にかけ、備前岡山から上京した晩翠は如泉・言水・湖春・我黒・信徳ら二四人と連句一一巻を興行し、『せみの小川』を井筒屋より刊行。 ○一〇月四日、言水は自亭に才麿を迎え湖春・信徳・我黒・良詮らと一二吟世吉興行(仮橋)。 ○秋頃、去来は嵯峨野別野を落柿舎と呼ぶ(落柿舎之記)。 ○一二月頃、『おくのほそ道』の旅を終え上方滞在中の芭蕉は奈良から京・湖南方面に出、二四日、去来宅か落柿舎で翌暁まで鉢叩きを聞く(いつを昔)。この頃、去来に「不易流行」を説く(去来抄)。 ○一二月、丈草が史邦に随って落柿舎に芭蕉を訪ね入門(丈草誄)。	○三月三日頃、上京中の美濃大垣の木因が来坂し西鶴を訪ね潮干狩にも興じ、有馬へも赴いたか(国の華・交慰宛木因書簡・木因「尺八銘」)。元禄四年とも。 ○四月二七日、鬼貫は桜塚の西吟を訪れる(大悟物狂ほか)。 ○九月二七日、鬼貫は三池侯を致仕し帰郷の後、大坂に住む。 ○一〇月一〇日、鉄卵没(28)。 ○一〇月下旬、路通が来坂、住吉神社に千句奉納(其俤)。 ○一一月一一日、西鶴は俳諧式目伝書『俳諧のならひ事』を書く。 ○冬、才麿が難波に移居(根合)。 ○この年冬か翌年春に阿波の律友が来坂(生駒堂)。	○三月二七日に深川を出立した芭蕉は、曾良を同道して、四月二〇日に白河関を越え、松島・平泉・象潟などを巡り、北陸道に入って七月一五日に金沢、越前を経て八月二〇日頃に大垣に着き、九月六日に再び伊勢に向かって出発(おくのほそ道)。 ○九月八日、伊賀の猿雖が剃髪して意専と号す。 ○九月下旬、芭蕉、伊賀上野に帰り、一一月末に路通同道で奈良に出て、膳所で越年。 ▽露川『花虚木』(入日序)。▽荷兮『あら野』(弥生序、

○この年以降に京の柳水が奉納した「山王奉納絵馬歌仙」に挙白・一晶・其角・芭蕉らの句が見える(続七車・東海道名所図会)。
▽挙白「四季千句」(八月日奥)。

○この年以降、柳水は宗鑑・守武以下三六人の発句各一を集めた「山王奉納絵馬歌仙」を江州坂本の日吉山王神社に奉納、和及・秋風・信徳らの句が見える(続七車・東海道名所図会)。
▽言水『前後園』(きさらぎの雪に自序)。▽和及『詼諧番匠童』(三月日刊)。
▽朋水『俳諧仮橋』(臘月日跋)。

○この年以降に京の柳水が奉納した「山王奉納絵馬歌仙」に元順・その女・瓢界(瓠界)・鬼貫・才麿・来山らの句が見える(続七車・東海道名所図会)。

翌三年刊)。▽横船『続阿波手集』(春自序)。

元禄三年 庚午(一六九〇)

○一月七日、不角が月並五句付興行を開始(二葉の松)。
○三月末、路通が奥羽行脚のため近江より下向。四月上旬、弁明のため一旦は西へ向かうが、三河で曲水らから芭蕉の勘気を聞き、山越しに奥羽へ向かう。
○四月頃、曲水・里東・素葉が参勤交代に随って東下。其角と親交を結び、越年(花摘・いつを昔)。
○湖春は其角『いつを昔』(南星和日刊)の跋で正風体を説く。
○四月八日、其角は亡母追善一夏百句を発願。七月一九日に満願、『花摘』(上秋下旬奥)に収める。
○嵐雪『其俗』(みなつき吉辰自序)が刊行され、氷花・百里・舟竹・桐雨ら雪門の陣容が揃うが、江戸蕉門分裂の端緒ともなる。桐雨はこの春に上京し、六月一日に帰江(きれ〴〵)。

○三月下旬、和及は南都門人宛書簡で、「心付」を中心にし「景気」はところどころにすべきことを説く(雀の森)。
○三月、上洛中の三千風が似船を訪問。夏中、京に滞在し、『日本行脚文集』(孟夏下浣跋)を刊行。助叟と両吟歌仙二巻を巻き(京の水)、団水を訪ね千春と三吟興行(くやみ草)。
○六月一日から一八日までの間に、之道が上京し芭蕉に入門(曲水宛芭蕉書簡他)。
○七月一日、轍士が大坂より上京して団水と両吟興行(くやみ草・我が庵)。
○八月一日、天竜は独吟歌仙に我黒・団水・常牧・如泉・言水の評点を集めて反駁を加え、『白うるり』と題し刊行。
○秋、轍士は匿名で『黒うるり』を刊行し、『白うるり』に反論。
○七、八月頃、芭蕉は書簡で去来に「幻住庵記」草稿の推敲を相談。

○正月吉日、惟中が『頭書真字徒然草』を刊行。
○二月一〇日、昨冬一〇月に死去した伊丹の鉄卵追悼の百韻を鬼貫・才麿・来山・補天・瓠界・西鶴・万海・舟伴で興行(大悟物狂)。大坂での興行か。
○二月二五日、平旦亭で才麿ら一座の歌仙興行(難波曲)。
○春、播州の春色が上坂して西鶴を訪ねる(わたまし抄)。この頃からしばらく「西鶴」は「鶴」字をはばかって「西鵬」と号する。
○五月、鬼貫は、友人の鸞動・鉄卵の追悼と自らの「俳諧大悟」の記念を兼ねて『大悟物狂』を刊。
○七月初旬、之道が幻住庵に芭蕉を訪ね、及肩発句で珍碩・昌房・正秀・探志と歌仙興行(あめ子)。
○八月一〇日過ぎ、之道が再び幻住庵に赴くに際して鬼貫を訪問、両吟があった(あめ子)。

○春、無名庵で文考が芭蕉に入門。
○三月一七日、金沢の大火で北枝類焼。
◇この年、契沖『万葉代匠記』精撰本成立。
○三月二〇日、杜国が蟄居先で没。
◇春、浅井了意没。
○四月六日、芭蕉は近江国分山の幻住庵に入る。七月二三日、同庵を引き払う。
○六月初旬、路通は出羽の月山で会覚阿闍梨や呂丸と会し「月山句合」成る。

年	江戸	京都	大坂	備考
	○九月初旬、路通が奥羽より帰江し深川に仮寓。杉風・曾良が芭蕉へ通報。曾良は九月二六日付書簡で、『其俤』への否定的評価や其角評を記す。 ○一一月上旬、沾徳は「七人百十五歳」の門弟と歌仙興行(一字幽蘭集)。 ○一一月一七日、素堂が冬至前の忘年会を催し、恒例となる(勧進牒)。同夜の霊夢により、路通は千日の勧化を発願し、二〇日頃、曲水亭で其角・里東らと歌仙興行(同)。 ○京の可休は『物見車』に立志・調和・其角・一晶・挙白の評点を収める。 ○一二月二五日、其角は亀翁の一夏百	○九月上旬、只丸は信徳と両吟歌仙、二六日、素雲を迎え如泉・古柳らと五吟歌仙、一〇月二三日、言雫と両吟歌仙興行(小松原)。 ○歩雲子(可休)は独吟歌仙に三都の点者二六人の評点を集めて批判を加え、『物見車』(仲秋尽自序)に収める。京の点者は梅盛・似船・如泉・言水・常牧・方山・我黒・晩山。 ○秋、信徳は団水新宅の賀に発句を贈る(くやみ草)。 ○一〇月一日、正春は独吟歌仙首尾各六句に信徳・似船・如泉・言水・団水ら京点者一二人の評点を集め、『かつら河』と題し刊行。 ○団水は『特牛』(一〇月一四日之夜自跋)で『物見車』を反駁し西鶴を弁護する。 ○一一月二五日、和及・我黒は二七日の春日大社祭礼見物のため出発。南都で息交・郁堂・道弘・友勝らと俳諧興行(藤波集)。 ○一二月下旬、上京した西鶴が団水と両吟歌仙二巻を試みるが半ばでやみ、言水と三人で北山に遊ぶ(団袋)。この上京は『物見車』編纂の事情調査のためと推測される。 ○年末、去来・凡兆は義仲寺の芭蕉を	○八月三〇日、鬼貫が福島村に移居(犬居士)。 ○九月七日、宗森(旨恕)亭での水無瀬中納言従二位氏信朝臣追善連歌の興行があり、惟中も出座。 ○九月一三日、之道・光延両吟歌仙(あめ子)。 ○九月中に由平・来山・盤水・虚風・文十が鬼貫の新居を訪問する。また、同月二〇日から一〇月三日にかけて鬼貫は「禁足之旅記」を認め、その間に瓢界・灯外・素竜・之道が来訪。 ○京の可休は『物見車』に西鶴・一時軒(惟中)・六翁・来山・万海・才麿・西吟の評点を収める。 ○一〇月、順水は有馬入湯の途次、大坂に滞在し才麿・西鶴・椿子・籽郎・万海・舟伴と七吟世吉を興行(渡し舟)。 一一月に西吟を和歌浦・欠作の別荘に案内する。 ○一一月から一二月に西鶴は阿波に下る(名残の友・四国猿)。 ○一二月下旬、西鶴が上京。 ○出雲の風水が江戸に赴く途中、鬼貫の富士山の句に感じて来山と共に来訪したというのはこの年頃か(続七車)。	◇六月、日光東照宮の大修復工事完了。 ◇八月、ドイツ人ケンペル来日。 ◇一〇月、徳川光圀致仕。 ◇一〇月、幕府、捨て子禁止を布告。 ▽等躬『葱摺』。

句に序と沾徳跋を付し、花摘集追加として路通に与える(勧進牒)。亀翁父岩翁も冬に一夜千句を興行。亀翁は翌冬に元服か(流川集)。
○この年、在色が信濃より移住。
▽其角『たれが家』。

訪問(羽紅宛芭蕉書簡)。
▽常牧『万歳楽』(正月日奥)。▽『新三百韻』(春孟霞中旬刊)。▽言水『都曲』(中春自跋)。▽和及『雀の森』(孟夏吉祥日刊)。▽晩山『*千代の古道』(六月五日)。▽雨行『空戯縁矢』(夷則下旬自跋)。▽淵瀬『*蓮の葉』(七月九日)。▽貞木『誹道手松明』(初冬刊)。▽団水『秋津島』(初冬日跋)。▽秋風『誹諧吐綬雞』。▽貞木『*落松葉』(同)。

▽昨非『根合』(元陽上幹刊)。▽鬼貫『大悟物狂』(五月奥)。▽之道『あめ子』(九月上旬自序)。▽灯外『誹諧生駒堂』(陽復仲旬跋)。▽鬼貫『犬居士』(十月日自跋)。▽盤水『*水尾杭』(一一月二八日)。

元禄四年
辛未(一六九一)

○一月、路通が初の歳旦帖を刊行(元禄四年歳旦集)。
○一月、乙州が大津から下向。持参した芭蕉一座の餞別歌仙未満を其角・路通・曲水らと満尾し、露沾邸で挙白・路通らと歌仙興行(勧進牒)。四月中旬に帰国し、冬、再び東下し越年。
○一月二九日、露沾の月次興行に沾徳らが参加。二月には其角・路通・乙州らも参加(勧進牒)。
○二月、嵐蘭は板倉家を致仕し浅草に移る。
○三月三日、路通の初百日満願。四月の上京に際し、露沾・由之・其角亭で各送別歌仙興行(勧進牒)。
○三月四日、曾良が上方に向け出立(曾良旅日記)。伊賀の猿雖の東下と行き違う。
○四月九日、岡村不卜没。この日、不

○一月、松春・未達は両吟歌仙の各一表に我黒・似船・言水・梅盛・調和・其角・如泉・来山の点を得、『祇園拾遺物語』と題し刊行。
○三月、嵐蘭が上京。幻住庵に芭蕉の跡を訪ね、吉野を遊覧。
○三月、江戸の鋤立が上京し、四月二八日、『誹諧六歌仙』を井筒屋より刊行。
○四月一一日、肥前の西花が上京、如泉と両吟歌仙を興行(西花上洛日記)。
○四月一二日、好春が剃髪。夏に万句を興行(新花鳥)。
○四月一八日、芭蕉は落柿舎に入る(嵯峨日記)。
○定宗編『新行事板』(四月二八日)に如泉・言水・我黒・信徳ら京都俳人四六人の住所と会日が載る。
○五月二日、曾良が落柿舎に入り、芭

○正月五日、昨非が母の五十日にあたって追善独吟百韻をなす(かなしみの巻)。
○三月に阿波の律友がみたび来坂、西鶴・才麿・万海・轍士・昨非らと参会。
○三月中旬から五月中旬まで伊勢参詣の旅をした肥前小城佐賀の西花が、途中大坂に立ち寄る(西花上洛日記)。
○三月末から四月初めにかけて、江戸の鋤立が来山亭に滞在し、両吟俳諧および文十を交えた三ッ物の唱和あり(誹諧六歌仙他)。
○若葉の頃、轍士が転居(我庵)、またこの年、芭蕉にならって奥羽行脚。
○四月一九日、曾良は和歌山から信太を経て堺に向かい、二〇日に百舌鳥八幡に参詣後、堺から住吉を経て天王寺の山口常春を訪れ、二一日に常春宅を発って淀橋から舟で飾磨津へ向かう

◇二月、江戸・大坂間の公金為替実施のために御為替組設置。
○江水『元禄百人一句』(三月序)。

年

江戸

角は呼ばれて前句付の点を助ける。
○四月一〇日、福田露言没(62)。白堂が二世を襲い、艶士は調和に随う。轍士は奥州への途次、露言の死を等躬に告げる(伊達衣)。
○六月二三日、豊後日田の西国が東下し越年。
○秋、粛山は彫棠を伴い松山に帰藩か。六月二九日、観瀾亭で彫棠・其角による送別の両吟歌仙、七月一日には粛山を加えた三物を興行(雑談集)。
○七、八月頃、許六は其角・嵐雪に発句評を依頼。
○八月初旬頃、曾良が帰江。
○九月、立吟が京に移住するに先立ち、立志・子英・不角・嵐雪・山夕と餞別の各百韻興行。上京後『餞別五百韻』を刊行。
○一〇月二九日、芭蕉が支考・桃隣を伴い帰江。其角・沾徳らは支考歓迎の六吟歌仙興行(流川集)。

京都

蕉・去来と大井川を舟で遊ぶ。六月下旬まで在京。(曾良旅日記)。
○五月五日、芭蕉は落柿舎から小川椹木町上ルの凡兆宅に移る。五・六月は京と大津を往復、『猿蓑』の編集会議を行なう。
○五月二六日、上京中の路通は井筒屋より『俳諧勧進牒』を刊行。
○五月、阿波の律友が上京し言水・信徳・団水・我黒らと交流、『四国猿』(五月奥)を井筒屋より刊行。
○七月三日、去来・凡兆は芭蕉監修の『猿蓑』を井筒屋より刊行。
○七月一五日、信徳は江戸より粛山・彫棠を迎え、路通と四吟半歌仙興行(雑談集)。
○閏八月、路通は只丸亭を訪ね、其角・亀翁らの句を示し、発句を詠む(小松原)。
○九月、林鴻は京都の地域別俳人名簿ともいうべき『誹諧京羽二重』を刊行。
○九月二三日夜、芭蕉は京から近江無名庵に移る。
○夢助は『京大坂誹諧山獺評判』(初冬某日自序)を刊行し『千代の古道』を攻撃。
○一〇月二一日、随流は林鴻と井筒屋に対し『誹諧京羽二重』の絶版を申し

大坂

(曾良旅日記)。
○六月六日、鬼貫は大和郡山本多下野守に見え、三〇人扶持で大坂役目を仰せつかる(藤原宗邇伝)。天満老松町に移ったのはこの折か。
○六月二八日、曾良は再び郡山から勝尾寺に入り、箕面に出て大坂天満・天神橋から生玉に着き浄春宅に宿し、七月二日、藤井寺・道明寺を経て古市に出る(曾良旅日記)。
○夏、乙州が来坂か(西の雲)。
○七月三〇日、由平点三句付(推定)興行(元禄難波前句附集)。
○八月、西鶴が匿名で『俳諧石車』を刊行、『物見車』を駁す。
○八月、来山点一句付(推定)興行(元禄難波前句附集)。
○閏八月中旬、豊流点一句付(推定)興行、西鶴点一句付もこの頃の成立か(同右)。
○九月、之道と車庸が無名庵の芭蕉を訪れる(をのが光)。車庸の入門はこの時か。一三日、芭蕉・之道・車庸が連れだって石山に後の名月を賞す(同)。
○秋の末、路通は芭蕉と別れた後に下坂、一度上京したが、大坂で還俗した後、翌年夏に九州に下るまでこの地にいたらしい。

備考

◇五月、別子銅山開掘。
○五月、落梧没(40)。
◇八月一七日、熊沢蕃山、古河で没(73)。
○いわゆる「近江蕉門の分裂」がおこる。
○九月二八日、芭蕉は桃隣を同伴して木曾塚無名庵を出立、帰東の途に就く。
◇一一月一二日、

○一二月九日、西国は露沾邸に招かれ、沾徳・沾花らと歌仙興行(豊西俳諧古哲伝)。
○一二月一九日、其角は『雑談集』を校了。正風体の皮相な句作りや点取競争を批判し、情の厚き句を賞揚。
○この年、不角宅に寄寓一年余の柳角が京に移住(広原海)。
▽琴風『瓜作』(季夏既望序)。

入れる。
○三月二一日から一二月二一日までの八回、和及は前句付等の寄句各回三千余から三〇ないし五〇番の勝句を抜粋、近江八幡会所に送る(水茎の岡)。
○この年成立の久松家旧蔵「御船屏風」のうち、京の短冊の収集には三千風の仲介があったか。
▽井筒屋『元禄四年歳旦集』。▽団水『団袋』(孟陬下浣刊)。▽重徳『誹諧花見弁慶』(二月吉日刊)。▽松笛『帆懸舟』(春跋)。▽信徳『誹諧五の戯言』(春桃花火ともす夕自序)。▽似船『勢多の長橋』(五月一八日自奥)。▽助叟『京の水』(中夏中旬跋)。▽竹亭『誹諧をだまき』(七月三日序)。▽和及『誹諧ひこばえ』(初秋自序)。▽良詮『遠眼鏡』(八月吉自奥)。▽好春『新花鳥』(八月二五日)。▽幸佐『誹諧大湊』(閏八月吉日刊)。▽児水『常陸帯』(閏八月吉日刊)。▽只丸『小松原』(九月跋)。▽鷺水『こんな事』(一一月自跋)。▽天竜『*師走比』。▽正春『*鬼瓦』。▽団水『*弥之助』。

○冬、宗因門の山太郎が西鶴のことを「文盲」と言う(西鶴評点山太郎再評)。
○一二月二八日、歌水・艶山両吟歌仙に西鶴が引点。
○この年成立の久松家旧蔵「御船屏風」のうち、大坂の短冊の収集には惟中の仲介があったか。
▽瓢界『*犬丸』(正月)。▽自問『難波曲』。▽発句翁『*二見笘』(五月一五日)。▽轍士『我庵』。▽昨非『星祭』(七月七日)。▽賀子『蓮実』(仲秋日序)。▽昨非『*縄すだれ』(九月七日)。▽幸賢『河内羽二重』(仲冬日序)。▽文十『よるひる』(一一月二一日)。▽由仙『間久羅笈』(鴻賓月跋)。▽才麿『*ゑくぼ』。▽車要『*足揃』。▽蟻道『*無尽経』。▽杏酔『*京の曙』。

灰屋紹益没(82)。
▽北枝『卯辰集』(卯月奥)。▽友琴『色杉原』(首秋序)。▽丿松『西の雲』(十月中旬跋)。▽順水『渡し舟』(臘月上旬刊)。▽不玉『継尾集』。

元禄五年
壬申(一六九二)

○一月九日、西国が剃髪。二四日、駒角に招かれ幽山・調和らと百韻興行。三月一二日には松平大和守御茶屋で駒角・幽山らと一座(豊西俳諧古哲伝)。
○二月一〇日、芭蕉・其角・杉風らは

○一月一八日、三上和及没(44)。二月八日、桜叟・静栄らは露吹庵で追悼の俳諧興行(水茎の岡)。

○春から夏にかけて、阿波の吟夕が京坂を往来して俳交をもち、大坂では才

◇一月、西鶴『世間胸算用』刊。

年	江　戸	京　都	大　坂	備　考
	奥羽行脚に赴く支考の餞別句会を催す(削かけの返事)。 ○二月一八日、芭蕉は曲水宛書簡(三等の文)で俳人を三等に分けて論じ、路通還俗の感想を記す。珍碩にも書簡で、江戸俳壇の点取横行と其角の健在ぶりを知らせる。 ○二月一九日、乙州に伴われ東下中の大津の智月は露沾邸に招かれ、西国・其角・沾徳らと俳諧興行。夏に帰国(豊西俳諧古哲伝草稿)。 ○二月、立志が西上。七月下旬に帰江。羊素も上京し京で立志と会う(宮古のしをり)。 ○三月、兀峰が岡山藩江戸留守居役として出府。其角・嵐雪・沾徳らと各連句興行。一〇月には芭蕉と対面し珍碩・里東らと歌仙興行(桃の実)。 ○四月九日、琴風が不卜一周忌に追善俳諧興行。以後は其角に随う。 ○五月七日、芭蕉は去来宛書簡で点取俳諧が流行し、新しみや軽みが問題にされない旨を記す。 ○五月中旬、芭蕉庵が再興。 ○六月中旬、支考が奥羽行脚より戻り其角・桃隣と三吟歌仙興行(継尾集)。 ○六月中旬、東潮が富士禅定し、記念集『富士詣』(八月上旬奥)を刊行。	○三月上旬、石柱は『獏物語』を著し『山獺評判』に応酬。 ○三月、随流は『貞徳永代記』を刊行し『誹諧京羽二重』を非難。只丸は『あしぞろへ』(梅天日自跋)で随流に反論。文瓜は『夢物語』で随流に加担、則重・正勝は『貞徳永代記』への難文を林鴻に寄せる(あらむつかし)。 ○四月、備中の梅員が上京して如泉・信徳・言水・我黒らと連句を巻き、『吉備中山』を刊行。 ○五月、信徳は石山に赴き、団水らと四吟三〇句興行(くやみ草)。 ○夏、江戸の立志は言水・春澄・信徳らと連句七巻を興行。『難波の枝折』(七月奥)、『宮古のしをり』(七月既望序)を井筒屋より刊行。 ○夏、阿波の吟夕が京で立志・立吟・	麿・来山らと交流(眉山)。 ○鬼貫は郡山で迎春。 ○三月頃に江戸の立志が来坂し才麿の許に逗留、上京したりしながら、七月一五日まで風交を重ねる(難波の枝折・宮古のしをり)。 ○四月一日、轍士が三河新城の白雪を訪ねて数日滞在、一四日は伊勢内宮に参拝。 ○五月、之道・車庸は勢多に蛍見に行き、膳所の連中と一会、去来・史邦と同座の「燭寸」歌仙(をのが光)、『くやみ草』所収の団水・車要(車庸)らとの四吟世吉は、この折の帰途に京で巻かれたものか。 ○六月、鬼貫が五年ぶりに帰郷。	○三月、藤堂藩領で最初の前句付禁令発布。 ○三月、尚白撰『忘梅』(孟春日序)成る。 ◇三月、東大寺大仏殿再建、開眼供養。 ○春、北枝『山中問答』成るか。 ◇五月、江戸市中の富突講ならびに百人講禁止。

○七月七日、素堂は母の喜寿賀宴に芭蕉・其角・沾徳・杉風らを招く。
○八月初め、曲水が出府。在府中の怒誰と共に越年。
○八月九日、許六は桃隣の仲介で芭蕉に入門(俳諧問答)。一五日、其角・嵐雪らと月見の宴(旅館日記)。
○八月一五日、芭蕉は濁子ら大垣藩士を招き五吟半歌仙興行(漆島)。
○八月下旬、支考は江戸を立ち、熱田・尾張を経て美濃に帰る。
○九月初め、出羽の呂丸が芭蕉庵を訪問。去来宛紹介状を得て上京。
○九月初め、膳所の珍碩が東下し諸俳席に出座。年末、洒堂と改号し、芭蕉庵で越年。
○一一月一二日、岩翁・亀翁は立志・嵐雪・其角・桃隣・山夕らを招き百韻興行(夢開)。
○一二月二日、西国は暇乞いに露沾邸を訪れ、一六日、帰国のため出立(豊西俳諧古哲伝)。
○一二月二〇日、芭蕉は彫棠亭で其角・桃隣らと六吟歌仙興行(句兄弟)。秋以来、許六・洒堂・嵐蘭らと盛んに交流。
○冬、大坂から移住した素竜が野坡の仲介で芭蕉庵を訪問。
○この年、一晶は千句を志し、五百韻

信徳・団水・鷺水らと交流し『眉山』(季夏跋)を井筒屋より刊行。
○六月一五日、言水は丹後与謝の楊々子を迎え、信徳と三吟歌仙興行(浦島集)。
○六月二九日、溝口竹亭没(35)。
○七月、林鴻は『永代記返答織留』の稿をまとめ書林某に渡すが、刊行をとりやめる(あらむつかし)。
○八月一五日、敦賀の会所水江重次は我黒の五句付・四季発句題の勝句二百番を得て、気比両社に奉納(気比の海)。
○八月中旬、我黒は歌左麿の招きで丹後宮津を訪問(磯清水)。
○秋、信徳・言水らは讃岐の芳水を迎え歌仙二巻興行(佐郎山)。
○冬、楊々子の帰郷に際し、言水・信徳は餞別の三吟一巡連句興行。楊々子は言水の序を得て『浦島集』(孟冬上旬序)を井筒屋より刊行。
○この年七月から冬までに轍士、大坂より京高倉四条下ルに転居(墨流し・鳴弦之書)。
▽信徳・重徳『胡蝶判官』(孟春吉辰刊)。▽松春『俳諧小傘』(正月吉辰刊)。▽鷺水『春の物』(春正月日自跋)。▽阿誰軒『誹諧書籍目録』(三月二七日自序)。▽信徳『*袿姿』(卯月中旬)。▽雨行子『時代不同発句合』(さ月下のい

○八月、伊勢山田の園女が夫一有と共に大坂に移居(菊のちり)。一五日には移住の祝いに蕉門の人たちを招く(鷹獅子集)。
○八月二五日、才麿が大坂を船出、尼崎から兵庫・須磨・明石・姫路などを旅し、九月一八日に播磨で『椎の葉』を脱稿、翌日さらに西方へ旅立ち、一○月下旬、岡山で『後しゐの葉』を執筆。
○九月六日、鬼貫が家来の加藤左太夫を手討ちにする(藤原宗邇伝)。
○秋、西鶴は熊野に遊び、「自註独吟百韻」成る。
○冬、素竜が東下。
○この年か翌年頃の冬、備後の草也が来坂(備後砂)。
▽来山『俳諧三物』。▽遠舟『すがた哉』。▽轍士『*世のため山太郎評判』(春)。▽季範『きさらぎ』(如月一五日)。▽遠舟『八重一重』(弥生序)。▽賀子『*難波丸』(五月)。▽舞興『*荒田の原』(同)。▽灯外『*ひぢ笠』(同)。▽同『*発心集』(同)。▽発句翁『*平水引』(同)。▽青人他『伊丹生俳諧』(中夏日刊)。▽月尋『*誹諧高すな子』(六月序)。▽轍士『わだち』。▽同

○夏、路通、九州へ旅立つ。
▽句空『北の山』(水鶏なく夜自序)。▽句空『柞原集』(中秋日自跋)。▽友琴『鶴来酒』(無射自序)。

年	江戸	京都	大坂	備考
	独吟を『千句前集』と題し刊行。正風体をめざす。▽其角『雑談集』（二月）。▽沾徳『誹林一字幽蘭集』（九月下浣奥）。▽『けし合』（秋自序）。▽不角『☆二葉の松』（三月日）。▽同『☆若みどり』。▽同『☆千代見草』。	つゝの日自序）。▽阿誰軒『書籍拾遺』（夏）。▽助叟『釿始』（名月の日奥）。▽如泉『摺火打』（仲秋日跋）。▽我黒『磯清水』（仲秋序）。▽常牧『冬ごもり』（臘月日序）。▽示右・景桃『誹諧八重桜集』。▽楞子『七瀬川』。▽示春『*この古路』。	『俳諧白眼わだち第二』（六月刊）。▽静竹窓菊子『☆咲やこの花』（一〇月刊）。▽西吟『*菜の花』。▽才麿他『*八百韻』。▽月尋『*太郎月』。▽輶士『*似我蜂』。▽杏酔『*新湊』。▽盤水『*歌仙俳諧独吟合』。▽文丸『*蘆の角』。▽幽山『*天満拾遺』。▽鬼貫『*食』。	
元禄六年 癸酉（一六九三）	○一月、洒堂は曲翠と両吟歌仙興行し、月末に帰国。在府記念の『深川』（きさらぎ自序）を京の井筒屋より刊行。 ○三月上旬、専吟が伊勢・熊野に向け出立。 ○三月一八日、桃隣は人麿講を催し、其角らと歌仙興行（陸奥衛）。 ○三月下旬、芭蕉庵で桃印没(33)。 ○春、芭蕉は酒田の不玉の独吟歌仙に加点し、江戸俳壇への不満を記した書簡とともに送付。 ○三月から一二月まで、一晶は十種点の前句付興行を催す。四月の歌仙合に優勝した桐風は、其角・調和・露言・不角の点も仰ぎ公表（呉竹）。 ○三月、許六は芭蕉から秘伝書を授かり、五月六日、帰国のため出立。 ○四月、千川は大垣藩主の日光代参に随い、芭蕉は藩邸に招かれ餞別歌仙興行（金蘭集）。 ○五月二九日、露沾は月次興行で素	○二月二日、昨冬より上京中の羽黒の図司呂丸が急逝（祭二図司一文）。 ○四月上旬、言水は肥後熊本の長水編『白川集』に序を寄せる。京都俳人の発句多数入集。	○この頃、昨非は半隠と改号。 ○三月三日、洒堂・史邦・去来・惟然らが堺の汐干見物に赴く（小文庫他）。 ○三月二九日、鴻池治兵衛（定之）亭にて連歌百韻興行があり、惟中ら出座（連歌十七集）。 ○初夏、路通が九州を去って難波に向かい、その後秋にかけて滞在（鷹獅子集）。 ○五月中旬、遠舟が『しらぬ翁』を刊行し、「俳林四たり」として西鶴・芭蕉・由平・如泉をあげる。 ○五月、惟中『和漢朗詠諺解』刊（刊記は三月）。ただし、前年夏には成立か。	○この年、丈草が近江の無名庵に入る。 ▽三十六『猿丸宮集』（弥生上旬自序）。▽荷兮『曠野後集』（霜月上澣自序）。▽巴水『鷹獅子集』（冬日自序）。▽露川『流川集』。

堂・芭蕉・沾圃らと六吟歌仙興行（露沾俳諧集）。
○六月二八日、其角は白雲と牛島に遊び、雨乞の吟を詠む。
○六月末、史邦が京より移住。乙州も下向し、共に芭蕉庵で六吟歌仙興行（翁草）。史邦は芭蕉らと歌仙三巻興行（猿舞師）。
○芭蕉は七月中旬から約一か月閉関し「閉関之説」を書く。
○八月一二日、其角は病父東順の枕頭で二歌仙、一五日には嵐雪・桃隣らと五十韻を興行。一八日、孤屋・利牛らと浅草寺泉陵院で観月歌仙興行（萩の露）。孤屋はこの後に上京か（深川）。
○八月一三日、嵐蘭は鎌倉に遊ぶが帰途に病を得、二七日に没（47）。芭蕉が追悼文を書き、京の去来は追悼句を寄せる。
○八月二九日、其角父東順没（72）。其角は追悼の独吟五十韻を七七日忌に満尾（句兄弟）。芭蕉は追悼文を記す。
○九月一三日、東潮が嵐雪・其角の後援で万句興行を成就。
○秋、野坡が俳壇に復帰し、孤屋や利牛と芭蕉に親炙。
○一〇月九日、芭蕉は許六宛書簡で五句付点取の横行を嘆く。
○冬、伊賀の玄虎が東下し越年。芭蕉

○六月、長崎の卯七が上京し落柿舎を訪問。丈草も上京し三吟歌仙興行（渡鳥集・真蹟去来文）。
○六月、鞭石は竹亭一週忌に追悼句を詠む（枕屏風）。
○八月、若狭の去留が上京。信徳・言水・団水・春澄・幸佐らと連句五巻を興行し『青葉山』（中秋自序）を井筒屋より刊行。
○林鴻は『あらむつかし』（八月日自序）で『貞徳永代記』の杜撰さを難じる。
○秋から冬にかけて、轍士は北越を行脚。金沢で西鶴の訃音に接し友琴と追悼（卯花山集）。帰途、大津の智月を訪問（鷹獅子集）。
○一一月、可休は前句付の集句一万六百余から百句を選出し、『あるが中』と題し刊行。
○晩冬頃、讃岐の芳水は兄紅雪編『佐郎山』を補訂し、井筒屋より刊行。
○この年、丈草は京から近江に移る。
○この年、助叟は八年ぶりに長崎に帰郷（みとせ草）。
○この年、凡兆は罪を得て下獄か。

○夏、洒堂が難波市中に移転（市の庵）。
○夏、長崎の卯七が京を経て大坂に下り、落柿舎でなした歌仙一折を之道・琶扣・洒堂・車庸で歌仙に満尾（渡鳥集・真蹟去来文）。
○夏、露川・車庸・洒堂の三吟歌仙成る（流川集）。
○秋、去来（炭俵他）また文考（市の庵）が洒堂宅を訪問。
○七月二四日、以園が堺で没（宗静日記）、六二歳か。
○八月、丈草が惟然を誘って洒堂宅を訪れ、難波江に名月を観る（藤の実）。丈草は七月にも洒堂宅を訪れている（市の庵）。
○八月一〇日、西鶴没（52）。誓願寺に葬る。法名、仙皓西鶴。団水は京から西鶴庵に赴く。
○八月、若狭の去留が来坂（青葉山）。
○九月一七日、宗旦が伊丹で没（58）。
○この頃、正秀が来坂か（浮世の北）。
○一〇月八日、伏屋重賢没（56）。
○冬、団水は西鶴の遺稿を整理し『西鶴置土産』を刊行、諸家の追悼句を収める。
○数年来津山の紅雪は京・難波を旅行、その折の諸家との風交を纏めて出版すべく元禄五年に讃岐に住む弟の芳水を訪ねたが、六年三月二三日にその地で

年	江戸	京都	大坂	備考
	を招いて俳諧興行。 ▽鉄虎『誹諧呉竹』(夷則跋)。▽不角『とし〴〵草』(九月中旬自序)。▽同『一息』。▽同『二息』。▽其角『萩の露』。	▽常牧『この華』(正月下旬自序)。▽壺中『俳風弓』(九月刊)。▽雲鼓『花圃』(初冬末日刊)。▽幸佐『入船』(元禄五・六年刊)。	没し、志を継いだ芳水が京・難波を訪れ諸家の句を補って『佐郎山』を編集。 ▽静竹窓菊子『難波土産』(正月刊)。 ▽休計『浪花置火燵』(二月下旬後序)。 ▽西吟『橋柱集』。▽伴自『住吉詣』。	
元禄七年 甲戌(一六九四)	○二月二五日、芭蕉は許六宛書簡で軽みを説き、野坡・沾圃・桃隣の新風を評価する。 ○二月、孤屋が上京し、三月に帰江(深川)。 ○四月、素竜は「おくのほそ道」を清書し、跋を記す。 ○四月初旬、京から下った轍士は其角亭に逗留。一四日、其角・嵐雪・桃隣・岩翁らと一四吟百韻興行(此日)。ほかにも連句一二巻興行(七車集)。奥羽に向かうか。其角の板下を得て『此日』(卯月十四日奥)刊。 ○五月初旬、子珊は別邸に芭蕉を迎え、杉風らと餞別の五吟歌仙興行(別座鋪)。 ○五月一一日、芭蕉は『続猿蓑』草稿を携え、二郎兵衛と帰省の途につく。 ○五月一八日、杉風・子珊が留守の芭蕉庵を見舞う。子珊は杉風派の餞別吟	○一月、寺田重徳没か。 ○二月五日、轍士が東下のため出立(此日)。 ○三月、去来は出羽の不玉宛書簡で軽みについて詳述(不玉宛論書)。 ○春、言水は和歌山の順水を迎え、両吟歌仙興行(童子教)。 ○春、団水が京を去る。 ○初夏、大坂の洒堂が上京し去来を訪問(浪化宛去来書簡)。 ○四月二六日、只丸は丹後に向け出立し、吟風・祐山・釣玄らと交流。言水の跋を得て『丹後鰤』を上梓。 ○五月一三日、去来は井波の浪化宛書簡で撰集企図に対する助言を記し、蕉風についての論を展開。 ○五月一八日、林鴻は京都中心に集まった前句付から一五〇句を撰び、『口ごたへ』と題し会所香水より刊行。	○鬼貫は大坂で迎春。この頃、老松町に住む(難波順礼)。 ○路通は大坂で迎春したらしい(童子教)。 ○二月一〇日から三月二日まで、瓢界は亡子追善のために大坂の諸俳人を歴訪、諸家の句と併せて『難波順礼』と題し刊行。 ○この年か翌年の春に青流が堺に転居(住吉物語)。 ○春、団水が大坂に帰り二代西鶴と称す(俳諧といふもの・西鶴名残の友他)。 ○春、素牛(惟然)が来坂、之道・洒堂・車庸・史庭・蓑立・亀柳らと歌仙興行(藤の実)。 ○伊勢の梁文代が堺の潮干に来て、難波の園女を訪う(麓の旅寝)。 ○四月、和歌山の順水は大坂を経て京に赴き諸家を歴訪、その後再び大坂に戻って団水などを歴訪、閏五月頃に帰国。 ○夏、支考が難波に遊び、亀柳・車庸・洒堂・蓑立・敬之らと五十韻を興	○春、伊賀の土芳が初瀬から多武峰・吉野などを行脚。 ◇四月、賀茂葵祭が一一七年ぶりに再興。 ○夏から秋、路通が北越地方を行脚、芭蕉の訃を聞いて

を中心に『別座鋪』(仲夏初の八日奥)を刊行。嵐雪は対抗上『露払』を企図するが、氷花妻の死により中止し(芭蕉宛杉風書簡)、やや後れて『或時集』(無射跋)を上梓。
○閏五月三日、素竜は芭蕉の依頼で野坡ら編『炭俵』の序を記し版下も書く。
○六月二日、芭蕉庵で寿貞没。
○六月二三日、桃隣は芭蕉宛書簡で点取の世間付合をやめ精進することを誓う。芭蕉はこの前後の書簡で杉風に桃隣の後見を依頼、上方での江戸新風の評判を伝える。
○七月頃、三千風が隅田河畔に結庵、翌年の大磯鴫立庵再興まで仮住か。
○秋、松が浦から上って三年余の友鷗が帰国。江戸滞在記念集『芳里帒』(文ひろげ月ありきよしの日跋)を刊行。
○七月、泥足が長崎の江戸会所から五年ぶりに帰江。
○九月六日、其角は岩翁・亀翁・横几・尺艸に同行し、近畿巡遊のため出立。年末に帰江。

○五月二二日、暫酔没(54)。
○夏、言水の新宅を賀し、和歌山の順水らによる四吟半歌仙興行。順水はほかに連句数巻を興行、『誹諧童子教』(仲夏日奥)を井筒屋より刊行。
○閏五月二二日、芭蕉は膳所より落柿舎に入り、洒堂・去来・支考・丈草・素牛と六吟歌仙興行(市の庵)。下旬、浪化の入門を許可し、去来と三吟歌仙興行(となみ山)。また大坂の之道を迎えて歌仙二巻興行(砂川・となみ山)。
○夏、路通は三井寺定光坊実永阿闍梨のとりなしで芭蕉から勘気を解かれる(芭蕉翁行状記)。
○夏、雲鼓が卯の花千句興行。追加として言水・幸佐・晩山・我黒らによる即席の一巡あり(夏木立)。
○八月二一日、江戸の馬莧が京で没(59)。
○九月、江戸の泥足が上京し、井筒屋より『其便』(鴈来南洲日序)を刊行。

行(市の庵)。
○この頃、洒堂・車庸・宵烏・呉華・史庭・桃英・亀柳・蓑立・委均・荘蘭で五十韻興行あり、洒堂門の旗揚げを意味するものか(同右)。
○落柿舎滞在中の芭蕉に下坂を願うため閏五月二二日に洒堂が(市の庵)、続けてそれとは別に月末頃に之道が訪問(杉風宛芭蕉書簡他)。
○六月二九日、井筒屋佐兵衛(義清)亭にて連歌百韻興行、惟中ら出座(連歌十七集)。
○七月三日、わたや源右衛門(信清)亭にて連歌百韻興行、惟中ら出座(同右)。
○秋頃から、鬼貫は郡山領のことで江戸から来た松波勘十郎と争い、郡山滞在が続く(藤原宗邇伝)。
○八月から九月にかけての頃、伊賀に帰郷中の芭蕉を之道が訪ね来坂を願ったか。
○九月九日、前日に伊賀を発った芭蕉は、支考・惟然同道で奈良を経てこの日の夕刻に大坂に着、洒堂宅を宿とする。
○九月一一・一二日のいずれかに仲違いをしていた之道・洒堂両門の「打込之会」が行われたか。『柴橋』所収の「菊に出て」歌仙の第三までがその折のものと推測される。

京に帰る。
○友琴『卯花山集』(蕤賓自序)刊。友琴と加賀蕉門が絶交状態になる。
○七月八月、支考は伊勢の新庵にあり、九月二日に斗従を伴って伊賀の芭蕉の許へ赴き『続猿蓑』の撰を手伝う。

年	江戸	京都	大坂	備考
		○一〇月五日、去来は支考から芭蕉病臥の報を受け、夜舟で大坂に向かう（木がらし）。 ○一一月一二日の芭蕉初月忌に、嵐雪・其角・桃隣・去来・正秀・曲翠・荷兮ら蕉門の主だった人々は東山丸山量阿弥亭で追悼百韻を興行（枯尾華）。 ○一一月一三日、嵐雪・桃隣・其角らは落柿舎を訪れ、鉢叩きを聞く（となみ山）。 ○一一月、去来は浪化宛書簡で芭蕉の逝去や葬送のこと、追善集『枯尾華』	○九月一三日、芭蕉は住吉神社に詣で、宝の市を見物したが、病気不快で畦止（敬之）亭での十三夜月見の会出席を中止。 ○九月一四日、畦止亭で芭蕉同座の七吟歌仙興行、青流も出座。 ○九月一六日、この日、膳所の臥高が芭蕉を訪ねて来坂。この頃まで芭蕉は洒堂宅に滞在、その後之道宅に移る。 ○九月一九日、其柳（亀柳）亭で芭蕉同座の八吟歌仙興行。 ○九月二一日、車庸亭で芭蕉同座の七吟半歌仙の興行があり、芭蕉はここで一泊。 ○九月二六日、来坂中の泥足の『其便』に入集させるため、芭蕉らが四天王寺傍らの新清水の料亭浮瀬に遊吟、一〇吟半歌仙成る。 ○九月二七日、園女亭で芭蕉同座の九吟歌仙興行。 ○九月二八日夜、畦止亭に洒堂・支考・惟然・泥足・之道の七人で会し、七種の恋を吟ずる。 ○九月二九日夜、芭蕉が之道宅で発病。 ○一〇月五日朝、芭蕉の病床を「南御堂前の静なる方」に移す（芭蕉追善之日記）。 ○一〇月七日、正秀・去来・乙州・木	○一〇月一三日朝、芭蕉の遺骸が義仲寺に到着、一四日

	○一〇月二二日、芭蕉の訃報が江戸に届く。杉風・桃隣・子珊・曾良・野坡ら、嵐雪・氷花・百里・卜宅らはそれぞれ追悼歌仙興行(枯尾華)。 ○一〇月二三日、湖春・露沾・杉風・野坡ら、仙化・沾徳・李下らはそれぞれ芭蕉追悼歌仙興行(同右)。 ○一〇月二五日、嵐雪・桃隣が芭蕉の墓参のため出立し、一二月に帰江。安適・季吟・山夕・琴風・艶士らが追悼吟を託す。 ○一一月、調和は五句付興行を三句付に改める。 ○冬、杉風は深川長慶寺に芭蕉の発句塚を建立。 ▽其角『元禄七甲戌歳旦帳』。▽東潮『松かさ』(正月元旦刊)。▽不角『蘆分船』(立鐘下旬自跋)。▽同『☆底なし瓢』。▽同『☆へらず口』。▽同『☆誹諧うたゝね』。▽同『☆足代』。	の近刻などを知らせる。 ○冬、其角は落柿舎で『枯尾華』の編集を進めつつ、新川原町橘屋で我黒・轍士・鞭石らと七吟半歌仙、信徳・轍士・泥足らと八吟歌仙を興行(海音集)。『句兄弟』(寿星初五自序)を井筒屋より刊行し、校了した『枯尾華』を井筒屋に託して帰江。 ○冬、路通は三井寺で『芭蕉翁行状記』を記す。 ○この年、助叟・如泉・竹翁ら京の点者は前句付引札を出す。句料は五銭から八銭で、賞品は反物・硯箱・盆・小刀・墨等。 ○この年、京の五句付興行が取り締りの対象となり、多数の点者が影響を受ける(猪兵衛宛芭蕉書簡)。 ▽助叟『遠帆集』(孟春刊)。▽轍士『誹諧此日』(卯月十四日奥)。▽似船『堀河の水』(五月上旬刊)。▽轍士『糸屑』(夏序)。▽信徳『雛形』(末秋跋)。▽可休『*正月事』。▽轍士『七車集』。	節・丈草・李由らが相次いで芭蕉の床辺に馳せ参ずる。 ○一〇月一一日夕刻、上方旅行中の其角が和歌山から堺に入り、住吉神社に句を奉納、芭蕉の急を聞いて駆けつける。 ○一〇月一二日、申の刻(午後四時頃)に芭蕉没(51)。遺言により、遺骸を湖南の義仲寺に葬るため、夜、淀の川舟で伏見まで上る。呑舟は付き添い、之道らは大坂に残る。 ○一〇月一六日、一三日に芭蕉危篤の報を得た伊賀の土芳・卓袋が大坂に急行した後、この日の朝に義仲寺に着く。 ○一一月一日、之道が芭蕉の三七日(みなのか)の会を催す(木がらし)。 ○一一月一日、和歌山の順水が橋本亀太夫なる人物に依頼し『誹諧童子教』(仲夏日奥)を住吉神社に奉納。 ○この年頃、江戸の仙花(仙化)が来坂し、才麿を訪ねて越年(住吉物語)。この年、才麿は天満に転居したか。 ▽正村『青旦』。▽田宮言圀禎『☆奈良土産』(二月刊)。	に埋葬、一八日、追善俳諧百韻を興行。年内に其角編の追善集『枯尾華』刊か。 ◇一一月一六日、吉川惟足没(79)。 ◇一二月、側用人柳沢吉保が老中に準ぜられる。 ○路通が三井寺に籠って冬の間に『芭蕉翁行状記』を草す。 ◇この年、菱川師宣没。 ▽南水・安之『熊野がらす』(六月自序)。▽心桂・浪化『名月集』。▽荷兮『ひるねの種』(中律望日自序)。▽句空か『八重葎』。
元禄八年 乙亥(一六九五)	○一月一日、嵐雪は黄檗済雲方丈に参禅、法体して雪中庵不白玄峰居士を号す。 ○一月七日、駒角は父高直公三十三回忌追善一巡一句の歌仙興行。初折は江	○一月、駒角による亡父追善歌仙の二折前半に、京の似船・信徳・如泉・言水・常牧・我黒・幸佐・晩山・助叟が参加(面々硯)。 ○一月二九日、去来は許六宛書簡で浪	○一月一九日、鬼貫は郡山侯を致仕し、二月二日に同地を去る(藤原宗邇伝)。 ○義仲寺の芭蕉百ヶ日歌仙に舎羅が出座(こがらし)。 ○春(あるいは翌年)、園女夫妻が吉野	○この年、三千風が大磯鴫立沢に鴫立庵を再興。

年	江戸	京都	大坂	備考
	戸の湖春・調和・立志・山夕・正友・沾徳・秀和・不角・無倫・一蜂・露言・松口・好柳・素堂・一鉄・露沾・幽山が一座(面々硯)。 ○一月二三日、其角・桃隣らは芭蕉百ヶ日追善の歌仙二巻を興行(後の旅)。 ○一月二六日、其角は『となみ山』の序文と入集句を去来に送る。 ○三月二日、露葉が領国諏訪で没(57)。 ○三月四日、支考が下向。其角・桃隣らと上野で花見をし、嵐雪亭の句合に参加。一二日、桃隣と深川長慶寺で芭蕉忌を営み、桃隣・乙州らの餞別吟を得て一四日に帰国(笈日記)。 ○春、露沾が磐城平に退隠。 ○四月一二日、嵐雪は芭蕉追善の七吟歌仙を興行(後の旅)。 ○五月一八・一九日、嵐雪は江の島・鎌倉に遊ぶ。秋、雪門諸家も同所に遊び、東潮編『渡鳥』が成る。 ○六月一日、杉風は欒塒宛書簡で芭蕉の遺訓を伝え、これを会得する者は三〇人と記す。 ○八月一一日、素堂は父母の墓参のため故郷甲府に向け出立。九月八日に帰江し、「甲山記行」成る。 ○秋、桃隣は芭蕉の画像開きを催し、其角・嵐雪・沾徳らと百韻興行(陸奥	化集編集のことや自らの俳論を記す。 ○上京中の井波の浪化は去来から芭蕉終焉の様子を聞き、『有磯海・となみ山』(暮春上澣奥)を井筒屋より刊行。 ○四月二五日、支考は桃花坊で『笈日記』「京都部」を記す。この頃、同所で去来・風国と三吟歌仙興行。 ○雲鼓は初めて試みた夜ごとの烏帽子付の会の秀逸をまとめ、『夏木立』(春もくれ自序)を刊行。 ○六月二三日、和海は鳥羽実相寺で助叟・為文らと貞徳追善の百韻を興行し、諸家の追善発句を集める(鳥羽蓮花)。 ○壺中・芦角は芭蕉追悼集『こがらし』(林鐘二日奥)を井筒屋より刊行。 ○七、八月頃、支考は京で『笈日記』(八月一五日奥)を編集し、井筒屋より	に遊び、帰途に青流を訪ねる(住吉物語)。 ○春、旅行中の助叟が東行(幽山)を訪れ、居合わせた鬼貫を交えて三吟歌仙成る。助叟は来山も訪問(みとせ草)。 ○三月から夏にかけて之道が伊賀・名古屋・美濃・桑名・近江を旅行、帰途に京の風国宅に立ち寄る。 ○この頃の秋、讃岐の吟墨が青流を訪れる(住吉物語)。	◇八月、金銀貨改鋳。 ○秋、惟然が筑紫行脚を思い立ち、伏見稲荷に詣でた後、広島を経て八月一五日頃に豊前小倉に着き、一二月に日田の朱拙を訪う。

衛)。

○秋、勤番で在府中の許六は野坡・利牛と三吟歌仙興行(韻塞)。

○一〇月一二日、芭蕉一周忌。其角は長慶寺で専吟・沾徳らと八吟歌仙興行(末若葉)。嵐雪は仙化・東潮らと九吟百韻を興行し、『若菜集』を刊行。沾圃・里圃は両吟歌仙を興行(翁草)。杉風は芭蕉庵で一周忌興行をし、同日を芭蕉会として月次興行を開始。許六は芭蕉庵に芭蕉画像を奉納。

○一一月二〇日、小沢卜尺没。

○冬、鋤立が上京。翌年九月に帰江か。

▽一晶『☆万水入海』。▽不角『☆水車』。

▽同『☆昼礫』。▽同『☆草結』。

刊行。

○九月一二日、去来は芭蕉の遺言により兄半左衛門から素竜清書『おくのほそ道』を譲り受け、自ら手写し跋を付して半左衛門に贈る。

○秋、言水は高野山に詣で、亡妻をしのび句を作るか(鳥羽蓮花・初心もと柏)。

▽只丸『白鷺集』(二月之望奥)。▽鷺水『誹諧よせかき大成』(九月念五刊)。

▽和海『鳥羽蓮花』(孟冬序)。▽路通『芭蕉翁行状記』。▽正武『*此大橋』。

○一一月中旬、西吟が和歌山の順水宅を訪れ、翌月に欠作の別荘に案内され八景の吟を興ずる(茶弁当)。

◇この年、奥羽・北陸不作、餓死者多数が出る。

▽如行『後の旅』。

▽文車『花かつみ』(梅見月上浣自序)。▽草也『備後砂』(五月自序)。

▽東藤『熱田皺筥物語』(八月跋)。

▽睡闇『やはぎ堤』(林鐘序)。▽北枝『喪の名残』(一一月刊)。

元禄九年　丙子(一六九六)

○二月一六日、沾徳は秋航と松島遊覧のため出立。磐城平に逗留し、四月二五日、内藤家より宗匠として五人扶持を賜う。十月に帰江か(文蓬萊)。

○二月一六日、東潮は栢十らと上京のため出立。五月に帰江し、記念集『ひらつゝみ』(夏序)を刊行。大魚ら門人は留守宅で歌仙興行し、『留守見舞』(三月中旬奥)を刊行。

○三月三日、如流は沾圃・里圃・乙州・其角らと三物興行(翁草)。

○三月一七日、桃隣は京の助叟と「おくのほそ道」巡遊のため出立。江戸の各宗匠より餞別句を得る。四月、磐城

○一月、寺田友英は父重徳の三回忌追善集『ねざめの友』を刊行。

○三月、支考は芭蕉三回忌法会を東山で行なう(発願文・和漢文操)。

○宗因引杖の地を行脚した轍士は、六○余州から句を乞い『元禄拾遺』(孟春自序)を刊行。

○春、風国は竜ヶ岡仏幻庵に丈草を訪ね両吟歌仙興行(初蟬)。

○春、言水は江戸の東潮を迎え晩山・我黒らと七吟歌仙興行(ひらつゝみ)。

○春、江戸の野坡が上京か(蓑虫庵集)。

○春、惟然が九州から帰洛。

○四月、伊予の羨鳥が上京。言水を訪

○青流編『住吉物語』がこの年(翌年とも)年頭に刊行とすれば、この時までに釣水(晩秋)・畦止没。また、一有は渭川と改号。

○春、江戸の東潮・柏十が大和紀行をなし、大坂にも立ち寄る(ひらつゝみ)。

○休計・路通の両吟歌仙(羽觴集)はこの春頃の成立か。路通が上京か(桃舐集)。

○四月、伊予の羨鳥が京都・高野山・

◇二月、伏見・堺など五奉行を廃止。

▽可吟『浮世の北』(春序)。

年	江戸	京都	大坂	備考
	平の露沾邸で沾徳らと一座。五月、仙台で一日三百韻興行。七月八日に帰江。○春、其角は膳所藩主の弟本多忠恒の四十賀宴に招かれ、里東・潘川らと梅見の歌仙興行(焦尾琴)。当時其角は藩主嫡男康命や松山藩主三嘯に伺候。○春、素堂は治水工事のため甲州へ帰郷。○春、正秀が下向。潘川の案内で芭蕉庵を訪問か(白馬)。○七月一七日、千里が入道し又損居士と号す。○一〇月一二日、野坡は芭蕉庵で芭蕉三回忌を催す。桃隣は嵐雪・素堂・挙白らと一七吟歌仙興行(陸奥鵆)。挙白はこの後に没。○この年、瓢海が諸国行脚から戻るか(其法師)。▽里圃『翁艸』(三月上旬奥)。▽史邦『芭蕉庵小文庫』(三月日刊)。▽一十竹『花鳥鯛』。▽一晶『☆一塵重山』(中秋念自序)。▽不角『☆矢の根鍛冶前集』。▽同『☆矢の根鍛冶後集』。	ね発句・脇の唱和、言水・好春・雲鼓らとの七吟歌仙を興行、『簾』(朱明上浣奥)を井筒屋より刊行。○九、一〇月頃、芭蕉の遺弟を訪ねる諸国行脚を発企した越中高岡の十丈は、伊勢についで京の去来・風国を訪問(射水川)。○一〇月二日、出口貞木没(71)。○一〇月一二日、去来は義仲寺で北枝・正秀・泥足・探志・惟然・丈草・諷竹らと芭蕉三回忌追善歌仙を興行(喪の名残)。▽鷺水『手ならひ』(正月踏歌節自序)。▽芳山『枕屏風』(八月刊)。▽貞徳『和句解』(八月吉日刊)。▽風国『初蝉』(重陽の日刊)。▽遊林子『反故集』(臘冬刊)。	吉野・大和旅行の途次に来坂、才麿・園女・西吟らと唱和、歌仙興行(簾)。○九月頃、越中高岡の十丈が芭蕉の遺弟を訪ねて諸国行脚の途中に来坂、芝柏・天垂と三吟(射水川)。○一〇月一二日、義仲寺の芭蕉三回忌俳筵に之道・舎羅が出座、大坂連中だけの三回忌歌仙興行もあった(喪の名残)。▽稲丸『呉服絹』(孟春下澣刊)。▽順水・西吟『茶弁当』。▽心藻『泉州鳥取俳諧集(仮題)』(三月刊)。▽『伊丹古蔵』(中秋日奥)。▽蘭風『椎柴集』。	
元禄一〇年 丁丑(一六九七)	○一月、不角は五句付興行を三句付に改める。○一月一五日、北村湖春没(50)。○二月、野坡の上京に際し杉風・曾良らは餞別七吟歌仙興行(はだか麦)。	○二月、江戸の野坡が上京し惟然と会う(続有磯海)。○閏二月、去来は其角に「贈晋氏其角書」を呈し不易流行を説く。○春、『梅桜』刊行のため上京した豊	○年頭、之道が諷竹と改号。○豊後日田の朱拙が諷竹と両吟歌仙を巻いたのはこの春か、翌年とも(後れ馳)。○春、諷竹らは奈良に遊ぶ(鳥の道)。	◇一月二三日、初代千宗室没(76)。

○春、一十竹は病子の平癒祈願に佃島明神参詣。全快記念に『梅干』撰集計画を改め、『延命冠者・千々之丞』(中夏下旬跋)を刊行し奉納。
○五月二日、其角は去来の「贈晋氏其角書」を『末若葉』の跋に流用。
○調和は元禄七・八年分の高点付句集『夕紅』(夏日序)を刊行し、元禄九・一〇年分の近刊を予告。
○夏、備中倉敷の除風が下向し奥羽に向かう。秋、江戸で嵐雪と両吟歌仙を興行し帰国(青莚)。
○七月五日、松江(本間道悦)が常州潮来で没(75)。養子友五が江戸から潮来に帰り本間家を継ぐ。
○八月一五日、岩翁は月見の宴に調和・山夕・艶士らを招く(水ひらめ)。
○九月九日、子葉(大高源吾)は赤穂に帰国のため出立。『丁丑紀行』が成り、沾徳の跋を乞う。
○秋、無倫・湖月ら二二五人による薄句合あり。
▽無倫『紙文夾』(素秋日序)。▽東潮『先日』。▽同『枝うつり』。▽不角『☆ふたご山前集』。▽同『☆ふたご山後集』。

後日田の朱拙は追加歌仙を風国・惟然らと興行か。朱拙は風国の援助で『後れ馳』を翌年刊行。
○五月末、江戸の湖月が上京か(紙文夾)。
○『国華万葉記』(五月刊)に「山城」「誹諧師」として湖春・梅盛・高政・信徳・常牧・西武・貞恕・恕泉(如泉)の住所が掲載。
○六月二日、鳴海の知足が上京。一九日、如泉宅を訪ね、信徳・言水・我黒・去来らの動向を聞く。如泉は知足発句に脇・第三をつける。同日、高政を訪ね歌仙興行をするが未完(たびまくら)。
○九月、風国は『菊の香』を刊行。『初蟬』の誤りを訂正し、去来の「贈晋氏其角書」と『末若葉』所載の「贈晋渉川先生書」を併載。
○一〇月下旬か一一月上旬、許六は「贈落柿舎去来書」で其角にかわって去来を論難。一二月、去来は「答許子問難弁」で自説を強調(俳諧問答)。
▽挙堂『真木柱』(閏二月二九日刊)。▽鷺水『誹諧指南大全』(四月日跋)。▽轍士『葵車』(梅雨奥)。▽鷺水『誹林良材集』(九月念五自跋)。▽似船『ちよのむ月』(一一月中旬刊)。▽助叟『三歳草』(冬自序)。

○夏、筑前箱崎の哺扇が来坂し、諷竹の援助で『染川集』(初秋序)を編む。
○八月刊行の『☆誹諧江戸土産』は、雑俳流行に便乗して現れた書肆の手になる無責任な撰集のはしりとされる。
○冬、洒堂は膳所に帰ったか。
○この頃、考越(曾米)が長崎に移住。
○この年までに瓢界は江戸に移住し瓢海号を用いる。
▽瓶月庵『☆ぬりがさ』(如月刊)。▽休計『羽觴集』。

○六月、園女は羽伸と大磯に三千風を訪ねるが留守のため堵岩に発句・脇を送る(菊のちり)。
○夏、芭蕉曳杖の後を慕った惟然が北陸から奥羽に行脚、越年。
○秋、越中高岡の十丈が伊勢参宮のついでに文考を訪う。
◇酒屋に酒価の五割の運上金を命ずる。
▽荷兮『橋守』(二月下澣奥)。▽鶴声『柱暦』。

年	江戸	京都	大坂	備考
元禄一一年 戊寅(一六九八)	○一月下旬、旅中の惟然を芭蕉庵に迎え、杉風・曾良・野坡らは一二吟の歓迎歌仙興行(菊の道)。惟然は春中に江戸を離れる。 ○調和は貞享四年から元禄七年の五句付高点集『☆洗朱』(季春日序)を刊行。付録の『面々硯』には諸家と一座の連句六巻を収録。 ○六月一二日、伊勢の涼菟が下向し口遊亭に逗留。其角・嵐雪らと連句五巻を興行、『皮籠摺』草稿を増補し其角の序を得て、九月に上京。 ○八月、大坂より下向した東行は幽松亭で立志・嵐雪らと歌仙興行(東行撰集抄)。 ○九月、子珊は『続別座敷』の編集を終える。 ○一〇月三日、冠里(安藤信友)は備中松山藩を襲封。其角は前年頃から伺候か。 ○一〇月初旬、野坡が長崎に向けて出立。 ○一二月二日、暁雲(英一蝶)が三宅島に流罪となり、宝永六年に赦免。 ○一二月一〇日、大火のため其角・嵐	○二月七日、井波の浪化は去来の猶子守寿の死に哀悼の詩を送る。 ○三月、許六は「再呈落柿舎先生書」を草し、「自然之論」「自得発明弁」「同門評判」を添えて去来に呈す(俳諧問答)。 ○五月一日、風国は浪化宛書簡で『続有磯海』入集句のとりつぎなどを連絡。 ○夏から秋にかけて素堂が上京。芭蕉の塚に詣で発句二を手向け(続有磯海)、鳴滝で茸狩をし(橋南)、蕉翁の遺風が天下にみちた今こそ新風を起こすべきと去来に語る(去来抄)。 ○六月下旬、去来は長崎への旅に出立。 ○八月三〇日、在長崎の去来は風国宛書簡で小倉・長崎での発句を示す(泊船集)。 ○一〇月一三日、伊藤信徳没(66)。 ○一一月上旬、浪化は去来・風国の援助で『続有磯海』を編み、井筒屋より刊行。 ○一一月、風国は芭蕉の遺句五七四、「芭蕉翁道乃記」(野ざらし紀行)、蕉門諸家の発句二四〇余をまとめ、『泊船集』と題し井筒屋より刊行。 ○一二月、去来は長崎で『篇突』『泊船集』『続有磯海』を受け取り、魯町・卯七らと『篇突』に対する論を交	○諷竹・舎羅が歳旦一枚刷を上梓。 ○一月一四日、鬼貫は百丸蔵の「六玉川」に野路の玉川の賛を依頼すべく大坂国分寺の南源和尚を訪ねる(続七車)。 ○二月、支考が伊勢山田から難波へ赴き、四月二〇日、九州への旅に発つ。舎羅も同行の予定であったが、取りやめて西宮まで送る(梟日記)。 ○春、中沢呂圭『亀島眺望集』が成り、青流が跋を寄せる。 ○四月、讃岐の露泉・細石・源五が来坂、露泉の師才麿を訪れ、才麿は五月下旬付で露泉編『網代笠』に序を与える。集中、諷竹・細石・何中・露泉・源五による歌仙などあり。 ○五月、諷竹ら奈良に遊ぶか(砂川)。 ○五月二二日、土橋宗静没(63)。 ○六月頃、東行(幽山)が東下、九月中旬に帰坂(東行撰集抄)。 ○六月三日、東に旅立とうとする伊勢の涼菟の許へ諷竹が行きあわす(皮籠摺)。 ○七月一日、長崎へ赴く去来が難波に入り(きれ〴〵)、園女亭を訪れ(旅寝論)、七月七日に小倉着。 ○七月六日、鬼貫に奉行所から仕官の話があり、七日・一三日に出坂したが、成就せず(藤原宗邇伝)。	◇二月、出版取締令を再令。 ◇七月、柳沢吉保を老中の上に列する。 ○八月一〇日、捨女が播磨網干竜門寺の傍らの不徹庵で没(66)。 ◇九月六日、江戸大火(勅額火事)。 ◇一〇月二三日、木下順庵没(78)。 ○この年、三千風が再度の九州行脚をなし、越年(倭漢田鳥集)。 ○冬、伊勢にて支

	雪ら罹災。其角は貞亭元年以来の日記を焼失。▽其角『宝晋斎引付』。▽沾圃ら『続猿蓑』(五月吉日跋)。▽艶士『水ひらめ』(季夏上旬刊)。▽種文『俳諧猿舞師』(七月自序)。▽桃隣『陸奥鵆』(八月望にちかきころ跋)。▽蝶々子『*六部集』。	わす(旅寝論)。○この年、助叟は三千風の九州行脚に同行し、そのまま郷里長崎に永住か。▽井筒屋『大三物』。▽鷺水『誹諧新式』(二月二五日奥)。▽幸佐『二番船』(元禄七―一一年刊)。▽同『三番船』(林鐘吉日刊)。▽竹亭『誹諧をだまき綱目』(夏日刊)。	○秋、伊冊没。○秋から冬の頃、舎羅が京都の辺を行脚、帰坂後転居。○この年頃(一四年迄に)出獄した凡兆が妻羽紅と共に大坂に移住。▽諷竹『淡路島』(三月一七日自跋)。▽同『砂川』(仲冬自序)。▽三惟『*鳩の水』。	考、涼菟・乙由らと『伊勢新百韻』を興行、新風を鼓吹する。▽露泉『網代笠』(五月下旬序)。
元禄一二年 己卯(一六九九)	○一月一〇日、子珊没。○二月、良因(貞柳)が大坂より東下して紀行『海道東行』をなし、序を素堂に乞う。○三月三日、聊和・艶士・和英らが三物興行(伊達衣)。○四月、一甫(東潮)が上京、朝叟・百里らで五吟の餞別歌仙興行(えの木)。○夏、名古屋の東鷲が下向。岩翁亭に滞在し、山夕・艶士らとの七吟歌仙、其角・沾徳らとの五吟歌仙、調和らとの四吟八句興行。秋、同郷の丹水を訪ね、不角と両吟歌仙を興行して帰国(小弓俳諧集)。○夏、路通が新城から下り磐城平に向から(露沾集)。前後して新城藩家老耕月も下向。○夏、其角は五吟歌仙を興行し等躬に送る(伊達衣)。○七月、鋤立が松島に遊吟(伊達衣)。○九月、仙化が西上か。翌年とも(杜	○春、能登七尾の提要は京で如泉・我黒・晩山・言水・方山らと連句数巻を興行し、『能登釜』(中春下旬跋)を刊行。○三月二三日、豊後日田の里仙が京で風国と歌仙興行、膳所にも赴く(豊西俳諧古哲伝草稿)。○三月、去来は長崎で『旅寝論』を著し『篇突』を論難。野坡と会う。○春から夏にかけて、支考は京を起点に近江・美濃・尾張・伊勢等に赴き、各地で表合興行(東華集)。○四月一七日、方山は北国行脚に出立し、閏九月一七日、帰途につく(北の筥)。○四月中旬、越中井波の路健が風国を訪ね、泥足らと五吟歌仙興行(旅袋)。○夏、丈草は京の風国の許で療養し、七月下旬、路健編『旅袋』の序を記す。○九月、去来は長崎を出立。一〇月上	○春、能登七尾の提要が京坂を旅行し、大坂では才麿・園女・渭川・甘千(甘泉)らと数度の俳筵あり(能登釜)。○二月、鬼貫は伊丹領主近衛家の家来分に成される(有岡庄年代秘記)。○諸書に載る舎羅が夜盗に入られたという話はこの年春のことか。○初夏、越中井波の路健が来坂、帰坂していた曾米(考越)に舎羅・諷竹・芙雀を交えて歌仙興行(旅袋)。○四月中旬、舎羅は近江無名庵で『蓑笠』を浄書。○四月、西鶴遺稿集『西鶴名残の友』が刊行され、俳人の逸話を多く収録。○夏、豊後日田の里仙が来坂して諷竹・天垂と歌仙興行(豊西俳諧古哲伝草稿)。○六月、舎羅が剃髪(あさくのみ)。○九月頃、支考・園女・雲鈴・渭川・	◇一月、坂田藤十郎が近松門左衛門作『傾城仏の原』を演じて大当たり。○三千風が九州から四国に渡り、丸亀の可悦、讃岐の寸木らと会す。◇六月一六日、河村瑞軒没(83)。▽朱拙『けふの昔』(正月自序)。▽梅可『ひがむの月』(如月一七日校)。▽雪丸・桃先『茶のさうし』(きさらぎ校)。▽句空『誹諧草庵

年	江戸	京都	大坂	備考
	撰集)。○一〇月、杉風は子珊編『続別座敷』を補撰し跋を記す。○一一月、不角は三句付興行を二句付に改める。調和もすでに三句付興行を一句付に改め、立志・艶士と三評で勝句一〇番を選ぶ。	句、帰洛し眼病を患う(回家休)。○方山が『北の筥』(初冬中旬自序)を刊行、鷺水は芭蕉七回忌追善句を、言水は鳥羽での貞徳翁五十回忌追善句を寄せる。○この年、雲鼓は備前岡山を遊歴(西国船)。	三惟・柴友で歌仙成るか(菊のちり)。▽鬼貫『仏の兄』(正月刊)。▽舎羅『蓑笠』(卯月自跋)。▽三惟『梅の嵯峨』(仲夏跋)。▽天垂『誹諧男風流』。▽芙雀『鳥鷺』(初秋序)。▽舎羅『あさくのみ』(九月自跋)。	集』(春自序)。▽荷兮『青蔦集』(四月自序)。▽東鷲『小弓俳諧集』(閏九月奥)。▽白雪『誹諧曾我』(秋閏月自序)。
元禄一三年 庚辰(一七〇〇)	○三月、嵐雪が上京のため出立。義仲寺の芭蕉の墓を訪ね素堂に会い(風の上)、京に入る。氷花は嵐雪西上直後に京に移住か(杜撰集)。○四月、野坡は長崎で後見した宇鹿・紗柳編『草の道』の跋を記す。○秋、大町が越路を遊歴か。○八・九・一〇月の各一二日、杉風は芭蕉庵で深川連衆と歌仙興行。一〇月	○二月末、浪化は京で常如の七回忌法要に出座のため井波を出立。去来と対談し、六月半ばに帰国(そこの花)。○三月一二日、支考は義仲寺で芭蕉七回忌繰り上げ法要を主催。千句興行には京の去来・野童・風国らをふくむ二三八人が参加(帰華)。○春、能登七尾の長久・勤文が上京。長久は如泉・晩山・言水・方山・鞭石らと三物興行し、『欅炭』(弥生日序)を井筒屋より刊行。勤文は東山の亭で言水・如泉・方山らと七吟世吉を興行し、『珠洲之海』(弥生の日跋)を井筒屋より刊行、信徳一座の連句二巻を追悼のため収める。○春、在京中の江戸の一甫(東潮)は竹宇・左波と三吟歌仙興行。洛紀行を加えて『えの木』を井筒屋より刊行。○五月、上京中の嵐雪は金毛・轍士ら	○一月一二日に奥州南部の雲鈴が難波津を発ち、五月一二日に佐渡着(摩詰庵入日記)。○この頃の二月、許六は湯の山へ行き、帰途大坂に立ち寄る(青莚他)。○三月一二日、支考が義仲寺で行なった芭蕉七回忌繰り上げ法要に大坂から諷竹・舎羅が出座(帰華)。○三月二三日、榎並貞因没(80)。○春から秋、舎羅が作州落合から久世にかけて行脚、後に四国讃岐に渡る(追鳥狩・荒小田)。○四月、翁塚を造った浪化の求めに応じて諷竹が十百韻の中の百韻を成す(そこの花)。○四月下旬に伊予を発った羨鳥が来坂、岸紫亭で六句興行、五月六日に大坂を出て大和・吉野を巡り、再び大坂に来て諸家と風交を結び旅亭の鶴屋で『高根』三巻を撰し翌年刊行。○六月、嵐雪が来坂、仙化の旅宿を訪	○三月一二日、支考は膳所義仲寺で芭蕉七回忌「一日千句」の追善を催し、『帰華』(翌年刊)を編む。

	の芭蕉七回忌には素堂も参会し懐旧の七唱あり。これらをもとに追善集『冬かつら』を上梓。 ○八月下旬、嵐雪が帰江。 ○八月、利牛は野坡が長崎で後見した曾米編『はだか麦』の序を記す。 ○一〇月一二日の未から丑の刻にかけて、其角は東潮・沾洲らと七景題の七吟歌仙七巻を興行し、芭蕉七回忌追善集『三上吟』を上梓。 ○冬、百里は嵐雪・氷花と三吟百韻を興行し、詞書で親句・疎句を禅の有儀・無儀になぞらえて説く(杜撰集)。前年とも。 ○初冬の頃、因角(淡々)が大坂から移住。不角・其角に接近し、渭北と改号。 ▽調和『十の指』(首夏序)。▽子珊『続別座敷』(仲夏奥)。▽無倫『蒲の穂』(仲夏日自序)。▽調和ら『風月の童』(季冬日序)。▽不角『*比翼集』。▽柳水・女草・和石『*柳の水』。	と連句興行(海音集)。七月には妻の初盆会を京で迎える(杜撰集)。 ○五月、伊予の羨鳥が大和から吉野を旅行。京では言水との両吟歌仙、我黒・天春との三吟二八句を興行(高根)。 ○五月、鬼貫が上京(仏兄七久留万)。 ○春から夏の末にかけて、浪化が京に滞在し去来と対談(そこの花)。 ○九月六日、神戸定之没(50)。 ○一〇月一二日、芭蕉七回忌に去来は風国・之道・北枝・正秀らと追善歌仙興行(水の友)。 ○冬、伊予の淡斎が上京(其木がらし)。 ▽方山『誹諧暁山集』(孟春吉日跋)。▽鷺水『三才全書誹林節用集』(三月刊)。▽言水『続都ぶり』(卯花月始自序)。▽如泉『松ばやし』(霜月吉日刊)。▽『*誹諧馬たらい』(十一月跋)。▽『*誹諧歌かるた』(十一月跋)。	ね京から同道した氷花を交えて三吟歌仙成る(杜撰集)。仙化は昨年より在坂か。 ○夏から秋の頃、備中の除風が来坂、諷竹・舎羅・芙雀・三惟・天垂らと歌仙を興行、諷竹の序を得て『青莚』(南呂の日校考)を撰し刊行。 ○秋、四国讃岐の寸木・芳水が来坂、諷竹・舎羅・天垂らと歌仙興行(金毘羅会)。 ○一〇月一二日、舎羅亭で芭蕉七回忌百韻興行(荒小田)。 ○冬、正秀が来坂か(蝶すがた)。 ○冬頃から翌年夏頃にかけて、百丸は活躍中の諸俳人に「六玉川」賛を依頼。 ○淡斎が来坂(其木がらし)。 ▽西吟歳旦帳。▽蘭道『ふたつもの』(正月中旬刊)。▽閑酔『☆たみの笠』(正月刊)。▽才麿『うきき』(南呂自序)。▽『菊の賀集(仮題)』(暮秋奥)。▽笑種『続古今誹手鑑』(陽月序)。	◇一二月六日、徳川光圀没(73)。 ○一二月一七日、伊賀の風麦没。 ▽寸木『金毘羅会』(九月序)。
元禄一四年 辛巳(一七〇一)	○二月二〇日、素堂が上京のため出立。 ○三月一四日、梅谷(浅野長矩)は殿中刃傷事件により切腹。 ○三月、沾徳は了我を伴い上京。	○一月、和海は『三千風笛探』を編集、跋を記す。 ○春、浪化は三月九日から一二日までの一如一周忌法要出座のため上京。 ○春、肥後熊本の乙明が京の柳後園で支考に入門(俳諧さゝめごと)。 ○春、上京中の沾徳・了我は東山で竹宇・言水・好春・我黒と六吟一巡興行	○二月二五日、惟然が鬼貫の許を訪い、二八日に帰京の途に就く(仏兄七久留万)。あるいは一二年のことか。 ○この頃、来山の母が没し、来山は結婚、渡辺橋の近くへ移居。 ○この年も夏から冬にかけて舎羅は中	◇二月二五日、契沖没(62)。 ◇三月一四日、江戸城中で赤穂城主浅野長矩が高家吉良義央に斬りかかり、切腹改易を命ぜられる。

年	江　戸	京　都	大　坂	備　考
	○五月、艶士は調和との前句付三評をやめる。この頃、露月らは冠付興行を開始。 ○夏、新城の白雪が下向し、其角・杉風・曾良らと連句興行(きれ〲)。 ○夏、其角は大町祖父三十三回忌に列し、七吟世吉興行(涼石)。 ○夏、不角は好角・好柳と江の島・鎌倉に遊び、『紀行笠の蝿』を上梓。 ○夏、乙州が下向。 ○七月下旬、野坡が長崎から帰江。 ○八月一五日、膳所藩士の潘川・里東・臥高は其角と四吟半歌仙興行か(白馬)。 ○八月、素堂が上京し越年。 ○一〇月八日、子葉が下向。入れ違いに沾徳は磐城平に赴き越年。 ○この年、渭北は其角から「誹諧之秘記」の伝授を受ける。 ▽不角『福神通夜物語』。▽其角『焦尾琴』(雁かへる比自序)。▽嵐雪『杜撰集』(六月中旬奥)。▽大町『涼石』(初秋日奥)。▽東潮『*荏柄千句』。▽調和ら『風月の童後篇』。	(一番鶏)。沾徳は在京中『文蓬莱』を井筒屋より刊行。 ○六月二〇日、野童が仙洞御所宿直所で落雷のため没。去来は浪化に書簡でこれを知らせ、浪化・支考は追悼句を寄せる(そこの花)。 ○夏、沾徳は言水・了我との三物、好春・了我らと五吟歌仙を興行し(一番鶏)、輶士・子葉らの餞別吟を得て帰江。 ○七月三日、伊藤風国没。支考が追悼の句文、去来・浪化も追悼吟を寄せる(そこの花)。 ○七月、野坡が長崎から帰江の途次に去来を訪問(悼去来風子之文)。 ○九月、子葉は東下に際し松雨・東流・了我らと七吟歌仙興行(一番鶏)。了我はこの年『一番鶏』を井筒屋より刊行。 ○一〇月二七日、藤谷貞兼没(87)。 ○秋から冬にかけて、雲鼓は因幡・伯耆・美作地方を行脚。 ▽輶士『俳諧菩薩』(六月望跋)。▽菊屋長兵衛『誹諧わたぼうし』。	国・四国方面行脚か(しばはし)。 ○五月六日、惟中は貞徳の『天水抄』を甘泉(芳室)に伝授。 ○秋、子葉(大高源吾)が来坂、才麿を訪ねた後、箕面に帰郷していた涓泉(萱野三平)を見舞い、桜塚の西吟、伊丹の鬼貫の許へ赴く(二ッの竹)。 ○この年、泉石(三宅石庵)が讃岐から大坂に移住。 ○この頃、萩石が近江へ帰住。 ▽蘭道『ふたつ物』(正月中旬刊)。▽『☆誹諧寄太鼓』(孟春刊)。▽舎羅『荒小田』(卯月五日奥)。▽舎羅・露堂『追鳥狩』(初秋奥)。▽伴自『まひのは』(秋跋)。▽『☆誹諧絹ばかま』(一〇月吉旦奥)。▽『☆かはりごま』(霜月奥)。▽『☆鳥おどし』(一一月刊)。	○四月一〇日、支考は京都を発って芭蕉の墓前に参拝後、大垣を経て越前敦賀・加賀山中・金沢から六月二一日に井波瑞泉寺着。 ○九月二三日、伊賀の風睡没。 ▽三千風『倭漢田鳥集』(孟陬日序)。▽寄木『まくらかけ』(五月跋)。▽白雪『きれ〲』(六月自序)。▽東鷲『乙矢集』(七月奥)。▽万子・支考『そこの花』。▽十丈『射水川』(文月一二日自序)。
元禄一五年 壬午(一七〇二)	○一月一四日、涓泉(萱野三平)が郷里摂州萱野で自刃(28)。 ○春、巴人は郷里野州烏山の天満宮に其角・嵐雪・専吟・琴風・渭北の句を	○二月二〇日、上京中の浪化は去来亭で支考・范孚・吾仲と五吟歌仙興行。 ○二二日、支考と京を発って丈草や許六を訪問。三月五日から一二日まで一如	○年頭頃、呂圭が魯鶏と改号。 ○春、青流が江戸に移住(野がらす)。 ○団水が西鶴庵を出て帰洛したのはこの年春か(かぶと集)。	○一月、惟然が播磨に向かうべく美濃を発ち、夏まで姫路滞在、その後

奉納(杖の上)。
○春、青流が堺から移住(野がらす)。
○春、其角は新刻の半面美人印を冠里邸の万句興行で披露。記念に渭北・沾徳・巴人らで百韻興行(二のきれ)。
○四月、了我が帰江。
○五月、素堂が帰江。
○五月、不角は一蜂と川越の明角を訪ね、『入間川やらずの雨』を編む。
○秋、京の秀可が其角亭に逗留し歌仙・世吉各一巻興行、沾徳・桃隣らとも歌仙興行(東西集)。
○七月二三日、杉風は大聖寺藩の厚為宛書簡で蕉風を説く。
○八月二一日、北村正立没(51)。
○閏八月、野坡は長崎で『袖日記』を草し、去来に同調、支考・許六・其角を難じる。
○閏八月一五日、其角・沾徳は観月会を催し、沾洲・専吟・了我・秋色らと三物興行(一二月箱)。
○秋、曾良は更科を経て上諏訪に帰郷。
○一一月一五日、其角・沾徳らは貞徳五十回忌追善五十韻を興行(類柑子)。了我は貞佐と改号。
○一二月一五日未明、沾徳邸に子葉か

三周忌法要に出座。
○三月四日、乾貞恕没(83)。
○三月下旬、三河岡崎の胡叟が上京。轍士・氷花・了我らと一〇吟世吉を興行し、『かぶと集』を井筒屋より刊行。
○三月、轍士は匿名で『花見車』を刊行し、諸俳人を遊女に見立てて論評。
○団水は『鳴弦之書』で『花見車』の著者を暴露し一一か条にわたり論難。
○五月、言水は石見の巨海編『石見銀』の刊行を援助し跋を記す。
○夏、了我は『二番鶏』を刊行し東下。子葉・如泉・言水・竹宇・東潮らによる餞別興行があり、子葉は餞別集『二つ乃竹』(仲夏序)を上梓。
○夏から秋にかけて、秀可が江戸を経て陸奥地方へ赴く。九月に帰洛(東西集)。
○夏から秋にかけて、団水は九州を遊歴、小倉の俳人と『小倉木綿集』を編む(東西集)。
○一〇月中旬、去来は義仲寺の芭蕉墓に詣で、丈草・正秀・吾仲らと歌仙興行し(玉まつり)、北枝ら八八人の百韻興行に参加。
○一一月上旬、去来は仏幻庵に丈草を訪ね歓談。
○冬、長崎の先放が上京、落柿舎で去来・支考と三吟歌仙興行(渡鳥集)。

○五月、盤谷が二〇年ぶりに帰坂、産土の神社へ奉納した句などを集めて『古園誹格(桑梓格)』を編み、一一月中旬に帰東。
○夏、惟然が鬼貫を訪ね、秋の山陽旅行の帰途にも立ち寄る(二えふ集)。
○七月、前年近江に帰った萩石が『野がらす』(初秋奥)を刊行。
○秋から冬にかけて舎羅が美濃・尾張・三河を行脚(千鳥掛他)。
○芳水が讃岐から大坂へ移ってきたのはこの頃か。

備前岡山から美作を行脚、姫路を経て、一〇月一二日に丈草の庵を訪れ、風羅念仏を演じて人々を驚かす。
○一月二〇日、能登七尾の大野長久没(60)。
○二月下旬、支考が加賀に行脚。
○春、三千風が三度目の九州行脚に出立したか。
○一一月一四日、播磨の春色没(57)。弟の桃源川が追悼集『花皿』を編み、翌年刊。
◇一二月一五日未明、赤穂浪士が吉良邸に討ち入り吉良義央を討つ。
○土芳『三冊子』

年	江戸	京都	大坂	備考
	らの書状が届く。其角は三嘯(松平定直)・玉芙(仙石右近)邸で昨夜の赤穂浪士事件を知る。▽松淵・喜至『☆冠独歩行』(孟春吉日奥)。▽松葉軒『☆赤烏帽子』(九月吉日刊)。▽万屋清兵衛『☆もみぢ笠』(十月吉日刊)。▽調和『相鎚』(冬奥)。▽盤谷『桑梓格』。	○冬、去来は芭蕉著『おくのほそ道』の出版に尽力。○前年かこの年、高瀬梅盛(84)没。▽鷺水『☆若ゑびす』(正月吉日奥)。▽言水『一字之題』(仲春自序)。▽雲鼓『☆西国船』(二月中旬刊)。▽瀦蛙『☆俳諧口三味線』(応鐘上浣刊)。▽吾仲『柿表紙』(冬序)。	▽芙雀『駒掫』(亢陽中旬奥)。▽車庸『まつのなみ』(仲秋日跋)。▽『☆当世誹諧楊梅』(九月一六日奥)。▽稲丸『*藤花蔓』。	成る。▽白雪『三河小町』(一一月二一日奥)。▽文考『東西夜話』。▽惟然『二ゑふ集天』。▽浪化・文考『玉まつり』。
元禄一六年 癸未(一七〇三)	○一月二九日、季吟は八十の賀宴を催す。○二月四日、子葉(大高源吾)・春帆(富森助右衛門)・竹平(神崎与五郎)をはじめ放水・白砂・可笑・秀峰・如柳・漸之ら赤穂浪士が自刃。其角・沾徳らは追悼歌仙興行(類柑子)。○三月四日、沾徳主催の子葉・春帆・竹平追悼会に其角らが参加(類柑子)。○三月、肥前松浦の起丸は江戸の旅宿で『枝葉集』を撰。○春、其角は前年没した播州の春色追悼句文を草して弟の桃源川に送り、桃隣・一晶・一十竹も追悼句を寄せる(花皿)。○四月九日、不卜の十三回忌に不角が剃髪し、桃隣が賀句を寄せる。不角は表合興行を始め、無倫・友雅らも半歌仙合を興行。一晶の歌仙合興行は脇起しを初裏起しに変更。	○二月二日、鬼貫が伊丹より京に移住(続七車・仏兄七久留万)。○春、越後柏崎の郁翁が重英と上京、言水・晩山・似船らと交流し、『柏崎』(一一月下浣序)を井筒屋より刊行。○四月頃、浪化が上京。九日から五昼夜営まれた父琢如の三十三回忌法要に出座し、一三日は父の牌前に焼香。二〇日、来遊中の支考は浪化の仮寓を訪問(霜のひかり他)。	○春から初夏の頃、矩久が生玉の辺に移居(青すだれ)。○春から夏、備中松山の梅員が来坂	◇二月四日、赤穂浪士に切腹を命じる。◇五月、近松門左

○五月二八日、不角は備角の岡山帰藩に同行し、京に向かう。八月、丹後宮津で紅箏編『☆ててうち栗』を後見し、九月初旬に帰江。
○八月一二日、国詰めとなった其雫は其角に同行を望むが、紫紅が代りに秋田へ移住。九月一三日、其角・沾徳らは餞別歌仙興行をし、粕壁まで送る(類柑子)。
○九月三日、嵐雪の妻烈女没。
○九月、一晶は還暦記念の独吟百韻で宗因・似船・常矩・桃青・鬼貫ら旧風八体に擬す(八衆懸隔)。
○九月、渭北が鹿島参宮(安達太郎根)。
○秋、東潮が京から帰江。
○秋、野坡が筑紫から帰江。
○秋、徳島の一棟が東下、其角や来遊中の一風らと歌仙興行し、同郷の湖心・呉雪や雨音の旅宿を訪ね、九月二〇日過ぎに帰国の途につく(太胡盧可佐)。
○一〇月二一日、巴人・夕全・斟斗は篁影会興行歌仙で沾徳・湖十・沾洲・貞佐・東潮らと一座し、其角に加点を依頼。
○一一月二二日、大震で其角が罹災。二九日の大火で嵐雪・杉風・岱水らが罹災。
○冬、其角は丈草宛書簡で惟然を俳賊

○五月一二日、北向雲竹没(72)。
○五月一四日、言水・鬼貫らは金毛亭日待の宴に招かれ俳諧興行(仏兄七久留万)。
○春から秋までの間に、月尋が京に移住か。
○七月二三日、上京中の不角が法橋叙位。二六日、言水亭で柳角・鞭石・好春らと歌仙興行。同じ頃、伏見の修角公の御船で法橋叙位の賀を賜り、それを立句に諸俳人と歌仙興行(一峠)。江戸で明角と両吟の百韻未満を柳角と満尾(広原海)。
○夏、佐渡から上京した雲鈴は去来を訪ねるが会うを得ず(入日記)。
○八月、如泉は「京祇苑奉納一万句寄」の集句九千三百余から絵馬書二百句を選び、丹州福智山夏藤軒より刊行(書名未詳)。
○一〇月九日、井波の浪化没。去来は追悼句を寄せる。
○この年、貞悟(春澄)は心圭や草津の重道らによる貞徳五十回忌に追善発句を寄せ(箱伝授)、この頃より貞徳嫡伝四世を自称。
○この年から翌年までに、去来は『去来抄』を草す。

(岨のふる畑)。
○六月二〇日、岡本宗直七十賀百韻連歌に惟中も出座。
○秋、西吟は近隣俳人による奉納俳諧一一四〇余韻中の秀逸百句を選び、額に書して拝殿に掲げる。
○一二月、北摂池田の蟻丸没。
○この冬頃、来山は渡辺橋付近の仮寓から淡路町の家に帰る。
○この年頃、稲丸が海棠と改号したか。

衛門作『曾根崎心中』初演。
○五月末から六月の頃、文考は京から北越に向かう。
○一〇月九日、金沢で浪化没(33)。文考が追悼集『霜のひかり』を編む。
◇一一月一四日、続けて同二九日、江戸大火。
◇一一月二二日、南関東大地震で江戸市中も大災害。
◇一二月、大坂堀江新地ならびに曾根崎新地を開発。
○この年、三千風が厳島神社に額を奉納。九州からの帰途に立ち寄ったか。
▽惟然『二えふ集』(初夏下旬跋)。

年	江戸	京都	大坂	備考
	と罵り、正秀も狐狸かと疑う。○この年、樋口山夕没。仙水が二世を襲号。○この頃、止水が白雲と改号(分外)。▽和泉屋三郎兵衛『☆誹諧媒口』(正月吉祥日刊)。▽松葉軒『☆たから船』(正月吉祥日刊)。▽無倫『☆不断桜』(七月下浣自序)。▽不角『☆誹諧広原海』(仲秋自序)。▽一晶『☆八衆懸隔』(秋自序)。▽備角『蠅袋』。▽不角『一峠』。▽調和『☆続相槌』(元禄年中)。▽友雅『☆女郎蜘』(同)。	▽井筒屋『歳旦集』。▽鉄の舟『☆俳諧いかりつな』(正月吉祥日跋)。▽紫珊瑚『☆万歳烏帽子付合大全』(新春吉日奥)。▽上村平右衛門『☆誹諧当役者』(正月刊か)。▽月尋『とてしも』(暮秋下流跋)。▽菊屋長兵衛『☆はいかい打出の搥』(元禄末年)。▽梨節『反故ざらへ』(元禄年中)。	▽『☆誹諧かざり藁』(初春奥)。▽『☆当流誹諧村雀』(初春奥)。▽『☆すがたなぞ』(正月奥)。▽閑酔『☆俳諧辻談義』(正月刊)。▽『☆俳諧曲太鼓』(孟春奥)。▽『☆うき世笠』(孟春奥)。▽清倍『☆はいかい日本国』(八月序)。▽天垂『誹諧百歌仙』。	▽牧童『草苅笛』(仲秋日序)。▽東鷲『己が家』(仲秋日奥)。▽五桐『行脚戻』(初冬中浣自序)。▽宇中『夜話くるひ』(霜月自序)。▽素覧『幾人水主』(仲冬下浣自跋)。▽巴静『草まくら』。▽水音『よの柳』。
元禄一七年 宝永元年 甲申(一七〇四) ＝三月一三日改元	○冠楽堂は『☆雪の笠』(正月吉日刊)で冠付の流行をのべハメ句を礼賛。伊陽の麟子編『誹諧よりくり』(孟春跋)は東西の俳風を比較し、其角の俳諧が上方で好評と記す。○一月七日、須賀川の等躬が来遊し、翌年四月まで滞在(一の木戸)。○一月、羽州松ヶ崎の柳舟が来遊し、東潮・序令と三物興行、二月一一日に伊勢参宮した後、其角・嵐雪・沾徳らとも会吟し、記念集『浜荻』(初夏上澣跋)を刊行して帰国。○二月一九日、才牛(初代団十郎)が市村座舞台で横死(45)。其角らが追悼句を寄せる。○四月上旬、素堂が京に向かう。	○二月中旬、団水・秀可は一昨年の九州・陸奥行脚の成果をまとめ、『東西集』と題し刊行。○五月二七日、去来は伊賀の半残・土	○春、生重没。○二月二日、舎羅が備中倉敷で梅花千句の発句を詠む(鏽鏡)。○夏、鬼貫は伊丹から大坂の東行の俳	◇二月、幕府は大和川付け替え工事に着手、一〇月に竣工。○二月二四日、近江の仏幻庵で丈草没(43)。魯九の手で追悼集『幻の庵』(五月下浣奥)刊。◇三月一二日、伊藤仁斎没(79)。○春、支考は北越にあり。○四月一三日、鳴海の知足没(65)。

○五月、序令・沾洲・白獅が上京するに際し、其角・朝叟・沾徳らは餞別の連句興行(のぼりつる)。
○六月、不角は二句付興行を改め、一前句に二付句一組を募集。
○夏、岱水は自宅再建記念の歌仙興行をし、『きその谿』(九月序)を編む。
○八月三日、嵐雪は再建間もない雪中庵に帰江した序令・沾洲を迎え百里と四吟歌仙興行(のぼりつる)。
○八月、酔月は上州富岡に下り、翌年一月まで毎月四回前句付を興行。
○八月一六日、序令は再建された朝叟亭で、東山興行の世吉を其角・嵐雪・沾徳らと百韻に満尾(のぼりつる)。
○八月頃、園女が東下か(安達太郎根)。
○九月二〇日、其従主催の夜宴に其角・嵐雪・沾徳らが参加(のぼりつる)。
○秋、杉風が採茶庵を再建。
○一一月、沾洲は篁影堂新枢探題句会の点者となり、其角・嵐雪ら一四名が参加、沾徳は欠席。
○この年、一晶は五百韻を独吟し一二年目で千句を成就(千句後集)。
▽無倫『元禄十七歳旦』。▽艶士『分外』(花季跋)。▽序令『のぼりつる』(建子月日跋)。▽万屋清兵衛『☆江戸すゞめ』(霜月日刊)。▽玉雪『☆もゝの日』(霜月日跋)。▽不角『☆世登利富

芳宛書簡で前年大晦日に関東に迎えに行った病弟(牡年か)療養のため岡崎にいること、『落柿舎集』を『去来抄』と改題し補訂したことなどを知らせる。
○夏頃、卯七が去来の援助で『渡鳥集』を井筒屋より刊行。
○六月二二日、言水は上京中の沾洲・序令を東山に迎え、我黒・竹宇・好春らと世吉興行(のぼりつる)。
○七月、去来は病をおして『本朝文選』の序文を許六に送る。去来は数度の文通で俳文資料や種々の意見も提供。許六は多忙の間に同書校訂を行なう(未発送の去来宛許六書簡)。
○八月、如泉は「京清水寺奉納一万句寄」の集句一万七百余から絵馬書二百句を選び、『滝まうで』と題し丹州福智山夏藤軒より刊行。
○九月一〇日、去来が岡崎村聖護院の家で没(54)。洛東真如堂境内の向井家墓地に葬られる(誰身の秋)。
○この年、秋風は京を去り江戸に下向(花林燭)。
○この年、雲鼓が出家。五条に迎光庵を結び、助給と改号(やどりの松)。
○この年、素堂は京で越年か。
▽井筒屋『三物』。▽范孚『麻生』(二月中浣日凡例)。

席に出る(仏兄七久留万)。
○初秋、筑前内野の助然が来坂、来山を訪れる(山彦)。
○八月二日、休計没。
○秋、伊勢の涼菟が来坂(すぎ丸太)。
○一〇月頃、野坡は江戸を発って難波に移住、農人橋上町住という。
○冬、諷竹は讃岐興昌寺を訪れ旅先で越年。
○冬、舎羅は熱田方面へ行脚(すぎ丸太)。
○この年頃、由平が禅門に入る。
▽三惟歳旦帳。▽才麿歳旦帳。▽諷竹歳旦帳。▽芙雀歳旦帳。▽伴自歳旦帳。▽西角歳旦帳。▽その女歳旦帳。▽伊丹歳旦帳。▽西吟『宇津不之曾米』(睦月後序)。▽友自『☆当流俳諧勝句(仮題)』(六月刊)。▽『☆千枚分銅』(十月刊)。▽矩久『蕪狩』(十一月刊)。▽八

◇五月、大坂の淀屋辰五郎を闕所にする(元禄九年ともいう)。
◇八月四日、利根川出水、江戸・下総に大被害。
○一一月一〇日、伊賀の猿雖没(65)。
◇一一月、江戸湯島大成殿完成。
▽涼菟『山中集』(中春刊)。▽支考『白陀羅尼』(二月自序)。▽大野亀助『誹諧三年草』(初夏序)。▽支考『三疋猿』(端午の日自序)。▽句空『ほしあみ集』(九月自序)。▽木因『国の花』(冬自序)。▽白雪『蛤

年	江戸	京都	大坂	備考
	根』。▽朝叟『家門集』。		虹『*土師の梅』。	与市』。
宝永二年 乙酉(一七〇五)	○一月七日、朝叟は嵐雪判の七草七番句合を催し、其角・沾州・百里・秋色らが参加(銭竜賦)。 ○一月二〇日、調和は最後の前句付興行を行なう(新身)。 ○二月三日、二世高井立志没(48)。立詠は終焉記を草し桃隣・其角・在色らと追悼の連句興行、調和・嵐雪・沾徳・不角・才麿・立吟らも追悼句を寄せる(二世立志終焉記)。 ○支考は三月一八日付書簡で『東山万句』巻頭を杉風に乞うが、杉風ら深川連衆は出句せず。 ○三月、専吟は朝叟に熊野来遊を誘う(浪の手)。 ○三月、才麿が大坂から下り、嵐雪らは歓迎の七吟歌仙興行(銭竜賦)。 ○四月、珊楽が讃州高松から下り才麿と同宿。嵐雪らの歓迎歌仙に共に参加(十二律俳諧集)。 ○閏四月、嵐雪・朝叟・百里・甫盛・全阿が西上のため出立。諸家による餞別興行あり(浪の手・銭竜賦)。 ○五月、沾徳が上京し、九月末に帰江。 ○五月八日、才麿は伊丹の芦笛宛書簡で東下を誘う。 ○六月一五日、北村季吟没(82)。	○二月中旬、江戸の琴風が上京(浪の手)。 ○三月、支考が上京し、来遊中の素堂と会う(呂錐・六之宛支考書簡)。素堂は支考・座神編『すの字』(夏日跋)に序を記し、閏四月に京を去り、五月五日まで鳴海の蝶羽亭に滞在し帰江(知足斎日々記)。 ○三月、遠江の只木が上京。鞭石を訪ね、晩山・小褶・和海らと会い、泊瀬・奈良等の各地を遊歴し、鞭石・晩山らの餞別吟を得て帰国(はまづと集)。 ○春、柏崎の郁翁が上京し、言水・晩山・好春らと連句興行。夏、諸家の餞別吟を得て帰郷し、『柏崎八景』(中秋序)を井筒屋より刊行。 ○四月一九日、示右没。 ○六月、鬼貫は美濃加納に赴き、秋に	○春、才麿は東下、秋に帰途に就く。 ○三月から一〇月頃にかけて、魯九が近江から九州を行脚、その途次に大坂にも立ち寄り諸俳人を訪問(春鹿集)。 ○三月に伊丹に赴いた支考は、四月に池田を経て西国行脚に発つ(すの字・六華集他)。 ○四月、池田の海棠が牡丹花肖柏一八〇年追悼興行(夢の名残)。 ○五月、讃岐仁尾で病臥していた諷竹に支考が逢う(六華集)。 ○江戸を発った嵐雪・百里・朝叟らが伊勢神宮を拝した後、五月上旬頃に大坂に入り、その後大和に向かう(ゆげた・その浜ゆふ他)。	○六月二二日、近

〇六月二三日、其角は美濃衆宛書簡で当世俳諧について論評。

〇六月末、帰坂する才麿に立詠・千山・青流が餞別吟を寄せる(庭の巻)。

〇七月二〇日頃、嵐雪らが帰江。八月一五日、嵐雪は月見の宴を催し、其角・百里と三吟歌仙興行(銭竜賦)。

〇九月、在色が江戸を去り信州に帰国。青流が餞別句文を寄せ、其角も句を添える。

〇冬、園女が大坂から移住し、青流の仲介で其角を訪ね嵐雪・沾洲・秋色らと連句興行、一二月二〇日にも其角・青流らと歌仙興行(菊のちり)。

〇この年、東潮は父の病死により米沢に帰る。

▽山夕『宝永二年歳旦』。▽無倫『宝永二乙酉歳旦』。▽一晶『千句後集』(弥生奥)。▽錦角・庸角『誹諧一河流』(竜集中呂日序)。▽朝叟『浪の手』(夏閏月日奥)。▽不角『みなれ棹』(仲夏下浣自序)。▽百里『銭竜賦』(九月晦日跋)。▽不角『前集糊飯篦』(九月下旬序)。▽渭北『安達太郎根』。▽立詠『二世立志終焉記』。▽同『庭の巻』。▽沾竹『五十四郡』。▽沾洲『橋南』。▽調和ら『☆新身』。▽酔月『☆花見車』。

帰京。

〇七月一六日、富尾似船没(77)。

〇七月頃、上京中の嵐雪・沾徳らは言水・好春・我黒・才麿らと一二吟世吉興行(銭竜賦)。嵐雪・朝叟は道中記を『その浜ゆふ』と題し井筒屋より刊行。

〇七月下旬、沾徳も『余花千句』を井筒屋より刊行。

〇九月、卯七は去来一周忌に追善集『十日菊』を編集。

〇一〇月三日、中川喜雲没(70)。

〇冬頃、団水は東洞院夷川上ル に転居(箱伝授)。

〇この年、去来の従弟元察は吾仲の援助で去来追善集『誰身の秋』を刊行。

〇この年、雲鼓は自庵訪問の知友の発句・和歌を集め『やどりの松』を刊行。

〇地誌『京羽二重』の宝永二年版に、「誹諧師」として季吟・我黒・梅盛・鞭石・如泉・随流・好春・似船・言水の住所が掲載。

▽井筒屋『三物揃』。▽洛西隠士か『☆花かさ』(一月吉日刊)。▽洛西隠士『☆役者舞台笠』(一月吉日刊)。▽『☆野郎帽子』(七月吉日刊)。▽『☆誹諧七ッいろは』(孟冬日刊)。▽一定『夏の月』(孟冬四日跋)。

〇五月二〇日から二二日まで、惟中が生玉銀山寺客殿で独吟漢和千句を興行。

〇八月一〇日、団水が下坂し西鶴十三回忌追善歌仙興行(こゝろ葉)。

〇九月、箕面白之島村の清書所秋月で西吟笠付興行。

〇秋(前年とも)、渭川(一有)没。

〇一一月、来山点の播磨国泊宮への奉納集成る(仲冬来山奥)。

〇一一月一三日、河内国布忍神社奉納「布忍八景絵馬」成る。

〇この年、良弘は、ハメ句の横行を嘆く(宝の市・三番続・富の札)。

〇この年、讃岐の一砂の弟鉄砂が来坂か(有明浜)。

〇この頃、百丸が京に移住。

▽才麿歳旦帳。▽三惟歳旦帳。▽その女歳旦帳。▽野坡歳旦帳。▽東里歳旦帳。▽長父他『*伊丹酒壺五歌仙』(三月下浣序)。▽海棠『夢の名残』(四月四日自序)。▽岸紫『御蔵林』(五月下旬奥)。▽良弘『☆宝の市』(五月刊)。▽良弘『☆三番続』(五月序)。▽『東行撰集抄』(暮夏奥)。▽『☆たん生日』。▽『☆誹諧登梯子』(一一月刊)。▽『☆誹諧花相撲』。▽如塊『何枕』。▽来山『*万人講』。▽等珉子『多美濃草』。

江光明遍照寺の住職李由没(44)。

宝永三年
丙戌(一七〇六)

〇二月八日、蘭台は山夕・無倫・立詠らと歌仙を興行し、沾徳に点を乞う。

〇春、一二月に伊勢参宮を果たした柏崎の郁翁が上京(郁翁伊勢詣)。

〇この頃の春、備中井原の正興が江戸へ赴く途中に大坂を通る(岩壺集)。

〇二月五日、金沢の北枝が類焼の災

年	江戸	京都	大坂	備考
	以後、盛んに蘭台館興行あり。 ○二月一五日、京から下った竹宇は序令亭で亡父追悼の脇起し歌仙興行、雪中庵でも嵐雪・沾徳らと歌仙興行(並松)。 ○二月、正興が備中井原から下り其角を訪問(岩壺集)。 ○三月二一日、渭北は霊岸島伊勢屋敷で万句興行。発声に立詠、講師に入松・貞佐・清流、差合吟味に専吟・浮生、竟宴五百韻に其角・嵐雪・沾徳らが参加(其角三十三回)。 ○四月三日、和田東潮が米沢で没(49)。 ○七月、桃隣は月次会で浮生・径菊らと百五十韻を興行し、不角・周竹に加点を乞う(続百五十韻)。 ○九月一日、石内朝叟没。 ○九月一三日、其角は其雫宛書簡で紫紅編『十六景』への出句了承を記す。 ▽不角『後集糊飯篦』(林鐘下完序)。 ▽園女『誹諧菊のちり』。▽不角『☆俳諧一騎討』。	○三月一一日から三日間、支考は洛東双林寺で芭蕉十三回忌を主催。諸国から送られた連句を手向け、言水・郁翁・鬼貫・座神・吾仲ら二七人参加の表合を興行し、『東山万句』を刊行。 ○三月、江戸に下向していた竹宇が帰洛(並松)。 ○夏、貞悟(春澄)は松永尺五の五十回忌に秀可・暮四・座神・鞭石らと世吉興行(花吸島)。 ○夏、江戸の仙鶴が京に移住(花薄)。 ○八月一三日、轍士は各地からの前句付集句五千より三百句を選んだ。『よざくら』(四月一三日自序)を井筒屋より刊行。 ○九月、彦根の許六は二九人の俳文一一六篇よりなる『本朝文選』を井筒屋より刊行。その後、支考の意見で題号を『風俗文選』とし、路通の「返店ノ文」を削除、「雑説」の一部を訂正して再版。 ▽貞佐『箱伝授』(人日自序)。▽竹宇『並松』(春自序)。▽轍士『誹諧諸国咄』(『花見車』改題本、九月吉日跋)。	○支考が京都東山双林寺で催した芭蕉の十三回忌法要に大坂から車庸が出座、諷竹は無返事(東山万句)。 ○三月、野坡が正秀と義仲寺で芭蕉十三回忌を営み、千句を興行(放生日)。 ○晩春から野坡が九州行脚。 ○四月下旬、才麿は等珉子の求めに応じ「十四季」等を草す。 ○八月一四日、有馬の湯にあたり大坂で保養中だった伊賀上野の卓袋が没(48)。 ▽伊丹歳旦。▽団水『こゝろ葉』(正月刊)。▽矩久『☆湯だらひ』(一一月下旬刊)。▽李天『もとの水』。	に遭う。 ○三月、支考は、北枝の見舞いに加賀に赴き(家見舞)、六月末、越中・越後の旅に赴く(越の名残)。 ◇四月一四日、戸田茂睡没(78)。 ◇閏四月、おかげまいり流行。 ◇六月、元禄銀の改鋳を発令。 ○六月二七日、秋田の大光院桂葉没(83)。 ○一〇月一三日、金沢の友琴没(74)。 ▽巴静『刷毛序』(臘月下澣自序)。 ▽東鷲『中国集』。
宝永四年 丁亥(一七〇七)	○二月二三日、病床の其角は青流と両吟連句を試みるが九句で終わる(類柑子)。 ○二月三〇日、其角没(47)。三月二日、	○三月六日、在京中の支考は備中の素秋・伊丹の座神と清水の茶店に遊び、三吟表六句と独吟四句を成す(桃の寝覚)。	○二月、大和高田の連中が一礼を点者として催した前句付の勝句集『☆誹諧高田集』刊行。横小本で、大坂点者板行の会所本の最も早い事例とされる。	○一月八日、三千風が郷里射和で没(69)。

二本榎上行寺に葬られ、青流・嵐雪らは深川長慶寺の芭蕉塚の隣に墓碑を建立。京の言水・団水・鞭石らが追悼句を寄せる(毫の帰鴈)。渭北は八月までに淡々と改号。
○四月一八日、冠里・秋色・嵐雪・青流・岩翁らにより深川竜泉院で其角七七日忌追善の百韻興行(類柑子)。
○四月二八日、芳賀一晶没(65)。
○五月二一日、子英が剃髪し、調和らと記念の百韻興行。風雲子(不角か)はこれを『つげのまくら』に収めて称揚し、洒落風連中の放埒を非難。浮生は『原俳論』(中秋中旬奥)でこれに反論。
○夏、不角は行脚僧梅風に「温故知新」を説き、前句付を離れ正風を志向した『篗纑輪前集』(初夏下旬序)を刊行。
○七月、病床の嵐雪は魂祭に百里・周竹との唱和を楽しむが、七句で止む(風の上)。
○八月、言水は上京以来二六年目に下向し、記念集『我身皺』(中秋自序)を編む。
○九月一八日、嵐雪は辞世吟を詠む(風の上)。
○一〇月一三日、嵐雪没(54)。駒込常験寺に葬られ、雪中庵で百里・周竹・沾徳らにより追悼歌仙興行、魂祭の七

○三月三〇日、秀可は自宅で暮四・鞭石・貞佐・貞悟(春澄)らと其角追善歌仙を興行(毫の帰鴈)。
○春、素堂が上京し、『東海道紀行』を草す(白蓮集解説)。
○四月三日、文考は北越に向けて京を出立(呂錐・有範宛文考書簡)。
○夏頃、轍士は其角の追悼集『曙鶯編』を編集中に没(橋立案内誌追加)。
○八月一一日、児玉好春没(59)。竹宇・水色が江戸の沾徳をはじめ諸家の追悼句をまとめ『花すゝき』(八月跋)を刊行。

○初夏、来山は、文十・田風と摂津佐太宮奥観音の開帳を拝すべく難波を船出、「船路の記」(『津の玉柏』所収)成る。

○四月下旬から八〇余日にわたり露川と魯九が東美濃から西美濃地方を行脚、『軒伝ひ』(九月序)を刊。
◇一〇月、幕府、藩札を禁止。
◇一〇月四日、西

年	江　戸	京　都	大　坂	備　考
	句も諸家一巡で歌仙満尾、和英・桃隣・杉風・露沾らからも追悼句があり、百里が『風の上』(十一月日奥)を刊行。 ○冬、其角の半面美人印をあずかった秋色は沾洲・青流と其角遺稿を整理し、『類柑子』(冬季上浣跋)を刊行。 ▽青流『青流歳旦』。▽出紫『亦深川』(八月刊)。▽落葉軒『☆手鼓』(菊月刊)。▽格枝『絵大名』(臘月下浣刊)。▽不角『☆一騎討後集』。	○一一月初旬、野坡が大坂より上京(万李宛野坡書簡)。 ▽井筒屋『歳旦集』。▽令候『花吸鳥』(弥生序)。▽秀可『毫の帰鴈』。	○この年頃、由平没。 ▽諷竹歳旦帳。▽諷竹『*俳諧つんぼ猿』。▽文十『海陸前集』(霜月跋)。▽生水『津の玉川』。	日本を中心として諸国大地震。 ◇一一月二三日、富士山噴火、宝永山出来る。 ▽露川『庵の記』(正月跋)。▽昨嚢『日和山』(仲夏日序)。

解説

解説

雲英末雄

はじめに

本巻「元禄俳諧集」は、「元禄俳諧」に関する俳諧資料を収めたものである。ここには『新撰都曲《みやこぶり》』以下『俳諧深川』にいたる八点の撰集、『蛙合』『続の原』の二点の句合、それに『花見車《はなみぐるま》』の俳人評判記一点を収録した。

「元禄俳諧」とは、一言で述べれば、元禄期(一六八八—一七〇四)を中心とする俳諧の謂《いい》である。ところで従来の俳諧史を考えた場合、貞門・談林・蕉風というような区分が行なわれ、元禄期の俳諧、つまり元禄俳諧はすべて芭蕉を中心とした蕉風の中に含みこまれるというような片寄りがみられた。たとえば、元禄期の京都俳壇で活躍する言水・信徳などは、いずれも延宝・天和期(一六七三—一六八四)を中心とする談林の中に組みこまれ、かたちの上ではいわゆる談林時代の活躍のみで、いちばん重要な元禄期の動向は無視されてしまっていたのである。

右の例は、元禄期には芭蕉とその一門が俳壇の主流を占めていたとする俳諧史観の一例であるが、こうした俳諧史観に対する反省はかなり以前から出されていた。たとえば鈴木勝忠氏は、『俳諧史要』(明治書院、昭和四十八年)で、俳諧史を考える場合常に重層的にその実態をとらえる必要性のあることを強調され、芭蕉が遊戯滑稽の俳諧を純粋な風雅の域に高めて蕉風を確立させたとき、一方では大衆的な前句付俳諧に転向してゆく元禄の点者たちの存在することを指摘されている。要は元禄期の俳壇を、芭蕉をことさら中心に考えることなく、当時の状況のまま相対的に、鈴木氏の言によれば重層的に、理解する必要があるといえるのである。

元禄俳諧の全般的な傾向を正しく認識すること、考えてみればあたりまえのことではあるが、これこそが逆に芭蕉や蕉門の独自性や特殊性を理解するキーポイントになっているものと思われる。

俳諧の流れをたどるとき、室町の初期俳諧から近世の貞門・談林に及び、さらに貞享・元禄の俳諧へと大きく展開してゆく。まずそのあたりを概観してゆきたい。

元禄の俳諧

(一)初期俳諧から貞門談林へ

室町時代の俳諧は、おおらかな笑い、哄笑の世界から成り立っていた。俳諧の歴史は文献的には明応八年(一四九九)『竹馬狂吟集』の成立によって開始され、以後山崎宗鑑の『誹諧連歌抄』(通称『犬筑波集』天文初年〈一五三一〉頃成)、荒木田守武の『守武千句』(天文九年〈一五四〇〉成)によって注目されるようになる。これらの作品に共通の要素は、縁語や掛詞を駆使し、さらにもじりや見立、あるいは非論理や非常識の表現、いってみればナンセンスなそらごとの世界の提示であり、時に猥雑な笑いを大胆に示し、室町のおおらかな明るさが主流をなしている。それだけに一時的な即興的な性格が強く詠みすてにされ、ほとんどが記録されることなく歴史の闇の中に消えていった。

そうした俳諧が近世に入ると、松永貞徳(一五七一―一六五三)という指導者を得て貞門の俳諧として隆盛を極めてゆく。貞徳は若年より連歌を里村紹巴に、和歌の実作や歌学の理論を細川幽斎から学び、当時の文壇に多くの知友をもった最高の文化人の一人であった。

貞門俳諧は、言語遊戯的な室町以来の俳諧を受けつぎながら、そこにある種の整理や規定を加えたところに大きな特色がある。縁語・掛詞・もじり等による滑稽な俳諧としての性格は、そのまま継承されているが、何よりも俗語や漢語を「俳言」と定め、この「俳言」によって賦せられるものが「俳諧」であると規定した。ただし、この「俳言」には一定の制約があり、それは「いかに誹諧なればとて、いやしき事をなすべからず」(『天水抄』)であったり、あるいは「今様・新俗・不浄・下輩のはやりことば」(『誹諧破邪顕正』)を用いることは慎まねばならなかったのである。いわば室町俳諧の放縦性に、ある種常識的な倫理的な規制を加えてかたちを整えたものが貞門俳諧であったといえよう。そしてそこには、あくまでも和歌や連歌に接続するのだという伝統的な風雅意識があり、古典に対する重視や依存が強く見うけられるのである。

こうしていわば微温的な俳諧に対して、徹底して滑稽やパロディによる雅俗の落差による笑いの俳諧を行なったのが、西山宗因(一六〇五―一六八二)を中心とする談林俳諧であった。

宗因は大阪天満宮の連歌所の長官であり、俳諧は余技的にはじめたものであったが、それだけに自由にその滑稽性を徹底させることができた。

談林では、貞門が排斥した守武流の無心所着のナンセンスな「寓言」の俳諧を重んじた。また古典をもじることにより、その雅俗の落差より生ずる笑いに主力をおいていた。これらは大阪の新興町人階層の支持を得て大いに流行した。そこにはまた貞門では制限されていた当時の新風俗の遊里や芝居などの用語を、素材として積極的に用いて、俳諧がいきおい風俗的な色調を帯び、軽快なテンポで流れていった。
　こうして談林俳諧は、一時的に大いに流行するが、古典のパロディという古典そのものの素材にも限度があり、マンネリ化が進み、また逆に自由放埒な俳諧に流れすぎ、天和二年(一六八二)宗因の死とともに急速に衰えていった。

㈡過渡期の俳風

　こうした状況のもとに、天和初年(一六八一―)から貞享初年(一六八四―)にかけてきわめて異体な俳諧が流行する。それは漢詩文調句と破格調句の流行である。

　凡誹諧は、是和歌の一躰にして、昔日《ソノカミ》守武・宗鑑などはじめ、貞徳老人、此道をあらため、連歌新式になぞらへ極置れしより、誹諧世に盛になれり。中比《なかごろ》難波の梅翁(宗因のこと)、是をやつし、風躰《ふうてい》かろ〴〵として興ありしかば、宗因風とて普《あまね》くもてはやし侍りぬ。其後いろ〳〵に風躰替り、詩のごとく声によませ、又は文字あまりなど、様〳〵替り侍れども、好ましからぬにや、皆捨《すた》りぬ。

右は、元禄初年の初心者向けの作法書の一つ『詼諧番匠童』(本書付録四九七頁参照)の記述だが、「詩のごとく声によませ」、「又は文字あまりなど」というのがこの時期の俳風にあたる。本書所収『花見車』では「または一句四十二三字などにあまして発句と云《いひ》、またはこゑにつかひて漢句のやうに成たり」の部分(三八九頁)がそれである。
　漢詩文調句は、まず京都俳壇の似船編『安楽音』(延宝九年〈一六八一〉刊)によって、はなばなしく登場した。『安楽音』は漢詩文調の全巻に横溢する俳諧撰集であるが、そのうちから例句を示してみよう。

社家《シヤケ》の曰ク天神何ヲカ言哉《いふや》和光の梅
月白粉セリ楊貴妃《ヤウキヒ》帰《カヘ》ツテ唐の芋《いも》
涅槃《ねはん》ノ雲有心《ウシン》にして筆乃茎《クキ》ヲ出《イツ》
さや豆や在《アリテ》二釜中《フチウニ》一月を鳴《な》ル
思はずよ林下《リンカ》に茶を煮て紅葉ヲ
告《ツゲ》て明ぬ玉子乃親士《ヲヤジ》世界の春
屛風《びやうぶ》峙《ソバダ》テリ是レ雛《ヒナ》の世界桃ノ林

右はすべて編者似船の作である。語調・表記・文体のすべてに漢詩文調が見られるが、明らかに漢詩文の詩句取りの見られるものもある。「涅槃ノ雲」では、陶淵明の「帰去来辞」の「雲無心《ハ》以《ニシテ》出《テツ》レ岫《ヲ》」(『古文真宝前集』)、「さや豆や」では、曹植の「七歩詩」の「萁在《ハリテ》二釜下《ニ》一燃《エ》、豆在《ハリテ》二釜中《ニ》一泣《ク》」(『古文真宝前集』)、「思はずよ」は、白居易の「秋興」の「林間煖《メテ》レ酒焼《ヲキ》二紅葉《ヲ》一、石上題《ニシテ》レ詩掃《ヲフ》二緑苔《ヲ》一」(『和漢朗詠集』)がそれである。

同じような傾向は、『安楽音』刊行前年の延宝八年自悦編の『洛陽集』にも示されている。

水又水いづれの工か浮巣の鳥　　自悦
姫瓜《ヒメウリ》や三千の林檎《リンゴ》顔色《ガンシヨク》なし　　自悦
燭《トモシビ》を背《ソムケ》て宝引成けりでつちが朋《とも》　　友静
天に烏鵲《ウジヤク》地に井戸替や鸖《つる》の箸《ハシ》　　元好

これらは漢詩文のもつ語調・表記をとり入れ、『和漢朗詠集』や『長恨歌』など人口に膾炙した漢詩文の詩句をパロディ化して用いているのであり、談林俳諧のパロディ化とさして変わるところがない。ただ素材が変ったばかりなのである。

ところで破格調句の中でも、延宝九年の『俳諧雑巾』に、

有徳《うとく》なる物塩干の潟なる大きなる鯛　　由卜

万木皆酔リ下戸ならぬこそ此時さめたれ　　陣次

とあるものは、前者が『枕草子』の「むとくなるもの」の条の「むとくなるもの、しほひのかたなる大なる舟、かみみじかき人のかづらとりおろして髪けづる程」をパロディ化したものであり、後者は屈原の「漁父辞」の「衆人皆酔、我独醒……」(『古文真宝前集』)と『徒然草』一段の「下戸《げこ》ならぬこそをのこはよけれ」の語句を取ってきたものである。これらが放縦に流れると、

与市に酒を喰《くら》はせ雉子《きじ》をのませよなんどゝあり　　定之（延宝九年『ほのぼの立』）

和ラカなるやうにて弱《ヨハ》からず水仙は花の若衆たらん　　信徳（貞享元年『五百韻三歌仙』）

などと散文もどきになったり、はなはだしいものは『祇園拾遺物語』(元禄四年〈一六九一〉刊)に、この時期の発句として載る、

花をかつぐ時や枯《カレ》たる柴かゝの歩《アユミ》も若木にかへる大原女《オハラメ》の姿

の三十七文字の長きに至ったりしている。『花見車』の「一句四十二三字などにあまして発句と云」(三八九頁)に近似の現象といってよろしかろう。

このように京都俳壇で見られた漢詩文調句や破格調句には、それらがもつ特有な語調や文体を用い、漢詩文や古典

の文章を換骨奪胎することによって、俳諧性をうち出そうとするものが主流を占めていた。
ところでこの時期の芭蕉だが、深川移住後の漢詩文調句や破格調句は、

富家ハ喰《クラヒ》二肌肉《きにく》ヲ一、丈夫ハ喫《キッス》二菜《サイ》根ヲ一、予ハ乏《とぼ》し

雪の朝《あした》独リ干鮭《からざけ》を噛得《かみえ》タリ(延宝九年『東日記』)

茅舎ノ感

芭蕉野分《のわき》して盥《たらひ》に雨を聞夜《きくよ》哉《かな》(天和二年『武蔵曲』)

深川冬夜ノ感

櫓《ろ》の声波ヲうつて腸《はらわた》氷ル夜やなみだ(同右)

などのごとく、苦渋にみちた佶屈な句風の中に、自己をありのままに見つめ、自己の心情を包み隠さずに表現しようとする姿があって、明らかに京都俳壇に流行したものと異なるところがある。ここに蕉風俳諧の胎動を感じることができるが、質的な差違はともあれ、この時期には漢詩文調句や破格調句が全俳壇に流行していた事実は、まぎれもなく指摘できよう。

(三)元禄の当風俳諧

『番匠童』では、前引の過渡期の俳風を示した文についで、次のように貞享から元禄初年の俳諧について述べている。

頃《このごろ》の当流と云《いふ》は、やすらかにして、姿は古代に似たれ共、古しへの付合道具付、又は四手付などせずして、其

一句の心を味ひ、景気にてあしらひ、或は心付にて各別の物を寄《よせ》、木に竹をつぎたる様なれども、心はひた〳〵と付様《つくやう》にせり。此躰《このてい》よろしきにや、次第に世に広くなりぬ。

元禄初年において当流ということばは、右の『番匠童』や『俳諧白うるり』(元禄三年)、『俳諧小からかさ』(同五年)等の俳諧論書にしばしば登場してくる。

この当流というのが、元禄俳諧一般の風潮を理解する重要なタームと思われるので、当流とは何かをここで確認しておきたい。

『俳諧白うるり』の序で、天竜は梅盛のごとき貞門の古老をのぞき、言水・団水・常牧・方山・和及・如泉等の俳人をあげ、それらの人々を「当流とて同じ心なるべき点者達」としている。それゆえこれらの俳人たちが当流の中心をなしていると考えていいと思うが、それではそれが意識的なものとなるのはいつの頃であろうか。それは『番匠童』の記述から考えて貞享期を想定することが可能かと思われる。今栄蔵氏は「芭蕉俳論の周辺」(芭蕉の本7『風雅のまこと』角川書店、昭和四十五年)で、『丁卯集』(貞享四年)の江戸の一晶の発言、

去年おとゝしよりの句のふり、世上こぞりてやすらかな好みはやりぬれば、其《その》優美ならんとするに長じて、大かた一巻の三つがひとつは連歌の片腕なく、歌の足みじかきなんどの類こそあれ。

を引用され、貞享二、三年(一六八五、八六)頃から俳壇には句体のやすらかな、優美な作を喜ぶ傾向が強まってきて、それはいってみれば和歌や連歌にきわめて近い風体であったことを明らかにされている。こうした傾向を実際の作品に即して考えてみると、たとえば『誹諧三月物』(貞享四年)の、

長嘯《シヤウ》の山はこなたに夕暮て　如泉

けふはいろりの火さへすくなき　素雲
時雨《しぐれ》して樒《シキミ》に文字のうつらざる　秋宵（「御手洗に」の巻）
紫野内野の祭夕くれて　素雲
　手毎の帋《かみ》に蛍つゝまれ　和及
傾城の我が身を思ふかなしさよ　周也（「槿は」の巻）

等の付合や、言水の『誹園京日記』（貞享四年）の、

さゞん花に囮《ヲトリ》鳴日のゆふべかな　言水
百舌《もず》鳴《ない》て朝霧かはく木槿《むくげ》かな　同

等の発句、あるいは、

浅茅生《あさちふ》の碪《きぬた》に躍《おど》る狐哉　言水
　梢の鳥驚《カヾシ》柿に眠らず　女艸
艇《コブネ》ほす入日の月の薄からん　同
　車に城の水とだえなき　言水
ぼと鴫《シギ》の侘音《わびおと》に雪の山近し　同（「浅茅生」の巻）

にはっきりと現われている。ここでとりわけ注目すべきは『誹諧三月物』であろう。この撰集の題簽には「誹諧三月物 信徳 如泉 我克 湖春 言水 和及」と当代六名の俳人を連記し、連帯意識をはっきりと打ち出していることである（宇城由文「元禄前夜の京俳壇――『三月物』を中心として」（『国文学論叢』29、昭和五十九年三月）。こうして貞享期の言水や信徳らを中心として

「当流」の優美なる俳風は、しだいに世に認められるところとなり、元禄初年には確乎たる呼称として確立したものと思われる。

㈣景気付・心付・付物

当流の俳諧で、その俳諧技法の中心になるものは、さきに引用の『番匠童』の文言で明らかなごとく、付合でいえば景気付と心付であった。まず景気付について、『番匠童』の説明に即して見てゆきたい。

前句　萩《ハギ》の露ちる馬持の家
付句　月にしも二人将棊《シヤウギ》をさしむかひ

是、古代の付様也。前の馬を、将棊の馬にして付る也。

又、中比《なかごろ》宗因《ソウイン》風の時は、

其方《そのほう》のお手はととへば松の風

是も、将棊の馬にして付たれども、将棊にいわで、噂《ウワサ》にて付、萩《ハギ》の露ちるといふに、松の風を余情《ヨセイ》にあしらひたり。

又頃《コノゴロ》の景気《ケイキ》付といふは、

蕎麦《ソバ》空《ガラ》を焼《タク》らん煙《ケムリ》ぼち〳〵と

是、旅躰《タビ》にして、馬借シなんどの家に、焼《タキ》さうなけしきなり。

又、

大橋《ハシ》と小橋のあはひ霧《キリ》とぢて
是も景気に、淀にもせよ、瀬田《セタ》にもせよ、馬持の家有《あり》さうな所也。
又、少功者《コウシヤ》にて付る時は、
更科《サラシナ》の月ゆへ公家を拝《ヲガ》みけり
是は、公家衆旅行《リヨカウ》に、更科の月名所なれば、御覧有《ある》べきため、かゝる馬持の家などに宿リ給ふ。其ほとりのけしきみる様なり。

古流(貞門)は前句の馬から将棊を物付的な連想によって付け、中比《なかごろ》(宗因風)では前句の馬をやはり将棊とみるが、それを「其方のお手はととへば」とはっきり将棊といわずに、しかもそれと察せられる言葉で付け(噂)、さらに前句の「荻の露ちる」に「松の風」をあしらい付にする。それゆえ一句としてはやや句意不明のいわば無心所着の句となるが、付筋は明らかである。ところで親句・疎句の概念(白石悌三「親句疎句の論」『日本文学研究資料叢書　芭蕉Ⅱ』有精堂、昭和五十二年)によって、これら古流・中比をとらえれば、いずれも寄合(付合の縁)にもたれかかる親句ということができる。

これら古流・中比の付方に対して頃の景気付は、「馬借シなんどの家に、焼さうなけしき」とか、「馬持の家有さうな所」とか、「其ほとりのけしきみる様なり」とかに明らかなごとく、自然の情景をとりこみながら、それが前句との関係において、いかにも情緒的にしっくりと調和されて付けられている。尾形仂氏は「蕉風と元禄俳壇」(『俳諧史論考』桜楓社、昭和五十二年)で、元禄の景気の句や景気付について言及され、『番匠童』の、

○景気を見立たる発句

白妙《シロタヘ》やうごけば見ゆる雪の人　江戸一晶
塔《タウ》三重花に植《ウヘ》たる山辺《ベ》哉
池の魚の桜おはゆる嵐哉　信徳
霞《カスミ》より時〳〵あまる帆《ホ》かけ船　我黒

や、また「面八句の事」の「発句の事、昔は秀句《シウク》にいひかけ、手をこめてするを、専とせり。今は景気《ケイ》ニて、する也。……其句の内に、さも有べき景気あらば、当風の発句也」の箇所を引用されて、「それらはいずれも自然の風物を対象として、いかにもさも〈あるべき〉彷彿感を読者に懐かしめるような印象明瞭な手法をもって詠ぜられている。そうしてそこにはいかにもはなばなとした情調がただよっている。しかもそれはけっして自然の風景の純粋な写生ではなく、作者によって〈見立〉てられたものにほかならなかった」と述べられている。景気の句は初心者にとってもわかりやすく、そのうえ印象鮮明な景気を示すことによって、同時に人の情感をそこに漂わせるのにもより効果的であり、元禄当風の俳諧ではもっとも重視されたものといえよう。

ところで古風・中比と同様にこれらを親句・疎句の概念でとらえれば、頃の景気付は寄合によらないもので、心より案じて付けてゆく疎句ということになろう。『番匠童』の前引の「更科《サラシナ》の……」の説明についで、和及はさらに「前句の馬萩《ハギ》などに、目を付て付るは、枝《エダ》也。只一句の心をひつからげて、心に味《アヂハ》ひ、其所に何にてもさも有べき物をあんじ出し、我心《わがこころ》にて作りて、付ルなれば、定りたる付合の道具おぼえて益なしとは、爰の所也」と述べている。ここでは心付の説明も同時になされているが、「定りたる付合の道具おぼえて益なし」とは古流・中比の付合を批判したものに他ならず、景気付や心付が疎句であることを明確に示している。のちに素外が『誹諧根源集』(寛政九年)で

「夫より貞享・元禄にうつりて、誹諧の風調一統に変じ、親句すたれて疎句のみとなる」の指摘は、まさに適切で右のような俳風の変化を明らかにしたものに他ならない。

ところで芭蕉だが、『宇陀法師』(元禄十五年刊か)の「景曲の句」の箇所で、次のように述べている。

春風や麦の中行《ゆく》水の音　木導

師説云、「景気の句、世間容易にする、以《もつて》の外の事也。大事の物也。連歌に景曲と云《いひ》、いにしへの宗匠ふかくつゝしみ、一代一両句ニは過《すぎ》ず。景気の句、初心まねよき故、深くいましめり。誹諧は連歌程はいまず。惣別景気の句は皆ふるし。一句の曲なくては成《なり》がたき故、つよくいましめ置たる也。木導が春風、景曲第一の句也。後代手本たるべし」。

はじめに引用される木導の句は、元禄六年春の作で、それゆえ芭蕉の発言もその近い時期のものと思われるが、景気の句を安易に作ることをいさめている。「惣別景気の句は皆ふるし」とまで言っているのは注目されてよかろう。景気の句が流行し、初心者が模倣しやすいため、芭蕉はこのように発言したのであり、景気の句の重要なところは「一句の曲なくては成がたき故」で、つまり一句にこれはという見所のない景気の句は、きわめて平板なものになってしまうことに注意をうながしたのである。この点、京都俳壇の和及などもすでに元禄三年の『雀の森』のなかで、

当流とて景気付を好めば、六七句、十句までも、同じ野・里・山などの景気打ちつゞきて、うつとしく候。おほくは心付にして、景気はところ〳〵にあるべきか。

と述べて、景気付の極端な多用に対して警告を発している。もっとも芭蕉自身は前引の『宇陀法師』のものとは逆に、元禄六年春成立の『秋の夜評語』において、出羽酒田淵庵不玉の発句「坊主子や天窓うたるゝ初霰」に、

近年の作、心情専《もつぱら》に用る故、句躰《くたい》重々し。左候へば愚句躰、多くは景気計を用候。

と述べて、景気の句を多作していることを告白している。初心者には、景気の句を作らぬように言い、自らは多作するというのは、矛盾がないわけではないが、芭蕉自身が景気の句を多作しているのは十分注目されてよい。しかもその理由が「近年の作、心情専に用る故、句躰重々し」に反撥した上でのことで、ここで「かるみ」との関連が考えられる。『初懐紙評註』(貞享三年成)で「はしは小雨をもゆるかげろふ　仙化」の作を評して、

春の景気也。季のつかひやうは、かろくやすらかにしたる所を見るべし。花の閉目などは、やす〳〵とかろく付る物也。

とも述べ、やはり「かろく付る物」との関連で景気を問題にしている。

元禄俳壇における景気の流行は、きわめて顕著なものがあり、それに対して芭蕉は初心者が安易に景気の句を作ることに警告を発していた。芭蕉自身は、貞享三年『初懐紙評註』あたりから、「かるみ」との関連で「景気」を考えていたようで、その点元禄俳壇一般の景気理解より、もう少し深く「景気」を問題にしていたことがわかる。

つぎに心付であるが、前引の『番匠童』で「……古しへの付合道具付、又は四手付などせずして、其一句の心を味ひ、景気にてあしらひ、或は心付にて各別の物を寄《よせ》、木に竹をつぎたる様なれども、心はひた〳〵と付様《つくやう》にせり」とあるごとく、貞門以来の定まった付合を否定して、一見木に竹をついだような思いもしない予想外の付合なのだが、二句間は情調において相通じている。このような付合を心付であると説明している。

ところで『番匠童』は増補されて二年後の元禄四年に『当流増補番匠童』として刊行されているが、その増補された部分に「付味三句めはなるゝ事」の一条があり、ここで「景気」や「心付」が著者和及自作の連句の実例にもとづい

て説明されている。「景気」の方は省略するが、「心付」の部分を引用してみよう。

産《うみ》落するにやすき犬の子

付心あらは也。注に不及《およばず》。

なま智恵《チエ》のありて浮世の物案《アン》ジ

此付様は、心付也。犬のやす〳〵子をうむを見て、世上の人の、上をおもふ也。人はなま智恵ありて、物をあんずるによつて、大事も有《ある》也。此あんずるを、子をうむ事計ニあらず、惣別の物案ジと一句《いっく》立《だて》也。前句をかる気味なし。

雛《ヒイナ》の殿《トノ》のわるき顔《カホ》つき

前句、なま知恵を、おさなき娘のなま心にして、付たり。ひいな遊びに、殿のかほあしきに付《つけ》て、われもいか様の夫をか持ん、などあんじたるさま也。伊勢物がたりに、世心つける女など有《ある》も、かゝるたぐひと也。

ここで「なま智恵《チエ》の」の句が心付だとしているが、それは前句の「犬のやす〳〵子をうむを見て」、それを人の身の上に置きかえ想定して、心に案じて付けたからだとしたのである。前句のことばや句意によらず、まったく思いもしないような別のものを想定して「木に竹をつぎたる様なれども、心はひた〳〵と付様にせり」としたのである。「雛の殿の」の付句も、前句のことばにまったく頼らず、前句の「なま知恵」を「おさなき娘のなま心にして」、その心中を察して付けているのである。これを心付ということができよう。それは、これまた『番匠童』の前引のものだが、「只一句の心をひつからげて、心に味《アヂハ》ひ、其所に何にてもさも有べき物をあんじ出し、我心にて作りて、付ル」という付合における技法と軌を一にしているといえよう。一句の心を感じ、それに応ずるものを付句で案じ出し、自らの心で付けるというのが心付なのである。

右は、景気のところで引用した和及の『雀の森』の文言「おほくは心付にして、景気はところ〴〵にあるべきか。さのみ一句をたくみにせず、めづらしき詞をこのまず、句作はおさなくとも、前句へよくうつり付候句は、意味もふかくあかぬ物にて」の「うつり」とも無関係ではなかろう。そうして『祇園拾遺物語』(元禄四年)に「先《ま》ッ多分は景気・うつり・心付を詮《セン》として、あまたゝび味《アジハ》ひ大やりにし給ふべからず」とあったり、『誹諧ひこばえ』(元禄四年)の文言「誹諧の根といふ事は、付味遠くして耳にちかく、発句より挙句まで一句〳〵のあやぎれをよく次《つぐ》る所なるべし」とする付味のあじわひの深さを何よりも重視している点を見落してはならないだろう。

ところで蕉風の「心付」はどうであろうか。「心付」に関して『去来抄』の「修行」に、

先師曰、「ホ句はむかしよりさま〴〵替り侍れど、付句は三変也。むかしは付物を専らとす。中比は心付を専とす。今は、うつり・ひゞき・にほひ・くらゐを以て付るをよしとす」。

とある。ここで「むかし」は貞門時代、「中比」は談林時代、「今」はもちろん元禄の芭蕉らの蕉風の俳諧のゆき方を指す。ただしここでいう「中比は心付を専とす」は、談林時代に行なわれた「句意付」のことであって、元禄当風のいう「心付」とは明らかに異なったものである。談林の「心付」は、意味上の連関により前句を説明する付方、つまり「句意付」で、親句・疎句の概念でいえば親句である。

宮本三郎氏の「心付の説」(『蕉風俳諧論考』笠間書院、昭和四十九年)によると、「心付」といわれるものは、「句意付」と「余情付」の二つに分けることができ、前者は「前句の情を引来る」付のもので、後者はいわゆる蕉風でいうところの「匂ひ」の付と解されている。したがって「心付」の後者の場合は、蕉風の「うつり・ひゞき・にほひ・くら

ゐ」などと同じだと考えられる。

ところでこのように「心付」の内容が「句意付」と「余情付」の二種類に分かれることを認めた場合、先の談林の「心付」は「句意付」であることは明らかだが、『番匠童』の説く元禄当風の「心付」はどちらであろうか。それは、「うつり」を重視したり、「付味遠くして耳にちかく」などの文言を考えると、「句意付」というよりも、いわゆる蕉風の「余情付」のきわめて素朴なかたちでのあらわれと、考えることができよう。元禄当風のめざすところは、余情の美を重んずる疎句化の方向であり、それは蕉風の「余情付」の方向とも一致していたといってよかろう。

そうした流れの中にあって、芭蕉は余情による付合を深化させて蕉門独自な「匂付」を展開させている。「匂付」は前引の『去来抄』の「修行」には「うつり・ひゞき・にほひ・くらゐ」の四つをあげているが、その他にも「俤」も加えられるべきであろう。

元禄当流における景気付や心付について述べたが、『俳諧小からかさ』に「当流といふに心持様ゝあり。前句によりて、付物なくてはうつらぬ有リ。或は、心付・景《ケイ》気付にしてよき有リ」とあるように、元禄当流では付物も軽視せずに行なわれている。もっともそれは定りたる付物の古風な物付とは異なり、新しいゆき方、作者の主体的な判断により自由に付物を考えてゆく方法においてである。『俳諧小からかさ』の凡例には「いにしへよりの付合の書、毛吹・便船・類船集等あり。これに出る所の古きを用ひず。今当流に便ある付心詞を集て」と述べてあったり、前述の『番匠童』で「さも有べき物をあんじ出し、我心にて作りて、付ルなれば、定りたる付合の道具おぼえて益なし」とする発言がそのことを証していよう。なおその点に関しては、今栄蔵氏の「元禄初期の俳諧の問題」(『国語国文』昭和三十一年一月号)を参照されたい。

総じて元禄当風の俳諧は、やすらかな連歌体に倣った俳諧が行きわたったものということができよう。その中でとくに芭蕉とその一門の俳諧は、「匂付」を中心とするきわだって余情の美を追求する方向に進んでいったものと考えることができる。方向性は同じだが芭蕉らはより深く、俳諧の本質を追求しているのである。

元禄の俳諧点者たち

貞享末年から元禄初年にかけて、京・大阪・江戸の三都とも俳壇は活況を呈してくる。京では、梅盛のような貞門の古老や、高政のような談林くずれ、あるいは言水・信徳・似船らのように貞門から談林を経て元禄に活躍する俳人、それに我黒や晩山や好春のように、そうした貞門や談林を経ないで元禄期に活動を開始する俳人たちがいる。大阪では、西鶴・由平・万海・来山ら談林系の俳人、延宝期に江戸で活躍した後、元禄二年に大阪へ移住した才麿、あるいは諷竹(之道)・舎羅・三惟らの大阪蕉門の人々、伊丹を中心として独自な活躍をする鬼貫らの俳人がいる。江戸は何といっても其角や嵐雪や杉風といった蕉門の人々の勢力が強いが、京から移住して前句付俳諧に門流をきずく一晶や、江戸の貞門系から出て前句付俳諧を中心に活発な動きをみせる調和、あるいは不木や不木門の不角らがいる。とりわけ不角は前句付・高点集を次々に刊行して一大勢力を形成してゆく。

こうした三都や諸国の俳人の動向は、本書所収の元禄十五年刊の『花見車』に遊女評判記という形式をとりながら、かなり詳しく述べられているので参照されたい。

ところで元禄の俳諧点者たちは、今までの貞門や談林の点者たちとかなり異なった様相を呈してくる。それを述べる前に点者とは何かを少し歴史的に述べてみたい。

点者とはもともと、門弟や一般の顧客の俳諧に点を加えることによって点料を得て生計をたてる職業的な俳人をいうが、貞門時代には、貞徳から直接免許状を得て、その上で正式な点者となっている(『蠅打』等参照)。談林の宗因などは貞徳とちがって点者の免許状など出していないので、談林の俳諧師がどのようにして点者になったかははっきりしない。しかし西鶴などは二十一歳で点者になったところをみると(『俳諧石車』)、さして面倒なこともなかったと思われる。師の許である程度修行した後、何らかの伝授を受け自立して点者になったのであろう。

ところで芭蕉の場合など、万句会を興行して点者になっている(『誹諧解脱抄』)。それゆえ、この頃は点者(宗匠)として立机するのには、万句興行を行なうのが通過儀礼であったものと思われるが、詳しいことはわからない。ともあれ、そうして点者になると文台を持ち、新年には門下と歳旦三つ物を興行し、それを刷りおろして歳旦帳として配布している。「歳旦三つ物」の存在は、点者か否かを考える場合一つのバロメーターの役割をもっている。

それが元禄初年になると、状況がかなり変って、師系などは問題にせず新たに点者が急増するようになってくる。貞門の古老である随流は、元禄四年に刊行された『誹諧京羽二重』を論難して翌五年『貞徳永代記』を刊行するが、そうした元禄初年ににわかに出現した新点者たちを、

由緒もなく、師匠もなく、六斎の万句会や前句付抔《など》にして仕ならひ、百句をならぶる程の者は、はや自立の三物《みつもの》を組《くみ》、点者となりて人にしられんため、われ一と、むさと仕たる双紙を作りて板行し、秘する物やらせぬ事やら、めつた的を射るやうに小銭を取《とる》才覚計《ばかり》にて、はいかいのてにはの大事、抜書の板行物一枚三銭づゝとて、京中をよみ読《うり》にさせる点者も有《ある》とかや。

と非難する。西武門で、貞門の直系たることを何よりも誇りとしている随流が、右のごとき俳諧の修行も十分にしない、いいかげんな新点者の出現をにがにがしいものに思ったのは当然であろう。さらに随流は「此《この》二三年京中、新点者俄《にはか》に多くなりし、其《その》みなもとも湖水より涌出《わきいで》たり」として、こうした新点者の出現をうながしたのは、近江における異常な前句付俳諧の流行であると指摘している。近江におけるこの前句付俳諧の流行は、京都に新しく前句付専門の点者を誕生させ、さらに前句付俳諧自体も京都において流行してゆき「あふみ前句にかぎらず、京にも唯今《ただいま》かたはし会所本をこしらへ、種々のほうび物を出す方も有けるよし、甚以《はなはだもって》よろしからず」(『貞徳永代記』)といった状況になってゆく。前句付はもともと、俳諧付合の稽古のために前句を出題して、付句をつけるという形式で俳諧数奇者の間で楽しまれていたのであるが、近江地方で一般大衆を対象に付句を募集するようになって大流行したのである。もっともこうした前句付俳諧は、何も新点者だけに限られたものでなく、大部分の点者らが、前句を出題し、ほうび物を予告し、会所本あるいは前句付一枚刷を出し、点取俳諧の点を加えることにより生計を立てていたのである。二、三の具体例を示そう。

たとえば京の似船などは、すでに延宝五年に五句付の点をした事実があり(天理図書館綿屋文庫蔵『芦月庵似船点五句付俳諧』)、元禄二年には『苗代水』のごとき七十八名の門人の発句および二句付の付句に似船が点評を加えた半紙本五冊の堂々たる前句付俳諧の撰集が出ているし、なによりも元禄五年から八年にかけて行なった『似船点取帖』(京大図書館蔵平松家旧蔵本)の朱や紫を使っての派手やかな「毛錐印」の点が、その事実を証明していよう。

元禄期に入ると通常前句付の募集は、一枚刷の引札(チラシ)によって行なわれる。幸いなことに天理図書館綿屋文庫には、『前句付出題帖』として元禄七年前後の十枚の引札が所蔵されている。そのうちの一点、如泉のものを例にしてみると、一行目に「六月廿日迄上着　京如泉点　入料八銭」とあり、六月二十日締切、点者は京の如泉で、一句につき入句料は八銭(文)であることがわかる。ついで五行にわたって出題の発句題「夕立・雲峰・清水・心太・日傘」が枠でかこってあり、その下に前句の出題を五句示している。それは「あら涼しやと立寄にけり」「世の中を引て此地《この》に庵立ん」「心のまゝに成《なり》てうれしき」、「漢」として「干《ホシ》瓜ハ不《ル》レ繋《ツナガ》船《フネ》」「唖《ゴロ》蟪《ゼミ》ハ無レ絃《ゲン》ノ瑟《コト》」とある。「漢」は漢句の出題でその下に「漢ニ而も和ニ而も上ノ句ヲ御付」「同下ノ句ヲ御付」と注記がある。これが点者の出題した前句で、一般大衆はこれに応募するのである。つぎには五行にわたって「第一番より五番迄　ならざらし　一反宛」「六ヨリ十番マデ　つれ〴〵諺解《げんかい》　五冊物」「十一ヨリ三十迄　上作物御小刀本ねりと棒さや入」「卅一より五十迄　当世染大風呂敷　三尺物」「五十一より三百迄　ゆゑんずミ　一挺宛」と勝句のほうびの品々を示している。他の一枚刷では「本絵六枚屏風」あるいは「朱蓋燗鍋」などが示されている。大阪の来山のチラシには「太平記(要覧)」「一目玉ぼこ四冊」「伊勢物語　頭書三冊」「節用集増補」「百人一首」など古典・歌書・辞書などの書籍が賞品としてあがっている(大谷篤蔵「大阪市立博物館十万堂来山資料」『連歌俳諧研究』63、昭和五十七年七月)。最後の行は「和歌三神照覧他見無依怙　集所京烏丸通松原下ル町　紅葉軒」とある。この「集所」は、他には「清書元」「会所」などという名称でよばれ、『誹諧京羽二重』では「新町通丸田町上ル木村源六」こと木村是正以下五名の住所と名前が載っている。ここは点者に前句を出題してもらい、一般大衆から付句を募り、ここで集めて勝句を選んでもらう、そういう場所なのである。

こうした前句付募集の引札によって、一般大衆は付句を応募するわけだが、どの位の数の句が集まったものであろうか。元禄五年に出された和及点の高点勝句集『誹諧水茎の岡』によれば、和及の元禄四年三月二十一日から十二月二十一日までの都合八回の月並興行に、毎回近江八幡会所汀鴈に寄せられた寄句が三千余句から三千八百余句にも及んでおり、その盛んな様子が知られる。ちなみに和及の点料をさきに紹介した如泉と同じ八銭だとすれば、三千句として月に二十四貫文、一文を現在の金でほぼ二十五円程度とすれば、六十万円の入句料収入となる。会所などの取り分や賞品や会所本あるいは一枚刷の刊行の費用にどれ位かかるのかわからないが、ともかく点者にとってかなりな高収入になることはたしかである。同じ京の可休は元禄五年十二月の勝句一枚刷では「集句五千三百余」とあり、翌六年一月では「集句三千八百余」などとあり、同じく十一月の可休点会所本『あるが中』(半紙本一冊)では「凡合一万六百余」とある。また現存する会所本でもっとも古い我黒点の『誹諧気比《けひ》のうみ』(半紙本一冊、元禄五年八月十五日序)では会所の越前敦賀水江重次が一万句を集めている。これらは京都の点者の例だが、江戸でも調和が貞享四年七月以来毎月二回の五句付を募集していたが、全国から応募句が集まりすぎ、元禄五年以後は月一回、五句付の前句を三句に縮小させた(『洗朱』)ほどである。よほど膨大な句が集まったのであろう。また不角も前句付に熱心で、元禄五年五句付高点句集『二葉の松』を刊行し、以下『若みどり』『千代見草』『一息』『二息』『へらず口』『うたゝね』『昼礫』『矢の根鍛冶前集』『矢の根鍛冶後集』など続々と類書を刊行している。こうした事実をみると、一般大衆から膨大な量の前句付が寄せられ、点者の収入も金箱を賑わすことになったことは想像にかたくない。

こうした前句付の過熱化はしばしば幕府の禁制に触れ条が出されているし、地方でも藤堂藩のように「富突幷前句付禁制」として禁止令が出されている。藤堂藩のものは『宗国史』に収められているが、元禄五年三月十四日に出され、「一、頃日、俳諧之前句付と申事所々に初《はじま》り、褒美に過分之物を出し、取り遣り仕候由、相聞候。是も品のかはり候博奕に候。御領下堅く令二停止一候」(今栄蔵「俳諧経済社会学」『芭蕉伝記の諸問題』新典社、平成四年)とある。こうした禁制はくり返し幾度となく出されているが、前句付俳諧はいっこうに衰えることがなかった。点者の中にも「小銭を取《とる》才覚計《ばかり》」する者が出ても、何ら不思議はない状態だったのである。本書所収の『花見車』巻一にも、そうした元禄の点者たちの齷齪《あくせく》と顧客の間を動きまわる様子が描写されている。

元禄前句付の作者たち

前句付俳諧の流行によって俳諧人口は加速度的に増加してゆき、「片夷《かたゐ》中《なか》の山賤《やまがつ》も斧を枕にして発句を案じ、田夫は鍬杖にもたれて前句を味ふありさま」(『貞徳永代記』)や、「郡中残らずはやりもて来て、女子・童部・山賤の類までもてあそぶやうになりたり」(『可正旧記』)といった状況が生じてくる。

ところで一般大衆から応募された前句付は、会所(集所・清書元)によって集められ、点者によって勝句が決められ、会所本や一枚刷として印刷されるのが通例である。現存する会所本で元禄七年までのものをあげれば、『誹諧気比のうみ』(半紙本一冊。我黒点。元禄五年八月十五日序。会所越前敦賀上島寺町水江重次版)、『あるが中』(半紙本一冊。可休点。元禄六年十一月会所水口軒。井筒屋庄兵衛版)、『口ごたへ』(中本一冊。林鴻点。元禄七年五月十八日披露会元香水)があり、前句付勝句一枚刷には『元禄五年可休点一枚刷』(可休点。元禄五年十二月十五日会所水口軒)、『元禄六年可休点一枚刷』(可休点。元禄六年正月会所水口軒)、『元禄六年轍士点一枚刷』(轍士点。元禄六年春日　風雅使白紙〈会所〉)、『晩山点一枚刷』(晩山点。元禄六年か)、『元禄六年只丸点一枚刷』(只丸点。元禄六年六月)などがある。こうした会所本や一枚刷に収録されている作者の中には、通常の俳諧撰集に入集する作者もおり、必ずしも前句付の作者が初心者というわけではない。むしろ地方などでは前句付と俳諧との区別などせず、双方に興じている人々も多い。そうした両方に入集する俳人は、江戸では嵐竹・峡水・岩翁・亀翁・琴風などの例が尾方仂・松崎好男両氏の「前句付と軽み」(『芭蕉必携』学燈社、昭和五十五年)によって報告されており、最上(山形)の友廸・紫関、二本松の惟氏、桑折の涼風らの例が鈴木勝忠氏の「前句付と雑俳」(『近世俳諧史の基層』名古屋大学出版会、平成四年)に指摘されており、京都でも本書所収言水編『都曲《みやとぶり》』(元禄四年)の中に多くの前句付作者の入集が見られることが、土谷泰敏氏「言水編『都曲』の特質――作者層の考察を通じて――」(『国文学攷』94、昭和五十七年六月)によって論証されている。筆者も「前句付の作者たち」(『元禄京都俳壇研究』勉誠社、昭和六十年)で、『水茎の岡』に入集の作者と俳諧撰集『ひこばえ』(元禄四年)に共通句のある事例を示しておいた。

右のような事例を考えてみると、俳諧撰集の発句や連句と、前句付の発句や付句との類似性が問題となってこよう。そこで先に示した会所本や一枚刷の中から、前句付の例句を若干挙げてみよう。

水茎の岡(元禄四年)

枕のうへにおつる雨だれ

1 哀なしあまり近《チカク》に啼蛙《ナクかはづ》　のと川 和水

いちご

2 いちごくふ人うつくしきはしゐ哉　土山 方至

ちから及ぬ所なりけり

3 科《とが》もなき花な恨みそ二日酔　いせ 関

雑俳 気比のうみ(元禄五年八月十五日)

4 句　人だのみする事ならぬ涼み哉　江州いが 見道

5 句　蚊の声に夕飯かしぐ入梅《ついり》哉　大野 柳鴻

うつかりとしてたてる門口

6 その筈《はず》とおもへど秋はうそさびし　宮津市井 桐庵

7 句　よしの哉花をしぼめる人の息　フクキ 友吟

元禄五年可休点一枚刷（元禄五年十二月）

8 句　山伏の泣顔見たりとしの暮　三州新城 桂水

竹をわりたる心なりけり

9 隣より散し落葉は焼《たか》ぬ僧　泉州境 柳風

10 句　薄着して萋《つばな》ぬきしが枯野哉　丹州田辺 不存

いそがぬ旅はおもしろくあれ

11 菅笠《すげがさ》の緒を〆《しめ》てやる女同志　江州大津 花枝

元禄六年可休点一枚刷（元禄六年正月）

顔さしよせて居たる也けり

12 茶の下に嫁の名を焼《たく》老の愚痴　江州草薙 林一玉

13 句　さはらずに行《ゆく》よ柳の下《したを》小ぶね　河州加納 似松

元禄六年轍士点一枚刷（元禄六年春日）

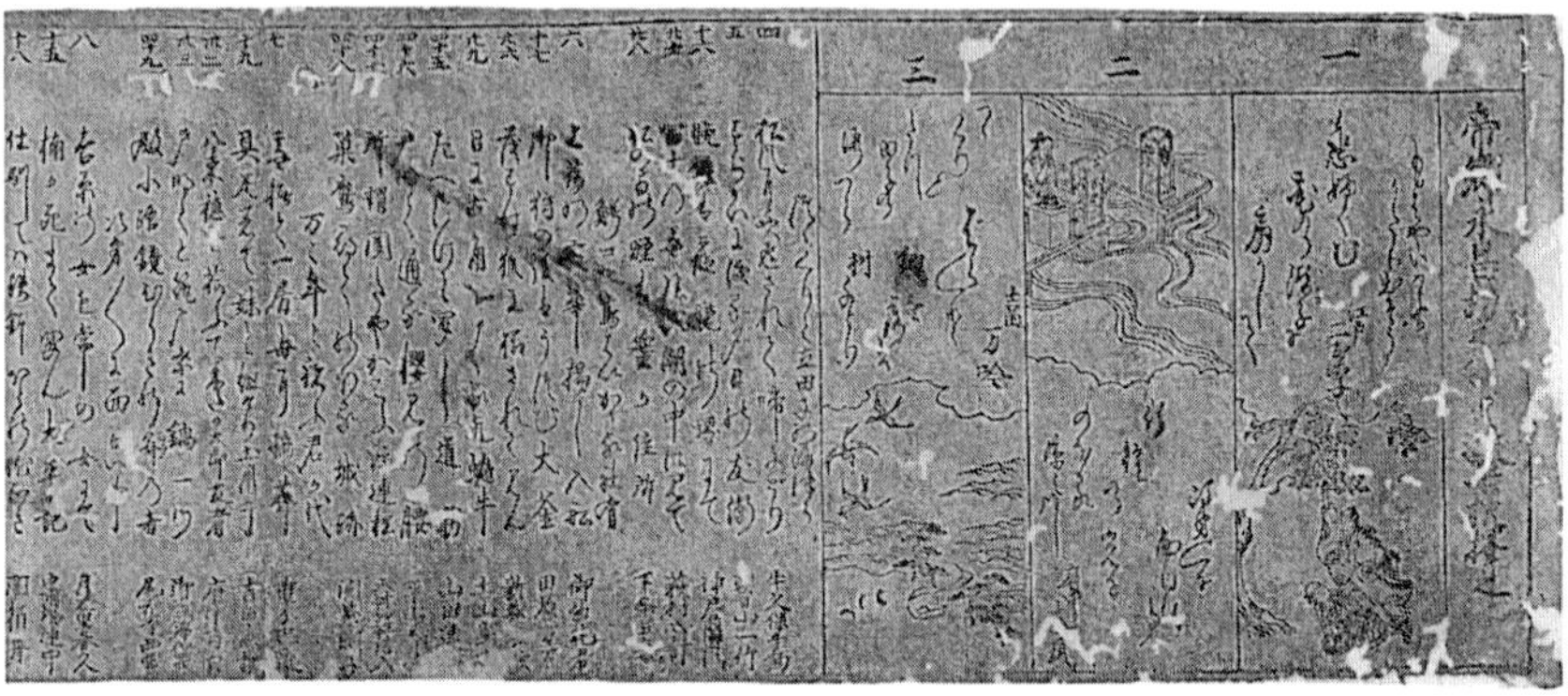

次第〳〵に面白い事

14 吉原の女も常の女にて　　月見里 春久

15 楠《くすのき》が死《しぬ》まで聞《きか》ん太平記　　中市場 連中

最早いはふか語り出そふか

16 一盃はたらしすまして河豚汁《ふくとじる》　　関 尹人

17 そろ〳〵と足延《のば》し見る新枕　　三条 疎休子

晩山点一枚刷（元禄六年か）

酒屋の蔵の白き川岸

18 夏草の花ふみてゆく蛍狩　　加州金沢 竹葉

灯火《ともしび》のくらき〳〵とかき立て

19 哀《あはれ》遊女の引残る見世　　丹後田辺 政次

元禄六年只丸点一枚刷（元禄六年六月）

はや夕暮の燧《ひうち》うつ比

20 物喰せそつと追やる奈良の鹿　　駿府 遊蘭

同

21 も一夜も泊れ娘の里帰リ　　江州日野 一水

あるが中（元禄六年十一月）

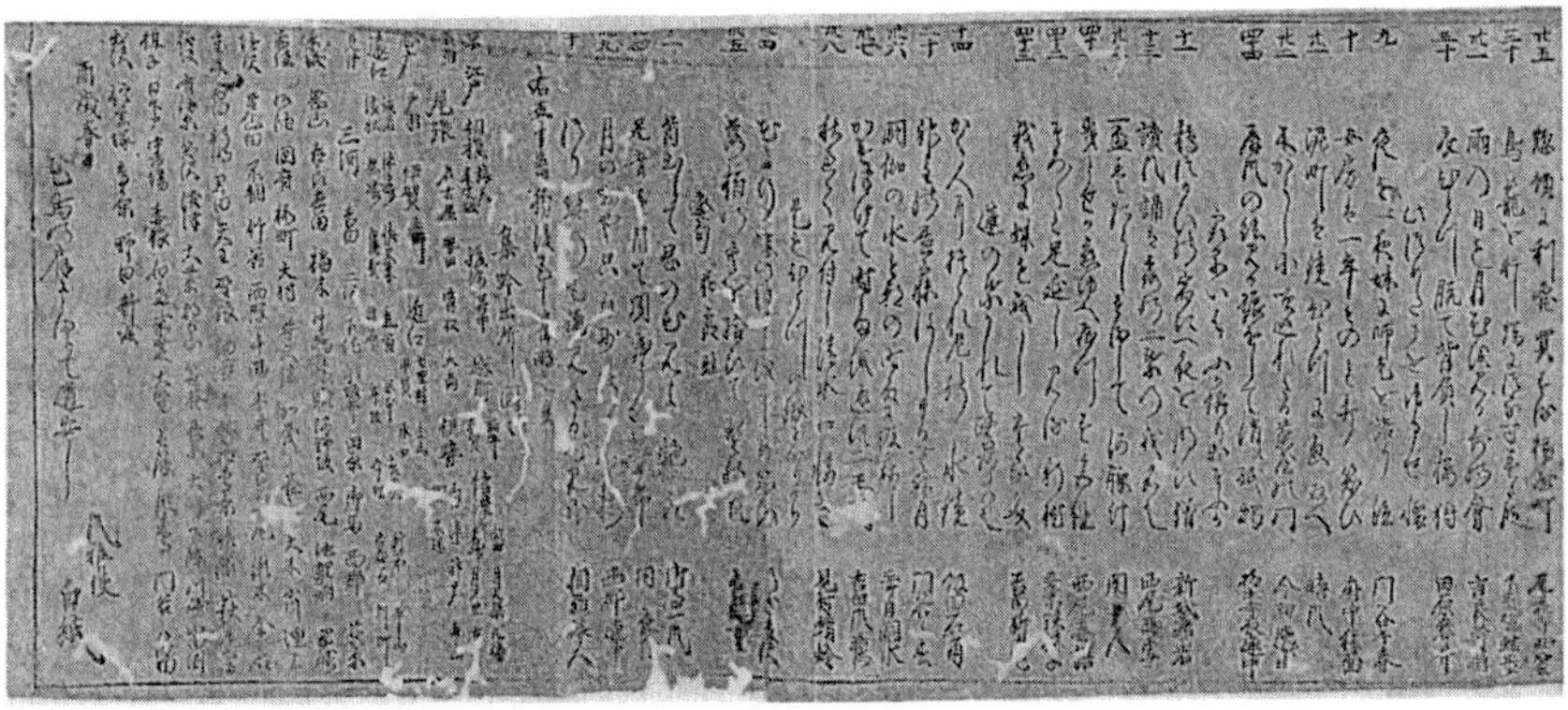

廻りてもとの処へぞ出

22 島原や旅装束をわらはれて　高島平塚 折枝

23 句　さしもなき物売ル市の時雨かな　江州日野 鰐口

ロごたへ（元禄七年五月）

いにそうにしていなぬなり

24 親なれど銀《カネ》かる事はいひにくし　椹木 時山

よいか／＼とくどいといやう

25 指櫛《さしぐし》の女子どしにて極《きは》メかね　西洞 相知

以上二十五句ほど前句付の事例を示したが、これらはほとんど人事句が主流を占めており、人情の機微の一面を軽妙に摘出して微笑を誘ったり、あるいは苦笑を禁じ得ないようなものが多い。しかし、2「いちごくふ人うつくしきはしゐ哉」、5「蚊の声に夕飯かしぐ入梅哉」、8「山伏の泣顔見たりとしの暮」、18「夏草の花ふみてゆく蛍狩」、23「さしもなき物売ル市の時雨かな」などのように、日常の平凡な生活の中にある種の情緒を見出した句が混っていたりする。

前句付一枚刷　元禄六年（一六九三）春刊行。点者は『花見車』の著者、帝郷（京都）永昌坊之住轍士で、会所は三河鳳来寺の俳人白紙である。前句は八句を出題し、他に発句題を出している。なお勝句一番から三番までに、挿絵が入っているのが珍しい。雲英末雄蔵。

また10「薄着して蔞《つばな》ぬきしが枯野哉」などは、本書所収『元禄百人一句』の西鵬(西鶴)の3「枯野哉蔞《かなつばな》の時の女櫛《をんなぐし》」に発想の類似が認められ、20「物喰せそつと追やる奈良の鹿」は、『去来抄』に引用される杜若の発句「起ざまに真そつと長し鹿の足」に表現上の類似が感じられる。

試みにこうした前句付の発句に類似した句を、本書所収の『都曲』『蓮実』から左記に抜き出してみよう。

106 迷子《まよひご》の泣ク〳〵つかむ蛍かな　京那須氏 流水
142 ひとりづゝ酔《ゑひ》に伏《ふし》けりたかむしろ　京 照山
168 肩脱《ヌイ》で尼の歯朶《しだ》折《をる》師《し》走哉《はすかな》　与州松山古川 県草
192 僧ひとり市《いち》に見ぐるし年の暮　京 真嶺子
243 絹《きぬ》着たる鹿驚《かがし》ひとつもなかりけり　美濃谷氏 木因
246 歯黒《カネ》付《つけ》て髪すく窓の蛍哉《かな》　武州八王寺石川 松濤
301 離犬《はなれいぬ》七日経《へ》にけり木瓜《ぼけ》が下《もと》　肥後熊本小島 水翁
398 蚊《か》の千《ち》声関守《ごゑせきもり》がゐる団《うちは》かな　京 石流(以上『都曲』)

150 酔のあるうちは濡行《ぬれゆく》春の雨　大坂 直成
203 子規《ほととぎす》〳〵とて寐《ね》入《いり》けり　江戸 調和
231 蟬聞て夫婦《めをと》いさかひはづる哉《かな》　大坂 西鶴
254 俳諧は蚊がうれしがる夜《よ》るの席　大坂 良重

269 夕立に乳のあらわるゝ女かな　出羽 浮水
393 それきたぞ歯ぬけ声なる鉢扣《はちたたき》　大坂 芦売
414 己が身の寒さをふせぐ紙子売　大坂 花瓢
416 夜を寒みむか腹立ル山居哉《かな》　江戸 西乃（以上『蓮実』）

いちいち説明するまでもなく、市井の人情の一端を、素直に日常語で発句に表現しようとしている句がほとんどである。

このように見てくると、前句付俳諧の句も通常の撰集に入集する発句も、容易に区別がしにくい状態になってくる。いや区別など作者の側にはなかったと考えた方がいいのかも知れない。

現実の生活を肯定し、それをそのまま俳諧の世界へ反映させてゆく。元禄俳諧にはそうした庶民性が確実に見られるようになってきている。元禄の民の俳諧の発露をそうしたところに確かめることができるのである。

おわりに

宮田正信氏は「蕉風と元禄俳壇」（芭蕉の本3、角川書店、昭和四十五年）で、元禄俳壇の特性にふれて「俳壇自体が全体として質的差異による円錐体的構造をもつ」ことを指摘されたが、その底辺は前句付に興ずる作者たちをも含みこんでかぎりなく拡がっており、「元禄前句付の作者たち」で述べたように、そうした作者たちの平易な日常生活の現実に対する眼が、逆に元禄俳諧を生々としたものに活性化させていたともいえよう。一方頂点に立つ俳諧点者たち、さらに質的にその上をゆく芭蕉を中心とする蕉門の人々がいる。彼らの目ざしていた「匂付」を中心とする余情の俳諧は、「景気付・心付・付物」でも指摘したように、元禄当風の点者たちが目ざしていた「景気付」「心付」などと方向においては異なったものではなかった。ただ芭蕉たちの方が元禄当風の点者たちより、さらに深く真摯に俳諧のあるべき方向を考えていたといえるのである。

ところで元禄俳壇では、中央と地方との交流がきわめて顕著に見られる。たとえば「三都対照俳壇史年表」(付録)の元禄五年の項を見ても明らかなように、春阿波の吟夕、三月頃江戸の立志、四月備中の梅員、六月丹後与謝の楊々子などが上京して言水などの京の点者と交流し、その成果をそれぞれ俳諧撰集のかたちで刊行している。また逆に中央の京や大阪や江戸から地方にでかける点者もいる。元禄五年でいえば、轍士は、四月に三河新城の白雪を訪ねて鳳来寺に参詣し、帰途は伊勢に立ち寄っている(『俳諧白眼』)。轍士は元禄四年芭蕉のほそ道の旅にならって東北地方を行脚したり、北陸を歴遊したり、江戸へ赴いたりしているが、その目的は名所・旧跡を巡り、見聞をひろめて俳諧の素材とすることもあろうが、同時にその地方の俳人に関する情報を集めたり、逆に中央や他の地方の俳壇の情報を提供したり、また地方の人々と連句興行を行なったり、あるいは前句付の点を出題して収入を得、自己宣伝の上におのれの勢力の拡大を図ろうとするのも行脚の大きな目的だったと思われる。轍士が匿名で刊行する元禄十五年の『花見車』などに、そうした各地から得た情報が十二分に活用されているのも、もっともなことなのである。

芭蕉は、みちのくの奥の風雅を求めて旅をしたのだが、北陸金沢に滞留するのが縁になり、その教えを受けた北枝によって元禄四年五月『卯辰集《うたつしゆう》』が刊行される。芭蕉の北陸行脚がなければ、『卯辰集』は出されないし、本書が加賀蕉門の結束を強めて、以後続々と加賀蕉門俳書が刊行されるのは周知の事実である。これなども旅の成果だといえるであろう。

　元禄俳諧は三都を中心にしているけれども、地方にもそれぞれに個性をもった俳人が現われ、活発な活動が見られるようになっていった。地方の時代も始まっていたことを、確認することができるのである。

参考文献

芭蕉および蕉門、西鶴関係のものは、二、三をのぞき省略した。なお昭和四十七年以前のものに関しては、雲英末雄「近世初期俳諧研究文献目録」(『淑徳国文』14、昭和四十七年十二月)をも参照されたい。

○日置謙『加越能古俳書大観』上下、石川県図書館協会、昭和十一年。
○荻野清『元禄名家句集』創元社、昭和二十九年。
○大礒義雄『続七車と研究』未刊国文資料一期十、同刊行会、昭和三十三年。
○白石悌三『元禄四年歳旦集』西日本国語国文学会翻刻双書二期七、同刊行会、昭和四十年。
○今泉準一『元禄江戸俳書集』白帝社、昭和四十一年。
○今泉準一『元禄前期江戸俳書集と研究』未刊国文資料三期十、同刊行会、昭和四十二年。
○和田茂樹『簾　たかね　花橘』愛媛大学古典叢刊十四、同刊行会、昭和四十八年。
○『近世文学資料類従　古俳諧編』三十・三十五―三十七・四十七・四十八、勉誠社、昭和五十年―五十一年。
○中村俊定『近世俳諧資料集成一』講談社、昭和五十一年。
○岡田利兵衛『鬼貫全集』三訂版、角川書店、昭和五十三年。
○島居清『海陸前後集　我か庵』京都大学国語国文資料叢書十、臨川書店、昭和五十四年。
○島本昌一『俳諧小傘』勉誠社、昭和五十四年。
○森川昭『谷木因全集』和泉書院、昭和五十七年。
○雲英末雄『元禄京都諸家句集』勉誠社、昭和五十八年。
○雲英末雄『元禄俳諧集』早稲田大学蔵資料影印叢書十、早大出版部、昭和五十九年。
○飯田正一『小西来山全集』前後篇、朝陽学院、昭和六十年。

○小川武彦『青木鷺水全集』全五巻別巻一巻、ゆまに書房、昭和五十九年―平成三年。

＊

○山崎喜好『鬼貫論』筑摩書房、昭和十九年。
○荻野清『俳文学叢説』赤尾照文堂、昭和四十六年。
○山本唯一『元禄俳諧の位相』法蔵館、昭和四十六年。
○岡本勝『大淀三千風研究』桜楓社、昭和四十六年。
○宮田正信『雑俳史の研究』赤尾照文堂、昭和四十七年。
○鈴木勝忠『俳諧史要』明治書院、昭和四十八年。
○尾形仂『俳諧史論考』桜楓社、昭和五十二年。
○櫻井武次郎『元禄の大坂俳壇』前田書店、昭和五十四年。
○潁原退蔵『俳諧史一・二』潁原退蔵著作集三・四、中央公論社、昭和五十四年・五十五年。
○櫻井武次郎『伊丹の俳人上嶋鬼貫』新典社、昭和五十八年。
○大内初夫『近世九州俳壇史の研究』九州大学出版会、昭和五十八年。
○雲英末雄『元禄京都俳壇研究』勉誠社、昭和六十年。
○復本一郎『本質論としての近世俳論の研究』風間書房、昭和六十二年。
○飯田正一『小西来山俳句解』前田書店、平成元年。
○鈴木勝忠『近世俳諧史の基層』名古屋大学出版会、平成四年。

＊

○今栄蔵「元禄初期の俳諧の問題」『国語国文』昭和三十一年一月。

○今栄蔵「『移り』考」『国語国文』昭和三十一年十月。
○今栄蔵「元禄俳諧の文学史的位置に関する考察」『国語国文』昭和三十二年四月。
○檀上正孝「岸本調和の撰集活動」『近世文芸』15、昭和四十三年十一月。
○辛島啓子「椎本才麿年譜稿」『叢』6、昭和四十四年十一月。
○宮田正信「蕉風と元禄俳壇」芭蕉の本3、角川書店、昭和四十五年七月。
○今栄蔵「芭蕉俳論の周辺――元禄俳諧論一般をめぐって――」芭蕉の本7、角川書店、昭和四十五年九月。
○越智美登子「伊藤信徳年譜稿」『国語国文』昭和四十八年一月。
○白石悌三「芳賀一晶素描」『近世文学作家と作品』中央公論社、昭和四十八年。
○櫻井武次郎・安田厚子「上嶋鬼貫年譜考」『地域研究いたみ』9、昭和五十三年十一月。
○宇城由文「池西言水年譜」『連歌俳諧研究』62、昭和五十七年一月。
○土谷泰敏「言水編『都曲』の特質」『国文学攷』94、昭和五十七年六月。
○富田志津子「才麿と来山」『連歌俳諧研究』66、昭和五十九年一月。
○宇城由文「元禄前夜の京俳壇」『国文学論叢』29、昭和五十九年三月。
○竹下義人「長発句と伊丹風」『国文学研究』87、昭和六十年十月。
○西村真砂子「芭蕉と京都俳壇」『俳文芸』28、昭和六十一年十二月。
○深沢真二「元禄俳壇の和漢俳諧」『国語国文』昭和六十二年十月。
○佐藤勝明「青木春澄研究」『近世文芸研究と評論』34、昭和六十三年六月。
○竹下義人「『俳諧わたまし抄』の成立をめぐって」『国文学研究資料館紀要』16、平成二年三月。
○宇都宮譲「『続の原』考」『連歌俳諧研究』83、平成四年七月。

新 日本古典文学大系 71
元禄俳諧集

1994年10月20日　第1刷発行
2025年 4 月10日　オンデマンド版発行

校注者　大内初夫《おおうちはつお》　櫻井武次郎《さくらいたけじろう》　雲英末雄《きらすえお》

発行者　坂本政謙

発行所　株式会社 岩波書店
〒101-8002 東京都千代田区一ツ橋 2-5-5
電話案内 03-5210-4000
https://www.iwanami.co.jp/

印刷／製本・法令印刷

ISBN 978-4-00-731543-5　　Printed in Japan

索　　引

発句・連句索引

1) この索引は，『元禄俳諧集』の初句による索引である．句に付した数字は，本書における句番号を示す．

2) 句番号の前に付く作品名は次の形に略した．

蛙	蛙合	ぁ	あめ子	椎	椎の葉
続	続の原	百	元禄百人一句	深	俳諧深川
都	新撰都曲	卯	卯辰集	花	花見車
大	俳諧大悟物狂	蓮	蓮実		

3) 見出し語には，発句・連句の初句をとり，排列は現代仮名遣いによる五十音順とした．

4) 初句が同音の場合，次に続く句を示して排列した．また，表記は便宜的に1つの形で代表させた．

5) 最後に難読句をおいた．

あ

か

き

く

さ

す

せ

そ

た

て

と

人 名 索 引

1) この索引は，『元禄俳諧集』の作者および前書・後書，序・跋，文中にみえる人物について，簡単な略歴を記し，該当する句番号もしくは頁数を示したものである.

2) 排列は，現代仮名遣いの五十音順による．ただし，読みにくいもの，および読み方の判然としないものは，通行の漢音によった.

3) 数字に付した＊は前書また後書，イタリック体の数字は頁数を表わす.

4) 各作品名は次の略称で示した.

蛙	蛙合	あ	あめ子	椎	椎の葉
続	続の原	百	元禄百人一句	深	俳諧深川
都	新撰都曲	卯	卯辰集	花	花見車
大	俳諧大悟物狂	蓮	蓮実		

5) この索引作成には，池澤一郎・伊藤善隆・大村明子・雲英末雄・櫻井武次郎・佐藤勝明・竹下義人・玉城司の8名がたずさわった．なお，雲英が点検し，全体の統一を行なった.

あ・い・う・え・お

蛙市《あいち》 大阪の人. 蓮 337

青人《あおんど》 伊丹の人. 上嶋治房. 通称，勘四郎. 別号，一搏四郎・虚瓢・忘居士・常音. 鬼貫の従兄弟. 油屋総本家の主人. 元文5年(1740) 5月18日没，81歳. 重頼門. 百 *184*，花 170

赤人《あかひと》 山部宿禰. 万葉歌人. 生没年未詳. 『古今集』仮名序では人麻呂とともに歌聖として並び称される. 三十六歌仙の1人. 椎 *324*

秋澄《あきすみ》 伏見の人. 百 *184*

秋之坊《あきのぼう》 加賀鶴来の人，金沢住. 加賀藩士，のち退隠. 別号，寂玄. 享保3年(1718) 1月4日没. 蕉門. 卯 4, 28, 33, 55, *84, 131, *144, *159, 162, 177, 214, *253, 321, 331, 365, 428, 443, 444, 496

姉《あね》 加賀松任の人. 柳川の姉. 卯 374

嵐三右衛門《あらしさんえもん》 京阪で活躍した歌舞伎役者. 幼名，勘太郎. 初世の実子，元禄3年(1690)に2世襲名. 元禄14年(1701) 11月7日没，41歳. 花 *382*

蟻道《ありみち》 伊丹の人. 酒造家. 森本氏. 通称，丸屋五郎兵衛. 正徳元年(1711) 5月13日没，48歳. 重頼門. 編著『無尽経』. 一周忌追善集『鉢扣』. 百 *184*，花 174

安枝《あんし》 大阪の人. あ 159

家隆《いえたか》 藤原氏. 鎌倉初期の歌人. 嘉禎3年(1237) 4月9日没，80歳. 『新古今集』撰者の1人. 椎 *159

郁翁《いくおう》 越後柏崎の人. 長井氏. 通称，与治右衛門. 別号，伴幽軒. 法名，伴幽軒松与定貞還愚禅門. 本陣，薬種業を営む. 享保18年(1733) 5月2日没. 言水門. 編著『柏崎』『柏崎八景』. 都 181, 369–371，百 *186*

委形《いけい》 続 10

維舟《いしゅう》 →重頼《しげより》

意情《いじょう》 卯 363, 414

いづみ式部《いずみしきぶ》 大江雅致の娘. 平安時代の歌人. 中古三十六歌仙の1人. 生没年未詳. 『和泉式部日記』『和泉式部集』がある. 椎 *319*

伊勢《いせ》 伊勢守藤原継蔭の娘. 平安時代の歌人. 三十六歌仙の1人. 生没年未詳. 家集『伊勢集』. 椎 *109

惟然《いぜん》 美濃関の人. 広瀬氏，通称，源之丞. 別号，素牛・鳥落人・湖南人・梅花仏・風羅堂・弁慶庵. 正徳元年(1711) 2月9日没，60余歳. 酒造家で富裕だったが，家を捨て俳諧の道に入ったという. 元禄元年(1688)頃芭蕉に入門. 編著『藤の実』『二えふ集』等，追善集『みのゝ雫』『年の雲』『梅の紅』. 句集『惟然坊句集』. 深 169, 170，花 95

一十竹《いそたけ》 江戸の人. 富裕な町人. 訓みは「いそちく」とも. 其角門. 編著『延命冠者・千々之丞』. 花 189

一安《いちあん》 姫路の人か. 椎 135

一栄《いちえい》　越後新潟の人．伊藤氏．　都 232
一焉《いちえん》　若狭小浜の人．前句付作者．『誹諧前後園』に入集．　百 *186*
一吟《いちぎん》　丹波の人．漢部氏．別号，笑々翁．編著『雪の葉』．『誹諧破暁集』に入集．　都 378，花 *488*
一時軒《いちじけん》　鳥取の人，一時岡山住，のち大阪住．松永氏のち岡西氏．幼名，平吉(勝，旦とも)．別号，玄旦・惟中・北水浪士・一瓢子・竹馬童子・一崩道人・閑々翁・飯袋子．正徳元年(1711) 10 月 26 日没，73 歳．宗因門．編著『俳諧蒙求』『俳諧三部抄』『俳諧或問』『近来俳諧風躰抄』『太郎五百韻』『次郎五百韻』『一夜庵建立縁起』『戊辰試毫』『風鳶禅師語路句』『誹諧破邪顕正返答』『誹諧破邪顕正評判之返答』『続無名抄』『一時随筆』『あまのこのすさび』ほか，古典注釈・歌学・漢詩・連歌関係の著作がある．　百 *184*，花 44
一洞《いちどう》　卯 224
一男《いちなん》　卯 267
一幕《いちまく》　姫路の人か．　椎 158
一友《いちゆう》　福山の人．　百 *186*
一有《いちゆう》　伊勢山田の人．大阪住．医師．斯波氏．別号，渭川・松風軒．園女の夫．宝永 2 年(1705)秋没か．編著『あけ鴉』．　百 96
一林《いちりん》　京の人．　花 139
一礼《いちれい》　大阪の人．柏氏または中村氏．別号，柏雨軒．益翁門．編著『ぬれ鳥』『投盃』．　百 *184*，花 50
一蠡《いちれい》　大阪の人．　蓮 345
一露《いちろ》　大和郡山の人．南森氏．『誹諧前後園』『誹諧破暁集』『高天鶯』に入集．　都 205–208，百 *186*
一海《いっかい》　京の人，両替町御池に住す．太田氏．　都 397, 405
一亀《いっき》　京の人．　都 358
一空《いっくう》　大阪の人．　あ 191
一顕《いっけん》　越前府中の人．　百 *186*
一好《いっこう》　卯 232
一傘《いっさん》　卯 130
一之《いっし》　安芸広島の人．　百 *186*
一至《いっし》　京の人．田中氏．　百 *183*
一晶《いっしょう》　京の人か．芳賀治貞．通称，順益または玄益．別号，崑山翁・冥霊堂．宝永 4 年(1707) 4 月 28 日没，65 歳．似船・常矩系に属し，秋風・信徳に兄事．天和 3 年(1683)春，京から江戸に移る．編著『四衆懸隔』『蔓付贅(つるいぼ)』『如何』『丁卯集』『千句前集』『万水入海』『一塵重山』『八衆懸隔』『千句後集』等．　百 25，蓮 209，花 72
一笑《いっしょう》　加賀金沢の人．小杉味頼．通称，茶屋新七．元禄元年(1688) 12 月 6 日没，36 歳．『時勢粧』『孤松』『いつを昔』『色杉原』『柞原』等に入集．貞門・談林を経て蕉門．追善集『西の雲』．　百 43，卯 88, 272, 285
一水《いっすい》　加賀金沢の人．亀田氏．『誹諧前後園』『俳諧新始』に入集．　都 225, 227，百 *186*
一翠《いっすい》　京の人．　都 13, 14, 16, 218
一酔《いっすい》　越後新潟の人．別号，老山子．梅盛門．『勢多長橋』に入集．　都 293–296，百 *186*
一井《いっせい》　卯 240
一雪《いっせつ》　京の人，のち一時阿波住，さらに大阪住．椋梨氏，また成田氏・藤原氏．別号，冨士丸・隠山・牛露軒・柳風庵．寛永 8 年(1631)生，宝永 5, 6 年(1708, 9)没か，62, 3 歳．貞徳門．編著『歌林鋸屑集』『洗濯物』『洗濯碪』『洗濯物追加晴小袖』『言之羽織』『雨霽(あめあがり)』．また実録物の作品に『古今犬著聞集』『日本武士鑑』『新著聞集』．　花 491
一泉《いっせん》　卯 264
一草《いっそう》　卯 96
井筒屋庄兵衛《いづつやしょうべえ》　京の人．初代筒井庄兵衛．名は重勝．号，阿誰軒．俳諧書肆．寺町二条上ルに住す．元和 7 年(1621)生，没年は宝永 6 年(1709)か 7 年，89 歳か 90 歳．貞徳門．編著『誹諧書籍目録』．　花 *379*, *394*, *398*, *406*, *460*, *490*, *491*
一鉄《いってつ》　江戸の人．三輪氏(岡瀬氏とも)．通称，三左衛門．『談林十百韻』以後，幽山門．『談林十百韻』『江戸八百韻』に一座して活躍．　花 184
一桃《いっとう》　続 11, 33, 69, 85
一伴《いっぱん》　伊勢の人．　百 *185*
一昳《いっぷ》　甲府の人．　百 *186*
一風《いっぷう》　大阪の人．　蓮 412
一風　卯 328
一歩《いっぽ》　美濃府中の人．千村氏．梅盛門．　百 *185*
一歩　信濃松本の人．　百 *186*
一蜂《いっぽう》　伊勢山田の人．江戸住．武士．河曲氏．別号，壺蜜軒・田泉舎・葛仙翁．享保 10 年(1725) 9 月 15 日没，85 歳．　花 84
違風《いふう》　越中富山の人．　卯 163, 187
為文《いぶん》　京の人．『京日記』『誹諧三月物』『誹諧

前後園』『俳諧仮橋』『誹諧破暁集』『遠眼鏡』『俳諧新始』に入集．　都 277–280，百 *183*，花 136

渭北《いほく》　大阪の人．江戸，京，大阪と転居．松木氏．初号，一傘．後号，淡々．別号，半時庵・因角．宝暦 11 年(1761) 11 月 2 日没，88 歳．江戸で不角，ついで其角に師事．高点付句集の先駆者．編著『安達太郎根』『其角一周忌』『五歌僊』『紀行誹談』『淡々文集』等．追善集『帰稲』『三万日』等．　花 88

為有《いゆう》　京の人．　花 152

尹具《いんぐ》　京の人．　百 *183*

印否《いんぴ》　近江水口の人．笹井氏．　都 363, 364

烏玉《うぎょく》　京の人．　都 29–32，百 57，花 135

雨闇《うけい》　続 14, 36, 68

烏水《うすい》　京の人．『俳諧新始』に入集．　都 93–96

歌麿《うたまろ》　大阪の人．遠舟門か．　運 190, 258, 318, 378

宇白《うはく》　越前石動の人．　卯 39, 87

雨柏《うはく》　加賀鶴来の人．　卯 94, 431

梅麿《うめまろ》　豊前西小倉の人．　都 385, 387

雨邑《うゆう》　卯 81, 86, 100, 215, 252, 294, 317, 343, 369, 447, 477

雨柳《うりゅう》　加賀松任の人．　卯 301

雨鹿《うろく》　加賀鶴来の人．　卯 *319, 487

雲鼓《うんこ》　大和吉野の人．京住．堀内氏．別号，助給・千百翁・迎光庵・吹簫軒．享保 13 年(1728) 5 月 2 日没，64 歳．笠付等雑俳点者として活躍した．編著『やどりの松』『しか聞』『夏木立』『西国船』『家の風』等．追善集『孤雲上』『二日月』『雲の台』．　花 33

雲口《うんこう》　卯 198, 418

雲岫《うんしゅう》　京の人．　都 321

雲鈴《うんれい》　奥州南部の人．吉井氏．別号，摩詰庵．享保 2 年(1717) 2 月 2 日没．編著『摩詰庵入日記』『淡雪』．　花 117

雲鹿《うんろく》　備前岡山の人．林氏．編著『名の兎』．　百 *186*

英之《えいし》　加賀大野湊神社の神官．河崎氏．名は秀憲．式部丞．享保 11 年(1726) 10 月 24 日没，64 歳．　卯 18, 266, 345

枻雪《えいせつ》　越中富山の人．　百 *186*，卯 407

益翁《えきおう》　堺の人．山崎氏のち高滝氏．名，安之．通称，正左衛門．別号，以仙・見独子・梅風軒．慶長 10 年(1605)生，没年未詳．大阪江戸堀竹屋町の住．令徳のち宗因門．編著『落花集』『犬桜』『難波千句』『瘤柳千句』『箱柳七百韻』『大坂八百韻』『花見乗物』．　花 45

易吹《えきすい》　京の人．『誹諧前後園』に入集．　都 281, 356

易貞《えきてい》　丹波福知山の人．『誹諧前後園』に入集．　都 382

越人《えつじん》　北越の人，のち名古屋に出る．越智氏．通称，十蔵または重蔵．別号，負山子・槿花翁．明暦 2 年(1656)生，没年未詳．蕉門．編著『鵲尾冠』『庭竈集』『俳諧冬の日槿華翁之抄』．　あ 156，百 13，卯 41, 437

衛門《えもん》　大阪の人．　運 309

鉛乙《えんおつ》　長崎平戸の人．　都 173

袁弓《えんきゅう》　近江の人．百 *185*

焉求《えんきゅう》　但馬妙見山の人．『誹諧前後園』に入集．　都 417

円佐《えんさ》　京の人．　花 154

縁山《えんざん》　大阪の人．　あ 172

燕子《えんし》　卯 98

艶士《えんし》　江戸の人．『二葉之松』に入集．編著『水ひらめ』『分外』．　花 85

遠舟《えんしゅう》　大阪の人．通称，和気仁兵衛．別号，東柳軒朧麿．承応 2 年(1653)生，元禄 15 年(1702)以前没．宗因門．編著『浪花弁慶』『太夫桜』『遠舟千句附』『俳諧すがた哉』『八重一重』『俳諧しらぬ翁』．　百 *184*，運 197, 262, 279, 362，花 42

延尚《えんしょう》　京の人．　都 190

円水《えんすい》　大阪の人．　運 174, 233, 264, 310, 340, 396

縁水《えんすい》　大阪の人．　運 315, 398

苑扇《えんせん》　京の人．　百 39

延貞《えんてい》　京の人．『京日記』に入集．　都 406

円木《えんぼく》　卯 191, 421, 426

淵瀬《えんらい》　京の人．両替町二条下ルに住す．『誹諧前後園』『俳諧新始』等に入集．　都 101–104，百 92，運 248, 325，花 128

延理《えんり》　京の人．　都 340

遠里《えんり》　卯 276, 329

生石村主真人《おいしのすぐりまひと》　生没年・伝未詳．『万葉集』に 1 首入集．　椎 *326*

横几《おうき》　江戸の人．　花 197

桜三《おうさん》　近江柏原の人．吉村氏．別号，花蹄軒．酒屋を営む．木因門．宝永 7 年(1710) 10 月 12 日没．　百 *185*

鷗嘯《おうしょう》　姫路の人．　椎 90, 93, 133

桜咲軒《おうしょうけん》　姫路の人．　椎 96, 107, 151

桜叟《おうそう》　摂津金竜寺の人．『俳諧新始』に入集．

都 170, 171
翁《おきな》 →芭蕉《ばしょう》
乙汀《おつてい》 加賀の人. 都 228
乙州《おとくに》 近江大津の人. 河合(川井)氏. 通称, 次郎助・又七. 別号, 設楽堂・杙々(だいだい)庵. 享保 5 年(1720) 1 月 3 日没, 64 歳. 智月の弟で, その養嗣子. 家業の荷問屋を継ぐ. はじめ尚白門, のち蕉門. 編著『笈の小文』. 『孤松』『誹諧前後園』『鷹獅子集』『ひさご』等に入集. 都 261–263, あ 163, 187, 百 *185*, 卯 157, 193, 218, 258, 268, 330, 348, 354, 386, 501, 545, 548, 551, 554, 557, 560, 563, 566, 569, 572, 575, 578, 582, 587, 592, 597, 602, 607, 612, 花 204
鬼貫《おにつら》 伊丹の人. 上嶋宗邇(晩年は平泉秀栄). 通称, 与惣兵衛. 別号, 点也・自春庵・囉々哩・犬居士・馬楽童・仏兄・槿花翁等. 元文 3 年(1738) 8 月 2 日没, 78 歳. はじめ重頼門, のち宗因門. 編著『三人蛸』『有馬日書』『大悟物狂』『犬居士』『独ごと』『仏兄七久留万』等. 大 序, 1, 2, 4–132, 134–207, 216, 221, 230, 235, 244, 249, あ 146, 149, 150, 174, 204, 百 18, 花 159, *462*
女《おんな》 卯 78, 213

か・き・く・け・こ

介我《かいが》 大和の人. 佐保氏. 通称, 孫四郎. 初号, 普船. 享保 3 年(1718) 6 月 18 日没, 67 歳. 蕉門. 『四季千句』『いつを昔』『続猿蓑』等に入集. 花 87
海牛《かいぎゅう》 椎 163, 174, 179, 184, 189, 194, 199, 204
芥舟《かいしゅう》 近江水口の人, のち京住. 別号, 信安・棹歌斎. 享保 16 年(1731) 8 月 17 日没, 62 歳. 編著『あくた』『花拾遺』. 追善集『月の夜鴐籠』. 花 208
怪石《かいせき》 京の人. 花 140
豈風《がいふう》 越後新潟の人. 堤氏. 『勢多長橋』に入集. 都 418–420
可悦《かえつ》 播磨の人. 定清門. 都 350
可円《かえん》 京の人. 梅原氏. 編著『遠浅』. 都 334, 335
可廻《かかい》 京の人, 東六条に住す. 『誹諧前後園』に入集. 都 137, 卯 152
可休《かきゅう》 河内の人. 京住. 加賀田氏. 別号, 歩雲子・一葦軒. 編著『物見車』『あるが中』『奉納前句一枚摺』. 『誹諧三月物』『誹諧前後園』『俳諧新始』に入集. 都 140, 141, 花 32, *491*
客遊《かくゆう》 大阪の人. 蓮 222
可計《かけい》 姫路の人. 椎 89, 94, 130–132
荷兮《かけい》 尾張名古屋の人. 山本周知. 通称, 武右衛門・太一(太市). 初号, 加慶, 別号, 一柳軒・撫贅(ぶぜい)庵・橿木堂. 連歌師としては昌達. 享保元年(1716) 8 月 25 日没, 69 歳. 医を業とした. 一雪に師事, のち蕉門. 編著『冬の日』『春の日』『あら野』『曠野後集』『ひるねの種』『橋守』等. 晩年は連歌師に転向. 百 76, 卯 202, 504, 花 98
花軒《かけん》 丹波峰山の人. 都 325
可幸《かこう》 大阪の人. 蓮 215, 255, 296
臥高《がこう》 近江膳所の人. 本多侯の臣下. 本多光豊. 通称, 勘解由. 別号, 画好. 蕉門. 深 157, 178
我黒《がこく》 京の人. 中尾氏. 通称, 四郎左衛門. 別号, 青白翁・舟叟翁・李洞軒. 宝永 7 年(1710) 10 月 6 日没, 71 歳. 重頼門. 編著『磯清水』『気比の海』『七瀬川』等. 都 269–272, 百 16, 蓮 208, 花 21
何之《かし》 加賀鶴来の人. 卯 319, 430, 442, 469
花子《かし》 姫路の人. 湯川氏. 椎 111
賀子《がし》 大阪の人. 斎藤氏. 別号, 加之・紅葉庵. 梅盛門の禾刀(斎藤玄真, 玄心とも)の子. 西鶴門. 『遠近集』に初めて名が見える. 雑俳点者としても活躍. 編著『山海集』『みつがしら』『蓮の実』『松三尺』『難波丸』. 蓮 序, 1, 4, 5, 8, 9, 12, 13, 16, 17, 20, 21, 24, 25, 28, 29, 32–34, 38, 41, 46, 49, 54, 57, 62, 65, 70, 74, 75, 78, 79, 82, 83, 86, 89, 90, 147, 158, 251, 327, 356, 391, 429, 430, 433, 434, 437, 438, 441, 442, 445, 446, 449, 450, 453, 454, 457, 458, 462, 463, 花 54
かしく 江戸の人. 蛙 32, 百 *184*
何処《かしょ》 伊勢の人, 大阪住. 薬種商か. 享保 16 年(1731) 2 月 11 日(10 日とも)没. 『猿蓑』に入集. 『おくのほそ道』金沢の条に登場. あ 176, 卯 74, 236, 254, 433
可笑《かしょう》 伏見の人. 百 *184*
可心《かしん》 若狭の人. 河野氏. 『誹諧前後園』に入集. 都 17–20, 百 *186*
加酔《かすい》 あ 198
荷翠《かすい》 京の人. 百 *183*
加生《かせい》 加賀金沢の人, 京住. 野沢氏(または宮城氏・越野氏・宮部氏). 名, 允昌. 通称, 長次郎か. 別号, 凡兆・阿圭. 正徳 4 年(1714)没. 蕉門. 編著『猿蓑』. あ 203, 百 19, 卯 216

可雪《かせつ》　但馬出石の人．芦田氏．『誹諧前後園』に入集．　都 63, 64, 114, 407

可則《かそく》　伊勢の人．百 *185*

何中《かちゅう》　大阪の人．十河氏．才麿門．編著『土の餅』『松の梅』．　花 *433*

葛民《かつみん》　大阪の人．　蓮 171, 234, 288, 411

兼輔《かねすけ》　藤原氏．平安時代の歌人．承平 3 年(933) 2 月 18 日没，57 歳．三十六歌仙の 1 人．家集『兼輔集』がある．　椎 *318*

花瓢《かひょう》　大阪の人．　蓮 149, 220, 414

鵞風《がふう》　京の人．百 *183*

可卜《かぼく》　近江柏原の人．　百 *185*

可友《かゆう》　卯 128

加柳《かりゅう》　京の人．『俳諧新始』に入集．　都 5–8

花鈴《かれい》　京の人．　蓮 421

夏炉《かろ》　蓮 229

岩翁《がんおう》　江戸の人．多賀谷氏．通称，長左衛門．享保 7 年(1722) 6 月 8 日没．霊岸島に住，幕府の桶御用商人．其角門．『桃青門弟二十歌仙』『続虚栗』『花摘』『猿蓑』等に入集．百 *184*, 花 183

岸紫《がんし》　大阪の人，伏見西勢町住．長谷氏．別号，一心軒．来山系の俳人で，雑俳点者．編著『誹諧御蔵林』『雨の芦』．　花 *433*

澗水《かんすい》　京の人．小畑氏．『誹諧前後園』に入集．　都 109–112

観水《かんすい》　京の人．　続 91, 百 21

寛茂《かんも》　肥前平戸殿川の人．『誹諧破暁集』に入集．　都 329, 百 *186*

亀翁《きおう》　江戸の人．多賀谷氏．通称，万右衛門．岩翁の子．『猿蓑』『雑談集』『句兄弟』等に入集．　百 *184*

義鷗《ぎおう》　越後三条の人．　都 128

キ角《きかく》　→其角《きかく》

其角《きかく》　江戸の人．榎本氏，のち宝井氏．別号，螺舎(らしゃ)・螺子・狂雷堂・狂而堂・宝晋斎・六蔵庵・晋子．幼名，八十八・源助．医名は順哲．宝永 4 年(1707) 2 月 30 日(一説に 29 日)没，47 歳．蕉門．編著『虚栗』『丙寅初懐紙』『続虚栗』『いつを昔』『枯尾華』『五元集』『花摘』『萩の露』『句兄弟』『焦尾琴』『新山家』『雑談集』『類柑子』等．追善集『そのはちす』『毫の帰雁』『其角一周忌』等．　蛙 40, 続 23, 49, 百 28, 卯 1, 80, 241, 313, 497, 507, 蓮 205, 花 71, *445*, *446*

季吟《きぎん》　近江野洲郡の人，京住．のち元禄 2 年(1689)幕府歌学方となり，江戸へ移住．北村氏．通称，久助．別号，拾穂軒・湖月亭．宝永 2 年(1705) 6 月 15 日没，82 歳．はじめ貞室門，のち貞徳門．編著『山之井』『続山井』『埋木』『続連珠』．また古典研究の編著に，『大和物語抄』『土佐日記抄』『伊勢物語拾穂抄』『徒然草文段抄』『源氏物語湖月抄』『枕草子春曙抄』『八代集抄』『万葉拾穂抄』等がある．百 1

紀計《きけい》　姫路の人．　椎 97, 113, 149

其諺《きげん》　京の人．京円山正阿弥住職．別号，四時堂・肖菊翁．元文元年(1736) 8 月 22 日没，71 歳．松堅門．漢和俳諧をよくした．編著『滑稽雑談』『御傘取柄抄』『俳諧漢和金衣鳥』等．百 *183*

蟻国《ぎこく》　大阪の人．　ぁ 168

季山《きざん》　大阪の人．　蓮 401

琪樹《きじゅ》　蛙 12

義重《ぎじゅう》　伊勢白子の人．長嶋氏．　都 145–148, 百 *185*

其糟《きそう》　卯 57, 92, 107, 171, 255, 326, 472, 494

蟻想《ぎそう》　京の人．『誹諧前後園』に入集．　都 217, 219, 220, 百 *183*

木曾義仲《きそよしなか》　清和源氏の武将．源義仲．通称，木曾次郎．左馬頭・伊予守・征夷大将軍．寿永 3 年(1184) 1 月 20 日没，31 歳．　卯 *351

宜仲《ぎちゅう》　近江の人．百 *185*

橘襄《きつじょう》　蛙 29

亀洞《きどう》　尾張名古屋の人．武井氏．貞享 4 年(1687) 11 月，名古屋での会に芭蕉と一座した．越人に学び，露川と親しく交流．『春の日』『あら野』『曠野後集』『庭竈集』等に入集．百 *185*, 卯 387

己百《きはく》　美濃岐阜の僧．日蓮宗妙照寺の住職日賢．別号，草々庵・秋芳軒宜白・秋芳．貞享 5 年(1688)夏芭蕉を京の旅寓に訪ね，美濃に案内した．『あら野』『花摘』『其俤』等に入集．和歌の作もある．　花 212

季範《きはん》　大阪の人．別号，双楡軒．来山門．編著『きさらぎ』『浮草』．　花 162

吉備大臣《きびのおとど》　奈良時代の漢学者．吉備真備．宝亀 6 年(775) 10 月 2 日没．　椎 *325*

枳風《きふう》　江戸の人．其角門．『続の原』『続猿蓑』に入集．　蛙 20, 続 4, 27, 77, 百 *184*, 花 186

久永《きゅうえい》　大阪の人．　蓮 188, 266, 333, 389

休計《きゅうけい》　箕面の人．厚東氏．別号，吟松軒・鼠丸堂．宝永元年(1704) 8 月 2 日没．箕面半町村のほか大阪市中にも住居を持っていた．編著『浪花置火燵』『羽觴集』『今源氏』『正月事』．蓮 289, 花 181

及肩《きゅうけん》　近江膳所の人.『あめ子』が初出. あ 20, 35, 39, 47, 53
岌風《きゅうふう》　伊予の人. 杉山氏. 都 226
及甫《きゅうほ》　大阪の人. 蓮 216
休也《きゅうや》　大 133
玖也《きゅうや》　大阪の人. 松山氏. 延宝 4 年(1676) 4 月没, 享年未詳(50 歳代か). 重頼門.『毛吹草追加』に初入集. 編著『東下り富士一見記』『八嶋紀行』『松山坊秀句』等. 花 39
幾葉《きよう》　卯 189, 383, 479
杏酔《きょうすい》　大阪の人. 編著『京の曙』『新湊』. 蓮 73, 76, 77, 80, 81, 84, 85, 87, 88, 194, 244, 303, 359, 385, 392, 花 163
峡水《きょうすい》　江戸の人. 其角門か.『むさしぶり』『虚栗』『続虚栗』等に入集. 不卜とも親しい. 蛙 38, 続 7, 41
暁水《ぎょうすい》　京の人. 都 354
暁水　越後柏崎の人. 都 373–376
橋泉《きょうせん》　肥前長崎の人. 編著『西海集』. 花 *489*
狂人《きょうにん》　京の人. 都 352
巨岩《きょがん》　大阪の人. 蓮 172
旭志《きょくし》　江戸の人. 花 200
玉子《ぎょくし》　あ 200
曲翠《きょくすい》　近江膳所本多侯の重臣. 菅沼定常. 通称, 外記. 初号, 曲水. 別号, 馬指堂. 享保 2 年(1717) 9 月 4 日没, 58 歳. 蕉門.『続虚栗』『花摘』『ひさご』『猿蓑』『有磯海』等に入集. 百 *185*, 深 181, 184, 185, 188, 189, 192, 193, 196, 197, 200, 201, 204, 205, 208, 209, 212, 213, 216, 花 207
玉斧《ぎょくふ》　卯 168, 257, 382
旭芳《きょくほう》　近江大津の人. あ 186
魚児《ぎょじ》　続 17, 84
漁川《ぎょせん》　卯 10, 64, 85, 109, 360, 402, 450, 620, 627, 632, 639, 644, 651
魚素《ぎょそ》　あ 182, 卯 93, 307, 584, 589, 594, 599, 604, 609, 614
虚洞《きょどう》　江戸の人. 百 *184*
挙白《きょはく》　奥州の人, 江戸住. 草壁氏. 元禄 9 年(1696)没. 編著『四季千句』. 蛙 31, 続 1, 63, 93, 百 8, 蓮 280
虚風《きょふう》　大阪の人. 百 86
去来《きょらい》　長崎聖堂祭酒(大学頭)・儒医の向井元升の次男. 京住. 向井兼時. 幼名, 慶千代. 通称, 喜平次・平次郎. 別号, 義焉子. 庵号, 落柿舎. 宝永元年(1704) 9 月 10 日没, 54 歳. 蕉門. 編著『猿蓑』『渡鳥集』『旅寝論』『去来抄』『伊勢紀行』等. 追善集『誰身の秋』『菊の杖』等. 蛙 10, 続 37, 89, あ 158, 百 44, 卯 262, 深 161, 162, 花 130
許六《きょりく》　近江彦根の人. 井伊家藩士森川与次右衛門重宗の長男. 森川百仲. 通称, 金平または兵介, のち五介(五助とも). 別号, 五老井・横斜庵・蘿月堂・風狂堂・碌々庵・無々居士・潜居士. 正徳 5 年(1715) 8 月 26 日没, 60 歳. 蕉門. 編著『韻塞』『篇突』『宇陀法師』『本朝文選』『十三歌仙』『正風彦根躰』『和訓三体詩』『歴代滑稽伝』『俳諧問答青根ヶ峰』『許野消息』『彦陽十境集』等. 追善集『両部餅祭』『横平楽』『東海道』等. 深 74, 77, 82, 85, 89, 93, 98, 101, 106, 花 209
去留《きょりゅう》　若狭小浜の人. 津田氏. 編著『青葉山』. 都 21–24, 百 84, 蓮 417, 花 *488*
亀齢洞《きれいどう》　大和法隆寺の人. 雪松氏. 都 309–312
琴山《きんざん》　京の人. 都 138
近水《きんすい》　丹後切畑の人. 百 *186*
吟睡《ぎんすい》　京の人. 百 *183*
近正《きんせい》　伊勢山田の人. 百 *185*
吟夕《ぎんせき》　阿波の人. 富松氏. 編著『眉山』. 花 107
琴蔵《きんぞう》　江戸の人. 百 *184*
銀釣《ぎんちょう》　江戸の人. 百 *184*
琴風《きんぷう》　摂津の人, 江戸住. 生玉氏また柳川氏. 別号, 女羅架・白鵠堂. 享保 11 年(1726) 2 月 7 日没, 60 歳. はじめ不卜門, のち其角門. 編著『俳諧瓜作』『豊牛鼻』『奥の紀行』. 蛙 17, 続 16, 46, 57, 86, 花 195
勤文《きんぶん》　勒文(ろくぶん)と同一人. 能登七尾の人. 勝木氏. 通称, 四郎右衛門. 別号, 余力堂. 享保 12 年(1727)没. 編著『珠洲之海』. 都 123, 百 *186*, 卯 9, 花 *488*
吟望《ぎんぼう》　京の人. 都 313–316
金毛《きんもう》　京の人. 芳沢氏. 初号, 方設. 言水堂二世. 別号, 芦充翁・芳充斎. 延享 3 年(1746) 11 月 26 日没, 80 歳. 言水門. 編著『海音集』. 花 151
空我《くうが》　姫路の人. 商人か. 高松氏. 椎 29, 33, 39, 40, 43, 45, 47, 49, 52, 55, 58, 61, 64, 67, 70, 73, 76, 79, 82, 85, 108, 120, 125, 155, 166, 169, 170, *320*, *323*, *325*
空道和尚《くうどうおしょう》　伊丹池尻の大雄山最禅寺(臨済宗妙心寺派, 現, 曹洞宗天桂派)の僧か.

大 *112

空礫《くうれき》 京の人，烏丸三条下ル住．『京日記』『誹諧前後園』『俳諧新始』に入集． 都 126, 136, 百 *183*

駒角《くかく》 但馬豊岡侯．京極甲斐守高住．別号，云奴・盲月．享保 15 年(1730) 8 月没，71 歳．『誹諧前後園』『面々硯』等に入集． 都 1–4, 百 7

矩久《くきゅう》 大阪の人．坂崎氏．雑俳点者として知られる．来山門．編著『青すだれ』． 蓮 170, 225, 388, 415

句空《くくう》 加賀金沢の人．町人か．別号，鶴や・松堂・柳陰庵・柳陰軒．蕉門．編著『北の山』『柞原集』『草庵集』『干網集』等． 卯 序, 14, 29, 53, 95, 133, 134, 153, 154, 161, 165, 244, 250, 296, 314, 381, 389, 400, 456, 467, 468, 花 *488*

愚酔《ぐすい》 近江の人． 百 *185*

楠正成《くすのきまさしげ》 南北朝時代の武将．河内の人．後醍醐天皇に応じて挙兵．延元元年(1336)足利尊氏と湊川に戦い，敗死． 椎 *311*, 花 *430*

薫煙《くんえん》 加賀松任の人． 卯 45

奚疑《けいぎ》 越後新潟の人．渡辺氏．『勢多長橋』に入集． 都 289, 290, 328

荊口《けいこう》 美濃大垣藩士．宮崎氏．通称，太左衛門．息に此筋・千川・文鳥がいる．正徳 2 年(1712) 1 月 25 日没．一説に享保 10 年(1725)没．蕉門．初出は『一楼賦』．『孤松』『炭俵』『続猿蓑』等に入集． 花 211

恵重《けいじゅう》 難波桜本の人． 都 402

渓石《けいせき》 江戸の人．蕉門．『猿蓑』に入集． 続 9, 40, 64, 73, 百 *184*

景桃《けいとう》 京の上御霊社の宮司．小栗栖氏．名は元親．寛保元年(1741) 12 月 8 日没． 深 167, 168

恵方《けいほう》 京の人．『誹諧前後園』『俳諧新始』に入集． 都 121

月扇《げっせん》 伊丹の人．古沢氏，のち鹿島氏．別号，宗幽．宗旦門． 百 *184*

けん 卯 17

元届《げんかい》 姫路の人． 椎 137

兼好《けんこう》 鎌倉末期の歌人．通称，卜部(あるいは吉田)兼好．正平 7 年(1352)以後没．編著『徒然草』等． 花 *378*

玄札《げんさつ》 伊勢山田の人，江戸住．高島玄道．利清の子．延宝 4 年(1676)没，83 歳．医を業とし，のち俳諧点者．編著『十種(じっしゅ)千句』． 花 64

見志《けんし》 京の人． 都 143, 291, 390

元之《げんし》 卯 54, 119

源之《げんし》 卯 225

言春《げんしゅん》 大和法隆寺の人． 都 412

元順《げんじゅん》 和泉堺の人．南方由．元禄初年(1688–)頃没．医師か．編著『寛伍集』『南元順三物』． 百 *184*, 花 91

言色《げんしょく》 大和法隆寺の人．言水門．『誹諧前後園』に入集． 都 195, 196

玄信《げんしん》 丹波峰山の人．武部氏．『勢多長橋』に入集． 都 176, 401

原水《げんすい》 京の人． 百 *183*, 花 148

元清《げんせい》 京の人． 百 *183*

言夕《げんせき》 肥前長崎の人．大塚氏． 都 349

県草《けんそう》 伊予松山古川の人． 都 165–168, 百 *186*

元知《げんち》 大阪の人． 蓮 180, 245, 320, 403, 410

玄梅《げんばい》 奈良の人．別号，素觴子．編著『鳥のみち』． 花 *488*

兼豊《けんぽう》 南都の人，江戸・京と移り住む．法橋．門村氏． 百 *183*

見里《けんり》 大阪の人． 蓮 163, 236, 265, 305, 314

軒柳《けんりゅう》 京の人，東洞院五条上ル住． 百 *183*

言蕗《げんろ》 卯 83

好永《こうえい》 伊勢富永の人． 百 *185*

光延《こうえん》 大阪の人．之道門． あ 59, 66, 75, 82, 89, 128, 131, 132, 135, 136, 139, 140, 143, 144, 177

康歌《こうか》 近江日野の人． 都 264

幸吟《こうぎん》 伊賀の人． 百 *186*

幸計《こうけい》 姫路の人． 椎 101

幸賢《こうけん》 河内の人．麻野氏．別号，甘義亭．編著『俳諧河内羽二重』． 花 *487*

幸佐《こうさ》 京の人．高田氏．通称，治兵衛．別号，幽竹堂．編著『囃物語』『誹諧大湊』『誹諧入船』『誹諧二番船』『誹諧三番船』等． 百 67, 花 19

行山《こうざん》 卯 227

光山《こうざん》 僧． 卯 278, 417

幸山《こうざん》 大和奈良の人．『誹諧破暁集』に入集． 都 421

紅残《こうざん》 京の人． 花 150

紅尒《こうじ》 加賀の人． 卯 15, 99, 138, *158, 197, 385, 412, 453, 619, 626, 633, 638, 647, 652

鉤寂《こうじゃく》 阿波の人．編著『宝銭』． 蓮 273, 花 106

好春《こうしゅん》 伏見の人，京住．坂上氏，のち児玉氏．別号，向陽堂・汲谷軒．宝永 4 年(1707)

8月11日没，59歳．編著『新花鳥』『左義長』．追善集『花すゝき』． 百 31，花 27

幸信《こうしん》 丹波峰山の人．『勢多長橋』に入集． 都 389

江水《こうすい》 近江柏原の人．別号，流木堂．信徳門．編著『元禄百人一句』『柏原集』『道中ぶり』． 都 201–204，百 序，99，跋，花 210

耕雪《こうせつ》 美濃の人．木因門．『続猿蓑』に入集． 百 *185*

江帥《ごうのそち》 大江匡房．平安後期の学者・歌人．天永2年(1111) 11月5日没，71歳． 都 序

幸方《こうほう》 大阪の人． 蓮 162，235，284，358

好友《こうゆう》 京の人．池西氏．『誹諧前後園』に入集． 都 54，221，318

香葉《こうよう》 大阪の人． 蓮 257，302

康楽《こうらく》 卯 230，486

紅林《こうりん》 蛙 14，続 20

湖翁《こおう》 美濃岐阜の人．編著『寝物語』． 百 *185*，花 *488*

孤屋《こおく》 江戸の人．小泉氏．通称，小兵衛．越後屋の手代．野坡・利牛とともに『炭俵』を編集した． 蛙 6，続 90

瓠界《こかい》 大阪の人．北村宗俊．別号，瓠海．享保初年(1716–)頃没か．編著『犬丸』『誹諧難波順礼』『其法師』． 大 211，220，225，234，239，248，253，百 80，蓮 301，花 164

湖外《こがい》 京の人．別号，一松軒． 百 14

古客《こきゃく》 大阪の人． あ 169

胡及《こきゅう》 尾張名古屋の人．『あら野』に入集． 百 *185*，卯 36

呼牛《こぎゅう》 大阪の人． 蓮 137，160，242，243，298，316，366，375

孤衾《こきん》 加賀小松の人． 卯 434

湖月《こげつ》 江戸の人． 花 90，*447*

コ斎《こさい》 江戸の人．浅野氏(または小川氏)．別号，野水(尾張蕉門の野水とは別)．貞享5年(1688) 7月21日没．『あら野』『花摘』に入集． 蛙 26，続 2，39，60，75，百 *184*

觚哉《こさい》 丹波与謝の人．石川氏． 都 345，347

孤舟《こしゅう》 卯 89，101，110，192，246，390，396，493

湖春《こしゅん》 京の人，のち江戸住．季吟の長子．北村季重．通称，休太郎．元禄10年(1697) 1月15日没，50歳．編著『続山井』『源氏物語忍草』． 続 *70，百 98，蓮 129，278

孤松《こしょう》 大阪の人． 都 157–160

古川《こせん》 続 51

壺中《こちゅう》 京の人．別号，踏景廬．享保10年(1725)ごろ没か．編著『弓』『こがらし』． 花 156

吾仲《ごちゅう》 京の人．仏画師．渡辺氏．通称，孫右衛門．隠居後は田川道秋と称する．別号，柳後園・予章台・馬才人・百一宇・百阿仏．享保18年(1733) 9月30日没．蕉門．編著『柿表紙』『麻生』『誰身の秋』『梅のわかれ』． 花 144

小蝶《こちょう》 美濃大垣の人． 百 *185*

兀峰《こつぽう》 備前岡山の人．岡山藩士．桜井氏．通称，武右衛門．享保7年(1722)没，61歳．編著『桃の実』． 百 *186*，花 *488*

古庭《こてい》 卯 169，265

孤白《こはく》 卯 311，473，485

古柳《こりゅう》 京の人，樵木町三条下ル住．『誹諧小松原』に序文を草す． 花 *419*

言水《ごんすい》 奈良の人．延宝5年(1677)頃江戸に下向，のち天和2年(1682)頃京に移住．池西氏．通称，八郎兵衛．別号，則好・兼志・紫藤軒・洛下童・鳳下堂．享保7年(1722) 9月24日没，73歳．編著『江戸新道』『東日記』『誹諧前後園』『都曲』『続都曲』『一字之題』『京拾遺』『初心もと柏』等．追善集『海音集』『其木がらし』． 都 273–276，433–576，跋，百 2，蓮 207，277，324，花 *408*，*459*

さ・し・す・せ・そ

西鳥《さいう》 大阪の人． 蓮 382

彩霞《さいか》 近江日野の人．杉江氏．『誹諧前後園』『誹諧破暁集』に入集． 都 153–156，百 *185*

宰賀《さいが》 大阪の人． 蓮 157，268，343，370

西鶴《さいかく》 大阪の人．本名，平山藤五．井原氏．初号，鶴永．別号，西鵬・四千翁・二万翁・松風軒・松寿軒・松魂軒．元禄6年(1693) 8月10日没，52歳．編著『生玉万句』『哥仙大坂俳諧師』『独吟一日千句』『誹諧師手鑑』『西鶴大句数』『虎渓の橋』『飛梅千句』『西鶴大矢数』『俳諧女歌仙』等．なお，晩年の10年は『好色一代男』以下数々の浮世草子を著し，作家として名をなした． 大 212，219，228，231，240，243，252，百 3，蓮 2，3，6，7，10，11，14，15，18，19，22，23，26，27，30，31，35，36，37，42，45，50，53，58，61，66，69，128，179，191，219，231，267，326，347，357，383，424，花 41，*429*

西行《さいぎょう》 平安後期から鎌倉初期の歌僧．佐藤義清．法名，円位．建久元年(1190) 2月16日没，73歳．家集『山家集』． 椎 *121，花 *378*，*386*，*432*

西吟《さいぎん》 摂津巌屋の人，大阪に出て，のち摂津桜塚住．水田氏．通称，庄左衛門．別号，桜山子．宝永6年(1709) 3月28日没．編著『庵桜』『橋柱集』． 大 *141, 百 55, 蓮 133, 232, 285, 381, 花 120

西国《さいこく》 豊後の人．中村氏．通称，庄兵衛．元禄8年(1695) 6月6日没，49歳．編著『見花数寄』『引導集』． 百 *186*

歳人《さいじん》 奈良の人． 蓮 394

西乃《さいだい》 江戸住． 蓮 274, 416

柴雫《さいてき》 伊勢久居の人．元禄3年(1690)より江戸住．其角門．『いつを昔』『花摘』『雑談集』『句兄弟』『末若葉』等に入集． 百 *184*

西鵬《さいほう》 →西鶴《さいかく》

才麿《さいまろ》 大和宇陀の人．椎本氏．本姓，谷氏．一時佐々木氏を名乗る．通称，八郎右衛門．別号，則武・西丸・才丸・旧徳・松笠軒・春理斎・狂六堂・繋特小僧．元文3年(1738) 1月2日没，83歳．はじめ西武，のち西鶴に学び，宗因にも親炙．延宝5年(1677)頃江戸に下り，元禄2年(1689)大阪に移住．編著『坂東太郎』『椎の葉』『後しゐの葉』『うきゝ』『千葉集』等．追善集『白玉楳』他． 大 208, 215, 224, 229, 238, 245, 254, 百 58, 蓮 127, 135, 202, 218, 237, 346, 423, 椎 1–20, 22–28, 30–32, 34–38, 41, 42, 44, 46, 48, 50, 51, 54, 57, 60, 63, 66, 69, 72, 75, 78, 81, 84, 87, 92, 95, 109, 121, 148, 159, 162, 167, 168, 171, 172, 177, 182, 187, 192, 197, 202, 208, 209, *344*, 花 48

西武《さいむ》 京の人．山本氏．通称，九郎左衛門．剃髪後，西武(にしたけ)を音読し，俳号・法名とした．別号，無外軒・風外軒・無外斎．天和2年(1682) 3月12日没，73歳．貞徳門．編著『鷹筑波』『久流留』『沙金袋』『沙金袋後集』等． 花 6, *405*

西流《さいりゅう》 大阪の人． 蓮 213

酒人《さかんど》 伊丹の人．田中氏．初号，野泉．『風光集』等に入集． 花 180

鷺助《さぎすけ》 伊丹の人．木村氏．別号，慈専．編著『古蔵集』『似躰記』『扇集』『四ッ音』． 百 66, 花 171

昨非《さくひ》 岡山の人か．乾氏．通称，桑名屋清左衛門．別号，半隠・藥香亭・藥香軒・昨非堂．はじめ立圃門，のち宗因門か．元禄期(1688–1704)に大阪の才麿門下で活躍．編著『根合』『かなしみの巻』『星祭』『縄すだれ』． 百 *184*, 蓮 146, 276, 338, 390, 花 160

左里《さり》 卯 358

三惟《さんい》 大阪の人．三維・三以．通称，金や善左衛門または菊屋安右衛門．延享3年(1746) 6月28日没．才麿門．編著『梅の嵯峨』『鳩の水』． 花 167

三翁《さんおう》 江戸の人． 百 *183*

傘下《さんか》 尾張名古屋の人．加藤氏．通称，治助．『あら野』『曠野後集』『続猿蓑』『ひるねの種』等に入集． 百 *185*

三紀《さんき》 伊丹の人．岡島氏．別号，木兵・猿風・木兵入道．元禄11年(1698) 10月5日没，58歳．重頼門． 百 *184*, 花 169

三喜《さんき》 大阪の人． 蓮 308

参後《さんご》 若狭雲浜の人． 百 *186*

三岡《さんこう》 卯 209, 377, 491

三秋《さんしゅう》 京の人，四条立売西町住． 卯 124, 199, 229

三水《さんすい》 和泉の人． 百 *186*

山夕《さんせき》 江戸の人．樋口氏．元禄16年(1703)没．はじめ玄札門，のち其角門か．『続虚栗』『枯尾華』『末若葉』『斎非時』等に入集．岩翁編『若葉合』に跋文を草す． 花 75

残石《ざんせき》 京の人．市村氏． 百 *183*

山川《さんせん》 伊賀上野の人，江戸住．藤堂藩士．寺村氏．通称，弥右衛門．其角門．『猿蓑』に入集． 百 *184*

三珍《さんちん》 近江の人． 百 *185*

霰艇《さんてい》 三河岡崎の人． 百 *186*

山店《さんてん》 伊勢山本の人，のち江戸住．石川氏．北鯤の弟．蕉門．『虚栗』『一楼賦』『猿蓑』『芭蕉庵小文庫』等に入集． 蛙 28

杉風《さんぷう》 江戸の人．杉山氏．通称，藤左衛門または市兵衛．別号，採茶庵・茶舎・茶庵・蓑翁・蓑杖・一元．享保17年(1732) 6月13日没，86歳．屋号鯉屋．幕府・諸侯御用の魚問屋．蕉門．編著『冬かつら』『角田川紀行』等． 蛙 35, 百 *184*, 卯 2, 深 37, 44, 51, 56, 63, 68, 花 187

山木《さんぼく》 大阪の人． 蓮 300

三楽《さんらく》 大阪の人． あ 170, 花 *489*

三柳《さんりゅう》 越前の人．編著『短夜』． 花 *488*

山路《さんろ》 京の人． 都 323, 423

覗雲《しうん》 備前八浜の人． 百 *186*

自悦《じえつ》 京の人．浜川行中．別号，宗宣．元禄年間没．季吟門．編著『洛陽集』『花洛六百韻』『空林風葉』等． 花 16

只丸《しがん》 京二条本誓寺中福昌庵，のち大阪谷

町欣浄寺住職．法名，覚印．別号，弄松閣・鴨水子．正徳2年(1712) 11月2日没，73歳．才麿門．編著『小松原』『足揃』『丹後鰤』『白鷺集』．百 49，花 56
二休《じきゅう》 京の人．百 *183*
司桂《しけい》 伊勢桑名の人．松平兵庫か．百 *185*
志計《しけい》 京の人，新町四条上ル住．山口氏．『遠眼鏡』『俳諧新始』に入集．都 69–72
重頼《しげより》 京の人．松江氏．通称，大文字屋治右衛門．別号，維舟・江翁．延宝8年(1680) 6月29日没，79歳．撰糸商．連歌を昌琢に学び，俳諧は貞徳門．編著『犬子集』『毛吹草』『同追加』『懐子(ふところご)』『佐夜中山集』『誹諧時勢粧(いまようすがた)』『大井川集・藤枝集』『武蔵野』『名取川』等．花 5, *387*, *410*, *462*
私言《しげん》 京の人，丸田町通烏丸東入ル住．百 *183*
支考《しこう》 美濃山県郡山県村字北野の人．各務氏．別号，東華坊・西華坊・野盤子・見竜・獅子庵．変名に蓮二房・白狂・渡部ノ狂など．享保16年(1731) 2月7日没，67歳．蕉門．編著『葛の松原』『笈日記』『続五論』『梟日記』『西華集』『東華集』『帰華』，『そこの花』(共編)，『東西夜話』『霜のひかり』，『夜話狂』(共編)，『白陀羅尼』(共編)，『三疋猿』，『国の華』(共編)，『三日歌仙』，『寸濃字』(共編)，『東山万句』，『家見舞』(共編)，『夏衣』『白扇集』『越の名残』『東山墨なをし』『阿誰話(たがはなし)』『山中三笑』『つれづれの讃』『発願文』『本朝文鑑』『俳諧十論』『新撰大和詞』『難陳二百韻』『口状』『三千化』，『十論為弁抄』『和漢文操』『削かけの返事』『三日月日記』『俳諧古今抄』等．追善集『文星観』『渭江話(いこうばなし)』『西の椿』『黄山両法会』『月のかゞみ』等．花 116
市巷《しこう》 越中高岡の人．卯 204, 237
子珊《しさん》 江戸深川の人．元禄12年(1699) 1月10日没．蕉門．編著『別座鋪』『続別座敷』．花 198
自笑《じしょう》 加賀山中の人．卯 173, 269, 283
市塵《しじん》 京の人．都 324
四睡《しすい》 加賀金沢の人．加賀藩の用人か．卯 20, 60, 155, 156, *174, 251, 335, 346, 347, 392, 410, 457, 463, 616, 623, 630, 635, 642, 647
児水《じすい》 京の人，御幸町通五条上ル町住．瀬山氏．別号，宝樹軒．編著『常陸帯』．百 *183*
思晴《しせい》 出羽山形の人．西村氏．『誹諧前後園』に入集．都 360，百 *186*
資清《しせい》 近江八幡の人．百 *185*
思昔《しせき》 姫路の人．椎 88, 91, 115, 129, 145
似船《じせん》 京の人，五条橋通東洞院東入ル朝妻町住．富尾重隆．通称，弥一郎．別号，芦月庵・柳葉軒・似空軒(二世)．宝永2年(1705) 7月16日没，77歳．編著『かくれみの』『安楽音』『苗代水』『勢多長橋』『堀河の水』『ちよのむ月』等．百 34，花 14
而則《じそく》 大和法隆寺の人．都 308, 366, 408
紫竹《しちく》 椎 140
七里《しちり》 卯 394
之道《しどう》 大阪の人．薬種商か．通称，伏見屋久左衛門(または久右衛門)．別号，東湖・諷竹・浪花俳諧長者・北方．宝永5年(1708) 1月5日没，50歳か．雑俳の点も行なう．来山門，のち蕉門．編著『あめ子』『淡路島』『砂川』．あ 序, 3, 6, 9, 12, 15, 18, 22, 27, 30, 37, 40, 45, 52, 62, 71, 76, 83, 90, 92–127, 129, 130, 133, 134, 137, 138, 141, 142, 145, *146, 147, 148, 151, 153, 160, 167, 171, 180, 183, 188, 196, 199, 205，百 *184*，深 171, 172，花 57
之白《しはく》 姫路の人．椎 100
芝柏《しはく》 堺の人．根来氏．別号，之白・宗雲・無量坊．正徳3年(1713) 6月3日没，70歳．はじめ京，のち大阪に移る．月尋編『とてしも』に跋文を寄せる．編著『杉の庵』．追善集『なつをばな』．花 58
史邦《しほう》 →史邦《ふみくに》
芝峰《しほう》 京の人．別号，友鶴山人．百 *183*
巵房《しぼう》 続 19
茨木軒《じぼくけん》 美作津山の人．百 *186*
自問《じもん》 大阪の人．高木氏．高木宗先と同一人物か．編著『難波曲』．蓮 239, 256, 306, 420
若水《じゃくすい》 京の人．『誹諧破暁集』に入集．都 57–60
尺艸《しゃくそう》 江戸の人．花 190
雀木《じゃくぼく》 京の人．都 61
洒堂《しゃどう》 近江膳所の人，元禄6年(1693)大阪に移住．浜田氏，のち高宮氏．通称，治助．医名，道夕．別号，珍夕・珍碩．元文2年(1737) 9月13日没，70歳前後か．蕉門．編著『ひさご』『深川』『市の庵』『白馬』(共編)等．あ 4, 7, 10, 13, 16, 19, 21, 26, 31, 36, 44, 51, 55, 152, 162, 173, 184, 193，百 12，深 序，2, 5, 10, 13, 18, 21, 26, 29, 34, 38, 45, 50, 57, 62, 69, 73, 78, 81, 86, 90, 94, 97, 102, 105, 113, 120, 123, 128, 133, 140, 145, 150, 182, 183, 186, 187, 190,

191, 194, 195, 198, 199, 202, 203, 206, 207, 210, 211, 214, 215, 220, 222, 花 94

洒鬢《しゃびん》 大阪の人. 運 397

車庸《しゃよう》 大阪の人. 酒屋. 通称, 潮江長兵衛. 編著『をのが光』『まつのなみ』. 深 173, 174

舎羅《しゃら》 大阪の人. 榎並氏. 別号, 百々子・百々斎・百々坊・桃々坊・空草庵・語雪堂. 享保初年(1716–)頃没か. 諷竹(之道)門. 大阪蕉門の 1 人で, 雑俳の点業にも熱心であった. 編著『蓑笠』『あさくのみ』『荒小田』『誹諧鏽鏡』. 花 62

示右《じゅう》 京の人. 上御霊社の宮司. 小栗栖氏. 名は祐玄. 宝永 2 年(1705) 4 月 19 日没. 編著『誹諧八重桜集』. 百 *183*

重栄《じゅうえい》 京の人, 室町通上ル下柳原住. 竹山氏. 通称, 七兵衛. 別号, 燕遊軒. 百 59, 運 192, 212, 339, 367

重規《じゅうき》 安芸の人. 佐伯氏. 都 199, 200

岫曲《しゅうきょく》 卯 30, 384

重賢《じゅうけん》 和泉万町村の大庄屋伏屋家の当主. 元禄 6 年(1693) 10 月 8 日没, 56 歳. 運 141

重賢《じゅうけん》 備中西阿知の人. 百 *186*

秋山《しゅうざん》 近江の人. 『誹諧前後園』に入集. 都 186

秋色《しゅうしき》 江戸の人. もと小川氏か. 通称, おあき. 別号, 菊后亭. 享保 10 年(1725) 4 月 19 日没, 57 歳か. 其角門. 編著『石なとり』等. 花 196

重女《じゅうじょ》 丹波福知山の人. 都 330

十丈《じゅうじょう》 越中高岡の人. 竹内氏. 編著『射水川』. 花 *488*

萩水《しゅうすい》 京の人. 都 416

重成《じゅうせい》 大阪の人. 運 178, 399

重則《じゅうそく》 伊勢白子の人. 都 149–152

舟竹《しゅうちく》 江戸の人. 医師. 清水氏. 別号, 周竹・寸松斎・粥翁. 編著『菊いたゞき』. 百 *184*

重道《じゅうどう》 近江草津の人. 木村氏. 別号, 飯帒子. 梅盛門. 編著『湖東千句』. 花 *488*

重徳《じゅうとく》 京の人. 出版書肆. 寺田氏. 通称, 与平次(与平治). 別号, 蘭秀子・蘭秀斎. 元禄 7 年(1694)没か. 編著『誹諧独吟集』『花見弁慶』『胡蝶判官』. 追善集『ねざめの友』. 百 53, 花 124

舟伴《しゅうはん》 大阪の人. 大 214

秋風《しゅうふう》 京の人. 三井俊寅. 通称, 六右衛門. 法名, 道会. 時次を名のる. 江戸へ下り, 享保 2 年(1717) 9 月 3 日没, 72 歳. 季吟・宗因と親しい. 編著『打曇砥』『誹諧吐綬雞』. 百 90, 花 123, *411*

周也《しゅうや》 京の人, 綾小路新町西入ル住. 『誹諧三月物』『誹諧前後園』に入集. 都 189, 百 *183*

拾葉《しゅうよう》 卯 106, 127

重葉《じゅうよう》 百 *186*

舟露《しゅうろ》 京の人, 本誓願寺通知恵光院西入ル二町目住. 佐藤氏. 元禄年間(1688–1704)没. 百 9

秀和《しゅうわ》 江戸の人. 武士. 大野氏. 別号, 集和・炭瓢斎・相水翁. 正徳 4 年(1714) 8 月 12 日没, 64 歳. 花 82

朱花《しゅか》 卯 482

粛山《しゅくざん》 伊予松山藩士. 久松氏. 其角門. 『いつを昔』『花摘』『雑談集』『句兄弟』『末若葉』等に入集. 百 *184*

朱紘《しゅげん》 蛙 13, 続 21

朱拙《しゅせつ》 豊後日田の人. 坂本氏. 医名, 半山. 別号, 四方郎・四野人・守拙. 享保 18 年(1733)没, 80 歳. 編著『梅桜』『後れ馳』『けふの昔』等. 花 113

酒粕《しゅはく》 伊丹の人, 岡田氏. 重頼門. 『武蔵野』『無分別』『千宜理記』等に入集. 花 178

春幾《しゅんき》 卯 66, 108, 145, 223, 231, 274, 323, 446, 506

春蘄《しゅんきん》 大阪桜本の人. 都 326

潤口《じゅんこう》 京の人. 『誹諧破暁集』『俳諧新始』に入集. 都 233–236

春之《しゅんし》 加賀松任の人. 少年. 卯 122

順之《じゅんし》 卯 72, 361

閏之《じゅんし》 加賀宮腰の人. 卯 327

順水《じゅんすい》 佐渡相川の人. 奥林氏. 都 62, 242, 百 *186*

順水 紀伊和歌山の人. 嶋重幸. 通称, 孫右衛門. 編著『誹諧破暁集』『誹諧渡し船』『誹諧童子教』『誹諧茶弁当』. 都 81–84, 百 *186*, 花 *487*

順節《じゅんせつ》 京の人. 都 222

春船《しゅんせん》 美濃の人. 百 *185*

春堂《しゅんどう》 伊丹の人. 山田百齢. 人角の弟. 宗旦門. 百 *184*, 花 173

春林《しゅんりん》 大阪の人. 土橋以慶(のち以計). 別号, 大字軒. 筆道に秀れる. 編著『俳諧百人一句難波色紙』. 運 230, 291

松隠《しょういん》 京の人, 室町三条上ル住. 都 15, 53, 55, 336

松雨《しょうう》 京の人. 花 142

嘯雲《しょううん》 越前敦賀の人. 百 *186*

笑奥《しようおく》　近江長浜の人．　百 *185*

蕉下《しようか》　卯 67, 475

樵花《しようか》　姫路の人．　椎 102, 118, 136, 153

松鶴《しようかく》　能登七尾の人．　卯 287

松踞子《しようきよし》　豊前西小倉の人．　都 139, 244, 413, 百 *186*

嘯琴《しようきん》　京の人，新町七条坊門住．富尾左兵衛．別号，孤松軒．版下筆工．『日本行脚文集』『勢多長橋』の版下を書く．　百 *183*

松吟《しようぎん》　姫路の人．　椎 152

性空《しようくう》　僧侶．播磨の聖・書写上人．寛弘 4 年(1007)没，91 歳．播磨国に書写山円教寺を開創．　椎 *321, 322*

鐘昏《しようとん》　加賀小松の人．　卯 221

笑山《しようざん》　近江の人．　百 *185*

照山《しようざん》　京の人．　都 142, 144

常之《じようし》　近江竹生島の人．　百 *185*

常之　周防岩国の人．仁田氏．　都 238–240, 百 *186*

常之　佐渡の人．井上氏．　都 386, 百 *186*

小春《しようしゆん》　加賀金沢の人．亀田勝豊．通称，伊右衛門．別号，白鷗斎．元文 5 年(1740) 2 月 4 日没，74 歳．薬種商．蕉門．『あら野』『続猿蓑』等に入集．　卯 7, 21, 260, 583, 588, 593, 598, 603, 608, 613

松春《しようしゆん》　京の人．児玉氏．別号，池流亭．編著『祇園拾遺物語』『俳諧小傘』．　百 *183*

常春《じようしゆん》　京の人．服部氏．別号，眠柳亭・眠獅堂．正徳 5 年(1715) 8 月 13 日没，72 歳．　百 33

松深《しようしん》　豊前西小倉の人．　都 377

橡青《しようせい》　加賀宮腰の人．　卯 425, 432

常雪《じようせつ》　京の人，押小路富小路角住．　花 155

笑草《しようそう》　美作の人．　百 *186*

丈草《じようそう》　尾張犬山藩士，のち遁世．近江松本住．内藤本常．通称，林右衛門．幼名，林之助のち庄之助．別号，仏幻庵・懶窩(らんか)・無懐・無辺・一風・太忘軒．元禄 17 年(1704) 2 月 24 日没，43 歳．蕉門．編著『驢鳴草』『寝ころび草』．追善集『幻の庵』『鳰法華』．　百 32, 花 206

松笛《しようてき》　京の人，車屋町通押小路下ル町住．別号，春花堂．編著『帆懸舟』．　百 41

蕉雫《しようてき》　蛙 30

松濤《しようとう》　武蔵八王寺の人．石川氏．其角系，不卜にも親しい．『東日記』『虚栗』『馬蹄二百句』『一星』『続の原』『誹林一字幽蘭集』に入集．　続 5, 61, 72, 都 245–248, 百 *184*

紹巴《じようは》　奈良の人．室町末期の連歌師．里村氏．別号，宝珠庵・臨江斎．編著『連歌至宝抄』等．　花 *378*

尚白《しようはく》　近江大津の人，升屋町住．江左氏．字，三益．幼名，虎助．別号，木翁・芳斎・老贅子．町医．儒学は古義堂門．享保 7 年(1722) 7 月 19 日(『夕顔の歌』)没，73 歳．はじめ貞室門，のち蕉門．編著『孤松』『夏衣』『忘梅』．追善集『夕顔の歌』．　都 257–260, あ 161, 百 61, 花 93

昌碧《しようへき》　尾張の人．　卯 436

昌房《しようぼう》　近江膳所の人．礒田氏．通称，茶屋与次兵衛．蕉門．『あめ子』『ひさご』『猿蓑』等に入集．和歌も嗜んだ．　あ 23, 28, 34, 43, 49, 165, 深 155, 180

常牧《じようぼく》　京の人．半田(繁田・伴田)和好．通称，庄左衛門．別号，宗雅・蘭化翁・雲峰子．元禄 8–10 年(1695–1697) 10 月没，54 ないし 56 歳．常矩門．編著『遠あるき』『万歳楽』『冬ごもり』『この華』．　百 40, 蓮 351, 花 17

瀼茂《じようも》　卯 182, 312

常陽《じようよう》　江戸の人．医師，のち根津権現社職．木戸氏．享保年間(1716–1736)没．　花 81

尚列《しようれつ》　姫 路 の 人．　椎 144, 164, 173, 178, 183, 188, 193, 198, 203

松路《しようろ》　近江の人．　百 *185*

倡和《しようわ》　大 阪 の 人．　蓮 92, 95, 98, 101, 104, 107, 110, 113, 116, 119, 122, 125, 139, 166, 217, 292, 384, 407

如雲《じようん》　京の人．小島氏．如泉門．編著『五百韻三歌仙』．　百 *183*

如嬰《じよえい》　三河刈谷の人．　百 *186*

如回《じよかい》　大阪の人．　花 *166*

初及《しよきゆう》　若狭の人．　百 *186*

如琴《じよきん》　京の人，錦室町西入ル住．津田氏．『京日記』『誹諧三月物』『誹諧前後園』『新三百韻』『俳諧仮橋』『誹諧破暁集』『遠眼鏡』『俳諧新始』等に入集．　都 25–28, 百 45, 花 134, *411*

濁子《じよくし》　美濃大垣藩士．中川守雄．通称，甚五兵衛．致仕後は惟誰軒素水と号す．蕉門．『虚栗』『一楼賦』『幽蘭集』『炭俵』『続猿蓑』等に入集．　蛙 8

如枯《じよこ》　美濃多良の人．　百 *185*

如行《じよこう》　美濃大垣藩士．近藤氏．通称，源太夫．宝永 5 年(1708)没か．蕉門．編著『如行子』『後の旅』．　百 87, 花 101

如交《じょこう》　備後の人．編著『衢足』．　花 *488*

恕行《じょこう》　越後新潟の人．　都 231

如山《じょざん》　京の人．　都 361, 362

且水《しょすい》　大阪の人．　連 189, 221, 419

如水《じょすい》　京の人．　都 77–80

如水　能登田中の人．　都 353

如誰《じょすい》　近江柏原の人．　百 *185*

如酔《じょすい》　肥後熊本の人．編著『好色わすれ花』．　都 331, 400

如翠《じょすい》　京の人．　百 *183*

助叟《じょそう》　長崎の人，京住．片山氏．別号，椿木亭．正徳 5 年(1715) 8 月 12 日没．言水のち三千風門．編著『京の水』『俳諧新始』『遠帆集』等．　都 37–40，百 72，花 115

如稲《じょとう》　京の人．編著『我立杣』．『俳諧新始』に入集．　都 73–76，連 143

如桃《じょとう》　彦根の人．　百 *185*

助然《じょねん》　筑前内野の人．荒巻重賢．通称，市郎左衛門・佐平次．別号，日三舎．元文 2 年(1737) 10 月 25 日没．編著『蝶すがた』『山彦』．　花 *489*

如竼《じょはい》　越後三条の人．須藤氏．　都 237

如帆《じょはん》　京の人．　百 *183*

如風《じょふう》　但馬生野の人．　百 *186*

除風《じょふう》　備中の人．別号，南瓜庵・生田堂・百花坊．延享 3 年(1746)没，80 歳．編著『青莚』『番橙《ざぼん》集』『千句塚』等．　花 112

鋤立《じょりつ》　江戸の人．編著『誹諧六歌仙』．　百 *183*，花 194

如柳《じょりゅう》　卯 337, 366, 409, 427

芝蘭《しらん》　京の人．　百 *183*，連 348，花 129

支梁《しりょう》　江戸深川の人．『炭俵』『続猿蓑』に入集．　深 *109, 110, 117, 124, 134, 142

字路《じろ》　卯 90, 118, 201, 295, 483

人角《じんかく》　伊丹の人．山田氏または佐尾氏．通称，酢屋庄右衛門．別号，虚舟・隠竹斎．享保末(–1736)頃没か．重頼門．有岡道瑞の名で『茶湯百亭百会記』などの茶道関係書を著わす．　百 *184*，花 175

薪玉《しんぎょく》　美濃長郎の人．中島氏．　都 117–119

心桂《しんけい》　京の人．　花 35

親継《しんけい》　越後新潟の人．町田氏．　都 297–300

甚子《じんし》　加賀鶴来の人．女性．　卯 441

神叔《しんしゅく》　江戸の人．神道家．青木氏．其角門．『萩の露』『誹諧此日』『七車集』『枯尾華』『句兄弟』『類柑子』等に入集．　花 86

心水《しんすい》　江戸の人．心水道人．禅僧か．『忍摺』『洗朱』など調和系の俳書に入集．ついで『末若葉』『焦尾琴』『類柑子』の其角系俳書に入集．其角と親交を結ぶ．　続 12, 42, 66, 79

塵生《じんせい》　加賀小松の人．通称，村井屋又三郎．『おくのほそ道』の旅で芭蕉に入門．『桃の首途』に入集．　あ 194

信徳《しんとく》　京の人．伊藤氏，あるいは山田氏か(墓碑銘)．通称，助左衛門．別号，梨柿園・竹犬子．京新町通り竹屋町の商家．元禄 11 年(1698) 10 月 13 日没，66 歳．梅盛門．編著『江戸三吟』『京三吟』『七百五十韻』『五の戯言』『胡蝶判官』『桂姿』『雛形』等．　都 249–252，百 11，連 131，花 12, *420*

伸風《しんぷう》　続 88

信房《しんぼう》　京の人．鈴村氏．通称，庄兵衛．編著『茄子喰さし』．　百 *183*

尋友《じんゆう》　姫路の人．　椎 122

心流《しんりゅう》　近江大津の人．『誹諧前後園』に入集．　都 209–212

真嶺子《しんれいし》　京の人．別号，鬼峯．　都 191, 192, 372，百 *183*

新露《しんろ》　卯 270

水雲《すいうん》　丹州あるいは阿波徳島の人，京住．名，安朝．編著『大長刀』．　百 81

水円《すいえん》　京の人．　都 292

水猿《すいえん》　姫路の人．広瀬氏．別号，遊雲堂．言水系か．『東日記』『稲莚』等に入集．　椎 110, 117, 124, 141, 154, *323, 332*

水翁《すいおう》　肥後熊本の人．小嶋氏．『誹諧前後園』に入集．　都 301–304，百 *186*

水狐《すいこ》　肥後熊本の人．『誹諧破暁集』に入集．　都 241, 338, 355，百 *186*

翠紅《すいこう》　蛙 7

随思《ずいし》　丹波綾部の人．　百 *186*

水塵《すいじん》　京の人．　都 342

水仙《すいせん》　京の人．　百 *183*

随泉《ずいせん》　京の人．　都 332, 403

水友《すいゆう》　蛙 18

随友《ずいゆう》　京の人．　百 *183*

随友　伊予松山古川の人．『誹諧前後園』『あら野』『続猿蓑』に入集．　都 161–164，百 *186*

水流《すいりゅう》　京の人．吉井氏．『遠眼鏡』に入集．　都 129–132

随流《ずいりゅう》　京の人．中嶋勝直．通称，源左衛門．別号，松月庵・一源子．宝永 5 年(1708) 2 月 11 日没，80 歳．西武門．編著『鷲笛』『誹諧破邪顕正』『貞徳永代記』等．　百 47，花 13

菅原道真《すがわらのみちざね》　平安時代の漢学者・漢詩人・歌人．是善の子．延喜 3 年(903) 2 月 25 日没，59 歳．醍醐天皇の時右大臣となったが，藤原時平の讒により大宰権帥に左遷され，配所に没した．編著『類聚国史』『菅家文草』『菅家後集』．　椎 *325*

寸庵《すんあん》　近江水口の人．　百 *185*

寸木《すんぼく》　讃岐の人．木村氏．通称，平右衛門．正徳 5 年(1715)没，69 歳．編著『金毘羅会』．花 *489*

井関《せいかん》　卯 211

正業《せいぎょう》　京の人，堀川通二条下ル住．田中氏．通称，作助．別号，淡葉軒．正徳 5 年(1715) 8 月 12 日没か，61 歳か．　百 *183*

正広《せいこう》　大和兵庫の人．別号，万水軒．『誹諧前後園』に入集．　都 429–432，百 *186*

盛弘《せいこう》　卯 299, 322, 376

正之《せいし》　京の人．山中氏．　都 380

政之《せいし》　姫路の人．　椎 128

正秀《せいしゅう》　近江膳所の人．水田氏．通称，孫右衛門．別号，竹青堂・節青堂．享保 8 年(1723) 8 月 3 日没，67 歳．商人で伊勢屋．町年寄．屋号の伊勢(勢州)から正秀と号すという．はじめ尚白門，のち蕉門．編著『白馬』．あ 24, 29, 32, 42, 48, 54, 164，百 *185*，深 156, 177，花 205

政勝《せいしょう》　京の人．　花 146

清昌《せいしょう》　京の人．『遠眼鏡』『俳諧新始』に入集．都 97–100

正信《せいしん》　丹後宮津の人．　百 *186*

生水《せいすい》　摂津住吉郡(または和泉南郡・摂津島下郡)島村の人．　蓮 161

性水《せいすい》　大阪の人．　蓮 402

正則《せいそく》　京喜田村の人．『やぶれはゝき』に入集．　都 409

成庭《せいてい》　卯 129

井徳《せいとく》　京の人．　都 339

正武《せいぶ》　京の人．編著『此大橋』．　花 132

清風《せいふう》　出羽尾花沢の人．紅花商人．鈴木道祐．通称，島田屋八右衛門．別号，残月軒．享保 6 年(1721) 1 月 12 日没，71 歳．編著『おくれ双六』『稲莚』『誹諧一橋』．　百 95，蓮 275，花 *488*

正由《せいゆう》　京の人．宮河正行．通称，宇兵衛．別号，松堅・松亭・道達・一翠子・道柯居士・柿園．享保 11 年(1726) 2 月 23 日没，96 歳．編著『漢和千句』『誹集良材』『眠寤集』等．百 *183*

青流《せいりゅう》　大阪の薬種商の出．稲津氏．通称，伊丹屋五郎右衛門．のちに祇空と改む．別号，敬雨・竹尊者・玉笥山人・有無庵・石霜庵等．享保 16 年(1731)箱根で結庵，同 18 年(1733) 4 月 23 日没，71 歳．元禄 15 年(1702)江戸に移住，晩年は箱根住．惟中門，のち才麿，東下後其角門．編著『住吉物語』『みかへり松』『鳥糸欄』等．　花 92

清流《せいりゅう》　加賀宮腰の人．　卯 372

石菊《せききく》　深 40, 47, 52, 59, 64, 71

石玉《せきぎょく》　江戸の人．　蓮 404

跡松《せきしょう》　加賀鶴来の人．　卯 466

夕歩《せきほ》　大和土佐の人．『やぶれはゝき』『誹諧破暁集』に入集．　都 381

夕幽《せきゆう》　大阪の人．　蓮 184, 374

石流《せきりゅう》　京の人，西六条魚店住．若林氏．『誹諧前後園』に入集．　都 344, 383, 398, 404

是計《ぜけい》　大阪の人．之道門か．　あ 61, 68, 77, 84, 91, 197

摂受《せつじゅ》　僧侶．　あ 202

雪水《せつすい》　卯 398

雪堂《せつどう》　→無倫《むりん》

仙庵《せんあん》　京の人．編著『京三吟』．『誹諧一橋』『京日記』『誹諧三月物』『誹諧前後園』『俳諧せみの小川』『新三百韻』『俳諧新始』等に入集．都 9–12

仙桜《せんおう》　姫路の人．　椎 53, 56, 59, 62, 65, 68, 71, 74, 77, 80, 83, 86, 146

仙化《せんか》　江戸の人．別号，青蝽堂．蕉門．編著『蛙合』．　蛙 2，跋，続 13, 62，百 *183*，花 193

沾荷《せんか》　磐城平の藩主内藤氏に仕え，露沾の付人．『続猿蓑』に入集．　続 58

専吟《せんぎん》　江戸の人．僧．　花 89

扇計《せんけい》　伏見の人．　都 122, 124, 424，百 *184*

仙渓《せんけい》　京の人．　百 *183*

千山《せんざん》　姫路の人．井上氏．通称，書林三右衛門．別号，春曙庵・丹頂堂．享保 11 年(1726) 11 月 14 日没．編著『印南野』『花の雲』『当座はらひ』『注連縄』等．　椎 160, 175, 180, 185, 190, 195, 200, 205

扇山《せんざん》　大阪の人．　あ 190

千之《せんし》　京の人．呉服商．大原氏，のち望月氏．通称，三郎介か．別号，露分庵・近源子．重頼門．　百 *183*

扇士《せんし》　大阪の人．　蓮 196, 293

扇雪《せんせつ》　蛙 16，続 8, 35, 56

羨鳥《せんちょう》　伊予の人．坂上正閑．通称，半兵衛．享保 15 年(1730) 7 月没，78 歳．編著『簾』『高根』『花橘』．　花 *489*

沾徳《せんとく》　江戸の人．門田氏，のち水間氏．名，友兼．通称，治郎左衛門．別号，沾葉・合歓堂．享保 11 年(1726) 5 月 30 日没，65 歳．はじめ露言に，のち露沾に師事．享保期の江戸俳壇の中心的人物．編著『誹林一字幽蘭集』『文蓬莱』『余花千句』『枝葉集』『後余花千二百句』『沾徳随筆』等．追善集『水精宮』『白字録』『塵の粉』『浜松ケ枝』『合歓の花道』．　花 73, *421*

千那《せんな》　近江堅田の真宗本福寺 11 世住職．三上明式．はじめ宮山子・千那堂・官江と号す．別号，葡萄坊・生々．享保 8 年(1723) 4 月 27 日没，73 歳．高政・不卜に学び，のち蕉門．編著『白馬蹄』『白馬紀行』．　あ 185, 195, 百 *185*

沾蓬《せんぽう》　江戸の人．　百 *184*

全峰《ぜんぽう》　江戸の人．『猿蓑』に入集．　蛙 21, 続 29, 78, 百 *184*

仙木《せんぼく》　美濃室原の人．　百 *185*

占立《せんりつ》　姫路の人．　椎 161, 176, 181, 186, 191, 196, 201, 206

川柳《せんりゅう》　大阪の人．吉田氏．『俳諧百人一句難波色紙』に入集．　百 *184*, 卯 393, 運 155, 332, 花 52

泉流《せんりゅう》　京の人．『誹諧前後園』に入集．　都 357, 368

玔林《せんりん》　京の人．沙門．　都 177–180

宗因《そういん》　肥後八代の人．西山豊一．通称，次郎作．宗因は主に連歌の号．俳号，一幽・西翁・梅翁・西梅花翁．別号，西山翁・野梅子・長松斎・忘吾斎．天和 2 年(1682) 3 月 28 日没，78 歳．加藤家没落後京に上り，連歌を昌琢に学び，大阪天満宮連歌所宗匠となる．編著『西翁十百韻』『西山宗因釈教俳諧』『宗因五百句』『天満千句』『宗因七百韻』『大坂独吟集』等．大 *174, 卯 462, 椎 21, 花 38, *383*, *389*, *394*, *416*, *423–425*, *448*

宗鑑《そうかん》　室町後期の連歌師．志那範重．編著『犬筑波集』．　卯 27, 465, 深 *73, 花 *378*, *388*

宗祇《そうぎ》　室町中期の連歌師．飯尾氏．別号，種玉庵・自然斎・見外斎．文亀 2 年(1502) 7 月 30 日没，82 歳．編著『萱草』『新撰菟玖波集』『竹林抄』等．　卯 *465, 花 *378*, *386*, *389*

宗準《そうじゅん》　大阪の人．　運 151, 261, 271, 372

宗清《そうせい》　京西六条の人．　都 56

草々《そうそう》　美濃の人．　百 *185*

宗旦《そうたん》　京の人，伊丹住．池田氏．通称，俵屋吉兵衛．別号，也雲軒・依梠子・兀翁．元禄 6 年(1693) 9 月 17 日没，58 歳．重頼門．編著『遠山鳥』『当流籠抜』『野梅集』等．　百 26, 花 121

宗波《そうは》　江戸本所原庭の定林寺住職．別号，滄波．芭蕉の『鹿島紀行』に同行．『続猿蓑』等に入集．　蛙 33, 深 42, 49, 54, 61, 66, 72

草也《そうや》　備後三原の人．安江氏．別号，澄心軒．編著『備後砂』．　百 *186*, 花 *489*

草籬《そうり》　卯 132, 181, 391, 439

素雲《そうん》　京の人．茶商人．佐治氏．別号，吟鳥．　花 133, *411*

素牛《そぎゅう》　→惟然《いぜん》

麁言《そげん》　続 32, 52, 92

蘇守《そしゅ》　卯 47, 61

踈松《そしょう》　加賀鶴来の人．　卯 183

楚常《そじょう》　加賀鶴来の人．金子吟市．貞享 5 年(1688) 7 月 2 日没，26 歳．編著『卯辰集』．追善集『楚常手向草』．　卯 序, 3, 42, 48, 68, 117, 148, 151, 176, 186, 194, 210, 235, 248, 249, 273, *291, 297, *302, 315, 333, 340, 355, 403, 415, 435, 438, 445, 476, 480, 481, 489, 502

素洗《そせん》　卯 111, 310, 332

鼠弾《そだん》　名古屋浄土寺の僧．『あら野』『曠野後集』『其俤』『乍居行脚』等に入集．　百 *185*

素狄《そてき》　江戸の人，橘町住．素イとも．能谷氏．嵐雪門．　花 80

素堂《そどう》　甲斐山口の人．山口信章．字，子晋・公商．通称，勘兵衛．別号，来雪・松子・素仙堂・蓮池翁．享保元年(1716) 8 月 15 日没，75 歳．家督を弟に譲り江戸に出て，漢学を林春斎に学んだ．芭蕉とは友人関係にあった．編著『とくとくの句合』．追善集『通天橋』『ふた夜の影』『摩訶十五夜』等．　蛙 3, 深 *217, 221, 223, 続 11, 百 94, 花 182

その　→園女《そのめ》

園女《そのめ》　伊勢山田の人．神宮秦師貞の女．医師斯波一有の妻．剃髪して智鏡．伊勢より大阪に出，夫没後江戸に下る．享保 11 年(1726) 4 月 20 日没，63 歳．蕉門．雑俳点者としても活躍．編著『菊のちり』『鶴の杖』．　百 17, 花 51

曾米《そまい》　大阪の人，長崎住．前号，考越．編著『はだか麦』．　花 *489*

曾良《そら》　信濃上諏訪の人，江戸住．高野氏．ま

たは岩波氏. 名, 正字(まさたか). 宝永 7 年(1710) 5 月 22 日没, 62 歳. 神道は吉川惟足の門人. 芭蕉の『おくのほそ道』行脚に随従, 剃髪して宗悟(宗五)と改めたという. のち幕府巡検使随員となる. 『蛙合』『続虚栗』『猿蓑』等に入集. 蛙 39, 卯 37, 150, 352, 510, 513, 516, 519, 522, 525, 528, 深 39, 46, 55, 58, 65, 70, 219, 花 188

素立《そりゅう》 大阪の人. あ 189

素竜《そりゅう》 もと阿波藩士. 柏木氏. 名は全故(たけもと). 通称, 儀左衛門, または藤之丞. 別号, 素竜斎. 正徳 6 年(1716) 3 月 5 日没, 46 歳. 柳沢吉保に仕え御納戸役. 和歌をよみ, 上代様の書を能くした. 『炭俵』の版下を書き, 『おくのほそ道』を清書. 俳諧の師は不明だが, 和歌は北村正立門. 『根合』『蓮の実』『炭俵』等に入集. 百 60, 蓮 199

た・ち・つ・て・と

大笑《たいしょう》 続 53

岱水《たいすい》 江戸深川の人. 編著『木曾の谿』. 深 4, 7, 12, 15, 20, 23, 28, 31, 36, 114, 121

大弐三位《だいにのさんみ》 藤原賢子. 平安時代の歌人. 紫式部の娘. 生没年未詳. 家集『大弐三位集』. 椎 *148

高政《たかまさ》 京の人. 宮小路錦上ル東側に住す. 菅野谷氏. 通称, 孫右衛門. 別号, 俳諧惣本寺(持)・伴伝連社. 編著『誹諧絵合』『後集絵合千百韻』『誹諧中庸姿』『是天道』『ほのぼの立』等. 百 27, 花 15

濁水《だくすい》 伊丹の人か. 花 176

琢石《たくせき》 近江の人, 京住. 菅原氏. 別号, 流木堂. 百 50

旦藁《たんこう》 尾張名古屋の人. 杉田氏. 別号, 意水庵. 名古屋海老屋町でゑびやと号した菓子商. 『はるの日』『続虚栗』『古渡集』等に入集. 卯 207, 318

探志《たんし》 近江膳所の人. 探旨・探柴とも. 『ひさご』『猿蓑』『西の雲』『宝永二乙酉歳旦帖』等に入集. あ 25, 33, 38, 46, 166, 深 158, 175

団十郎《だんじゅうろう》 江戸の歌舞伎役者. 初世市川団十郎. 号, 才牛. 荒事芸を確立し, 立役として人気があった. 元禄 17 年(1704)没, 45 歳. 花 *438*

淡水《たんすい》 近江膳所の人. 百 *185*

団水《だんすい》 大阪・京住. 北条義延. 別号, 白眼居士・滑稽堂. 宝永 8 年(1711) 1 月 8 日没, 49 歳. 西鶴門. 編著『特牛』『秋津島』『団袋』『こゝろ葉』『昼夜用心記』『日本新永代蔵』等. 百 22, 蓮 132, 352, 花 55, *420*

丹野《たんや》 京の人. 花 138

団友《だんゆう》 伊勢山田の人. 岩田正致. 通称, 亦次郎・権七郎. 享保 2 年(1717) 4 月 28 日没, 59 歳. 神風館を継ぎ, 団友斎涼菟という. 蕉門. 編著『潮とろみ』『山中集』『皮籠摺』等. 百 83, 花 96

遅桜《ちおう》 卯 49, 123, 395, 423

致画《ちかく》 加賀小松の人. 卯 46, 178

知牛《ちぎゅう》 伊丹の人. 『仏の兄(さとのえ)』(元禄 12 年)の芝柏・知十・仏兄(鬼貫)の三吟歌仙に一座する. 元禄 15 年(1702) 6 月 13 日知牛の母が没し, 鬼貫は追悼句を詠んでいる(『仏兄七久留万』). 花 *462*

竹翁《ちくおう》 京の人. 橋部氏. 別号, 耕斎. 宝永 5 年(1708) 3 月 5 日没, 62 歳. 好春門. 百 51

竹条《ちくじょう》 京の人. 花 147

竹亭《ちくてい》 京の人. 溝口氏. 元禄 5 年(1692) 6 月 29 日没, 35 歳. 常矩系, 和及にも親しい. 編著『をだまき綱目』. 百 *183*, 蓮 165, 211, 241, 263, 287, 297, 307, 319, 361, 花 137

智月《ちげつ》 山城宇佐の人. 享保 3 年(1718) 3 月没, 70 余歳か. 大津の荷物問屋河合佐右衛門に嫁す. 夫の没後尼になる. 乙州は実弟で養嗣子. 蕉門. 『孤松』『誹諧前後園』『星会集』『あら野』等に入集. あ 175, 卯 19, 23, 79, 440, 花 202

知童《ちどう》 大阪の人. 蓮 93, 96, 99, 102, 105, 108, 111, 114, 117, 120, 123, 126, 142, 167, 259, 295, 364

千春《ちはる》 京の人. 大原氏, のち望月氏. 通称, 善九郎(あるいは彦四郎). 別号, 蘇鉄林. 重頼・季吟に親しい. 編著『かり舞台』『むさしぶり』. 都 33–36, 百 *183*, 花 125

仲哀天皇《ちゅうあいてんのう》 第 14 代天皇. 日本武(やまとたける)尊の第 2 皇子. 熊襲征伐の途中, 筑前国香椎宮で没したという. 椎 *314*

忠清《ちゅうせい》 大阪の人. 之道門. あ 58, 67, 72, 81, 88, 201

仲品《ちゅうぼん》 安芸宮島の人. 岡村氏. 前句付作者. 『苗代水』『あるが中』『くやみ草』『誹諧入船』等に入集. 百 *186*

潴蛙《ちょあ》 京の人. 編著, 雑俳書『俳諧口三味線』. 都 198

長以《ちょうい》 丹波亀山の人. 百 *186*

調義《ちょうぎ》 続 38

朝軒《ちようけん》 江戸の人. 連 214

朝秋《ちようしゆう》 大阪の人. 連 195, 405

長水《ちようすい》 肥後熊本の人. 大久保氏. 元禄 11 年(1698)没. 編著『白川集』. 花 *489*

鳥水《ちようすい》 京の人. 百 *183*

釣水《ちようすい》 大阪の人. 百 *184*

長頭丸《ちようずまる》 →貞徳《ていとく》

朝叟《ちようそう》 江戸の人. 嵐雪門. 編著『その浜ゆふ』. 花 201

彫棠《ちようとう》 伊予松山の人, 江戸住. 青地氏. 松山藩医快庵. のち周東と号す. 正徳 3 年(1713)没. 其角門. 『続虚栗』『いつを昔』『雑談集』『萩の露』『句兄弟』『末若葉』等に入集. 百 *184*

長皿《ちようべい》 少年. 卯 164, 304, 359

長明《ちようめい》 鎌倉前期の歌人. 下鴨神社の禰宜の家に生まれる. 鴨氏. 通称, 菊大夫. 建保 4 年(1216)没. 編著『方丈記』『発心集』『無名抄』等. 花 *386*

朝聞《ちようもん》 越後新潟の人. 小原氏. 都 230

調柳《ちようりゆう》 江戸の人. 種田氏. 初号, 茶瓢軒調泉. 芭蕉判『十八番発句合』の作者. 調和門. 続 28, 59, 81

調和《ちようわ》 奥州岩代の人, 江戸住. 岸本氏(また木村氏). 別号, 壺瓢軒・土斎. 正徳 5 年(1715) 10 月 17 日没, 78 歳. 未得系. 編著『富士石』『金剛砂』『誹諧題林一句』『洗朱』等. 続 *48, 百 82, 連 203, 花 68

直成《ちよくせい》 大阪の人. 連 150

ちり 千里のこと. 大和葛城郡竹内村の人, 江戸住. 苗村氏. 通称, 粕屋甚四郎(油屋喜右衛門とも). 享保元年(1716) 7 月 18 日没, 69 歳. 蕉門. 芭蕉の『野ざらし紀行』に同行, 『蛙合』『猿蓑』『千鳥掛』等に入集. 蛙 27

椿子《ちんし》 大阪の人. 来山系. 編著『はるさめ』. 百 *184*, 連 177, 260, 342, 371

珍碩《ちんせき》 →洒堂《しやどう》

通容《つうよう》 京の人. 百 *183*

土御門院《つちみかどいん》 第 83 代の天皇. 土佐院. 後鳥羽院の第 1 皇子. 寛喜 3 年(1231) 10 月 11 日没, 37 歳. 『土御門院御集』『土御門院御百首』がある. 椎 *314*

経信《つねのぶ》 源俊頼の父. 続 *56

常矩《つねのり》 京の人. 田中忠俊. 通称, 甚兵衛. 別号, 敝帚子・真斎. 天和 2 年(1682) 3 月 19 日没, 40 歳. 季吟門, のち談林. 編著『誹諧捨舟』『敝帚』『蛇之助五百韻』『ねざめ』等. 追善集『打曇砥』. 花 *408*

つま丸《つままる》 肥前長崎の人. 百 *186*

貞喜《ていき》 伊丹の人. 鹿島氏. 別号, 宗林. 正徳 4 年(1714) 3 月没, 63 歳. 重頼門. 『武蔵野』に入集. 百 *184*, 卯 65, 205

貞兼《ていけん》 京の人. 藤谷貞好. 通称, 甚吉. 別号, 仰雲軒・桂翁. 元禄 14 年(1701) 10 月 27 日没, 87 歳. 百 75, 花 10

底元《ていげん》 京の人. 神氏. 都 41–44, 百 *183*, 花 145

定之《ていし》 京の人. 神戸氏. 別号, 東林軒. 元禄 13 年(1700) 9 月 6 日没, 50 歳. 百 35, 連 134, 349, 354, 花 18

貞治《ていじ》 近江の人. 百 *185*

貞室《ていしつ》 京の人. 安原正章. 通称, 鎰屋(かぎや)彦左衛門. 別号, 一嚢軒・腐俳子. 寛文 13 年(1673) 2 月 7 日没, 64 歳. 貞徳門. 編著『正章千句』『かたこと』『玉海集』『玉海集追加』『五条之百句』等. 卯 5, 290, 花 3

貞恕《ていじよ》 越前敦賀・近江大津・京と移り住む. 犬井(乾)重次. 通称, 二(次)郎兵衛. 別号, 一嚢軒. 元禄 15 年(1702) 3 月 4 日没, 83 歳. 貞室門. 編著『蠅打』『新玉海集』『謡曲拾葉抄』. 百 *183*, 花 8

定昌《ていしよう》 丹波佐治の人. 百 *186*

亭笑《ていしよう》 河内の人. 連 186, 246, 322, 379

丁常《ていじよう》 京の人. 百 *183*

貞真《ていしん》 京の人. 百 *183*

貞静《ていせい》 美濃竹華の人. 都 388

定宗《ていそう》 京の人. 編著『新行事板』. 百 20, 花 158

泥足《でいそく》 江戸の人, 一時長崎勤務の江戸会所商人. のち京に移住. 和田氏. 別号, 酔翁亭. 蕉門. 編著『其便』. 花 30

定直《ていちよく》 備前岡山の人. 医師. 木畑氏. 通称, 玄佐. 編著『卯月まで』『朧月夜』等. 百 74, 花 109

貞道《ていどう》 京の人. 百 *183*

貞徳《ていとく》 京の人. 松永勝熊. 別号, 長頭丸・逍遊軒. 承応 2 年(1653) 11 月 15 日没, 83 歳. 細川幽斎に和歌を, 紹巴に連歌を学ぶ. 貞門俳諧の祖. 和歌や狂歌にも長じ, 歌学者としても知られ, 当代の文壇の指導的役割をなした. 編著『新増犬筑波集』『俳諧御傘』『紅梅千句』『天水抄』『なぐさみ草』『貞徳狂歌集』『戴恩記』他多数. 花 1, 2, 384, 387, 389, 393, 398

定武《ていぶ》 京の人, 新町通中長者町上ル町住.

服部氏. 百 56
定方《ていほう》 京の人. 花 149
貞木《ていぼく》 京の人，綾小路通東洞院東入ル町住. 出口氏. 別号，花香堂. 元禄 9 年(1696) 10 月 2 日没，71 歳. 編著『誹道手松明』. 百 29
定明《ていめい》 大阪の人. 編著『蕤賓録』. 百 *184*, 連 136, 360, 花 161
提要《ていよう》 能登七尾の人. 菊池氏. 別号，涼風軒. 編著『能登釜』. 花 *488*
貞隆《ていりゅう》 京の人，五条新町東入ル住. 似船門. 都 116, 百 *183*
滴水《てきすい》 京の人. 村山氏. 別号，風流子. 方山門. 花 *419*
滴水 能登七尾の人. 卯 203
鉄丸《てつがん》 讃岐丸亀の人. 百 *186*
鉄硯《てつけん》 京の人. 百 *183*
轍士《てつし》 大阪の人，元禄 5 年(1692)京に移住. 室賀氏か. 別号，東鮒巷・仏狸斎・風翁. 宝永 4 年(1707)没. 宗因門. 編著『黒うるり』『誹諧白眼』『我庵』『墨流し』『七車集』『葵車』『元禄拾遺』『花見車』等. 連 40, 43, 48, 51, 56, 59, 64, 67, 72, 200, 210, 422, 花 29, *446*
鉄声《てっせい》 備後鞆の人. 百 *186*
鉄面《てつめん》 伊丹の人. 百 *184*
鉄卵《てつらん》 伊丹の人. 上嶋氏. 青人の弟. 別号，三重・鉄幽・金鶏子. 元禄 2 年(1689) 10 月 10 日没，28 歳. 重頼門. 大 *181, *207, 百 *184*
天弓《てんきゅう》 大和に住す. 編著『大和狐』. 花 *488*
天垂《てんすい》 大阪の人. 別号，十万窩. 之道門. 編著『誹諧男風流』『誹諧百歌仙』. 花 59
天竜《てんりゅう》 京の人，丸田町通西洞院東入ル町住. 別号，吐雲閣. 百 *183*
桐雨《とうう》 江戸の人. 百 *184*
桃英《とうえい》 少年. 卯 137, 170
灯外《とうがい》 大阪の人. 月津氏か. 別号，生駒堂. 編著『生駒堂』『ひぢ笠』『発心集』. 百 63, 連 321, 花 *487*
等躬《とうきゅう》 奥州須賀川の人. 相楽氏(中畑氏・隈井氏とも). 通称，伊左衛門. 別号，乍憚・一瓜子・乍単斎. 藤躬とも. 正徳 5 年(1715) 11 月 19 日没，78 歳. 未得門，のち調和門. 編著『葱摺』『伊達衣』『一の木戸』. 花 118
桐奚《とうけい》 江戸深川の人.『炭俵』に入集. 深 115, 126, 131, 138, 143
東行《とうこう》 大阪茨木の人. 樋口氏. 別号，五花堂幽山. 来山門. 編著『東行撰集抄』『天満拾遺』. 花 60
道弘《どうこう》 大和奈良の人. 村井氏. 種寛門. 編著『赤紫』『南都名所集』.『誹諧破暁集』に入集. 都 285–288
洞哉《どうさい》 越前福井の人. 神戸氏. 別号，等哉・等栽・可卿・一遊軒.『おくのほそ道』福井の条以下に登場. 百 93
唐尒《とうじ》 卯 26, 180, 220, 370
東鷲《とうしゅう》 尾張名古屋の人. 板倉氏. 編著『小弓俳諧集』『乙矢集』. 百 *185*, 花 100
冬松《とうしょう》 尾張名古屋の人.『あら野』に入集. 百 *185*
洞水《どうすい》 京の人. 編著『根無葛』. 花 *401*
桃青《とうせい》 →芭蕉《ばしょう》
洞雪《どうせつ》 京の人.『あら野』に入集. 都 415
東潮《とうちょう》 出羽米沢の人，江戸住. 和田氏. 別号，一甫・堵中子・東潮庵. 宝永 3 年(1706) 4 月 3 日没，49 歳. 嵐雪門. 編著『富士詣』『松かさ』『渡鳥』『ひらつゝみ』『先日(さきのひ)』等. 花 79
冬風《とうふう》 摂津西成郡浜村の人. 連 247
桐木《とうぼく》 京の人. 都 175, 284, 333
道聞《どうもん》 医師. 大 *144
桃葉《とうよう》 加賀の人. 桃夭・桃妖・桃蛘とも. 長氏，または長谷部氏. 幼名，久米之助. のちに甚左衛門. 別号，桃枝斎・桃枝軒. 宝暦元年(1751) 12 月 29 日没，76 歳. 山中温泉の湯屋，和泉屋の主人. 元禄 2 年(1689) 7 月，芭蕉から桃妖の号を得た.『猿蓑』『北の山』『続猿蓑』等に入集. 卯 69
動楽《どうらく》 京六条の人. 都 365
洞梨《どうり》 卯 308, 364, 459
東柳《とうりゅう》 近江多和田の人. 百 *185*
桃隣《とうりん》 伊賀上野の人，江戸住. 天野氏. 通称，藤太夫. 別号，太白堂・呉竹軒・桃翁. 享保 4 年(1719) 12 月 9 日没，71 歳. 芭蕉の縁戚. 編著『陸奥鵆(むつちどり)』『粟津原』. 深 41, 48, 53, 60, 67, 花 78
吐海《とかい》 京の人，江戸住. 花 *447*
徳元《とくげん》 美濃岐阜の人，江戸住. 斎藤元信，通称，斎宮頭. のち剃髪して徳元. 別号，帆亭(はんてい). 美濃国の産. 正保 4 年(1647) 8 月 28 日没，89 歳. 豊臣氏・京極氏に仕えた武人. 連歌を昌琢に学び，俳諧をよくした. 編著『塵塚誹諧集』『誹諧初学抄』『徳元千句』等. 仮名草子『尤之双紙(もっとものそうし)』. 花 63
徳子《とくし》 卯 420
独笑《どくしょう》 豊前西小倉の人. 都 379

独幽《どくゆう》　越中の人.　百 *186*

都水《とすい》　京の人.　百 69，花 153

都雪《とせつ》　京の人，新町四条上ル住．三上氏．『遠眼鏡』『俳諧新始』に入集.　都 45–48

徒南《となん》　蛙 19

怒風《どふう》　美濃大垣藩士．高宮吉重．寛保 3 年(1743)没，81 歳．蕉門．『有磯海』『笈日記』等に入集.　花 37

吐竜《とりゅう》　近江大津の人．編著『車路』.　花 *488*

鈍子《どんし》　伊予の人．編著『月のあと』.　花 *489*

な・に・ぬ・の

中村七三《なかむらしちざ》　江戸の歌舞伎役者．初世中村七三郎．通称，七郎右衛門．俳号，少長．宝永 5 年(1708) 2 月 4 日没，47 歳.　花 *382*, *444*

なり平《なりひら》　平安時代の歌人．在原業平．元慶 4 年(880) 5 月 28 日没，56 歳.　大 *147

南甫《なんぽ》　卯 56, 172, 408

入安《にゅうあん》　京の人．『京日記』に入集.　都 172, 337

如回《にょかい》　摂津の人.　花 166

如泉《にょせん》　京の人．斎藤氏．通称，甚吉．別号，真珠庵．正徳 5 年(1715) 8 月 17 日没，72 歳．梅盛門．編著『俳諧柱立』『重宝記』『狂歌句式』『漢和千句』等.　都 265–268，百 10，蓮 204，花 22, *430*

忍市《にんいち》　卯 342

忍水《にんすい》　姫路の人.　椎 147

奴睡《ぬすい》　伏見の人.　蓮 173

能順《のうじゅん》　江戸時代前期の連歌師．加賀小松天神の別当職．別号，修竹斎・観明軒．編著『聯玉集』『愚句老葉』等.　花 *378*

は・ひ・ふ・へ・ほ

梅員《ばいいん》　備中の人．別号，轟々坊．編著『吉備中山』『岨のふる畑』『猫筑波集』.　花 111

梅可《ばいか》　三河国府の人．白井氏．編著『ひがむの月』.　花 214

梅香《ばいか》　姫路の人.　椎 156

梅月《ばいげつ》　姫路の人.　椎 127

梅子《ばいし》　大阪の人.　蓮 176, 335

梅水《ばいすい》　豊前小倉の人．『誹諧破暁集』に入集.　都 351

梅盛《ばいせい》　京の人．高瀬氏．通称，太郎兵衛．別号，佗心子・宗入居士．元禄 15 年(1702)没か，84 歳．貞徳門．編著『口真似草』『捨子集』『山下水』『類船集』等.　百 77，花 7

梅霔《ばいてき》　加賀鶴来の人.　卯 40

梅露《ばいろ》　卯 58, 121, 238, 448, 457

馬桜《ばおう》　伊丹の人．小西長室．宗旦門.　花 177

白函《はくかん》　卯 277

白支《はくし》　尾張の人．編著『春草日記』.　花 *488*

伯之《はくし》　卯 190, 212

白雪《はくせつ》　三河新城の人．太田氏．通称，金左衛門長孝．別号，有髪散人・密雲峰・周白雪．屋号，升屋．享保 20 年(1735) 6 月 7 日没，75 歳．庄屋役を勤め，質物・造酒・味噌・米穀・茶等を業とした．蕉門．編著『誹諧曾我』『きれぎれ』『三河小町』『巳年歳旦』『蛤与市』等．追善集『雪なし月』.　花 213

薄椿《はくちん》　京の人，西六条住．似船門.　百 *183*

柏風《はくふう》　姫路の人か．広瀬氏.　椎 98, 105, 106

白賁《はくふん》　日野の人.　百 *185*

芭蕉《ばしょう》　伊賀上野の人，江戸住．松尾宗房．幼名，金作．通称，甚七郎・藤七郎または忠右衛門．俳号，宗房・桃青・芭蕉．別号，釣月軒・泊船堂・夭々軒・坐興庵・栩々斎・華桃園・芭蕉洞・素宜・風羅坊．印章に虚無・杖頭銭・鳳尾・羊角・羽扇．元禄 7 年(1694) 10 月 12 日没，51 歳．季吟門．編著『貝おほひ』『桃青門弟独吟二十歌仙』『野ざらし紀行』『鹿島詣』『笈の小文』『更科紀行』『おくのほそ道』等.　蛙 1，続 跋，都 125, 174, 193, 327，あ 2, 5, 8, 11, 14, 17, 41, 50, *146, 154, 155, *181，百 100，卯 6, 31, 52, 114, 166, 185, 196, 200, 228, 242, 247, 284, 300, 306, *316, 351, 368, *386, 399, *404, 404, 416, 451, *509, 511, 514, 517, 520, 523, 526, 529, 531, 532, 535, 536, 539, 540, 543，蓮 130, 238, 353, 425，深 1, 6, 9, 14, 17, 22, 25, 30, 33, 75, 80, 83, 88, 91, 96, 99, 104, 107, 109, 118, 129, 137, *145, 147, 152, 217, 224，花 69, *383*, *385*, *389*, *394*, *416*, *438*, *449*, *452*, *453*, *461*

巴水《はすい》　加賀金沢の人．藤井氏．編著『鷹獅子集』.　花 *488*

八橋《はっきょう》　江戸の人.　百 *183*

破瓶《はべい》　卯 82

破笠《はりつ》　伊勢の人，江戸住．小川宗宇．通称，平助．別号，夢中庵・卯観子・笠翁・一蟬．延享 4 年(1747) 6 月 3 日没，85 歳．漆芸家．はじめ露言門，のちに蕉門．『一楼賦』『続虚栗』『あら野』等に入集.　蛙 24，続 34，百 *184*

春澄《はるずみ》　京の人．青木氏．通称，勝五郎(あるいは庄右衛門)．別号，印雪子・素心子・春隅・

貞悟・甫羅楼. 正徳 5 年(1715) 7 月 30 日没, 63 歳. 重頼門, のち貞恕にも親しみ, 貞徳嫡伝四世を名のる. 編著『江戸十歌仙』『誹諧頼政』. 都 序, 百 97, 花 122

半隠《はんいん》 →昨非《さくひ》

万桜《ばんおう》 大阪の人. 万海門か. 連 152, 227, 312, 365, 406

万海《ばんかい》 大阪の人. 武村氏. 通称, 竹村清左衛門. 別号, 益友・一灯軒・曳尾堂. 宝永初年頃没か. 益翁門. 雑俳点者としても活躍した. 編著『大坂一日独吟千句』『ぬれ鳥』. 大 213, 222, 227, 236, 241, 250, 255, 百 85, 連 39, 44, 47, 52, 55, 60, 63, 68, 71, 201, 272, 286, 355, 花 49

斑牛《はんぎゅう》 美濃の人. 百 *185*

万玉《ばんぎょく》 京の人. 都 133–135, 282, 連 331

盤谷《ばんこく》 大阪の人, 江戸住. 志水氏. 別号, 泉亭. 寛延元年(1748)没, 70 歳. 花 83

晩山《ばんざん》 京の人. 御幸町通錦小路上ルに住す, 爪木氏. 初号, 永可. 別号, 唫花堂・二童斎. 享保 15 年(1730) 8 月 15 日没, 69 歳. 前句付点者としても活躍. 松堅門. 編著『千代の古道』『橋立案内誌』『橋立案内誌追加』. 百 52, 花 25

伴自《ばんじ》 大阪の人. 長井氏. 別号, 家久・樹里門・俳仙堂・長布梁・祭通坊. 享保 2 年(1717)没. 来山門. 雑俳点者としても活躍. 編著『まひのは』『例農癖』『雪月花』『難波拾遺』『住吉詣』『かくれさぎ』『紀の山ふかみ』. 花 53

帆睡《はんすい》 大阪の人. 連 156, 249, 344, 368

晩水《ばんすい》 大和法隆寺の人. 『誹諧前後園』『高天鶯』に入集. 都 188, 224

晩翠《ばんすい》 備前岡山の人. 別号, 紅白堂. 編著『紅白堂』『せみの小川』. 百 30, 花 110

盤水《ばんすい》 大阪の人. 編著『歌仙誹諧独吟合』『水尾杭』. 百 73, 連 329, 363, 花 61

万声《ばんせい》 卯 397

晩柳《ばんりゅう》 肥前田代の人. 寺崎氏. 編著『放鳥集』. 花 *489*

鄙省《ひせい》 大阪の人. 連 299, 313

秀ひら《ひでひら》 平安末期の武将. 奥州の人. 藤原氏. 文治 3 年(1187)没. 花 *386*

百丸《ひゃくまる》 伊丹の人. 酒造家. 森本宗賢. 通称, 丸屋吉左衛門. 別号, 白鷗堂・囉斎. 享保 12 年(1727) 2 月 16 日没, 73 歳. 一時京に住んだが, 晩年に帰郷. 伊丹俳諧中興の祖. 重頼門. 編著『在岡逸士伝』『老の寝覚』『六玉川』『伊丹酒壺五歌仙』. 百 *184*, 花 172

人麿《ひとまろ》 柿本朝臣. 万葉歌人. 生没年未詳. 山部赤人とともに歌聖として尊ばれた. 三十六歌仙の 1 人. 椎 *315*

百里《ひゃくり》 江戸の人. 魚商. 高野勝春. 通称, 市兵衛. 別号, 茅風・雷堂. 享保 12 年(1727) 5 月 12 日没, 62 歳. 嵐雪門. 編著『銭竜賦』『風の上』『遠のく』等. 百 *183*, 花 191

氷花《ひょうか》 江戸の人, のち京住. 別号, 露堂. 嵐雪門. 百 *184*, 花 192

風喬《ふうきょう》 京の人. 卯 51, *184*

風喬 河内八尾の人. 百 *186*

風国《ふうこく》 京の人. 医師. 伊藤玄恕. 元禄 14 年(1701) 7 月 3 日没. 蕉門. 編著『初蟬』『菊の香』『泊船集』. 花 131

風山《ふうざん》 京の人. 谷島氏. 別号, 東白軒・天聰堂. 方山門. 花 *419*

風子《ふうし》 京の人, 三条通川原町西入ル町住. のち越前に移住. 別号, 竹葉軒. 百 91, 花 103

風子 伊勢の人. 百 *185*

風舟《ふうしゅう》 大阪の人. 連 377

風水《ふうすい》 出雲日御崎の人. 島倫重の次男, 日御崎神社の社家日置家の養子となり, 同家をつぐ. 通称, 主殿, のち肥富・瞳・又彦雄. 別号, 有声・空原斎. 宝永 6 年(1709) 9 月 19 日没(日置家過去帳). 編著『隠岐のすさび』. 続 47, 71, 百 24, 花 *418*

風仙《ふうせん》 出羽の人. 百 *186*

諷竹《ふうちく》 →之道《しどう》

風瀑《ふうばく》 伊勢の人, 長く江戸に住. 御師. 松葉氏. 通称, 七郎大夫. 別号, 松葉庵・垂虹堂. 宝永 4 年(1707) 8 月 20 日没. 編著『一楼賦』『丙寅紀行』. 百 *183*

風芦《ふうろ》 播磨姫路の人. 百 *186*

浮芥《ふかい》 京の人. 編著『流木集』『一夜百句』『柳の道』. 花 *401*

不角《ふかく》 江戸の人. 平松町南側の書肆. 初号, 遠山. 別号, 千翁・虚無斎・松月堂・南々舎. 宝暦 3 年(1753) 7 月 21 日没, 92 歳. 不卜門. 前句付の点者として活躍する. 編著, 月並前句付に『二葉の松』『年々草』『底なし瓢』『足代』『水車』『草結』『松蘿(さるおがせ)前集』, 俳諧撰集『蘆分船』『福神通夜物語』『笠の蠅』『一峠』『やらずの雨』『有磯海』『鶴の声』他多数. また浮世草子に『色の染衣』『好色染下地』『花の染分』がある. 続 6, 45, 54, 80, 花 76, *446*

舞郷《ぶきょう》 大阪の人. 之道門. 舞興と同一人物

か. あ 60, 69, 74, 78, 85, 178
不玉《ふぎょく》　出羽酒田の人. 伊東玄順(元順). 医号, 淵庵. 元禄 10 年(1697)没, 50 歳. はじめ三千風門, のち蕉門. 編著『葛の松原』『継尾集』『あつみ山』等. なお, 不玉からの来書に去来が答えたものが『不玉宛論書』. 花 114
賦山《ふざん》　京の人, 川原町二条住. 花 143
芙雀《ふじゃく》　大阪の人. 永田氏. 通称, 堺や弥太郎. 別号, 風薫舎. 蕉門. 編著『鳥驚』『駒振(こまざらえ)』. 花 168
不障《ふしょう》　近江の人. 百 *185*
普人《ふじん》　加賀宮腰の人. 卯 43, 97, 271
浮水《ふすい》　出羽松山(松浦)の人. 都 223, 百 *186*, 蓮 269
不讕《ふせん》　続 30
武仙《ぶせん》　大阪の人. 西鶴門. 『遠近集』が初出. 蓮 250
浮草《ふそう》　京の人. 百 *183*
不中《ふちゅう》　加賀鶴来の人. 女性. 卯 135, 179, 303, 336
不的《ふてき》　越中魚津の人. 卯 76
不卜《ふぼく》　江戸の人. 岡村氏. 通称, 重兵衛(あるいは市郎右衛門). 別号, 一柳軒. 元禄 4 年(1691) 4 月 9 日没, 60 余歳か. 未得門. 編著『俳諧江戸広小路』『俳諧向の岡』『丙寅之歳旦』『続の原』. 蛙 41, 続 序, 24, *12*, 26, 70, 94, *11*, 跋, 百 15
斧卜《ふぼく》　加賀小松の人. 卯 59, 126, 455, 498
史邦《ふみくに》　尾張犬山の人. 名, 保潔. 別号, 五雨亭. 尾張犬山の寺尾直竜の侍医として仕え, 中村春庵と名乗った. のち, 京都に出て仙洞御所, 京都所司代に仕え, 大久保荒右衛門と称し, 江戸に移って根津宿直と称した. 蕉門. 編著『芭蕉庵小文庫』. 深 165, 166, 花 199
文丸《ふみまる》　大阪の人. 来山門. 編著『蘆の角』. 百 *184*
浮葉《ふよう》　卯 112, 367
蚊市《ぶんし》　大阪の人. 都 169, 422, 蓮 144, 290, 330, 387
文十《ぶんじゅう》　大和宇陀の人か, 大阪淡路町住. 一説に高橋氏. 通称, ますや三郎右衛門. 別号, 鳥路斎・路鳥斎・鳥路叟. 来山門. 編著『よるひる』『海陸前集』『海陸後集』『遠千鳥』『鳴門記』. 百 *184*, 花 165
蚊夕《ぶんせき》　大阪の人. 之道門. あ 57, 64, 73, 80, 87, 179
蚊足《ぶんそく》　京の人. 和田氏. 通称, 源七郎. 別号, 丁亥郎・円常. 正保 3 年(1646)生まれ, 没年未詳. はじめ常矩門, のち蕉門. 京より江戸に移住し, のち素堂の仲介により甲斐谷村藩主秋元侯に仕えたという. 蛙 36, 続 15, 55, 百 *184*
文代《ぶんだい》　伊勢の人. 梁氏. 編著『麓の旅寐』. 花 *488*
芬芳《ぶんぽう》　卯 24
文鱗《ぶんりん》　堺の人, 江戸住. 鳥井氏. 別号, 虚無斎. 其角著の俳諧紀行『新山家』を校訂. 『初懐紙評註』『あら野』等に入集. 蛙 4, 続 65, 76, 百 *184*
丿松《べつしょう》　加賀の人. 小杉一笑の兄. 編著『西の雲』. 花 *488*
鞭石《べんせき》　京の人, 松原通室町西入ル町住. 福田氏. 別号, 而咲堂・井亀軒・法児. 享保 13 年(1728) 2 月 15 日没, 80 歳. 前句付点者として活躍. 似船門. 編著『礒なれ松』等. 追善集『岸柳』『糸柳』. 百 68, 花 26
蝙蝠《へんどう》　志摩鳥羽の人. 百 *186*
方山《ほうざん》　京の人, 東六条住. 東本願寺の家士. 滝貞右衛門. 通称, 主水. 初号, 峰山・林雀・芳山. 別号, 招鳩軒・応々翁・和鐘馗. 享保 15 年(1730) 5 月 22 日没, 80 歳. はじめ重頼門, のち似船門. 編著『枕屏風』『暁山集』『北の筥』. 追善集『杖の名ごり』. 百 70, 花 28, *419*
蓬迹《ほうしゃく》　姫路の人. 椎 138
芳重《ほうじゅう》　蛙 15
芳水《ほうすい》　讃岐の人. 編著『あやの松』『佐郎山』. 百 54, 花 108
朋水《ほうすい》　京の人. 別号, 無底廬. 編著『俳諧仮橋』. 『誹諧前後園』『誹諧破暁集』『遠眼鏡』『俳諧新始』等に入集. 都 89–92, 百 *183*
豊流《ほうりゅう》　摂津天王寺村の人, 一時大阪住. 岩橋豊春. 宗因門. 雑俳点者としても活躍. 編著『天王子名所彼岸桜』. 『山海集』に入集. 百 *184*, 蓮 198, 408, 花 46
木因《ぼくいん》　美濃大垣の人. 谷氏. 通称, 九太夫. 別号, 白桜下・観水軒・呂音堂・杭川翁・杭瀬川翁. 享保 10 年(1725) 9 月 30 日没, 80 歳. 季吟門. 編著『桜下文集』『おきなぐさ』. 都 113, 115, 243, 百 序, 4, 花 97
北枝《ほくし》　加賀小松の人. のち金沢に移住. 立花氏(一時, 土井氏). 通称, 研屋源四郎. 別号, 鳥翠台・寿夭軒. 享保 3 年(1718) 5 月 12 日没. 兄牧童と共に研刀業を営む. 蕉門. 編

著『卯辰集』『喪の名残』. あ 157, 181, 百 *186*, 卯 序, 11, 22, 38, 62, 102, 115, 116, 140, 141, 158, 174, 219, 263, 282, 291, 305, 316, 324, 334, 338, 344, 353, 356, 362, 405, 410, 460, 461, 474, 490, 495, 500, 509, 512, 515, 518, 521, 524, 527, 530, 533, 534, 537, 538, 541, 542, 546, 549, 552, 555, 558, 561, 564, 567, 570, 573, 576, 580, 585, 590, 595, 600, 605, 610, 615, 618, 625, 630, 637, 642, 649, 跋, 花 *488*

卜尺《ぼくせき》 江戸の人, 本船町住. 名主. 小沢氏. 通称, 太郎兵衛. 元禄 8 年(1695) 11 月 20 日没. はじめ季吟門, のち蕉門. 『談林十百韻』『桃青門弟独吟二十歌仙』『武蔵曲』『虚栗』『其俗』等に入集. 花 185

木節《ぼくせつ》 近江大津の人. 望月氏. 別号, 稽翁. 医号, 是好. 元禄 7 年(1694) 10 月, 病床の芭蕉の脈をとり, 看護に努めた. 編著『糸瓜(へちま)集』. 花 203

北窓《ぼくそう》 京の人. 都 120, 322

卜宅《ぼくたく》 伊勢久居藩士. 向日氏. 通称, 八太夫. 延享 2 年(1745) 1 月 28 日没, 92 歳. 『桃青門弟独吟二十歌仙』『蛙合』『猿蓑』『桃桜』等に入集. 蛙 37

牧笛《ぼくてき》 卯 70

牧童《ぼくどう》 加賀小松の人. 立花氏. 通称, 研屋彦三郎. 別号, 松葉・帯藤軒・圃辛亭. 研刀師. 北枝の兄. 金沢に住し, 加賀藩の御用を勤めた. はじめ宗因門, のち蕉門. 編著『草刈笛』, 『白根草』『加賀染』『稲莚』『続猿蓑』『しるしの竿』等に入集. 卯 8, 12, 16, 75, 84, 104, 105, 144, 167, 175, 275, 286, 293, 302, 325, 341, 350, 378, 379, 413, 424, 454, 463, 471, 488, 499, 508, 547, 550, 553, 556, 559, 562, 565, 568, 571, 574, 577, 579, 581, 586, 591, 596, 601, 606, 611, 616, 621, 628, 635, 640, 645, 650

卜幽《ぼくゆう》 越中水橋の人. 卯 188

暮山《ぼざん》 近江の人. 百 *185*

哺扇《ほせん》 筑前箱崎の人. 別号, 松月庵・晡川・十里庵. 編著『染川集』『枯野塚』. 花 *489*

卜琴《ぼっきん》 越前の人. 柴垣氏. 季吟門. 別号, 松風軒. 編著『玉江草』『越路草』. 百 *186*

北鯤《ほっこん》 江戸の人. 石川氏. 山店(さんてん)の兄. 蕉門. 『桃青門弟独吟二十歌仙』『虚栗』『炭俵』『続猿蓑』等に入集. 蛙 25, 深 148, 153

補天《ほてん》 大阪の人. 来山門か. 大 210, 217, 226, 233, 242, 247, 256, 蓮 380

保友《ほゆう》 大阪の人. 梶山氏. 通称, 多吉郎, のち吉左衛門. 下博労町にて塩問屋を営む. 寛文 6 年(1666)春剃髪し, 中之島から天満樽屋町に移る. 重頼門. 『毛吹草追加』が初出. 宗因とも親交をもつ大阪俳壇の長老. 花 40

ま・み・む・め・も

松麻呂《まつまろ》 京の人. 都 414

万子《まんし》 加賀金沢藩士. 生駒氏. 通称, 万兵衛. 別号, 此君庵・水国亭・亀巣・白騮居士. 享保 4 年(1719) 4 月 27 日没, 66 歳. 蕉門. 編著『そこの花』. 卯 13, 34, 143, 217, 226, 245, 279, 349, 371, 483, 505

万蝶《まんちょう》 京の人. 編著『ふくと集』. 花 *488*

未雪《みせつ》 姫路の人. 椎 119, 126

三十六《みそむ》 加賀の人. 今村(または宮村)紹由. 別号, 六々庵. 編著『猿丸宮集』. 花 *115*

未達《みたつ》 京の人. 出版書肆. 西村氏. 通称, 市郎右衛門. 別号, 嘯松子・城坤散人・茅屋子. 元禄 9 年(1696) 9 月 3 日没. 編著『俳諧関相撲』『好色三代男』等. 百 *183*

三千風《みちかぜ》 伊勢の人, 一時仙台に住み, 諸国を歴遊する. 大淀友翰. 本姓, 三井. 別号, 無不非軒・寓言堂・呑空居士・東往居士. 宝永 4 年(1707) 1 月 8 日没, 69 歳. 編著『仙台大矢数』『松島眺望集』『法語三人物語』『日本行脚文集』『倭漢田鳥集』等. 百 *186*, 花 102, *459*

未得《みとく》 江戸の人. 両替店に勤めたか. 石田氏. 通称, 又左衛門(あるいは文左衛門). 別号, 乾堂・巽庵. 寛文 9 年(1669) 7 月 18 日没, 83 歳(あるいは 82 歳). 編著『吾吟我集』. 花 65

未白《みはく》 伊勢の人. 蓮 140

源融《みなもとのとおる》 平安時代の歌人. 寛平 7 年(895) 8 月 25 日没, 74 歳. 都 *221

味両《みりょう》 若狭小浜の人. 市石氏. 『孤松』に入集. 都 425–428, 百 *186*

民也《みんや》 伏見の人. 『誹諧前後園』に入集. 都 85–88, 百 *184*

民屋《みんや》 卯 375

鵡白《むはく》 続 22

無倫《むりん》 越後の人, 江戸住. 志村氏. 別号, 拾葉軒・雪堂. 享保 8 年(1723) 2 月 29 日没, 63 歳. 編著『紙文夾』『不断桜』等. 百 *186*, 花 77

命政《めいせい》 京の人. 百 *183*

木鴈《もくがん》 美濃樽井の人. 百 *185*

木麟《もくりん》 美濃岩手の人. 百 *185*

茂門《ももん》 備前岡山の人．定直門．『せみの小川』等に入集． 百 *186*

守武《もりたけ》 伊勢内宮長官．室町末期の連歌師．荒木田氏．天文 18 年(1549) 8 月 8 日，71 歳．編著『守武千句』『世の中百首』『守武随筆』．花 *389*

問随《もんずい》 伏見の人． 百 71

や・ゆ・よ

野径《やけい》 近江膳所の人．別号，縁督堂．『花摘』『ひさご』『猿蓑』『続猿蓑』等に入集． 百 *185*，深 160, 179

野水《やすい》 尾張名古屋の人．岡田幸胤(行胤)．通称，佐次右衛門．寛保 3 年(1743) 3 月 22 日没，86 歳．大和町に住んだ呉服商．はじめ横船らにつき，のち蕉門．『続連珠』『冬の日』『曠野後集』等に入集． 百 *185*，卯 35, 160

也竹《やちく》 深 116, 125, 132, 139

野笛《やてき》 姫路の人． 椎 114

野童《やどう》 京の人．仙洞御所に出仕．元禄 14 年(1701) 6 月 20 日，御所の宿直所で雷死．『猿蓑』『西の雲』『炭俵』『続猿蓑』等に入集．深 163, 164

野馬《やば》 後号，野坡．越前福井の人．志太氏(信田氏とも)．のち竹田(竹多・武田)氏．幼名，庄一郎．通称，弥助(弥介・弥亮とも)．屋号，長崎屋．別号，紗帽・紗方・樗子・樗木社・浅生・一声舎・無名庵・高津野々翁・半醒堂・三日庵・常用庵・秋草舎・百花窓・蘇鉄庵・かがし庵・照笛居士．元文 5 年(1740) 1 月 3 日没，79 歳．江戸に出て越後屋に奉公，のち俳諧点者になる．さらに大阪へ移り九州・中国地方に勢力をもつ．編著『炭俵』『万句四之富士』『放生日』『六行会』『許野消息』『袖日記』『俳諧二十一品』等．追善集『三日の庵』等． 続 44

弥生《やよい》 播磨姫路の人． 百 *186*

野羊《やよう》 安芸の人． 蓮 413

友益《ゆうえき》 近江大津の人．泉原氏．『誹諧前後園』に入集． 都 213–216

遊園《ゆうえん》 京の人． 百 78

友琴《ゆうきん》 京の人，金沢住．神戸氏．別号，幽吟・幽琴讖趣斎・山茶花．宝永 3 年(1706) 10 月 13 日没，74 歳．季吟門．編著『白根草』『金沢五吟』『卯花山集』． 花 104

幽吟《ゆうぎん》 讃岐の人． 百 186

又玄《ゆうげん》 伊勢の人．島崎味右衛門．御師．蕉門． 百 38，蓮 281

友元《ゆうげん》 京の人．沙門． 都 317, 320, 392

友五《ゆうご》 常陸の人．潮来住の医師本間道悦(松江)の養子．医名，道因．一時江戸に在住して，深川の芭蕉庵に出入した．『若水』『あら野』『其俤』等に入集． 蛙 11

祐山《ゆうざん》 丹後宮津の人．『誹諧前後園』に入集．都 410, 411

幽子《ゆうし》 卯 280, 309, 452

邑姿《ゆうし》 卯 208, 357

猶始《ゆうし》 京の人．『誹諧破暁集』に入集． 都 197

有時《ゆうじ》 京の人． 都 384, 394

友重《ゆうじゅう》 越後三条の人．山浦氏． 都 396, 399

又笑《ゆうしょう》 卯 243

勇招《ゆうしょう》 江戸の人．不卜門か．『二葉の松』に入集． 続 3, 43, 67, 74，百 *184*

友勝《ゆうしょう》 京の人．榊原氏．『誹諧破暁集』に入集． 都 343, 367

友晶《ゆうしょう》 京の人． 都 359

友静《ゆうせい》 京の人．井狩常与．通称，二郎兵衛．別号，春夕子．季吟門．『佐夜中山』『小町踊』『続山井』『玉海集追加』『安楽音』『誹諧前後園』等に入集． 都 253–256，百 79

友扇《ゆうせん》 京の人，盧山寺通大宮西へ二町目住．佐藤氏．別号，杏花亭・桂花翁．享保 15 年(1730) 11 月 3 日没，70 歳． 百 64

猶存《ゆうそん》 姫路の人． 椎 112, 123, 142, 157

游刀《ゆうとう》 近江膳所の人．別号，垂葉堂．能太夫か．『猿蓑』『西の雲』『己が光』『炭俵』等に入集． 深 159, 176

友繁《ゆうはん》 京の人． 都 187, 341

由平《ゆうへい》 大阪の人，元天満町住．前川氏．通称，江介(助)，また由兵衛とも．別号，半幽・自入・舟夕子・破瓢叟．宝永 3 年(1706)以後没．能筆家和気仁兵衛(俳号由貞)の子か．宗因門．編著『明骨集』． 百 36，蓮 154, 240, 282, 427，花 43, *425*

由卜《ゆうぼく》 京の人．遠藤元重．常矩門．『ねざめ』等に入集． 百 *183*

遊林《ゆうりん》 河内の人か．別号，珍著堂．編著『俳諧反故集』． 花 *488*

油鬢《ゆびん》 大阪の人． 蓮 159, 193, 294

楊水《ようすい》 江戸の人．蕉門．『桃青門弟独吟二十歌仙』『俳諧次韻』『虚栗』『花摘』『猿蓑』等に入集． 百 *185*

陽川《ようせん》 京の人，小川通上長者町上ル町住．別号，一二軒．編著『十月歌仙』『漢和鮫』．花 *401*

葉船《ようせん》　美濃牧田の人.　百 *185*
養仙《ようせん》　常陸の人.　百 *186*
遥里《ようり》　卯 259, 288, 388
横船《よこふね》　尾張名古屋の人. 吉田氏. 別号, 蘭秀軒. 元禄 9 年(1696) 9 月 15 日没, 44 歳. 編著『後撰犬筑波集』『続阿波手集』.　百 48
余春澄《よしゆんちょう》　→春澄《はるずみ》
誉風《よふう》　卯 25, 63, 147

ら・り・れ・ろ

来山《らいざん》　大阪の人. 小西氏. 通称, 伊右衛門. 別号, 満平・十万堂・湛翁・湛々翁・未来居士・宗無. 享保元年(1716) 10 月 3 日没, 63 歳. 宗因門. 編著『大坂八五十韻』『俳諧三物』. 没後に句文集『いまみや草』他. 追善集『木葉古満』『遠千鳥』等.　大 209, 218, 223, 232, 237, 246, 251, 百 37, 蓮 182, 206, 323, 426, 428, 431, 432, 435, 436, 439, 440, 443, 444, 447, 448, 451, 452, 455, 456, 459–461, 花 47
落英《らくえい》　大阪の人. 之道門.　あ 56, 65, 70, 79, 86, 192
楽応《らくおう》　越後三条の人.　都 229, 393
落梧《らくご》　美濃岐阜の人. 安川氏. 通称, 助右衛門. 屋号を万屋(よろずや)と称する呉服商. 元禄 4 年(1691) 5 月没, 40 歳. 蕉門. 編著『瓜畠集』.　百 65
楽酔《らくすい》　但馬竹田の人.　百 *186*
落水《らくすい》　京の人. 編著『臍の緒』.　花 *401*
蘭妃《らんき》　近江の人.　百 *185*
藍橋《らんきよう》　大阪の人.　蓮 148, 328, 334
蘭月《らんげつ》　越後新潟の人. 『勢多長橋』に入集.　都 305–307, 蓮 138
蘭子《らんし》　卯 222, 256
嵐舟《らんしゆう》　姫路の人.　椎 139
嵐水《らんすい》　続 48
嵐雪《らんせつ》　江戸の人, 湯島住. 服部治助. 幼名, 久米之助. 長じて, 孫之丞・彦兵衛・新左衛門と称した. 別号, 嵐亭治助・雪中庵・不白軒・寒蓼堂・黄落庵・石中堂・玄峰堂・吏登斎. 宝永 4 年(1707) 10 月 13 日没, 54 歳. 仕官していたが貞享末年頃に致仕. 蕉門. 編著『若水』『其俤』『或時集』『杜撰集』『その浜ゆふ』『つるいちご』. 追善集『風の上』『遠のく』等.　蛙 23, 続 50, 83, 百 46, 蓮 350, 花 70, *445*
嵐雪妻《らんせつのつま》　江戸の人. もと遊女. 嵐雪に嫁して服部氏. 通称, 烈女. 元禄 16 年(1703) 9 月 3 日没.　百 *184*
嵐竹《らんちく》　江戸の人. もと板倉侯家臣. 嵐蘭の弟. 松倉氏. 『桃青門弟独吟二十歌仙』『虚栗』『蛙合』『深川』等に入集.　蛙 34, 深 *145, 146, 151
鸞動《らんどう》　伊丹の人. 古沢氏. 貞享 3 年(1686) 7 月 30 日没, 22 歳. 宗旦門. 編著『野梅集』.　大 序, 3, *116*, *117*, *126*
蘭風《らんぷう》　箕面萱野の人. 藤井氏. 別号, 水仙堂. 編著『椎柴集』『萱野艸』.　花 *487*
嵐蘭《らんらん》　肥前島原の人か, 江戸住. 松倉盛教. 通称, 又五郎(甚兵衛・甚左衛門とも). 元禄 6 年(1693) 8 月 27 日没, 47 歳. 板倉侯に仕えたが, 致仕して浅草に住んだ. 蕉門.　蛙 5, 深 3, 8, 11, 16, 19, 24, 27, 32, 35, 76, 79, 84, 87, 92, 95, 100, 103, 108, 111, 122, 130, 136, 141, 149, 154, 218
李雨《りう》　美濃の人.　百 *185*
李下《りか》　江戸の人. 芭蕉の深川の草庵に芭蕉一株を送り, それより庵の名となる. 蕉門. 『虚栗』『其俤』『あら野』『続猿蓑』等に入集.　蛙 9, 続 87, 百 *184*
六翁《りくおう》　大阪の人. 黒川氏.　百 88
李渓《りけい》　大阪の人.　蓮 164, 175, 223, 226, 317, 336, 369, 400
利合《りごう》　江戸の人. 『炭俵』『続猿蓑』等に入集.　深 112, 119, 127, 135, 144
利国《りこく》　近江長沢の人.　百 *185*
里竹《りちく》　姫路の人.　椎 134
立些《りつさ》　続 18, 31, 82
律友《りつゆう》　阿波の人. 荻野氏. 別号, 琴枝亭. 編著『四国猿』.　百 *186*, 蓮 283, 花 105
李東《りとう》　卯 32, 44, 50, 71, 103, 139, 159, 206, 233, 239, 253, 289, 298, 429, 478, 492, 622, 629, 634, 641, 646
里洞《りどう》　安芸広島の人. 佐伯氏. 『曠野後集』『笈日記』等に入集.　蓮 224, 373
李圃《りほ》　加賀鶴来の人.　卯 292, 406
李由《りゆう》　近江平田村の人. 光明遍照寺の住職. 俗姓, 河野氏. 字, 買年. 諱, 通賢. 別号, 四梅廬・盂耶観・月沢道人. 宝永 2 年(1705) 6 月 22 日没, 44 歳. 編著『韻塞』『篇突』『宇陀法師』.　百 *185*
利友《りゆう》　京の人.　都 194
里右《りゆう》　京の人.　花 141
柳宴《りゆうえん》　卯 261, 380, 401, 470
柳燕《りゆうえん》　京の人, 四条西洞院西入ル住. 似船門.　百 *183*

立吟《りゅうぎん》 江戸の人，京に移住. 小野川検校. 森氏. 通称，七郎兵衛. 別号，糸耕軒•恵鳳軒. 編著『餞別五百韻』. 百 *183*, 花 126

柳江《りゅうこう》 加賀鶴来の人. 卯 136, 蓮 395

竜山《りゅうざん》 大阪の人. 蓮 228

立志(初世)《りゅうし》 江戸住. 高井氏. 通称，左馬助. 別号，望志•松楽軒. 天和元年(1681) 10 月 21 日没. 立圃門. 編著『思出千句』『樗木集』. 百 62, 花 66

立志(二世) 江戸の人. 初世の息. 高井吉章. 別号，立詠•和階堂. 宝永 2 年(1705) 2 月 3 日没，48 歳. 編著『難波の枝折』『宮古のしをり』. 花 74

柳子《りゅうし》 京の人. 百 *183*

流志《りゅうし》 卯 91

柳枝《りゅうし》 大阪の人. 蓮 145, 169, 270, 311, 409

柳絮《りゅうじょ》 卯 125

流水《りゅうすい》 京の人，西洞院丸田町上ル住. 那須氏. 『誹諧破暁集』等に入集. 都 105–108, 百 *183*

柳水《りゅうすい》 流水(京)と同一人か. 風水門. 花 31

流水 蛙 22

柳川《りゅうせん》 加賀松任の人. 卯 113

流滴《りゅうてき》 京の人. 百 *183*

立圃《りゅうほ》 京の人. 雛人形の細工を業とする. 野々口親重. 通称，庄右衛門，あるいは宗左衛門•市兵衛•次郎左衛門. 別号，松翁•松斎•如入斎. 寛文 9 年(1669) 9 月 30 日没，75 歳. 連歌を猪苗代兼与に学び，俳諧は貞徳門. 編著『誹諧発句帳』『はなひ草』『河舟附徳万歳』『そらつぶて』『休息歌仙』『小町踊』『おさな源氏』『十帖源氏』等. 追善集『立圃追悼集』. 花 4, *387*

柳浦《りゅうほ》 豊前大橋の人. 『誹諧前後園』に入集. 都 395

了我《りょうが》 後号，貞佐. 江戸の人，本材木町住. 桑岡永房. 通称，平三郎. 出家して了我. 初号，塩車. 別号，平砂•桑々畔，享保 19 年(1734) 9 月 12 日没，63 歳. 元禄 14 年(1701)沾徳とともに京に遊び，翌年江戸に帰った. 其角門. 編著『一番鶏』『二番鶏』『七泉』『春夏賦』『他村』『其柱』『代々蚕』『梨園』. 家集『桑々畔発句集』『桑岡集』. 追善集『一碗光』『隙の駒』『三盃酢』『其砧』等. 花 36

良重《りょうじゅう》 大阪の人. 蓮 254, 376

良詮《りょうせん》 京の人. 中村氏. 別号，有朋軒. 編著『遠眼鏡』. 『誹諧前後園』『元禄百人一句』『俳諧新始』に入集. 都 49–52, 百 23

良佺《りょうせん》 →良詮

令富《りょうとみ》 京の人. 鶏冠井氏. 令徳の息. 通称，作兵衛(または半七). 元禄末頃没，60 余歳. 百 *183*, 花 11

涼風《りょうふう》 京の人. 百 *183*

緑水《りょくすい》 大阪の人. 蓮 185

狸々《りり》 伊勢松坂の人. 花 215

林陰《りんいん》 卯 149, 195, 449

林鴻《りんこう》 近江大津の人，京住. 堀江重則. 別号，烟月堂•雲風子. 編著『誹諧京羽二重』『あらむつかし』『好色産毛』. 百 *183*, 花 24

林松《りんしょう》 丹波与佐の人. 都 346, 348

臨川《りんせん》 大阪の人. 松下氏. 椎 99, 103, 104, 143, 150

林蝶《りんちょう》 姫路の人. 椎 116

林卜《りんぼく》 近江柏原の人. 百 *185*

蠡海《れいかい》 京の人. 信徳門. 『誹諧小松原』等に入集. 百 *183*

冷袖《れいしゅう》 卯 339

鈴風《れいふう》 大阪の人. 蓮 253, 386

浪化《ろうか》 京の人. 越中井波瑞泉寺の 11 代住職. 名，晴寛. 法号，応真院常照. 別号，自遺堂•応々山人•休々山人•司晨楼主人. 元禄 16 年(1703) 10 月 9 日没，33 歳. 編著『有磯海•となみ山』. 『続有磯海』『そこの花』『浪化日記』. 追善集『白扇集』. 卯 142

芦角《ろかく》 京の人，大阪にも住. 編著『こがらし』. 花 157

芦竿《ろかん》 倉敷の人. 百 *186*

勒文《ろくぶん》 →勤文《きんぶん》

露計《ろけい》 京の人. 都 127, 283, 319

露硯《ろけん》 伊丹の人か. 花 179

路健《ろけん》 越中井波の人. 直海氏. 通称，ノミヤ宗左衛門. 編著『旅袋』. 花 *488*

露言《ろげん》 江戸の人. 福田氏. 別号，調也•風琴子. 元禄 4 年(1691) 4 月 10 日没，62 歳. 『江戸新道』『坂東太郎』『誹枕』等に入集. 花 67

路舟《ろしゅう》 卯 146

芦沼《ろしょう》 卯 234

芦錐《ろすい》 大阪の人. 蓮 153

鷺水《ろすい》 京の人. 青木氏. 通称，次右衛門. 別号，白梅園•梅園散人•歌仙堂•三省軒. 享保 18 年(1733) 3 月 26 日没，76 歳. 立圃門. 編著『こんな事』『春の物』『手ならひ』『誹林良材集』『誹諧新式』『御伽百物語』等. 花 34

露吹《ろすい》 伏見の人. 都 182–184, 391, 百 *184*

廬水《ろすい》　加賀鶴来の人.　卯 281, 320, 422, 503

露川《ろせん》　伊賀友生(とものう)の人. 沢氏. 通称, 藤屋市郎右衛門. 別号, 霧山軒・鱠山窟・月空居士. 寛保 3 年(1743) 8 月 23 日没, 83 歳. 名古屋札ノ辻の渡辺家の養子となり, 珠数商を営む. はじめ季吟・横船に学び, のち蕉門. 編著『庵の記』『花虚木』『流川集』『矢矧堤』『記念題』『枕かけ』『船庫集』『西国曲』『北国曲』『水鶏塚』等.　百 89, 花 99

露沾《ろせん》　磐城平の藩主内藤風虎の次男. 内藤氏. 名, 義英. のちに政栄. 幼名, 五郎四郎. 別号, 傍池亭・遊園堂. 享保 18 年(1733) 9 月 14 日没, 79 歳. 編著『俳諧宮遷』『露沾俳諧集』等. 追善集『都の山路』.　続 25, 百 42

路通《ろつう》　美濃(あるいは京都・筑紫)の人. 八十村氏また斎部(いんべ)氏. 名, 伊紀. 通称, 与次右衛門. 元文 3 年(1738)7 月没, 90 歳. 蕉門. 編著『俳諧勧進牒』『芭蕉翁行状記』『桃舐集』『彼岸の月』等.　百 5, 卯 120, *202, 373, *440, 花 119

露堂《ろどう》　備中の人. 編著『追鳥狩』.　花 *488*

芦売《ろばい》　大阪の人.　蓮 91, 94, 97, 100, 103, 106, 109, 112, 115, 118, 121, 124, 168, 183, 187, 252, 304, 393, 418

芦本《ろほん》　美濃の人. 浦田氏. 通称, 藤兵衛. 字, 相雄(まさお). 別号, 葎門亭・東向斎. 元文元年(1736) 10 月 21 日没, 73 歳. はじめ木因門のち涼菟門. 編著『第四伊勢墨直し』『其暁』『それも応』.　百 *185*

露友《ろゆう》　大阪の人.　蓮 341

わ

和海《わかい》　京の人. 梅原貞為. 松堅門. 柿園三世と称す. 享保 3 年(1718) 7 月 14 日, 長崎で没す, 56 歳. 編著『鳥羽蓮花』.　都 65–68, 花 127

和角《わかく》　卯 419

和及《わぎゅう》　京の人. 三上氏(あるいは高村氏). 別号, 露吹庵・直唱法師. 元禄 5 年(1692) 1 月 18 日没, 44 歳. 編著『詼諧番匠童』『雀の森』『ひこばえ』. 追善集『水茎の岡』.　都 185, 百 6, 花 20

和之《わし》　卯 77

和汀《わてい》　江戸の人.　蓮 181

和平《わへい》　卯 73